KB270297

한국 한문학 연구의 새 지평

A New Horizon of the Research in Sino-Korean Literature

한국 한문학 연구의 새 지평

A New Horizon of the Research in Sino-Korean Literature

강명관 부산대 한문학과 교수   금동현 강북중학교 교사
김남형 계명대 한문교육과 교수   김상홍 단국대 한문교육과 교수
김승룡 부산대 한문학과 교수   김언종 고려대 한문학과 교수
김 영 인하대 국어교육과 교수   김영진 성균관대 동아시아학술원 연구교수
김인철 고려대 한문학과 강사   김종진 동국대 한문학과 교수
김혈조 영남대 한문교육과 교수   남은경 한국디지털대학 교수
박성규 고려대 한문학과 교수   박영민 고려대 민족문화연구원 연구교수
송혁기 고려대 한문학과 강사   신익철 한국학중앙연구원 교수
신향림 고려대 한문학과 강사   심경호 고려대 한문학과 교수
안대회 영남대 한문교육과 교수   안병학 고려대 한문학과 교수
우응순 고려대 민족문화연구원 연구교수 유호선 국립중앙박물관 학예연구사
유호진 고려대 한문학과 강사   윤재민 고려대 한문학과 교수
윤주필 단국대 한국어문학과 교수   윤채근 단국대 한문교육과 교수
이상하 고려대 한문학과 강사   이종묵 서울대 국문학과 교수
이종문 계명대 한문교육과 교수   이종호 안동대 한국학과 교수
이희목 성균관대 한문학과 교수   임유경 효성가톨릭대학 국문학과 교수
임준철 고려대 한문학과 강사   정 민 한양대 국문학과 교수
정우락 경북대 국문학과 교수   정우봉 고려대 국문학과 교수
정재철 단국대 한문교육과 교수   정출헌 부산대 한문학과 교수
진재교 성균관대 한문교육과 교수   최석기 경상대 한문학과 교수
홍성욱 원광대 한문교육과 교수   황위주 경북대 한문학과 교수

한국 한문학 연구의 새 지평

1판 1쇄 인쇄 2005년 4월 20일
1판 1쇄 발행 2005년 4월 30일

엮은이 / 이혜순 · 임형택 · 김시업 · 김상홍 · 이광호 · 안병학
펴낸이 / 박성모
펴낸곳 / 소명출판
출판고문 / 김호영
등록 / 제13-522호
주소 / 137-878 서울시 서초구 서초동 1621-18 (란빌딩 1층)
대표전화 / (02) 585-7840
팩시밀리 / (02) 585-7848
somyong@korea.com / www.somyong.com

ⓒ 2005, 안병학

값 70,000원

ISBN 89-5626-154-7 93810

한국 한문학 연구의 새 지평

A New Horizon of the Research in Sino-Korean Literature

간행위원 이혜순 · 임형택 · 김시업 · 김상홍 · 이광호 · 안병학

소명출판

간행위원 이혜순 · 임형택 · 김시업 · 김상홍 · 이광호 · 안병학

본서는 대산(對山) 이동환(李東歡) 선생의 정년을 기념해서 그와 학문적 인연이 깊은 후학·문생들이 자신들이 저술한 최상의 논문을 선정하여 간행한 논문집이면서, 그간 선생께서 본인 자신의 연구에서뿐만 아니라 이들 후생을 통해 학계에 기여하신 공로를 분명하게 보여주는 책이기도 하다.

필자는 감히 대산 선생의 학문세계를 운위할 만한 입장이 못 되지만, 이번 정년 퇴임 논문집의 간행위원이 되고 발간사를 쓰는 감회는 참으로 남다르다. 선생은 1960년대 석사논문 고려죽림고회(高麗竹林高會) 연구부터 이미 학계의 주목을 받기 시작했거니와, 방대하고 난해한 문헌 이해가 선행되어야 하는 문학사상의 고찰부터 섬세한 감성과 치밀한 분석이 요구되는 작품 연구까지 발표하시는 논문마다 한문학 연구의 본보기를 보여주셨다. 특히 민요 취향 또는 여성 정감 같은 문학사적 특성들을 지목해주셔서 필자처럼 한문학의 미로에서 헤매던 후학들에게 나아갈 길을 열어주신 그 고마움을 잊을 수 없다.

　본서에 참여한 필진은 선생이 아끼시는 후학과 직접 지도를 받은 문생으로서, 이미 학계의 중진이 되었거나 신진 연구자로서 주옥같은 논문들을 발표하고 있는 분들이다. 이러한 점에서 본서는 한문학 연구의 새 지평을 보여주는 소중한 책이니, 비록 선생께서는 지난 화갑 때와 같이 기념행사를 모두 만류하셨지만 어찌 그 뜻을 따를 수 있었겠는가. 본서의 출간은 선생의 학은에 조금이라도 보답하고 싶어 하는 후생들의 강력한 소망의 결실이지만, 다른 한편 그들의 학문적 성취를 한 자리에 모아 세상에 드러내놓을 수 있도록 선생의 정년이 그 계기를 마련해 준 것이라고 보면 지나친 생각일까.

　본서에 수록된 논문은 총 42편으로 고려에서 조선 후기까지 시대별로 분류되었으나, 내용상 삼국시대부터 시와 산문, 인물과 작품이 고르게 망라되었을 뿐 아니라 수록된 논문을 자세히 살펴보면 한국 한문학의 사적 전개와 특성이 드러난다는 점에서 한문학사의 성격을 지닌다. 특히 복잡하게 전개되는 조선조 후기를 다룬 논문들은 그 대상이 실학자·관각·중인·서얼·여성문사들을 모두 포함하면서 문학을 생활문화와 결합하거나 다양한 사상적 접근을 시도하는 특성을 보여준다. 언어·상상, 또는 형상·의상과 분석·해석과 같이 제목이 드러내놓고 있는 연구 대상과 방법은 광범위한 문헌 자료를 배경으로 한 한문학 연구가 이제 그 문학적 특질들을 좀더 정치하게 천착하는 단계에 이르렀음을 의미하거니와, 여기에는 어느 한문학 작가나 작품에서든지 문학성을 중시하면서 그 미적 사유나 특질 추출에 남다른 성과를 보여주신 대산 선생의 그림자가 엿보인다. 선생의 광박한 문학사적 지식과 남다른 문학적 감수성, 그리고 인품처럼 부드러우면서도 장중한 문장이 이분들을 통해 이어지기 바라는 마음 간절하다.

　필자는 대산 선생과 특별한 교유를 하지는 못했으나, 단지 선생의 인품과 학문에 대한 존경심 때문에 학생들을 보내어 강의를 듣게 하고 논문 심사를 간청하여 도움을 받았다. 선생께서는 언제나 자문에 친절하게 응해주시고 변변치 못한 저술에도 진심 어린 격려를 해주셨다. 사실이 그러하니 선생은 내 학생들의 스승이기도 하고 나의 스승이기도 하다. 소장학자들이 중심이 되어 본서 간행을 추진했고 이제 출간에 즈음하여 발간사를 청했을 때 사양해야 마땅하나 선생을 기념하는 저서에 참여하는 기쁨을 누리고 싶어 즐거이 이 일을 맡았다. 연구자의 학문적 생애에 학교 안과 밖이 다른 것인지, 스승에게도 정년이 있는 것인지 선생을 통해서 배우고 싶다. 더욱 강녕하시기 기원한다.

2005년 2월
후학 이혜순 삼가 씀

한국 한문학 연구의 새 지평

발간사 · 3

1부

고려시대

4부 조선 후기 2

유몽인(柳夢寅) 산문이론의 구조와 의미 · 573

이른바 '진한고문파(秦漢古文派)' 논리에 대한 재검토를 겸하여

금동현

18, 19세기 조선 문인지식인층의 통변(通變)인식과 그 경로 · 836

정민

한문 산문의 분석 방법과 실제 비평 · 858

조선시대 「백이열전(伯夷列傳)」 비평자료를 중심으로　　　　정우봉

이조 후기 한문학에서 언어생활의 수용과 교섭 · 880

창작에서 언어의 수용문제를 중심으로　　　　　　　　진재교

18·19세기의 주거문화와 상상의 정원 · 914

조선 후기 산문가의 기문(記文)을 중심으로   안대회

조선 후기 실학파의 총서 편찬과 그 의미 · 949

『삼한총서(三韓叢書)』·『소화총서(小華叢書)』를 중심으로   김영진

<table>
<tr><td>**5부**</td><td>

총론, 경학

</td></tr>
</table>

한학기초학사 서설 · 987

심경호

한국한문학 연구의 몇 가지 과제 · 1014

황위주

우언의 인문학적 위상과 문화론적 맥락 · 1038

윤주필

1부

고려시대

『삼국사기』「열전」을 통해 본 역사적 사실과 허구적 서사의 경계

정 출 헌

1. 머리말

한 인물, 한 저작에 대한 평가가 시공을 초월해 한결같을 수는 없다. 아무리 탁월한 인물이나 저작이라 해도 사정은 다르지 않다. 그럼에도 김부식(金富軾)과 그의 저작 『삼국사기(三國史記)』에 대한 평가는 유별난 바 있다. 고려 중기 정치가·역사가·문장가 등 다채로운 삶을 살았던 그는, 늘 라이벌의 관계에서 평가되곤 했다. 정치가로서는 서경천도파인 묘청(妙淸)과 대비되고, 역사가로서는 『삼국유사』의 편자인 일연(一然)과 대비되는 것이다. '보수적·귀족적' 또는 '사대적·유가적'이라는 부정적 평가는 그렇게 해서 얻어진 것이다. 하지만 고대적 잔재를 극복하고 중세 보편주의를 지향한 '중세적 지성'으로, 또는 열악한 자료의 한계 속에서도 객관적인 편찬태도를 견지한 '엄정한 역사가'로 평가되기도 한다. 이런 엇갈린 평가는, 연구자가 발 딛고 있는 현실의 변화에 기인하는 바 크다. 민족주의의 열풍이 어느 정도 진정 국면에 접어들면서, 그를 읽는 시각이 다변화한 것이다.

하지만 김부식과 그가 편찬한 『삼국사기』가 애당초 논란의 빌미를 제공하고 있다는 점도 간과해서는 안 된다. 널리 알려진 것처럼, 김부식은 삼국의 역사서―이른바, 『구삼국사(舊三國史)』―가 있음에도 불구하고 삼국의 역사를 새롭게 쓰고자 했다. 칠십이 넘은 노구를 이끌고 마친 그 사업은, 웬만한 사명감이 없다면 가능할 수 없었을 터다. 『구삼국사』는 문자(文字)가 거칠고 졸렬하며 사적(事跡)이 빠지고 없어져 사서(史書)로서의 구실을 할 수 없다고 비판하고 있는 데서 그의 사명감이 어디에서 비롯되었는지 확인할 수 있다. 한낱 '고기(古記)'류로 치부했을 만큼, 기존 역사서에 대한 그의 불만은 노골적인 것이었다.[1] 그렇지만 유가적(儒家的) 합리주의에 입각해 새롭게 편찬한 『삼국사기』에 대한 당대의 평가가 어떠했는지, 우리는 소상하게 알지 못한다. 다만 불교적·도가적 세계관에 입각해 새롭게 씌어진 『삼국유사(三國遺事)』(1285년경)·『제왕운기(帝王韻紀)』(1287)가 잇따라 나오고 있는 것을 보면, 아니 "삼국의 시조가 모두 신비스러운 데서 탄생했다는 것이 무엇이 괴이하랴?"(『三國遺事』「紀異敍」)라거나 "(동명왕신화가) 환(幻)이 아니고 성(聖)이며, 귀(鬼)가 아니고 신(神)이라"(「東明王篇序」)는 도전적 선언이 곳곳에서 터져 나오는 것을 보면, 고대적·신비적인 역사인식의 대응이 만만치 않았음을 짐작할 수 있을 따름이다.

김부식과 『삼국사기』는 그 당대에 이미, 논쟁의 한 복판에 자리하고 있었던 것이다. 그만큼 역사를 새로 쓴다는 것은 간단한 문제가 아니었고, 그러기에 엇갈린 평가에 시달릴 수밖에 없었다. 그 점은 문장가로 자부하고 있던, 또 다른 면모에 있어서도 마찬가지였다. 『구삼국사』를 "文字蕪拙, 事迹闕亡"이라 비난했던 것이 『구당서(舊唐書)』를 "文采不明, 事實零

---

1) 이동환, 「한국 미학사상의 탐구(Ⅲ)」, 『한국문학연구』 창간호, 고려대 민족문화연구원, 2000.

落"이라 비난한 증공량(曾公亮)의 「진당서표(進唐書表)」를 따른 것이듯, 김부식은 당송고문운동(唐宋古文運動)에서 단련된 고문(古文)으로 기존의 문체를 혁신하고자 했다. 그런 노력의 결과 근세의 문장가 김택영(金澤榮)으로부터 "김부식이 편찬한 삼국사는 풍후(豐厚)·박고(樸古)하여 서한(西漢)의 풍(風)이 있다"[2]는 호평을 받을 수 있었다. 하지만 이런 문학적 혁신 또한 두고두고 시비에 휘말렸다. 보다 철저한 한화(漢化)를 기대하던 조선시대 유학자들은 황잡(荒雜)함을 완전히 극복하지 못했다고 비난했는가 하면, 근대 민족주의 역사가들은 너무 한화(漢化)에 경도되어 우리 고유의 이속적(俚俗的) 표현이나 내용을 거세해 버렸다고 비난했던 것이다.[3] 문장가로서의 면모에 대한 논란은 비단 산문에 국한되지 않는다. 사학 쪽에서는 김부식하면 으레 일연을 떠올리는 것처럼, 문학 쪽에서는 김부식하면 으레 정지상(鄭知常)을 떠올린다.

시중(侍中) 김부식과 학사(學士) 정지상은 문장으로 당시에 이름이 나란했는데, 두 사람은 서로 잘못한다고 다투었다. …… 뒷날 정지상이 김부식에게 죽음을 당해 음귀(陰鬼)가 되었다. 김부식이 어느 날 봄을 읊은 시에 이르기를 "버들 빛은 천 가지에 푸르고, 복숭아꽃은 만 점으로 붉네[柳色千絲綠, 桃花萬點紅]"라고 했다. 그러사 문득 공중에서 정지상이 귀신으로 나타나 김부식의 뺨을 때리며 이르기를 "천 올, 만 점인 것을 누가 세어 보았더냐? 어찌 '버들 빛은 올올이 푸르고, 복숭아꽃은 점점이 붉네[柳色絲絲綠, 桃花點點紅]'라고 하지 않느냐?"라고 했다. 그러자 김부식이 마음속으로 몹시 불쾌하게 여겼다.

—李奎報,『白雲小說』

시구(詩句)의 표현 하나를 통해서도 김부식과 정지상은 날카롭게 대비된다. 어쨌든 이런 라이벌적 이해는, 여러 시화집(詩話集)을 통해 자주 변주된

---

2) 金澤榮,『合刊 韶濩堂集』文集 卷八「雜言四」.
3) 김부식 문장의 漢化와 俚俗 문제에 대한 자세한 논의는 임형택,「삼국사기 열전의 문학성」,『한국한문학연구』21집(한국한문학연구회, 1989) 참조

다. 김부식이 묘청의 난을 빌미로 죄 없는 정지상을 죽였고, 원한 맺힌 정지상은 원귀(寃鬼)가 되어 김부식의 음낭(陰囊)을 잡아 당겨 죽이는 복수극을 벌였다는 것도 그런 사례의 하나이다. 기실, 이런 일화가 암시하고 있는 바는 단지 두 문인의 개성적 차원에 국한되지 않는다. 김부식이 기존의 문풍이 부박(浮薄)하다며 혁신을 부르짖었지만, 만당풍(晚唐風)의 시법을 구사하는 정지상에게 대적할 자가 아무도 없었다고 서거정은 당시의 상황을 증언한 바 있다.[4] 고려 중기 문학사적 지평이 도가적 상상력과 유가적 상상력으로 팽팽하게 맞서고 있었지만, 전자가 우위를 점하고 있던 당대의 실상을 짚어내고 있는 것이다.[5]

김부식은 정치 · 역사가의 차원에서든 문장가의 차원에서든 개혁의 발걸음을 내딛고 있었지만, 발 딛고 있는 현실은 여전히 완강한 위세를 떨치고 있던 전통적 지반이었던 것이다. 『삼국사기』가 어떤 국면에서는 중세 보편주의를 지향하고 있었지만, 어떤 국면에서는 자국의 전통을 옹호하고 있었던 것도 그가 몸담고 있던 이행기적 시대 조건의 반영일 터다. 실제로 김부식은 『구삼국사』를 혹독하게 비판하였지만, 그가 편찬한 『삼국사기』에는 여전히 기존의 신이한 사적은 물론 거기에 연루된 역사인식이 새로움과 뒤섞여 있다. 그런 점에서 『삼국사기』의 「견훤전」이 『구삼국사』의 그것을 인물 행적(行蹟)부터 뒤에 붙은 사론(史論)까지 그대로 이어받고 있었으리라는 추론은 시사하는 바 크다.[6] 우리는 이로부터 『삼국사기』가 기존 자료로부터 '이어 받고 있는 지점'과 '새롭게 혁신하고 있는 지점'을, 섬세하게 분별할 필요가 있다는 사실을 깨닫게 된다. 사실 『삼국사기』를 주목하는 이유는 한 둘이 아니지만, 인물이야기에서 구가되는 짙은 문학

---

4) 서거정, 이월영 역주, 『東人詩話』, 월인, 2000, 27~29면.
5) 고려 전기 문학사의 지평에 대한 보다 자세한 논의는 이종문, 「고려전기 한문학 연구」 (고려대 박사논문, 1991)와 이동환, 「고려전기 한문학」, 『한국사』 17(국사편찬위원회, 1994)을 참조할 것.
6) 이에 대해서는 황형주, 「삼국사기 열전 찬술과정의 연구─자료적 원천의 탐구」, 성균관대 박사논문, 2002, 23~26면 참조.

성이 큰 몫을 차지한다는 점을 꼽지 않을 수 없다. 직접적인 근거를 들어 말하기 어렵지만, 김부식이 활용했을 텍스트 가운데는 '역사적 사실'과 거리가 먼 '허구적 서사'도 적지 않게 포함되었던 것으로 판단된다. 소설적 체취가 물씬 풍기는 「온달전」·「설씨녀전」·「도미전」 등이 그러하다. 우리는 이런 일련의 인물이야기를 주의 깊게 음미하며 김부식이 무슨 까닭으로 이들 자료를 역사의 지평으로 끌어들였고, 어떤 방식으로 이들 자료를 자신의 역사관에 맞게 변형시켰는지 추적해 보고자 한다. 그건 '허구적 서사'와 '역사적 사실'의 분별을 모호하게 만들던, 다시 말해 문학과 역사의 경계를 수시로 넘나들던 초기 역사가 김부식의 또 다른 모습이기도 하기 때문이다.

2. 『삼국사기』 「본기」의 편찬 방식—삼국의 역사 쓰기, 혹은 다시 만들기

① 고려 인종 23년에 완성된 『삼국사기』의 편찬은 국가적 성사(盛事)였을 뿐만 아니라 김부식 개인에게도 자기 만년의 삶을 쏟아 부은 일대 역사(役事)였다. 이미 충분히 밝혀진 것처럼, 이자겸으로 대표되는 외척 세력의 발호와 묘청으로 대표되는 서경 세력의 반란을 진압한 그는 새로운 시대를 열고 싶었다. 그러기 위해서는 지난 역사를 새롭게 음미하여 자신이 구축하려는 시대의 정당성을 뒷받침할 만한 전범이 필요했는데, 그게 바로 『삼국사기』였던 것이다.

신라·고구려·백제의 삼국이 정립(鼎立)하여 능히 예로써 중국과 교통한 때문에 범엽(范曄)의 『한서(漢書)』라든지 송기(宋祁)의 『당서(唐書)』에 모두 삼국의 열전(列傳)이 있지만, 그 사서(史書)는 자기 국내에 관한 것을 상세히 하고 외국에 관한 것은 간략히 하여 자세히 실리지 아니하였다. 또 삼국의 『고기(古記)』로 말하면 글이 거칠고 졸렬하고 사적(事蹟)의 유루(遺漏)가 많아, 이런 까닭에 임금의 선악(善惡)이라든지 신하의 충사(忠邪), 나라의 안위(安危), 인민의 치난(治亂)에 관한 것을 다 드러내어, 후세에 권계를 보이지 못하였다.

— 金富軾, 「進三國史表」

김부식은 인종(仁宗)의 입을 빌어 『삼국사기』의 편찬 동기를 두 가지로 들고 있다. 하나는 중국의 역사서에 삼국의 일이 실려 있기는 하지만 너무 소략하고, 다른 하나는 『구삼국사』는 후세에 권계로 삼기에 부족하다는 것이다. 여기서는 후자에 유념할 필요가 있다. 물론 역사서를 편찬할 때, 이런 동기를 김부식이 처음으로 주창한 것은 아니다. 진흥왕 6년에 이미 이사부(異斯夫)가 "나라의 역사라는 것은 임금과 신하의 잘잘못을 기록해, 그 포찬할 것과 폄절할 것을 후세만대에 보이는 것입니다"[7]라며 국사 편찬의 필요성을 역설한 바 있기 때문이다. 그렇다면 『구삼국사』라고 해서 역사 편찬의 이런 기본을 외면했을 리 없다. 그럼에도 김부식이 문제삼고 있는 까닭은 권계의 기준이 마땅치 않으며, 이를 바로잡기 위해서라면 자신이 발 딛고 있는 '지금 / 여기'에 근거하여 삼국의 역사를 새롭게 평가하고 새롭게 찬술할 수밖에 없다고 굳게 믿고 있었기 때문이다. 그래서 역사는 거듭해서 씌어지는 법이다. 만고불변의 전범으로 자부했을지 모르지만, 불과 200년 남짓하여 김부식 자신 역시 혹독한 역사의 비판대 위에 서게 된 한 국면을 보자.

경순왕이 고려에 대하여 미약해서 힘을 쓸 수 없고 위태하여 스스로 보존할 수 없다고 하더라도, 선을 행하여 스스로 강해지면서 천시(天時)를 기다리는 것이 옳을 것이며, 만약 어쩔 수 없는 형편이라면, 살아남은 무리를 규합하여 성(城)을 등지고 사직을 위하여 한 번 죽기를 각오하는 것이 옳았을 터인데, 도리어 살펴 깨닫지 못하고 자신이 항복한 포로가 되어, 북면(北面)하고 신하라 칭

____

7) 『三國史記』 「新羅本紀」 진흥왕조, 123면.

하며, 고려의 궁궐 뜰에서 포복진퇴(匍匐進退)하였으니, 그가 진(晉)나라 민제(愍帝)나 오(吳)나라 손호(孫皓)와 다를 것이 거의 없을 것입니다. 뒤에 비록 부귀를 누리고 권세가 대단했으며 외손이 번성했다고 한들, 어찌 능히 나라를 망하게 하고 자신을 잃은 큰 수치를 씻을 수 있겠습니까? 경순왕과 같은 사람은 큰 절의를 이미 잃었으니 나머지는 본받을 것도 없는데, 김부식이 '전씨(錢氏)와 대등하다' 한 것은, 도대체 무엇을 보아서 그렇다는 것입니까?"

―『東國通鑑』卷12「고려태조 18년」

조선 초기의『동국통감』편찬자들은, 신라 경순왕(敬順王)이 고려 태조(太祖)에게 귀순한 사실을 두고 '조정에 공로가 있고 백성에게 덕이 매우 컸다'고 추켜세우던 김부식을 신랄하게 비판한다. 이렇듯 '역사적 평가'는 시대에 따라 달라질 수밖에 없는 법이다. 그렇다면, 그에 입각하여 씌어지는 '역사적 사실'이야 말할 필요도 없다. 흔히 김부식의 역사관을 유가적 합리주의로 규정하고 있고, 그때마다 술이부작(述而不作)·거사직필(擧事直筆)이라는 역사편찬의 정신을 상기시키며 그의 객관적인 역사서술 태도를 강조하곤 한다. 실제로 막연한 심증만 가지고 김부식이 역사적 사실들을 조작·날조했다고 추측하는 것은 위험한 일이다.[8] 그러나 그런 위험만큼, 김부식의 객관적인 역사서술 태도를 믿어 의심치 않는 태도도 또한 위험한 일이다. 우리는 그런 위험성의 근거를 뒤에서 자세히 살피게 되겠지만, 역사서술이란 사실을 '반영'하는 것이 아니라 단지 의미화에 적합한 사실들을 '구성'하는 것이고, 그런 점에서 역사는 본질적으로 일종의 담론이라는 지적[9]을 진지하게 경청하지 않을 수 없다.

② 최근의 연구 추세를 훑어보면, 자료 전승의 불균등한 정황이라든가 신라가 차지하고 있는 역사적 위상을 근거로 김부식이 결코 신라중심주의

---

8) 김부식의 객관적인 편찬태도는 이강래,『三國史記 典據論』(민족사, 1996)과 황형주, 앞의 논문에서 상세하게 밝혀진 바 있다.
9) 곽차섭,「역사, 소설, 미시사의 글쓰기」,『역사와 문화』6집, 푸른역사, 2003, 221면.

에 매몰되지 않았음을 밝혀내려는 논의가 적지 않다. 고구려에 대한 부풀려진 기대감이나 국수주의적 자부심에 빠져 그간 소홀하게 취급되던 객관적 사실들에 새롭게 주목하고 있는 이들의 논의가, 흥미로운 시각을 담고 있다는 점 인정할 수 있다. 그렇지만 김부식이 삼국에 대해 지녔던 호오(好惡)의 감정, 그리고 그에 따라 삼국의 흥망(興亡)을 어떻게 (재)구성하고 있는가에 대한 탐구까지 포기해서는 안 된다.

> 백제는 말기에 이르러 행동하는 바가 많이 도리에 어긋나고, 또 대대로 신라와 원수가 되어 고구려와 함께 화통해 침공했으며, 유리한 기회만 있으면 신라의 중요한 성(城)과 큰 진(鎭)들을 빼앗아가기를 마지않았으니, 이른바 '어진 이와 친하고 이웃 나라와 잘 지내는 것이 나라의 보배'라는 말과는 달랐다. 이에 당(唐)의 천자가 거듭 조서를 내려 그 원한을 풀도록 했으나, 겉으로는 따르는 체하면서도 속으로는 어겨 대국에 죄를 지었던 것이니, 그들의 패망 또한 당연한 일이다.

—『三國史記』「百濟本紀」'의자왕'

백제의 멸망을 바라보는 편찬자 자신의 입장을 유감 없이 드러내놓고 있기에 논점을 재차 부연할 필요조차 없다. 백제가 나당연합군(羅唐聯合軍)에 의해 패망하고 말았다는 역사적 사실을 부정하기 어렵다면, 이런 견해에 시비를 걸 수 없을지도 모른다. 하지만『삼국사기』「백제본기」를 읽어나가다 보면, 역사적 사실들이 이런 사론에 입각해 주도면밀하게 배치·서술되고 있다는 의심을 지울 수 없다.『삼국사기』를 읽어본 사람이라면 누구나 느끼겠지만, 「백제본기」는 백제의 역사라 이름 붙이기 민망할 정도로 참혹하다. 어쩌면 그리도 기록할 만한 사건조차 없었는지? 일년에 한 줄짜리 기사가 허다하게 이어지곤 하는데, 패망한 나라가 감수할 수밖에 없는 '잃어버린 시간'이라 해도 정도가 심하다. 그러던 「백제본기」는 의자왕 20년, 그러니까 백제가 멸망하던 660년의 기사는 넘쳐난다. 당나라 고종이 소정방·유백영·풍사귀·방효공 등 쟁쟁한 장수들에게 군사 13만을 거느리게 하여 신라의 김춘추·김유신과 함께 진군하는 그 해의 기사는 마치 영화의 한 장면을 보는 듯 하다. 그때, 유의할 만한 대목은 그런 장엄한 장면의 바로 앞부분이다. 그러니까 당 고종이 백제를 '타이르는' 조서를 내려보낸 의자왕 11년부터 나당연합군이 진군하는 의자왕 20년 직전까지! 당나라의 조서를 받은 다음 해(의자왕 12년) 정월 당나라에 조공을 보냈다는 기록이 있는 것을 보면, 백제는 전쟁의 위협을 무마해보려는 뭔가의 노력을 기울였던 것에 분명하다. 하지만 김부식은 그 사실을 단지 '遣使入唐朝貢' 여섯 글자로 처리하고 말 뿐이다. 그리고는 13년 가뭄이 들어 백성이 굶주리고, 15년 태자궁을 사치스럽게 수리하고, 16년 의자왕이 궁녀들과 방탕하게 노닐다 간쟁을 하던 성충(成忠)을 옥에 가두어 죽이고, 17년 가뭄이 들어 거둘 작물이 없을 지경에 빠졌다는 사실만을 이어간다. 하지만 멸망 직전인 19년부터 나당연합군이 침공해 오는 20년 전반부에 이르면 기사가 갑자기 길어진다. 너무 번다하니, 골자만 제시하기로 한다.

의자왕 19년 여우 떼가 궁궐에 들어왔는데, 흰여우가 상좌평의 책상에 올라앉다. / 태자궁의 암탉이 참새와 교미하다. / 사비하에서 세 길이나 되는 물고기가 나와 죽다. / 길이 18척이나 되는 여인의 시체가 생초진에 떠오르다. / 궁궐의 홰나무가 사람 곡하는 것처럼 울다. / 밤에 궁궐 남쪽 길에서 귀신이 곡을 하다.

의자왕 20년 왕도의 우물이 핏빛이 되다. / 서쪽 바닷가에서 무수한 물고기들이 물 밖으로 나와 죽다. / 두꺼비 수만 마리가 나무 위에 모여 들다. / 거리의 사람들이 이유도 없이 달아나다 넘어져 죽은 이가 100여 명이나 된다. / 절들의 탑과 강당에 벼락이 치다. / 용과 같은 검은 구름이 허공에서 서로 싸우다. / 여승들이 배 돛과 같이 생긴 것이 절문으로 들어오는 것을 보다. / 사슴처럼 생긴 개가 왕궁을 향해 짖다. / 왕도의 뭇 개들이 길에 모여 짖다가 사라졌다. / 귀신이 나타나 백제가 망한다고 외치고는 땅속으로 들어갔다. / 귀신이 들어간 곳을 파 보니 거북이 한 마리가 있었는데 등에 '백제는 둥근 달과 같고 신라는 초승달과 같다' 글이 씌어 있었다.

백제의 잃어버린 시간이란, 적어도 의자왕 19년부터 20년까지의 경우에는 해당되지 않는다. 기이한 일이야 그럴 수 있다고 쳐도, 도성 안에 개들이 모여 짖어댄 일까지 기록으로 남겼고, 그런 하찮은 기록마저 몇 백 년 동안 보존하고 있었으니 말이다. 그렇게 볼 때 고구려와 백제의 사적이 신라의 사적에 비해 인멸된 것이 많았으리라는 점 분명하지만, 고구려와 백제의 기록을 수습하여 기록하려는 노력이 부족했다는 점 또한 분명한 사실이다. 하지만 하찮은 기사들을 길게 인용한 것은, 그런 불성실을 입증하거나 탓하기 위해서가 아니다. 그가 기록하고 있는 사실들의 성격과 그 사실들의 구성 방식에 주목하기 위해서다. 자신이 사론에서 단언했던 백제의 '당연한 패망'을 입증하기 위해, 불길한 조짐을 암시하는 '흉흉한 소문'조차 마다하지 않고 거두고 있으며, 이를 장엄한 나당연합군의 진군과 극적으로 대비하도록 배치한 '역사서술 방식'을 간과해서는 안 된다.

하나의 사례에 불과하지만 김부식은 이처럼 자신의 역사관에 부합하도록 사건을 적절하게 배치하고, 효과를 극대화하기 위해서는 비현실적 사실을 끌어들이는 데도 주저하지 않았다. 그런 점에서 역사란 역사가와 그가 살던 시대가 만들어낸 '거대한 허구'에 다름 아닐지도 모른다. 하지만 허구는 종종 유력한 담론으로 굳어지곤 한다. 삼국 역사에 대한 이해에서 『삼국사기』가 차지하는 위상도 그러하다. 김부식은 백제의 멸망을 '중국에 대한 불손(不遜)', 고구려의 멸망을 '군신간의 불화(不和)', 신라의 멸망을 '불교에 대한 숭상(崇尙)'으로 설명했다. 그리고 그런 사론은, 지금까지 모든 국사 교과서에서 역사적 진실로 받아들여지고 있다. 하지만 삼국의 멸망에 대한 김부식의 해석이 고려 중기 유력한 정치가로서 추구했던 '사대교린(事大交隣)의 외교 정책', '문벌귀족(門閥貴族)으로서 취했던 군신관', 그리고 '유교이념(儒敎理念)에 기초한 정치철학'과 절묘하게 대응되고 있다는 점에서 역사를 '거대한 허구'로 읽으려는 우리의 잠정적 결론이 결코 근거 없는 것만은 아니겠다.

3. 『삼국사기』 「열전」의 전체 구성─인물의 선정, 혹은 편목의 배치

① 삼국의 멸망을 이해하는 『삼국사기』 「본기」의 서술 방식을 통해, 우리는 역사가 만들어질 수도 있다는 하나의 사례를 확인할 수 있었다. 하지만 김부식이 채택한 역사편찬 방식에 대해 좀더 유념할 필요가 있다. 널리 알려진 것처럼, 『삼국사기』는 사마천(司馬遷)이 창안한 역사서술 방식인 기전체(紀傳體)를 따르고 있다. 이는 편년체(編年體)와 역사를 해석하는·재구하는 방식에서 뚜렷이 구별된다. 편년체가 시간의 흐름 위에 '인간의 명멸(明滅)'을 배치시켜 놓고 있는 데 반해, 기전체는 '인간의 행위(行爲)'를 중심으로 시간을 해체하고 있는 것이다. 그 점은 「열전(列傳)」에서 극명하게 드러난다. 『사기』의 경우, 전체 130권 가운데 「열전」이 70권을 차지할 정도이니 그 만만치 않은 비중을 짐작할 수 있다. 서른 개의 수레바퀴 살이 중심축을 향해 있어 운행(運行)이 그치지 않는 것을 본떠서, 사마천은 본기(本紀)를 정점으로 30개의 세가(世家)를 설정했다. 하지만 역사의 수레바퀴를 돌리는 것은 누구인가? 그건 세계의 중심인 제왕도, 또는 제왕의 권력을 공간적으로 나눠 맡은 제후일 수 없다. 오히려 정치·경제·문화의 영역에서 삶을 영위하던 구체적인 인간일 수밖에 없다. 이처럼 개별 인간을 역사의 주체로 내세운 데서 『사기』의 탁월함을 찾을 수 있다면, 「열전」은 분량의 측면에서만이 아니라 그들을 서술하는 공력의 측면에서도 단연 으뜸을 차지한다. 실제로 『사기』에서 가장 공력을 들이고 있는 대목은, 그리하여 가장 빛나는 대목은 열전에 실린 인물들의 전기(傳記)이다. 뿐만 아니라 『사기』 전체를 관통하는 역사관도 그곳에 담겨 있다. 백이·숙제를 첫 번째 인물로 내세워 제기한 "천도(天道)란 과연 있는가?"라는 질문은, 사마천이 품고 있던 근원적 회의였던 것이다.

그렇다면 그토록 긴 역사의 시간 속에서 과연 누구를 역사를 움직인 주역으로 선발해 올릴 것인가, 또는 선발된 인물들을 어떤 방식으로 배치·

서술할 것인가는 결코 단순한 문제가 아니었다. 사마천의 고민은 김부식에게도 고스란히 이월된다. 그리고 그 결과를 『삼국사기』 「열전」에 고스란히 담아놓고 있다. 그것은 총 52명의 전기(傳記)와 34명의 부수인(附隨人)으로 구성되어 있는데, 개인기록을 가지고 있는 인물만을 기준으로 한다면 69명이다. 국가별로는 신라 56명, 고구려 10명, 그리고 백제 3명이다. 김부식의 신라 중심적 역사관이 드러나는 것으로 해석할 수 있겠는데, 그걸 그리 탓하지는 않겠다. 앞서 지적했듯, 멸망한 왕조를 살았던 고구려인과 백제인의 삶에 대한 자료가 온전히 전해지지 않았을 가능성을 배제할 수 없기 때문이다.10) 오히려 「열전」의 불균형을 문제삼는다면, 『삼국사기』 「열전」 전체에서 차지하는 김유신의 과도한 비중이다. 그는 열전 10권 가운데 3권에 달하는 분량을 차지한다. 삼국통일을 이룩한 공업이라든가 그 과정에서 보여준 충의를 고려한다면 그럴 수 있겠다는 생각이 들기도 한다. 하지만 김부식의 입을 통해 그 이유를 직접 들어보자.

> 신라에서 유신을 대하는 것을 보면 친근히 하여 사이가 없고, 위임하여 의심하지 않으며, 도모하면 행하고 말하면 들어서 쓰이지 않음을 원망함이 없게 하였으니, 가히 '육오동몽(六五童蒙)의 길함'을 얻었다고 할 만하다. 그러므로 유신은 그 뜻을 행할 수 있었고, 중국과 협력해 세 나라를 합해 한 집안을 이루어 공적과 명성을 남기고 일생을 마칠 수 있었던 것이다.
>
> —『三國史記』「列傳」'김유신 史評'

김부식은 김유신의 행적을 총괄하면서, 우리가 예상한 삼국통일의 위업이라든가 군주에 대한 충절을 기리고 있지 않다. 대신, '무지한 사람이 높은 지위에 있으면서 겸손한 태도로 유능한 사람에게 모든 것을 맡기고, 그

---

10) 최근 연구자들은 『삼국사기』 「열전」에 수록인 인물의 불균형을 전승 자료의 多寡에서 찾곤 한다. 그 점을 감안한다 해도, 『구삼국사』 「열전」도 정말 이렇게 편파적으로 구성되어 있었을까? 혹은 하찮은 뜬소문이라든가 자질구레한 天災地變들은 어떻게 그리도 세세하게 기록에 남길 수 있었을까? 그렇다면 자료의 한계로만 모든 것을 설명하는 태도가 과연 온당한가 하는 의문은 여전히 남는다.

의 가르침을 받아들이는 것을 어린아이같이 하기 때문에 길하다'는『주역
(周易)』「몽괘(蒙卦)」의 '육오동몽길(六五童蒙吉)'을 끌어들인다. 김유신의 삶
을 기록하면서 궁극적으로 강조하고 싶었던 것은, 김유신 개인의 위대한
업적이 아니라 그것을 가능하게 한 신라 왕실의 아낌없는 신뢰였던 것이
다.11) 임금과 신하의 행복한 만남은 이렇게 해서야 가능할 수 있다는 것이
니, 임금의 선악, 신하의 충사(忠邪), 나라의 안위, 인민의 치란을 통해 시대
의 거울을 제시해야 한다고 믿은 김부식의 역사관을 염두에 둘 때 그의
진정이 어디에 있었는지는 명확하다. 이자겸과 묘청의 반란을 진압함으로
써 문벌귀족으로서의 지위를 확고하게 다진, 고려 중기 그네들의 군신관
(君臣觀)을 피력하고 있는 것에 다름 아니다. 그것이 김유신을 첫 번째 인
물로 배치한, 그리고 열전 전체의 1/3을 할애하며 말하고 싶었던 진실이다.
그렇게 본다면 "인신(人臣)의 사적을 차례로 나열함[列]으로써 후세에 그
사실을 전하려는 것[傳]"12)이라는 사전적 풀이와 달리, 열전이란 역사가
자신의 역사관을 피력하기 위해서 역사적 이름을 빌리고 있었던 것은 혹
아닐는지? 역사적 사실들의 주도면밀한 배치와 서술을 통해 자신의 역사
관을 정당화하려고 했던 것처럼 말이다.

② 인간을 역사의 주체로 세웠던 사마천과 김부식이, 백이·숙제라든가
김유신을 첫머리에 내세워 자신의 역사관을 피력했던 것은 결코 우연이
아니었다. 그런 만큼 우리는 역사가들이 인물을 어떻게 배치하는가에 대
해 좀더 눈여겨볼 필요가 있다. 기존의 역사를 새롭게 구성하려고 했던 김
부식의 역사인식을 살펴보기 위해서라면 더욱 그러하다. 그때,『구당서』를
전복시키기 위해 편찬된『신당서』의 전례는 좋은 참고 자료가 된다.『삼국
사기』편찬에 결정적인 동기를 부여했기 때문이다. 그런『신당서』를 편찬
하는 데 주도적인 역할을 맡았던 증공량(曾公亮)은 이렇게 말한다.

---

11) 이강래,『삼국사기』2, 한길사, 1998, 782~783면.
12)『史記』「索隱」, "列傳者, 謂序列人臣事跡, 可傳於後世, 故曰列傳."

공적이 혁혁한 명군(明君)·현신(賢臣)을 화근의 괴수인 혼암(昏暗)·탐학(貪
虐)한 군주(君主) 및 적신(賊臣)·난신(亂臣)과 함께 두고 있으니, 선악(善惡)을
폭로하여 사람의 이목을 감동시키기에 모두 부족할 뿐만 아니라 후대의 권계
(勸戒)로 보이기에도 진실로 마땅치 않다. 그 점, 심히 한탄스럽다.

— 曾公亮, 「進新修唐書表」

『구당서』 「열전」에 실린 인물의 배치가 선악과 시비를 드러내기에 부족
하다는 것을 들어가며, 그는 새로운 역사편찬의 필요성을 역설하고 있다.
인물을 시간에 따라 배치하거나 선악을 뒤섞어 입전(立傳)하고 있는 데 대
한 불만이었던 것이다. 그리하여 그들은 시간 중심의 열전 편차를 해체하
여 인물을 유형에 따라 다시 분류한다. 유가적 윤리관에 입각하여 재배치
했음은 물론이다. 총 13개의 편목(篇目)으로 구성된 열전 인물을 26개의 편
목으로 세분한 뒤, 선악과 시비를 엄정하게 따져 분류했던 것이다. 뿐만
아니라 편목의 순서도 새로 짰다. 앞에 두었던 외척(外戚)·환관(宦官)·혹
리(酷吏)는 뒤로 돌리고, 뒤에 두었던 명신(名臣)·충의(忠義)와 탁행(卓行)·
효우(孝友)·은일(隱逸)을 앞으로 돌렸던 것이다.13) 김부식도 『신당서』의 이
런 전례를 참고하여 삼국의 인물을 엄정하게 선별하고, 그들을 새롭게 입
전·배치했으니 실상은 이러하다.

열전 권1　김유신(상)
열전 권2　김유신(중)
열전 권3　김유신(하)
열전 권4　을지문덕, 거칠부, 거도, 이사부, 김인문, 김양, 흑치상지, 장보고, 사
　　　　　다함
열전 권5　을파소, 김후직, 녹진, 밀우·유유, 명림답부, 석우로, 박제상, 귀산,
　　　　　온달

---

13) 양승근, 「五代와 北宋中期 문인의 윤리관 변천고—兩 『唐書』 文人傳을 중심으로」,
　　『중국문학연구』 14집.

맨 앞에 배치한 「김유신전」을 별도로 한다면, 대략 명신(名臣 : 將軍), 명신(名臣 : 諫, 輔, 忠), 학자(學者), 충의(忠義), 기타(其他 : 孝, 侫, 烈女, 隱逸 등), 반신(叛臣), 역신(逆臣) 등의 유형으로 세분할 수 있다.14) 물론『신당서』에 비해 편목의 구성이 명확하지 않고, 편목 내부의 인물 성격을 파악하기 어려운 경우도 적지 않다. 그런 까닭에 일정한 원칙하에서 배열한 것이 아니고, 그 기준도 막연하다는 비판을 받기도 했다.15) 하지만 이를 좀더 자세하게 살펴보면, 배치의 의도를 어렴풋이 읽어낼 수 있다. 이에 대한 면밀한 검토는 추후의 과제이겠는데, 창조리(倉助利)와 개소문(蓋蘇文)을 권9에 배치시킨 까닭만을 예로 삼아 보자. 여기는 이른바 군주를 몰아낸 반신(叛臣)의 자리였는데, 똑같이 임금을 시해하거나 폐위시킨 사례가 있는 신라나 백제의 인물이 아니라 고구려의 인물 두 명만을 편입시킨 것은 의도적인 구성인 듯 하다. 게다가 연개소문은 물론이고 창조리는 역신(逆臣)으로 분류하기 어렵다. 그럼에도 불구하고 이런 무리를 범하면서까지 이들 두 사람을 역신의 편목에 소속시킨 까닭은 군신(君臣)간의 불화(不和)로 멸망하고 말았다는 「고구려본기(高句麗本紀)」의 마지막 사평(史評), 곧 자신의 고구려 멸망관(滅亡觀)을 입증하기 위해서라고 판단된다.

이런 섬세한 배치는 편목(篇目)의 구성에만 적용되는 것이 아니다. 편목 내부의 인물들에게도 적용되는데, '기타(其他)'로 분류되던 권8에 속해 있

---

14) 신형식, 『삼국사기 연구』, 일조각, 1981, 337~341면.
15) 신형식, 위의 책, 338면.

는 11명의 인물들을 살펴보자. 이들 가운데 향덕(向德)을 제외하면, 『삼국사기』는 물론 그 어떤 자료에서도 이름을 발견할 수 없다. 그만큼 이들은 역사를 주도할 만한 두드러진 행적을 남기지 못했다. 그럼에도 불구하고 하찮은 삶에 주목하여, 이들을 역사의 전면으로 끌어낸 까닭은 무엇인가? 이들은 향덕·성각처럼 남다른 효행을 보인 경우, 실혜·물계자·백결선생·검군처럼 숨어서 지조를 지킨 경우, 김생·솔거처럼 신묘한 예술의 경지에 이른 경우, 그리고 지은·설씨녀·도미처처럼 여성이 지켜야 할 본분을 다한 경우에 해당한다. 김부식은 국가적 차원과 관련된 혁혁한 삶과는 거리가 있는, 그러나 인간 개개인이 지켜야 할 자세 가운데 효행(孝行)·은일(隱逸)·예술(藝術)·절의(節義)의 삶이야말로 그들과 맞먹는 가치를 지닌 것이라 생각했던 것이다. 물론 그것은 『신당서』에서 설정한 「효우전(孝友傳)」·「은일전(隱逸傳)」·「열녀전(烈女傳)」에 해당되는 삼국의 인물을 선별한 결과이고, 배치 순서도 그 체례(體例)를 그대로 따르고 있다. 이런 점을 들어, 김부식의 인물관을 폄하할지도 모른다. 하지만 『신당서』에 두고 있는 「유학전(儒學傳)」·「방기전(方技傳)」은 제외했을 뿐만 아니라 거의 끝머리에 두었던 「문예전(文藝傳)」을 충의(忠義)의 인물보다도 앞세워 권6에 배치하고 있는 점은 특기할 만하다. 문장가로서의 면모를 여실하게 보여주는 사례이기 때문이다. 산만하게 보이는 『삼국사기』「열전」도 이처럼 질서정연하게 배치되고 있었던 것인바, 거기에 작동하고 있는 김부식의 기준을 읽어내는 것이야말로 그가 삼국의 인물을 통해 재구성하고 있는 삼국의 역사를 이해하는 지름길이 된다는 점을 명심할 필요가 있다.

4. 『삼국사기』 「열전」의 인물 서사 —서술의 시각, 혹은 행적의 선별

① 김부식이 인물로 재구성한 삼국의 역사를 이해하기 위해 그들의 질서정연한 배치에 주목한다거나 그들을 빌어 토로하고 있는 사평(史評)에 주목하는 것은 물론 필요하다. 하지만 이처럼 겉으로 드러난 것만 분석하고 그쳐서는 안 된다. 보다 중요한 것은 입전인물을 그리는 서술의 시각과 형상화 방식이다. 그 점을 살펴보기 위해, 군주의 방탕과 무능에 의해 또는 사대교린의 예절을 지키지 못해 '멸망할 수밖에 없었던' 국가를 위해 최후까지 분투하던 한 인물을 불러오기로 한다. 바로, 계백(階伯)이다. 그가 열전 가운데 편입되어 있는 부분은 권7이다. 여기에는 국가를 위해 싸우다 전장에서 죽은 충의(忠義)의 인물 13명을 모아놓았는데, 해론·관창·죽죽 등 학창시절 때부터 인상 깊게 읽어왔던 인물이 그들이다. 계백도 거기에 들어 있는데, 자리는 맨 끝이다. 세 명밖에 안 되는 백제인 가운데 뽑혔으니 영광으로 여길 수도 있겠지만, 젖비린내 나는 관창(官昌)보다 뒷자리에 서게 된 심경이 탐탁치만은 않았으리라. 하지만 계백이 품었을 보다 큰 불만은, 자신의 최후를 그리고 있는 다음 대목이 아니었을까?

> 마침내 치열하게 싸워 한 사람이 천 명을 당해내지 못하는 이가 없을 정도이니, 신라군이 그만 퇴각하였다. 이와 같이 맞붙어 싸우고 물러나기를 네 번이나 하더니, 힘이 다해 죽었다.
>
> —『三國史記』「列傳」'계백'

짤막한 계백의 전기는 세 부분으로 나뉜다. 나당연합군에 맞서 결사대 오천 명을 뽑아 전쟁터로 가기 전 처자식을 모두 죽이는 대목, 황산벌에 도착해 죽기를 각오하고 싸우라고 군사를 독려하는 대목, 그리고 최후를 맞이하는 위의 대목이 그것이다. 하지만, 정말로 계백의 최후를 "如是進

退, 至四合, 力屈以死"로밖에 그릴 수 없었을까? 이렇게 사실만을 간략히 기술하는 것이 사가(史家)의 필법(筆法)이라 주장할 수도 있다. 하지만 권7에 나란히 실려 있는 신라 화랑들의 비장한 최후와 비교해 볼 때, 그건 공정한 답변이 될 수 없다. 『삼국사기』에는 웬만한 현대 소설보다 탁월한 구성과 핍진한 묘사들로 넘쳐난다.

관창(官昌)은 말에 올라 창을 비껴들고 바로 적진에 쳐들어가 말을 달리면서 몇 사람을 죽였다. 그러나 상대편은 수가 많고 우리는 적어 적들에게 사로잡혀 백제의 원수인 계백 앞에 끌려갔다. 계백이 투구를 벗기게 하더니 그가 어린 나이에도 용맹한 것을 아깝게 여겨 차마 해치지 못하고 탄식해 말했다. "신라에 빼어난 인물이 많구나. 소년조차 이러하거늘 하물며 장사들이야 어떠하겠는가?" 이윽고 관창을 살려 보내도록 하였다. 관창이 돌아와서 말했다. "아까 내가 적진에 들어가 적장을 베지 못하고, 깃발을 뽑아오지 못한 것이 몹시 한스럽도다. 다시 가면 반드시 공을 이룰 수 있으리라." 말을 마치자 손으로 우물물을 움켜 마신 다음 다시 적진에 달려들어 매섭게 싸우니, 계백이 잡아 베어 죽이고 그 목을 말안장에 매어 돌려보냈다. 품일(品一)은 아들의 머리를 집어 들고 소매로 피를 닦아주며 말했다. "내 아들 얼굴 모습이 살아있는 듯 하구나. 나라의 일에 훌륭하게 죽었으니 후회할 것이 없다."

—『三國史記』「列傳」'관창'

익히 아는 내용을 길게 인용한 것은, 관창의 최후가 참으로 감동적으로 그려지고 있기 때문이다. 절제된 언어 표현이 발휘할 수 있는 비장미를 한껏 뽐내면서 전개되는 이들 대목을 읽고 있노라면, 반도의 구석에 쳐 박혀 있던 신라가 어떻게 삼국 통일의 대업을 이룩할 수 있었는가를 실감할 수 있다. 여기서 우리는 열전의 중요성을 다시 한번 깨닫게 된다. '전(傳)'의 의미가 전한다는 뜻 외에 '경서(經書)에 대한 주해(註解)'의 뜻도 있다는 점을 상기한다면, '열전'이 단순히 개개인의 삶을 후세에 전한다는 의미에 국한되지 않는다. 오히려 『춘추(春秋)』의 경우 『좌전(左傳)』이 경문(經文)을 해석하고 있는 것처럼, 『사기』의 경우 신민(臣民)의 행적을 기록하는 열전 (列傳)은 본기(本紀)를 해석하는 것이기도 했다.16) 이런 맥락에서 「계백전」 을 음미할 때, '힘이 다해 죽었다'고 묘사된 계백의 맥없는 최후는 한 개인 의 최후이자 한 국가의 최후를 상징하는 것이기도 한 셈이다. 뿐만 아니라 늙은 계백을 저 펄펄 날던 신라의 젊은 화랑들 끝자리에 놓아 둔 것은, 백 제인에 대한 김부식의 혐오를 반영하고 있는 것인 동시에 극적인 대비를 의도한 것이기도 했다.

그럼에도 불구하고 간과해서는 안 되는 점이 있다. 그토록 맥없이 스러 져가도록 계백의 삶을 마무리한 김부식의 주도면밀한 서술태도를 십분 인 정할 수 있지만, 우리는 그런 사례를 통해 역사가는 자신의 관점에 의거해 한 인물의 삶을 은밀하게 변형시켜 전승·기억하도록 만들 수 있다는 점 도 인정해야 한다는 사실이다. 앞서 인용한 「관창전(官昌傳)」에서 보듯, 계 백은 절체절명의 순간에 이르렀지만 차마 어린 적장을 죽일 수 없어 살려 보내줄 정도로 인간적이면서도 당당한 장수였다. 그렇지만 정작 「계백전」 에서는 이런 면모를 실감할 수 없다. 김부식은 관창의 꺾일 줄 모르는 투 지를 돋보이게 만들기 위해 계백의 의연한 면모를 불가불 드러낼 수밖에 없었지만, 그렇게 사용해 버리고는 정작 계백의 삶으로 되돌려주지 않았 던 것이다. 한 인간의 행적 가운데 역사가에 의해 어느 것은 채택되고 어 느 것은 버려진다면, 그렇게 해서 완성된 한 인간의 전기(傳記)는 과연 그 에 대한 온전한(또는 객관적인) 이해일 수 있는가?

[2] 열전의 구성에 있어 어떤 인물을 선택하고 어떤 인물을 버리는가는 역사를 편찬하는 사람의 판단에 맡겨질 수밖에 없다는 것이 우리의 잠정적 결론이다. 그건, 계백의 경우에서처럼 한 개인의 삶을 기록하는 경우에도 마찬가지다. 전(傳)이란 본래 한 인물의 생애 가운데 특징적인 국면을 집중

---

16) 劉知幾, 章振珮 編注,『史通箋注』, 貴州人民 出版部, 1985, 49면, "列事者, 錄人臣 之行狀, 猶春秋之傳. 春秋則傳以解經, 史漢則傳以釋紀."

적으로 부각시켜, 그에 대한 포폄(褒貶)을 후대에 남기는 양식이다. 전의 작가들은 누구나 거사직필(擧事直筆)의 정신을 준수하여 멋대로 지어내지 않는다고 자부한다. 하지만 몇몇 행적만 가지고 한 인간의 삶을 규정한다는 것이 애당초 정당한가라는 근본적인 질문은 유보해 두고서라도 미리 마음먹은 관점에 부합하는 행적만 선별한다는 혐의로부터 자유로운 전기(傳記)란 거의 없다. 그런 점에서 전이라는 문학적 갈래란 '사실로 재구한 허구'에 다름 아니다. 『삼국사기』「열전」이라고 해서 예외일 수 없다. 그곳에 실려 있는 52명의 삶은 입전자의 안목에 의해 선별된 일화로 재구성된 것이다.17) 물론 이들 각각의 서술방식은 상황에 따라 조금씩 다르다. 「을지문덕전」의 경우를 들어 살펴본다면, 대략 「고구려본기(高句麗本紀)」에 서술된 내용을 기본 골격으로 삼아 어떤 부분은 그대로 전재(轉載)하고 어떤 부분은 압축·생략하기도 한다. 또는 별도의 텍스트로부터 관련 자료를 첨가하기도 한다.

기존의 자료를 토대로 하되, 이를 그대로 옮긴 것이 아니라 '멋대로 추려 재단하고, 함부로 지어낸 경우'18)가 있음은 김부식 자신도 고백하고 있는 엄연한 사실이다. 신이한 사적을 대부분 삭제했다거나 신라 중심적으로 텍스트를 손질했으리라는 혐의는 그래서 두고두고 논란거리가 되었던 것이다. 하지만 최대의 난점은 개작 정도를 비교할 수 있는 원 텍스트가 남아 있지 않기 때문에 정황을 근거로 추정하는 수준에 머물 수밖에 없다는 현실이다. 심증은 가되, 물증은 없는 격이다. 물론 개작 사실과 그 증거물을 제출하고 있는 경우가 전혀 없는 것은 아니다. 이규보(李奎報)는 이렇게 증언하고 있다.

---

17) 『삼국사기』「열전」에 실린 「최치원전」이 그가 보였던 사상적 편력과 문예취향에 대한 편찬자 김부식의 부정적 인식으로 말미암아 부적절하게 입전된 사례에 대해서는 이종문, 「삼국사기 최치원 열전에 투영된 김부식의 의식의 몇 국면」, 『어문논집』 35호를 참조할 것.

18) 金富軾, 「進三國史記表」, "伏望聖上陛下, 諒狂簡之裁, 赦妄作之罪."

처음에는 그(주몽신화)를 믿지 못하였으니 귀환(鬼幻)스럽다고 생각하였기 때문이다. 여러 번 탐독(耽讀) 미독(味讀)하여 차차로 그 근원을 찾아가니 이는 환(幻)이 아니요 성(聖)이며, 귀(鬼)가 아니고 신(臣)이었다. 하물며 국사(『구삼국사』)는 직필(直筆)하는 책이니 어찌 그 사실을 망전(妄傳)하였겠는가? 김부식이 국사(『삼국사기』)를 다시 편찬할 때, 동명왕의 사적을 매우 간략하게 다루었다. 공(公)은 국사란 세상을 바로잡을 책이니, 신이한 일을 후세에 보여주는 것은 옳지 않다고 여겨 간략하게 한 것이 아니겠는가?

―李奎報,「東明王篇序」

『삼국사기』에 실려 있는 「주몽신화」는 『구삼국사』에 실려 있던 그것 가운데 많은 부분을 생략하고 있는데, 그건 주로 신이한 일에 해당된다는 점을 분명하게 밝히고 있다. 실제로 『삼국사기』에는 해모수와 하백의 도술 싸움, 주몽과 송양왕의 도술 시합은 흔적도 없다. 유가적 합리주의를 견지하던 김부식에 의해 삭제된 것이 틀림없다. 하지만 검열 기준이 괴력난신(怪力亂神)과 연관된 대목에 국한되지 않는다. 이규보가 「동명왕편」의 분주(分註)를 통해 밝혀놓은 본래 모습에서 그 점을 확인할 수 있다.

『삼국사기』 금와왕은 그 말(주몽을 죽이라는 대소의 말)을 듣지 않고 주몽에게 말을 기르게 했다. ▼ 주몽은 좋은 말을 알아보아 좋은 말에게는 적게 먹여서 여위게 하고 나쁜 말에게는 잘 먹여 살찌게 했다. 왕은 살찐 말은 자기가 타고 여윈 말은 주몽에게 주었다.

『동명왕편』 그 어머니가 "이것은 내가 밤낮으로 고심하던 일이다. 내가 들으니 사(士)가 먼 길을 가려면 반드시 준마(駿馬)가 있어야 한다. 내가 능히 말을 고를 수 있다" 하고, 드디어 마구간으로 가서 긴 채찍으로 어지럽게 때리니 여러 말이 모두 놀아 달아나는데 한 마리 붉은 말이 두 길이나 되는 난간을 뛰어 넘었다. 주몽은 이 말이 준마임을 알고 몰래 바늘을 혀 밑에 꽂아 놓았다.

주몽이 대소의 박해를 피해 탈주를 준비하는 대목인데, 『삼국사기』의 기록만으로도 별 문제 없이 읽어내려 갈 수 있다. 하지만 「동명왕편」을 통

해 확인 가능한 『구삼국사』의 본래 내용과 비교해 읽는다면, 사정은 조금
다르다. 좋은 말을 가려내는 안목을 지녔다는 것은, 활을 잘 쏘았다는 것
과 함께 수렵생활을 하던 집단 내에서는 탁월한 지도자로서의 징표였다.
그런 안목과 능력이 있었기에, 주몽은 험난한 시련을 딛고 일어서서 한 나
라의 건국영웅이 될 수 있었던 것이다. 믿고 싶지 않은 신화였지만, 그래
도 김부식은 그것을 말하고 싶어했다. 하지만 지금은 잃어버린 『구삼국사』
는 달랐다. 여러 말들 가운데 준마(駿馬)를 가려낸 것은 주몽이 아니라 그
의 어머니 유화였던 것이다. 모정에 연연하여 떠나지 못하는 유약한 아들
을 떠나도록 깨우쳐 주고, 탈출에 성공하기 위한 말을 골라 착실한 준비를
시켜 주고, 그것도 부족하여 떠나는 아들에게 오곡(五穀)의 씨앗을 주어 국
가 건설의 경제적 기반까지도 마련해 주었던 주몽의 어머니 유화! 김부식
은 이런 일련의 대목을 모두 삭제해 버렸지만, 그녀의 본래 역할은 참으로
지대했다. 그래서 고구려인들은 주몽만이 아니라 유화도 함께 신묘(神廟)에
모셔두고 지모신(地母神)으로 섬겼던 것이다.19)

5. 『삼국사기』 「열전」의 서사 원천—텍스트의 가공, 혹은 텍스트의 활용

　□ 「동명왕편」을 통해 확인할 수 있듯, 김부식은 원 텍스트를 사료로
활용하는 과정에서 의미 있는 대목을 적지 않게 삭제하곤 했다. 그런데 문
제는 그것이 신이한 행적에만 그치고 있지 않았다는 점이다. 주몽의 어머

---

19) 金富軾, 『三國史記』 「잡지」, "고구려는 항상 10월에 하늘에 제사지냈는데 부정한 귀
　　신에게 지내는 제사가 많았다. 神廟가 두 곳에 있었는데 첫째는 夫餘神이니 나무에 새
　　겨 부인상을 만든 것이요, 둘째는 高登神이니 이는 시조 부여신의 아들이라 했다. 모두
　　관청을 두어 사람을 보내어 지키고 보호했는데, 대개 河伯女와 朱蒙이라 했다."

니인 유화를 '신적인 존재'로부터 '자애로운 어머니'의 형상으로 변모시켜
놓았으니, 거기에는 남성을 역사의 주역으로 내세우려는 남성 중심적 서
술시각이 강력하게 작동했던 것이다. 돌이켜 보면, 김부식은 고려 중기를
대표하는 정치가·역사가·문장가인 동시에 유교적 이념에 기초한 가족제
도를 구축하려던 '근엄한 가장'이기도 했다. 이를테면 열전에 오른 여성들
은 모두 딸이라든가 아내라는, 곧 '가족의 이름'으로 불려 나온다. '효녀(孝
女)' 지은, 설씨'여(女)', 그리고 도미'처(妻)'처럼 말이다.[20] 이런 호명법(呼名
法)을 단순히 표현의 문제로 보아 넘기는 것은 옳지 않다. 거기에는 딸로
서, 아내로서 마땅히 지켜야 할 도리를 지켜야 한다는 김부식의 의지가 각
인되어 있기 때문이다. 그리고 그런 의지는 종종 행적을 '선별'해서 기록
하는 것이 좋겠다는 유혹을 뿌리치지 못하도록 만들기도 했다. 「도미전」
은 그렇게 해서 열전에 편입된 텍스트이다. 이는 본래 백제 개루왕(蓋婁王)
의 탐학에 맞선 도미 부부의 의리(義理)와 절행(節行)을 '함께' 기리고 있는
텍스트였다. 도미는 아내를 굳게 믿고, 아내는 남편을 결코 배반하지 않았
던 부부의 의리가 눈부시게 펼쳐지고 있다.[21] 그러나 조선시대 유학자들
이 『삼강행실도』 「열녀」편에 이를 재수록하면서 그녀'만'이 우리나라 열
녀전 계보의 첫머리에 놓이게 된다. 도미처의 행위가 인상적으로 그려지
고 있는 것도 하나의 이유가 되겠지만, 여성의 정절을 표창하는 데 열을
올리던 시대적 분위기가 텍스트를 그런 방향으로 읽도록 부추겼던 것이다.
그런데 「도미전」을 읽다보면, 선뜻 이해가 되지 않는 대목이 있다.

　　왕은 시험하고자 하여 도미에게 일을 주어 머물러 두고, 가까운 한 신하를 시

---

20) 『三國史記』 「列傳」에서 여성이 딸, 아내, 어머니라는 가족관계 속에서 입전된 자세한
　　분석에 대해서는 이혜순, 「김부식의 여성관과 유교주의—삼국사기 여성 열전의 분석적
　　고찰」, 『고전문학연구』 11집(한국고전문학회, 1996)을 참조할 것.
21) 그런 흔적은 '도미는 義理를 알고 그의 아내는 節行이 있었다'는 작품 서두, 그리고
　　'두 사람이 함께 배를 타고 고구려로 도망가서 구차한 삶을 살았다'는 작품 결말에 담겨
　　져 있다.

켜서 거짓으로 왕의 옷과 말과 시종을 갖추어 도미의 집으로 가게 했으며, 미리 사람을 보내 왕이 온다고 알렸다. 왕으로 가장한 이가 도미의 아내를 보고 말했다. "내가 오랫동안 너의 아리따움을 듣고 도미와 내기를 해 너를 차지하게 되었다. 내일 너를 들여 궁녀로 삼을 것인즉, 지금부터 너의 몸은 나의 것이다." 드디어 음행하려 덤벼들자 도미의 아내가 말했다. "국왕께서 망령된 말을 하실 리 없으니, 제가 감히 순종하지 않겠나이까? 청컨대, 대왕께서는 먼저 방에 드소서. 저는 옷을 갈아입고 나서 모시겠습니다." 그녀는 물러나와 여종 하나를 갖가지로 꾸며 들여보냈다. 왕이 뒤에 속은 것을 알고 크게 노하여, 도미에게 없는 죄를 들씌워 두 눈동자를 뽑아버리고 사람을 시켜 끌어내 작은 배에 실어 강물에 띄워 버렸다.

—『三國史記』「列傳」「도미전」

"개루왕은 신하로 하여금 왕의 차림으로 변복시켜 도미의 집에 보낸다. 그리고 사람을 시켜 왕이 온다고 알렸다. 그러더니 부인에게 말했다." 이것이 인용문 전반부의 골자이다. 그런데 이런 일련의 과정이 다소 혼란스럽다. 여기에서 도미의 집으로 가게 한 주체는 개루왕이 분명한데, 왕이 왔다고 알리도록 시킨 주체는 개루왕(蓋婁王)인가 가왕(假王)인가? 또한 도미 부인에게 내기를 해서 차지하게 되었다고 말을 한 주체는 개루왕(蓋婁王)인가 가왕(假王)인가? 해당 대목은 "王欲試之, 留都彌以事, 使一近臣, 假王衣服馬從, 夜抵其家, 使人先報王來, 謂其婦曰"처럼 짧지만, 해석하기가 쉽지 않다. 선학들도 그러했다.

① 근신(近臣) 한 사람에게 왕의 의복(衣服)과 말·종자(從者)를 빌려주어 밤에 그 집에 가게 했는데, 먼저 사람을 시켜 王이 온다고 알리었다. 王이 와서 그 부인에게 이르기를

② 가까운 한 신하를 시켜서 거짓으로 왕의 옷과 말과 시종을 갖추어 도미의 집으로 가게 했으며, 미리 사람을 보내 왕이 온다고 알렸다. 왕으로 가장한 이가 도미의 아내를 보고 말했다.

도미 부인을 겁탈하려는 말을 한 주체를 개루왕(蓋婁王)으로 보고 있는
①은 이병도의 해석이고, 가왕(假王)으로 보고 있는 ②는 이강래의 해석이
다. ①처럼 개루왕으로 본다면, 도미 부인에게 속은 것을 알고 분노하는
뒷이야기가 자연스럽게 연결된다. 그런데 문제는 개루왕이 어디에서 갑자
기 나타났는지 설명할 길이 없다는 점이다. 그래서 ②처럼 가왕(假王)으로
해석했던 것이다. 하지만, 그렇게 보아서는 뒷이야기와 맥락이 자연스럽게
이어지지 않는다. 겁탈하려 들고, 도미 부인에게 속고, 그래서 남편에게 혹
독한 복수를 하는 주체는 문맥상 개루왕이 분명하기 때문이다. 그렇다면
어떻게 해석해야 하는가?

　　③가까운 한 신하를 시켜서 거짓으로 왕의 옷과 말과 시종을 갖추어 도미의
집으로 가게 했다. / ▼ / 미리 사람을 보내 왕이 온다고 알리고는 도미의 아내에
게 말했다.

처음에는 신하를 왕으로 꾸며 보내고, 다음에는 자신이 직접 찾아갔던
것이다. 두 대목 사이, 그러니까 ▼로 표시한 부분을 시간적으로 분절시켜
놓아야 해석이 자연스럽다. 다시 말해 가왕(假王)으로 방문한 신하는 도미
부인을 만나고 나서 돌아와 결과를 아뢰었고, 그런 일이 있고 난 뒤에 개
루왕이 방문하여 음행을 자행하려던 것이다. 그렇게 본다면, ▼ 부분에는
도대체 무슨 사연이 감춰져 있었던 것일까? 우리는 가왕(假王)이 도미 부인
의 마음을 떠본 뒤, 훼절 가능성을 전달받은 개루왕이 직접 찾아갔다가 속
임을 당했던 것으로 생각한다. 이런 추측을 하는 근거는, 『삼국사기』「고
구려본기」에 실려 있는 산상왕(山上王)도 유사한 방식을 밟고 있었기 때문
이다. 사연은 이러하다.

왕이 듣고 이상히 여겨 그 여자를 보려고 미행(微行)하여 밤에 그의 집에 가
서 시인(侍人)을 시켜 달래보았다. 그 집에서는 왕이 오신 것을 알고 감히 거역
치 못했다. 왕이 방으로 들어가 그 여자를 불러보고 상관하려 함에, 여자가 고

하되 "대왕의 명을 감히 어길 수는 없습니다만 만일 상관하셔서 아이가 있게
되거든 저버리지 마시기 바랍니다" 하므로 왕이 허락하였다. 병야(丙夜)에 이르
러 왕이 일어나 환궁하였다.

—『三國史記』「高句麗本紀」 '山上王'

산상왕(山上王)은 먼저 신하를 시켜 여자의 마음을 달래는 절차를 밟고
있다. 그런 뒤, 자신이 직접 찾아가 정을 통했던 것이다. 개루왕도 이런 단
계를 거쳤을 개연성이 있다. 물론 가왕(假王)이 찾아갔을 때, 도미 부인이
보였던 반응을 확인할 길은 없다. 다만 비슷한 자료와 관련지어 생각할
때, 남편 도미가 없다면 요구에 응할 수 있겠노라 답했을지도 모른다. 여
자가 지킬 일은 두 남편을 섬기지 않는 것이라며 사륜왕(舍輪王)의 요구를
완강하게 거부하던 도화녀(桃花女)가, 돌연 남편이 죽으면 가능하다고 하던
신라시대의 일부일처관(一夫一妻觀)을 감안한다면 말이다.22) 그리고 만약
도미 부인이 그런 식으로 말을 했다면, 그것이 아무리 위기를 벗어나기 위
한 임기응변의 수단이었다 해도 여자가 지켜야 할 도리를 엄격하게 규정
했던 김부식으로서는 그녀의 입을 틀어막을 필요가 있었다. 그리하여 문
제의 발언을 서둘러 삭제해 버렸고, 그 결과 문맥이 제대로 통하지 않는
텍스트가 되고 말았던 것이다.23)

　②『삼국사기』를 꼼꼼하게 뜯어 읽어보면, 「도미전」처럼 문맥이 제대로
이어지지 않거나 매끄럽지 않은 대목은 물론 실증적 오류도 종종 발견된

---

22) 一然,『三國遺事』「기이」 桃花女 鼻荊郞, "女之所守, 不事二夫, …… 王戲曰, 無夫
則可乎, 曰可." 여기에서 도화녀가 여자의 도리로 밝히고 있는 不事二夫란, '동시에'
두 남자를 섬길 수 없다는 것이지 '평생' 그럴 수 없다는 뜻이 아니다. 그러기에 남편이
죽으면 가능하다고 말했던 것이다.

23) 유화와 도미 부인의 행적이 생략되고 있는 양상은 「설씨녀전」에서도 발견된다. 이처
럼 여성의 삶을 가공하고 있는 김부식의 편찬 태도에 대해서는 정출헌, 「삼국의 여성을
읽는 두 '남성'의 시각―『삼국사기』와 『삼국유사』를 중심으로」,『동양한문학연구』19집
(동양한문학회, 2004.6)을 참조할 것.

다. 그때마다, 고려 중기 최고의 문장가 김부식이 쟁쟁한 일급 문사들과 공동으로 편찬한 정사(正史)가 어찌 이럴 수 있는가 실로 의아스럽기 짝이 없다. 김택영에 의해 고려시대 문장 가운데 최고로 평가된, 그리하여 『전국책(戰國策)』이나 『사기(史記)』 가운데 두더라도 거의 구별하지 못할 것이라는 극찬을 받은 「온달전」도 그러했다. 왕의 연대기를 기록하는 것에서조차 착오를 일으켰으니, 죽은 부왕(父王) 영양왕(嬰陽王)이 아들 평강왕(平岡王)을 뒤이어 왕위에 올랐다는 어처구니없는 오류를 범하기도 했던 것이다.24) 이런 불비(不備)함 가운데 어떤 것은 단순한 오류에 속하겠지만, 어떤 것은 원 텍스트를 사서(史書)의 체제(體制)나 사관(史觀)에 맞게 가공하는 과정에서 빚어진 의도된 오류도 있을 것이다. 또는 원 텍스트가 갖고 있던 오류를 부주의하게 답습한 경우도 적지 않았으리라 짐작된다. 어디에도 모습을 보이지 않고 있다가 불쑥 등장한 '온달 이야기'도 거기에 해당된다. 물론 열전에 실린 인물 모두가 본기에 등장하는 것은 아니다. 거도, 설총, 취도, 설계두, 김영윤, 성각, 실혜, 물계자, 백결선생, 검군, 김생, 솔거, 지은, 설씨녀, 도미 등 적지 않은 인물들도 열전에 처음 이름을 올려놓고 있다. 하지만 이들과 달리 온달은 명신(名臣)만을 모아 놓은 권5에 묶여 있는 인물이라는 점에서 납득하기 힘들다. 그 정도의 인물이라면, 「고구려본기」에 적어도 한 마디쯤은 언급이 있어야 하지 않을까?

우리가 이런 의문을 제기하는 까닭은, 이들 이야기의 소종래(所從來)가 어디인가 하는 점 때문이다. 그런 질문에 대해서는, 설화성이 짙은 모종의 텍스트가 저본으로 쓰였으리라는 추측이 진작부터 있어 왔다. 하지만 설화성이 농후한 텍스트의 활용이 갖는 역사적 글쓰기의 맥락에 대해서는 깊이 있게 논의되지 않았다. 이를테면 그런 태도는 '신화와 역사' 또는 '허구와 사실'을 엄격하게 구분했다는 역사가 김부식의 편찬태도와 모순되지

---

24) 『삼국사절요』·『동국통감』의 편찬자들은 이런 오류를 깨달아 평강왕의 뒤에 왕에 오른 임금이 양원왕이 아닌 영양왕으로, 곧 "태자 元(영양왕의 이름)이 왕위를 이어 받으니"라고 정정해 놓고 있다.

않는가 하는 질문은 간과되었던 것이다. 답은, 물론 '모순되지 않는다.'이다. 우리는 그런 모순되는 듯한 편찬태도를 이해하기 위해, 아니 모순되지 않는다는 답변의 근거를 『신당서(新唐書)』의 한 사례에 찾아볼 수 있다. 『신당서』「열전」'열녀전'에는 모두 47명의 여인이 입전되어 있다. 이는 『구당서』「열전」'열녀전'에 실려 있던 30명 가운데 적합하지 않다고 판단되는 15명은 빼버리고 32명을 새롭게 발굴하여 편입시킨 결과다. 추가된 열녀전 가운데 「단거정처사(段居貞妻謝)」가 있다. 단거정의 처인 사소아(謝小娥)의 열행을 기록한 전기로, 장사를 하던 부친과 남편이 도적에게 죽임을 당하자 사씨 부인이 남장(男裝)으로 변복(變服)하여 살해범 신춘(申春)과 신란(申蘭)을 천신만고 끝에 찾아 복수한다는 것이 주된 골자다. 기존의 열녀를 재심(再審)에 부쳐 간추리고, 광범위한 조사(調査)를 통해 새롭게 추가된 열녀 47명을 입전하는 과정에서 편찬자의 기준이 엄격히 적용되었으리라는 점, 의심의 여지가 없다. 그리고 사씨의 행적도 그런 기준을 무사히 통과했던 것이다.

하지만 '유감스럽게도' 그 이야기의 원 텍스트는 당나라 때 문인 이공좌(李公佐)가 쓴 전기소설(傳奇小說) 「사소아전(謝小娥傳)」이다. 이 작품은 당대 전기소설이 겪던 문학적 변주의 코스를 착실히 밟아가며, 명대에는 능몽초(凌夢初)에 의해 백화소설(白話小說)로 각색되어 『박안경기(拍案驚奇)』에 실리고 명말청초에는 왕부지(王夫之)에 의해 『용주회잡극(龍舟會雜劇)』이라는 희곡으로 각색되기도 했다. 그럼에도 그녀의 이야기가 정식 역사서인 『신당서(新唐書)』의 「열전(列傳)」(곧 傳記)에 편입되는 또 다른 길을 밟을 수 있었던 것은, 문학적 텍스트와 역사적 텍스트의 경계를 모호하게 만들며 자신의 존립근거를 확보해 가던 전기소설 작가의 서사 기법에 기인한다. 많은 전기소설이 그러하듯, 「사소아전」 역시 텍스트 안에 '진실처럼 보이게 만드는 표징'을 여럿 간직하고 있었다. 사건이 발생한 구체적 날짜, 실제로 존재하는 공간과 배경, 주인공의 혈통과 가문의 배경에 대한 세부적 묘사, 사건 전개 과정에 나오는 실존 인물과 목격자로서의 이야기꾼 설정

등이 그것이다. 뿐만 아니라 서사 논리에서 자연스럽게 드러나는 교화의
메시지를 비롯하여 역사가를 흉내 낸 교훈적 평결은 문학적 텍스트가 역
사적 텍스트로 편입하게 되는 데 결정적인 역할을 했다.[25] 그런 사례는 우
리의 경우에 있어서도 확인된다.『삼국사절요』를 편찬한 조선 초기 유학
자들도 그러했던 것이다.

> 신(臣) 등은 본래 삼장(三長)의 재주가 없는데, 어떻게 예지(叡智)에 걸맞게
> 할 수 있겠습니까? 다만 예전의『사기(史記)』및『사략(史略)』을 취하고, 겸하여
> 『삼국유사』와『수이전(殊異傳)』을 채택하여 장편(長編,『삼국사절요』—인용자
> 주)을 지었으며, 범례는 한결같이『자치통감(資治通鑑)』에 의거하였습니다.
>
> ― 徐居正,「三國史節要序」

기존의 역사서에는 황당하고 괴이한 내용이 많다고 비판하던 조선 초기
사대부들이, 정작 자신이 역사를 편찬할 때『사기』・『사략』과 같은 정통
역사서만이 아니라『삼국유사』・『수이전』과 같이 허황한 저작도 사료로
채택하였다는 점이 흥미롭다.『수이전』이란 어떤 책인가? 그건 "귀신의 도
가 허망한 것이 아님을 밝히겠다[發明神道之不誣也]"는 목표 아래 간보(干
寶)가 편찬한, 곧『수신기(搜神記)』계열에 속하는 우리의 대표적인 지괴(志
怪)・전기소설집(傳奇小說集)이다. 물론 거기에 실려 있던 이야기 대부분이
산실(散失)되어 12편밖에 남아 있지 않지만, 그것들로 미루어 볼 때 현실계
와 비현실계를 자유롭게 넘나드는 허황한 이야기가 주류를 이루고 있었음
에 틀림없다. 다만, 특기할 점은 지괴(志怪) 역시 전기소설(傳奇小說)과 마찬
가지로 자신이 그려내고 있는 '유명(幽冥)의 세계(世界)'가 결코 거짓으로
꾸며낸 것이 아니라 엄존하는 또 다른 현실임을 믿게 만들려는 서사적 장
치를 다양하게 구사하고 있었다는 사실이다. 권위 있는 인물이 겪은 경험

---

25)「사소아전」을 비롯한 당대 전기소설이 역사적 독서 양식으로 받아들여지던 정황에 대
   한 자세한 논의는 루샤오핑, 조미원 외역,『역사에서 허구로―중국의 서사학』, 길, 2001,
   165~169면을 참조할 것.

담의 형식을 취한다거나, 신뢰할 만한 전적(典籍)에 실려 있던 이야기를 전재(轉載)한 것이라고 밝힌다거나, 실제로 일어난 것처럼 느끼도록 생생한 묘사를 구사하거나, 이야기와 관련된 증거물을 작품 내부에 담아두고 있는 것이 그러하다. 고려 중기의 김부식이든 조선 초기의 서거정이든, 사실을 빙자한 문학적 서사를 역사적 사실로 '믿어 혹은 믿고 싶어' 정통 역사서를 편찬하는 데 기꺼이 활용했던 것도 그런 서사적 특징에서 비롯한다.

　이처럼 중국의 「사소아전」이든 우리의 『수이전』이든, 이들 모두는 문학적 텍스트와 역사적 텍스트의 영역을 수시로 넘나들며 서로의 경계를 모호하게 만들곤 했다. 기실, 전근대 동아시아의 문예 전통에서 역사와 소설이란 단순하게 '사실'과 '꾸며낸 이야기', '실제성'과 '개연성', 문자 그대로의 '진실성'과 '상상적 진실'이라는 이분법으로 구분될 수 있는 성질이 아니었다. 오히려 이들을 나누는 경계는 '정전(正典)'과 '비정전(非正典)', 공식적으로 '공인된 담론'과 '비공식적인 담론', '정통'과 '비정통' 사이에 있었다고 보아야 옳다.26) 지괴와 전기가 왜 그토록 실제 사실처럼 보이기 위한 서사적 기법과 핍진한 묘사에 공을 들였는가, 그리고 왜 그토록 역사가의 목소리를 모방해 교화의 논리를 흉내내려 애썼는가도 이런 맥락에서 이해할 수 있다. 소설은 자신의 비천하고, 비공식적이고, 보충적인 역사의 지위로부터 고급하고, 공식적이고, 정식 역사 그 자체로 인정받기를 늘 갈망했던 것이다. 그리고 그런 요구를, 역사가는 결코 외면하거나 배척하지 않았다. 『삼국사기』와 『신당서』를 편찬한 김부식과 구양수가 말해 주듯, 그들은 자신이 새롭게 구축하고자 하는 역사의 진실성·교훈성과 배치되지 않는다면 소설이 단련시켜 온 감동의 기법을 언제든 받아들일 준비가 되어 있었다. 어쩌면 소설이든 역사든 삶의 진정성을 추구한다는 대의(大義), 그리고 방식은 다르지만 그를 향해 함께 분투하고 있다는 공감(共感)이 만들어낸 행복한 합의일 수도 있겠다. 그 과정에서 인물서사에 대한 가공(加工)

---

26) 루샤오펑, 조미원 외역, 위의 책, 27~28면.

과 역사기록으로서의 명분(名分)에 일정한 손상이 가해지기도 했지만, 그들
은 그런 훼손을 기꺼이 감수했다. 그 결과 얼마간 변질된 인물서사로나마
'설씨녀 이야기'·'도미 부부 이야기'·'온달과 평강공주 이야기'는 많은
사람들에게 회자되고, 『삼국사기』는 더할 나위 없이 생동한 삼국의 역사
로 기억될 수 있었던 것이다.

6. 맺음말

　우리는 이제까지 『삼국사기』라는 고전적 텍스트를 대상으로 삼아, 한 역
사가가 인물이야기를 통해 삼국의 역사를 재구성하는 과정에 대해 살폈다.
이런 논의가 『삼국사기』의 균형 잡힌 이해를 증진시키는 데 얼마나 기여할
수 있었는지, 아니 얼마나 혼란스럽게 만들어 놓았는지 가늠하기 힘들다.
특히, '허구적 서사'와 '역사적 사실'에 대한 분별이 참으로 혼란스러워졌
다는 점을 고백하지 않을 수 없다. 그런 혼란의 근원을 더듬기 위해, 우리
는 다시 하나의 실증적 사례로 되돌아갈 필요가 있다. 많은 연구자들이 '허
구적 서사인지, 역사적 기록인지' 참으로 분별하기 어렵다고 인정하는, 곧
권8에 실린 이름 없는 인물에 대한 이야기가 그것이다. 이들은 아마도 다
양한 텍스트와 복잡한 경로를 통해 『삼국사기』「열전」에 실리게 된 것으로
보인다. 이를테면 「향덕전」·「성각전」·「효녀 지은전」은 고을의 관장(官長)
이나 지도급 인사가 작성해 올린 장계(狀啓)가 원 텍스트였으리라 짐작된다.
"마을 관리가 이 사실을 주(州)에 보고하고, 주에서는 왕에게 아뢰니"(「향덕
전」), "대신 각간 김경신(金敬信)과 이찬 김주원(金周元) 등이 그 사실을 국왕
에게 아뢰어"(「성각전」), "대왕 역시 그 말을 듣자"(「효녀 지은전」)와 같은 텍스
트 내부의 진술이 그런 정황을 암시한다. 물론 전재하는 과정에서 김부식

가 원 텍스트의 인물서사를 가공하고 있던 사례는 앞서 지적한 바 있다.27) 그런데 흥미로운 사실은,『삼국사기』「열전」권8에 실려 있던 이들 11명의 인물 전기가『삼국사절요』·『동국통감』에 다시 전재되면서 양상을 조금씩 달리한다는 점이다. 그런 두 대목을 비교해 보기로 하자.

① 도미의 처는 곧바로 달아나 강어귀에 이르렀으나 건널 수가 없어 하늘을 우러러 통곡하자 홀연히 배 한 척이 물결을 따라 이르는 것이었다[忽見孤舟, 隨波而至]. 그녀가 이를 타고 천성도(泉城島)에 도착해 남편을 만났는데, 그는 아직 죽지 않고 풀뿌리를 캐먹고 있었다.

—『三國史記』「도미전」

② 도미의 부인이 달아나 강어귀에 이르렀는데 홀연히 지나가는 배를 만나[忽遇行船] 천성도(泉城島)에 이르니 그 남편이 이미 먼저 가 있었다.

—『東國通鑑』卷2 '丙午年'

③ 이때 가실이 교대되어 돌아왔는데, 형용이 비쩍 말라 수척하고 의복은 남루하여 집안사람들도 알아차리지 못하고 다른 사람으로 여겼다. 가실이 곧장 앞으로 내달아 깨진 거울 한 쪽을 던지니 설씨가 이를 받아들고 흐느껴 울었다. 그녀의 아버지와 집안사람들은 너무 기뻐 어찌할 줄을 몰랐다. 마침내 다른 날을 잡아 혼례를 치르고, 가실과 더불어 해로하였다.

—『三國史記』「설씨녀전」

④ 이때 마침 가실이 이르렀으나 형용이 초췌하고 의복이 남루하여 설씨가 보고서도 가실임을 알지 못했는데, 쪼개 가진 거울을 징험으로 삼아 드디어 부부가 되었다.

—『東國通鑑』卷6 '壬辰年'

---

27) 물론 효자 표창을 위한 狀啓가 작성되는 단계에서 사실에 대한 가공·왜곡이 이루어지고, 그로 인해 그곳에서부터 이미 '역사적 사실'과 '허구적 서사'의 경계가 모호하였으리라는 점 또한 충분히 전제해야 한다. 조선시대 향랑이라는 한 여성이 국가적 열녀로 표창받기까지 겪었던 텍스트 가공의 과정에 대해서는 정출헌, 「향랑전을 통해본 열녀 탄생의 메카니즘」, 『고전여성문학연구』 3집(한국고전여성문학회, 2001)을 참조할 것.

위의 인용문은 『삼국사기』와 『동국통감』에 실린 도미처와 설씨녀의 이야기를 비교하기 위해, 해당 대목을 나란히 적은 것이다. 전체적으로 『동국통감』은 『삼국사기』의 인물 기사를 간략하게 압축하는 방향에서 전재(轉載)하고 있다. 특히, 「도미전」과 「설씨녀전」은 유별나게 많은 대목에서 가공·생략이 이루어진다.28) 이들 텍스트가 역사적 기록으로는 부적합한 부분을 많이 간직하고 있는, 곧 문학적 체취가 물씬 풍기는 허구적 서사라는 판단에서 그랬을 것이다. 그리하여 「도미전」의 경우처럼 하늘에 호소하자 그 응답으로 어디선가 배가 이르렀다는 '신이한 서사'를 '현실적 맥락'으로, 또는 「설씨녀전」의 경우처럼 재회의 기쁨을 실감나게 전달하고 있는 '생동한 서사'를 '사실적 진술'로 변경하거나 압축하는 방향으로의 가공이 이루어진다. 역사가들은 허구에 가까운 인물서사 가운데 탐탁지 않은 대목을 은밀하게 생략해 버리는 것과 함께 이런 가공의 과정을 동반했던 것이다. 여기서 우리는 '허구적 서사'와 '역사적 기록'이 분기되는 지점을 감지할 수 있다. 그렇지만 '허구적 서사'와 '역사적 기록'의 경계를 수시로 넘나들던 역사서술의 많은 사례를 감안할 때, '허구적 서사'와 '역사적 기록'란 애당초 화해할 수 없거나 넘을 수 없는 경계로 나뉜 것이 아니라는 점도 잊어서는 안 된다. 사정이 이렇다면, 우리는 허구적 서사가 발휘하는 문학적 감동의 효과와 역사적 기록이 추구하는 역사석 신실의 딤구를 함께 아우르는 '상생(相生)의 만남'을 모색해야 하지 않을까? 누구도 부정할 수 없는 '더 좋은 역사'29)를 쓰기 위해서라면 말이다. 번다한 논의를 거치면서 얻은, 비록 작지만 큰 깨달음은 바로 이것인지도 모르겠다.

---

28) 권8에 실린 11명 가운데 이 두 명의 여인과 狀啓를 텍스트로 삼았던 향덕·성각·지은의 전기에서 표창 과정 및 사후 조치를 과감하게 생략하는 것 외에 다른 6명의 인물 전기는 거의 그대로 전재하고 있다.

29) 두루뭉실한, 그러나 적절한 이 표현은 근대 역사학과 포스트모던 역사학의 화해를 모색하고 있는 김호, 「우리에게 포스트모던 역사학이란 무엇인가」, 『포스트모더니즘과 역사학』(푸른역사, 2002)에서 빌려 왔다.

청년기 이규보의 집안 상황 및 행동 양식과 「백운거사전」

이종문

1. 머리말

주지하는 것처럼 이규보(1168~1241)는 20대의 청년기에 이미 문학적인 명성을 크게 떨쳤던 인물이었다. 요컨대 그는 이 시기에 벌써 「백운거사전(白雲居士傳)」·「백운거사어록(白雲居士語錄)」·「동명왕편(東明王篇)」·「개원천보영사시(開元天寶詠史詩)」 등 여러 가지 면에서 자신을 대표하는 작품인 동시에 문학사적으로도 크게 주목되는 일련의 작품들을 창작했던 것이다.

그 당연한 결과로서 이들 작품들은 그 동안 이규보를 다루는 논문에서 본격적으로든 주변적으로든 끊임없이 언급되어 왔다. 더구나 기존의 견해들이 이미 학계의 상식으로 정착되어 버린 경우도 있으므로 지금 새삼스럽게 이 작품들에 대해 논의하는 것 자체가 진부하게 느껴지는 측면마저도 없지 않을 지경이다.

그러나, 그럼에도 불구하고 필자는 이 작품들에 대한 지금까지의 논의에 얼마간의 문제점이 내포되어 있다고 믿으며, 경우에 따라서는 지금까지의 논의가 작품의 내용을 진지하게 이해하는데 일종의 장애요인이 되어온 측면도 없지는 않다고 생각하고 있다. 요컨대 우리는 이규보가 가진 문학적 명성과 그를 연구한 몇몇 학자들의 긍정적 평가가 오랫동안 통설로 정착된 나머지 치밀한 분석을 거치기 전에 다소 성급하게 결론을 내린 것이 아닌가 하는 의구심이 들곤 하는 것이다.[1] 더구나 대부분의 논의가 거시적인 역사적 문맥에 집착한 나머지, 당시 이규보의 가정 상황이나 의식의 기저 및 행동 양식과 관련하여 작품의 성격을 정면으로 논의한 경우는 별로 없었다고 생각된다.

이 논문은 바로 이와 같은 연구사적 상황에 초점을 맞추어 젊은 날의 이규보의 가정적 상황과 의식의 기저 및 행동 양식을 검토하고, 이를 바탕으로 이 시기에 지어진 작품들 가운데 「백운거사전」을 하나의 모델로 삼아 젊은 날의 그의 작품들을 보다 깊이 있게 이해하기 위한 노력의 일환으로 집필되었다. 모쪼록 이와 같은 노력이 이규보 문학을 이해하는 새로운 시각을 확립하는데 일정한 기여가 될 수 있기를 기대하면서 논의에 들어가고자 한다.

---

[1] 예컨대 「동명왕편」 같은 경우, 투철한 역사의식을 바탕으로 하여 거시적인 차원에서 작품을 검토하고 그 역사적, 문학적 의미를 부여했던 이우성 교수의 논의와, 이규보의 서문이 지닌 열정적 어투와 민족의식에 매혹된 나머지 작품 창작의 동인이나 작품의 예술성 등에 대한 진지한 성찰은 상대적으로 부족했다고 판단되며, 이 점에 대해서는 필자가 이미 지적한 바 있다(이종문, 「동명왕편의 창작 동인과 문학성」, 『고려시대 역사시 연구』, 한국정신문화연구원, 1999, 3~61면).

2. 청년기의 집안 상황

주지하는 것처럼 이규보의 출신 지역은 황려(黃驪)이고 성장 지역은 개경이었다. 문집에 산견되는 기록들을 통해서 볼 때, 어린 날의 이규보에게 적지 않은 영향을 미친 것으로 생각되는 인물은 그의 아버지 윤수(允綏, ?~1191)인데,『동국이상국집(東國李相國集)』에 수록된 이규보의 연보에 의하면 이윤수의 관력은 다음과 같다.

> 1171년(이규보 4세) : 성천군수(成州郡守)로 부임.
> 1174년(이규보 7세) : 내시(內侍)로 불려져 서울로 돌아옴.
> 1183년(이규보 16세) : 수주군수(水州郡守)로 부임.
> 1186년(이규보 19세) : 수주군수에서 교대되어 서울로 옴.
> 연대 미상 : 호부낭중(戶部郎中), 혹은 호부시랑(戶部侍郎) 역임.[2]

보다시피 이윤수는 지방 고을의 군수와 중앙관직을 번갈아서 역임하였다.『신증동국여지승람(新增東國輿地勝覽)』의 수원도호부 '명환(名宦)'조(條)에 그의 이름이 올라있는 것을 보면 수주군수로 재직할 때 치적도 남달리 뛰어났던 것으로 생각되며, 그가 역임한 최고의 벼슬은 정5품직인 호부낭중(혹은 정4품 호부시랑) 이었다. 이 정도의 벼슬이 대단한 것은 아닐지 몰라도 이규보의 가문이 고려 전기 문신귀족의 후예가 아니라 무신란을 고비로 하여 새롭게 등장한 가문이라는 학계의 정설에 견주어 볼 때, 이윤수의 벼슬은 결코 낮지 않은 벼슬이다. 더구나 이윤수가 정중부 등에 의하여 무신의 난이 일어나던 바로 다음 해인 1171년에 이미 한 고을의 군수로 부임했다는 점과, 그의 장인이자 이규보의 외조부인 김시정(金施政)이 중고(中

---

2)『東國李相國集』卷1 年譜(이하 年譜라 표기함)에는 이윤수가 호부낭중을 역임한 것으로 되어 있으나『新增東國輿地勝覽』卷7「驪州牧」'人物'條에는 호부시랑으로 기록되어 있음.

古)의 명유(名儒)로서 과거에 장원으로 급제하여 울진현위를 역임3)하면서
특별한 치적4)을 남겼던 것을 감안하면, 이규보의 집안은 무신란 이후에는
물론이고 그 이전에도 사회의 상층은 아닐지라도 무시하지 못할 정도의
위치에 있었다는 추측이 가능하다. 요컨대 이규보의 아버지가 무신정권으
로부터 그 무슨 특혜를 입어 갑자기 군수에 임명된 경우가 아니라면, 그는
무신의 난 이전에 이미 과거에 급제하여 벼슬에 종사하고 있었을 것으로
추측되며, 이와 같은 점에서 이규보를 무신난을 고비로 새로 진출한 신진
사인(新進士人)이라고 보기는 어려운 측면이 있다고 생각된다.

이규보 가문의 성격을 파악하는데 이윤수 못지 않게 중요한 인물은 그
의 숙부였던 이부(李富)라는 인물인데, 이규보의 연보에는 그에 대한 다음
과 같은 기록이 수록되어 있다.

이 해(이규보의 나이 11살이던 1178년)에 숙부인 직문하성(直門下省) 이부가
성랑(省朗)들에게 자랑하여 말했다. "나의 조카는 나이가 아직 얼마 안 되지만
글짓기에 능하니 불러서 시험해 보는 것이 어떻겠소" 여러 성랑들이 기뻐하면
서 맞아들이게 하여 연구시(聯句詩)를 짓도록 명령하였다. 때마침 바깥 고을에
서 바치는 종이를 받았으므로 '지(紙)' 자를 불렀더니, 공(公)이 대번에 "종이
길로는 언제나 모학사(毛學士)가 달린다"라고 했다. 여러 성랑들이 손수 받아
쓰고 또 대구를 놓도록 명령을 했다. 공이 대번에 "잔 속에는 언제나 국선생(麴
先生)이 있다네"라고 했더니, 모두 탄복하여 '기동(奇童)'이라 부르고 칭찬하고
격려하여 돌려보냈다.5)

보다시피 이규보의 숙부 이부는 1178년에 이미 종삼품의 문반직인 직문

---

3) 年譜, "母金氏, 金壤郡人, 諱仲權, 後改施政, 中古名儒也. 擢高第, 官至蔚珍縣位."
4)『新增東國輿地勝覽』卷45 '蔚珍縣'條에는 그를 名宦으로 소개하고 있음.
5) 年譜, 戊戌, "是年, 叔父, 直門下省李富, 誇於省郎曰, '吾猶子, 年可若干, 能屬文,
召試之可乎!' 諸郎, 欣然使迎之, 命爲聯句, 時方受外郡貢紙, 以紙字占之. 公應聲曰,
'紙路長行毛學士', 諸郎手書之, 又令爲對, 卽曰, '盃心常在麴先生', 郎皆嘆伏, 號奇
童, 慰勉遣之."

하성의 벼슬에 있으면서 어린 이규보의 문학적 천재성을 사회적으로 널리 알리는 계기를 마련한 인물이었다. 그런데, 바로 그 이부가 뜻밖에도 고위 무관직을 맡고 있었음을 보여주는 다음과 같은 기록이 있어 우리의 비상한 주목을 끈다.

> 정국검의 집은 수정봉 아래에 있었다. 봉우리로 가는 길이 깊숙하고 후미지고 높고 험하여 젊은 불량배 대여섯이 항상 그 봉우리 아래에서 모여 예쁘장한 부인을 보면 반드시 겁탈하고 그 의물(衣物)까지 약탈하였다. 어느 날 국검이 보니 한 부인이 성장(盛裝)을 하고 가사를 입고 봉우리 길을 따라 내려오는데 ……. 도적들이 맞이하여 윽박질러 잡으니 따르는 여종들이 모두 흩어졌다. 국검이 차마 그냥 볼 수가 없어서 사위인 내시(內侍) 이유성과 영동정(令同正) 최겸으로 하여금 집안 종을 거느리고 가서 잡게 했더니, 세 사람을 잡아 대리(大理)에 가두었는데 그들은 바로 대장군(大將軍) 이부의 생질 및 권세 있는 무관의 자질(子姪)들이었다. 청탁이 빗발쳐서 법관이 다스리지 않으려고 하거늘 형부원외랑 조문식이 홀로 항의하여 국문하고 곤장을 쳐서 죽여 버리니 당시 여론이 유쾌하게 여겼다.6)

『고려사』에는 이 사건이 정국검 열전에 수록되는 바람에 사건이 발생한 구체적인 연대가 명시되어 있지 않으나, 『고려사절요』에는 이와 내용이 거의 같은 기록이 '명종 9년(1179) 3월'조에 수록7)되어 있다. 따라서 이부는 1179년 3월에 종삼품 무관직인 대장군을 역임하였고, 그 무렵 그의 생질이 외숙을 믿고 권세 있는 무관의 자질들과 함께 부인네를 겁탈하고 의물을 약탈하는 행패를 상습적으로 자행하다 체포되어 청탁이 쇄도하는 상황 속에서 장살을 당한 적이 있었음을 알 수 있다.

---

6) 『高麗史』 卷100 「列傳」 卷13 '鄭國儉'條, "國儉家, 在水精峰下. 峰路幽僻高險, 惡少五六人, 常聚其峰, 見婦人有姿色者, 必劫亂之, 至奪其衣物. 一日, 國儉見一婦人, 盛飾著袈裟, 由峯路下, …… 賊邀而劫執, 從婢皆散, 國儉不能忍視, 遣女壻內侍李維城, 令同正崔謙, 率家僮捕之, 獲三人囚大理, 乃大將軍李富甥姪, 及權勢武官子姪也. 請謁交午, 法官欲不治, 刑部員外郎趙聞識, 獨抗議, 訊鞫杖殺, 時議快之."
7) 『高麗史節要』 卷12 「明宗 1」 '九年 3월'조 참조

그런데 여기서 주목되는 것은 이 사건과 관련된 이른 바 '권세 있는 무관'의 대표격으로 이부를 들고 있다는 점이다. 이와 같은 정황과 당시 편제상 종삼품 대장군이 무관직으로는 최고 직위인 정삼품 상장군 다음으로 높은 직위[8]라는 사실에 비추어볼 때 이규보의 숙부인 이부는 당시 권력의 최정상에 선 것은 아니라고 하더라도 상당한 정도의 권력을 지녔던 무신정권의 실세 중에 한 사람이었다고 생각된다. 바로 그 이부가 1179년 4월에는 서북면지병마사(西北面知兵馬使)가 되어 조위총의 잔당들을 소탕하고 있었는데, 이때의 일을 『고려사』에서는 다음과 같이 기록하고 있다.

> 서북면지병마사(西北面知兵馬使) 이부가 서적(西賊, 조위총을 말함)의 잔당들이 틈을 타고 다시 일어날까 근심되어 모두 다 죽이려고 생각하였다. 그들이 양식이 떨어졌다는 소문을 듣고 공첩(公牒)을 만들어 여러 적둔(賊屯)들을 속여 말하기를 "아무 날 소재하고 있는 아무 성에서 식량을 받으라"고 하고는, 비밀스럽게 여러 성에 권하기를 "만약 적이 성에 들어오면 문을 닫고 모두 죽여야 할 것이다"라고 했다. 이에 공첩을 받고 잡아서 죽인 것이 모두 다섯 성인데, 그 가운데 귀주에서 죽인 사람은 300여 인에 이르렀다. 또 가주 사람은 적 100여명을 유인하여 창고에 들게 한 뒤 문을 잠그니 적이 탈출할 방법이 없자 뜀박질을 하면서 "관가로부터 이와 같이 속임을 당할 줄은 몰랐다. 우리들은 차라리 자결을 할지언정 어찌 남의 손에 제압을 당하리오" 하고 불을 찔러 스스로 불타 죽어버렸으며 곡미(穀米)도 무려 10만 곡(斛)이 모두 잿더미로 변했다. 오직 우방전(牛方田) 등 적수(賊帥)가 속임수를 깨닫고 다시 불러 모아 도적이 되었다. 병마사가 아뢰고 여러 성의 병사를 일으켜 공격을 했으나 관군이 불리하여 안북도호판관(安北都護判官) 함수산(咸壽山)이 전사하였다. 이에 다시 군사를 더 파견하여 여러 번 싸운 끝에 겨우 멸망시켰다.[9]

---

8) 당시 무관직에는 2품 이상의 관직은 없었으며, 상장군이 8명, 대장군이 8명이었음.

9) 『高麗史』卷20「世家」「明宗 二」九年, 夏四月, 庚戌條, "西北面知兵馬使李富, 患西賊遺種承閒復起, 思欲盡誅之. 聞其乏食, 爲公牒, 紿諸賊屯曰, '以某日受糧于所在某城.' 仍密誘諸城曰, '若賊來入城, 宜閉門, 悉誅之.' 於是承牒捕誅者凡五城, 龜州所殺至三百餘人. 嘉州人, 引賊百餘人, 入倉鎖門, 賊脱出無計, 洶踊曰, '不意官家, 見紿如此, 吾寧自絶, 豈可見制於人手?' 乃鑽燧燒倉, 自焚而死, 穀米無慮十萬斛, 盡爲煨

　　보다시피 이부는 조위총의 잔당을 소탕한다는 명목으로 굶주리는 적도들에게 식량을 주겠다고 공첩으로 유인하여 귀주에서만도 300명을 죽게 하였다. 뿐만 아니라 가주에서는 창고에 갇혀 죽게 된 100여 명의 적도들이 스스로 창고에 불을 질러 10만 곡의 곡식을 불태우고 집단적으로 자살하는 끔직한 일이 일어나기도 했다. 기록의 미비로 인하여 구체적인 상황을 알 수 없으나 다섯 고을 중 나머지 세 고을에서도 정도의 차이는 있었겠지만 이와 유사한 일이 일어났을 가능성도 있다. 이와 같은 행위를 저질렀던 그는 이규보의 나이 14세 때인 명종 11년(1181) 5월에 다시 종삼품 문관직인 직문하성에 임명[10]되었다.

　　그 이후 이부가 무신집권기라는 역사적 상황과 사회적인 조건 속에서 어떻게 살아 움직였는지를 보여주는 기록은 아무 것도 없다. 그러나 숙부의 행적을 통해서 보면 이규보의 집안도 그가 10대의 소년이었던 시절에는 적어도 한 때나마 무신정권과 상당한 정도의 유대와 친연성을 가졌던 것으로 짐작된다. 아울러 아버지의 벼슬과 숙부가 차지하고 있는 사회적 위상을 감안하면 이규보의 집안은 대토지를 소유한 부호에 속하지는 않았을지 모르지만 결코 만만하지 않을 정도의 경제적 기반을 가졌던 것으로 생각되며, 이 점은 우선 다음과 같은 자신의 언표를 통해서도 확인된다.

<table>
<tr><td>我家全盛時</td><td>우리 집이 전성시절 이었을 때는</td></tr>
<tr><td>壓甑炊香玉</td><td>시루를 눌러가며 향기로운 옥 같은 쌀밥을 했다네.</td></tr>
<tr><td>厭飫不下匙</td><td>그래도 먹기 싫어 젓가락도 대지 않았으니</td></tr>
<tr><td>況肯喰脫粟</td><td>하물며 좁쌀 밥이야 먹으려고 했으랴.</td></tr>
<tr><td>雪色蜀蠶錦</td><td>눈빛 같은 최고급 비단은</td></tr>
<tr><td>十斤方一掬</td><td>열 근이나 되어야 겨우 한 웅큼인데</td></tr>
<tr><td>費之不甚珍</td><td>그다지 귀하게 여기지도 않고 허비하여</td></tr>
</table>

燼. 獨牛方田等賊帥, 覺之, 復嘯聚爲賊. 兵馬使奏, 發諸城兵, 擊之, 官軍失利, 安北都護判官咸壽山, 戰死. 於是, 復濟師, 屢戰乃滅之.”
　10)『高麗史』卷20「世家」‘명종 11년 5월’조, “以崔忠烈判刑部事, 李富直門下省.”

柳絮空飄撲[11]　　버들 솜처럼 공연히 날려 보냈다네.

　얼마간의 수사적 과장이 있을 수는 있겠지만, 보다시피 전성시절의 이규보의 집안에는 경제적인 풍요가 넘쳐흘렀으며, 여기서 말하는 전성 시절은 그의 아버지가 살아 계실 무렵, 나아가서는 그의 숙부인 이부가 무신정권의 권력 실세로 있을 무렵을 말하는 것으로 판단된다. 요컨대 이규보는 젊은 날 아버지와 숙부의 사회적인 위상을 바탕으로 형성된 경제적인 풍요를 누리면서 꿈과 낭만이 점철된 행복한 어린 시절을 보냈다고 생각되며, 돌아갈 수 없는 어린 시절에 대한 정감적인 그리움을 다음과 같이 회고하고 토로하기도 했다.

結髮少年日	머리를 묶던 소년시절에
輕裝寄漢南	가벼운 행장을 한남(漢南)에 붙였다네.
乘閑頻劇飮	한가함을 틈타서 자주 술에 크게 취했고
遇勝輒窮探	좋은 경치 만나면 끝까지 찾았다네
水共魚相樂	물 속에서 고기와 함께 즐겼고
花先蝶自貪	꽃을 보면 나비보다 먼저 탐했네.
……	
往事渾成夢	지나간 일 모두 다 꿈같이 되었으니
何時更理驂[12]	어느 때 다시 돌아갈까나.

　작품 속의 한남(漢南)이 바로 수주(水州)의 다른 이름이다. 따라서 이 시는 고을살이를 하던 아버지를 따라 수주에 머무르고 있던 16~18세 때의 일을 회상한 것이라고 생각되는데, 보다시피 이규보는 이미 획득된 경제적인 기반을 바탕으로 하여 다복한 소년시절을 보냈다. 그러나 이와 같은 경제적 풍요가 얼마나 계속되었는지는 의문이다. 무신들 상호간에 피비린

---

11) 『東國李相國集』 卷10 「謝文禪老惠米與錦」.
12) 『東國李相國集』 卷1 「江南舊遊」.

내 나는 권력 쟁탈이 계속되던 상황 속에서, 이규보의 나이 14세 이후 숙부의 생애가 어떻게 전개되었는지를 확인할 만한 단서가 아무 것도 없는 데다가, 24세 때는 아버지마저 별세하였으므로 아무래도 경제적 상황이 악화되었을 가능성이 높기 때문이다. 그러나, 적어도 20대 후반까지는 이규보가 안정된 삶을 누리는 데는 별다른 문제가 없었던 것으로 생각되며, 다음 기록이 저간의 사정을 단적으로 보여주고 있다.

> 성 동쪽 초당(草堂)에 상원(上園)과 하원(下園)이 있는데, 상원은 세로가 30보(步)이고 가로도 또한 그 정도다. 하원은 가로와 세로 각각 겨우 10여 보 정도인데, 보는 옛날의 밭을 계산하던 방법으로 계산한 것이다. 집에는 키가 작은 종 3명과 파리한 아이 5명이 있었으며 …….13)

이 글은 이규보의 나이 27세이던 1194년 5월에 지은 것인데, 보다시피 그는 이 무렵에도 성 동쪽에 초당을 가지고 있었으며, 이 초당에 소속된 성년 미성년의 종들은 모두 8명이었다. 이때는 아직 이규보가 벼슬을 하기 전이어서 일정한 수입이 없었으므로 이 초당은 외아들이었던 그가 부친으로부터 물려받은 것으로 생각되거니와, 그는 이 초당 외에도 부친으로부터 물려받은 또 다른 별장을 가지고 있었다.

> 옛날 돌아가신 아버지께서 일찍이 서쪽 성곽 바깥에 별장을 마련했는데, 계곡이 깊숙하고 지경이 후미져 마치 별도로 한 세계를 창조하여 놓은 것 같아서 즐거워할 만하였다. 내가 얻어서 소유하게 되어 자주 왕래하면서 책을 읽는 한적한 곳으로 삼았다. 전지(田地)가 있어서 갈아먹을 만하고, 뽕나무가 있어서 누에를 길러 옷을 해 입을 만하고, 샘이 있어서 마실 만하고, 나무가 있어서 땔감을 마련할 만하니, 나의 뜻에 맞는 것이 네 가지이므로 그 집의 이름을 사가재(四可齋)라 하였다.14)

---

13) 『東國李相國集』 卷23 「草堂理小園記」, "城東之草堂, 有上園下園, 上園縱三十步橫如之. 下園縱橫纔十許步, 步則古算田法而計之也. …… 家有矮奴三, 羸童五. …… 甲寅(1194)五月二十三日記."

보다시피 이 별장은 서쪽 성곽의 바깥에 위치하고 있었으므로 앞에서 말한 동쪽 초당과는 다른 곳임이 분명하며, 이 글에 나타난 여러 가지 정황으로 보아 서쪽 별장[15]이 동쪽 초당보다 그 규모가 컸던 것으로 짐작된다. 따라서 서쪽 별장에도 그 규모에 상응하는 노비들이 있었던 것으로 생각되며, 초당과 별장에 적지 않은 노비가 딸려 있었다면 서울에 있었던[16] 본집에도 당연히 상당수의 노비들이 있었다고 보아야 할 것이다.

이규보 집안의 이와 같은 경제적 상황과 사회적 위상은 29세 때 약간의 변화가 왔음 직하다. 이때 그는 고향인 황려와 상주 일원을 여행하면서 '남유시(南遊詩)'로 불리는 적지 않은 시를 남겼는데, 문집의 연보에는 이 무렵의 상황을 다음과 같이 기록하고 있다.

> 4월에 서울에 난리가 일어나 자부(姉夫)가 남쪽 황려로 유배를 당하였으므로 5월에 공(公)이 누나를 모시고 자부에게 갔다. 이해 봄에 어머니가 상주군수로 있던 둘째 사위에게 머무르고 있었으므로 6월에 황려로부터 상주로 가서 어머니를 문안했다. 한열병(寒熱病)에 걸렸는데 몇 달이 지나도 낫지 않았으므로 10월에야 비로소 돌아왔다. 시집 가운데 남유시(南遊詩)가 무려 90여 수나 남아 있는데, 이 작품들은 황려와 상주에서 지은 것이다.[17]

여기서 말하는 4월은 1196년 4월인데, 바로 이 달에 그 동안 강력한 권력을 장악하고 있던 이의민이 최충헌에 의하여 죽임을 당했다. 그러므로

---

14)『東國李相國集』卷23「四可齋記」, "昔予先君, 嘗置別業於西郭之外, 溪谷窅深, 境幽地僻, 如造別一世界, 可樂也. 予得而有之, 屢相往來, 爲讀書閑適之所. 有田可以耕而食, 有桑可以蠶而衣, 有泉可飮, 有木可薪, 可吾意者有四, 故名其齋曰四可."

15)『東國李相國集』卷2에 수록된「遊家君別業西郊草堂」,「復遊西郊草堂」등에 나오는 '西郊草堂'이 바로 이 별장을 가리키는 것으로 생각됨.

16)『東國李相國集』卷6「十月二日自江南入洛有作示諸友生」, "家在鳳城南北傍, 身遊蠻嶺三千里 ……."

17) 年譜, 丙辰, "四月京師亂, 姉夫南流黃驪. 五月, 公携姉氏往焉. 是年春, 母家後壻, 出守尙州. 六月, 自黃驪赴尙州觀省, 得寒熱病, 數月不愈, 至十月方還. 詩集中, 有南遊詩無慮九十餘首, 是黃麗尙州所著也."

이른 바 '서울의 난리'는 바로 최충헌에 의한 이의민 정권의 타도를 말하며, 이와 같은 권력 교체의 외중에서 이규보의 자부가 황려로 유배를 당한 것을 보면 그는 최충헌과는 적대적인 입장에 있었던 것으로 판단된다. 최충헌과 적대적이라고 하여 반드시 이의민과 우호적인 관계였다고 단정할 수는 물론 없다. 그러나 하여간 이규보의 자부는 이의민 정권 아래서 상당한 위치에 있었던 것으로 짐작되며, 이규보의 집안도 그 자부와 정치적 입장을 같이 했을 가능성이 대단히 높다. 이 무렵에 그가 남긴 다음과 같은 시가 그 증거다.

主人起舞屬我彈	주인이 일어나 춤추며 나에게 연주하라 하기에
把琴欲弄先霑巾	거문고 잡고 타고자 하니 먼저 눈물이 수건을 적시네.
四筵賓客各相顧	자리에 가득한 손님들이 모두 돌아보면서
問我何事多酸辛	무슨 일로 슬픔이 많으냐고 나에게 묻네.
答云近者王城亂	답하기를 근래에 서울의 난리로
白日九街殷血新	대낮 큰 거리에서 검붉은 피를 흘린다네.
我亦僅免崑岡焚	나 또한 겨우 함께 죽음을 면했으나
離遊艱厄難勝陳	떠돌아다니는 고생스러움을 다 말하기 어렵다네.
危腸觸地卽嗚咽	불안한 마음에 가는 곳마다 흐느껴 우니
況此嶺外煙霞晨	하물며 영외의 산수 속 새벽에랴.
痛飮粗堪寬我恨	흠뻑 마시면 나의 한이 조금 누그러질 것이니
請君更酌三四巡[18]	그대에게 청하노니 서너 잔 더 따르시오

  위의 시는 이규보가 황려에 내려가서 진사 이대성의 초청을 받아 술을 마시는 자리에서 지은 것인데, 이 작품에서 주목되는 것은 전체적인 정황으로 보아 이규보가 최충헌의 집권을 매우 부정적으로 인식하고 있다는 점이다. 더구나 그가 이의민이 타도되고 최충헌이 정권을 장악하는 과정에서 '겨우 죽음을 면하고 불안한 마음으로 고생스럽게 떠돌아다닌다'고

---

18) 『東國李相國集』 卷6 「李進士大成邀飮席上走筆贈之」.

한 것을 보면, 적어도 그 당시 이규보의 집안도 최충헌과는 정치적인 입장을 달리하고 있었음을 알 수 있다. 이렇게 볼 때 그가 최충헌이 집권한 직후인 5월에 서울을 떠나 황려로 내려간 것도 이와 같은 정치상황과 밀접하게 관련된 것이었으며, 더구나 그 자부가 정권 쟁탈의 와중에서 유배를 당했으므로 이 사건은 이규보의 집안에도 적지 않은 영향을 미쳤다고 생각된다. 그러나, 이러한 와중에서도 그의 집안이 당장 몰락의 나락으로 떨어진 것은 결코 아니었으며, 저간의 사정은 이 무렵에 지은 90여 편의 남유시19)에서도 두루 드러난다.

남유시에 산발적으로 드러나는 바에 의하면, 이규보는 그의 고향인 황려 근곡촌에 토지를 가지고 있었다. 이규보를 대하는 마을 사람들의 태도20)를 보면 이 토지를 바탕으로 적지 않은 영향력을 행사할 수 있을 정도로 토지의 분량도 상당히 많았던 것으로 짐작된다. 게다가 황려와 용궁 등 두 고을의 원이 그를 위하여 잔치판을 열어주었으며, 관청의 서기, 고을 유지, 향교 생도, 승려, 도사 등으로부터 가는 곳마다 환대를 받았다. 당연한 결과로서 남유시의 도처에는 술과 거문고와 기생들이 참여한 잔치판의 유흥적 분위기가 풍겨나고 있다.

요컨대 이규보는 적어도 20대 후반까지는 수도 개경에 집이 있었을 뿐만 아니라 수도 동서 쪽에 각각 별장을 소유하고 있었고, 여러 곳에 적지 않은 전지가 있어 노비를 부려 농사를 짓고 있었음이 분명하다. 바로 이와 같은 경제적 기반을 바탕으로 하여 그는 '날마다 기생을 끼고 음악을 연주하며 마음대로 노닐면서 강호지락(江湖之樂)을 즐기는'21) 질펀한 풍류를 만

---

19) 이규보의 남유시 90여 수는 『東國李相國集』 卷6에 수록되어 있음.
20) 『東國李相國集』 卷6 「六月十一日發黃驪向尙州出宿根谷村(予田所在)」, "入山蒙密初迷路, 村人過嶺相迎去. 畦丁羅拜似獼猴, 嘍囉頗帶南蠻語. 田家主人瘴髮黃, 邀我欣然具鷄黍. 髥奴舁甕走汲泉, 癭嫗洗臼力擧杵. ……."
21) 『東國李相國集』 卷6에 '明日 放舟不棹'로 시작되는 긴 제목의 시의 제목 가운데 "噫! 江湖之樂, 雖病中不可以不樂. 況乎日擁紅粧, 彈朱絃, 得意而遊, 則其樂, 曷勝道哉!"라는 대목이 있음.

끽할 수 있었던 것이다.

3. 청년기의 행동방식

무신정권과 모종의 유대 관계 혹은 친연성을 가진 집안에서 경제적으로
부족함이 없는 환경 속에서 자라난 이규보의 행동 방식은 참으로 남다른
바가 있었는데, 젊은 날의 그의 삶을 이해하는데 도움이 되는 자료들을 대
충 열거하여 보면 다음과 같다.

①9세 때 이미 글짓기에 능하여 기동이라 일컬었으며 조금 자라서는 경사백가
와 불교 노장 서적을 한 번 보면 모두 외웠음.22) 앞에서 이미 언급한 것처럼
11세때 숙부인 이부의 주선에 의해 이규보의 탁월한 문학적 재질이 알려지
기 시작했음.

②14세 때 성명재(誠明齋)의 급작(急作)에 계속 1등하여 여러 유학자들이 기이
하게 여기기 시작했으며,23) 15세 때도 급작에서 1등하여 함순(咸淳) 등으로
하여금 감탄을 그만두지 못하게 함.24)

③16세,25) 18세 때 각각 사마시에 응시했으나 불합격.26)

④칠현설(七賢說)에 의하면 그는 19세 때에 이미 35세 연장인 오세재와 망년
우(忘年友)를 맺고 그를 따라 당대 최고 수준의 문인들의 모임인 죽림고회

---

22)『高麗史』卷102「李奎報 列傳」, “奎報, 幼聰敏, 九歲能屬文, 時號奇童. 梢長, 經史
百家佛老之書, 一覽輒記.”

23) 年譜, 辛丑, “是年, 始籍文憲公徒誠明齋肄業. 每夏課, 先達輩, 會諸生刻燭占韻賦
詩, 名曰急作, 公連中勝頭, 諸儒始奇之.”

24) 年譜, 壬寅, “是年六月, 又於夏科急作. …… 先達咸淳等, 皆嘆賞不已, 升爲第一, 一
等唯置公, 示其異也.”

25) 年譜, 癸卯, “赴司馬試, 不捷.”

26) 年譜, 乙巳, “遂赴司馬試, 不捷.”

(竹林高會)에 무시로 참여했음. 오세재가 동경으로 가고 난 뒤에는 죽림고회
의 구성원들이 오세재 대신 죽림고회 회원으로 정식 참여할 것을 요청받았
으나 당돌하게도 거부함. 그들의 속물근성을 야유하고 성난 그들을 남겨둔
채 오연(傲然)히 크게 취해 나와버렸음. 이규보는 죽림고회의 구성원들을
'방약무인'한 집단으로 규정하는 한편, 자신의 행위 역시 미치광이 짓이었다
고 회고하고, 이런 행위 때문에 세상 사람들로부터 '광객(狂客)'으로 지목되
었다고 술회함.27)

⑤ 20세 때 사마시에 응시했으나 불합격. 이때까지 4~5년 간 술에 크게 취해
지내는 등 방달불기한 생활을 했을 뿐만 아니라 오로지 풍월을 일삼고 과거
문을 익히지 않았으므로 연달아 사마시에 불합격했음.28)

⑥ 22세 때 꿈에 규성(奎星)으로부터 장원 급제를 암시 받고 사마시에 장원급제
후 이름을 규보(奎報)로 바꾸었음.29)

⑦ 23세 때 6월 예부시(禮部試)에 동진사(同進士)로 합격했음. 저조한 성적으로
합격했다는 이유로 합격을 사퇴하려했으나 그러한 전례도 없거니와 부친의
질책으로 사퇴하지 못함. 이 자리에서 크게 취하여 하객에게 이르기를 '내가
과거에는 비록 하위로 합격했으나 3~4번 과거를 주관할 사람'이라고 큰 소
리를 쳐 하객들의 조소를 받음. 그는 과거문을 일삼지 않아 부(賦)를 지음에
거칠고 격률에 맞지 않았고, 또한 이때 과거장 안에서 임금이 하사한 술을
마시고 크게 취하여 어지럽게 답안지를 써서 찢어버리려 했으나 주변에 있
던 이가 빼앗아 제출했다고 함.30)

---

27) 『東國李相國集』 卷21 「七賢說」, "先輩, 有以文名世者某某等七人, 自以爲一時豪
俊, 遂相與爲七賢, 蓋慕晉之七賢也. 每相會, 飮酒賦詩, 傍若無人, 世多譏之, 然後稍
沮. 時予年方十九, 吳德全許爲忘年友, 每携詣其會. 其後德全遊東都, 予復詣其會, 李
淸卿目予, 曰, '子之德全, 東遊不返, 子可補耶?' 予立應曰, '七賢豈朝廷官爵, 而補其
闕耶? 未聞嵇阮之後, 有承之者.' 闔座皆大笑, 又使之, 賦詩, 占春人二字. 予立成口
號, 曰, '榮參竹下會, 快倒甕中春. 未識七賢內, 誰爲鑽核人.' 一座, 頗有慍色, 卽傲然
大醉而出. 予少狂如此, 世人皆目, 以爲狂客也."

28) 年譜, 丁未, "是年春, 又赴司馬試, 不捷. 公自四五年來, 使酒放曠, 不自檢. 唯以風
月爲事, 略不習科擧之文, 故連赴試, 不中."

29) 『高麗史』 卷102 「李奎報 列傳」, "其赴監試也, 夢有奎星, 報以居魁, 果中第一, 因改
今名"; 年譜, 己酉, "是年春, 擧司馬試, 中第一, 座主柳公, 嗟賞不已, 遂擢第一."

30) 年譜, 庚戌, "六月, 赴禮部試, 擢第同進士. 公嫌其科劣, 欲辭之, 以嚴君切責, 且無
舊禮, 不得辭. 因大醉謂賀客等, 曰予科第雖下, 豈不足三四度陶鑄門生者乎? 坐客掩

⑧ 24세 때 아버지를 여의고 천마산에 들어감. 25세 때 천마산에서 「백운거사어록」과 「백운거사전」을 지어 자신의 모습을 우주적 차원에서 자유자재하게 소요하는 대자유인으로 형상화함. 그러나 다른 한편으로 백운의 양면적 속성을 들어 현실 참여를 포기한 것이 아님을 보여줌.[31]

⑨ 26세 때 『구삼국사(舊三國史)』의 동명왕 신화를 보고 「동명왕편」을 지음. 이규보는 그 서문에서 동명왕 신화가 '괴력난신(怪力亂神)'이 아니라 창국의 신령스런 자취로 재인식하고 온 천하로 하여금 우리나라가 본래 성인이 도읍한 곳임을 알리려고 이 시를 지었다고 열정적인 어조와 격렬한 호흡으로 언급하고 있음.

⑩ 27세 때 당 현종 시대의 고사를 7언절구 형식 속에 포착한 「개원천보영사시(開元天寶詠史詩)」 43수를 지음.

⑪ 20대 후반부터 「류취민판관광효가주인주필증지(留醉閔判官光孝家主人走筆增之)」, 「무관탄(無官歎)」 등 현실적 성취의 좌절을 노래한 작품과 상대방에 대한 찬사와 아유로 가득 찬 구관시(求官詩)가 나타나기 시작함.

이상의 자료[32]를 종합하여 볼 때 이규보는 천부적이라고 해도 좋을 정도로 탁월한 문학적 재능을 가졌음에도 불구하고 사마시 합격 과정에서 세 차례나 좌절을 겪었으며, 예부시의 성적도 자신의 기대에 크게 미치지 못하는 불만족스러운 것이었다. 이규보가 탁월한 문학적 재능을 가지고 있으면서도 문학적 능력을 척도로 인재를 선발하는 과거에 번번이 실패한 것은 과거문의 형식적 폐쇄성에 대한 강한 거부감 때문이었으며, 이를 통해서 그가 보편적인 규범에 구애되기를 싫어했던 인물임을 알 수 있다.

口竊笑, 公旣不事科擧之文, 其作賦荒蕪, 不合格律. 又試圍內, 奉命承宣朴純與座主, 受宣醞次召, 公飮以一觥, 卽大醉亂書, 欲裂棄之, 傍座孫得之, 奪而呈之."

31) 『東國李相國集』 卷20 「白雲居士傳」과 「白雲居士語錄」 참조

32) 대부분 年譜에서 摘出한 이 자료들은 일차적으로 연보의 작성자에 의하여 걸러진 것이라는 점에서 이규보의 실질적 행위와는 일정한 거리가 있을 가능성을 배제할 수 없다. 그러나 연보 속에는 당시의 보편적 규범에서 크게 일탈된, 따라서 이규보를 미화하려는 입장에 선다면 삭제됨직한 내용까지 고스란히 담겨져 있고, 이러한 내용들이 문집에서 산견되는 이규보의 회고와 일치하고 있다는 점에서 그 어떤 연보보다 높은 진실성을 가지고 있다고 생각된다.

다른 한편으로 그는 술을 매우 좋아했을 뿐만 아니라 방달불기하고 즉
흥적인 데다가 성급하고 저돌적인 기질의 소유자였다. 특히 사마시에 조
차도 번번이 불합격한 19세의 나이 어린 이규보가, 경우에 따라 그 자신보
다도 수십 년 연장자들이자 당대 최고의 문인들로 구성되어 있었던 죽림
고회의 구성원들에게 행했던 광기에 찬 행동은 저간의 사정을 단적으로
보여주는 사례에 해당된다. 요컨대, 이규보의 젊은 날은 이처럼 언제나 술
과 광기에 의해 지배되고 있었으며, 자타가 공인하는 광객이었던 이규보
가 자신을 광객으로 지목하는 사람들에게 "자신이 미친 것이 아니라 실상
미쳤다고 하는 사람이 미쳤다"고 변론하는 광변(狂辨)33)을 짓는 행위도 기
본적으로 이러한 광기와 무관하지는 않으리라 생각된다.

아울러 지적하고자 하는 것은 적어도 젊은 날의 이규보는 기고만장한
돌발적 유형의 인물로 호락호락 남을 허여하지 않는 기질과 함께 자료 ⑦
에서 볼 수 있듯이 남에게 지지 않으려는, 혹은 최상이 아니면 달가워하지
않는 승부 근성에 투철했던 인물이었다는 점인데, 이 점은 이규보가 그의
장기로 널리 알려진 창운주필(唱韻走筆)에 대해서 언급한 다음 글에서도 그
대강을 엿볼 수 있다.

창운주필이라는 것은 다른 사람에게 운자(韻字)를 부르게 하고는 눈 깜짝할
사이에 시를 짓는 것이다. 처음에는 다만 친구들과 함께 술에 크게 취했을 때
그 광기(狂氣)를 해소할 수 없어서 드디어 시에 의탁하여 그 기세를 격앙게 함
으로써 일시적으로 유쾌한 웃음거리를 제공하려는 것일 따름이었다. 그러므로
상법(常法)으로 삼아서도 안 되고 존귀한 사람 앞에서 해서도 또한 안 되는 것
이다. 이것은 원래 이담지(李湛之) 청경(淸卿)이 처음 시작한 것인데, 내가 젊었
을 때 미치광이였으므로 '이담지는 누구이고 나는 누구이기에 나는 그것을 못
하겠는가'라고 스스로 생각하여 왕왕 청경과 더불어 읊조리면서 시작하게 되었

---

33) 『東國李相國集』 卷20 「狂辨」, "世人皆言居士之狂, 居士非狂也. 凡言居士之狂者,
此豈狂之尤甚者乎? …… 噫世之人多有此狂, 而不能求己也, 又何暇笑居士之狂哉?
居士非狂也, 狂其迹而正其意也."

던 것이다. 그러나 나 같은 사람은 성격이 본래 조급하여 그 조급한 성격을 그대로 주필에 투사하게 되고, 게다가 반드시 술이 가득 취한 상태에서야 비로소짓는 까닭으로 작품의 수준을 고려치도 아니하고 오로지 빨리 짓는 것만을 미덕으로 삼았다. 따라서 비단 글씨가 어지러울 뿐만 아니라 방(傍), 변(邊), 점(點), 획(劃)이 모두 떨어져나가 글자의 모습을 갖추지 못했으므로 만약 그 당시에 바로 옆에 사람이 있어서 써내려 가는 것을 지켜보다가 번번이 물어서 그옆에 별도로 적어놓지 않으면 나 자신도 또한 까마득히 알아볼 수가 없었다.작품의 품격도 평상시에 지은 것보다 그 등급이 백 배나 떨어지므로 장구(章句)체제(體裁)를 따져볼 가치조차 없는 것이니, 실은 시가(詩家)의 죄인이다.[34]

아마도 먼 훗날에 젊은 날을 회고하는 형식으로 씌어진 이 글을 통해서우리는 대취한 가운데서 일어나는 광기를 창운주필을 통하여 해소하면서도도하게 기세를 올렸던 젊은 날의 이규보의 모습을 선명하게 포착할 수있거니와, 이와 함께 주목되는 것은 이른 바 그의 창운주필이 이담지와의대결의식의 소산이었다는 점이다. 특히 "순(舜) 임금은 어떤 사람이며 나는어떤 사람인가"라고 하면서 성인에 대한 치열한 희구심을 바탕으로 순과같은 인물이 되기 위하여 노력했던 안연(顔淵)[35]의 말투를 그대로 빌어 와서 창운주필에 적용한 데서 그의 도저한 광기와 대결 의식의 강렬함을 엿볼 수 있다. 이규보보다 한 세대 위였던 죽림고회의 구성원에 대한 그야말로 방약무인한 태도도 이러한 대결의식 혹은 '나도 한번 해 보자'라는 의식과 무관하지 않은 것으로 이해된다. 그의 가전(假傳)인 「국선생전(麴先生

---

34) 『東國李相國集』 卷22 「論唱韻走筆事略言」, "夫唱韻走筆者, 使人唱其韻而賦之, 不容一瞥者也. 其始也, 但於朋伴間使酒時, 狂無所洩, 遂託於詩, 以激昂其氣, 供一時之快笑耳, 不可以爲常法, 亦不可於尊貴之前所爲也. 此法, 李湛之淸卿始倡之矣. 予少狂, 自以爲, 彼何人予何人而獨未爾也, 往往與淸卿賦焉, 於是乃始之. 然若予者, 性本燥急, 移之於走筆, 又必於酣醉中乃作, 故凡不慮善惡, 唯以拙速爲貴. 非特亂書而已, 皆去傍邊點劃, 不具字體, 若其時, 不有人隨所下, 輒問別書于旁, 則雖吾亦莽莽不復識也. 其格亦於平時所著, 降級百倍, 然後爲之, 不足以章句體裁觀之, 實詩歌之罪人也 ……."

35) 『孟子』 「滕文公」 上, 제1단락, "顔淵 曰, '舜何人也? 予何人也? 有爲者亦若是.'"

傳)」과 「청강사자현부전(淸江使者玄夫傳)」은 임춘의 「국순전(麴淳傳)」 및 「공
방전(孔方傳)」에 대한 대결의식이란 맥락에서 이해할 만하며, 도연명이 죽
은 후 그의 제자들이 정절선생(靖節先生)이란 사시(私諡)를 증정했던 사례를
근거로 오세재가 죽은 후 현정선생(玄靜先生)이란 사시를 증정했던 것36)도
역시 그렇다.

마지막으로 지적하여 두고자 하는 것은 전반적으로 젊은 날의 이규보는
첨탑적(尖塔的) 융기(隆起)와 맨홀적 추락(墜落)이라 할 수 있을 정도로 의식,
또는 행동 양식의 낙차와 편폭이 매우 크다는 점인데, 이 점은 특히 자료
⑧⑨와 ⑪의 비교에서 단적으로 드러난다. 말하자면 이규보의 젊은 날은
확고한 세계관의 정립이 없는 상태에서의 오연한 패기와 즉흥적 방달, 그
리고 보편적인 규범에서 일탈된 주사(酒使)와 광기에 의해서 지배되고 있
던 시기였으며, 이러한 방달과 광기야말로 경우에 따라서는 걸출한 작품
을 창출할 수 있었던 에너지의 원천이기도 했다. 따라서 이 시기에 지어진
작품들 가운데는 상당한 정도의 감정적 과장과 허풍이 깔려 있을 뿐만 아
니라 작품의 수준, 주제나 기세, 그리고 감정상의 낙차와 편폭이 매우 크
다고 생각된다.

4. 백운거사의 의식의 기저(基底)

이상에서 간략하게 젊은 날의 이규보의 행동양식을 살펴보았거니와, 이
제 이를 기반으로 하여 천마산에 은둔하던 25세 때 지었다는 「백운거사전」
을 살펴볼 차례다.

---

36)『東國李相國集』卷37「吳先生德全哀詞」, "昔陶潛死, 門人私贈諡曰 '靖節先生', 予
之以稚齒, 被先生斷墁, 不啻若門人, 以是私贈諡曰 '玄靜先生.'"

백운거사는 선생의 자호(自號)이다. 그 이름을 숨기고 그 호를 드러낸 것인
데, 백운이라고 자호한 까닭은 선생의 「백운거사어록(白雲居士語錄)」에 자세히
기록되어 있다. 집이 가난하여 쌀독이 여러 번 비었으므로 밥도 제대로 못 먹
을 지경이었으나 거사는 스스로 즐거워하였다. 성품이 방달하고 몸단속이 없었
으며, 우주를 좁게 여기고 천지를 협소하게 여겼다. 항상 술을 마셔 비몽사몽으
로 지냈으며, 초청하는 사람이 있으면 흔연히 나아가서 대번에 취하고 돌아오
니 옛날 도연명의 무리라고나 할까. 거문고를 두드리고 술을 마시면서 마음에
맺힌 바를 풀었나니, 이것은 사실의 기록이다. 거사가 취하여 시를 읊조리다가
스스로 전(傳)을 짓고 스스로 찬(贊)을 지었는데, 그 찬의 내용은 다음과 같다.
"내 뜻은 본디 우주밖에 있으므로 천지가 나를 구속하지 못하나니, 장차 우주
의 원기(元氣)와 더불어 무하유(無何有)의 세계에서 노닐 것이로다."[37]

주지하는 것처럼 「백운거사전」은 장자적 세계관에 근거한 작자 자신의
초연하고도 자유분방한 삶을 형상화한 작품으로 널리 알려져 있다. 일견
그는 유교적 윤리와 예법이 지배하는 답답한 세속 세계를 벗어나 우주적
차원의 초월적 삶을 지향하고 있는 듯이 보이는 것도 사실이고, 이규보도
스스로 진술한 내용이 '사실의 기록'임을 강조한 바 있다.

그러나 '사실의 기록'임을 강조하고 있음에도 불구하고 이 글을 액면
그대로의 언지적(言志的) 진실로 받아들이기는 매우 어렵다고 생각된다. 결
론부터 먼저 말한다면 이 작품의 내용은 그 무렵 이규보를 지배하던 방달
과 광기, 돌발적 행동방식이나 개인적 상황 등을 통해서 볼 때 확고한 세
계관적 기반을 토대로 씌어진 것이 아니라 다분히 취기를 동반한 즉흥적

---

37) 『東國李相國集』 卷20 「白雲居士傳」, "白雲居士, 先生自号也. 晦其名顯其号, 其所
以自号之意, 具載先生白雲語錄. 家屢空, 火食不續, 居士自怡怡如也. 性放曠無檢, 六
合爲隘, 天地爲窄. 嘗以酒自昏, 人有邀之者, 欣然輒造, 徑醉而返. 豈古陶淵明之徒
歟? 彈琴飲酒, 以此自遣, 此其錄也. 居士醉而吟, 自作傳, 自作贊, 贊曰 '志固在六合
之外, 天地所不圍. 將與氣毋, 遊於無何有乎.'" 작품 가운데 "此其錄也"는 『東文選』과
『詩話叢林』 소재 『白雲小說』에는 "此其實錄也"로 되어 있다. 어느 쪽이 옳은지 알 수
없으나 모두 그 사실대로의 기록이란 뜻으로 이해해도 좋을 듯 하다. 아울러 『詩話叢
林』 소재 『白雲小說』에는 '居士醉而吟' 이하가 다음과 같이 되어 있다. "居士醉而吟
一詩曰 '天地爲衾枕, 江河作酒池. 願成千日吟, 醉過太平時.' 又自作贊曰……"

과장과 허풍의 소산으로 생각된다.

우선 이 무렵의 이규보의 경제 상황부터 그렇다. 앞에서도 이미 살펴본 것처럼 이규보는 수도 개경에 집이 있었을 뿐만 아니라 수도의 동서쪽에 각각 집과 전지(田地) 및 적지 않은 종들이 있었고, 고향인 황려에도 상당한 규모의 전지가 있었다. 요컨대 그의 집안이 대부호는 아닐지라도 궁핍에 시달릴 정도로 가난했던 것은 아니라는 점에서, '집이 가난하여 쌀독이 여러 번 비었으므로 밥을 제대로 못 먹을 지경' 이었다는 표현은 객관적인 사실과는 거리가 멀다고 해야 할 것이다.

아울러 지적하고자 하는 것은 25세 젊은이가 지은 글로 보기에는 이 글에 과장적이고 허투적(虛套的)인 요소가 너무나도 많다는 점이다. 비록 무신집권기가 유교적 엄숙성과 겸손함이 삶의 지침으로 자리 잡은 조선시대가 아니라 현학적 자랑풍이 만연하고 있던 고려시대라고 하더라도, 그리고 일찍이 도연명이 자신을 '오류선생'이라 일컬은 적이 있다고 하더라도 자신을 자칭 '선생'으로 표현한 것부터 그렇다. 아울러 일반적으로 제 3자가 편찬한 고승의 법어집(法語集)에 붙이는 '어록(語錄)'이란 용어를, 자신의 호를 백운거사라고 지은 경위를 설명하고 있는 자기 자신의 글에다 붙여 '백운거사어록'이라고 거창하게 표현한 것도 같은 맥락에서 이해된다. 그 자신이 지은 「백운거사어록」에서 '거사'는 '낙도자(樂道者)에게 붙이는 용어'인데, 자신은 '집에 있으면서 도를 즐기는 자'이므로 백운거사라고 호칭[38]했다고 한 것이나, 약관을 겨우 지난 젊은이가 자기 자신을 도연명에 자황(自況)하고 있는 것도 같은 경우라고 판단된다. 앞에서 언급한 이규보의 성격을 고려하여 본다면 이 작품이 다분히 자신이 흠모했던 도연명의 「오류선생전」을 의식하고 씌어진 것이라고 생각해볼 여지도 없지 않을 것 같다.

그러나 더욱 더 중요한 것은 이 글의 내용이 자신이 체득한 세계관적

---

38)『東國李相國集』卷20「白雲居士語錄」, "或曰, '居士之稱何哉?' 曰 '或居山, 或居家, 惟能樂道者而後好之也. 予則居家而樂道者也.'"

진실을 자신의 목소리로 진솔하게 말하고 있는 것이 아니라, 다분히 도연명의 「오류선생전」 등 고인의 작품을 모방하고 있다는 점인데, 다음의 비교에서 저간의 사실을 확인할 수 있다.

① 家屢空, 火食不續, 居士自怡怡如也.—「五柳先生傳」; 簞食屢空, 晏如也.
② 六合爲隘, 天地爲窄.—「酒德頌」; 以天地爲一朝, 萬物爲須臾, 日月爲扃牖, 八荒爲庭衢.
③ 甞以酒自昏, 人有邀之者, 欣然輒造, 徑醉而返.—「五柳先生傳」; 性嗜酒, 家貧不能常得. 親舊知其如此, 或置酒以招之, 造飮輒盡, 期在必醉, 旣醉而退.
④ 豈古陶淵明之徒歟?—「五柳先生傳」; 無懷氏之民歟? 葛天氏之民歟?
⑤ 彈琴飮酒, 以此自遣.—「五柳先生傳」; 常著文章自娛, …… 以此自終.
⑥ 白雲小說 本의 "天地爲衾枕"—李白의 「友人會宿」; 天地卽衾枕.

「백운거사전」은 짤막한 소품에 불과한데도, 보다시피 도처에 도연명의 「오류선생전」과 유령의 「주덕송(酒德頌)」, 이백 시 등의 어투와 내용, 구기(口氣) 등으로 점철되어 있다.39) 요컨대 이 작품은 순수 창작이 아니라 기존의 작품을 적절하게 모방하고 변형하여 결합한 것이라고 할 수 있으므로 그 내용의 진지성을 의심할 수밖에 없는 것이다.

이와 아울러 「백운거사전」에서 크게 주목되는 것은 '거문고와 술로써 마음에 맺힌 바를 푼다'는 대목이다. '마음에 맺힌 바를 푼다'고 한 것을 보면 이규보의 가슴에 무언가 풀어야 할 불만이나 답답함 같은 것이 있었다고 볼 수밖에 없는데, 그 불만과 답답함의 구체적인 내용은 무엇일까? 이와 같은 의문에 대답하기 위해서는 무엇보다도 이 작품과 같은 때에 지어진 자매편에 해당되는 「백운거사어록」을 참고할 필요가 있을 것 같다.

---

39) 사실에 대한 해석의 시각은 다르지만 「백운거사전」이 「오류선생전」과 주덕송의 내용을 차용했다는 객관적 사실에 대해서는 신용호 교수가 이미 지적한 바가 있다(신용호, 『이규보의 의식세계와 문학론 연구』, 국학자료원, 1990, 71면).

「백운거사어록」은 자유자재한 백운의 모습을 빌어 기회가 주어지면 세상에 나가서 덕화(德化)와 은택이 온 누리에 퍼지도록 인정(仁政)을 베풀고, 물러나야 할 상황에서는 물러나서 허심(虛心)으로 결백을 지키는 생활, 즉 행장(行藏), 출처(出處)의 어느 쪽에도 구애되지 않으면서 그 어느 쪽도 부정하지 않는 초월과 포괄의 경지[40]를 표방한 작품이다. 이규보가 이처럼 기회가 되면 세상에 나가서 큰일을 하겠다는 포부를 지녔음에도 불구하고 은둔의 방식을 택하였다면, 그것은 결국 현재의 은거가 주체적인 선택이 아니라 객관적 상황에 의해 강요된 것일 가능성이 그만큼 높다고 생각된다. 이 점은 그 당시 이규보가 처해 있었던 개인적 처지에서도 비교적 뚜렷이 포착할 수 있다.

앞에서도 이미 언급한 것처럼 이규보는 3번이나 불합격되는 좌절을 겪은 끝에 22세 때 겨우 사마시에 합격하였고, 23세 때 만족할 만한 성적은 아니었지만 예부시에 합격하였다. 이규보가 체질적으로 폐쇄적인 과거문을 싫어하면서도 이처럼 끊임없이 과거에 응시한 것을 보면 현실에 대한 관심이 그만큼 컸다고 생각되며, 예부시에 합격했을 때 자신이 '나중에 3~4번 과거를 주관할 사람'이라고 큰 소리를 친 데서도 현실권에서의 성취에 대한 강렬한 열망이 꿈틀대고 있음을 살펴볼 수 있다.

그럼에도 불구하고 이규보가 은둔을 택하게 된 데는 여러 가지 이유기 있겠지만, 천마산에 은둔하기 얼마 전에 있었던 아버지의 죽음이 그 가운데서도 가장 중요한 원인일 것 같다. 왜냐하면 사회적으로 상당한 위치에 있었던 아버지의 죽음은 세상에 진출하는 중요한 통로의 상실을 의미할 수도 있으려니와, 인생에 대한 무상감을 절실하게 느끼는 계기가 되었을 터이고, 사회 통념상 상주의 처지에 있었던 그가 벼슬에 나서는 것도 사실상 불가능했을 것이기 때문이다. "팔월에 아버지의 상을 당하자 천마산에 우거하여 스스로 백운거사라 일컬었다"[41]는 연보의 기록도 이러한 각도에

---

40) 신용호, 『이규보의 의식세계와 문학론 연구』, 국학자료원, 1990, 70~71면 참조
41) 年譜, 辛亥條, "秋八月, 丁父憂. 寓居天磨山, 自稱白雲居士."

서 이해할 수 있다. 아울러 부수적으로 주목되는 것은 당시의 정치적인 상황이다. 요컨대 이 무렵에 정권을 잡고 있었던 이의민은 무신집권자 가운데서도 가장 무식하고 난폭한 자였으므로 이규보가 선뜻 정치현실에 나서기가 주저되는 측면도 있었다고 판단되는 것이다. 이 시기에 지은 「우천마산유작(寓天磨山有作)」이란 시 가운데 다음 대목은 이와 같은 사실을 보여주는 단적인 사례에 해당된다.

天下有山豈遁象　　하늘 아래 산 있음을 왜 은둔의 상이라 했을까.
改曰遁嵒何所疑　　고쳐서 둔암이라 한들 무슨 문제가 있으랴
我今來遁是亦晚　　내 지금 은둔함도 오히려 늦으니
二陰寢長今方知[42]　두 음효(陰爻) 자라남을 이제야 알겠구나.

　음이 자라서 점점 성대해지고 양이 소멸되어 점점 약해져서 소인이 득실대므로 군자는 물러나서 은둔해야 할 괘(卦)인 주역의 돈괘(遯卦)를 그 밑바탕에 깔고 있는[43] 이 시를 통해서 당시 현실을 인식하는 이규보의 시각을 여실히 읽어낼 수 있다. 이렇게 볼 때 천마산에서의 그의 은거는 무하유의 세계에서 노닌다는 거창한 언표에도 불구하고 소인들이 득실대는 상황에서 현실을 주시하는 가운데 아버지의 상중에 이루어진 일종의 칩거 상태라고 할 수 있다. 말하자면 그것은 상주라는 개인적 처지와 혼란한 정치 상황에 따라 벼슬을 하는 것이 불가능한 상황에서 야기된 일시적인 도피이자 관망이었지 현실에 대한 관심의 포기는 결코 아니었다. 이 점은 20대 후반에 지어진 것으로 판단되는 「무관탄(無官歎)」이란 시에서 보다 확실하게 포착된다.

常無官 常無官　　항상 관직이 없구나 항상 관직이 없어.
四方糊口非所歡　　사방으로 풀칠하러 다니는 것 좋아하는 건 아니지만

---

42) 『東國李相國後集』 卷1.
43) 신용호, 『이규보의 의식세계와 문학론 연구』, 국학자료원, 1990, 67면 참조.

圖免居閑日遣難   일없이 날 보내기가 너무도 지루하네.
噫噫人生一世賦命何酸寒[44] 아, 아! 부여받은 내 운명이 어이 이리도 괴로운고

　보다시피 화자(話者)는 '언제나 벼슬이 없음'을 거듭 강조하고 '아!' 하는 탄식을 되풀이하면서 사방으로 호구하는 자신의 초라하고 고통스런 삶을 장단구의 격렬한 호흡에 실어 비분에 찬 마음으로 토로하고 있다. 불과 몇 년 전 저 우주 공간에서 소요자적하는 대 자유인으로 자처했던 이규보가, 이제는 오히려 그 스스로 백안시 혹은 초연시하는 듯한 태도를 취했던 현실, 특히 관직에 대하여 강렬하게 집착하는 현실주의자, 혹은 세속주의자로 변모하여 버렸던 것이다.[45]

　그리하여 마침내 그는 20대 후반부터 이 무관(無官)의 상태를 탈출하기 위하여 상대방에 대한 아유와 자신의 딱한 처지를 담은 구관시(求官詩)를 지어 수시로 유력자(有力者)에게 바치기 시작했다. 이규보의 이러한 행위는 그가 「광변」에서 '내가 미친 것이 아니라 점잖은 체 하다가 권력자만 보면 거침없는 아유를 하는 세상 사람이 도리어 미쳤다'고 했을 때의 바로 그 미친 사람과 근본적인 차이가 없다고 생각되며, 이러한 점에서 이규보의 20대 후반 이후의 구차스런 구관과 세속지향은 20대 중반의 자유자재한 우주적 소요의 세계와 표리 관계를 이룬다고 할 수도 있을 것이다.

　따라서 천지의 구속을 벗어난 우주의 바깥에서 우주를 창조하는 에너지의 원천인 기모(氣母)와 함께 무하유(無何有)의 세계에서 자유자재하게 노닌

---

44) 『東國李相國集』 卷3.

45) 물론 이 무렵에 지은 그의 시 가운데도 벼슬에 초연한 듯한 태도를 보여주는 작품이 없지는 않은데, 「全履之家, 大醉口唱, 使履之, 走筆書壁」이 그 대표적인 사례에 해당된다("白雲居士本狂客, 十載人間空浪迹. 縱酒酣歌誰復訶, 一生放意聊自適. …… 與君痛飮擊唾壺, 志在萬里思騰驤. 烈士壯心何日已, 長劍依青天. 功名富貴不須論, 昔日王侯今朝馬鬣墳, 石崇金谷芳草沒, 都是一場夢.") 그러나 이 시는 제목에서 볼 수 있는 창작 배경과 벼슬을 구하기 위해 노력하고 있던 이규보의 태도를 고려할 때 言志的 眞實로 보기 어렵다. 요컨대 "功名富貴不須論, 昔日王侯今朝馬鬣墳, 石崇金谷芳草沒, 都是一場夢" 등의 시구에 공명과 부귀를 얻지 못한 이의 관념적 위안이 내포되어 있음은 두 말을 할 필요가 없을 것이다.

다는 이규보의 소요에는 현실적 성취를 이루지 못한 데 대한 관념적인 위
안이 포함되어 있다고 생각된다. 그리고 관념 세계에서 창출되어 소요하
는 우주의 크기는 바로 현실에의 진출이 불가능한 데서 오는 불만의 거대
함과 비례하는 것이기도 하다. 저간의 사정을 보다 자세하게 이해하기 위
해서는 「대취주필시동고자(大醉走筆示東皐子)」라는 작품을 참고할 필요가
있다.

大地不能戴我足　　대지도 내 발을 떠받들지 못하고
泰山不足呑吾胸　　태산도 내 가슴을 삼키지 못하나니
軒然要出六合外　　훨얼훨 저 우주 밖으로 벗어나고 싶어
六合之內轍皆窮[46]　내가 놀기에 우주는 너무도 좁아.

　줄기찬 구관에도 불구하고 벼슬을 얻지 못한 채 좌절하고 있었던 30대
중반에 술에 크게 취해 주필로 지었다는 작품인데, 「백운거사전」에서 볼
수 있는 장자적 상상력은 이 작품의 세계와 매우 흡사하다. 요컨대 이 작
품은 현실권을 떠나 장자적 소요의 세계에서 자적하고 싶다는 내용을 담
고 있음에도 불구하고, 그 행간에 당대의 객관적 상황에 따라 현실에의 진
출이 불가능한 데서 오는 터질 듯한 불만과 울분이 도저하게 깔려 있다고
생각되며, 정도의 차이가 있기는 하지만 「백운거사전」도 이와 같은 맥락
에서 이해할 수 있을 것이다.[47]

---

46) 『東國李相國集』 卷3.
47) 이 점에 대해서는 박창희 교수도 "白雲居士는 그의 불우한 사정으로부터의 관념적
　　도피를 꾀한 나머지의 일일 뿐이지 절대적 이상향을 찾으려는 선비로서의 自號는 아니
　　다"라는 요지로 간명하게 언급한 바 있다(박창희, 「무신정권시대의 문인」, 『한국사』 7,
　　국사편찬위원회, 1984, 270~271면 참조).

5. 맺음말

이상에서 필자는 청년기 이규보의 집안 상황 및 행동양식을 검토하고, 이를 바탕으로 「백운거사전」에 드러난 그의 의식의 기저(基底)를 살펴보았거니와, 이제 지금까지 논의한 결과를 간략하게 요약함으로써 이 글을 마무리하고자 한다.

무신정권과 일정한 유대관계를 지니고 있다고 판단되는 집안에서 경제적으로 아무런 부족함이 없이 자라났던 이규보의 청년기의 행동 양식은 참으로 남다른 바가 있었다. 그의 젊은 날은 확고한 세계관의 정립이 이루어지지 못한 상태에서, 기고만장의 오연한 패기와 즉흥적 방달, 그리고 보편적인 규범에서 일탈된 주사(酒使)와 광기(狂氣)에 의하여 지배되고 있었던 것이다.

따라서 이 시기에 지어진 작품들에는 언지적(言志的) 진실과는 일정한 거리가 있는, 상당한 정도의 감정 과잉과 허풍이 깔려 있을 가능성이 매우 높을 것으로 추측되었다. 그의 대표작 가운데 하나인 「백운거사전」을 대상으로 대략 검토해본 결과, 이와 같은 추측은 상당 부분 구체적인 사실로 드러났다. 「백운거사전」에 드러난 이규보의 경제 사정은 객관적 사실과는 크게 다를 뿐만 아니라 작품 전반에 과장적이고 허투적(虛套的)인 요소가 적지 않고, 게다가 고인들의 작품을 적절하게 모방하고 변형하여 결합한 부분이 많아 그 독창성과 진지성을 의심할 수밖에 없는 측면도 있다. 작품 속에서 무하유의 세계에서 노닌다고 거창하게 언표하고 있음에도 불구하고, 실상 그의 은거는 현실참여가 불가능한 상태에서 정치 상황을 주시하는 가운데 이루어졌던 일종의 칩거라고 생각되었으며, 그런 만큼 이규보의 노장(老莊) 지향에는 현실적 성취가 좌절된 데서 오는 관념적 위안이 내포되어 있다고 판단되었다.

하나의 사례로 분석해 본 「백운거사전」에 대한 이와 같은 이해가 타당하다면, 이규보가 청년기에 지은 작품들에 대한 접근은 보다 진지하고 신중하게 이루어질 필요가 있다. 요컨대 이 무렵의 이규보의 행동 방식을 고려할 때, 「백운거사전」뿐만 아니라 다른 작품들도 이와 같은 경향을 지닐 가능성이 매우 높다고 판단되며, 이 점은 시기적으로 「백운거사전」과 「무관탄」을 위시한 구관시(求官詩) 사이에 놓여 있는 「동명왕편(東明王篇)」 등 중요 작품에 대해 논의하는 자리에서도 반드시 고려되어야 할 것이다.

이규보 연보 연구

박 성 규

1. 서론

연보(年譜)는 일생(一生)의 업적(業績)이나 사적(事蹟)을 연대순(年代順)으로 기술해 놓은 것으로 한 개인의 연대기(年代記)에 해당한다고 할 수 있다. 이를 역사기록 방법에 비교해 보면 역사적인 사건들의 전말(顚末)을 연대에 의거해서 기술해 나가는 기사본말체(紀事本末體)는 역사적인 사실을 연차별(年次別)로 기술해 나가는 편년체(編年體)에 해당된다고 하겠다. 이렇게 보면 연보(年譜)는 한 개인이 살아오며 겪었던 사건을 중심으로 기술한 것이기보다는 태어나서 죽을 때까지 겪었던 중요한 일들을 간지(干支)를 따라 기술한 것이라고 할 수 있다. 이러한 연보가 처음 등장한 시기를 정확하게 단정하기는 어렵지만 연보라는 명칭을 달고 나온 것 가운데 가장 이른 것은 중국 송(宋)나라 여대방(呂大防)이 1085년에 편찬한 『한이부문공집

연보(韓吏部文公集年譜)』라고 할 수 있다. 중국에는 유사 이래 수많은 문인(文人)·정치가(政治家)들이 등장하여 인문문화(人文文化)를 발전시켜온 것에 비하면 그들의 연대기(年代記)인 연보가 만들어지기 시작한 역사가 생각보다는 무척 짧은 편이다. 우리나라에서의 연보(年譜)는 이규보(李奎報)의 문집인 『동국이상국집(東國李相國集)』에 처음으로 등장하고 있다. 이규보의 연보(年譜)가 그의 몰년(沒年)인 1241년에 지어졌기 때문에 중국과 문체교류(文體交流)가 일반적으로 200년의 간격을 두고 이루어진 것을 감안한다면 우리나라 연보(年譜)의 출현이 그리 늦은 것은 아니라고 할 수 있다.

지금까지 나온 역사적 인물의 연보를 통해서 그 보주(譜主)가 생애(生涯)에 걸쳐 어떠한 자세와 생각들을 가지고 살아왔는가를 짐작할 수 있다. 기술 대상이 정치가이건 학자이거나를 불문하고 보주가 남겨놓은 족적(足跡)이나 업적을 있는 그대로 시간에 따라 기술해 놓음으로써 후대의 사람들 앞에 그의 적나라한 모습을 드러내게 되는 것이다. 그러므로 우리가 한 문인의 삶이나 문학을 논의하게 될 때 연보에 나타난 그의 생애는 단순히 연구에 대한 보조 자료로서 활용되기보다는 그를 평가함에 있어 유용하면서도 객관적인 평가척도로도 활용할 수 있다. 연보가 이러한 기능을 가질 수 있게 하려면 무엇보다도 기술된 내용이 사실적이고 객관성을 담보하고 있어야 함은 물론이다. 기술된 연보의 내용이 아무리 방대하고 자세하게 이루어졌다고 할지라도 그것이 과장되거나 인용 자료를 자의적(自意的)으로 해석하여 이루어진 것이라면 그것은 오히려 없는 것만도 못할 것이다. 그래서 연보 작성에 있어 기록 대상이 되는 인물을 올바로 파악하는 데에는 무엇보다도 그의 행적을 엄정하고도 객관적으로 기술한 행장(行狀)과 묘지명(墓誌銘)이 일차적 자료로 채택되고, 포폄(褒貶)이 분명한 역사서 속의 관련 기록이나 열전(列傳)이 저본(底本)이 됨은 물론이다.

이규보는 정치·사회적으로 암울한 시대를 온몸으로 극복해 나가면서 어쩔 수 없이 영욕의 삶을 살아갈 수밖에 없었다. 그러므로 무신집권기(武臣執權期)의 지식인으로 현실을 비판적으로 살지 못하고 오히려 그러한 현

실에 안주하면서 왜곡되게 처세했다는 평가를 받기도 한다. 그러나 대부분
의 논자들은 그의 삶이나 문학에 대해 긍정적으로 평가하고 있다. 이규보
에 대한 이같이 엇갈린 평가는 그의 작품 속에 투사되어 있는 삶의 자세나
생각을 제대로 살펴보게 되면 질정(質正)될 수 있겠지만 그의 삶의 자취나
작품의 창작 배경을 객관적으로 기술하고 있는 연보에 대한 성찰도 그러한
시비를 가리는데 크게 도움이 되리라고 본다. 지금 전하고 있는 이규보의
연보에는 그의 다난(多難)하고도 짧지 않은 생애와 뛰어난 문학적 역량을
발휘하여 창출한 작품적 성과가 제대로 수렴되어 있지 않다. 이규보 연보
가 이와같이 소략하게 이루어진 데에는 여러 가지 이유가 있겠지만 우선적
으로 당시에 연보에 대한 인식과 이해가 제대로 이루어지지 못한 것이 그
원인이라고 하겠다. 우리나라에 남아 있는 최고(最古)의 문집으로는 최치원
(崔致遠)의『계원필경집(桂苑筆耕集)』이라고 할 수 있다. 이것은 그가 유(幼)
·청년기(靑年期)인 16년 간 중국에 유학생으로서, 관리로서 머물 때 지은
작품을 모아 신라 헌강왕(憲康王)에게 바친 것이기 때문에 완성된 문집이라
고 간주하기는 어렵다. 또한 거기에는 최치원의 연보에 대한 기록은 찾아
볼 수 없다. 그 다음으로는 고려시대 이인로(李仁老)가 임춘(林椿) 사후(死後)
에 편찬한 임춘의 문집『서하선생집(西河先生集)』이 있으나 거기에도 연보
와 관련된 내용을 나오지 않는다. 이규보의『농국이상국집』보다 백여 년
뒤에 간행된 이제현(李齊賢)의『익재난고(益齋亂藁)』초간본(初刊本, 1363)에도
연보(年譜)가 수록되어 있지 않다가 1693(숙종 19)년의 중간본(重刊本)에 처음
으로 연보가 등장하고[1] 있는 것을 볼 때 이규보 전후의 시대에 문집을 제
작함에 있어 연보의 편찬은 크게 중시되지 않았음을 알 수 있다. 여기에서
보면, 이규보의『동국이상국집(東國李相國集)』이 나올 때 아직 우리나라에는
문집에 연보(年譜)를 싣는 선례가 없었기 때문에 지금『동국이상국집』에 전
하고 있는 이규보의 연보도 연보로서의 전형적인 체제를 갖추지 못하였다

---

1) 李齊賢,『益齋先生文集』「益齋先生文集重刊識」, "舊本無年譜, 先生之後孫? 世碩,
　撫家藏, 略記始末, 以示余, 幷以刊之, 左以傳于後."

고 할 수 있다. 따라서 『동국이상국집』에 실려 있는 기존의 연보를 통하여 그의 생애(生涯)와 작품의 창작배경 등을 제대로 파악하기는 쉽지 않다. 이러한 소략하고 미비한 이규보의 연보를 보완하기 위해서는 많은 참고자료의 수집과 검토가 요구되지만 지금에 남아 있는 당대의 전적(田籍)이 거의 없어 극히 한정된 자료에 의지할 수밖에 없다. 연보가 소략하고 미비하다는 것은 서술되어 있는 내용이 사실을 제대로 말해주기에는 지나치게 부족하다는 것이기도 하지만 일면으로는 서술된 내용이 잘못 소개되어 있기도 하고, 정확성이 결여되어 있기도 하다는 것이다. 그러므로 지금 우리가 이규보의 연보를 새롭게 천착하여 소략함과 부정확한 면을 보완하고 수정해 나가기 위해서는 무엇보다도 일차적으로 그의 문집에 실려 있는 작품에 깊은 관심을 보여야 될 것이고, 다음으로는 그를 가까이서 보고 함께 창작활동을 했던 동시대 사람들의 증언과 기록물(記錄物)에 유의해야 할 것이다. 여기에 더하여 고려시대의 역사서로서 살펴볼 가치가 있는 『고려사(高麗史)』·『고려사절요(高麗史節要)』 등에 실려 있는 이규보 관련 기록이 실증적 자료로 채택될 수 있을 것이다.

이규보 연보 연구에서는 단순히 그의 생애의 추이에 국한하기보다는 그의 작품이 지어진 창작연대에도 관심을 두려고 한다. 문집 53권(卷)에 실려 있는 작품의 창작연대를 모두 확인할 수 없겠지만 가능한 한 창작연대를 확인해보고자 한다. 이같이 연보(年譜)에 시문보(詩文譜)를 병행하여 살피기 위해서는 많은 시간이 요할 것이고, 연구내용도 적지 않을 것이다. 그래서 이규보 연보 연구를 몇 번에 나누어서 진행하고자 하는데, 여기에서는 그가 출생한 해인 1168년부터 32세에 관직을 얻어 전주사록(全州司錄)으로 나아가기 전해인 31세까지의 기간에 한정해서 논의하기로 한다. 그가 십대 후반에 뜻을 세워 과거에 응시하였다가 몇 번에 걸쳐 낙방하고, 23세에 가서야 과거에 급제했지만 31세에 이르기까지 현실과 유리된 채 담박하고 기예(氣銳) 넘치는 지식인으로 살아갔던 시기의 연보를 통하여 그의 삶의 형성기(形成期)를 살펴보고자 한다.

2. 연보의 편찬배경과 서술방법

이규보의 연보는 그의 졸년(卒年)인 1241년 12월에 이루어진 것으로 일찍 죽은 장자(長子) 관(灌)을 대신하여 사자(嗣子)가 된 그의 차자(次子) 함(涵)이 작성하였다. 『동국이상국집』이 그가 74세에 몸져누워 회복될 기미가 보이지 않자 당시의 집정자(執政者)인 최이(崔怡)의 명(命)에 의하여 그 해 8월 이전에 완성되었다.[2] 그러나 이규보가 생전에 자신의 문집이 완성된 것을 볼 수 있도록 하기 위하여 서둘러 이루어졌기 때문에 작품을 모으고 선별(選別)하는 과정에서 소홀할 수밖에 없었다. 그렇기 때문에 이규보가 그 해 9월에 타계하게 되자 8월 이전에 완성된 문집에 미처 수록하지 못한 작품을 다시 수집하여 후집(後集)이라는 이름의 보유편(補遺編)을 12월에 완성하게 된다. 이렇게 보면 이규보의 『동국이상국집』 '전집·후집'은 1년 사이에 간행된 셈이므로 당시의 최고 실권자인 최우의 연보 간행에 대한 원력(願力)이 어떠했던가를 미루어 짐작할 수 있다. 보주(譜主)의 아들인 이함(李涵)이 완결된 문집을 만들고 이어서 연보를 작성한 것은 일차적으로 문집으로서의 완결된 체제를 갖추었다는 것을 알리고자 한 데 있다. 또한 이함이 연보서(年譜序)에 밝혀놓은 기록을 보면 연보 작성이 오직 보주(譜主)인 이규보의 행적만을 기술하기 위한 것이 아니라 작품의 창작 연대를 명시하여 시(詩)·문보(文譜)로서의 기능을 더하고자 하였다.[3] 이함은 이전

---

2) 최이의 命에 의하여 갑자기 1241년에 文集刊行作業이 이루어져 그 해 8月 이전에 끝났다고 하나 李需가 쓴 『東國李相國集』 말미에 지금 남아 있는 문집의 규모에 비추어 본다면 몇 개월 간의 짧은 기간에 이루어지기는 어려웠을 것이고, 이규보 본인이 일찍부터 자신의 문집을 간행하기 위하여 준비해왔을 것으로 추측된다.

3) 李奎報, 『東國李相國集』 「年譜序」, "嗣子涵旣撰家公前後文集, 因據公之手草家狀, 又成年譜. …… 今家公文集, 其不標年月者亦多, 故不得各隨年載, 一一標之, 但存十之一二耳. 然公之著作, 雖一年一月, 寧有所闕者耶." 여기에서 보면, 이함이 先考인 李奎報가 직접 써놓은 手草家狀을 근거로 하여 생애를 年次的으로 기술하였고, 작품의 창작연대를 일일이 年譜에서 밝혀야 하는데 온전하게 뜻한 바를 이룰 수 없는 사실

사람들의 문집에 들어 있는 연보에 창작활동의 소산인 작품이 언제 어떻게 지어졌는지 그 본말(本末)과 단서(端緒)를 명기하고자 한 사실에 주목하게 된다. 여기에서 보면 이규보의 연보는 이규보 본인이 직접 쓴 수초가장(手草家狀)에 근거하고 있어 가계(家系)와 연대기적(年代記的) 성격이 강한 것이라고 볼 수 있지만 실제 연보를 작성한 이함은 시목편년(詩目編年)을 겸한 문학가 연보를 편찬하고자 한 것이다.[4]

이규보 연보의 형식은 불완전하기는 하지만 강목식(綱目式)에 가깝다고 할 수 있다. 이 강목식은 중요한 내용을 간략하게 대자(大字)로 적어 강(綱)으로 삼고 그 밑에 소자(小字)로 상세하게 내용을 기술한 목(目)으로 이루어진 것을 말한다. 이규보의 연보는 강(綱)과 목(目)이 따로 구분되어 있는 완전한 강목식을 따르고 있지는 않으나 대체로 이 두 가지 사실을 구분 없이 기술하고 있다.[5] 이것은 1370년에 간행된 급암(及菴) 민사평(閔思平)의 연보인 「급암선생연보(及菴先生年譜)」가 기년(紀年)과 관력(官歷)만을 간략하게 적은 연표식(年表式)의 연보에 비해 자세하다. 또한 체계가 3단으로 구성되어 있어 상단에 기년(紀年)을 적시하고, 중앙과 하단에 기사(紀事)를 특별한 준칙 없이 기술하고 있는 이색(李穡)의 표보(標譜)와도 형식과 기술방식에 있어 차이가 난다. 고려 중기와 말기에 등장한 각기 다른 세 가지 형식의 연보는 제각각 특색을 지니고 있지만 문학가의 연보라는 측면에서 본다면 가장 먼저 나온 이규보의 연보가 높게 평가받을 수 있으리라고 본다.

이규보의 연보에는 먼저 이함(李涵)이 쓴 연보서(年譜序)가 실려 있어 연보의 편찬배경과 내용에 대해 간략하게 기술하고 있다. 연보의 맨 첫 부분에는 보주(譜主)인 이규보의 생년(生年), 휘(諱), 자호(自號), 가계(家系), 어린 시절의 이적(異蹟), 성신(星神)의 예언으로 과거에 합격하는 내용 등으로 구

에 안타까워하고 있음을 알 수 있다(이후로 『東國李相國集』의 全·後集을 인용할 시에는 全集卷○과 後集卷○으로 표기하도록 한다).

4) 李鍾默, 「韓國文人年譜研究」, 『藏書閣』 5집, 2001.8, 190면.

5) 李鍾默, 위의 논문(189면)에서 이러한 미분화된 강목식 연보를 初期綱目式年譜라고 지칭하고 있다.

성되어 있는데, 이는 연보의 기술에서 이규보의 삶이나 문학의 수월성이 일찍부터 예비된 것임을 은근히 암시하고 있다. 이 연보에서 이런 내용을 어떻게 기술한 것인가를 예시하고 있음을 짐작하게 한다. 이규보가 당대의 부조리한 현실을 이겨내며 유의미한 삶을 살아갈 수 있었던 것이 단순한 요행의 결과가 아니라 천부적인 문력(文力)과 천신(天神)의 가호가 주어졌기 때문임을 알 수 있게 한다. 여기에서 보면 이규보의 연보는 범속한 사람의 연대기(年代記)가 아니라 생래적으로 비범함을 갖고 태어난 인물의 삶과 문학을 알리고자 이루어진 것임을 짐작할 수 있다. 이규보의 연보에는 3세까지 첫 칸에 간지(干支)만 기록되어 있고, 이후 4세 때부터 56세까지는 대자(大字)로 쓰여진 간지(干支) 아래에 쌍행(雙行)으로 중국 금(金)나라의 연호(年號)가 소자(小字)로 쓰여 있고 그 아래에 보주(譜主)의 나이가 대자(大字)로 기록되어 있다. 이어서 줄을 달리하여 대자(大字)로 기사(紀事)하고 있다. 연조(年條)에 따라서는 기사(紀事)의 내용이 짧게 서술된 경우도 있으나 대부분 관력(官歷)·출처(出處)·작품(作品) 등에 대해서 자세하게 기록하고 있어 이규보의 삶과 문학을 사실대로 전달하려고 한 편찬자의 의도를 짐작할 수 있다. 연보의 맨 마지막인 신축년(辛丑年, 1241)에는 보주(譜主)의 졸년(卒年)에 문집간행이 급작스레 이루어졌다는 것과 그의 만년의 진솔한 삶을 기술하고 있는 총론적 언급이 이색적이다.

3. 연보의 교감(校勘)과 보완(補完)

이규보의 『동국이상국집』에 실려 있는 연보는 고려시대에 만들어진 여러 편의 연보에 비해서 그의 사후에 곧바로 만들어졌기 때문에 무엇보다도 기술된 내용에 대한 신뢰도가 높다. 그리고 연보에 서술된 내용 가운데 그의 창작활동에 대한 부분이 많아 그의 문학을 연구하는데 도움이 될 수 있다. 그러나 이규보의 연보가 짧은 기간에 이루어졌고, 다른 문집속의 연보처럼 여러 차례 중간되면서 중편(重編)·개편(改編)·신편(新編) 등의 발전된 형태로 변화하지 못하고 초기본이 그대로 답습되어 왔기 때문에 초기본에 드러났던 오기(誤記)·와탈(訛脫)·소략(疏略)한 면을 시종 보완할 수 없었다. 그러므로 여기에서는 그의 생애와 작품에 대한 올바른 평가가 이루어질 수 있도록 확실한 근거자료에 의거해서 연보를 수정·보완하고자 한다.

李奎報年譜

○ 年譜序

嗣子涵[6]旣撰家公前後文集, 因據公之手草家狀, 又成年譜. 涵觀古人文集年譜, 各於年中, 備詳所著本末端由, 以相參考, 大抵古人詩集,[7] 未必皆著所述年月矣. 未知據何本而載之之詳耶. 今家公文集, 其不標年月者亦多, 故不得各隨年載, 一一標之, 但存十之一二耳. 然公之著作, 雖一年一月, 寧有所闕者耶.

○ 戊子

公生於是年十二月十六日癸卯, 諱奎報, 字春卿, 黃驪縣人也.[8] 考諱允綏, 官至戶部郎中, 母金氏, 金壤郡人. 考諱仲權,[9] 後改施政, 中古名儒也. 擢高

---

6) 이규보는 아들 4명과 딸 2명을 두었는데, 涵은 이규보의 灌·涵·澄·濰 등 四男 가운데 二男으로 長男이 일찍 죽었으므로 큰아들 노릇을 하였다. 涵은 知洪州事副使 尙食奉御를 지냈고, 澄은 慶山店錄事를, 濰는 西大悲院錄事를 지냈다. 長女는 內侍 掖庭內謁者監 李惟信에게 시집갔고, 次女는 內侍 慶禧宮錄事 高伯挺에게 시집갔다(『後集』卷終 附錄, 侍郎 李需述「文順公墓誌銘幷序」).

7) 古人 詩集은 구체적으로 누구의 시집을 가리키고 있는지 짐작하기 어렵다.

8) 驪州 李氏 世族譜에 보면, 驪州李氏가 分派되어 교위공파·문순공파·경주파로 나뉘어지는데 문순공파는 李殷伯을 始祖로 삼고, 이규보의 아버지 允綏를 三祖로, 이규보를 中祖로 한다. 또한 이규보의 曾孫인 體覆使 英이 江華의 屬縣이었던 河陰을 본관으로 한 河陰 李氏를 創氏하였다.

第, 官至蔚珍縣尉. 公始生三月, 惡瘣滿身, 衆藥不理. 嚴君憤之, 詣松岳祠宇.10) 擲筊卜生死. 曰生. 問藥理與否. 曰勿藥理. 自是不復傅藥. 皮皆爛. 未辨面目. 乳媼常以白麪鋪兩臂. 然後抱持之. 一日, 乳媼抱出門外. 有一老父過曰. 此兒千金之子. 何棄之如此. 宜善護養. 乳媼走白嚴君. 君疑其神人. 使人追之. 以路有三歧. 遣三人追之. 皆不見而還. 始諱仁底. 己酉歲. 將赴司馬試. 夢有人類村甿. 皆着緇布衣. 群飮堂上者. 旁人曰. 此二十八宿也. 公驚悚再拜. 問今年試席捷否. 有一人指一人曰. 彼奎星乃知之. 公卽就問. 未及聞其言而寤. 恨未終其夢. 俄復夢. 其人來報曰. 子必占狀元. 勿慮也. 此天機. 但莫洩耳. 因改今名赴試. 果中第一.

○己丑

○庚寅
(補)-이 해 8月에 武臣亂이 일어났다.

○辛卯
是年, 嚴君出倅成州,11) 隨之任.

○壬辰 大金大定12)十二年

○癸巳 大定十三年

---

9) 이규보의 外祖父 金仲權은 황해도 通川 金氏로『新增東國輿地勝覽』卷45 '蔚珍郡'
   條의 名宦에 "金仲權, 後改施政, 擢高第爲蔚珍尉"이라고 소개하고 있다.
10) 松岳字는 나라에서 祈雨祭를 지내고, 백성들이 祈福하던 神祠였다. 이곳은 고려 松
   岳을 지키는 神을 모신 곳으로 중국의 道敎에서 五岳廟를 두어 신앙의 근거지로 삼았
   던 것과 같다.
11) 成州는 평안남도 成川의 옛 지명으로 이규보의 아버지 李允綏가 이곳의 고을 원으로
   갔다 3년 만에 서울로 돌아왔다.
12) 大定은 金나라 世宗의 年號로 이규보의 연보에는 이때부터 이 연호를 쓰기 시작한
   다. 4세 때까지는 이 연호를 쓰지 않다가 왜 5세 때의 연보기록에서 처음으로 쓰게 되었
   는지 그 이유를 정확하게 알 수 없지만『高麗史』「世家」卷19 '明宗 二年 三月'에 "金
   나라 世宗에게 尊號 올림을 하례하였다"는 기록이 있어 이때부터 고려 조정에서 金의
   연호를 쓰기 시작한 것으로 볼 수 있다.

○甲午 大定十四年

是年, 嚴君以內侍被召, 隨至京師.

○乙未 大定十五年

○丙申 大定十六年

(補)-이 해에 글을 지을 줄 알아 당시 사람들이 公을 奇童이라고 불렀다.13)

○丁酉 大定十七年

○戊戌 大定十八年

是年, 叔父直門下省李富14)誇於省郎曰, 吾猶子年可若干, 能屬文, 召試之可乎. 諸郎欣然使迎之, 命爲聯句. 時方受外郡貢紙, 以紙字占之. 公應聲唱曰, 紙路長行毛學士. 諸郎手書之. 又令爲對, 卽曰, 杯心常在麴先生,15) 郎皆嘆伏, 號奇童, 慰勉遣之.

○己亥 大定十九年 公年十二

(補)-이 해에 叔父인 李富가 西北面兵馬使로 있으면서 趙位寵의 잔당들을
　　　거짓으로 유인하여 불태워 죽였다.16)

---

13) 이러한 내용은 李需가 『東國李相國集』의 序文으로 쓴 글에 이 말이 나온다.

14) 『高麗史』「世家」卷20 '明宗 十一年(辛丑) 五月'에 보면 이 해에 叔父인 李富가 直門下省이 되었다고 하니(以崔忠烈, 判刑部事, 李富, 直門下省), 李涵이 '叔父直門下省李富'라고 한 것은 그가 歲數를 잘못 헤아려 나타난 결과라고 하겠다. 『고려사』의 기록이 맞다고 한다면 위의 기록은 14세 때인 辛丑年으로 옮겨져야 할 것이다.

15) "紙路長行毛學士, 杯心常在麴先生"은 한 聯에 지나지 않는 詩句이지만 이규보가 남긴 시문 가운데서는 최초의 것으로 이규보의 文學的 재능이 凡常치 않았음을 알 수 있다.

16) 『고려사』「世家」卷20 '明宗 9년 4월'조에 보면, "庚戌, 西北面知兵馬事李富, 患西賊遺種, 乘閒復起, 思欲盡誅之, 聞其乏食, 爲公牒, 紿諸賊屯曰: '以某日受糧于所在某城!' 仍密誘諸城曰: '若賊來入城宜閉門悉誅之!' 於是承牒捕誅者凡五城龜州所殺至三百餘人. 嘉州人引賊百餘人入倉鎖門賊脫出無計洶踊曰: '不意官家, 見紿如此, 吾寧自絶, 豈可見制於人手.' 乃鑽燧燒倉自焚而死"라 하였다. 여기에서 보면 이규보의 숙부가 무인으로서 趙位寵의 반란군을 진압하는데 공적을 남겼는데, 이는 이규보가 30대 초반에 경주에서 일어난 民亂의 무리들을 치러 가는데 자진해서 白衣從軍한 것도

○庚子 大定二十年 公年十三

○辛丑 大定二十一年 公年十四
是年, 始籍文憲公徒誠明齋肄業. 每夏課, 先達輩會諸生, 刻燭占韻賦詩, 名
曰急作. 公連中榜頭. 諸儒始奇之.

○壬寅 大定二十二年 公年十五
是年六月, 又於夏課急作, 適有齋中拜翰林者, 以內直玉堂爲題占韻. 公詩
曰, 獨直偏知殿閣涼, 金蓮花燭炤華堂. 露凝仙掌驚秋冷, 月透紗窓信夜長.
七寶床前宮漏永, 九華帳裏御爐香. 詞頭草罷銀河曙, 喜見高天瑞日光. 先達
咸淳[17]等皆嘆賞不已. 升爲第一一等唯置公. 示其異也. 此詩少時所作, 不載
集中.

○癸卯 大定二十三年 公年十六
春, 嚴君出守水州,[18] 公留赴司馬試不捷, 秋, 之水州覲省.

○甲辰 大定二十四年 公年十七

○乙巳 大定二十五年 公年十八
春, 自水州至, 遂赴司馬試不捷, 秋還
(補)－이 해에 35년이나 年上인 吳世才와 忘年之交를 맺어 세상 사람들을
　　　놀라게 하였다.[19]

집안의 그러한 유래에 영향을 받은 바가 크다고 짐작된다.
17) 咸淳은 竹林高會의 임원으로 참여하였는데, 이규보가 壬寅年으로부터 3년 뒤인 乙
巳年에 오세재의 천거로 竹林高會에 參觀하기 전부터 이들과의 교류가 있었음을 알
수 있다.
18) 水州는 경기도 水原의 옛 지명이다.『新增東國輿地勝覽』卷九「水原都護府」‘名
宦’條에 “李允綏, 明宗朝知州事”라고 하였는데 3년 가까이 이규보의 아버지 이윤수가
水州의 원으로 在職하면서 善政을 베풀어 이름이 높았음을 알 수 있다. 그가 26세에 지
은 작품으로 추정되는「江南舊遊」(全集 卷1)라는 시에서 “漢南(水州)에서 한가롭게 노
닐었던 때를 추억하고 있다[結髮少年日輕裝寄漢南. 乘閑頻劇飮遇勝輒窮深].”
19)『全集』卷37「吳先生德全哀詞幷序」, “予年方十八, 猶未冠公已五十三矣. 予欲以丈
人行事之, 公不肯焉, 許以忘年曰 ……..”

－이 해에 「麴先生傳」을 지은 것으로 추측된다.[20]

○丙午 大定二十六年 公年十九
春, 嚴君見代, 隨至京師.

○丁未 大定二十七年 公年二十
是年春, 又赴司馬試, 不捷. 公自四五年來, 使酒放曠不自檢. 惟以風月爲
事, 略不習科擧之文故, 連赴試不中.

○戊申 大定二十八年 公年二十一
(補)－이 해에 忘年之交를 맺어 來往하던 吳世才가 그의 外家가 있는 慶州
    로 내려갔다.[21]

○己酉 大定二十九年 公年二十二
是年, 春, 擧司馬試中第一. 以十韻詩賦之, 其題先王制軒冕著貴賤不求美,
公破題云, 太古無軒冕, 誰分貴賤流. 制之然後著, 美也不曾求. 又一句云, 始
造聞黃帝, 徒行豈孔丘. 座主柳公嗟賞不已, 遂擢第一.
(補)－이 해 5月에 司馬試에 應試하여 左承宣 柳公權에 의하여 十韻詩로
    천거되었다.[22]

○庚戌 大定三十年 公年二十三
六月, 赴禮部試, 擢第同進士, 公嫌其科劣欲辭之, 以嚴君切責, 且無舊例不
得辭. 因大醉謂賀客等曰, 予科第雖下, 豈不是三四度陶鑄門生者乎. 坐客掩
口竊笑. 公旣不事科擧之文, 其作賦荒蕪, 不合格律. 又試圍內, 奉命承宣朴
純與座主, 受宣醞次召公飮以一觥, 卽大醉亂書, 欲裂棄之, 傍座孫得之奪而

---

20)『補閑集』卷中 第六則, "文順公家集已行於世 …… 弱冠時, 作麴秀才傳"이라 하여
    약관의 나이에 假傳體作品을 자유롭게 창작한 것 같다.
21)『全集』卷37「吳先生德全哀詞幷序」에 "從遊僅三稔, 雖不能盡襲蘭芳, 氣淸餘膏亦
    多矣"라고 하여 18세부터 3년 간 오세재와 교우하다 이 해에 헤어진 것을 알 수 있다.
22)『고려사』「世家」卷74 '明宗 十九年 五月'에 "左承宣 柳公權 …… 十韻詩, 取李奎
    報等 六十人"이라 하였다.

呈之. 其詩題, 戴君若鼇冠靈山. 公詩, 第四句云, 壯似支三鼇, 憂无釣六逃.
第五句云, 奉天呈屹屹, 負岳出滔滔. 知貢擧, 李諱知命, 愛此句, 遂不擯之.

(補)—李知命에 의하여 公이 예부시에서 兪升旦·劉冲基·趙冲·韓光衍
　　　 등과 함께 천거됐다.23)
　　　—이 해에 과거에 급제하고는 同年들과 通濟寺에 놀러가 서로 唱和하며
　　　 四韻詩를 지었는데, 그 시 가운데 公이 지은 다음의 시구들이 중국으
　　　 로 전해져 중국인들의 칭송을 받았다. 「寒驢影裡碧山暮, 斷鳩聲中紅
　　　 樹秋」와 「獨鶴何歸天杳杳, 行人不盡路悠 悠」24)

○ 辛亥 大金明昌二年 公年二十四

秋八月, 丁父憂. 寓居天磨山, 自稱白雲居士, 作天磨山詩, 失之不錄前集,
後集追覓之載後集初卷. 首句云, 世人但取山崔巍, 乃以天磨而號之者是也.
後常遊此山作詩, 若北山雜題重遊北山者是也.

(補)—이 해에 지은 것으로 추측되는 詩文을 例擧하면 다음과 같다.

詩
　　—寓天磨山有作　後集　卷1
　　—北山雜題九首　後集　卷5

　　—白雲居士傳　全集　卷20

○ 壬子 明昌三年 公年二十五

---

23)『고려사』「列傳」卷12, "知命爲相, 有古大臣風. 再掌禮闈, 以得人稱, 若趙冲·韓光
　　衍·李奎報·兪升旦·劉冲基, 皆其所取."
24)「白雲小說」10則에 "余昔登第之年 嘗與同年 遊通濟寺 余及四五人 佯落後徐行 聯
　　鞍唱和 以首唱者韻 各賦四韻詩 此旣路上口唱 非有所筆 而亦直以爲詩人常語 便不
　　復記之也 其後再聞有人 傳云 此詩流入中國 大爲士夫所賞 其人 唯誦一句云 寒驢影
　　裏碧山暮 斷雁聲中紅樹秋 此句 尤其所愛者 余 聞之 亦未之信也 …… 昨者 歐陽伯
　　虎訪余 有坐客 言及此詩 因問之曰 相國此詩 傳播大國 信乎 歐 遽對曰 不唯傳播 皆
　　作畵簇看之 客稍疑之 歐曰若爾 余明年還國 可賷其畵及此詩全本 來以示也 ……"라
　　고 하여 이규보가 지은 詩句가 자신도 모르게 중국 천지에 전해져 그의 詩名이 널리 알
　　려졌다는 말을 중국 宋나에서 온 歐陽伯虎에게서 들었다고 했다.

是年, 著白雲居士語錄及傳, 自敍己之行止.

(補)－이 해에 지은 것으로 추측되는 작품을 例擧하면 다음과 같다.

散文

　－「白雲居士記錄」(全集　卷20),

　－「白雲居士傳」(全集　卷20)이 있다.[25]

　○癸丑 明昌四年 公年二十六

是年, 作百韻詩, 呈張侍郎自牧, 張公厚遇, 每謁, 常置酒與飮. 四月, 得舊
三國史, 見東明王事奇之, 作古詩, 以紀其異.

(補)－이 해에 지은 것으로 추측되는 詩를 例擧하면 다음과 같다.[26]

詩

全集　卷一　古律詩

　－呈張侍郎自牧一百韻

　……

　－寓古　三首

　－天壽寺門

　－詠桐

　－梅花

　－題九品寺

　－次韻梁校勘寒食日邀飮

---

25) 이 해에 「白雲居士傳」을 지었다면 이 作品 바로 앞에 실려 있는 「麴先生傳」, 「淸江
使者玄夫傳」 등의 假傳體 作品이 앞의 注 20)에서 추측했듯이 이 시기 이전에 이미 지
어진 것이라고 하겠다. 林椿의 「麴醇傳」이 우리나라의 가전체 작품의 嚆矢라면 이규보
는 26세 이전에 새롭게 등장한 假傳体에 관심을 가지고 그것에 충실한 作品을 창작하
려고 노력하였음을 알 수 있다.

26) 이 해에는 侍郎이었던 張自牧에게 장편인 百韻詩를 지어 바쳤다. 4월에는 『舊三國
史』라는 삼국시대의 역사서를 얻어 보고는 「東明王篇」이라는 高句麗 建國에 대한 敍
事詩를 지었음을 알 수 있어 최소한 「呈張侍郎自牧一百韻」 시와 「동명왕편」 시 사이
에 실려 있는 詩作品은 이 해에 지은 것이라고 할 수 있다. 여기에서 보면 『東國李相國
集』 全集에는 26세 때 이후에 지은 詩作品을 처음으로 싣고 있어 그 이전에 지은 作品
은 全集이 편찬된 뒤에 收拾하여 後集인 補遺編에 수록하였다. 여기에서 보더라도 『東
國李相國集』 편찬은 이규보 생전에 마쳤다고 하겠다.

－望南家吟

－醉歌行, 贈全履之

－石竹花

……

全集 卷二 古律詩

－七月七日雨[27]

－聞江南賊起[28]

－九日無聊有作

－適意

－園中聞蟬, 二首

－月師方丈畵簇二詠

－山中春雨

－春日同俠客遊

－莫苔牛行

－自北山入城

－路中, 聞樓上棋聲

……

全集 卷三 古律詩

－東明王篇幷序

……

－寒食日待人不至

－草堂詠雨 二首

---

27) 이 해에 지은 것으로 추측되는 시 가운데 계절에 따라 순서대로 작품을 게재하지 않 았음을 알 수 있다. 이는『전집』권2 첫머리에「七月七日雨」라는 시가 실려 있는데 이 작품 뒤에 실려 있는「山中春雨」시가 시기적으로 먼저 창작되어진 것임에도 불구하고 오히려 뒤에 실려 있어『東國李相國集』의 연대별 작품 편찬순서가 제대로 지켜지지 못 하고 있음을 알 수 있다.

28)『高麗史』에 1193년(癸丑年) 7월 辛未일에 남방에서 적들이 벌레처럼 일어나 여러 州 와 縣을 노략질하였다. 왕이 全存傑, 李至純, 金慶夫 등을 보내어 적을 치게 했다는 기 록을 보면 이 시가 이해 7월 이후에 지어진 것으로 추측된다("時, 南賊蜂起, 其劇者金 沙彌, 據雲門, 孝心, 據草田, 嘯聚亡命, 摽掠州縣, 王, 聞而患之, 丙子, 遣大將金存傑, 率將軍李至純・李公靖・金陟侯・金慶夫・盧植等, 討之").

－開國寺池上作

－賀奇樞密入相

－呈崔秘監詵

－重憶吳德全[29]

－得南人所餉鐵瓶試茶

○甲寅 明昌五年 公年二十七

是年, 作論潮水書, 呈吳東閣世文, 作天寶詠史詩四十三首, 皆挾注. 又作理小園記.

(補)－봄에 北山에 올라 울적한 마음을 달랬다.

    －벼슬을 얻지 못한 것을 괴로워하며 「無官嘆」을 지어 울적한 心懷를 달랬다.

(補)－이 해에 지은 것으로 추측되는 詩文을 例擧하면 다음과 같다.

詩

全集 卷三 古律詩

－六無奈何[30]

－梁閣校見和, 復用前韻

－題畫虎

－奇尙書宅, 賦美人鸚鵡

－鸚鵡最善導客來, 公又令賦之

－矮松

－無官嘆

－食朱李

---

29) 「重憶吳德全」에서 "不見吳季重, 于今四五年"이라고 하여 이규보가 21세에 경주로 떠나는 오세재와 이별하였으므로(연보 21세조 참조) 이 시가 이별한 지 5년이 되는 이 해에 지어진 것으로 추측된다. 그러므로『全集』卷2의 「呈張侍郎自牧一百韻」에서부터 이 시까지가 26세에 지어진 작품임을 알 수 있다.

30) 이 작품은 26세 때 작품인 「東明王篇」이후에 처음으로 이른 봄날을 읊은 시이기 때문에 27세 때 봄에 지은 것으로 추측된다.

全集 卷四

　　－開元天寶詠史詩 四十三首

散文

論潮水書＝寄吳東閣世文論潮水書(全集 卷26)

草堂理小園記31)(全集 卷23)

○乙卯 明昌六年 公年二十八

是年, 著和吳東閣三百韻詩.

(補)－이 해에 아들 三百이 태어났다.32)

　　－이 해에 어린 딸을 잃은 슬픔을 읊은「悼小女」라는 시를 지었다.33)

(補)－이 해에 지은 것으로 추측되는 詩를 例擧하면 다음과 같다.

詩

全集 卷五 古律詩

　　……

　　－次韻吳東閣世文呈誥院諸學士三百韻詩, 幷序

　　－夢玉瓶幷序

　　－次韻東皐子還古雪中見訪

---

31) 이 작품을 이규보가 27세 5월 23일에 지은 것으로 본다면 이 작품 앞에 실려 있는「止
止軒記」,「接果記」,「四可齋記」,「通齋記」 등 네 작품이 27세 이전에 지었다고 볼 수
있으나, 이 가운데「지지헌기」와「접과기」가 각각 40세, 33세에 저작된 것으로, 산문도
시와 마찬가지로 작품 편찬순서가 연대별로 정확하게 이루어진 것이 아님을 알 수 있다.

32)『全集』卷6「憶二兒二首」가운데 제2首 1・2行에 "我有一愛子, 其名曰三百"에 "予
和郎中三百韻詩, 是日兒生, 因以爲名"이라고 注를 달고 있어 아끼는 아들을 三百이
라고 命名한 이유를 알 수 있다. 이 삼백이라는 이름이 네 아들 중 몇째 아들인지에 대
해서는 정확하게 알 수 없다.

33) 이「悼小女」라는 시에서 이규보가 바느질도 배울 정도로 성숙한 4살의 女兒를 잃어
크게 傷心하고 있다. 이규보에게는 이 해에 죽은 딸 이외에 어린 딸 한 명이 더 있었던
것 같다. 이는 그가 29세에 지은「憶二兒二首」(『全集』卷6)라는 시에서 이제 겨우 아버
지, 어머니를 부를 줄 아는 어린 딸과 몇 개월 동안 헤어져 남쪽을 여행하면서 그 아이
를 사무치게 그리워하고 있는 것에서 확인할 수 있다("我有一小女, 已識呼爺孃. 牽衣
戲我膝, 得鏡學母粧. 別來今幾月, 忽若在我傍 …… 今朝忽憶汝, 流淚濕我裳. 僕夫連
秣馬, 歸意日轉忙.").

－悼小女

－呈內省諸郞

－全履之家, 大醉口唱, 使履之走筆書壁

……

－四月十一日, 與客行園中, 得薔薇於叢薄間, 久爲凡卉所困, 生意甚微,
予卽薙草封植, 埋以 土撑以架. 後數日見之, 葉旣繁茂, 花亦嘩盛, 於
是因物有感, 作長短句, 以示全履之

－明日雨中, 與全履之朴還古復賞

－同劉兪兩同年訪文長老, 用溫飛卿詩韻各賦

－用前韻, 餞尹書記儀赴東京幕府

－次韻鄭秀才公賁賀文長老對御談論

－兒三百飮酒

散文

－醫王寺始創阿羅漢記(全集 卷24)

○丙辰 明昌七年 公年二十九

四月, 京師亂,[34] 姊夫南流黃驪. 五月, 公携姊氏往焉. 是年春, 母家後壻出
守尙州. 六月自黃驪赴尙州觀省, 得寒熱病, 數月不愈, 至十月方還. 詩集中
有南遊詩,[35] 無慮九十餘首. 是黃驪尙州所著也.

---

34) 『고려사』 「世家」 卷20 '明家 26年'條에 "夏四月 戊午 將軍崔忠獻, 誅李義旼"이라
고 하여 이 해에 최충헌이 폭정을 자행하던 이의민을 죽이고 정권을 장악하게 된 것을
알 수 있다.

35) 이규보가 자신의 근거지인 黃驪를 향하여 10월 2日에 서울로 돌아오기까지의 旅程을
정리해 보면 다음과 같다.

1196년 5월 개성의 東門에서 출발하다 → 施厚館에 들르다 → 臨津을 건너다 → 沙平
津에서 숙박 → 雙嶺에서 숙박 → 黃驪에 도착 → 여주의 馬巖에서 놀다 → 驪州의 下寧
寺에서 놀다 → 6월 11일 黃驪에서 尙州로 출발하여 私田이 있는 根谷村에서 숙박 →
聊城 驛樓를 지나다 → 6월 14일 비로소 尙州에 들어가다 → 鳳頭寺에 들르다 → 花開
寺에서 病으로 寓居하다 → 龍潭寺에 도착하다 → 8월 5일 도적 떼가 크게 일어났다는
소식을 듣다 → 8월 7일 龍潭寺 출발 → 8얼 8일 龍浦에서 배를 타고 洛東江을 지나 大
灘을 거쳐 龍源寺에 들렀다가 元興寺에 이르다 → 8월 10일에 珪公에게 시를 지어주다
→ 8월 11일 원흥사를 출발하여 靈山部曲에 이르다 → 洛東江을 지나다 → 龍潭寺에
도착하다 → 8월 17일 大谷寺에 도착하다 → 龍宮郡에 도착하다 → 8월 19일 長安寺에
서 숙박 → 8월 20일 河豊江에서 배로 출발하여 脇村에서 숙박 → 尙州 도착. 東方寺에

(補)－이 해에 지은 것으로 추측되는 詩를 例擧하면 다음과 같다.

詩

全集 卷六 古律詩 九十二首

　－執徐歲五月日, 將遊黃驪, 初出東門, 馬上有作

　－憩施厚館

　－渡臨津

　－宿沙平津

　－江上待舟

　－泛舟

　－宿雙嶺

　－初入黃驪, 二首

　－與鄕黨二三子, 遊馬巖

　－醉遊下寧寺

　……

　－八月二日

　－八月三日

　－漫成次古人韻

　－八月五日, 聞群盜漸熾

　－八月七日黎明, 發龍潭寺, 明日泛舟龍浦, 過洛東江泊犬灘, 時夜深月
　　明, 迅湍激石, 靑山蘸 波, 水極淸澈, 跳魚走蟹, 俯可數也. 倚船長嘯,
　　肌髮淸快, 洒然有蓬瀛之想, 不覺沈痾頓釋, 江上有龍源寺, 寺僧聞之,
　　出迎於江上, 固請入寺, 予辭之, 邀僧至船上, 相對略話, 因題 二 首
　－舟行
　－明日放舟不棹, 順流東下, 舟去如飛, 夜泊元興寺前, 寄宿船中, 時夜靜

서 숙박 → 9월 2일 尙州의 書記에게 시를 지어 주다 → 9월 9일 資福寺에서 숙박 → 9
월 13일 旅舍에 머물다 → 鳳頭寺에 다시 들르다 → 9월 15일 尙州를 출발 → 漢谷別業
에서 숙박 → 9월 18일 幽谷驛에서 金之命과 함께 詩酒를 즐기다 → 聊城驛에서 쉬다
→ 9월 19일 彌勒院에서 숙박 → 忠州를 떠나 驪州로 향하다 → 驪州에 돌아오다 → 여
주의 江村 마을에서 숙박 → 여주의 馬巖에서 놀다 → 여주의 氷靖寺에서 놀다 → 9월
29일 黃驪를 떠나다 → 沙平을 건너다 → 10월 2일 강남으로부터 서울에 들어오다.

人眠, 唯聞水中跳出 之魚 鱍鱍然有聲, 予亦枕臂小眠, 夜寒不得久寐,
漁歌商笛, 相聞于遠近, 天高水淸, 沙明岸 白, 波光月影, 搖蕩船閣, 前
有奇巖怪石, 如虎踞熊蹲, 予岸幘徙倚, 頗得江湖之樂, 噫, 江湖 之樂,
雖病中不可以不樂, 況乎日擁紅粧, 彈朱絃, 得意而遊, 則其樂曷勝道
哉, 得詩 二首 云

……

－紅榴始熟, 珪公乞詩

－月夜聞子規

－八月十日, 珪公請題其院, 爲賦 一首

－十一日. 早發元興, 到靈山部曲. 探韻得人字

－行過洛東江

－到龍巖寺, 書壁上

－十六日次中庸子詩韻

－十七日入大谷寺

……

－十月二日自江南入洛有作卜諸友生

○丁巳 承安二年 公年三十

承安二年 公年三十. 冬十二月日, 冢宰趙永仁・任相國濡・崔相國詵・崔
相國讜, 聯名上箚子. 薦公請補外寄, 以備將來文翰之任, 上遂允可. 掌奏承
宣某, 以嘗有微憾, 至是奪箚子, 不付天曹, 佯稱忽失. 冢宰亦以箚子不付爲
解, 便不調之. 詩集有上趙令公詩云, 昔見銀杯嘗羽化, 今聞箚子忽登仙. 士
林莫不嘆之. 又作上趙大尉書, 追訴其由.

(補)－이 해에 지은 것으로 추측되는 詩文을 例擧하면 다음과 같다.

詩

全集 卷七
－上趙令公永仁 幷引
－上任平章 幷序
－上崔平章讜 幷序

－上崔樞密詵
－重上趙令公
－投崔吏郞洪胤

散文
－丁巳年上元燈夕, 敎坊致語口號. 文以類附, 故不以所述先後次之(全集
　卷19)
－上崔相國詵書(全集　卷26)
－投趙郞中冲書(全集　卷26)36)
－上趙太尉書(全集　卷26)

○戊午　承安三年　公年三十一
(補)－이 해에 懸鐘院重創記를 지었다.
(補)－이 해에 內省의 여러 고관들에게 求官의 시를 지어 올렸다.
(補)－이 해에 지은 것으로 추측되는 詩文을 例擧하면 다음과 같다.

詩
全集　卷七
－戊午二月九日, 同全履之餞朴還古之南, 得舊字
－次韻朴還古南遊詩　十一首　幷序
－同前　二首(此二篇, 朴君皆押旁韻. 故依韻)
－和宿天壽寺
－和宿峰城
－和宿德淵院二首
－和送客湖上
－和湖上偶遊
－和塊居空館

---

36) 「上崔相國詵書」, 「投趙郞中冲書」가 이 해에 이루어진 작품이라고 明示한 기록은 없
　지만 이들 작품이 이 해에 지었다고 하는 「上趙太尉書」의 앞뒤에 실려 있고, 내용도 求
　官과 관계된 것이기 때문에 이때 지어진 것으로 추측된다.

-和卽事

全集 卷八
　-悼朴生兒, 兼書夢中事. 幷序
　-呈內省諸郎. 幷敍. 戊午年-「上右散騎常侍閔湜」,「上直門下省金
　　迪侯」,「上左諫議李桂長」,「上右諫議李世長」,「上中書舍人高瑩忠」,
　　「上起居郎尹威」,「上左司諫金沖」,「上右正言崔光遇」

散文
　-懸鐘院重刱記(全集 卷24)
　-呈尹郎中威書, 上閔上侍湜書[37](全集 卷26)

4. 결론

　『동국이상국집(東國李相國集)』이 집권자였던 최이(崔怡)에 의해서 이규보
생전에 완성을 목표로 급하게 만들어졌기 때문에 문제점을 지니고 있을
수밖에 없었다. 이러한 문제점은 문집편찬을 주도했던 사자(嗣子) 함(涵)이
편찬대상으로 삼았던 대부분의 작품들이 지어지게 된 본말과 창작 이유를
알 수 없고, 저작 연월(年月)이 명시(明示)되어 있지 않아 안타깝다고 한 것
에서 이미 예견된 것이라고 하겠다. 지금까지의 논의에서 확인한 것처럼
이규보의 연보에 기록되어 있는 내용도 간략한 생애 위주로 이루어져 있

---

37) 이 두 書文은 지어진 연도가 명확하게 제시되어 있지 않으나, 閔湜이 戊午年에 右散
　騎常侍라는 관직에 올랐고, 또 그 해에 지었다고 명시되어 있는「呈內省諸郎」(全集 卷
　8)이라는 8수의 시 속에「上右散騎常侍閔湜」이라는 시가 있어, 그러한 추측이 가능하
　다. 또한 위의 8수의 시 속에「上起居郎尹威」라는 시가 들어 있어「呈尹郎中威書」도
　같은 해 지어진 것이라고 추측된다.

어 연보로서의 구색(具色)을 갖추지 못하고 있다. 이규보의 연보는 자신이 생전에는 수초가장(手草家狀)에 근거하고 있어 가계(家系)와 연대기적(年代記 的) 성격이 강하다고 할 수 있다. 그러나 편찬자인 이함(李涵)은 거기에서 더 나아가 시목편년(詩目編年)을 겸한 문학가 연보를 만들고자 하였으나 실제 이루어진 연보에서는 그러한 의도가 제대로 반영되고 있지 않다.

이러한 사실은 위의 논의에서 충분히 확인할 수 있었다. 그러나 『동국이상국집』이 편년체로 구성되어 있기 때문에 작품의 내용에 대한 검토를 통하여 작품 창작배경이나 시기, 그리고 창작배경에 대해서 어느 정도 유추해 볼 수 있어 기존의 연보를 새롭게 보완하고 재구성하는데 도움이 되었다.

지금까지 논의한 부분이 그가 태어나 31세에 이르기까지 개인적 삶에 충실하며 자유분방하게 살아갔던 유·청년기에 해당되는 기간의 연보이므로 장년기나 노년기에 비해서 검토할 자료가 많지 않았다. 따라서 본 논의를 통하여 기존의 연보를 쇄신할 정도로 보완·수정하는 데에는 이르지 못하였다. 그러나 32세에 이르러 처음으로 이규보가 관직에 진출하고, 따라서 창작활동이나 대외활동도 활발해지게 되었으므로 31세 이후에 해당되는 연보의 논의는 보다 진지하면서도 풍부하게 이루어질 것이다.

고려 후기 지식인의 아내 이야기

무신집권기·원간섭기

김 승 룡

1. 가족(아내)을 마주한 변명

이 글은 고려지식인들이 고려 후기를 지나면서 어떤 방향으로 가족 구성원들을 바라보고 있었던가에 대한 1차 독서보고서이다. 논의에 앞서 본고를 준비하게 된 생각을 밝히는 것으로 시작하려 한다.

고려 후기 한문학 연구는 항상 자료의 원천적 한계를 탓해 왔고, 근대와의 시간적 거리감으로 인해 다소 의제설정에 소홀히 해 온 바 있다. 덕분에 고려 후기 문학연구는 고리타분한 것으로 치부되기 십상이었고 상대적으로 학계의 시선도 덜 갔다. 최근 고려 후기 한문학 작가에 대한 논문을 일별(一瞥)할 기회를 갖게 되었다. 53명에 대한 814여 편의 논문을 살펴보면서,1) 몇몇 논문을 제외하고는 긴장도가 조선 후기의 그것에 못 미친다는 사실을 재확인하게 되었다. 왜 그럴까? 앞서 말했듯, 이것은 의제설정과 해석체계 미비의 문제였다. 시류에 영합하는 것과, 세상의 흐름을 읽고 자신의 분야에서 그에 답할 준비가 되어 있느냐는 별개의 문제이다. 항상 학문이 현재와 대화하기를 바라면서 노력하지 않는다면, 초학자의 연구태도라 할 수 없을 것이다. 그런 반성의 심정으로 본고를 작성하게 되었다.

고려시대 전체를 놓고 보면, 가문으로 이뤄진 귀족사회가 꾸준히 지배층의 구성내용을 달리하면서 여말선초까지 진행되었던 것으로 이해된다.[2] 무신집권으로 인해 심각한 상황에 놓인 것은 기존의 집권층(가문)일 뿐이었다. 오히려 무신집권기를 거치면서 무신들은 중앙권력층으로 진입하며 새로운 가문으로 탄생하였고, 원간섭기를 거치는 동안 지역적으로 비(非)중앙인들, 신분적으로 비(非)관료층 혹은 천인층들이 세족적으로 성장할 수 있는 기회를 얻게 되었다. 이처럼 고려사회는 주도층이 단절적으로 새로운 계층을 성장시켜왔고, 이것은 '세족'으로 완성되었다. 이를테면 이른바 신흥사대부군(群)은 학술적, 혈연적으로 세족화하여, 여말선초기에는 기본적으로 세족이 되어 있었다. 따라서 임춘(林椿)의 '가문의식(家門意識)'이나, 이곡(李穀) · 정몽주(鄭夢周)의 '사방지(四方志)'는 실제 내용상 그다지 차이 없는 것으로 보인다. 물론 그들이 처한 상황에서 오는 긴장과 함의는 다를 수 있겠지만, 세족적 욕망 이상 이하도 아니기 때문이다. 이 세족의 세포단위는 가족이다. 본고가 가족(아내)을 주목하는 이유가 바로 이 때문이다. 주지하듯, 고려의 가족은 조선 후기에 전형화되는 직계가족의 형태는 아니었고, 주로 부부 중심의 개인 단위 생활을 영위했다.[3] 따라서 고려지식

---

1) 김승룡, 「고려후기 작가연구의 현황과 과제」, 『한국인물사연구』 창간호, 한국인물사연구소, 2004.
2) 고려 후기의 성격에 대한 논의는 주로 역사학계에서 진행되어 왔다. 다음의 연구가 참조할 만하다. 황운룡, 『고려벌족연구』, 동아대 출판부, 1990; 김광철, 『고려후기세족층연구』, 동아대 출판부, 1991; 박용운, 『고려사회와 문벌귀족가문』, 경인문화사, 2003.
3) 고려시대 가족에 대한 像과 개념은 선행연구에 빚을 지고 있다. 그 대표적인 것을 들면 다음과 같다. 이우성, 「고려시대의 가족」, 『제4회 동양학학술회의록』, 단국대 동양학연구소, 1975; 최재석, 「고려후기 가족의 유형과 구성」, 『한국학보』 2집, 1976; 최재석, 「고려시대의 친족조직」, 『역사학보』 94집, 1982; 노명호, 「고려시대 향촌사회의 친족관계망과

인들에게 가족이란 아내와 자식, 혹은 부모, 미혼 형제 정도를 포괄한다. 특히 아내는 평생을 같이 할 동반자로서 중요한 의미를 가졌다.

본고는 아내를 그리고 있는 시나 문장을 살펴보고자 한다. 가능하면 논의를 여성 일반으로 흘리지 않고, '아내'를 겨냥한 자료에 초점을 맞추고자 한다. 아내는 여성의 현현(顯現) 가운데 하나이지만, 고려 후기 가족을 잘 이야기해줄 수 있는 표상이라고 생각하기 때문이다. 다시 말해 아내란 형상(표상)을 통해 고려 후기 가족을 들여다보려는 것이다. 앞서 고백하자면, 여기엔 고려지식인 사회의 일단면을 '아내(여성)'를 통해 엿보고, 기왕의 지식인(사회)상, 곧 신흥사대부론을 회의하려는 의도도 갖고 있다.

아울러 본고를 시작하면서, 필자에게 자극을 주었던 논의를 거론하지 않을 수 없다. 『한문학보』 8집(2003.6)에 실린 두 편의 논문이 필자의 시선을 끌었다.4) 모두 고려지식인의 여성인식을 논구한 글인데, 하나는 이규보를 대상으로 했고, 하나는 이색을 다루고 있었다. 전자는 이규보의 여성인식이 현실과 문학 속에서 이중적으로 나타나고 있음을 지적했고, 후자는 이색의 여성묘주 묘지명을 분석하면서 여성이 주변화되고 남성에 의해 규정되며, 효(孝)와 사부지례(事夫之禮)의 이념기제가 작동하는 기저에 성리학적 이념의 사회적 실현을 위한 명분(名分)과 강상(綱常)의 확립이란 과제가 있었음을 제출했다. 여성주의시각에서 고려지식인의 인식과 문학을 파헤친 중요한 성과들로서, 남성지식인들에 의해 쓰인 글들의 역사적 진실을 이해하려는 노력으로 평가된다.

본고는 박재금, 김보경의 연구에 자극받은 바 크며, 논의에 대부분 수긍한다. 다만 이규보・이색의 여성에 대한 태도 혹은 인식의 원인을 과연 유학(성리학)에게만 돌릴 수 있는 것인지에 대해서는 다소 의문이 든다. 『삼국

가족」, 『한국사론』 19집, 1988; 이효재, 『조선조 사회와 가족』, 한울아카데미, 2003; 마르티나 도이힐러, 이훈상 역, 『한국사회의 유교적 변환』, 아카넷, 2004.
4) 박재금, 「이규보의 시문에 나타난 여성인식」; 김보경, 「이색의 여성인식―여성묘주 묘지명을 중심으로」(이상 모두 『한문학보』 8집, 2003).

유사』 찬시(讚詩)를 보면, 일연(一然)의 경우 이들과 비슷한 여성인식을 보이고 있다. 유교든 불교든 이들에게 여성을 이렇게 생각하고 다루도록 한 원인이 무엇인지가 궁금해진다. 또한 이른바 신흥사대부군이 왜 아내를 담론으로 만들어 규정하려 했는지에 대해서, 그 경과는 어디까지 가야 완성되는지에 대해서도 궁금하다.5)

본고는 무척 위태롭다. 무엇보다도 연구대상이 2백여 년의 시간적 편폭을 갖고 있고, 각자 사회적 경험을 달리한 여러 인물을 논의선상에 두기 때문이다. 또한 본고는 고려 후기를 3시기로 나누고, 이 가운데 무신집권기와 원간섭기를 연대기적으로 살펴보려 하는바, 이것이 다분히 편의적이고, 무엇보다 시기마다의 성장 혹은 발전이란 시각으로 이해될 개연성이 있기 때문이다. 필자는 '아내'가 시기적으로 '성장'하고 있다고 생각하지 않는다. 사실 '아내'는 시기마다 비슷한 모습이 반복적으로 나타난다. 본고는 여기에서 그 연유를 밝힐 여유와 능력이 없다. 따라서 시야를 좁혀서 문제의식을 클로즈업하고자 한다. 즉 본고는 아내 담론을 통해 신흥사대부의 세족적 성격 일단을 이해하는 데 목적을 두도록 한다.

---

5) 일반적으로 '여말선초'를 주목할 때, 조선의 前史로서 의미지어진다. 조선의 성리학 사회를 말하기 위해, 여말선초에는 성리학이 성숙되어 있어야 하고, 사회의 모든 부분에 성리학이 개입되었기를 희망한다. 문학담당층을 주목하는 우리로서도, 성리학적 소양을 담지한 신흥사대부群이야말로, 소중한 존재가 아닐 수 없다. 실제 이들이 조선을 건국하는 주세력이 되기 때문이다. 그래서 항용 조선의 건국과 함께, 성리학적 담론이 역사, 정치, 문학 제방면에서 일정한 성과를 거두는 것으로 이해해왔다(간혹, 그 하한선에 의문을 표하기도 했지만, 본격적으로 논의된 적은 없다). 하지만 여말선초기 가장 성리학적 수준이 높았던 성과로 기록되는 권근의 『오경천견록』의 경우, 여전히 그 학적 성취와 순도에 대해서는 의문이 표해지고 있다. 그렇다면 성리학(송학, 주자학)을 유일한 지표로 삼을 것이 아니라 다른 방법도 고안할 필요가 있다. 최근 宮嶋博史 등은 동아시아 차원으로 볼 때, 왕권강화, 사대부, 송학=주자학 등보다는 생활혁명, 문화혁명에 변화(변혁)의 중요한 동력이 있다고 보고, 이른바 '여말선초'를 공민왕조부터 시작하여 세조조까지 잡아 설명하고 있다. 고민해볼 문제라 생각된다(『조선과 중국 근세 오백년을 가다』, 역사비평사, 2003).

2. 논의의 전제—딸·아들, 젠더화

　　남편과 아내가 있고 난 뒤에 부모와 자식이 있고, 부모와 자식이 있고 난 뒤
에 임금과 신하, 윗사람과 아랫사람이 있다. 그러고 나야 예의가 베풀어질 곳이
있다. 남편과 아내 사이는 사람사이 질서의 근본이다. 나라가 잘 다스려지거나
어지러워지는 것은 어느 것이든 이것을 말미암지 않는 것은 없다.6)

　　이제현이 왕비 열전을 지으면서 쓴 서문이다. 주목되는 것은 남녀사이
를 『역(易)』에서 끌어와 정의하고 있다는 점이다. 그런데 『역(易)』에는 앞에
좀더 자세한 서술이 있다.

　　하늘과 땅이 있고 난 뒤에 만물이 있고, 만물이 있고 난 뒤에 남자와 여자가
있으며, 남자와 여자가 있고 난 뒤에 남편과 아내가 있고, 남편과 아내가 있고
난 뒤에 부모와 자식이 있으며, 부모와 자식이 있고 난 뒤에 임금과 신하가 있
고, 임금과 신하가 있고 난 뒤에 윗사람과 아랫사람이 있으며, 윗사람과 아랫사
람이 있고 난 뒤에 예의를 베풀 곳이 있다.7)

　　하늘과 땅이란 음과 양의 기운을 낳는 곳으로, 음양의 조화로 만물이
탄생한다. 만물은 크게 양기와 음기, 곧 사람으로는 남자와 여자로 탄생하
며, 이들이 결합하는 최초의 단위가 부부이다. 부부로부터 군신, 상하로 전
개된다. 따라서 이제현의 말처럼 '부부'야말로 인간사회가 질서있게 존재
하도록 하는 골간(근본)이 된다. 이렇게 보면, 이제현의 언급은 양성(兩性)
평등적인 사고라고 할 수 있다. 허나 이 규정은 사가(史家)로서 원론적 수
준에 지나지 않는다. 정사를 편찬하는 처지가, 그로 하여금 가능하면 고전

---

6) 李齊賢, 『益齋亂藁』 卷9 「諸妃傳序」, "有夫婦然後有父子, 有父子然後有君臣上下,
　　而禮義有所措. 夫婦人倫之本也. 國家理亂, 罔不由之."
7) 『易』 「序卦傳」, "有天地然後有萬物, 有萬物然後有男女, 有男女然後有夫婦, 有夫
　　婦然後有父子, 有父子然後有君臣, 有君臣然後有上下, 有上下然後禮義有所錯."

적 서술을 강요했을 것이기 때문이다. 오히려 당시 고려지식인들의 남성
―여성에 대한 관점을 보려면, 그들이 남겨놓은 시를 살펴보는 것이 효과
적이다. 정감의 발흥에 기대어 쓴 탓에 정제되지 못한 단점은 있지만, 속
정의 진실함은 확보할 수 있기 때문이다. 우리는 이것을 이제현보다 1백여
년 앞선 이규보로부터 논의하고자 한다. 그의 생각을 통해 우리는 '아내'
를 읽을 수 있는 사전적 정보를 얻을 수 있으리라 본다.

이규보는 아들과 딸을 모두 길렀고, 각각 자신보다 먼저 그들의 죽음을
목격했다. 그의 생각을 빌어 사회적으로 젠더화된 성의식을 추정할 수 있다.

我有一弱女,	가녀린 나의 딸
已識呼爺孃.	벌써 '아빠' '엄마'를 부르는구나.
牽衣戱我膝,	옷을 잡아끌며 무릎에서 놀더니
得鏡學母粧.	거울보고 엄마 화장 흉내내네.[8]

我有一愛子,	사랑하는 나의 아들
其名曰三百.	네 이름은 '삼백'이다.
(…중략…)	
爾生骨角奇,	너는 남다른 골격에
眼爛面復晳.	눈은 반짝반짝, 얼굴도 훤했지.
磊落三學士,	큰 덕 지닌 학사 세 분께서
作爾湯餅客.	네가 태어난 날 찾아와
綴詩賀弄璋,	시를 지어 득남 축하하는데
詞韻鏘金石.	그 가락 듣기 좋은 종경소리였다.
願汝類其人,	부디 너도 그분들처럼
才名躡元白.	재주로 원진·백거이를 누르거라.[9]

이규보는 집을 생각할 적마다 딸과 아들을 그리워했다. 사가(思家, 『東國

---

8) 李奎報, 『東國李相國集』 卷7 「憶二兒」 제1수.
9) 李奎報, 『東國李相國集』 卷7 「憶二兒」 제2수.

李相國集』卷7)에서 "가장 그립기는 검은머리 딸아이요, 이마 훤칠한 아들도 보고싶네[最憶鴉頭女, 還懷犀角兒]"라 했다. 하지만 딸과 아들을 추억하는 무게는 각각 달랐다. 억이아(憶二兒)는 공교롭게도 딸과 아들 모두에게 주는 시인데, 그의 생각에 딸과 아들의 추억이 다르게 새겨있음을 읽을 수 있다.[10] 딸에게는 애교와 장난을 떠올리지만, 아들의 경우 태어나던 날 누가 축하하러 왔는지, 그들이 어떻게 축하했는지, 그리고 아들에 대한 기대감을 토로하고 있다. 기억의 상세함과 서술의 길이로 본다면, 딸보다는 아들에게 좀더 그의 마음이 기울어 있음을 알 수 있다. 딸에 대한 생각을 엿볼 수 있는 자료를 하나 더 보자.

小女面如雪,	네 얼굴 눈처럼 하얗고
聰慧難具說.	똑똑하기는 두 말할 것 없지.
二齡已能言,	두 살에 벌써 말하더니
圓於鸚鵡舌.	앵무새보다 잘하였지.
三歲似恥人,	세 살 되자 수줍어하는 듯
遊不越門閾.	놀아도 문을 나서지 않았지.
今年方四齡,	올해면 이제 네 살,
頗能學組綴.	제법 바느질도 할 수 있다만
胡爲遭奪歸,	어이타 참변을 만나
倏若駭電滅.	홀쩍 사라져 놀라게 하는가?[11]

네 살 백이 딸의 죽음을 슬퍼하면서, 얼굴이며, 성품이며, 재주며, 한 해 한 해 기억을 떠올리고 있다. 앞서 본 아들에 대한 추억보다 상세하다. 추억의 상세함만으로는 이들 사이의 차별의식을 볼 수 없는 셈이다. 물론 하나는 외지에서 집을 그리고, 하나는 죽은 아이를 그리는 것이기에 질감과 마음가짐이 다를 수는 있겠지만, 자식을 대하는 부모의 한결같은 마음으

---

10) 박재금은 이런 구별의식을 사회적 약자로서 정감의 대상인 여성과 사회적 존재로서의 남성을 인식한 것이라고 했다. 박재금, 앞의 논문, 9면.
11) 李奎報, 『東國李相國集』 卷5 「悼小女」.

로 이해하는 것이 낫지 않을까? 문제는 이들에게 요구하는 사항이 각각 다르다는 점에 있다. 앞서 아들에게 재명(才名)이 남달리 뛰어나기를 바랐던 것에 비해, 딸에게는 수줍음과 바느질[組綴] 등을 거론하며, 그것이 온전히 꽃을 피우지 못했음을 아쉬워하고 있다. 전형적인 사회적 젠더화다. 딸과 아들에게, 각각 여성과 남성으로서 해야 할 몫을 나누어 요구하고 있는 것이다.

> 집이 본래 부유했으나, 부인은 부유하다고 해서 여자가 해야 할 일을 손에서 놓지 않았다. 자손들이 그것을 만류하자, 부인은 말했다. "길쌈과 누에치는 일은 여자의 일이다. 흡사 너희들의 문서나 필연과 같은 것인데, 어찌 잠시인들 놓을 수 있겠는가?"12)

위 글은 이규보가 그의 한림원 동료인 이공수(李公粹)의 어머니 인씨(印氏 : 金元義의 配)를 위해 지어준 묘지명의 한 부분이다. 부인이 처녀 적에도, 시집와서도 여성으로서 잘했으며, 부지런히 남편을 내조하고 자식들을 잘 키웠다는, 특이하다고 할 수 없을 정도로 전형적인 여성묘주 묘지명이다. 관심이 가는 부분은 부인의 목소리가 노출된 부분인데, 이곳에서 앞서 이규보가 보였던 젠더화가 내면화되고 있음을 짐작할 수 있다. 물론 남성(타자)에 의해 포착된 국면이긴 하지만, 묘지명이 생전의 실제 기록을 가지고 작성된다는 점에서, 부인의 목소리로 이해할 수 있는 여백을 지녔다고 생각된다. 남자들의 '문서필연(文書筆硯)'에 대응하는 여자의 일로 '방적잠직(紡績蠶織)'을 거론하고, 직접 남편이 정승이 되기 전까지 수행했다고 했다. 이규보가 딸과 아들에게 바랐던 것이, 그다지 특별한 일은 아니었던 것이다. 고려 중기에 이미 남녀 사이의 성역할은 사회적으로 정해져 있었던 것이다.

---

12) 李奎報,『東國李相國集』卷35「金紫光祿大夫參知政事上將軍金公夫人印氏墓誌銘」, "家本饒財, 然不以富故手離女工. 子姓諫止之, 夫人曰 : '紡績蠶織婦職也. 類若輩之文書筆硯, 烏可須臾離也?'"

3. 무신집권기-말없는 가난한 아내

앞서 확인했듯, 고려 중기에 이미 젠더화되어 있었던 성(性)은 심지어 내면화가 진행되어 있었다. 이제 고려지식인(주로 남성)들은 어떻게 '아내'에 대한 지도를 그리고 있는지 살펴볼 차례다. 먼저 이인로(李仁老)의 『파한집』을 들쳐본다.

湖上鶯飛杳不還,　　호수 위의 꾀꼬리는 아득히 날아가 돌아오지 않고
江皐佩冷欲尋難.　　강언덕 패옥소리도 썰렁하여 찾지 못하겠네.
園桃巷柳今何在,　　동산의 복사꽃 골목의 버들은 지금 어디에 있느뇨?
只柳欄邊黑牡丹.　　그저 버들 난간가에 검은 모란만 매어 있구나.[13]

이인로가 함순(咸淳)을 골리느라 지은 시이다. 내용인즉슨 함순의 아내가 여종이 예쁜 것을 질투하여 남편더러 가까이하지 말라고 하자, 함순이 아주 쉬운 일이라며, 마을사람의 소와 바꾸었다는 이야기다. 시제가 「벗이 아내에게 구박받더니 첩을 소[黑牡丹]와 바꾸었다는 소식을 듣고 짓다[聞友人爲郡君所迫, 以妾換牛]」이다. 사람과 소를 맞바꾸었다는 사실이 다소 충격적으로 다가오지만, 아내가 남편의 탐색(貪色)을 시기하고 경계한 사실과, 그 사실을 알고 아내(郡君)의 구박을 받아들였던 남편의 모습이 먼저 눈에 띈다. 게다가 아내 민씨(閔氏)가 죽은 뒤에도, 8년 간 더 살면서 여자를 가까이하지 않았다는 함순을 추켜세우고 있는 이인로의 말에서, 아내와의 신의를 지키는 남편의 모습을 읽을 수 있다.

허나 이인로가 전해준 바와 같이, 질투하고 경계하며 타박하던 아내의 모습과는 달리, 당대 지식인의 입을 통해 전해지는 모습은 다소 안쓰러운 모습일 뿐이다. 그럼, 『파한집』 속에서 하도 볼품이 없어 기생마저 도망갈

---

13) 李仁老, 『破閑集』 상권 5칙.

정도였다는 임춘에게 아내란 어떤 존재였을까? 늘 구관(求官)을 위해 아쉬
운 소리를 해야 했던 임춘에게 가족이란 어떤 모습으로 다가왔을까? 그의
목소리를 들어본다.

<pre>
吾少愛林泉,   나도 젊어서 산수를 좋아했길래
浩然思歸歟.   호연히 돌아갈 것을 생각했지!
當時重違親,   그 당시야 부모 곁을 떠나기 어려웠으니
名利豈所拘.   어찌 명리에 매일 리가 있었겠는가?
及此遭喪亂,   이번에는 난리를 만나
飄然放江湖.   홀쩍 강호를 떠돌고파.
高遁方可樂,   아, 은둔도 즐거우리오만
不去胡爲乎.   떠나지 못하니, 어찌할꼬?
亦由身有累,   더구나 이 몸은 매어 있기에
未忍捐妻孥.   처자식을 차마 버리지 못할레라.
(…하략…)14)
</pre>

임춘이 언젠가 "참을 찾는 선생은 흥이 얼마나 그윽한지, 푸른 눈에 맑
은 이야기 날 저물도록 다함이 없네[尋眞函丈興可幽, 碧眼淸談盡日留]"(『서하
집』 권1 「寄益源上人」)라며, 성품과 풍류를 찬양했던 익원(益源)에게 주는 시
이다. 이 시에서 임춘은 젊은 시절 산에 은거하고픈 욕망을 드러내고, 무
신정변을 당하여 더욱 거세진(사실은 강압당한) 거산(居山)의 욕망을 드러낸
다. 하지만, 처자식에 매여 있는 처지임을 토로하며 청산에 사는 익원을
부러워한다. 그 말의 진실성이야 확인할 수 없지만, 그를 붙잡는 현실 속
끈이 '처노(妻孥)'라는 점만은 알 수 있다.
　'매임[累]'의 대상으로 표현된 '처노(妻孥)'는 사실 임춘에게 현실의 다른
이름이다. 그에게 '가(家)'는 두 가지 의미를 갖고 있다. 가문으로 표현되는
상상 속의 '가(家)', 빈곤한 현실로 읽히는 '가(家)'. 이 가운데 전자로는 주

---

14) 林椿, 『西河集』 卷2 「寄山人益源」.

로 부친을 비롯한 선대를 추억하고, 후자로는 아내와 자식을 떠올린다. 그
는 다른 시 속에서 이렇게 말한 바 있다.

吾家伯父與先子,　　우리 집은 백부와 부친,
共振雄文隱地轟.　　함께 웅걸찬 문장으로 천지를 울렸지.
連中高科時獨步,　　연거푸 높이 급제하여 한때 주름잡았나니
圖南水擊天池鵬　　천지를 박차고 남으로 향하는 붕새였다오.15)

人生萬事回頭錯,　　인생만사 잠깐 사이에 어긋버긋하니
卜隱高樓誰可共?　　부잣집에 사는 것, 누구와 함께 하랴?
無家莫畏妻孥罵,　　집이 없어 아내, 자식의 원성 두렵지 않고
行樂何須妓女從?　　행락길에 구태여 기녀를 뒤딸리겠소?
若許歸來專一壑,　　돌아와 구렁 하나 갈도록 해주시면
他年此地開茅棟.　　뒷날 이곳에 띠집 하나 엮으리다.16)

‘가(家)’와 연상되는 두 가지 함의가 각각 드러나 있다. 임춘이 가진 ‘가
(家)’와 관련된 이중적인 시선은 그의 가문의식으로 표상되며 다소 구차하
게 벼슬을 구하기 위해 나서는 계기가 된다. 하지만 좀더 현실적 의미를
따질 때, 그에게 ‘가(家)’란 아내와 자식을 뜻했다는 점에 주목해 볼 필요가
있다. 과거 영광을 되새기는 것은 현실적 처지가 상대적으로 빈약함을 강
조하기 위해서였다. 그는 박인석(朴仁碩 : 神宗 연간 사람)을 부러워하면서 지
은 시에서 “나를 강동으로 부르기에 아내 데리고 갔다”17)고 한 바 있다.
‘아내’는 그에게 현실적 삶이었다. 이때 강동으로 가서 5년여를 떠돈 뒤의
처지를 설명하면서 이렇게 말했다.

---

15) 林椿, 『西河集』卷2 「次韻李相國見贈長句」 제2수.
16) 林椿, 『西河集』卷3 「遊紺岳正覺僧舍, 書其壁」.
17) 林椿, 『西河集』卷2 「復次前韻, 寄鷄林朴先生」, “役役塵寰萬事違, 翻漿白汗歎空
　　揮. 欲專一壑開茅棟, 須卜比隣往翠微. 招我江東携室去, 羨君林下棄官歸. 秋風定有
　　吳中味, 好慰鄕思寄陸機.”

연약한 아내와 혼자된 누이는 쑥대머리, 부평초인양 떠돌며, 하나는 하늘 저 끝에, 하나는 땅 저 구석에 놓인 채 함께 모여 무릎 들일 만한 밭 한 치 집 한 자도 없습니다. 매양 생각할 때마다 저도 몰래 눈물이 주루룩 흐릅디다그려.[18]

자신의 서러운 처지를 '약처과매(弱妻寡妹)'로 표현하고 있는 바, 임춘에게 아내란 현실적 삶의 무게로 인식되었음을 알 수 있다. 일단 우리는 임춘의 아내 속에서 '현실적 삶의 표상'을 읽어보자. 그에게 아내는 자식과 분리되어 있지 않다. '妻孥' '弱妻寡妹'로 표현했듯, 아내는 단독으로 인식되지 않는다. 또한 그렇다고 아내에게 생활을 경영할 능력을 요구하거나, 그의 덕성을 찬양하지도 않는다. 부(父)로서, 가장(家長)으로서, 집안을 영위하려는 책임감을 절실히 느끼고 있는 임춘을 발견할 뿐이다.

흔히 임춘을 떠올리면 빈한하고 볼품이 없으며 가문의식에 찌든 관념적 선비를 생각하지만, 실은 가족의 생계를 유지하기 위해 구차함을 무릅썼던 가장으로 이해되는 것이 온당하지 않을까? 하지만 이것은 남편의 입장일 뿐, 아내의 목소리는 어디서도 발견되지 않는다. 남편을 '묵묵히' 따라, 가난하고 힘겨운 삶을 '함께' 하고 있을 뿐이다. 무성적(無聲的) 존재로서 있을 뿐이다.

임춘에 비해 이규보의 아내는 좀더 생활 속에서 억척스럽게 살림을 경영한다. 남편의 책임감 그늘 아래 있던 임춘의 아내에 비해, 자신의 모습을 드러내고 있는 것이다. 먼저 이규보가 생각하는 아내와의 거리를 살펴보도록 한다.

世人皆忘我,	세상 사람 모두가 나를 잊으면
四海一身孤.	이 세상에 외로이 나 혼자라오
豈唯世忘我,	어찌 세상만 나를 잊겠소?
兄弟亦忘予.	형제도 나를 잊는다오

---

18) 林椿, 『西河集』 卷4 「上刑部李侍郎書」, "弱妻寡妹, 蓬飄萍斷, 一在天之涯, 一在地之角, 無寸田尺宅, 可以聚而用膝. 每念之, 不覺涕下."

今日婦忘我,　　오늘 아내가 나를 잊고
明日吾忘吾.　　내일 내가 나를 잊으면
却後天地內,　　그 뒤로 세상 안에
了無親與疏.　　친하고 성근 사람 사라지리.[19]

이규보가 생각하는 인간관계의 외연을 짐작할 수 있다. 나와 아내, 그리고 형제, 나아가 세상사람. 이렇게 보면 나와 가장 가까운 사람으로 아내를 상정하고 있음을 알 수 있다. 윗시에서는 분별지(分別智)로 인해, 인간 세상에 친하고 성근 차이가 생겼고, 이로써 당하는 외로움을 어떻게 극복할 수 없을까 하는 고민을 털어놓고 있다. 차별을 없애기 위해, 오히려 망각을 역설적으로 기획하고 있다. 망각 혹은 잊음(잊혀짐)으로 고독한 나를 구출하기 위해, 그것을 극단으로 끌고 가 더 이상 망각할 필요가 없는 상태, 잊혀질 대상으로 존재하지 않는 상태를 상정하고, 그리하면 끝내 잊음으로 인해 생겨난 차별(親疏)이 없어질 것이란 것이다. 굳이 이 시를 논하는 것은 그런 이규보의 인식 전략을 말하기 위해서가 아니다. 사실 차별의 표현으로 친소(親疏)가 생겼음을 말하면서, 이규보는 세상사람에서 형제를 거쳐 아내와 자신을 들고 있는데, 친(親)의 친밀도가 가장 가까운 존재로 아내를 배치하고 있음을 주목하기 위해서였다. 과연 그에게 아내는 어떤 존재일까? 앞서 말하면, 그의 눈에는 '가난한 아내'로 비쳤다.

吾非孔墨賢,　　　　나는 공자나 묵자 같은 현인이 아니오,
胡爲突不黔兮席不暖.　어이 구들에 불때지 않고, 자리도 덥히지 않으랴?
妻兒莫啼寒,　　　　아내여, 아이야, 춥다 울지 마소,
吾欲東伐若木燒爲炭.　내 동쪽으로 가서 약목을 베어 숯으로 만드리다.
炙遍吾家及四海,　　우리집은 물론 온세상 따스하게 만들어
臘月長流汗.　　　　추운 섣달도 줄줄 땀 흘리게 하리다.[20]

---

19) 李奎報, 『東國李相國集』 卷1 「詠忘」.
20) 李奎報, 『東國李相國集』 卷2 「苦寒吟」.

이규보의 눈에 들어온 '처아(妻兒)' 역시 임춘의 '처노(妻孥)'와 별다른 차이가 없다. 이들은 추위진 날씨에 괴로워 울고 있을 뿐, 사회적·자연적 고통을 능동적으로 대처하지는 못한다. 사회적 무능력자인 셈이다. 이것을 해결하는 것은 남편이요, 아버지였다. 이규보에겐 임춘처럼 애써 가문을 환기시키려는 노력은 보이지 않는다. 그 자신이 향리출신의 자제로서 그다지 영달했던 기억이 없기 때문이다. 그래서 그에게 가족이란 아내와 자식으로 구성된 데 불과하다. 이런 그에게 아내란 늘 (늙고) 볼품이 없는 존재였다. 화사한 옷차림의 아리따움이란 아내의 모습에 전혀 드러나지 않는다. 몇 가지 예를 들어보자.

<blockquote>

(…전략…)

人雖譏放曠,	남들은 멋대로라 비꼬지만
我本恥嚅呭.	난 본시 아첨을 수치로 여겼기에
觸地生矛戟,	이르는 곳마다 창이 솟아나오고
渾身帶蒺藜.	온 몸에 철질려를 둘렀네.
數間初卜宅,	몇 칸 집도 이제사 마련하고
一褐自安卑.	갈옷 한 벌에도 편안하네.
稚子呼龘糲,	아이들은 거친 밥도 좋아라 하고
山妻欠羃䍥.	아내는 제 몸조차 가리지 못했다오

(…후략…)[21]

</blockquote>

'산처(山妻)'로 표현된 아내는 소박하고, 거칠다 못해 가난한 살림을 대변한다. 위에서는 자신의 몸을 가릴 제대로 된 옷가지 하나 없다. 하지만 아내는 가난한 살림을 살기 위해 억척스럽다. 임춘의 아내가 '무성(無聲)'이었던 데 비해, 이규보의 아내는 나름대로 자신의 목소리를 들려준다.

(…전략…)

---

21) 李奎報, 『東國李相國集』 卷5 「次韻吳東閣世文呈誥院諸學士三百韻詩」.

妻將典衣裘,　　아내가 갖옷을 전당 잡히려기에
我初訶止之.　　처음에 나무라며 말렸지.
若言寒已退,　　'추위가 이미 갔다'면,
人亦奚此爲?　　누가 이것을 잡겠는가?
若言寒復至,　　'추위가 다시 온다'면
來冬我何資.　　다가올 겨울을 뭘 입으라는 거냐고
妻却恚而言,　　아내가 대뜸 볼멘 소리로
子何一至癡.　　"당신, 어쩌면 이리도 몰라요?
裘雖未鮮麗,　　갖옷이 곱지는 않아도
是妾手中絲.　　제 손으로 짠 것이에요
愛惜固倍子,　　아깝기는 당신보다 곱절이지만
口腹急於斯.　　먹고 사는 일이 이것보다 급해요.
一日不再食,　　하루에 두끼조차 못 먹으면
古人謂之飢.　　옛날에 굶는다 했죠.
飢則旦暮死,　　주리면 조만간 죽으리니
寧有來冬期.　　어이 겨울을 기약하겠어요?"22)

　　겨울에 입던 옷을 잡혀서 먹을 것을 마련한다는 말은 「상구탄(孀嫗歎)」(『東國李相國集』 후집 卷12)에도 나온다. 지나간 여름이 어서 돌아왔으면 바라길래, 사정을 모르는 시인이 단풍드니 어서 겨울 준비하라고 하자, 지난 겨울에 입던 솜옷을 팔았는데, 새 옷이 어디에 있냐며 탄식하고 있다. 윗 시에서도 물정을 모르는 남편과 가난한 살림을 어떻게 살아갈까 속상해하는 아내가 등장한다. 겨울 갖옷을 갖다 팔려하자, 나는 추운 겨울에 어쩌라고 항변(?)하는 남편더러, 굶주리다 죽을지도 모르는 절박한 사정을 토로하며 타박한다. 이규보가 아내를 노래한 많은 시가 술을 갖다주는 모습23)

---

22) 李奎報, 『東國李相國集』 卷13 「典衣有感示崔君宗藩」.

23) 李奎報, 卷8 「偶吟二首有感」, "杜門妨客到, 釀酒對妻傾."; 卷13 「草堂邀咸子眞以詩先之」, "有花絶欲邀賓賞, 無酒猶能與婦謀."; 후집 卷4 「次韻復和朴中舍」, "愁來慕酒盃, 自向山妻索"(이상 모두 李奎報, 『東國李相國集』).

으로 점철되고 있듯이, 그는 살림살이에 그다지 신경을 쓰지 않았고, 윗시
는 그 전형적인 모습을 보여준다. 그에게 아내는 현실 속 가족의 생계를
꾸려나가는 존재였다. 비록 아내는 살림살이하느라 원망하고 성내고 주름
살 펴기 어려운 모습을 보였지만,24) 그에게 기대어 살아갔던 것이다. 그런
아내에게 그는 미안한 마음을 갖고 있었다. 다소 모호하지만 '해로(偕老)'를
염원하는 태도에서 엿볼 수 있다.

莫作太常妻,	태상의 아내 되지 마소
一窺怒犯齋.	한번 엿보면 재실 범했다 성내네.
莫作春卿妻,	춘경의 아내 되지 마소
醉倒不與諧.	취해 거꾸러져 함께 하지 않네.
彼淸我狂雖或異,	저이는 맑고 나는 미쳐 다른 듯해도
於婦均是生不諧.	아내에겐 똑같이 함께 하지 않는구려.
不如却作梁鴻妻,	차라리 양홍의 아내처럼
不恥布裙與荊釵.	삼베치마, 가시비녀 부끄러워하지 않고
賢相敵歡有餘,	사랑으로 만나고 기쁨이 넘쳐나게
擧案與眉齊.	밥상을 공손히 맞추느니만 못하리.25)

이 시는 희작(戲作)답게 유머로 감싸면서 '부부론'을 담고 있다. 과연 부
부란 어떻게 살아야 하는가? 문면대로 읽으면 '해생(諧生)', 함께 어우러져
살아가는 것으로 요약된다. 허나 여기엔 함정이 있다. 모호하다는 것인데,
이규보가 남긴 아내의 형상을 보면, 대부분 술시중을 들고, 가난한 살림에
도 생계를 꾸리기 위해 애쓰는 모습들이다. 남편에게 그런 아내는 '해생(諧
生)'으로 여기겠지만, 아내 입장에서 '해생(諧生)'으로 여길지는 자못 의심
스럽다. 그런 점에서, 박재금이 이 시를 '행복한 아내론'으로 읽되 과연 무

---

24) 李奎報, 卷9「莫道爲州樂」제3수, "莫道爲州樂, 爲州憂轉稠. 身無尺帛暖, 囊欠一
錢留. 妻恚嚬難解, 兒飢哭不休. 三年如未去, 白髮欲渾頭.";卷11「九月苦雨」, "妻兒
苦無知, 怨咨聲不已."(이상 모두 李奎報, 『東國李相國集』)
25) 李奎報, 『東國李相國集』卷3「一日不飮戲作」.

엇이 아내에게 행복한 삶인가? 하고 반문한 뒤, 독립적인 정체성을 확보하지 못하는 아내를 발견했던 것은 수긍가는 해석이다. 다만 이규보가 아내를 바라보는 심태를 고려한다면, 여기에서 아내와 늘 함께 하지 못하는 남편의 미안함을 담아낸 것도 읽어야 하지 않을는지? 시 후반부에 제시된 양홍과 맹광의 고사는 사실 함께 잘사는 모습으로 가져온 것이다. 그것의 내용이야 현대적으로 이해하면 남편을 위해 밥상을 공손히 받드는 아내의 모습이겠지만, 꼭 그렇게 볼 것만도 아닐 듯 하다. 관습적으로 이 고사는 부부의 편안하고 안온한 삶의 장면을 떠올리기 위해 원용되고 있기 때문이다.

부부 사이의 '해생(諧生)'에 대한 생각은 다음에서도 확인된다.

二儀剖判有陰陽,　　천지가 나뉘고 음양이 생기더니
雄或呼雌女逐郎.　　수컷이 암컷 부르고 여자는 남자를 좇네.
歸鳳求凰眞眷戀,　　돌아온 봉새는 황새 찾기 정녕 은근하고
孤鸞失偶却徊徨.　　외로운 난새는 짝을 잃고 외려 방황하누나.
木聞連理殊群卉,　　연리지는 여러 초목과 다르고
花見同心異衆芳.　　동심화는 다른 꽃들과 다르지.
(…중략…)
取妻例欲圖偕老,　　아내를 맞이하면 으레 해로하려 하고
遇妾多皆誓不忘.　　첩을 들이면 다들 잊지 않으마 다짐하네.
(…후략…)26)

이 시는 공공상인이 박소년을 찾아 벗이 된 일을 두고, 음양의 만남과 남녀의 배필에 견주면서, 참으로 좋은 인재를 얻었노라고 추켜세우는 시이다. 하지만 비유로 제기된 부분 가운데 '取妻例欲圖偕老' 부분은 이규보가 앞서 아내를 위로하며 내세웠던 논의와 일치한다. 앞서 말했듯, 해로(偕老)의 구체적 내용은 모호하다. 아내를 첩과 남다르게 생각하는 점이 눈

---

26) 李奎報, 『東國李相國集』 후집 卷9 「次韻空空上人贈朴少年五十韻」.

에 띄지만, 오히려 생활의 무게를 더 얹혀주는 것은 아니었던가 하는 의문도 든다. 아침저녁으로 옷을 찾아주고,27) 반찬 챙겨주며,28) 아픈 남편이 안쓰러워 밥 한 술 더 들라고 권하는29) 아내를 그리고 있음에서, 흔히 삶을 함께 해나가는 동반자로서의 모습도 엿볼 수 있지만, 실은 아내 자신을 영위하는 흔적은 보이지 않는다. 자신의 목소리를 들려주었던 것조차 가족들의 먹을 것을 해결하기 위해 애써 손수 만든 갖옷을 갖다 팔아야 하는 기운이 빠진 모습만 보여줄 뿐이었다. 살림살이를 빼놓으면 이규보의 아내 또한 어떤 목소리도 갖지 못했다.

무신집권기를 살았던 '아내'는 자신의 목소리를 낼 수 없었던 가난한 아내였다. 사회적 분위기로 인해, 몰락한 지식인을 남편으로 두었거나(임춘), 뒤늦은 나이에 환로(宦路)에 올랐다가 정직하게 살았던 남편을 지녔던 탓이기도(이규보) 했지만, 대부분 '가난한 살림'을 경영하는 임무를 맡았다. 물론 함순의 아내처럼 적극적으로 남편을 경계하기는 했지만, 그것 또한 수세적이었을 뿐, 자신의 주장을 내세운 것은 아니었다.『보한집』에 전하는 중국상인의 아내처럼 버림받아 내쫓길 뻔하다가 겨우 구제된 경우는 그나마 다행인 경우였다.30) 허나 그 여인 역시 스스로 목소리를 갖지는 못했다. 마침 내린 눈을 두고 해석해 준 김돈시(金敦時) 덕분에 '내쫓김'을 면할 수 있었던 것이다.

---

27) 李奎報,『東國李相國集』후집 卷5「正月五日謝李平章(仁植)見訪」, "失帶至煩疲婦覓, 忘冠還被小兒欺."

28) 李奎報,『東國李相國集』후집 卷7「次韻李侍郎以詩二首送土卵以三首答之」, "室人方報營朝繕, 竈婦那憂辦夕羹."

29) 李奎報,『東國李相國集』후집 卷2「次韻和白樂天病中十五首」제6수, "兒勤進藥猶慵應, 妻勸加殮亦莫聞."

30)『補閑集』이 崔滋의 의도하에 이야기가 거둬지고 편집된 것을 생각하면, 비록 이야기 소재는 고려 전기 金敦時의 것이라도, 당시 지식인의 담론으로 이해할 수 있다. 이것은『삼국유사』에 보이는 일연의 생각도 마찬가지로 이해된다. 이 이야기를 두고 김돈시는 다음과 같은 시를 남겼다. "東韓地勝斂寒威, 瑞雪飜爲瑞雨飛. 應是武山神女術, 故關賓館不敎歸."(『보한집』상권 43칙)

4. 원간섭기―헌신의 어머니, 그리고 재배치

  고려는 무신집권기가 마무리된 뒤 근 100여 년 동안 원(元)의 정치적, 문화적 간섭을 받았다. 아직 문학사적으로 원간섭기가 정식으로 등재되지 않았기에 다소 우려되지만, 항몽전쟁(抗蒙戰爭), 원의 간섭, 세계문명과의 만남, 성리학의 수용, 민중의 현실에 대한 발견 등 몇 가지 주요한 특징적 국면을 갖고 있다. 허나 이들이 곧바로 문학 속에서 주요한 형상이나 미감으로 표현되는 것은 아니었다. 정치적 국면과 문학(문화)적 정황이 반드시 일치하진 않기 때문이다. 그렇다고 전혀 무관한 것만도 아니다. 이 시기 '아내'에는 역사의 그늘이 숨겨져 있었다. 김구(金坵)는 사행을 가던 도중 철주(鐵州)를 지나면서 이렇게 노래한 바 있다.

> (…전략…)
> 白面書生守此城,　　백면서생 이곳을 지키며
> 許國身比鴻毛輕.　　기러기털처럼 가볍게 나라 위해 몸바쳤네.
> (…중략…)
> 勢窮力屈猶示閑,　　힘이 딸리고 세가 불리해져도 여유를 보이는데
> 樓上管絃聲更悲.　　누각 위 풍악소리 더욱 처연할시고
> 官倉一夕紅焰發,　　어느 날 저녁 창고에 불꽃이 타오르더니
> 甘與妻孥就火滅.　　기꺼이 아내, 자식과 함께 불 속으로 사라졌어라.
> 忠魂壯魄向何之,　　충성스럽고 장한 넋이여 어디로 갔느뇨?
> 千古州名空記鐵.　　천고의 고을 이름, 부질없이 '철'이라 기록하누나.[31]

  항몽전쟁의 참화를 알려주는 몇 안 남은 시 가운데 하나이다. 병서(幷序)에 의하면, 고종 18년(1231) 몽골의 살례탑(撒禮塔)이 이곳을 도륙하였을 때, 당시 고을원님이었던 이원정(李元禎)이 분사(焚死)했다고 한다. 그는 자신의

---

31) 金坵, 『止浦集』卷1 「過鐵州」.

아내와 자식을 이끌고 함께 죽었던바, 이 순간 '처노(妻孥)'는 남편이자 가장인 이원정의 '충혼(忠魂)', '장백(壯魄)'을 기리는 보조가 되고 있다. '처노(妻孥)'가 일상 단어에 불과하지만, 이곳에서는 비장함을 돋워주는 역할을 수행하고 있다. 앞서 보았던 임춘의 '처노(妻孥)'와는 다르다.

한편, 이승휴(李承休)는 전쟁이 끝난 뒤 김구에게 보낸 시 속에서 자신의 고달픈 처지를 토로한 적이 있었다. 그에게서 발견되는 아내는 가난한 살림에 울고 있다.

奔走三官今七歲,	몇몇 관직을 바삐 다닌 지 이제 일곱 해,
萬種酸寒說難細.	갖가지 시큰한 고생은 구구히 말할 수 없네.
紅塵滿面白汗流,	얼굴 가득 먼지투성이에 땀은 줄줄 흐르고
蒼顔華髮披藍袂.	얼굴은 여위고 머리는 센 채 옷마저 해졌지요.
鷄鳴趨朝鴉昏迴,	닭 울면 조정으로 달려갔다 어두워져야 돌아오고
煙絕寒廚薪貴桂.	연기 끊긴 차가운 부엌엔 섶이 귀하기 계수나무인 듯.
妻啼兒呼勸歸耕,	아내는 울고 아이는 울부짖으며 고향 가자 졸라도
奮不顧生行古制.	힘껏 생계조차 돌보지 못하고 그저 옛 제도만 따르네.[32]

이승휴가 고종 39년(1252) 급제했으니, 대략 1260여 년경에 지어진 시일 듯싶다. 1270년 고려가 개경으로 환노한 뒤에도 그의 신분이 아직 미천했다는 이색(李穡)의 말[33]을 믿는다면, 이 시기 이승휴의 처지는 하급관직을 떠돌고 있을 즈음이다. 시에서 보듯, 그는 갖은 고생을 겪고 있다. 뒷날 『제왕운기(帝王韻紀)』・『빈왕록(賓王錄)』을 짓고 충선왕조 원로로서 대접받던 것과는 판이한 시절이다. 그가 그려낸 '아내'는 가난하고 힘겨워하고 있다.

그는 훗날 다른 자리에서 스스로 경계하기를, "군자란 곤궁을 지키며 선비는 절조를 잃지 말 것이라. 나를 거슬렀다고 네 가족에게 성내지 말

---

32) 李承休, 『動安居士集』 行錄 卷3 「次韻金相國(坵)朝退詩」.
33) 李穡, 『動安居士集』 「動安居士李公文集序」.

것이거늘, 하물며 남을 미워하며 야박하게 대할 것인가? 안으로 진원을 기르고 밖으로 시속을 따르며, 자신을 극복하고 낮추어서 스스로 다스릴 것이라…… 참을 '忍'자 한 자가 우리 집안의 묘약일지니"[34]라며 '고궁(固窮)'과 '인내'를 집안의 잠언으로 삼았던 바 있다. 이것과 직접 연결될 수는 없지만, 약간의 비약이 허용된다면, 시에서 아내가 울고, 아이가 보채도, 부지런히 관리로서 일을 수행했던 것으로 보아, 이승휴가 가족을 대하는 자세는 대단히 냉정했던 듯 하다. 그것을 자신의 절조를 지켜나가는 고궁(固窮)으로 이해했을지 모른다.

김구와 이승휴는 13세기 후반 대표적 지식인들이다. 이들은 전쟁을 겪고, 힘겹게 관직을 지냈던 사람들이다. 이들에게 '아내'는, 하나는 충장한 넋을 위해, 하나는 고궁의 삶을 위해 바쳐졌다. 각각 시기와 상황이 다르긴 하지만, 이들의 눈에 비친 아내는 전혀 자아가 존재하지 않는 부속물에 불과했다. 사회적 혼란기일수록 아내는 남편(남성)에 가려져 자신의 모습조차 보이지 못한 것이다. 이들이 좀더 하나의 실존으로 다가오기는 세기가 바뀌어 이른바 신흥사대부들의 등장을 기다려서야 가능했다.[35]

暮逢朝別未留連,	저녁에 뵙고 아침 이별하느라 머물 겨를 없어
母子相持淚似泉.	어머니와 자식 서로 부여잡고 샘솟듯 눈물 쏟네.
養志光陰今漸短,	뜻을 받들 시간 이제 점점 짧아지는데,
不知何日報恩憐.	언제나 은혜를 다 갚을는지.[36]

『관동와주(關東瓦注)』에 들어 있는 시이다. 안축(安軸)은 『관동와주』에서

---

34) 李承休, 『動安居士集』 雜著 「村居自戒文」, "君子固窮, 士不失節, 無以違忤, 嗔而眷屬, 矧可於人, 能嫌對薄? 內養眞源, 外順時俗, 克己撝謙, 卑以自牧. …… 忍之一字, 吾家妙藥."

35) 洪侃의 경우, 여성화자로 쓰여진 시도 있고, 일반 아낙을 그린 시도 있지만, '아내'를 포착한 시는 확인되지 않는다. 덕분에 본고의 논의에서는 누락되었다. 이를테면 "送東菴赴安東 上李蒙庵", "次韻李蒙庵西京懷古 嬾婦引"(『洪涯遺藁』) 등이 있다.

36) 安軸, 『謹齋集』 卷1 「別母」.

서민들의 아내를 포착했다. 감격하고 분발하여 풍속의 득실과 민생의 애환을 그려낸 것이 열에 아홉이었다는 이제현(李齊賢)의 말[37]처럼, 그가 관동을 지나면서 발견한 아내들은 자신은 굶주리면서도 밭고랑의 남편을 먹이고 빠른 걸음으로 돌아오는 아낙네,[38] 자신을 먹여 살리는 남편을 향해 기쁜 웃음을 지어 보이는 순박한 여인,[39] 흉년에도 바칠 공물 탓에 배부를 수 없는 가난한 아낙네[40]들이었다. 비록 안축 자신의 아내는 아니었지만, 그의 눈에 들어온 아내들은 남편을 위해 헌신하고, 환하게 웃어주는 밝은 심성의 소유자들이었다.

그런데 윗시에서 보듯, 안축은 '어머니'를 발견하고 있다. '효(孝)'란 인간이 사회를 일구어낸 이래로 늘 보편타당한 윤리로 여겨져 왔다. 앞선 시기 이규보는 자신의 제자(諸子)들에게 당부하기를, 제자백가의 책이나 역사서를 읽기 이전에『효경』을 먼저 읽도록 권하면서, 효성을 다한다면 하늘이 그 마음을 알아줄 것이라고 했었다.[41] 거창하게 하늘의 감동을 들먹였지만, 그 속내는 하늘의 권위를 빌어 효를 훈계하는 것이었다. 안축은 굳이 그런 거창한 윤리를 들먹이지 않고도, 어머니의 뜻을 받잡아 행할 시간이 적어진다며 아쉬워하고 있다. 그에게 어머니란 어떤 존재였을까? 또렷하진 않아도, 이제현의 글을 통해 안축이 어머니에 대한 효성이 지극했음을 확인할 수 있다.

부귀와 영달은 세상사람 누구나 바라는 바다. 하지만 임금에게 깊이 인정을

---

37) 李齊賢,『謹齋集』卷1「關東瓦注序」.
38) 安軸,『謹齋集』卷1「壟頭饁婦」, "婦具農飱自廢飱, 曉來心在夏畦間. 壟頭日午催行邁, 餉了田夫信步還."
39) 安軸,『謹齋集』卷1「秋夜」, "又念力田夫, 揮汗病夏畦. 農功旣云畢, 四野禾頭低. 一飽已可望, 歡笑對醜妻."
40) 安軸,『謹齋集』卷1「十日宿林丹驛」, "黃昏投古館, 數戶開柴扉. 隔岸人猶語, 棲林鳥已稀. 幽窓多鬱氣, 暖堗挫寒威. 年儉困供億, 寧教妻子肥."
41) 李奎報,『東國李相國集』후집 卷1「示諸子」, "子若篤親天不知, 醴泉芝草何生地. 百家千史行自窮, 先誦孝經深得旨."

받고 사람들에게 중한 촉망을 받으면서도, 능히 겸손하여 거센 세파 속에서 멈출 줄 아는 이는 옛날과 지금 찾아보더라도 대개 천 명이나 백 명 가운데 열이나 한 명에 불과하다. …… 안축은…… 지난 해, 가족을 데리고 고향으로 가서 어머니를 모시려 했었는데, 절반 길도 못가서 역마로 소환되어 풍헌의 책임을 맡게 되었다. …… 그가 지방관이 되려던 것은 어머니를 섬기는 데에 편하고자 함이었다. …… 그의 아름다운 염퇴와 효우는 당대를 울리고 후세에 모범이 될 만하니, 어찌 고을 하나만 복되고 도 하나만 교화되겠는가?42)

충혜왕 4년(1343), 안축은 상주(尙州) 목사로 나가게 되었다. 이때 다들 그의 외임을 축하하며, 상주뿐 아니라 경상도의 축복이라고 기리자, 이제현은 그의 효성이 지극함을 추켜 주며 당대와 후대까지도 좋은 영향을 끼칠 것이라고 했다.43) 안축을 통해 '효'를 투사해 '어머니'의 존재가 부각된 것이다. 어머니에 대한 이미지는 사실 여성묘주 묘지명의 '명(銘)' 속에 항용 등장하는 부분이다.

시각을 잠깐 돌려보자. 당시 지식인들은 '아내'의 생평을 추억하면서, 어디에 주안점을 두었을까? 다행히도 13세기 후반~14세기 초반을 살았던 이들에 대한 기록이 몇 편 남아 있다. 앞선 시기, 이규보는 김원의의 아내 인씨(印氏)에 대한 묘지명에서, '여공(女工)'을 손에 놓지 않으며 부지런히 내조하는 아내의 모습을 부각시킨 바 있다. 이제 1309년에 지어진 김구의 아내 최씨에 대한 묘지명을 들어본다.

---

42) 李齊賢, 『益齋亂藁』 卷5「送謹齋安大夫赴尙州牧序」, "富貴利達, 人情之所同欲也. 至若荷深知於君, 負重望於人, 而能撝謙, 知止於急流之中, 求之古今, 蓋千百而什一耳. …… 侯 …… 去歲挈家歸侍大夫人, 行未及半塗, 馳傳召還, 委以風憲之權 …… 顧乃力求外寄以便觀省 …… 其廉退之懿, 孝友之篤, 足以激當時, 而垂後世, 豈止福一州, 化一道哉?"

43) 이제현은 효성에 대해서 남다른 감회를 갖고 있었다. 그가 왕상의 비를 보고 흘린 눈물도, 어머님을 供饋하지 못한 처지를 안타까와한 것이었다. 그런 그가 안축의 효성에 감동받은 것은 당연한 일이었다. "有扁路傍石, 上有王祥字. 臥氷得泉魚, 饋母此其地. 嗟我事宦遊, 連年負慈侍. 區區望雲心, 甘旨遠難致. 何當報剪鬟, 僅足同齧臂. 載讀孝子碑, 茫然放淸淚."(『益齋亂藁』 卷2「王祥碑」)

부인은 평생 치산하면서 여유로운 마음으로 구차스레 재물을 구하지 않았고, 또 인색하지도 않았다. 무릇 손님 접대에 사이가 친하든 그렇지 않든, 상대의 신분이 귀하든 천하든 가지고 있는 것을 모두 내놓았다. 그러면서도 마음에 차지 않아 했다. 문정공(김구)이 먼저 졸하자, 과부로 30여 년을 살았는데, 집안은 본시 맑았지만, 더욱 흐트러지지 않았으며, 스스로 지킴이 본래 그러한 듯했다. 부인은 성품이 강직하고 반듯하여 사치스럽지 않았고, 귀신을 모시거나 제사 내지 않았다.44)

이 묘지명에 의하면, 김구의 '아내'는 평생을 치산(治産)하면서 구차하게 재물을 얻었던 적도 없고, 그렇다고 재물을 아까워한 적도 없었다. 무엇보다 집안을 위한 치산(治産)이 첫손에 꼽히는 덕목으로 등장하고, 남편의 손님 접대를 잘한 것이 두 번째로 기록되었다. 최씨는 김구가 죽은 뒤(1278), 30여 년을 과부로 지내면서 더욱 자수(自守)하였던바, 귀신을 좋아하지 않았다고 한다. 명(銘)에는 '자손들이 그 덕에 힘입어 영원히 빛나리[子孫有賴 兮慶緜緜]'라 했다. 가문·가족을 위한 헌신을 찬양하는 것은 여성을 묘주로 하여 쓰여진 묘지명의 서술패턴이다. 또 다른 여성묘주 묘지명인 「최서처박씨묘지명(崔瑞妻朴氏墓誌銘)」(崔瀣 述)을 살펴보자.

박씨 묘지명의 앞부분은 대부분 누구의 배(配)이고, 누구를 낳았으며, 자식들은 어떻게 되었는가에 할애되어 있고, 망자에 대한 몫으로는 겨우 "부인은 품성이 정직하여 사악한 법술을 행하지 않았다. 佛道를 진심으로 믿었는데, 참된 善女였다"45)고 했다. 성품과 같이 내면적 자질에 주목하고 있는 것이다.46) 사실 망자를 남편과 자식을 통해 확인할 뿐, 당사자에 대

---

44) 『高麗墓誌銘集成』「金坵妻崔氏墓誌銘」, 426면, "夫人於平生營産, 開心無苟得, 亦不甚惜. 凡當饋客, 無親疏貴賤, 盡其所有, 猶謂不稱意. 文貞公先卒, 寡居三十餘年, 家本淸而又益不溫, 其自守晏如也. 夫人性剛正無華, 不事祀鬼神."
45) 『高麗墓誌銘集成』「崔瑞妻朴氏墓誌銘」(1318), 436면, "夫人稟性正直, 不行邪法, 崇信佛道, 眞善女也."
46) 『高麗墓誌銘集成』「李德孫妻庚氏墓誌銘」, 457면, "夫人稟性柔靜, 其事夫義以順, 而就盡婦道, 故李氏之能守富貴不危溢者, 夫人以助焉耳. 李氏卒後, 孀居二十六年, 常以修善爲事也."

해서는 지극히 간략히 처리한 것은, 그만큼 망자를 주목하지 않고 있다 할
수 있다.

윤보(尹珤)의 아내 박씨에 대한 묘지명의 경우, 망자가 처녀 적에도, 시
집와서도 부모와 형제를 잘 돌보았다는 부분을 부각시키고, "안방에 지내
며 그 도덕을 지키고, 아내가 되어 아내로서의 모범을 보였으며, 어머니가
되어 어머니로서의 위의를 다하시사 많은 자손들 영특하고 훌륭하도다"[47]
고 명(銘)을 붙이고 있다. 이제 아내는 가족, 남편과 아내, 자식으로 이루어
진 범위를 벗어나, 부모와 형제를 아우르는 종족, 가문을 위해 헌신하는
아내로, 곧 '어머니'로 확장되어 갔다.

사실 종족을 위한 헌신을 기렸던 것은 『삼국유사』에도 나온다. 주지하
듯, 13세기 후반 대표적인 불교지식인인 일연(一然)이 영남지역을 돌아다니
며 채록한 신라의 옛이야기를 정리하면서 자신의 생각을 찬시(讚詩) 형태
로 남긴 바 있다. 이 가운데, 「김현감호(金現感虎)」(感通)에 등장하는 호녀(虎
女)는 "스스로 천명이요, 족속의 기쁨이요, 나라사람의 행복이요, 낭군의
이익이요, 자신의 소원"이라며 죽어간다. 일연은 이것을 두고 "수풀 아래
로 파르르 떨어지는 꽃잎"으로 비유한 바 있다.[48] 실상 사람이 되고픈 욕
망이 가족성원의 의롭지 못한 행위로 좌절될 즈음, 종족을 위해 헌신한 것
을 아름답게 미화하고 있는 것이다.

이제 잠깐 정리하도록 하자. 안축이 그려낸 어머니와의 애틋한 헤어짐
은, 사실 그의 효성이 발로된 것이다. 문제는 그에게서 왜 유독 어머니상이
부각되었던 가인데, 이것은 당대 아내의 생평을 기록하면서 헌신적인 사랑
과 봉사로 남편과 가족성원의 안녕을 일구어낸 것을 주목하던 묘지명의 서
술의식 혹은 서술전통과 상관이 있으리라 짐작된다. 이 묘지명은 비장하게

---

47) 『高麗墓誌銘集成』「尹珤妻朴氏墓誌銘」(1321, 崔元中 述), 438면, "其辭曰 : 其德也
略無虧, 其族也甲一時. 處壺也守壺彝, 爲婦也闡婦規. 爲母也極母儀, 旣多子英且奇.
況予美誠美斯, 陰從陽鳳得凰."

48) 『三國遺事』感通「金現感虎」, "山家不耐三兄惡, 蘭吐那堪一諾芳. 義重數條輕萬
死, 許身林下落花忙."

남편의 충혼을 위해 분사(焚死)하던 장렬함과도 잇닿아 있고, 종족을 위해 스러진 호녀(虎女)의 비장함과도 이어진다. '아내'는 점차 비장해져 가고, 가장 자애롭고 희생적인 형상인 '어머니'를 제 안에 포괄하게 되었다.

　　고려 후기에 6조(朝)를 섬겼던 이제현의 시를 살펴보면, 궁녀나 기생이 표현된 시를 제외하고, 아내와 어머니를 형상한 시 가운데 '아내'만을 그린 것으로 3수가 포착되는데, 둘은 전고 속의 여인이고,[49] 하나는 어떤 중에게 얻어맞아 죽은 아전의 불쌍한 아낙을 그리고 있다.[50] 자신의 아내를 시 속에 드러낸 경우는 없는 셈이다. 뜻밖의 결과이다. 하지만 상대적으로 '어머니'를 그리고 있는 시는 5수가 눈에 띈다. 이 가운데 전고 속의 여인을 표현한 것이 3수이고,[51] 1수는 소악부,[52] 1수는 어머니를 사모하는 마음을 절절하게 드러내고 있다. 시를 들어본다.

主恩曾未答丘山,	저 산 같은 임금의 은혜 다 갚기 전에는
萬里驅馳敢道難.	만리 길 내달리는 일 어렵다 감히 말 못하리.
彈劍不爲兒女別,	칼을 두드리며 여인네처럼 이별하지 말고
引盂聊盡故人歡.	술잔 당겨 그럭저럭 옛사람과 기쁨을 다하세.
五雲廻看籠金闕,	돌아보니 대궐은 오색구름에 싸여 있고
片月夕情照玉關.	황혼도 아스러운 지 조각달이 옥관을 비추네.
惟念慈親鬢如雪,	오직 머리 속엔 눈처럼 머리 센 어머니 생각뿐,
數行淸淚灑征鞍.	맑은 눈물 줄줄줄 말안장까지 흐르놋다.[53]

當時王呂議難勝,	그때 呂氏를 왕으로 세우는 논의를 이기기 어려웠지만,

---

49) 李齊賢, 『益齋亂藁』 卷1 「和呈趙學士」; 『益齋亂藁』 卷2 「古風」 제5수.

50) 李齊賢, 『益齋亂藁』 卷2 「新安站」, "新安站吏亦何辜, 毒手一飽僵路隅. 風吹日炙蠅蛄集, 妻子相看空雪泣."

51) 卷3 「菊齋橫坡十二詠」 제7수 孟宗冬笋, "雪中新笋宅邊生, 摘去高堂慰母情."; 卷2 「王祥碑」; 卷4 「王陵」(이상 모두 李齊賢, 『益齋亂藁』).

52) 李齊賢, 『益齋亂藁』 卷4 「小樂府」 제7수, "木頭雕作小唐鷄, 筋子拈來壁上棲. 此鳥膠膠報時節, 慈顔始似日平西."

53) 李齊賢, 『益齋亂藁』 卷2 「至治癸亥四月二十日發京師」.

他日安劉力可能.　　　뒷날 劉氏를 안정시키는 힘은 낼 수 있었네.
慈母一言今在耳,　　　어머님의 말 한마디 귓가에 쟁쟁한데
不因存沒負長陵.　　　어이 안계시다 하여 장릉(고조)을 저버릴꼬?[54]

　　두 번째 시는 역사적 인물을 두고 쓴 시이다. 왕릉이 유방의 편에 서자, 항우는 그의 어머니를 붙잡아서 왕릉을 돌아오도록 시켰다. 허나 어머니는 유방이 좀더 인자한 임금임을 알고, 자식이 섬기기로는 유방이 낫겠다 싶어, 아들에게 다른 마음 먹지말고 유방을 섬길 것을 당부한 뒤 자살했다. 시 속의 왕릉 또한 어머님이 안 계신다 해도, 그 말씀 귀에 쟁쟁하기에 그것을 받잡고 유방을 섬기겠노라 다짐하고 있다. 자식의 안녕을 위해 목숨마저 저버렸던 헌신의 어머니다.

　　이에 비해 첫 번째 시는 이제현이 상왕(충선왕)이 계신 토번(土蕃)으로 가서 뵙고자 떠나려던 때 지은 시다. 이제현의 나이 37세였다. 이에 앞서 이제현이 원의 승상 배주(拜住)에게 편지를 보냈는데, 너무도 감동적이어서 배주가 충선왕을 朶思麻로 옮겨 두었었다. 忠憤에 가득하여 출발하려던 차, 그의 머리 속을 휘감아도는 어머니에 대한 정을 시로 표현한 것이다. "惟念慈親鬢如雪, 數行淸淚灑征鞍"의 '청루(淸淚)'로 요약된 이제현의 마음은 앞서 안축을 기렸던 것과 같이 효성 그 자체였다. 왕릉에게서 보았던 어머니는 이성적으로 이해된 헌신의 어머니였던 것과 달리, 이 시의 어머니는 생각하자마자 눈물을 흘리는 정감화된 어머니였다. 아내로 시작된, 자신과 가장 친연(親緣) 있고 함께 하던 여성은, 이제 자애롭고 헌신적인 정감물로 화한 것이다.

　　이런 어머니는 이제현이 남긴 아내들에 대한 기록에서도 드러난다. 무엇보다 묘지명 속에서 묘주만을 위해서 할애된 분량을 추산하면 하나같이 묘주가 낳은 자식들에 관한 기록이 상당부분을 차지한다. 거칠게 잡아도, 「충선왕비순비허씨묘지명(忠宣王妃順妃許氏墓誌銘)」은 3/4 정도, 「김순처허

---

54) 李齊賢, 『益齋亂藁』 卷4 「王陵」.

씨묘지명(金恂妻許氏墓誌銘)」은 1/2 정도, 「홍규처김씨묘지명(洪奎妻金氏墓誌銘)」은 1/2 정도, 「권부처유씨묘지명(權溥妻柳氏墓誌銘)」은 1 / 2 정도, 「김륜처최씨묘지명(金倫妻崔氏墓誌銘)」은 2/3 정도, 「이자성처이씨묘지명(李自成妻李氏墓誌銘)」은 3/4 정도를 차지한다.[55] 그만큼 '아내'들에게 자식의 생산과 번영은 당자의 역사를 기록하는 주요한 지표가 된 것이다. 그럼 내용은 어떠한가?

부드럽고 완연하며 중정함이 아내로서의 덕성을 갖추었고, 너그럽고 현숙하며 온화함이 어머니로서의 법도를 아름답게 지녔네.[56]

착하고 똑똑하며 인자하고 엄하였고, 거동에 예를 어기지 않았다. 설령 친형제라 해도 일찍이 한계를 넘어선 적이 없었다. 부인과 말하면, 아내의 도리가 갖추어졌고, 어머니의 몸가짐이 완전하니, 가법을 논하는 자들은 으뜸으로 꼽는다.[57]

시부모를 효성으로 모시고, 친척에게 어질며, 자손을 예로 가르치고, 여종을 의리로 부리며, 화장을 하지 않고, 화사한 옷을 입지 않았다. 무당이나 중의 기복을 입에 올리지 않았고, 이자를 불리는 일 따위는 마음으로 헤아리기조차 수치스러워했다. 국재공(권보)과 산 지 60, 70년 동안 한결같이 조금도 거스름 없이 화락하게 지냈다.[58]

---

55) 「忠宣王妃順妃許氏墓誌銘」(「王順妃許氏墓誌銘」)은 484면, 「金恂妻許氏墓誌銘」(「金文英公許氏墓誌銘」)은 480면, 「洪奎妻金氏墓誌銘」은 506면, 「權溥妻柳氏墓誌銘」(「卞韓國夫人柳氏墓誌銘」)은 521면, 「金倫妻崔氏墓誌銘」은 531면, 「李自成妻李氏墓誌銘」(「大元制封遼陽縣君高麗三韓國大夫人李氏墓誌銘」)은 547면에 나온다(이상 모두 『高麗墓誌銘集成』 면수임). '( )'는 『益齋亂藁』 卷7에 나오는 제목이며, 없는 것은 『익재난고』에 나오지 않는다.
56) 『高麗墓誌銘集成』 「金恂妻許氏墓誌銘」, "柔婉中正婦德之備, 寬淑惠和母則之懿."
57) 『高麗墓誌銘集成』 「洪奎妻金氏墓誌銘」, "淑哲慈嚴, 動無違禮. 雖親兄弟, 未嘗踰閾. 與之言, 婦道備, 母儀全, 論家法者稱首焉."
58) 『高麗墓誌銘集成』 「權溥妻柳氏墓誌銘」, "孝舅姑, 仁親戚, 敎子孫以禮, 使婢妾以義, 不御鉛華, 不服文綉. 巫尼卜祝罕言於口, 子母利息恥計於心. 與菊齋公居六十七年, 終始無小忤雍雍如也."

위 서술내용은 약간의 편차를 갖고 있지만, 대동소이하게 '부도(婦道)'와 '모의(母儀)'를 거론하고 있다. 첫 번째 서술은 명사(銘辭)로서 압축적으로 가장 핵심적인 요점을 드러낸 것이기에 정황은 자세하지 않다. 그러나 그 내용을 확인해보면 예법을 잘 지켰다는 것[禮法自持]으로 요약된다. 이것은 두 번째 인용문에서도 마찬가지이다. 다만 세 번째 인용문의 경우, 시부모, 친척, 자손, 여종으로, 아내가 담당해야 할 인간관계(인륜)가 확장되었음을 보여준다. 물론 앞서 보았던 시문의 이곳저곳에서 한번쯤 거론했을 대상들이지만, 이들을 한데 모으고 정리한 것은 이 묘지명에서다. 게다가 함께 살며 60, 70년 간을 남편과 화락하게 해로했다는 것은, 그것이 장모에 대한 서술일지라도 나름대로 속뜻이 있다 하겠다. 앞서 우리는 이규보가 꾸었던 '해로(諧老)'에의 꿈을 본 적이 있기 때문이다. 여기서 이제 '아내'는 그를 둘러싼 사람들과의 관계 속에서 해석되고 읽힌다. 특히 소가족의 범위를 넘어서, 형제, 친척을 아우른 가문의 단계로까지 확장되어, 그 속에 재배치됨을 볼 수 있다. 이는 당시 고려지식인의 세족적 욕망이 작동한 결과다. 이것을 이념적으로 정치하게 다듬는 작업은 이색(李穡)에게서부터 시작된다.59)

---

59) 이 부분부터는 새로운 논의가 필요하다. 가문 속에 재배치되는 '아내'를 이해하기 위해서, 우리는 고려 후기를 통틀어 생성되는 가문들, 세족들에 주목할 필요가 있다. 이것은 고려 후기 사회의 성격을 이해하는 일이기도 하다. 또한 이른바 신흥사대부群의 세족적 성장을 확인하고, 이들의 건강성이 매너리즘으로 전락한 이유도 함께 살펴봐야 하는 일이다. 거칠게 자료를 살펴보면, 공민왕대 이후에 등장한 그룹들, 이를테면 이색 이후 지식인들은 유달리 '子'에 대해 신경을 쓰고 있다. 子들의 '字說'을 지어주고, 과거 급제를 애써 축하하는 등, 아내와 관련하여, 특히 가문과 관련하여 '자'의 발견은 조명을 받을 필요가 있다. 이미 '어머니' 속에 그런 씨앗이 배태되어 있기는 하지만, 본고는 고려 후기, 특히 무신집권기부터 여말선초 이전(원간섭기)까지 아내를 살펴보는 것이 목적이었기에, 이에 대한 논의는 별고로 미뤄둔다.

5. 또 다른 시작을 위해

남성과 여성이 만나 가족이 되어 남편과 아내가 되는 것은, 『역』에서도 논했듯 세상을 영위할 수 있는 두 가지 기운의 조화요, 화합이다. 이 둘 사이의 균형과 조화, 상생이야말로 어쩌면 인류가 어우러져 살아갈 수 있는 유일한 방법일지도 모른다. 문제는 이들 사이의 조화가 파괴되고, 균형이 상실된 데 있다. 그것을 다각도로 풀어보려고 하지만 쉽지 않은 일이다. 그것은 그만큼 역사적 뿌리가 깊다는 것을 반증한다.

본고는 고려 후기 '신흥사대부'에 의해 가려진 이면을 확인하고픈 욕구에서, '아내 이야기'를 주목했다. 왜 진작 신흥사대부의 그늘 속에서 '아내'가 있었다는 것을 보지 못했을까? 흔히 고려 후기는 신흥사대부의 성장과 맞물려 설명된다. 이들의 사회적 책임과 개혁, 경세의식(經世意識)과 우환의식(憂患意識), 그리고 정치적 성장에 초점이 맞춰지고, 사상적 실천에 주목하기 십상이다. 그리고 그것은 늘 조선의 건국으로 화려하게 꽃을 피운 것으로 해석되곤 한다. 그것이 틀렸다는 것은 아니다. 하지만 이제 균형 있게 당시 지식인의 사유를 점검할 때가 되었다고 생각한다. 80, 90년대 계층적 시각에 주목하여, 이른바 '사대부리얼리즘'이 매너리즘에 빠지고 있음은 일찍이 지적된 바 있다.[60] 하지만 그 이후로 여말선초(麗末鮮初) 지식인에 대한 점검은 관성적으로 따라온 경향이 있지 않았나 반성해본다.

주어진 자료를 성실히 읽었다는 것을 전제로 하면, 고려 후기에 한정할 경우, '아내'는 말없는 가난한 아내, 헌신의 '어머니'를 거쳐 가문 안에 재배치된다. 특히 아내는 '가문(家門)' 속에 공식적으로 '배치되면서', 아내의 실존 자체와는 상관없이 '가문 속의 아름다운 사람'으로 변했다. 신성화(神聖化)한 것이다. 그런 점에서 고려 후기에 '아내'는 지식인(신흥사대부)의 세

---

60) 김시업, 「여말선초에 있어서 사대부리얼리즘과 그 변질」, 『한국한문학연구』 8집, 1985.

족적 욕망에 의해 '만들어졌다'(재구성)고, 스스로 독자적인 실존으로 살지 못했다.

그럼 다시 묻자. 고려 후기에야 '아내'가 만들어지기 시작했는가? 이른바 우리가 전통적인 가족 유형으로 여기는 직계가족의 아내가 만들어진 것이 이 시기인가? 사실 본고가 던진 질문은 여기에 있지 않다. 그럴 능력도 없다. 아내 이야기를 통해 일상을 포획해 가는 봉건의 기획을 노출시키고, 그 의미를 묻고 싶었다.

가장 일상적이면서도 가장 시야에 빗겨있고, 그렇지만 삶 속에 가장 중요한 근간이 되는 인간관계는 바로 부부다. 최초의 사회 조직이면서, 가장 신비화되어 쉽사리 세속으로 내려오지 않는 것, 그것이 가족인데, 그 가운데서도 항상 간과하기 쉬운 관계가 부부인 것이다. 이 부부 속의 '아내'는 '여성'문제에 국한되지 않는다. 비록 일반화할 수는 없지만, 아내의 내포와 외연은 매 역사 시기마다—적어도 고려 후기의 경우—다른 모습으로 자신을 드러냈고, '아내'는 재배치되고 있었기 때문이다. 역사 시기마다 다른 모습은 '아내'에 새겨진 사회적 이념(이데올로기)과 그것을 떠받드는 사회적 토대에 주목할 것을 요구한다. 따라서 우리는 형상을 결정짓는 현실을 읽을 필요가 있다.

앞서 우리는 아내이야기에 새겨진 세족의 욕망을 읽었다. 즉 당시 고려 지식인은 더 이상 지방중소지주(地方中小地主) 출신이 아니었다. 이미 중앙귀족화(中央貴族化)한 세족(世族)을 꿈꾸고 있었던 것이다. 그렇다면 우리는 여말선초(麗末鮮初) 지식인을 거론할 때, 이로부터 논의를 시작할 필요가 있다. 더 이상 세족(世族)과 견주면서 사대부(士大夫)로서 가졌을 상상의 건전성에 집착해서는 안 되는 것이다. 담론은 역사성을 회복할 때 건강해진다는 믿음을 확인하며, 또 다른 시작을 기약해본다.

선초 응제 누정기의 심미의식 연구

「환취정기」를 중심으로

홍성욱

1. 서론

서사증(徐師曾)이 『문체명변(文體明辯)』에서 "기란 잊지 않고자 대비하는 것이다[記者, 所以備不忘也]"라 한 데서 알 수 있듯이 예로부터 기(記)라고 이름한 문장은 서사(敍事)를 위주로 한 것이다. 그러나 요내(姚鼐)가 『고문사류찬(古文辭類纂)』을 편찬할 때 기를 "사물·경치·일을 기록하되 돌에 새기지 않은 것[記物記景記事而不以刻石]"이라 하여 세 부류로 나누고, 임금남(林琴南)이 『춘각재논문(春覺齋論文)』에서 기는 편명으로 하나로 묶어 말할 수 있으나 실제 내용에 근거하면 여러 종으로 유별할 수 있다[1]고 한 데에서 알 수 있듯이 다양한 방식으로 하위 분류된다. 오늘날 한문 산문의

---

1) 褚斌杰, 『中國古代文體槪論』, 北京大學出版社, 1990, 353면 재인용.

문체 분류는 기물(記物)·기경(記景)·기사(記事)의 영역에 해당하는 글을 잡기류라 명명하며 내용과 표현 상의 특징에 따라 인사잡기(人事雜記), 누정기(樓亭記), 산수유기(山水遊記), 서화잡물기(書畵雜物記) 등으로 하위 분류하고 있는데,[2] 그 중 누정기는 잡기류 내의 다른 글과 달리 서사(敍事)와 묘사(描寫), 서정(抒情)과 의론(議論) 등이 복합적으로 어울어져 문학성이 가장 뛰어나다고 하겠다.

이 문체의 글이 본격적으로 지어지게 된 것은 중세 사대부의 자기 정체성 확립 및 전범적 글쓰기의 확대와 무관하지 않다. 중세 사대부들은 정전(正典)을 생산하고 사회 문화적 헤게모니를 장악한 후 자신들의 계층적 기득권을 유지하기 위해 다양한 방식의 글쓰기를 시도한다.[3] 그 중 대표적인 것이 논변류(論辨類), 증서류(贈序類), 서신류(書信類) 등이며 비지류(碑誌類)와 비지류 내의 산수유기와 누정기도 이러한 시대적 요구에 의해 본격적으로 발전하게 된다. 특히 산수유기와 누정기는 중세 사대부의 공간 인식 확장과 자연미에 대한 새로운 발견에 의해 새롭게 활용된 문체로써 여기에는 자연 경관의 묘사와 이를 대하면서 생겨난 작가의 감정, 그것으로부터 전환되는 이성적 사유 등이 조화를 이루고 있다. 곧 자연을 통해 깨닫게 되는 처세관이나 이성적 사유, 이를 통한 시대 풍기, 심미의식 등을 고찰할 수 있다.

그러나 주지하듯 중세의 글쓰기는 사대부가 자기 정체성을 확립하기 위한 용도로만 사용하지 않았다. 오히려 당시 전범을 마련하고 이를 전파하며, 지식 및 교양을 소통시키기 위한 용도로 사용된 측면이 강하다. 그리고 대각에서 쓰여진 글이거나 응제의 경우에는 이념적, 문체적 전범성이 더욱 강하게 드러나게 될 것이다.

본 고에서 다룰 선초 누정시문은 조선 왕조 건국 이후 문물제도가 정비

---

2) 褚斌杰, 위의 책, 352~377면 참조.
3) 權錫煥, 「중국 고전 산문의 중세적 典範(Canon)에 관한 연구―唐宋 산문을 중심으로」, 『중국문학연구』 23집, 한국중문학회, 2001.

되어 가던 시기 그 시대의 문풍을 주도한 대각문인들이 군왕의 명을 받아 지은 것이다. 응제시문이 지닐 수 있는 아유문학적 한계를 뛰어넘어 당시 사대부의 자연 경관에 대한 심미의식, 이의 감상을 통한 사대부들의 우환의식과 정치 철학을 살필 수 있다는 점에서 소중한 자료라 하겠다. 이 가운데 시운의 흥성함이 극에 달했던 성종 대 그의 명으로 지어진 「환취정기(環聚亭記)」를 비롯 세종 대의 「희우정기(喜雨亭記)」를 명초 관각 문인을 대표하는 송렴(宋濂)의 「열강루정기(閱江樓記)」와 비교 고찰하면서 선초 응제 누정기의 심미의식과 정치 이상을 고구하기로 한다.

2. 누정기의 구조와 내용상 특징

누정기는 잡기류 내의 다른 글과 달리 서사와 묘사, 서정과 의론 등이 복합적으로 어울어져 문학성이 가장 뛰어나다고 하겠다. 본래 기서적(記敍的) 성격이 강한 문체적 특성 상 이 글의 기본 구조는 건립 동기와 과정, 누정의 외관, 위치 누정기를 쓰게 된 동기 등을 서술한 서(序)와 누정에서 바라 본 주변 경관의 묘사, 수조자가 누정을 짓게 된 까닭, 누정의 경영을 통해 수조자가 추구하고자 한 정치 이상이나 심미 인식 등을 서술한 본사, 누정 경영자에 대한 칭찬과 권계 등을 서술한 결사로 짜여져 있다. 이러한 구조를 갖춘 기를 정격(正格)의 기라 부르고 구성 방식이나 내용 양상에서 특정 부분을 위주로 짜여진 것을 변격(變格)의 기라 부른다.

누정기가 다른 기에 비해 예술적 성취도가 높은 것은 객관 대상에 대한 묘사와 이와 연계된 심미 인식 태도, 이로부터 촉발된 정치 이상, 포부의 제시가 두드러지기 때문이다. 여기에서 묘사된 자연 경관은 단순한 경치 차원을 넘어 누정 경영자가 심성을 수양하여 사대부로써의 자기 정체성을 확립하는 동기를 부여하는 대상이며, 그 변화 과정과 내재 원리를 통해 세상의 이치를 발견하는 심미 인식의 자료가 되기도 한다.

물론 어떠한 상황에서 지어지느냐에 따라 내용 양상은 전혀 달라질 수 있지만 누정이라는 공간에 부여하는 의미는 단순히 자연 경관의 아름다움을 감상하며 한가롭게 휴식을 취하는 곳은 결코 아니라고 하겠다. 이는 궁벽지고 먼 곳의 형승만이 감상의 대상이 되는 것이 아니라 주변의 일상에서도 충분히 누릴 수 있는 것이 있다고 한 이제현의 서술4)이나 외물의 치우친 면만 보지말고 그 안에 내재한 이치를 발견할 때 비로소 유람의 즐거움을 온전히 누릴 수 있다는 안축의 논의5)에서도 확인된다.

한편 자신이 생각하는 산수지락(山水之樂)은 자신이 수조한 누정 주변의 천변만화하는 경치가 아니라 이를 즐기는 백성들의 모습을 보고 즐거워한다는 태수 신분인 자신의 여민동락(與民同樂)의 의식을 드러낸 구양수(歐陽修)의 「취옹정기(醉翁亭記)」나 어떤 곳에서도 자신의 의식 지향만 명확하면 그 속에서 고아(高雅)한 아취(雅趣)를 누릴 수 있다고 하면서 자신의 소박한 삶과 달리 부귀호사한 삶을 영위하는 조정 관료에 대한 불평과 분개를 은연 중에 담아낸 왕우칭(王禹偁)의 「황주죽루기(黃州竹樓記)」는 누정기를 통해 자신의 정치 이상과 포부 현실에 대한 비판을 잘 담아낸 수작이다. 이처럼 누정 수조자가 누정을 건립하게 된 동기와 이를 경영하면서 발견한 심미의식과 실현하고자 한 정치의식을 드러낸 경우도 있으나 대개의 누정기는 지인(知人)의 청탁을 받아 그를 위해 써 주는 경우가 많다.

후대 사대부들 사이에 누정기의 전범이 되다시피한 범중엄(范仲淹)의 「악양루기(岳陽樓記)」의 경우 파릉으로 폄직된 후 동정호 주변에 악양루를 세운 친구 등자경의 청탁을 받아 지은 것이지만, 여기에 서술된 서정이나 의론은 청탁자를 위한 것이라기보다 자신을 포함한 사대부의 정치 이상이나 포부를 드러내고자 한 의도가 지배적이라 하겠다. 까닭에 여기에 묘사

---

4) 李齊賢, 『益齋亂藁』(『한국문집총간』 2) 卷6 「雲錦樓記」, 554면.
5) 安軸, 『謹齋集』(『한국문집총간』 2) 卷1 「鏡浦新亭記」, 467면.

된 동정호 주변의 경관과 그를 통해 도출된 감정, 탁물언지(托物言志)의 수법에 의거하여 서술된 의론은 바로 사대부인 작자의 정치 이상으로 형성된 강인한 의지와 드넓은 포부의 실현6)이라 하겠다.

군주가 한가롭게 휴식을 취할 장소[燕閒游息之所]로 누정을 짓고 신하에게 자신의 뜻을 받들어 짓게 한 응제 누정기도 사대부들의 누정기처럼 서사·묘사·의론이 절묘하게 용해되어 있지만 주변 경관 묘사의 비중이 상대적으로 적고, 군주의 덕에 대한 칭송과 경관 묘사 속에 기탁(寄託)된 풍간(諷諫)과 권계(勸戒), 신하들이 군주를 위해 해야 할 일에 대한 잠계(箴戒) 등이 문장의 주를 이룬다는 점에서 사대부의 누정기와는 구별된다. 선초의 응제 누정기문은 조선 왕조 건국 이후 문물제도가 정비되어 가고, 국가 운영이 안정적 상황에 접어들자 군주들이 휴식을 취하기 위한 용도로 누정을 지으면서 이를 짓게 된 동기와 누정 경영을 통해 왕이 지녀야 할 치자의 자세 심미 인식 태도 등을 왕의 명을 받은 대각의 신하들이 지은 것이다. 응제 누정기가 남아 있는 정자는 주로 태종, 세종, 성종 대에 지어진 것들인데 주지하듯 이들은 조선 왕조의 기틀을 잡는 데 있어 그 어떤 군주보다 뚜렷한 역할을 수행한 이들이다. 이들은 그곳에서 신하를 모아 연회를 베풀면서 성대의 의장을 과시하며 선정을 다짐하기도 하며(「경회루기」), 덕치를 위해 강학(講學)하기도 하며 교외로 나가 농사일을 직접 보기도 하였다(「희우정기」). 이들은 모두 군주가 성대를 이루는 밑거름이 되는 것이다. 까닭에 응제 누정기문을 쓰는 신하는 주변 경관의 묘사와 아울러 성대를 이룬 군주의 덕을 찬미하고 왕이 주변을 일들을 보면서 감정을 일으며[覽物興懷] 백성을 의한 선정(善政)을 하도록 권계하면서 유가의 정치 이상을 은근히 드러내게 되는 것이다. 한편 장중전아(莊重典雅)한 풍격을 갖춘 대각체(臺閣體)의 글로 표현되어 당시 내용과 예술적 성취 면에서 잡기류 문장이 도달할 수 있는 최고의 경지에 이르렀다는 것도 응제 누정기의 특징

---

6) 方伯榮 主編, 『歷代名記藝術談』, 語文出版社, 1988, 176면.

적 국면의 하나라 하겠다.

3. 선초 시운론(時運論)의 전개와 관각 문학의 발달

창업기의 조선조 사대부들은 새 왕조 건설의 정당성을 확보하고 안정적
인 국가를 구축하기 위한 이념적 확립에 주력하였다. 불교를 비판하고 성
리학의 실천 윤리를 주장하는 저작을 통해 조선 왕조 통치 질서의 근간을
세운 정도전 권근 등은 그 대표적 인물이다. 또한 이들은 악장 등의 문학
작품을 통해 조선 건국의 과업을 달성하고 새로운 국가를 완성해가는 왕
과 자신들에 대해 칭송하고, 새 나라의 안정적 미래를 축도하는 내용을 담
아내었으며 이처럼 조선 건국의 이념을 충실히 반영하고 미래를 축도하는
내용을 담은 것을 가치 있는 문학 작품이라 생각하였다. 아송(雅頌)의 문학
이라 불리는 조선 초기의 문학들이 "창업을 정당화하거나 체제를 옹호하
기 위한 아부로 일관하"였으며 '집권층의 이익을 대변하는 유한한 문학'7)
이라는 평가를 받는 것도 여기에서 말미암는다.

왕권이 강화되고 정치적 안정이 이루어지면서 유학 이념을 실질적으로
실현할 인재를 양성하기 위해 집현전이 세워지고,8) 이를 통해 배출된 학
사들은 문학을 통해 수성(守成)의 시대를 사는 군주와 관리가 가져야 할 자
세를 경계하고 또 현실 세계의 긍정성을 향유하였다. 집현전이 설치된 세
종 2년부터 혁파된 세조 2년까지 37년 간 이를 통해 배출된 학자9)들은 당

---

7) 조규익, 『조선 초기의 아송 문학』, 태학사, 1986, 272면.
8) 『세종실록』 권6 '세종 원년 12월 임오일' 기사 참조
9) 집현전 학사 명단은 김남이의 「집현전 학사의 문학 연구」(이화여대 박사논문, 2001)
   부록 참조 이 가운데 領議政을 역임한 사람은 鄭麟趾, 李思哲, 鄭昌孫, 申叔舟, 權擥,
   曹錫文, 崔恒, 尹子雲, 洪應, 盧思愼 등 10인이며, 大提學(文衡)으로 기록된 사람도 尹

대 정치 문화면에서 주도적 역할을 하였으니 국가 주도로 이루어진 각종 편찬 사업, 명과 외교 관계에서의 문서 작성, 사신 접대 등 문물제도 정비와 대내외적 공무 수행에 핵심적 역할을 수행하였다. 그리고 이들에게 있어 문학은 내가 어떤 시대를 살고 있으며 무엇이 나의 임무인가에 대한 판단이고 그 임무의 수행과 완성을 위해 얼마나 어떻게 노력할 것인가라는 고민의 발현이었다.[10]

이는 여말선초에 주로 제기된 세도와 문학의 상관 관계에 대한 인식에 기초한다. 이색은 이제현의 문장이 훌륭하게 된 요인으로 삼광오악지기(三光五嶽之氣)가 하나로 두루 뭉쳐 충만한 세상에 태어나 그 기에 흠뻑 젖은 당대 명유석학(名儒碩學)과 교유하고 웅장한 산하와 기이한 풍속 성현이 남기신 자취 등을 가슴에 남김없이 담았기 때문이라고 보았다. 그리하여 천자의 조정에서 제명(制命)을 담당하고 대각에서 마음껏 실력을 발휘하였다면 공업의 성취는 그 누구에게도 뒤지지 않았을 것이라 한다.[11] 문장의 성패를 좌우하는데 시운(時運)이 커다란 역할을 수행한다는 것이다.

이로부터 촉발된 시운론은 조선시대 사대부들에게 건국의 정당성을 확보하는 언표로 쓰이고 당대를 성세로 인식하여 이를 유지보존하려는 노력으로 이어진다. 성쇠와 치란을 반복하는 세계의 흐름 속에서 사물의 성쇠와 일의 성패 또한 정해진 운수가 존재하며, 일을 이루기 위해 시운이 맞아야 한다고 하며 여기에는 인간의 힘으로 제어할 수 없는 부분이 존재하기도 한다[12]고 한 신숙주의 말 역시 조선 건국이 천명에 의한 것임을 은근히 드러낸 것이라 할 수 있다.

선비가 천지간에 태어났으니 덕업이 진실로 중요한 것이며 문장은 다만 여사

淮, 鄭麟趾, 安止, 申檣, 申叔舟, 崔恒, 梁誠之, 李季甸. 徐居正 등 9인이었다(鄭杜熙, 『朝鮮初期政治支配勢力研究』, 일조각, 1983, 128면 참조).

10) 김남이, 「집현전 학사의 문학 연구」, 이화여대 박사논문, 2001, 203면.

11) 李穡, 『牧隱集』(『한국문집총간』 5) 卷7 「益齋先生亂藁序」, 52면.

12) 申叔舟, 『保閑齋集』(『한국문집총간』 9) 卷14 「水原府東樓記」, 111면.

(餘事)일 뿐이다. 그러나 예부터 세도(世道)의 승강(昇降)을 논하는 자들은 문장의 성쇠로 점치지 않은 적이 없다. 어째서인가? 대개 문장이라는 것은 말이 무늬를 이룬 것이니 덕업의 정화(精華)이다. 그러므로 화순(和順)한 마음이 쌓여 영화로운 표현으로 드러난 것이니 마음에 가득 차 밖으로 드러나는 것을 막을 수 없는 것이다. 인재가 흥하는 것도 진실로 기의 변화에 관계되어 있으니 어찌 우연이겠는가?[13]

성리학을 수용한 사대부들에게 있어 문장은 본격적으로 추구할 것이 아닌 덕업 수양의 보조적 수단이며, 경술(經術)을 하여 그 이치를 깨닫게 되면 절로 능할 수 있는 것으로 인식되었다.[14] '문장소기(文章小技)', '문장여사(文章餘事)'란 표현이 상투적으로 등장하는 것도 이 때문이다. 최항 역시 이 관점을 지니고 있으나 여말선초 재도적 문학론이나 사림파의 그것보다 훨씬 유연한 입장이다. 최항은 문장을 덕업의 가시적 성과로 보면서 시대의 성쇠를 판단하는 준거로써의 역할을 적극 긍정하고 있다. 특히 문장화국(文章華國)의 임무를 수행해야 하는 관각의 문인이었던 그에게 문장은 그 시대의 성쇠를 보여주는 명백한 증거가 되는 것이므로 실용보다 의례가 상대적으로 중요한 요소일 수도 있었던 것이다.

시운(時運)과 문운(文運)이 서로 표리가 되어 승강한다. 대개 삼광오악의 기운이 온전하면 인재가 성하게 되고 인재가 성하게 되면 아음(雅音)이 이루어지니 문사(文辭)와 정교(政敎)가 이에 긴밀하게 유통하게 되어 빈 틈이 없게 되는 것이다. 조선이 처음 개국할 때 천지의 기가 성대하여 특이한 재주를 가진 이

---

13) 崔恒, 『太虛亭集』(『한국문집총간』 9) 卷1「張寧皇華集序」, 188면. "士生天地間, 德業固大矣, 文章特餘事耳. 然自古論世道升降者, 未嘗不以文章之盛衰而卜之, 是何也? 蓋文者, 言之成章而德業之華也. 故和順之積而榮華之發, 弸中彪外, 自不可掩也, 而人才之興則實關乎氣化, 夫豈偶然哉?"

14) 金宗直, 『佔畢齋集』(『한국문집총간』 12) 文集 卷1「尹先生祥詩集序」, 413면. "文章者, 出於經術, 經術, 乃文章之根柢也. 譬之草木焉, 安有無根柢, 而柯葉之條鬯, 華實之穠秀者乎? 詩書六藝, 皆經術也. 詩書六藝之文, 卽其文章也. 苟能因其文, 而究其理, 精以察之, 優而游之, 理之與文, 融會於吾之胸中, 則其發而爲言語詞賦, 自不期於工而工矣."

가 간간이 나와 당시 문장으로 세상을 울린 이는 모두 훈신석보(勳臣碩輔)이다. 삼봉 정도전, 호정 하륜, 송당 조준, 독곡 성석린, 성산 이직, 외조부인 양촌 권근 등은 모두 웅장하고 걸출한 재주로 태평성대를 만나 공열을 빛내었으며 그들이 드러내어 언어문사가 된 것은 우렁차고 넓고 커 치세의 음이 있으니 어찌 다만 문장이리오 훗날 시운을 논하는 자들은 대개 여기에서 징험할 것이다.15)

시운과 문운이 서로 표리가 되어 승강하고, 문사와 정교가 긴밀하게 유통하여 빈틈이 없어야 한다는 논리는 문학과 정치가 별개가 아니며 문학 담당자와 정치가가 분리되지 않는다는 것이며 천지간에 미만한 성한 기가 정치에 제대로 반영되어 치세를 이룰 수 있도록 왕을 잘 보필하고 이러한 시대를 문장에 잘 반영하여야 한다는 것이다. 이어 열거한 이들은 당대를 태평성대로 이끈 공열(功烈)이 혁혁하고 문장으로도 한 시대를 풍미한 이들이다. 곧 문장 화국의 관점에서 최고의 문장이라 평한 관각의 문장으로 당대를 울린 이들이다. 여기에는 사회적 처지가 시의 기상을 결정하고 이로 인해 지어진 문장 가운데 흥융(興隆)한 시대와 왕성한 문운을 징험할 수 있는 대각의 치세지음(治世之音)을 이상적16)이라 여긴 서거정의 문학관17)이 반영되어 있다. 여기에는 훈구 관료로써 일국의 사업을 주도하던 지위에 있으면서 형성된 자신의 시대와 그에 대한 역사적 역할에 대한 자부심

---

15) 徐居正, 『四佳集』(『한국문집총간』 11) 文集 卷6 「獨谷集序」, 276면. "文運之於時運, 相爲表裏, 而有升降. 盖光岳氣全而人才盛, 人才盛而雅音作. 文辭之與政化, 乃流通無間矣. 我國家之始興, 天地運盛, 異才間出, 當時以文鳴世者, 皆勳臣碩輔. 如三峯鄭先生, 浩亭河文忠公, 松堂趙文忠公, 獨谷成文景公, 星山李文景公及我外祖陽村權文忠公, 皆以雄偉傑出之才, 遭遇顯隆, 功烈炳燁. 其發爲言語文辭者, 春容博大, 有治世之音. 嗚呼! 其特文章而已哉! …… 後之論時運者, 盖亦於是有徵."

16) 徐居正, 『四佳集』(『한국문집총간』 11) 文集 卷6 「泰齋集序」, 281면. "昔之論詩者, 有曰 : '有朝廷臺閣之詩, 有山林草野之詩.' 夫所居之地不同, 則發而爲言辭者, 不得不爾也. 先生以超邁卓絶之才, 宏深博大之見, 不能施於臺閣之上, 而於草野之中, 豈不深可惜哉! …… 使先生躋膴顯, 立乎制作之列, 以鳴國家之盛, 則春容富麗, 將有錚金戞玉之美者矣. 豈但止於此而已哉!"

17) 이에 관해서는 안병학의 「性理學的 思惟와 詩論의 展開 樣相」(『민족문화연구』 32집, 고려대 민족문화연구원, 1999)에 잘 나타나 있다.

과 왕을 정점으로 하는 성인의 이상적 정치가 자신의 시대에서 성취되었다는 긍정과 믿음이 기저에 깔려 있는 것이다. 그러나 서거정을 비롯한 당대 관각 문인들은 단순히 이러한 시대와 왕화(王化)를 찬미하는 것만이 아니라 왕이 성한 시운을 유지·보존하도록 권계하는 것 또한 소홀히 하지 않는다.

시운이 성할 때 군신간의 연회가 잦아지고 이 과정에서 다수의 응제시가 지어진다. 주지하듯 응제시는 공적인 자리에서 군주와 동료 문신들의 수작으로 지어지는 것이다. 까닭에 이를 짓는 사람은 왕의 덕을 찬미하거나 태평성세를 노래하는 것이 대부분이다. 이러한 장르적 속성으로 인해 과장된 기교와 호사적 취미 등으로 인해 아유문학적 성격을 지녔다는 평을 받기도 하며 내용보다는 형식에 치우친 한계를 노정하기도 한다. 서거정의 다음 글은 응제시문에 대한 관각 문인의 문학관을 잘 보여준다.

> 성인의 도는 높고 밝음이 하늘과 짝하고 넓고 두터움은 땅과 짝한다. 진실로 정교를 베풀고 언어 문장 사이에 드러나지 않는다면 어떻게 성인의 마음을 알겠는가? 지금 왕의 문장이 찬란히 밝게 빛나 하늘을 두려워하고 자신을 꾸짖는 정성스러움과 정사에 부지런히 힘쓰고 백성을 구휼하고자 하는 마음이 한 편의 글 속에 성하게 드러나 이것으로 하늘에 구하니 하늘이 감응하고 백성에게 베푸니 백성이 이 은택을 입게 되었다. 군신상하가 교제하는 사이에 밝게 시로 주고받는 기풍(氣風)이 있으니 성인의 넓고 깊은 마음이 천지와 더불어 간격이 없음을 여기에서 볼 수 있다.18)

성종 8년 정유년(丁酉年, 1477) 3월부터 4월 말까지 비가 오지 않자 왕이 근신(謹愼) 수성(修省)하며 군신들의 간언을 받아들여 기우제를 지낸다. 얼

----

18) 徐居正, 『四佳集』(『한국문집총간』 11) 文集 卷5 「應製喜雨詩幷序」, 262면. "聖人之
道, 高明配天, 博厚配地, 苟非發於政敎施爲言語文章之間, 何以知聖人之心乎? 今天
章燦爛, 宸翰昭回, 畏天責己之誠, 勤政恤民之心, 藹然於一篇, 以之求於天而天應, 施
於民而民澤, 上下交際之間, 有明良賡載之風, 聖人之溥博淵泉, 與天地無間者, 於是
可見矣."

마 후 비가 오자 왕은 기쁜 마음에 희우시(喜雨詩)를 지어 승정원에 보내고 관각의 신하들에게 화답하도록 하였다. 이 글은 그 시의 병서이다.

서거정은 관각의 문장을 으뜸으로 여겼으며 그 중에서도 군왕의 문장을 최고라 하였다. 성인 통치의 구체적 가시물로서의 성인의 문장은 그 시대 성쇠를 가늠할 수 있는 척도이며 인문의 정수라는 관점 때문이다. 이것은 문장 수준의 고하를 근거로 논하는 것이 아니라 도의 현실적 구현이라는 상징적 차원의 문제이다. 하늘의 도라는 추상을 해와 달 바람과 비라는 구체적 실체를 통해 감각할 수 있듯 성인(군왕)의 도 역시 정교나 문장 등의 인문을 통해 인식할 수 있으므로 군왕의 도를 잘 드러낸 문장이야말로 이 시대 최고의 문장이 되는 것이다. 성대에 국가적 편찬 사업에 참여하여 인문의 정수를 드러내는데 기여하였다는 훈구 관료의 자부심이 이를 통해서도 드러나는 것이다.[19]

조선 초기 문학 기능 가운데 가장 뚜렷이 부각된 것이 문장 화국의 기능이었다. 밖으로는 문운이 융성하다는 것을 보여주고 안으로는 왕의 덕치로 인한 태평 융성함을 칭송함으로써 당대가 성세임을 알리기 위함인데 이를 담당한 이들이 관각 문인이다. 관각이란 홍문관·예문관·춘추관·독서당·승문원 등의 기관을 통칭하는 것으로 서적관리와 왕의 정치에 대한 고문 역할, 왕명이나 외교문서의 작성, 경연과 과거시험, 유생의 교육 등을 주관한 기관[20]으로 업무 성격상 문학적 재능이 절대적으로 필요하였으므로 특별히 문학적 재능이 뛰어난 사람을 중심으로 선발하였다.[21] 관

---

19) 그 구체적 사례로『동문선』의 편찬을 꼽을 수 있다. 주지하듯『동문선』은 그 編纂主體인 15세기 후반 朝鮮王朝의 文學·文化의 主導層이자 政治의 主導層이기도 한 당시 勳舊官僚勢力의 價値觀을 위시한 일련의 思考樣態의 一面을 잘 集約해 보여준 책이다. 의례적 문장의 비중이 그 어떤 선문집보다 높은 것은 "詞理가 醇正해서 治敎에 도움이 있"다면 빠뜨리지 않고 선문집에 포함시켰던 훈구 관료의 문장화국관이 반영되었기 때문이다. 이는 李東歡의「『東文選』의 選文方向과 그 意味」(『震檀學報』56호, 1983)에 잘 나타나 있다.

20)『증보문헌비고』권220「직관고」7;『증보문헌비고』권221「직관고」8 참조

21) 김기림,「15·16세기 관각 문학 양상과 그 의미」,『우리 한문학사의 재조명』(이혜순

각 문인은 한 시대의 문풍을 주도하는 위치에 서 있었는데 사장이 성정(性情)을 다스리는 방편이자 관풍(觀風)의 수단이며 외교 문서에 있어 필수적이므로 조화롭고 태평한 세상을 노래하여 화평(和平)한 시대 풍기(風氣)가 드러나도록 글을 짓는 것을 으뜸으로 여겼다. 당대 문물제도의 정비에 참여하며 성대를 이룬 공에 대한 도저한 자부심과 세계에 대한 긍정과 낙관은 그들의 문장 풍격으로 하여금 고아(高雅), 우유(優裕), 부섬(富贍), 화미(華美)한 특성을 지니도록 하였다.22)

그러나 선초 대각의 문인들의 시문이 왕의 덕화를 찬미하고 태평성세만 노래한 것은 아니다. 오히려 군주가 치란지적(治亂之跡)·흥망지기(興亡之機)를 관찰하여 경의적 태도를 간직하며 국가 존립의 근거가 자신의 몸에 달려 있음을 한시도 잊어서는 안 된다는 권계를 강도 높게 하고 있다는 점을 주목하여야 할 것이다. 유교 이상 정치의 비전을 제시하고 왕에게 이를 준수할 것을 권계하는 것을 이 시대의 응제시에서 발견하리란 그리 어려운 일이 아니다.

양성지의 다음 시에서 이를 잘 볼 수 있다.

創垂固不易	창업이 진실로 쉬운 것은 아니나
持守尤爲難	이룬 것을 지키는 것이 더더욱 어려운 것
幸際明良會	다행스러운 것은 현명한 군주와 어진 신하 만난 것
都前莫暫閒	잠시도 여유 부려선 안 되리
天道體無私	천도에서 사심 없음 본받고
民心思不拂	민심을 동요되지 않게 할 것 생각하네
願言保終始	처음과 끝 한결같이 보존하여
萬世如一日	만세가 하루같기를23)

외편), 집문당, 1999.
 22) 申福浩, 「館閣 文學의 槪念과 그 類型 및 特性」, 『한국한문학연구』 30집, 한국한문학회, 2002.
 23) 梁誠之, 『訥齋集』(『한국문집총간』 9) 卷5 「奉和御製」, 358면.

당대를 성세라 여기지만 이를 이룬 왕에 대한 찬미가 이 시의 주된 부분이 아니다. 오히려 창업보다 어려운 수성을 위해 당대의 왕이 행하여야 할 치도의 방향을 제시하였다고 보아야 할 것이다. 왕의 칭송이나 아부에 그치지 않고 문면에 이상적 상황을 배치하여 왕이 지향해야 할 이상적 상황을 구체적으로 제시하였으니 도덕적 행위의 근거에 경을 두고 신하가 왕에게 경을 실천을 강조하는 것은 선초 응제시의 특징적 국면의 하나라 할 수 있다.

이렇듯 선초 관각 문인들의 응제 시문에는 태평성세의 융성한 기운과 이를 이룬 왕의 치적을 찬미하며 여기에 참여하여 공을 이룬 사대부들의 긍지와 자부가 두드러지며 융성한 시운을 유지보존하기 위한 왕의 근신과 인애(仁愛)를 권계도 잊지 않고 있음을 볼 수 있다.

4. 응제 누정기에 나타난 공간 인식과 심미의식

태종은 태조가 경복궁의 정전을 근정전으로 지은 뜻을 이어 군신상우의 실현으로 성대를 이루었음을 기념하기 위해 유덕하고 정치의 요체를 잘 아는 군신들을 모아 그들의 꾀를 듣고 도의를 강론할 공간으로 경회루를 짓는다. 경회(慶會)란 이름은 삼대(三代)의 군신상우(君臣相遇) 사례를 제시하면서 이것이 성대(聖代)의 기초가 되었음을 지적하며 후세에 길이 이어지기를 바라고 지은 것이다. 태종의 명을 받아 「경회루기」를 지은 하륜이 증개축의 과정과 누정의 구조를 서술하고 주변 경관을 묘사하면서 이를 임금이 선왕의 업을 이어 인재를 적재적소에 쓰며 그 덕화와 풍모를 퍼뜨리는 것에 비유한 것도 국가의 기틀을 잡아가던 시기 왕화의 전범을 제시한 것이라 하겠다.

　　성종은 즉위한 지 14년 되던 해에 정희왕후, 인수대왕비, 안순왕후를 위해 창경궁을 짓고, 이듬해 대제학 서거정에 명하여 전각당정 등의 이름을 짓게 하였는데, 통명전(通明殿) 북쪽에 정자 하나를 꾸미고 친히 환취정(環翠亭)이라 이름짓는다.[24] 그 후 군신들에게 「환취정기」를 지어 바치게 하였는데, 현전하는 네 편의 「환취정기」[25]는 조선왕조 문물제도 정비기에 국가 편찬 사업에서 주도적 역할을 수행하고 관각에서 성세를 노래하던 이들에 의해 지어진 것이다. 관각 문인의 전아하고 웅장한 풍격이 두드러지는 이 문장의 전반부에 묘사된 (누정을 휘감은) 푸른 빛은 만물이 생생하는 생명력을 비유하며 이 시대가 기운이 성한 치세임을 드러낸다. 성대를 이룬 임금이 정사의 여가에 쉴 공간을 필요로 하게 되었을 때 천지간의 기운이 이를 마련해주었다는 것이다. 후반부에 서술된 사시의 경치에 따라 왕이 지녀야 할 바른 마음가짐과 치세(治世)의 방안은 성세를 유지보존하기를 희구하는 신하들의 군왕에 대한 권계이며 당대를 성대로 여긴 관각 문인의 문장에서 가장 두드러진 심미의식이라 하겠다. 이것은 원말의 혼란기에 민중봉기의 우두머리에서 유가 통치 이념을 실현하는 제왕이 된 명 태조 주원장(朱元璋)의 명을 받아 쓴 송렴의 「열강루기」에도 동일한 양상으로 나타난다. 산천의 기운이 시대 기운에 응하여 훌륭한 경치로 드러나고 이를 본 제왕이 그에 걸맞는 누정을 세우게 된 것이니 이곳은 바로 성대의 의장이 되는 곳이고 왕은 여기에서 바라본 정경을 통해 덕치를 실현하고 이 성대를 유지하여야 한다는 것이다.

---

24) 『성종실록』 권168 15년 7월 5(기축)일 기사. 본고의 실록기사는 서울시스템에서 제작한 조선왕조실록 CD-ROM의 검색 결과를 토대로 한 것임.
25) 『한국문집총간』에 전하는 네 편의 작자는 서거정, 김종직, 홍귀달, 김흔이다.

1) 성대의 의장(儀仗), 휴식의 공간

누정의 대체적 용도는 주변 경관을 감상하면서 심신의 피로를 이완하고
자연에 내재한 이치를 발견하여 이를 인간사에 적용시키는 것이다. 그러
나 아무리 아름다운 경치가 주변에 있어도 이를 감상할 정신적 여유가 없
다면 유관지락을 누릴 수 없을 것이며 일상의 사소한 것도 그 속에 흥취
를 누리고자 하는 마음이 있다면 훌륭한 경관이 될 수 있다. 누정기에 건
립 동기에 '정통인화(政通人和)'란 표현이 가장 많이 등장하는 것도 이에 연
유한다.

> 대저 누정이 세워지는 것은 다만 경관의 아름다움만을 보려는 것이 아니다.
> 왕의 명을 받은 이(관리)를 존귀하게 하고 빈객을 접대하며 계절을 살피려는 것
> 이다. 하물며 군자가 쉴 곳을 마련하고 높고 탁 트인 곳을 두어 기가 답답하지
> 않고 뜻이 막힘이 없어 보고 듣는 것이 옹색하지 않게 함에 있어서랴! 그렇다
> 면 누정에서 바라보는 경관이 어찌 정사를 행하는 도구가 되지 않겠는가? 국가
> 가 흥성하고 태평스러움이 극에 달한 때를 당하여 관리들은 순종하고 백성들은
> 편안하며 나라는 평화롭고 오곡이 풍성하여 온 백성이 안도하고 사방은 걱정이
> 없으니 만약 누정에서 노닐며 아름다운 경치를 감상하며 즐기지 아니한다면 어
> 떻게 태평한 기상을 드러낼 수 있겠는가?[26]

세조 14년 변심(卞鐔)이 개령(開寧) 현감으로 부임한지 몇 달 되지 않아
정화(政化)가 크게 행해지고 공무의 번다함도 없으며, 연이은 풍년으로 고
을이 안정되었다. 공무의 여유를 누릴 수 있게 된 변심은 작은 누정을 짓
고 민생을 살피며 여민동락의 이상을 실현하고자 하였는데, 그가 누정을

---

26) 徐居正, 『四佳集』(『한국문집총간』 11) 文集 卷2 「開寧縣同樂亭記」, 212면. "夫樓觀
    亭榭之設, 非直爲觀美也, 所以尊王人, 接賓客, 察時候也. 況君子有游息之所, 高明之
    地, 使之氣不鬱而志不滯, 視不壅而聽不塞. 然則樓觀者, 又豈非爲政之具耶? 當國家
    隆泰之盛, 吏循民安, 時和歲豐, 百室按堵, 四境無虞, 若不亭榭遊觀爲樂, 何以形容大
    平之氣象乎?"

짓자 고을의 부로(父老)는 자기가 이곳에서 태어나 늙도록 이처럼 아름다
운 경치는 본 적이 없다면서 지금에야 절경을 드러내는 것을 보면 이 경
치를 누릴 만한 마땅한 사람이 이제야 나타났기 때문이라고 한다.27) 누정
에서의 유관지락(遊觀之樂)이 태평성대의 기상을 형용하는데 그 어떤 것보
다 유효하다는 논리는 산수를 즐기더라도 그 자체의 아름다움을 감상하는
차원을 넘어 그에 내재한 원리와 동인을 즐겨야 한다는 심미의식이 반영
된 것이다. 공무의 번다함이 없고 백성들이 풍년의 안온함을 구가한다면
관리의 역할은 다 한 셈이다. 오히려 정통인화의 유가 정치 이상이 실현되
었다는 것을 드러내기 위해서라도 정사유관지락(亭榭遊觀之樂)을 누려야 할
것인데, 주위의 절경이 더 해졌으니 성대의 의장이 이보다 더 뚜렷할 수는
없다.

　왕의 명에 의해 지어지는 누정은 자기의 과업에 대한 정당성 확보와 과
시가 주 요인으로 작용하게 된다. 까닭에 응제 누정기에서 왕이 경관이 빼
어난 곳에 누정을 짓게 된 것은 자기의 공업을 천지 자연이 긍정하였기
때문이라고 말한다. 곧 누정의 건립은 당대가 성대라는 것을 표상하는 것
이며, 응제 누정기를 짓는 문사들은 이를 긍정하고 찬미하며 후대에도 영
원할 수 있도록 왕의 선정을 권계하는 것이다.

　　금릉이 제왕의 도읍이 되어 육조시대(六朝時代 : 동진, 송, 제, 양, 진 등이
　　이곳에서 도읍을 하였음)부터 남당(南唐)시대에 이르기까지 대체로 한 곳에 치
　　우쳐 있어 산천의 왕기에 호응할 수 없었다. 우리 황제(명 나라 태조 주원장)가
　　이곳에 수도를 세우자 비로소 적당할 수 있게 되었다. 이로부터 황제의 교화가
　　미치는 곳이 남북이 따로 없게 되고 덕화가 태평스럽고 평화로워 도(道)와 하나
　　가 되니 비록 한 번 놀고 즐기는 것도 또한 천하 후세의 본보기가 될 것을 생
　　각하셨다. 경성(京城)의 서북쪽에 사자산(獅子山)이 있는데 노룡(盧龍)으로부터

---

27) 徐居正, 『四佳集』(『한국문집총간』 11) 文集 卷2 「開寧縣同樂亭記」, 212면. "鄕之父
　　老曰, 生於斯, 老於斯, 不知跬步之間, 有此奇勝. 今得侯而始闢, 豈非天地造物者, 慳
　　祕不洩, 以待侯今日耶?"

구불구불 흘러 내려왔으며 장강(長江)이 마치 무지개가 하늘에 걸린 듯 그 아래를 두르고 있었다. 왕께서 그곳의 경치가 빼어나게 아름답다고 하여 산 꼭대기에 누정을 세우도록 조서를 내리고 백성과 유관지락(游觀之樂)을 함께 하고자 하고 마침내 열강(閱江)이라는 아름다운 이름을 내려주셨다.

누대에 올라 주위를 바라볼 때 만물이 삼엄하게 늘어서 있으니 천 년을 신비스럽게 간직해온 경치가 하루아침에 우뚝 드러나니 어찌 천지가 만들어 놓고 천하를 통일할 임금을 기다려 천만 년의 위대한 경관을 보여준 것이 아니겠습니까?[28]

명 태조 주원장은 한(漢) 고조(高祖) 유방(劉邦)과 더불어 중국 역사상 가장 낮은 신분 출신의 황제이다. 그는 원 나라 말기 호주(濠州)를 근거로 발흥한 곽자흥(郭子興) 군대의 부장에서 출발하여 그의 사후 이 군대를 장악하여 홍건적(紅巾賊)의 총수가 된 후 금릉(金陵 : 南京)을 근거로 중국을 지배하는 지배자로 거듭난다. 본래 백련교도(白蓮敎徒)였던 그는 유기(劉基)와 송렴(1310~1381)의 영향을 받아 전통적 유교주의자로 변모[29]하게 되는데 황제로 등극한 후 송렴을 특히 신뢰하여[30] 대각의 문장 대부분을 그에게 맡긴다.

이 글은 명 초기 관각 문장의 으뜸이라 평가받았던 송렴이 명 태조의 명을 받아 지은 것이다. 송렴의 문장 가운데 가장 뛰어난 작품의 하나로 평가받는 이 작품은 산천왕기지설(山川王氣之說)에 기초하여 형승(形勝)이

---

28) 宋濂, 欽定四庫全書『文憲集』卷三「閱江樓記」. "金陵爲帝王之州, 自六朝迄於南唐, 類皆偏據一方, 無以應山川之王氣. 逮我皇帝, 定鼎於玆, 始足以當之. 由是聲敎所暨, 罔間朔南, 存神穆淸, 與道同體. 雖一豫一游, 亦思爲天下後世法. 京城之西北, 有獅子山, 自盧龍蜿蜒而來, 長江如虹貫, 蟠繞其下. 上以其地雄勝, 詔建樓於巓, 與民同游觀之樂. 遂錫嘉名爲閱江云. 登覽之頃, 萬象森列, 千載之祕, 一旦軒露, 豈非天造地設, 以俟大一統之君, 而開千萬世之偉觀者歟?"

29) 중국사연구실 편, 『중국역사』 하, 신서원, 1993, 208면.

30) 명 태조 주원장은 자신의 출신 결함으로 인한 시기심으로 네 차례의 옥을 통해 명 나라 건국에 중추적 역할을 했던 자신의 공신들은 자신의 권력에 위협이 된다고 생각하여 억울한 누명의 씌워 죽였다. 이로 인해 죽은 자들이 7만 여명이라고 한다. 전게서 217~219면 참조. 송렴이 명 태조의 신뢰를 얻게 된 일화는 그의 전기에 실려 전한다. 『明史』 卷128「宋濂傳」. "嘗與客飮, 帝密使人偵視, 翼日問濂, 昨飮酒否? 坐客爲誰? 饌何物? 濂具以實對. 笑曰'誠然. 卿不朕欺.'"

비로소 그에 합당한 대우를 받게 되었다고 하면서 이곳에 누정을 건립한 왕의 교화를 찬미한다. 곧 금릉을 도읍으로 삼았던 이전 왕조는 지역적 한계를 벗어나지 못하였으나 명 나라는 중국 대륙 전체를 통일한 왕조로 지역적 한계를 넘어섰을 뿐 아니라 산천에 서린 왕기에도 부합되었다고 한다. 산 정상에 세워지는 누정31)은 바로 온 천하 사람들에 군림한 왕자의 위엄이 되는 것이다. 천 년을 신비스럽게 간직해온 경치가 하루아침에 우뚝 드러난 것은 천지가 만들어 놓고 천하를 통일할 임금을 기다려 천만 년의 위대한 경관을 보여주었기 때문이니 명의 천하 통일이란 시운에 따른 순리이며 열강루에서 바라보는 절경(絶景)은 곧 성세의 의장(儀仗)이 된다는 것을 의미한다.

한편 천지와 사람이 일체이므로 사람이 중화(中和)의 도리를 다할 때 천지가 제자리를 잡아 안정되고 만물이 하늘로부터 부여받은 생명력을 제대로 발휘할 수 있다는 논리는 사대부들이 군왕의 도리를 권계하는 핵심 논리 중의 하나이다. 그리고 이를 잘 실현하는 사람에게 천지가 비장(秘藏)의 승경(勝景)을 발견하도록 한다고 한다. 이 논리에 의하면 승경은 누구에게나 발견되는 것이 아니고 "중화를 지극히 하면 천지가 자리잡히고 만물이 그 안에서 길러지게[致中和, 天地位焉, 萬物育焉]" 한 군자만이 발견하여 누릴 수 있는 것이 된다. 변계량의 「희우정기」에서 그러한 인식이 발견된다.

그런데 이 경내의 명승지는 천지가 생길 적부터 있었을 터인데, 어인 일로 유구한 세월 속에 숨겨져 있다가 오늘날 발견되었단 말인가? 아마도 효령군이 비록 명예와 부귀 속에 살아도 속세를 벗어난 유연(悠然)한 생각이 산악과 강호의 사이에 왕래하지 않은 적이 없었기 때문에 하늘과 땅의 신이 이것을 누리게

---

31) 왕이 산천의 아름다움을 보고 열강루란 이름을 지어주면서 누정 건립을 명하였다. 그러나 실제로 공사는 왕이 중단을 명하여 완결되지는 못하였다. 「又閱江樓記」有序. "今年(洪武七年)欲役囚者, 建閱江樓於獅子山. 自謀將興, 朝無入諫者, 柢期而上, 天垂象責朕以不急, 即日惶懼, 乃罷其工." 한편 『문연각사고전서』에 당시 왕명을 받은 신하들이 지은 「열강루기」가 몇 편 전한다.

하여 위로한 것이 아닌가 싶다.[32]

이 누정은 태종의 둘째 아들 효령대군(1396~1486)이 양화도(楊花渡) 동쪽 언덕에 건립한 것으로 누정의 명칭은 세종이 하사하였다. 소식(蘇軾)이 자신이 지은 정자의 이름을 희우정이라 한 것[33]처럼 세종이 농사의 상황을 보러왔을 때 비가 흡족하게 내리지 않은 것을 근심하자 때마침 비가 흡족하게 내리게 되어 그렇게 명명하였다고 한다.[34] 이 글에서 변계량은 왕이 성인의 학문을 닦아 '중화를 지극히'하여 '천지가 자리잡고, 만물이 길러지[天地位焉, 萬物育焉]'게 되었기에 그 은택을 하늘이 감응하여 백성들이 실질적으로 느끼도록 농사를 제대로 지을 비를 내려주었다고 한다.[35] 어진 임금이 들어서 훌륭한 정치를 베풀게 되자 천지도 감응하였다는 논리는 관각 문인들이 왕의 덕화를 찬미할 때 가장 상투적으로 사용하는 수법이다. 문장에 뛰어나 태종 세종 대 20여 년을 대제학을 맡았던 선초 대표적 관각 문인인 그는 세종 7년(1425)에 지은 경기체가 형식의 악장(樂章) 화산별곡(華山別曲)에서도 한양의 빼어난 경개(景槪)를 서술하면서 이 모든 것

---

32) 卞季良, 『春亭先生文集』(『한국문집총간』 8) 卷5 「喜雨亭記」, 71면. "抑斯境之勝, 自大塊剖判而始有, 何曠世伏匿之久, 而發朗於今日歟? 豈君侯身雖處乎聲名富貴之中, 而其悠然出塵之想, 未嘗不往來於邱壑江湖之間也? 故天公地媼, 以此餉之, 而有以慰之也."

33) 소식이 扶風을 다스릴 때 누정을 하나 지었는데 당시 비가 오지 않아 걱정하다가 누정이 완공될 즈음 농사짓기에 흡족한 비가 내려 이를 기념하기 위해 누정의 이름을 희우정이라 하였다.

34) 卞季良, 『春亭先生文集』(『한국문집총간』 8) 卷5 「喜雨亭記」, 71면. "君侯謂季良曰, 主上殿下夙駕省農, 迺幸此亭, 賜臣酒食若鞍馬. 時方播種, 而雨澤未洽, 酒半, 雨作霑然彌日, 賜亭名曰喜雨. 臣不勝感激, 思有以侈吾聖上之賜, 旣俾申副提學穚(원문의 오류. 檣이 맞음), 作喜雨亭三大字, 揭之屋壁間矣. 子其作文以記之."

35) 卞季良, 『春亭先生文集』(『한국문집총간』 8) 卷5 「喜雨亭記」, 같은 면. "恭惟主上殿下以天縱不世之資, 緝熙聖人之學, 以致中和之德, 以極位育之效焉者, 固蕩蕩乎無得而名矣. 今日之事, 特其見於一端者耳, 蓋我殿下憂民之心, 積於中者深矣. 一朝出郊, 省視耕農, 則惻然有悶雨之念, 不可遏者焉, 上天之感應, 曾不移晷, 其以是夫. 殿下深恩厚澤, 直與此雨, 流衍洋溢, 充塞兩間, 憂者喜而病者愈, 至於一草一木, 安敢有不遂其生生之性也哉? 喜雨而名之斯亭, 所以感天貺而不忘也."

이 어진 임금이 치세로 태평성대가 이루어졌기 때문이라고 왕의 덕화를 찬미하였다.36) 비록 대군의 명을 받아 지은 누정기이지만 누정이 성대의 의장임을 드러내며 기를 청탁한 대군보다 왕의 덕화를 찬미한 것은 대각 문인의 응제 누정기의 양식적 특징을 잘 보여준다고 하겠다.

성종에 이르러 문물제도의 정비를 위한 각종 편찬 사업이 마무리된다. 『경국대전』(성종 5년, 1469), 『대전속록』(동 23년, 1492), 『동국통감』(1485), 『신편 동국통감(新編東國通鑑)』,37) 『삼국사절요』(1476), 『오례의』와 『악학궤범』·『동 문선』(1478), 『동국여지승람』(1481)38) 등이 이 시기 대표적 편찬물인데 이를 주도한 서거정, 김종직 등은 각종 편찬 사업에만 참여한 것이 아니라 대각 에서 왕의 명을 받아 각종 문장을 두루 지었다. 성종의 명으로 지어진 이 글에서 김종직은 성종이 건국이래 진행된 일련의 문물제도 정비 사업을 완 성한 후 여유를 즐길 만한 상황이 되자 푸른 기운이 궁궐 주변을 휘감으며 아름다운 휴식 공간이 만들어졌다고 한다.

이 정자는 구문(九門)의 막힌 곳을 거쳐 육침(六寢)의 깊은 곳과 연하여, 그 윽하고 조용하고 한적하면서도 높고 탁 트이었다. 대체로 이 땅은 조종(祖宗)들 께서 별궁(別宮)을 두어온 이후로 상서(祥瑞)를 축적해 온 채 비장해 두고 발설 하지 않은 것이 거의 90여 년에 이르렀다. 그런데 마침 우리 전하께서 조종의 사업을 계승하는 시기를 만나서 급속하게 이루어냈으니, 이것이 어찌 기다린

---

36) 김명준, 『악장가사주해』「가사」상, 다운샘, 2004, 152면. 「화산별곡」"華山南 漢水北 朝鮮勝地 / 白玉京 黃金闕 平夷洞達 / 鳳峙龍翔 天作形勢 經緯陰陽 / 위 都邑ㅅ 景 긔 엇더ᄒ니 잇고 / 葉 太祖太宗 創業貽謀 / 위 持守ㅅ景 긔 엇더ᄒ니 잇고"

37) 『東國通鑑』의 편찬은 서거정을 비롯한 훈구파에 의해 주도되었으나, 史論은 김종직 의 문인이라 할 수 있는 崔溥, 表沿沫 등에 의해 이루어졌다. 까닭에 『동국통감』은 15 세기의 역사정리 위에 신진사림들의 역사의식이 보태진 것이라 할 수 있다(鄭求福, 「東 國通鑑에 대한 史學史的 考察」, 『韓國史研究』 21·22합집, 1978, 131~137면 참조).

38) 徐居正이 성종의 명을 받아 동 12년 4월 완성한 50권 분량의 것은 草藁本의 형태로 간행되지는 못하였으며, 동 16년 金宗直이 발문을 쓴 55권 분량의 제1차 修撰本 『東國 輿地勝覽』이 간행되었다. 현전하는 『新增東國輿地勝覽』에 두 사람의 서문이 모두 실 려 있다. 홍성욱, 「『新增東國輿地勝覽』 全羅道條 所載 詩文 研究―金宗直 全羅道 觀 察使 時期 詩文과 比較를 中心으로」, 『東方漢文學』 26집, 동방한문학회, 2004 참조.

바가 있어 그렇게 된 것이 아니겠는가. 전하께서 퇴조하여 한가한 여가에는 이 따금 옥지(玉趾)를 펴서 올라가시되, 법궁(法宮)의 의장을 일체 물리치고서, 하 후(夏后)의 옷39)을 입고 광무(光武)의 두건을 벗은 채로40) 정신을 맑고 편안하 게 하여 도와 서로 접하고 있다.41)

환취정은 창경궁의 후원에 세워진 정자이다. 정궁(正宮)인 경복궁과 이 궁(離宮)인 창덕궁(昌德宮)에 이어 별궁으로 지어진 이곳은 선왕의 왕비들이 왕과 함께 거처하는 것을 불편하게 여겨 궁궐 밖에 따로 침전을 만들기 위해 지은 것이다. 본래 왕의 문안을 받아야 하는 처지이기에 대비의 침전 이 왕궁 안에 있어야 하지만 성종 대에는 할아버지인 세조(世祖)의 비[貞熹 王后]와 삼촌인 예종(睿宗)의 계비[安順王后], 생모인 덕종(德宗)의 비[昭惠王 后]가 계셨기에 이들을 모시기 위해 세종이 태종을 위해 지었던 수강궁(壽 康宮)을 수리하여 성종 14년에 낙성시켰던 것이다.

왕위에 오른 지 7년만에 세조의 비인 정희왕후의 수렴청정(垂簾聽政)에 서 벗어나 친정(親政)을 시작한 성종에게 있어 창경궁의 건립은 자신이 원 하는 방식으로 국정을 운영할 수 있다는 자신감의 표현이다. 특히 왕권과 신권의 갈등을 극복하고 왕의 권위를 회복한 군주로써 누정을 건립하고 관각 문인들에게 누정을 짓도록 명한 것은 왕의 권위와 위엄을 드러내기 에 매우 효과적이었다고 하겠다. 그리고 관각의 여러 신하들의 문장 가운 데에서 당대 최고의 문장이라 할 수 있는 서거정의 기문을 걸지 않고 김 종직의 기문을 편액으로 걸어놓은 것은 사림파를 통해 훈구파를 견제하려

---

39) 夏禹氏는 항상 衣食을 소박하게 하고 祭祀에 정성을 다했음. 왕의 검소한 威儀를 의 미한다.
40) 後漢 광무제가 마원을 맞이할 때 두건을 벗은 채로 마원을 맞이함. 곧 왕의 위의를 갖 추지 않음을 비유.
41) 金宗直,『佔畢齋集』文集 卷2「環翠亭記」, 428면. "是亭也, 歷九閑之阻, 聯六寢之 邃, 幽靚寥閴, 高明爽塏, 蓋其地, 自祖宗置離宮以來, 儲祥畜祉, 祕而不發, 幾至九十 餘年, 適遇我殿下堂構之秋, 而倏然有成, 豈非有所待而然耶? 退朝淸讌之餘, 往往布 玉趾以登, 法宮之仗, 一切屏去, 服夏后之衣, 岸光武之幘, 怡神澄慮, 與道爲謀."

는 성종의 정국 운영 의도도 담겨 있는 것이다. 이 글을 통해 김종직은 성종이 조종의 사업을 잘 계승하게 되자 건국 이래 상서를 축적하며 비장된 '그윽하고 조용하고 한적하면서도 높고 탁 트인[幽艶寥闃, 高明爽塏]' 승지가 비로소 모습을 나타냈다고 한다. 서거정의 「환취정기」처럼 엄정한 대구 속에 전아한 문장 표현을 쓰지 않았으나 이 공간이 성대의 의장임을 뚜렷이 밝히고 있다.

한편 서거정은 성대의 의장으로서의 누정보다 휴식공간으로서의 누정에 더 큰 의미를 부여한다. 관각의 문장에서 두드러지는 대우(對偶)와 병려(騈儷)를 사용하여 문장 기식(氣息)을 정연하게 하였으며 그러면서도 우유(優裕) 부섬(富贍)한 풍격이 잘 나타나는 이 글에서 서거정은 경관 묘사를 통해 당대의 상승하는 이미지를 그려낸다.

저 정자를 보니 산천의 영묘하고 빼어난 기운이 서려 아름다운 경치를 만들어 낸 곳에 자리잡고 천지가 도와주는 기운을 받아 궁궐 안에 우뚝 솟아 있다. 북으로 북한산이 솟아 있고 남으로 남산이 우뚝 서 있으며 오른쪽으로 화악(華嶽)을 왼쪽으로 화개(華蓋)를 두었으며 앞에는 연못이 있고 뒤에는 삼나무와 회나무가 심어져 있어 푸른빛을 모으고 벽색을 휘감으며 쪽빛이 떠 있고 검푸른 빛이 날아다니는 듯 하니 정자를 둘러싼 것이 모두 푸른색이다. 봄날의 안개와 눈 위에 뜬 달, 아침의 이내와 저녁의 자욱한 구름으로 기상이 천만 번 바뀌니 한두 마디 말로 형용할 수 없다. 그러나 정자를 세운 것은 단지 외관의 아름다움만 보고자 한 것이 아니다. 때맞춰 경관을 감상하며 노닐고 피로한 몸을 적절하게 쉬게 하여 우울한 마음을 트이게 하고 답답한 가슴을 화창하게 하고자 한 것이니 한 사람(군주)이 와서 노닐며 쉬는 곳이다.42)

42) 徐居正,『四佳集』文集 卷3 「環翠亭記」, 229면. "觀夫亭, 據坤靈形勝之地, 鍾天地扶輿之氣, 巋然出於禁苑之中. 三峯聳北, 終山峙南, 右華嶽而左華蓋, 前池沼而後杉檜, 攢靑繚碧, 浮藍飛黛, 環其亭皆翠也. 煙雲雪月, 朝嵐夕霏, 氣象千萬, 不可以一二形容者矣. 然亭之設, 非直爲觀美, 所以時觀遊而節勞佚, 宣其鬱而洩其滯, 乃一人游焉息焉之地也."

이 누정은 천지부여지기(天地扶輿之氣)가 곤영(坤靈)이 만든 형승지지(形勝之地)에 서려 있는 곳으로 이 나라의 가장 중심되는 곳에 자리잡고 있다. 이곳을 둘러싸고 있는 청색은 건도(乾道)에서는 만물을 생생하는 원을[元], 오행에서는 인의[仁] 덕의 표상이다. 주지하듯 원은 만물의 시초이자 천도가 행하는 까닭[所以然]이다.43) 인 역시 만물을 낳아 기르는 덕이다.44) 천지 간의 모든 존재(생명체)는 이 덕에 기초하여 태어나고 자라는 것이다. 왕의 누정을 푸른색이 휘감고 있다는 것은 그가 유가의 이상인 인정을 실현하였다는 것이며, 이는 당대가 생생지기(生生之氣)가 성장하듯 국운이 상승하는 성대임을 암시한다.

왕이 경관을 감상하면서 적절한 휴식을 취하는 것은 이장지도(弛張之道)에 근거한 통치 방식의 하나이다.45) 온 백성의 어버이인 왕은 종사(宗社)의 안위와 민생의 휴척(休戚)이 그에게 달려 있으므로 아무리 돌보아야 할 정사가 많더라도 건강을 상하는 지경에 이르러서는 안 된다. 그러므로 지금과 같은 성세에 굳이 왕이 몸의 피로도 제대로 풀지 못하고 우울하고 답답한 마음을 소통시키지도 못할 정도로 정사에 골몰할 필요가 없다는 것이다. 만약 이 글을 지을 때가 왕조의 창업기이거나 쇠퇴기라면 이와 같은 표현은 쉽게 나오지 못할 것이다.

---

43) 周敦頤, 『通書』, "大哉! 乾元. 萬物資始, 誠之源也. 乾道變化, 各正性命, 誠斯立焉, 純粹至善者也."

44) 朱熹, 『性理大全』「仁」. "天地 以生物爲心者也, 而人物之生, 又各得夫天地之心, 以爲心者也."

45) 김종직의 「환취정기」에 "記曰, 張而不弛, 文武不能也, 弛而不張, 文武不爲也. 然則一弛一張之具, 亦所不廢"라 하여 긴장과 이완이 적절하게 조화를 이루어야 정사가 원활히 이루어진다고 하였으며 그의 문하에서 수학하였던 金訢이 쓴 「환취정기」(『顔樂堂集』(『한국문집총간』 15) 卷2, 245면)에서도 "今我殿下之登斯亭也, 發舒精神, 從容禮法, 以弛張文武之道, 而游豫爲度, 宴安爲戒, 覽物興感, 無不寓其仁愛之意, 而布德施澤, 使斯民, 咸囿於熙熙皥皥之域, 而不知帝力之我加者"라 하여 적절한 긴장과 이완으로 백성들을 仁愛하여 堯舜 시대의 백성이 되도록 한다고 하였다.

2) 인정에 대한 마음을 일으키고 베푸는[覽物興懷, 發政施仁] 공간

누정은 기본적으로 빼어난 경치를 감상할 수 있는 곳에 세워진다. 그러나 설사 그 목적이나 용도로 지어졌다고 해도 타인의 청탁을 받아 누정기를 쓰는 사람은 누정 경영에 대한 칭도와 권계를 하지 않을 수 없다. 잡기류 내의 다른 문체보다 의론이 많은 비중을 차지하는 것은 이러한 양식적 특질에 근거하는데 관각 문인이 왕의 명을 받아 기를 쓰게 될 경우 왕의 덕화를 찬미하거나 성대를 유지하도록 권계하는 말을 할애(割愛)할 수는 없게 된다.

날씨가 맑고 좋을 때를 만나 임금의 수레가 행차하여 산꼭대기에 올라 난간에 기대어 멀리 바라보니 아득히 먼 곳을 생각하는 마음이 일어날 것입니다. 강물이 바다로 흘러들어가고 제후가 직무를 보고하러 오며 성이 높이 솟아 있고 해자(垓字)가 깊이 파여 있으며 궁궐이 삼엄하고도 견고한 것을 보고는 '이것은 내가 바람에 머리 빗고 빗물에 머리 감으며 싸움에 이겨 공을 취하여 얻는 것이다'라 말하시니 넓은 중국의 백성을 어떻게 잘 보살필까를 생각하실 것입니다. 호탕하게 파도치고 돛단배가 강을 오르락내리락하며 (사방의 제후들이) 번갈아 배를 정박시키고 쉬지 않고 오가며 조정에 오며 남쪽의 귀한 보배가 연이어 조공으로 들어오는 것을 보고는 '이것은 내가 (천하를) 덕으로 편안하게 하고 위엄으로 복종시켜 내외에 미쳤기 때문이다'라 말하시니 사방 멀리 있는 오랑캐도 어떻게 하면 잘 회유할 수 있을까를 생각하십니다. 강의 양쪽 기슭 사방의 교외에서 살갗이 검게 그을리고 발이 부릅트도록 부지런히 일하는 농부와 뽕잎을 따고 들밥을 머리에 이고 부지런히 다니는 아낙을 보고는 '이는 내가 고통에서 벗어나 편안하게 쉴 곳으로 오르게 해야 할 것이다'라 말하실 것이니 온 백성을 어떻게 하면 편안하게 할까 생각하십니다. 일에 당하여 미루어 생각하시는 것이 하나에 만족하지 아니하시니 저는 이 누대가 세워진 것이 황제께서 마음을 펴서 만물로 인해 감회를 일으키니 나라를 다스리는 생각을 하지 않음이 없으니 어찌 다만 저 장강만 바라보는 데 그치겠습니까?46)

---

46) 宋濂, 欽定四庫全書『文憲集』卷三「閱江樓記」. "當風日清美, 法駕幸臨, 升其崇

범중엄의 「악양루기」를 사대부 누정기의 전범이라 일컫는 것은 경물을 바라보며 촉발되는 감정에 아랑곳하지 않고 항상 사대부의 도리를 지니고 있었기 때문이다. 곧 유가의 충군애민의식을 도출하여, 사대부 누정 경영의 전범을 제시하면서 귀결시킨 이 글은 사대부가 외물을 대하는 지남(指南)을 제시하였다는 데 의의가 있다.

명 태조의 명을 받아 지은 이 글에서 송렴은 왕이 누정에 올랐을 때의 상황을 가상으로 설정하고 그때 보게 될 경물을 통해 어떠한 생각을 해야 하는가를 제시한다. 넓은 중원의 통치, 사방 국가와의 선린 외교, 백성들의 안정적 지배로 요약될 이 권계는 건국 초기 명 태조가 급선무로 삼을 과제라 할 수 있다. 송렴은 태조에게 유연히 흘러가는 장강이 마침내 바다로 흘러가듯 온 백성이 천자인 자신에게로 귀의하도록 할 것을 생각해야 한다고 말한다. 남경을 도읍으로 일으킨 명 왕조를 어떻게 하면 중원을 아우르는 통일 왕조로 만들어 전제 군주의 권위를 회복할 것인가 하는 문제는 그에게 있어 매우 심각한 것이었다. 어린도책(魚鱗圖冊)을 만들고 이갑제(里甲制)를 실시하면서 향촌에 대한 지배력을 강화한 것도 이 때문이었다. 상선(商船)이 강 위를 부지런히 오가면서 물건을 내리듯 사방의 오랑캐들이 자신에게 조공 오도록 선린외교(善隣外交) 정책을 수립하는 것도 중요한 과제였다. 반란군의 부장에서 출발하여 천하를 평정하는 위업을 달성하긴 하였지만 왕조 초기 이민족에 대한 확고한 지배를 수립하지 못하고 이 때문에 명 태조 주원장에게 이민족의 효율적 통치는 매우 중요한 문제였다. 송렴이 제기한 것도 열강루에서 바라본 경물을 통해 이들을 어떻게 회유

椒, 凭欄遙矚, 必悠然而動遐思. 見江漢之朝宗, 諸侯之述職, 城池之高深, 關阨之嚴固, 必曰, '此朕櫛風沐雨・戰勝攻取之所致也.' 中夏之廣, 益思有以保之. 見波濤之浩蕩, 風帆之下上, 番舶接跡而來庭, 蠻琛聯肩而入貢, 必曰, '此朕德綏威服, 覃及外內之所及也.' 四夷之遠, 益思有以柔之. 見兩岸之間, 四郊之上, 耕人有炙膚皴足之煩, 農女有捋桑行饁之勤, 必曰, '此朕拔諸水火, 而登於衽席者也.' 萬方之民, 益思有以安之. 觸類而推, 不一而足. 臣知斯樓之建, 皇上所以發舒精神, 因物興感, 無不寓其致治之思, 奚止闊夫長江而已哉?"

하여 명의 지배 아래에 둘 것인지를 고민하라고 하는 것이다.

관리가 교외에 누정을 세우는 것은 단순히 경물을 감상하기 위한 것이 아니라 민생을 살펴 안정시키려는 의도가 내재되어 있다. 민생 안정 없는 성세는 존재할 수 없고 자신의 유관지락의 근거도 바로 여기에 기초하기 때문이다. 송렴이 왕에 대한 권계에서 마지막으로 지적한 것은 민생안정이다. 명 태조는 절대 빈곤으로 가족 해체의 경험을 갖고 있었기에 농민의 질곡에 대한 인식과 애정은 그 어떤 군주보다도 확실하고 돈독하였다. 특히 원 말기 가혹한 수탈과 장기간의 전란으로 인한 민생의 피폐가 극에 달한 상황에서 이 상태가 지속될 경우 민중의 에네르기가 어떠한 방식으로 표출될지를 경험으로 알고 있는 명 태조에게 있어 농촌 부흥과 경제 안정은 시급한 당면과제였다. 송렴 역시 이에 대한 인식을 뚜렷하게 하고 있었기에 애민의식을 가져야 한다는 권계가 수사가 아닌 실질적 과제로서 의미를 갖게 되는 것이다. 만물로 인해 감회를 일으키고 이를 나라를 다스리는데 적용할 때 비로소 유관지락의 의의가 이루어지는 것이다. 누정이 성세의 의장이라 해도 이를 유지하기 위해서는 단순히 경물만 바라보아서는 안 되며 개개 상황에 직면하여 이를 정사와 연관시킬 수 있는 마음가짐을 지니고 있어야 한다고 한다.

김종직은 「환취정기」에서 사시의 경관 변화에 따라 왕이 어떠한 애민의식을 지녀야 하는가를 서술한다.

> 그리고 봄날이 화창하여 초목의 꽃이 활짝 핀 때에 이르러서는 천지가 만물을 낳고 기르는 인을 느끼어 "노쇠한 병자나 홀아비와 과부들을 어떻게 하면 굶주리지 않게 할까?" 하시고, 훈풍(薰風)이 남쪽에서 불어오고 뜨거운 햇볕이 하늘을 불태울 적에는 순(舜)임금이 거문고를 타며 불렀던 남풍시47)를 읊으면서 "골짜기 가득한 맑은 그늘을 어떻게 하면 고루 베풀어 줄까?" 하시며, 가을

---

47) 『孔子家語』「辯樂解」를 보면 옛날에 舜 임금이 五弦琴을 타며 南風詩를 지었는데 그 詩에 "南風之薰兮, 可以解吾民之慍兮. 南風之時兮, 可以阜吾民之財兮"란 구절이 있다고 한다.

이 되어 단풍이 들고 오곡이 무르익을 때에는 "우리 백성의 십일세(什一稅) 거두는 것을 제도를 초과해서는 안 된다" 하시고, 눈이 하얗게 내리고 엄한 추위가 갖옷을 엄습할 때에는 "우리 백성의 트고 갈라진 살결을 더 이상 힘들게 해서는 안 된다"고 하신다. 무릇 사시의 경치가 성상의 눈을 한 번 거치면 모두 취하여 정사를 발하고 인을 베푸는[發政施仁] 자료로 삼으신다.48)

사시의 경치에 따라 왕이 어떤 생각을 해야 하는가를 간접 화법을 통해 제시한 이 글은 계절마다 민생에게 직결된 문제를 구체적이고 실질적 방식으로 해결하도록 설정되어 있다. 훈구 관료 출신인 서거정과 달리 재지 사족 출신인 김종직은 일상에서 농민의 어려움을 직접 목도하였으며 오랜 지방관 생활로 민생의 고충에 대해 구체적 이해를 하고 있었다. 이 점이 관각의 문인이란 같은 자격으로 환취정이란 같은 대상을 통해 왕의 덕화를 찬미하고 성대의 의장을 드러내며 왕에 대한 권계를 하면서도 내용 양상에서 차이를 드러내게 되는 요인이다.

김종직이 모친상을 마치고 홍문관응교지제교겸경연시강관춘추관편수관(弘文館應敎知製敎兼經筵侍講官春秋館編修官)의 직책을 맡아 중앙으로 들어오기 전의 대부분은 모친 봉양을 이유로 함양군수와 선산부사로 보냈다. 이 글을 지을 때 성종은 김종직의 제자를 언관(言官)에 적극 진출시키면서 훈구 관료를 견제하였으며 당시 김종직은 승정원좌부승지(承政院左副承旨), 도승지(都承旨, 8월), 이조참판(吏曹參判, 10월)을 맡았었다. 그러므로 「환취정기」는 그가 왕의 신임을 받으며 자신의 정치 이상을 적극적으로 드러내던 시기의 대표적 작품이라 할 수 있다.

성종 12, 13년 전국적인 한발로 왕은 일반 사들에게까지 구황대책을 내

---

48) 金宗直, 『佔畢齋集』文集 卷2 「環翠亭記」, 428면. "至若靑陽和暢, 草木敷榮, 則感乾坤生物之仁, 而疲癃鰥寡, 何以無飢? 薰風南來, 畏景爍空, 則詠帝舜解慍之操, 而滿壑淸陰, 何以均施? 黃落在侯, 萬寶告成, 則曰, 吾民什一之斂, 不可過制也. 滕六屑瓊, 冱氣襲裘, 則曰, 吾民皸瘃之肌, 不可更勞也. 凡四時之景, 一經于宸眼者, 皆取以爲發政施仁之資."

도록 하고,49) 자신의 한끼 식사를 줄이도록 명함과 아울러 조정의 신하들의 녹봉을 감한다. 아울러 구언책(求言策)을 내도록 하여 인재가 제대로 등용되지 않아서인지, 송사(訟事)가 잘 다스려지지 아니하여 원귀(寃鬼)가 화기(和氣)를 어그러뜨렸는지 등 각각의 신하들이 자연재해를 타개할 방법을 곡진하게 아뢰게 한다. 왕이 이처럼 민생 안정을 위한 구체적이고 실질적 노력을 기울이는 것을 본 김종직은 자신이 경험한 사실을 토대로 왕이 환취정에 나아가 휴식할 때 계절의 추이에 따라 보게 되는 경물을 통해 민생 안정을 위해 지녀야 할 생각을 권계한다. 그러나 가상의 상황이지만 매우 구체적으로 설정된 이 서술은 서거정의 「환취정기」에 나타난 것과 같은 관념적 용어의 서술이 아니기에 실제 정치에 적용시킬 수 있는 구체적 방안의 제시로 드러나고 있는 것이다.

왕의 눈에 들어오는 자연 경관은 단순한 취미한 형승의 차원을 넘어 그것을 보고 느끼는 과정에서 덕치를 펴는 바탕으로 삼아야 한다. 누정 주위의 모습이 비록 아름답기는 하나 왕은 이러한 자연 경관의 아름다움을 감상하는 차원에 머물러서는 안 되고 이 속에서 우주 주연의 이치를 발견하고 계절의 추이에 따라 변모되는 인간사를 떠올리며 이 속에서 발생할 수 있는 백성의 질곡(桎梏)을 타개할 계책을 마련해야 한다고 김종직은 말한다. 물론 이러한 간언(諫言)을 할 수 있게 된 것은 성종의 애민의식에 대한 신뢰와 그가 자신의 의견을 기탄 없이 개진할 수 있는 여건이 성숙되었음을 의미하는 것이기도 하다.

봄이 지닌 활기찬 생명력을 보고는 제대로 양육받지 못하는 사람의 고통을 덜어줄 방안을 마련하고, 순임금이 해온의 곡조로 무더위에 고통받는 백성을 위로한 것처럼 무더위에 고생할 백성을 위해 서늘한 바람을 불어주고 싶어하는 마음을 일으킨다. 농사를 지어도 세금으로 착취당해 왕의 은택을 실질적으로 입지 못하는 것을 염려하여 정해진 한도 내에서 징

---

49) 『성종실록』 권129 '12년 5월 27(신축)일 成均館進士 李績의 上疏' 기사 참조

수하도록 한다. 추운 겨울 날씨를 보고는 백성들이 따뜻하게 옷을 입어야
할 것이라고 막연하게 생각하는 것이 아니라 추운 날씨에 일하느라 손이
얼고 트는 상황을 떠올리며 그렇게 되도록 노역을 시키지 말 것을 명한다
고 한다. 간접 화법을 통해 왕이 직접 그러한 발상을 하고 군신들에게 명
하는 것처럼 서술함으로써 "사시(四時)의 경치가 성상의 눈을 한 번 거칠
때마다 정사를 발하고 인을 베푸는[發政施仁] 자료가 된다"는 서술이 실질
적 효력을 지니게 되었다. 엄정한 대우 속에 균제미가 두드러지도록 서술
하며 각 계절의 경관에 따라 왕이 보이는 발정시인의 양태는 산문체 서술
을 통해 주의를 환기시키며 주제의식을 부각시키는 데 기여한다.

　　누정의 아름다운 경치는 사시에 있으니 사시의 기가 다르니 성인은 원형리정
(元亨利貞)의 덕을 갖추고 인의예지(仁義禮智)의 성(性)을 온전히 하여 사시에
따라 사덕(四德)을 펼친다. 봄날 아늑하고 따뜻할 때 농사짓는 어려움을 생각하
여 백성들의 먹을 것을 넉넉하게 할 것을 생각한다. 남풍이 불어 백성들의 짜
증을 풀어주어야 할 때엔 만물이 잘 자라는 것을 보고 백성들의 재물을 넉넉하
게 할 것을 생각한다. 가을걷이 할 때엔 백성들이 넉넉하지 못할까 생각하여
도와줄 것을 생각한다. 한 겨울이 되면 백성들이 얼어죽을까 생각하며 그들의
옷을 입힐 것을 생각한다. 사시의 기가 하나의 정자에 흐름에 사덕의 쓰임이
백성에 베풀어진다. 하물며 백성은 우리 동포며 만물도 나와 한 편이니 어버이
를 친히 여기고 백성들을 인으로 대하며 백성들을 인으로 대하며 만물을 사랑
한다. 무릇 온 천하에 만물이 많고 많은데 저마다의 모습과 색깔을 가진 것이
어떤 것은 물 속에 살고 어떤 것은 땅 위를 뛰어다니며 어떤 것은 무성하고 어
떤 것은 파리하나 모두가 성인의 신령스런 조화 속에서 노닐며 각각 부여받은
본성을 이루어간다. 하나의 정자 안에 저절로 천지가 자리잡고 만물이 길러지
며 성인의 능사가 이루어진다.50)

---

50) 徐居正, 『四佳集』 文集 卷3 「環翠亭記」, 229면. "且亭之勝在四時, 而四時之氣不同,
　　聖人備元亨利貞之德, 全仁義禮智之性, 順四時而布四德. 當春陽和煦之時, 念稼穡之
　　艱難, 則思所以足民食也. 及南薰解慍之日, 見萬物之長養, 則思所以阜民財也. 當秋
　　斂而念民之不給, 則思所以助之, 當祈寒而念民之凍餒, 則思所以衣之. 四時之氣, 流
　　行於一亭, 而四德之用, 覃及於萬姓. 況民吾同胞, 物吾與也, 則思所以親親而仁民, 仁

사시의 경치를 보고 인정을 발하기를 기대하면서 의론을 전개하는 것은 김종직의 「환취정기」와 같다. 그러나 구체적이라기보다 관념적 경향이 강하다. 이는 문두에서 사시가 사덕에 빗대어 서술되고 이것이 다시 원형리정과 인의예지 등의 형이상학적 관념어를 통해 왕의 은택을 백성들에게 베풀어지는 것이 서술된다. 만물이 하늘로부터 부여받은 본성을 이루는 것도 왕의 은택이 만물에 두루 미쳤기 때문이라고 한다. 왕의 덕화 안에 만물이 자신이 품부(稟賦)받은 바를 이룬다는 것은 태평한 시대의 상승하는 기운을 받아 그 안에서 여유와 한가로움을 느끼던 관각 문인의 조화로운 세계관이 반영된 것이다.

서거정은 사시의 경물 변화에 따라 왕이 행하여야 정치에 대해 관심을 갖기보다는 우주에 존재하는 모든 존재들이 나와 같은 덕을 지니고 있고 이것이 성인의 교화 속에 이루어진다고 하여 성대를 이룬 군왕의 덕화를 찬미하는 관각 문인의 의식을 드러내 보인다. 여기에서 누정은 하나의 소우주이며 임금은 이곳에서 우주의 조화를 보아 살피고, 인간 세계에 실현함으로써 성인의 능사를 완성한다고 한다.

형식적으로는 앞에서 환취정의 경치를 묘사하는 데 있어 한 구절의 자수를 전반부를 길게 한 후 점차 줄여나간 것처럼 이 부분도 동일한 수법을 사용하고 있으며, 엄정한 대우 속에 균제미가 두드러지고 또한 글자 수뿐만 아니라 통사구조도 엄격한 대를 이루며 서술하고 있다.

3) 자신을 수양하고 휴식을 취하는[澡身浴德遊息] 전범의 공간

제선왕(齊宣王)이 맹자에게 자신의 동산이 사방 사십 리이나 백성들이 오히려 넓다고 하고 문왕의 동산은 사방 칠십 리이나 오히려 넓다는 말을

民而愛物. 凡窮壤之間, 萬物職職, 自形自色, 或潛或躍, 日榮日悴者, 皆囿於聖神功化之中, 各遂其性. 一亭之內, 自然天地位, 萬物育, 聖人之能事畢矣."

하지 않은 이유에 대해 묻자 맹자는 백성과 함께 누리면 아무리 넓어도 백성은 그렇게 생각하지 않는다고 대답한다.51) 중요한 것은 휴식의 공간을 어떻게 운용하느냐이지 규모의 문제가 아니다. 성대의 의장으로 공무의 여가에 휴식을 취할 공간으로 만들어진 누정은 군주가 그곳에서 쉬면서도 백성을 사랑하는 마음을 일으켜 정치에 반영시킬 것을 도모할 때 비로소 누정 경영의 진정한 의미가 획득된다고 보았다. 여민동락의 의리 실현과 소박한 휴식, 질박한 누정의 규모와 외양을 강조하며 자연의 영고성쇠를 통해 왕조의 흥망성쇠를 유추하도록 권계하는 것은 거안사위(居安思危)의 자세를 견지하여 아무리 당대가 시운이 흥성한 때라 하여도 절용애민(節用愛民)하여 흥성한 기운이 오랫동안 유지되기를 바라기 때문이다.

아아! 임금이 안에 구중궁궐을 웅장하게 짓고 거처할 심궁과 조회를 볼 정전을 두었으니 정자와 연못[臺亭池榭] 등은 동산의 장관을 화려하게 하고 놀이를 거창하게 하는데 불과할 뿐입니다. 그것을 둔 들 정치에 무슨 보탬이 되겠으며 없앤들 나라에 무슨 손해가 있겠습니까? 그러나 옛날의 명군이 이것으로 계절의 변화를 점치고 길흉의 조짐을 살폈으니 백성을 위한 것이지 자신을 위한 것이 아니었습니다. 까닭에 영대(靈臺)가 지어지자 문왕이 흥하였던 것입니다. 훗날의 어리석은 임금들은 이것으로 자신의 호사스러움을 극진히 했으니 처마와 기둥을 옥으로 장식하고 화조(花鳥)를 완상하느라 정신을 빼앗기고 술 마시며 시 읊고 음악을 연주하게 하는데 정을 쏟아부으며 아름다운 경치를 즐기느라 집으로 돌아갈 것도 잊고 놀이에 빠져 정사에 게으르고 오만하니 자신을 위한 것이요 백성을 위한 것이 아니었습니다. 까닭에 수 나라는 응벽지(凝碧池), 낭풍원(閬風苑)52) 때문에 망했고 당 나라는 침향정(沈香亭), 태액정(太液亭) 때문에 쇠퇴하였던 것입니다. 하나의 작은 정자로도 흥망성쇠와 정치의 득

---

51) 『孟子』卷2「梁惠王」下, 齊宣王問曰, "文王之囿, 方七十里有諸?" 孟子對曰, "於傳有之." 曰, "若是其大乎?" 曰, "民猶以爲小也." 曰, "寡人之囿, 方四十里, 民猶以爲大何也?" 曰, "文王之囿, 方七十里, 芻蕘者往焉, 雉兎者往焉, 與民同之, 民以爲小, 不亦宜乎?"

52) 凝碧池, 閬風苑은 문맥에 의하면 수 나라의 연못과 정원으로 되어 있으나, 실은 당 나라 때의 궁궐에 둔 연못이고, 정원이다.

실이 이와 같이 나타나니 두려워하지 않을 수 있겠습니까? 성상(聖上)이 한 번 노닐고 쉬는 것이 천시를 따르고 민사를 생각하지 않음이 없다면 이는 곧 주문왕이 동산의 즐거움을 백성과 함께 하고자 했던 마음일 것입니다. 그러나 제가 정성스럽고 간절하게 고금득실(古今得失)로 권계한 까닭은 진실로 정자가 임금의 마음을 사치스럽게 하기 쉽고 노니는 것이 임금의 뜻을 방탕하게 만들 수 있기 때문입니다. 진실로 성군과 광군이 구분되는 까닭과 치란이 나뉘어지는 근거를 삼가지 않고 아울러 아뢴 것은 또한 백익(伯益)이 순(舜)의 게으르고 방탕함을 경계한 뜻입니다.53)

이 부분은 성종의 누정 경영에 대해 권계하는 결사부분이다. 모두(冒頭)에서 반어의 수법을 활용 누정이 국가 경영의 필수적 요소는 아니라고 한다. 그러나 이어지는 문장에선 다시 누정의 경영이 따라 국가 운영의 유효한 도구가 될 수도 있다고 앞의 서술을 뒤엎는다. 그 유효성은 왕 자신의 유관지락을 성취하기 위한 경영이 아닌 백성의 삶을 윤택하게 하기 위한 방안을 마련할 때 비로소 이루어질 수 있다고 한다고 한다. 이를 위해 과거의 사례를 인용하여 그 근거를 밝힌다. 전범적 사례로 제시된 문왕 영대의 여민동락의 유관지락과 수, 당이 민생을 돌보지 않고 궁궐에서 호사스러움만 극진히 하다 쇠망한 사례를 제시한 것은 역사적 실재에 근거한 절실한 권계로 누정 경영의 전범 제시 의도를 뚜렷이 하는 데 기여하고 있다.

자신의 권계 동기를 밝히며 마무리짓는 것은 왕의 일거수일투족에 국가의 명운이 달려 있다는 것을 말하기 위함이다. 엄정한 대우를 통해 균제미

---

53) 徐居正,『四佳集』文集 卷3「環翠亭記」, 229~230면. "嗚呼! 人君壯九重於內, 居有深宮, 朝有正殿, 如臺亭池榭者, 不過侈苑囿之壯觀, 張皇遊衍之一事耳. 存之何補於政治, 袪之何損於國家乎? 然古之明君, 以之而占時候, 察氣祲, 爲民, 不爲已也, 故靈臺作而文王興. 後之庸君暗主, 以之而窮奢極侈, 瑤其宇而瓊其棟, 迷心於禽鳥花卉之玩, 縱情於觴詠絲竹之樂, 流連光景, 般樂怠傲, 爲已, 不爲民也, 故隋以凝碧閣風而敗, 唐以沈香太液而衰. 以一亭之小, 而其興衰得失如此, 可不畏哉? 聖上之一遊一豫, 無非所以順天時, 念民事, 卽周文與民同樂之盛心也. 然臣拳拳以古今得失告戒者, 誠以亭者, 易以侈君心, 遊觀者, 能以蕩君意. 苟或不謹聖狂之所以分, 治忽之所以判, 敢以是幷陳之, 亦伯益戒舜怠荒之意也."

가 두드러지는 전아, 기려(綺麗)한 풍격의 전반부와는 달리 이 부분은 경건 (勁健)한 풍격이 두드러지는데 문장의 호흡이 빨라지고 어조도 고조되며 다양한 수사법을 활용하여 자신의 주장이 본격적으로 부각되고 있다.

관각 문인은 자신의 시대를 삼대의 성군이 다스리던 시대와 견줄 만한 흥성한 시운이 천지간에 가득 차 있다고 생각하였다. 그리고 이는 당대 왕의 덕화를 천지가 긍정하고 그 덕에 합당한 기운을 내려주었기 때문이라고 한다. 그들이 자신의 시문을 통해 치세를 찬미하고 왕의 덕화를 표현한 문장을 당대의 최고 문장이라고 말한 것은 지치(至治)의 실현에 기여하고 이를 누리는 것에 대한 자부심의 표현이다. 왕권이 신권보다 강한 태종 대와는 달리 이 시기는 왕에 대한 신하의 간언이 상대적으로 자유로웠다. 특히 훈구 관료로 오랫동안 왕의 곁에서 대각의 문장을 쓰며 신임을 받았던 서거정이 왕의 덕화를 찬미하는 아유적 성격의 글을 지양하고 시대의 성함을 계속 유지할 수 있도록 백성을 생각하는 정치를 하도록 권계하는 글을 쓰는 것이 왕의 심기를 거스르는 일은 아니었던 것이다. 마지막 부분에 성종의 누정 경영의 태도가 성군과 광군, 치란의 갈림길이 된다고 하며 자신의 간언을 '백익이 순의 게으르고 방탕함을 경계'한 것에 비유한 것은 당대의 군주를 성군에 견주면서 이를 이룩한 공에 대한 자부심을 가졌던 훈구 관료의 의식을 드러낸 것이다. 당대 관료들에게 있어 성종은 요순 문무에 버금하는 성군이었기 때문이다.

서거정의 뒤를 이어 문형이 된 홍귀달의 「환취정기」 결미에서도 이 의식이 두드러진다.

인간의 마음은 한결같지 않아 (본성을) 보존하면 누구나 요순이 될 수 있고, 버리면 안락을 탐하지 않던 마음이 변해 산수지락을 추구하게 될 것이니 두려워해야 할 것입니다. 원컨대 전하는 처음과 끝을 근신하고 한결같이 하여 비록 노닐 때에도 더욱 나라를 걱정하고 부지런히 정사에 힘쓰며 두렵게 여겨 사려 깊게 행동하시어 자손만세 이 정자에 오르는 후왕들이 모두 '이곳은 우리 선대

의 왕께서 자신을 수양하고 덕을 함양하던 곳이니 우리가 무례하게 대할 수 있
겠는가?'라고 말하며 정사에 게으르지 않고 더욱 부지런히 힘쓰게 한다면 우리
동방 억만 년 백성의 복을 이루 말할 수 있겠습니까? 이로 말미암는다면 이 정
자는 자손만세의 귀범(龜範)인 것입니다.[54]

누정은 단순히 휴식을 취하는 공간이 아니라 자기 자신을 수양하고, 애
민의식을 발양하는 곳이다. 사대부들에게 있어 '충군애민'은 자신이 서 있
는 곳을 초월하여 늘 마음속에 보존하여야 하는 의식이다. 왕 역시 자신이
조회를 보는 정전에 앉아 있든 휴식을 취하기 위해 누정에 나와 있든 나
라를 걱정하고 백성을 사랑하는 마음을 한 시도 놓아서는 안 된다고 한다.
그렇게 정사에 부지런히 하는 것이 바로 선왕의 뜻이니[55] 이를 계승하고
자손만대에 잇기 위해서 놀이에 빠져 본성을 잃고 국가를 소홀히 하는 어
리석음을 범하지 않아야 한다는 것이다. 하늘로부터 부여받은 본성만 보
존한다면 누구나 요순과 같은 성군이 될 수 있다는 것은 성종 역시 성군
이 될 기본 자질을 갖추고 있다는 것을 은연중에 드러낸 것이다.

서거정이 누정을 단순히 군주가 휴식을 취하는 곳이 아니라고 하였듯
홍귀달 역시 덕을 함양하고 훗날의 귀감이 될 공간으로 인식하고 있다. 그
러기 위해서 왕이 산수지락을 추구하여 정사를 돌보지 않는 우를 범하지
않도록 권계하는 것이다.

김종직과 동 시대의 문형을 한 두 사람의 완곡한 권계와 달리 김종직의
권계는 보다 직설적이다.

옛날 송 효종(孝宗)은 금중(禁中)에 취한당(翠寒堂)을 짓고서 일찍이 조웅(趙

---

54) 洪貴達, 『虛白亭集』(『한국문집총간』14) 卷5 「環翠亭記」, 201면. "人心無常, 操之則
人皆可以爲堯舜, 舍之則無逸變而爲山水, 其可畏哉! 願殿下謹終如始, 雖在燕閒之中,
更加憂勤惕慮之功, 使子孫萬世登是亭者, 皆曰, 是祖宗澡身浴德之所, 我不可以無禮
加也, 益勵不怠, 則我東方億萬年蒼生之福, 可勝道哉? 由是則是亭也, 又子孫萬世龜
範也."
55) 景福宮의 正殿을 勤政殿이라 命名한 이유이기 때문이다.

雄), 왕유(王維) 등을 불러서 일을 아뢰게 하였는데, 취한당 아래의 고송 수십 그루에서 맑은 바람이 서서히 불어오자, 임금이 이르기를, "소나무 소리가 매우 맑으니 관현악보다 훨씬 낫다"고 하셨습니다. 대체로 효종은 송 나라의 현주로 서, 평상시에도 연유나 성색(聲色)의 받듦과 궁실, 원유의 오락이 없었는데, 이 취한당을 짓고 나서도 안일(安佚)을 도모하지 않고 재보(宰輔)들을 불러들이어 옹폐(壅蔽)의 해독을 막는 데에 정성을 다하였으므로, 그 뛰어난 덕화와 고상한 풍도가 지금까지 간책(簡策) 속에 빛나고 있는 것입니다. 그런데 우리 전하께서 는 총명하고 인성하심이 효종보다 월등히 높은데다 이 정자를 지은 것도 우연 히 서로 같게 되었으니, 전후의 두 성인의 규모와 제작은 세대는 달라도 마치 부절(符節)을 합친 듯 하니 (그 덕화를) 아! 상상할 만합니다.

저 드높은 부용정(芙蓉亭)과 쌍요정(雙曜亭)은 상양궁(上陽宮)보다 장관이었 고, 응사정(凝思亭)과 소방정(韶芳亭)은 미앙궁(未央宮)보다 광휘를 더하였으 나, 모두 유전(遊畋)과 순행(巡幸)의 대비로 삼았을 뿐이니, 어찌 오늘날에 말할 거리가 되겠습니까? 진실로 바라건대, 전하께서는 게으르지 말고 오락에 빠지 지도 말아서 영원토록 한 마음을 굳게 가지어, 매양 이곳에 올라 구경할 적마 다, 향락에 젖어 세월이나 보내기를 탐하는 데에 빠져들기 쉬움을 깊이 두려워 하시고, 반드시 백성들을 보호하는 것으로써 하늘에 영구한 국운을 기도하는 실상으로 삼기를 마치 위에서 말한 바와 같이 하신다면 우리 조선의 억만세토 록 무궁한 복을 누리게 되는 것이 어찌 여기에 있지 않겠습니까?[56]

이 앞부분에서 김종직은 『예기』의 문무이장지도에 대해 말하였다. 적절 한 휴식의 필요성은 성종의 누정 경영을 합리화하는 것이다. 다만 그것이 중용의 도를 갖춰야 한다는 조건을 전제로 한다. 송 효종의 사례를 장황하

---

56) 金宗直, 『佔畢齋集』 文集 卷2 「環翠亭記」, 428면. "昔宋孝宗, 營翠寒堂於禁中, 嘗 召趙雄, 王維等奏事, 堂下古松數十, 淸風徐來. 帝曰, 松聲甚淸, 遠勝絲竹. 夫孝宗, 宋之賢主也, 平時無燕遊聲色之奉, 宮室苑囿之娛, 而乃建斯堂, 顧不圖安佚, 而拳拳 於延訪宰輔, 以防壅蔽之害, 其英風雅度, 至今燁然於簡策之中. 今我殿下, 聰明仁聖, 遠過孝宗, 而斯亭之設, 偶與之同, 前後聖賢, 規模制作, 異世同符, 吁! 可想已. 彼芙 蓉雙曜之峙, 壯觀於上陽, 凝思韶芳之葺, 重煥於未央, 皆爲遊畋巡幸之備耳, 烏足爲 今日導也? 誠願殿下, 毋怠毋荒, 永肩一心, 每登眺之際, 深懼玩愒之易流, 而必以懷 保小民, 爲祈天永命之實, 如上所云, 則我朝鮮億萬世無疆之休, 寧不在玆乎."

게 서술한 것은 그의 업적이나 경영하는 누정이 성종의 그것과 유사하기 때문이다.

송 효종은 취한당이라는 정자를 지어 놓고 군신과 어울리면서도 정사를 돌보았다. 신하의 충언을 귀담아 들어 나라의 안정과 화평을 도모하였으니 휴식과 정사를 잘 조화시킨 전범으로 환취정을 지은 의도와도 부합하며, 이는 사림파를 언관에 등용하여 그들의 간언을 적극 받아들인 성종의 치세와도 부합된다. 성종 또한 환취정에서 연회를 베풀며 활쏘기를 하였고,[57] 명종은 유생을 모아 놓고 강독을 하기도 하였다.[58] 정사를 돌보고 덕을 수양하며 학문을 논하는 공간으로 누정이 활용되었음을 보여주는 사례라 할 수 있다.

한편 김종직은 송 효종의 취한당에 심어진 소나무의 수를 구체적으로 거론하는데 이는 성종의 덕과 품격을 견주어 자신의 왕이 더 뛰어나다는 것을 드러내기 위한 수사적 장치라 하겠다. 효종은 취한당의 수 십 그루 소나무에서 나는 맑은 바람과 청아한 소리가 웬만한 음악을 연주하는 것보다 낫다고 하였다. 그렇다면 환취정 주변의 수많은 소나무에서 나오는 바람과 소리는 더욱 시원하고 클 것이니 이를 덕화의 규모로 연상시키는 것은 그리 어려운 일이 아니다.

「환취정기」는 김종직이 성종의 총애를 가장 많이 받던 이 시기 사림의 의견이 정사에 적극적으로 반영되던 시기의 작품이다. 그러므로 이 작품의 주제의식은 사림의 의견이 성종에 받아들여지던 시기의 역사적 상황을 반영하는 것이라 할 수 있다. 여기에 나타나는 백성을 다스리는 데 있어서의 군왕의 책무나, 인재등용이나 지방관의 조세수취 등의 문제에 관련된 것은 바로 당시 훈구관료의 보수화로 인해 야기되던 폐단의 시정 촉구인 셈이다. 김종직이 이러한 문제에 대한 적극적 건의를 할 수 있었다는 것은 사림의 정치적 입지가 그만큼 상승하였음을 반영하는 것이라 하겠다.

---

57) 『성종실록』 권195 '17년 9월 17(기미)일 기사'.
58) 『명종실록』 권22 '12년 2월 22(병오)일 기사'.

여기에서 그려지는 환취정의 훌륭한 경관은 개국이래 쌓아온 군왕의 덕화의 발현으로 형상화되고 있는데, 사시의 경치를 묘사하면서 이를 완상의 대상으로만 여길 것이 아니라 이를 통해 군왕은 인의정치를 구현할 것을 요구한다. 비록 「환취정기」가 성종의 덕을 칭찬하고 있으나 문면을 통해 제기되는 문제들은 왕도 정치의 실현을 위해 사림에서 꾸준히 제기되었던 것이었다. 이들에게 있어 왕이 경영하는 누정은 단순히 주변의 경관을 감상하면서 연한유식(燕閑遊息)하는 공간이 아니다. 눈에 들어오는 사물과 사시의 변화 추이를 통해 치도의 방략을 마련하고 자신의 덕을 닦으며 휴식 중에도 백성을 생각하는 애민의식이 발현되는 공간이다. 아울러 이러한 성의(誠意)가 후세의 왕에게 전하여져 누정 경영을 통해 문무이장지도가 실현되도록 권계하는 자료로 활용될 수 있는 공간이어야 한다. 천도의 운행 변화를 인도에 적용시키는 것도 누정 경영을 통해 왕이 이루어야할 요소의 하나였다.

5. 결론

누정은 본디 휴식을 취하기 위한 용도로 조성된 곳이다. 그러나 중세 사대부들에게 있어 누정은 단순히 자연 경관의 아름다움을 감상하며 한가롭게 휴식을 취하는 곳은 결코 아니라고 하겠다. 여기에서 묘사된 자연 경관은 단순한 경치 차원을 넘어 누정 경영자가 심성을 수양하여 사대부로써의 자기 정체성을 확립하는 동기를 부여하는 대상이며, 자연의 변화 과정과 내재 원리를 통해 세상의 이치를 발견하는 심미 인식의 자료가 되기도 한다.

선초의 응제 누정기문은 조선 왕조 건국 이후 문물제도가 정비되어 가

고, 국가 운영이 안정적 상황에 접어들자 군주들이 휴식을 취하기 위한 용
도로 누정을 지으면서 이를 짓게 된 동기와 누정 경영을 통해 왕이 지녀
야 할 치자의 자세 심미 인식 태도 등을 왕의 명을 받은 대각의 신하들이
지은 것이다. 여기에는 여말선초에 대두된 시운론이 적극 반영되었다. 선
초 대각의 문인들은 시운론에 근거 조선 건국의 정당성을 주창하며 당대
를 성세로 인식하여 이를 유지보존하고 하였다. 그들이 지은 응제 시문에
는 태평성세의 융성한 기운과 이를 이룬 왕의 치적을 찬미하며 여기에 참
여하여 공을 이룬 사대부로써의 긍지와 자부가 두드러졌다. 아울러 융성
한 시운을 유지보존하기 위해 왕이 근신하고 절용하여 백성들을 인애를
권계하는 것을 잊지 않고 있다.

누정의 대체적 용도는 주변 경관을 감상하면서 심신의 피로를 이완하고
자연에 내재한 이치를 발견하여 이를 인간사에 적용시키는 것이다. 그러
나 아무리 아름다운 경치가 주변에 있어도 이를 감상할 정신적 여유가 없
다면 유관지락을 누릴 수 없을 것이며 일상의 사소한 것도 그 속에 흥취
를 누리고자 하는 마음이 있다면 훌륭한 경관이 될 수 있다. 누정기의 건
립 동기로 '정통인화'란 표현이 가장 많이 등장하는 것도 이에 연유한다.

왕의 명에 의해 지어지는 누정은 자기의 과업에 대한 정당성 확보와 과
시가 주 요인으로 작용하게 된다. 까닭에 응제 누정기에서 왕이 경관이 빼
어난 곳에 누정을 짓게 된 것은 자기의 공업을 천지 자연이 긍정하였기
때문이라고 말한다. 곧 누정의 건립은 당대가 성대라는 것을 표상하는 것
이며, 응제 누정기를 짓는 문사들은 이를 긍정하고 찬미하며 후대에도 영
원할 수 있도록 왕의 선정을 권계하는 것이다. 그러기 위해 왕은 자신의
눈에 들어오는 자연 경관을 감상하는 차원을 넘어 이를 덕치를 펴는 자료
로 삼아야 한다고 말한다. 그에 대해 구체적이든 관념적이든 누정기를 쓴
관각 문인이라면 누구나 이에 대해 언급하는 것도 누정 주변의 경관에 대
한 심미 인식 태도가 단순한 경물 감상의 차원을 넘어 있음을 의미한다.
이들에게 있어 누정은 하나의 소우주(小宇宙)이다. 그러므로 왕은 이곳에서

우주의 조화를 보아 살피고, 이를 통해 깨닫게 된 이치를 인간 세계에 실
현함으로써 성인의 능사를 완성하여야 한다고 한다. 그 과정에서 자신의
덕을 수양하고, 애민의식을 발양하게 된다. 그리고 이러한 모범적 누정 경
영이 후대의 전범이 되어 지금의 흥성한 시운이 유지·보존될 수 있도록
휴식과 정사가 적절한 조화를 이루도록 하여야 한다고 한다, 문무이장지
도의 실현을 말하고 여민동락의 의리를 말한 것도 모두 이 의식에서 비롯
된 것이다.

김정 시세계에서 삶의 무상성과 그 극복의 형상화

안병학

1. 문제제기

김정(金淨, 1486~1521; 성종 17~중종 16)은 순창군수(淳昌郡守)로 있을 때 담양부사(潭陽府使) 박상(朴祥)과 함께 올린 이른바 신씨복위상소(愼氏復位上疏, 1515)[1]로 보은에 유배되었다. 이듬해 풀려나, 이조참판·도승지·형조판서를 역임하였다. 기묘사화(1519)가 일어나자 조광조(趙光祖, 1482~1519) 등은 죽었으나, 그 해 겨울 하옥되었다가 죽음은 면하고 이듬해 진도에 유배, 그리고 다시 제주도에 이배된 지 1년 정도 후, 자진(自盡)의 명을 받았다. 중종조(中宗朝) 조광조의 등장은 그 지치(至治)의 이념으로 해서 중종반정의 주도세력을 중심으로 하는 훈구파와 갈등을 일으켰고, 이 시기에 김정은

---

1) 이와 관련하여, 훈구세력과 신진세력의 갈등과 관련된 상세한 사항은 睦貞均, 「制度言論의 實際(II)」, 『朝鮮前期制度言論硏究』, 고려대 민족문화연구소, 1985 참조.

조광조의 강력한 동지로서 사상적으로나 정치적으로 그에게 적극 동조하며 행동을 같이 했고, 결국은 죽음을 당하였다. 자기 시대에 대한 그의 관심은 연산군 10년에 일어난 갑자사화(甲子士禍)를 풍유하는 듯한 시와 중종반정 후 그 사건을 회고한 초기시에서도 그 단초를[2] 찾아 볼 수 있다. 이는 이른바 그의 '경세적(經世的)' 관심의 일단으로 볼 수 있겠다.

이러한 사상적·정치적 입장에 주목하여 그의 시의 한 특징인 정치적 풍자에 나타난 의리정신(義理精神)을 주목하고 그 사상적 기저로서의 도학적(道學的) 사유가 경세적(經世的)·수기적(修己的) 두 방향으로 나타난다고 보는 논문은[3] 주목할 만한 성과라 생각한다. 그 중추적 논지에 해당할 도학적 사유와 그 시적 형상화에 관한 논의를 수용하면서, 주제적 접근과 시적 특질에 대해 논한 후속 연구가[4] 이어졌다. 이것 또한 근본적으로는 도학적 사유를 논거의 중심에 두고 있다는 점에서 크게 다르지 않은 입론을 취한 것이라 할 수 있다. 이러한 설명 구도는 분명 김정 시세계의 중요 국면을 설명하고 있다는 점에서 그리고 그의 강인하고 이상적인 정치적·도덕적 태도와 그 입증인 생애를 설명한다는 점에서 유효하다고 보며 또 대체로 동의할 수 있는 것이다.

그럼에도, 김정의 시에는 꽃과 같은 존재를 통해 발랄한 생명력의 현현을 형상화하여 우주생명(宇宙生命)에로의 초월(超越)에 비중을 두거나 청정(淸淨)한 심상으로 구성되어 있으면서도 현상세계(現象世界)의 화해(和解)의 국면에 비중을 두는, 회재(晦齋)나 퇴계(退溪)와 같은 도학적 사유의 형상화가[5] 잘 보이지 않는다. 이는 당대 사상계의 수준과도 관계가 있겠지만, 그

---

2) 『韓國文集叢刊』 23冊 卷1 張1 「陽智道中—甲子(1504)」, 97면(이하 다음과 같이 간략하게 표시한다. '『韓叢』 23, 1-1, 97면'). "密雲含雨氣, 殘日暉虹光, 寒暑多遷易, 生黎怨彼蒼"(『韓叢』 23, 1-20, 「次茂沃然字韻」, 106면. "憶昔吾邦禍慘然, 生靈憔悴怨蒼天, 重看聖代眞如夢, 話舊長悲甲子年."

3) 柳浩珍, 「冲庵詩의 道學的 局面」, 『韓國漢文學研究』 17집, 한국한문학회, 1994.

4) 林采明, 「冲庵 金淨 詩의 研究」, 『漢文學論集』 15집, 근역한문학회, 1997.

5) 李東歡, 「退溪詩에 대하여」, 『退溪學報』 19집, 1978; 「退溪詩의 한 局面」, 『退溪學報』 25집, 1980; 「晦齋의 道學的 詩世界」, 『晦齋의 生涯와 思想』, 성균관대 대동문화

의 사유의 어떤 숨겨진 특징을 반영하는 것이라 생각한다. 본고는 은폐되어 있기는 하지만 그의 또 다른 주요한 측면을 삶의 무상성(無常性)이라는 정서로 파악하고 그것이 그의 시세계와 맺는 관계를 검토해 보고자 한다.

2. 삶의 무상성에 대한 응시와 그 형상화

한시에 있어서 삶의 덧없음이라는 주제는 연원이 오랜 만큼이나 친숙한 주제라 할 수 있다. 따라서 김정에게서 그런 작품이 산견되고 더구나 죽음을 마주하여 그러한 느낌을 초년 작품이든 죽기 전의 작품이든 격정적인 어조로[6] 토로된 것이 그 자체로서는 기이하다 할 수 없겠다. 죽음을 슬퍼하고 애도하는 것은 평범한 인간의 자연스런 감정으로 보이기 때문이다. 그런 의미에서 죽기 일년 전인 1520년 진도(珍島)에서 무심결에 쓴 시가 덧없는 삶을 언급한 것도[7] 쉽게 이해할 만하다.

삶의 덧없음에 대하여, 한시적 전통을 고스란히 지닌 그러나 매우 평범한 진술을 보여주는 것은 아래의 예일 듯 하다.

勞生宇內百年身　　이 세상의 수고로운 삶은 백년일 뿐인데
迷夢沉昏濁世塵　　어리석은 꿈은 혼탁한 세속에서 깊어가네
白骨留名遺萬古　　백골 되어 만고(萬古)에 이름을 남기느니

연구원, 1992.

6)『韓叢』23, 1-8,「又挽歌」二首, 100면. "如愁愁不定, 如夢更堪疑, 若使哀聲徹, 重泉魂亦悲. // 落地行行淚, 難收千點珠, 縱然多萬斛, 滴到九泉無.";『韓叢』23, 3-34,「悼文士豪(士豪名世傑, 耽羅之傑也. 年三十四沒, 吾之寄哀, 情見乎詩)」, 165면. "酒醒時想君, 森然入我目, 何知百年(一作歲晚)意, 遽作炊黍熟 (…하략…)"

7)『韓叢』23, 3-29,「渡碧波口號」'海渡亭名. 拿來時泥醉號', 163면. "宇宙從來遠, 孤生本自浮, 扁丹從此去, 回首政悠悠."

紅顔何似醉三春　　젊은 날 봄날에 취함이 좋으리

―「酬夢與」 셋째 수8)

근심 속에 늙어 가는 인생, 아름다운 봄 경치, 고향의 아름다움 등을 읊은 6수의 작품 중 하나이다. 김정의 시가 인구에 회자되는 한대의 「고시십구수(古詩十九首)」9) 중의 "生年不滿百"으로 시작하는 시를 떠올리게 하는 것은 "즐길 수 있을 때 즐겨야 하리 / 어찌 내년을 기다리랴?"와 유사하게, 세속의 명예를 포함해서 인간의 행위가 한 시절의 행복보다 못하다고 보는 시선 때문이다. 그러나 여기에는 「고시」가 지니는 정서의 깊이가 드러나지 않는다. 삶의 무상성 그 자체보다는 세속적 가치와 불후의 명성의 덧없음이 부각되고 있어, 무상함에 대항하기 위해 한 순간만이라도 기쁨을 얻을 수만 있다면 모든 것을 불사할 것 같은 그런 절박함이 없다는 점에서 그렇다.

그런데 그의 시에는 삶의 무상함을 바라보는 또 다른 시선이 있다. 그것은 변화를 관찰하는 그의 시선이다. 불변의 세계 속에서는 탄생도 없겠지만 죽음도 없으므로 결국 삶과 죽음의 문제란 가장 극적인 변화와 관련된 문제이다. 이는 시간과 불가분의 관계를 맺는다. 변화란 시간의 흐름 속에서만 관찰되는 것이기 때문이다.

忽忽日云暮　　어느덧 해가 저물고
凄凄時已秋　　쌀쌀하니 계절은 가을이 되었다
村墟春杵急　　마을에 방아소리 급하고
原野役車休　　들판에 수레도 멈추었다
山暝歸雲斂　　산 어두워지자 구름도 거두어지고

---

8)『韓叢』23, 1-36, 114면.

9) 李善 注,『文選』卷29「古詩十九首」其十五. "生年不滿百, 常懷千歲憂. 晝短苦夜長, 何不秉燭遊. 爲樂當及時, 何能待來茲. 愚者愛惜費, 但爲後世嗤, 仙人王子喬, 難可與等期." 이에 대한 여러 주석과 해석에 관해서는 隋樹林,『古詩十九首集釋』(中華書局, 1957・1989) 및 馬茂元,『古詩十九首探索』(河洛圖書出版社, 1979) 참조

林深倦鳥投　　숲 깊어 지친 새도 깃든다
端居觀物化　　단정히 앉아 사물의 변화를 살피니
悟念此生浮　　이 삶이 뜬구름 같음을 깨닫는다

—「忽忽」10)

　　약관인 1505 년 전후에 씌어진 이 시는 언급한 「고시」와 달리, 사물의
변화 나아가 자연의 변화에 대한 인식을 통해 삶의 무상함에 대한 인식으
로 진행한다. 하루의 저물녘과 한 해의 끝자락에서 분주한 일상을 끝내고
정지하거나 휴식하려는 사물들(즉, 방아, 수레, 구름, 새)을 보면서 모든 존재는
시간의 흐름 속에 활동하다가 일정한 시간이 되면 정지한다는 관찰을 통
해서, 대상뿐만 아니라 나의 삶 또한 무상한 것임을 깨닫는다. 여기서 구
사하는 심상과 담담한 어조는 도연명(陶淵明)의 유명한 시 「음주(飮酒)」11)와
흡사한 바가 있다. 그러나, 거기에는 '아름다운 저녁 산과 새들의 귀환'을
통해서 대자연의 흐름에 자신을 맡기는 달관과 여유가 있음에 비해, 김정
의 시에는 자신의 삶을 포함하는 변화 자체를 인식하려는 의지[觀]가 존재
한다. 「고시」와 같은 비통하고 격렬한 어조도 없고 「음주」 시와 같은 합자
연의 유열(愉悅)도 없지만, 존재에 대한 성찰을 통해 삶의 무상성을 응시하
고 그것을 넘어서려는 자세가 그것이다.

西山嵐態滿窓佳　　서산 이내의 자태는 창 가득 곱고
日夕陰晴變小齋　　아침과 저녁, 흐림과 개임이 작은 방에 변화를 주네
浮世夢魂今悟了　　뜬세상에서 꿈꾸던 혼 이제 깨었으니
悠悠天地付高懷　　아득한 천지에 드높은 감회를 부친다

—「西窓」12)

---

10) 『韓叢』 23, 1-3, 98면.
11) 李成鎬 譯, 「飮酒」 其五, 『陶淵明全集』, 문자향, 2001, 144면. "結廬在人境, 而無車
　　馬喧. 問君何能爾, 心遠地自偏. 採菊東籬下, 悠然見南山. 山氣日夕佳, 飛鳥相與還.
　　此中有眞意, 欲辯已忘言" 참조
12) 『韓叢』 23, 1-3, 98면.

그는 시시각각으로 변하는 이내의 모습과 어두워졌다 개었다 하는 석양 빛이 자신의 작은 서재에 일으키는 변화를 관찰한다. 나와 무관한 듯 보이는 외부세계의 변화가 나의 서재를 변화시킨다는 것을 알아챈 순간, 그가 느낀 것은 자신이 뜬세상에서 꿈꾸는 존재라는 깨달음을 통해서 모든 존재는 변화한다는 진정한 의미의 체득에서 온 고상한 감회일 터이다. 그 감회의 근저에는 사물의 변화에 대한 응시가 놓여 있다.

이러한 응시는 두 가지 측면에서 고려해 볼 필요가 있다.

하나는 삶의 무상함 그 자체에 대한 지속적인 인식의 존재여부이다. 다른 하나는, 적어도 삶의 무의미성에 함몰되거나 망각의 위안물로 도피하지 않으려 한다면, 그리고 무상함이라는 인식이 투철하면 할수록 그것을 극복하려는 자세와 삶의 의미를 찾아내야 하리라는 것이다. 후자의 경우는 비교적 답하기 쉬울 듯 하다. 즉 유가의 근본이념에 대한 신념과 그 이념의 한 실현이라 할 수기(修己)와 세속과 대비되는 공간으로서의 자연 등이 대답이 될 수 있을 것이다.

그러나 전자는 경우에 답하는 것은 그리 간단하지 않다. 덧없는 삶의 압축적 표현인 '부생(浮生)' 등이 400편쯤 되는 그의 시에 60여 회나[13] 사용되고 있다는 사실이, 적어도 그의 관심을 지속성을 보여준다는 점에서 대답이 되는 듯 보이기는 한다. 그처럼 적지 않은 빈도에 비할 때, 그의 시에는 삶의 덧없음을 대면하여 고도의 성취를 느끼게 해주는 시를 찾기가 쉽지는 않다. 그것은 당대에 지배적이었던 유가의 근본이념이 그러한 사고를 좀처럼 허용하지 않는 사유체계였다는 것 그리고 그 이념을 따르는 한에 있어서는 이미 원론적으로 해답이 주어져 있었다는 사정에 기인한다. 예컨대, "뜬 삶은 하나의 헛된 꿈 / 세상 모두 깨닫지 못하지 / 휘날리는 허

---

13) 몇 개만 예로 들면, 『韓叢』23, 1-14, 「贈王曦」, 103면. "(…전략…) 蟬蛻浮生忘刑骸, 橫天吞海彌八垓, 無生無減豈難哉. 君今數盡恒河沙, 看度千千劫劫灰.";『韓叢』23, 1-20, 「次茂沃然字韻」, 106면. "浮世窮通盡偶然, 知心只倚有玄天.";『韓叢』23, 1-29, 「與友話舊口號」, 111면. "明日天涯揮手去, 浮生南北任乾坤" 등.

공의 버들개지 / 이리저리 바람 따라 떠도는" 것이지만 '천지가 모든 것을 녹여 모든 존재의 형태를 바꾸는'14) 자연의 법칙이며 변화의 당연한 귀결로서 인정하고 받아들이는 태도가 그것이다. 여기에는 노장적(老莊的) 사유(思惟) 역시 일정하게 작용하고 있다고 할 수 있다.

그럼에도 불구하고 당대의 지배적이며 의식적인 사유의 그물을 찢고 떠오르는, 존재의 덧없음 내지는 삶의 무상감에 대한 시인의 감회가 전무한 것은 아니다.

多少園林景物輝　　수많은 원림의 경물들 빛나는데
春城一雨晚霏微　　봄 성 저녁에 비는 부슬부슬 내리네
莫敎催得花開盡　　꽃을 다 피우라고 재촉하지 말라
明日還愁一片飛　　내일이면 오히려 조각조각 흩날림을 시름하리니

— 「多少」15)

주지하듯, 유자들의 관념에서 봄은 인(仁)에 배속되어 왔다. 인이 모든 존재에 대한 사랑이고 생명력을 북돋아주는 덕목인 것처럼, 생생(生生)의 기운이 동지(冬至)를 지나 점차 왕성해져 모든 생명을 활짝 피어나게 하는 것이 봄이기 때문이다. 그러한 생명력의 미묘한 탄생과 만개를 보여주는 사례는 매우 많겠지만, 잘 알려진 정몽주의 「춘흥(春興)」16)이나 두보(杜甫)의 「춘야희우(春夜喜雨)」17)가 그 대표적인 예에 속한다. 굳이 이런 사례와 비교하지 않더라도, 위에 제시한 김정의 시가 봄의 생명에 대한 한없는 환희와 찬사가 아니라는 것은 분명하다.

---

14) 『韓叢』23, 1-8, 「挽歌」, 100면. "浮生一虛夢, 擧世皆未覺. 靡靡空中絮, 東西風所泊, 有此卽有彼, 天心非厚薄. 譬如歸山雲, 徐疾紛相錯, 薄暮無蹤迹, 鳥沒天寥廓, 共盡將焉托. 乃知昧者悲, 至人脫覊縛, 深松與茂栢, 地下歸應樂. 棄捐勿復道, 天地會銷鑠."

15) 『韓叢』23, 2-2, 121면.

16) 鄭夢周, 『圃隱集』(『韓叢』5), 2-24, 「春」, 594면. "春雨細不滴, 夜中微有聲. 雪盡南溪漲, 多少草芽生."

17) 杜甫, 「春夜喜雨」, "好雨知時節, 當春乃發生, 隨風潛入夜, 潤物細無聲. 野徑雲俱黑, 江船火獨明. 曉看紅濕處, 花重錦官城."

　이 시는 봄비가 생명을 태어나게 하며 그 상징인 듯 꽃이 피어나게 함을 모르지는 않지만 아니 오히려 잘 알기에, 즉 생명의 탄생은 필연적으로 죽음으로 귀결된다는 것을 너무도 잘 알기에 '피어남을 재촉하지 말라'고 봄비에게 타이르는 것이다. 죽음이 두려운 나머지 태어남을 겁내서가 아니라, 어차피 죽을 생명은 만개하도록 재촉하지 않아도 때가 되면 태어나 소멸할 것이기 때문이다. 여기에는 태어난 모든 존재는 소멸한다는 사실에 대한 탄식이 개재되어 있다는 것, 바꾸어 말하면 삶의 무상감이 개입하고 있다고 할 것이다. 이것이 앞서서 본 것처럼 모든 존재는 변화·소멸한다는 이치를 깨달아 삶의 덧없음에 초연한 자세가 아님은 이 시의 최종적 정서가 '수(愁)'라는 점이 증명한다. 그러나 동시에 그 덧없음에 대한 슬픔만이라고도 볼 수 없는 것은 이미 소멸의 필연성을 인식하고 있는 화자를 보여준다는 점 때문이다. 말하자면, 삶의 유한성에 대한 슬픔과 더불어 그 유한성의 필연에 대한 인식이라는 두 측면을 아울러 보여주는 것이다.

蜂蝶何知來去頻	벌 나비 어찌 알고 자주 오가나
佳時難久怨花神	좋은 때 오래 못 가기에 원망스러운 화신(花神)
東風過後芳華歇	봄바람 지나간 후 꽃들이 시들면
飄盡園林萬片春	정원 가득 휘날리는 일만 조각의 봄

—「嘆春」[18]

亦料佳難久	물론 아름다움이 오래가지 못함을 알지만
個徨不自裁	머뭇거리는 마음 다잡을 수 없다
奇巖回望失	기이한 바위들 돌아보면 사라졌고
流水逐人哀	흐르는 시냇물만 따라오며 슬퍼한다
洞谷雲仍鎖	골짜기는 구름이 즉시 잠궈 버리고
行蹤葉便埋	발자취는 낙엽 속에 바로 묻혀버렸다
茲遊已如夢	이 유람 이미 꿈만 같아서

---

18) 『韓叢』 23, 2-3, 122면.

疑入武陵迴　　　무릉도원에 갔다가 온 듯 하다

　　　　　　　　　　　　　　　　　　　　　　　　　　　— 「出山」[19]

　지는 꽃잎을 읊은 앞의 시나 무릉도원처럼 아름다운 경관을 두루 둘러
보고 돌아오면서 쓴 뒤의 시 역시 이 세계에 영속성은 존재하지 않는다는
인식에서 출발한다. 앞의 시도 '분주한 벌 나비를 통해' 어느 정도는 보여
주지만, 그런 인식의 단호함은 특히 뒤의 시에서 두드러진다. '돌아보면 이
미 사라진 기암', '즉시 골짜기를 잠그는 구름', '바로 낙엽 속에 묻힌 발자
취'를 통해 극히 선명하게 형상화되어 있다. 아울러 그런 인식에도 불구하
고 혹은 그러한 인식 때문에, '흐르는 냇물처럼 슬픔'이 지속되는 것이다.
　이 슬픔은 '아름다운 것과 영원히 함께 할 수 없다'는 체험적 인식에 근
거한다. 여기에는 두 가지가 문제가 된다. 앞의 시에서처럼 아름다움으로
표상되는 대상의 불변성의 부재가 하나이고, 뒤의 시처럼 절대적 아름다
움으로 표상되는 대상과 영원히 함께 할 수는 없는 조건 혹은 상황이 다
른 하나이다. 포괄적으로 말하자면 변화의 문제라[20] 할 수 있으나, 전자는
대상의 변화에서 오고 후자는 '나'라는 존재의 특성이나 '나'를 규정하는
조건의 변화에서 온다. 양자 모두 내가 어쩔 수 없는 것이라는 점에서는
유사하다. 전자는 세계 자체에 내재한 문제이다. 그러나, 후자는 '나'라는
존재의 근본적 한계인 동시에 도달했다고 생각하는 순간 이미 벗어나게
되는 절대적인 것과 나 사이의 비항구적인 관계의 문제로서 그가 이미[亦]
인식하고 있는 문제이기도 하다. 일반적으로 추론하자면, 이 이중의 딜레
마 속에 살아가는 것이 세계 속의 존재 자체의 속성이자 한계라 규정할
수 있다.
　이러한 속성과 한계 속에서 존재하는 삶에 대한 통찰은 다음과 같은 시

---

19)『韓叢』23, 2-13, 127면.
20)『韓叢』23, 2-47,「感懷一首. 寄澐之瑞老」—此下, 丙子(1516)作—, 144면. "百年與人
　　事, 遷迸當何已!"

에 드러나 있다.

十年蹤跡寄征蓬　　십년의 발자취 떠도는 쑥과 같아
匹馬今歸意自濃　　필마로 돌아가는 지금 감정이 뭉클하다
紅樹秋深映山路　　붉은 나무는 가을 깊어지자 산길에 비치고
碧空雲遠淡天容　　푸른 하늘은 구름이 멀어지자 맑은 모습 드러낸다
落溪暮水愁遙海　　시내에 떨어지는 저녁 물결은 바다가 멀어 시름하고
射壁微陽怕下峯　　벽에 비치는 흐릿한 해는 산 아래로 지는 것을 겁낸다
翠峽迢迢行不盡　　푸른 산골짜기 아득하여 가도 가도 끝이 없고
荒墟悄悄斷人逢　　황량한 마을 쓸쓸하고 마주치는 사람 없다

―「途中」[21)

　고향으로 돌아가는 도중에 쓴 것으로 이해되는 위 작품에서, 아름다운 가을 풍광이 함련(頷聯)에서 묘사되고는 있지만 그것을 완전히 향유하거나 그 속에 몰입하여 동화되지 못하는 시인이 제시되어 있다. 이 시는 해지기 전에 집에 도달하지 못할 것을 걱정하는 시인의 심리로 읽을 수 있으며, 이 시의 일차적·표면적 의미가 그것임은 자명하다.

　그런데, 이 시의 수련(首聯)은 뿌리뽑힌 쑥처럼 떠돈 자신의 십 년의 삶을 회고하며 말할 수 없이 싶은 감정을 제시한다. 이어 단풍이 아름답게 물든 산길과 맑게 갠 푸른 하늘이 묘사되나, 그것은 미련(尾聯)에서 '가도 가도 끝없는 산골짜기'와 '아무도 없는 황량한 마을'로 치환된다. 이러한 급변을 매개하는 것이 경련(頸聯)이다. 그것은 그의 마음을 잡아끄는 것이 '도달해야 할 바다가 멀어서 시름하는 강물'과 '산 아래로 지는 것을 두려워하는 저녁 태양'이기 때문이다. '강물'은 목표가 너무도 아득한 것에 대한 근심의 표상이고 '지는 태양'은 소멸에 대한 두려움의 표상이다. 이처럼, 자명한 목표가 있다고 해도 너무도 아득하다는 근심과 더구나 언젠가는 소멸한다는 두려움 속에 인생의 길을 가는 존재라는 통찰이 바로 김정

---

21)『韓叢』23, 2-50, 145면.

이 시를 통해 성취한 세계의 하나라고 생각된다. 이 시는 떠도는 삶의 그리고 무엇보다도 그가 이 세상을 건너는 삶22)의 쓸쓸함을 아름답게 표현하였는데, 이 쓸쓸함은 삶의 덧없음에 대한 인식을 통해서 성취된 것으로 이해된다.

그러한 생각이 보다 직접적 언설로 표현될 때 감동적 시적 성취를 이루지는 못하지만, 욕망에 사로잡힌 인간이 자신의 삶의 유한함을 깨닫지 못하는 존재로 그려질23) 때 그의 태도는 더 단순하고 명확하게 드러난다. 인간은 삶의 무상성뿐만 아니라 욕망 자체도 응시하고 삶의 태도를 선택해야 하는 기로에 서 있는 존재로서 인식되는 것이다.

3. 무상성(無常性)의 극복 의지와 그 형상화

원칙적으로 김정에게 있어서 유가적 윤리, 이념, 세계관은 '오직 하나인 우주의 참된 진리'로서 이미 성인들이 보여준 것으로24) 이 세계 속에서 구현되어야 할 것이기도25) 하다. 따라서 이러한 유가의 진리 예컨대 인

---

22) 『韓叢』23, 1-4, 「次彦聖兄赴燕韻」 '時彦聖赴燕', 98면. "(…전략…) 休道非吾土, 人生逆旅中."

23) 『韓叢』23, 2-14, 「岐路」(甲戌＝1514), 127면. "岐路紛紛者, 應緣食與衣. 不知朝復暮, 白盡鬢邊絲."

24) 『韓叢』23, 1-17, 「近體」, 105면. "(…전략…) 焚香一榻探玄奧, 數卷遺編萬古情.";『韓叢』23, 1-19, 「次友人韻」, 106면. "爲學定取捨, 先須辨魚熊. 爲山高九仞, 一簣莫虧功. (…중략…) 借問孔門傳一貫, 曾子告之唯恕忠. 時來霖雨蘇群槁, 君看養珠池底龍.";『韓叢』23, 1-20, 「次茂沃然字韻」 其十, 106면. "吾道於人豈偶然, 鳶魚飛躍自淵天. 日新須想湯盤語, 莫遣優游浪送年.";『韓叢』23, 1-22, 「次友人以'志士惜日短 愁人知夜長'爲韻 賦十韻」 其十 '此下己巳書堂作 與沈義之唱和', 107면. "(…전략…) 至道獨悠久, 乾坤共斯長.";『韓叢』23, 2-9, 「偶感, 首尾吟」, 125면. "(…전략…) 坐中試傾聽, 宇宙眞理一. 參三位育功, 只從方寸出. 眞寂又感通, 無間而妙沕. 博文與約禮, 鑽仰眞瞻忽. 顔生見卓爾, 克己躬四勿, 求仁而歸仁, 由己而由人."

(仁), 충서(忠恕) 등의 체인(體認)이 중요하다는 관점에서 볼 때의 시란 하찮은 껍데기에 불과하게[26] 여겨질 수 있다. 그럼에도 불구하고 그는 적지 않은 시를 썼고, 그것을 통해 자신의 심경을 피력하였다. 더구나 절대적 진리의 세계에 대한 이 같은 이념적 확신에도 불구하고, 그는 앞서 살펴본 것처럼 삶의 무상성에 대해 토로하고 있다. 언급한 것처럼 그의 시에서 삶의 무상성을 깊게 탐구한 작품은 찾기 어렵다. 이는 그가 선택한 혹은 선택할 수밖에 없었던 유자로서의 세계관과 삶의 문제와 맞물려 있다. 즉 절대적 진리로서의 유가적 세계관의 관점에서 삶의 무상성의 인정은 논리적으로 파탄일 뿐만 아니라 정서적으로도 받아들이기 어려운 문제였으리라 생각된다. 이런 문제를 해결하기 위해 그가 선택한 길은 삶의 무상성을 세속적 욕망의 무상성으로 치환하는 우회로였던 것이다.

乾坤納納寓形身	광대한 천지에 이 몸을 의탁하니
浮世悠悠一夢人	아득한 뜬 세상에 꿈속의 사람이라
利路聲場元有忌	이로움과 명예는 원래 꺼리던 바이고
淸泉白石本無塵	맑은 시내 흰 바위는 본래 띠끌조차 없다네
秋添楓岸看如醉	가을이 드니 언덕 단풍 숲은 취한 듯 하고
露洗莎汀坐當茵	이슬이 씻으니 물가 풀밭은 방석처럼 알맞구나
卽就黃花成爛熳	찬란하게 핀 국화꽃을 마주하니
休將白首重悲辛	흰머리를 그토록 슬퍼할 일 없으리

―「和人」[27]

앞의 두 구절은 광대무변한 우주 속에서 '덧없는 꿈을 꾸며' 덧없이 늙

---

25) 『韓叢』 23, 1-17, 「次友人韻」, 105면. "(…전략…) 所以窮經謀道, 志回頹世, 反撲追鴻荒. 遭文明兮萬物覩, 恢弘大道, 超百王之規模. (…중략…) 然當黽勉不已, 少壯不努力, 老大其如主恩何哉."

26) 『韓叢』 23, 1-27, 「題人壁畵」, 110면. "詩賦元糟粕, 江山亦狗蒭. 胸中領得趣, 壁上不須摸."

27) 『韓叢』 23, 1-39, 116면.

어 가는 존재로서 인식하고 있음을 보여준다. 이 우주는 "홀로 우뚝 서서 건곤(乾坤)을 믿는다"라는 구절이[28] 보여주는바, 우주의 보편법칙이 이 세계에 실현될 수 있다는 믿음의 표현과는 그 함의가 다름은 분명하다. 그것이 유가적 이념의 표상인 데 비해, 위의 시의 '건곤(乾坤)'은 광대한 우주 속의 작은 인간 존재를 드러내기 위해 쓰였다. 그러나 그는 삶의 무상성 자체에 집중하지 않고 세속(世俗)에서 추구하는 '이익과 명예의 무상성'을 제시한다. 이어지는 함련(頷聯)이 서술이 그것이다. 덧없는 삶에서 위안이 되는 것은 맑은 시내, 흰 바위, 단풍든 나무, 고운 물가, 노란 국화 등 아름다운 풍광과 술이다. 대립적인 요소로 요약하면 '천지(天地) / 부세(浮世)'와 '이로성장(利路聲場) / 청천백석(淸泉白石)'이다. 여기에 개재되어 시각은 '자연 / 세속', '은거(隱居) / 환로(宦路)', '청정(淸淨) / 혼탁(混濁)', '고고(孤高) / 명리(名利)' 등의 대립쌍으로 표현될 수 있는 것과[29] 동일하다. 자신을 '수고로이 명리를 쫓는 사람'이라는 언급[30] 역시 같은 맥락에서 나온 것이라 하겠다.

그가 명리를 버려야 한다고 생각하는 또 다른 이유는 그것이 덧없다는 것뿐만 아니라 명리에 골몰하는 마음으로는 세계의 진정한 모습을 볼 수 없기 때문이다. 부서진 거문고에서 아름다운 곡조를 떠올리고 그것을 샘물소리로 연상하는 것[31] 역시 세속적 안목으로 거문고의 현재적 효용을 보지 않는 태도가 그 근저를 이룬다 할 수 있다. 마찬가지로 세속의 명리 추구에 바쁜 사람들이 눈길도 주지 않지만, 이슬에 젖고 바람을 맞으며 바위 위에서 "홀로 향기를 내뿜는" 꽃에 주목하는 것이다.[32] 꽃은 세계 속에

---

28) 『韓叢』 23, 1-15, 「次友人韻」, 104면. "(…전략…) 朝野逢休運, 君王採格言. 腐儒心未已, 獨立信乾坤."

29) 『韓叢』 23, 1-17, 「近體」, 105면. "迢迢翠巘接層城, 寂寂空堂客斷行. 窓對閑雲朝暮影, 枕聽幽澗古今聲. 市上埃塵長汩沒, 山中風月自澄淸. 焚香一榻探玄奧, 數卷遺編萬古情."

30) 『韓叢』 23, 1-6, 「贈性印」, 99면. "(…전략…) 役役名場客, 腥心可暫聞."

31) 『韓叢』 23, 1-9, 「次題破琴韻」, 101면. "古聲今斷絶, 還似伯牙絃. 玉手曾經弄, 依稀幽澗泉."

서 외부의 어떤 존재의 시선이나 감상과 무관하게 자신을 드러내는, 달리 말하면 세속에 물들거나 의지하지 않고 자체로 자족적인 존재가 보여주는 아름다움이다.

여기에는 자기의 시대를 '도깨비가 가득하고 어두운 기운으로 막혀버린'세계로 파악하고 그 세계 속에서 의지할 바 없는 '구름 같은 존재로 자신을 보는 인식과 그럼에도 불구하고 이 세계 속에서 믿을 수 있는 유일한 도는 유가적 세계관에 대한 믿음이[33] 개입되어 있다. 이러한 인식과 신념 속에서 세속의 초월과 고상한 정신의 힘을 드러낼 만한 시적 형상화에 주목하게 되었던 것이다. 그에게 세속의 더러움과 무상함과 대비되면서 유가적 이념에 대한 믿음을 드러내는 심상으로 그의 마음을 잡아끈 것으로는 고고한 산(山)과 밝은 달이 있다.

우선 산은 그가 삶의 무상성을 치환하여 덧없음의 대표적인 것으로 여긴 명리(名利)로 가득한 세속을 벗어난 아름다움의 표상이었던 것이다. 구름을 뚫고 높이 솟은 눈 덮인 계룡산(鷄龍山)을 형용한 것도[34] 그러하지만, 산 위에 형성된 봉우리 모양의 구름을 읊은 시에서 그러한 시각을 단적으로 읽을 수 있다.

物外高高千萬峯　　모든 것을 벗어난 높디높은 천만 봉우리
高高猶著世人蹤　　높고 높아도 사람 발자취 찍혔기에
山靈更作離塵想　　산신령은 다시 진세를 벗어날 생각으로
噓出眞形在半空　　반공중에 참모습을 불어 내었다

—「雲峯」 첫째 수[35]

---

32) 『韓叢』 23, 3-23, 「途上有奇巖, 巖上有花, 幽香可愛, 詩以記之」, 160면. "利路名途各馳走, 阿誰寓目賞幽芳. 朝朝暮暮空巖上, 浥露臨風獨自香."

33) 『韓叢』 23, 1-47, 「贈金秀才南行」, 120면. "(…전략…) 九土魑魅鄕, 氛祲塞坤維, 世道一以瀆, 悠悠臨路歧, 我如空中雲, 孤蹤靡所依. (…중략…) 我亦無所贈, 精一但不疑. 誠明仁智勇, 君子有餘師 (…하략…)"

34) 『韓叢』 23, 1-35, 「公州途中」, 114면. "晴後山光慘欲乾, 窮陰漠漠日輝殘. 雞岑剩得層空雪, 雲表亭亭白玉寒."

　물외(物外)에 고고하게 솟아 있는 봉우리조차도 세상 사람들의 발에 밟
힌 것이기 때문에 산신령이 누구도 밟을 수 없는 구름의 봉우리를 만들었
다는 해석은 세속을 초월한 세계에 대한 그의 관심을 보여준다. 여기서 산
은 세속의 더러움과 번잡함을 벗어난 불변의 고고한 정신의 상징이다. 아
울러 자신의 시대를 도깨비가 가득한 것으로 인식했다는 점에서, 누구도
밟을 수 없는 산은 세속의 어떠한 유혹에도 물들지 않겠다는 결연한 의지
의 표현이기도 하다.

　달은 인간에게 주어진 본래의 빛나는 마음의 표상으로서 제시된다. 기
본적으로 이는 유가적 세계관과 관계된다. 유가적 세계관은 참된 이치가
인간의 본성에 내재하는 것으로 보기 때문이다.

風露晶熒洗太淸　　바람과 이슬 맑아 푸른 하늘 씻은 듯 하고
寒光如水鬪新晴　　강물 같은 차가운 빛은 갠 하늘과 다투는구나
乾坤涵得冰壺澈　　천지는 빙호처럼 투철하게 맑으니
氛靄都無一點生　　자욱하던 안개도 전혀 일지 않네

— 「霽月」³⁶⁾

空堂幽悄悄　　텅 빈 서당 그윽하여 고요하니
獨與神明居　　홀로 신명과 거처할 뿐
山暝籟沈後　　산 어스름에 모든 소리 잦아든 후
塵消夜靜初　　티끌조차 스러진 고요한 밤의 시작에
無風松自韻　　바람이 없어도 소나무는 절로 소리를 내고
得月水增虛　　달빛 얻어서 물은 더욱 텅 빈 듯 하구나
湛泊蠲思念　　담박함이 생각을 사라지게 하니
煩襟覺掃除　　번뇌가 말끔히 사라짐을 깨닫는다

— 「空堂」³⁷⁾

---

35) 『韓叢』 23, 1-28, 110면.
36) 『韓叢』 23, 2-3, 122면.
37) 『韓叢』 23, 2-3, 122면.

이 두 시에서 후자가 좀더 설명적인 데 비해 전자는 객관사물인 맑고 투명한 달빛을 읊음으로써 투철하게 깨어 있는 정신의 높이를 형상화하였다. 뒤의 시에 따르면 그것은 신명(神明)과 함께 하기 때문이다. 신명은 주재적(主宰的)으로 말하자면 인격천이라 할 수 있고 이념적으로 말하자면 인간의 마음에 내재하는 것으로서 우주의 본질과 합치하는 정신이라 할 수 있다. 이 세속의 꿈을 깨면 절로 환하게 비치는 달빛38)은 바로 어떤 티끌이나 번뇌가 사라진 정신의 표상으로서의 의미를 지닌다. 병으로 육체는 야위어도 텅 비어 환히 빛나는 이 마음은 서리와 이슬로 여윈 소나무나 학이라는 심상으로39) 표현되기도 하였다.

김정이 동조한 조광조의 지치주의(至治主義)가 현실세계를 유가적 근본이념에 기초한 것으로 완성하기 위한 정치적 이념인 것은 분명하지만, 그것을 실천하는 바탕에는 수신(修身)의 문제가 언제나 존재하고 있었다는 사실은 두말할 필요가 없다. 위의 시는 김정의 그러한 사유의 시적 표현이라 할 것이다.

4. 정치 현실과 이념적 결단의 형상화

김정이 삶의 무상성과 은거의 문제를 연결시켜 생각한 것은 분명하다. 그럼에도 불구하고 그는 현실적으로 조광조의 가장 가까운 동지의 하나로서 결국 36세의 나이로 제주도 유배중에 자진(自盡)의 명을 받았다. 아래의 시는 그의 행위를 이해하는 데에 도움이 된다.

---

38) 『韓叢』 23, 1-19, 「絶句」, 106면. "幽澗寒松竟夜鳴, 夢中時作煮茶聲. 覺來一壁燈光盡, 窓外人空月自明."

39) 『韓叢』 23, 1-5, 「病中」, 99면. "松膿霜下後, 鶴竦露淸餘. 顏貌雖凋悴, 肝腸更洞虛."

(…전략…)

人世風中絮	이 세상은 바람에 날리는 버들개지
勞勞空爾愚	애쓰는 것은 부질없는 어리석음
巢許堯朝隱	소부허유는 요임금 때 은자이니
明時豈無乎	태평성대인들 어찌 없다 하랴만
但願流恩德	다만 바라노니, 은덕을 베푸셔서
無爲邁唐虞	무위로 요순시대를 뛰어넘기를

(…하략…)

— 「三山歌」[40]

이 시는 삶의 덧없음을 명료하게 그려내고 있지만, 그것은 언급한 것처럼 세속적 가치의 무상성에 좀더 가까이 있다. 세속적 모든 노력은 부질없는 어리석음이라고 보고 있기 때문이다. 그런데 이 시의 독특한 시각은 요(堯)·순(舜)과 같은 성인(聖人)이 다스리던 시대에도 소부(巢父)·허유(許由)라는 은자가 존재했다는 사실과 삶 자체의 덧없음을 연결시켜 본다는 점에 있다. 태평한 시대에는 나아가고 혼탁한 시대에는 물러난다는 것이 유자(儒者)의 일반적 출처관(出處觀)이라는 점에서 그렇다. 그럼에도 불구하고 임금이 백성들에게 최고의 정치를 베풀기를 간절히 바란다. 이 점을 어떻게 이해해야 할 것인가. 자신은 은거를 선택하고 친구는 현실을 선택했을 때인 1516년에 쓴 시의 자주(自註)에서[41] 그는 "구름과 물은 모두 흘러가는 사물이다. 산 위의 구름은 아득히 고상한 생각을 일으키지만 한번 산에서 나온다고 해서 어찌 산으로 돌아갈 기약이 없겠는가? 바위 아래 샘물도 맑디맑게 자신을 보존하지만 흘러가면 끝내 산을 떠나온 쓰임새를 가진다"라고 하였다. 원론적으로 말하자면 출(出)·처(處)의 효용과 가변성을 말한 셈이다. 그러나 하나를 얻으면 다른 하나를 잃는 상황을 상정하고 있으

---

40) 『韓叢』 23, 1-7, 100면.

41) 각주 20)과 같은 곳. "迢迢山上雲, 瑩瑩巖底水 — 自註 : 雲水, 皆逝物也. 抑山上之雲, 逸想迢然. 然出岫, 豈无還山之期. 巖底之水, 澄瑩自保. 然流去, 終有出山之用."

며, 덧없는 삶에서 고상한 생각과 맑은 본질의 보전이 세속과의 거리 속에 있다고 본 것으로 보인다. 출(出) 즉 현실적 효용과, 처(處) 즉 맑고 고상한 마음은 현실적으로는 하나의 선택과 결단의 문제임은 분명하다.[42] 그리고 김정은 자의든 타의든 정치의 핵심에 있게 되었고 결국 기묘사화(己卯士禍)를 만나게 되었다.

당대에 사화(士禍)가 일어날지도 모른다는 것은 당대에 어느 정도 예측되었던 것 같다. 예컨대 김정(金淨), 김식(金湜), 김구(金絿), 조광조(趙光祖) 등이 모였을 때 최수성(崔壽峸)이 '배가 파선하여 죽을 뻔하였다'고 말하고 사라지자, 조광조가 '파선하는 배는 우리를 두고 한 말'이라고 해석하였다는 것이라든지,[43] 1516년 금강산 여행에서 박수량(朴守良)을 방문하였을 때 지은 화답시가 '사화(士禍)를 조심하라'고 허균(許筠)에 의해 해석된[44] 것 등이 그 예이다. 김정 역시 신씨복위상소(愼氏復位上疏) 전후에 자신의 시대를 매우 암울한 것으로 파악하였다. 앞서 간략히 언급한 것처럼 '도깨비가 들끓는 세상'이라는 인식이 그것이지만 장마를 읊은 시[45] 역시 그러한 분위기를 보여준다. '해와 달도 사라진 듯, 천지개벽 이전인 듯한, 어두움 속에서, 드높은 곳에 올라 밝음을 회복하고 싶은' 마음은 자신의 시대에 대한 진단인 동시에 그의 정치적 이념의 구현에 대한 의지의 표명이라 할 수 있다.

그러나 현실에 대한 그의 진단이 결코 낙관적이 아니었던 것만큼 그는

---

42) 죽기 얼마 전 친구 崔壽峸에게 보낸 시에서『周易』「蠱卦」·'上九'의 "임금을 섬기지 않고, 자기의 일을 고상하게 한다[不事王侯, 高尙其事]"는 의미를 차용해 "군주를 섬기지 않는 고상함을 그대에게서 보나니 / 응당 내 좁은 소견을 사죄하겠네[蠱九才名知可鎭, 會須謝也井觀天]."(『韓叢』23, 3-38, 「題僧軸－僧名月侃, 自京山渡海索詩云」, 167면)라 하였다. 이때 '자기의 일'은『程傳』에 따르면, 일정하지는 않으나 '善其身', '守其志節' 등등이다.

43)『국역연려실기술』II, 민족문화추진회, 1977, 409면.

44) 洪贊裕 譯,『譯註詩話叢林』上, 통문관, 1993, 628면. 문집에 없지만, 김정이 지었다는 시는 다음과 같다. "似嫌直先伐, 故爲曲其枝. 直性猶存內, 那能免斧斤."

45)『韓叢』23, 3-19, 「愁霖」二首 其一, 158면. "深夏積長霖, 陰沈鎖九垓. 先昏摠自黑, 徑潤案添埃. 二曜全疑失, 洪荒未肯開. 飜思崑嶺上, 高處劃昭回."

다음과 같이 우울하게 읊었다.

佳月重雲掩　　아름다운 달 짙은 구름에 가리어
迢迢暝色愁　　아득한 어두운 빛 시름겹다
淸光不可待　　맑은 빛 기대하지 못하기에
深夜倚江樓　　깊은 밤 강가 누각에 기댄다

—「佳月」[46]

　　이 시의 어두운 전망은 초기의 시에서 서리가 내려야 그 자연의 기운에 응하여 거대한 소리로 운다는 '상종(霜鍾)'의 심상을 통해서 보여준 정치적 이념의 실현에 대한[47] 강렬한 포부와 지향의 좌절과 연결되어 있다고 본다. 그래서 그가 늘 마음의 투명한 깨달음의 상징으로 읊었던 달빛이 여기서는 정치적 우의(寓意)로 읽힌다. 왜냐하면 그가 하늘과 물 속을 뒤져 결국 품에 안은 빛나는 달을 세계의 어두움 속에서 다시 잃어버릴까 격렬한 어조로 읊은 시가 드러내는 정서와[48] 동일한 맥락에 놓여 있기 때문이다. 허균이 '不'을 '猶'로 써도 좋다고 평한[49] 위의 시는, 그 글자 하나의 차이

---

46) 『韓叢』 23, 3-27, 162면.

47) 『韓叢』 23, 1-3, 「次希實兄韻」 丙寅＝1506, 98면. "洪鍾霜未下, 誰得動鏗鳴, 蒼蒼腰間劒, 飛電往往成. 齷齪滿朝人, 譬如月及榮, 小人無遠慮, 目前但營營. 丈夫窮困日, 抱膝學躬耕, 終當拂衣去, 投筆作長征."; 『韓叢』 23, 1-7, 「丙寅獵, 沉抱採薪, 端憂萬緒, 與文筆久疎, 高趣消堙, 眞情日耗, 悵然賦以自愆云」, 100면. "(…전략…) 安知非洪鍾, 霜下自呟然 (…하략…)"

48) 『韓叢』 23, 2-33, 「感寓」, 137면. "寒鏡行蒼空, 影落淸江底. 明珠潛幽波, 映徹長雲際. 沈江欲采之, 掛彼高天外. 登天復將求, 忽宛水中在. 不得鏡與珠, 徘徊血泣涕. 旣來入我懷, 千載光不改. 浮雲久默靉, 持此暝安投. 獨立空谷裏, 耿潔抱離憂. 離憂無與白, 但惜姮娥愁. 寂寞鏡還空, 一去杳千秋." 이 시는 유호진이 앞의 논문에서 11구를 전후로 해서 각각 道學的, 經世的으로 해석하면서 전반부를 도학적 관점에서 求道의 과정으로 본 이 견해와는 달리, 여기서는 일단 己卯名賢의 정치적 이념의 구현 계기의 획득과 좌절이 아닐까 추정한다. 내용으로 볼 때 누군가의 죽음(예컨대 조광조)에 대한 애도로 보이기도 하나, 1515년 전후 작인 듯 하므로 역시 문제다.

49) 『國朝詩刪』(『靑丘風雅‧國朝詩刪』), 아세아문화사, 1980, 244면. "評 : 改以猶字者, 亦好."

로 비관적인 전망을 보여준다. 밝은 달빛을 기대할 수 없음에도 정자 기둥에 기대는 것은 마음은 비관적 전망에도 불구하고 자신이 나아가야만 하는 길에 대한 결단일 터이다.

그러한 비관적 전망이 그가 소멸 혹은 무상함의 표상으로 구사하였던 '낙화(落花)'의 이미지와 중첩하여 읊은 것이 아래의 시이다. 그는 처한 정치적 현실에 대해서 특히 자신 내지는 정치적 이념을 함께 한 동지(同志)들과 중종(中宗)과의 거리감에 대해서 나아가 알 수 없는 조물주의 마음에 대해 5수의 연작시를 통하여 비통하면서도 간절한 심정을 토로하였다. 특히 마지막 4구에서 소멸과 무상함의 이미지로 아름답게 끝을 맺는 이 시에는 격렬한 감회를 억누르는 어조가 있다. 그것은 체념인 동시에 앞서 살핀 것처럼 현세적 공명도 근본적으로는 무상한 것이라는 인식이 정치적 좌절의 충격을 최소화하면서 이룬 효과도 개입한 것이 아닌가 여겨진다.

落花知何似	떨어진 꽃잎 무엇과 비슷한가
如瓶覆不收	병 엎어져 담을 수 없는 물과 같구나
恩辭雨露被	비와 이슬이 준 은혜를 떠나야 하고
情斷蔕枝繆	꽃받침이 단단히 잡아준 정과는 끊어졌네
返照明新葉	저녁 빛은 새 잎을 밝게 비추는데
殘芳逐暮流	시든 꽃은 저녁 냇물을 따라 흘러가네
斜陽將逝水	기운 햇살과 흘러가는 물
極目摠悠悠	눈 닿는 곳 모두 아득하구나

―「落花嘆五首」 첫째 수[50]

이 시의 이해에는 가의(賈誼)와 한(漢) 문제(文帝)의 경우를 읊은[51] 시가

---

50)『韓叢』23, 2-36, 138면.

51)『韓叢』23, 2, 19, 賈生嘆 癸酉(1513), 130면. "賈子須時漢傅伊, 聖文宣室重英奇. 如何問得天人理, 虛道從前意過之."; 自註, 帝曰, "久不見賈生, 自謂過之, 今不及也." "가의는 한때 傅說·伊尹 같았던 것은 / 효문제가 선실에서 영재를 중히 여겼던 때문인데 / 어찌하여 귀신의 이치를 물었던가 / '예전엔 내가 뛰어났다 여겼지'라 헛되이 말했구

좋은 참조가 된다. 주지하듯 가의는 문제(文帝)의 지우를 받다 참소로 장사왕(長沙王) 태부(太傅)로 좌천되었다가 다시 소환되었다. 문제는 마침 제사 음식을 받았기 때문에 선실(宣室)에서 '귀신지본(鬼神之本)'을 물었다. 대화가 끝나자 문제는 '만나지 못한 동안에는 가의보다 내가 낫다고 생각했었는데, 지금 다시 만나고 보니 미치지 못 한다'라 말했다. 그러나 문제는 계속되는 가의의 상소를 무시하였고, 가의는 결국 33살에 죽었다. 김정이 문제의 말을 '헛된 반성'이라 비판한 이유는 그렇게 뛰어난 인물의 건의를 무시한 점에 있었다고 판단된다. 조광조와 김정 등은 정치질서를 바로 잡으려는 중종(中宗)에 의해 등용되어 요직에 이르렀지만, 유교의 이상정치를 실현하고자 급진적 정책을 취했다. 예컨대 소격서(昭格署) 폐지, 현량과(賢良科) 시행이나 중종반정(中宗反正)의 공신(功臣) 76명의 작호(爵號)와 전지(田地) · 노비(奴婢)의 추탈 요청 등이 그것이다. 그 결과 기성관료의 반격으로 일어난 것이 기묘사화임은 잘 알려진 사실이다. 이 시를 특히 중종과 연관하여 해석할 수 있다고 보는 이유는, 이상과 같은 배경 외에도 시 자체가 보여주는 표현 때문이다. 즉, '우로(雨露)의 은(恩)'이나 '체지(蔕枝)의 정(情)' 등뿐만 아니라, 제4수에서 "天心如再復, 落蕊返枝留(하늘의 마음 다시 회복한다면 / 떨어진 꽃잎 가지에 돌아가 머무를 터인데)"라 구체적으로 서술한 점에 있다. 현실적으로 떨어진 꽃잎이 다시 가지에 붙을 수는 없지만, 임금과 신하의 관계에서는 문제가 가의를 소환한 것처럼 가능한 것이기도 하다는 점에서이다. 그러나 스스로 인식하고 있듯이 떨어진 꽃은 결코 '주어 담을 수 없는 쏟아진 물'과 같다.

去國投蠻徼	서울을 떠나 남쪽 거친 곳에 던져지니
殘骸半死生	뼈만 남아 반쯤 죽은 듯 하다

나." 自註 : 文帝가 말하길, "오래 가의를 보지 않을 때는 내 스스로 더 뛰어났다고 여겼었는데 지금 보니 미치지 못하는구나"라 하였다. 이 내용은 『史記』「屈原賈生列傳」에 실려 있다.

羈窮分不憫　　곤궁한 신세는 전혀 근심하지 않지만
骨肉正關情　　부모형제는 진정 마음에 걸린다
天地容何大　　천지는 얼마나 광대한가
溟濤濟後平　　바다의 파도는 건넌 후엔 평온하구나
如同何陋志　　'덕이 있으면 누추함이 없다'는 孔子의 뜻과 같다면
魍魅足群行　　도깨비와도 무리지어 다닐 만하리라

—「去國」52)

　유배지 진도(珍島)와 제주도(濟州道)에서 김정이 느낀 어두운 심사는 쓴 여러 시편들에 나타나는데, 특히 '산도깨비[魍魅]'의 이미지로53) 형상화되고 있다. 그럼에도 불구하고 천지의 광대함이 지닌 올바름에 대한 믿음을 버리지 않는다. 이 시는, 천지(天地)의 광대함이 어떻게 자신의 육체적 괴로움과 골육(骨肉)에 대한 염려를 넘어서는 계기가 되는가를 잘 보여준다. 그는 거의 뼈만 남은 상태로 유배지 진도(珍島)로 출발하여 험난한 파도를 거쳐 적소에 이르렀다. 이때 절실하게 체험한 광대(廣大)한 천지(天地) 속의 작은 한 몸이라는 것, 바다가 상기시킨 공자(孔子)의 탄식에 대한 깊은 이해 등을 거쳐 자신에 대한 확신에 이른 것으로 보인다.

　덕이 있으면 어느 곳에 살아도 누추하지 않다는 것은 공자가 한 말이지만,54) 이제 그는 그것을 자신에게서 찾고 있는55) 것이다. 다른 시에서도 그는 "사심(私心) 없음을 알아줄 이, 오직 빛나는 해 / 운명은 정해진 것, 믿느니 푸른 하늘"56)이라 언명한다. 아마도 거대한 천지 속에서 참된 도리가 좌절하는 것은 한 순간일 뿐이라는 것, 참된 도가 회복될 때가 오리라는

---

52) 『韓叢』23, 3-32, 164면.

53) 『韓叢』23, 3-31, 「晚望」, 164면. "虛莽夔魍悄, 冥煙島嶼微."; 『韓叢』23, 3-34, 「和李德優」, 165면. "餘生伴魍魅, 客任乾坤."; 『韓叢』23, 3-34, 「悼文士豪」(士豪名世傑, 耽羅之傑也. 年三十四沒, 吾之寄哀, 情見乎詩), 165면. "遠絶國禦魍魅, 逢人多趑趄."; 『韓叢』23, 3-35, 「謝李子蕃�秋露. 走書」, 166면. "窮愁問何如, 禦魅爲孤囚" 등.

54) 『論語』「子罕」. "子欲居九夷. 或曰, '陋如之何?' 子曰, '君子居之, 何陋之有?'"

55) 『韓叢』23, 3-32, 「積水」, 164면. "乘桴潛聖歎, 終不陋蠻居."

56) 『韓叢』23, 3-33, 「和李德翁」其二, 165면. "無私唯白日, 有命信蒼穹."

것, 그때에는 자신과 동지들의 정당성이 증명되리라는 것 등에 대한 믿음일 것이다.

이러한 모든 감회를 잘 보여주는 것이 그의 마지막 작품이다.

投絶國兮作孤魂	외진 땅에 와서 외로운 혼이 되어
遺慈母兮隔天倫	어머님을 남기고 형제들과 헤어지는구나
遭斯世兮殞余身	이 시대를 만났으니 나의 몸은 죽어
乘雲氣兮歷帝閽	구름을 타고 天帝의 문지기를 만나고
從屈原兮高逍遙	굴원을 따라 높이 소요하리
長夜冥兮何時朝	어둡고 긴 밤이 언제나 아침이 되려나
烔丹衷兮埋草萊	붉은 衷心은 빛나나 풀 속에 묻히리라
堂堂壯志兮中道摧	당당한 큰 뜻이 중도에 꺾였구나
嗚呼千秋萬歲兮應我哀	오호라 천년만년 후엔 응당 내 슬픔을 알아주리라

—「臨絶辭」[57]

유배지 제주도에서 1521 년에 자진(自盡)하기 전에 남긴 이 시는 기묘사화(己卯士禍) 이후의 자신을 회고하고 죽음 이후의 세계를 그려내면서, 자신의 포부와 충심과 밝은 세계에 대한 희망과 더불어 천만 만년 후에 자신을 알아주리라는 끝맺고 있다. 자신의 정당성에 대한 신념을 확보한 것이리라.

5. 맺음말

본고는 김정에게서는 우주생명(宇宙生命)에로의 초월(超越)에 비중을 두

---

57)『韓叢』23, 4-16, 178면

거나 현상세계(現象世界)의 화해(和解)의 국면에 비중을 두는 것과 같은, 회재(晦齋)나 퇴계(退溪)와 같은 도학적 사유의 형상화가 왜 나타나지 않는가 하는 의문에서 출발하였다. 따라서 김정(金淨)의 시세계를 해명하는 데에 있어서 유자로서의 세계관과 그가 느낀 삶의 무상이 어떻게 시적으로 형상화되었는가를 살폈다. 전자가 그의 의식적 세계를 드러내는 것이라면 후자는 그러한 세계관에 의해 억제되거나 심층으로 숨은 정서라 보았다. 그리고 그것들이 뒤섞여 독특한 시세계를 형성한다고 보았다.

우선, 삶의 무상성에 대한 그의 시적 형상화를 제시하였다. 그것은 대체로 낙화(落花)와 관련하여 형상화되었다는 것을 밝혔다. 이 무상성은 유가적 세계관에 의해 의식적으로 극복되어야 할 것으로 여겨졌기 때문에, 한편으로는 명리(名利)와 같은 세속적 삶의 무상성으로 치환되었다는 것, 다른 한편으로는 정치적 이념의 실현을 추구하였다고 보았다. 전자의 방향에서 그의 시세계를 살펴보면 그는 세속을 초월한 존재 혹은 정신을 형상화하는 것으로서 산(山)과 달의 심상을 자주 이용하였다. 후자의 방향에서는 특히 기묘사화(己卯士禍)라는 정치적 좌절에 의해 느낄 수밖에 없었던 감회를 낙화(落花)나 어두운 달의 심상을 통해 형상화하였다. 이러한 심상의 차용에는 삶의 무상성에 대한 숨겨진 정서가 작용한 것으로 이해하였다. 그러나 그가 지닌 유자로서의 세계관, 달리 말하면 이 세계에 참된 진리가 있다는 신념은 그를 삶의 무상성에 함몰하지 않고 세계 속에서 자신이 할 수 있는 최선의 길을 선택하게 하였다. 그리고 그는 자신의 정당성에 대한 신념을 궁극적으로 확보한 것으로 보았다.

만약 김정의 시들이 정확하게 연대순으로 재배치될 수 있다면, 본고가 추론적 언급에 그친 한두 작품이 분명하게 해독될 수 있으리라 본다.

퇴계 시의 이미지 연구

상승의 이미지, 물의 이미지, 매화의 이미지를 중심으로

유 호 진

1. 문제제기

퇴계(退溪)의 시(詩)는 2천 수가 넘는 호한한 규모인데다가 여기에 내포된 의식과 사상 또한 도저한 깊이를 지니고 있어 전체적인 특성을 파악하기가 용이하지 않다. 게다가 도학자의 시답게 정서의 표출을 억제한 작품들이 주류를 이루고 있고 소재와 이미지 또한 한시에서 다반사로 등장하는 자연물이 대부분이다. 특히 상투적이고 진부하게 느껴지는 이미지들의 반복적 출현은 퇴계 시의 개성을 파악하기 어렵게 하는 요소로 작용하는 듯 하다. 그러나 퇴계 시에 대한 이해는 이 평범하면서도 진부한 듯한 이미지들을 새로운 각도에서 살펴봄으로써 도달할 수 있으리라 생각된다. 퇴계 시의 이미지들을 음미해 보면 그들은 무질서하게 흩어져 있는 것이 아니라 몇 개의 구심점을 중심으로 포치(布置)되어 있음을 발견할 수 있다.

따라서 시인의 상상력이 일련의 통일성을 부여한 몇몇 이미지군들의 특성과 의미, 그리고 그들간의 상호관련성을 살펴보면 퇴계 시에 내포되어 있는 정신적 지향을 좀 더 포괄적으로 이해할 수 있을 것이다.

이와 관련하여 주목되는 것은 퇴계 시에 상승의 이미지와 맑고 단단한 것들의 이미지가 다양한 양태로 폭넓게 자리 잡고 있다는 사실이다. 이러한 이미지들은 심성수양, 인격이상과 관련된 의미를 발산하면서 다채로운 변주를 보여준다. 또 하나의 흥미로운 사실은 퇴계의 시가 관습적인 상징을 많이 수용하면서도 이를 통해 새로운 의미를 제시한다는 점이다. 가령 물의 이미지와 노년기 시에 집중적으로 나타나는 '매화'라는 상징은 그 대표적인 예이다. 특히 매화 이미지는 만년의 정신적 지향을 고스란히 드러내는 개성적인 상징인 만큼 그 의미를 깊이 탐색해 볼 필요가 있다.

퇴계 시의 이미지에 대해서는 그 함의를 명확하게 서술한 논문이 이미 발표된 바 있다.[1] 이 논문에서는 신선과 매화, 달이라는 퇴계 시의 주요 이미지를 분석하여 초월과 화해라는 퇴계의 사유방식과 자유에의 지향이라는 정신적 지향점을 설득력 있게 제시하였다. 본고는 이러한 연구 성과에 기반을 두고 대상 이미지를 좀 더 확장하여 살펴봄으로써 퇴계의 시적 상상력과 정신지향의 관련성을 보다 구체적으로 서술하고자 한다. 필자의 관점에서 볼 때 퇴계가 시를 통해 주로 묘사하고자 한 것은 욕망으로부터 벗어나고자 하는 갈망과 이러한 지향을 통해 도달한 정신경지, 이상적인 인격이라고 할 수 있다. 이러한 것들은 결국 인격 완성이라는 삶의 지향을 반영하는 것에 다름 아니다.

---

1) 이동환, 「퇴계의 시에 대하여」, 『퇴계학보』 19집, 퇴계학연구원, 1978; 「퇴계 시의 한 국면」, 『퇴계학보』 25집, 퇴계학연구원, 1980.

2. 욕망을 파탈한 견고한 정신―상승, 하강, 단단한 것의 이미지

　퇴계 시의 이미지들 가운데 우선 눈에 띄는 것은 상승의 운동을 보여주
는 이미지들이다. 시에 자주 나타나는 신선과 새의 이미지는 그 대표적인
예라 할 수 있다. 퇴계 시에서 신선과 새는 하늘에 날고 있거나 날고자 하
는 의지로 충만해 있다.

雨捲雲歸暮天碧	비 그치고 구름 걷혀 저녁하늘 푸른데
西風入林鳴策策	서녘바람 숲에 불어 서걱서걱 울린다
溪禽忘機立多時	시냇가의 새 한 마리 기심 잊고 한참을 서 있더니
忽然決起飛無迹2)	갑자기 훌쩍 날아 흔적 없이 사라진다

―「溪上秋興」

　시인이 유심히 바라보고 있는 대상은 시냇가에 있는 새 한 마리이다.
특히 그의 눈길을 끄는 것은 새의 갑작스러운 비상(飛上)이다. 시의 문맥에
의하면 이 상승의 운동은 서풍이 소슬하게 불어오는 지상을 떠나 비 개인
맑은 하늘로 날아오르는 행위로 이해할 수 있다. 여기에서 새를 '기심(機
心)'이 없는 존재로 진술하고 '흔적도 없이 사라진다'고 묘사했다는 점에
유의할 필요가 있다. 새의 이미지에는 지상의 현실에 대한 시인의 염증과
청정무구한 하늘에 도달하려는 갈망이 함축되어 있는 것이다. 새의 갑작
스러운 비상에는 기심(機心)으로 얼룩진 지상의 현실을 미련 없이 떠나고
자 하는 그의 내적 충동이 투사되어 있다.

　신선 이미지 역시 퇴계 시에 빈번하게 출현하는 의상으로서 상승의 이

---

2) 李滉, 『退溪先生文集』(『한국문집총간』 29) 「內集」 卷3, 민족문화추진회, 1989, 110면;
　이하 같은 책을 출전으로 하는 자료는 권수, 작품명, 면수만 표기함. 『한국문집총간』 31
　에 실려 있는 「별집」, 「외집」, 「속집」의 경우는 구분된 문집명을 표시하고 권수, 작품명,
　면수만 표기함.

미지에 속한다. 시적 자아는 신선과 함께 유하주(流霞酒)를 마시기도 하고 신선의 처소에서 자신의 전생(前生) 흔적을 발견하기도 하며 선계에서 반도(蟠桃)를 따기도 하고 항아에게 술을 권하기도 한다.3) 또한 선계의 이러한 형상은 시인이 바람을 타고 청량산을 날아다니는 꿈 또는 구름을 타고 천지(天池)에 올라 북명어(北冥魚)를 굽어본다는 상상으로 변주되어 나타나기도 한다.4) 이단(異端)을 철저하게 배격했던 시인의 사상적 지향을 염두에 둘 때 이 신선의 이미지는 도가 또는 도교적인 함의와는 다른 새로운 의미가 부여된 의상임을 알 수 있다. 신선의 이미지는 새의 이미지와 마찬가지로 지상의 현실을 떠나 천상의 세계에 도달하고자 하는 그의 갈망을 반영한다.

홍미로운 사실은 이러한 상승의 이미지가 퇴계 시에 신선과 새의 의상으로만 나타나는 것이 아니라 다양한 이미지로 변주되면서 지속적으로 나타난다는 점이다. 상제(上帝)의 궁궐로 올라가는 절의 종소리, 창공으로 오르는 물소리에 대한 묘사는 이러한 변주를 보여준다.5) 특히 산, 절벽, 누각, 나무 등은 주목할 만한 상승의 이미지이다. 이들은 하늘로 치솟아 있는 형태라는 점에서 앞에 제시된 상승 이미지가 굴절된 형태로 볼 수 있다. 시인이 이러한 이미지를 묘사하면서 높이를 강조한다는 사실은 그가 이러한 운동성을 의식하고 있었음을 드러낸다.

遠近峯巒揷彼蒼　　　멀고 가까운 산봉우리들은 저 푸른 하늘에 꽂혔고
水光橫帶暮天長6)　　물빛은 띠처럼 가로질러 저녁하늘 길구나

---

3) 卷5「記夢」, 148면, "迎人開戶一室淸, 臞仙出揖曳霞裾. 髣髴何年吾所遊, 壁上舊題留不留."; 卷1「士遂寄詩次韻」, 62면, "閬苑摘蟠桃, 扶桑看出日."; 卷2「七月十三夜月」, 80면, "我勸姮娥一杯酒, 願乞玄霜玉杵臼."

4) 卷5「夢遊淸凉山」 제2수, 147면, "身御冷然禦寇風, 千巖行盡一宵中."; 「별집」「昆陽 次魚灌圃東州道院 十六絶」 제10수, 13면, "更躡飛雲昇翠巘, 天池要看北溟魚."

5)「속집」卷2「妙峯庵八景」「鍾磬響空」, 103면, "(鍾磬)響空皇禽淸夜唳, 風吹同入廣寒宮."; 卷1「寓月瀾僧舍書懷」, 61면, "只今病骨迷丹訣, 依舊灘聲上碧虛."

6) 卷1「登鴨鷗亭後岡 憶應霖士遂吉元四首」 제1수, 59면.

何年神斧破堅頑　　어느 해 신령스러운 도끼가 단단한 걸 깨뜨렸나
壁立千尋跨玉灣7)　천 길이나 솟은 절벽은 옥 같은 물굽이에 걸터앉았네

寒碧樓高入紫冥　　높이 치솟아 하늘을 찌르는 한벽루
隔溪相對展雲屏8)　시내 너머 구름 낀 산줄기들과 마주 했네

　퇴계의 시에는 이처럼 상승 이미지가 주도적 이미지로 포진하고 있다. 이러한 상승 이미지는 앞에서 살펴본 대로 지상의 현실로부터 벗어나 천상의 세계로 진입하고자 하는 시인의 열망을 반영한다. 우리가 살펴보아야 할 점은 여기에 내포된 구체적인 의미이다. 다음 작품은 천상 세계로의 상승이 외재하는 초월적 세계에 대한 지향이 아니라 내적인 초월을 의미함을 시사한다.

踏雪登臺月不孤　　눈 밟고 대(臺)에 올라 달구경 하니
飄如乘鶴到方壺　　표표하기가 학을 타고 방장산(方丈山)에 온 듯 하네
明日日出隨人事　　내일 아침 해 뜨면 세상 일 따르리니
怳若前宵別一吾9)　멍한 내 모습 오늘밤의 나를 여읜 듯 하리
　　　　　　　　　　　　　　　　—「次韻金士純踏雪乘月登天淵臺」 제4수

　시의 전반부에서 시인은 천연대(天淵臺)에 올라 달을 바라보는 자신을 학을 타고 방장산(方丈山)에 날아온 신선에 비유하였다. 이러한 비유를 통해 천상의 세계로 상승하고자 하는 시인의 욕구를 읽을 수 있다. 더욱 흥미로운 점은 그가 '오늘밤의 나'와 '내일의 나'를 분리하는 기발한 상상을 통해 천상 세계에의 도달이 내면의 변화임을 드러냈다는 사실이다. '오늘밤의 나'를 여읜 '내일의 나'의 망연자실한 모습은 속사(俗事)로 인하여 참된 자아를 상실한 시인의 우울한 심회를 함축하고 있기에 '오늘밤의 나'의

---

7) 卷1「獨遊孤山 至月明潭 因並水循山而下 晚抵退溪 每得勝境 卽賦一絶 凡九首」 「孤山」, 62면.
8) 「별집」「望寒碧樓」, 27면.
9) 卷4, 133면.

형상에 부여된 상승의 이미지는 자연히 속사(俗事)의 굴레를 벗어난 표일(飄逸)한 정신을 암시하게 되는 것이다. 따라서 퇴계 시에 빈번히 등장하는 상승 이미지는 바로 내적인 변화, 정신경계의 상승에 대한 열망을 반영한 것으로 이해할 수 있다.

또 유의해야 할 점은 시인이 세속으로의 침강을 벗어나기 어렵다고 인식했다는 점이다. '내일 해 뜨면 세상일을 따라야 한다'는 체념의 어조나 '오늘밤의 나를 여읜다'라는 이별의 정황을 통해 자신의 의지를 쉽게 실현할 수 없는 현실적인 구속력(拘束力)을 시사하고 있는 것이다. 그렇다면 천상세계로의 상승을 가로막는 현실의 장애는 무엇인가. 이를 이해하기 위해서는 퇴계 시에 나타난 하강 이미지를 살펴보아야 할 것이다.

(…전략…)	
淸都館闕空中起	청도관(淸都館)은 공중에 솟아 있고
玉皇高居五雲裏	옥황상제의 높은 궁궐은 오색구름 속
飛仙縹緲顔婥約	아스라이 나는 아름다운 신선은
邀我共勸流霞酌	나를 맞아 유하주(流霞酒)를 권하였지
下界塵緣一念餘	문득 속세 인연을 생각했더니
忽然下墜形蘧蘧10)	갑자기 추락하여 퍼뜩 깨어났네
(…후략…)	

—「記夢」

이 시에서는 상승 이미지와 함께 '하강'의 운동을 드러내는 이미지가 보인다는 점에 주목해야 한다. 시인은 천상에서 신선과 함께 유하주를 마시고 있었는데 속세 인연을 한 번 생각하자마자 갑자기 하계(下界)로 추락한다. 여기에서 상승의 운동이 청정무구한 천상 세계로의 비상이라면 이와 대조를 이루는 하강의 운동은 지상적 현실로의 추락임을 알 수 있다. 주시해야 할 점은 이러한 추락이, '속세의 인연을 한 번 생각하자 하계로

---

10) 「별집」, 25면.

추락했다'는 시구가 드러내듯이 세속적인 욕망으로부터 연유했다는 점이
다. 하강 이미지에 내포된 의미는 세속적 욕망과 관련을 맺고 있는 것이
다. 이는 다음 시구들에서 더욱 선명하게 드러난다.

利名如墮漆膠盆　　명리 다툼은 끈적끈적한 항아리로 떨어지는 것과 같으니
誰解箴規雪慾昏11)　누가 잠언(箴言)을 이해하여 어두운 욕망을 씻어낼까

可笑從前閒失脚　　가소로워라 종전에 태만하여 실족했던 일
軟紅塵土沒高冠12)　자욱한 붉은 먼지 속에 높은 관(冠)을 묻었었네

何況都城中　　　　하물며 도성 가운데서는
欲海競顚越13)　　욕망의 바다에 다투어 떨어지고 있음에랴

彼何人性亦同然　　어떤 이도 본성은 모두 똑같지만
一墜深坑不見天14)　한 번 깊은 구덩이에 빠지면 하늘을 볼 수 없다네

　위의 시구들에는 끈적끈적한 항아리로 떨어지거나[墮] 붉은 먼지 속에
묻히거나[沒] 바다에 떨어지거나[顚越] 깊은 구덩이로 추락한다[墜]는 하강
의 이미지들이 나타나 있다. 주시해야 할 것은 이러한 추락과 침강이 명예
와 이익을 다투는 일 즉 내면의 욕망으로 인해 일어난다는 사실이다.15) '예
로부터 구덩이에 떨어지고 물에 빠지는 것이 인심(人心)인데, 나도 전철을
밟고 있어 부끄럽다'16)는 진술은 하강 운동과 그에 내포된 의미를 보다 명

---

11) 卷3「權貳相江亭三絶」「自警堂」, 128면.
12) 卷3「釣魚」, 111면.
13) 卷5「守靜」, 148면.
14) 卷4「戲作破字詩 四絶」제2수, 130면.
15) 네 번째 예시의 생략된 부분에서 시인은 깊은 구덩이로 떨어지는 것이 이익을 따르는
　　데서 온다고 언급하였다(「戲作破字詩 四絶」제2수, "忍把至靈爲蠢物, 唯將刀字傍禾
　　邊").
16)「외집」「辛亥早春 趙秀才士敬訪余於退溪 語及具上舍景瑞金秀才秀卿所和權景受
　　六十絶幷景瑞五律 余懇欲見之 士敬歸卽寄示 因次韻遣懷」제29수, 62면, "由來陷溺

료하게 드러낸다. 결국 하강의 이미지는 욕망에 휘둘리는 마음의 타락을 암시한 것이라 할 수 있다. 이러한 관점에서 살펴보면 신선과 천상의 세계에 대한 시인의 다채로운 묘사는 욕망을 파탈한 이상적인 인격체에 도달하려는 강렬한 욕구와 관련되어 있음을 알 수 있다. 새, 산, 누각 등의 상승 이미지가 빈번히 출현한 것도 이러한 욕구를 표출하려 했기 때문이다.

　눈여겨보아야 할 것은 욕망을 쫓는 것을 물에 빠지고 구덩이에 추락하는 위험한 일로 비유했다는 점이다. 이는 인심의 위태로움에 대한 시인의 위구(危懼)를 전한다. 시인은 욕망을 따르는 삶이 초래할 수 있는 위험한 결과를 날카롭게 인식하여 경계하고 있었음에 틀림없다. 시인이 청량산을 오른 뒤 창작한 다음 시는 인심에 대한 이러한 관점을 보다 명료하게 드러낸다.

(…전략…)	
跨木度奔川	외나무다리 딛고 치달리는 물결을 건너가니
凌兢多所警	두려움 속에 경계하는 바가 많다네
深林太古雪	깊숙한 숲에는 태고(太古)의 눈 쌓였고
白日無纖影	흰 해 주변엔 조그만 그림자도 없구나
側徑滑以阽	기울어진 좁은 길은 미끄러워 위태로운데
其下如坑穽	그 아래는 마치 구덩이와 함정 같네
行行力已竭	가다보니 힘은 이미 다했지만
上上心愈猛[17]	오를수록 마음은 더욱 굳세어지네
(…후략…)	

—「十一月 入淸涼山」

　산행을 묘사한 이 시를 읽어보면 상승과 하강의 이미지를 동시에 포착할 수 있다. 시인은 까마득한 아래로 미끄러져 떨어지는 것을 끊임없이 경계하면서 조그마한 음영도 없는 산정(山頂)의 흰 해를 향해 줄기차게 나아

是人心, 我亦追前愧莫任."
17) 卷2, 90면.

가고 있다. 여기에서 욕망이라는 거친 물살, 어두운 함정으로 추락하지 않고 고명(高明)한 하늘의 세계로 나아가려 하는 시인의 굳센 의지를 엿볼 수 있다. 상승의 이미지에는 어둡고 무거운 욕망의 상태에서 벗어나 밝고 맑은 마음으로 나아가려는 시인의 갈망이 내포되어 있는 것이다. 환언하면 '진기(塵機)가 멸절(滅絶)된 곳에서 바야흐로 참됨[眞]을 얻으려는'18) 지향이 함축되어 있다고 할 수 있다.

보다 주목해야 할 점은 시인이 높은 곳을 향해 나아가는 도정(道程)을 '좁고 기울어져 있으며' '미끄럽고 위태로운' 상태로 묘사했다는 사실이다. 그는 인심 자체의 불안정과 위태로움을 날카롭게 인식하고 있었던 것이다. 이러한 통찰은 청년기에 창작된 야지(野池)에 내포된 인식과도 통한다.19)

시인은 신선, 새, 산 등의 이미지를 통하여 욕망을 벗어난 이상적인 인격을 성취하고자 하는 열망을 표출했다. 그러면서도 그는 마음의 위태로움을 명확히 인식하고 있었다. '욕망을 막는 일이 성(城)을 지키느라 혈전(血戰)을 벌이는 것과 같다'고 한 언급은 음미해 볼 만하다.20) 사실 이상적인 인격을 성취하고자 하는 열망 자체가 인심의 위태로움을 첨예하게 인식하고 있었음을 반증하는 것이다. 이러한 인식으로 인해 퇴계 시에는 바위의 이미지로 대표되는 단단한 것들의 이미지가 출현하게 된다.

激水千年詎有窮	격탕하는 물살 천년토록 그친 적 없지만
中流屹屹勢爭雄	물 가운데 우뚝 서서 웅장한 기세 다투네
人生蹤跡如浮梗	인생의 자취란 물에 뜬 나무인형 같은 것
立脚誰能似此中21)	누가 이런 격류 속에서 저처럼 버틸 수 있나

—「景巖」

---

18)「속집」卷1「次吳仁遠偶吟韻」, 84면. "塵機絶處方眞得, 道味多時莫謾傳."

19)「외집」, 56면, "雲飛鳥過元相管, 只恐時時燕蹴波."

20) 卷2「閒居 次趙士敬具景瑞金舜擧權景受諸人唱酬韻 十四首」제2수, 77면, "墳壑工夫好耐辛, 據城血戰豈關人. 若敎不用如山徑, 野火春風草又新."

21) 卷1「獨遊孤山 至月明潭 因並水循山而下 晚抵退溪 每得勝境 卽賦一絶 凡九首」제4수, 62면.

결구에서 감지되는 깊고 유장한 탄성은 거친 물살 속에서도 전혀 동요하지 않은 바위를 발견한 데서 비롯된 것이다. 그런데 우리는 앞에서 세속적 욕망을 거친 물결(欲海)로 비유한 예를 이미 접한 바 있다. 이 시도 인생을 물 가운데 떠도는 나무인형으로 비유한다는 점에서 그러한 비유관계가 성립한다. 그는 나무인형을 통해 욕망에 휩쓸려 정처 없이 떠도는 위태로운 삶을 비유하고 있는 것이다. 따라서 우뚝 서서 천고의 거친 물살과 다투고 있는 바위는 혼탁한 세태와 맞서 참된 자아를 잃지 않는 견고한 정신을 은유한다.

「시일부용신기대우운(是日復用晨起對雨韻)」에서도 시인은 "천도는 어지럽게 옮겨가고 인정은 모두 이익을 탐하네. 지주(砥柱)와 같은 힘 있는 이라야 치달리는 물결을 막을 수 있으리"라고 읊어 혼란한 세태와 맞서는 견정한 정신을 노래한 바 있다.[22] 이러한 의식들을 살펴보면 시인이 말하는 인심의 위태로움은 단지 개인적인 차원만이 아니라 욕망이 도도(滔滔)한 물결처럼 팽배한 당대세태와 관련되어 있음을 알 수 있다. 깨어 있지 않은 안일한 정신으로 살아가는 개인은 이 도도한 욕망의 물결에 휩쓸릴 수밖에 없는 것이다.[23] 도도한 욕망의 물결에 휩쓸리지 않는 도덕적 주체의 확립이야말로 바위의 이미지를 통해서 시인이 말하고자 하는 바이다.

---

22) 卷4 「是日復用晨起對雨韻」 제2수, 136면, "天道莽推遷, 人情浩沒乾. 有力如砥柱, 纔能遏奔湍."

23) 시인이 '滔滔'한 물결로 혼탁한 세태를 비유한 작품은 다음과 같다. 卷1 「和陶集飲酒」 제3수, 73면, "滔滔汨末流, 總爲中利名."; 卷1 「和陶集飲酒」 제20수, 75면, "湯湯洪流中, 唯子不迷津."; 「별집」 「次韻鄭靜而」 제2수, 42면, "平生仰止巖巖象, 莫遣滔滔混世川." 또한 세속의 탁류에 휩쓸릴 것을 경계하고 자신의 도덕적 주체성을 세우라는 시인의 전언은 다음의 작품에서 읽을 수 있다. 「별집」 「閒居 次趙士敬具景瑞金舜擧權景受相唱酬韻」 제5수, 32면, "滔滔聲利世同然, 誰免淪胥介側邊."; 卷2 「答黃仲擧」, 82면, "未知何事爲長策, 唯覺隨人最下風."; 「외집」 「題士敬幽居 九絶」 제4수, 64면, "簞食萬鍾應有辨, 滔滔擧世混同波."

3. 천리(天理)가 비치는 마음—물의 이미지

견정한 정신을 지킴으로써 '욕망의 바다'를 벗어난 내면경계에 도달하고자 하는 시인의 원망(願望)은 맑은 것들에 대한 지향으로도 나타난다. 하늘로 상승하고자 하는 의지는 하늘의 맑은 빛과 닮아가고자 하는 의식과 연결되어 있는 것이다. 앞에서 제시한 상승의 이미지들 가운데 진정으로 하늘에 도달할 수 있는 것들은 모두 맑은 것들의 이미지 — 예컨대 신선, 절의 종소리, 경쇠소리, 학 울음소리, 물소리 — 라는 사실도 이 점을 암시한다. 다음 시는 이 맑음의 이미지에 내포된 의미를 표출한 작품이다.

地白風生夜色寒　　하얀 대지에 바람 일고 밤빛은 차가운데
空山竿籟萬松間　　빈 산 만 그루 송림(松林)에선 피리소리 들려오네
主人定是茅山隱　　주인은 바로 모산(茅山)의 은자
臥聽欣然獨掩關[24]　문 닫고 홀로 누워 기쁜 마음으로 듣는다네

—「雪夜松籟」

시 전반부에 묘사된 싸늘한 밤 빈 산에 울리는 솔바람 소리는 시인의 고적(孤寂)한 심회를 반영한 의상(意象)이 아니다. 솔바람 소리를 누워서 들으며 기뻐하는 그의 형상은 이를 드러낸다. 시인은 '대지에 내린 흰 눈', '일어나는 바람', '차가운 밤 빛'이라는 맑은 경물들을 중첩시켜 눈 내린 밤의 맑고 고요한 분위기를 묘사하였다. 또한 그는 거기에 '텅 빈 산, 소나무 숲에 울리는 바람소리'를 더함으로써 그러한 분위기를 한층 고조시키고 있다. 공을 들여 묘사하고 있는 이 맑은 경관은 눈오는 밤에 시인이 체험한 정신경지를 형상화한 것으로 생각된다. 이는 그가 자신을 모산(茅山)의 은자(隱者)인 도홍경(陶弘景)에 비의하고 있다는 점에서 확인할 수 있다.

---

24) 卷3「韓上舍永叔江墅十景」, 119면.

무엇보다도 솔바람 소리를 피리소리로 즐기는 태도에서 그의 마음과 이 맑은 경관이 합일된 순간의 희열을 여실히 감지할 수 있다. 결국 이 시에 묘사된 맑음의 이미지는 시인이 지향하는 이상적인 마음인 청정무구한 내면을 암시한다.

시인의 맑은 것들에 대한 기호는 눈 내린 세계에 대한 찬탄을 노래한 시들이나[25] 물·달·바람 등을 소재로 한 작품들에서 명료하게 드러난다. 퇴계 시에 이처럼 맑음의 이미지가 가득한 것은 상승 이미지나 단단한 것들의 이미지들을 통해 현시하고자 한 정신적 의미가 궁극적으로 맑은 것들의 이미지가 표상하는 의미로 귀결되기 때문이다.

청정한 내면을 암시하는 맑은 것들의 이미지들 가운데 물 이미지는 특히 주목할 만하다. 왜냐하면 이 이미지는 시인의 독특한 심성관을 드러내는 의상이기 때문이다.

黃濁滔滔便隱形	싯누런 물결 도도히 흐를 때는 모습을 감추더니
安流帖帖始分明	잔잔한 물결 고요히 흐를 때 비로소 또렷이 드러나네
可憐如許奔衝裏	어여뻐라 이처럼 내달리고 부딪치는 물결 속에서도
千古盤陀不轉傾[26]	반타석은 천년토록 움직이지 않는구나

—「盤陀石」

이 시에 묘사된 도도한 물결을 혼탁한 세태를 비유하는 것으로 본다면 움직이지 않는 반타석은 도덕적 주체의 견고한 정신이나 견정한 선비의 인생태도로 해석될 소지가 있다. 그러나 이러한 해석에는 수긍하기 어려운 점이 발견된다. 먼저 견정함을 강조하는 이러한 관점들은 시 전반부에 혼탁한 물살에 저항하는 바위의 이미지가 아니라 물결에 부침(浮沈)하는 바위의 이미지가 나타난다는 점에서 해석의 일관성을 얻기 어렵다. 특히

---

25) 그 예로 「玉堂春雪 用歐公韻」(卷1, 52면), 「雪徑」(卷3, 108면), 「聞慶途中遇雪」(「별집」, 19면), 「雪後晚望韻」(卷5, 155면), 「錦城霽雪」(「별집」, 39면) 등을 들 수 있다.
26) 卷3 「陶山雜詠, 十八絶」, 106면.

앞에서 살핀 시인의 상상력에 의하면 하강의 이미지는 혼탁한 욕망으로의 침강을 의미하기 때문에 물결 속으로 가라앉는 바위로 견고한 정신이나 견정한 인격체를 비유할 수는 없을 듯 하다. 이 시의 바위 이미지는 앞 시의 그것과 달리 해석되어야 한다.

우선 시인이 지향하는 청정한 내면과 이 시에 묘사된 혼탁한 물결을 조응시켜보면 시인은 싯누런 물의 이미지를 통해 욕망에 휩쓸려 더러워진 마음의 상태를 비유한 것임을 알 수 있다. 그렇다면 이 탁류가 분탕치는 가운데서 구르거나 기울지 않는 바위의 이미지는 욕망에 의해 전혀 동요되지 않는 순선(純善)한 본성(本性)을 상징하는 것에 다름 아닐 것이다. '어여뻐라'라는 감탄과 '천고(千古)'라는 강조가 의미를 얻게 되는 것도 이러한 해석을 통해서이다. 여기에서 우리는 시인의 인간 심성에 대한 독특한 통찰을 엿보게 된다. 그것은 인간의 마음이 욕망으로 흐를 위험성이 많은 위태로운 것이기는 하지만 이 마음에 내재되어 있는 본성의 순수함은 결코 더럽혀지지 않는다는 통찰이다.

시인은 위의 시에 싯누런 흙탕물이 내달리기도 하고 맑은 물이 잔잔하게 흐르기도 하는 시내를 묘사하여 거센 욕망에 휘둘리기도 하고 욕망이 가라앉아 고요해지기도 하는 마음을 비유하였다. 그의 다른 작품들에서도 이러한 비유관계는 쉽게 발견할 수 있다. 물론 마음을 표상하는 물의 이미지는 동서양에 두루 존재하는 보편적인 상징이기 때문에 이것이 지니는 시적 환기력은 매우 약한 편이다. 그러나 위의 시에서 바위라는 독특한 이미지를 물의 이미지와 조합시켜 시인 자신의 철학을 개성적으로 드러내었듯이 그는 '물'이라는 관습적인 상징을 수용하면서도 다른 이미지들과 조합하여 그만의 새로운 의미를 제시하곤 하였다. 다음 시는 시인이 달빛이 환하게 비치는 연못과 방을 선명하게 묘사하여 자신이 지닌 심성관의 핵심적인 내용을 드러낸 작품이다.

月映寒潭玉宇清   달은 차가운 못에 비치고 하늘은 맑은데

幽人一室湛虛明　　유인(幽人)의 텅 빈 방 참으로 맑고 밝아라
箇中自有眞消息　　이 가운데 저절로 참 소식이 있으니
不是禪空與道冥[27]　선가(禪家)의 공(空)과 도가(道家)의 명(冥)은 아니라네
—「夜」

　시인은 달이 비치는 차가운 연못을 묘사하고 이어서 달로 인해 환히 밝아진 자신의 텅 빈 방을 묘사하였다. 그리고 이러한 풍경에 참된 소식이 담겨 있다고 진술함으로써 맑은 연못과 밝은 빈방이 마음의 본체를 상징하는 이미지임을 암시하였다. 그런데 시인은 결구에서 연못과 빈방의 이미지로 상징된 마음이 불가와 도가에서 말하는 정신경지가 아님을 강조하였다. 그는 마음의 본체를 묘사하기 위해서 불가(佛家)의 '달이 뜬 물'과 도가(道家)의 '텅 빈 방'의 이미지를 빌어 왔으면서도 그것에 원래 내포되어 있는 의미를 부정하고 있는 것이다. 그는 우선 '달이 뜬 물'이 불순한 욕망·감정·사념뿐만 아니라 도덕적 시비판단 능력까지도 배제된 불가(佛家)의 공적(空寂)한 마음이 아님을 드러내기 위해 연못의 차가움을 강조하였다. 퇴계 시에 자주 등장하는 이 차가운 물의 이미지는 매우 맑게 깨어 있는 도덕적인 내면을 암시하는 것이라 할 수 있다.[28] "내 마음의 밝음이 거울 빛의 차가움과 같다"고 한 진술은 이와 같은 의미를 보다 선명하게 드러낸다.[29] 시인이 묘사한 '달 뜬 물'의 의경이 불가의 그러한 의경과 변별될 수 있는 점은 바로 물의 차가움을 묘사했다는 점에 있는 것이다. 이와 마찬가지로 그는 현묘(玄妙)한 마음의 본체를 비유하는 도가의 빈방 이미지를 달빛이 비치는 밝은 상태로 변용하여 묘사한다. 이러한 이미지는

---

27) 卷4「山居四時各四吟 共十六絶」, 132면.

28) 퇴계는 차가운 물로 마음을 자주 비유하였는데 몇 가지 예를 들어보면 다음과 같다. 卷1「寒棲」, 72면, "結茅爲林廬, 下有寒泉瀉."; 卷2「溪堂前方塘 微雨後作」, 82면, "一鑑寒瀯眥, 度鳥忽遺影."; 卷3「屛庵」, 109면, "屛庵在懸崖, 石縫泉氷齒."; 卷5「居敬齋」, 159면, "一寸膠無千丈渾, 玉淵秋月湛寒源."

29) 卷5「又次龜巖夢見四心字時字一絶 却寄」, 159면, "吾心明似鏡光寒, 自恐磨治力易闌."

지적인 능력과 도덕적인 능력을 오히려 마음의 장애로 인식하는 도가의
심성관을 부정하기 위한 것이라고 할 수 있다.

　이로써 달빛이 비친 차가운 연못과 밝은 빈방의 이미지를 통하여 시인이
드러내고자 한 마음의 본체가 어떠한 것인지 알 수 있다. 그것은 도덕적·
지적 능력을 지닌 본성이 회복되어 마음이 환하게 깨어 있는 상태이다.[30]

　다음 시는 본성이 회복된 마음의 상태를 좀 더 시적으로 형상화한 작품
이다.

一枕寒更穩睡眠　　차가운 밤 베개 하나로 편안히 잠드니
夢中神旺若登仙　　꿈속에 정신이 왕성하여 신선이 된 듯했지
起來手拓南窓看　　일어나 남창(南窓)을 밀치고 바라보니
風定空山月滿川[31]　　텅 빈 산에 바람 고요하고 시내에 달빛 가득하누나

―「無題」

　시인은 '차가운 밤에 베개 하나로 편안하게 잠들었다'는 진술을 통해
욕망으로부터 벗어나 고요하고 안정된 자신의 마음을 암시하고 있다. 욕
망으로부터 벗어났기에 꿈속에서 신선이 되어 하늘로 비상하고 있는 것이
다. 따라서 그가 잠에서 깬 뒤 창을 열고 바라본 인상적인 풍경은 이때 도
달한 마음의 상태를 전하는 의경이라고 할 수 있다.

　앞의 내용과 관련시켜 볼 때 바람이 고요한 빈 산의 이미지는 욕망이
가라앉은 맑은 마음을 의미한다. 그리고 빈 산과 함께 묘사된 달빛 가득한
시내는 이러한 마음에 본성이 환히 드러난 상태를 형상화한 것으로 이해
할 수 있다. 특히 주목해야 할 것은 '달빛 가득한 시내'가 바람조차 잦아든
산, 깊은 밤을 배경으로 하여 또렷이 드러난다는 사실이다. 이 맑고 눈부

---

30) 「퇴계의 詩作 개황과 그의 작품세계」라는 논문에서도 "퇴계 시의 경우 주로 물에 어
　린 달빛이 澹然虛明한 心의 體의 의상으로 등장한다"고 설명한 바 있다(이동환, 『도산
　서원』, 한길사, 2001, 258~259면).
31) 「속집」 卷2, 114면.

신 광경은 '신선이 되어 하늘에 오른다'에 시사된 표일(飄逸)한 정신과 호응하면서 시인의 쇄락(灑落)한 마음을 암시한다.

"만일 한 티끌의 먼지라도 마음을 얽매거든, 이 천연대에서 밤마다 달이 새로워지는 것을 보라. 쇄락청진경(灑落淸眞境)을 온통 가져다가 속세 인연 끊은 은자에게 나누어주네"라고 한 「천연완월(天淵玩月)」은 시인이 연못과 달의 이미지를 통해 '쇄락한' 마음의 본체 상태를 드러내고자 하였음을 명료하게 전한다.32) "뜰에 배꽃이 은빛 바다 물결처럼 떨어질 때가 바로 네모난 못에 달이 찍힐 때로다"라는 시구도 이 같은 정신경지를 아름다운 형상을 통해 표출한 예이다.33) 결국 시인이 마음을 물로 비유하면서 자주 물에 비치는 환한 달을 함께 묘사한 것은 도덕적 본성이 회복된 쇄락(灑落)한 마음을 전하기 위해서였다고 할 수 있다. 퇴계 시에 등장하는 물 이미지의 독특한 점은 사물을 비출 수 있다는 물의 속성이 특히 강조된다는 데에도 있다. 사실 시인이 마음을 주로 물의 이미지로써 비유한 것은 사물을 비추어 주는 물의 성질을 취하기 위해서였다. 따라서 그의 시에는 흐르는 물보다 고요한 물이 자주 등장하는데, 예컨대 당(塘)·지(池)·담(潭)·연(淵)·소(沼)·천(泉) 등이 그것이다.

小塘淸徹底	작은 연못 밑바닥까지 맑으니
天光共雲影	하늘빛과 구름 그림자 함께 비치네
更待月印心	다시 달이 연못 가운데 찍힐 때를 기다려
眞成灑落境34)	진실로 쇄락경을 이루리라

—「光影塘」

이 시는 주희(朱熹)가 창작한 「관서유감(觀書有感)」의 의경을 차용한 작품이다. 따라서 맑은 연못에 감도는 하늘빛과 구름 그림자는 마음에 비치는

---

32) 卷3, 127면, "如覺襟懷累一塵, 此臺看月夜來新. 都將灑落淸眞境, 分付幽人絶俗因."
33) 「외집」「濯淸亭 贈主人金綏之」 제2수, 54면, "梨花院落如銀海, 正是方塘月印時."
34) 「별집」, 31면.

사물의 본질, 즉 천리(天理)를 의미한다. 시인이 맑은 물의 이미지를 강조한 궁극적인 이유는 천리를 인식할 수 있는 마음의 능력을 드러내려는 데 있었던 것이다. 그런데 이 시에는 주자의 시와 다른 면이 엿보인다. 주희는 「관서유감(觀書有感)」에서 하늘과 구름이 비칠 만큼 물이 맑은 이유는 못의 근원에서 활수(活水)가 끊임없이 흘러 들어오기 때문이라고 하였다. 이 시를 쓸 무렵 주희는 아직 경(敬)과 격물치지(格物致知)가 병진호발(竝進互發)하는 그의 공부론을 완전하게 확립하지 못한 상태였다. 당시 그는 '마음은 모두 이발(已發)'이라는 정이(程頤)의 규정을 긍정하고 있었고 따라서 공부는 이 이발(已發)의 마음에 순간순간 드러나는 본성의 싹을 보존하는 것이라고 생각하고 있었다.35) 그렇다면 주희의 「관서유감」은 본성의 함양을 강조하는 공부론과 관련되어 있는 시라고 할 수 있다. 그러나 시인은 이 시에서 맑은 연못에 비치는 하늘과 구름의 그림자를 묘사하고 '다시 이 물에 달이 찍히는 것을 기다린다'고 진술하였다. 이는 본성을 보존하는 미발(未發) 함양(涵養)이 천리(天理) 인식의 전제가 되고 다시 천리 인식이 미발 함양의 전제가 됨을 시사한다. 결국 이 시에는 천리의 인식과 본성의 함양이라는 간단없는 수양의 지속을 통해 마음이 쇄락한 본체 상태에 도달할 수 있다는 철학적 함의가 담겨 있다고 할 수 있다.

맑고 고요한 물의 이미지를 통해 사물의 이치, 우주의 진리가 비쳐드는 고요한 마음을 형상화한 시인은 창문과 우물의 이미지를 통해 마음을 비유하기도 한다. 창문과 우물 역시 외부 사물의 모습이 비친다는 측면에서 물의 이미지의 변용이라 할 수 있다.

掃地焚香無外事　　땅 쓸고 향 사르자 세속 일 없으니
紙窓銜日皦如衷36)　햇빛 머금은 종이 창문은 내 마음처럼 밝구나

---

35) 진래, 『주희의 철학』, 예문서원, 2002, 179~187면.
36) 卷4 「朝」, 132면.

不讀也應猶勝讀   책 읽지 않은 것이 오히려 읽는 것보다 나으리니
坐看窓月冷於霜37)   앉아서 서리보다 차가운 창속의 달 본다네

石間井冽寒   돌우물 물이 싸늘하니
自在寧心惻38)   자재로울 뿐 어찌 슬퍼하랴

君門扉好掩   그대의 문을 잘 닫고
君井泥莫汩39)   그대의 우물을 진흙으로 더럽히지 마라

　위 자료들을 살펴보면 창문과 우물이 모두 사물이나 우주의 이법이 비
쳐드는 마음을 암시하고 있음을 알 수 있다. 그런데 물 이미지의 변형으로
서 시인이 창문이나 우물의 이미지보다 즐겨 사용하고 보다 중요한 의미
를 부여한 것은 거울의 이미지이다. 다음 시는 거울의 이미지를 통해 마음
에 대한 그의 또 다른 관점을 전한다.

桂棹蘭槳擊素波   계수나무 삿대 목련 노로 흰 물결 헤치고
來攀蒼石似登霞   푸른 바위에 올라오니 노을 위로 떠오른 듯
微風淨掃秋烟盡   산들바람이 가을 이내 깨끗이 쓸어가니
一片寒光玉鏡斜40)   한 조각 차가운 빛 옥거울이 비꼈어라

—「蒼石臺」

　기구와 승구를 음미해보면 시인의 정신적 지향을 상징하는 사물들이 교
묘하게 포치되어 있음을 감지할 수 있다. 맑은 물결, 푸른 바위, 노을에 물
든 하늘로의 비상 등을 통해 맑고 단단한 것들에 대한 지향과 정신경계의
상승이라는 원망(願望)을 암시하고 있는 것이다. 정신적 지향에 대한 암시

---

37) 卷4「夜」, 132면.
38) 卷3「冽井」, 106면.
39) 卷5「守靜」, 148면.
40) 「별집」, 27면.

는 여기에 그치지 않는다. 우선 결구에서는 거울로 물을 비유하고 그 물로 마음을 비유하는 액자식 은유의 방식을 통해 마음의 맑음을 강조한다. 그 뿐 아니라 '차가운 빛'과 '옥'이라는 수식어로 거울의 맑음을 부각시킴으로써 자신의 쇄락한 내면을 암시한다. 여기에서 이 시에 나타난 거울의 이미지가 차가우면서도 맑은 물의 이미지와 통한다는 것을 알 수 있다.

주시해야 할 점은 거울(물)의 이러한 맑은 빛이 산들바람이 이내를 깨끗이 쓸어감으로써 드러났다는 사실이다. 이는 마음을 닦기 위해 노력해야 한다는 시인의 의식을 반영한 것으로 이해할 수 있다. 그는 심성수양의 측면을 강조하기 위해 거울 이미지를 차용하였던 것이다. 다시 말해 물과는 달리 더러움을 닦아낼 수 있는 거울의 속성에 주목했던 것이다. "내 마음의 밝음은 차가운 거울 빛과 같으니 갈고 닦는 힘이 느슨해질까 겁나네"라고 한 시나 "마음의 거울을 천 번 닦아 간담을 차갑게 비추리"라고 한 시에서 거울 이미지에 내포된 이러한 의미를 또렷이 알 수 있다.[41] 결국 거울 이미지를 통하여 시인이 전하고자 하는 것은 사물의 본질이 비쳐드는 밝은 내면에 도달하기 위해서는 부단한 수양이 필요하다는 사실이다.[42]

퇴계 시에 있어 거울 이미지는 대부분 물 이미지의 보조관념으로 사용된다. 이러한 액자식 은유는 물은 활물성을 지녔고 거울은 정화(淨化)의 노력을 암시할 수 있다는 상호보완적인 관계를 이용한 것이라 할 수 있다. 시인은 자신이 체험한 정신경지를 명확하게 표현하기 위해 전통적인 이미지를 다각도로 활용한 것이다.

---

41) 卷5「又次龜巖夢見四心字時字一絶 卻寄」, 159면, "吾心明似鏡光寒, 自恐磨治力易闌."; 「별집」「閒居 次趙士敬具景瑞金舜擧權景受相唱酬韻」 제8수, 32면, "儒珍席上那輕用, 心鏡千磨照膽寒."

42) 물의 이미지를 묘사할 때 그 보조관념으로서 사용되는 흰 비단의 이미지도 마음의 수양을 강조하는 이미지이다(卷2「次韻金應順秀才」, 92면, "百練絲能白, 千磨鏡始明.")

4. 도덕적 주체의 확립—매화 이미지

　시인의 정신지향과 관련하여 퇴계 시의 이미지를 분석해 보면, 앞에서 살펴 본대로 상승의 이미지와 물의 이미지가 주로 등장한다는 사실을 발견할 수 있다. 상승의 이미지는 욕망을 파탈한 이상적인 인격체를 향한 갈망을 드러내고 있다면 물의 이미지는 이상적인 인격체의 본질이라고 할 수 있는 이상적인 내면경계를 현시한다. 이러한 상승의 이미지와 물의 이미지는 전시기(全時期)의 시작품들을 관통하고 있는 주도적인 이미지라고 할 수 있다.

　그런데 만년에 창작된 작품들에서 새로운 인격 이상을 표출한 매화 이미지를 접할 수 있다. 매화는 시련에도 변함 없는 순결한 지조나 봄의 도래를 암시하는 한시의 전통적인 상징이다. 따라서 매화는 그 관습적인 상징성으로 인하여 특정 시인의 개성적인 이미지로 존재하는 경우가 별로 없다. 시인의 경우, 60대 이전에는 매화를 소재로 한 작품을 그다지 많이 짓지 않다가 60대에 이르러 집중적으로 매화 시를 창작하였다. 60대 이전에 창작된 매화시의 작품 수는 대나무나 소나무 등 다른 식물 이미지를 소재로 한 작품들과 비교했을 때 별로 차이가 없다. 『퇴계집(退溪集)』「내집(內集)」의 경우, 61세 이전에 창작된 시 가운데 매화, 대나무, 소나무가 시어로 등장하는 작품들은 각각 20여제(餘題) 내외이다.[43] 60대 초반부터 나타나는 매화 시는 양적으로 많을 뿐만 아니라, 이전의 매화 시에서 매화를 대개 부수적인 소재로 차용한 것과는 달리 그를 중심소재로 삼아 시상을 전개하고 있다. 더욱 주목해야 할 점은 노년의 매화 시에 전통적인 상징성을 벗어난 새로운 의미가 본격적으로 부여되어 있다는 점이다. 양적인 측면과 질적인 측면에 나타난 매화 시의 이러한 변화야말로 퇴계 시의 변모를 암시하는

---

43) 매화가 등장하는 작품은 18제이고 대나무나 소나무가 등장하는 작품들은 각각 24제, 26제이다.

중요한 지표이다. 신선의 의상이 전시기(全時期)의 퇴계 시에 고르게 분포해 있으면서도 선계(仙界)로의 비상을 집중적으로 묘사한 작품들이 대개 40대 후반에서 50대 초반에 창작되었다는[44] 점을 감안하면 61세 이후 등장한 매화 시들은 새로운 시적 전환을 암시하는 것임에 틀림없다.

노년에 창작된 매화 시의 새로운 면모는 무엇인가. 61세 이후 만년에 창작된 매화 시의 특색은 우선 그것이 대부분 늦은 봄의 매화를 형상화한 시라는 점을 지적할 수 있다. 시제목만 일별해 보아도 이러한 양상은 어렵지 않게 포착할 수 있다. 문집에는 「절우단매화, 모춘시개(節友壇梅花 暮春始開)(…후략…)」, 「삼월삼일 지도산 매피한손 심어거년(三月三日 至陶山 梅被寒損 甚於去年)(…후략…)」, 「융경정묘답청일 병기 독출도산 견행난발 창전소매일수 호여옥설단지 절가애야(隆慶丁卯踏靑日 病起 獨出陶山 鵑杏亂發 窓前小梅一樹 皓如玉雪團枝 絶可愛也)」, 「계춘 지도산 산매증답 이수(季春 至陶山 山梅贈答 二首)」, 「모춘 귀우도산정사 기소견(暮春 歸寓陶山精舍 記所見)」 등의 작품이 실려 있는 것이다.[45] 작품 내용까지 검토하면 늦은 봄의 매화를 소재로 한 많은 작품을 발견할 수 있다. 이러한 측면은 눈 속에 핀 매화를 통해 시련에 맞서는 꼿꼿한 절개를 강조하거나 천리(天理)의 현현을 시사한 매화 시 일반과는 매우 다른 면모이다.

그렇다면 시인이 늦은 봄의 매화를 형상화한 이유는 무엇인가. 이 문제를 해명하기 위해서는 매화가 만년의 퇴계에게 어떤 의미로 수용되었는지를 먼저 살펴보아야 할 듯 하다.

　　一花纔背尙堪猜　　꽃 한 송이만 등져도 오히려 시기를 받는데

---

44) 사십대 후반에 창작된 주요작품으로는 「二樂樓 次東坡黃樓詩韻」(卷1, 68면), 「中秋月 寄士遂」(「별집」, 22면), 「記夢」(「별집」, 25면), 「夢中樂」(「별집」, 26면) 등을 들 수 있고, 50대 초반에 창작한 주요 작품으로는 「七月十三夜月」(卷2, 80면)과 「和老杜幽人」(卷2, 76면)을 들 수 있다.

45) 순차적으로 출전을 표시하면 다음과 같다. 卷3, 118면; 卷4, 130면; 卷4, 140면; 卷5, 151면; 卷5, 152면.

胡奈垂垂盡倒開　　어찌하여 드리운 것마다 모두 거꾸로 피었는가
賴是我從花下看　　다행히 나는 꽃 아래에서 보고 있기에
昂頭一一見心來[46]　머리 들어 하나하나 마음을 살필 수 있다네

—「再訪陶山梅 十絶」 제8수

이 작품에서 시인은 상투적인 매화의 형상을 답습하는 데서 벗어나서 신선한 아름다움을 지닌 매화를 묘사하였다. 땅을 향해 거꾸로 피어 있는 중엽매(重葉梅) 꽃송이의 인상적인 자태와 이를 아래에서 올려다보고 있는 시인의 천진스러운 모습이 묘하게 어울린다. 주목해야 할 점은 '등지다', '시기를 받다'와 같이 인간의 삶과 밀착된 의미를 지닌 시어들이 매화를 묘사하는 데 사용되었다는 점이다. 이는 이 매화가 인격체의 비유임을 시사한다. 따라서 '한 송이만 사람을 등져도 오히려 시기를 받는데 온통 거꾸로 피어 있다'는 내용은[47] 세속과 다른 독특한 삶의 방식으로 인해 세인(世人)들과 완전히 단절된 어떤 존재를 은유한다. 그리고 거꾸로 핀 매화의 화심(花心)을 하나하나 올려다보는 시인의 동작을 통해 매화를 자신과 동일시하는 의식을 감지할 수 있다. 시인이 '백발이 빽빽하게 난 뒤에야 시기로부터 점차 벗어나게 되었다'고 진술한 것이나 '벼슬길에서 물러난 이후에도 시기를 받았지만, 완전히 벼슬에서 은퇴한 지금엔 시기와 모욕이 없으리라는 것을 믿겠다'고 읊었던 것은 이와 관련하여 음미해 볼 만하다.[48] 결국 땅을 향해 거꾸로 피어 있는 매화에서 시인은 세인과 단절된 자신의 고독한 모습을 발견했다고 할 수 있다.

이처럼 매화의 형상에 시인의 자화상이 투영되어 있다면, 그는 늦은 봄에 핀 매화의 이미지를 통해 자신의 어떤 모습을 전하려 하였는가. 다음

---

46) 卷4, 141면.

47) 시인이 '한송이만 등져도 시기를 받는다'고 서술한 것은 誠齋가 보낸 詩에 "一花無賴 背人開"라고 하였기 때문이다(이 작품 맨 뒤의 주석 참조).

48) 卷2「秋日登臺」, 96면, "靑山嶷嶷終難狃, 白髮森森漸不猜."；「續集」 卷2「伏蒙天恩 許遂退閒 且感且慶 自述八絶」 제3수, 116면, "自媿菲才厠盛才, 名班身退又人猜. 只 今可信無猜媿, 魚鳥羣中與作魁."

작품은 늦게 핀 매화에 내포된 다양한 의미 가운데 하나를 제시한다.

朝從山北訪春來	아침에 도산 북쪽에서 봄을 찾아 왔더니
入眼山花爛錦堆	산꽃들은 비단처럼 찬란하게 쌓여 있네
試發竹叢驚獨悴	대나무 떨기 들추고는 초췌한 모습에 놀라고
旋攀梅樹歎遲開	매화나무 부여잡고 더디 핌을 탄식하네
疎英更被風顚簸	성긴 꽃잎은 거친 바람에 뒤집혔고
苦節重遭雨惡摧	모진 마디는 사나운 비에 꺾였구나
去歲同人今又阻	지난해 함께 한 이 오늘 또 못 오니
淸愁依舊浩難裁[49]	맑은 시름은 여전히 호대(浩大)하여 자르기 어렵구려

—「三月十三日 至陶山 梅被寒損 甚於去年 箸竹亦悴 次去春一律韻
以見感歎之意 時鄭眞寶 亦有約」

이 작품에 등장하는 매화는 삼월 십삼일 즉 늦봄에 핀 매화이다. 산꽃들은 무더기로 찬란하게 피어 있는데 매화는 때늦게 몇 송이만 피어 있다. 더구나 대나무와 함께 모진 풍우를 겪은 상태이다. 그렇다면 늦게 핀 매화에는 혼란한 정계에서 많은 시련과 곤경을 겪고 만년에 은거한 시인 자신의 형상이 투사되어 있는 것이 아닐까. 매화의 참담한 모습에 커다란 시름을 자르기 어렵다고 한 진술도 이러한 관점을 통해서 명료하게 이해할 수 있을 것이다. "깊숙이 핀 꽃의 만절(晚節)에 부질없이 생각이 많고, 새 한 마리 차가운 곳에 깃들어도 깔보지 않네"라고 한 「추일서회(秋日書懷)」는 이러한 추측에 더욱 힘을 실어 준다.[50] 또한 어떤 이가 온갖 꽃이 무성하게 핀 사월에 매화가 개화한 것에 대해 매화의 한(恨)이 된다고 하자 시인이 '이는 진정으로 매화를 아는 자가 아니다. (매화가 늦게 핀 것은) 놓인 곳과 만난 시절이 그래서일 뿐이다'라고 해명했다는 기록에서도 매화를 불우한 자신의 처지와 관련짓고 있는 의식을 읽을 수 있다.[51]

---

49) 卷4, 130면.

50) 「속집」 卷1 「秋日書懷」 제3수, 100면, "幽花晚節空多思, 獨鳥寒栖亦不欺."

매화 이미지가 만년에 은거한 시인 자신의 자화상을 반영한 것이라면 그것에 내포된 의미를 명확히 파악하기 위해서는 그가 50세 이후 은거를 결행한 동기에 대해 살펴보아야 할 것이다. 일찍부터 도학공부에 뜻을 두었던 퇴계는52) 형의 독려와 당대의 관례에 따라 벼슬길에 올랐지만 40대 무렵부터 일종의 정신적 위기감을 느끼게 되었다. 그 하나는 세월은 흐르는데 학문엔 진전이 없고 병은 끊임없이 찾아오는 데서 느끼는 위기감, 즉 학문을 통한 자기 정체성 확립과 관련된 불안감이었다.53) 그는 속인(俗人)들과 다름없이 의미 없는 죽음을 맞이하는 것에 대해 큰 두려움을 가지고 있었다.54) 중년 이후 창작한 시에서 빈번하게 '중도(中途)에 길을 헤매었다'고 언급한 것은55) 이러한 심리적 요인으로 인한 것이다.

퇴계에게 감지된 또 하나의 위기는 당대 사회의 문화적 위기였다. 그는 세상 사람들이 욕망에 휩쓸려 참된 마음의 상태를 잃었으며56) 이로 인해 당대사회에 도도한 탁류와 같은 말세의 징후가 나타나게 되었다고 생각하였다. 특히 그는 이러한 사회풍토에 물든 지식인들의 동향에서 심각한 문화적 위기를 읽어냈다. "고학(古學)이 전해지지 않아 온통 못난 선비뿐이고 순풍(淳風)은 오히려 시골농민들에게 남아 있다"고 한 것은 이러한 진단을 표명한 것이다.57) 그는 중국과 우리나라의 지식인 사회에 양명학(陽明學)과

---

51) 「외집」「前日靜存書 末有嶺梅吐芬時寄一枝之語 今年此間 節物甚異 四月 群芳始盛 而梅發與之同時 人或以是爲梅恨 是非眞知梅者 乃所處之地 所遇之時然耳 適答靜存書 因寄梅片 兼此二絶 亦不可不示左右 願與靜存共惠瓊報 庶幾爲梅兄解嘲也」, 60면. 이 작품은 퇴계 61세 때 창작한 작품이다(권오봉 편저, 『陶山詩大全』, 여강출판사, 1992).

52) 卷3「次韻金舜擧見寄」제3수, 117면, "少年求道指淳茫, 白首窮經意更長."

53) 卷1「早秋夜坐」, 51면, "感時忽興嘆, 徂年水流速. 舊學苦已晚, 新知良可惋. 沈痾喜負心, 謬筭難諧俗."

54) 卷2「秋懷十一首, 讀王梅溪和韓詩有感 仍用其韻」제2수, 93면, "風霜一搖落, 貞脆疑無異."

55) 卷3「和子中閒居 二十詠 求志」, 110면, "大錯鑄來容改範, 迷途覺處急回輈."; 「외집」「寄子中」, 59면, "回車自嘆迷途遠, 食蔘方知悅味深."

56) 卷2「次韻權生好文」, 94면, "適洛人皆走越如, 應緣澆薄喪眞餘."

57) 卷1「三月三日 雨中寓感」, 72면, "古學未傳皆末士, 淳風猶在祇村農."

상산학(象山學)이 홍류(洪流)를 이루어 가고 있음을 우려했고[58] 우리나라에 노장학(老莊學)과 선학(禪學)의 잔재가 뿌리깊게 남아 있음을 경계하였다.[59] 명나라의 학자들, 우리나라의 선유(先儒)들, 당대 유자(儒者)들의 학문태도를 대부분 비판적으로 언급한 것도[60] 이러한 사상적 혼란을 막아보려는 열정에서였다. 이색·정몽주·권근·김종직·주세붕 등을 논한 시에서도 우리나라 학문풍토에 대한 깊은 우려를 발견할 수 있다.[61] 당대의 문화적·사상적 위기를 거시적인 시선으로 통찰하고 있었던 그는 오랜 세월 동안 진리의 길이 끊어져 있었다는 인식 아래,[62] 사우(師友)를 찾을 수 없다는 독특한 고독을 노래한 시편들을 창작하였다.[63]

퇴계는 중년 이후 맞게 된 정신적 위기를 진리에 대한 탐구를 통해 극복하려 하였다. 발분(發憤)의 학문태도를 드러낸 많은 시들이 이 시기에 창작된 것은 바로 이 때문이다. 그는 "천사만종(千駟萬鍾)이 무엇인가. 발분(發憤)하여 선유편(仙遊篇)에 화답하리"라 하였고, "병든 몸의 실오라기 같은 힘을 더하여 끝내 인생을 헛되이 보내지 않으리라"고 다짐하였으며 "인간 세상에서 진정한 남자가 누구냐"고 물었다.[64] 이러한 분발의 자세를 지녔

---

58) 「별집」「韓士炯往天磨山讀書 留一帖求拙跡 偶書所感寄贈」 제9수, 44면, "陽明邪說劇洪流, 力遏羅公有隱憂.";「속집」 卷2 「喜還亭」「象山」, 105면, "象山凌跨自鵝湖, 狠執逾深極論餘. 痛惻無如洪水患, 只今天下盡爲魚."

59) 「외집」「次時甫韻八絶」 제7수, 66면, "佛老談極致, 空色與虛室. 未識實理源, 焉能免橫出."

60) 이는 다음의 연작시들에 잘 드러나 있다. 卷2 「閒居 次趙士敬具景瑞金舜擧權景受諸人唱酬韻 十四首」, 77~78면;「별집」「韓士炯往天磨山讀書 留一帖求拙跡 偶書所感寄贈」, 43~44면;「속집」 卷2 「喜還亭」, 105~106면.

61) 卷2 「閒居 次趙士敬具景瑞金舜擧權景受諸人唱酬韻 十四首」, 77~78면.

62) 卷1 「答周景遊見寄」 제2수, 69면, "自闢誰能倡別人, 難窺斯道曠千春.";「속집」 卷1 「絶句」 제3수, 92면, "畢竟何曾堪一笑, 悠悠千古摠成非."

63) 卷1 「和陶集飮酒」 제12수, 74면, "安得金蘭友, 趣舍不復疑. 片言釋千誣, 一誠消百欺.";卷2 「秋懷十一首, 讀王梅溪和韓詩有感 仍用其韻」, 94면, "美人隔天涯, 宿昔同所好. 相思不能忘, 爾來胡不早."

64) 卷3 「鄭子中同泛濯纓潭 用九曲詩韻」, 124면, "萬鍾千駟是何物, 發憤且和仙遊篇.";「별집」「謝淸州李剛而印寄延平答問書」, 45면, "病夫尙著絲毫力, 生世終須不作虛.";卷2 「答季珍」, 89면, "脚下豈應無實地, 人間誰定是眞男."

던 그는 "진리에 도달할 수만 있다면 세상을 덮는 공명(功名)도 한 점 연기와 같은 것"이며 "아침에 도를 들으면 저녁에 죽어도 좋다는 말이 진실로 맛이 있는 것"이라는 진리에 대한 확신을 표명하게 된다.65) 그리하여 성현 (聖賢)이 남긴 조박(糟粕)에 진리가 깃들어 있다는 확고한 신념과 백척간두에서 한발을 더 내딛으려는 비상한 각오로 만년의 은거를 결행하여 학문에 몰두하게 된다.66) 그러나 퇴계의 은거는 자신만을 위한 것이 결코 아니었다. 도연명을 평가하여 "성현의 세상을 구제하는 마음, 어찌 밤낮으로 애쓰는 것으로만 나타나겠나"라 하고 "지금 세상에 누가 제일류(第一流)라 할 수 있나. 강철 같은 척추로 천추(千秋)의 짐을 지리라"고 하였듯이67) 그의 은거는 진리 탐구를 통해 당대인과 후대인들에게 새로운 빛을 비추어 주려는 기도였다.

이러한 관점에서 퇴계의 은거를 바라볼 때 그가 중년 이후 '시간적으로 성현(聖賢)들보다 너무 늦게 태어났고 또 공간적으로도 멀리 떨어진 궁벽진 곳에서 태어났다'고 자주 탄식했다는 점은 유념할 만하다.68) 이를 음미해 보면 늦은 봄에 피어난 매화가 지닌 또 다른 의미를 유추할 수 있다. 늦게 핀 매화의 이미지는 성현의 유풍이 사라진 후대에 태어나 분발의 자세로 진리를 추구하고 있는 퇴계 자신의 자아상을 함축하고 있다고 이해할 수 있는 것이다. 결국 시인의 자아상이 투사되어 있는 매화의 형상은 그의 인격이상을 표출한다. 다음 작품은 이러한 의미를 명료하게 드

---

65) 卷2「黃仲擧求題畫十幅 舞雩風詠」, 94면, "若知箇裏眞消息, 蓋世功名一點烟."; 卷1「和陶集飮酒」제14수, 74면, "朝聞夕死可, 此言誠有味."

66) 卷3「和子中閒居二十詠」「講學」, 110면, "須知糟粕能傳妙, 始識熊魚孰味深."; 「별집」「次應霖」, 19면, "三秋祇可拚心力, 百尺竿頭寸寸登."

67) 卷1「和陶集飮酒」제20수, 75면, "聖賢救世心, 豈必夙夜勤."; 卷2「有嘆」, 78면, "今世何人第一流, 脊梁硬鐵擔千秋."

68) 卷3「陶山雜詠幷記」, 104면, "嗚呼, 余之不幸晚生遐裔, 樸陋無聞, 而顧於山林之間, 夙知有可樂也."; 卷5「易東書院 示諸君」제3수, 161면, "一粟吾生海外身, 可憐賢聖未同辰."; 「속집」卷2「伏蒙天恩 許遂退閒 且感且慶 自述八絶」제6수, 116면, "杏壇蕪沒幾千年, 私淑諸賢亦已天. 東海東濱可憐子, 不聰暗默似寒蟬."

러낸다.

婷約天葩玉雪姿	어여쁜 하늘 꽃 옥설(玉雪)의 자태
何妨春晚景遲遲	늦은 봄 더딘 햇빛 어찌 꺼리랴
細看冷艷彌貞厲	자세히 보니 차갑고 고운 모습 더욱 곧고 굳세니
不必清霜凍樹枝[69]	맑은 서리 내린 언 가지에서 피어야만 하는 건 아니리

—「奉酬金愼仲詠梅」 제2수

　시인은 이 시에서 처녀처럼 아름다운 모습과 옥설(玉雪) 같은 자태로 매화를 묘사하고, 이 차갑고 아름다운 매화가 지닌 견정한 성품을 진술하였다. 중요한 것은 서리가 내리고 나뭇가지가 어는 때에 핀 꽃보다도 늦은 봄에 핀 매화가 더욱 곧고 굳세다는 시인의 전언이다. 이는 매운 시련의 시기를 이겨낸 꽃보다 늦은 시기까지 절개를 잃지 않을 수 있는 매화가 더 아름답다는 인식을 드러낸다. 시인은 늦봄에 핀 매화를 통하여 노년에 이르러서도 세속적 영화에 휩쓸리지 않고 긴장과 분발의 자세로 학문에 매진하는 삶의 아름다움을 예찬한 것이다. '늦봄에 많은 꽃들과 함께 피어도 영췌사(榮悴事)에 관여하지 않는다'고 한 시나 "온갖 꽃 사이에서 찬란하게 피어나 '진(眞)'과 '남(濫)'의 차이를 더욱 드러낸다"고 한 작품도 이러한 의미를 공유한다.[70] 결국 시인은 매화의 이미지를 통해 인격 이상에 관한 노년의 통찰을 드러냈다고 할 수 있다.

　위 시가 만절(晚節)을 견지한 인격체라는 인격이상을 표출한 것이라면 다음 작품은 여기에 함축된 인격이상의 실상을 보다 부각시킨 것이다.

羣玉山頭第一仙	군옥산(群玉山) 정상(頂上)의 첫 번째 신선
冰肌雪色夢娟娟	얼음 같은 피부 눈 같은 빛이 꿈속에 아름다웠지

---

69) 卷5, 144면.

70) 卷4「寓感五絶」제3수, 130면, "早識不關榮悴事, 莫將梅藥較他看."; 卷5「次韻金惇叙梅花」, 146면, "粲然百花間, 益見眞與濫."

起來月下相逢處　　깨어나 달빛 아래 상봉하니

宛帶仙風一粲然[71]　　완연한 신선의 모습으로 눈부시게 웃네그려

　　　　　　　　　　　　　　　　—「溪齋夜起 對月詠梅」

　우리는 이 작품에서 40대 후반 및 50대 초반에 창작된 시에서 특히 부각되었던 신선의 의상이 매화의 이미지로 변형되어 나타남을 알 수 있다. 은거 직전의 정신적 지향점을 상징했던 '하늘을 나는 신선'은 은거의 삶에서 성취한 정신적 안정 위에서 '지상의 매화'로 전화되었던 것이다. 사실 시인의 도학사상과 조화하기 어려운 신선 이미지에는 50대 전후의 그의 현실적 처지와 삶의 이상의 괴리에서 비롯된 현격한 거리감이 반영되어 있다. 이는 지상과 천상의 그 아득한 거리와도 같은 것이다. 그러나 은거기에 집중적으로 시화된 매화는 이러한 현실과 이상의 거리가 차츰 좁혀짐에 따라 시인의 인격과 하나로 일치되어 가는 인격 이상을 상징한다.

　이 시에서는 이러한 인격이상을 매우 맑고 깨끗한 매화의 모습으로 암시하고 있다. 시인은 얼음 같은 피부와 눈 같은 빛깔, 신선의 풍모로 매화를 묘사할 뿐만 아니라 수많은 옥으로 이루어진 산과 밝은 달빛 등을 배경으로 제시하여 매화의 청정한 모습을 한껏 부각시키고 있는 것이다. 이 지극한 맑음은 결구가 시사하는 대로 뛰어난 아름다움이기도 하다. 문제는 이 맑고 아름다운 모습이 의미하는 것이다. 우리는 시인이 매화를 "뛰어나게 아름다운 풍류, 옥과 눈 같은 청진(淸眞)함"으로 묘사한 뒤 "태평당일(太平當日) 주돈이는 광풍제월(光風霽月)의 금회(襟懷)를 속세에 비추었지"라고 해석했다는 점을 주시해야 한다.[72] '광풍제월(光風霽月)'은 도학자들이 인격 함양 과정이나 결과에서 체험하는 매우 시적인 정신경계를 의미한다.[73] 따

---

71) 卷5, 163면.

72) 卷4「寓感五絶」제5수, 130면, "絶艶風流玉雪眞, 開時休怪混芳春. 太平當日濂溪老, 光霽襟懷映俗塵."

73) 이동환, 「晦齋의 道學的 詩世界」, 『회재의 사상과 그 세계』, 대동문화연구원, 1992, 166면.

라서 '광풍제월(光風霽月)'과 부합하는 매화의 청진(淸眞)함은 '천리(天理)를 체득한' 도학자의 인격경계를 상징한 것으로 이해할 수 있다. 시인이 '매화의 묘처(妙處)를 보니 온백설자(溫伯雪子)를 만난 듯 하다'고 언급한 것이나 매화의 얼음과 눈 같은 자태를 보고 '목격도존(目擊道存)'이라고 진술했던 것도 매화의 청진함이 인격 이상을 암시한다는 사실을 드러낸다.74) 얼음과 옥 등을 통해 매화의 청진한 모습을 강조한 시들은 앞에서 살펴 대로 '광풍제월(光風霽月)'의 정신경계를 암시한 작품들이다. 여기에서 이러한 의미를 함축한 작품들이 퇴계 매화 시에서 가장 빈번하게 나타나는 유형이라는 점에 유의할 필요가 있다. 이는 시인이 매화 시를 통해 주로 우주의 이법을 체득한 고결한 인격을 그려내려 했다는 사실을 시사한다.

시인은 한 걸음 더 나아가 이러한 인격의 완성이 지닌 또 다른 의미를 드러내기도 하였다.

但知姑射出塵姿	세속티끌 벗어난 고야(姑射) 신선의 자태만 알 일이고
莫把芳辰較早遲	이르다 더디다 피는 시기 비교 마오
萬紫千紅渾失色	수많은 붉은 꽃 자색 꽃이 빛을 잃었으니
小園驚動兩三枝75)	작은 동산을 놀라게 한 건 매화 두 세 가지라네

—「奉酬金愼仲詠梅」 제1수

이 시에서 시인은 수많은 꽃들의 모습을 통해 그들을 압도하는 매화의 모습을 그려내었다. 그는 매화 두세 가지와 수많은 화려한 꽃을 대비시켜 매화의 맑고 참된 모습을 강조하고 있는 것이다. 여기에서 우리는 매화가 울긋불긋한 빛깔의 수많은 꽃들보다 더 아름다울 뿐만이 아니라 그들을 경동(驚動)시켜 거짓된 빛을 잃게 하는 존재로 묘사되어 있다는 점을 주시해야 한다. 결국 늦은 봄에 핀 매화의 형상은 다른 존재에게 영향을 미치

---

74) 卷4「再訪陶山梅 十絶」 제3수, 140면, "撚鬚終日孤吟賞, 妙處如逢雪子然."; 卷5「贈金彦遇」, 153면, "坐待梅花冰雪香, 目擊道存吟不輟."

75) 卷5, 144면.

는 이상적인 인격체를 상징함으로써 퇴계 만년의 이상적인 자아상을 암시한다고 볼 수 있다. "매화 한 그루의 하얀빛이 뭇 꽃들의 어두운 빛을 씻어냈다"고 한 작품이나 '매화의 향기와 흰 빛에 뭇 꽃들이 적막해졌다'고 한 시, 그리고 '어지럽고 화려한 꽃들을 압도하고 쓸어버림은 오로지 옥설(玉雪) 같은 매화에 의지한다'고 언급한 시도 이러한 이상을 표출한다.[76] 시인은 자신의 인격 완성 그 자체로서 세계의 변혁에 참여할 수 있다고 믿었던 것이다.

결국 시인이 만년에 집중적으로 시화한 늦봄의 매화는 만년(晚年)의 그가 지향하는 인격 이상이 함축되어 있는 독특한 상징이라 할 수 있다. 퇴계 만년의 은거가 지니는 중요한 의미가 이 매화의 형상 속에 고스란히 온축되어 있는 것이다.

5. 맺음말

진부한 듯이 보이는 퇴계 시의 이미지들은 그의 시의 개성을 드러내는 관건이라 할 수 있다. 특히 시인의 상상력에 의해 일련의 통일성을 부여받은 몇 개의 이미지군은 그의 의식과 사상을 뚜렷하게 반영하고 있어 반드시 검토되어야 할 대상이다.

우선 상승의 운동을 드러낸 이미지들에서 세속적 욕망을 초월하고자 하는 시인의 열망을 발견할 수 있다. 또한 바위와 같은 단단한 것들의 이미

---

76) 卷3 「節友壇梅花 暮春始開 追憶往在甲辰春 在東湖 訪梅於望湖堂 賦詩二首 忽忽十九年矣 因復和成一篇 道余追舊感今之意 以示同舍諸友」, 118면, "眼明天地立孤樹, 一白可洗羣芳昏."; 卷4 「再訪陶山梅 十絶」 제1수, 140면, "昨來香雪初驚動, 回首羣芳盡索然."; 卷4 「隆慶丁卯踏青日 病起 獨出陶山 鵑杏亂發 窓前小梅一樹 皓如玉雪團枝 絶可愛也」 제2수, 140면, "平生苦厭紛華事 壓掃全憑玉雪枝."

지는 인심의 위태로움을 깊이 자각하고 있던 시인이 강조한 견정한 정신을 표상한다. 빈 방, 거울, 창문 등으로 변주되어 나타나는 물 이미지는 시인의 심성관을 드러내는 주요한 심상이다. 시인은 마음을 비유하는 물의 이미지와 본성을 비유하는 달 이미지를 결합시켜 본성이 회복된 쇄락(灑落)한 마음을 표출하기도 하고, 거울의 이미지와 물의 이미지를 조합하여 마음을 간단없이 수양해야 한다는 수양론을 암시하기도 하였다. 특히 퇴계 만년 시에 집중적으로 나타나는 매화의 의상은 그만의 독특한 상징으로 주목을 요한다. 주로 늦은 봄에 핀 꽃으로 형상화 된 매화의 이미지는 시련을 겪어낸 시인의 고독한 자화상을 투영한 것이다. 그뿐 아니라 세속적 영화에 휩쓸리지 않고 학문에 매진하여 진리를 체득하고자 하는 고결한 인격을 표상하기도 하고 세상 사람들을 감화시킬 수 있는 인격적 존재를 암시하기도 한다. 따라서 매화 이미지는 퇴계의 만년 은거가 지니는 중요한 의미가 온축되어 있는 개성적인 의상이라 할 수 있다.

남명(南冥)의 시와 심학(心學)

이 상 하

1. 머리말

    남명(南冥) 조식(曺植)은 도학자(道學者)이다. 퇴계(退溪)와 더불어 영남의 좌도(左道)와 우도(右道)를 분할하여 걸출한 학자들을 배출한 장석(丈席)으로서, 『동유학안(東儒學案)』 속에서 덕산학파(德山學派)의 종사(宗師)로서 그의 도학적(道學的) 위상은 실로 우뚝한 것이다. 그럼에도 불구하고 그의 학문의 성격을 명료히 규정하기는 쉽지 않다. 주자학(朱子學)의 틀로써 자기 경계선을 분명히 드러낸 퇴계 이후의 도학자들과 비교하면 더욱 그러하다. 경(敬)·의(義)를 학문의 두 축으로 삼고 사변적 이론보다 현실에서의 실천을 중시했으며 공부에 필요하다면 노장사상(老莊思想)도 수용했다는 것이 대체로 지금 학계에서 보는 학자로서의 남명의 모습인 듯 하다. 그리고 그 이상 구체적이고 심화된 연구를 진행하기가 쉽지 않은 것은 무엇보다도 자료의 한계 때문이다.

남명은 그의 학문적 위상으로 보아서는 매우 의외로 그의 문집은 본집 5권, 속집 1권의 적은 분량이고 게다가 소위 학문의사(學問意思)를 담은 저술, 즉 학설이나 논변이 거의 없다. 도학적(道學的) 사유를 뚜렷이 보여주는 작품은 신명사명(神明舍銘)과 도(圖)를 비롯한 몇 편의 명(銘)과 잠(箴)을 제외하고는 별로 발견할 수 없으며, 일반적으로 도학자에 있어서는 중요한 저술이 되는 서찰도 대개 심상한 척독(尺牘)에 그친다. 그밖에 연구 자료로 원용할 수 있는 것은 편저(編著)인『학기유편(學記類編)』뿐이다.

그렇지만 그 당시의 학계 정황에서 볼 때 이는 크게 예외적인 현상은 아닌 듯 하다. 퇴계를 분기점으로 삼아 조선시대를 전(前)·후(後)로 나누어 보면 퇴계 이전, 조선의 학자들은 주자와 같이 학자로서의 저술을 남겨야 겠다는 의식이 투철하지는 않았고 오히려 문집에서는 문장가로서의 면모를 더 뚜렷이 보이는 학자가 많았다. 조선 전기의 도학자로서는 비교적 많은 시문(詩文)을 남기고 있는 점필재(佔畢齋) 김종직(金宗直)의 문집도 당시의 여느 문인의 것과 크게 다를 바는 없다. 도학에 대한 사유가 없었던 것이 아니라 논변과 저술보다는 자기완성으로서의 실천적 수행의 의미를 중시했던 것이 이 당시의 학풍이었던 듯 하다. 이는 여말(麗末)부터 유행한 선학(禪學)의 영향과 아주 무관하지는 않을 듯 하다. 노불(老佛)의 학문의사(學問意思)가 유학(儒學) 속에 삼투(滲透)해 드는 것을 경계하여 도학(道學)의 자체 정화에 매우 주력했던 주자와 같이, 변이단(辨異端)의 칼날을 날카롭게 세웠던 퇴계와는 달리 조선 전기 학자들의 저술에는 정치(精緻)한 도학의 논리가 거의 보이지 않는다. 회재(晦齋) 이언적(李彦迪)이 망기당(忘機堂) 조한보(曹漢輔)와 벌인 무극(無極)·태극(太極) 논쟁이 퇴계 이전의 저술로는 가장 정밀한 변이단(辨異端)의 논리가 아닌가 생각한다.

이와 같이 조선 전기의 도학은 그 자료의 한계 때문에 본격적인 학문의사를 담은 저술 속에서 활발한 연구를 진행하기란 거의 불가능하게 되어 있다. 따라서 이 시기의 학자를 보다 정밀히 고찰하려면 주로 문학 연구에서 다루어지는 시문(詩文)을 사상 연구에도 적극 활용할 필요가 있을 것이다. 이 점에서 나는 남명도 대략 조선 전기의 영향권 속에 포함되는 학자로서 크게 예외는 아니라고 생각한다. 그래서 이 논문에서는 남명의 시에서 단서를 찾아서, 사변적이 아니고 실천적이라는 그의 학문 성향의 구체적인 곡절(曲折)을 구명(究明)해 보고자 한다.

2. 시에서 본 남명의 심(心)

남명의 시는 남명의 인품만큼이나 독특하다. 한문학(漢文學)의 시대에 문인 학자라면 두시(杜詩)든 동파시(東坡詩)든, 혹은 주자시(朱子詩)든 반드시 전대의 시인에게서 먼저 시의 전범을 배우는 것이 상례이고, 또 제대로 된 전범의 틀 위에 세워진 작품이 아니면 오히려 평가가 낮아질 수밖에 없었다. 그런데 남명의 시에는 실로 남명의 것이 아닌 작품을 찾아보기 어렵다. 여느 문인은 고사하고 도학자의 문집에서도 흔히 발견되는, 고인(古人)의 시에 차운(次韻)한 작품조차 주자(朱子)의 시에 차운한 '동지용주자운(冬至用朱子韻)' 하나밖에는 없다. '추상열일(秋霜烈日)', '태산벽립(泰山壁立)'으로 일컬어지는 그의 기상만큼 그의 시도 일체의 모방을 거부한 것은 아닐까. 그래서 그의 시는 오늘날의 문학의 관점에서 보면 고인(古人)의 언구(言口)로 자신을 포장하지 않고 직절(直截)하게 자기 육성을 내는 작품이 많다는 점에서 어느 문인 학자의 것보다 작자의 정신을 분명히 보여준다.

請看千石鐘　　저 천석들이 종을 보라
非大扣無聲　　큰 공이가 아니면 쳐도 소리가 없어라
爭似頭流山　　그러나 저 두류산이

天鳴猶不鳴　　하늘이 울어도 울지 않음 만하랴

(題德山溪亭柱)

자로(子路)는 당시 열국(列國)의 제후들이 공자(孔子)를 등용하지 못한 것에 대해 "천하의 큰 종을 걸어놓고 작은 막대기로 치면 어찌 소리를 울릴 수 있겠는가" 하였다. 유향(劉向)의 『설원(說苑)』에 나오는 이정당종(以莛撞鐘)의 고사로, 웬만큼 큰 막대기로 쳐서는 소리가 울리지 않는 큰 종을 공자에 비유한 것이다. 남명도 이 고사를 모를 리 없을 터인데, 그는 천석들이 큰 종도 거부하고 하늘이 울었으면 울었지 절대로 울지 않는 부동(不動)의 두류산으로 자처하였다. 이 시는 남명이 거처하던 산천재(山天齋)에 주련으로 걸려 있는 것으로 보아 자신의 정신의 지향을 나타낸 것임이 틀림없다.

高山如大柱　　높은 산 마치 천주와 같이
撑却一邊天　　한 쪽 하늘을 떠받치고 있구나
頃刻未嘗下　　잠깐도 하늘이 내려앉지 않으며
亦非不自然　　또한 그 모습 너무도 자연스러워라

(偶吟)

이 역시 분명 지리산 천왕봉을 읊은 것이다. 이 시에서 하늘을 떠받치는 의연한 두류산은 남명의 자황(自況)으로서 어떠한 외부의 유혹과 침범에도 전혀 동요하지 않는 거대하고 확고한 주체(主體), 즉 자아라 할 수 있다.[1] 내면적으로는 외경(外境)에 대응하여 심(心)이 되는 이 자아는 능히 일체의 사물을 압도하고 있는데, 이와 같은 내면과 외면, 심(心)과 사물의 구도는 도학자로서는 퍽 이례적인 것이다. 통상 도학자의 시에서 자아는 가

---

1) 李東歡 선생님은 「曹南冥의 精神構圖」(『南冥學研究』 창간호, 慶尙大 南冥學研究所, 1991)에서 南冥이란 호가 가지는 莊子哲學의 이미지와 관련하여 남명의 정신을 '自我定立의 巨大志向'으로 규정한 바 있다.

급적 자신의 모습을 드러내지 않은 채 사물의 리(理)를 찾고 그 리(理) 속에
서 함영(涵泳)한다. 자아가 거대해지면 사물의 섬세한 곡절들은 그 그림자
에 가려져 버리고, 사물은 사물 자체로서가 아니라 자아를 드러내는 매개
(媒介)로서의 역할을 할 뿐이게 되는데, 이러한 자아와 사물을 우리는 선가
(禪家)의 게송과 시에서 흔히 볼 수 있다. 이것이 사물을 자기 심성(心性)의
투영으로 생각하여 그 자체로서의 실존을 인정하지 않고 오로지 진아(眞我)
만을 찾는 선(禪)과 사물의 리(理)를 찾는 격물치지(格物致知)를 공부의 근간
으로 삼는 도학의 서로 상반된 추항(趨向)이다. 물론 도학에서도 존양(存養)
공부인 경(敬)이 있지만 그 역시 격물치지와 표리(表裏)를 이루어 어디까지
나 자기 마음이 항상 자각(自覺)을 잃지 않고 완전한 주체로서 객체인 사물
을 접응하기 위한 것으로, 사물에서 눈을 돌려 자신의 心의 근원을 비추어
보는 선(禪)의 내관(內觀)과는 아주 다르다.

　　위 시들에 나타난 남명의 정신은 퇴계(退溪) 이황(李滉)의 만년의 정신 경
계를 가장 잘 나타낸 것으로 일컬어지는 시(詩), 「보자계상유산지서당(步自
溪上踰山至書堂)」과 비교해 보면 더욱 잘 드러난다.

花發巖崖春寂寂	꽃은 바위 벼랑에 피고 봄 고요한데
鳥鳴澗樹水潺潺	새는 시냇가 나무에 울고 물은 잔잔헤라
偶從山後携童冠	우연히 산 뒤로부터 동관을 데리고서
閒到山前看考槃	한가로이 산 앞에 이르러 고반을 보노라

　　이 시는 제목에서 알 수 있듯이 퇴계가 계상(溪上)의 집에서 산을 넘어
도산서당(陶山書堂)이 보이는 곳에 이르러 지은 것이다. 이때 동행한 이덕
홍(李德弘)이 "천리(天理)가 상하(上下)에 함께 유행(流行)하여 각득기소(各得其
所)하는 묘(妙)가 있는 듯 하다"고 하자 퇴계가 "대략 그러한 의사(意思)가
있긴 하지만 추론이 너무 지나치다" 하였다 한다.[2] 이 시 속에서 퇴계는

---

2) "李德弘問此詩有沂上之樂, 樂其日用之常, 上下同流, 各得其所之妙, 先生曰雖略有

자신의 의지를 전혀 드러내지 않는다. 그 자신이 조금도 자연에 개입하지 않고, 자연의 일부분이 되어 고요히 자연을 관조하고 있는 것이다.

남명의 시에서는 이렇게 자연을 관조하는 모습은 별로 보이지 않는다. 오히려 자연과 합일이 되어 개체로서의 남명 자신도, 자신이 보고 있는 대상도 무너져 버린, 아주 통쾌하고 광활한 느낌을 주는 정신경계를 발견할 수 있다.

> 喪非南郭子　무아지경에 앉았으니 남곽자가 아닐까
> 江水渺無知　아득히 흐르는 저 강물은 무심하여라
> 欲學浮雲事　뜬 구름의 일을 배워보려 했더니
> 高風猶破之　고풍이 그마저 흩어버리는구나
>
> (涵碧樓)

경남 합천(陜川)에 있는 함벽루(涵碧樓)에 제(題)한 시이다. 이 시 속에서 남명은 『장자(莊子)』 제물론(齊物論)에 나오는 남곽자기(南郭子綦)처럼 물아구망(物我俱忘)의 깊은 침묵에 잠긴 채 누각에 앉아 있고, 눈 앞에 펼쳐진 강물도 무심히 흘러간다. 여기서 강물은 존재하지만 남명에게는 이미 대상으로서 존재하지는 않는다. 남명과 강물 사이에는 이미 간격이 무너져 대상을 감지할 주체도 감지될 객체도 없는 것이다. 이러한 절대의 고요 속에서 문득 남명을 깨워 도로 자신을 보게 한 것은 뜬 구름이다. 무심히 떠있는 구름을 보고, 남명은 조금 생각을 일으켜 보았다. 생각을 일으켰다기보다 그저 무심히 구름을 보고 있었을 것이다. 설령 '부운(浮雲)'이 일반적으로 상징하는 부귀를 생각했다 하더라도, 남명에게 부귀를 탐낼 생각은 애초에 없었다. 그저 가소로운 세상사의 작은 편린을 보고 있을 뿐이었을 것이다. 구름을 보고 찰나에 생각을 일으켜 보았는데 그 구름마저 높은 바람이 흩어버리고, 이 시 속에서 남명은 다시 절대(絶對)의 고요 속에 잠적

此意思, 推言之太過耳."(『退溪先生文集考證』卷3)

한다. 이 시에서 대상 경계인 강물과 구름은 그 자체의 리(理)를 드러내어, 관조의 대상으로서 실존하는 것이 아니라, 오히려 대상경계를 잊음으로써 대상경계를 뛰어넘은 남명의 거대한 자아 속에 포함되어 개체로서의 자성(自性)을 상실하고 있다. 이와 같이 객체인 사물을 잊고 무아(無我)의 경지에 들어가면, 사물과 자아가 모두 없어지는 듯 보이지만 사물과 대응하는 존재로서의 자아가 없어질 뿐이고 오히려 대상이 무너져 없어진 상태에서 유일한 자각(自覺)의 주체로서 자아(自我)의 실존은 더욱 크고 극명하게 드러나게 된다.

그리하여 남명의 시에서 자아는 때로는 매우 호방한 기상으로 외경(外境)을 압도한다.

斧下雲根山北立　　도끼로 깍은 듯한 벼랑 산 북쪽에 서 있는데
袖飜天窟鳳南移　　천굴에서 소매 떨치며 봉은 남쪽으로 왔도다
泠然我欲經旬返　　표연히 날아 나는 열흘쯤 지나 돌아올 터이니
爲報同行自岸歸　　이르노라 동행들이여 이 언덕에서 돌아가시구려

(明鏡臺)

이 시에는 "도굴산(闍窟山)에 있다", "봉(鳳)은 붕(朋)의 고자(古字)로, 선생 자신을 말한다"라는 원주(原註)가 붙어 있다. 사람들과 함께 탐승(探勝)에 나선 남명이 명경대(明鏡臺)란 바위 벼랑 위에 이르러 읊은 것이다. 자신을 천굴(天窟)에서 훌쩍 소매를 떨치고 온 봉에 비유한 것부터 매우 호기롭다. 명경대는 깍아지른 듯한 바위 벼랑이어서 이곳에 이르면 오던 길로 도로 돌아갈 수밖에 없는데, 남명은 이 대상경계의 한계상황을 훌쩍 벗어버림으로써 당당히 활로(活路)를 열어젖힌다. 즉 『장자(莊子)』 소요유(逍遙遊)에서 열자(列子)가 바람을 타고 표연히 15일 동안 허공을 날다가 돌아온 것처럼 자신도 이 벼랑에서 날아 한 열흘쯤 광활한 우주에서 노닐다가 돌아오겠으니, 동행들은 이쯤에서 그만 돌아가라는 것이다. '물각부물(物各付物)'의

자세로 자연의 경물을 고요히 관조하는 것이 아니라 남명은 아예 대상경계를 뛰어넘어 대상경계를 굽어보며 광활한 우주를 유영(遊泳)하는 것이다.

이렇듯 남명의 시에서 대상경계는 자아에 비해 퍽 왜소해 보인다. 거대한 지리산으로써 자황(自況)하고, 호방한 기상으로 일체의 사물을 압도한다. 이 밖의 고고한 산림처사(山林處士)로서의 모습을 보이는 곳에서도 그는 늘 세상을 굽어보는 자리에 높이 서 있다. 시에 보이는 남명의 자아는, 사물에서 리(理)를 찾고 그 리(理)를 완상하고 리(理)의 세계에 함영(涵泳)할 뿐 자신을 드러내지 않는, 일반적인 도학자의 시에서의 자아와는 거의 대척점에 서 있다고 해도 과언은 아닐 것이다.

이상에서 본 남명의 시에서의 자아는 대상경계에 대응하는 주체로서의 심(心)이다. 다음은 남명이 비상하게 중시한 존양공부(存養工夫)의 바탕, 거경(居敬)공부의 착수처(着手處)인 심지(心地)에 관한 것이다.

獨鶴穿雲歸上界	외로운 학은 구름을 뚫고 천상으로 돌아가고
一溪流玉走人間	한 줄기 시내만 옥을 흘리며 인간세계로 달린다
從知無累飜爲累	이제 알겠구나 누 없음이 도리어 누가 되는 줄
心地山河語不看	이에 심지의 산하는 보지 않았다고 말하리라

(青鶴洞)

남명이 지리산을 유람하다가 청학동(青鶴洞)의 경치를 보고 읊은 것이다. 청학동의 맑은 물이 인간세상으로 흘러간 탓에 그만 기밀이 누설되어 사람이 그 물줄기를 따라 청학동을 찾아오게 되었고, 속인의 발길이 들어서자 청학(青鶴)은 떠나고 말았다. 누가 없는 맑음이 도리어 누가 되어 청학동은 속인에 발길에 의해 오염되고 말았듯이 심지(心地) 본연의 티 없는 맑음도 자칫 외물에 의해 오염되기 쉽다. 따라서 심지의 산하는 절대로 외부에 알려지지 않도록 단단히 지켜야겠다는 것이다.

남명은 정좌공부(靜坐工夫)를 잘하였다는 기록이 있거니와 학문에서 특

히 존양공부를 중시하였다. 책을 읽고 사물의 이치를 완색(玩索)하는 공부
보다 본성(本性)을 보존하는 공부에 주력한 것이다. 이 시에서 외물에 물들
지 않은 '청징(淸澄)한 심지(心地)'를 지키려는 남명의 학문 의지는 그의 심
안(心眼)을 내면으로 돌려놓고 있다. 외면의 사물에서 리(理)를 찾음으로써
심(心)의 리(理)를 밝히는 것이 아니라 외면의 사물의 침입을 막음으로써 내
면의 청징을 지키는 것이다. 심(心)의 청징을 지키는 것은 경(敬)의 요체로
도학자(道學者)라면 누구나 매우 중시하는 공부이다. 그런데 남명의 경우는
내면의 청정(淸淨)에 심안이 쏠린 나머지 외물(外物)을 멀리하는 듯한 의사
(意思)를 보여준다는 점이 그의 특징이다.

病臥山齋晝夢煩　　병들어 산재에 누우매 낮 꿈이 많아라
幾重雲樹隔桃源　　몇 겹의 운수에 무릉도원은 막혔는고
新水淨於靑玉面　　새 물이 푸른 옥 바탕보다도 더 맑으니
爲憎飛燕蹴生痕　　얄미워라 박차서 물결 일으키는 저 제비

(江亭偶吟)

　남명이 강 가의 정자에서 지은 시이다. 갈암(葛菴) 이현일(李玄逸, 1627~
1704)은 이 시를 퇴계가 소년 시절에 지은 「유춘영야당(遊春詠野塘)」이란 시
와 대비해 놓고 양현(兩賢)의 학문성향을 설명하였다. 퇴계의 그 시는 다음
과 같다.

露草夭夭繞水涯　　이슬 젖은 풀 곱게 물 가를 두른 곳
小塘淸活淨無沙　　작은 못물 맑고 싱싱하여 모래조차 없어라
雲飛鳥過元相管　　구름 날고 새 지나는 건 원래 있는 일
只怕時時燕蹴波　　때때로 제비가 물결 찰까 그게 걱정일세

(遊春詠野塘)

　남명의 시에서는 '새 물이 푸른 옥 바탕보다도 더 맑으니' 하여 푸르고

맑은 수면을 청옥(青玉)과 같이 고결한 것으로 인식하고 있다. 그리고 티 없이 맑은 수면을 박차서 파문을 일으키는 제비를 밉다고 하여, 내면의 심(心)의 맑음을 사랑하고 외면의 사물의 침입을 경계하는 의사가 있다. 청징(清澄)한 심지(心地)를 온전히 지키기 위해 외물(外物)을 거부하려는 기상이 느껴지는 것이다.

다음 퇴계의 시를 보면 '구름 날고 새 지나는 건 원래 있는 일'이라 하여 맑은 연못에 구름과 새의 모습이 비치는 것을 당연한 일로 받아들이고 있다. 위 남명의 시에서와 같이 제비가 물결을 박차는 것을 꺼리지만, 이 시에서는 사물을 거부하는 의사는 없고 단지 외물과의 만남에서 인욕(人欲)이 발동하여 마음이 순간적으로 어지러워지는 것을 경계한다고 볼 수 있다. 마음이 사물을 접응하는 것을 당연한 일로 받아들이고 사물과의 만남 속에서 '경(敬)'의 상태를 지키려는 자세로 보아도 좋을 듯 하다.

위 두 시는 모두 우연히 자연의 경물, 물을 보고 마음이 느낀 바를 자연스럽게 표현한 작품인데 그 의사(意思)가 이렇듯 서로 판이하게 다르게 나타나는 것이 흥미롭다. 갈암은 이에 대해 "두 시 모두 천연히 자득(自得)한 멋이 있지만 퇴도(退陶)의 시는 고요할 때 마음을 보존하고 움직일 때 기미를 관찰하여 사물이 오면 그대로 순응하는 기상이 있으며, 남명의 시는 空寂을 주장하여 마음으로 사물이 없는 곳을 비추려는 의사가 있다"[3]고 분석하였다.

이 갈암의 분석을 위의 두 시에 적용해 보자. 퇴계의 시에서, 기(起)·승구(承句)는 '고요할 때 마음을 보존하고[靜存]'에 해당하고, 전(轉)·결구(結句)는 '움직일 때 기미를 관찰하여[動察]'에 해당하며, 남명의 시에서 기(起)·승구(承句)는 '공적을 주장하며[主張空寂]'에 해당하고 전(轉)·결구(結句)는 '사물이 없는 곳을 비추려는[求照無物]'에 해당한다고 생각된다. 시 속에서 퇴계는 이슬에 젖어 싱싱한 풀이 우거진 못 가를 거닐며 수면에

---

3) "兩詩皆有天然自得之趣, 但退陶詩有靜存動察物來順應底氣象, 南冥詩便有主張空寂究照無物底意思."(『葛庵集』19卷「愁州管窺錄」)

비친 구름과 새를 보고 있고, 남명은 현실을 떠난 한적한 산재(山齋)에서 무릉도원(武陵桃源)을 생각하며 수면의 청징함을 몹시 사랑하고 있다. 시 속에서 퇴계는 이슬에 젖은 풀, 구름, 새 등 주변의 사물을 또렷이 인식하고 있는 반면 남명은 현실을 멀리 떠난 공간에서 자기만의 맑은 세계를 향유하고 있는 것이다. 여기서 '사물이 없는 곳을 비춘다[求照無物]'는 것은 구체적으로 무엇을 뜻하는가? 장횡거(張橫渠)가 "정성(定性)이 움직이지 않을 수 없어 외물에 얽매이게 되는 것은 어째서인가?" 하고 묻자, 정명도(程明道)가 "이른바 정(定)이란 것은 움직일 때도 정이요 고요할 때도 정이어서 사물을 맞이함도 없고 안팎도 없다. …… 이제 외물을 싫어하는 마음을 가지고서 사물이 없는 곳을 비추어 보고자 하니, 이는 거울을 뒤집어서 비추어 보고자 하는 것과 같다" 하였다.4) 마음의 거울은 외면의 사물을 비추어 보는 것인데 이를 돌려 내면의 심성(心性)의 근원을 비추어 보고자 한다는 것이다. 이는 사물이 내면에 누를 끼치는 것을 싫어해서 자신의 내면의 청징을 지키는 것인데, 이러한 내관(內觀) 공부는 선(禪)과 유사한 것이다. 이에 주자(朱子)는 "나는 생각건대 횡거가 외물의 누를 없애고자 하였으니, 이는 이미 불교의 수행과 비슷한 것이다. 그러므로 정자(程子)가 그 병의 근원을 미루어 말한 것이 자연 석씨(釋氏)의 수행과 비슷한 것이다" 하였다.5)

갈암은 퇴계의 학맥을 이은 학자이므로 남명의 학문성향을 좋게 보지는 않았을 수 있다. 따라서 남명에 대한 그의 견해도 비판적인 쪽으로 쏠리기 쉬웠을 것이다. 그러나 갈암이 아니어도 주자학(朱子學) 일반의 관점에서 당연히 남명의 학문 성향은 매우 독특한 것으로 보였을 것이다.

그만큼 내면의 청징을 지키려는 남명의 의지는 매우 단호한 것이었다.

---

4) "橫渠先生問語明道先生曰'定性未能不動, 有累於外物, 何如?' 明道先生曰'所謂定者, 動亦定, 靜亦定, 無將迎, 無內外 …… 今以惡外物之心而求照無物之地, 是反鑑而索照也."(『近思錄』 卷2)

5) "愚謂橫渠欲去外物之累, 便已近於釋氏, 故程子推其病源, 自然與釋氏相似."

全身四十年前累   사십 년 동안 더럽혀진 온 몸의 누를
千斛淸淵洗盡休   천 섬 맑고 깊은 물에 죄다 씻어 보내노라
塵土倘能生五內   진토가 만약 내 오장 안에 생긴다면
直今刳腹付歸流   당장 배를 갈라 흐르는 물에 씻어 보내리라
—「浴川」

시내에서 목욕하며 읊은 작품이다. '진토가 만약 내 오장 안에 생긴다면 당장 배를 갈라 흐르는 물에 씻어 보내리라'라는 결연한 어조에서 청징한 심지(心地)를 지키려는 남명의 학자로서의 매우 강한 의지를 읽을 수 있다. 남명이 「신명사도명(神明舍圖銘)」에서 "기미가 움직이면 용감히 이겨 나아가 반드시 시살하게 한다[動微勇克 進敎廝殺]" 하여 심중(心中)에 일어나는 조금의 악(惡)도 용서치 않겠다고 한 단호한 자세를 여기서도 읽을 수 있는 것이다.

投璧還爲壑所羞   구슬 던져 주었더니 외려 골짜기가 수치로 여겨
石傳糜玉不曾留   바위로 옥 부수어 내어 보내기를 쉬지 않는구나
溪神謾事龍王欲   시내의 신이 부질없이 용왕의 욕심을 섬기어
朝作明珠許盡輸   아침마다 명주를 만들어 죄다 바다로 보내누나
—「黃溪瀑布」

폭포수가 골짜기에 떨어져 바위에 부딪쳐 물방울로 튕겨져 나오는 광경을 요(堯) 임금이 천자의 옥새를 넘겨주자 당시의 고사(高士)였던 허유(許由)가 단호히 거절한 것에 비겼다. 이밖에 청학동의 폭포를 읊은 시에서도 "요임금이 옥을 주는 것을 싫어하여 삼키고 내뱉기를 쉬지 않는구나[却嫌 堯抵璧 茹吐不曾休]" 하였다. 이렇게 꼭 같은 표현이 남명의 많지 않은 시에서 여러 차례 나온 것은 보면 청징한 심지를 지키려는 그의 내면의 의지가 매우 강한 것이었음을 알 수 있다.

또 「유두류록(遊頭流錄)」에서도

水吐伊祈璧	물은 요(堯) 임금의 구슬을 토하고
山濃靑帝顔	산은 청제(靑帝)의 안색이 농염하여라
謙誇無已甚	겸손과 자랑이 너무 심하지 않은가
聊與對君看	애로라지 그대와 함께 보노라

하여 위의 시와 거의 같은 의사를 보였다. 요(堯)의 옥새를 허유(許由)가 거절하는 것처럼 옥 같은 물방울을 계속해 토해내는 폭포의 모습을 겸손에, 농염한 꽃으로 물든 산색(山色)을 겸손에 비긴 것이다. 이 시의 아래 "저녁에 서쪽 승당(僧堂)에 유숙하였다. 밤에 누워서 이 시를 마음속으로 외워보고 또 사람들을 경계하여 말하기를 '이 명산에 들어온 사람이면 누구나 그 마음을 깨끗이 씻지 않겠는가. 누가 자신을 소인이라 하겠는가. 그러나 필경 군자는 군자가 되고 소인은 소인이 되니, 일폭십한(一曝十寒)이 무익(無益)하다는 것을 알 수 있다' 하였다"6)라 하여 이 시가 마음을 맑히는 공부를 지속해야 함을 강조한 것임을 알게 하였다.

3. 남명 학문의 성향

남명은 그의 편저(編著)『학기유편(學記類篇)』5권에서 변이단(辨異端)에 관한 기록들을 모아 유가(儒家)의 심법(心法)이 선(禪)과 다른 점을 확인해 두고 있다. 그러나 그는 「사단성현감소(辭丹城縣監疏)」에서 "저 불씨(佛氏)의 이른바 진정(眞定)이란 것은 단지 이 마음을 보존하여 상달(上達)하려는 것뿐이고 아래로 인사(人事)를 배워서 실지(實地)에 발을 굳게 디디는 공부가 없기 때

---

6) "夕宿西僧堂, 夜臥默誦, 又以警人曰 '入名山者, 誰不洗濯其心, 肯自謂曰小人乎? 畢竟君子爲君子, 小人爲小人, 可見一曝之無益也.'"

문에 우리 유가(儒家)에서는 배우지 않습니다" 하였을 뿐 불교의 선정(禪定) 자체를 논리적으로 단호히 배척한 것은 보이지 않는다.7) 오히려 정좌(靜坐)를 특히 잘하였고『참동계(參同契)』를 좋아하였을 뿐 아니라 자신이 거처하던 서재인 계부당(雞伏堂)의 명칭을 '여계포란(如雞抱卵)'에서 따왔다는 사실에서, 남명은 공부에 도움이 된다면 이단의 이론이라도 굳이 배척할 필요가 없다고 생각했을 것이라고도 추측해볼 수 있다. '여계포란'은 '여묘포서(如猫捕鼠)'와 함께『참동계』에서 온 말이긴 하지만 간화선(看話禪)에서 화두(話頭) 공부의 요결(要訣)로 매우 중요하게 빈번히 사용하는 것이다. 주자(朱子)는 여계포란이 선가(禪家)에서 온 것이라 하여 그 공부의 내용 자체가 문제점이 있는 것이라 지적하고 있다.8) 따라서 도학자로서는 혐의를 받을 우려가 매우 많았을 터인데도 남명은 개의치 않고 이를 자기 서재(書齋)의 편액으로 걸어 공부의 지침으로 삼았던 것이다.

조선은 주자학을 표방하고 나섰으나 남명 당시에는 아직『주자대전(朱子大全)』이 학자들 사이에 널리 유포되지 못하여 주자학의 이론이 학자들 사

---

7)『근사록』卷13「辨異端」편에 程明道가 "저 釋氏의 학문은 敬以直內는 있지만 義以方外는 없다" 하고 또 "佛氏는 하나의 覺이란 이치가 있으므로 敬以直內할 수는 있지만 義以方外가 없으니 그 直內란 것도 결국은 그 근본이 옳지 않다" 하였고, 卷4「存養」편의 註에서 朱子는 "老氏의 絶聖棄智와 釋氏의 坐禪入定은 모두 天理를 끊어버리는 것으로 사람의 마음을 해치는 가르침이다" 한 것을 불교의 禪定 자체를 배격한 대표적인 例로 들 수 있다.

8)『朱書節要』卷16「答徐子融書」. "예컨대 예전에 그대가 논한 '닭이 알을 품듯이 한다'는 것을 놓고 말해 보겠네. 재경은 대뜸 중의 말을 취하여 至當하다고 여기고 저들이 하는 공부의 내용이 우리와 같지 않다는 사실은 따져 보지 않았으니 진실로 소략하다 하겠네. 그런데 그대는 힘써 그 잘못을 공박하면서 바로 이러한 문제점에 착안하지 않아 다만 '닭이 알을 품어서는 안 된다'라고만 하고 그 품은 바가 알이 아니라는 것은 점검할 줄 모른 셈일세[如向來所論雞抱卵事 才卿便取僧言 以爲至當 而不究彼之所事與吾不同之實 固爲疏略 而子融力攻其失 乃不於此着眼 而支離蔓衍 但言雞不合抱卵 而不知點檢其所抱之非卵]" 하였다. 닭이 알을 품듯이 한다는 것은 話頭를 끊임없이 參究하여 妄想이 마음에 일어나지 않도록 하라는 뜻이다. 여기서 주자는 '如雞抱卵 자체는 공부 방법으로 문제가 있는 것이 아니지만 품은 알, 즉 공부의 내용 자체는 儒家와 禪家가 판이하게 서로 다르다'고 하여 그 공부 방법을 인정하는 듯이 보이지만 이는 상대방 徐子融의 견해가 정밀하지 못함을 지적한 것이고 '如雞抱卵' 자체를 어디까지나 禪家의 공부 방법으로 간주하고 있는 것은 분명하다.

이에 깊이 수용(受用)되지 못하였고 여말(麗末)에 크게 유행하였던 선학(禪學)이 아직 그 세(勢)를 완전히 잃지는 않고 있던 때이어서 주자학(朱子學)에 종사한다는 학자들조차도 선학(禪學)의 여습(餘習)에서 완전히 벗어나지는 못한 이들이 많았다. 남명보다 다소 앞선 시대이긴 하지만 대유(大儒)로 일컬어지는 일두(一蠹) 정여창(鄭汝昌)이 술과 훈채(葷菜)를 먹지 않고 밖으로는 건성으로 대화해도 안으로는 성성(惺惺)한 듯 하였고 젊을 때 학관(學館)에서 잠자는 채하고 몰래 참선을 하였으며 지리산에서 3년 동안 오경(五經)을 공부한 끝에 유(儒)·불(佛)이 자취만 다르고 도는 같음을 알았다고 한 것이라든가,9) 한훤당(寒暄堂) 김굉필(金宏弼)이 벗들과 함께 이른 새벽에 일어나 앉아 불교 관법(觀法)의 일종과도 같은 수식(數息)을 통해 정력(定力)을 시험해 보았다든가10) 하는 기록에서 당시 학계(學界)의 정황을 다소 짐작해볼 수 있을 것이다. 일두와 한훤당의 스승인 점필재(佔畢齋) 김종직(金宗直)도 그가 남긴 문집에서 도학자로서의 면모를 찾아보기 어렵고 오히려 당시 사장(詞章)에 종사했던 문인(文人)들의 시문과 크게 다를 것이 없어 보인다.

남명은 이러한 조선 전기 도학자의 학문 성향을 이어받는 한편 『성리대전』에서 성리학의 이론을 흡수하여 특히 존양(存養)을 중시하는 자신의 독특한 학문체계를 정립하였다. 그래서 그는 도학자로서의 신념이 투철하였으나 실제 공부에 있어서는 정좌(靜坐) 공부를 통한 내관(內觀)을 중시하였고, 불교에 대해서도 엄밀한 비판을 가하지는 않았다. 또 그는,

　　廣文頗似子雲家　　　광문선생11)은 자운의 집12)과 같아라

---

9) 張志淵, 『朝鮮儒教淵源』 상권.
10) 『南冥集』 卷4 補遺 「書景賢錄後」. "先生相與執友同棲, 鷄初鳴, 共坐數息, 他人纔過一炊皆失, 獨先生歷歷枚數, 向明不失, 此事親聞於李相長坤."
11) 唐 나라 때 廣文館博士 鄭虔. 그는 詩書畫 三絶로 일컬어질 만큼 才名이 알려졌으나 매양 빈궁에 쪼들렸다. 여기서는 빈한한 선비를 뜻한다. 杜甫의 「醉時歌」에 "제공들은 많이 몰려 대성에 오르건만 광문선생의 관청은 홀로 썰렁하고, 좋은 집에선 어지러이 고량진미 실컷 먹는데 광문선생은 밥이 부족하여라[諸公袞袞登臺省, 廣文先生官獨

稽古由來得力多　　계고[13]는 본래 힘을 많이 얻는 법이지
活法會須堂下斲　　활법은 모쪼록 당 아래에서 수레 바퀴 깎아야지
五車書在一無邪　　오거서 그 뜻이 하나의 삿됨 없음에 있도다

—「經傳」

大學篇頭十六言　　대학의 첫머리 열여섯 자
工夫半生未逢源　　반평생 공부해도 그 근원을 못 만났네
諸生仍得聰明在　　제생들은 참으로 총명도 하구나
經記詩書好吐呑　　시서를 기억하여 잘도 얘기하네

—「無題」

하여, 독서를 통한 치지(致知)보다 내면의 자득(自得)을 매우 중시하였으며,
「해관서문답(解關西問答)」에서,

　　"복고(復古: 晦齋 李彦迪의 자)가 '『대학』에서는 존양(存養)을 말하지 않았
　　다' 했다" 한 대목은 필시 전인(全仁)이 잘못 기록한 것이리라. 『대학』의 명명
　　덕(明明德)과 지어지선(止於至善)이 바로 책 첫머리에 나오는 존양에 해당하는
　　곳이니, 이는 초학(初學)의 선비도 알 것인데 하물며 복고가 몰랐으랴.[14]

하여, 존양공부를 비상하게 중시하는 그의 독특한 학문성향을 드러내었다.
명명덕과 지어지선을 존양으로 보는 것은 주자학에서는 매우 독특한 견해
가 아닐 수 없다.[15] 그는 또 『학기유편(學記類編)』에 정이천(程伊川)의 임종

　　冷, 甲第紛紛厭粱肉, 廣文先生飯不足]" 하였다.
12) 西漢의 揚雄이 岷山 남쪽 郫縣으로 이주하여 전답 한 뙈기와 집 한 채로 근근이 생
　　업을 꾸리며 살았던 데서 유래한 말로, 빈한한 文士의 생활을 뜻한다.
13) 後漢의 桓榮이 太子少傅에 임명되어 光武帝로부터 수레와 말을 하사받았다. 그는
　　수레와 말, 印綬를 늘어놓고는 儒生들에게 말하기를, "내가 이것들을 받은 것은 다 稽
　　古의 힘 덕분이니, 그대들은 노력하지 않아서야 되겠는가" 하였다. 『後漢書』「桓榮列
　　傳」 계고란 옛 경전에 밝음을 뜻한다.
14) "大學不言存養, 此必全仁之誤記, 大學明明德止至善, 乃開卷第一存養地也, 初學之
　　士亦當理會, 況復古乎."
15) 이에 대해 갈암 이현일은 "『대학』에는 謹獨만 말하고 존양을 말하지 않았으며 『중용』

장면을 수록해 두었다.

> 이천이 병이 위독할 때 곽충효가 가서 보니 이천이 눈을 감고 누워 있었다. 곽충효가 "선생께서 평소에 공부한 것은 바로 오늘과 같은 때에 쓰고자 한 것입니다" 하니, 선생이 "쓴다고 하면 곧 옳지 않다" 하였다. 곽충효가 침문(寢門)을 나가기도 전에 이천이 숨을 거두었다.[16]

진정으로 공부를 한 사람이라면 죽음의 앞에서 자유로울 수 있어야 한다고 말한 곽충효에게 이천은 '공부를 사용한다는 마음이 있으면 이미 공부가 아니라'고 하여 좌탈입망(坐脫立亡)과 같은 선가(禪家)의 임종을 부정하였다. 그러나 이천의 임종의 모습은 학자로서 자기완성의 한 모습을 보여 준다는 점에서 선가의 임종과 오히려 유사한 의미를 가질 수도 있다. 짧은 『학기유편』 속에서 선승(禪僧)들이 임종 때 주고 받는 대화를 연상시키는 이러한 내용을 수록했다는 것에 주목할 필요가 있다. 남명은 임종 때 벽에 걸린 경(敬)·의(義) 두 자를 가리키며 말하기를 "이 두 자는 학자에게 극히 요절(要切)하니, 모름지기 공부를 익숙하게 해야 한다. …… 공부가 익

에 와서야 비로소 존양을 말하였다"는 것은 바로 선유(先儒)가 말한 바이니, 晦齋가 처음 말한 것이 아니다. 그런데 南冥은 '『대학』「三綱領」이 곧 존양의 第一義이니 이는 초학의 선비도 알 것인데 하물며 복고가 몰랐으랴' 하고, 전인이 잘못 기록한 것이라 책임을 돌리고는 대뜸 기롱하였으니 도무지 알 수 없는 노릇이다. 예로부터 聖賢이 학문의 旨訣을 授受할 때에는 매양 動의 측면에서 공부하게 하였으니, 『虞書』의 '惟精惟一'과 『논어』의 '博文約禮'와 『대학』의 '格物'·'致知'·'誠意'·'正心'·'修身'과 『맹자』의 '始條理'와 '終條理' 등은 모두 동의 측면에서 말한 것이다. 『중용』에 와서야 비로소 戒懼와 謹獨으로 공부를 나누어 말하였으니, 계구는 존양이고 근독은 省察이다. 이에 본 말이 아울러 구비되고 動靜이 서로 보완하게 되었으니, 子思의 공이 여기서 큰 것이다. 그러나 堯의 한 마디를 舜이 세 마디로 보태어 말하였고, 공자가 말하지 않은 것을 맹자에 이르러 처음 말하였으니―性善說과 같은 것이다―이는 때에는 옛날과 지금이 있고 말에는 상세함과 간략함이 있기 때문이다. 말해보라. 『대학』「經文」과「傳」의 뜻 중어느 곳이 존양의 意思를 말한 것인가? 자세히 이치를 살펴보면 비록 초학의 선비라도 알 수 있을 것이다" 하여 매우 비판적으로 보았다. 『葛庵集』 卷19 「愁州管窺錄」.

16) "伊川病革, 門人郭忠孝往視之, 子暝目而臥, 問曰'夫子平日所學, 正要今日用' 先生曰'道著用, 便不是', 其人未出寢門而卒."

숙하면 흉중에 일물(一物)도 없게 된다. 나는 이러한 경지에 이르지 못하고 죽는다" 하였다.17)

　이러한 기록에서 보면 남명은 경(敬)·의(義)를 함께 강조, 내면과 외면의 공부를 병행하여 주자학의 학문 체계를 잘 계승하고 있다고 할 수 있다. 그러나 그의 '경(敬)'은 역시 위에서도 살펴보았듯이 청징한 심지(心地)를 지키는 쪽에 주력한 것이었다. 그는 성성자(惺惺子)라는 방울을 차고 다니면서 마음을 환성(喚惺)하는 공부에 주력하였다. 대표적인 경(敬)의 공부법(工夫法)인 정자(程子)의 '주일무적(主一無適)'·'정제엄숙(整齊嚴肅)', 윤화정(尹和靖)의 '기심수렴(其心收斂) 불용일물(不容一物)', 사상채(謝上蔡)의 '상성성(常惺惺)' 중에서도 남명은 상성성(常惺惺)18)을 가장 중시한 것이다. 이 '상성성'은 자신의 마음을 환성(喚醒)하여 마음이 외물에 끌려가지 않고 늘 각성(覺醒)해 있게 하는 공부로 경(敬)의 공부법 중에서는 선(禪)과 가장 유사하다. 이러한 자신의 심법(心法)을 상징하는 성성자(惺惺子)를 남명은 그의 고족(高足)인 동강(東岡) 김우옹(金宇顒)에게 전수하였다. 동강은 경(敬)공부에서 '제시접속(提撕接續)'을 특히 중시하였는데 이는 심지의 청징한 상태를 간단없이 지속해 가는 공부로 바로 '상성성'을 뜻한다.19) 여헌(旅軒) 장현광(張顯光)이 동강의 만사(挽詞)에서 "경서와 사서(史書)를 널리 섭렵하고 성성법으로 요약하였다[經書致浩博 約以惺惺法]"20) 한 데서, 이러한 동강의 학문성향을 징험(徵驗)할 수 있다.

　이로써 보면 남명─동강으로 이어지는 학맥의 경(敬)공부의 특징은 '상

---

17)『南冥集』卷4 補遺「行錄」, "又曰'書壁經義二字極切要云云' 學者要在用工熟, 熟則無一物在胸中, 吾未到這境界以死矣."

18) 謝上蔡는 "敬은 常惺惺法이다" 하였다. 이에 대해 주자는 "惺惺은 마음이 昏昧하지 않음을 뜻하니, 이것이 바로 敬이다" 하였고, 또 瑞巖이란 禪僧의 일화를 例示하였다. 서암이란 승려가 매일같이 늘 스스로 묻기를 "주인공아! 惺惺하냐?" 하고는 스스로 답하기를 "惺惺하다" 하였는데 오늘날의 학자들은 그 공부의 독실함이 이만 못하다고 하였다(『心經』卷1).

19) 이상하,『東岡 金宇顒의 出處와 學問』2장「主敬과 辨異端」참조

20)『동강집』부록 卷2「輓詞」.

성성(常惺惺)'을 특히 강조하여 마음의 청정한 상태를 지켜 가는 심지 공부 쪽에 주력했다는 점이라 할 수 있다. 주자는 "경(敬) 자는 두려워할 외(畏) 자가 그 뜻에 가깝다"[21)고 하였다. 그리고 퇴계의 정맥을 이은 대산(大山) 이상정(李象靖)은 경(敬)의 뜻을 말하면서 "모름지기 외나무다리를 지날 때에서 알아야 한다[須於過獨木橋上識取]" 하였고, 서산(西山) 김흥락(金興洛)도 "성현의 천 마디 만 마디 말이 '경'만한 것이 없으니 주자께서 분명히 남긴 지결(旨訣)이 있어라. 그 중의 참소식을 알고자 할진댄 넓은 한길을 갈 때도 외나무다리를 가듯이 조심하라[賢聖千言莫如敬 紫陽端的有遺調 欲知箇裏眞消息 官道當如獨木橋]" 하여 '외(畏)'의 의미를 특히 강조하였다. 경(敬)을 주장하면서도 공부의 주안점이 남명·동강과 달랐던 것이다. 그러니까 '외(畏)' 자를 강조한 것이 행기(行己)·처사(處事)에 있어 마음 자세로서의 경(敬)에 보다 중점을 둔 것이라면 '성성(惺惺)'을 강조한 것은 심지 공부 그 자체에 보다 중점을 둔 것이라 할 수 있겠다.[22)

4. 결론

남명은 시에서 거대한 지리산으로써 자황(自況)하고, 맑은 물을 청징한 심지에 비겼다. 여기서 그는 사물에 대응하는 확고한 주체로서 자아를 상

---

21) 『心經』卷1, "勉齋黃氏曰 敬者主一無適之謂 程子語也 然師說又以敬字惟畏近之 蓋敬者此心肅然有所畏之名."

22) 동강이 敬공부에 있어 '畏' 자의 의미를 말한 것은 「經筵講義」 癸酉 9월 21일 朝講' 條의 "在詩則曰聖敬日躋, 昭格遲遲, 格于上下, 蓋其用功處, 要在敬之一字而已. 心存敬畏, 持久不息, 其效自然至於昭格上下也"와 '12월 2일 畫講'條의 "所謂敬者惟畏近之, 嚴恭寅畏, 不敢自暇自逸, 則且心常存, 而學進矣. 然此學最怕間斷, 間斷便不成" 두 곳에서만 보이는데 여기서도 그는 예외 없이 공부를 간단없이 오래 지속해야 함을 특히 강조하고 있다.

정하였고, 자연 경물을 보면서도 사물의 이치를 완상하는 것이 아니라 사물에 침해되지 않은 맑은 심지를 생각하였다. 남명의 시 속에서는 사물을 완상하고 그 속에서 리(理)를 발견하고 리(理) 속에서 함영(涵泳)하는 모습을 찾아보기는 어렵고, 오히려 사물을 보면서도 심안(心眼)을 내면으로 돌려 심성(心性)의 근원을 비추어 보는 모습을 찾을 수 있다.

남명은 흉중에 일물(一物)도 없는 청정한 심지를 성인의 완전한 경지로 상정(想定)해 두었다. 그리고 온 몸으로 나아가 자신이 직접 성인의 실지(實地)를 밟고자 하였다. 그리하여 단계적이고 사변적인 쪽으로 나아갈 수 있는 격물치지(格物致知)보다는 내면의 본성에서 자기완성의 길을 찾는 직절(直截)한 방법인 존양(存養)을 비상하게 중시하였다.

남명의 학문에 대해서는 이미 퇴계(退溪), 갈암(葛庵) 이현일(李玄逸), 농암(農巖) 김창협(金昌協)이 등이 부정적인 견해를 보였고, 이밖에도 그와 유사한 견해를 보인 학자들이 많다. 심재(深齋) 조긍섭(曹兢燮)은 농암의 남명 비판을 반박했다가 남명을 횡거(橫渠)에, 퇴계를 이정(二程)에 비겼다는 것 때문에 남명의 후손인 현재(弦齋) 조용상(曹用相)으로터 강한 비판을 받기도 하였다. 남명에 대한 이러한 부정인 평가가 나온 것은 치지(致知)와 존양을 병행하는 주자학의 공부방법과는 달리 존양 쪽을 비상하게 중시한 그 학문 성향에서 기인한 것으로 생각된다. 하학상달(下學上達)을 강조하고 경의협지(敬義夾持)를 중시하는 모습에서 남명은 분명 도학자이다. 뿐만 아니라 그의 문하에서 배출된 걸출한 학자들의 면면만 보더라도 남명의 도학자로서의 위상은 높이 평가될 수밖에 없다.

그러나 남명의 학문은 성리학의 큰 틀 속에서 이학(理學)보다는 심학(心學) 쪽에 치우친 것으로 보인다. 외물의 침범을 경계하고 심(心)의 청징을 지키는 그의 '경(敬)'이 현실에서의 '의(義)'의 실천으로 옮겨질 때 처사형(處士型)의 극히 개결(介潔)하고 고고한 정신으로 나타난다. 이 의(義)는 지리산으로 자황(自況)된 내면의 자아가 외면의 세계에 대응하는 것으로, 그의 심학(心學)의 연장선상에 놓여 있다. 그래서 남명의 '의(義)'는 『주역』 설괘전

(說卦傳)에서 말한 '화순어도덕이리어의(和順於道德而理於義)'의 의(義), 마면(麻冕)과 배하(拜下)를 따랐던 공자의 의(義)와 같이 현실을 짐량(斟量)하여 그 상황에서 찾아낸 가장 옳은 길로서의 의(義)라기보다는 백이(伯夷)의 '청(淸)'과 같이 현실의 불의와 한 치도 타협하지 않는 절의(節義)이다. 즉 현실과의 관계 속에서 사물의 이치에 따라 옳은 길을 가는 의(義)가 아니라 현실과 대응하는 자리에서 자신의 고결한 정신을 지키는 의미로서의 의(義)에 가까운 것이다. 그리고 남명의 실천은 상달(上達)을 위한 하학(下學)으로서의 실천이요, 성인으로 가는 수행으로서의 실천이다. 따라서 남명의 실천은 자기완성 쪽에 치중한 것이지 후대의 실학자(實學者)들과 같은 현실에의 관심에서 나온 것으로 보기는 어렵다.

남명이 공부에 유용하다고 생각되면 노장(老莊)과 선학(禪學)의 용어(用語)도 거리낌없이 사용했던 것도 주자가 노장과 불교를 비판하기 위해 노장과 불교의 이론을 사용했던 것과는 매우 다르다. 그리고 왕양명(王陽明)이 『대학』 팔조목(八條目)에서 성의(誠意)를 근본으로 삼고, 격물(格物)의 '격(格)'을 바로잡을 '정(正)' 자의 뜻으로, '물(物)'을 심중(心中)에서 생각하는 일[事]로 해석하여 격물을 성의의 공부로 규정한 것과 같이, 남명이 『대학』의 명명덕(明明德)과 지어지선(至於至善)을 존양(存養)에 포함시킨 것은 심지(心地)공부를 극히 중시한 것으로, 분명 주자학의 일반적인 공부방법과는 매우 다르다.

따라서 오늘날에 와서 우리는 남명의 실체를 굳이 주자학의 범주 안에 넣고 남명학(南冥學)의 의미를 주자학의 평가기준 위에서만 찾을 필요는 없을 것이다. 오히려 북송(北宋) 제유(諸儒)를 포괄하는 도학(道學)의 큰 범주 속에서 여타 주자학자(朱子學者)들과 다른 성향을 보이는 그의 학문을 그의 독특한 개성으로 인정하여, 단조로운 우리의 사상사 속에서 큰 이채를 발하는 존재로 그 학문적 의의를 높이 평가해야 할 것이다.

『정언묘선』의 사유체계 및 심미의식

정 재 철

1. 머리말

『정언묘선(精言妙選)』은 율곡(栗谷) 이이(李珥, 1536~1584)가 여러 해에 걸친 선시 과정을 통해 그의 나이 38세인 1573년(선조 6년)에 편찬한 시선집이다. 율곡은 37세 되던 해 여름 성혼(成渾, 1533~1598)과의 서신을 통해 이기설과 사단칠정설(四端七情說), 그리고 인심도심설(人心道心說)에 대해 아홉 차례에 걸쳐 논쟁을 벌이는 한편, 한대에서 송대에 이르는 중국 역대의 시를 풍격별로 모아 『정언묘선』을 편찬하였다. 그가 30대 후반에 학자들과의 논쟁을 거치며 자신의 도학적 사유체계를 구체화한 시기에, 특정한 심미기준에 따라 주도면밀하게 『정언묘선』을 편찬한 것은 매우 의미 있는 일이다. 그는 이 시기에 성리학을 구조화하는 과정을 통하여 시는 어디까지나 인욕에 의해 더럽혀진 마음을 닦아 본연의 성정을 회복하는 데 도움을 주어야 하다는 생각을 공고히 하였다. 이에 그는 학자들이 시의 맥락을 바로 알아 도덕을 선창하여 마음에 쌓여 있는 묵은 때를 씻도록, 성정의 바름을 꾸밈없이 펼친 시로부터 후대에 인위적 조탁이 가미된 시에 이르기까지, 가장 정교하여 법이 될만한 시를 8종으로 나누어 『정언묘선』을 편찬하였다.[1)]

율곡의 『정언묘선』은 조선시대 도학파 문예 미학의 결정판이다. 이 책에 제시된 풍격 이론과 실제 작품의 내용에 대한 면밀한 검토는 한문학 작품과 작가에 대한 깊고 정확한 이해에 도달할 수 있는 잣대가 되는 한편, 한시를 자료적 차원이 아닌 하나의 문학 작품으로 향유할 수 있는 심미적 안목을 갖추게 하는 데 크게 도움이 된다. 필자는 이미 각주 1)의 논문에서 『원자집』의 저본으로 추정되는 『풍아익』과 비교하여 『정언묘선』의 선집방향을 알아보았고, 『원자집』·『형자집』·『이자집』에 수록된 시를 분석하여 충담소산·한미청적·청신쇄락한 시의 미적 특징을 밝혔다. 본 연구는 위 논문의 후속 과정으로 조선시대 도학파 문예미학의 본질을 구명하는 데 목적이 있다. 따라서 본 연구에서는 지금까지 『정언묘선』과 관련해 부분적으로 다양하게 진행된 연구 성과들을 수렴하고,[2)] 율곡의 시문집인 『율곡전서』에 수록된 내용을 중심으로 모두 8종의 유형으로 제시된 비

---

1) 정재철, 「『精言妙選』의 풍격 연구―沖澹蕭散·閒美淸敵·淸新麗落을 중심으로」, 『한국한문학연구』 23집, 한국한문학회, 2001.

2) 金璟鎬, 「栗谷 李珥의 心性論에 관한 연구」, 고려대 박사논문, 2001; 金南馨, 「『精言妙選』의 文獻的 檢討」, 『韓國漢文學研究』 제23호, 한국한문학회, 1998; 金昞國, 「精言妙選의 文獻的 檢討와 栗谷의 詩觀」, 『書誌學報』 제15호, 한국서지학회, 1995; 金豊起, 『朝鮮前期 文學論 研究』, 태학사, 1996; 김학주, 『조선시대 간행 중국문학 관계서 연구』, 서울대 출판부, 2000; 李敏弘, 『士林派文學研究』, 형설출판사, 1985; 김학주, 「退溪詩歌의 品格 研究」, 『泮橋語文研究』 4집, 1992; 이연세, 「栗谷의 風格論에 대한 研究」, 『고전비평연구』 2, 태학사, 1998; 林熒澤, 「16세기 士林派의 文學意識」, 『韓國學論集』 3집, 계명대 한국학연구소, 1975; 정원재, 「지각설에 입각한 이이 철학의 해석」, 서울대 박사논문, 2001; 정재철, 「『精言妙選』의 풍격연구―沖澹蕭散·閒美淸敵·淸新麗落을 중심으로」, 『한국한문학연구』 23집, 한국한문학회, 2001; 洪學姬, 「栗谷 李珥의 詩文學研究」, 이화여대 박사논문, 2001.

평용어의 개념과 특징을 밝혀보고자 한다. 그 방법으로 먼저 이론 양식으로서의 도학적 사유를 문예이론으로 구조화한 『정언묘선』의 사유체계를 알아보고, 심성 수양을 학문의 목표로 삼아 작자와 독자의 입장에서 시의 창작과 시의 효용을 밝힌 『정언묘선』의 심미의식에 대해 살펴보기로 한다.

2. 『정언묘선』의 사유체계

율곡은 「정언묘선서」에서 자신이 체계화한 도학적 사유와 관련시켜 시의 본원과 시의 맥락, 그리고 시의 공효에 대한 생각을 펼쳤다. 본 장에서는 이 글을 중심으로 『정언묘선』에 나타난 율곡의 사유체계에 대해 알아보기로 한다.

1) 시의 본원—정언(精言)과 성정지정(性情之正)

율곡은 사람의 소리에서 정교한 것[精]이 말[言][3]이라고 하였다. 사람의 소리는 어떻게 생기는 것인가? 사람은 태어나면서부터 오장육부가 몸 속에 갖추어지고 온갖 형체가 몸 밖으로 드러난다. 율곡은 소리는 사람이 태어나는 근원에서부터 내재해 있던 것이 아니라, 기가 사람의 몸 안에 쌓이고 몸 밖으로 드러난 이후에 생긴 것이라고 하여, 사람이 내는 소리는 바로 기의 작용에 의한 것으로 보았다.[4] 그렇다면 기가 기로써 작용을 하게 하는 것은

---

3) 李珥, 『栗谷全書』(『한국문집총간』 44, 민족문화추진회, 이하 필자 생략) 卷13 「精言妙選序」, 271면. "人聲之精者爲言."
4) 『栗谷全書·拾遺』(『한국문집총간』 45, 민족문화추진회) 卷3 「贈崔立之序」, 520면.

무엇인가? 그것은 바로 마음이다. 마음이 마음으로써 작용을 하게 하는 것은 무엇인가? 그것은 바로 천지이다. 천지가 천지로써 작용을 하게 하는 것은 무엇인가? 율곡은 그것은 바로 '무극이태극'이라고 하였다.5) 이로 보면 사람의 소리는 우주의 시원이라고 할 수 있는 '무극이태극'에서 시작해 천지와 마음을 거쳐 기의 작용을 통해 몸 밖으로 나오는 것이다.

율곡은 시는 말에서 또 정교한 것6)이라고 하였다. 사람의 소리는 한 가지가 아니다. 사람의 소리에는 유용한 소리와 무용한 소리가 있다. 재채기나 코훌쩍이는 소리는 무용한 것이고, 꾸짖거나 웃고 이야기하는 소리는 유용한 것이다. 유용한 소리에도 미성과 악성이 있다. 사람이 그 소리를 듣고 좋아하면 미성이 되고 싫어하면 악성이 된다. 미성에도 실성이 있고 허성이 있다. 입에서 나와 문사로 표현되지 않으면 허성이 되고 문사로 표현되면 실성이 된다. 이 실성에도 바른 것과 사악한 것이 있고, 바른 듯 하지만 사악한 것과 사악한 듯 하지만 바른 것이 있다. 소리를 내서 남에게 좋게 들리면 문사로 지어진다. 율곡은 문사로 지어지되 바른 것과 합치하는 것이 선명(善鳴), 곧 시라고 하였다.7) 이로 보아 시는 유용한 소리이자 미성이고, 실성 중에서도 바른 소리가 문사로 표현된 것이다.

율곡은 시는 성정에서 근본한 것8)이라고 하였다. 성정이란 무엇인가?

"人之生于世也, 五臟具乎內, 百骸形於外, 其本則豈有聲哉. 有氣積於內而發於外, 然後爲聲焉. 然則聲於人者, 氣也."

5) 『栗谷全書・拾遺』 卷3 「贈崔立之序」, 520면. "氣之爲氣, 孰使之耶. 氣之爲氣, 心使之也. 心之爲心, 孰使之耶. 心之爲心, 天地使之也. 天地之爲天地, 孰使之耶. 天地之爲天地, 無極太極使之也."

6) 『栗谷全書』 卷13 「精言妙選序」, 271면. "詩之於言, 又其精者也."

7) 『栗谷全書・拾遺』 卷3 「贈崔立之序」, 520면. "聲之出, 亦非一也. 有無用之聲, 有有用之聲, 噴嚏鼻唾之流, 人聲之無用者也. 咄嗟言笑之類, 人聲之有用者也. 有用之中, 亦有美聲惡聲. 人聞其聲而好之, 則爲美聲, 惡之則爲惡聲. 美聲之中, 亦有實聲虛聲. 出於口而不著於文, 則爲虛聲. 出於口而著於文, 則爲實聲. 實聲之中, 亦有正者邪者, 或似正而邪者, 或似邪而正者. 聲而好於人, 好於人而著於文. 著於文而合於正者, 謂之善鳴."

8) 『栗谷全書』 卷13 「精言妙選序」, 217면. "詩本性情."

천리가 사람에게 부여한 것을 성이라 말하고, 성과 기를 합해서 일신에 주
재가 되는 것을 마음이라고 말한다. 이 마음이 사물에 감응해서 밖으로 발
한 것이 정이다. 따라서 성은 마음의 본체가 되고, 정은 마음의 쓰임이 된
다.9) 성은 본래 선한 것이고, 정은 선한 성이 발해서 생기는 것이므로 선
해야 마땅하다. 그러나 실제로는 정 가운데 선하지 못한 것이 있는 이유는
무엇 때문인가? 이에 대해 율곡은 정이 선한 것은 청명한 기를 타고 천리
를 따라 직출(直出)하여 중도를 잃지 않은 것이고, 정이 선하지 못한 것은
오탁한 기에 가려 본체를 잃고 횡생(橫生)하여 혹 지나치거나 혹 미치지 못
한 것10)이라고 하였다. 시는 바른 소리가 문사로 표현된 것이므로 오탁한
기에 가려 본체를 잃고 횡생한 사악한 소리가 아니라, 청명한 기를 타고
천리를 따라 직출한 바른 소리이다. 따라서 시는 속이거나 거짓으로 지어
서는 안 되고, 소리의 높고 낮음은 자연에서 나와야 한다.

　　율곡은 『시경』에 수록된 3백 편의 시는 인정을 완곡히 다하고 물리를
두루 통하였으며, 우유충후(優柔忠厚)하여 반드시 바른 데로 돌아갈 것을
구하였다11)고 하였다. 시는 희로애락의 정이 사물에 감응해 발한 것이다.
율곡은 정에는 도의(道義)를 위하여 발한 것과 구체(口體)를 위하여 발한 것
이 있다12)고 하였다. 어버이에게 효도하고 임금에게 충성하는 것은 도의
를 위하여 발한 정이다. 이를 도심이라고 한다. 배고플 때에 먹으려 하고
추울 때에 입으려 하는 것은 구체를 위하여 발한 정이다. 이를 인심이라고
한다. 도심은 그 발하는 것이 도의를 위한 것이므로 성명(性命)에 속하지만,

---

9)『栗谷全書』卷14「人心道心圖說」, 284면. "天理之賦於人者, 謂之性. 合性與氣而爲
　　主宰於一身者, 謂之心. 心應事物而發於外者, 謂之情. 性是心之體, 情是心之用."

10)『栗谷全書』卷14「人心道心圖說」, 285면. "情之善者, 乘淸明之氣, 循天理而直出,
　　不失其中. ……情之不善者, 雖亦本乎理, 而旣爲汙濁之氣所掩, 失其本體而橫生, 或
　　過或不及."

11)『栗谷全書』卷13「精言妙選序」, 271면. "三百篇, 曲盡人情, 旁通物理, 優柔忠厚,
　　要歸於正."

12)『栗谷全書』卷14「人心道心圖說」, 284면. "情之發也, 有爲道義而發者. ……有爲口
　　體而發者."

인심은 그 발하는 것이 구체를 위한 것이므로 형기(形氣)에 속한다. 『시경』
은 희노애락의 정이 도의를 위해 발하여 성명을 쫓아 나온 도심을 펼친
것으로 시의 본원이 된다.

율곡은 『시경』 이후에 지어진 시들은 성정의 바름에 근본하지 못하고,
거짓으로 꾸며 사람의 눈을 기쁘게 하는 것이 많다[13]고 하였다. 그는 성명
에 속하는 도심은 천리 그 자체이므로 선만 있고 악은 없지만, 형기에 속
하는 인심은 천리도 있고 인욕도 있으므로 선도 있고 악도 있다[14]고 하였
다. 마땅히 먹을 경우에 먹고 마땅히 입을 경우에 입는 것은 성현도 벗어
날 수 없는 천리이다. 그러나 식색(食色)의 생각으로 인하여 악한 마음을
갖게 된다면 이것은 인욕에 사로잡힌 것이 된다. 선하기만 하고 악하지 않
은 도심은 단지 잘 보존하면 그만이지만, 인심은 비록 선한 것일지라도 항
상 인욕에 유혹을 받아 위태롭기 이를 데 없다. 『시경』 이후의 시들은 정
이 구체를 위해 발하여 형기를 쫓아 나온 인심이 펼쳐진 것이다. 따라서
이 시들은 성정의 바름에서 나와 천리가 보존된 것과 성정의 사악함에서
나와 인욕이 드러난 것이 뒤섞여 있으므로 이를 잘 살펴 읽어야 한다. 율
곡이 『정언묘선』을 편찬한 이유가 바로 여기에 있다.

2) 시의 맥락–원류(源流)와 말류다기(末流多岐)

율곡은 시의 본원이 오래되어 막히고 말류가 다기하여 학자들이 눈을
부릅뜨고 보아도 어지러워 바른 길을 찾지 못할 것을 우려하였다[15]고 하

---

13) 『栗谷全書』 卷13 「精言妙選序」, 271면. "世代漸降, 風氣漸淆, 其發爲詩者, 未能悉
本於性情之正, 或假文飾, 務說人目者多矣."
14) 『栗谷全書』 卷14 「人心道心圖說」, 284면. "道心, 純是天理, 故有善而無惡. 人心,
也有天理, 也有人欲."
15) 『栗谷全書』 卷13 「精言妙選序」, 271면. "患詩源久塞, 末流多岐, 學者睢盱, 眩亂莫
尋其路."

였다. 연세대학교 필사본 『정언묘선』의 『원자집』에는 한대의 시 9수와 육조대의 시 48수, 그리고 당대의 시 48수와 송대의 시 8수를 합하여 모두 113수가 수록되어 있는데, 이 시들은 『시경』의 정신을 바르게 계승한 시의 원류에 해당한다. 그 다음 『형자집』에서 『예자집』에 이르는 6편의 선집에는 모두 당송대의 시 409수가 수록되어 있는데, 이는 근체시가 완성된 당나라 이후의 작품들을 각각의 풍격에 따라 나눈 것으로 말류의 다기에 속한다. 율곡은 율시가 나온 당나라를 전후로 하여 시가 크게 변한 것으로 보고, 비록 인심에서 나온 것이긴 하지만 가장 정교하여 법으로 삼을 만한 시를 8종의 유형으로 나누어 『정언묘선』을 편찬하였다.

동춘당본 『정언묘선』의 『원자집』에는 우유충후한 성정을 꾸밈없이 펼친 충담소산한 시 113수가 수록되어 있다. 『형자집』에는 자득한 마음을 흥에 맡긴 한미청적한 시 58수, 『이자집』에는 매미가 바람과 이슬을 맞으며 허물을 벗는 듯한 청신쇄락한 시 118수가 수록되어 있다. 『정자집』에는 구어가 단련되고 격도가 엄정한 용의정심한 시 49수, 『인자집』에는 주변 사물에 의해 촉발된 마음을 펼친 정심의원한 시 116수가 수록되어 있다. 『의자집』에는 필력이 주경하여 응원한 맛을 주는 격사청건한 시 48수, 『예자집』에는 아로새기고 꾸미기는 했지만 음염에는 이르지 않은 정공묘려한 시 20수가 수록되어 있다. 이로 보아 율곡은 『원자집』에 『시경』 이후에 나온 시 가운데 충담소산한 시를 정선해 수록하여 시의 원류를 알게 하였고, 점차 내려와 『예자집』에 시의 맥락이 거의 참모습을 잃은 정공묘려한 시를 실었으며, 마지막으로 『지자집』에 도의 이치를 밝힌 시를 수록하여 속이거나 거짓으로 흐르지 않게 하였다.

3) 시의 공효—존성(存省)과 이정탕심(移情蕩心)

율곡은 시는 학자가 할 것은 아니지만 존성(存省)에 도움이 된다[16]고 하였다. 그가 말한 존성은 존양(存養)·성찰(省察)을 줄여 말한 것이다. 율곡은 함양(涵養, 또는 존양)은 희노애락이 발하기 이전인 계구(戒懼)를 말하고, 성찰은 희노애락이 발한 이후인 신독(愼獨)을 말한다[17]고 하였다. 마음의 본체는 텅 비고 밝아 거울처럼 깨끗하고 저울처럼 평평하다. 이 마음이 사물에 느끼어 움직이게 되면 여러 가지 감정이 일어나는데, 이때 감정이 기에 구속되고 욕망에 가려 중도에서 벗어나면 그 바름을 잃게 된다. 언제나 존양성찰에 힘써 그침이 없어야 말하고 행동하는 것이 의리의 당연한 법칙에 합하게 된다. 학자들이 성정의 바름을 읊은 시를 읽게 되면 마음에서 희노애락의 정이 발하기 이전에는 계구를 통하여 마음을 보존해 기르고[存養], 희노애락의 정이 발한 이후에는 신독을 통하여 선악의 기미를 잘 살펴[省察], 마음에서 발한 희노애락의 정이 자연스럽게 이치에 맞고 절도 있게 하는데 도움이 된다.

율곡은 시는 성정을 음영하고 청화(淸和)를 선창(宣暢)하여 가슴속의 더러운 찌끼를 씻어내어 존양성찰하는 데 도움이 되어야 하고, 아로새기거나 아름답게 꾸며 감정을 옮기거나 마음을 방탕하게 해서는 안 된다[18]고 하였다. 사람들이 선한 내용의 시를 읽으면 마음에서 저절로 선한 감정이 일어나지만, 악한 내용의 시를 읽으면 마음속에서 악한 감정이 일어난다. 주희(朱熹)는 시는 성정에서 근본한 것으로 사악한 것과 바른 것이 있어, 그 말의 의미를 쉽게 알아 음영하고 억양·반복하는 가운데 사람을 감동시키기가 쉽다[19]고 하였다. 율곡 또한 두보의 시구는 학질을 뗄 수 있고, 위응물의 절구는 강 물결을 그치게 할 수 있을 정도로 시가 귀신을 감동

---

16) 『栗谷全書』卷13「精言玅選序」, 271면. "詩雖非學者能事. …… 存省之一助."

17) 『栗谷全書』卷19「聖學輯要」, 426면. "戒懼者, 所以涵養於喜怒哀樂未發之前, 愼獨者, 所以省察於喜怒哀樂已發之後."

18) 『栗谷全書』卷13「精言玅選序」, 271면. "亦吟詠性情, 宣暢淸和, 以滌胸中之滓濊, 則亦存省之一助. 豈爲雕繪繡藻, 移情蕩心而設哉."

19) 『栗谷全書』卷20「聖學輯要」, 433면. "詩本性情, 有邪有正, 其爲言旣易知, 而吟詠之間, 抑揚反復, 其感人又易入."

시킨다[20]고 하였다. 시는 이와 같이 짓는 사람과 읽는 사람 사이에 서로 긴밀하게 연계되어 있고, 두 사람의 마음속에 서로 침투하여 상호 일치시키는 효능을 지니고 있다. 율곡은 『정언묘선』에 존양성찰에 도움이 되는 시를 8종의 유형별로 수록하여, 학자들이 이를 읽어 물욕에 의해 왜곡되거나 편협한 마음을 버리고, 선한 것을 좋아하며 악한 것을 미워하는 자각을 불러일으킬 수 있도록 하였다.

3. 『정언묘선』의 심미의식

율곡은 『정언묘선』을 편찬하면서 『원자집』에서 『예자집』에 이르는 7종에 친필로 「정언묘선총서」를 붙여 놓고, 이곳에서 작시자의 창작 과정과 독시자의 심성 수양에 대한 생각들을 펼쳤다. 이 글을 중심으로 하여 전장에서 분석한 『정언묘선』의 사유체계가 어떠한 심미의식으로 8종의 풍격에 구체화되었는지 알아보기로 한다.

1) 충담소산―성정이 충후하여 정신이 맑아짐

율곡은 충담소산(冲澹蕭散)한 시는 꾸밈을 일삼지 않고 자연스러운 가운데 깊이 묘취가 있다[21]고 하였다. 그는 「청송성선생행험(聽松成先生行論)」

---

20) 『栗谷全書·拾遺』 卷3 「仁物世槀序」, 519면. "子美之句, 能去痘疾, 蘇州之絶, 能止
    江派, 則詩之可以感乎鬼神者, 亦可知也."
21) 『栗谷全書·拾遺』 卷4, 534면. "此集所選, 主於冲澹蕭散, 不事繪飾, 自然之中, 深
    有妙趣."

에서 "평소의 뜻이 충담하여 멀리 세상 밖을 벗어났다"22)고 하였고, 「경연일기」에서 "때때로 자연을 소요하며 성정을 음영하여 소산한 흥취를 맡겼다"23)고 하였다. 그가 말한 '충담'은 멀리 세상 밖을 벗어난 마음을 의미하고, '소산'은 자연과 함께 하면서 얻은 흥취를 가리킨다. 충담소산한 시는 한결같이 고조(古調)와 고의(古意)를 띠고 있다. '고조'는 충담소산한 성정을 꾸밈없이 자연스럽게 펼친 것을 말하고, '고의'는 충담소산한 성정이 자연스러운 가운데 깊이 묘취가 있는 것을 의미한다. 이로 보아 충담소산한 시는 세상의 이록과 절연된 우유충후한 성정을 꾸밈없이 펼친 『시경』의 정신이 한·육조대를 거쳐 당·송대까지 따라 내려온 것이다.

율곡은 충담소산한 시를 읽으면 담박을 맛보고 희음을 즐길 수 있다24)고 하였다. '담박'은 몸과 마음을 단속하여 상정으로는 견딜 수 없는 것을 스스로의 즐거움으로 삼은 것이다.25) 『원자집』에 수록된 유곤(劉琨)의 「부풍가(扶風歌)」26)에는 "據鞍長歎息, 淚下如流泉", "忠信反獲罪, 漢武不見明" 등 모두 14구가 삭제되어 있는데, 이들 시구는 한결같이 시절을 탄식하거나 처지를 원망하는 감정을 그대로 표출한 것으로 시인의 충후한 성정과는 거리가 있다. 또한, 『원자집』의 저본으로 생각되는 『풍아익』에는 「행행중행행(行行重行行)」의 마지막 "棄捐勿復道, 努力加餐飯" 2구를 주남의 「권이(卷耳)」 2장의 "我姑酌彼金罍, 維以不永懷"라고 한 『시경』과 밀접하게 관련시켜, 버림을 받은 것이 이와 같은데 다만 아첨하는 신하에게 잘못을 돌려 단 한 마디도 원망이 임금에게 미치지 않았으니 충후함이 지극하다27)고 하였다. 위와 같이 우유충후한 성정을 노래한 충담소산한 시를 읽

---

22) 『栗谷全書』 卷18 「聽松成先生行誌」, 408면. "素志沖澹, 逈出物表."
23) 『栗谷全書』 卷18 「經筵日記一」, 126면. "有時逍遙水石間, 吟詠性情, 以寓蕭散之興."
24) 『栗谷全書·拾遺』 卷4, 534면. "讀此集, 則味其談泊, 樂其希音."
25) 『栗谷全書』 卷18 「聽松成先生行誌」, 408면. "其收束撿制處, 則浩然以淡泊自守, 常情所不敢, 而方且自以爲樂也."
26) 『精言玅選』 卷1, 15면.
27) 劉履, 『風雅翼』(『文淵閣四庫全書』 제1370冊, 이하 필자 생략) 卷1, 3~4면. "盖亦卷耳

으면 담박을 맛보고 희음을 즐기는 가운데 마음속에 선한 감정이 저절로
일어난다.

2) 한미청적—마음이 자득하여 심기가 화평함

율곡은 한미청적(閒美淸適)한 시는 조용히 자득하여 흥에 맡긴 것으로
사색해서 이를 수 있는 것이 아니다[28]라고 하였다. 그가 말한 '자득'은
『맹자』에 나오는 말이다. 맹자는 "군자가 깊이 나아가기를 도로써 하는 것
은 자득하고자 하는 것이다"[29]고 하였다. 율곡은 마음속에 욕심이 개입하
지 않아야 호연히 자득하여 어디를 가도 즐거울 수 있다[30]고 하고, 맹자가
말한 자득은 심성의 존양이 깊이 나아간 후에 얻게 되는 것[31]이라고 하였
다. 이로 보아 인용 글에서 말한 자득은 희노애락이 발하기 이전의 함양
과정인 계구는 물론, 희노애락이 발한 이후의 성찰 과정인 신독을 거쳐,
사물의 본질을 꿰뚫어 보아 어떤 유혹에도 흔들리지 않는 허정한 마음의
상태를 의미한다.[32] 이러한 자득의 정신경계는 반드시 마음을 가라앉히고
깊이 생각하며 여유 있게 즐기는 사이에서 얻게 되는 것이지, 급박하게 구
하거나 사사로운 것에 얽매여 얻을 수 있는 것이 아니다. 한미청적한 시는
위와 같이 끊임없는 수양을 통하여 도달한 자득의 정신경계를 사색의 과

酌金罍不永懷之意. 觀其見棄如此, 而但歸咎於讒佞, 曾無一語及其君, 忠厚之至也."
28)『栗谷全書 · 拾遺』卷4, 534면. "此集所選, 主於閒美淸適. 從容自得, 出於寓興, 非
　　思索可到."
29)『孟子集註』(京城書籍業組合, 1983) 卷8「離婁下」, 396면. "君子, 深造之以道, 自得
　　之也."
30)『栗谷全書』卷13「松崖記」, 279면. "天理本無內外之間, 彼有內有外, 必有人欲間之
　　也. 苟無人欲之間, 則浩然自得, 焉往而不樂哉."
31)『栗谷全書』卷13「擊蒙編跋」, 312면. "且所謂存養者, 存其心養其性也. … 孟子之
　　所謂自得者, 在於深造之後."
32)『栗谷全書』卷19「聖學輯要」, 426면. "戒懼者, 所以涵養於喜怒哀樂未發之前, 愼獨
　　者, 所以省察於喜怒哀樂已發之後."

정 없이 흥에 맡긴 것이다.

율곡은 한미청적한 시를 읽으면 마음이 평안하고 기(氣)가 화평하게 된다[33]고 하였다. 사람이 양심을 해치는 것은 이목구비와 사지의 욕심 때문이다. 이 육체의 욕심으로 인해 하늘에서 부여받은 본연지선은 점차 사라지게 된다. 따라서 자득의 실제에 깊이 나아가 세상의 이욕을 멀리하고 본연지선을 확충하면, 마음은 평안하고 기는 조화로워져 하늘의 도를 즐길 수 있게 된다. 이와 달리 말과 행동이 도리에 어긋나고 희노애락이 중도(中道)를 잃게 되면, 마음은 날로 풀어지고 기는 날로 방탕해져 본연지선은 끝내 사라지게 된다. 학자들이 자득한 마음을 펼친 한미청적한 시를 읽으면 마치 작은 수레를 타고 자유롭게 꽃밭을 지나듯, 마음이 평안하고 기가 조화롭게 되어 세상의 이익이나 화려함에서 아득히 멀어진다.

3) 청신쇄락―가슴이 쇄락하여 뼛속이 시원함

율곡이 청신쇄락(淸新灑落)한 시의 창작 배경으로 강조한 것은 맑고[淸] 새롭고[新] 깨끗한[灑落] 마음이다. 그는 「부이일수신사(復以一首申謝)」에서 "한번 휘둘러 쇄락하니 붓끝에 구름이 일고, 운자는 청신하여 나에게 시를 재촉하네"[34]라고 하였다. 주희 또한 시를 읽는 사이에 가슴속이 쇄락한 것이 마치 광풍제월의 기상과 같다[35]고 하였다. 학자들은 항상 선한 마음을 유지하여 다른 일에 휩싸이지 않고 만나는 일마다 마음속에 녹아들게 한 후에 조금씩 나아가면, 문자와 언어로는 이루다 표현할 수 없을 정도로 마음속이 맑고 깨끗해진다. 주돈이는 인품이 매우 높아 가슴속이 쇄락한 것

---

33)『栗谷全書·拾遺』卷4, 534면. "讀此集, 則心平氣和."
34)『栗谷全書』卷1, 45면. "一揮灑落雲生筆, 四韻淸新僕命騷."
35) 朱熹,『朱熹集』(四川敎育出版社, 1996, 이하 필자 생략) 卷42「答石子重」, 1588면. "和篇拜賜甚寵, 足見比來胸中灑落, 如光風霽月氣象."

이 광풍제월과 같았다[36]고 한다. 이러한 정신경계는 견식이 분명하고 함양이 완숙했을 때 얻어지는 공효로서, 진실하게 공용을 쌓아 가는 것에서 온 것이지 하루아침에 억지로 힘을 써서 이룬 것이 아니다. 청신쇄락한 시는 매미가 바람과 이슬에서 허물을 벗듯이 연화식의 입에서는 나올 수 없을 정도로 가슴이 쇄락한 경계를 펼친 것이다.

율곡은 청신쇄락한 시를 읽으면 장과 위의 썩은 피를 씻어 정신이 밝아지고 뼈가 시원하게 된다[37]고 하였다. 주희 또한 시를 통해 마음을 깨끗하게 하려면 먼저 고금의 체제와 아속의 실상을 잘 살펴 읽어야만, 장과 위의 사이에 끼어 있는 썩은 피와 기름을 모두 씻어낼 수 있다[38]고 하였다. 장과 위의 썩은 피는 인욕에서 비롯된 세속의 먼지를 가리킨다. 사람들은 거울을 보고 얼굴에 더러운 것이 있으면 반드시 씻고, 옷을 털 때에 옷깃과 소매에 때가 있어도 반드시 닦는다. 문제는 마음속에 더러운 세속의 먼지가 쌓여 있는데도 이를 세탁하거나 떨어내지 못하는 것이다. 학자들은 용맹하게 칼로 나무를 베듯 마음을 깨끗이 씻어내 다시는 마음속에 묶은 때가 쌓이지 않도록 해야 한다. 이때 깨끗한 마음을 노래한 청신쇄락한 시를 읽으면 마음속의 먼지가 말끔하게 씻겨 정신이 밝아지고 뼛속이 시원하게 된다.

4) 용의정심─논의가 오묘하여 의사가 깊어짐

율곡은 용의정심(用意精深)한 시는 구어가 단련되고 격도가 엄정하며, 간혹 오묘함에 나아간 논의가 있어 상정으로는 미칠 수 있는 것이 아니다[39]

---

36) 『栗谷全書』 卷26 「聖學輯要」, 73면. "周茂叔, 人品甚高, 胸中灑落, 如光風霽月."
37) 『栗谷全書·拾遺』 卷4, 534면. "讀此集, 則可以一洗腸胃葷血, 而魂瑩骨爽."
38) 『朱熹集』 卷42 「答鞏仲至」, 1588면. "來喩所云, 漱六藝之芳潤, 以求眞澹, 此誠極至之論. 然恐亦須先識得古今體制, 雅俗鄕背, 仍更洗滌得盡腸胃間夙生葷血脂膏, 然後此語方有所措."

라고 하였다. 그의 도학적 사유체계에 있어서 용의정심은 자못 중대한 의
미를 지니고 있다. 그는 "성(性)은 마음의 리(理)이고 정(情)은 마음의 움직
임이며, 정이 움직인 후에 정으로 인하여 헤아리고 비교하는 것이 의(意)이
다"40)라고 하였다. 성은 천리 그 자체이므로 선하지 않은 것이 없지만, 정
은 선할 수도 있고 악할 수도 있다. 그러나 정 그 자체로는 선과 악을 통
제할 수 없다. 이 정의 선악여부를 판단하여 선한 방향으로 이끌어가는 것
이 바로 의(意)이다. 율곡은 의가 정을 인하여 헤아리고 재는 것이 리를 따
르면 선한 정이 곧장 이어져 악념이 생기지 않지만, 헤아리고 재는 것이
마땅함을 잃게 되면 악념이 곁에서 생기게 된다41)고 하였다. 이로 보아 용
의정심한 시는 사물에 의해 촉발된 희노애락의 정이 옳은가 그른가를 계
산하고, 이를 그대로 유지할 것인가 아니면 버릴 것인가를 정밀하고 심오
하게 살핀 것이다.

　율곡은 용의정심한 시를 읽으면 작은 것[微]을 찾고 숨은 것[隱]을 볼
수 있어 의사가 저절로 천근하지 않게 된다42)고 하였다. 그의 도학적 사유
에 있어서 '작은 것'과 '숨은 것'은 바로 도심을 의미한다. 주희는 인심은
형기의 사사로움에서 생기고 도심은 성명의 바름에서 근원하는 것으로,
인심은 위태하여 불안하고 도심은 미묘하여 보기 어렵다43)고 하였다. 도
심은 마음이 곧장 성명의 바름에서 근원한 인의예지가 발한 것이다. 이 도
심은 선하지 않은 것이 없으나 은미하여 보기 어려운 것이 문제이다. 율곡
은 기가 용사한 것을 알아 정밀하게 살펴 정리(正理)를 쫓으면 인심이 도심

---

39) 『栗谷全書·拾遺』 卷4, 534면. "此集所選, 主於用意精深, 句語鍛鍊, 格度嚴整, 間
　　有造妙之論, 非常情所可企及者."
40) 『栗谷全書』 卷14 「雜記」, 299면. "性是心之理也, 情是心之動也, 情動後緣情計較者
　　爲意."
41) 『栗谷全書』 卷31 「語錄上」, 232면. "意緣是情而商量者, 商量循理, 則善情直遂, 惡
　　念無自而生, 商量失宜, 則惡念傍生矣."
42) 『栗谷全書·拾遺』 卷4, 534면. "讀此集, 則可以探微見隱, 而意思自不淺近矣."
43) 『中庸』(학민문화사) 「中庸章句序」, "以爲人心道心之異者, 則以其或生於形氣之私,
　　或原於性命之正, 而所以爲知覺者不同, 是以或危殆而不安, 或微妙而難見耳."

에게서 명령을 듣게 되지만, 정밀하게 살피지 못하고 오직 따라가기만 하면 정이 이기고 욕이 성하여 인심은 더욱 위태롭고 도심은 더욱 은미하게 된다[44]고 하였다. 학자들이 오묘한 논의를 갖춘 용의정심한 시를 읽으면 도심이 정밀하게 펼쳐진 작자의 은미한 마음을 엿보아 의사가 천근하지 않게 된다.

5) 정심의원—생각이 심원하여 원망이 없어짐

율곡은 정심의원(情深意遠)한 시는 경치에 나아가고 일에 나아가 금회를 펼치되, 원망하면서도 어긋나지 않고 슬퍼하면서도 상심하지 않았다[45]고 하였다. 그가 '정이 깊다[情深]'고 말한 것은 사물에 의해 촉발된 정이 깊음을 말한 것이고, '의가 멀다[意遠]'고 말한 것은 마음속에 일어난 정을 계산하고 헤아리는 것이 원대함을 의미한다. 사람의 마음속에 일어나는 희노애락의 정은 사물에 느낌을 받아 움직이는 것이다. 그 느낌에는 바른 것도 있고 악한 것도 있으며, 그 움직임에는 절도에 맞는 것도 있고 지나치거나 미치지 못하는 것도 있다. 사람이 슬퍼하거나 즐거워하는 것은 정에 따른 것이기는 하지만 리(理)가 이미 이곳에 갖추어져 있다. 따라서 즐거움이 지나쳐 리에 어긋나고 사랑이 지나쳐 몸을 상하게 하면 이정탕심(移情蕩心)에 빠지게 되고, 원망하되 리에 어긋나지 않고 슬퍼하되 몸이 상하지 않아야만 성정의 바름을 회복할 수 있다. 정심의원한 시는 주변 경물을 바라보거나 일을 행하는 과정에서 일어난 감정을 곧장 토로하였지만 리에 어긋나거나 상심에는 이르지 않은 것이다.

---

44) 『栗谷全書』 卷9 「答成浩原」, 195면. "知其氣之用事, 精察而趨乎正理, 則人心聽命於道心也. 其發直出於正理, 而氣不用事則道心也, 七情之善一邊也. 不能精察而惟其所向, 則情勝慾熾, 而人心愈危, 道心愈微矣."

45) 『栗谷全書·拾遺』 卷4, 534면. "此集所選, 主於情深意遠, 即景即事, 寫出襟懷, 怨而不悖, 哀而不傷."

율곡은 정심의원한 시를 읽으면 깊이 오래 생각하고 서글피 탄식을 일으키지 않을 수 없다[46]고 하였다. 옛 사람들의 시는 한 편의 시에 반드시 한 편의 의사를 가지고 있다. 주희는 『시경』의 「백주(栢舟)」에서 '조용히 생각할 뿐, 떨쳐 날 수 없네'라고 하고, 「녹의(綠衣)」에서 '내가 옛 사람을 생각하니, 실로 나의 마음을 얻었네'라고 한 것은 '예의에 머문 것'이라고 말할 수 있다[47]고 하였다. 위와 같이 『시경』에 수록된 시들은 비록 아들이 부모에게 인정을 받지 못하거나 신하가 임금에게 버림을 받아 일어난 감정을 펼쳤지만 모두 성정의 바름에서 벗어나지 않았다. 따라서 심원한 생각을 펼친 정심의원한 시를 읽으면 『시경』과 같이 예의에 머물러 있는 시인의 성정을 정밀하게 엿보아 원대하거나 음방한 감정이 사라진다.

6) 격사청건—필력이 주경(遒勁)하여 기운이 용솟음

격사청건(格詞淸建)한 시는 글자 그대로 격조[格]와 사어[詞]가 맑고[淸] 굳센 것[健]이다. 율곡은 격사청건한 시는 필력이 주경(遒勁)하고 급박한 의사가 없어 응원(凝遠)한 맛이 있다[48]고 하였다. 시에서의 격(格)과 의(意)는 서로 떨어질 수 없는 관계에 있다. 의는 격에서 나온 것으로 의를 얻으려면 먼저 격을 얻어야 하고, 격은 의에서 나온 것으로 격을 높이려면 먼저 의를 얻어야 한다.[49] 따라서 시는 격과 의가 서로 팽팽한 긴장 관계를 유지해야만, 시의 필력이 주경하고 의가 급박하지 않게 되어 응원한 맛을

---

46) 『栗谷全書·拾遺』 卷4, 534면. "讀此集, 則未嘗不穆爾長思, 悽然興歎."

47) 黎靖德, 『朱子語類』 卷80(中華書局, 1994) 「詩一·綱領」, 2070면. "如栢舟之詩, 只說到靜言思之, 不能奮飛, 綠衣之詩, 說我思古人, 實獲我心, 此可謂止乎禮義."

48) 『栗谷全書·拾遺』 卷4, 534면. "此集所選, 主於格詞淸健. 筆力遒勁, 而無急迫之意, 有凝遠之未."

49) 『詩人玉屑』 卷1 「詩法第二·白石詩說」, 11면. "意出於格, 先得格也. 格出於意, 先得意也."

줄 수 있다. '응원'은 작품 속에 내재해 있는 작자의 성정이 엄정하여 천박하지 않은 것을 의미한다. 평소 존양성찰이 부족해 마음속이 어지러워 순일한 맛이 없게 되면, 말하고 행동하는 사이에서 발하는 것이 급박하여 심후한 기풍이 사라진다. 격사청건한 시는 위와 같이 지속적인 존양성찰을 통해 얻은 심후한 기풍이 의와 격의 절묘한 운용을 통해 고도로 규범화되고 정식화된 것이다.

율곡은 격사청건한 시는 기가 솟고 정신이 드날려 나약한 사람은 뜻을 세우고 비루한 사람은 아취를 일으킨다[50]고 하였다. 사람의 성에는 본연의 선을 보존한 본연지성과 물욕에 의해 가리고 기에 의해 구속된 기질지성이 있다. 존양성찰은 끊임없는 수양을 통해 기질지성을 본연지성으로 바꾸는 것이다. 기질을 교정함에 있어 기질이 맑고 순수한 사람은 힘쓰지 않아도 선행을 잘 하므로 이에 더할 것이 없다. 문제는 기는 맑은데 질이 잡된 사람이거나 질은 순수한데 기가 흐린 사람이다. 부지런히 밤낮으로 힘써 유약한 자는 씩씩하게 하고 나약한 자는 주관이 서게 하며, 사나운 자는 온화하게 다스리고 성급한 자는 너그럽게 다스려야 한다. 이때에 응원한 맛을 주는 격사청건한 시를 읽으면 의지가 나약한 사람은 용감한 정감을 불러일으켜 장대한 뜻을 세우고, 마음이 비루한 사람은 굳센 정감을 불러일으켜 고상한 취미를 이룬다.

7) 정공묘려―수식이 미려하여 정의가 짙어짐

『예자집』에 수록된 시들은 언어와 내용을 정교하게 만들고[精] 잘 다듬고[工] 오묘하게 하고[妙] 아름답게 만든[麗] 작품으로 구성되어 있다. 시를 지을 때에 언어는 공교롭지만 내용이 부족하게 되면 격력은 반드시 약

---

50) 『栗谷全書・拾遺』 卷4, 534면. "讀此集, 則氣聳神揚, 而懶夫可以有立志, 鄙夫興雅趣矣."

해지게 된다.51) 율곡은 정공묘려(精工妙麗)한 시는 인위적인 수식이 가해진 것으로 시의 참모습을 잃은 것에 가깝기는 하지만, 시인의 성정이 음염(淫艶)한 것에는 이르지 않았다52)고 하였다. '음염'은 희노애락의 정이 발하되 절도에 맞지 않아 성정의 바름을 잃은 것이다. 공자가 멀리해야 한다고 말한 정성(鄭聲)53)이 바로 이에 해당한다. 따라서 시를 논할 때에는 이치에 합당한 것인지 아닌지를 살피는 것이 매우 중요하다. 육조시대의 시와 유몽득(劉夢得), 온비경(溫飛卿)의 시는 정기(正氣)에 해가 되었는데, 이 시들은 내용[理]은 높지 않으면서 언어가 남음이 있었기 때문이다.54) 이와 달리 사령운의 시는 정공하여 한 글자도 아름답지 않은 것이 없었고,55) 위응물의 시 또한 묘려하여 당대에 그에 필적할 시인이 없었다.56) 이로 보아 정공묘려한 시는 사령운이나 위응물의 시와 같이 비록 아로새기거나 꾸민 흔적이 있지만 모두 이치에 맞아 음염에는 이르지 않은 것이다.

율곡은 정공묘려한 시를 읽으면 정이 짙어지고 의가 빼어나게 되어, 수척한 사람은 살을 더하고 고고한 사람은 꽃을 피운다57)고 하였다. 사람의 기질에는 강한 것과 유한 것이 있다. 율곡은 강한 기질은 의롭고 곧고 결단력이 있지만 사납고 좁고 강량(强梁)한 흠이 있고, 유한 기질은 자애롭고 순응하고 겸손하지만 나약하고 결단력 없고 사녕(邪佞)한 흠이 있다58)고

---

51) 『詩人玉屑』 卷6 「忌用工太過」, 134면. "語工而意不足, 則格力必弱, 此自然之理也."
52) 『栗谷全書·拾遺』 卷4, 534면. "此集所選, 主於精工妙麗. 雖有雕繪之飾, 而不至於淫艶."
53) 『論語集註』 卷15 「衛靈公」, 584면. "放鄭聲, 鄭聲淫."
54) 『詩人玉屑』 卷10 「綺麗·不可以綺麗害正氣」, 222~223면. "文章論當理與不當理耳. …… 上自齊梁諸公, 下至劉夢得, 溫飛卿輩, 往往以綺麗風花, 累其正氣, 其過在於理不勝, 而詞有餘也."
55) 『詩人玉屑』 卷2 「詩評·滄浪詩評」, 19면. "康樂之詩精工. …… 無一字不佳."
56) 『詩人玉屑』 卷15 「韋蘇州·淸深妙麗」, 315면. "其詩淸深妙麗, 雖唐詩人之盛, 亦少其比."
57) 『栗谷全書·拾遺』 卷4, 534면. "讀此集, 則情濃意秀, 瘦瘠者, 可以增肌, 枯槁者, 可以發華矣."
58) 『栗谷全書』 卷21 「聖學輯要」, 467면. "剛善, 爲義爲直爲斷, 爲嚴毅爲幹固. 惡, 爲

하였다. 존양성찰은 사납고 좁은 기질을 의롭고 곧고 결단력 있게 바꾸고, 나약하고 결단력 없는 기질을 자애롭고 겸손하게 바꾸는 것이다. 학자들 이 미려하게 아로새긴 정공묘려한 시를 읽으면 자상하고 부드러운 정감을 불러일으켜 정을 짙게 하고 의를 빼어나게 하여, 마음이 마른 사람은 감정 이 풍부해지고 생기를 잃은 사람은 마음속에 아름다운 꽃이 핀다.

8) 명도운어―도리가 밝명되어 거짓이 사라짐

「정언묘선총서」에는 『지자집』을 풀이한 내용이 없다. 또한 지금까지 발 견된 판본 가운데 원본에 가장 가까운 동춘당본 범례에도 『지자집』은 원 래부터 볼 수 없었던 것으로 되어 있다.[59] 다만 율곡이 『지자집』을 설명하 면서 명도운어(明道韻語)로 끝을 맺어 속이거나 거짓으로 흐르지 않게 하였 다[60]고 말한 것으로 보아, 그가 수록하려 했던 명도운어는 속이거나 거짓 으로 지은 것이 아니라 도를 밝힌 시임을 알 수 있다. 『율곡전서』에는 성 혼이 율곡에게 보낸 편지가 실려 있는데, 성혼은 이곳에서 "이에 보낸 편 지를 받으면서 함께 명도운어를 받았는데, 견식이 밝고 말이 정밀하여 조 금도 어긋남이 없다"[61]라고 하여, 율곡의 시를 '명도운어'라고 지칭하였다. 이 시의 원문을 통해 율곡이 「정언묘선서」에서 말한 명도운어의 내용을 살필 수 있다.

원기는 어디에서 시작되는가? 무형에 유형이 존재하네. 본원을 궁구하면 근

猛爲險, 爲强梁. 柔善, 爲慈爲順爲異. 惡, 爲懦弱爲無斷爲邪佞."

59) 金南馨, 「『精言妙選』의 文獻的 檢討」, 『한국한문학연구』 23집, 한국한문학회, 1998, 178면.

60) 『栗谷全書』 卷13 「精言妙選序」, 271면. "乃以明道韻語終焉, 卑不流於矯僞."

61) 『栗谷全書』 卷10 「理氣詠呈牛溪道兄·附問書」, 213면. "玆蒙寄札, 兼被明道韻語, 見明語精, 毫髮不爽."

본이 합함을 알고, 갈래를 따르면 모든 정수를 보네. 물은 모나고 둥근 그릇을 따르고, 공기는 작고 큰 병을 따르네. 두 갈래라고 그대는 미혹하지 말고, 조용히 성이 정이 되는 것을 살펴야 하네.62)

위의 시는 성혼이 성정의 사이에는 원래 리와 기라는 두 사물이 있어 각각 스스로 나온다고 주장한 것에 대해, 율곡이 성정의 사이에는 '기발리승(氣發理乘)'의 일도(一途)만 있을 뿐이고 다른 일은 없음을 강조한 것이다.63) 율곡은 위의 시를 통해 리와 기는 우주의 시원인 '무극이태극'에서부터 함께 있는 것으로, '기가 발하면 리가 타는 것[氣發理乘]'이지 '리와 기가 서로 발하는 것[理氣互發]'이 아니라는 도학적 사유를 간명하게 제출하였다. 이는 그가 '궁원지본합(窮源知本合)'에 주를 달아 "리와 기는 본래 합해있는 것이지 처음으로 합한 때가 있는 것이 아니다. 리와 기를 둘로 나누려 하는 사람은 모두 도를 모르는 자이다"64)라고 하고, '연파견군정(沿派見羣精)'에 주를 달아 "리와 기는 원래 하나이지만 나누어져서 음양과 오행의 정수가 된다"65)라고 한 말을 통해 확인된다. 율곡이 『지자집』에 수록하려 했던 명도운어는 이와 같이 도의 이치를 논리적으로 정치하게 펼친 시일 것으로 생각된다.

『지자집』에 실린 명도운어와 관련해 주목되는 것은 『원자집』의 저본인 『풍아익』의 끝에 실려 있는 시이다. 『풍아익』 권14에는 송대의 시 29수가 수록되어 있는데, 그 가운데 왕안석의 시 2수를 제외한 27수가 모두 주희의 시이다. 특히 27수 가운데 20수는 주희의 「재거감흥시이십수(齋居感興詩二十首)」를 그대로 수록하였다. 주희는 이 시의 「자서(自序)」에서 진자앙(陳

---

62) 『栗谷全書』 卷10 「理氣詠呈牛溪道兄・附問書」, 213면. "元氣何端始, 無形在有形. 窮源知本合, 沿派見羣精. 水逐方圓器, 空隨小大瓶. 二歧君莫惑, 默驗性爲情."

63) 『栗谷全書』 卷10 「理氣詠呈牛溪道兄」, 209면. "渾之所謂性情之間, 元有理氣兩物, 各自出來云者. …… 只曰, 性情之間, 有氣發理乘一途而已, 此外非有他事也."

64) 『栗谷全書』 卷10 「理氣詠呈牛溪道兄」, 209면. "理氣本合也, 非有始合之時, 欲以理氣二之者, 皆非知道者也."

65) 『栗谷全書』 卷10 「理氣詠呈牛溪道兄」, 209면. "理氣原一, 而分爲二五之精."

子昻)의 「감우시(感遇詩)」는 사지(詞旨)가 유수(幽邃)하고 음절이 호탕하여 당세의 시인들이 미칠 수 없으나, 리에 정밀하지 못해 스스로 선불의 사이에 빠진 것을 염려하고, 일용에 절실한 문제를 쉽게 알 수 있는 말로 엮어 스스로를 경계한다[66]고 하였다. 또한 『풍아익』에는 '『문선』의 시와 위응물의 시를 익히 보고 『논어』와 『맹자』를 읽어 그 본원을 탐색한다'라고 한 말을 인용해, 주희의 시는 도연명과 위응물의 사이를 출입하고 의리가 정미한 곳에 이르면 육경과 사서를 본받았다[67]고 하였다. 이로 보아 율곡이 『지자집』에 수록하려 했던 시는 『풍아익』에 실린 주희의 시 27수일 가능성이 높은 것으로 생각된다.

4. 맺음말

심미의식이란, 일반적으로 말하는 미감 및 그에 관계되는 심미취미, 심미관념, 심미이상, 심미심리 등을 포함한 말이다. 심미의식은 사회의식 형태의 한 조성부분을 이루어, 인간의 현실미와 예술미의 감수, 감상, 평론 속에 매우 구체적으로 나타나 있다. 미학 이론은 이와 같은 심미의식에 대하여 이론상으로 철학적이고 과학적인 연구를 진행시키는 것이다.[68] 한문학에 있어서 미학 연구는 용어에 대한 개념 정의가 논리적으로 이루어지

---

66) 『風雅翼』 卷10 「齋居感興詩二十首・幷序」, 213면. "一讀陳子昻感遇詩, 愛其詞旨 幽邃, 音節豪宕, 非當世詞人所及. …… 然亦恨其不精於理, 而自訛於仙佛之間, 以爲 高也. …… 然皆切於日用之實, 故言近而易知, 旣以自警."

67) 『風雅翼』 卷10 「齋居感興詩二十首・幷序」, 213면. "選詩及韋蘇州詩, 固當熟觀, 更 須讀語孟, 以探其本. 今觀先生所爲詩, 大概出入陶韋之間, 至義理精微處, 則皆本於 六經四書者."

68) 李澤厚・劉綱紀 주편, 權德周・金勝心 공역, 『中國美學史』, 대한교과서주식회사, 1992, 2면.

지 않은 상태에서 비유나 상징 등을 통하여 그 개념의 윤곽을 그리는 방법을 취하고 있는 것이 특징이다. 그러나 『정언묘선』은 기존의 방식과는 확연히 다르다. 율곡은 스스로 체계화한 도학적 사유를 토대로 형성된 특정한 심미의식에 따라 중국 역대의 시를 주도면밀하게 8종의 유형으로 나누어 수록하였다.

율곡은 『시경』은 도심이 발한 것이고 후대의 시는 인심이 발한 것으로 생각하고, 시의 맥락을 시경의 시와 후대의 시로 양분하였다. 그는 『시경』은 희노애락의 정이 도의를 위해 발한 것으로 선하지 않은 것이 없지만, 후대의 시는 희노애락의 정이 육체를 위해 발한 것으로 선한 것과 악한 것이 뒤섞어 있다고 보았다. 그의 도학적 사유에 있어서 인심은 천리와 인욕이 뒤섞여 있는 가치중립적인 것으로, 인욕을 억제하고 천리를 부양하면 언제든지 도심을 회복할 수 있다는 것이 특징이다. 그는 위와 같은 도학적 심성론에 기초해 후대의 시가 비록 조회의 꾸밈이 있긴 하지만 성정의 바름을 간직해 음염에는 이르지 않아 정교하여 법으로 삼을 만한 시는, 독자로 하여금 선을 좋아하고 악을 미워하는 자각을 불러일으켜 존양성찰하는 데 도움을 주는 것으로 생각하였다.

충담소산(沖澹蕭散)한 시는 우유충후한 성정을 꾸밈없이 노래한 것으로, 이를 읽으면 담박을 맛보고 희음을 즐길 수 있다. 한미청적(閒美淸適)하고 청신쇄락(淸新灑落)한 시는 끊임없는 수양을 통해 도달한 청정한 정신경계를 곧장 펼친 것으로, 이를 읽으면 마음이 평안해지고 기가 조화로우며 정신이 밝아지고 뼛속이 시원해진다. 용의정심(用意精深)하고 정심의원(情深意遠)한 시는 희노애락의 감정을 정밀하게 살펴 운용한 것으로, 이를 읽으면 의사가 천근하지 않고 원대하거나 음방에는 이르지 않는다. 격사청건(格詞淸健)하고 정공묘려(精工妙麗)한 시는 정식화하고 규범화하여 고도의 형식미를 갖춘 것으로, 이를 읽으면 기가 솟고 정신이 드날리며 정이 짙어지고 의가 빼어나게 된다. 이와 같이 율곡의 『정언묘선』은 도학적 수양론에 기초해 작자와 독자의 입장에서 시의 창작과 공효에 대한 심미의식을 체계

적으로 구조화했다는 점에서, 조선시대 도학파 문예미학의 본질을 이해하
는 데 도움이 될 것으로 생각된다.

덕계(德溪) 오건(吳健)의 문학사상과 형상원리

정우락

1. 논의의 방향

덕계(德溪) 오건(吳健, 1521~1574)은 누구인가? 그는 1521년(중종 16) 4월 2일 산음현(山陰縣) 덕천리(德川里)에서 독자로 태어났다. 아버지는 참봉벼슬을 한 오세기(吳世紀)이며 어머니는 증산훈도(甑山訓導)를 지낸 영강(永康)의 딸로 팔거(八莒) 도씨(都氏)였다. 그는 어려서부터 학문에 독실한 뜻을 두었으나 잇달아 가족이 죽는 등 많은 불행을 겪었다. 그러나 불행을 이겨내고 학문적으로 일가를 이루어 이황(李滉, 1501~1570)과 조식(曺植, 1501~1572) 이후 학행의 최고[1]로 평가받는 중요한 인물이 되었다. 28세에 성주(星州) 이

---

1) 李植, 『澤堂集』「別集」卷15「示兒代筆」(『韓國文集叢刊』88, 民族文化推進會, 523면), "嶺南則退溪南冥門脉頗異 …… 吳德溪健, 學行最高, 遊於兩先生門, 早卒無傳." 이하 『韓國文集叢刊』은 『文集叢刊』으로 약칭하고 면수만 밝힌다. 『德溪集』도 마찬가

씨(李氏)와 혼인하고, 31세(1551) 되던 해에 삼가로 조식을 찾아 처음으로 배움을 청하게 된다. 38세(1558)에 대과에 급제하면서 여러 관직을 거치게 되고, 43세에는 도산으로 이황을 찾아가 성리학에 대해 질의한다. 그러나 52세(1572) 때 권간에 의한 부조리가 조정에서 날로 심해져 가는 것을 보고 향리로 돌아오고 만다. 향리로 돌아와 있었으나 조정에서는 여러 번 관직을 제수하며 불렀다. 낙향한 이듬해(1573) 명을 받들어 홍문관(弘文館) 전한(典翰)에 잠시 나아가게 되는데, 이마저 병으로 사양하게 된다. 오건의 병은 더욱 심각해져서 1574년 7월 24일 타계하고 만다. 향년 54세였다. 오건이 조정에서 향리로 돌아갈 때, 이를 두고 이이(李珥, 1536~1584)는 『석담일기』에서 이렇게 기록해두었다.

　이조 정랑 오건이 벼슬을 그만두고 고향으로 돌아갔다. 오건은 어릴 적부터 학문을 좋아하여 조식을 따라 배워 늦게 과거로 발신하였으며 문벌이 낮아 높은 벼슬에 오르지는 못했다. 많은 명사들이 그가 어질다는 것을 알고 사관(史官)으로 추천했다. 사관의 등용에는 으레 재능의 시험을 보였으나 오건이 응시하지 않으므로 어떤 사람이 그 까닭을 묻자 오건은 이렇게 말했다. "내가 괴롭게도 스스로 천고의 시비 속에 들어갈 것인가?" 6품으로 오른 뒤에 청요직(淸要職)을 지냈고, 이조 낭관이 되어서 공도(公道)를 넓히기 위하여 노력하였다. 사람됨이 순실하고 과감하여, 어떤 일을 당하면 곧바로 나아가서 굽히거나 흔들리는 일이 없었기 때문에 원망하는 사람들이 많았다. 노진(盧禛)은 오건과 친분이 있었는데 그에 대하여 이렇게 충고했다. "자네가 초야에서 출세하여 청요직에 오른 것은 자네 분수에 과한 것이니 마땅히 뒤로 물러나 조심해야 할 터인데, 무엇 때문에 섣불리 자신의 소견을 고집하여 많은 사람의 노여움을 자초하는가?" 그러나 오건은 그 자세를 한결같이 하고 고치지 않았으며 사람들의 노여움은 더욱 더 심해갔다. 더욱이 임금의 뜻이 사류(士類)를 싫어하고 세속의 형세는 더욱 강성해지므로, 오건은 일을 행할 수 없음을 깨닫고 마침내 벼슬을 버리고 돌아갔다.[2]

지다.
2) 李珥, 『石潭日記』上 '隆慶 6年 壬申'. "吏曹正郎吳健, 棄官歸鄕. 健少好學, 從曹

당시 오건은 자신의 후임을 자신이 천거하는 전랑천대법(銓郎薦代法)에 의거하여 김효원(金孝元, 1542~1590)을 이조정랑(吏曹正郎)에 천거하였다. 그러나 외척 심의겸(沈義謙, 1535~1587)이 반대하는 뜻밖의 사태가 벌어졌다. 이 사건은 훈구파의 사림파 견제책의 일환이었지만, 심의겸이 당대의 제도를 어지럽혔다는 측면에서 오건은 문제적 상황으로 인식하지 않을 수 없었다.3) 이에 따라 오건은 벼슬을 그만두고 고향으로 내려갔던 것이다. 위의 자료에서 이이는 오건이 조식을 스승으로 삼았다는 점, 청요직을 두루 지내면서 공도(公道)를 넓히기 위하여 노력했다는 점, 그의 성품이 순실과감(淳實果敢)하다는 점, 엄정한 출처의식에 따라 퇴처의 길을 선택한 점 등을 두루 전하고 있다. 이를 통해 우리는 오건의 사람됨과 함께 그와 관련된 일련의 행동을 이이가 지지하고 있음을 확인하게 된다.

이이의 발언에서도 나타나는 바지만 오건은 과단성 있게 일을 처리했다. 『선조수정실록』에서 전하는 '오건은 이조랑관이 되자 벼슬길을 깨끗이 하고 쌓인 폐단을 바로 잡기 위하여 흑백을 철저히 가려 원망과 비방을 피하지 않았기 때문에, 군소배들은 더욱 꺼리고 미워하였다'4)라는 기록도 같은 입장에서 이해된다. 소인들이 오건을 꺼리고 미워한 것은 그가 '의'를 앞세워 공무를 실천했기 때문일 터이다. 6회의 소차(疏箚)와 51회의 장

植遊, 晚以科第發身, 非門閥故, 仕不顯. 名士多知其賢, 薦以史官, 史官例試才, 健不就試, 人問其故, 健曰, 我何故自入千古是非叢中乎? 旣陞六品, 乃踐淸要, 作銓郎, 務恢公道. 爲人淳實果敢, 遇事直前無所回撓, 人多怨者. 盧禛與健有舊, 責之曰, 汝從草芽發迹, 致身淸要, 於汝過分, 當韜晦小心, 以副人望, 何故妄執所見, 自取怨怒乎? 健有不改, 衆怨益甚, 且上意厭士類, 而流俗之歲日盛, 健度不能有爲, 乃棄官而歸."

3) 오건과 이이는 외척의 환난을 특히 경계하였다. 『선조수정실록』 권3(선조 2년 9월 1일 조)의 "왕비를 간택함에 있어 우선 가법을 보아야 하고 또한 외척의 환난도 미리 방비하지 않으면 안됩니다(오건)", "왕비 간택에 있어서 가법이 어떠한가를 꼭 보아야 하는데, 그렇지 않으면 聖女를 얻지 못할 뿐만 아니라 뒷날외척이 자행을 부리는 환난이 어찌 없겠습니까?(이이)" 등의 발언을 통해 충분히 알 수 있다. 우리는 여기서 이이가 오건의 棄官歸鄕을 특히 특기하고 있는 이유를 짐작하게 된다.

4) 『宣祖修正實錄』 '宣祖 4年 7月 1日 辛酉', "吳健, 爲吏曹郎官, 欲淸仕路, 以矯積弊, 甄別黑白, 不避怨謗, 故群小尤忌嫉之."

계(狀啓)를 통해서 이는 잘 알 수 있다. 특히 「청죄신사정불효계(請罪申士楨不孝啓)」의 경우, 신의(申檥)와 그의 아들 신사정(申士楨)이 불화로 서로 싸우는데 비록 아버지가 아들에게 자애롭지 못한 것이 있다고 할지라도 아들로서의 죄가 더욱 큰 것이니 신사정을 금부(禁府)에 부처(附處)할 것을 강하게 청하고 있다. 오건은 같은 내용을 7번이나 집요하게 올린다.[5] 강상의 질서가 국가의 질서와 긴밀한 함수관계에 있다는 것을 '의'정신에 입각하여 사유하고 실천한 결과라 하겠다. 오건의 이같은 과감한 실천은 그의 이력 도처에서 적극적으로 나타난다.

그동안 오건 연구는 오건의 생애와 학문에 대한 포괄적 이해,[6] 교육·정치·선비사상 등에 대한 구체적 이해[7]를 비롯해서 남명학파에서의 위상 및 그 문인에 대한 이해,[8] 그리고 오건의 작품집인 『덕계집』이나 『역년일기』에 대한 이해[9] 등 다양한 각도에서 진행되었다. 이들 논의를 통해 오건의 인물됨이나 남명학파 내에서 오건이 지닌 학문적 위치가 두루 밝혀

---

5) 吳健, 『德溪集』 卷4 「請罪申士楨不孝啓」 啓1~啓7(『文集叢刊』 38, 110~113면) 참조. 이와 관련하여 「請黜石尙宮啓」(『德溪集』 卷4, 『文集叢刊』 38, 113~115면)를 세 번이나 올려 石尙宮이 궁중의 一細人으로 申士楨과 내통할 뿐만 아니라 궁궐에서 聖心을 미혹하게 하기 때문에 출척하는 것이 마땅하다고 했다.

6) 崔喆鉉, 「吳德溪의 生涯와 思想」, 경상대 석사논문, 1985; 吳珪煥, 「德溪 吳健先生의 人間像」, 『南冥學硏究論叢』 2, 1992; 吳主煥, 『山淸鄕土史』, 泰一出版社, 1995; 金康植, 「德溪 吳健의 학문 경향과 현실 개혁 방안」, 『朝鮮時代史學報』 20, 朝鮮時代史學會, 2002; 유미림, 「德溪 吳健의 학문과 경세론」, 『2004 남명학 학술대회 자료집』, 남명학연구원, 2004; 李範稷, 「德溪 吳健과 道學의 이해」, 『2004 남명학 학술대회 자료집』, 남명학연구원, 2004.

7) 李貞淑, 「德溪 吳健의 敎育思想 硏究」, 한국교원대 석사논문, 1993; 崔海甲, 「吳德溪의 政治思想」, 『晉州文化』 8, 晉州敎大 晉州文化圈硏究所, 1988; 韓相奎, 「德溪 吳健의 선비(精神)」, 『南冥學硏究論叢』 2, 1992; 이명곤, 「德溪 吳健의 선비사상에 나타나는 '義로움'의 개념과 의의 형이상학적 특성」, 『2004 남명학 학술대회 자료집』, 남명학연구원, 2004.

8) 李商元, 「南冥學派에 있어 吳德溪의 位相」, 『南冥學硏究論叢』 7, 南冥學硏究院, 1999; 史載明, 「조선중기 德溪門人의 形成과 講學」, 『南冥學硏究』 17, 慶尙大 南冥學硏究所, 2004.

9) 鄭羽洛, 「『德溪集』 解題」, 『南冥學硏究』 10, 慶尙大 南冥學硏究所, 2000; 李相弼, 「德溪 吳健의 『歷年日記』 小考」, 『南冥學釜山硏究院報』 5, 南冥學釜山硏究院, 1997.

졌다. 그러나 오건에 대한 다양한 논의에도 불구하고 문학에 대한 연구는 양기석의 석사논문인 「덕계 오건 한시연구」[10]가 전부이다. 이 연구는 오건에 대한 문학적 측면에서의 유일한 접근이라는 의의가 없는 바 아니나, 오건 문학의 문제를 너무 단순화시켰다. 즉 '안분관조시(安分觀照詩)', '자아성찰시(自我省察詩)', '우환의식시(憂患意識詩)'라는 대주제로 분류한 것이 그것이다. 여기서 우리는 역사학계나 철학계에서 이룩한 성과를 염두에 두면서 문학적 입장에서 문제를 더욱 예각화하지 않을 수 없다. 이 같은 측면에서 우리는 오건의 문학사상과 이것을 바탕으로 한 작품의 형상원리를 따지기로 한다. 오건 문학의 내적 원리를 해명할 수 있을 뿐만 아니라, 그의 문학적 상상력이 지닌 궁극적 행방을 찾을 수 있기 때문이다.

2. 오건의 학문연원과 독서경향

오건이 그의 학문으로 일가를 이룬 데는 자득적 요소가 강하다. 문집에 의하면, 그는 어려서부터 성품이 단성견확(端誠堅確)하면서도 온손총명(溫遜聰明)하였다고 한다. 이 때문에 6·7세 때에 아버지가 그에게 문자를 가르치고 독려하지 않아도 마음으로 기뻐하며 종일토록 공부를 게을리 하지 않을 수 있었을 것이다.[11] 그의 자득은 학문에 대한 이 같은 성실성에서 온 것으로 보인다. 제자인 수오당(守吾堂) 오한(吳僩, 1546~1589)의 증언에 의하면, 오건이 그의 제자들에게 독서법을 전했다고 한다. 즉 책 읽기를 천번하면 그 뜻은 스스로 알게 된다는 옛 사람들의 말을 인용하며, 경학을

---

10) 梁基錫, 「德溪 吳健 漢詩研究」, 경상대 석사논문, 1991.
11) 『德溪集』卷7「行錄」(『文集叢刊』38, 157면), "先生幼, 性端誠堅確, 溫遜聰明. 六七歲時, 先府君教以文字, 不加勸督, 心自欣悅, 終日不懈."

하는 데 있어서 가장 중요한 것은 스승이 아니라 공부하는 사람 스스로가
얼마나 정밀하게 생각[精思]하면서 익숙히 읽는가[熟讀] 하는 것에 달려
있다고 말했다[12]는 것이다. 그는 이같이 '정사'와 '숙독'에 기반한 자득을
강조하였다. 본 장에서 오건의 학문연원을 살피는 것은 그의 사상적 뿌리
가 어디에 있는가를 관찰하기 위해서며, 독서경향을 살피는 것은 그의 사
상이 주로 어떤 서적을 통해 형성되었는가를 따지기 위해서다. 물론 이 둘
은 서로 유기적인 관계를 가지며 오건의 문학에 어떤 작용을 했을 것이다.

먼저 오건의 학문연원에 대해서 살펴보자. 이에 대해서는 크게 셋으로
나뉜다. 첫째는 가학을 기반으로 한 독학인데 이때는 경전이 그의 사상적
연원이 되고, 둘째는 조식을 학문적 연원으로 삼았다는 것이며, 셋째는 조
식과 이황을 함께 학문적 연원으로 삼았다는 것이다. 가학을 기반으로 한
독학은 우선 그의 발언을 통해서 살펴볼 수 있다. 그가 처음 문자를 배우
기 시작한 것은 6세에 아버지로부터였고, 『주역』은 외삼촌 도량필(都良弼)
에게서 받아 읽었다. 그 스스로가 밝히고 있듯이 경사자집(經史子集)은 스
승 없이 스스로 읽으면서 이해한 것으로 보인다.[13] 그는 이 과정에서 깊은
사색을 특히 강조했다. 이 때문에 제자들에게, '너희들은 오직 스승의 입
만 우러러보며, 사색은 하지 않고 겨우 10여 번을 읽고는 스스로 이미 의
심할 곳이 없다고 한다. 특히 읽기를 오래하면 오래할수록 의심나는 곳이
더욱 많아진다는 것을 알지 못한다. 많이 읽고 깊이 생각한 연후에야 거의
의심이 없는 경지에 이르게 될 것이다. 이것은 내가 평생동안 이미 경험한
것이니 너희들은 소홀히 하지 말라.'[14]라고 하면서 스승이 전해주는 것보

---

12) 『德溪集』 卷7 「行錄」(『文集叢刊』 38, 157면), "先生嘗謂門弟子曰, 古人云讀書千遍,
   其義自見, 經學不貴承師, 要在自己精思熟讀, 兩盡其功而已."
13) 『德溪集』 卷7 「行錄」(『文集叢刊』 38, 157면), "先生謂門弟子曰, 吾於大學論語, 則
   受之先親, 周易則受之舅氏, 此外經史子集, 皆不師承, 只自看解."
14) 『德溪集』 卷7 「行錄」(『文集叢刊』 38, 157~158면), "爾等專仰師口, 略不思索, 纔閱
   十餘遍, 自以爲已無所疑, 殊不知讀之愈久愈有疑, 而愈讀愈思, 然後庶幾至於無所疑
   矣. 此吾平生所以險者, 爾等無忽焉."

다 더욱 중요한 것은 바로 사색이라 했던 것이다. 그리고 의문이 학문을 위한 바탕이 됨을 강조하였다.

조식을 학문적 연원으로 삼았다는 자료도 여러 곳에 보인다. 조식이 세상을 떠났을 때 제문을 지어 "진실로 우리 선생님은 선각(先覺)을 펼쳤으며, 마음으로 체용을 터득하고, 학문은 입이나 귀로 한 것이 아니었다"[15]고 하면서 조식을 칭송하였다. 조식의 실천적 학풍과 그것의 전수를 암시한 것이라 할 수 있다. 여기서 나아가 오건은 같은 글에서 스승이 행한 은거의 의미를 드러내기도 했다. "은거가 세상을 잊은 것이 아니며 궁구한 것이 어찌 혼자의 몸만을 깨끗이 하기 위함이겠는가?"[16]라고 한 것이 그것이다. 오건은 이밖에도 스승 조식을 모시고 단속사(斷俗寺)나 지곡사(智谷寺) 등지에서 학술 강론회[17]를 개최하는 등 조식과의 학문적 소통을 이룩하기 위해 노력하였다. 오건은 이처럼 조식을 '오사(吾師)'라 하면서 극진히 했기 때문에, 그와 절친했던 이이 역시 『석담일기』에서 "오건은 어릴 적부터 학문을 좋아하여 조식을 따라 배웠다"고 할 수 있었을 것이다. 이 같은 사안을 고려하여 오희상은 「덕계집연보발」에서 오건이 조식에게는 사사를 했고, 퇴계에게는 종유를 했다[18]고 하였던 것이다.

오건의 학문연원을 조식과 함께 이황에 두는 것은 가장 널리 알려져 있다. 그의 학문은 가학에 그 기반을 두고 독학에 의해 성립되었지만, 31세에 조식, 43세에 이황을 만나면서 더욱 심화된 것으로 보이기 때문이다. 즉 독학을 통해 이미 그의 학문은 대부분이 이루어졌으며, 조식과 이황을 만나면서 그 깊이를 더했다는 것이다. 사정이 이러하므로 우리는 흔히 조식으

---

15) 『德溪集』 卷2 「祭南冥先生文」(『文集叢刊』 38, 96면), "允矣吾師, 展也先覺. 心得體用, 學非口耳."
16) 『德溪集』 卷2 「祭南冥先生文」(『文集叢刊』 38, 96면), "隱非忘世, 窮豈獨潔."
17) 오건은 학술 강론회를 네 차례 개최한다. 1565년 10월 10일 지곡사 강론회, 동년 동월 13일~16일 단속사 강론회, 동년 11월 10일~25일 남계서원 강론회, 1566년 1월 10일~14일 지곡사 강론회가 그것이다. 이에 대한 기록은 오건의 『歷年日記』에 상세하다.
18) 『德溪集』 「年譜跋」(『文集叢刊』 38, 200면), "師事南冥曺文貞公, 又嘗從遊於退陶之門."

로부터 경의(敬義)를 중심으로 한 하학 위주의 실천성을 전수받고, 이황으로부터 정치한 이학 체계를 위주로 한 정주학설을 직접 접한 인물[19]로 오건을 평가한다. 사실 조식의 경우를 보면, 오건이 언관의 자격으로 「논포조포졸폐막계(論逋租逋卒弊瘼啓)」를 지어 백성들이 공부(貢賦)와 군역(軍役)의 피해가 커서 농우(農牛)나 전토를 팔고 떠돈다 하면서 이에 대한 시정이 시급함을 강조하자, 조식은 조보를 통해 이를 접하고 "배운 바를 저버리지 않았다"면서 격려하였다.[20] 이황의 경우, 오건이 39세에 성균관 학유(學諭)를 제수받고 성주에 부임하게 되었을 때, 이황의 제자인 성주목사 황준량(黃俊良, 1517~1563)을 만나 주자서(朱子書)에 심취하게 되고, 급기야 이것이 계기가 되어 43세의 나이로 이황에게 나아간다. 그리고 『심경』과 『근사록』을 질의하고, 45개 조목의 「연평답문(延平答問)」을 질의함으로써[21] 주자학적 세계에 깊이 잠입한다. 이를 통해 우리는 조식과 이황이 오건의 학문적 심화과정에 있었다는 것을 알게 된다.

다음은 오건의 독서경향에 대해서다. 오건은 6세에 비로소 아버지로부터 문자를 배우기 시작하여 9세에는 『대학』과 『논어』를 읽었다. 14세에는 특히 『중용』을 여러 번 읽어 처음부터 끝까지 그 의미를 명확히 하였고, 이후 『주역』도 탐독했다. 18세에는 인근의 척지산(尺旨山) 정수암(淨水庵)에 가서 전후 10여 년 간 여러 경전(經典)과 자사(子史)를 정밀하게 공부하였다. 문인자제들의 전언에 의하면, 오건이 스스로 "15세 전에 『중용』 공부에 힘썼는데 해마다 1,000여 번을 읽어 득력한 것이 많았으므로 다른 경서를 볼

---

19) 金康植, 「德溪 吳健의 학문 경향과 현실 개혁 방안」, 『朝鮮時代史學報』 20, 朝鮮時代史學會, 2002, 134면.

20) 曺植의 「與子强子精書」(『南冥集』 卷2, 亞細亞文化社刊, 1982, 34~35면)가 그것이다. 해당 부분을 적출하면 다음과 같다. "曾見朝報, 認子强多所建明. 國之大事, 不過兵食, 逋租逋卒, 方通積百年咽塞, 如公可謂不負所學矣. 獨恨此事不出於廟算, 而出於六品言官, 宰相尸位, 更不足問也."

21) 『德溪集』 卷6 「延平答問質疑」(『文集叢刊』 38, 137~142면) 참조. 이밖에 덕계의 성리학에 대한 생각은 「宋理宗崇尙理學論」(『德溪集』 卷6, 『文集叢刊』 38, 148면)에 잘 나타난다.

때는 자연스럽게 통달하게 되었다"[22]고 하거나, "『중용』에 대해서는 읽기
를 몇 번이나 했는지를 알 수 없으며, 『대학』은 대략 1,000여 번, 다른 경
전과 역사서도 모두 400~500번보다 적지는 않을 것"[23]이라고 하였다 한
다. 우리는 여기서 읽기와 사색을 거듭하는 오건의 독실한 공부방법을 이
해하게 된다. 이들 자료가 스승의 말을 제자들이 옮기는 방식으로 서술되
었으나, 사실의 이러함은 이황에게서도 인정을 받던 바였다. 다음을 보자.

> 퇴계선생이 선생(오건—인용자 주)과 더불어 『중용』과 『대학』을 강론하고 나
> 서 극찬하면서 선생에게 말했다. "이것은 모두 내가 사색하지 못한 것이다. 그
> 대가 논하는 것을 들으니 지극히 옳고 지극히 좋다. 다른 책은 내가 그대와 서
> 로 자라나게 할 곳이 있을지 모르나 『중용』과 『대학』에 있어서는 내가 그대에
> 게 미치지 못함을 알겠다." 다른 사람들과 함께 말할 때도 선생이 논한 것에 미
> 치면 몹시 칭찬하면서 말했다. "오건의 『중용』과 『대학』에 대한 공력은 지극히
> 정밀하면서도 깊은 것이니 이것은 고요히 생각하여 깨닫게 되는 것만이 아니라
> 오랫동안 연구한 결과이니, 아마도 여기에 이르기가 쉽지 않을 것이다."[24]

이 자료에서 보듯이 이황은 오건이 『중용』과 『대학』에 특별한 장기가
있음을 인정하고 있다. 다른 책은 서로 도움을 주면서 가르치고 배울 것이

---

22) 『德溪集』 卷7 「行錄」(『文集叢刊』 38, 157면), "先生謂門人弟子曰, 吾於大學論語, 則
   受之先親, 周易則受之舅氏, 此外經史子集皆不師承, 只自看解. 弟子問何以能然乎?
   先生曰, 十五歲前, 用功於中庸, 歲誦千餘遍, 得力爲多, 故看諸經史, 自然通解. 又曰,
   吾於中庸, 則讀不知遍數, 大學則約千餘遍, 諸經史俱不下四五百遍." 姜大遂가 지은
   덕계의 「行誼」(『德溪集』 卷6, 『文集叢刊』 38, 151면)에도 다음과 같이 적기하고 있다.
   "一日搜家間冊子, 得破故中庸一帙, 兀然端坐, 拉其小註而讀之, 徹晝徹夜, 讀過數百
   遍, 口讀已熟, 始索文義, 一字一句, 輒加尋繹, 積以歲月, 且誦且思, 晦者開, 疑者祛,
   卒至於呈露昭融, 豁然貫通, 移此法於論孟, 莫不迎刃而解."
23) 『德溪集』 卷7 「行錄」(『文集叢刊』 38, 157면), "又曰, 吾於中庸, 則讀不知遍數, 大學
   則約千餘遍, 諸經史俱不下四五百遍."
24) 吳價, 『守吾堂實紀』 「伯從兄德溪先生遺事」, "退溪先生, 與先生講論庸學, 極加嗟
   嘆謂先生曰, 此皆吾未思索者, 聞公所論, 極是極好, 他書則吾於公容有相長處, 至於
   庸學, 吾所知其不及於公矣. 與他人言, 亦及先生所論, 嘖嘖嘗稱曰, 吳某庸學之功, 極
   爲精深, 此非所得於靜中體認, 研窮積久之功, 恐未易到此"

있지만, 『중용』과 『대학』에 대해서는 오건이 자신보다 낫다는 것을 이황 스스로가 고백한 것이다. 이것은 당연히 그가 『중용』은 수천 번을 읽고, 『대학』은 천여 번을 읽은 결과였을 것이다. 오건은 또한 조식과 함께 『대학』·『중용』·『심경』·『근사록』 등의 책을 강구(講究)하였고,[25] 이황과 다시 『주자서절요』·『심경』·『근사록』 등을 탐구하였다.[26] 위의 자료에서 보듯이 특히 『중용』과 『대학』에 대한 깊은 이해와 정치한 사색을 통해 독보를 이룩했다. 이를 종합에 볼 때, 오건이 주로 읽었던 책은 사서를 중심으로 한 『심경』과 『근사록』이었으며, 이들 가운데 『중용』과 『대학』을 열심히 읽었고, 이 둘 가운데도 특히 『중용』 읽기에 힘써 여기에 정통해 있었다는 것을 알 수 있다.[27] 그렇다면 그의 학문태도는 어떠하였을까? 다음을 중심으로 생각해 보자.

① 선생(오건-인용자 주)은 연소하였을 때 책을 읽으면서 종일토록 조용히 앉아 마음을 전일하게 하였다. 친구가 오기라도 하면 비록 응접을 할 뿐 마음과 눈은 온통 책자 위에 있었다. 손님이 와서 일이라도 묻는 일이 있으면 선생은 대략 대답을 할 뿐 책읽기를 그만두지 않았다.[28]

② 자강은 품성이 박실하여 유학에 힘씀이 매우 정성스럽고 독실하니 진실로 유익한 벗이라 할 만하다. 그가 멀리서 온 뜻은 쉽지 않을 터인데, 내가 스스로 깨닫지 못했으니 그의 뜻에 알맞지 않음이 있을 것이다. …… 귀한 것은 옛날 금계(錦溪)와 토론할 때의 의문점을 일일이 기억해 냈고, 만약 새로운 뜻을 얻

---

25) 『南冥集』「編年」張16, "先生甚敬重之, 使溫習學庸心近等書, 講究切至."

26) 李滉, 『退溪集』卷37「答柳希范」(『文集叢刊』30, 330면), "亦緣半月內, 讀了朱書. 又以其餘日, 質心經近思錄, 匆匆趁果, 未暇硏精究極體驗踐履之實, 正犯朱先生讀書法中大禁, 爲未善耳."

27) 오건은 淨水寺에서 문을 닫고 바르게 앉아 誦讀하기를 거치지 않았는데, 여기서도 그가 잠심한 것은 『중용』이었다. 「德溪年譜」卷1(『文集叢刊』38, 175면) 18세조를 참조하기 바란다.

28) 『德溪集』卷7「行錄」(『文集叢刊』38, 157면), "先生年小讀書, 終日靜坐, 專一心慮, 親舊之來, 雖與應接, 而心眼都在冊子上. 有時客至問事, 先生略與酬答, 而讀書不輟."

었으면 먼저 얻은 뜻에 구애되지 않고, 곧 지난 번의 잘못을 깨달아 서로 믿음이 이에 이르렀으니, 또한 사람들에게 어려운 것이다. 그러나 나의 이야기에 잘못된 것이 있으면 구차히 동의하지 않았으니 이익됨이 적지 않았다.29)

①은 문인자제들이 오건의 독서태도를 기록한 것인데, 어떤 외물에도 흔들리지 않고 오로지 독서에만 열중한 것을 알 수 있다. 이같은 독서태도는 10여 년 간 정수사에 들어가 독서할 때도 그대로 나타났다. 문을 닫아 걸고 바로 앉아서 정신을 집중하여 조금도 움직이지 않았으며, 낮에는 무릎을 변화시키지 않았고 밤에는 눈도 깜짝이지 않았는데, 낮은 소리로 독송(讀誦)하기도 하고 고요히 입을 다물고 책상을 마주할 뿐, 일찍이 절의 중과 더불어 한 마디도 나누지 않았다30)는 증언이 그것이다. 그리고 ②는 이황이 오건과의 학문적 담론에서 느낀 것을 적은 것이다. 독서를 함에 있어 문제의식을 분명히 가졌다는 점, 새로운 깨달음이 있으면 예전의 것에 집착하지 않았다는 점, 아무리 스승이라 할지라도 동의할 수 없는 부분이 있으면 구차히 따르지 않았다는 점 등이 그것이다. 이같은 독서태도와 학문태도는 그가 용학을 기반으로 한 수양론적 의식세계를 구축하는 결정적인 작용을 했음에 틀림이 없다.

이상으로 오건의 학문연원과 독서경향을 살펴보았다. 오건의 1차적 학문연원은 경전이었다. 이것은 가학을 통해 철저하게 이루어졌다. 이에 기

---

29) 李滉, 『退溪集』 卷37 「答柳希范」(『文集叢刊』 30, 330면), "自强資性朴實, 用力於此學, 亦甚懇篤, 眞所謂益友也, 其遠來之意不易, 而滉自無得力, 未有以副其意者 …… 所貴, 曩與錦溪商論有疑處, 一一記得其語意, 如發得新意, 則不滯於先入之說, 便能悟前誤而相信得及此, 亦人所難也. 然滉說有誤處, 亦不苟同, 故爲益不少." 조식의 제자 오건과 이황의 제자 황준량은 성주에서 만나 주자서를 강론하고, 이것이 계기다 되어 오건은 이황을 찾게 된다. 이를 염두에 두면서 이황은 오건과 헤어지면서 「吳子强正字將行贈別」(『退溪集』 卷2, 『文集叢刊』 29, 123면) 두 수를 주게 되는데, 그 한 수는 이러하다. "聞昔伽倻講此書, 兩心同切辨熊魚. 錦溪忽作修文去, 見君深悲不見渠."

30) 『德溪集』 卷7 「行錄」(『文集叢刊』 38, 157면), "先生入淨水寺讀書, 前後十餘年, 閉門危坐, 凝然不動, 晝不變膝, 夜不交睫, 或低聲讀誦, 或静嘿對案, 未嘗與寺僧交一言."

반하여 31세에 조식, 43세에 이황을 만나면서 그의 학문은 심화되어 갔다. 조식에게 출처에 신중하라는 편지를 받고, "문득 못난 나를 잊지 않으시고 멀리서 약석을 보내주시니, 비록 천 리나 떨어져 있지만 추상열일(秋霜烈日)을 보는 듯 늠연히 머리가 쭈뼛해진다"[31]고 하면서 출처에 대한 의리를 다지거나, 이황에게 나아가 「연평답문」을 질의함으로써 주자학적 세계로 깊이 잠입해 들어갔던 것에서 이 같은 사정을 잘 알 수 있다. 이밖에도 그가 교유하였던, 황준량(黃俊良, 1517~1567), 노진(盧禛, 1518~1578), 정탁(鄭琢, 1526~1605), 기대승(奇大升, 1527~1472) 등이 그의 학문체계를 구축하는데 일정한 역할을 했을 것으로 보인다. 그리고 오건은 사서를 중심으로 한 『심경』과 『근사록』등 성리서를 주로 읽었는데, 이들 가운데 『중용』과 『대학』을 열심히 읽었고, 이 둘 가운데도 특히 『중용』 읽기에 힘썼다. 이들 책을 읽으면서 엄청난 집중력을 발휘하였고, 새로운 깨달음이 있으면 예전에 알았던 것을 고집하지 않는 유연한 태도를 보였다. 그의 문학사상과 문학적 형상은 이런 과정을 거치면서 튼실하게 구축된 것으로 보인다.

3. 오건 문학에 작용한 사상과 그 형상원리

문학사상은 대체로 셋으로 요약된다. 첫 번째는 문학에 관한 사상이며, 두 번째는 문학에 작용하는 사상이고, 세 번째는 문학에 나타난 사상이다. 문학에 관한 사상은 문학 담당층인 작가와 독자의 문학에 대한 인식을 말하고, 문학에 작용하는 사상은 문학작품 생성의 내재적 원리를 의미한다. 그리고 문학에 나타난 사상은 문학작품에 제시되는 유·불·도의 종교사

---

31) 吳健, 『歷年日記』 '1564年 4月 16日'條. "忽蒙不鄙, 遠示規砭, 雖在千里如對, 秋霜烈日, 凜然竪髮."

상은 물론이고 정치사상이나 애민사상 등을 뜻하기도 한다.[32] 오건 문학
의 경우 이 셋을 함께 고찰할 수 있으나 본고에서는 두 번째의 경우를 논
의의 중심축에 둔다. 오건 문학을 새로운 각도에서 용이하게 살피기 위해
서이다. 문학에 작용하는 사상은 일정한 창작원리에 입각해서 작품으로
형상화된다. 본고에서 두 가지 방향에서 접근하기로 한다. 하나는 사물의
인식방식에 따른 것이며, 다른 하나는 사물의 존재방법에 따른 것이다. 이
를 염두에 두면서 본 장에서는, 오건이 가장 공들여 읽었던『중용』과『대
학』을 중심으로 문학에 작용한 사상과 그 바탕이 된 수양론을 주목한다.
이 사상에 기반하여 그의 문학이 어떤 원리에 의해 형상화되는지를 구체
적으로 탐구한다. 이는 각각, 용학(庸學)을 바탕으로 한 수양론, 사물에 대
한 이념적 인식 및 자연과 이룩한 합일적 세계라는 제명 하에 논의될 것
이다. 오건의 문학에 작용한 사상과 주요 형상원리는 이를 통해 해명될 것
이다.

1) 용학(庸學)을 바탕으로 한 수양론

오건이 가장 공들여 읽은 서적은『중용』과『대학』이었다는 것은 앞에서
도 이미 말한 바다. 이황이 그렇게 인정하였듯이, 오건의『중용』과『대학』
에 대한 공부는 정밀하면서도 깊은 것이었다. 그렇다면 이 책의 중심개념
이 무엇인가 하는 것을 생각할 필요가 있다. 이를 통해 용학에 대한 오건
의 학문을 관찰할 수 있기 때문이다. 역대로『중용』이 '성(誠)'으로 요약되
어 왔다면,『대학』은 '경(敬)'으로 요약되어 왔다. 이들 '성'과 '경'은 '의'와
함께 유가 수양론의 핵심적 개념들이다.『중용』에서는 '성자(誠者)'와 '성지
자(誠之者)'를 구분해 놓고 "성이라는 것은 하늘의 도이며 성하려는 것은

---

32) 鄭羽洛,「一蠹 鄭汝昌 文學思想의 樣相과 意義」,『一蠹 鄭汝昌의 學問과 思想』,
  灆溪書院, 2004, 290면 참조.

사람의 도"33)라 하였다. 여기에 대하여 주희(朱熹, 1130~1200)는, '성자'라는 것은 진실무망(眞實無妄)을 말하는 것으로 천리의 본연이며,34) '성지자'라는 것은 아직 진실무망하지 못하기 때문에 그렇게 하려는 인사의 당연함35)이라 했다. 그리고 『대학』에서는 "몸이 닦여진 뒤에 집안이 가지런해지고, 집안이 가지런한 뒤에 나라가 다스려지고, 나라가 다스려진 뒤에 천하가 태평해진다"36)고 했다. 이를 두고 주희는 『대학혹문(大學或問)』에서 "이것은 모두 하루라도 경에서 떠날 수 없다는 것이다. 그러니 경 한 글자가 어찌 성학종시(聖學終始)의 요체가 아니겠는가?"37)라고 하면서, 『대학』과 '경'의 상관성에 대하여 논했다. 『주자어류(朱子語類)』에서 "경은 철두철미한 공부인데, 격물치지(格物致知)에서부터 치국평천하(治國平天下)에 이르기까지, 모두 이것에서 벗어나지 않는다"38)라고 한 것도 같은 입장에서 제출된 것이다. 다음 자료를 통해 좀더 나아가 보자.

① 주자(周子)가 말했다. 성(聖)스러움은 성(誠)일 따름이다. 성은 오상의 근본이고, 모든 행동의 근원이다. 성은 고요할 때는 없는 듯 하고 움직일 때는 있는 듯 하니, 고요할 때는 지극히 바르고 움직일 때는 밝게 통한다. 오상과 모든 행동은 성이 아니면 그릇되니, 사악하고 어둡고 막히게 된다. 그러므로 성하면 애써 할 일이 없게 된다. 지극히 쉬우면서도 실행하기는 어려우니, 과감하면서도 확고한 마음을 가지면 실행하는 데 어려움이 없다. 그러므로 "하루라도 자신의 사욕을 이겨 예로 돌아가면, 천하 사람들이 인한 데로 돌아가게 될 것이다"라고 한 것이다.39)

---

33) 『中庸』 20章, "誠者 天之道, 誠之者, 人之道也."
34) 『中庸』 20章 '朱子註', "誠者, 眞實無妄之謂, 天理本然也."
35) 『中庸』 20章 '朱子註', "誠之者, 未能眞實無妄, 而欲其眞實無妄之謂, 人事之當然也."
36) 『大學』 經1章, "修身而后齊家, 齊家而后國治, 國治而后天下平."
37) 朱熹, 『大學或問』 上, "由是齊家, 治國以及乎天下, 則所謂修己以安百姓, 篤恭而天下平. 是皆未始一日而離乎敬也. 然則敬之一字, 豈非聖學始終之要也哉?"
38) 朱熹, 『朱子語類』 卷17 「大學四」, "敬字是徹頭徹尾工夫, 自格物致知, 至治國平天下, 皆不外此."
39) 曺植, 『學記遺編』 上 「太極與通書表裏圖」. "聖, 誠而已矣. 誠, 五常之本, 百行之源

② 정자(程子)가 말했다. ……『중용』에서 "천지의 화육을 돕는다"고 한 것은, 『주역』「건괘」'문언전'에서 말한 "하늘보다 먼저 하여도 하늘이 그것을 어기지 않고, 하늘보다 뒤에 할 때는 천시를 받든다"는 뜻이다. 단지 하나의 성(誠)이 있을 뿐이니, 무슨 도움이 있겠는가?[40]

③ 주자(朱子)가 말했다. …… 경이란 일심을 주재하는 것이고 모든 일의 근본이다. 만약 힘써 노력할 방법을 알면『소학』을 경에 근거하여 착수하지 않을 수 없다는 것을 알게 되며,『소학』을 경에 근거하여 시작하지 않을 수 없는 것을 알게 되면『대학』을 경에 근거하여 끝맺지 않을 수 없는 것을 알게 된다. 그것은 하나로 꿰여 있다는 것을 의심할 여지가 없다.[41]

①은 '성'에 대한 주돈이(周敦頤, 1017~1073)와 정호(程顥, 1032~1085)의 언급이다. 이 글은 오건의 스승 조식이 그의『학기유편(學記類編)』태극여통서표리도(太極與通書表裏圖) 아랫부분에 수록하여 '성'에 대한 의미를 명확히 한 예이기도 하다.[42] 이에 의하면 성(聖)과 성(誠)을 하나로 보고, 성하게 되면 정동(靜動)에 따라서 지정(至正)과 명달(明達)할 수 있다고 했다. 특히 ②는『중용』에 이 '성'의 의미가 절실히 나타나고 있음을『주역』「건괘」'문언전'의 경우를 들어 설명하고 있어 주목할 만하다. ③은 '경'에 대한 주희의 언급이다. 이 글은 오건의 또 다른 스승 이황이 그의『성학십도』

也. 靜無而動有, 至正而明達也. 五常百行, 非誠非也, 邪暗塞也, 故誠則無事矣. 至易而行難, 果而確, 無難焉, 故曰, 一日克己復禮, 天下歸仁焉."

40) 曹植,『學記類編』上「太極與通書表裏圖」, "程子曰 …… 贊化育, 則先天而天不違, 後天而奉天時. 只有一箇誠, 何助之有?"

41) 李滉,『退溪集』卷7「題四大學圖」(『文集叢刊』29, 205면), "朱子曰 …… 敬者, 一心之主宰, 而萬事之本根也. 知其所以用力之方, 則知小學之不能無賴於此以爲始. 知小學之賴此以始, 則夫大學之不能無賴於此以爲終者, 可以一以貫之而無疑矣."

42) 조식은「誠」圖를 그려 '성'을 특별히 중시하기도 했다.「성」도는 조식의 학기도 24도 중 18번째 도이다. 이 그림에서 조식 역시 주자와 마찬가지로 '성'을 하늘의 도와 사람의 도로 구분하고 있다. 또한 조식은 '閑邪存其誠'과 '修辭立其誠'을 좌우에 배치하여 '성'을 중시하였고, '格物知至意'와 '敬以直內'를 상하에 배치하여 '성'을 강조하였다. 따라서 이 그림은『주역』과『대학』, 그리고『중용』에서의 수양론적 명제들을 도표화한 것이라 하겠다.

중 「대학도」 아랫부분에 수록하여 '경'에 대한 의미를 설명한 것이기도 하다. 주희는 이 글에서 '경'의 시작을 『소학』에서 찾고 그 완성을 『대학』에서 찾았다. 이들 책의 주요 개념인 수제치평(修齊治平)의 논리를 주목하였기 때문이다. 특히 주희는 같은 글에서 정이의 주일무적(主一無適)과 정제엄숙(整齊嚴肅), 사량좌의 상성성법(常惺惺法), 윤돈의 기심수렴(其心收斂) 불용일물(不容一物)을 '경'의 네 가지 조목으로 들면서 '경'의 방법적 측면을 구체적으로 제시하기도 했다.

오건은 용학을 가장 정치하게 읽었다고 했다. 사정이 이러하므로 그의 문집에는 성경(誠敬)이 드러날 수밖에 없다. 특히 그는 제왕학의 근간이 성경이라고 생각했다. 이 때문에 「청진학납간소(請進學納諫疏)」에서 "임금의 진학 자세는 반드시 뜻을 겸손히 하는 것으로 기초를 삼고, 충간을 받아들이는 것은 마음을 비우는 것으로 근본을 삼아야 한다"43)고 전제하면서 성경을 제시하였던 것이다. 즉 "이것은 입과 귀로 말하고 듣는 것이 아니라 반드시 경으로 마음을 바르게 하고, 성으로 마음을 진실하게 하여 허위와 가식이 없고 간단이 없어야 한다"44)는 것이 그것이다. 임금은 이를 통해 마침내 뜻을 참되게 가지고 마음을 보존하여 천하의 일을 성취할 수 있기 때문이라는 것이다. 같은 글에서 오건은 일관되게 성경을 강조한다. 예컨대, "안으로는 몸과 마음을 반성하여 구하되 경으로 한결같이 하여 잠시라도 멈추어서는 안 되며, 밖으로는 사람의 약석(藥石) 같은 말을 받아들이되 성으로 한결같이 하여 조금이라도 가식이 없어야 한다"45)고 하거나, "경 하나로 천 가지의 사악함도 대적할 수 있고, 성 하나로 백 가지의 거짓을 이길 수 있다"46)고 한 것 등이 그것이다. 오건은 이같이 용학에 바탕한 성

---

43) 『德溪集』 卷3 「請進學納諫疏」(『文集叢刊』 38, 99면), "臣竊聞人主之進學也, 必以遜志爲之基址, 其納諫也, 必以虛心爲之根本."
44) 『德溪集』 卷3 「請進學納諫疏」(『文集叢刊』 38, 99면), "雖然, 此非口耳之爲也, 必敬以直之, 誠以實之, 無虛仮, 無間斷."
45) 『德溪集』 卷3 「請進學納諫疏」(『文集叢刊』 38, 101면), "內以反求於身心者, 一於敬而無作輟, 外以受人之藥石者, 一於誠而無仮飾."

경의 수양론을 제시하면서도 학문의 방법으로 궁리와 거경을 특별히 강조
하였다. 다음 자료를 보자.

> 학문의 도는 다름이 아니라 궁리(窮理)와 거경(居敬)일 따름입니다. 옛 선비
> 들이 "혹 책을 읽어 의리를 밝히고, 혹 고금의 인물을 논하여 그 시비를 분별하
> 며, 혹 사물에 응접(應接)하여 마땅함과 그렇지 못함을 판단한다"고 하였는데,
> 이것이 궁리의 일입니다. 또한 옛 선비들 중에 '마음을 하나로 주장하여 다른
> 데로 가지 않게 한다[主一無適]'고 말하는 사람도 있었고, '몸가짐을 가지런하
> 고 엄숙하게 지녀야 한다[整齊嚴肅]'고 말하는 사람도 있었으며, '항상 마음이
> 깨어 있어야 한다[常惺惺法]'고 한 사람도 있었고, '그 마음을 거두어들여 하
> 나의 사물도 용납하지 않는다[其心收斂 不容一物]'고 한 사람도 있었는데, 이
> 것은 거경(居敬)의 공입니다. 이 두 가지는 수레의 두 바퀴와 새의 양 날개와
> 같아서 하나라도 빠뜨릴 수가 없는 것입니다. 이것은 곧 본원을 함양하고 공부
> 를 하는 들머리로서 천하의 모든 일이 이를 좇아 나오는 바며, 치란과 흥망이
> 이로 말미암아 나누어지는 바입니다.47)

오건은 이 자료에서 위학(爲學)의 요체로 궁리(窮理)와 거경(居敬)을 들고
있다. 『근사록』에 의하면 "함양은 모름지기 경(敬)으로 해야 하고 진학(進
學)은 치지(致知)에 달려 있다"48)고 했다. 전자는 거경을 의미하고 후자는
궁리를 말한다. 이렇게 볼 때 마음을 기르는 데는 거경이 필요하고, 학문
에 나아가는 데는 궁리가 필요하다는 것이다. 오건은 이를 인식하면서 군
주는 마땅히 사물의 이치를 철저하게 밝혀 주체적 앎을 성취하여야 하고,
이를 위하여 거경이 중요하다면서 주희의 소위 경(敬)의 4개 조목을 예거

---

46) 『德溪集』 卷3 「請進學納諫疏」(『文集叢刊』 38, 101면), "先儒氏有言曰, 一敬足以敵
　　千邪, 一誠足以勝百僞."

47) 『德溪集』 卷3 「請窮理居敬箚」(『文集叢刊』 38, 104면), "學問之道無他, 窮理居敬而
　　已. 先儒曰, 或讀書而講明義理, 或論古今人物而別其是非, 或應接事物而裁其當否,
　　此則窮理之事也. 先儒有以主一無適言之者, 有以整齊嚴肅言之者, 有曰常惺惺法者
　　言, 有曰其心收斂, 不容一物者言, 此則居敬之功也. 二者如車兩輪, 如鳥兩翼, 不可闕
　　其一也. 此乃涵養本源地, 爲學入頭處, 天下萬事之所從出, 治亂興亡之所由分也."

48) 『近思錄』 卷2, "涵養須用敬, 進學則在致知."

하였다. 오건이 궁리와 거경을 특별히 강조한 것은 한 나라의 치란(治亂)과 흥망(興亡)은 군주가 이것을 제대로 하느냐 그렇지 않느냐에 달려 있다고 보았기 때문이다. 나아가 궁리와 거경을 다시 '정일집중(精一執中)'으로 요약하기도 했다. '정(精)'은 궁리를 말하고 '일(一)'은 거경을 의미한다. 여기서 그는 도심(道心)과 인심(人心)을 내세우면서 자연스럽게 그것의 특장이라할 수 있는『중용』에서의 '중(中)'의 의미와 결합시켰다. 즉 정일하게 되면위태로운 인심이 편안해지고, 은미(隱微)한 도심이 나타나 움직임과 고요함, 말과 행동에 있어 지나치거나 미치지 못함이 없을 것이라는 논리이다. 오건이 이 같은 논리를 세운 것은 군왕의 수양과 학문이 백성들의 안위와바로 결합되어 있다고 보았기 때문이다.

오건은『중용』과『대학』에 정통해 있었고, 그 가운데도 특히『중용』을많이 읽었다고 했다. 너무 많이 읽어 그 읽은 숫자도 모를 지경이었다고했다. 이같은 사정을 고려할 때 오건이『중용』에 바탕한「불성무물(不誠無物)」이라는 부(賦)를 남기게 된 것은 지극히 당연한 일이다.「불성무물」부는 물론『중용』25장의 "성은 사물의 처음과 끝이니, 성실하지 못하면 사물이 없게 된다"[49]는 구절에서 제명을 취한 것이다. 이 작품에서 오건은천과 인의 관계를 구체적으로 제시하고 있다. 우리 인간의 성정을 탐구해보면, 천지에 참여하여 그 가운데 서 있으면서 한 몸에 모든 사물의 이치를 구비하여 하늘과 같은 덕을 지니고 있지만, 인간의 사욕 때문에 간극이생긴다고 했다. 즉 "아! 천인의 지극한 이치는 한 마디로 다 할 수 있다네.하늘은 무심(無心)한 듯 하지만 심원하여 생물을 가만히 운행하고, 사람은유심(有心)한 듯 하지만 쉽게 방심하여 그 본성을 사욕으로 잃게 된다"[50]고 한 것이 그것이다. 오건은 천과 인이 서로 분리되어 간극이 생기는 것은 인욕 때문이라는 것을 이 글에서 말하면서 성(誠)과 천(天)과 성(聖)을 회

---

49)『中庸』25章, "誠者物之終始, 不誠無物. 是故君子誠之爲貴."

50)『德溪集』卷1「不誠無物」(『文集叢刊』38, 87면), "噫天人之至理, 可一言而能盡. 天無心而沕穆, 寓生物於默運. 人有心而易放, 喪厥初於私欲."

복하고자 했다. 우리는 여기서 오건이 『중용』을 통해 인욕을 버리고 인간의 본성에 깃든 천리를 찾아가고자 하는 수양론적 노력을 감지하게 된다. 다음 작품 역시 의도를 같이한다.

人有衣冠鳥有巢　　사람에겐 의관, 새에겐 둥지,
環中萬象自乾爻　　우주의 만상은 근원에서 시작하네.
經綸大業吾家事　　대업을 경륜하는 것은 유학의 일이니,
莫許神明外物交[51]　정신이 외물과 사귀지 말게 하세나.

　이 시는 「차윤광전운(次尹光前韻)」의 전문이다. 오건은 이 작품의 1구에서 사람과 사물을 제시하여 각기 합당한 도가 있다고 했다. 사람에게 있어서 의관이 있듯이 새에게는 둥지가 있다는 것이 그것이다. 2구에서 『주역』의 건괘 효를 말한 것은 만물생성의 시원(始原)을 표현하기 위해서다. 이 시원에는 결함이 있을 수 없다. 결함이 없기 때문에 이곳으로 돌아가고 싶은 것이다. 천리의 회복을 이렇게 말했다 하겠는데, 오건은 그 소망을 다양한 작품을 통해 표출시켰다. 즉 「선유동폭포(仙遊洞瀑布)」에서 "맑고 찬 은하수를 멀리서 접하고 신령스런 뗏목을 띄워 상두로 오르고 싶다"[52]고 히거나, 「송인귀안택(送人歸安宅)」에서 "마음을 잡으면 마음이 존재하는 것은 성실한가 그렇지 않은가에 달려 있고, 나가고 들어오는 것을 모름지기 마음 위에서 보라"[53]라고 한 것이 그것이다. 마음을 보존하는 길이 천리를 회복하는 길이라는 것을 알고 있었으므로, 4구에서 정신과 외물이 서로 사귀지 못하게 하고자 했다. 마음이 방탕한 데로 흐르기 쉽기 때문에 이를 경계하고자 함이었다.

---

51)『德溪集』卷1「次尹光前韻」(『文集叢刊』38, 81면).
52)『德溪集』卷1「仙遊洞瀑布」(『文集叢刊』38, 79면), "淸冷遠接銀河水, 欲泛靈槎上上頭."
53)『德溪集』卷1「送人歸安宅」(『文集叢刊』38, 85면), "操存只在誠不誠, 出入要須心上觀."

정리해보자. 『중용』과 『대학』은 오건 수양론의 기저가 되었다. 『중용』의 핵심인 '성'과 『대학』의 핵심인 '경'이 오건의 학문형성에 중요한 요소로 작용하였다는 것이다. 이 성경사상은 오건이 스승으로 모셨던 조식과 이황에게서도 강조되던 바였다. 조식의 『학기유편』이나 이황의 『성학십도』는 이를 말하기에 충분한 자료가 된다. 오건은 특히 성경이 제왕학의 근간을 이룬다고 했다. 이것은 천하의 일을 도모하는데 제왕의 수양이 필수불가결하기 때문이다. 「청궁리거경차」를 써서 궁리와 거경을 강조하고, 「불성무물」부를 지어 인욕을 막고 천리를 보존하자고 주장한 것도 이 같은 맥락에서 제출된 것이다. 우리의 마음이 외물과 사귀지 않을 때, 타고난 본성이 회복되고, 마침내 성인의 정신경계를 획득하여 성인이 될 수 있다는 생각을 가졌기 때문이다. 이처럼 오건의 수양론은 용학이 바탕을 이루었고, 이에 입각하여 문학창작을 시도하였다. 이 때문에 그는 이른 시기부터 문예를 일삼아 세상에 이름이 드러났지만, 성학의 나머지 일로 여겼다는 평가54)를 받을 수 있었을 것이다.

2) 사물에 대한 이념적 인식

사물에 대한 이념적 인식은 인식방법에 따른 작품 형상원리 가운데 하나이다. 사물 인식방법은 여럿으로 설명될 수 있으나, 크게 셋으로 나누어진다. 즉물적 인식, 이념적 인식, 역사적 인식이 그것이다. 이념적 인식은 사물을 '이치'가 드러나서 유행하는 것으로 보고 대상 사물을 주체화하여 인식한다. 이념은 모든 경험에 통제를 부여하는, 즉 순수 이성에서 얻어진 최고의 개념이기 때문에 사물과 자아가 '이(理)'로 통합될 수 있고 수양에

---

54) 鄭逑가 「祭文」(『德溪集』 卷8, 『文集叢刊』 38, 160면)에서 "早事文藝之學, 著名當世, 而旣又發跡場屋, 以爲門戶之榮, 此固世俗之所慕, 而在先生則爲餘事也"라 한 것이 그 대표적 예이다.

의해 그렇게 되어야 한다고 본다. 즉물적 인식은 시적 대상인 사물을 객관적 존재물로 보고 있는 그대로 포착하는 방식이다. 여기에는 인식의 주체인 자아가 그리 중요하게 작용하지 않는다. 따라서 사물을 있는 그대로 묘사함으로써 사실적 재현에 중점을 둔다. 이에 비해 역사적 인식은 인식객체인 사물과 인식주체인 자아 사이에 탄력이 부여됨으로써 객관 사물이 갖고 있는 역사적 의미를 주체적으로 재해석해 내는 것을 말한다. 이것은 대상을 현실에 포함시켜 이해하기 때문에 사물에 대한 해석이 주체의 시각에 따라 달라질 수도 있다.[55]

우리는 사물에 대한 세 가지의 인식방법 가운데 이념적 인식에 주목하려 한다. 오건의 문학에 작용한 중심 사상이 용학에 기반한 성경의 수양론이며, 이를 바탕으로 이념적 사물인식이 뚜렷하기 때문이다. 즉 '관물찰리(觀物察理)'의 인식방법을 지녔다는 것이다. 그렇다면 오건이 '관물찰리'의 방법론으로 그의 작품을 어떻게 형상하고 있을까? 오건이 주자학자였기 때문에 우선 주희의 창작방법론을 주목할 필요가 있다. 일찍이 주희는 「관서유감(觀書有感)」을 지어, 사물에 대한 이념적 인식을 철저히 시도한 적이 있다. "반이랑 되는 모난 연못이 하나의 거울처럼 열리니, 하늘 빛 구름 그림자가 함께 배회를 하네. 묻나니, 어떻게 하여 이같이 맑을 수 있는고? 원두에서 살아 있는 맑은 물이 샘솟고 있기 때문이지"[56]라고 한 것이 그것이다. 주희는 여기서 방당(方塘)이라는 연못, 즉 사물을 보면서 인간의 심성 속에 깃든 허령성(虛靈性)을 살폈다. 그리고 원두의 활수를 통해 심성회복이라는 이념적 인식을 명확히 제시하였다. 사물에 대한 주희의 이 같은 인식방법은 오건에게 그대로 적용된다. 「활수」부를 통해 구체화되는데, 그 일부를 들어보자.

---

55) 鄭羽洛, 「16세기 士林派 作家들의 事物觀과 文學精神 硏究」, 『退溪學과 韓國文化』 34, 慶北大 退溪硏究所, 2004, 144면.
56) 『朱子大全』 卷2, "半畝方塘一鑑開, 天光雲影共徘徊. 問渠那得淸如許, 爲有源頭活水來."

環胸海之灑落　쇄락한 가슴 바다는 둘러 있고,
一方塘之開鏡　거울처럼 열린 모난 연못은 한결같구나.
潛本體之虛靈　본체의 허령함에 잠겨들어,
渾溥博於丹田　광대함을 마음에 온전하게 하네.
絶渣滓之點汚　마음의 찌꺼기, 그 더러움을 끊어버리고,
涵太虛之浩然　태허(太虛)의 넓고 큼을 함양한다네.
澹光風於波面　비 갠 뒤의 시원한 바람 수면에서 조용하고,
照秋月於淸漣　가을 달은 맑은 잔물결에 비친다네.
炯雲影之寒回　차게 배회하는 구름 그림자는 빛나고,
淡天光之軒豁　넓게 트인 하늘빛은 담담하구나.
妙徹上而徹下　미묘하게 위를 뚫고 아래로 이어져,
極淸瑩而光明　지극히 맑으면서 밝다네.
知靜深之有本　고요하고 깊은 곳에 본원이 있다는 것을 아노니,
豈厥流之自淸　어찌 그 흐름이 저절로 맑아지랴?
凝一脉於源頭　한 맥을 원두에 응기게 하여,
釀純灝之潑潑[57]　순수한 그 물의 활발함을 배양해야 하리.

이 작품은 제목부터 주희의 「관서유감」에서 인용하였다. '원두활수'의 '활수'가 그것이다. 내용도 마찬가지다. '활수(活水)', '방당(方塘)', '개경(開鏡)', '천광(天光)', '운영(雲影)', '원두(源頭)' 등의 용어에서 알 수 있듯이, 오건의 「활수」부는 주희의 작품을 확장해 놓은 것에 다름 아니다. 오건은 여기서 쇄락한 마음을 '방당'과 결합시켰다. 이는 사물에 대한 이념적 인식을 창작의 중요한 원리로 활용하고 있음을 의미하는 것이다. 그 이면에 작용한 사상은 물론 수양론이다. '마음의 찌꺼기'라고 표현된 인욕을 버리고, '태허의 넓고 큼을 함양한다'고 하면서 천리를 보존하고자 한데서 사정의 이러함은 충분히 간취된다. 수양에서의 '수(修)'는 인욕을 닦는다는 것이며, '양(養)'은 천리를 함양한다는 것인데, 오건은 수양의 공효도 제시하였다. 맑은

57) 『德溪集』 卷1 「活水」(『文集叢刊』 38, 86면).

잔물결에 비치는 가을달, 넓게 트인 하늘 빛, 지극히 맑고도 밝은 것으로 그 것은 표현되었다. 성경사상의 작용으로 이루어진 정신경계가 아닐 수 없다. 사물의 근원이자 심성의 궁극처인 원두의 활발성을 제시하면서 그 경계는 극치를 이루었다. 우리는 여기서 오건의 문학적 감수성의 중심에 인간 심성 의 본원을 함양하고자 하는 수양체계가 내적 운동을 벌이고 있었다는 것을 발견하게 된다. 다음 자료를 통해 논의를 더욱 진전시켜보자.

① 화담에 이르렀는데, 곧 서선생이 예전에 노닐던 곳이다. …… 두어 간 되는 황폐한 집이 홀로 산기슭을 의지해 있는데, 아마도 이곳이 선생께서 사시던 옛 날 집인 듯 하다. 그러나 마을에 거주하는 사람이 없어서 물어볼 수가 없었다. 다만 산머리에 흰 돌이 높이 서 있는 것이 보이는데, 바로 선생의 옛 비석이다. 연못은 겹겹이 둘러싸인 바위를 마주하고 있었고, 산 꽃은 아직도 반면에 피어 있었다. 평평한 모랫벌 한 편에 반석이 있는데, 바로 선생께서 제자들과 앉거나 서서 강론하던 곳이다. 이곳에 이르러 그 사람을 생각해 봄에 스스로 회포가 어떠한 지를 알 수가 없다. 이군과 각각 하나의 바위를 차지하고 서로 마주 앉 아 경치를 감상하면서 술도 마시고 정담을 나누었다. 이렇게 한 나절을 한가롭 게 보냈으나 회포는 다함이 없어서, 몇 구절의 시를 읊조리게 되었다. 그 내용 은 이러하다.58)

② 花潭曾是會鳶魚　　화담이 일찍이 여기서 연비어약을 깨달았으니,
　　恨不當時近卜居　　한스런 것은 당시 가까이서 살지 못한 것이라네.
　　空想斷碑懷不盡　　공연히 짧은 비를 생각함에 회포가 다하지 않아,
　　夕陽歸路獨躊躇59)　　석양 돌아오는 길에 홀로 머뭇거리네.

---

58) 『歷年日記』 '1565年 4月 初3日'條, "至花潭, 乃徐先生舊遊之地 …… 數間荒屋, 獨 依山根, 蓋是先生舊栖, 而巷無居人, 不能憑問, 只見山頭白石高立, 乃先生墓碑也. 潭 則對巖回疊, 山花尙在半面, 平沙一邊盤石, 此乃先生與學子坐立講論之地, 到此地思 其人, 不自知其何如懷也. 與李君各占一巖, 相對坐賞, 酌酒敍情, 仍偸半日之閑, 有懷 不盡, 吟成數句, 其詩曰."
59) 『歷年日記』 '1565年 4月 初3日'條 및 『德溪集』 卷1 「過徐花潭舊居」(『文集叢刊』 38, 82면).

③山空花在水更清   빈 산에 꽃은 피고 물은 더욱 맑은데,
　人去長留活畫屏   사람은 갔지만 길이 남아 있는 것은 살아 있는 畫屏이라.
　想像巖頭吟賞日   생각해 보노라, 바위 머리에서 읊조리고 완상하던 그 날,
　此中光霽十分明60)   이 가운데 제월광풍은 아주 밝았을 것을.

　1565년 4월 3일 오건은 풍덕군수(豊德郡守) 이민각(李民覺, 1535~?)을 만나 화담 서경덕의 옛 집을 둘러보았다. 오관산(五冠山) 전사관(典祀官)으로 갔을 때의 일이다. 당시 이민각이 세 수의 시를 짓고 오건은 네 수를 짓는데,61) ①은 창작동기이고, ②와 ③은 오건이 그때 지은 네 수 중 두 수이다. 여기서 오건은 서경덕의 옛집을 보면서 '연비어약'과 '제월광풍'을 생각해낸다. 앞의 작품 첫째 구에서 '연어'라 했고, 뒤의 작품 넷째 구에서 '광제'라 한 데서 이같은 사실을 알 수 있다. 이것은 각각 '연비어약'과 '제월광풍'을 줄인 것이기 때문이다. 이 두 용어는 수많은 개별적 사물에 유행불식(流行不息)하는 천리의 묘용과 비가 갠 뒤의 바람과 달 같은 시원하고 깨끗한 마음을 의미한다. 즉 인간의 심성 속에 인욕이 사라지고 천리가 깃든 상태를 비유적으로 표현한 것이다. 우리는 여기서 화담이라는 사물을 통해 수양론이 가져다주는 최고의 정신적 경계를 만나게 된다. 오건의 사물에 대한 이념적 인식을 명확히 감지하게 된다는 것이다.

　'천광운영'과 '연비어약', 그리고 '제월광풍'은 사림파 작가들의 이념적 사물인식의 극치에서 즐겨 제시하는 것이지만, 오건은 이 용어를 특별히 좋아했고, 이 가운데서도 '제월광풍'을 가장 많이 사용하였다. '비 갠 뒤의 경치는 가이없고 뜻은 더욱 깊어지네[霽景無邊意轉深]',62) '누가 방촌 제월 광풍의 하늘을 알겠는가?[誰知方寸霽光天]',63) '옥 같은 세계는 응당 비갠

---

60) 『歷年日記』 '1565年 4月 初3日'條 및 『德溪集』 卷1 「過徐花潭舊居」(『文集叢刊』 38, 82면).
61) 『歷年日記』에는 이 7수가 모두 기록되어 있으나, 『덕계집』에는 본문의 ①과 ②, 두 수만 소개되어 있다.
62) 『德溪集』 卷1 「咏月」(『文集叢刊』 38, 82면).
63) 『德溪集』 卷1 「次金慶老韻」(『文集叢刊』 38, 84면).

달의 흔적 머물러 있겠지[玉界應留霽月痕]'64) 등의 허다한 작품이 그것이
다. 오건이 이것을 가장 적극적으로 제시한 것은 5언 고시의 형식을 지닌
「송인귀안택(送人歸安宅)」이라는 작품에서다. 여기서의 '안택'은 인(仁)을 의
미한다.65) 이 인을 확보하기 위하여 가장 절실하게 요청되는 것이 수양이
다. 이 때문에 오건은 "사사로운 곳을 극기하면 천리가 온전해지고, 안택
의 기반은 방촌 사이에 있네. 천군을 높이 받들어 주인이 되게 하지, 어찌
객기가 와서 서로 간여하게 하리"라고 하면서, "천광운영은 넓어 끝이 없
고, 제월광풍은 스스로 한가롭다"66)고 하였다. 인욕을 막고 천리를 보존하
는 길, 인이 기거하고 있는 마음, 천군을 뫼시고 객기를 쫓는 일 등을 두루
말하면서, 그것의 최종적 공효로 '천광운영'과 '제월광풍'을 제시하였던 것
이다.

　오건은 천리의 유행과 쇄락한 마음을 매화를 통해 나타내기도 했다. 여
기서도 사물에 대한 이념적 인식은 주요 형상원리로 작용했다. 즉 매화라
는 사물을 바라보면서, 그가 용학에 바탕한 수양론적 이념을 제시하였던
것이다. 그는 일찍이 사물은 사람에게 무심(無心)하지만, 사람은 유정(有情)
하여 사물에서 의미를 취한다67)고 보았다. 인식객체인 사물과 인식주체인
사람 사이에서, 어떤 인식작용이 일어나 객관 사물에 어떤 의미가 부여된
다는 것이다. 관물찰리를 설명한 것에 다름 아니다. 이 같은 생각으로 인해
그는 그의 스승 이황과 마찬가지로 매화를 매형(梅兄)이라 부르며 그의 수
양론적 이념을 드러내고자 했다. 길 곁에 방치하여 거두지 않아도, 매형에
게 있어서는 무슨 손해가 되겠는가만, 덕의 향기를 멀고 황량한 들판에서
실어오니 내가 돌아보고 많은 느낌을 갖는다68)고 하면서 매화에게 특별한

---

64) 『德溪集』 卷1 「和梁士元西溪韻」(『文集叢刊』 38, 81면).
65) 『孟子』 「公孫丑上」, "孔子曰, 里仁爲美, 擇不處仁, 焉得智? 夫仁, 天之尊爵也, 人
　　之安宅也."; 『孟子』 離婁章上, "仁, 人之安宅也, 義, 人之正路也."
66) 『德溪集』 卷1 「送人歸安宅」(『文集叢刊』 38, 85면), "克己私處天理全, 有宅基盤方
　　寸間. 天君高拱作主人, 客氣安得來相干? …… 天光雲影浩無窮, 霽月光風自閑閑."
67) 『德溪集』 卷1 「收野梅」(『文集叢刊』 38, 88면), "物無心而德我, 人有情而取物."

의미를 부여한 것이 그것이다. 오건의 매화 노래를 계속해서 들어보자.

玩歲寒之高節	세한의 고상한 절개를 완상하고,
思不屈於威武	위무(威武)에도 굴하지 않을 것을 생각하네.
超衆芳而獨立	여러 꽃들을 초월하여 홀로 서 있으니,
亦可戒夫從俗	또한 저 세속을 따르는 것을 경계할 수 있다네.
洗氷雪而愈潔	빙설에 씻어 더욱 깨끗한데,
又何用夫混濁[69]	또 어찌 저 혼탁함으로 쓰리오?

「수야매」의 일부이다. 국화는 도연명에 의해 채집되고, 연꽃은 주돈이에 의해 사랑을 받았지만, 들판의 매화는 버려져서 거두는 사람이 없다[70]고 하면서 매화를 거두고 아울러 이 작품도 지었다. 오건은 매화를 설월정신(雪月精神)의 표상[71]이라 생각했다. 설월정신은 인욕의 때를 벗고 천리를 보존하는 데서 마련된다. 매화가 다른 꽃들과 섞이지 않고 독립해 있으며, 얼음과 눈에 씻은 듯 조금도 혼탁함이 없기 때문이다. 오건의 이 같은 생각은 여러 작품에 보인다. 예컨대 「영매(詠梅)」에서 "돌아오니 봄은 또 늦었고, 옛 뜰엔 매화가 모두 졌구나. 복사꽃 살구꽃이 봄빛을 다투는데, 홀로 울타리 저쪽에 피어 있네"[72]라고 한 것은 그 대표적이다. 「수야매」에서 여러 꽃들을 초월하여 저쪽에서 혼자 서 있는 매화를 여기서도 다시 만나게 된다. 초연히 홀로 서 있는 매화를 통해서 오건이 보여주고자 한 것은

---

68) 『德溪集』卷1「收野梅」(『文集叢刊』38, 88면), "置道傍而不收, 在梅兄兮何損? 委馨德於遐荒, 顧吾人而多憾."

69) 『德溪集』卷1「收野梅」(『文集叢刊』38, 88면).

70) 『德溪集』卷1「收野梅」(『文集叢刊』38, 88면), "余竊悲衆芳之虛擲, 必見知而有會. 菊於陶兮見採, 蓮遇周而獲愛, 嗟哉梅兄之在野, 賴何人而見收."

71) 『德溪集』卷1「收野梅」(『文集叢刊』38, 88면), "隣首陽之孤竹, 保雪月之精神."

72) 『德溪集』補遺「詠梅」(『文集叢刊』38, 196면), "歸來春又晚, 落盡故園梅. 桃杏爭春色, 獨自隔籬開." 오건은 매화시 여럿을 남기는데, 본문에서 제시한 「수야매」나 「영매」 외에도 「咏梅」(『文集叢刊』38, 78면), 「二月梅」(文集叢刊』38, 80면), 「雪中梅」(『文集叢刊』38, 82면) 등이 대표적이다. 이들 시에서도 그의 사물에 대한 이념적 인식은 뚜렷이 제시되어 있다.

결국 쇄락하여 속진이 없는 군자의 성정이었다. 우리는 여기서 이념적 사물인식이 그의 창작원리로 작동하고 있음을 재확인하게 된다.

이상에서 우리는 사물에 대한 오건의 이념적 인식을 고찰하였다. 이것은 오건의 문학에 작용하는 수양론이 어떤 원리에 의해 형상화되는지를 살피기 위함이었다. 오건은 '관물찰리(觀物察理)'의 사물 인식방법을 창작의 주된 형상원리로 활용하고 있었다. 그는 이 방법론에 입각해서 사물을 보고, 그것에서 흥기하여 작품을 창작하였는데, 특히 주희의 「관서유감」에 주목하고 동질의 주제를 표현하기 위하여 「활수」부를 지었다. 이 작품에서 오건은 '개경(開鏡)', '천광(天光)', '운영(雲影)', '원두(源頭)' 등의 용어를 제시하면서, 성경사상의 내적 작용으로 이루어진, 최고의 정신경계를 비유적으로 나타냈다. 맑은 잔물결에 비치는 가을달, 넓게 트인 하늘 빛 등이 그것이다. 특히 '연비어약'와 '제월광풍' 등의 용어에서 성리학자들의 작품에 보편적으로 나타나는 인간과 사물에 내재한 천리의 묘용을 구하였다. 이같은 경향은 매화라는 사물을 통해서 더욱 구체화되기도 했다. 그는 매화를 매형이라 부르며 그것의 청정성과 개결성을 극찬했다. 인간이 수양으로 도달할 수 있는 어떤 상태를 제시하기 위해서였다. 이처럼 오건은 '방당'이나 '매화' 등 다양한 사물을 통해 그의 정신경계, 혹은 도달해야 할 궁극의 세계를 적극적으로 구현했고, 그것은 사물에 대한 이념적 인식의 결과에 다름이 아니었다.

3) 자연과 이룩한 합일적 세계

자연과 이룩한 합일적 세계는 사물의 존재방법에 따른 작품의 형상원리와 결부되어 있다. 개별자인 자아와 사물의 관계는 보편자인 태극(理 · 誠)에 대한 힘의 우열에 따라 세 가지로 존재하게 된다. 합일적 존재, 대립적 존재, 조화적 존재가 그것이다. 합일적 존재는 보편자가 개별자의 우위에 있는 경우로, 이때 개별자인 자아와 사물은 이들에 내재해 있는 보편자의 인력(引力)에 의해 합일하게 된다. 대립적 존재는 개별자가 보편자의 우위에 있는 경우로, 이때 개별자인 자아와 사물은 상호간의 기질적 요소로 인해 척력(斥力)이 발생하고 이에 따라 대립한다. 그리고 조화적 존재는 개별자와 보편자가 힘의 균형을 유지하는 경우로, 이때 개별자인 자아와 사물 사이에는 인력과 척력이 동시에 작용하고 이에 따라 조화를 이룬다.73) 이론을 가다듬고 논의를 정밀하게 진행시켜야 나름의 성과를 이룩할 수 있지만, 사림파 문학의 경우 이 이론은 광범하게 적용될 수 있다. 개별적 사물 속에 내재한 보편자에 대한 관심은 이들의 중요한 학문적 방법론을 형성하기 때문이다.

우리는 여기서 합일적 존재와 그 방법에 주목한다. 오건 문학의 경우 성경의 수양론은 그의 문학적 기저를 이루는 사상이라 했다. 오건은 이 수양론에 입각하여 작품창작을 시도했다고 하겠는데, 이 과정에서 작품형상의 내적 원리로 작동한 것이 바로 앞서 다룬 사물에 대한 이념적 접근과 본 장에서 다루고자 하는 자아와 사물의 합일적 존재방법이다. 이는 자아와 사물 사이에서 이루어지고, 성리학자들이 내적 정신적 최고경지를 설명하기 위하여 사용하는 천인합일로 나아가기 위한 일련의 정신활동이다. 작품 속에서는 자연과의 합일로 나타나기 때문에 합자연(合自然)으로 일컫기도 한다. 성리학자들이 지닌 자연관의 일반적 특징은 자연을 생산의 현장으로 보기보다는 일정한 미학적 거리에 두고 심미적 관조의 대상으로 생각한다. 미학적 거리를 두지만 보다 적극적으로 인간의 심성 속에 내재해 있는 '성(性)'이 수양을 통해 사물 속에 내재해 있는 '리(理)'와 일체가 됨으로써 성인과 같은 정신경계를 획득할 수 있다고 생각했다.74) 이때 자

---

73) 보편자(태극)와 개별자(자아와 사물) 사이에 발생하는 역학구도에 따른 존재방법은 정우락, 『남명문학의 철학적 접근』, 박이정, 1998에서 상세하게 논의되었다.

74) 鄭羽洛, 「金字顯의 事物認識方法과 그 精神構圖의 特性」, 『東方漢文學』 15, 東方漢文學會, 1998, 134면 참조

아의 '성'과 사물의 '리'는 모두 보편자 태극의 다른 이름이며, 이 보편자
로 인해 결국 합일적 세계를 이룩하게 된다. 오건의 다음 작품을 통해 논
의의 실마리를 찾아보자.

信有物必有是理　　진실로 사물이 있으면 반드시 이 이치가 있으니,
夫孰不本於實德　　대저 어느 것이 실덕(實德)에 근본하지 않겠는가?
……
念於穆之明命　　　심원한 밝은 명을 생각하고,
探性情於吾人　　　나의 성정을 탐구하네.
叅天地而中立　　　천지에 참여해서 그 가운데 서서,
備萬物於一身　　　만물이 한 몸에 갖추어졌네.
……
竟盡己而成物　　　마침내 자기를 다하여 사물을 이루면,
諒與天而同德75)　　진실로 하늘과 더불어 덕을 같이 하리라.

　　위의 자료는 「불성무물(不誠無物)」부의 일부로 합일적 존재방법을 노래
한 것이다. 오건은 여기서 자아의 '성'과 사물의 '리'가 수양론에 입각해
합일한다는 것을 보였다. 즉 사람에게는 '성정'이 있고 사물에게는 '리'가
있으며, 자기를 다함으로써 사물을 이루어 마침내 하늘과 더불어 덕을 같
이 한다는 것이다. 이 같은 자아와 사물의 합일, 내지 천인의 수양론적 일
치를 오건은 기회 있을 때마다 강조하였다. 예컨대, 「청개정임진상가계(請
改正林晉賞加啓)」에서 "하늘과 사람이 하나의 이치이므로 이치가 있는 곳에
명이 존재하는 것입니다"76)라 한 것은 그 대표적인 예이다. 그렇다면, 자
아와 사물이 어떻게 합일되며, 그것은 그의 작품에 구체적으로 어떻게 형
상화되는가 하는 것이 문제이다. 여기서 오건은 사물로 자연을 선택했고,
그 자연 속에 내재한 천리를 발견하고 그것이 수양된 자아의 성정과 일치

---

75) 『德溪集』 卷1 「不誠無物」(『文集叢刊』 38, 86~87면).
76) 『德溪集』 卷4 「請改正林晉賞加啓五」(『文集叢刊』 38, 120면), "天人一理也, 理之所
　　存, 卽命之所存也."

될 수 있다고 보았다. 청정한 자연과 허령한 자아가 인력에 의해 형이상학적으로 합일될 수 있다고 보았기 때문이다. 다음 작품을 보자.

擁雪空山謾對書　　눈 덮인 빈 산에서 책을 마주하고 있노라니,
夜深清月入窓虛　　밤 깊자 맑은 달빛 창틈으로 새어드네.
一般意思今宵好　　이 같은 생각은 오늘밤이 참으로 좋으니,
欲向天翁問太初[77]　조물주를 향해 태초에 대하여 물으려 하네.

　이 작품은 칠언절구 「우음(偶吟)」의 전문이다. 오건은 앞의 두 구절에서 눈 덮인 산의 맑고 고요함, 서책(書冊), 그리고 창틈으로 새어드는 달빛을 제시하였다. 이는 물론 뒤의 두 구절에서 하늘과 맞닿아 있는 서정적 자아의 고양된 감흥을 노래하기 위해서였다. 오건은 눈 덮인 빈 산, 그 달밤의 정경이 인간과 완전한 화해를 이루어낸다는 것을 깨달았다. 여기서 4구에서 보듯이 우주에 내함되어 있는 첫 비밀을 조물주를 향해 묻고 싶다고 한 것은 당연한 것이었다. 우주의 첫 비밀을 알고자 하는 것은 바로 다양한 사물로 분화되기 이전의 상태를 말하는 것이니 합일을 전제한 것이기 때문이다. 이것은 우주 생명과 인간 심성이 본체론적 측면에서 일치한다고 보고, 거경(居敬)을 통해 성인의 경계에 도달하고자 했기 때문에 가능한 것이다. 물론 '천옹'과 '태초'가 말해주듯 현상을 초월하여 제 현상들의 원인 혹은 근거를 의미하는 형이상학적 논리[78]에 의해 이것은 제시되었다. 특히 3구를 주목할 필요가 있다. 소옹(邵雍, 1011~1077)의 「청야음(清夜吟)」을 연상시키기 때문이다. 소옹은 이 작품에서 '이 같은 맑은 의미'라고 하면

---

77) 『德溪集』 卷1 「偶吟」(『文集叢刊』 38, 79면).
78) 아리스토텔레스가 처음 형이상학이라는 용어를 사용한 이후 몇 가지의 다른 의미로 형이상학이란 용어가 사용되었는데, 이에 대해서는 이명곤은 「德溪 吳健의 생애와 사상에 나타난 '義로움'의 개념과 義의 形而上學的 특성」(『2004년 남명학 학술대회 자료집』, 2004, 남명학연구원, 각주 33 참조)에서 '형이상학적 지평이란 실존적인 변모를 가진 인간이 직관적인 통찰을 통해 과학적인 앎으로서 접근할 수 없는 세계 또는 인간의 진리에 도달하는 지평'이라 정리했다.

서 합일의 경계를 드러냈다. 소옹의 이 시는 오건을 비롯한 조선조 성리학
자들에게 형이상학적 합일의 정신적 경계를 도인하는 중요한 매개 역할을
했는데, 오건 역시 마찬가지였다. 다음 작품을 보자.

堯夫非是愛吟詩　　요부는 시 읊조리길 사랑한 것이 아니라,
只愛虛明洒落時　　다만 허명하고 쇄락한 것을 사랑했다네.
莫把遺詩空玩月　　남긴 시를 갖고 부질없이 달을 희롱하지 말게나,
好將淸意靜中思79)　　맑은 의사로 고요한 가운데 생각하는 것이라네.

　　1구의 '요부'는 소옹의 자이다. 일찍이 소옹은 "달은 하늘 한가운데 떠
있고 바람은 수면으로 불어올 때"라고 하면서, 자연이 제시하는 정경과 인
간의 심성론적 이치가 묘하게 결합됨을 깨닫고 "이 같은 맑은 의미를, 체
득한 사람은 아마도 적을 것이라"80)고 노래했다. 어느 날 문인 정구(鄭逑,
1543~1620)가 소옹의 이 노래를 읊조리자 오건이 시를 지어 그에게 주면
서81) 단순한 달 노래가 아님을 주지시켰다. 1구와 2구에서 보듯이 소옹이
사랑한 것은 시가 아니라 달을 통해 형상되는 '허명(虛明)'과 '쇄락(洒落)'이
었다. 이것은 인간의 마음속에서 인욕이 사라지고 천리가 깃든 상태이며,
자연을 통한 형이상학적 합일의 경계 바로 그것이다. 오건은 이를 인식하
고 있었으므로, 소옹이 남긴 시로 달을 희롱할 것이 아니라, 소옹의 진의
를 찾아 마음을 고요하고 맑게 하여, '허명'하고 '쇄락'한 상태로 만들라는
것이다. 이처럼 오건은 자아와 사물의 합일경을 자연을 통해 제시했을 뿐
만 아니라, 보다 직접적으로 조물주를 향해서 태초에 대하여 묻고자 하였
는데, '선원(仙源)'이라는 용어를 제시하며 그 궁극을 보다 적극적으로 찾고

---

79) 『德溪集』 卷1 「星學贈學子」(『文集叢刊』 38, 82면).
80) 『性理大全』 卷70 「詩·絶句」, "月到天心處, 風來水面時. 一般淸意味, 料得少人
　　知."
81) 「星學贈學子」(『德溪集』 卷1, 『文集叢刊』 38, 82면)의 주석에 이렇게 되어 있다. "學
　　子, 則寒岡也. 寒岡夜誦淸夜吟, 先生以詩贈之."

자 했다.

> ① 仙源今作一場歡　　선원은 지금 한 마당 즐거움을 만드나니,
> 　此境何須俗士看　　이 경치를 어찌 속인들이 볼 것이랴!
> 　只恨落花隨水去　　다만 한스런 것은 떨어진 꽃잎 물결 따라 떠내려 가서,
> 　謾教漁父泝淸灣82)　부질없이 어부로 하여금 맑은 시내 거슬러 오르게 하
> 　　　　　　　　　　는 것이라네.

> ② 漁舟何用遡仙源　　고깃배를 어찌 선원을 거슬러 오르는데 사용하겠는가?
> 　玉界應留霽月痕　　옥 같은 세계는 응당 비갠 달의 흔적 머물러 있겠지.
> 　更看前山雲自出　　다시 앞산의 구름이 스스로 나오는 것을 보니,
> 　一番時雨萬家村83)　한 번 때맞추어 내리는 비 수많은 집에 뿌리겠네.

　위의 두 수는 모두 '선원(仙源)'이라는 이상공간을 통해 자신의 정신경계를 나타낸 것이다. 선원은 도잠이 「도화원기(桃花源記)」에서 제시한 이상공간을 염두에 둔 표현이다. ①에서 복사꽃을 떠올린 데서 알 수 있지만, 위의 작품은 「도화원기」와 많은 유사성이 있다. 도잠이 한 어부를 제시하였듯이 오건도 ②에서 고깃배를 제시했고, 도잠이 어부가 본 이상세계에서 즐겁게 사는 사람들을 말했듯이 오건도 ①에서 선원이 한 마당의 즐거움이라 했다. 그리고 도잠이 이상공간의 평화경을 속인들은 함부로 구할 수 없다고 했듯이 오건도 ①에서 속인들이 볼 수 없는 곳이며 그들이 함부로 와서는 안 되는 곳이라 했다. 그러나 도잠의 「도화원기」가 소국과민(小國寡民) 사상에 기반하여 노장적 유토피아를 제시한 것이라면, 오건이 위의 작품에서 언급한 선원은 인간이 심성수양으로 도달할 수 있는 형이상학적 정신경계이다. 그것을 오건은 ②에서 보듯이 '옥계'와 '제월'이라 했다. 이 옥 같은 세계의 청신한 기상은 자아와 사물이 지닌 개별적 특성이 소멸된

---

82) 『德溪集』 卷1 「遊西溪」 5首 중 第1首(『文集叢刊』 38, 80면).
83) 『德溪集』 卷1 「和梁士元西溪韻」(『文集叢刊』 38, 81면).

공간이며, 역사적 질곡이 사라진 공간이며, 또한 천리의 공간이자 합일의 공간이다. 이 공간은 오직 '허명'과 '쇄락'으로 가득하다. 사정이 이같기 때문에 인욕으로 가득한 어부나 속인이 근접하지 못하게 할 필요가 있었던 것이다. 결국 오건은 인욕을 벗어 던지고 마음속에 천리를 보존하자는 것을 이들 시를 통해 말하고 싶었던 것이다.

이상의 논의를 정리하자. 자연과 이룩한 합일적 세계는 개별자 속에 존재하는 보편자의 인력에 의해 발생한다. 이 존재방식은 오건 문학에 작용한 중요한 형상원리였다. 오건은 이것을 연수흥(烟水興)[84] 등으로 불리는 자연과의 흥취를 매개로 하여 문학적 실천을 이룩하려 했다. 인간의 심성 속에 내재해 있는 '성(性)'이 수양을 통해 사물 속에 내재해 있는 '리(理)'와 일체가 됨으로써 성인과 같은 정신경계를 획득할 수 있다고 생각했기 때문이다. 이 과정에서 그는 「불성무물」부를 통해 합일의 방법론을 마련하였다. 자기를 다함으로써 사물을 이루어 마침내 하늘과 더불어 덕을 같이한다는 것이다. 이 같은 방법론에 입각하여 '선원'이라는 용어를 통해 합일의 구체적 공간을 제시하기도 했다. 이 공간은 옥 같은 세계로 청신한 기상이 살아 있는 공간이라 했다. 자아와 사물이 지닌 개별적 특성이 소멸 되 처리의 공간이며 합일의 공간이었다. 우리는 여기서 보편자에 입각한 자아와 사물의 합일경은 결국 인욕이 사라진 곳에 형성된다는 것을 오건 의 작품을 통해 감지하게 된다.

---

84) 오건은 자연에 대한 흥취를 烟水興, 昆山興, 風烟興 등으로 나타냈다. "此間烟水興, 還怕世人知"(『德溪集』 卷1 「楸江亭次盧玉溪子膺韻」, 『文集叢刊』 38, 77면), "爲問昆 山興, 何如此水頭"(『德溪集』 卷1 「楸江亭次盧玉溪子膺韻」, 『文集叢刊』 38, 77면), "對 床薰切琢, 耽興共風烟"(『德溪集』 卷1 「贈金上舍慶老」, 『文集叢刊』 38, 78면) 등에서 용례를 확인할 수 있다.

4. 조식 및 이황 문학과의 관계

오건의 학문은 가학에 바탕한 것이지만, 그것의 심화과정에는 스승 조식과 이황이 있었다. 이것은 이미 말한 바다. 조식과 이황이 세상을 떠나자 오건은 이들의 만사를 지어 슬픈 마음을 토로한 적이 있다. 이때 스승의 특장을 요약하였는데, 조식의 준절한 기상과 이황의 쇄락한 정신이 그것이다. 「만남명선생(輓南冥先生)」에서 "준절한 기상은 사람들이 다투어 우르러고, 기이한 공은 보통사람이 엿볼 수 없다"[85]고 하거나, 「만퇴계선생(輓退溪先生)」에서 "명성(明誠)의 땅에 서서, 정신은 쇄락한 하늘을 통하였다"[86]고 한 것이 그것이다. 때로 성경(誠敬)이 강조되기도 하지만 경의(敬義)는 조식 수양론의 핵심이다. 이를 염두에 두었기 때문에 오건은 「제남명선생문(祭南冥先生文)」에서도 "용이 깊은 못에 잠겨있는 듯, 봉이 천 길을 나는 듯"[87]하다거나, "함양하고 성찰하는 것은 경을 주로 하고, 끊고 제어하는 것은 의로써 한다"[88]고 하면서 조식의 기상과 그 사상적 근거를 높였다. 그리고 경의(敬義)가 강조되기도 하지만 성경(誠敬)은 이황 수양론의 핵심이다. 오건이 이것을 생각하였으므로, 이황의 만사에서 그가 명성을 통해 쇄락한 성정을 지닐 수 있었다고 했다. 명성(明誠)은 '경'을 통해 도달하는 것으로 『중용』의 핵심개념이다. 『중용』에서 "성(誠)으로 말미암아 밝아지는 것을 성(性)이라 하고, 밝음으로 말미암아 성실해지는 것을 교(敎)라 하니, 성실하면 밝아지고 밝아지면 성실해진다"[89]고 하였는데, 오건은 『중용』의 이 같은 논리를 이황에게 적용시켰던 것이다.

오건이 그렇게 평가하였듯이, 조식은 경의사상에 입각해서 사물을 보았

---

85) 『德溪集』 卷1 「輓南冥先生」(『文集叢刊』 38, 78면), "峻節人爭仰, 奇功衆莫窺."
86) 『德溪集』 卷1 「輓退溪先生」(『文集叢刊』 38, 77면), "脚踏明誠地, 神通洒落天."
87) 『德溪集』 卷2 「祭南冥先生文」(『文集叢刊』 38, 95면), "龍潛九淵, 鳳翔千仞."
88) 『德溪集』 卷2 「祭南冥先生文」(『文集叢刊』 38, 95면), "涵省主敬, 斷制以義."
89) 『中庸』 21章, "自誠明, 謂之性, 自明誠, 謂之敎, 誠則明矣, 明則誠矣."

기 때문에 그의 의식은 경험적 세계 혹은 지상으로 열려 있었다. 이 때문에 애민의식에 입각하여 백성의 곤궁을 자신의 곤공으로 여겨 눈물을 흘리기도 하고, 벼슬하는 사람을 만나면 조금이라도 구제될 수 없을까 하여 백성들의 고초를 이들에게 호소하기도 했다. 특히 민의 경제적 곤궁을 문제삼아 풍년에 더욱 굶주린다고 한탄하면서 울분을 토로했다.90) 이에 비해 이황은 성경사상에 입각하여 사물을 보았기 때문에 그의 의식은 초경험적 세계 혹은 하늘로 통하고 있었다. 이 때문에 이황은 인간에게 잠재되어 있는 내발적 자연친화력에 의한 자연귀의를 끝없이 추구하면서, 사물을 통해 진리를 발견하고, 이것을 홍감처로 여겨 자연과 인간의 형이상학적 합일의 논리를 그의 작품에 적극적으로 적용시켰다.91) 같은 수양론이되 방향을 달리했으므로, 이들의 작품은 그 출발점을 같이하되 지향점이 다르게 표출될 수밖에 없었다. 다음 작품을 보자.

① 臥疾高齋晝夢煩　　높다란 다락에 병들어 누워 낮꿈이 번거로운데,
　幾重雲樹隔桃源　　몇 겹의 구름과 나무가 도화원을 격리시켰나?
　新水淨於靑玉面　　새로운 물은 푸른 구슬보다 맑아,
　爲憎飛燕蹴生痕92)　나는 제비가 물결 차 생긴 흔적 밉기만 하네.

② 露草夭夭繞水涯　　이슬 머금은 풀이 곱게 물가를 둘렀는데,
　小塘淸活淨無沙　　작은 연못이 맑고 깨끗해 모래도 없네.
　雲飛鳥過元相管　　구름 날고 새 지나감은 원래 상관되는 것,
　只怕時時燕蹴波93)　다만 두려운 것은 때때로 제비가 물결을 차는 것이라네.

앞의 작품은 조식의 「강정우음(江亭偶吟)」이고, 뒤의 작품은 이황의 「유

---

90) 정우락, 『남명문학의 철학적 접근』, 박이정, 1998, 203면.
91) 여기에 대해서는 鄭羽洛, 「退溪 李滉의 事物認識方法과 그 詩的 形象」(『東方漢文學』 24, 東方漢文學會, 2003)을 통해 상세히 논의되었다.
92) 曹植, 『南冥集』 卷1 「江亭偶吟」(『文集叢刊』 31, 468면).
93) 李滉, 『退溪先生年譜』 卷1 「遊春詠野塘」(『文集叢刊』 31, 220면).

춘영야당(遊春詠野塘)」이다. 모두 제비로 표상된 인욕을 막고 물결로 표상된 천리를 보존하려는 주제를 담으려 하였다. 인욕은 막아야 하고 천리는 보존해야 하는 것이라고 유가들은 공통적으로 생각했다. 본연지성(本然之性)은 그렇게 하여 회복된다고 믿었기 때문이다. 이것을 인정하였으므로 조식과 이황은 위와 같은 작품을 남기게 되었던 것이다. 뒷날 하겸진(河謙鎭, 1870~1946)은 이를 두고, 조식과 이황은 그 심지(心地)가 같기 때문에 그럴 수 있었다고 했다.[94] 사실 조식은 앞의 작품에서 정자의 맑은 분위기를 설정해 놓고 본연지성을 해치는 제비를 물리치고 청옥(靑玉)보다 맑은 물을 지켜야 한다고 했고, 이황 역시 작은 연못의 맑고 깨끗함을 들어 본연지성의 맑고 깨끗함을 말하려 했다. '운비(雲飛)'와 '조과(鳥過)'를 들어 천리가 유행하는 것도 보였다. 그러나 조식의 경우 1구에서 보듯이 번거로운 낮꿈을 제시하면서 자연과의 합일에 균열이 발생하고 있음을 고백하고 있다. 이것은 이황이 제비가 물결을 찰까 두려워하며 안으로 침잠해 들어가는 모습과는 상당한 간극이 발생한다고 하지 않을 수 없다.[95]

　조식 문학 가운데 내적 정신적 합일을 표상한 작품이 없지 않고, 여기에 대한 균열이 이황 문학에 드러나지 않는 바 아니나 이것은 이들의 주된 정조가 아니다. 조식은 현실주의적 세계관 아래 부조리한 현실에 대하여 새로운 질서를 부여하려 노력하였고, 이황은 성리학에 침잠하면서 순수한 인간의 이성을 확보하려고 애썼다. 이 때문에 사물에 대한 인식방법

---

94) 河謙鎭은 이를 퇴계와 남명의 心地가 같기 때문에 그럴 수 있었다고 했다. 河謙鎭, 『東詩話』1(趙鍾業 편, 『韓國詩話叢編』14, 太學社, 1996, 656면), "退溪先生詩, 露草天天繞水涯, 小塘淸活淨無沙. 雲飛鳥過元相管, 只怕時時燕蹴波. 南冥先生詩, 新水淨於淸玉面, 爲憎飛燕蹴生痕, 二先生心地, 淸明靜貼, 大略相似, 故其詩亦不約而同如此."

95) 河謙鎭도 이를 인식하였으므로 조식의 「江亭偶吟」 중 기승구는 제외시키고 전결구만을 제시하면서, 이황의 「遊春詠野塘」과 세계지향이 같다고 했다. 이를 통해 우리는 조식과 이황을 동일선상에서 보려는 하겸진의 의도를 읽을 수 있다. 그의 이같은 시도는 그의 「東詩話」에서 다양하게 보인다. 「敬義堂重建上樑文」에서 "學記著四七理氣之發, 旨意同符退陶, 神舍揭太一存省之要, 圖象可配太極"(『晦峯集』下, 209면. 德谷書堂, 亞細亞文化社 影印)라 한 것도 같은 맥락에서 이해할 수 있을 것이다.

과 존재방법이 상이하게 드러날 수밖에 없었다. 인식방법의 경우, 조식과 이황 문학은 모두 사물에 대한 사실적 묘사가 지속되는 가운데, 조식은 사물을 통해 역사적 현실을 살피는 관물찰세(觀物察世)의 인식방법론에 밀착되어 있었다면, 이황은 사물 속에 내재한 성리학적 이념을 찾아 나서는 관물찰리(觀物察理)의 인식방법론에 보다 밀착되어 있었다. 자아와 사물의 존재방법도 상이하게 나타났다.96) 조식과 이황 모두 개별자와 보편자가 힘의 균형을 유지하는 조화적 존재에 바탕을 두면서도, 조식의 경우 개별자의 기질적 특성에 따른 대립적 존재와 그 극복에 초점이 맞추어져 있다면 이황의 경우 개별자 사이에 존재하는 보편자를 더욱 중시하면서 합일적 존재의 세계로 침잠해 들어갔다.97)

오건의 경우는 어떠한가? 오건은 성·경·의를 핵심개념으로 하는 수양론에서 조식의 경의라기보다 이황의 성경에 더욱 밀착되어 있었다. 이것은 그가 '성'이 그 사상적 요체라고 알려진『중용』과 '경'이 요체라 알려진『대학』을 가장 정밀하게 읽은 당연한 결과가 아닐 수 없다. 이 때문에 그의 문학은, 청요직을 두루 거치는 과정에서 보여주었던 비판적 기상의 표출이라기보다, 사물과의 관계가 단아하고 맑은 정서로 형상화 된 것이다. 주희의「관서유감」을 좋아하여 이 시에서 직접 용어를 선택하여 활수라는 부를 짓는가 하면, 성리학자들이 이념적 사물인식의 극치를 나타내기 위하여 즐겨 사용했던 '천광운영'·'어약연비'·'제월광풍' 등의 용어를 특별히 주목하기도 했다. 그리고 사물 각개에 존재하는 보편자에 인식의 초점을 두고, 조물주에게 우주생성의 근원을 생각하며 태초를 묻기도 했다. 이것은 우주생성 이전의 단계, 즉 자아와 사물의 미분화 단계로의 회복을 희망하는 것이기도 하면서, 동시에 각개의 사물에 존재하는 보편자에 대한

---

96) 이에 대해서는 鄭羽洛,「16세기 士林派 作家들의 事物觀과 文學精神 研究」(『退溪學과 韓國文化』34, 慶北大 退溪研究所, 2004)에서 상세하게 논의하였다.

97) 이에 대한 논의는 鄭羽洛,「南冥의 事物認識方法과 詩精神의 行方」(『南冥學研究論叢』11, 南冥學研究院, 2002)과「退溪 李滉의 事物認識方法과 그 詩的 形象」(『東方漢文學』24, 東方漢文學會, 2003)을 통해 상세하게 이루어졌다.

강한 흥취의 결과라 하지 않을 수 없다. 따라서 문학사상적 입장에서 볼 때 오건은 이황의 생각에 공감했다 하겠다. 사정의 이러함은 다음의 작품에서도 구체적으로 확인된다.

① 人世何須慕利名　　인간 세상에서 어찌 모름지기 명리를 사모할까?
　　海山佳處有高亭　　바닷가 산 좋은 곳에 높은 정자가 있구나.
　　怡然自得閑中趣　　기쁘게도 한가한 가운데 정취를 얻었으니,
　　不羨勞勞使節行98)　수고로운 어사의 길 부럽지 않네.

② 六花千點數枝梅　　눈 천 점이 매화 몇 가지에 내려,
　　難弟難兄一樣開　　형인 듯 아우인 듯 한 모습으로 피었네.
　　兩箇淸眞宜野老　　두 개의 청진에는 들 늙은이가 마땅하니,
　　成三何必謫仙杯99)　셋을 이루는 것이 어찌 반드시 적선의 술뿐이리?

　①은 「호남로중작(湖南路中作)」으로 오건이 50세 되던 해 8월에 어사(御使) 겸 경차관(敬差官)으로 호남지방에 민생을 살피러 가던 도중에 지은 것이다. 여기서 보듯이 명리가 있는 세상의 어사보다 자연 속으로 들어가 한가한 정취를 즐기고자 했다. 이것은 이황이 벼슬살이를 하면서 끊임없이 산림 속으로 물러나 심성을 도야하고자 했던 마음에 다름 아니다. ②는 「설중매(雪中梅)」로 눈 속의 매화를 노래한 것이다. 오건은 매화를 매형(梅兄)이라 부르며 이와 관련된 작품 여럿을 남기는데 이 또한 그 가운데 하나이다. 맑고 정결한 이념을 매화가 지녔다고 보고, 거기서 청진(淸眞)의 세계를 찾고자 했다. 특히 3구에서 보듯이 이 청진으로 눈과 매화, 그리고 야로가 합일을 이루게 하고 있음을 본다.100) 이황 역시 매화를 매형이라 부

---

98) 『德溪集』 卷1 「湖南路中作」(『文集叢刊』 38, 82면).
99) 『德溪集』 卷1 「雪中梅」(『文集叢刊』 38, 82면).
100) 이것은 李白이 「月下獨酌」에서 獨酌하는 시적 자아와 달, 그리고 그림자가 3인을 이룬다고 했던 문학적 상상력에 의거했다. 이백은 이 작품에서 "花間一壺酒, 獨酌無相親. 擧杯邀明月, 對影成三人"이라고 하였는데, 오건의 「설중매」 제4구는 바로 이것을 염두

르며 이를 통해 천리의 세계를 찾고자 했고,[101] 자신이 지은 매화시 91수를 모아 『매화시첩(梅花詩帖)』이라는 시집으로 묶기도 했다. 이처럼 오건은 자연을 지극히 사랑하면서 그 속에서 성리학적 이념을 찾고자 했고, 그 이념으로 합일적 세계를 이룩하고자 했다. 여기서 우리는 조식과 이황을 함께 스승으로 모신 오건이 문학적 측면에서는 이황과 보다 친연성을 가진다는 것을 알게 된다. 17세기 이후 조식학파의 몰락과 이황학파의 성장을 고려할 때, 이후 영남학파 작가들의 작품형상이 어떻게 정립될 지 이로써 충분히 이해하게 된다.

조식과 이황의 문학 사이에 오건 문학을 둘 때, 그 결과가 어떠할까? 이것이 이상에서 논의한 것이다. 오건은 조식과 이황을 통해 그의 학문을 심화시켰다 하겠는데, 관리생활 과정에서의 현실에 대한 비판적 자세가 조식의 그것과 비슷하다는 점이 드러나지 않는 바 아니나, 문학적 측면에서는 이황의 경우와 더욱 밀착되어 있었다. 이황이 그렇듯이 그의 수양론은 경의라기보다 성경이었다. 이 사상이 그의 문학에 내적 질서를 유지하며 작용했으므로, 자아와 사물의 상호관계 속에서 마련된 형상원리 역시 인식방법의 측면에서는 이념적 인식이, 존재방법의 측면에서는 합일적 존재가 보다 적극적으로 적용될 수 있었다. 일찍이 이황은 「도산십이곡(陶山十二曲)」을 지어, "춘풍(春風)에 화만산(花滿山)ᄒᆞ고 추야(秋夜)애 월만대(月滿臺)라 / 사시가흥(四時佳興)ㅣ 사롬과 ᄒᆞᆫ가지라 / ᄒᆞ믈며 어약연비(魚躍鳶飛) 운영천광(雲影天光)이ᅀᅡ 어늬 그지 이슬고"[102]라고 했다. '어약연비 운영천광'을 통해 천리의 묘용을 드러냈다. 이것은 성리학자들의 문학에 자주 언급되는 것이기는 하지만, 오건이 그의 작품을 통해 가장 즐겨 드러냈던, 수양론적

에 둔 표현이다.

101) 李東歡은 「퇴계의 시작 개황과 그의 작품세계」(李佑成 편, 『陶山書院』, 한길사, 2001)에서 퇴계 도학시의 의상을 '선계·달빛·매화'로 나누어 살피고, '매화의 빛 그것은 이의 빛에 다름 아니다. 매화에 관한 갖가지 묘사나 서술의 디테일에 어떤 문법을 따르건 그것에 관계없이 매화 자체는 퇴계에게 있어 이의 상징이다.'라고 기술하고 있다.

102) 李滉, 「陶山六曲之二」 其六(『退溪學文獻全集』 4, 啓明漢文學硏究會, 1991, 1902면).

정신경계와 그 노력이 아닐 수 없다. 경향의 이러함은 오건 이후 영남학파의 문학적 행방을 말해주는 것이어서 중요한 의미를 갖는다고 하겠다.

5. 새로운 모색

본고는 오건의 문학에 작용한 사상과 문학적 형상원리를 탐구하기 위해서 기획된 것이다. 논의를 명확히 하기 위해서 우선 학문연원과 독서경향을 살펴볼 필요가 있었다. 오건의 초기 학문은 가학이 바탕을 이루고 있었다. 그러나 11세에 아버지가 세상을 떠나 그의 학문은 독학으로 이루어졌고 경전이 유일한 스승이었다. 독학으로 학문이 거의 숙성되었는데, 조식과 이황을 만나 학문적 토론을 벌이면서 그의 학문은 더욱 심화되었다. 출처의식에 입각한 처세방법에는 주로 조식의 흔적이, 성리학적 학문경향에는 이황의 흔적이 다소 보이는 것도 확인된다. 독서는 사서삼경을 비롯해서 성리서를 두루 읽었는데, 『중용』과 『대학』을 특별히 탐독하였다. 이 때문에 그의 수양론도 『중용』의 핵심개념인 '성'과 『대학』의 핵심개념인 '경'을 기반으로 형성되었다. 성·경·의를 기본개념으로 하는 수양론은 그의 문학창작에 언제나 중요한 요소로 작용하였으며, '경의'보다 '성경'에 밀착시켜 사유하였고 사유한 바를 일정한 형상원리에 입각하여 작품화하였다.

그의 문학에 대한 형상원리로는, 인식방법적 측면에서는 관물찰리(觀物察理)의 이념적 인식이, 존재방법적 측면에서는 자아와 사물에 내재해 있는 보편자에 집요한 관심을 보이는 합일적 세계가 적극적으로 추구되었다. 이것은 그의 문학에 대한 중요한 형상원리로 작용하였으며, 동시에 이를 통해 수양론으로 도달할 수 있는 최고의 정신경계를 만날 수 있었다. 그 경계에서 우리는 오건이 제시하는 청신하고 쇄락한 합일경, 혹은 각개의 사물에 유행하는 천리의 묘용 등을 발견할 수 있었다. 이것은 알인욕(遏人欲)·존천리(存天理)의 논리가 작품 전반에 적용되면서 나타난 결과였다. 오건 문학에 작용한 이 같은 사상체계와 그 형상원리는 조식의 문학보다 이황의 문학에 밀착되어 있는 것이었다. 17세기 이후 조식학파의 몰락을 염두에 둘 때 영남학파의 문학이 어떻게 정립될 것인가에 대하여 오건 문학은 잘 보여주고 있어 주목할 만하다. 이상과 같은 논의의 이면에는 해결되지 않은 문제가 여전히 존재한다. 새로운 모색을 시도하지 않으면 안 된다는 것이다. 이것을 간단히 정리해서 후일을 기약하자.

첫째, 오건의 산문에 대한 연구를 본격화하는 일이다. 이것은 본고의 주된 연구대상이 오건의 시문학이라는 자료적 한계를 자각한 데서 기인한다. 오건은 시문학 외에도, 3편의 표(表), 2편의 교서(敎書), 28제 35편의 축(祝)·제문(祭文), 6편의 소차(疏箚), 29편의 계(啓), 7편의 사장(辭狀), 1편의 질의(質疑), 11편의 서(書), 3편의 논(論), 1편의 책제(策題) 등이 문집에 실려 있을 뿐 아니라, 1565년 정월 18일부터 1566년 11월 1일까지 약 22개월에 걸쳐 날마다 기록해 둔『역년일기』가 있다. 오건의 문집인『덕계집』과『역년일기』는 오건의 학문정신과 문학세계를 이해하는데 상호보완적 역할을 담당하고 있다. 문집에 실려 있는 산문문학이 조정에 있을 때 공무의 과정에서 쓰여진 글들이 많아 오건 자신의 산문정신을 살피는 데는 일정한 한계가 있을 수 있다. 그러나『역년일기』는 사정이 다르다. 여기에는『덕계집』에 실려 있지 않은 시편들과 당대의 교유실태를 파악할 수 있는 내용들이 다수 있어 중요하다. 뿐만 아니라, 오건이 스승으로 모셨던 분들과의 행복한 만남이 섬세하게 기록되어 있어 정밀한 분석이 요구된다.

둘째, 오건 문학사상의 형상원리를 종합적으로 검토하는 일이다. 본고에서는 형상원리를 인식방법과 존재방법으로 나누고, 전자는 이념적 인식을 중심으로, 후자는 합일적 존재를 중심으로 고찰하였다. 이 같은 방법론은 오건 문학, 그 가운데서도 한시문학의 핵심을 밝히는 데 있어 중요하다.

그러나 오건 문학의 연구를 통해 재구성되는 그의 의식구조에 대한 전모를 드러내는 데는 일정한 한계가 있다. 따라서 인식방법은 즉물적 인식과 역사적 인식으로, 존재방법은 조화적 존재와 대립적 존재로 그 범위를 확장시킬 필요가 있다. 이 같은 방법론적 확장은 오건의 문학을 종합적이고도 체계적으로 연구하기 위해서 요청된다. 분석 자료 역시 어느 하나의 장르로 제한할 것이 아니라, 운문과 산문을 두루 살펴 그것에 대한 관계도 아울러 검토하여야 한다. 이 같은 종합적 분석이 이루어질 때 우리는 오건 문학의 본질에 보다 밀도 있게 접근하게 될 것이다.

셋째, 오건의 문학사상을 문학사상사적 입장에서 검토하는 일이다. 조식과 이황의 문학사상에서 오건의 문학사상은 어떠한 위치를 점하고 있는가 하는 문제는 본고에서 이미 살폈다. 우리는 여기서 조식과 이황을 함께 스승으로 모신 문인들을 주목할 필요가 있다. 본고에서 집중적으로 다룬 오건을 비롯해서 이정(李楨, 1512~1571), 임운(林芸, 1517~1572), 김우옹(金宇顒, 1540~1603), 정구(鄭逑, 1543~1620) 등이 그들이다. 수양론적 측면에서 볼 때, 이정의 경우 성경의 수양론에 바탕하여 『중용』을 문학적으로 형상화시키기 위하여 노력했고,103) 임운 역시 같은 수양론으로 청진(淸眞)의 문학세계를 구축하기 위하여 혼신의 힘을 다했다.104) 이에 비해 김우옹은 경의의 수양론에 입각하여 「천군전」을 짓고 그 실천방법을 모색하였으며,105) 정구 역시 같은 수양론으로 『심경발휘』를 통해 심학에 대한 일정한 견해를 제시하면서 지방의 현실에 민감하게 반응했다.106) 여기서 우리는 같은 수양론의 다른 형상원리를 찾아낼 수 있게 되는데, 사림파의 문학사상사적

---

103) 이에 대해서는 鄭羽洛, 「『中庸』이 龜巖 李楨의 文學에 미친 影響」(『東方漢文學』 25, 東方漢文學會, 2003)에서 논의되었다.

104) 이에 대해서는 鄭羽洛, 「瞻慕堂 林芸의 文藝意識과 淸眞의 詩世界」(『東方漢文學』 21, 東方漢文學會, 2002)에서 논의되었다.

105) 이에 대해서는 鄭羽洛, 「金宇顒의 事物認識方法과 그 精神構圖의 特性」(『東方漢文學』 15, 東方漢文學會, 1998)에서 논의되었다.

106) 이에 대해서는 全在康, 「『心經發揮』에 나타난 寒岡 心學의 特性 硏究」(『南冥學硏究論叢』 7, 南冥學硏究院, 1999)에서 논의되었다.

입장에서 이것을 체계화시켜 나갈 필요가 있다.

　이밖에도 본 연구의 방법론을 사림파(士林派) 문학 전체로 확장해 보는 일이 남아 있다. 이것은 지금까지의 사림파 문학연구가 지닌 방법론적 한계를 극복하기 위한 것이다. 사림파 문학에 대한 연구는 사림파 작가들이 지닌 재도론적(載道論的) 문학관(文學觀)을 너무 의식한 나머지 그 작가정신이 거의 고정된 상태로 제시되었다. 예컨대, 사물에 대한 관심을 드러낸 관물시의 경우, '관물'에만 관심을 집중시킨다. 그러나 이들의 문학적 주제가 천편일률적일 수는 없다. 즉 사물을 바라보면서 성리학적 이치만 살필 것이 아니라, 사물을 통해 그 사물이 지닌 모습을 정밀하게 살피는 관물찰형(觀物察形)의 사실적 세계인식, 사물을 통해 그 사물이 거느리고 있는 역사적 시공을 살피는 관물찰세(觀物察世)의 역사적 세계인식을 충분히 살펴야 한다는 것이다. 이것은 사림들의 세계관이 단순하지 않기 때문이며, 이 같은 상황에서 제출된 그들의 문학세계 역시 어느 하나의 고정된 시각으로 볼 수 없기 때문이다. 사정의 이러함이 충분히 고려될 때, 사림파 문학세계의 특성을 제대로 이해할 수 있는 새로운 길이 열린다.

권필(權韠) 시의 정신지향과 의상(意象)의 구조

임 준 철

1. 머리말

　본 논문은 의상의 구조를 통해 권필(1569~1612) 시의 정신지향을 총체적으로 조망하는 것을 목표로 한다. 권필의 시세계를 구축해 내는 의상들 중 특히 두드러지는 것으론 문(門)과 관련된 일련의 의상들(柴扉·戶), 몽(夢)과 관련된 자의식적인 의상과 그의 시에서 가장 빈번하게 등장하는 조류(鳥類) 의상, 그리고 송(松)을 위시로 한 죽(竹)·매(梅)·국(菊)·연(蓮) 등의 식물성 의상을 들 수 있다.

　권필의 시는 그의 문집 『석주집(石洲集)』의 편차가 시체별로 이루어진 관계로 정확한 창작연대를 알 수 없는 경우가 많다. 따라서 시인의 전 생애를 통해 정신세계가 어떻게 변모되고 있는가를 판단하기란 결코 용이한 일이 아니다.[1] 이하에서 논의될 주도적 의상들의 정신구조 검토는 이런 현실적인 한계를 극복하기 위한 하나의 고육책이다. 정신세계의 변모가 아니라 정신지향이라 한 것도 남아 있는 시편들에 대한 현상적 이해로 국한될 수밖에 없는 이런 한계 때문이다. 자연히 의상에 대한 검토도 시인의 삶의 진행방향과 항상 일치하지는 않는다. 하지만, 다행스럽게도 이들 의상의 구사가 생애의 어떤 특정시기에 국한되어 있지 않다는 점은 현재 우리가 창작 연대를 알 수 있는 작품들만으로도 확인이 된다. 따라서, 이들 주도적 의상들을 한 평면에 놓고 그 정신지향을 추적하고 그 연관관계를 검토하는 것만으로도 주어진 한계 내에서 시인의 정신세계의 핵심적 국면에 관한 충분한 검토가 되리라 기대해 본다.

2. 닫힘과 열림—이중적 문(門) 의상(意象)

권필의 시에서 문의 의상은 반복적인 동시에 지속적으로 나타나는 하나의 테마다. 그것은 주로 닫거나 닫힌 채 인데, 이들 표현중 상당수가 이별이나 여수 등 시의 보편적 제재를 다루거나, 전원의 삶을 배경 혹은 대상으로 하고 있음에도 불구하고, 그 밑바닥에는 문안에 갇혀 있는 자의 어두운 그늘이 드리워져 있다.

다음 시에서 우리는 그 표면적 이유를 살펴볼 수 있다.

自從蠻醜犯天威	오랑캐가 천위(天威)를 범한 뒤로부터
戰士如今尙鐵衣	전사들은 아직도 갑옷 벗지 못하였구나

---

1) 정민은 일찍이 「석주연보」를 통해 창작연대 확인이 가능한 작품들을 최대한 밝혀놓은 바 있는데, 이런 노작에도 불구하고 아직도 많은 시가 정확한 창작연대를 확정하기 어려운 채로 남아 있다. 정민, 『목릉문단과 석주 권필』, 태학사, 1999, 591~623면.

三關殿臺秋草沒   세 궁궐의 전대는 가을 풀에 묻혀 있고
八州民物曉星稀   팔도의 백성과 물산은 새벽 별 만큼 드물구나
張騫入海無消息   장건은 사신 가 소식이 없고
秦檜當朝有是非   진회가 조정을 맡아 이러쿵저러쿵 시비가 생기는구나
蠛蠓小臣何所補   이나 서캐 같은 하찮은 신하 무슨 보탬이 되랴
百年林下掩柴扉   평생 숲 아래에서 사립문 닫고 있으리라.

— 「海村雜興」2)

　　시 전반의 내용을 고려할 때, 임진왜란 중에 지어진 시임을 알 수 있다. 경련의 출구 "장건은 사신 가 소식이 없고[張騫入海無消息]"를 정철이 명군(明軍)의 도움에 대한 사은사(謝恩使)로 명에 간 일을 가리키는 것으로 본다면, 이 시가 지어진 연대는 1593(선조 26)년경으로 추정할 수 있다. 이 해 여름에 권필은 강화에서 서울로 귀환하였는데, 이 시는 아마도 서울로 오기 전 강도에서 지어진 것으로 추정된다. 이때 권필의 나이는 25세였다. 불과 몇 해 전 이산해와 김공량의 계책에 넘어가 좌의정을 사임하고 강계로 귀양가게 된 정철을 찾아갔던 일을 감안한다면,3) 경련의 대구에서 말하는 진회가 누구를 가리키는 것인가는 짐작하기 어렵지 않다. 당시 정권을 좌지우지하던 북인과 남인 세력, 그 중에서도 그 영수라 할 이산해와 유성룡을 비판하고 있는 것이다.4) 하지만, 권필 자신은 포의로 아무 힘이 없기 때문에 그저 사립문 닫아걸 뿐이라고 하였다. 국난에 처해 나라의 운명이 풍전등화와 같음에도, 간신배들이 조정을 농단함에도 불구하고, 시인이 할 수 있는 일은 없다. 자신의 인식과 현실적 행동이 모순될 때 자조가 나올 수밖

---

2) 『石洲集』 「別集」 卷1, 111면. 이하에서 권필 시 인용은 『韓國文集叢刊』 卷75(민족문화추진회, 1991)에 수록된 『石洲集』(「外集」과 「別集」 포함)의 면수를 기준으로 한 것이다.
3) 『국역연려실기술』 V(민족문화추진위원회, 1967) 卷十九, 폐주 광해군 고사본말, 82면.
4) 임진란이 발발하자 권필은 절친한 벗 具容과 함께 소를 올려, "유성룡의 강화와 이산해가 나라를 그르친 일은 실로 오늘의 秦會와 楊國忠이니 참해서 백성을 위안하소서"라고 주장한 바 있다. 『국역연려실기술』 IV 卷十五, 선조조고사본말, 38면.

에 없고, 미련은 바로 그런 표현이다. 시인은 자의적으로 문을 닫는다고 하였지만, 자조는 문면의 표현을 뒤집는 역설의 역할 또한 수행한다. 이런 류의 문을 닫는다는 표현은 권필이 35세에 지은 다음의 시에서도 보인다.

平生樗散鬢如絲	쓸모 없이 지낸 평생 머리털만 실낱 같이 세었고
薄官凄涼未救飢	처량한 미관말직의 신세 굶주림도 못 면할 정도라네
爲問醉遭官長罵	묻노니, 취해 상관에게 욕먹느니
何如歸赴野人期	돌아가 야인의 삶 기약함이 어떠한가?
摧開臘甕嘗新醅	섣달에 빚어 놓은 술동이 열기 재촉하여 새 술을 맛보고
更向晴簷閱舊詩	다시 맑은 처마 향해 앉아 예전에 지은 시 뒤적이네
謝遣諸生深閉戶	학생들을 거절하여 보내곤 깊이 문 닫으니
病中唯有睡相宜	병중엔 오직 잠만이 적합하다네

—「解職後題」(卷4, 49면)

1603년 8월 권필은 그의 가난한 처지를 염려한 윤근수 등의 천거로 동몽교관에 제수된다. 하지만, 어떤 이가 정복을 갖추고 예조에 나아가 뵈어야 한다고 하자, "이는 내가 능한 바가 아니다"라고 거절하고는 동몽교관을 그만두었다.5) 이 시는 그때의 심경을 표현한 것이다. 시제에서 해직이라 하였지만, 스스로 자리를 박차고 나온 것이므로 기직(棄職)한 것이나 마찬가지다. 또 평생 쓸모 없이 살아왔고 박관(薄官)으론 굶주림조차 면할 수 없다 하지만, 그 이면에는 함련과 경련의 표현이 시사하는, 오두미(五斗米)에 허리 굽힐 수 없다 하여 팽택령(彭澤令)의 자리를 박차고 나와 고향으로 돌아 간 도연명(陶淵明)의 정신이 깃들어 있다. 하지만, 여기에도 인식과 현실적 행동과의 괴리는 역력하다. 일면, 벼슬을 뿌리치고 본래 자신의 생활로 복귀함으로써 평정을 얻은 듯 하지만, 문을 깊이 걸어 잠그곤 잠을 청

---

5) 『宋子大全』(『韓國文集叢刊』114) 卷百七十二, 민족문화추진위원회, 1993, 12면, "諸公爲其貧也, 除童蒙教官, 亦不屑於辭, 偏開門授徒. 或告曰, 當束帶詣禮曹參謁. 先生憮然辭曰, 此非吾能也. 遂謝去入江華府, 築室以居, 遠近學子負笈而至者甚衆, 雖役之以鄙事, 而亦不知其勞且苦也."

하려 함은 그 마음의 병이 결코 치유되기 어려운 것임을 보여준다. 수련과 함련을 자세히 보면, 쓸모 없이 살아 온 평생과 굶주림도 못 면할 미관(微官)의 처량함이 상관에게 조금도 자신의 가치를 손상 받고 싶지 않다는 오만한 정신과 맞부딪히고 있다. 이 시의 자조는 이런 괴리가 낳은 하나의 산물로, 인식과 현실적 행동 사이의 괴리는 물론 스스로의 인식 안에서조차 다시 괴리를 낳게 한다. 그 괴리의 정도가 심하면 심할수록 시인의 자아는 더욱 깊이 문안으로 들어가 숨게 되고, 숨는 것마저도 부족해 잠으로 현실에 대한 인식행위 자체를 거부하게 된다.

따라서, 권필 시의 문은 세상을 향해 자의적으로 닫는 것인 동시에, 세상이 시인을 쫓아내어 그 안으로 들어갈 수밖에 없도록 한 자조와 절망의 문이다. 스스로 문을 닫거나 이미 닫혀 있다 하더라도, 시인의 자아는 갇혀 있는 것이나 진배없다.

그러나, 국난에 대한 걱정이건 해직에 대한 서글픔이건 간에 이런 현실들은 역시 표면적인 문제일 뿐 시인이 내면으로 겪고 있는 경험의 전체라고 볼 수는 없다. 오히려 이 갇혀 있음은 문의 테마가 전면에 부각되지 않은 작품들을 통해 잘 드러난다.

爲問白日金殿上	묻노니, 밝은 해 뜬 금빛 전각 위가
何似淸風北窓裏	맑은 바람 이는 북창의 안만 하리오
況復長安大道多險巇	하물며 장안의 큰 길 험한 곳 많아
前有太行山	앞엔 태항산이 가로막고 서있고
後有巫峽水	뒤엔 무협수가 흐르고 있음에랴

—「天何蒼蒼, 醉中走筆」 부분(卷2, 19면)

권필의 대표적 작품인 「천하창창(天何蒼蒼), 취중주필(醉中走筆)」이다. 이 시에 나오는 '장안'은 바로 당시의 서울, 그 중에서도 한치 앞을 내다볼 수 없는 당대의 정국을 암시한다. 장안으로 서울을 가리키는 것은 매우 일반적이고 상투적인 의상 구사지만, '장안'으로 환로 및 당대의 정국을 비의

하고 있는 권필의 일련의 시들, 「행로난(行路難)」(권1, 11면), 「고의팔수(古意八首)」 기이(其二)(권1, 10면), 「고장안행(古長安行)」(권2, 21면) 등의 풍자성을 통해 그 의미는 일반적인 데에서 특수한 영역으로 확장되게 된다. 특히, 「천하창창(天何蒼蒼), 취중주필(醉中走筆)」 시의 모두에서 천도(天道)에 대한 근원적인 회의를 통해 천도가 실현되지 않는 모순된 현실에 강한 의문을 제기했음을 상기한다면,6) 인용 부분의 앞뒤가 막힌 험란한 세태는 보다 포괄적이고 근원적인 '갇혀 있음'을 표현한다고 볼 수 있다. "맑은 낮 찾는 손 없어 문을 닫고 있으려니, 높직이 베고 누워 희황상인(羲皇上人)을 꿈 꿀 수 있구나[淸晝掩門無客到, 不妨高枕夢羲皇]"(「別集」 卷1 「卽事」, 113면)라고 한 것처럼, 현실의 가치보다 맑은 바람 이는 북창(北窓) 안의 정신경계를 꿈꾸는 것은 바로 이런 이유에서다. 권필 시에서 문안에 갇혀 있는 자아의 어두운 그늘은 바로 이런 현실에 대한 근원적인 회의로부터 기인한다. 따라서, "이 풍진 세상 가에서 문 닫고 있으니, 쓸쓸히 또 한 봄이 지나[閉戶風塵際, 寥寥又一春]"(卷3 「有歎」, 28면)거나, "눈에 속진(俗塵)은 가득하건만 날 알아주는 이 드무니, 바다가 수많은 봉우리 아래서 홀로 문을 닫으리[風塵滿眼知音少, 海上千峯獨掩扉]"(卷7 「書懷」, 62면)라는 외로움과 쓸쓸함은 이 어두운 그늘의 그림자인 것이다. 하지만, 깊숙이 갇혀 있으면 있을수록 벗어나고픈 욕구는 더욱 강렬해지기 마련이다. 「천하창창, 취중주필」 시의 말미에 있는 '폐문'이란 표현을 주목할 필요성도 여기에 있다.

不如樹樗無何鄕	쓸데없는 나무를 무하유지향에 심어두고
游居寢臥于其傍	그 곁에 노닐고 누워 자면서
六合爲室	천하사방을 내 집으로 삼고
萬物爲粮	만물을 양식 삼으며

---

6) "天何蒼蒼, 地何茫茫. 山岳何崒崒, 江海何洋洋. 堯舜何巍巍, 孔孟何遑遑. 盜跖何以壽, 顏淵何以殤. 甯子何爲愚, 箕子何爲狂. 萬物盡如此, 此理誰能詳. 君不見楚國群陰蔽明月, 屈原懷石沈江湘. 又不見漢廷諸公惡年少, 賈誼去傅長沙王. 鳳翔千仞竟焉往, 蕙樹百畝空餘芳. 有才不必用, 有德不必彰."

星辰爲佩　　　별들을 패옥 삼고
雲月爲裳　　　구름과 달을 치마 삼으며
塞兌閉門　　　온갖 욕심의 구멍과 문을 막고
與道翶翔　　　도와 함께 훨훨 날아
下跳黃泉　　　아래로 황천을 박차고
上登太皇　　　위로 하늘에 오름만은 못하리라
男兒到此　　　남아가 이에 이르러
卽是大休歇　　　바로 한 번 크게 쉬리니
何用在世長蠻蠻　　어찌 세상에 있으면서 오래도록 애 쓰랴

— 「天何蒼蒼, 醉中走筆」 부분(앞과 같음)

인용 부분과 비교의 대상은 권세를 누리다 제 몸 하나 부지하지 못한
인물들과 시로 헛되이 후세에 이름을 전한 인물들이다. 이런 허망한 욕심
을 부리느니 차라리 무하유지향에서 노닐며 천지사방을 내 집 삼고 별로
패옥을 삼고 구름 달을 치마 삼아 세상에 대한 모든 기욕(嗜慾)을 막아버린
채 도와 함께 훨훨 날아오르겠다는 것이다. 여기에서 "塞兌閉門"은 『노자
(老子)』52장의 "塞其兌, 閉其門, 終身不勤"의 구절을 그대로 가져온 것이
다. 그 의미는 온갖 욕심이 말미암고 발생하는 구멍과 문을 막으면 평생토
록 위험이 없으리라는 것이다. 마지막 구절 "何用在世長蠻蠻"과 이 구절
을 조응해 보면, 불의한 세상에 대한 좌절을 노자의 무욕을 기반으로 온갖
속박을 벗어나 도(道)와 함께 훨훨 나는 정신적 자유(自由)로써 해소하려는
의식임을 알 수 있다. 『노자』의 구절을 그대로 가져왔다는 점을 감안하더
라도, 시 전체의 흐름에서 이 '폐문'은 세상으로부터 고립된 채 '갇혀 있
는' 자아의 또 다른 문, 곧 그로부터의 벗어남의 첫 단계라고 할 만하다.
시인은 그 문을 완전히 닫음으로서 그 계기를 마련할 수 있게 된다.

이런 점에서 권필 시의 문 의상은 이중적인 의미를 갖는다. 그것은 암
울한 현실과의 자의적인 격리면서 불의한 현실의 제 조건들에 의해 갇혀
있다는 점에서 완강하게 닫혀 있지만, 동시에 깊숙이 갇혀 있을수록 더욱

강렬해지는 정신적 자유에의 욕구가 무욕이라는 현실적 가치와의 절연을 통해서 표출된다는 점에서, 다른 차원으로의 열릴 준비가 되어 있다. 권필 시에서 빈번하게 나타나는 몽유와 비상은 바로 후자의 경우와 긴밀하게 연관되어 있다.

3. 세간적(世間的)인 벗어남—몽유(夢遊)와 그 의상(意象)

갇혀 있는 자아의 벗어나고픈 욕구와 관련하여, 먼저 권필의 꿈 제재 시들과 그 의상을 검토해 보기로 한다. 꿈이 지닌 현실 보상적인 속성에도 불구하고, 권필의 꿈 제재 시들은 갇혀 있는 시적 자아의 벗어남이 결코 쉽지 않음을 보여준다.

> 空村寂寞掩柴扉　　적막한 텅 빈 마을에서 사립문 닫고 있으니
> 滯臥殊方故舊稀　　타향에 오래도록 머물러 오랜 친구조차 드무네
> 送盡夕陽人不到　　석양이 다 넘이기도록 이르는 사람은 없고
> 滿庭紅葉雨霏霏　　뜰 가득한 낙엽에 비는 부슬부슬 내리네
> 　　—「六月初吉夜夢, 入空宅, 夕雨霏霏, 落葉滿庭, 如有窓?別傷時之感,
> 　　　　　　　　　　口占一絶, 覺而記之」(卷7, 66면)

유월 초하루의 꿈이건만, 그 정경은 낙엽 지는 가을이다. 첫 구절 꿈속에 찾아 간 마을에서도 시인은 여전히 문을 닫고 있고, 나머지 구절도 온통 고독과 쓸쓸함을 축조해 내는 의상들뿐이다. 타향이라 한 것도 꿈의 자의식적 경향성을 염두에 둔다면, 시인 스스로가 거부하기도 하고 한편으론 거부되기도 한 세상과의 심리적 거리와 관계가 있다. 꿈속에 찾아 간 집이 승·전구를 통해 시적 화자의 고독한 처지와 객수로 연결되고, 종국

엔 이 공택(空宅)의 뜰이 시적 화자의 심회를 상징하는 비애와 애수의 공간으로 환치된다. 권필의 꿈 제재 시에서 보이는 "꿈속에 외로운 배를 강가에 대[夢泊孤舟江水涯]"(卷4「記夢」, 50면)거나, "솟구쳐 몸 드러내 홀로 가[湧出陽身獨去]"(卷8「夢」, 80면)는 고독감이나, "인간만사 마음과 어그러지는[人間百事與心違]"(卷7「記夢」, 72면) 세상과의 불화는, 다 갇혀 있는 시적 자아의 어두운 그늘의 반영으로서, 꿈에서조차 그 벗어남이 쉽지 않음을 보여주는 예들이다.

갇혀 있는 자아의 벗어나고픈 열망은 어두운 그늘이 드리운 지상을 떠나 선계로 몽유를 떠날 때 구체화된다. 역시「기몽(記夢)」(권2, 23면)이라는 제목을 가지고 있는 다음의 시를 보자.

夜夢靑童引我去	지난 밤 꿈에 푸른 옷의 동자 나를 이끌고 가서
忽到雲霞最深處	어느새 구름 놀 가장 깊숙한 곳에 도달하였네
仙樂風飄自帝所	선계의 음악 바람결에 상제 계신 곳으로부터 들려오고
玉樓十二高入天	백옥루 열 두 기둥은 높이 하늘까지 솟았네
五色靄靄烟非烟	오색 구름 피어올라 연기인 듯 아닌 듯 하고
攝身飛上身飄然	몸을 솟구쳐 날아 오르니 몸은 나부끼듯 하네
金支翠蓋相後先	황금 장식과 물총새 깃으로 꾸민 수레덮개는 앞뒤로 이었고
左右環佩羅群仙	좌우로 패옥 두른 여러 신선이 늘어서 있네
余乃長跪玉皇前	내 이에 옥황상제 앞에 무릎 꿇고서
焚香敬受長生編	향 살라 삼가『장생편』을 받으니
一讀可度三千年	한 번 읽으면 삼천 년을 살 수 있다네
簷間語燕聲呢喃	처마 사이 제비는 재잘거리며 지저귀고
破牕透雨寒零零	깨진 창 사이론 차가운 가랑비 들이치네
招魂不復煩巫咸	혼을 부름에 다시 무함을 번거롭게 할 것 없으니
此身兀兀仍世間	이 몸은 여전히 세간에 우뚝하네
眼前萬事頭欲斑	눈앞의 만사에 머리털만 세려고 하니
幾時長往巢神山	어느 때나 완전히 떠나서 神山에 깃들까?

시적 자아가 청동(靑童)의 인도로 '몸을 솟구쳐 날아 올라[攝身飛上]' 도 달한 곳은 옥황상제가 계신 십이 옥류(玉樓)의 선경(仙境)이다. 오색 구름 영롱하고 금지와 취개가 앞뒤로 이었으며 신선들의 패옥 소리 쟁쟁한 이 선계에서 나(余)는 옥황상제로부터 한 번 읽으면 삼천 년을 산다는 『장생편』을 받는다. 권필의 시에서 드러나는 이런 장생의 바램은 사실 인간적 시간의 덧없음을 한탄하는 의식의 또 다른 한 면이다. 눈 깜짝할 사이에 흘러가는 시간 자체를 시화한 「비광(飛光), 희증우인(戱贈友人)」(권2, 20면)에 서 이런 양상은 약여하게 드러난다. "때때로 자줏빛 구름수레 타고서, 여 유롭게 저 멀리 팔방 밖으로 나가, 손으로 약목의 가지 흔드니, 꽃과 잎 어 지러이 떨어지네. 온 세상 사람들로 하여금 주워 먹게 하여 모두 장수케 하리라[時乘紫雲車, 容與出八紘. 手撼若木枝, 花葉紛而零. 要令天下人, 拾而食之皆 長生]"는 장생의 바램에도 역시 선계로의 비상이 필요한 것은, "모난 것과 둥근 것이 어찌 맞을 수 있으랴, 세상과 진실로 어긋났다네[方圓豈相謀, 與 世實鉏鋙]"(卷1 「述懷」, 8면)와 같은 현실과의 불화 때문이다. 장생의 바램이 인간적 시간의 덧없음의 역설적 표현이듯이, 선계도 모난 것과 둥근 것이 맞을 수 없는 것처럼 자신과 맞지 않는 현실에 대한 뒤집기인 것이다.

이 몽유는 처마 사이에서 재재거리는 제비의 지저귐과 깨친 창 틈으로 스미는 찬 가랑비로 무참히 깨지게 된다. 각몽 후 시적 자아의 아쉬움은 바로 꿈 세계와 현실 세계의 격차에서 오는 것이다. "어제 밤 신선 산을 꿈꾸었는데, 빼어난 빛 높고도 우뚝하였지. 단약 만드는 이를 손잡아 끌어, 산 높직한 곳에 집을 지었지. 갑자기 잠깨봄에 그저 이곳에 있으니, 좋던 일도 문득 글러버렸구나. 이 몸의 처지 너무나 서글퍼져, 눈물만 부질없이 줄줄 흘리는[昨夜夢仙山, 秀色高巍巍. 手携鍊丹子, 結屋依翠微. 遽然祇在此, 好事 忽已非. 此身殊可哀, 有淚空霏霏]"(「別集」 卷1 「記懷」, 95면) 것은, 바로 달콤한 몽유와 참담한 현실의 대비라는 회피할 수 없는 결말 때문이다. 청동(靑童)·군선(群仙)·옥황(玉皇)·십이옥류(十二玉樓)·금지(金支)·취개(翠蓋)·패옥(佩玉)·선악(仙樂) 등 선계의 의상들이 권필 시의 구조 안에서 결코 낭만적이지 못한 이유도 여기에 있다.

시인의 이런 몽유 구조의 시들은 기본적으로 갇혀 있는 자아의 벗어나고픈 욕구를 기반으로 하고 있다. 하지만, 동시에 시적 구조 안에 입몽(入夢) 혹은 각몽(覺夢)의 단계를 설정하고, 이를 통해 현실적 자아의 비극성을 부각한다는 점에서 그 벗어남의 성격은 출세간적이기보다 세간적이라고 할 수 있다. 비록, 「야좌취심(夜坐醉甚), 주필성장(走筆成章) 삼수(三首)」 기이(其二)(卷1, 8면)[7]나 「기몽(記夢)」(卷1, 11면)[8]처럼 진(眞)과 몽(夢) 혹은 각(覺)과 몽(夢)을 구별하지 않음으로써, 세간의 비환에 얽매이지 않는 장자(莊子)적인 초탈의 의식을 지향하더라도, 여전히 "스스로 해탈할 수 없어, 다시 세속 인연의 무거움을 깨달[不能自解脫, 更覺塵緣重]"(「記夢」)거나, "유유히 산의 누각에 몸을 기댈[悠悠倚山閣]"(「夜坐醉甚, 走筆成章 三首」 其二) 수밖에 없는 것은 바로 "이 몸이 여전히 세간에 우뚝하기[此身兀兀仍世間]"(위 인용시) 때문인 것이다. 꿈 제재 시에서 불의한 현실로 인해 죽음을 당한 김덕령의 시를 가설하여 그 억울함을 토로하거나,[9] 산승(山僧)처럼 영락한 처지가 되어 염량취산(炎涼聚散)하는 세인들로부터 외면당했던[10] 박순(朴淳)을 만나거나,[11] 절친한 벗 구용이 나타나 시인의 현실적 처세를 걱정해 주는[12] 등의

---

7) "昔余夢爲鳥, 飛入白雲鄕. 又嘗夢爲魚, 潑剌游滄浪. 方其得意也, 狖狖且洋洋. 俄然形忽開, 此身尙在床. 物理有合散. 變化固難常. 孰辨眞與夢, 孰分蝶與莊. 古來世間事, 幾度炊黃粱. 悠悠倚山閣, 天地正斜陽."

8) "夜歇葛院村, 鷄鳴逐群動. 荒林十里陂, 駝褐冒寒霜. 頮頮據鞍睡, 歷歷還家夢. 斑衣上北堂, 侍立雙手拱. 山妻語音好, 春螘方浮瓮. 小女始扶床, 婭妊極可弄. 中堂鋪綺席, 棣萼羅伯仲. 雕觴湛琥珀, 畫燭生蠐蝀. 簪纓雜諧笑, 粉黛多迅衆. 孰知一餉間, 喜事紛總總. 耳邊溪水急, 逸響風吹送. 形開境忽移, 行色方佺傯. 浮生百年內, 生死等蟻蠓. 覺夢豈兩般, 悲歡本一種. 不能自解脫, 更覺塵緣重. 攬轡三歎息, 林端初日湧."

9) 卷7「夢得一小冊, 乃金德岭詩集也. 其首一篇曰醉時歌, 余三復得之. 其詞曰, 醉時歌此曲無人聞, 我不要醉花月, 我不要樹功勳, 樹功勳也是浮雲, 醉花月也是浮雲, 醉時歌無人知我心, 只願長劒奉明君. 旣覺悵然悲之, 爲作一絶」, 62면.

10) 卷2「君不見, 對酒走筆」, 25면, "君不見思庵朴政丞, 家居冷落如山僧. …… 誰肯譽朴生禍胎, ……."

11) 卷3「十一月十三夜夢, 至一處, 頗有林泉之勝, 茅屋數間, 幽絶可愛. 壁上有詩曰, 受諧來物議, 發矢失同的. 旁有人曰, 此屋, 乃故相思庵所居, 詩卽相公手題也. 余不解詩意, 彷徨吟咏, 忽得一句云, 故宅烟霞裏, 行人水石間, 篇未就. 向人報曰, 相公至矣.

내용들은 모두 그 벗어남이 출세간적이기 어려운 시인의 의식세계를 짐작
케 한다. "꿈속의 기쁘고 슬픈 일에서 세속의 인정을 체험하노라[夢裏悲歡
驗俗情]"(「別集」 卷1 「次使相答咸從韻 二首」 其二, 105면)라고 한 데서 알 수 있
듯이, 시인에게 꿈은 바로 현실 그 자체거나 또 다른 현실인 것이다.[13]

4. 무정향(無定向)의 상승—조류(鳥類) 의상(意象)

몽유와 관련해서 벗어남, 특히 비상과 관련된 의상들을 살펴보았지만,
비상과 가장 긴밀하게 연관되어 있는 의상은 역시 조류 의상이라고 할 수
있다. 권필의 시에서 조류 의상은 매우 다양한 의미망을 확보하고 지속적
으로 등장함으로써, 그의 시의 주도적 의상의 지위를 차지하고 있다. 비상
의 양태를 검토하기에 앞서, 조류 의상을 통해 두드러지게 나타나는 주요
상징의미와 의식양태를 제시해 보면 다음과 같다.

첫 번째로, 뛰어난 재주나 숭고한 인격을 갖춘 인물의 상징을 들 수 있
다. "이미 용천검이 막 땅속에서 나왔다고 말하였는데, 다시 봉새가 날게

余惶懼走伏竹林中, 俄而, 有老人布衫草履, 瞳然步來, 以杖叩竹林曰, 吾竹已枯矣. 因
朗吟曰, 萬里歸來仍此地, 百年何事定非天. 吟訖不見, 余亦驚寤. 時夜將半, 風雪交
作, 令人愴然起感, 遂取夢中所得, 足成四韻」, 40면.

12) 卷1 「夢具容」, 11면, "百川日東流, 逝者何時還. 堂堂具公子, 零落歸丘山. 昨夜來入
夢, 彷彿平生顔. 戒我愼處世, 處世良獨艱. 苟能適其適, 死生同一般, 轉輾忽不見, 起
坐淚潺潺. 奈何失知己, 白首留人間."

13) 현실에서 꿈은 잠을 통해서 이루어진다. 권필의 시에서 잠은 술과 함께 현실적 고통
을 벗어나기 위한 하나의 매체이기도 하지만(「別集」 卷一 「村居雜題三首」 其三, 113
면, "愁鄕非故鄕, 聊以適吾意"), 孟子가 말한 大丈夫로서 현실의 어떠한 威武에도 굴
복하지 않게 하는 정신적 거소, 곧 廣居의 의미를 가진다(「別集」 卷一 「用前韻, 呈石
田」, 113면, "歡伯是良友, 睡鄕爲廣居"). 따라서, 그 꿈도 자연 현실에 대한 반동으로서
출세간적인 경향을 띠기보다 여전히 불의한 현실 자체와 관련된 세간적인 성격을 띠게
되는 것이라 보인다.

를 하늘에 드리우려 한다는 소리를 듣는구나[已道龍泉初出地, 更聞鵬翼欲垂天]"(卷4「送別林子愼赴廷試之擧」, 45면), "조씨 성 가진 사람들 중에 재주 있는 이 많다더니, 공에게서 봉황의 깃털을 보게 되네 그려[趙氏多才子, 於公見鳳毛]"(卷3「有懷趙持世」, 29면), "천리마의 말발굽은 향기 나는 부드러운 흙 위를 내달리고, 매는 맑게 갠 푸른 밤하늘을 날아가네[驥蹄香土軟, 鷹翮碧宵晴]"(卷5「奉別吳都司宗道三十韻」, 54면), "호수재는 연소하지만 풍골이 특별하니, 의기가 속세를 벗어난 학처럼 뛰어나게 높구나[胡生年少風骨殊, 意氣昂昂出塵鶴]"(卷2「送胡秀才慶元從吳都司南下」, 20면) 등이 그런 예다.

두 번째로, 악인이나 부정하고 간사한 무리들의 상징으로 쓰인 경우가 있다. "소쩍새 울어서, 청춘의 때 늦어질까 두렵구나[竊恐鶗鴂鳴, 靑歲坐成晩]"(卷1「古意八首」其四, 10면), "백옥빛 지느러미 황금빛 비늘, 작은 새 새끼 장난쳐도 주인옹은 성내지 않네[白玉鬐鬣黃金鱗, 小雛作戲翁不嗔]"(卷2「目前謠」, 25면) 등을 예로 들 수 있다.

세 번째로, 현실의 화를 피해 몸을 온전히 하고자 하는 처세의식을 기탁한 조류 의상이 있다. 이것은 물론 이상에서 언급한 현실에 대한 암울한 전망을 그 바탕으로 한다.「감회삼수(感懷三首)」기이(其二)(卷1, 8면)의 깃들 곳을 잘못 선택하여 둥지를 잃은 황작(黃雀),[14]「고의팔수(古意八首)」기일(其一)의 궁중에 들어가 호화로운 대접을 받다가 결국 천수를 다하지 못하고 불타 죽은 농조(隴鳥)에 대한 한탄은 모두 이런 예이다.

마지막으로, 자아상을 기탁하여 자신의 정신지향을 드러낸 경우를 들 수 있다. "앉아서 높이 나는 기러기를 보니, 눈물이 떨어져 옷깃을 적시네[坐看高飛鴻, 涕下沾衣襟]"(卷1「感懷三首」其一, 7면), "생각하는 바는 만리 밖에 있는데, 아득한 바람에 일렁이는 파도가 사이를 가로막고 있네, 외로운 기러기 서남쪽으로 날아가니, 슬피 울며 그 무리를 찾는구나[所思在萬里, 茫茫隔風濤, 孤鴈西南翔, 哀鳴求其曹]"(卷1「古意八首」其六, 10면) 등을 그 예로 들

---

14) "黃雀何翩翩, 寄巢枯葦枝. 江天喟然風, 葦折巢仍欹. 巢破不足惜, 卵破良可悲. 雄雌飛且鳴, 日夕無所依. 君看彼黃雀, 物理因可推. 結巢豈不固, 所託非其宜."

수 있다. 이 역시 현실에 대한 암울한 전망을 바탕으로 하고 있다는 점에서 세 번째 경우와 유사하지만, 정신적 자유를 추구하는 자아의 벗어나고 픈 욕구가 두드러진다는 점에서 차이가 있다.

이상을 통해 제시된 조류 의상의 주요한 의미구조는 비록 권필의 시세계에서 순차적으로 등장하는 것은 아니지만, 주로 비상의 형태를 통해 나타나는 벗어남의 욕구와 그 의식을 낳게 한 시인 내면의 심리궤적을 잘 보여주고 있다. 권필 시의 비상은 대체로 현실적인 영역과 정신적인 영역으로 대별할 수 있다. 시인의 나는 혹은 날고자 하는 의식에도 유자라면 누구나 갖는 현실세계 내의 가치 실현에 관한 욕구가 선재 되어 있기 때문이다. "삼척의 태아검, 평생의 양보음[三尺太阿劍, 百年梁甫吟]"(卷2「醉吟」, 20면)이나, "평생 약동코자 하는 뜻 지닌 채, 홀로 바람 부는 하늘을 향해 서 있노라[平生飛動意, 獨立向天風]"(「別集」 卷1 「次持世韻」, 99면)는 바로 그런 비상의 의식이다. 하지만, 그것은 "봉황이 천 길을 날아 오른들 결국 어디로 가랴[鳳翔千仞竟焉往]"(卷2「天何蒼蒼, 醉中酒筆」, 19면), "지금까지 약동코자 하는 뜻, 서로 만나보니 각각 어긋난[向來飛動意, 相見各蹉跎]"(卷3「醉賦, 示李實之春英」, 37면) 것처럼 비극적 결말이 예정되어 있는 비상이다.[15]

이는 특히, 권필 시에서 첫 번째와 두 번째 종류의 의상의 대비를 통하여 극적으로 표출된다. "봉황새 단혈에서 나와, 단번에 구주를 가로지르네[鳳凰生丹穴, 一擧橫九州]" · "저 울타리 위의 참새들 비웃노니, 짹짹거리며 무엇을 구하려 함인가?[嗟彼藩籬雀, 啾啾安所求]"(卷1「古意八首」其五, 10면), "난새와 봉황은 날마다 멀어가고, 올빼미는 마른 뽕나무에서 우네[鸞鳳日

---

15) 현실적 가치실현에 대한 비관적 전망과 체념은 아주 이른 시기부터 권필의 의식 속에 자리하고 있었다고 볼 수 있다. 과거 응시를 권하는 편지에 "僕之不可遊於世, 自卜已熟, 豈可以呶呶者之故, 變初心哉? 若使操觚弄墨, 馳逐於白戰之場, 則我知呶呶者之益甚也. 動輒得咎, 古人所不免, 僕又何恨?"(「별집」 卷2 「答寒泉手簡」, 126면)이라고 답한 데서나, 「四懷詩 幷序」에서, "余性疎誕, 不宜於世, 頗爲禮法之士所絀"(卷1, 5면)라고 스스로를 규정한 데서 잘 드러난다. 인용문들은 모두 그의 젊은 시절에 지어진 것이다. 이런 비관적 전망은 세상에 대해 시인의 마음을 닫아거는 것으로 이어지는데, 이에 관해서는 이미 門 의상을 검토하는 과정에서 언급한 바 있다.

以遠, 鴟梟鳴枯桑]」(「別集」卷1「奉和五峰春愁之作」, 94면)를 통해, 참새나 올빼미 등의 새들로 현실의 소인이나 간신배들을 가리키고, 봉황·난새 등에 고독한 자신 혹은 자신의 이상을 기탁함으로써 개인과 사회 간의 첨예한 대립을 암시하고 있다. 이를 통해 시인은 모순된 현실에서 세도(世道)의 불행(不行)과 불의한 세력들의 강대함을 고발하여, "뭇 새들은 각기 짝이 있건만, 나그네 홀로 읊조리고 있는[衆禽各有侶, 客子方獨吟]"(卷1「感懷三首」其一, 7면) 시인의 고독한 운명과 비극적 현실을 부각시키고 있다.

따라서, 황작과 농조가 부정한 현실에 가담하지 않음으로써 몸을 온전히 하려는 처세의식을 역설적으로 제시하고 있다면, 선계, 취향, 무언·무심의 세계, 혹은 무하유지향 등을 지향하는 비상은 시적 자아의 고독한 운명과 비극적 현실로부터 벗어나려는 정신지향을 보여주는 것이다.16) 그런데, 권필 시에서 이 비상은 일시적이거나 일회적인 의식이 아니라 사실 매우 지속적인 연습의 과정을 거친 것이다. 벗어나고자 하는 욕구를 보여주는 또 다른 국면인 강해지(江海志)와 원유(遠遊)의식에서 우리는 이 점을 확인 할 수 있다. "목마른 사람 우물 꿈이 많고, 주린 사람은 걸핏하면 부엌 꿈꾼다. 봄이 오니 멀리 떠나고자 하는 꿈, 밤마다 강가 성밖에 이르네[渴人多夢井, 飢人多夢庖. 春來遠遊夢, 夜夜到江郊]"(「別集」卷1「村居雜題三首」其一, 113면), "평소에 방랑하고자 하던 뜻, 사라져 남은 것이 없구나[平生放浪意, 消落無餘存]"(卷1「病後, 步西園有懷」, 13면), "앉아서 낚시 줄 드리운 이를 보노라니, 창해로 떠나고픈 마음 유유하네[坐見垂綸者, 悠悠滄海情]"(卷3「江漲」, 28면) 등을 거쳐 "바라건대 강성의 기러기 되어, 봄이 오면 함께 북쪽으로 날아갔으면[願作江城鴈, 春來共北飛]"(「別集」卷1「大興客館, 贈姜子舒」, 103면)에 이르기까지 권필의 시는 줄곧 벗어나는 연습, 떠나는 연습, 그리고

---

16) 卷1「夜坐醉甚, 走筆成章, 三首」其一, 8면, "我本無心人, 願得無言友. 同遊無有鄕, 共醉無味酒.";卷1「夜坐醉甚, 走筆成章, 三首」其二, 8면, "昔余夢爲鳥, 飛入白雲鄕.";卷2「詩酒歌」, 20면, "不管人間寒暑換, 不問天上日月走. 不是堯與舜, 不非桀與紂. 不悲貧賤夭, 不喜富貴壽. 或登山臨水, 或訪花隨柳. 有興輒醉醉卽吟, 萬物於我知何有."

마음 같아서는 날아가는 연습을 하고 있는 것이다.[17] 이 벗어나는 연습은 현실적 가치의 실현이 가능한 순간에도 여전하다. "짧은 갈옷에 항상 병 많건만, 늦가을 다시 멀리 떠나네. 돌아가 은거하려던 묵은 계획도 어긋나고, 시구로 헛된 이름만 차지하였네. 풀이 하얗게 됨은 서리가 두텁게 쌓인 것이요, 숲이 밝아짐은 강 위에 달이 솟아오른 때문이네. 마구간의 말을 바라보며 슬프게 읊조리니, 이때의 마음 뉘라서 알리오[短褐常多病, 深秋更遠征. 郊扉違宿計, 詩句占虛名. 草白天霜重, 林明江月生. 悲吟對櫪馬, 誰識此時情]"(卷3 「旅舍秋夜」, 32면)에서 접빈사의 일원으로 먼 길을 떠난 시인이 마구간에 매어 있는 말을 바라보며 자신의 속박된 삶에 대한 한탄을 내뱉는 것은, 강호와 현실 그 어느 곳에도 안주할 수 없는 시인의 내면을 드러내는 동시에 그 벗어남의 열망이 얼마나 지속적이고 강렬한 것이었던가를 보여준다. 앞서 문과 몽유 의상의 검토를 통해 드러난 갇혀 있는 자아의 벗어나고픈 욕구는 조류 의상을 중심으로 한 이런 비상의 의식을 통해서 더욱 명료해 진다.

　권필 시의 비상은 기본적으로 "함께 자주빛 기린을 타고 떠나, 호탕하게 봉래산 유람이나 해 보세[雙騎紫鱗去, 浩蕩遊蓬萊]"(卷1 「贈林子定侂」, 9면), "적막한 부들 자리에 향로의 연기마저 잦아드는데, 홀로 산해경을 끼고 고요한 가운데 보노라. 강 누각의 밤은 서늘하고 소나무 위로 뜬 달은 밝은데, 물가의 새는 대나무 난간으로부터 날아오르네[蒲團岺寂篆烟殘, 獨抱山經靜裡看. 江閣夜凉松月白, 渚禽飛上竹欄干]"(卷7 「滄浪亭二絶」, 67면)와 같이 부정

한 현실로부터 벗어남을 꿈꾸며 이상적인 세계를 지향한다는 점에서 상승의 양태를 보인다. 현실로부터 벗어나려는 욕구가 자연 선계라는 공간에 마음 쏟게 하고, 또 비상하는 존재들을 포착하게 만드는 것이다.

하지만, 권필 시의 벗어남의 열망은 역설적이게도 그 벗어남의 대상으로서의 현실에 관한 미련을 또한 우리에게 보여준다. 몽유와 그 의상의 검토를 통해 이미 지적한 것처럼, 출세간적이라기보다 세간적인 벗어남이란 모순이 그것이다. 우리는 권필의 시중 특히 선계나 선계적 상징물들에서 이런 면모를 읽어낼 수 있다. 부정한 현실에 대한 여전한 미련은, 그것이 비록 비판과 풍자의 형태를 띠더라도, 완전히 떠나버릴 수 없는 시인의 의식세계의 반영이다.

李白騎鯨飛上天	이백이 고래 타고 상천(上天)에 날아올라
芙蓉城裏追群仙	부용성 안에서 여러 신선들을 쫓다가
醉飜王母九霞觴	취하여 서왕모의 구하 술잔을 엎어서
再謫人間三十年	다시 인간 세상에 귀양온 지 어언 30년
多生習氣尙豪雄	지난 여러 번 삶의 습관 아직도 웅혼하여
歷落頗有前身風	자못 쇄탈한 전생의 풍모가 남아 있구나
向來能事未全消	지금까지 능력이 조금은 남아 있어
淸詩健賦聲磨空	맑은 시와 힘찬 부의 성률을 부질없이 가다듬네
比年學劍干伯王	해마다 검술 배워 왕께 공업 세울 일 구하니
腰間璘琫搖玲瓏	허리에 찬 칼 장식은 영롱한 소리내며 흔들리네
風塵蹭蹬失騫騰	풍진에서 헛디뎌 올라 갈 기회를 잃었지만
白羽在篋還生稜	상자 속의 백우전(白羽箭)은 아직도 서슬이 푸르네
卽今飄泊江海間	이제 강해 사이에서 이리저리 떠돌다
相逢一破窮愁凝	우연히 그대를 만나 한 번 쌓인 시름을 푸는구나

—「贈李明應, 用前韻」부분(卷2, 19면)

시의 서두는 비상으로부터 시작된다. 전설에 고래 타고 상천(上天)으로 올라갔다는 이백의 모습은 이명응의 형상화인 동시에 시인 자신의 투영이기도 하다. 시인은 서왕모의 술잔을 엎어 인간세계에 귀양 오게 되지만, 천상으로 돌아가기보다 현실세계에서 자신의 능력을 펴고자 그 재주를 드러내 본다. 그 결과는 "풍진에서 헛디뎌 올라 갈 기회를 잃게[風塵蹉跎失騫騰]" 되는 또 한번의 좌절을 가져온다. 시에서 선계의 좌절과 현실의 좌절은 병렬되어 있을 뿐 아니라, 이백의 후신(後身)으로 자처한 만큼 이미 거듭된 실패와 좌절('再謫')을 겪은 것이다. 이처럼 권필의 시에서 선계는 낭만적인 이상향이기보다 현실 세계의 투사이거나 그것의 그림자에 가까운 것이라고 할 수 있다. 따라서, 그 비상이 현실을 벗어나더라도 여전히 출세간적이기 어려운 경향성을 띠게 한다. 이 점은 불의한 현실정국의 상황이 선계적 상징물로 대치되어 있는 다음 시에서 보다 분명하게 드러난다.

白玉鬐鬣黃金鱗	백옥 같은 지느러미에 황금빛 비늘의 물고기
小雛作戲翁不嗔	새 새끼 따위가 희롱하여도 주인옹은 성내지 않네
翁不嗔尙可	주인옹이 성내지 않음은 그래도 괜찮지만
胡爲更遣鼈骨塡滄津	어찌하여 다시 자라 뼈로 바다를 메우려 하나
黑風倒吹益海沸	흑풍이 세상을 뒤집을 듯 불어 바다 들끓음이 더해지니
海鳥退飛仍墜地	바다새는 뒤로 밀려 땅에 떨어지는구나
金明丞相識天意	금명문의 승상께선 하늘의 뜻 알고는
夢登九門身不危	꿈에 대궐 문으로 올라가나 그 몸 위태롭지 않네
峩峩宮闕天中起	까마득한 궁궐은 하늘 위로 솟아 있고
風生群口徒紛紛	여러 입에서 바람 일 듯 말소리 어지럽네
廟議至密誰得聞	조정의 의논 지극히 은밀하니 누군들 알 수 있으랴마는
但令木貝花似雪	다만 목패화를 눈처럼 희게 가장하는 것일 뿐
不用社樹鬱鬱連靑雲	울창하게 청운에 이어 진 사직의 나무는 쓰지 않는구나
況復冠帶天驕子	하물며 교만한 자들이 관직에 있으니
慧彼小星何足云	저 희미한 잔달한 별이야 더 말하여 무엇하리

—「目前謠」(卷二, 25면)

권필 특유의 신랄한 비판 풍자의 정신이 돋보이는 이 작품은 신묘시사

(辛卯時事)를 그 배경으로 하고 있다.18) 백옥 지느러미에 황금비늘로 비유되는 인물은 정철을, 새새끼라는 모욕적인 상징물로 표현된 인물은 이산해 등 동인 일파다. 시 전반부의 선계적 물상들과 비현실적이고 과장된 현상들은 현실의 정국과 그 인물들에 대한 비유며 상징이다. 시인 스스로 이런 현실 비판·풍자의 시를 써왔던 것을 후회하면서도 생애의 마지막까지 계속해서 쓸 수밖에 없었던 것은 바로 이런 현실에 대한 끊을 수 없는 관심과 미련에서 기인한다. 선계로의 벗어남이 얼마간 정신적 자유나 현실과 대척적인 이상향으로서의 의미를 갖더라도, 궁극적으로 세간적인 것일 수밖에 없는 이유가 여기에 있다.

그런 측면에서 권필 시의 비상은 일정한 방향성이나 목적지가 없는 무정향의 상승이라고 할 수 있다. 따라서, 그 벗어나는 연습이 아무리 지속되더라도 시인의 비상은 천상세계와의 거리를 좀 체로 좁히지 못하거나, 심지어 여전히 한 치도 지상으로부터 떠나지 않은 채이다. 선계로의 비상이 이런 성향을 띠는 것은, 한편으로 시인의 의식세계의 변화 내지 또 다른 의식세계의 존재를 암시한다. 이미 언급한 현실에 대한 미련이란 측면이 있지만, 그 근본적 이유로 보기는 어렵다. 시인이 부정한 현실을 감내하거나 받아들이려 했던 것은 아니기 때문이다. 그런 측면에서 우리는 매(梅)·난(蘭)·국(菊)·죽(竹)·송(松) 등 식물성 의상들에 주목하게 된다. 이들 의상이 가지고 있는 지상적 존재물로서의 가치는, 시인의 의식세계와 상상의 방향에서 주로 현실적 삶의 자세나 그 자신이 지향코자 하는 인격 이상과 관련이 있기 때문이다.

---

18) 『국역연려실기술』 Ⅲ(앞과 같음) 卷十四 '辛卯時事'條, 492~493면. 李山海는 선조에게 총애를 받던 金嬪의 오라비 金公諒와 친밀하였는데, 권필은 이를 두고 "漢代承相七寶車, 轔轔夜入金張家"(卷2 「古長安行」, 21면)라고 비꼰 바 있다.

5. 내면으로의 침잠(沈潛) ─송(松) 의상(意象)

앞서 시인의 비상코자 하는 의식에 현실적 가치 실현의 욕구가 선재 하였음을 지적하였지만, 외재 현실과 내면적 가치의 충돌이 너무나 자명한 것이기에 그것의 구현이란 전혀 기대할 수 없는 것이었다. 앞서 인용한 "모난 것과 둥근 것이 맞을 수 없[方圓豈相謀, 與世實鉏鋙]"(卷1 「述懷」, 8면)다거나, 흉조인 훈호(訓狐)를 두고 간악한 세상사람들에 비해서는 차라리 복이 된다고(卷1 「夜坐醉甚, 走筆成章 三首」 其三, 8면) 한 것은 다 이런 불가역의 상황에 대한 드러냄이다. 시인이 무엇보다 불의한 현실에 영합하여 자신의 본질적 가치를 손상 받지 않는 삶의 자세를 중시하게 됨은 이 때문이다.

有木不知名	이름도 알 수 없는 나무 있으니
三株互蟠結	세 그루 서로 엉켜 서려 있네
地高偏受露	지대가 높아 이슬 받기 유리하고
陰重巧遮日	그늘 짙어 해 가리기 좋네
群蟻喜心空	개미 무리 속 빈 것을 좋아하고
衆鳥依葉密	새들은 잎이 조밀함을 기뻐하네
兼爲魍魎宅	거기에 도깨비 집이 되어
有怪中夜發	한밤중엔 괴이한 일도 일어나네
有人不量力	어떤 사람 제 힘도 헤아리지 못하고
持斧擬剪伐	도끼 들고 베려고 하였지만
爲近社壇下	사직단 아래와 가까운 까닭에
欲進還股慄	나가려다 도리어 다리만 벌벌 떨었네
一朝霰雪繁	하루아침에 싸락눈이 많이 내리니
天道有肅殺	천도에 숙살의 기운이 있구나
豈若澗底松	이 어찌 골짜기 아래 저 소나무가
千載自蕭瑟	천 년토록 절로 소슬함만 하리오

─「有木不知名, 效白樂天」(卷1, 17면)

이 시는 백거이(白居易)의 「유목시팔수(有木詩八首)」에 대한 효작이다. 첫 두 구절의 이름을 알 수 없는 세 그루의 나무와 마지막 두 구절의 「간저송(澗底松)」은 각기 현실에서 임금을 앞세워 파당을 짓고 위세를 부리는 불의한 인물들과, 비록 뛰어난 재주로도 세상에 쓰이지는 못하지만 자신의 고결한 가치를 지키며 사는 인물들을 가리킨다. 이 시에서 우리는 먼저 권필의 다른 풍자시와 마찬가지로 당시 정권을 농단하던 불의한 세력에 대한 신랄한 비판의 정신과 함께, 천도(天道)의 구현에 대한 확고한 믿음을 읽어낼 수 있다. 하지만, 한편으로 이를 시인이 택하고자 하는 삶의 자세와 연결해 본다면, 현실에서 부정한 방법으로 영달하는 것보다, 비록 자신의 가치를 인정받지 못하더라도 본성을 보존한 채 살아가는 삶을 보다 높은 가치로 여기고 있음을 알 수 있다. 이는 궁정에 들어 가 호사를 누리다 천수를 마치지 못한 농조(隴鳥)를 두고 "어찌 옛 산의 친구들이, 소나무 계수나무 숲에서 외로이 울고 있음만 같으랴[豈若故山侶, 孤鳴松桂叢]"(卷1 「古意八首」 其一, 10면)라고 했던 것처럼, 분수 밖의 현실적 성취란 오히려 자신의 본질적 가치를 훼손하는 것이기 때문이다.

권필 시에서 제시된 이 '간저송(澗底松)'이란 의상은 본래 좌사(左思)의 「영사팔수(咏史八首)」 기이(其二)로부터 연유한 것이다. 백거이의 신악부제 시중에도 역시 「간저송(澗底松)」이란 작품이 있는데,19) 이 시제 역시 좌사의 시에서 온 것이다. 좌사의 시는 "鬱鬱澗底松"의 비유로 서족지주(庶族地主) 출신의 문인이 뛰어난 능력에도 불구하고 하급관료를 벗어나지 못하는 정치적 고민을 표출하고 있고, 백거이의 「간저송(澗底松)」도 "한미한 가문의 뛰어난 인재를 생각한다[念寒雋也]"라는 자서(自序)처럼 인재가 공정하게 등용되지 못하는 현실을 한탄하는 내용이다. 권필은 이런 '간저송'의

---

19) 『白居易集』 卷四 「澗底松」, "有松百尺大十圍, 生在澗底寒且卑. 澗深山險人絶路, 老死不逢工度之. 天子明堂欠梁木, 此求彼有兩不知. 誰喩蒼蒼造意者, 但與之材不與地. 金張世祿黃憲賢, 牛衣寒賤貂蟬貴. 貂蟬與牛衣, 高下雖有殊. 高者未必賢, 下者未必愚. 君不見沈沈海底生珊瑚, 歷歷天上種白楡."

의미를 계승하면서도, 한편으로 비록 인정받지 못할지라도 그 자신의 본성을 지켜간다는 점에서 가치로운 존재로서의 '간저송' 의상을 제시하고 있다. 요컨대, 인용 시는 시제에서 밝혀 놓았듯이 설의의 측면에서 상당부분 백거이 시의 도움을 받고 있지만, 결론부분에 제시된 '간저송' 의상을 통해 단순한 답습을 벗어나 새로운 의경의 개척에 도달하게 된다. '간저송'은 그런 점에서 권필이 그 의미를 새로이 갱신한 지극히 자의식적 의상이다. 그래서 "모두 세상 본지 천년 된 골짜기의 소나무[澗松閱世皆千年]"(卷2「遊摩尼山, 用觀燈行韻」, 18면)까지는 아니더라도, 돌보아주지 않아도 굳건히 뿌리내린 채 견디고 살아가는 소나무에 시인의 마음이 움직임은 자연스러운 일이다.

種木莫須誇得地	나무 심음에 꼭 적당한 땅 얻었다고 자랑할 것 없다네
春來枝葉摠凋零	봄이 와도 심한 가뭄으로 가지와 잎 다 졌는데
誰知一尺巖間土	뉘라서 알았으랴, 한 자쯤 되는 바위 틈 흙이
能使孤松自在靑	孤松으로 하여금 절로 푸르게 할 줄을

—「去年十月, 環草堂種松栗雜木僅五十株, 春來旱甚, 枯死殆盡, 獨巖隙小松, 蒼翠依舊, 感而有作」(「別集」 卷1, 117면)

시인은 험난한 가뭄과 척박한 땅이리는 외면적 현실이 결코 손상할 수 없는 내면적 가치를 바위틈의 고송(孤松)을 통해 발견하게 된다. 작은 흙덩이만으로 키워 낼 수 있는 고송의 푸르름이란, 어떠한 험난한 외부적 현실에도 굴하지 않는 고송 자체의 자질에서 비롯된 것이다. 소나무 주위를 맴돌며 떠나지 못하고 일생을 함께 하겠다고 다짐하거나,[20] "취하여 푸른 봉

---

20) 「별집」 卷1 「家有佳木七株, 皆先祖承旨府君手植也. 眞松二, 老松一, 海松一, 丹楓一, 赤木二, 近六十餘歲, 枝幹古怪, 凡城西甲第以池館名者不少, 無此奇也. 壬辰之亂, 棄家逃生, 室本懸罄, 無可顧戀, 獨此七木, 時入夢想間也. 癸巳夏, 京城平, 余自江都歸, 六木皆火死, 獨海松無恙, 蒼翠依然, 余繞之三匝而後去. 秋, 自德水歸, 海松又無恙, 余又三匝而去. 今年春, 歸自湖西, 海松已爲人所薪矣. 余惜其能自保於兵火之中, 而卒不能免於斧斤之患, 乃作惜海松詩」, 98면, "海松一株獨秀絶. 白甲蒼髥舊時樣. 盤桓盡日不敢去, 兩手摩挲心自語. 從來醉耳愛松風。 況且舊物情何窮. 方期築

우리 부근의 높은 정자에 올라, 홀로 지는 해 바라보며 외론 소나무 어루
만지는[醉上危亭近碧峯, 獨臨斜日撫孤松]"(卷7 「病中, 聞夜雨, 有懷草堂, 因叙平
生, 二十四首」 其十五, 71면) 시인의 모습은, 바로 이런 삶의 자세를 자아화하
고자 하는 하나의 포즈인 것이다. 권필의 시에서 송(松)은 물론 난(蘭) · 매
(梅) · 국(菊) · 죽(竹) 등의 고결한 가치를 선양하고 있는 것이나, 화려한 정
원이 아닌 밭두둑의 보잘것없는 꽃에 더욱 마음이 가는 것은,21) 이들 식물
성 의상들이 대체로 그 뿌리를 지표면에 단단히 내린 채 어떠한 외부적
시련과 역경에도 그 가치를 손상 받지 않는 것들이기 때문이다. 여기에서
우리는 앞서 언급했던 시인을 망설이게 하고 하강하게 한 의식이 어떤 것
인가를 생각하게 된다. 송을 제재로 한 다음 시는 그에 대한 하나의 답변
이 될 수 있다.

松	소나무
松	소나무
傲雪	눈을 맞고
凌冬	겨울도 견디네
白雲宿	흰구름이 자고 가고
蒼苔封	푸른 이끼 둘러 있네
夏花風暖	여름 꽃엔 바람이 따뜻하고
秋葉霜濃	가을 잎엔 서리 짙구나
直幹聳丹壑	곧은 줄기 붉은 빛의 골짜기에 우뚝 솟았고
淸輝連碧峯	맑은 빛은 푸른 봉우리에 이었네
影落空壇曉月	그림자는 텅 빈 단 위의 새벽 달 위에 지고
聲搖遠寺殘鐘	소리는 멀리 절에서 들려오는 종소리의 여운을 흔드네
枝翻凉露驚眠鶴	가지에 찬 서리 흔들리니 자던 학이 놀라고
根揷重泉近蟄龍	뿌리는 깊은 샘에 뻗쳐 서린 용과 가깝네

室老其下, 一生對此甘長終."
21) 卷7 「詠花夢中得」, 74면, "物理何曾有等差, 春來隨分得年華. 不須更向唐昌觀, 且
賞田頭覓歷花."

初平服食而鍊仙骨　　신선 황초평은 이를 먹고 선골을 단련하였고
元亮盤桓兮盪塵胸　　도연명은 서성거리며 속진에 물든 가슴을 씻었다네
不必要對阮生論絶品　굳이 완생을 대하여 절품이라 논할 필요 없고
何須更令韋偃畫奇容　어찌 모름지기 다시 위언을 시켜 기이한 모습 그리
　　　　　　　　　　게 하랴
乃知獨也靑靑受命於地　홀로 푸르디푸름이 땅에서 명을 받아서임을 내 아니
匪爾後凋之姿吾誰適從　너의 날씨 추워진 뒤에도 시들지 않는 자태 안 좇
　　　　　　　　　　으면 내 누구를 좇으랴

—「松」(卷8, 79면)

　이 시는 송(松)·죽(竹)·매(梅)·국(菊)·연(蓮) 등 다섯 가지의 식물을 제
재로 삼아 지은 연작시 중의 한 수이다. 권필 스스로 이 식물들에 대한 특
별한 애호와 함께 이것이 자탁(自託)임을 기록해 놓고 있는 데서도 알 수
있듯이,22) 잡체시 형식이 가지는 장식적인 수사나 희작 경향만으로 이 작
품을 판단해서는 안 된다. 시인이 이를 통해 발견하고자 하는 진정한 가치
는 마지막 두 구절 "獨也靑靑受命於地"와 '후조지자(後凋之姿)'에 있다. 주
지하다시피 소나무는 땅에서 목숨을 받은 것으로는 잣나무와 함께 유이하
게 본성을 보존하고 있는 것이며, 또 눈서리에도 불구하고 변치 않는 견정
(堅貞)한 자질을 가지고 있는 인격이상의 상징물이다.23) 이 두 표현은 그
자체론 관습성과 상투성을 넘어서기 어렵지만, 권필의 시세계 전반에서
송 의상이 구축해 내는 의미적 자질들과 함께 보편적인 것을 넘어서 특수
화된 영역으로 진입하게 된다. 이 점은 다른 식물성 의상들을 통해 제시되
는 의식들과도 직간접으로 관련되어 있는 것으로 보인다. 이를테면 "찬 비
개어 오면 잎사귀 더욱 무성해지고, 된서리 내린 뒤에도 가지 오히려 푸르

---

22) "植物之中, 枝葉可愛者二, 曰松, 曰竹, 花可愛者二, 曰梅, 曰菊, 花葉俱可愛者一,
　　曰蓮. 余平生酷愛此五者. 偶演李白三五七言, 自一言至十言而止, 成五篇. 畧叙佳致,
　　兼用自託, 非敢描寫形色, 以求奇語也."
23) 『莊子』「德充符」, "受命於地, 唯松柏獨也正, 在冬夏靑靑, 受命於天, 唯堯舜獨也
　　正, 在萬物之首.";『論語』「子罕」, "子曰, 歲寒然後知松柏之後彫也."

권필(權韠) 시의 정신지향과 의상(意象)의 구조　343

네[冷雨晴來葉更繁, 嚴霜降後枝猶綠]"(卷8「菊」, 80면)라거나 "굳은 절개 청사에 견줄만 함을 이로부터 아노니, 고상한 품격을 말한다면 어찌 범인이라 하리[從知勁節可比淸士, 若語高標豈是凡才]"(卷8「梅」, 79면)라거나 "절개는 눈서리에도 굴하지 않아 본래 스스로 꿋꿋하고, 줄기는 하늘 위로 솟아도 구부러진 적 없네[節凌霜雪本自堅, 幹聳雲霄不曾曲]"(卷8「竹」, 79면) 등에서 줄곧 이런 견정한 자질에 집중하고 있는 것은, 시인의 정신적 지향점이 어디에 있는가를 짐작하게 한다.

송(松)의 외재적 현실의 압력에 굴하지 않고 자신의 본성을 보존해 가는 형상은 자연 우리에게 삶의 궁핍함이나 어떠한 위무(威武)로도 바꾸고 굴복시킬 수 없는 인격경계를 떠올리게 한다.24) 이는 또한 겸선천하(兼善天下)할 수 없기에 독선기신(獨善其身)을 선택할 수밖에 없는 유자(儒者)로서의 삶의 자세이기도 하다. 이런 전통적 인격이상에서 시인이 유달리 강조하는 것은 특히 외부의 어떠한 압력에 굴하지 않는, 혹은 않으려는 의식의 부면이다.

萬里塵沙漲	만리에 티끌 모래 넘쳐 나고
千山鳥獸號	온 산엔 새와 짐승 부르짖네
江河飜地脉	강물은 지맥을 뒤집고 흘러가고
林谷吼天牢	숲 골짜기 외진 곳에선 울부짖는 소리 들리네
向晚聲初壯	저물어 감에 소리가 장대해지기 시작하더니
中宵勢益高	한밤중엔 기세가 더욱 높아 가네
幽人坐深室	은거하는 사람 깊은 방에 앉아
不寐聽松濤	잠 못 이룬 채 솔바람 소리를 듣노라

—「大風, 用玄翁韻」(卷3, 36면)

천지를 뒤엎을 듯 몰아치는 거대한 바람은 시인이 처한 불가역의 현실

---

24)『孟子』「滕文公下」, "居天下之廣居, 立天下之正位, 行天下之大道, 得志, 與民由之, 不得志, 獨行其道, 富貴, 不能淫, 貧賤, 不能移, 威武, 不能屈, 此之謂大丈夫."

상황과 많이 닮아 있다. 밤이 될수록 거세어만 가는 바람 속에 유인(幽人)은 깊은 방 속에서 잠 못 이룬 채 솔바람 소리를 듣고 있다. 유인으로 표상된 시적 자아가 수많은 바람 소리 중에서도 유독 솔바람 소리에 귀기울이는 이유는 송 의상의 어떠한 외부현실에도 굴하거나 손상받지 않는 견정(堅貞)한 자질에서 찾을 수 있다. 그런 측면에서 솔바람을 듣는 시적 자아의 행위는 가급적 이와 같은 삶의 자세를 자아화하고자 하는 시인의 정신지향과 관련된다. 여기에서 우리는 앞서 언급했던 문의 의상을 다시 떠올릴 필요가 있다. 시인의 마음의 문을 닫아걸었던 것은 부정한 현실을 광정(匡正)하고 싶음에도 그럴 수 없었던 데서 오는 자조와 절망에서였다. 하지만, 그 문 닫음은 결코 도연명의 "한 낮에 문을 닫아걸고 있으니, 빈방엔 속된 생각조차 없구나[白日掩荊扉, 虛室絶塵想]"(「歸園田居五首」)처럼 세속과의 완전한 절연을 의미하는 것은 아니었다. 그것은 부정한 현실에 대한 나름의 대응이라는 점에서, 도피라기보다는 대결의 성향을 띠고 있다. 물론, 이 대결은 직접적이기보다 매우 우회적인 경로를 통한 것이지만, 송(松)은 바로 그런 부정한 현실에 대한 자아의 대결 의지를 보여주는 상징물이라고 할 수 있다. 시인의 유일한 시조작품인 "이 몸이 되올진대 무엇이 될꼬 하니, 곤륜산(崑崙山) 상상봉(上上峯)에 낙락장송(落落長松) 되었다가, 군산(群山)에 설만(雪滿)하거든 홀로 우뚝하리라"[25]에서의 낙락장송(落落長松) 역시 이에 대한 하나의 증좌라고 할 만하다.[26]

---

25) 이 시조는 『樂學拾遺』와 『海東歌謠』에 전한다. 박을수, 『한국시조대사전』, 아세아문화사, 1992, 896면 참조.

26) 한시와 시조의 양식상의 차이와 그 設意가 상당부분 이전 시조작품의 영향이라는 점을 감안하더라도, 권필의 시세계와의 조응 하에서 시인의 정신지향을 파악하는 데에는 큰 무리가 없을 것으로 생각된다.

6. 맺음말

이상에서 우리는 각각의 의상들이 지향하거나 암시하는 권필의 정신세계를 살펴보았다. 이제 이를 바탕으로 그의 시의 주도적 의상들이 구축하는 정신세계의 특성을 종합적으로 검토해 보는 것으로 결론을 대신하기로 한다.

앞서 언급했듯이 의상이 보여주는 정신세계에 대한 검토가 항상 삶의 진행방향과 일치하는 것은 아니지만, 사실상 시인의 궁극적 삶의 자세와 관련되어 있는 송(松) 의상의 정신지향의 향배에 대해선 약간의 보충설명이 필요하다. 비단, 이런 삶의 자세로서 뿐만이 아니라 본격적인 도학으로의 침잠은 그의 생애 후반기의 일이라고 한다.27) 『도학정맥(道學正脈)』의 저술이나, 강도(江都)에서 송희갑(宋希甲) 등의 제자를 양성하며 도학에 전념코자 했던 것이 모두 이 시기에 해당한다. 하지만, 이를 통해 기대되는 도학적 시세계의 국면은 그의 시적 역량에 비하자면 그다지 선명하지 않다. 염락풍(濂洛風)의 시가 일부 있기는 하지만, 그것은 대체로 도학의 제 국면을 하나하나 깨우쳐 가는데서 오는 일차적인 기쁨들을 노출시키는 데서 그치고 만다.28) 홍만종의 『소화시평(小華詩評)』에서 도를 깨우친 사람의 시와 매우 비슷하다고 평가된29) 「김귀성호정팔경(金龜城湖亭八景)」 중 「삼각청운(三角晴雲)」30) 시 정도가 그의 도학적 시세계의 면모를 보여주는 예라고 할 수 있다. 도학(道學)에의 몰입이 꼭 도달한 경계의 시화를 필요로 하는 것도 아닐뿐더러, 때로는 시작이 도학 침잠에 방해가 된다는 인식을 두고 볼 때,

---

27) 이에 관해서는 박지계·송시열 등의 기록이 있다.

28) 卷7「病中, 聞夜雨, 有懷草堂, 因叙平生, 二十四首 其二十三」, 72면, "半生虛作曲歧行, 至理元來在六經. 能使此心存此性, 胸中風月有誰爭."

29) 『洪萬宗全集』.

30) 『石洲集』卷七, 65면, "雨後濃雲重復重, 捲簾淸曉看奇容. 須臾日出無蹤跡, 始見東南三兩峯."

이 점은 권필만의 특이한 양태라고 할 수는 없을 것이다. 하지만, 소위 도학 침잠기로 일컬어지는 시기에 지어진 작품에도 여전한 정신적 혼돈이나 현실에 대한 비판은, 도학에의 침잠 이후 의식과 시세계가 확연하게 변모했다는 송시열 등의 언급과는 상당한 거리가 있다고 보여진다.[31]

平生喜飮酒	평생에 술 마시기 즐겨서
一石嫌未痛	한 섬 술로도 안 취한다고 불평하였지
居然喫不得	뜻밖에 한 잔 술도 못 마시게 되니
造物眞好弄	조물주는 참으로 장난을 좋아하는구나
祗恨身早衰	단지 몸 일찍 쇠함이 한스럽지만
敢言心不動	감히 마음이 요동하지 않는다 말하네
任情得新懶	마음대로 하자니 게으름이 생겨나고
求道喪前勇	도를 구하자니 전날의 용기를 잃네
行年四十四	살아 온 지 마흔 네 해가 되었지만
閱世夢中夢	세상살이 꿈속의 꿈과 같다네

— 「新春, 病不能飮, 慨然有作」(卷1, 17면)

"心不動"하는 구도의 경지가 "喪前勇"으로 이어지고, 그것은 여전히 꿈속의 꿈과 같은 세상살이로 귀결된다. 이 시가 보여주는 의식의 양태는 앞서 검토한 주요 의상들이 가진 정신구조와 묘하게 일치한다. 마음대로 하자니 구도의 길에서 멀어질 듯 하고 도를 구하자니 전날의 용기를 잃을까 두렵다는 망설임은, 문 의상이 보여주는 열림과 닫힘의 양면성이나 비상과 관련된 의상에서 보이는 선계도 현실도 아닌 무정향성이 보여주는 망설임, 그리고 일정하게 도학적 정신세계와 관련된 현실적 삶의 지표와 관련된 송(松) 등의 식물성 의상계열과 대체로 현실로부터 벗어남의 연습과 관련된 조류 등 동물성 의상들의 모순적 길항의 또 다른 표현이다. 권필 시 전반의 의상 축조 양상이 보여주는 이런 특성과 "평생 희롱구 짓기

---

31) 『石洲集』 「別集」 「石洲集跋」, 127~128면.

를 좋아하여, 인간세상 많은 입들에 오르내렸지, 이제부터 입 다물고 한 세상 마치리니, 전에 공자께서도 말 없으려 하셨거늘[平生喜作俳諧句, 惹起 人間萬口喧, 從此括囊聊卒世, 向來宣聖欲無言]"(卷7「絶筆」, 76면) 같은 시에서 보이는 여전한 혼돈과 뒤늦은 후회의 착종은, 시인이 도학에 뜻을 두었던 것이지 그것이 완전히 자아화되는 경지에 이르렀던 것은 아님을 보여준다. 앞서 언급된 불의한 현실에 영합하지 않음으로써 자신의 본질적 가치를 손상 받지 않으려는 삶의 자세와 관련된 "이 어찌 골짜기 아래 저 소나무 가, 천 년토록 절로 소슬함만 하리오[豈若澗底松, 千載自蕭瑟]"(卷1「有木不知 名, 效白樂天」, 17면)의 소슬함이 말년에 지어진 시에서 "가 없는 소슬한 뜻 이, 또 도덕경으로 들어가네[無端蕭瑟意, 又入寂寥篇]"(卷3「山齋十事, 爲成進 士輅作」중「江城秋雨」, 33면)으로 나타나는 것도 그 한 증거라 할 것이다.32) 이런 도가적 지향은 그의 시세계의 주요한 양상 중의 하나이거니와 도학 침잠기에도 여전히 이런 의식이 엿보임은 권필의 정신구조가 갖는 양면성 과 혼돈의 양태를 잘 보여준다. 그런 측면에서 문 의상이 보여주는 열림과 닫힘의 양면성, 비상 형상에서 드러나는 무정향의 망설임, 그리고 식물 의 상과 조류 의상의 상반된 지향성들은 우리에게 시인이 간 길만이 아니라, 가려고 한 길, 혹은 가려다 만 길까지도 보여주고 있다. 그것은 권필 자신 의 끊임없이 유동하는 자아의 모습이기도 하다.

---

32) 蕭瑟함은 권필 시에서 의미 깊게 사용된 형용사 중의 하나이다. 「山齋十事, 爲成進
　士輅作」시의 '蕭瑟意'란 표현은 직접적으론 成輅와 관련된 말이지만, 일정한 범위 내
　에서 시인 자신의 의식과 연관되어 있는 것이기도 하다. 「有木不知名, 效白樂天」시에
　서 현실에서의 간난을 감내하려는 의식이 이 시에선 도가적 정신세계의 경사를 통해 그
　것을 해소하는 방향으로 변모하고 있다.

허균 「문설(文說)」의 새로운 해석

강 명 관

1.

16세기 말~17세기 초반 진한고문파(秦漢古文派)의 성립으로 인해 산문이란 무엇인가? 산문을 어떻게 써야 할 것인가 하는 비평적 사유가 시작되었다.[1] 이 시기 산문작가들은 주로 서발문과 서간에서 산문의 본질과 창작에 관련된 다양한 견해를 제출하였다. 그러나 대개의 경우 산문에 대한 본격적이고 체계적인 메타진술은 아니다. 허균(許筠)의 「문설(文說)」은 산문에 관한 핵심적인 문제를 체계적으로 다룬 매우 중요한 비평문으로 생각된다.

「문설(文說)」은 「시변(詩辨)」과 함께 허균 문학을 논하는 자리에서 반드시 인용되었다. 과거의 대다수 논자들은 이 두 편의 비평문에서 작가의 개

---

1) 강명관, 「16세기 말~17세기 초 擬古文派의 수용과 秦漢古文派의 성립」, 『韓國漢文學硏究』 18집, 韓國漢文學會, 1995.

성과 독창성을 중시하는 허균의 반의고적(反擬古的) 비평의식을 도출하였
으며, 그것은 명대(明代) 의고문파(擬古文派)-전후칠자(前後七子)를 비판적
대상으로 하여 제출된 것으로 이해하였다.2)

이 이해는 타당한 것인가? 그의 문집『성소부부고(惺所覆瓿藁)』를 면밀히
읽어보면 허균만큼 의고문파에 몰입한 사람도 드물다. 그는 전후칠자(前後
七子)의 문집을 남김없이 읽고 그들의 작품을 재편집하는가 하면,3) 의고파
의 괴수(?)라고 할 수 있는 왕세정(王世貞)을 꿈속에서 만나 시창작을 지도
받을 정도로 의고파에 경도하였다. 그런데「문설」에 오면 이야기가 달라
진다.「문설」의 산문비평론은 흔히 왕세정·이반룡(李攀龍)의 의고적 창작
론에 대한 비판으로 해석된다는 것이다. 그렇다면 그의 의고파에 대한 경
도와 반의고적(反擬古的) 창작론으로 해석되는「문설」의 상호 배치됨을 어
떻게 이해해야 할 것인가. 이 글은 이 문제에 대해 약간의 해답을 얻는 것
을 목적으로 한다.

논의의 편의를 위해 먼저「문설(文說)」의 원문을 단락을 지어 먼저 제시
해 둔다.

①客問於許子曰:"當世之稱能古文者, 必以子爲巨擘. 吾見之, 其文雖若浩
汗無涯涯 而率用常語, 文從字順. 讀之, 則開口見咽, 毋論解不解者, 輒無礙
滯, 業古文者果若是乎?"

②余曰:"此其爲古也. 子見虞夏之典謨·商之訓·周之三誓·武成洪範.
皆文之至者, 亦見有鉤章棘句以險辭爭工者否? 子曰:'辭達而已矣.' 古者, 文
以通上下之情, 以載其道而傳, 故明白正大, 詢切丁寧, 使聞者曉然知其指意.
此, 文之用也. 當三代六經聖人之書與夫黃老諸子百家語, 皆爲論其道, 故其
文易曉而文自古雅. 降及後世, 文與道爲二, 而始有鉤章棘句以險辭巧語爭其
工者. 此文之厄也, 非文之至. 吾雖駑, 不願爲也, 故辭達爲主, 以平平爲文焉

---

2) 임형택,「許筠의 文藝思想」,『韓國文學史의 視角』, 창작과비평사, 1984, 104~106면;
  조동일,「허균」,『한국문학사상사시론』(제2판), 지식산업사, 2002, 214~215면.
3) 강명관,「許筠과 明代文學」,『민족문학사연구』 13, 민족문학사연구소, 1998.

耳."

　　③客曰：“不然. 子見左氏·莊子·遷·固及近代昌黎·柳州·歐陽子·蘇
長公乎? 其文何嘗用常語乎? 況子之文不銓古而滔滔莽莽焉, 是事無乃流於
飫否?”

　　④曰：余曰之數公之文亦何異於常耶? 以余觀之, 雖若簡若渾若深若奔放
若倔奇, 率當世之常語而變爲雅, 眞可謂點鐵成金也. 後之視今文, 安知不知
今之視數公文耶? 況滔滔莽莽正欲爲大而不銓古者, 亦欲其獨立, 奚飫焉?

　　⑤子詳見之數公乎? 左氏自爲左氏, 莊子自爲莊子, 遷固自爲遷固, 愈宗元
修軾不相蹈襲, 各成一家. 僕之所願, 願學此焉. 恥向人屋下架屋蹈竊鉤之誚
也.”

　　⑥客曰：“子之文旣平易流便, 其所謂法古者, 當於何求之?”

　　⑦余曰：“當於篇法章法字法求之. 篇有一意直下者, 或鉤連笎鑰者, 或節節
生情者, 或鋪敍而用冷語結者, 或委曲繁瑣而有法者. 章有井井不紊者, 有錯
落而不雜者, 有若斷而承前緻後者, 有極冗有極短者, 有說不了者. 字有響
處·幹處·伏處·收拾處, 疊而不亂處, 强而不弩處, 引而不費力處, 開闔處,
呼喚處. 字不亮則句不雅, 章不妥則意不瀆. 二者備而乃可以成篇, 余之文只
悟此也. 古之文亦行此也. 今之所謂解者, 亦未必覰此, 況不解者否.”

　　⑧客曰：“吾不及是夫.”[4]

　「문설」은 ①에서 ⑥까지가 전반부, ⑦⑧이 후반부이나. 전반부는 객과
허균의 대화이고, 후반부는 별 의미가 없는 짤막한 ⑧을 제외하면 허균의
주장만으로 이루어져 있다.

---

4) 許筠, 『惺所覆瓿藁』 卷12(『韓國文集叢刊』 74, 238면) 「文說」.

2.

먼저 「문설」의 전반부부터 살피겠다. 전반부는 산문언어의 본질에 대한 두 견해의 대립으로 이루어져 있다.

①은 객의 질문이다. "(당신의 산문은) 礙滯함이 없으니 古文을 專業한 사람은 과연 이와 같은가?"라는 질문을 풀어쓰면 이렇게 된다. "당신의 글은 막히지 않고 술술 읽힌다. 그렇다면 이것은 고문이라 할 수 없다. 어떻게 생각하는가?" 산문의 높은 가독성(可讀性)을 시비하는 객의 발언은 오늘날의 맥락에서는 매우 이상하게 들린다. 이 부분을 먼저 검토해 보자. 핵심은 '응체(凝滯)'란 말이다.

'응체(凝滯)'는 문자 그대로 '장애와 막힘'이다. 장애와 막힘은 독자가 산문의 언어조직을 분해하여 작품의 의미를 파악하려 할 때 발생하는 난해성이다. 산문, 넓게 보아 언어예술의 난해성이 발생하는 차원은 여럿이다. 독자의 지적 수준이 낮기 때문에 혹은 작가의 언어구사의 미숙 때문에 발생할 수도 있다. 그런가 하면 작품이 기존의 사유, 언어와 완전히 다른 방식으로 구성되어 있기에, 혹은 작품의 수사적 장치들이 워낙 복잡하거나 생소하기 때문에 발생하기도 한다.

산문의 난해성에 관련된 문제는 실로 복잡한 것이다. 평이함은 작자의 의도를 쉽게 인지할 수 있다는 점에서는 확실히 미덕이지만, 역으로 독자로 하여금 인지의 충격과 비판적 독서를 불가능하게 할 소지가 있다. 예컨대 명대(明代)의 비평가 도륭(屠隆)은 다음과 같이 말한다.

> 그 후에 구(歐)·소(蘇)·증(曾)·왕(王)의 문장은 모두 한자(韓子 : 韓愈)에게서 나왔는데, 그들의 작품을 읽으면 한 번만에 기(氣)가 다 빠지고, 그것을 완미하고자 하면 사람으로 하여금 뜻을 소진케 한다. 나는 그들의 문장을 읽을 때면 거의 한 편을 끝까지 읽을 수가 없었다.[5]

'뜻을 소진케 한다'거나 '한 편을 끝까지 읽을 수 없다'는 발언은 주제의 심각성, 새로운 인식을 기대할 수 없다는 뜻으로 이해된다. 창조적 독서가 불가능하다는 것이다. 도륭이 비판하는 당송고문(唐宋古文)은 산문언어의 평이함을 극대화했지만, 대가로 내용의 안이함이란 결함을 지니게 된 것이다.

객과 허균의 주장은 사실상 산문 창작방법상 대립적인 두 견해를 대표하는 것이다. ①과 ②에 인용된 '문종자순(文從字順)' '구장극구(鉤章棘句)'는 그 대립적 인식의 요약이다. 한유(韓愈)가 「남양번소술묘지명(南陽樊紹述墓誌銘)」에서 번종사(樊宗師)의 작품을 평가하면서 '문종자순(文從字順)'은 "문장은 글자를 따라 순조로와져 각각 직분을 안다[文從字順, 各識職]"로 번역된다. 후대의 산문비평에서 수없이 인용된 이 말의 의미는 실로 애매하지만, 대개 모든 어휘가 작가의 수사학적 의도에 따라 적절한 위치에서 적절한 기능을 수행할 때 문장의 의미 전달이 순조로워진다는 뜻으로 이해된다. 곧 문종자순은 언어의 제일의적 기능인 의사소통성에 착목한 견해로 산문의 모든 언어는 명확한 의미를 드러내기 위해 조직되어야 한다는 주장이다. 허균은 이 견해를 선택한다. "상하의 정을 통하고, 도를 실어 전한다"는 그의 말은 언어의 의사소통적 기능에 대한 인식이며, 그는 이 논리의 근거로 공자(孔子)의 "말은 뜻을 전달할 뿐이다"라는 의미의 '사달(辭達)'을 인용했다.6) 그에 의하면 문장이란 "듣는 이로 하여금 그 가리키는 뜻을 환히 알게 해야 하는 것[使聞者曉然知其指意]"이기 때문이다.

의사소통을 방해하는 난해성은 분명히 비판의 소지가 있다. 그러나 난

---

5) 屠隆, 「文論」(『明代文學批評資料彙編(上)』, 臺北 : 成文出版社, 1978, 491면), "厥後歐蘇曾王之文, 大都出於韓子, 讀之可一氣盡也, 而翫之則使人意消. 余每讀諸子之文, 蓋幾不能終篇也."

6) 조동일 교수는 『한국문학통사』 3(3판), 지식산업사, 1994, 38면에서 性情論의 근거 비판이란 제목 하에 「문설」의 이 부분을 인용하고 "性과의 관계를 떠나서 情을 그 자체로 긍정하고자 했다"고 말하고 있는데, 「문설」의 情은 性情論의 맥락에서 읽을 것은 아니라고 생각된다. 이때의 정은 性과 대립 여부를 떠나, 事情, 意思 등의 의미로 이해된다.

해성이 반드시 비난받아야 할 것은 아니다. '장(章)에 갈고리를 달고 구(句)에 가시를 닮'으로 번역되는 '구장극구(鉤章棘句)' 역시 한유가 「맹교묘지(孟郊墓誌)」에서 제출한 견해다. 장은 단락, 구는 센텐스다. 곧 센텐스와 단락에 의사소통을 방해할 정도로 까다로운 수사적 장치를 의도적으로 베푸는 것이다. 여기서 난해성이 발생한다. 한유와 허균은 이 말을 부정적인 의미로 사용했지만, 이 말이 내포하고 있는 문제는 결코 단순하지 않다. '구장극구(鉤章棘句)'는 수사에 관련된 것인바, 수사는 한편으로 산문언어의 본질과 관련되어 있기 때문이다. 한 편의 산문에서 작자는 오로지 정보의 전달만을 의도하지는 않는다. 지적 인식이나 심미적 충격, 혹은 정서적 반응을 기대할 수도 있다. 작자의 복합적인 의도를 표현, 전달하기 위해서 상투적인 수사가 아니라 보다 특별한 수사적 조작을 가할 필요가 있고, 이것은 종종 난해성을 동반할 수도 있다. 이런 점에서 '구장극구(鉤章棘句)'의 수사학이 반드시 부정적인 것만은 아닌 것이다. 요컨대 구장극구와 문종자순은 모두 산문 창작방법상의 두 대립적인 견해를 대표하고 있는 것이다. 양자 중 허균은 산문언어의 의사소통적 기능을 우선시하였다.[7]

이제까지 검토한 바와 같이 허균은 산문언어의 의사전달적 기능을 우선적인 것으로 판단한다. 언어의 제일의적 기능이 의사소통에 있다는 점은 부정할 수 없다. 그러나 그 언어가 산문이고 또 문어(文語)라면, 문제는 결코 간단하지 않다. 객이 ③에서 여전히 반발하는 것도 나름대로의 이유가 있기 때문이다. 객의 반발은 고전적(古典的) 전범(典範)의 예에 근거한다. "좌씨(左氏)·장자(莊子)·사마천(司馬遷)·반고(班固)·창려(昌黎)·유주(柳州)·구양자(歐陽子)·소장공(蘇長公)을 보았는가? 그분들의 문장이 어찌 상어(常語)를 쓴 적이 있는가?"에 주목하자. 산문의 고전적 전범에 쓰인 언어는 상어(常語)가 아니라는 판단이다. 허균은 상어의 의미를 명확히 밝히고 있

___

7) 그러나 이것으로 산문언어의 '鉤章棘句'의 수사학을 묵살할 수 있는 것은 아니다. 즉 이것은 산문언어의 어떤 차원을 중요시하는가 하는 선택의 문제이지 是·非의 관계는 아니다.

지는 않다. 하지만 대체로 그의 당대(當代)에 통용되는 '한문'이란 언어의 어휘, 혹은 표현법을 의미하는 것으로 보인다. 즉 상어는 독자가 현실적으로 사용하는, 이해하기 쉬운 언어를 말하는 것이다.

객의 논리는 이렇다. 과거의 전범적(典範的) 작품들은 모두 난해하다. 그 난해성은 작품이 현재의 상어와는 다른 언어로 구축되어 있기 때문이다. 객의 주장은 문학의 언어─산문의 언어는 일상의 언어와 변별되는 특수한 언어라는 관념에 기초하고 있다. 여기에는 약간의 근거가 없지 않다. 한문으로 산문을 창작한다는 것은, 구어(口語)로부터 어휘와 통사구조를 가져오는 것이 아니라, 이미 문자로 고정된 과거의 텍스트에서 어휘와 통사구조를 차용하는 것을 의미한다. 결국 현재의 작품에 사용된 언어는 모두 과거의 텍스트에서 차용된 것이다. 이 한계는 한문이란 문어(文語)를 예술적 수단으로 선택하는 그 순간부터 결정된다. 예컨대 당송고문(唐宋古文)의 원본이라 할 수 있는 한유(韓愈)의 산문 역시 전에 없던 새로운 어휘를 만들어내었음에도 불구하고 그 절대다수는 선진양한(先秦兩漢) 산문으로부터 차용된 것이다. 객에 의하면 상어는 이러한 기성의 텍스트 바깥에 있는 언어이다. 현재 텍스트의 언어를 과거 텍스트의 언어로부터의 차용이라고 생각하는 객의 주장은, 시간의 흐름에 따른 언어환경의 변화와 언어의 변화를 고려하지 않은 편파적 견해이기는 하지만, 한문의 문어적 속성에 주목한 것으로 일정한 설득력을 갖는다.

『좌전』 등 전범적 텍스트가 상어를 사용하지 않았다는 객의 주장에 대해 허균은 ⑤에서 상어를 사용했다고 주장한다. 동일한 현상에 대한 대척적인 주장이 나온 것은 언어를 보는 관점 자체가 다르기 때문이다. 우하(虞夏)의 전모(典謨), 상(商)의 훈(訓), 주(周)의 삼서(三誓)・무성(武成)・홍범(洪範)은 『서경(書經)』의 각 편을 말한다. 『서경』은 산문의 원조이다. 그것은 성인(聖人)의 말씀이라는 관념과, 중국의 정치사상의 원류라는 점에서 산문의 비조라 할 수 있다. 문장의 지극한 경지란 말[文之至也]은 바로 이 점을 지적한 것이다. 그런데 『서경』의 문장, 예컨대 「우공(禹貢)」 같은 문장은 이루 말할 수 없을 정도로 간결하다. 간결한 언어에 담겨 있는 깊은 사상성 때문에 후대의 작가들은 암암리에 『서경』의 경지를 희구하였다. 그러나 『서경』은 주해 없이는 읽을 수 없을 정도로 난해하다. 이 지점에서 난해성에 대한 오해가 발생하게 된다. 즉 객은 선진양한 산문의 난해성을 전범적 텍스트의 고유한 성격으로 판단했던 것이다. 그러나 이 난해성은 『서경』의 원작자가 의도적으로 추구한 것이 아니라, 후대와의 시간적 상거에 따른 언어적 문화적 코드의 변화로 인해 발생한 것이었다. 허균의 말에서 '당세(當世)'란 원래 『서경』이 놓인 그 시간적 위치를 말하는 것으로, 그 시간적 위치에서 『서경』의 언어는 상어였을 뿐이었다. 그는 언어의 역사성보다 공시성(共時性)에 주목하여 객을 침묵시킨다.

이상에서 「문설」이 제기하고 있는 난해성은 어떤 맥락에서 제기된 것인가. 이것은 전에 없던 문제 제기다. 대개 이 문제는 중국 의고파의 의고적 창작론을 비판하는 것으로 해석되어 왔다. 허균 당시의 비평사를 고려한다면 허균이 비판 대상으로 삼고 있는 난해성은 과연 의고적 창작론에서 온 것일 수 있다. 대체로 산문의 난해성·평이성의 대립은 중국의 의고파(擬古派)와 당송파(唐宋派)의 대립에서 제기된 것이었고[8] 조선의 경우 16세기 말 중국으로부터 전후칠자(前後七子)―의고문파(擬古文派)가 수용되어 선진양한 산문을 창작의 전범으로 삼는 진한고문파(秦漢古文派)가 성립하면서부터 시작된다. 예컨대 의고문파의 최초 수용자였던 윤근수(尹根壽)는 중국인 웅화(熊化)에게 편지를 보내어 왕세정(王世貞)과 이반룡(李攀龍) 문집의 주해본을 구했던바, 이것은 왕(王)·이(李)의 문장을 읽을 때 발생하는 난해성을 해결하고자 한 것이었다.[9] 전후칠자의 수용으로 촉발된 난해성과 평이함은 이 시기 산문비평의 새로운 문제로 떠오르고 있었다. 정홍명(鄭弘溟)은 "문장은 艱과 易가 있을 뿐"이라고 하여 난해성의 문제를 압축적으로 제기하였으며, 의고적 창작론에 경도했던 유몽인(柳夢寅)과 조익(趙翼)의

---

8) 袁震宇·劉明今, 『明代文學批評史』, 上海古籍出版社, 1991, 255~256면.
9) 熊化, 「尹月汀樞府別狀」(『月汀集』 부록, 『韓國文集叢刊』 47, 311~312면) 참조.

산문비평론도 이 문제를 집중적으로 거론하고 있다. 즉 허균이 「문설」이 제기하고 있는 난해성은 바로 이런 비평사적 맥락에서 왔을 가능성이 높은 것이다.

그렇다면 허균의 난해성에 대한 비판은 곧장 의고문파에 대한 비판을 목적으로 하고 있는 것인가? 즉 재래의 논자들이 주장하듯, 허균은 난해성을 초점으로 삼아, 의고문파의 창작론, 나아가 의고파에 대한 전면적인 비판을 하기 위해 「문설」을 쓰고 있는 것인가. 그는 과연 반의고론자(反擬古論者)인 것인가.

3.

①허균의 주장은, 산문언어의 의사소통적 기능을 중시함으로써 난해성을 의도적으로 추구하려는 의도에 반대한 것으로 요약된다. 이것은 난해성에 대한 빙어적 논리일 뿐 적극적 대안은 아니다. 「문설」에서 가장 중요한 부분은 ⑦이다. ⑦이야말로 적극적 대안이고, 허균 산문창작론의 핵심이다.

객은 산문은 고전을 배워야 한다는 법고를 주장하되, 법고의 실천 방법으로 전범적 고전의 언어로 작품의 언어를 제한하고자 하였다. 동일하게 허균 역시 법고를 말한다. 다만 그 법고는 객의 그것과 사뭇 다르다. 허균은 '법고'의 원리가 편법(篇法)·장법(章法)·자법(字法)에 있다고 하는 바 그 의미는 무엇인가? 편·장·자는 산문의 언어조직의 제 층위를 말한다. 이것은 원래 편(篇)·장(章)·구(句)·자(字)의 4층위를 말하는 것으로, 현대어로 옮기면 작품 전체·패러그래프(단락)·센텐스·어휘가 된다. 어휘가 모여 센텐스를 이루고, 센텐스는 단락을 이루며, 단락은 작품 전체를 이루는 것이다. 각 층위는 층위마다 특수한 수사법이 있으니, 허균이 말하고자 하는 것은 바로 이것이다. 다만 허균은 구(句)는 말하고 있지만 구법(句法)은 별도로 설정하지 않고 있는데, 이유는 미상이다. ㉠을 다시 제시하여 세분하면 다음과 같다.

㉠ 篇有一意直下者, 或鉤連筦鑰者, 或節節生情者, 或鋪敍而用冷語結者, 或委曲繁瑣而有法者(편에는 한 뜻으로 곧장 써 내려 간 경우도 있고, 혹은 갈고리로 연결하여 열고 닫는 경우가 있고, 혹은 마디마디 정감을 일으키는 경우도 있고, 혹은 포서(鋪敍)하다가 냉어(冷語)로 맺는 경우도 있고, 혹은 자세하고 번쇄하면서도 법도가 있는 경우도 있다).

㉡ 章有井井不紊者, 有錯落而不雜者, 有若斷而承前綴後者, 有極冗有極短者, 有說不了者(장에는 정연하여 어지럽지 않은 경우도 있고, 뒤섞이되 잡되지 않은 경우도 있고, 끊어진 것 같지만 앞을 잇고 뒤를 동여 묶은 경우도 있고, 극히 말이 많거나 극히 말이 짧은 경우도 있고, 말을 채 끝을 내지 않은 경우도 있다).

㉢ 字有響處 · 幹處 · 伏處 · 收拾處, 疊而不亂處, 强而不弩處, 引而不費力處, 開闔處, 呼喚處(자에는 소리가 울리는 곳, 줄기가 되는 곳, 숨는 곳, 수습하는 곳, 겹치되 어지럽지 않는 곳, 억세지만 쇠뇌와 같지 않은 곳, 끌어당기지만 힘을 쓰지 않는 곳, 열고 닫는 곳, 큰 소리로 불러 외치는 곳이 있다).

㉣ 字不亮則句不雅, 章不妥則意不瀆. 二者備而乃可以成篇(자가 밝지 않으면 구가 아름답지 않고, 장이 편안하지 못하면 뜻이 통하지 않는다. 두 가지가 갖추어져야만 편을 이룰 수 있는 것이다).

위의 인용에서 나타나는 여러 비평어들은 이제까지 검토된 바 없고, 또 다분히 비유적이기 때문에 그 적확한 의미를 이해하기 어렵다. 대강 문맥에 따라 추리해 본다. 물론 앞으로 수정되어야 할 것이다.

㉠은 편법에 관한 것으로 1편의 작품 전체를 통어하는 작가의 의도에 따른 언어의 사용을 말하고 있는 것으로 보인다.[10] 작가의 의도, 주제가

---

10) 편법에 대한 설명은 산문수사학에서 충분하게 규정된 적이 없다. 사실 편법은 장법과

어떤 방식으로 작품의 전체적 차원에서 통어되어야 하는가를 말하고 있는 것이다. 허균은 편법으로 다섯 가지를 들고 있으나, 그 의미는 사실 모호하다. 예컨대 "一意直下者"란 아마도 처음부터 주제를 언표에 강렬하게 드러내어 작품 끝까지 밀고 나가는 경우이고, "鋪敍而用冷語結者"는 사건이나 사실만을 배치해 나가다가 문장의 끝에서 극히 간단한 말로 그야말로 '냉정하게' 주제를 압축하여 결론을 맺는 것으로 짐작된다.

ⓛ은 장법에 관한 것이다. 장법은 단락의 구성과 안배 방식을 말한다. "井井不紊"은 외견상 확연히 감지할 수 있는 질서에 따라 단락을 배치하는 것이다. 예컨대 사건을 시간적 순서에 따라 배열하거나, 주제를 합리화하기 위해 유사한 제재를 모아서 포치하는 것 등이 될 것이다. "錯落而不雜"은 "井井不紊"과는 대척적인 기법으로 필요에 따라 단락을 뒤섞는 것이다. 예컨대 사건의 시간적 순서와 서술의 차례를 뒤섞을 수 있는데, 이것은 무질서가 아니라 주제를 효과적으로 드러내기 위한 의도하에 이루어지는 것이므로 내적 질서를 갖기 마련이다. 이것을 "不雜"이라 한 것이다. "若斷而承前繳後"는 역시 전후 단락이 외견상 연관이 없는 것으로 보이나, 실제로는 내적인 연관성이 있는 경우로 짐작된다. "極冗有極短"은 단락의 언어량과 관련된다. 작품은 중심제재와 종속제재로 구성되는바, 중심제재의 언어량과 종속제재의 언어량은 다소의 차이를 낳기 마련이다. 이것은 사건의 시간량, 대상의 크기와는 상관없다. 예컨대 『사기(史記)』「항우본기(項羽本紀)」의 '홍문지연(鴻門之宴)'은 하룻저녁의 사건에 불과하지만, 서술 언어의 양은 복잡한 과정을 거치고 오랜 시간이 걸렸을 각종 전투를 간단히 "모처(某處)를 공격하여 함락시켰다"는 것과 견주어 볼 때 극히 많다.

ⓒ의 자법은 작가의 의도에 따라 센텐스나 단락 속에 어휘를 안배하는 방식이다. 자법 역시 다양한 방식을 갖고 있으나, 허균이 말하는 자법은 작품을 구성하는 어휘의 그물망 속에서 작자의 의도에 의해 결정되는 어

구분하기 어려우며, 장법에 편법이 포함된다.

휘의 위치와 기능에 관계된 것이다. "響處·幹處·伏處·收拾處·疊而
不亂處·强而不弩處·引而不費力處·開闔處·呼喚處" 등은 정확한 의
미를 알 수 없지만, 거개 작자의 의도와 주제에 따라 안배된 어휘의 선택
과 위치, 기능에 대한 언급들이다. 예컨대 '울리는 곳[響處]'은 특별히 주
목해야 할 어휘이며, '복처(伏處)'는 복선의 역할을 담당하는 어휘이며, '수
습처(收拾處)'는 복선의 설정을 납득하게 하는 어휘이다. '개합처(開合處)'는
'여는 곳'과 '닫는 곳'을 말한다. 즉 정제(正題)와는 상관없이 보이는 것이
여는 곳이고, 다시 정제로 돌아가는 것을 닫는 곳이라 한다. 요컨대 자법
은 한 편의 산문 내에 존재하는 어휘의 선택, 위치, 기능에 관계되는 기법
이다.

편과 장과 자의 운용은 그 층위 내의 특수한 방법이 있지만, 동시에
편·장·구·자의 상호간 관계 역시 긴밀하게 연관된다. ㉣은 바로 편·
장·구법이 독립적으로 존재하는 것이 아니라 상호간 유기적 연관을 맺고
있음에 대한 언급이다.

객이 산문에 사용되는 언어의 고(古)·금(今), 즉 산문언어의 기원을 준거
로 삼아 산문의 예술적 성취를 논하고 있다면, 허균은 이와는 전혀 다른
차원인 편·장·구·자란 산문언어의 4층위에서 언어의 운용, 혹은 조직
방법에 주목하고, 법고의 대상은 바로 언어의 운용과 조직 방법에 있음을
주장한다. 법고의 대상이 산문언어의 편·장·구·자 4층위에서 언어의
운용, 조직 방법에 있다는 허균의 주장은 현대 수사학에서 이미 상식화된
것들이다. 하지만 비평사의 맥락에서 본다면, 편·장·구·자의 구분과 그
수사학은 허균의 「문설」에 최초로 보이는 것이다.

「문설」을 거론하는 논자들은 ②④⑤만 집중적으로 인용하여 허균 산문
론의 반의고적(反擬古的) 성격과 개성(個性)의 주장을 도출해 내었고, 이 부
분 ⑦을 의도적으로 외면해 왔다. 그러나 「문설」 전체의 맥락에서 볼 때
⑦이야말로 허균 산문론의 결론이자 정수에 해당한다. 그런데 이 부분은
창작에 있어서 작가의 개성을 주장하는 논리가 아니다. 그것은 작품에서

의 언어의 운용이라는 차원에 주목하고 있는 것이다. 「문설」은 결코 의고적 창작론을 비판하여 작가의 개성을 추구해야 한다는 주장을 펴고 있지 않은 것이다.

②편·장·구·자의 수사학은 뒷날 김창협(金昌協)이 왕세정(王世貞)·이반룡(李攀龍)의 의고적(擬古的) 창작론을 비판하는 방편으로 언급하는바, 허균의 편·장·(구)·자법은 김창협에 비해 거의 1세기를 앞선 것이다. 그렇다면, 허균이 새롭게 착목한 편·장·구·자의 수사학은 허균의 독창인가? 이 점을 검토해 보자.

편법·장법·구법·자법은 분명히 산문비평 용어이나, 한국비평사에서 허균 이전에는 용례를 찾기 어렵다. 그렇다면 허균은 이 용어들을 어디서 취하고 있는가? 그 가능성을 탐색해 보자. 먼저 구법(句法)이란 말을 예로 들어본다. 여조겸(呂祖謙, 1137~1181)의 산문선집이자 비평서인 『고문관건(古文關鍵)』의 소동파의 「순경론(荀卿論)」에 대한 평어(評語)에 구법(句法)이란 말이 나오고 있으니,[11] 이 말은 이미 송대(宋代)에 산문비평에 쓰이고 있었다. 그리고 여조겸의 제자인 누방(樓昉)이 엮은 『숭고문결(崇古文訣)』[12]에도 구법에 대한 언급이 있으니, 한유(韓愈)의 「유주라지묘비(柳州羅池廟碑)」, 소순(蘇洵)의 「심세(審勢)」를 평하면서 구법이란 용어를 구사하고 있다.[13]

여조겸 이후로는 사방득(謝枋得, 1229~1289)이 장법·구법·자법을 언급한다. 말할 것도 없이 한문학 전공자에게 상식이 된 『문장궤범(文章軌範)』

---

11) "此篇前罵後畧, 取綱目在不敢放言上面平說來, 雖是平說, 如有規矩, 一句亦有句法."

12) 정식 명칭은 『迂齋先生標註崇古文訣』이다. 편자인 樓昉은 紹熙(1190~1194) 연간에 진사시에 급제한 인물이다. 대개 先秦부터 송대까지의 명문 2백여 편을 모으고, 작품마다 비평을 가한 책이다. 여조겸의 『문장관건』을 계승하였으되, 보다 발전적인 책으로 평가된다. 紀昀 等 「崇古文訣提要」, "陳振孫書錄解題稱 : '其大畧如呂氏關鍵, 而所錄自秦漢而下至於宋朝, 篇目增多, 發明尤精, 學者便之.'"

13) "敍事有倫, 句法矯健, 中含譏諷之意"(「柳州羅池廟碑」); "看他筆勢句法, 回護轉換救首救尾之妙縱橫之習亦見於此"(「審勢」)

이 바로 그 책이다.『문장궤범』은 수록 작품에 약간의 평어를 붙이고 있는데, 많지는 않지만, 장법·구법·자법에 관한 언급이 있다. 인용하면 다음과 같다.

> 장법(章法)·구법(句法)·자법(字法)이 모두 좋다.14)
> —柳宗元의「送薛存義序」에 대한 평어

이 한 편은 다 해 보았자 6백 20여 자지만, '명(鳴)' 자를 40번이나 쓰고 있다. 하지만 읽는 사람이 그것이 번다함을 느끼지 못하는 것은 어째서인가? 句法의 변화가 무릇 29가지인데, 갑자기 꺾이는 곳[頓挫], 오르내리는 곳[升降] 하는 곳, 나타났다 숨었다 하는 곳[起伏], 억눌렀다가 드러내었다 하는 곳[抑揚], 겹겹의 산봉우리와 같은 곳[層峰疊巒], 놀란 파도가 치는 듯한 곳[驚濤怒浪]이 있어, 한 구(句)도 (그 기능이) 해이한 곳이 없고, 한 글자도 더러운 먼지 같은 것이 없어 읽으면 읽을수록 기뻐할 만하다.15)

> —韓愈의「送孟東野序」에 대한 평어

위의 인용에서는 편법에 대한 언급은 없지만, 장법·구법·자법이 한 세트로 쓰이는 것을 보아, 편법에 대한 의식이 있었음을 추리할 수 있다. 거슬러 올라가면 적어도 사방득의 시대에는 1편의 산문을 편·장·구·자 4층위로 나누고, 각 층위의 수사학을 의식했던 것을 짐작할 수 있다.16)

한 편의 산문을 편·장·구·자로 나누고 산문에 대한 수사학적 비평을 본격적으로 전개한 것은, 이제까지 검토한 바와 같이 송대(宋代)다.17) 그리

---

14) "章法·句法·字法皆好."

15) "此篇凡六百二十餘字, 鳴字四十, 讀者不覺其繁, 何也? 句法變化, 凡二十九樣, 有頓挫有升降有起伏有抑揚, 如層峰疊巒, 如驚濤怒浪, 無一句懈怠, 無一字塵埃, 愈讀愈可喜."

16) 魏天應(위천응은 사방득의 제자)의『論學繩尺』에도 '구법'이란 말이 산문비평 용어로 쓰이고 있다(1회).

17) 紀昀 등,「崇古文訣提要」, "宋人多講古文, 而當時選本存於今者不過三四家." 송나라 사람들이 고문에 대해 비평적 논의를 많이 하기 시작하여 散文選集과 산문비평서를 엮었던 바, 四庫全書를 엮을 때까지 남은 책은 3, 4종에 불과했다는 것이다.

고 산문비평, 수사학에 대한 관심의 결과가 산문선집이자 비평서인 여조겸의『문장관건』, 진덕수(眞德秀)의『문장정종(文章正宗)』, 사방득의『문장궤범』, 누방의『숭고문결』등 후대까지 전해지는 저작으로 나타났던 것이다. 산문비평과 수사학에 대한 관심은, 송대에 이미『문칙(文則)』(陳騤),『문장정의(文章精義)』(李耆卿)으로 정리되고, 원대(元代)에 오면『문설(文說)』(陳繹),『수사감형(修辭鑑衡)』(王構),『작의요결(作義要訣)』(倪士毅)과 같은 널리 알려진 편저작(編著作)을 낳는다. 원대에 오면 편·장·구·자법에 대한 관심은 거의 일반화된 느낌이 있을 정도다.[18] 급기야 명대에 와서는 비평서 혹은 비평문에서 흔히 보이는 문자가 된다.[19]

문제는 조선(朝鮮) 쪽이다. 적어도 허균 이전에는 조선에서 편·장·구·자를 말하는 산문비평은 없었다. 허균이 최초인 것인데, 과연 허균은 이 용어를 어디서 빌어왔던 것인가? 이 의문을 다음 문제와 같이 해명하기로 하자. 허균이 편법·장법·자법을 나름대로 해설하는데, 거기에 주목할 만한 용어들이 있다. 골라보면 이렇다.

㉠ 鉤連·筦鑰·鋪敍, '用冷語結'
㉡ 響處·幹處·伏處·收拾處·開闔處·呼喚處.

이와 아울러『한비자(韓非子)』·『손자(孫子)』에 대한 다음과 같은 평어도

---

18) 예컨대 다음의 인용을 보라. 사방득의『문장궤범』의 篇法·章法·句法·字法과 산문의 각종 수사법을 말하고 있다. 程端禮(元),『讀書分年日程』卷2「讀韓文」, "先鈔讀西山『文章正宗』內韓文議論·敍事兩體華實兼者七十餘篇. 要認此兩體分明, 後最得力, 正以朱子考異, 表以所廣謝疊山批點(篇法·章法·句法·字法備見), 自熟讀一篇或兩篇, 亦須百徧成誦, 緣一生靠此爲作文骨子故也. 旣讀之後, 須反覆詳看, 每篇先看主意, 以識一篇之綱領, 次看其叙述·抑揚·輕重·運意·轉換·演證·開闔·關鍵·首腹·結末·詳畧·淺深·次序, 旣於大段中看篇法, 又於大段中分小段看章法, 又於章法中看句法, 句法中看字法, 則作者之心不能逃矣. ……"
19) 예컨대 산문비평어로서의 '구법'이란 용어는『文說』(元)과(3회),『作義要訣』(元)에도 사용되고 있다(1회). 요컨대 송·원대의 산문창작서에는 이미 산문을 편·장·구·자 4 층위로 나누고, 이에 대한 법을 의식하고 있었던 것인데, 이것은 명대에 오면 상당히 보편화된 것으로 보인다.

함께 다룰 필요가 있다.

　「세난편(說難篇)」·「팔간편(八奸篇)」은 더욱 좋다. 시험삼아 개합(開闔)·억양(抑揚)·치돈(馳頓)·석선(析旋)하는 곳을 보면, 몰래 후세 작문하는 사람들에게 관쇄(筦鎖)·작결(繳結)의 법의 단서를 열어주고 있다. 고문은 처음에 질박했으나, 『한비자』에 와서 기모(機謀)가 있게 되었다.[20]

—『韓非子』에 대한 평가

　그 문장은 관쇄(筦鎖)·벽합(闢闔)하는 곳이 있어 마디마디 정감을 일으킨다. 선진 제자의 문장 중에서 한비(韓非)와 손무(孫武)가 으뜸가는 작자로서, 그들의 간절하고 명핵(明核)한 성취는 미칠 수 있는 경지가 아니다.[21]

—『孫子』에 대한 평가

　앞의 「문설(文說)」에 나온 말에 개합(開闔)·억양(抑揚)·치돈(馳頓)·석선(析旋)·관쇄(筦鎖)·작결(繳結) 등을 추가할 수 있다. 모두 산문의 수사법이다. 물론 오로지 산문비평에만 쓰이는 용어라고 단정할 수는 없지만,[22] 그럼에도 불구하고, 산문비평에 빈번하게 쓰여 거의 산문비평 용어가 된 것들이 있다. 위에서 그 예를 찾자면, 개합·억양·작결·포서 등이 바로 그런 것이다. 이 중에서 원래의 소속처가 확인되는 말을 검토해 보자. 개합(開闔), 억양(抑揚)은 앞서 들었던 여조겸의 『고문관건(古文關鍵)』의 「삼국론(三國論)」의 평어에 나오고 있으며,[23] 『숭고문결(崇古文訣)』에도 대단히 빈번하게 사용된다.[24] 『논학승척(論學繩尺)』[25]에도 쓰이는데,[26] 모두 산문의

---

20) 許筠, 『惺所覆瓿藁』 卷13(『韓國文集叢刊』 74), 251면. "其說難·八奸篇尤好. 試看其開闔, 其抑揚, 其馳頓析旋處, 默啓後世爲文者筦鎖繳結之端, 古文初質, 至是而有機謀矣."

21) 許筠, 『惺所覆瓿藁』 卷13(『韓國文集叢刊』 74), 252면. "其文有筦鎖闢闔處, 節節生情. 先秦諸子文, 韓非與孫武, 最是作家, 至其簡切明核, 則非所及也."

22) 예컨대 '울리는 곳[響處]'라고 했을 때 이 말이 오로지 산문비평에만 쓰이는 것은 아니다.

23) "此篇要看開闔·抑揚法."

24) 예컨대 蘇洵의 管仲에 대한 다음 평어를 보라. "老泉諸論中惟此論最純正開闔抑揚

수사기법이다. 구체적인 예는 생략하겠다.

　명대(明代)에 들어서면, 개합(開闔)은 산문을 논하는 자리에서 예사로 쓰이는 말이 된다. 예컨대 이동양(李東陽)의 『회록당시화(懷麓堂詩話)』, 이몽양(李夢陽)의 『공동집(崆峒集)』, 왕신중(王愼中)의 『준암집(遵巖集)』, 당순지(唐順之)의 「동중봉시랑문집서(董中峯侍郞文集序)」, 모곤(茅坤)의 『당송팔대가문초(唐宋八大家文鈔)』 등에 널리 보인다.27) 이 중에서도 이동양·이몽양, 『준암집』 등은 다른 수사법 용어와 함께 쓰여 이 용어가 산문비평어로서 함께 널리 쓰이고 있음이 확인된다.

　앞에 제시했던 모든 용어의 유래를 확인할 필요는 없다. 다만 이 말이 산문비평 용어로 쓰인 것을 확인하기 위해서 예를 든 것일 뿐이다. 이제 다른 용어의 근거를 찾아보자. 앞서 「문설(文說)」에 나왔던 '포서(鋪敍)'란 말이 산문비평에 쓰인 이른 용례로 『고문관건』을 들 수 있다. 여조겸은 '총론'에서 문장을 보는 법을 논하는데, 제3항에서 강목의 관건을 보라면

之妙, 責得管仲最深切, 意在言外." '開闔'은 『崇古文訣』의 작품 평어에 12번이나 쓰이고 있다.

25) 『論學繩尺』 10권은 宋의 魏天應이 엮고, 林子長이 주해한 것이다. 위천응은 京學教諭를 지낸 인물이다. 이 책은 송대의 과거 시험과목인 論을 짓는 법을 논한 것이다. 책머리에 「論訣」 1권이 있어, 論의 작법을 총괄하고 있고, 나머지는 작품을 들어 평어를 덧붙이는 방식을 취하고 있다.

26) 張定甫, 「管仲如其仁」의 말미에 있는 다음 평어를 보라. "前篇說不及二字, 是冷語發明. 此篇說不能過三字, 尤有判斷. 兩篇俱出蔡迂齋之手, 文勢開闔抑揚自是一家機軸."

27) 李東陽, 『懷麓堂詩話』, "詩用實字易, 用虛字難. 盛唐人善用虛, 其開合·呼喚·悠揚·委曲皆在於此. 用之不善則柔弱緩散不復可振, 亦當深戒. 此予所獨得者, 夏正夫嘗謂人曰李西涯專在虛字上用工夫如何當得予聞而服之."; 李夢陽, 『崆峒集』 卷62 「答周子書」, "今其流傳之辭如摶沙弄泥渙無紀律, 古之所云開闔·照應·倒揷·頓挫者一切廢之矣. 僕竊憂之然莫之敢告也."; 王愼中, 『遵巖集』 卷9 「義則序」, "觀義之爲文, 其言不踰數百而其首末具有定法, 宜無所藏其變, 由先生之評觀之, 則其正反·開闔·抑揚·唱諾·順逆·周折·騁控·張歙, 其變不窮而文之情狀極矣."; 茅坤, "此文中多名言但一段段自爲文節, 蓋按古兵法與傳記而雜出之者, 非通篇起伏·開闔之文也."『唐宋八大家文鈔』의 蘇老泉, 「心術」에 대한 茅坤의 비평임; 唐順之, 「董中峯侍郎文集序」(賀復徵 編, 『文章辨體彙選』 卷307), "然而其聲與氣之必有所轉, 而所謂開闔·首尾之節凡爲樂者莫不皆然者則不容異也."

서 이렇게 말하고 있다.[28]

> 어떤 곳이 주의(主意)의 수미(首尾)가 상응하는 곳인가, 어떤 곳이 포서(鋪叙)
> 의 차례인가, 어떤 곳이 억양(抑揚)하고 개합(開合)하는 곳인가?[29]

'포서(鋪叙)'란 말을 쓰고 있음이 확인된다. 실제 여조겸은 『고문관건』의
실제 작품 비평에서 '포서'란 말을 4번 구사하고 있다. 또 '포서'가 억양과
개합이란 용어와 같이 쓰이고 있음에 주목할 필요가 있다. 즉 이런 용어들
은 이미 송대 산문비평에 널리 사용되고 있었던 것이다. 물론 '포서'는
『숭고문결(崇古文訣)』과 『논학승척(論學繩尺)』에도 쓰이고 있으며[30] 명대에
도 당연히 산문비평어로 구사된다. 요컨대 포서·개합·억양 등의 산문의
수사학에 인식과 용어들은 송대에 발생하여, 원대를 거쳐 명대까지 확산
되고 있었던 것이다.

이제 앞의 문제로 돌아가자. 허균이 편·장·구·자법과 개합이니 포서
니 하는 말을 산문비평어로 구사하고 있는 이상, 그것의 출처는 아무래도
전문적인 산문비평서일 수밖에 없다. 그러나 개합과 억양, 포서 등은 산문
비평에서 널리 쓰이는 용어이니, 특정한 텍스트로 한정하기란 사실상 어
렵다. 따라서 비교적 용례가 적은 쪽을 선택하여 접근할 필요가 있다. 예
컨대 허균이 구사하는 '작결(繳結)'이란 말은 '끝을 맺는다'는 뜻의 산문비
평어이지만, 개합이나 억양처럼 용례가 많지는 않다. 이 '작결'이란 말의
내력을 탐색해 보자.

---

28) 「總論看文字法」, 첫째는 대강의 주장을 볼 것[第一看大槪主張], 둘째는 文勢의 규
   모를 볼 것[第二看文勢規模], 셋째는 綱目의 關鍵을 볼 것[第三看綱目關鍵]을 차례
   로 말하고 있다.

29) "如何是主意首尾相應, 如何是一篇鋪叙次第, 如何是抑揚開合處."

30) 『崇古文訣』은 劉向의 「封事」에 대한 비평에서 이 말을 사용한다. "鋪叙有倫, 首尾
   相應, 又須要看向所處是何地位味其書詞方知其忠愛懇惻之意與他人不同." 『論學繩
   尺』의 「論訣」·'諸先輩論行文法'에서 "戴公(溪)云…… 立論講題是鋪叙有條處"라 하
   고 있다. 이하 論의 구성에 있어서 '鋪叙'란 말을 2번 더 쓰고 있다.

작결이 최초로 쓰인 산문비평서는 『고문관건(古文關鍵)』으로 '총론'의 4번째 항—경책구를 보는 법[第四看警策句法]에 다음과 같은 말이 나온다.

> 어떤 곳이 한 편의 경책처(警策處)인가, 어떤 곳이 하구(下句)·하자(下字)가 힘이 있는 곳인가, 어떤 곳이 기두(起頭)·환두(換頭)가 아름다운 곳인가, 어떤 곳이 작결(繳結)이 힘이 있는 곳인가, 어떤 곳이 융화(融化)·굴절(屈折)·전절(剪截)이 힘이 있는 곳인가, 어떤 곳이 실체가 제목에 꼭 맞는 곳인가?[31]

위의 용례와 아울러 여조겸은 '작결(繳結)'을 실제 작품 비평에 사용하고 있다. 구양수(歐陽修)의 「춘추론(春秋論)」과 「태서론(泰誓論)」에 대해 비평하면서 '작결(繳結)이 극히 좋다'는 평어를 남기고 있는 것이다.[32]

이 외에 '작결'은 『논학승척(論學繩尺)』에 1번, 예사의(倪士毅; 元)의 『작의요결(作義要訣)』에도 2번 쓰이고 있다.[33] 그런데 작결은 명대의 비평용어로는 거의 사용된 예가 없다. 그렇다면 허균은 이 용어를 아마도 위에서 송·원대의 산문비평서에서 빌어 왔을 가능성이 높다. '냉어(冷語)'란 말을 검토한 뒤 이 문제를 재론하자.

'냉어(冷語)'가 비평용어로 쓰인 것은 『논학승척(論學繩尺)』뿐인데, 여기에

---

31) "如何是一篇警策, 如何是下句下字有力處, 如何是起頭·換頭佳處, 如何是**繳結**有力處, 如何是融化屈折剪截有力, 如何是實體貼題目處."

32) "**繳結**極好, 移易不動與泰誓同"(「春秋論」에 대한 평어), "**繳結**極好, 移易不動與春秋論結同"(「泰誓論」에 대한 평어).

33) 魏天應, 『論學繩尺』 「論訣」, "諸先輩論行文法 "東萊呂公云, 論各有體, 或淸快, 或壯健, 不可律看. 做論有三等. 上焉藏鋒不露, 讀之自有滋味; 中焉步驟馳騁, 飛沙走石; 下焉用意庸庸, 專事造語. 看論, 須先看主意, 然後看過接處, 論題若玩熟, 當別立新意說作論要首尾相應及過處有血脈, 論不要似義方要活法圓轉論之段片, 或多必須一開一合方, 有收拾論之繳結處須要着些精神要斬截論之轉換處須是有力不假助語而自接連者爲上若他人所詳者我畧他人所畧者我詳題常則意新意常則語新意深而不晦句新而不怪筆健而不粗語新而不常."; 倪士毅, 『作義要訣』 「自序」, "按宋初因唐制取士, 試詩賦, 至神宗朝王安石爲相, 熙寧四年辛亥, 議更科擧法, 罷詩賦, 以經義論策試士, 各占治詩書易周禮禮記一經, 此經義之始也. 宋之盛時, 如張公才叔自靖義正今日作經義者所當以爲標準. 至宋季則其篇甚長, 有定格律, 首有破題, 破題之下有接題, 有小講, 有**繳結** ……"

'이냉어결(以冷語結)'이란 말이 나온다.34) '이냉어결(以冷語結)'은 허균 「문설」의 '용냉어결(用冷語結)'과 사실상 같은 말이다. '以'와 '用'은 원래 같은 의미의 말로, '用'을 쓰면 '사용한다'는 동사로서의 의미가 보다 명확해질 뿐이다. 그렇다면 허균은 『논학승척』에서 이 말을 차용한 것인가.

위에서 든 여러 책들 중에서 허균이 구사한 용어들은 대개 송대(宋代) 원대(元代)의 책에 이미 쓰이고 있었고, 명대(明代)에도 적지 않게 사용되었다. 냉어와 작결을 제외하면 다른 용어들은 명대의 작가, 비평서들이 허다하게 사용하고 있는 것들이다. 특히 당송파의 작가들이 그렇다. 따라서 허균은 그가 알고 있었던 왕신중(王愼中)·당순지(唐順之)·모곤(茅坤)·귀유광(歸有光) 등에게서 그 용어와 논리를 차용했을 가능성이 있다. 하지만 허균의 비평적 사유에서 당송파(唐宋派) 작가의 영향력이란 것은 거의 포착이 되지 않고 있으며, 또 허균의 당대에는 당송파 비평의 강력한 선전도구였던 『당송팔대가문초(唐宋八大家文鈔)』가 수입되어 있지 않았다. 이런 이유로 허균의 산문비평에 관한 용어들은 당송파가 아닌 다른 곳에서 빌어 왔을 가능성이 높다. 허균이 읽었으리라 생각되는 산문선집가 산문비평서를 검토해 보자. 허균 이전 조선에서 인쇄된 서적이 아마도 가능성이 높을 것이다.

> 謝枋得, 『文章軌範』―임진왜란 이전에 이미 『故事撮要』의 八道冊版目錄에 전라도 전주·나주, 경상도 영주·밀양, 충청도 홍주에 목판이 있었다.
> 眞德秀, 『文章正宗』―세종 2년 庚子字本이 있고, 명종 11년에 다시 간행되었다.

이런 산문선집은 앞서 검토한 바와 같이 '開闔'과 같은 산문 수사법을 소개하고 있었다. 그러나 보다 본격적인 것은 전문적인 산문수사학을 담

---

34) ① "或短中求長或衆中拈一, 或以冷語結, 或以經句結, 但末稍文字最嫌軟弱, 更須百丈竿頭復進一步"(「論尾」), ② "前篇說不及二字是冷語."(「量錯不能過崔寔」의 평어)

고 있는 책이라고 생각된다. 허균 이전에 조선에서 발행된 산문수사학 서적은 다음과 같다.

> 呂祖謙, 『古文關鍵』－중종 37년(1542) 수입되어 간행됨.[35]
> 樓昉, 『崇古文訣』－중종 30년(1535) 간행.[36]
> 吳訥, 『文章辨體』－명종 10년(1555) 간행.[37]
> 高琦(嘉靖年間) 編, 『文章一貫』(원저 1527년 간행)－明宗 연간(1546~1567)
> 에 간행됨.

허균의 집안은 아버지 허엽(許曄), 형 허성(許筬)·허봉(許篈)이 모두 고위 관료를 지낸 당대의 명문 사환가(仕宦家)이니, 국가에서 인쇄, 발행한 서적을 쉽게 접할 수 있었을 것이고, 그 결과 이런 서적에서 편·장·구·자법과 산문수사학에 대한 지식을 얻어 「문설」에 응용했다고 보아도 무리는 아닐 것이다. 이 중에서도 1527년 명나라에서 간행되고, 명종 연간 조선에서 간행된 『문장일관(文章一貫)』은 허균의 「문설」에 보이는 수사학의 출처를 추리하는 데 있어 각별히 중요하다.

앞에서 '냉어(冷語)로 끝을 맺는다'는 부분의 출처는 『논학승척(論學繩尺)』 하나뿐이라고 했는데, 『논학승척』이 조선에서 인쇄되거나 읽힌 흔적은 찾기 어렵다.[38] 그렇다면 '냉어로 끝을 맺는다[用冷語結]'이란 말은 어디서 차용된 것인가. 허균이 접했으리라 생각되는 책을 찾는다면, 『문장일

---

35) 이 책은 중종 37년 5월 7일에 예조판서 金安國의 건의로 인쇄가 허락되었다. 같은 날의 『중종실록』을 보면, 김안국은 교서관에서 여러 종류의 서적을 인쇄할 것을 요청해 중종의 허락을 받고 있는데, 그 중 『古文關鍵』에 대해서는 이렇게 말하고 있다. "『고문관건』은 東萊先生 呂祖謙이 前賢이 選集한 고금의 글을 批註하여 학자의 모범이 되게 한 것으로 『古文眞寶』나 『文章軌範』과 같습니다. …… 이 책들은 잘못된 글자가 많으니, 홍문관을 시켜 상세히 교정하여 校書館에 맡겨 박아 내는 것이 어떻겠습니까?"

36) 金斗鍾, 『韓國古印刷技術史』, 探求堂, 1995, 193면. 35권 10책이다. 日本 蓬左文庫, 규장각 등에 소장되어 있다.

37) 金斗鍾, 위의 책, 149면. 李仁榮 淸芬室, 국립중앙도서관 소장.

38) 篇·章·句·字法과 산문수사학, 繳結 등의 용어를 구사한 程端禮의 『讀書分年日程』도 인쇄되거나, 읽힌 흔적을 찾기 어렵다.

관』이 유일하다. 『문장일관』은 1527년 고기(高琦)와 오수소(吳守素)[39]가 과
거의 산문수사학 서적과 기타 산문수사학에 대한 제가의 언급을 편집한
전문적인 산문수사학 서적이다.[40] 이 책은 명종 연간에 우리나라에서 다
시 인쇄되었고, 그 간본이 현재 규장각에 소장되어 있다.[41] 상·하권으로
나뉘어져 있는데, 각 권의 내용은 다음과 같다.

> 서문―程默(1527)
> 상권―立意, 氣象, 篇法, 章法, 句法, 子法
> 하권―起端, 敍事, 議論, 引用, 譬喩, 含蓄, 形容, 過接, 繳結
> 후서―程默(1527)

　각별히 주목해야 할 것은 상편의 6항 중 편법·장법·구법·자법이다.
편·장·구·자법을 이렇게 전면에 드러내어 놓고 문장의 층위에 따른 수
사법을 논한 서적은 『문장일관』이 최초다. 서문과 발문을 쓴 정묵(程默)은
편·장·구·자법을 다음과 같이 중요하게 여기고 있다.

> 뜻이 서지 않으면 허망하고, 기(氣)가 충일하지 않으면 위축되고, 편·장·
> 구·자가 정제되지 않으면 흐릿해진다. 내가 이에 기단(起端)을 세워 문장을 시
> 작하고, 서사(敍事)로 끌고, 의론(議論)으로 넓히고, 인용(引用)으로 채우고, 비
> 유(譬喩)로 일으키고, 함축(含蓄)으로 깊게 하고, 형용(形容)으로 밝게 드러내고,

---

39) 高琦와 吳守素는 1526년(嘉靖 5년)에 進士試에 합격한 인물이다. 그 외 생몰년대와
　　행적은 미상이다.
40) 『文章一貫』의 인용서는 다음과 같다. 『唐子西語錄』, 『麗澤文說』, 『墨客揮犀』 4, 『捫
　　蝨詩話』, 『文章精義』, 『文筌』, 『文則』, 『步里容談』, 『宋子京筆記』, 『修辭鑑衡』, 『呂
　　氏童蒙訓』, 『緯文瑣語』, 『潛溪詩眼』, 『場屋準繩』, 『張橫浦日新』, 『蒲氏漫齋語錄』,
　　『皇朝類苑』, 『后山詩話』. 개별 인명으로 인용된 문인·비평가는 다음과 같다. 歐陽起
　　鳴, 裴度, 福堂李先生, 福堂李先生, 謝疊山, 黃山谷, 宋景文公, 呂居仁, 吳鎰, 吳琮,
　　遙禹, 魏文帝, 張文潛, 朱文公, 陳同父, 陳亮, 陳止齋, 鄒道卿. 강조된 책은 모두 전문
　　적인 산문수사학 책이다.
41) 1책(42장)의 고활자본(乙亥字)이다. '宣賜之記' '弘文館'이란 圖書가 찍혀 있다. 필사
　　본도 있다.

과접(過接)으로 묶고, 작결(繳結)로 완성한다. 아홉 가지 법이 베풀어진 뒤에야 문체(文體)가 갖추어지고, 문체가 갖추어진 뒤에야 뜻을 전달할 수가 있다.[42] (서문)

문장의 편·장·구·자는 집[室]의 의이(扆庡)이자 이질(篋梜)이고, 문장의 기단(起端)은 집을 계획해서 짓는 것이고, 문장의 작결(繳結)의 결구(結構)이고, 문장의 서사·의론·인용·비유·함축·형용·과접, 집의 포치(布置)·체선(締繕)이니, 법도가 없을 수 없는 것이다.[43] (후서)

편·장·구·자를 문장 수사학의 중요한 요소로 고려하고 있는 것이다. 여기에 더하여 하권 9항목 중 맨 마지막 항목을 보라. '작결(繳結)'이다. 그리고 서문과 후서에 모두 작결을 결론이란 의미로 사용하고 있지 않은가. 더 흥미로운 것은 '작결'을 설명하는 데 '냉어(冷語)'란 말을 사용하고 있다는 것이다. 해당 부분을 인용한다.

작결 제구……혹 앞에서는 기리고 뒤에서는 폄하하며, 혹 앞에서는 억누르고 뒤에서는 드날리며, 혹 짧은 것 가운데서 긴 것을 찾고, 혹 여러 개 중에서 하나를 집어내고, 혹은 '냉어로 맺고[以冷語結]' 혹은 경구(經句)로 맺되, 맨 끝의 문자는 연약한 것을 가장 꺼리므로, 다시금 백척간두에서 한 걸음을 더 내딛어야 할 것이다.[44]

보는 바와 같이 허균이 「문설」에서 구사하고 있는 '냉어(冷語)'의 출처는 『문장일관』일 개연성이 매우 높다.[45] 허균의 바로 앞 시대에 출판된 책에

---

42) "意不立, 則罔; 氣不充則萎; 篇章句字不整, 則淆. 吾於是立起端以肇之, 敍事以揄之, 議論以廣之, 引用以實之, 譬喩以起之, 含蓄以深之, 形容以彰之, 過接以維之, 繳訣以完之. 九法擧而後, 文體具, 體具而後, 用達."(서문)

43) "文之篇章句字, 室之扆庡篋梜也; 文之起端, 室之經始也; 文之繳訣, 室之結構也. 文之敍事·議論·引用·譬喩·含蓄·形容·過接, 室之布置締繕也, 莫不有規거存焉."(후서)

44) "或先襃後貶, 或先抑後揚, 或短中求長, 或衆中拈一, 或以冷語結, 或以經句結, 但末稍文字最嫌軟弱, 更須百尺竿頭, 復進一步."

45) 『文章一貫』은 이 부분을 '止齋'의 말에서 인용하고 있다. 止齋는 宋의 陳傅良의 號

편(篇)·장(章)·구(句)·자법(字法)과 작결(繳結), '이냉어결(以冷語結)'이란 문자를 동시에 만족시키는 책은『문장일관』이 유일한 것이다. 이럴진대 허균이『문장일관』을 읽고 응용했다고 보아도 무방할 것이다.

『문장일관』을 비롯한 산문선집과 산문수사학 서적은 허균 이전에 이미 존재한 것이었다. 하지만 허균에 앞서 이런 책들의 산문수사학으로 산문론을 구축한 사람은 없었다. 허균은 어떤 계기로 이런 용어에 주목했던가. 그 가능성도 한 번 찾아보자. 허균은 왕세정(王世貞)에게 깊이 경도한 바 있는데, 왕세정의 저작 중에서 16세기 말~17세기 초에 조선문단에 가장 널리, 그리고 열렬히 수용된 왕세정의 비평집『예원치언(藝苑卮言)』에 편법 장법에 관한 언급이 있다.

> 수미(首尾)·개합(開闔)·번간(繁簡)·기정(奇正)을 각각 그 극치에 이르게 하는 것이 편법(篇法)이다. 억양(抑揚)·돈좌(頓挫)·장단(長短)·절주(節奏)를 각각 극치에 이르게 하는 것이 구법(句法)이다. 점철(點綴)·관건(關鍵)·금석(金石)·기채(綺綵)를 각각 그 극치의 경지에 이르게 하는 것이 자법(字法)이다. 편(篇)에는 백척(百尺)의 비단이 있고, 구(句)에는 천균(千鈞)의 쇠뇌가 있으며, 자(字)에는 백번 단련한 금(金)이 있다.[46]

> 편법에는 일으키는 곳[起], 묶는 곳[束], 놓은 곳[放], 거두는 곳[斂], 부르는 곳[喚], 호응하는 곳[應]이 있으니, 대개 한 번 열면 한 번 닫고[開闔], 한 번 날리면 한 번 억누르며[揚抑], 한 번 형상을 그리면 한 번 자신을 뜻을 내보인다. 구법에는 곧바로 내려간 곳[直下]이 있고, 도삽(倒插)한 곳이 있다. 倒插가 가장 어려우니, 老杜가 아니면 할 수 없다. 자법에는 빈곳[虛] 실한 곳[實] 잠긴 곳[沈] 울리는 곳[響]이 있다. 빈 곳과 울리는 곳은 쉽지만, 잠긴 곳과 실한 곳은 이르기 어렵다.[47]

___

다. 하지만『止齋集』을 비롯한 그의 저작에 '冷語'란 말은 보이지 않는다. 앞으로 검토를 요하는 문제다.

46)『藝苑卮言』1,『弇州四部稿』卷144, "首尾·開闔·繁簡·奇正, 各極其度, 篇法也. 抑揚·頓挫·長短·節奏, 各極其致, 句法也. 點綴·關鍵·金石·綺綵, 各極其造, 字法也. 篇有百尺之錦, 句有千鈞之弩, 字有百鍊之金."

위 인용문은 「문설」의 ⑦과 유사하다. 왕세정은 편법·구법·자법을 말하고 있고, 허균은 편법·장법·자법을 말하고 있으나, 모두 편·장·구·자 4층위를 염두에 둔 것은 두 말할 나위가 없다.

작품을 자법·구법·장법·편법 등 층위별로 나누어 설명하는 방식과 또 양자 사이에 있는 용어의 유사성과 서술방식—열거의 방식 등이 그렇다. 예컨대 「문설」의 "편에는 한 뜻으로 곧바로 내려간 것도 있고[篇有一意直下者]"라는 부분은 "구법에는 곧바로 내려간 곳이 있고[句法有直下者]"와 동일한 어법이 아닌가. 또한 「문설」에 쓰였던 울리는 곳[響處] 역시 왕세정의 자법에 나오고 있다. 물론 왕세정의 언급은 산문이 아니라 시에 관한 것이지만, 그 작품을 편·장·구·자로 나누는 방식이나 비평의 언어는 사실상 산문과 동일한 것이다.

허균은 우리의 상식과는 달리 전후칠자를 위시한 의고문파와, 그 중에서도 왕세정에 골몰한 사람이었다. 허균의 왕세정에 대한 경도에 대해서는 별고에서 이미 언급했기에 췌언할 필요가 없겠으나, 허균에 대한 고정관념을 타파하기 위해 귀찮더라도 1611년에 지은 「속몽시(續夢詩)」의 서문을 잠시 떠올려 보자. 「속몽시」는 10제(題)의 의고악부시(擬古樂府詩)의 모음인데, 그 서문에서 허균은 이 시를 짓게 된 내력을 밝힌다. 꿈속에서 하경명(何景明)·서정경(徐禎卿)·왕세정(王世貞) ─ 모두 전후칠자(前後七子)의 거물들이다 ─ 을 만났던바, 특히 왕세정은 자신의 작품을 고쳐주기까지 하여 꿈에서 깨자 그 작품을 그대로 옮겨 적었다는 것이다.48) 꿈속에서 왕세정을 만나 지도를 받는다? 허균에게 왕세정은 문학적 이상이었던 셈이다. 왕세정에게 이토록 몰두한 허균이었으니, 『예원치언』의 편·장·구·자법에서 영향을 받았다고 하는 것이 자연스럽지 않을까?

---

47) 『藝苑卮言』 1, 『弇州四部稿』 卷144, "篇法有起有束有放有斂有喚有應, 大抵一開則一闔, 一揚則一抑, 一象則一意. 無偏用者. 句法有直下者, 有倒挿者, 倒挿最難, 非老杜不能也. 字法有虛有實有沈有響, 虛響易工, 沈實難至."

48) 『惺所覆瓿藁』 卷2(『韓國文集叢刊』 74) 「續夢詩」, 158면.

이상에서 검토한 바를 요약하자면, 허균은 산문을 편·장·구·자의 4층위로 구분하고 그것에 맞는 수사학과 여타 각종 산문 창작에 따르는 수사방법을 처음으로 제기했던 바, 이것은 허균 당대에 이미 간행되어 있던 사방득의 『문장궤범』, 진덕수의 『문장정종』 등의 산문선집과 『고문관건』 『숭고문결』 등의 산문수사학 서적에 일정한 영향을 받았던 것으로 생각된다. 하지만 결정적으로는 「문설」은 『문장일관』의 영향 아래 쓰여지고 있으며, 한편으로는 왕세정의 『예원치언』에서 간접적인 영향을 받았던 것으로 생각된다.

4.

「문설」의 가치는 산문창작에 있어서 언어의 운용과 조직을 중시하는 산문의 수사학을 최초로 구사했다는 점에 있다. 재래의 논의들은 이 점을 간과하고 허균이 '상어(常語)'의 사용을 주장했다는 점에만 착목하여 반의고적 비평의식을 도출하는 데 몰두하였다. 과연 상어란 말 한마디가 반의고적 비평의식을 감당할 수 있는 것인가? 물론 「문설」에는 상어 외에 반의고적 비평의식을 유추할 수 있는 근거가 없지 않다. 다음 부분이다.

④ 후대의 사람이 지금의 문장[今文]을 본다면, 어찌 지금 사람들이 그 (옛날의) 몇 분들의 문장을 보는 것과 같지 않을 줄 알겠는가. 하물며 도도망망(滔滔莽莽)하게 바로 장대(壯大)하게 되어 옛것을 본받지 않은 것은, 또한 홀로 서고자 한 것이었으니, 어찌 스스로 충만해서이겠는가[後之視今文, 安知不知今之視數公文耶? 況滔滔莽莽正欲爲大而不銓古者, 亦欲其獨立, 奚飫焉?].

⑤ 그대는 그 (옛날의) 몇 분을 자세히 보았던가. 좌씨(左氏)는 본디 좌씨일 뿐이고, 장자(莊子)는 본디 장자일 뿐이고, 사마천(司馬遷)·반고(班固)는 스스로

사마천·반고일 뿐이고, 한유(韓愈)·유종원(柳宗元)·구양수(歐陽修)·소식(蘇軾) 역시 본디 한유·유종원·구양수·소식일 뿐이어서, 각각 일가를 이루었던 것이다. 내가 원하는 것은, 이런 점을 배우는 것이고, 남의 지붕 아래 지붕을 엮듯 답습하고 표절했다는 비난을 받을까 부끄럽다[子詳見之數公乎? 左氏自爲左氏, 莊子自爲莊子, 遷固自爲遷固, 愈宗元修軾不相蹈襲, 各成一家. 僕之所願, 願學此焉. 恥向人屋下架屋蹈竊鈞之誚也].

이 두 부분은 의고적 창작관을 비판한 부분으로 인식되어 왔다. 하지만 과연 그런가. 이것은 남의 작품을 추수하거나 표절하는 데 대한 일반적인 비판일 뿐이다. 이것이 의고파를 겨냥한 비판이라는 것은 근거가 박약하다. 특히 위의 ④와 ⑤에서 반의고적(反擬古的) 비평그룹인 공안파(公安派)와의 근접성을 추정하기도 하는바, 이 역시 근거가 희박하다. 먼저 ④에 대해 검토해 보자. 아래에 인용하는 것은 허균과의 유사성이 종종 지적된 이탁오(李卓吾)와 원굉도(袁宏道)·원종도(袁宗道)의 것이다.

㉠ 그러나 오늘날의 관점에서 보면 옛날도 정말 오늘이 아니겠지만, 후대의 입장에서 오늘날을 본다면, 오늘도 곧 옛날이 되는 것이다.[49] (李卓吾)

㉡ 옛날에는 옛날의 때가 있고, 지금은 지금의 때가 있다. 옛사람의 언어의 묵은 자취를 답습해 뒤집어쓰고는 예스럽다 하는 것은, 엄동설한에 여름의 베옷을 입는 것과 같은 것이다.[50] (袁宏道)

㉢ 때에는 古와 今이 있고, 언어에도 古와 今이 있다. 오늘날 사람이 말하는 바 기자오구(奇字奧句)란 것이 옛날의 가담항어(街談巷語)가 아닐 줄 어찌 알겠는가?[51] (袁宗道)

---

49) 李贄, 『焚書·續焚書』(漢京文化事業有限公司, 1984) 「時文後序」, 117면. "然以今視古, 古固非今, 由後觀今, 今復爲古."

50) 袁宏道, 『袁宏道集箋校(中)』(上海古籍出版社, 1981) 「雪濤閣集序」, 709면. "夫古有古之時, 今有今之時, 襲古人語言之迹, 而冒以爲古, 是處嚴冬而襲夏之葛者也."

51) 袁宗道, 『白蘇齋類集』(上海古籍出版社, 1989) 「論文上」, 283면. "夫時有古今, 語言亦有古今, 今人所詫謂奇字奧句, 安知非古之街談巷語耶?"

이탁오(㉠)·원굉도(㉡)의 논리는 귀고천금적(貴古賤今的) 가치판단을 부정하는 시간상대론이다. 「문설」 ④는 과연 이(李)·원(元)의 주장과 유사하다. 하지만 ㉠㉡은 「문설」 ④와 발상은 동일하지만, 훨씬 더 진보적이고 정교하다. 특히 「설도각집서(雪濤閣集序)」 ㉡은 의고파를 직접 비판 대상으로 삼은 것으로, 의고적 창작관을 시대착오적인 것으로 몰아세우고 있다. 따라서 「문설」 ④의 해당부분이 이·원 두 사람에게서 왔다고 보기는 어렵다. 상호 논리의 차이도 차이려니와, 「문설」이 이탁오·원굉도와 상관이 없음을 증명하는 결정적인 근거가 있다. 즉 허균이 이탁오·원굉도를 접한 것은 1614, 1615년 이후인데, 「문설」이 실린 허균의 문집 『성소부부고』는 1612년까지의 작품만을 싣고 있기 때문이다. 따라서 일부 논자들이 주장하는 것처럼 「문설」이 이탁오와 원굉도의 영향을 받아 쓰여진 것이라고 볼 수 없다.

원종도(㉢)의 "오늘날 사람이 말하는 바 기자오구(奇字奧句)란 것이 옛날의 가담항어(街談巷語)가 아닐 줄 어찌 알겠는가?"는 「문설」 ④의 "後之視今文, 安知不知今之視數公文耶?"와 기본적으로 발상이 유사하다. 하지만 원종도는 보다 직접적이고 명쾌하다. 즉 허균의 지금의 문장 역시 뒷날 보면 고문이 될 수 있다는 발상에서 한 걸음 더 나아가, 언어를 고·금으로 구분하고, 고문의 언어가 결국 동일함을 말한다. 양자는 유사하지만 또 차이를 보이고 있는 것이다. ㉢은 공안파의 선언문이라 할 수 있는 원종도의 「논문상(論文上)」에서 인용한 것으로 『백소재유집(白蘇齋遺集)』에 실려 있다. 「논문상」은 원종도가 이탁오를 만나 그의 영향을 받아 쓴 글인데, 이탁오를 만난 것이 1593년이고, 원종도의 사망년은 1600년이니 1593년과 1600년 사이에 쓰여진 것이 분명하다. 또 『백소재유집』이 원종도 재세시(在世時)에 간행된 적이 있으니, 허균이 「논문상」을 보았을 가능성이 없지 않다. 그러나 「논문상」과 속편인 「논문하(論文下)」 전체를 읽어보면 그럴 가능성은 전혀 없다. 「논문상」과 「논문하」의 골자는 다름이 아니라 이몽양(李夢陽)·이반룡(李攀龍)·왕세정(王世貞) 등 의고파의 창작이론의 모순처를 공격하는 것이다. 원종도는 이렇게 말한다.

> 공동(空同 : 이몽양)은 알지 못하고 편편이 모의하면서 또한 반정(反正)이라고 하였다. 후대의 문인들은 마침내 정례(定例)처럼 여기고 법률처럼 존중하여 무릇 한 마디 말이라도 옛것을 닮지 않으면 곧 크게 노하며 야로악도(野路惡道)라고 꾸짖었다.[52]

> 나는 소싯적에 창명(滄溟 : 이반룡) · 봉주(鳳州 : 왕세정) 두 선생의 문집을 즐겨 읽었다. 두 문집의 아름다운 곳은 정말 가릴 수가 없으나, 그 지론이 크게 잘못되어 후학을 오도한 것을 따져 밝히지 않을 수 없다.[53]

「논문상」 · 「논문하」의 보다시피 이몽양 · 이반룡 · 왕세정 등의 의고파의 비판하는 것을 목적으로 삼고 있다. 허균의 "後之視今文, 安知不知今之視數公文耶?"가 「논문상」에서 그 발상을 취해 왔다면, 허균은 자연스럽게 이몽양 · 이반룡 · 왕세정에 대해 부정적인 입장을 취해야 할 것이다. 그러나 사실은 전혀 반대이다.

「명사가시선서(明四家詩選序)」[54]에서 허균은 "나는 성당(盛唐)이다, 나는 이(李) · 두(杜)다, 나는 육조(六朝)다, 나는 한위(漢魏)다"라고 하는 명대의 의고적(擬古的) 작품을 두고 "屋卜架屋, 夜郞自大"와 다름없다고 비판한다. 허균에게서 반의고적(反擬古的) 창작관을 도출하는 논의들은 구절에만 주목했다. 그러나 허균의 의도는 다른 데 있다. 『명사가시선(明四家詩選)』은 이몽양 · 하경명(何景明) · 이반룡 · 왕세정 등 의고파의 거두들의 시를 선집한 것이다. 허균이 의고파에 대해 비판적이었다면, 굳이 이들의 작품을 따

---

52) 袁宗道,『白蘇齋類集』(上海古籍出版社, 1989)「論文上」, 284면. "空同不知, 篇篇模擬, 亦謂反正. 後之文人, 遂視爲定例, 尊若令甲, 凡有一語不肯古者, 即大怒, 罵爲野路惡道."

53) 袁宗道,『白蘇齋類集』(上海古籍出版社, 1989)「論文下」, 285면. "余少時喜讀滄溟 · 鳳州二先生文集. 二集佳處, 固不可掩, 其持論大謬, 迷誤後學, 有不容不辨者."

54)『惺所覆瓿藁』卷4(『韓國文集叢刊』74), 176면.

로 엮어 애독할 필요가 있었을까? 1611년에 지은 「속몽시(續夢詩)」에서 확인되듯, 꿈속에서 의고파의 거두들을 만나 시 창작을 지도받았다는 사실을 자랑스럽게 늘어놓을 수 있었을까.

이제 허균의 의고적 창작론에 대한 생각을 좀 더 자세히 검토하지 않을 수 없다. 「명사가시선서(明四家詩選序)」를 계속 읽어본다.

> 이때 북지(北地)의 이몽양(李夢陽)이 기치를 내세우고, 신양(信陽)의 하경명(何景明)이 떼를 엮어 금옥(金玉) 소리를 울리고 환히 빛을 발하자, 이당(李唐)과 거의 같은 경지를 다투었으니, 어찌 위대하지 않으랴. 하지만 그 유행의 풍조를 서로 숭상하여 천하 사람들이 바람처럼 쏠려 마침내 몸에 성한 살갗이 없다는 비난도 있었지만, 이것은 모의하는 자의 허물일 뿐이다. 어찌 작가를 탓하겠는가?55)

인용된 자료의 끝부분에 유의하자. 그는 이몽양 하경명과 같은 의고파를 비판하는 것이 아니라, 의고적 창작론을 무조건 추종했던 작풍을 비한하고 있는 것이다. 허균의 전후칠자에 대한 평가는 여전히 높다. 이 네 사람에 대한 평가를 보자.

> 이 네 분 위대한 분들은 실로 하늘이 재주를 주어 명나라의 성대함을 소리내어 알리게 한 것으로, 네 분이 지은 작품은 모두 조화(造化)에 참여하여 후배들에게 빛을 비추어주고, 앞 시대의 사람들을 뛰어넘을 만하였으니, 어찌 표방하고 표절[標榜竊襲]하는 자들과 같은 격으로 여길 수 있겠는가?56)

허균은 이몽양·하경명·이반룡·왕세정 등 의고파의 거두들을 모방 표절하는 자들과 구분한다. 일단 여기서 허균이 모의(模擬)와 표절(剽竊)을

---

55) “時則北地李夢陽立幟; 信陽何景明嗣筏, 鏗鏘炳烺, 殆與李唐之盛爭其銖累, 詎不韙哉! 流風相尙, 天下靡然, 遂有體無完膚之誚, 是模擬者之過也, 奚病於作者.”
56) “之四鉅公實天畀之以才, 使鳴我明之盛, 其所制作具參造化, 足以耀後來而軼前人, 夫豈與標榜竊襲者.”

구분하고 있다는 데 주목해 두자.

여기서 한 걸음 더 나아가 의고파의 거두로 뒷날 공안파로부터 가장 신랄한 비판을 받았던 이반룡과 왕세정의 경우로 논의의 폭을 좁혀 본다. 허균은 이반룡과 왕세정에 대해 "역하생(歷下生) 이반룡(李攀龍)은 뛰어나고 거센 재능으로 일어나 떨쳤고, 오군(吳郡)의 왕세정(王世貞)은 이반룡의 뒤를 이어 일어나서 중원에 산처럼 우뚝 솟아 천고(千古)를 오만하게 흘겨보며 한(漢)의 두 사마(司馬:司馬相如와 司馬遷)와 백대(百代) 뒤에 우열의 다투는 그런 수준이었으니, 아아, 또한 기이하도다"[57]라고 하여, 두 사람을 높이 평가한다. 특히 뒷날 표절로 거센 비판의 대상이 되었던 이반룡에 대해서는 이렇게 말하고 있다.

> 우린(于鱗:이반룡)은 깎아지른 듯 높이 솟고 맑고 장대하여, 논자들이 민아산(岷峨山)의 쌓인 눈에 견주었으니, 거의 합당한 평가라 하겠다. 고악부(古樂府)는 임모(臨摹)를 면하지 못하여 수천 년 이래 감히 본받는 자가 없었는데, 우린만이 홀로 비슷하게 지어내었으니, 그가 말한 "의의(擬議)하여 변화를 이룬다[擬議以成變化]"고 한 것은 거짓말이 아니다.[58]

이반룡의 의고악부(擬古樂府)의 성취를 매우 높이 평가한 대목인데, 이반룡의 의고악부(擬古樂府)란 『창명집(滄溟集)』 1·2권에 실린 '고악부(古樂府)'를 말한다. 이반룡이 했다는 '의의(擬議)하여 변화를 이룬다[擬議以成變化]'는 말은, 이반룡의 의고적 창작방법의 원리이기도 하다. 곧 이 말은 『창명집(滄溟集)』 권1 '고악부(古樂府)'의 서두 작품이 시작되기 전에 실린 짤막한 서에서 인용된 것이다.[59] 물론 이 '의의이성변화(擬議以成變化)'는 이반룡의

---

57) "歷下生李攀龍以卓犖踔厲之才起而振之, 吳郡王世貞逐繼以代興, 岳峙中原, 傲倪千古, 直與漢兩司馬爭衡於百代之下, 吁亦异哉!"
58) "于鱗峭拔淸壯, 論者以岷峨積雪方之, 殆足當矣. 古樂府不免臨摹, 而數千年來人無敢效者, 于鱗獨肖之, 卽其所言擬議以成變化者, 爲非誣矣."
59) 여기서는 현대 標點本을 사용한다. 李攀龍, 『李攀龍集』, 齊魯書社, 1993, "古之爲樂府者, 無慮數百家, 各與之爭, 片語之間, 使雖復起, 各厭其意, 是故必有以當其無有擬

말이 아니라, 『주역(周易)』의 「계사상(繫辭上)」에서 인용된 것이다.[60] '의의(擬議)'는 "원래 모의한 뒤에 말하고, 논의한 뒤에 움직인다[擬之而後, 言; 議之而後, 動]"는 모의(模擬)와 논의(論議) 양자를 말하고 있지만, 이반룡은 원래의 전범(典範)을 모의한다는 뜻으로 구사한다. 요컨대 원래의 탁월한 전범을 모의하되, 실천(창작)에서의 변화를 추구하는 것이 이반룡의 창작 원칙이었던 것이다.[61]

허균은 이반룡의 고악부를 '의의성변(擬議成變)'의 창작원칙이 성공적으로 이루어진 것으로 판단하고 있지만, 사실상 그의 창작원칙은 과거 전범의 언어를 차용하여 축조하는 방법으로 귀착되어 표절이란 비판을 면할 수 없었다.[62] 그럼에도 불구하고 그가 이반룡을 높이 평가하는 것은, 공안파처럼 의고적 창작론의 모순처를 꿰뚫어보지 못하고 있음을 의미하는 것이다.

이제까지 살핀 바와 같이 허균은 의고파의 '의고적 창작론'에 대해 전혀 비판적이지 않다. 그 논리는 앞에서 잠시 지적했던 것처럼 의고와 표절의 구분이다. 후대의 비판자들은 이몽양·하경명·이반룡·왕세정의 의고적 창작론을 표절과 동일한 말로 여겼지만, 허균은 의고와 표절을 구분한다. 즉 「명사가시선」에서 "그 유행의 풍조를 서로 숭상하여 천하 사람들이 바람처럼 쏠려 마침내 몸에 성한 살갗이 없다는 비난도 있었지만, 이것은 모의(模擬)하는 자의 허물일 뿐이다. 어찌 작가를 탓하겠는가?"라고 했을

之用; 有以當其無有擬之用, 則雖奇而有所不用也. 『易』曰: '擬議以成其變化' '日新之謂盛德' 不可與言詩乎哉."

60) 이반룡의 "『易』曰: '擬議以成其變化' '日新之謂盛德'"이란 문장은 繫辭上의 "富有之謂大業, 日新之謂盛德"과 "擬之而後言, 議之而後動, 擬議以成其變化"를 인용해 조합한 것이다.

61) 왕세정 역시 이반룡의 창작원칙을 '擬議成變'으로 요약하고 있다.『弇州四部稿』卷 83「李于鱗先生傳」. "以爲紀述之文厄於東京, 班氏姑其佼佼者耳. 不以規矩, 不能方圓, 擬議成變, 日新富有. 今夫尙書莊左氏檀弓考工司馬其成言班如也, 法則森如也, 吾撝其華而裁其衷, 琢字成辭, 屬辭成篇, 以求當於古之作者而已."

62) 이반룡의 창작론의 실패에 대해서는 다음을 참조할 것. 袁震宇·劉明今,『明代文學批評史』, 上海古籍出版社, 1991, 237~238면.

때 '모의하는 자'의 허물은 실패한 모의를 겨냥한 것이지 '의고적 창작론'
자체, 혹은 의고적 창작론을 제기했던 작가들에 대한 비판은 아닌 것이다.
이것은 중국의 의고파에도 고스란히 해당되었다. 전후칠자들 역시 의고와
표절을 구분하고 있었다. 심지어 뒷날 공안파로부터 가장 신랄한 비판을
받았던 왕세정조차 표절을 창작의 가장 큰 병이라 할 정도였던 것이니,[63]
의고와 표절을 구분하고자 하는 의식이 의고파 내부에도 있었던 것이다.
요컨대 허균은 의고파에 깊이 경도한 나머지 의고파의 의고적 창작론이
갖는 근원적인 문제를 제대로 짚어내지 못하고 있었다. 즉 그는 의고파에
대한 적절한 비평적 거리를 확보하지 못하고 있었던 것이다. 이것은 그가
자신의 시대까지 진행된 명대(明代) 문학사(文學史)의 발전에 대한 정확한
지식을 결여하고 있었던 데에 기인할 것이다.

　의고적 창작론과 의고파에 대한 허균의 호의적인 태도는 원종도가 「문
설상(文說上)」·「문설하(文說下)」에서 의고적 작풍의 유행에 대한 책임을 이
몽양 하경명 이반룡 왕세정 등 네 작가에게 돌렸던 것과는 전혀 상반된
태도이다. 어쨌든 상당히 긴 우회로를 거쳤지만, 허균의 "後之視今文, 安
知不知今之視數公文耶?"는 이탁오나 공안파와는 상관이 없는 것이다. 물
론 허균의 시간상대론은 워·이 이외의 다른 사람으로부터 인용된 것일
수도 있고, 아니면 정말 상호 영향 없는 유사성으로 생산된 것일 수도 있
다. 그러나 문제는 연구자들이 이 부분에만 지나치게 집착하는 것이다. 사
실 우리는 문학에 대한 허균의 사유에서 몇 부분만 부조적 수법으로 부각
시켜 그것의 진보성을 예단해 왔다. 과거의 논자들이 "개성"을 도출했던
⑤를 다시 인용해 보자.

　⑤ 좌씨(左氏)는 본디 좌씨일 뿐이고, 장자(莊子)는 본디 장자일 뿐이고, 사마

---

63) 왕세정은 표절을 시 창작의 큰 병통이라면서, 전칠자의 한 사람인 李夢陽의 작품을
　　구체적으로 들어 신랄하게 비판하고 있다. 王世貞, 『弇州四部稿』卷147, 『藝苑卮言』
　　4, "剽竊模擬, 詩之大病, 亦有神與境觸, 師心獨造, 偶合古語者. …… 近日獻吉'打鼓
　　鳴鑼何處船'語, 令人一見匿笑, 再見嘔噦, 皆不免爲盜跖優孟所訾."

천(司馬遷) · 반고(班固)는 스스로 사마천 · 반고일 뿐이고, 한유(班固) · 유종원(柳宗元) · 구양수(歐陽修) · 소식(蘇軾) 역시 본디 한유 · 유종원 · 구양수 · 소식일 뿐이어서, 각각 일가를 이루었던 것이다. 내가 원하는 것은, 이런 점을 배우는 것이고, 남의 지붕 아래 지붕을 엮듯 답습하고 표절했다는 비난을 받을까 부끄럽다.

작가마다 특유한 개성이 존재하여 남의 문장을 표절하지 않았다는 이 논리가 아주 만족스러웠는지, 그는 「시변(詩辨)」에서도 꼭 같은 말을 되풀이하고 있다.64) 위의 인용은 흔히 한 작가는 한 작가의 개성을 가져야 한다는 말로 이해되었고, 이 이해에 근거하여 허균의 문학사상이 개성을 중시하는 반의고적인 것이라고 판단해 왔다. 그러나 허균의 논리는 의고파 내부에서도 적지 않게 발견된다.

㉠ 고인(古人)은 말을 하여 뜻을 보였기 때문에 그 성정(性情)과 그 상모(狀貌)를 찾으면 알 수 있었다. 이것이 공자가 사양(師襄)의 음악에서 문왕을 찾아볼 수 있었던 까닭이다. 그러므로 옛날 사람으로 말하자면, 도연명(陶淵明)은 도연명이었고, 두보(杜甫)는 두보였고, 한유(韓愈)는 한유였고, 유종원(柳宗元)은 유종원이어서, 모두 각각 일가를 이루었다[咸自成家]. 그런데 지금은 혹 능히 자립하지 못하여 옆 사람의 문호(門戶)를 흉내내어 지의(志意)와 성정(性情)이 조금도 보이지 않으니, 역인(譯人)과 같은 격이 아니겠는가.65)

---

64) 『惺所覆瓿藁』 卷12(『韓國文集叢刊』 74), 241면. "三百篇自爲三百篇, 漢自漢, 魏晉六朝自魏晉六朝, 唐自爲唐, 蘇與陳亦自爲蘇與陳, 豈相倣傚而出一律耶? 各自成一家, 而後方可謂至矣."

65) 李卓吾, 「康修撰海」, 『續藏書』(『李贄文集』 4), 社會科學文獻出版社, 2000, 571면. "古人言以見志, 故其性情, 其狀貌, 求而可得焉. 此孔子所以于師襄得文王也. 故昔人陶則陶, 杜則杜, 韓則韓, 柳則柳, 咸自成家. 今或不能自立, 傍人門戶, 效響而學步, 志意性情, 略無見焉, 無乃類諸譯人也耶?" 이 글은 康海의 문집에는 나오지 않는다. 허균이 이탁오의 『藏書』를 본 것은 확인이 되지만, 『續藏書』까지 보았는지는 알 수 없다. 또 허균이 『장서』를 보았다 해도 『장서』의 사상이 허균에게 어떤 영향력을 행사했는지는 현재의 『성소부부고』로는 확인할 수 없다. 다만 이 글을 인용한 것은, 의고파 내부에도 작가의 개성을 주장하고, 표절을 반대하는 논리가 있음을 강조해서이다.

ⓛ 대저 육경 이후로 문(文)을 이루다 말할 수 있겠는가? 좌씨·사마천의 옛스러움과, 동중서·가의의 혼후(渾厚)함과 반고·양웅의 굳셈과, 한유·유종원의 빼어남과, 소식·증공의 창달(暢達)함이 함께 찬란하게 빛나 천백년 이래로 같이 탄복하는 바였다. 그러나 그 문장으로 말할 것 같으면, 사마천은 좌씨를 모방하지 아니하고, 유종원은 한유를 모방하지 아니하고, 증공은 소동파를 모방하지 아니하였다. 무엇 때문인가? 같지 않을 수 없는 것은 문(文)의 정수(精髓)이고, 다르지 않을 수 없는 것은 문(文)의 자취이다. …… 문장을 지으면서 모방하는 것은 어긋난 것이다. 하물며 세속의 진언(陳言)·용어(庸語)를 익히고 얽어서 문장을 이룬다면, 어긋난 것 중에서 더 어긋난 것이다.66)

ⓐ은 전칠자(前七子)의 한 사람인 강해(康海)의 것이고, ⓛ은 후칠자(後七子)의 한 사람인 종신(宗臣)의 것이다. 표절을 반대하고 작가의 개성을 주장하는 논리가 허균의 것과 동일함을 알 수 있을 것이다. 특히 강조된 부분을 보라. 「문설」 ⑤와 동일한 논법에 언어구사까지 유사하다. 허균은 전후칠자에 경도한 사람이었다. 그리고 그가 후칠자의 한 사람인 사진(謝榛)의 문집 『사산인집(謝山人集)』을 읽고 지은 시에 종신과 오국륜(吳國倫)이 언급되어 있는 사실을 고려한다면,67) 허균의 위의 발언은 공안파가 아니라 전후칠자에게서 빌려 왔을 개연성이 크다.

강해(康海)는 전칠자의 우두머리였던 하경명(何景明)의 문집에 서문을 쓰면서 또 모방과 표절을 신랄하게 비판했다.68) 즉 강해는 스스로 의고파인

---

66) 宗臣, 『宗子相集』「談藝」제6, "夫六經而下, 文豈勝談哉. 左馬之古也, 董賈之渾也, 班揚之嚴也, 韓柳之粹也, 蘇曾之暢也, 咸炳炳朗朗, 千載之所共嗟也. 然其文, 馬不襲左, 柳不襲韓, 而曾不襲蘇也. 何也? 不得不同者文之精也, 不得不異者文之迹也. …… 文而襲者, 舛也. 況習世俗之陳言庸語而掇以成文, 又舛之舛也."

67) 『惺所覆瓿稿』의 '詩部' 2에 「讀崆峒集」「讀大復集」「讀徐迪功集」「讀滄溟集」「讀弇州四部藁」「讀邊華泉集」「讀謝山人集」「讀王奉常集」「讀徐天目吳甔甀二集」 등의 시가 있어, 허균이 李夢陽·何景明·徐禎卿 등 전칠자의 문집과, 李攀龍·王世貞·邊貢·謝榛·王世懋·徐中行·吳國倫 등 후칠자의 문집을 읽었음이 확인된다. 이 중 「讀謝山人集」에 "齊名二子藝通神, 亦數宗臣與國倫"이란 구절에서 그가 宗臣을 인지하고 있었음을 알 수 있다. 宗臣의 문집을 읽었을 가능성이 높다. 다만 康海의 문집을 보았다는 직접적인 기록은 『성소부부고』에 보이지 않는다. 하지만 개연성은 높다.

전칠자의 한 사람이었고, 또 전칠자의 우두머리인 하경명의 문집에 서문을 써서 하경명의 문학적 성취를 높이 평가한다. 하지만 그는 작가의 개성을 강조하고 표절을 반대한다. 강해에게 있어서 개성의 추구와 의고는 전혀 충돌하는 가치가 아니었던 것이다.[69] 허균의 입장도 사실상 강해와 동일한 것이다. 그는 개성을 강조하고, 표절과 모방을 반대하였던바, 이 논리는 의고와 전혀 충돌하지 않고 있는 것이다.

5.

허균의 「문설」은 산문의 난해성 추구에 대한 반론으로 작성된 것이다. 허균이 「문설」에서 난해성의 문제를 제기한 것은 그 전에는 없던 새로운 문제였다. 이것은 아마도 명대 의고문파의 의고적 창작론의 수용 이후 제기된 것일 터이다. 「문설」은 이런 비평사적 배경을 갖고 있는 것으로 추정된다.

허균은 난해성에 대해 반론을 제기했던바, 그의 논거는 모든 고전적 텍스트는 모두 동시대의 상어(常語)로 이루어져 있으며, 난해성은 고전의 본

---

68) 康海, 『對山集』 卷4 「何仲默集序」, "明興百六十年, 其文遐哉盛矣. 然作者接軫於域中, 其敦致古昔, 逖稱先王, 人人能矣. 而義意繁猥, 溢於往訓; 摹倣剽欲, 遠於事實, 予猶以爲過云."

69) 전후칠자는 文必秦漢, 詩必盛唐의 논리로 復古를 지향했던 그룹으로 알려져 있다. 하지만 이들의 복고는 뒷날 표절로 신랄하게 비판을 받지만, 사실 전후칠자의 내부를 직접 들여다보면 오로지 복고주의만이 그들의 비평적 사유를 지배했던 것은 아니다. 전후칠자의 비평은 전반적으로 복고를 말하지만, 그 복고의 논리는 동일하지 않다. 뒷날 전후칠자의 의고적 창작론에 대한 비판이 오로지 전칠자의 李夢陽·何景明, 후칠자의 李攀龍·王世貞에게 맞추어졌기 때문에, 이 4인의 논리만 부각되었던 것이고, 그 외 작가들의 비평은 거의 비평계의 주목을 받지 않았던 것이다.

래적 속성이 아니라는 것이었다. 그는 고전적 전범에서의 법고의 대상이 편(篇)·장(章)·구(句)·자(字) 4층위에서 이루어지는 산문언어의 운용, 조직 방법에 있다고 주장하였던바, 이것은 그때까지 조선에 전래되었던 『문장궤범(文章軌範)』·『문장정종(文章正宗)』·『고문관건(古文關鍵)』·『숭고문결(崇古文訣)』·『문장일관(文章一貫)』 등의 산문선집과 수사학 서적의 논리를 차용한 것으로 여겨지며, 그 중에서도 특히 『문장일관』에서 결정적인 영향을 받은 것으로 추정된다.

허균의 비판 논리는 재래의 논자들이 생각한 바와는 달리 의고파를 공격, 비판하거나 의고적 창작론 자체를 부정하려는 데 있지 않았다. 그는 이몽양·하경명·이반룡·왕세정의 의고적 창작논리와 수준 낮은 의고파의 추종자들의 행위-표절을 구분함으로써, 전후칠자를 여전히 높이 평가해 마지않았다. 이것은 후대 공안파 등이 전후칠자를 표절의 원흉으로 거세게 비판했던 것과는 확실히 구분된다. 이것은 아마도 허균이 의고파를 본격적으로 비판할 수 없었던 것은, 자신의 시대까지 진행된 명대 문학사의 발전에 대한 정확한 지식을 결여하여, 의고파에 대한 적절한 비평적 거리를 확보하지 못하고 있었던 데 기인할 것이다.

한편 「문설」에서 그가 주장한 '개성의 추구'가 공안파와 관계가 있을 것이라는 재래의 주장 역시 근거가 박약한 것으로 여겨진다. 「문설」에 보이는 '개성'과 '도습(蹈襲)'의 반대는 강해(康海)와 같은 전후칠자 작가들에게서도 나타나는 것이었다. 즉 '작가의 개성'에 대한 주장은, 비평사에서 오래전부터 견해였던 것이고, 그것이 꼭 공안파의 것일 수는 없는 것이다. 또 허균은 공안파가 구사한 맥락과 동일한 맥락, 즉 의고적 창작론에 대한 전면적인 비판으로서 개성론을 주장한 것은 결코 아니었던 것이다. 또 허균은 1614, 1615년 이후에야 이탁오·원굉도를 접했고, 「문설」이 실린 허균의 문집 『성소부부고』는 1612년까지의 작품만을 싣고 있기 때문에 그가 이탁오·원굉도에게 영향을 받았다 해도 그 영향이 「문설」에 나타날 리만무다.

이 글은 허균에 대한 재래의 통설을 비판하기 위해서 쓰여졌다. 재래의 통설은 연구자가 허균에게 읽어내고자 한 '진보성'만을 그 줄거리로 삼고 있다. 이 통설은 허균이 남긴 문헌에 대한 엄밀한 검토를 통해 이루어진 것이 아니라, 진보성을 도출하기 위해 허균을 오독함으로써 이루어진 것이었다. 과연 옳은 방법인가. 허균의 진보성이란 신화에 휘둘리지 말고 냉정한 눈으로 『성소부부고(惺所覆瓿藁)』를 정독해야 할 필요를 한없이 느낀다.

집안으로 끌어들인 산수

조선시대의 가산(假山)

이종묵

1.

    도시에 사는 사람들이 자연과 벗하며 살고 싶은 것은 예나 지금이나 같다. 작은 집 뜰에 꽃과 풀을 키울 형편이 아니면, 아파트 베란다에 화분을 놓고, 빌딩 위에다 수목원을 만든다. 지금보다 풀과 꽃과 나무, 그리고 물과 바위와 산이 많았겠지만 도성에 살던 옛사람들도 끊임없이 산수자연을 동경하면서 젊은 시절부터 귀거래(歸去來)를 노래하였고 웬만한 나이가 되면 벼슬을 그만 두고 고향산천으로 돌아갔다. 물론 벼슬에 매여 어쩔 수 없이 도성 안에 살게 되었을 때에도 방안에는 분매(盆梅)를 키우고 뜰에는 못을 파고 연꽃을 길렀으며, 한두 그루 솔을 심었다. 이 모두가 자연을 자신의 집안으로 끌어들인 것이거니와, 여기에서 한 걸음 더 나아가, 인공의 산을 만들어 산 속에 사는 듯한 느낌이 들도록 하고 산수 자연을 그린 그림을 벽에 걸고 산수간에 노니는 착각에 빠지고자 하였다. 그렇지 않으면 다른 사람들이 산수 자연을 유람하면서 남긴 글을 읽고 누워서 산수 속에서 노닐었다. 옛사람이 자연을 집안으로 끌어들여 즐긴 모습을 살피는 것이, 현대인에게 의미 있는 일이 될 수 있을 것이라 여겨 먼저 여기서는 인공의 산 가산(假山)을 중심으로 논의를 펼치기로 한다.[1]

2.

1392년 조선이 건국되고 한양은 새로운 수도로 활기를 띠었다. 문인들은 학문과 벼슬을 위하여 한양으로 몰려들었다. 물려받은 재산과 월급으로 상당한 재력을 지니고 산수의 벽(癖)이 있었던 문인들은 백악산, 인왕산, 타락산, 남산 일대 경관이 아름다운 곳에 다투어 집을 지어 원림(園林)[2]을 경영하거나, 한강 가 빼어난 곳에는 자신 소유의 누정을 지었으며, 한양에서 가까운 도처에 전장을 마련하였다. 물론 한가한 틈을 내어 전국의 이름난 산과 물을 찾아 나섰다. 그러다가 사정이 생겨 먼 곳으로 갈 수 없게 되면 인공의 산수를 만들어 즐기거나, 혹은 아름다운 풍광을 그린 그림과 글을 읽음으로써 유람의 욕구를 대신하였다.

15세기 자타가 공인한 최고의 문벌인 성임(成任, 1421~1484)은 치유할 수 없는 천석고황(泉石膏肓)의 질병이 있었다. 산수 유람을 좋아하여 개성의 오관산(五冠山), 천마산(天磨山)을 올랐으며 금강산의 비로봉(毘盧峰)까지 올

---

1) 석가산에 대한 논의는 거의 이루어지지 않았다. 박경자의 「조선시대 석가산 연구」(『문화재』 34호, 1991)가 있으나 몇 자료를 소개하고 번역하는 데 그쳤다.
2) '원(園)'에 해당하는 우리말은 '위안'이다. 그러나 이 말은 중국어의 차용어이며, 오늘날 쓰이지 않기 때문에 '원림'이라는 용어를 사용한다. 이승소의 글에서 원림이라는 용어를 사용하고 있으며, 김시습의 문집에는 '원림'이 하나의 주제로 분류되어 있다.

랐던 적이 있다. 한강 가에 따로 읍취당(挹翠堂)을 세운 것도 도심을 벗어난 곳에서 산수 자연을 즐기기 위해서다.

도심을 벗어난 산림에서 자연을 즐길 때에는 산수자연을 집안으로 직접 끌어들이지 않는다. 풍광이 좋은 곳에 집을 짓고 눈에 보이는 경치를 차지하면 그뿐이다. 조선시대 널리 성행하였던 팔경(八景)이나 십경(十景), 혹은 십이경(十二景)이니 하는 것은 대부분 자신의 정자나 집에서 보이는 경치를 나열한 것이지 자신이 개인적으로 소유한 산과 물이 아니다. 까마득히 멀리 보이는 산과 물을 정신적으로 모두 차지하였다. 성임이 경영한 읍취당의 십이경은 관악산(冠岳山), 삼막산(三藐山), 북악산(北岳山)과 같은 산, 한강의 노량진, 여의도, 밤섬, 양화도(楊花渡), 잠두봉(蠶頭峰), 서호(西湖), 용산(龍山) 등을 망라하고 있다.3) 그러나 천석고황의 질병이 있는 사람은 산림의 원림에 만족하지 않아 도성 안에 있는 집도 성시원림(城市園林)으로 꾸민다. 성임은 인왕산 아래 자신의 집에서 한양의 아름다운 풍광을 차지할 수 있게 하였다.

성임은 자신의 15세기 인왕산의 수많은 저택 중 가장 아름다운 곳에 위치해 있었다. 인왕산 기슭에 집을 정한 것은 성임의 증조인 성석연(成石珚)이었다. 성념조(成念祖), 성엄(成揜)이 대를 이어 이 집을 소유하였으며, 젊은 시절 성간(成侃)과 성현(成俔)도 백형 성임과 함께 이곳에 살았고, 성임이 주인이 되었다. 성임의 집을 놀러간 이승소(李承召)는 그 아름다움을 다음과 같이 적고 있다.

성공의 집은 서산(西山, 仁王山) 자락 높은 언덕에 있다. 내가 이곳을 찾아간 적이 있다. 남쪽으로 도성 문을 나서 바라다보면 솔숲이 무성하고 나무들이 어른거린다. 그 집을 보면 산 안개 자욱한 사이에 보일락말락한다. 세상에서 완전히 벗어나 있는 사람의 집 같다. 그곳에 이르니 성공이 신발도 신지 않고 문으

---

3) 성현이 지은 「挹翠堂記」(『虛白堂集』 14-441)에 십이경을 자세히 소개하고 있다. 팔경 문제에 대해서는 안장리의 「조선시대 팔경시 연구」(한국정신문화연구원 박사논문)에 자세하다.

로 뛰어나와 나를 맞았다. 손을 잡고 안으로 들어가 원림을 두루 다녔다. 푸르게 비치는 그늘이 땅에 그득하고 파란빛이 어린 이슬이 옷에 묻는다. 으슥하고 깔끔하여 그 옛날 동산(東山)에 은거하던 진(晉) 사안(謝安)의 멋이 있었다.

성공이 나를 이끌고 높은 언덕 위로 올라갔다. 일망무제였다. 천지가 다시 개벽한 듯 탁 트여 있고, 신선이 바람을 타고 하늘에서 노니는 듯 시원하였다. 그 북쪽에 삼각산이 옥을 잘라 놓은 듯 서서 하늘과 나란하여 용이 날아오르고 봉황새가 춤을 추는 듯 하다. 남쪽으로 도성이 나온다. 층층 성곽에 가로 세로 뻗은 대로가 정말 그림을 펼쳐놓은 듯 하다. 그 남쪽에는 인경산(引慶山, 南山) 등 여러 산들이 푸른빛을 움켜잡아 모으고서 앞에 절을 한다. 큰 강이 굽이굽이 산자락을 안고서 서쪽으로 흘러 아득히 푸른 들판을 당기고 멀리 파란 하늘과 섞인다. 날이 개면 좋고 비가 오면 기이하다. 삼라만상이 다 드러난다.

— 李承召,「石假山詩序」(『삼탄집』 11-482)[4]

이같이 아름다운 땅으로도 만족하지 못하여 성임은 자신의 집안에 인공의 산을 꾸몄다. 집밖으로는 한양의 아름다운 풍광이 다투어 절을 하건만 집안을 다시 심심산천으로 만들었던 것이다.

내 동년의 벗 창녕(昌寧) 성공(成公)은 융성한 시절을 만나 벼슬이 육경(六卿)에 이르렀지만, 평소의 성품이 맑다. 서산 기슭에 집을 짓고 원림을 두르고 있는 것은 무성한 숲과 긴 대나무, 기이한 화초들이다. 모두 빼어난 볼거리다. 또 금양(衿陽)에서 특이한 바위를 구했는데, 이빨이 솟고 모가 나 있었다. 벌레가 갉아먹은 것도 같고 물어뜯은 것도 같다. 기괴한 형상이 실로 귀신이 잘라 만든 듯 하였다. 이를 캐다가 뜰에 가산으로 만들었으니 이 또한 아름답고 기이한 볼거리가 될 만하였다.

나 서거정이 전에 그곳으로 가서 본적이 있다. 산의 높이는 한 길 남짓한데 그 밑동도 몇 아름이나 된다. 가산의 형세가 좌우로 뻗어 내렸다가 뾰죽한 곳은 봉우리가 되고 불룩 솟은 곳은 고개가 되며, 우묵한 곳은 골짜기가 되고 빽빽한 곳은 기슭이 된다. 낮아졌다 높아졌다 하고 푸른 빛 붉은 빛이 감겨 있으니 그 모습이 한결같지가 않다. 여기에 물을 대어 폭포를 만들고 급류도 만들

---

4) 이하에서 인용하는 자료는 『한국문집총간』을 이용하였다 해당 권수와 면수를 밝힌다.

고 못도 만들었다. 못이 길고 넓은 곳은 몇 자 되지 않지만, 물이 맑고 모래가 희어서 머리카락이 떨어져도 찾을 수 있다.

아 산이 우뚝 솟고 물이 넘실거리니, 가까운 곳으로 한 발자국을 옮기지 않더라도 형산(衡山)이니 여산(廬山)이니 태산(泰山)이니 화산(華山)이니, 동정호(洞庭湖)니 팽려호(彭蠡湖)니 하는 승경이 하나하나 그 모습을 드러낸다. 조물자가 지맥을 축소하고 인색한 마음을 풀어 황홀하게 이곳으로 옮겨다 놓은 것이 아닌가 의심이 든다.

— 徐居正, 「假山記」(『사가집』 11-197)

성임은 1466년 형조판서에 올랐으며 1467년 이조판서, 1471년 공조판서를 역임한 바 있다. 이 글에서 성임이 육경의 지위에 올랐다고 한 것으로 보아 이 무렵 가산을 만든 것으로 보인다. 서거정의 글에 따르면, 성임의 원림은 바깥으로 숲과 대나무가 둘러쳐 있고 그 안쪽에 아름다운 화초가 있으며, 그 뒤편 빈터에 금양의 바위를 가져다가 가산을 만들었다. 인왕산 물길이 내려오는 언덕 아래, 자신이 거처하는 정자 뒤쪽 적당한 위치에 놓았을 것이다.5) 그래야 물줄기를 가산으로 끌어 폭포와 개울을 만들 수 있었으리라. 가산은 전체가 하나의 바위로 된 것은 아니다. 여러 형상의 바위를 포개되, 뾰죽한 것을 세워 산으로 만들고 뭉실한 것을 세워 고개로 만들었다. 한쪽은 비워 골짜기로 만들고 아래쪽에는 돌을 옆으로 수북하게 펼쳐 산기슭처럼 보이도록 하였으리라. 그 솜씨에 서거정은 한꺼번에 아름다운 풍광을 모두 만들어주지 않던 인색한 조물주가 여기에서는 여유를 부렸다고 하였다.

내 벗 창녕 성중경씨가 집 뒤 빈터에 바위를 쌓아 산을 만들었다. 높이가 겨우 한 길인데, 그 뒤에 옹기를 놓아 맑은 물을 담았다. 옹기 배에 구멍을 내어 가산의 허리에 통하게 하여 가늘게 흐르게 하였다. 졸졸 흘러 물이 떨어지면

---

5) 『원야(園冶)』에 의하면 중국의 가산은 물 가운데 섬에 세우는 것이 일반적이라 하였는데, 성임의 것은 평지에 세웠다는 점에서 중국의 것과는 전통이 다른 것으로 보인다.

어지러운 폭포가 되고 그냥 흐르면 평지가 된다. 소나무와 대나무, 그리고 여러 꽃들을 심어 울창한 숲으로 만들었다. 아침저녁 이를 바라보면 여러 봉우리가 우뚝 솟아 가운데 큰 산에 절을 하는 듯 하다. 여러 골짜기가 울퉁불퉁한데 으슥한 곳은 동천(洞天)이 된다. 기울어지고 삐딱한 봉우리와 고개가 면면이 다른 모습이어서 삼신산(三神山)이나 오악(五嶽)과 같은데 다 모여서 한 덩어리가 된다.

물이 치면 성낸 물결과 사나운 바람이 물방울을 뿜어 구슬이 튀어오르는 듯 하다. 황하(黃河)가 용문(龍門)을 치는 것과 같이 산골짜기를 뒤흔든다. 편편하게 흐르게 되면 맑고 깊은 못이 되어 동정호나 팽여호가 해와 달을 머금었다 토하는 듯 하다. 내 상상하는 바를 따라 진짜 형상을 드러내니 정말 기이하다.

중경씨는 말한다. "태어나 기이한 유람과 장쾌한 경관을 좋아하여 일찍이 송도를 유람하고 오관산을 올랐으며 천마산에 올랐고 또 일찍이 동쪽으로 금강산 비로봉 정상에 올랐다. 푸른 바다를 내려다보니 술잔을 보는 듯 하였다. 중경씨는 이제 맑은 기품으로 반드시 이 가산을 대하리니 대개 누워서 노니는 맑은 것을 달게 여길 것이다."

— 강희맹, 「假山讚」(『사숙재집』 12-70)

성임은 강희맹이 그랬듯이 자신의 방에서 가산에 상상력을 부여하여 산수를 즐겼고,[6] 남들에게 널리 자랑하였다. 이에 벗 성현과 함께 자주 성임의 집을 출입하였고 또 석가산을 두고 시를 지은 바 있는[7] 채수(蔡壽, 1449~1515)도 성임의 가산을 본떠 가산을 만들었다.

---

6) 이 건물의 이름은 춘휘정(春暉亭)이다. 성현의 「春暉亭記」(『허백당집』 14-447)에 따르면 원래 이 건물의 이름이 없었는데 성임의 아들 성세명이 맹교(孟郊)의 시구에서 따서 이 이름을 붙였다. 이곳은 성엄과 성념조, 성임, 성세명이 대를 이어가면서 이 건물에서 모친을 봉양한 바 있다. '춘휘'라는 말은 모친의 자상한 마음을 따스한 봄햇살에 비긴 것이다. 조선시대 모친을 모시는 집 이름을 춘휘당이라 한 곳이 많다. 이현보(李賢輔)의 분천 향저나, 허균(許筠)의 강릉 외가에 있던 애일당(愛日堂)은 양친에 대한 효심을 의미한 것이다.

7) 성현의 「耆之陪其家君子休公來訪伯氏坐話假山下」(『虛白堂集』 14-299). 앞에서 든 자료 외에 성임의 가산과 관련한 작품들로는 김수온(金守溫)의 「石假山記」(『拭疣集』 9-104), 이승소의 「石假山」(『삼탄집』 11-469), 성현 「伯氏假山畔倭躃躅盛開戲不設酒」(『虛白堂集』 14-299)와 「石假山賦」(『허백당집』 14-416) 등이 있다.

원래 가산은 불가적인 목적이나 풍수지리적인 이유에서 만들어졌다.[8] 원림에 가산이 등장하는 것은 고려 중엽이다. 『고려사절요』에 따르면 내시 윤언문(尹彦文)이 괴석을 모아 수창궁(壽昌宮) 북원(北園)에 가산을 쌓고, 그 곁에 조그마한 정자를 세우고는 만수정(萬壽亭)이라 이름하고 황색 비단으로 벽을 덮어, 극도의 사치가 사람의 눈을 황홀하게 하였다고 한다. 그 후 문헌에 가산에 대한 것이 보이지 않다가 조선 초기 안평대군(安平大君)이 인왕산 북쪽 넓은 골짜기 깊숙한 곳, 조선 후기 무계동(武溪洞)이라 불리던 곳에 지었던 비해당(匪懈堂)에 가산을 만들었다. 비해당 바깥에 버드나무, 전나무, 단풍나무, 소나무, 감나무, 등나무, 대나무 등을 심었다. 또 뜰에는 갖은 화초를 다 갖추었다. 작약, 장미, 동백, 모란, 살구나무, 해당화, 산다(山茶), 배롱나무, 원추리, 해바라기, 파초, 국화, 난초, 사계화, 백일홍, 삼색도, 금잔화, 옥잠화, 영산홍, 치자나무, 연꽃 등의 이름이 보인다. 안평대군의 호사취미는 이에 그치지 않아 외국의 기이한 것들도 가져다 놓았다. 일본의 철쭉, 해남(海南)의 낭간석(琅玕石), 촉땅의 포도나무, 안남(安南)의 석류나무 등이 그러하다. 유리석(琉璃石), 거거분(硨磲盆) 등 기이한 물품도 두었으며 이끼 낀 괴석도 여러 곳에 있었다.[9] 안평대군이 만든 가산은 그 모습을 알 수 없지만, 조선 초기 명가에서 가산을 만드는 유행을 가

---

8) 『임하필기』에 따르면 신라 표훈대사(表訓大師)가 오선봉(五仙峰) 아래 표훈사를 짓고 청학대(靑鶴臺) 앞에 가산을 세워 금강(金剛) 모양을 새긴 다음 감실을 만들어 불상을 안치했다는 기록이 보인다. 『증보문헌비고』에도 신라 경덕왕이 침단목(沈檀木)을 조각하여 명주(明珠)와 미옥(美玉)과 함께 높이 한 길 남짓한 가산을 만들어 오색 담요 위에 놓았는데 가무기악(歌舞伎樂)과 열국산천(列國山川)의 형상이 있어 조금만 바람이 들어가면 벌과 나비가 날고 제비와 참새가 춤을 추니 얼른 보면 진(眞)인지 가(假)인지 분간치 못할 정도였다는 기사가 보인다. 『고려사』(권132 「열전」 제45)에 따르면 우왕이 아들을 낳기 위하여 연복사(演福寺)에서 채단과 비단으로 수미산(須彌山)을 만들고 또 금과 은으로 가산을 만들어 뜰에다 진열했다고 한다. 가산은 풍수지리와도 관련이 깊다. 『동국여지승람』(한성부)에는 도성 수구문(水口門) 안쪽 훈련원 동북쪽에 가산이 둘 있는데 지기를 함축시키기 위해서라 하였다. 조선시대 지도에 그려진 가산은 대부분 풍수지리와 연관되어 있다.

9) 비해당사십팔경은 일반적인 팔경과 달리 '목멱청운(木覓晴雲)'과 '인왕모종(仁王暮鐘)'을 제외하면 모두 안평대군의 사유물이다.

져온 것으로 추정된다.

채수는 성종의 명에 의하여 안평대군의 「비해당사십팔영」에 차운한 시를 남겼기에 가산에 대해서는 잘 알고 있었을 것이다. 채수는 자신의 별서가 있던 남산에 석가산을 꾸미고 정교하게 폭포를 만들었다.

종남산 별서에는 샘물이 남쪽 담장 바깥 돌틈에서 흘러나온다. 그 맛이 달고 시원하다. 이에 마루 앞에 못을 타고 물을 모아 연꽃을 심었다. 기이한 돌들을 모아 그 안에 가산을 만들었다. 소나무와 삼나무, 늙었지만 조그마한 누런 버드나무를 심고, 또 샘물이 나오는 바위틈을 계산하여 지면에서 3척 정도의 높은 곳에서 물을 끌어와 땅 속으로 못 동쪽으로 흘려보내고, 그곳에 대나무를 잘라 굽힌 다음 땅 속에 묻어 대통으로 물이 들어가게 하여, 가산 위쪽에서 위로 치고 나오도록 하였다. 물이 흘러나와 폭포가 되는데 2단을 이루며 못으로 떨어진다. 샘물이 담장 밖에 있는지도 모르게 하였으니, 물이 땅 아래 대통에서 나온 것도 알지 못하게 되어 있다. 갑자기 맑은 물이 가산 꼭대기에서 샘솟아 흘러나오니 놀랍고 기이함을 헤아릴 수 없다. 사람들은 그 물이 가산에서 바로 나온 줄 안다.

예로부터 산을 좋아하여 석가산이 많고, 또 폭포를 만들기도 하였지만, 대개 가산 뒤의 땅을 높게 하여서 물길을 끌어들이고 가산 앞에서 나오게 하여 폭포를 만드는 것이 전례다. 그러나 이렇게 해놓으면 사면이 모두 못물로 둘러 있는데 폭포수의 맑은 물이 혼탁한 못물과 달리 가산 꼭대기에서 나와 폭포가 된다. 유달리 기이한 것이라 고금에 이러한 것은 없을 듯 하다.

작은 것으로 큰 것을 비유하고 쉬운 것으로 어려운 것을 시도하는 법. 이 못은 둘레가 겨우 몇 길이고 깊이도 몇 자 되지 않는다. 산은 높이가 5척이고 둘레가 7척이다. 폭포는 2척 남짓이고 나무는 4~5촌이다. 그런데도 봉우리가 험준한 것을 닮아 있다. 골짜기가 그윽하고 나는 듯한 폭포가 다투어 흐른다. 몇 길 땅 안에 큰 바다를 갈무리하게 되었고, 몇 자의 돌아다가 봉래산과 방장산을 축소해 넣은 것이다. 그러니 정건(鄭虔)이니 왕유(王維)니 하는 이들이 정성을 다하고 기교를 다하여 그림을 그린다 하더라도 만 분의 일도 그려내지 못할 것이다.

아, 어느 것이 진짜고 어느 것이 가짜인가? 필경 천지도 모두 가짜고 육신과 사지도 모두 가짜다. 그렇다면 하필 그 크고 작은 것이나 진짜 가짜를 따져야 할 것인가? 그저 내가 좋아하는 바를 취할 뿐이다. 게다가 사물이 입에는 맞는데 눈에는 맞지 않은 것도 있고, 눈에는 맞지만 귀에는 맞지 않는 것도 있는 법이라. 이 샘물이 달고 시원하여 우리 집과 옆집에서 아침저녁 이 물에 의지하고 있으니 입에 맞다 할 만하다. 기암괴석과 소나무, 전나무 사이를 흘러 몇 자 높이에서 곧바로 떨어지니 훤한 것이 마치 한 가닥으로 병풍 같은 푸른 산을 갈라놓은 듯한데 아침저녁 마주하여 지겹지 않으니, 눈에 맞다고 할 만하다. 고요한 밤 잠을 이루지 못하여 베개를 세우고 그 소리를 듣노라면 차락차락 공후나 축을 연주하는 소리 같으리니, 귀에 맞다 하겠다. 청허자의 집이 가난하고 벼슬이 초라하여 곱게 단장한 여인네가 눈을 즐겁게 함이 없고, 또 고량진미 맛난 음식이 입을 즐겁게 함도 없으며, 피리나 거문고 같은 악기 소리가 귀를 즐겁게 함도 없다. 그저 이 샘물 하나에 의지하여 세 가지 즐거움을 맞추어가니, 정말 담박한 맛이 있다. 세상의 호걸들이 모두 내가 초라한 것을 비웃겠지만 내 스스로는 이를 즐기니, 또한 이것으로 저것을 바꾸지는 않겠노라.

― 채수, 「石假山瀑布記」(『懶齋集』 15-372)

　다소 행실이 가벼운 채수이기에, 자신이 만든 석가산 폭포에 대해 매우 떠벌렸을 것임이 틀림없다.[10] 대통을 이용하여 물길을 땅으로 끌어와서 갑자기 연못 한가운데 있는 석가산 꼭대기에서 폭포가 되어 떨어지게 하였으니 자랑할 만하다. 실제 성임의 집에 만든 인공폭포는 일반적인 것이지만 채수가 만든 방식은 후대에도 보이지 않는 독특한 것이다.

---

10) 성현의 「耆之軒前引流爲池池中設假山環奇可觀余與子俊叔强同賞」(『허백당집』 14-370)이 이계동(李季仝), 권건(權健)과 함께 이를 보고 쓴 시다. 이 시가 1500년경 제작된 것이므로 채수의 석가산도 이 무렵 만들어진 것으로 보인다.

3.

15세기에는 안평대군, 성임, 채수의 것 이외에도 상당수의 가산이 존재하였다. 최한공(崔漢功)의 집에 봉우리가 셋 있는 석가산이 있었는데 김종직(金宗直)이 그 중 하나를 얻어온 적이 있으며,[11] 김시습(金時習)도 자신의 집에 가산을 세우고 이를 시로 지은 바 있다.[12] 16세기 이후에도 문인들의 원림에는 다투어 석가산이 만들어졌다. 이 무렵 바위를 사서 산을 만드느라 만금(萬金)을 소비하는데 이러한 일이 서울에서 부호한 자들 사이에 경쟁이었다. 조욱(趙昱)은 완물상지(玩物喪志)를 들어 가짜 때문에 진짜 산을 보면 민망하다 하여 가산을 만드는 풍조를 비판하였지만,[13] 대다수 문인 학자들은 이에 가산을 만드는 일에 부정적이지 않았다. 이황(李滉)도 가산에 심을 국화종자를 구한 바 있다.[14]

조선 중기 석가산은 향리로 물러난 사족들의 원림으로 확산되었다. 임억령(林億齡)의 성산(星山) 서하당(棲霞堂)에 연못 등과 함께 가산을 만들었으며,[15] 창평(昌平) 소쇄원(瀟灑園)에도 가산을 만들고 꽃나무를 심어 김인후(金麟厚)와 정철(鄭澈)의 시제(詩題)에 오른 바 있다. 사족뿐만 아니라 위항인까지 석가산을 만드는 풍조가 퍼지기도 하였다.[16] 『산림경제(山林經濟)』와 『임원십육지(林園十六志)』에 못가에 석가산을 만드는 방법이 들어 있어

---

11) 金宗直, 「崔台甫家有石假山三朵峯巒洞穴玲瓏可愛也欲易其一置之書室傍僕之家無一物可相直者姑用東坡壺中九華韻呈台甫」(『佔畢齋集』 12-329).

12) 김시습, 「堅假山」(『梅月堂集』 13-154).

13) 조욱, 「見外姪沈守精作石假山長篇佳甚作一絶」(『용문집』 28-199).

14) 李滉, 「次韻謝金彦遇惠石假山種菊」(『退溪集』 29-154).

15) 임억령, 「假山」(『石川詩集』 27-400).

16) 조유수(趙裕壽)의 「崔老人石假山詩引」(『후계집』)에 보이는 석가산은 홍세태(洪世泰)의 벗 최이태(崔爾泰)의 것으로 추정된다. 최이태는 호를 석가산주인(石假山主人)이라 하였는데, 홍세태, 조유수 등 여러 사람이 이를 두고 시를 쓴 것으로 보아 당시 위항인들 사이에 그의 석가산이 널리 알려진 것으로 보인다.

조선 후기에는 석가산이 일반화되었을 것으로 추정된다. 이에 따르면 재질이 부드러운 돌을 가져다가 쪼아서 괴석을 만들어 쌓고, 단풍나무, 소나무, 오죽(烏竹), 진달래, 철쭉, 석죽(石竹), 흰나리꽃, 범부채꽃 등을 심으며 못 가에는 여뀌를 심는다고 한다. 또 가산 뒤쪽에 큰 옹기를 두어 물을 저장하고 대나무 홈통을 이용하여 물을 끌어와 가산 꼭대기에서 못으로 떨어지는 폭포를 만든다고 한다.

조선 중기 이후에는 간편한 목가산(木假山)도 문인의 사랑을 받았다. 목가산은 소순(蘇洵)의 「목가산기(木假山記)」가 널리 읽히면서 세인의 관심을 끌었다. 소순이 모래에 잠기고 물에 닳은 나무토막을 가져다가 목가산을 만들고 이 글을 지었는데, 조선 중기 이후의 목가산은 대체로 그 풍류를 따른 것이다. 석가산을 만드는 것에 비하여 손쉬웠기 때문에 16세기 이후 목가산이 석가산에 못지 않게 성행하게 된 것으로 추정된다. 우리나라에서는 김안로(金安老)의 것이 가장 빠르며, 김인후도 매화 등걸로 목가산을 만든 바 있다.[17] 목가산 재료가 시장으로 나오면 소년들이 다투어 천금을 내고 구하려 하였다고 하였으니 그 성행을 짐작할 수 있다.[18] 조선 후기에도 목가산이 사족들 사이에 유행하여 이식(李植), 장유(張維), 박장원(朴長遠), 박세채(朴世采), 임창택(林昌澤), 안정복(安鼎福) 등이 목가산을 노래하거나 그 의미를 부여한 바 있다.

그런데 송순의 시에 따르면 목가산은 옥반에 올려놓거나 꽃핀 난간에 둔다고 하였다. 석가산이 원림의 일부를 이루는 비교적 규모가 큰 데 비하여 목가산은 규모가 작은 완상용이었던 것으로 추정된다. 조선 후기의 목가산 역시 그러하다. 목가산을 만드는 재료는 다양하였다. 나무 등걸을 쓰기도 하고 나무뿌리를 쓰기도 한다. 자연 상태의 나무를 적당히 꾸미기도 하고, 또 전문적인 공장(工匠)의 솜씨를 빌어 기이한 모습을 만들어내기도

---

17) 김안로, 「木假山戲用蘇雪堂梅宛陵韻」(『희악당고』 21-338; 김인후, 「木假山」(『하서전집』 33-103).
18) 송순, 「木假山」(『면앙집』 26-194).

한다.[19] 산에 안개가 서린 극적인 효과를 내기 위하여 김이 무럭무럭 나는 끓는 물을 부어 완상한다.[20]

이웃에 사는 정생(鄭生)이 말라비틀어지고 기이하게 생긴 나무를 숲에서 주워 와분(瓦盆)에 넣고 흙을 북돋우었다. 잡초를 그 전후 빈틈에 심고서 가산이라 하였다. 이를 나에게 주면서 한가할 때 눈길을 보낼 자료로 삼게 하였다. 처음에는 산이지 나무가 아니라 생각하였다. 가까이 가서 자세히 본 다음에야 그것이 산에 있는 나무와 비슷하다는 것을 알았다. 사랑할 만한 것이다. 때때로 몇 모금 끓는 물로 그 몸을 씻으니 그 사이에 안개가 피어나는 것 같았다.
— 朴長遠, 「木假山記」(『구당집』 121-341)

어떤 나무꾼이 천년 묵은 뿌리를 뽑아 땔감에 섞어서 싣고 왔다. 마침 우리 집에 팔러 왔는데 집안의 하인이 쪼개어 태우려고 하였다. 내가 못하게 하고 이를 원림에 두었다. 우뚝우뚝하고 삐죽삐죽한 모습이 산과 같다. 산 곁에는 소나무가 서있고 대나무가 성글게 서 있어 가지와 잎이 살아 생동하는 듯 하다.
— 林昌澤, 「木假山記」(『숭악집』 202-520)

이처럼 조선시대 인공으로 가산을 꾸며 집안에 자연을 끌어들였거니와 원림 자체도 인공적으로 조성하기도 한다. 임창택은 자신의 집에 목가산을 만들었거니와 다른 원림의 구성물 역시 인공으로 조작하여 산림에 사는 맛을 더하였다. 임창택은 개성의 남산(南山) 아래 대활동(大闊洞)에 살았다. 집 뒤쪽 빈 터에 돌을 쌓아 몇 척 높이의 석대를 만들고 그 위에 초가 두 칸을 지어 살았다.[21] 그러다가 백운동(白雲洞) 목청전(穆淸殿)과 성균관

---

19) 이식, 「偶題小木假山贈造工安天克天克庶人也」(『택당집』 88-54). 버려진 나무가 장인의 손을 빌어 작은 산이 되었다고 하였다.

20) 『오주연문장전산고(五洲衍文長箋散稿)』에 따르면 서양에서는 염초를 흙에 섞어 쌓아 연무(煙霧)를 내도록 한다. 중국에는 노감석(盧甘石)을 쓰는데 노감석은 비가 온 후 햇살이 쬐면 습기가 올라와 안개가 서린다. 자웅(雄黃)을 쓰는 것은 뱀을 물리치기 위한 것이라 한다. 『임원십육지』에도 비슷한 내용이 소개되어 있다. 그러나 우리나라 문인들의 집에 염초를 써서 석가산을 만들었다는 기록은 보이지 않는다.

21) 임창택, 「崧岳草廬記」(『숭악집』 202-520).

(成均館) 인근으로 집을 옮겼는데 도성에서 가까운 거리에 있었지만 풍광이
아름다웠다. 거북처럼 생긴 바위를 옥령암(玉靈巖)이라 하고 그 위에 청학
정(靑鶴亭)을 지었다. 흙을 쌓아 담장을 만들고 바위를 놓아 문을 만들었다.
바위를 깎아 섬돌을 만들과 돌을 가로로 놓아 난간을 만들었으며, 흰 볏집
으로 지붕을 이었다. 서소대(舒嘯臺)와 쾌조대(快眺臺)가 좌우에 있고 뒤쪽에
는 금병암(錦屛巖)이 둘러 있었으며 서쪽에는 산풍각(山風閣)을 지었다. 육덕
천(育德泉)에서 물길을 끌어 그 앞에 못을 만들었다. 옥령암 위에 흙을 덮
어 소나무와 대나무, 국화를 심었다. 그리고 졸리면 자고 깨면 책을 읽고,
자리에서 일어나 옹기에 물을 담아 나무에 물을 주고 앉아서 안석에 기대
어 시를 짓고 살았다. 구름을 바라보고 물소리를 들으면서 그렇게 살았
다.22) 그럼에도 부족하여 목가산을 만들어 자신의 원림에 두어, 상상 속의
자연을 다시 즐겼다.

옥(玉)으로 산 모양을 만드는 사치스러운 가산도 등장하였다. 김우옹(金
宇顒)은 정구(鄭逑)가 보내어준 옥가산에 사례하는 뜻으로 시를 지어 보낸
바 있다.23) 그러나 옥가산을 그 가격이 워낙 비싸서 상당히 귀하였을 것이
며 철저하게 인공을 빌어 제작되었을 것이다.

옥가산은 소옹(素翁) 김정지(金定之)가 소장한 것이다. 내 못된 마음으로 가
산을 옮겨오고자 한 것이 오래되었다. 올해 겨울에 소옹이 내 집을 찾아왔는데
이를 지고 와서 내게 주었다. 내가 절하고 받아 자세히 보았다. 가산에 봉우리
가 다섯인데 가운데는 우뚝 높고 양쪽의 것은 조금 낮다. 빼어남을 다투는 것
이 넷인데 사면에 기암괴석이 있어 거의 헤아릴 수가 없다. 바위틈이나 석굴에
는 사찰을 두었고 그 가운데를 비워 물을 한 되 정도 담게 되어 있는데 물을
담았다 뱉는 구멍을 동서 양쪽 봉우리에 두었다. 가끔 물이 흘러나오면 마치
높은 산에 폭포가 매달린 듯 하다. 자세히 음미하노라면 냉산(冷山)의 장백폭포
(長白瀑布), 향여산(香廬山)의 비류폭포(飛流瀑布)를 앉아서 볼 수 있다. 내가

---

22) 임창택, 「靑鶴亭記」(『숭악집』 202-524).
23) 김우옹, 「謝鄭寒岡逑送玉假山」(『동강집』 50-191).

평소 산수에 벽이 있었지만 노년에 사는 곳이 아름다운 산수가 있어 즐길 만하지 못하였으므로, 다행이 이를 얻어 대문을 나서지 않고서도 산과 물을 즐기는 두 가지 즐거움을 얻게 되었다. 옛사람이 누워서 유람하는 자료로 삼는다는 그 이상이었다.

— 柳道源, 「玉假山記」(『노애집』 238-236)

유도원(1721~1791)이 소유하였던 옥가산은 사실은 연적이다. 그 모습이 산을 닮았기에 가산이라 한 것이다. 산봉우리를 다섯 개 새겨 산의 모습을 갖추게 한 다음, 석굴을 파고 그 안에 사찰의 모습을 정교하게 새겨 넣었다.24) 또 물이 졸졸 흘러나오게 하여 폭포처럼 만들었다. 한 아름밖에 되지 않을 인공의 옥산을 이처럼 기이하게 꾸민 것이다. 그리고 그곳에서 천하의 명산을 상상으로 보았다. 사정이 이렇게 되었을 때의 가산은 산림으로 물러난 문인들이 호사취미로 원림의 일부가 되기 쉽다. 17세기에는 심지어 눈이 많이 오면 눈으로 산을 만든 예도 있다.25)

4.

조선시대 가산을 만든 것은 기본적으로 와유(臥遊)를 위한 것이다.26) 천석고황의 질병이 있는 사람은 산수 자연에 대한 욕심이 끝이 없다. 물론 현실은 이 끝없는 욕심을 채우지 못하게 한다. 더욱이 늙어 다리힘이 빠지

---

24) 각주 6)에서 밝힌 것처럼 이른 시기의 가산은 불교적인 목적이 있었기에 불상을 안치하는 경우가 많았는데 옥가산 역시 그러한 의식이 다소 있었던 것으로 추정할 수 있다.

25) 이민구, 「雪假山行」(『동주집』 94-125).

26) 그러나 안평대군이 가산을 꾸민 것은 산수에 대한 벽 때문이 아니라 자신의 전장인 무계정사를 장식하는 효과로서의 기능을 할 뿐이었다. 고려시대 윤언문의 사치도 마찬가지다.

면 가고 싶어도 갈 수가 없다.

> 내 본디 천석고황이 있지요. 남들은 나를 호사가라 헐뜯겠지요. 그러나 아름
> 다운 산수가 내 담장 안에 있지 못한 법이요. 황량하고 적막한 땅에 있어서 이
> 무기나 범을 맞닥뜨려 막아내야 하니, 그러한 수고로움을 겪은 다음에야 찾아
> 갈 수 있는 것이 늘 불만이었소. 이제 내가 자리를 옮기지도 않고 또 지팡이에
> 신발을 신고 나서지 않더라도 산수의 경관과 비슷한 이것이 내 눈에 맞고 마음
> 에 흡족하니, 호사가라 헐뜯어도 개의치 않겠소이다.
>
> — 徐居正, 「假山記」(『사가집』 11-197)

> 나이로 노쇠해지고 근력도 없소이다. 일어서자면 남들의 부축을 받아야 하니,
> 어찌 높은 곳에 오르는 수고를 감당할 수 있겠소. 그렇지만 천석고황이 이미
> 깊어진지라, 갑자기 치유할 수도 없다오. 방안의 자리에서 앉아서도 누워서도
> 마주하려고 가산을 만들었지요. 맑은 물을 두르고 좋은 꽃을 심었다오. 봉우리
> 는 교묘하여 그 영롱함이 사랑스럽지요. 시를 짓고 즐기면서 이 땅이 내 마음
> 과 어우러져 태산(泰山)이 크고 가산(假山)이 작다는 것도, 못이 작고 바다가
> 크다는 것도 알지 못한다오.
>
> — 채수, 「石假山瀑布記」(『난재집』 15-372)

가산을 꾸민 것에 대한 성임과 채수의 변명이다. 자신의 노쇠함 때문에
가산은 어쩔 수 없는 선택이라 한 것이다. 늘그막에 직접 유람을 할 수 없
으면 와유를 하고 와유를 위해서는 산수화를 벽에 내거는 것이 일반적이다.

청허자는 평생 산수를 매우 좋아하여 우리나라 명산, 예를 들면 삼각산, 금강
산, 지리산, 팔공산, 가야산, 비슬산, 황악산, 속리산 등과 같은 곳의 정산에 모
두 올라보았다. 세상의 먼지구덩이에서 벗어나 온 세상을 바라다보고 천지의
크고 높고 넓고 깊은 것을 알게 된 것이 즐거웠고, 또 기암괴석이 만 길 높이로
뽑힌 듯 솟아 있고 그 사이 소나무와 전나무가 서 있는데 구름과 안개가 어른
거리고 맑은 하천과 하얀 돌들, 으슥한 개울물과 깊은 숲 이 모두가 세속에서
더럽혀진 마음을 씻고 뜻과 기개를 크게 하기에 족한 것이 즐거웠다. 유람하는

선비나 승려들을 만나면 산수에 대해 이야기를 나누었는데, 그러하면 청허자는 매우 즐거워 서로 질문하고 논하느라 입에 침이 질질 흘렀다. 세상에서는 모두 그 벽을 비웃었다.

다리힘이 딸리는 나이가 되어 걷기를 좋아하지 않게 되자, 어찌할 수가 없어 부득이 누워서 유람할 꾀를 내게 되었다. 이에 고금 명류들이 그린 산수화를 모아서 벽에 걸어두고 보았다. 비록 놀러나가 즐길 마음이 조금은 위안이 되었지만 그저 필력이 정교하고 강건한 것만 취하니 경관은 가물거릴 뿐이다. 이 또한 생동하고 핍진한 형상을 보기 어려웠으니, 마음으로 늘 한하였다.

— 채수, 「석가산폭포기」(『난재집』 15-372)

채수는 늙어 다리힘이 딸리자 산수화를 걸어놓고 와유를 즐기고자 하였다. '와유'라는 용어는 『송사(宋史)』 「종병전(宗炳傳)」에 종병이 늙고 병들면 명산을 두루 보지 못하게 되면 누워서 보기 위하여 유람하였던 곳을 모두 방에 그림으로 그려두었다는 기록에서 연원을 두고 있기에 산수화로 유람을 대신한다는 뜻이다.

그러나 그림을 가지고서 진짜 산수를 대신할 수 없다. 그림보다 생동하고 핍진한 것이 바로 가산이다. 황종희(黃宗羲)의 「장남원전(張南垣傳)」(『南雷集』)에는 가산을 만드는 이유로 그림으로는 산수를 체험할 수 없는 단점을 보완할 수 있기 때문이라 한 바 있다.[27] 채수보다 앞서 강희맹도 그림의 한계를 다음과 같이 말한 바 있다.

산을 오르는 이는 반드시 높고 큰 곳을 원한다. 물을 보는 자는 반드시 깊고 넓은 곳을 원한다. 대개 우주의 장관을 끝까지 찾아 내 정신을 물외(物外)에 통쾌하게 하고자 하는 것이다. 그러나 땅은 나누어져 있고 다리 힘은 한정이 있으므로, 전설에 나오는 대장(大章)과 수해(竪亥)처럼 튼튼한 다리로 내달리고, 신선 열어구(列御寇)처럼 신령한 말을 달리게 하더라도, 내 장대한 뜻이 끝까지 찾아보고자 하는 것은 충족시킬 수 없다. 문과 뜰을 나서지 않고서 산림과 강

---

27) "今之爲假山者, 聚危石架洞壑, 帶以飛梁, 矗以高峯, 據盆盎之智以籠岳瀆, 使入之者如鼠穴蟻垤, 氣象蹙促, 此皆不通於畵之故也."

해의 멋을 이해하고자 하지만 이 또한 어려운 법이다. 그림 한 가지는 외형이 거의 비슷하지만 진짜 모습이 산처럼 우뚝 높고 물처럼 흘러가는 맛은 들어 있지 않다. 어찌 작은 것을 가지고 큰 것을 대신할 수 있겠으며, 가짜를 보고서 진짜를 상상할 수 있겠는가?

— 강희맹, 「가산찬」(『사숙재집』 12-70)

가산은 그림이 줄 수 없는 생동한 느낌을 줄 수 있다. 비록 가산이 작지만 상상력을 통하여 큰 산으로 만들어간다. 채수는 가산 앞에서 시를 짓고 즐기노라면 가산이 자신의 마음과 어우러져 태산이 크고 가산이 작다는 것도, 못이 작고 바다가 크다는 것도 알지 못한다고 하였다. 이승소는 좀 더 논리적으로 산의 크기가 산수를 즐기는 데 문제가 아니라 하였다. 큰 산이나 가산이나 모두 돌이 모여 된 것임에는 다름이 없기 때문이다.

산은 주먹만한 하나의 돌이 많아진 것이니 그것이 커지면 초목이 자라나고 짐승들이 살아 보물창고가 된다. 강과 바다는 한 잔의 작은 물이 많아진 것이니 그것이 깊어지면 자라와 악어와 교룡과 용과 물고기가 살게 되어 재화가 생기게 된다. 그렇다면 바다와 산이 높고 깊은 것은 주먹만한 돌과 한 잔의 물이 아니라면 쌓여 많아져 커지고 깊어지는 것이다. 이러니 어찌 크고 작은 것을 따지겠는가.

— 李承召, 「石假山詩序」(『삼탄집』 11-482)

이어지는 글에서 이승소는 소동파(蘇東坡)는 동해(東海)의 돌을 가지고 돌아가면 자신의 소매에 동해가 있다는 말을 인용하면서 하나의 돌이든 많은 돌이든 본질적으로는 차이가 나지 않는다고 하였다. 사물은 다른 것에 기대는 것이 있는 법이므로 하늘이 만든 것은 가짜가 아니고 사람이 만든 것은 진짜가 아니라는 것을 인정할 수 없다. 돌로 된 것은 매 한가지기 때문이다. 이 때문에 이승소는 채수가 그러하였듯이 가산이 비록 작더라도 마음속에는 결코 작지 않다 하였다. 이승소의 말은 조선 후기 가산을 애호한 사람들이 개진한 논리의 중심에 있다.

천하의 사물은 진짜와 가짜가 매우 다르다. 그런데 이러한 가짜는 그 모습이 진짜와 매우 흡사하다. 사람의 눈을 어지럽혀 진짜와 가짜를 구분하지 못하게 하는 것은 무엇 때문인가? 내 생각에는 무릇 만물이 가짜라 하는 것은 거짓으로 꾸며서 진짜의 모습을 닮게 하고 교묘한 솜씨를 드러내어 바깥으로 현혹하는 것이다. 예를 들면 꽃실을 엮어 만든 꽃이나 쇠에 도금하여 만든 금덩어리 같은 것이다. (…중략…) 그러나 가산은 이와 다르다. 사람이 가짜라 일컫는 것은 잘못이니 마땅하지 않다. 산이 이루어진 것은 본디 돌을 바탕으로 한다. 우주에서 이름난 산으로 세상에 높게 일컬어지는 천태산(天台山)이나 안탕산(雁蕩山), 형악(衡嶽), 여부산(盧阜山) 등이 그 근본은 돌을 모아 만들지 않은 것이 없다. 전하는 말에 이제 산은 주먹만한 돌 하나가 많아져 크고 넓어지니 초목이 자라고 짐승이 살게 된다고 한 것은 이 때문이다. 내가 가산이라 말한 것은 또한 돌 중에서 모습이 기고한 것, 삐죽한 것, 험괴한 것, 펑퍼짐한 것을 많이 모아 만든 것이다. 모두 돌을 모아 이루어진 것이니 하늘이 만든 것인가 사람이 만든 것인가에 차이가 있을 뿐이니 그 만들어진 것은 하나다. 하필 저것은 진짜라 하고 이것은 가짜라 하겠는가.
　　　　　　　　　　　　　　　　　— 吳道一, 「曹氏石假山記」(『西坡集』 152-347)

돌로 가짜 산을 만들면 사람들이 보고 진짜 산인가 한다. 사물은 정말 크고 작은 것이 있는데 우리가 보는 것은 사물에 의하여 막혀 있지 않다면 그것이 커도 커 보이지 않고 그것이 작아도 작아 보이지 않는다. 무릇 사물이 크고 작은 것은 정해진 것이 없다. (…중략…) 내가 석가산을 가지고 나서부터 금강산도 크게 보이지 않고 석가산이 작아 보이지도 않았다. 내가 마음을 비우고 생각을 맑게 한 다음 난간에 기대어 가산을 바라보니, 작은 봉우리가 삐죽삐죽하고 작은 골짜기가 탁 트이어 있는 것이 금강산 만이천봉이 우뚝 솟고 만폭동의 물이 용솟음치는 것으로 보였다. 숭산과 화산, 곤륜산이 천지에 가득한 곳이 보였다. 그러나 나는 그것이 크게 보인 적이 있고 때때로 그것이 존재하지 않는 것만 보였다.
　　　　　　　　　　　　　　　　　— 丁範祖, 「石假山記」(『海左集』 239-458)

오도일(1645~1703)의 글에서 전하는 말이라 한 것은 이승소의 말이다. 가산의 논리로 이승소의 말이 널리 펴졌음을 여기서 알 수 있다. 오도일은 이승소의 논리를 확장하여, 진짜 산이든 가짜 산이든 모두 돌로 이루어진 것이므로 그 체(體)가 하나라 하였다. 정범조(1723~1801)는 산이 작고 크게 보이는 것은 마음의 작용일 뿐이며, 석가산을 통하여 거대한 자연을 볼 수 있다 하였다. 이는 강희맹이 가산을 찬양한 논리와 크게 다르지 않다. 허목(許穆, 1595~1682)이 "태산이 우뚝 솟은 것이라도 또한 주먹만한 하나의 돌이 많아진 것에 불과하니 다만 쌓인 것이 크고 작은 차이만 있을 뿐이지 그 형체는 같다"라 하였고, 박장원(朴長遠, 1612~1671) 역시 인공과 천연을 따질 필요가 없다 하였다.28) 다만 가산과 관련하여 주목되는 것은 이익(李瀷, 1681~1763)의 글이다.29)

　　산은 하나인데 사람의 눈은 만 가지다. 가파라서 험준한 것은 화려함이 부족함이 있고, 깊숙하여 골짜기가 된 것은 빼어남이 부족함이 있으며, 너무 급하게 솟았으면 길게 뻗었으면 좋겠다 싶고, 너무 펑퍼짐하게 크면 좀 조밀하게 붙어 있었으면 좋겠다 싶다. 두루 돌아다니면서 다 보더라도 끝내 마음에 흡족한 것이 없다. 이에 언덕에 올라서 그 높은 것을 취해 오고, 골짜기에 들어가서 그 그윽한 것을 취해 와서 이를 합하여 작은 산을 만든다. 봉우리 하나 벼랑 하나가 모두 마음으로 재고 헤아려서, 한 자를 더하여 너무 길게도 하고 한 치를 줄여서 너무 짧게도 만든다. 한 마음으로 만든 것이니 어찌 뜻에 맞지 않을 수 있겠는가. 실로 좋아함이 깊어지면 마음이 이르지 않은 곳이 없으니 가짜를 가지고서 진짜를 좋아하게 된다.

— 이익, 「石假山記」(『성호전집』 199-477)

---

28) 허목, 「石假山記」(『기언』 99-78); 박장원, 「木假山記」(『久堂集』 121-341).

29) 이익은 「安氏石假山詩序」(『성호전집』 199-458)에서 "산은 주먹만한 돌 하나가 많아져서 끝내는 힘줄이 드러나면 봉우리가 되고 기세가 거세면 비탈이 되고, 혹은 입을 벌리고 펼쳐져 있으면 골짜기가 되고 산모롱이가 되고 골짜기가 되고 계곡이 된다. 비가 적셔 축축해지면 초목이 이를 이용해서 자라난다"라 한 것에서는 이승소의 논리와 다르지 않다.

사람의 눈에 맞는 자연이 없기에 자신의 취향에 맞게 꾸미게 되니, 정말 자연을 좋아하게 되면 자연을 만든다 하였다. 가짜 산을 통하여 진짜 산이 줄 수 없는 갖추어진 즐거움을 제공한다고 한 것이다. 이익은 이 글의 전반부에서 가(假)를 말하고 싶지 않다는 하였다. 그럼에도 가(假) 통하여 와유를 할 수밖에 없는 것은 인간의 감각기능으로 어쩔 수 없는 것이다. 이익은 "와유라 하는 것은 몸이 누워있는데 정신이 노니는 것이다. 정신은 마음의 영(靈)이요 영은 이르지 못하는 곳이 없으므로 온 세상에 불빛처럼 순식간에 만 리를 가므로 사물에 기대지 않아도 될 것 같다. 그러나 맹인은 꿈을 꾸지 않는다. 사물의 모습과 빛깔은 시력기관에서 관장한다. 보는 것에 깃들일 바가 없으면 생각도 또한 말미암아 일어날 수 없다. 이 때문에 혼이 방불한 것은 눈으로 얻지 않음이 없다"라 하였다.30) 비록 시화첩에 붙인 글이지만, 가산의 경우에도 마찬가지로 적용될 수 있는 말이다. 산수화나 가산이든 상상의 촉매가 없으면 정신이 노닐 수 없다. 그 때문에 가산을 만드는 것이다.

5.

산수 자연을 집안으로 끌어들이는 와유의 한 방편으로 향유되었던 조선시대 가산의 실태와 그에 대한 사람들의 생각은 이러하였다. 물론 와유의 방편은 여기에 그치지 않는다. 조선시대 가장 널리 애용되던 와유의 방편은 산수도다. 조선 초기 와유를 위한 산수도는 대부분 실재한 대상을 그린 것이 아니었다. 도연명(陶淵明)의 은거를 따르고자 하여 귀거래도(歸去來圖)

---

30) 이익, 「臥遊帖跋」(『星湖全集』 199-536).

를 걸어놓거나 자신의 집을 왕유(王維)의 그것에 비겨 망천도(輞川圖)를 걸어놓는 것이 일반적이었다. 전원을 노래한 중국 한시의 의취를 상상하여 그리기도 하였다. 그러나 조선 후기에는 금강산이나 관동지역에 대한 실경 산수가 널리 유행하면서 이들이 더욱 생생한 와유의 방편이 될 수 있었다. 자신이 직접 본 산수를 뛰어난 화가가 그려놓은 그림을 통하여 상상해보면 절로 마음이 천리 바깥으로 날아갈 수 있었으리라. 특히 산수간에 노닌 흥을 적은 시(詩)까지 함께 있으면 더욱 좋을 것이다. 이러한 뜻에서 그림을 곁들인 와유첩(臥遊帖)이 널리 유통하게 된 것이다. 물론 산수는 그림으로도 다 그릴 수도 없고 또 그러한 능력을 갖춘 화가가 늘 존재하는 것도 아니다. 이 점에서 그림보다 유용한 와유의 방편은 산수유기(山水遊紀)요, 이를 집대성해놓은 것이 와유록(臥遊錄)이다. 17세기 이래 문인들이 다투어 『와유록』을 엮었고 또 편자를 알 수 없는 장서각본『와유록』, 규장각본『와유록』, 기타 개인이 소장하고 있는 몇 종의 『와유록』 등이 현전하거니와, 방대한 규모의 이러한 산수유기가 조선 후기 광범위한 와유의 자료가 되었음을 알게 한다. 이러한 조선 후기 와유의 제양상에 대해서는 훗날을 기한다.[31]

---

31) 이에 대해서는 이종묵, 「조선시대 와유문화」라는 제목으로 금년에 간행될 예정인 『진단학보』에 투고하였다.

조선 전기 금강산 유산시의 사례 연구

김시습의 「유관동록(遊關東錄)」, 이이의 「풍악행(楓嶽行)」을 중심으로

우응순

1. 서론

현대 도시문명에 지친 사람들은 다양한 여가활동에서도 여행을 재충전의 소중한 기회로 생각한다. 산행을 통해서 누적된 스트레스를 방류, 해소하고 다시 복잡한 도시생활로 귀환하기도 한다. 여행자를 지치고 힘들게 하는 갈등의 소재가 외부 환경에 있든 내면의 지나친 욕망에서 온 것이든 낯선 풍경, 산수를 찾아 지친 심신을 위로받고자 하는 것이다. 물론 단순한 휴식, 도피가 아닌 배움의 기회, 유학(遊學)으로 삼는 문화재 답사, 생태기행도 있다.

전근대 지식인들의 산수 체험, 유산(遊山)은 대부분의 경우, 지금의 우리와는 마음가짐부터 달랐다. 그들은 산행을 학문(學問)의 한 방편으로 이해했다. 힘든 산행의 과정과 입지(立志)를 위한 독서의 과정을 일치시켜 수행방법으로 삼은 것이다. 그들은 광활한 산수자연 속에서 유산의 체험을 통해 내면을 성찰할 수 있는 기회를 갖고자 했다. 자아의 깊이를 확장, 심화하고자 하는 열망은 체험의 문학―유산기와 유산시의 창작 기반이 되었으며, 주변 사람들은 독서(臥遊)를 통해 그 경험을 공유했다. 지금 우리가 디지털 카메라로 이곳저곳을 찍고, 컴퓨터로 전송하여 여행의 경험을 공유하듯이.

유산기(遊山記)가 작가의 여행과정과 여행지의 지역상황을 비교적 상세히 담고 있는 사실적 기록이라면 유산시(遊山詩)는 주변 정보를 생략한 채, 비교적 짧은 시간에 작가의 시선에 포착된 정회를 집약적으로 표현한다. 유산기가 풍경화하면 유산시는 크로키, 스케치에 견줄 수 있을 것이다. 최근 한문학계는 조선시대 유산기의 문학적 가치에 주목하여 작가의 자연관과 미의식, 기행 장소의 정신사적 의미 등을 찾는 연구가 활발히 진행되고 있다.[1] 이러한 연구의 배경에는 현재를 사는 우리에게 여가와 여행의 가치가 주요하게 부각된 데 있다. 그리고 그 연장선상에서 전근대 사회의 여가문화에 대한 관심이 높아진 것이다. 다만 현재까지 여행문학의 주된 관심은 유산기에 집중되었으며, 유산시에 대한 정리·연구는 상대적으로 적은 편이었다.

지금도 여행을 떠난다면, 간단하나마 준비를 한다. 전근대사회에서 사대부들의 산행은 그 나름대로 뚜렷한 의식과 계획 아래 진행되었다. 그들은 긴 시간 동안 준비를 하면서 가고자 하는 곳의 유산기를 찾아 읽어 사전 정보를 갖추기도 하고, 동반자들과 세부 일정을 계획하고, 중간에 합류 예정인 동행들과 약속 장소와 일자를 정해놓기도 하였다. 지금과는 달리 교통 여건, 숙소, 여비 마련 등이 만만치 않았던 상황에서 10~20일 정도 소요되는 험난한 산행을 감행한다는 것은 큰 행사였으며, 흔히 일생의 전환

---

1) 그 주요 연구 성과를 거론하면 다음과 같다. 정민, 『한국역대산수유기취편』, 민창문화사, 1996; 이혜순·정하영, 『조선 중기의 유산기 문학』, 집문당, 1997; 심경호, 『한문산문의 내면풍경』, 소명출판, 2001.

점이 되기도 하였다. 일반적으로 산행 전과 후, 유산의 주체는 정신적으로 일신(日新)된 성숙한 모습을 보여주기도 한다.2)

금강산을 대상으로 한 문학 작품은 유산문학의 중심을 이룬다고 할 수 있을 만큼 많은 양이 남아 있고, 질적으로도 우수하다. 수많은 시인, 학자가 금강산 유산을 일생의 소원으로 여겼고, 여정에 따라 절경을 만날 때마다 발길을 멈추고 솟아나는 감흥을 시상으로 정리하여 유산시, 산수유기, 기행가사3)를 남겼다.

본고에서 주목하는 자료는 김시습(金時習, 1435~1493)의 「유관동록(遊關東錄)」(『梅月堂詩四遊錄』)과 이이(李珥, 1538~1584)의 「풍악행(楓嶽行)」(『栗谷全書』 습유 卷1)이다. 이를 통하여 15세기 고독했던 방외인형 지식인과 16세기 전형적 도학자의 젊은 시절, 방황기의 작품에 나타난 금강산의 형상화 양상, 시각을 비교 고찰하고자 한다. 특히 이이는 자신의 금강산 기행의 목적을 '산수흥(山水興) 때문이 아니라 천진(天眞)을 보존하기 위해서'라고 밝히면서 '자장(子長 : 사마천)은 내가 사모하는 분이며 / 열경(悅卿 : 김시습)은 나의 친구이다'4)라고 밝혔다. 이이는 훌쩍 떠난[飜然出國門] 금강산 기행에서 사마천의 장유(壯遊), 김시습의 탕유(宕遊)를 모범으로 삼고 마음에 간직하고 있었던 것이다.

---

2) 이는 물론 학문에 전념했던 도학자들의 유산기에서 확인된다. 일반적으로 고위 관료들의 유산은 유흥적 성격이 강하였다. 그 대표적인 예로 이정구(李廷龜, 1564~1635)의 금강산 기행(1603)이 있다. 이정구는 악공·요리사를 동반하였고, 주변의 관료들이 총출동하였으며, 잔치·시회가 이어졌다. 이는 이정구가 고위직(예조판서)에 있었고, 26일 간의 일정동안 40여 년 동안 고대해왔던 일이라고 하면서 유락적 태도를 보였기 때문으로 유산기의 일반적 양상은 아니다. 『월사집』卷38「遊金剛山記」.

3) 금강산을 대상으로 한 기행가사는 지은이가 알려진 것이 정철의 「관동별곡」(1580)을 비롯하여 12수이며, 작자 미상의 작품은 1816년 작인 「(병자)금강산가」를 비롯한 12수이다. 작품의 길이는 142구인 「금광유람가」(1920년대)부터 2,170구에 이르는 홍정유의 「동유가」(1862)에 이르기까지 다양하다. 장정수, 「금강산 기행가사의 전개 양상 연구」, 고려대 박사논문, 2000, 18~19면.

4) 『栗谷全書』습유 卷1「偶吟」, "嗟余生苦晚, 少小趨埃塵, 眼閱古(缺)書, 志慕義皇人, 事累紛萬緒, 無處怡精神, 飜然出國門, 足迹窮海濱, 風月養我情, 烟霞盈我身, 子長吾所慕, 悅卿吾所親, 非探山水興, 聊以全吾眞."

2. 김시습과 이이가 갔던 금강산 여정

　일반적으로 유산시는 그 장르적 속성으로 인하여 유산기에 비해 여행 경로와 일정이 분명하게 드러나지 않는다. 김시습과 이이의 경우도 여행 경로는 어느 정도 짐작할 수 있지만, 일정, 유숙 기간, 동반 인물,[5] 교유 인물에 대한 정보는 부족한 형편이다.

　근래에 문화역사 지리학에서 유산기를 자료로 한 연구가 진행되고 있는 데, 20여 편의 금강산 유산기를 통하여 여정을 복원하고 여행 관행 ― 하루 이동거리, 숙박지, 금강산 내 경유지, 준비물 ― 을 추정한 바 있다. 지리학 전공자가 복원한 금강산 여정을 보면, 서울에서 출발한 여행자들은 송우 리(포천)―양문역(영평)―풍전역(철원)―김화 읍치―창도역(금성)까지는 동일한 노선을 택한다고 한다. 이 길은 조선시대 6 대로(大路) 중 제 2로인 '경흥로 (서울―경흥간 도로)'의 일부 구간으로, 현재의 3번 및 43번 국도와 거의 일치 한다.[6] 서울에서 창도역까지 동일한 길을 따라 온 여행자들은 목적지에 따라 각기 다른 길을 택하는데, 내금강을 가려는 사람들은 통구(通溝, 현재 의 강원도 통천군 통천읍)를 거쳐 단발령(斷髮嶺)을 넘어 장안사에 도착한다.[7] 소요시간은 중간 경유지에 어느 정도 머무느냐에 따라 달라지지만 대략 6~7일이 걸렸다. 이 길은 서울에서 금강산 입구까지를 거의 직선으로 잇

---

5) 김시습의 경우 동행이 있었으나 누구인지 알 수 없고, 이이의 경우 초행길이라 行脚 僧을 동반했고, 내금강에 10일 간 머물렀다고 밝히고 있다.

6) 정치영, 「'금강산유산기'를 통해 본 조선시대 사대부들의 여행 관행」, 『문화역사지리』 15권 3호, 2003, 22~23면.

7) 『大東地志』 卷27 「程里考」에 의하면 서울에서 창도역까지는 300리, 여기에서 단발령 까지는 20리, 장안사까지는 40리라고 한다. 뿐만 아니라 경흥로는 조선시대 가장 중요한 간선도로 중 하나로 비교적 잘 관리되었고, 길가 곳곳에 驛·院 등 편의시설이 갖추어 져 말을 타고 여행하는 사람들이 숙식에 큰 불편 없이 여행할 수 있었다. 정치영, 「'금 강산유산기'를 통해 본 조선시대 사대부들의 여행 관행」, 『문화역사지리』 15권 3호, 2003, 26면.

는 가장 빠른 노선이었다.

　김시습과 이이도 서울을 출발하여 포천, 영평, 김화를 거쳐 장안사에 이르는 여정을 택하였다. 김시습의 경우 7언 율시 「숙포천인가(宿抱川人家)」로 「유관동록」이 시작되어 「금화로방루상소게(金化路傍樓上小憩)」, 「장안사(長安寺)」 순서로 작품이 수록되어 있다. 그는 "표연히 석장 짚고 풍악산을 향해 가는" 자신의 마음을 '청초(淸悄)'라는 단어로 집약했다.[8] 번뇌와 갈등의 공간에서 벗어나기 위해 입신을 추구하던 유자의 길을 버리고 하루아침에 '검게 물들인 옷을 입고 산사람'[9]이 되었지만 내면의 적막함, 허전함은 쉽게 떨쳐버릴 수 없었을 것이다.[10]

　이이의 경우, 「풍악행」에는 단발령・장안사부터 나오지만, 「출동문(出東門)」・「망보개산(望寶蓋山)」 등의 작품을 보며 그는 서울에서 출발하여 철원에서 심원사를 구경한 후, 가장 빠른 노선을 따라 단발령으로 간 듯 하다. 이이는 1554년 3월 봄에 서울을 떠나며 '저 봄빛 띤 산, 천리 밖으로/지팡이 짚고 내 장차 떠나가리"라고 말한다. 한 곳에 매달린 조롱박 신세에서 벗어나 팔황(八荒)과 구주(九州)에서 자유로이 노닐겠다(優遊)[11]는 청년의 기개를 펼쳐 보인다.

　금강산 내에서의 경로는 크게 내금강, 외금강, 해금강으로 삼분된다. 서

---

8)『梅月堂詩四遊錄』「宿抱川人家」(국립도서관본), 17면. "飄然一錫向楓嶠, 縹緲雲山入眼遙, 遣興且無沽美酒, 愛吟時復度良宵. 孤燈窓外聞征鴈, 矮屋籬邊看野燒, 鄰犬猖狂吠花下, 客心淸悄政無聊."

9)『梅月堂集』卷9「宕遊關西錄後志」, "一日忽遇感慨之事, 以謂男兒生斯世, 道可行, 則潔身亂倫恥也. 如不可行, 獨善其身可也. 欲泛泛於物外, 仰慕圖南思邈之風, 而國俗且無此事, 猶豫未決, 一夕忽悟若染緇爲山人, 則可以塞願."

10) 김시습은 1459년 내금강만 유람하고, 가을에 단발령을 넘어 철원 방면을 거쳐 그 해 겨울을 경기도 부근에서 지낸다. 그는 이 시기에 소요사・도봉산・수락산・회암사를 둘러보고『원각경』을 읽고, 해사(海師)라는 고승에게 강해를 듣는다. 심경호, 『김시습 평전』, 돌베개, 2003, 169~173면.

11)『栗谷全書』卷1「出東門」, "乾坤孰開闢, 日月誰磨洗, 山河旣融結, 寒暑更相遞, 吾人處萬類, 知識最爲巨, 胡爲類匏瓜, 戚戚迷處所, 八荒九州間, 優遊何所阻, 春山千里外, 策杖吾將去, 伊誰從我者, 薄暮空延佇."

울에서 출발한 여행자가 취하는 가장 일반적인 유산 경로는 내금강 → 외금강 → 해금강의 순으로 가는 것이었다. 내금강의 필수 코스는 장안사, 표훈사, 정양사, 마하연, 보덕굴 등 사찰과 만폭동, 명연 등의 계곡이었다. 특히 장안사를 비롯한 사찰들은 여행 중의 숙박 장소로 많이 활용되었다. 김시습의 경우 「장안사」, 「표훈사야음」, 「정양사」, 「백천동」, 「만폭동」, 「원통암」, 「보덕굴」, 「마하연」의 순으로 작품을 남겨 그의 금강산 기행의 중심이 내금강 내의 승경처였음을 알 수 있다. 이이의 경우는 내금강 → 외금강까지 두루 발길이 미치나 해금강까지 가지는 않았다.

김시습의 금강산 여행 경로를 추정하기 위해서는 138수의 작품이 실려 있는 『매월당집』 권10의 「유관동록」과 국립도서관에 소장되어 있는 목판본 『매월당시사유록(梅月堂詩四遊錄)』[12)에 대한 설명이 필요하다. 『매월당시사유록』은 『매월당집』과는 별도로 간행·유통된 고본 시집인데, 그 중의 「유관동록」에는 44편의 작품과 후지(後志)가 있다. 두 자료를 비교해보면, 7언 율시 「마하연」을 제외하면 모든 작품이 『매월당집』에 들어 있다. 다만 금강산을 중심으로 한 관동 지방의 여행 기록이라는 측면에서 보면 문집의 「유관동록」에는 다른 지역을 대상으로 한 작품, 심지어 다른 시기의 작품까지 끼여 있어 읽는 사람을 당황하게 할 정도이다.[13) 이것은 김시습이 1459년(25세) 가을에는 금강산에, 1460년(26세) 봄에는 오대산에 가는데, 그 과정에서 경유지가 복잡해지고, 두 번째 여행인 오대산―강릉―오대산 코스에서 지은 작품들이(이 중에는 통상적인 기행시와는 성격이 다른 작품도 있다) 『매월당집』에 수합되면서 「유관동록」으로 합쳐져 수록되었기 때문이

---

12) 선조의 명에 의해 1583년 23권 11책의 방대한 규모로 공간된 『매월당집』에 비해 「매월당시사유록」은 1책 분량으로 엮어진 개인적 취향이 반영된 별집이다. 「매월당시사유록」은 기자헌(1562~1624)이 편찬한 것으로 알려져 있는데, 그 과정은 임형택, 「매월당시사유록에 대하여」, 『한국문학사의 논리와 체계』, 창작과비평사, 2002, 118~123면 참조

13) 『매월당집』 소재 「유관동록」의 작품을 지금 분량으로 확충한 사람은 기자헌에 앞서 김시습의 기행시를 모아 「유관서관동록」으로 명종 6년(1551)에 발간한 윤춘년(1514~1567)으로 추정된다. 임형택, 「매월당시사유록에 대하여」, 『한국문학사의 논리와 체계』, 창작과비평사, 2002, 123~126면 참조

다.14) 금강산 기행에 초점을 맞춘 본고는 「매월당시사유록」에 수합된 44
편을 대상으로 논의를 진행하겠다.

3. 김시습의 금강산―탕유(宕遊)와 청완(淸翫)의 공간

김시습은 1453년(19세) 삼각산 중흥사(重興寺)에서 독서하다가 단종의 양
위 소식을 듣고는 통곡 끝에 책을 불사르고 방랑길에 올랐다. 그 후 병자
옥(丙子獄, 1456)으로 성삼문(1418~1456), 박팽년(1417~1456)의 죽음을 목도하면
서 그의 내적 갈등과 분노는 더욱 격심해졌다. 1458년(24세)부터 승려 차림
으로 관서지방을 유람한 이후 그의 여행은 관동, 호남 등 전국으로 이어졌
다. 그는 기행(紀行), 원유(遠遊)를 통해 자신의 정신적 고통을 해소했는데,
지금의 관점에서 보면 탁월한 자연 치유요법이라 할 수 있다.

그럼 김시습은 일생동안 지속된 자신의 산행, 기행을 어떤 관점에서 볼
까? 그는 자신의 기행시집 뒤에 「탕유후지(宕遊後志)」라는 공통된 형식의
발문을 붙여 자신의 여행을 정리, 논리화하였다. 여기서 '탕유'란 격식을
벗어나 질탕, 방탕하게 제멋대로 논다는 의미가 아니다. 여행을 하면서 국
토산하의 자연미에 젖어 들면서 내면의 고통에서 풀려나고, 곳곳에 깃들
여 있는 역사, 인문지식을 섭취하면서 고립된 자아에서 벗어나면서 느낀
절대 자유, 해방감을 집약한 표현일 것이다.

> 어느 날 갑자기 개탄스러운 일을 당하고는, 남자가 이 세상에 태어나 도를 행
> 할 만한데도 제 한 몸만을 깨끗이 한다면, 인륜을 어지럽게 함[潔身亂倫]이 부
> 끄러운 것이지만, 도를 행할 수 없다면 홀로 자기 자신만을 착하게 수양하는

---

14) 심경호, 『김시습 평전』, 돌베개, 2003, 168~182면 참조

것[獨善其身]이 옳다고 여겼다. 속세의 바깥을 떠다니면서 도남(圖南, 북송의 도사 陳摶의 호)과 손사막(孫思邈, 당나라의 도사)의 풍모를 사모하여 그들처럼 도사의 행각으로 살아가려 했으나, 우리나라에는 아직 그러한 풍속이 없어 머뭇머뭇 하였다. 그러던 어느 날 저녁에 문득 만약 옷에 검은 물을 들여 입고 산 사람[山人, 山僧]이 된다면 소원을 풀 수 있으리라고 깨달았다. …… 만약 내가 벼슬길에 있으면서 이 깨끗한 구경[淸翫]을 다하려 하였다면 얻을 수 없었을 것이요, 자유스럽게 유람하지도 못하였을 것이다.[15]

1458년(세조 3)에 송도, 천마산을 거쳐 안시성까지 여행 한 기행시집 「탕유관서록」의 뒤에 붙인 글이다. 그는 무도한 세상에 직면하자 불우한 지식인의 선택인 '독선(獨善)'의 길을 구체적으로 사유한다. 처음에는 유가에서 인륜을 어지럽힌다고 비난받는 노장, 도가류의 은일(隱逸)을 생각한 듯 하다. 조선의 풍속과 맞지 않는다고 완곡히 표현했지만, 그에게 탈속한 경지에서 우화등선(羽化登仙)을 추구하는 이기적 신선의 길은 맞지 않았다. 고심 끝에 김시습은 장삼을 걸치고 산승으로 살기로 한다. 탕유와 청완을 통해 부패한 현실을 벗어난 새로운 삶의 방식을 찾고자 하였고, 방외인(方外人)의 삶을 선택한 것이다.

일찍이 사마천은 20살에 천하 유력(遊歷)의 대장정을 떠났다. 청년기에 감행한 3년 간의 역사 유적 중심의 견문, 현장 답사를 통해 사마천은 진정한 역사가로 거듭 나게 된다.[16] 힘들고 긴 여행길에서 풍속지리, 인문에 대한 견식을 넓혔으며, 이러한 체험은 그가 역사 서술에서 생동감 있는 인간 군상을 창출하는 밑거름이 되었다. 김시습도 마찬가지였다. 그는 20, 30대에 전국 방방곡곡을 탕유하는 생활방식으로 내면의 분노, 좌절을 극복

---

15) 『梅月堂集』卷9 「宕遊關西錄後志」, " 余自少跌宕, 不喜名利, 不顧生業, 唯以淸貧, 守志爲懷, 素欲放浪山水, 遇景吟翫, 嘗爲擧子, 朋友過以紙筆, 復勵薦鶚, 猶不干懷. 一日忽遇感慨之事, 以謂男兒生斯世, 道可行, 則潔身亂倫恥也, 如不可行, 獨善其身可也, 欲泛泛於物外, 仰慕圖南思邈之風. 而國俗且無此事, 猶豫未決. 一夕忽悟若染緇爲山人, 則可以塞願. …… 若吾在宦途, 欲窮此淸翫, 不可得也, 而又不能自在遊戲矣."
16) 하야시다 신노스케, 심경호 역, 『인간 사마천』, 강, 1997, 48~60면 참조

하고 산수자연의 미를 발견하고 수용하여 즐기는 정신적 성숙을 이룰 수 있었다. 김시습이 말한 바, '청완(淸翫)'이란 대자연에서 만끽하는 정신적 유열(愉悅)일 것이다.

松檜陰中古道場	소나무와 전나무 우거진 속 옛 도량
我來剝啄叩禪房	내가 와서 똑똑 선방(禪房) 두드렸다.
老僧入定白雲鎖	늙은 중 선정(禪定)에 들고 흰 구름만 잠겼는데
野鶴移棲淸韻長	야학(野鶴) 옮겨 깃드니 맑은 운치 끝없다.
曉日升時金殿耀	새벽 해 떠오를 때 금빛 전각 빛나고
茶烟颭處蟄龍翔	차 달이는 연기 날리는 곳에 서린 용 날개 친다.
自從遊歷淸閑境	청한한 경계를 두루 유람하면서부터
榮辱到頭渾兩忘	영욕(榮辱)을 마침내 둘 다 잊었다.

—長安寺[17]

김시습은 25세 젊은 나이에 금강산으로 떠나는 자신의 쓸쓸한 심회를 '청초(淸悄)'라는 단어로 표현했다. 이미 몇 년 전(19세), 삼각산에서 책을 불지르고 미친 척 할 적에(김시습은 엄청난 충격으로 일시적 정신착란 상태, 심적 아노미적 상태에 빠졌던 것인지도 모른다) 과거를 통한 입신양명의 길은 포기했지만, 산승이 된 후에도 청운의 꿈을 완전히 접기란 쉽지 않았을 것이다. 더구나 김시습은 소년 천재, 오세(五歲)로 그 명성이 자자했던 만큼, 탄탄한 미래가 보장되어 있지 않았던가!

그러나 금강산에 들어와 지은 시에는 '청운(淸韻)'·'청심(淸心)' 등의 시어가 자주 나타나면서 영욕, 갈등으로 꽉 찼던 그의 내면이 안정되고 있음을 알 수 있다. '청한경(淸閑境)', '청계(淸溪)',[18] '청경(淸磬)',[19] '청경(淸境)'[20]으로 묘사된 '세상에서 보기 어려운 경계'—대자연의 위대한 정화작

---

17) 『梅月堂詩四遊錄』「遊關東錄」, 18면.
18) 「表訓寺夜吟」, 18면, "玲瓏樓閣壓淸溪, 巢鶴枝邊月影低."
19) 「正陽寺」, 19면, "日暮不能返, 淸磬出禪室."
20) 「萬回菴」, 23면, "我來留半日, 淸境稱吾心."

용을 통해 김시습의 심신은 거듭나게 된 것이다. 승려가 된지 얼마 안 되어서인지, 유자의 의식구조가 완강히 남아 있어서인지, 김시습은 고려 태조 왕건이 현신한 보살을 만난 곳에 세웠다는 정양사(正陽寺)에 이르러서도 불도의 참뜻은 알 수 없다고 고백한다.21) 그러나 속세에 찌든 마음[塵襟]은 자신도 모르게 씻기어 나가 두세 명의 승려만이 머무는 외진 원통암(圓通菴)에서는 마음이 맑아져 꿈을 꿔도 달기만 한22) 내적 평안을 얻는다.

　내금강에서 외금강으로 접어든 김시습은 만경대-국망봉-개심폭-만회암을 거쳐 그 해 가을, 귀로에 오른다. 사실, 외금강에서 유점사, 불정암, 발연사를 제외한 곳들은 17세기 이후에나 여행지로 각광받게 된 곳이다. 옥류동·구룡폭포를 포함한 구룡연 일대는 18세기 이후부터 방문자가 늘었으며, 현재 관광의 필수 코스로 알려진 만물상은 길이 험하여 19세기까지도 방문하는 사람이 거의 없었다.23)

　금강산을 나온 김시습은 철원으로 가서 보리진-보개산-심원사를 거쳐 귀경하였다. 이 과정의 작품은 『매월당집』에는 있지만 『매월당시사유록』에는 없다. 엄밀히 말하면, 김시습의 금강산 기행은 내금강에 한정된 것이었지만, 당대의 일반적 관행이기도 했다. 그는 금강산의 명소로 '개심(開心)의 나는 폭포', '풍령(楓嶺)의 흰 돌', '명연(鳴淵)의 정홍(淳泓)'을 든다. 모두 사람의 마음과 눈을 씻어 줄만한24) 장관이었던 것이다. 이 중 정양사

---

21) 「正陽寺」, 19면, "朝霞鮮且潔, 暮靄翠且深, 炫燿莫可窮, 令人淸塵襟."
22) 「圓通菴」, 20면, "禪境何瀟洒, 居僧只二三, 烟光吹不散, 瀨氣冷相涵, 地僻乾坤小, 心淸夢寐甘 掛笻留一宿, 松月助禪談."
23) 정치영, 「'금강산유산기'를 통해 본 조선시대 사대부들의 여행 관행」, 『문화역사지리』 15권 3호, 2003, 23면. 이이도 승려의 만류로 구룡폭포에 가려던 계획을 바꾼다. 이런 사정은 금강산 기행가사도 마찬가지이다. 조선 전기 작품인 「관동별곡」(정철, 1580)과 「관동속별곡」(조우인, 1623)에는 구룡폭포가 묘사되어 있지 않다. 그러나 조선 후기에 창작된 금강산 기행가사의 경우, 거의 모든 작품에 옥류동과 구룡폭포를 관광한 것으로 되어 있다. 등산로가 험하기로 유명한 만물상의 경우, 19세기에 와서야 유람객들이 찾게 되었으며, 유산기·기행가사에서 등장하게 된다. 김기형, 「금강산 기행가사와 구룡연·구룡폭포」, 『어문연구』 32, 1999, 115~116면; 「금강산 만물상의 가사문학적 형상화」, 『한국시가연구』 6, 2000, 265면 참조

뒤 개심대의 폭포를 읊은 시를 보자.

一道銀河落九天　　한 줄기 은하수 구천에서 떨어지고
和雲漱月檜松邊　　아름다운 구름, 토해낸 달은 소나무 가지 끝에.
夜深最愛山中靜　　밤은 깊어가고 산 속 고요함 몹시도 아끼는데
晴雨洒空人未眠　　개인 날 허공에서 비 뿌리니 잠 못 이루네

　　　　　　　　　　　　　　　　　　　　　　　—「開心瀑」[25]

　뒷날 정철은 「관동별곡」에서 불정대에 올라 십이폭포를 보고는 '은하수 굽이굽이를 베어 내여, 실처럼 풀어서 베처럼 풀어놓은 것 같다' 고 하면서 이백의 「망여산폭포」와 견주었다. 김시습은 정철만큼 감각적 표현을 구사하지는 않았지만, 개심폭포에서 「망여산폭포」의 "飛流直下三千尺, 疑是銀河落九天"을 연상하면서 이 작품을 구상한 듯 하다. 구천에서 떨어지는 은하수, 개인 날 허공에서 흩어지는 빗줄기로 형상화된 폭포의 힘찬 물줄기[飛瀑]는 산 속의 정막, 절대 고요와 대조되어 더욱 작자의 내면을 흔들었을 것이고, 생각 많은 김시습에게 불면의 밤을 길게 했을 것이다.

　1460년(26세) 가을, 금강산에 이어 오대산, 강릉 기행을 마친 김시습은 마제진(馬蹄津)을 건너 평창 부근에서 추석을 맞는다.

關東山已盡　　관동의 산 다 돌자
南國月初圓　　남쪽나라 달 비로소 둥글었군.
眼底峰無數　　눈 아래엔 봉우리 무수하고
腰間錢又纏　　허리춤에 엽전 차고 다니는 몸
長年席不暖　　앉은자리 따뜻하지 못한 지 오래
竟日肺生烟　　폐부에선 온종일 달군 김이 나오고

---

24) 「宕遊關東錄志後」, 34면. "余自關西, 又入關東, 遊金剛五臺以尋形勝, 山形奇詭, 溪色玲瓏, 以至開心之飛瀑, 楓嶺之白石, 鳴淵之淳泓, 皆可洗人心目."
25) 『梅月堂詩四遊錄』, 22면.

遊歷何時遍　　이곳저곳 떠도는 일 어느 때나 끝내고
團茅息萬緣　　초가집에 모여 온갖 인연 잠재울꼬

—「途中」26)

　김시습은 언제 끝날지 모르는 유력(遊歷)의 삶을 숙명처럼 받아들인다. 1472년(38세), 성동(城東)의 수락산 부근에 거처를 마련할 때까지 20~30대 김시습이 선택한 삶의 방식은 '탕유' — 정신적 방황이 몸의 안주를 거부한 — 였다. 그러나 김시습의 탕유는 방황의 잉여물이었지만 그의 정신 영역을 무한대로 확장시키고 고양시킨 값진 계기이기도 했다. 사마천이 천하 유력을 통해 위대한 역사가가 되었듯이. 김시습은 1460년(26세) 9월에 지은 「유관동록지후(遊關東錄志後)」에서 "마음과 눈의 유관(遊觀)을 통해 자신을 소동파가 '하루살이와 같은 생명을 천지에 붙이니, 창해의 좁쌀 한 톨과 같구나!'라 한데 견주어 보았다"27)고 하였다. 탕유를 통해 김시습은 세속의 번뇌를 벗어나 부유(蜉蝣), 일속(一粟)과 같이 한 순간을 살다가는 미미한 인간의 존재와 그 가치를 깨닫게 된 것이다.

　기행은 계속되었다. 위의 시에서 남국의 달을 거론했는데, 김시습은 그해 10월, 바로 호서(湖西)로 떠났다. 오대산에서 정착을 시도하기도 했지만, 26세의 김시습은 이 세상에서 세속의 인간들과 어울려 살 곳, 생활의 공간을 아직 찾지 못하였다.

---

26)『梅月堂詩四遊錄』, 33면.
27)「宕遊關東錄志後」, 34~35면. "極扶桑之隅, 壯心目之觀, 以吾身擬之, 正蘇子所謂, 寄蜉蝣於天地, 渺滄海之一粟者也."

4. 이이의 금강산—천유(天遊)와 양기(養氣)의 공간

이이는 1554년(19세) 3월, 어머니 신사임당(申師任堂, 1504~1551)의 3년 상을 마친 후 행각승을 동반하고 철원 심원사, 보개산을 거쳐 단발령을 넘어 금강산으로 들어가 1년 정도 머문다.[28] 이이는 자신의 금강산 여행을 산수애(山水愛)의 실행[29]으로 말하지만 모친의 죽음으로 인해 직면하게 된 사생(死生)의 과제를 풀고자 하는 의욕이 있었다. 그가 금강산 여행을 결행한 배면에는 산수에 대한 기호, 기행을 넘어 산수 대자연과 호흡하면서 생사의 의문(生死之說)을 규명해보려는 젊은이의 패기, 야심이 있었던 것이다. 김시습이 속세의 인연을 끊고 청진(淸眞)의 세계에서 심신의 안정을 얻고자 치유의 공간으로 금강산을 찾아갔다면, 이이는 현실에서 풀리지 않는 인생의 난제를 해결할 수 있는 방법을 모색하고자 금강산으로 출발한 것이다.

이때 선생은 상복을 벗었으나 애모하는 마음을 이기지 못하여 항상 밤낮 없이 부르짖으며 울었다. 하루는 봉은사(奉恩寺)에 가서 불서(佛書)를 뒤져보다가 생사(生死)의 설에 깊이 감명 받았으며, 또 그 학문이 간편하고도 고묘(高妙)한 점을 좋아하여 시험삼아 한 번 속세를 떠나 불법을 연구해 보려 하였다.[30]

이때 이이가 침식을 잊을 정도로 참선 수행에 힘쓰며, 화두로 삼은 것

---

28) 이이가 금강산에 머문 기간에 대해서는 보통 1년이라고 말하는데, 자신은 「풍악행」 안에서 6개월이라고 하였다("我聞此僧言, 將還更回躅, 遂作半歲留, 所聞非虛說"). 3월에 서울을 출발하여 '가을 바람에 풍악을 떠나'(卷1「向臨瀛題祥雲亭」) 강릉으로 간 것으로 보아 그가 금강산에서 머문 기간은 1년 미만인 것 같다.

29) 『栗谷全書』卷1(『한국문집총간』 44)「楓岳記所見」, 14면. "吾生賦性愛山水, 策杖東遊雙蠟屐, 世事都歸掉頭中, 只訪名山向楓岳."

30) 金長生, 『栗谷全書』卷35「行狀」, 343면. "時先生新免於喪, 哀慕不自克, 常日夜號泣, 一日, 入奉恩寺, 披覽釋氏書, 深感死生之說, 且悅其學簡便而高妙, 試欲謝去人事而求之."

이 "萬象歸一, 一歸何處"31)였다. 결국 그는 선가의 돈오적 구도 방법에 회의를 느끼고 유교로 돌아왔지만,32) 당시 접한 불교적 수행방법에 대한 관심·애착은 오래도록 남아 그의 철학·문학에 강한 영향을 주었다.33)

또 불씨서(佛氏書)를 읽고 거기에 중독된 것이 문제되어 그의 명성, 관료 생활에 장애가 되기도 하였다. 그 일례로 이황과의 일화가 있다. 1558년(명종 13) 이른 봄, 이이는 강릉 외가로 가는 길에 성주목사였던 장인 노경린(盧慶麟, 1516~1568)의 소개로 예안 도산으로 이황을 찾아가 이틀을 머물렀다. 이때 이황은 58세 이이는 23세였다. 이후 이이가 강릉에서 보낸 편지와 문목(問目)을 보면 '불교 서적의 중독'에서 벗어나 『대학』, 『중용』, 『심경』에 천착하고 있었음을 알 수 있다. 이때 이황은 답장에서 '이단에 빠졌다는 소문을 듣고 마음속으로 애석하게 여겼는데, 지난 번 만남에서 그 실상을 감추지 않고, 그 잘못을 충분히 말하였고, 편지에서도 그러한 뜻을 밝히니, 그대가 도에 함께 나아갈 수 있는 사람인 줄 알겠다'고 하면서 궁리(窮理)와 거경(居敬)의 학문 방법을 권하고 있다.34)

乾坤孰開闢　　하늘과 땅은 누가 열었으며,

---

31) 金長生, 『栗谷全書』 卷35 「行狀」, 344면.

32) 金長生, 『栗谷全書』 卷35 「行狀」, 344면. "배우는 사람들에게 말하기를, '내가 어릴 때에 쓸데없이 선가(禪家)의 돈오법(頓悟法)이 도(道)에 들어가는 매우 빠르고 묘한 법이라고 생각하여, 만상(萬象)이 하나로 돌아가는데 그 하나는 결국 어디로 돌아가는 것인가' 하는 제목[話頭]으로 수년(數年) 동안 생각해 보았지만, 결국 깨달은 것이 없었다. 이에 돌이켜 찾아보니 비로소 불씨의 설이 참된 학설이 아님을 알았다"고 하였다. 김장생의 행장은 스승의 금강산 입산이 입불로 해석되는 것을 적극적으로 방어하고자 하는 의도가 관철된 글로, 이런 입장에 대한 일정한 고려 아래 자료를 해석해야 할 것이다.

33) 여기서 금강산 여행 이전과 이후의 이이를 나누어 볼 수 있다. 현재 『율곡전서』에는 「풍악행」을 비롯하여 약 30여 제의 불교시가 창작 연대별로 편집되어 남아 있다. 대부분은 승려들에게 주는 시이고 발걸음이 닿는 곳마다 불사(佛寺)의 풍경과 흥취를 노래한 시도 전한다. 김상일, 「율곡 이이의 선 체험과 그 시세계」, 『한국문학연구』 24, 2001, 234면 참조

34) 『퇴계전서』 5(퇴계학연구원, 1990), 『퇴계선생문집』 卷14 「答李叔獻 珥－戊午」, 44~46면.

日月誰磨洗　　해와 달은 또 누가 갈고 씻었느냐.
山河旣融結　　산과 내는 이미 얽혀져 있고,
寒暑更相遞　　추위와 더위는 서로 교대한다.
吾人處萬類　　우리네 사람은 만물에 처하여,
知識最爲巨　　지식이 가장 으뜸 가노라.

―「出東門」卷1

1544년 3월, 금강산 여행길에 오르면서 지은 시이다. 건곤과 일월, 산하와 한서를 거론하여 젊은 이이의 관심이 시공간에 걸친 광대한 것임을 알 수 있다. 이이는 만류(萬類) 중에서 주체적 존재인 인간의 절대적 자유를 지향한다. 그는 장소와 시간에 구속받는 조롱박 같은 신세를 박차고 팔황과 구주 사이를 노니는 절대 자유인을 꿈꾸는 것이다. 팔황과 구주에서 유유자적하는 존재! 이이에게 있어 금강산이 바로 그런 삶을 가능케 하는 천유(天遊)의 공간이었다.

그러나 이이의 자유 지향은 김시습이 탕유를 통해 현실을 잊고자 한 것과는 방향이 다르다. 이이는 금강산으로 떠나면서 친구들에게 남긴 편지에서 기를 길러 칠정을 통솔할 수 있는 성인(聖人)의 길을 찾고자 하는 포부35)를 밝힌 바 있다. 이이의 절대적 자유지향은 호연지기의 함양을 통한 내면적 수양론에 다름 아니다.

5언 고시 형태의 「풍악행」은 연구자들이 편의상 붙인 제목이다. 정작 이이는 3100여자(字)로 구성된 610구(句)의 장편 기행시를 지으면서 제목 없이 간단한 서문(序文)으로 대신하였다.

내가 풍악산을 유람하면서도 게을러 시(詩)를 짓지 않았다가, 유람을 마치고

---

35) 金長生, 『栗谷全書』 卷35 「行狀」, 343면. "기란 것은 사람마다 똑 같이 타고난 것으로서, 잘 기르면 마음의 사역(使役)이 되고, 잘 기르지 못하면 마음이 기의 사역이 되는 것이다. 기가 마음의 사역이 되면 몸에 주재(主宰)가 있어서 성현도 될 수 있는 것이요, 마음이 기의 사역이 되면 칠정(七情)을 통솔할 수가 없어서 어리석고 미친 사람이 됨을 면할 수 없는 것이다."

나서 이제야 들은 것 또는 본 것들을 주워 모아 3천 마디의 말을 구성하였다. 감히 시(詩)라 할 것은 못되고 다만 경력(經歷)한 바를 기록했을 뿐이므로, 말이 더러 속되고 운(韻)도 더러 중복되었으니, 보는 이들은 비웃지 말기를 바라는 바이다.36)

「풍악행」은 20대 초반 문명(文名)을 떨치던 이이의 솜씨가 십분 발휘된 장편시로 그 중첩적 구성, 화려하면서도 거침없이 내달리는 문체, 장유(長遊)를 통한 지적 탐색 과정이라는 주제의식 등 여러 측면에서 주목에 값하는 작품이다. 말이 속되고 운이 중복되어 시로 내세울 것이 못되어 제목을 달지 않았다는 언급은 넘치는 자부심을 감춘 겸사일 뿐이다. 오히려 이이는 「풍악행」을 통하여 금강산 기행 과정에서 내면에 축적된 표현 욕구를 자신의 탁월한 문재를 십분 발휘하여 종횡무진 거침없이 쏟아내었다.

이이의 문필에 대한 강렬한 자부심은 작품 말미에 나오는 산령(山靈)과의 대화를 통하여 여실히 드러난다. 이이는 작품 곳곳에 산령의 존재를 암시하다가 말미에 이르러 꿈속에 등장시킨다. 산령은 이이에게 '큰 붓을 휘둘러 금강산의 빛을 더해주기를' 요구하고, 이이는 자신의 재주는 「망여산폭포시」를 지은 이백(李白), 「적벽부」를 지은 소식(蘇軾)에 견줄 수 없다는 이유로 거절한다. 하지만 산령의 악빈(惡賓)이라는 비난에 붓을 들게 된다. 비록 산령의 강권에 어쩔 수 없었다지만, 자신의 작품을 왕희지(王羲之)의 「난정집서」, 두보(杜甫)가 동정호에서 지은 일련의 명작에 견주어 보고자37) 하는 문학 청년 이이의 도도한 야심은 작품 곳곳에 넘쳐난다.

---

36) 『栗谷全書』 拾遺 卷1 詩.
37) 『栗谷全書』 拾遺 卷1(『한국문집총간』 45), 471면. "下山將出洞, 山靈向我愁, 夢中來見我, 自言所有求, 物生天宇間, 因人名乃休, 廬山無李白, 誰能詠其瀑, 蘭亭無逸少, 誰能壽其跡, 子美題洞庭, 東坡賦赤壁, 咸因大手筆, 令名垂不滅, 君今遊我山, 風景皆收拾, 胡爲不吟詩, 反作緘口默, 請君揮巨杠, 庶使山增色, 我言子過矣, 子言非我擬, 我無錦繡腸, 安能追數子, 滿腔惟一拙, 吐出人不喜, 子欲得瓊琚, 往求無價手, 山靈色不悅, 側立久凝視, 咄咄指我言, 惡賓無汝似, 我知不能辟, 遊許撰荒鄙, 形開如酒醒, 所聽皆慌爾, 有約不可負, 聊以記終始."

이이 역시 김시습과 마찬가지로 내금강 → 외금강의 코스를 거치지만, 「풍악행」의 구조는 여정을 따라 진행되는 추보식(趨步式) 구성이 아니다. 이는 김시습의 「유관동록」 44편이 여정을 따라 철저하게 여행자의 발길을 따라가는 방식으로 편집되어 있는 것과 다르다.[38]

이이는 「풍악행」을 통하여 크게 3번 기법을 바꿔가며 금강산을 그린다. 한번은 거친 스케치 기법으로(244구까지), 다음은 자신이 특별히 애정이 가는 7 곳만을 선별하여 점묘법으로 부각시킨다(336구까지). 마지막으로는 최고봉 비로봉에 올라 1만 2천 봉을 대상으로 자신이 천지창조의 순간을 직접 목도한 듯 거대한 화폭을 큰 붓놀림으로 채워나간다.

이이는 「풍악행」의 시작을 금강산의 탄생 — 음양(陰陽)의 묘리(妙理) — 으로 시작하였다. 그는 틈틈이 거대한 대자연의 장관, 변화 앞에서 '넓고 넓은 하나의 기운(一氣)은 측량하기 어려운 것이고, 태극 이전, 조화는 드러나지 않는 것인데, 산령(山靈)이 무슨 뜻으로 나에게 만물의 시초, 조물주의 솜씨가 다한 곳을 보여 주는가' 하며 관념적 사유를 멈추지 않는다. 그러나 점차 가경(佳境)에 들어서면서 사유는 중지되고 진면목을 보고자 하는 감성적 열망만이 남게 된다.

우선 이이는 단발령-장안사-유점사-불정대-보현암-마하연 순으로 내·외금강산의 승지를 일별하였다. 그는 외산(外山)보다는 내산(內山)이 좋다는 승려의 말을 인용하기도 하고 작은 냇물, 외나무다리에서는 옷을 벗

---

38) 김시습은 1460년 다시 관동으로 떠나 오대산을 거쳐 강릉으로 가서, 「문수당」, 「한송정」, 「경포대」 등의 작품을 남겼다. 그는 동해를 보고 「탄상전」, 「조정위」 등의 악부체 고시와 「유선가」 6수를 짓는다. 김시습은 강릉에서 두세 달 머물다가 여름에 오대산에 들어가 당(堂)을 짓고 살기도 하였다. 다시 길을 떠나 평창-백양진-마제진에서 추석을 지내고-영월-주영현을 거쳐 귀경하였다. 심경호, 『김시습 평전』, 돌베개, 2003, 601면.
　김시습은 관동 여행에서 동반한 사람들에게 이끌려 국도(國島)와 삼일포(三日浦)·총석정(叢石亭) 등을 거슬러 올라가서 유람할 수 없었던 것이 한이라고 밝히고 있다. 김시습의 금강산 기행에는 해금강 유역은 완전히 빠져 있는 셈이다. 「梅月堂詩四遊錄」「宕遊關東錄志後」, 35면. "所恨爲同伴, 所牽不能遡遊國島三日浦叢石亭, 後日重遊必先見此"

어 놓고 물놀이를 하면서 물에 흩어진 자신의 그림자를 보고는 '물 속에 있는 사람아! 가는 곳마다 물들거나 닳아짐이 없게 하라'[39]고 하여 완물상지(玩物喪志)를 경계하였다.

吁嗟最靈地,	아! 가장 신비스러운 이 땅이
千載空虛棄	천년 동안 헛되이 버려졌구나
庸僧汗雲霞,	용렬한 중들이 운하(雲霞)를 더럽혔으니
感歎知奈何	이제 한탄한들 어찌할 수 있으리!
山中所歷菴,	지나온 산중의 그 많은 암자
多少難爲科	이루 다 품평할 수 없고
欲詳不可得,	자세히 적으려 하나 그럴 수도 없어
我試言其略	내 시험삼아 그 대략만 말하리!

마하연에 이르러 토로한 탄식이다. 이이는 산중의 백여 개가 넘는 암자를 다 말할 수 없다고 하면서 무려 24개의 암자 이름을 협운(協韻)을 취하여 나열한다. '혹(或)'으로 반복 연결되는 시구의 나열로 암자의 위치, 기형(奇形), 이상(異狀)을 스케치하듯 묘사한 이 부분[40]에 이르면 금강산에 들어선 이이의 가쁜 숨결도 자연히 잦아든다.

이이는 금강산의 전경(全景)을 시선의 높낮이를 바꿔가며 빠른 붓놀림으로 스케치하듯 훑어 내려간 후에 249구에 이르러 문장의 호흡을 전환시킨다.

---

39) "僧言內山好, 外山同興儓, 外山已如此, 況彼內山哉, 急須入仙境, 以滌塵中病, 行行樹陰中, 晚風吹不定, 山禽不知名, 自呼三兩聲, 小溪通略彴, 敧側不可行, 解衣弄淸泚, 形影聊相戲, 一身在巖上, 一身在水裏, 爾今不是我, 我今還是爾, 散爲百東坡, 頃刻復在此, 好在水中人, 到處無緇磷."

40) 그 중 일부분만을 인용하면 다음과 같다. '或'字로 시작되는 구절이 8번 반복 나열되지만 시적 긴장감이 떨어지지 않는 부분이다. 오히려 금강산 각처에 퍼져있는 많은 암자의 모습을 시각화하는데 성공하였다. "或倚最高峯, 手可捫銀河, 或枕急流瀑, 靜中喧聒聒, 或在巖石下, 低頭僅出入, 或對紫翠峯, 暮色來排闥, 或占大巖上, 線路纔容迹."

我愛表訓寺　　　나는 표훈사(表訓寺)를 사랑하노니,

鬱鬱依林麓　　　그 울창함 숲 기슭을 의지했네.

僧閒畵殿空　　　스님은 한가롭고 단청집은 비었는데,

日午樓陰直　　　한낮이어라 누각 그늘 직선을 이루었네.

　이이는 "我愛 ……"로 시작되는 구(句)를 7번 반복하면서 금강산에서 가장 사랑하는, 아끼는 곳을 나열한다. 표훈사—정양사[41]—수미대[42]—망고대—시왕동[43]—만폭동—보덕굴 순으로 된 이 부분은 장소마다 절구 형식의 독립된 작품으로도 읽힐 수 있도록 시상을 완결하고 서경 묘사보다는 서정 표출에 주력하였다. 숨가쁘게 「풍악행」을 읽어 오던 독자도 이 부분에 이르러서는 호흡을 늦추고 잠시 '아! 금강산, 얼마나 아름다운가!' 하며 무한한 상상의 세계에 빠지게 된다. 숨죽이고 오페라의 아리아를 듣듯이.

　이 부분의 순서는 이이가 한걸음 한걸음 내디딘 내금강의 여정 순서와도 일치한다. 발걸음을 급하게 옮기지 않았듯이 각 처(處)를 대상으로 전개된 시상, 시인의 시선에도 여유가 있다. 이이는 '쇠줄을 잡고 위태롭게 올라갔던 망고대',[44] '온통 매끄러운 암석뿐이라 기대어 쉴 곳도 없었던 만폭동',[45] '목욕하듯 땀 흘리며 오른 보덕굴'[46]을 하나하나 찬찬히 추억하며 내면에서 솟아오르는 기쁨, 그리움, 머무르고 싶었던 유혹 등을 강렬하게 되새긴다. 이이는 이런 회상 속에서, 금강산에서의 시간을 영원히 지속하고 싶었던 순간들, 참선하는 구도적 삶에 대한 아직도 끝나지 않은 미련을 표출하게 된다. 다음 구절은 이이가 「풍악행」 중에서 가장 서정적인 이 부분을 마무리하면서 절제의 틈새를 비집고 드러내 감정의 파고를 보여준다.

---

41) "我愛正陽寺, 俯臨千丈壑, 褰衣步庭除, 四顧山如積."
42) "我愛須彌臺, 疊石成崔嵬, 淸絶似仙區, 不必求蓬萊."
43) "我愛十王洞, 山勢皆盤回, 古塔不記年, 兀立懸崖邊."
44) "我愛望高臺, 四面收黃埃, 欲知高幾何, 笙簫天上來, 凌雲縱快活, 執鎖誠危哉."
45) "我愛萬瀑洞, 飛流瀉靑禾, 一巖連數里, 滑淨難所倚."
46) "我愛寶德窟, 銅柱盈千尺, 飛閣在虛空, 天造非人力, 未至望如畵, 旣登汗如沐."

若欲捿此地　　만약 이곳에서 살려면
應須學絶粒　　응당 곡기를 끊는 것부터 배워야 하리.
去矣不可留　　떠나리! 이곳엔 머무를 수 없으니,
我將巡山遊　　내 장차 산을 돌면서 유람이나 하리!

　10일 동안 내금강을 여행하면서 이이는 끝내는 유자의 삶에서 벗어날 수 없는 자의식을 확인한다. 그는 「풍악행」의 축소본이라 할 수 있는 「풍악기소견(楓嶽記所見)」의 말미에서도 '아! 나는 세속의 인연 다하지 않아, 이곳에 살면서 나의 즐거움 다할 수 없네'⁴⁷⁾라 고백한다. 이이는 유람 중에 어느덧 방외인이 된 듯, 가슴의 번뇌가 씻기는 정신적 만족감도 경험하지만, 그의 진정한 즐거움(眞樂)은 금강산 밖, 속세에 있었다. 그는 '마음을 비우면 만사가 하나이고, 기가 커지면 우주도 비좁다'고 하여 이번 산행의 목적이 마음에 통어되는 기를 키우는(養氣), 내면적 수양론에 있었음을 환기한다. '흉중에 산수가 있으니, 여기 머무를 필요가 없다'고 하여 마음으로 자연을 즐기는데 만족하는 지극히 관념적인 심상론(心賞論)을 피력하기도 한다. 그는 위대한 조물주가 일람(一覽)으로 만족하는 자신을 꾸짖지 말기를⁴⁸⁾ 바란다. 유위(有爲)를 실천하고자 하는 유자로서 자신의 존재가 확인되는 순간, 이이는 금강산에 더 이상 머물지[留] 못하고 다시 세상으로 나아가려 하는 것이다.

　이이는 외금강에 접어들면서 구룡연으로 가려했으나 '길이 험하여 만약 소나기라도 만나게 되면 죽느냐 사느냐가 경각에 달리게 된다'는 스님의 만류로 포기하고는 마음을 바꿔 비로봉에 오르게 된다.⁴⁹⁾ 그는 하루 낮 밤을 바위에 박힌 소나무 뿌리를 잡으며 힘든 산행을 한 끝에 비로봉 중턱

---

47) 『栗谷全書』卷1 「楓嶽記所見」. "嗟余俗緣磨不盡, 不能棲此全吾樂, 他年勝遊如可續, 寄語山靈須記憶."

48) "心虛萬事一, 氣大六合窄, 崑崙脫手毬, 大海塗足油, 胸中有山水, 不必於此留, 一覽便知足,造物不我尤."

49) "欲見九龍淵, 僧言路險惡, 若遇驟雨來, 死生在頃刻, 不如上高峯, 以躡飛仙蹤, 斯言定信乎, 決意登毗盧."

에 오른다. 여기서 그는 돌변하는 산의 기상 변화를 통해 천지 창조의 순
간과 같은 신비한 체험을 하게 된다. 반석에서 잠시 쉬는 동안에 '홀연히
흰 안개가 피어올라, 시야가 흐려져 골짜기부터 전체 산을 뒤덮어 아득히
바다까지 아무 것도 볼 수 없게' 되었다. 하지만 갑자기 천리마와 같은 거
센 바람이 일더니, 안개가 순식간에 사라지면서 시야가 환히 열린 것이
다.50)

   안개가 걷히면서 접하게 된 금강산의 거대한 전경 앞에서 이이는 마치
위대한 화가가 거대한 붓을 휘둘러 천지창조의 순간을 그려내는 기분으로
금강산의 무수한 변화상을 묘사하였다. '혹(或)'자로 시작되는 구(句)를 연
속적으로 사용하여 기상 변화에 따라 점차 드러나는 금강산의 다양한 모
습과 그 변화의 속도를 보이는데, 5~7개의 구가 계속 병렬식으로 나열되
기도 한다. 또 각 구의 시상이 병렬식으로 전개되어 높고 낮고, 크고 작은
금강산 1만 2천 봉우리가 어울려 이루는 조화를 시각적으로 보여준다. 아
래 시는 그 일부인데, '혹은 앞을 향해 읍하고 물러서 있는 듯, 혹은 등을
돌려 독기를 품은 듯, 혹은 서먹서먹 서로 피하는 듯, 혹은 오순도순 서로
친한 듯'51)한 만상이태(萬象異態)가 이이의 탁월한 솜씨를 통해 눈에 다가
서는 듯 하다.

或尖若劍鋒	혹은 칼끝처럼 뾰족하기도 하고,
或圓若籩豆	혹은 대바구니나 접시처럼 둥글기도 하며
或長若走蛇	혹은 달아나는 뱀처럼 길기도 하고
或短若臥獸	혹은 누워 있는 짐승처럼 짧기도 하구나

---

50) "忽然蒸白霧, 澒洞失遠觀, 初依一谷生, 漸蔽羣山走, 遂使山蒼蒼, 翻作海茫茫.
  …… 俄驚疾風起, 駛若驛騮驟, 須臾無點滓, 眼力皆通透."
51) "或向如揖讓, 或背如抱毒, 或疎若相避, 或密若相狎."

5. 결론

　이이는 선조의 명으로 1582년 7월 15일, 「김시습전」을 찬진(撰進)하면서, 김시습이 시문을 통해 세상의 풍월운우(風月雲雨), 산림천석(山林泉石)과 인간사의 시비득실(是非得失), 희로애락(喜怒哀樂)을 망라했다고 하였다. 그는 김시습의 문사가 "물이 용솟음치고 바람이 일 듯 하고, 산이 감추어지듯, 바다가 잠기는 듯 하다"고 평하기도 한다. 이이의 내면에는 김시습의 생과 문학에 공명하는 지점이 있었던 것이다. 비록 1세기를 격해 살았고, 그 생래적 기질과 삶의 지향점은 달랐지만, 김시습과 이이는 생의 어느 한 시기에 문학적 공감대를 형성하고 있었고, 그 대상은 금강산이었다는 것이 본고의 입장이다.

　이상의 논술에서 알 수 있듯이 김시습과 이이는 금강산에 간 이유와 그곳에서의 정신적 지향도 달랐다. 그러나 이들에게는 남효온(南孝溫, 1454~1492)의 「유금강산기」(1485)를 비롯하여 대부분의 금강산 유산기, 유산시에 보이는 바위나 누정의 제명(題名), 공자의 태산(泰山) 등정에 대한 추경험, 인자요산(仁者樂山)의 실현과 같은 관습화된 면모가 없다. 또한 17·8세기 김창협(金昌協, 1671~1708)·김창흡(金昌翕, 1653~1722)을 중심으로 그 문하에서 금강산 기행이 크게 유행하면서 일정한 문학적 논리 아래 금강산이 작품화 된 것[52]과도 다르다. 김시습과 이이가 당대의 문학적 관습에서 탈피하여 자신의 눈과 문제의식으로 금강산을 형상화한 점에서는 일치점을 찾을 수 있는 것이다. 김시습과 이이가 금강산을 여행할 때, 그들은 20대의 감당하기 어려운 상처를 지닌 젊은이였다. 그들은 거대한 자연 속에서 여행 과정 내내 끊임없이 자기 존재의 이유를 회의하며, 사색했다. 한 사람

---

52) 강혜선, 「17·8세기 金剛山의 문학적 형상화에 대한 연구」, 『관악어문 연구』 17, 1992, 92~96면과 강혜선, 「사천 이병연의 금강산시 연구」, 『한국한문학연구』 16, 1995, 283~284면 참조.

은 불의한 정치 상황에 대한 분노로, 다른 한 사람은 어머니의 죽음으로 직면하게 된 삶과 죽음에 대한 근원적 질문으로 인해 금강산은 보호 공간, 치유의 장소가 되었다.

　방랑을 삶의 방식으로 선택한 청년 김시습은 자신의 행적을 탕유와 청완이라고 표현했다. 이 시기 자신의 정신경계를 적절히 짚어낸 것이다. 우리는 탕유에서는 김시습의 자유 지향을 청완에서는 자연친화적 태도를 찾을 수 있다. 속연(俗緣)의 끈을 쥐고 있었던 이이는 천유(天遊), 승유(勝遊)를 통해 내면적 성찰, 성숙을 이룬다. 이들은 자연이 인간에게 줄 수 있는 가장 큰 혜택―심미적 경험과 정신적 치유를 경험했고, 문학적 형상화에 성공한 것이다.

3부

조선 후기 1

성호(星湖) 문학의 실학적 성격

김 남 형

1. 서론

이 논문은 성호(星湖) 이익(李瀷, 1681~1762)의 문학 이론 및 작품세계와 그의 실학사상(實學思想)과의 유기적 관련성을 점검하기 위해 집필된 것이다.

성호의 문학에 대한 연구는 1960년대 이래 문학론 및 시를 위시한 해동악부(海東樂府), 전(傳) 등 작품 전반에 대한 연구가 이루어져[1] 그의 문학세계의 중요한 몇몇 국면들이 비교적 소상하게 검토되었다. 그러나 기왕의 논고들은 성호가 조선 후기의 대표적 실학자라는 사실에 압도되어 그의

---

1) 성호 문학에 대한 본격적인 연구 논문은 崔博光 교수의 「星湖李瀷의 詩論」(성균관대 석사논문, 1969년)이 발표된 이래 김남형, 「星湖李瀷의 戲謔詩와 寓話詩」(『漢文學硏究』 第十七輯, 계명한문학회, 2003년 2월)에 이르기까지 필자가 확인한 것만으로도 20여 편에 이른다.

문학론을 실학사상과 무리하게 연결시키거나, 실학자로서의 명성에 주목하여 성호의 문학세계에 대한 해명을 시도하였음에도 불구하고 실학사상과 문학세계를 고립적으로 검토하는 데 그친 감이 없지 않다. 따라서 성호의 문학세계가 포괄하고 있는 실학적 성격 및 그 미적 특성에 대한 체계적 검토는 여전히 과제로 남아 있다. 이 점에 유의하여 본고에서는 먼저 창작의 실제에 있어서 역동적으로 작용한 것으로 판단되는 성호의 실학자적 세계인식 태도와, 이와 긴밀한 관련이 있는 문예의식에 대하여 논의 한 다음 실학파적 문예의식의 소산인 것으로 파악되는 시, 전, 해동악부 등의 작품에 투영된 작가의식을 몇몇 범주로 분류하여 검토하려 한다.

이러한 작업은 일차적으로 성호의 문학세계에 대한 이해의 심화 내지 확충에 기여할 것이며, 나아가 논리적으로 개진된 그의 실학사상의 이면에 도저하게 자리하고 있는 그 감성적, 정의적 차원의 진실성을 확인하는 의의를 지닐 수 있을 것이다.

2. 객관적 세계인식 태도

여기서는 구체적 경험세계에 속하는 일정한 사물과 본체계에 속하는 존재의 원리와의 관계에 대한 인식 내용을 출발점으로 하는 성호의 세계인식 태도와 그 의의를 집중적으로 검토하려 한다.

특정 작가의 세계인식 태도는 작가가 작품을 통하여 구현하려는 가치에 접근하는 방식이나 구현하려는 가치의 내질을 결정하는 핵심적 요소가 된다. 필자의 소견으로는 사림파 문인과 실학파 문인의 문학세계가 현시하는 차이점도 그들의 세계인식 태도의 차이에서 비롯된 것으로 생각한다.

학계에 보고 된 바에 의하면 주자(朱子)는 세계에 대한 해석에서 궁극적

본체세계는 구체적 경험세계를 초월하여 존재한다고 전제하고, 궁극적 본
체로서의 태극(太極) 혹은 리(理)는 경험세계를 초월하여 존재함으로서 그
고유한 존재특성을 가진다고 주장하였다.[2] 주자학을 신봉하였던 조선 전
기의 성리학자들 또한 이러한 주자의 세계인식 태도에서 크게 벗어나지
않은 관념적이며 연역적인 세계인식 태도를 지니고 있었다. 즉, 현상 그
자체에 중점을 두기보다는 존재의 원리에 중점을 두고 세계를 인식하려
했던 것이다.

성호의 경우 이를 무시한 것은 아니나 구체적으로 존재하는 사물에 대
한 철저한 탐구를 통하여 존재의 원리에 접근해야 한다고 주장하여 구체
적 경험세계와 분리된 본체세계의 존재를 인정하지 않는 객관적 경험론에
해당함직한 세계인식 태도를 지니고 있었다.

> 몸 속에 마음이 있고 마음속에 지각이 있다. 진실로 앎을 극진히 하려면 그
> 물(物)을 깊이 연구해야 하며 리(理) 또한 마땅히 그렇게 하여야 한다. 그러나
> 지식을 극진히 하는 데 다른 길이 있는 것은 아니다. 그 하나의 사물에 격(格)
> 하고 또 다른 사물에 격(格)하여 격(格)하지 않음이 없는 데 이르는 것일 따름
> 이다.[3]

위와 같은 성호의 주장은 일견 『대학(『大學』)』의 "치지재격물(致知在格物)"
을 부연한 것에 지나지 않은 듯 하다. 그러나 성호가 사물에 즉(卽)하여 그
이치를 궁구하여야 치지(致知)에 도달할 수 있음을 새삼 강조하고 있는 것
은 당대의 학풍과 밀접한 관련이 있다. 즉, 궁리(窮理)라는 주관적, 관념적
방법을 통하여 경험적 세계를 초월하여 존재하는 것으로 상정(想定)한 보
편적 원리에 접근하려 했던 성리학자들의 세계인식 태도에 대한 비판적

---

2) 金容傑,「星湖의 自然認識과 理氣論體系의 變化」,『韓國實學硏究』創刊號, 韓國
實學硏究會, 1999, 25면.
3)『星湖僿說』卷19「經史文」「儒學」, "身中有心, 心中有知. 苟欲致知, 先格其物, 理
亦宜然. 然致非有他路, 不過格其一物二物, 至於無不格而已."

인식이 바로 그것이다. 이와 관련하여 성호가 존경하고 신뢰하였던 식산 (息山) 이만부(李萬敷, 1664~1732)는 존재의 원리에 중점을 두고 세계를 인식 하려 하였던 당대 학자들의 학풍을 비판하고 "크게는 천지의 이치, 작게는 곤충·초목의 이치도 반드시 천지에서 구하고 곤충·초목에서 구하여야 하니 어둡고 밝고 멀고 가까운 것이 모두 그러하다. 만약 단지 궁리(窮理) 만 말한다면 리(理)는 형상이 없으니 어디에 근거하여 (이치를) 궁구하겠는 가?"4)라고 주장하여 구체적 사물에 즉(卽)하여 존재의 원리를 궁구하여야 함을 강조한 바 있다. '심(心)의 지각 작용은 사물에 대한 경험에 의해 이 루어진다'5)는 성호의 주장 또한 감각 기관을 통한 경험에 의하여 인식이 이루어짐을 천명하고 있다는 점에서 현상에 중점을 둔 세계 인식 태도로 이해할 수 있다.

나아가 성호는 소재의 생태적 특징을 간결한 필선으로 표현하면서 거기 에 작가의 정신세계를 투영하는 것을 제일의적(第一義的) 과제로 삼는 문인 화에 있어서도 소재의 외형에 대한 정확한 묘사가 선행되어야 소재의 정 신을 제대로 표현해 낼 수 있다는 논리를 전개한다.

"동파(東坡)의 시에 이르기를 '모습이 닮은 것으로 그림을 논하면[論畫以形 似] / 소견이 어린아이와 같은 것[見與兒童隣] / 있는 그대로를 시로 읊는 사람 은[賦詩必此物] / 참으로 시를 아는 이 아니라네[定非知詩人]'라고 하였다. 후 세 화가들은 이 시를 종지(宗旨)로 삼아 묽은 먹물로 거친 그림을 그리니 본래 물건과 다르게 되고 만다. 만일 그림을 그리되 모습이 닮지 않아도 되고 시를 짓되 있는 그대로 읊지 않아도 된다고 한다면 말이 되겠는가? 우리 집에 동파 가 그린 대나무 한 폭이 있는데 가지와 잎이 모두 실물과 꼭 같으니 이른바 사

---

4) 『息山集』 卷16 張24 「格物說」, "大而天地之理, 小而昆蟲草木之理, 必於天地也, 昆 蟲草木也求之, 幽明遠近, 莫不皆然. 若只云窮理, 理無形象, 何所據而窮之也. 此經所 以言致知在格物, 而不言在窮理也."
5) 『星湖僿說』 卷14 「人事門」 「心體」, "今論心之體, 則曰'未來則不迎, 方來而爭照, 旣去而不留.' 此疑若與鑑水相似. 然有人相逢, 於十數年之後, 便識其面聞其名, 而知 其爲何人, 是不留之中有留者存故耳. 目旣接, 便能識認, 方是謂靈應也."

진(寫眞)이란 것이다. 정신이란 형체 안에 있는 것인데 형체가 같지 않으면 어떻게 정신을 제대로 전할 수 있겠는가? 동파가 이렇게 말한 것은 대개 모양은 비슷하게 그려졌어도 정신이 나타나 있지 않으면 비록 그 물건이기는 하지만 광채가 없다는 뜻에서이다. 나는 '정신이 나타나 있다 하더라도 모양이 닮지 않았으면 어찌 같다고 할 수 있겠으며, 광채가 있다 하더라도 다른 물건처럼 되었다면 어찌 이 물건이라 하겠는가?'라고 말하겠다."[6]

윗 글에서 성호는 문인화 특히 사군자(四君子)를 그릴 때 소재가 지닌 정신, 즉 일정한 사물로 하여금 그 사물이 되게 하는 본질적 부면인 상외(象外)의 상리(常理)[7]를 표현한다는 명분 아래 소재의 외형 묘사를 경시하는 경향을 비판하고 있다. 주지하는 바와 같이 작가의 내면세계를 표현한다는 문인화는 묘사에 의한 설명적인 요소들을 배제하고 사물의 밑바탕을 이루는 자연 본연의 모습을 절제된 선과 색채로 표현하는 것을 이상으로 하고 있다. 따라서 문인화에 있어서는 소재에 대한 묘사의 충실도보다는 소재의 상리(常理)를 파악해내는 내면세계의 총체적 역량으로서의 안목과 이를 공감할 수 있는 형상으로 표현할 수 있는 필력을 중시한다. 작가의 송대 성리학과 비슷한 시기에 성립된 이러한 문인화론은 구체적 사물보다 사물을 초월하여 존재한다는 리(理)를 중요시하는 관념적인 화론이다. 위의 인용문에서 성호는 문인화론 그 자체를 부정하지는 않았으나 '신재형중(神在形中)'이라는 주목할 만한 논리를 바탕으로 그 속에 틈입(闖入)된 성리학적 세계인식 태도에 대한 반론을 제기한다. 이러한 성호의 주장은 구체적인 사물 그 자체에 본질적인 리(理)가 부여되어 있기 때문에 거기에 즉(卽)

---

6) 『星湖僿說』 卷5 「萬物門」 「論畵形似」, "東坡詩云, '論畵以形似, 見與兒童隣. 賦詩必此物, 定非知詩人.' 後世畵家, 得以爲宗旨, 淡墨畵, 與眞背馳. 今若曰, '論畵形不似, 賦詩非此物', 其成說乎. 余有家藏東坡墨竹一幅, 一枝一葉, 百分肖似, 乃所謂爲寫眞也. 神在形中, 形已不似, 神可得以傳耶. 此云者, 盖謂形似而乏神, 雖此物而無光彩也. 余則曰 '精神而形不似, 寧似. 光彩而他物, 寧此物.'"
7) 徐復觀, 『中國藝術精神』, 대만 : 학생서국, 1968, 359~360면. 서복관 교수는 다음 글에서 蘇軾이 말한 常理, 顧愷之가 말한 「傳神」의 神은 同一한 개념임을 밝히고 있다. "他的所謂常理, 與顧愷之所說的「傳神」的神 …… 實際一個意思."

하여 존재의 원리를 탐구하여야 한다는 뜻으로 이해된다.

세계 인식과 관련된 이러한 성호의 태도는, 현상에 중점을 두고 본질을 인식하려 한다는 점에서 객관적 세계인식 태도라고 할 수 있으며, 이는 당대의 사회현실 문제에 학문적 관심을 경주하였던 그의 학문적 지향 및 사실지향적 문예의식, 소재나 주제의 측면에서 현실 문제를 다룬 문학 작품 등을 낳게 한 이념적 기반으로 작용했던 것으로 판단된다.

3. 현실주의적 문학론

1) 문학의 현실적 효용강조

문학의 본질에 대한 성호의 기본적인 시각은 "문이란 도가 우거하는 곳이다. …… 문이란 도의 그림이다"[8]라는 그의 언표를 통해 확인할 수 있는 것처럼 재도적 문학관의 범주에 포괄된다고 할 수 있다. 문학을 도의 구현 수단으로 인식하는 재도적 문학관에서 문학이 추구할 수 있는 도의 영역은 폭넓게 개방되어 있다. 『중용』「경일장(經一章)」의 도의 개념에 대한 주자의 주석에 의하면 도의 본체는 "性의 德으로 마음에 갖추어진 것[性之德而具於心]"인 바 그것은 내면적·정태적(情態的)인 성격을 지니나, 그 용(用)은 '날로 쓰는 사물에 있어서 마땅히 행하여야 할 이치[日用事物當行之理]'[9]로서 그 실천적 영역은 현실의 문제를 총체적으로 포괄할 수 있는 것이다. 따

---

8) 『星湖僿說』卷21 「經史門」「不恥下問」, "文者, 道之所寓也. 著於上, 日月星辰, 謂之天文 …… 庶幾因此而有得, 亦謂之文. 文者, 道之畵也."

9) 『中庸章句大全』, 景文社, 1978, 10면, "道者, 日用事物當行之理, 皆性之德而具於心(上句言道之用, 下句言道之體), 無物不有, 無時不然 (言道之久. 直說), 所以不可須臾離也."

라서 '존심(存心)'·'양성(養性)'과 같은 도의 본체적 측면에 접근하기 위한 내면수양에 중점을 두고 문학의 가치를 인식할 수도 있으며, '인민(仁民)'·'애물(愛物)'·'시비사정지별(是非邪正之別)'[10]과 같은 도의 외적 발현의 측면을 문학이 추구해야 할 도의 실체라고 인식할 수도 있는 것이다.

주지하는 바와 같이 사림파 문인들이 문학에서 추구한 것은 주로 도의 본체적 측면에 접근하기 위한 내면 지향적인 성격을 지닌 것이었다. 성호는 "경전을 궁구함은 장차 세상에 쓰기 위해서이다. 경전을 이야기하면서도 천하의 온갖 일에 적용하지 못하면 이는 한갓 읽기만 잘하는 것일 따름이다"[11]라고 하여 현실과 유리된 학문의 존재가치를 부정하였다. 학문은 사회적 실천이라는 행위를 통해서만 그 가치가 구현될 수 있다는 것이다.

문학을 대하는 성호의 기본적인 관점 또한 문학의 사회적 역할을 중요시하는, 다분히 현실지향적인 성격을 지니고 있다. "『시경(詩經)』을 공부하는 것은 정사(政事)에 응용하기 위해서이다. 당 이후 문장의 품격이 점차 낮아진 것은 이러한 본래적 의의가 퇴색했기 때문이다"[12]라는 진술에서 드러나는 바와 같이 성호는 문학의 존재의의를 경세적 차원의 가치 구현에 두고 있는 것이다. 이 점은 성호가 통치자들의 과도한 소유욕을 충족시키기 위하여 일으킨 전쟁으로 인하여 고통 받는 민중의 참상을 실감나게 묘사한 이화(李華)의 「조고전장문(弔古戰場文)」을 위정자로 하여금 자신의 잘못을 반성하게 할 수 있는 훌륭한 문장이라고 극찬한 사실[13] 및 당현종

---

10)『中庸或門』, 太山文化社, 1984, 390면, "盖天命之性, 仁義禮智而已. 循其仁之性, 則自父子之親, 以至於仁民愛物, 皆道也. …… 循其智之性, 則是非邪正之分別, 亦道也."

11)『星湖僿說』卷20「經史門」「誦詩」, "窮經, 將以致用也. 說經而不措於天下萬事, 是徒能讀耳."

12)『星湖全集』卷24「答安百順 癸酉」, "子曰'誦詩三百, 授之以政, 不達, 數多, 亦奚以爲.' 今人看詩, 不過一場說祜而止. 抑恐不然, 時閱史策. 自唐以後, 此義漸汲, 所以浮僞勝, 而文章每亦下矣."

13)『星湖僿說』卷30「詩文門」「弔古戰場文」, "李華「弔古戰場文」, 令人悽然. …… 余謂, '後世詩文之類, 率皆無裨於世敎, 如「弔戰場」者, 人主聽之, 有不惕然惑, 怛然悲也乎.'"

의 실정을 풍자한 이백(李白)의 「고풍(古風)」과 「복주(覆舟)」를 높이 평가한 사실14) 등을 통해서도 확인할 수 있다.

이와 관련하여 비장미의 범주에 귀속될 수 있는 풍격의 작품을 선호한 성호의 심미의식15)이 주목된다. '비장'과 유사한 '원노(怨怒)', '애사(哀思)' 등의 풍격이 형성되는 사회적 배경에 대하여 『모시(毛詩)』 「대서(大序)」에서 는 혼란한 시대상황을 지목16)하고 있으며, 사공도(司空圖)의 『이십사시품(二十四詩品)』 「비개(悲慨)」조에서도 '비개'는 정도가 행하여지지 않는 시대 상황에서 형성되는 풍격임을 시사17)하고 있다. 조선 전기 사림파 문인들이 선호하였던 순정미나 우아미가 세계와 자아가 조화적 균형을 이루는 가운데 형성되는 것이라면 비장미는 부조리한 사회 현실에 대한 비판의식, 즉 자아와 세계와의 갈등과 부조화에서 형성되는 것이다. 이러한 관점에서 볼 때 비장미에 귀속될 수 있는 풍격에 대한 성호의 관심과 선호는 문학의 현실적 효용 특히, 풍자의 의의를 중시한 그의 비평의식과 긴밀한 조응 관계를 이루는 것으로 판단된다. 요컨대 성호는 문학이 자아의 완성과 심성수양 그리고 이에 입각한 개인의 덕성함양에 적지 않은 의의를 지닌다는 점을 인정하였으나 지나치게 내면지향적인 조선 전기 사림파 문인들의 문학관을 극복하고 사회현실의 문제를 확고하고도 당면한 문학적 관심사로 인식함으로써 문학적 관심의 방향과 영역을 확대 내지 전환시켰던 것이다.

---

14) 『星湖僿說』 卷28 「詩文門」 「明皇求仙」, "李太白「古風」第三篇, 甚譏秦皇之求仙, 若有所刺於時者. 然史傳無考, 余觀杜工部「覆舟」有云 …… 然則此詩與上篇, 俱是譏刺時君之失, 可謂詩史."

15) 김남형, 「星湖의 批評意識」(한국한문학연구, 학회 창립 20주년 기념 특집호), 한국한문학회, 1996, 644~645면 참조.

16) 『十三經注疏』 2, 臺北 : 藝文印書館, 中華民國 71년. 14면, "治世之音, 安以樂, 其政和. 亂世之音, 怨以怒, 其政乖. 亡國之音, 哀以思, 其民困."

17) 李炳漢, 『增補 漢詩批評의 體例研究』, 誦文館, 1985, 175면에서 再引.

2) 사실주의적 문예의식

앞에서 논의한 것처럼 성호는 현상에 대한 탐구를 통하여 존재의 원리에 접근해야 한다는 다분히 객관적인 세계인식 태도를 지니고 있었다. 작품 창작과 관련된 성호의 주장들은 이러한 세계인식 태도와 긴밀한 관련이 있다. 이 점은 자연 현상을 정확히 관찰하지 않음으로서 시구의 내용이 객관적인 사실에 부합하지 않는 이백의 시구를 지적하여 "말이 되지 않는다"[18]라고 비판한 사실과, 운자를 맞추기 위하여 객관적 사실을 오도한 동방규(東方虯)의 「소군원(昭君怨)」을 비판한 사실[19]에서 확인할 수 있다. 뿐만 아니라 성호는 역사적 사실을 소재로 작품을 창작할 경우 당시의 상황을 정확하게 인식해야 함을 다음과 같이 강조하였다.

> …… 주의 태공망 같은 사람이 운(運)을 만나 분발하여 영구(營丘)를 차지하였던 것은 처음부터 마음을 두었기 때문일 따름이다. 뒷날 시인들 가운데 '낚시터로 한 번 떠난 뒤 다시 돌아오지 않았다[一下漁磯更不歸]'라고 하고, 또 '지금도 물새들은 사람을 등지고 날아간다[至今江鳥背人飛]'라고 읊은 이가 있는데 이는 고루한 유자의 입버릇에 지나지 않는다. 이들이 어찌 대인호변(大人虎變)을 알랴?[20]

위의 인용문에서 성호는 여상(呂尙)이 주 무왕을 도와 은을 멸망시키는 공을 세운 뒤 초야로 물러난 사실이 없음에도 후세의 시인들은 그가 부귀를 버리고 초야에서 유유자적한 생활을 한 것처럼 노래하고 있음을 비판

---

18) 『星湖僿說』 卷28 「西陸」, "李白詩云 …… 秋日旣在東陸, 而月在西陸, 則望而非弦也. 若如漢書, 以秋之日道爲西陸, 月與之同在西陸. 正是晦朔之際, 何謂之弦. 不成說矣."

19) 同上 「白龍堆」, "東方虯昭君怨詩云 …… 昭君之出塞, 不應由於白龍, 詩人之趨韻不察, 如此."

20) 同上 「太公不歸」, "…… 如周之太公望, 値運奮興, 遂荒營丘, 卽始心所存然耳. 後來詩人有云'一下漁磯更不歸', 又云'至今江鳥背人飛.' 此不過陋儒口業. 何足以知大人虎變耶."

하고 있다. 성호는 군자가 자기를 알아주는 임금을 만나 공을 세우고 나서
물러나는 것은 혼란한 시대에나 적용될 수 있는 처세법임을 밝히고 여상
의 행적과 당시의 상황을 정확하게 파악하지 않고 작자 자신의 주관에 따
라 낭만적으로 표현해 버린 사실을 두고 '고루한 유학자의 입버릇'이란 말
로 비난한 것이다.

이와 같이 성호가 세계에 대한 정확한 인식을 작품 창작의 핵심적 요건
으로 지목한 것은 문학 작품이 독자에게 주는 예술적 감흥은 언어적 기교
나 낭만적 상상력에서 비롯되는 것이 아니라, 세계에 대한 작자의 절실한
체험과 진지한 성찰을 바탕으로 형성된다는, 진지한 작가 정신에 대한 환
기의 의미를 지니고 있다.

세계에 존재하는 사물에 대한 진지한 체험적 성찰을 통하여 세계를 정
확히 인식하고 인식된 세계와 작가의 내면세계가 교융(交融)하여 주제가 형
성되면 표현의 단계를 거쳐야 한편의 작품이 완성된다. 표현 방식과 관련
하여 성호가 가장 강렬한 어조로 강조한 것은 지금까지 여러 연구자들이
거듭 언급한 바와 같이 사물의 진면목을 여실히 묘사해야 한다는 것이다.

① 옛날 사람들은 시문을 지을 때 반드시 마음으로 기준을 세우고 뜻으로 상
상하여 정신이 만나 모인 뒤에야 붓을 들었다. 그 사람을 그리면 반드시 그 사
람을 닮아야 한다. 시문의 모사도 이와 같다.[21]

② 그러므로 글을 '심화(心畫)'라고 하는 것이니 형상을 그려내어서 실상과
거의 같게 하여 그것을 보면 일에 유익함이 있기 때문이다. 혹 헛되게 꾸며서
실상을 그려내지 못한다면 말이 모두 진실에서 나왔다고 해도 무슨 보탬이 될
수 있겠는가?[22]

---

21) 同上 卷30 「退溪先生傳」, "古人作詩文, 必心準意想, 精神遇會, 然後方下筆. 如畵
其人, 則必似其人也. 詩文之模寫, 亦下何異哉."
22) 同上 「諫用兵書」, "…… 故曰'書心畵也.' 畵出狀貌, 庶幾其彷彿見之, 而有益于事
也. 或虛文飾彩, 不能形容, 說出於十分眞實, 何補之有."

윗 글 ①에서 '마음으로 표준을 세우고 뜻으로 상상한다'는 것은 개인의 전기를 기술 할 때 특정 사실에 대한 작가의 기술 태도를 지적한 것으로, 입전 대상이 되는 인물의 특징적 면모를 작가가 인식하는 단계라고 할수 있다. '정신이 만나 모이다'는 작가에 의하여 인식된 입전 대상 인물의 특징적 면모와 작가의 정신세계가 교섭하여 주제가 형성되는 단계, 즉 작가의 주관이 개입되어 입전 대상 인물의 삶이 형상화되는 단계이다.

①의 전체 문맥으로 보아 성호는 이 두 단계를 대단히 중요시하는 듯하다. 그러나 ①과 ②의 끝 부분에 언표된 내용으로 보아 성호는 작가가 사물의 참모습을 제대로 인식하였다 하더라도 정확한 묘사가 이루어지지 않으면 무가치한 글이 됨을 강조하고 있다. 요컨대 작품의 소재가 되는 사물의 진면목을 정확하게 인식하고 그것을 가식 없이 사출(寫出)하여야 효용이 극대화된다는 주장이다.

그러나 성호가 강조하고 있는 '묘사적 표현'이란 표현주체의 의도가 배제된 사물의 단순한 재현을 의미하는 것은 아니다. 작가의 사상·감정을 구체적이고 가시적인 사물을 통하여 형상적으로 표현하여야 한다는 의미가 전제된 것이다. 이 점은 성호가 작가의 정의를 사물에 기탁하여 표현함으로써 객관화 내지 형상화시키는 창작 수법인 비법(比法)과 흥법(興法)을 높이 평가한 사실을 통해 확인할 수 있다. 그밖에 관념적인 형용어를 써서 지나치게 과장하거나 수식하는 것과 의경을 표절하는 것을 극렬히 비난한 사실 등 작품 창작과 관련된 성호의 다양한 주장23)들은, 기본적으로 현상에 대한 철저한 탐구를 통하여 존재의 원리에 접근해야 한다는 그의 객관적 세계인식 태도와, 이러한 사실정신을 바탕으로 하고 있다. 특히 우리나라의 속어를 한시의 시어로 쓸 수 있다는 성호의 주장24)은 그의 사실지향적 문예의식의 보다 심화된 한 국면으로 한시 비평사적인 측면에서 볼 때 대단히 주목된다.

<hr>

23) 김남형, 「星湖李瀷의 文學論과 詩世界」, 고려대 석사논문, 1983, 16~22면 참조.
24) 同上.

조선인이 조선의 사물을 소재로 시를 지으면서 중국적 감각의 틀에 맞추어서는 진면목을 곡진히 드러낼 수 없다. 성호의 제언은 바로 조선의 자연 풍토와 현실을 조선인의 사고와 감각에 맞게 표현하고자 하는 사실정신의 발로인 것이다. 이러한 사실정신은 박지원(朴趾源), 정약용(丁若鏞) 등 후배 실학자들에게 계승되면서 심화 확대되어 실학파 문학론의 중요한 특징의 하나로 자리 잡는다.

4. 작품에 구현된 실학정신

이 장에서는 성호가 남긴 시, 해동악부, 전 등 문학작품 가운데 작가의식의 측면에서 볼 때 실학적 색채가 현저한 것으로 판단되는 작품들을 주제의 성격에 따라 세 가지 범주로 나누어 검토하려 한다. 여기서 제시한 주제들은 의미상 확연히 구분될 수 있는 독립적 의의를 지닌 것이라기보다 상호 계기적인 관련성을 지니고 있다. 그리고 '실학적'이란 것은 조선 전기 이래 봉건 교학으로 절대적 권위를 구축하고 있던 주자학적 세계관과 통치 질서가 동요 이완 해체되어 가는 과정에서 주자학이 지닌 부정적 측면들이 불러일으킨 사회적 차원의 문제점들에 대한 반성적 성찰 및 극복의지가 표함 된 작가의식을 지칭한 것이다.

1) 자아 성찰과 현실 비판

조선시대 대부분의 사대부들이 그러하였듯이 성호도 과거를 통해 자신의 정치적 이상을 실현코자 하였다. 그러나 성호는 정치적 상황의 불리함과 중형(仲兄)의 조화(遭禍)로 인한 충격 때문에 관계로의 진출을 포기하고 초야의 선비로서의 삶을 택할 수밖에 없었다. 말하자면 현실에서의 좌절에 대한 소극적인 대응인 셈이다. 그러나 '경세치용'으로 요약되는 그의 실학사상은 중앙 정계와 일정한 거리를 유지한 채 첨성리에서 일생을 보내며 부조리한 정치로 인하여 고통 받는 기층민들을 목도하고, 자신이 속한 계층의 사회적 처지와 역할에 대한 심각한 고뇌와 성찰에서 획득된 것이다. 성호가 47세 때 조정의 부름을 받고도 출사하지 않았던 것은 노론이 득세한 정계에 미관말직으로 입임(入任)하여 그들에게 이용당하기보다는 무위(無位)의 사(士)로서 실학을 통해 부조리한 당대 사회를 개혁하고 민중들의 삶을 향상시킬 수 있는 이론을 수립하고자 했기 때문이다.

丘引穴蟄何其智	땅 속에 숨은 지렁이 그 얼마나 지혜로운가!
撥土築階引帶裏	흙을 파서 섬돌 쌓는데 지렁이가 끼여 있네
萬艱抽身力亦大	가까스로 몸을 빼니 힘 또한 세나
螻蟻十百來橫曳	땅강아지와 개미 떼가 이리저리 잡아끄네
蠕蠕轉動蟻愈集	꿈틀꿈틀 구를수록 개미 더욱 모여들고
群鷄刺蹙爭窺急	닭들도 쪼아대며 다투어 엿보네
智力到此無奈何	예 이르면 智力도 아무 소용 없으니
嗚呼世事亦同科[25]	아! 세상일도 이와 같은 것을

위의 시는 성호가 49세 경에 지은 「구인탄(丘引歎)」이란 제목의 우화시이다. 이 작품에 등장하는 동물들, 즉 지렁이·개미·닭으로 형상화된 대상을 정확하게 파악하기는 어렵다. 다만 지렁이는 재야의 지식인, 개미와 닭은 그들을 이용하려는 세력들 정도로 이해 할 수는 있다. 이런 관점에서

---

25) 『星湖先生全集』 卷2(『한국문집총간』 198), 민족문화추진회, 1977, 79면.

보면 이 작품은 조선 후기 재야 학자들의 동향과 밀접한 관련이 있는 것
으로 판단된다.

임·병 양란 이후 자립적 기반을 상실해가던 재야 사대부들은 '산림'이
란 형식적 예우에 팔려 벌열들의 정치적 이용물로 희생되거나, 반대로
'사'로서 지조를 굳게 지키며 벌열정치의 부당성을 예리하게 분석하여 신
랄하게 지적하고 자신들의 사회개혁의지를 학문 속에 구현시키는 실학자
가 되었다.26) 당대 재야 학자들의 이와 같은 동향을 고려할 때 「구인탄」은
성호가 정계로 나가 벌열들의 이용물로 희생되기를 거부하고 재야의 실학
자로서의 삶을 살아가겠다는 의지를 우회적으로 표명한 작품으로 이해할
수 있다.

현실비판의식이 내표된 성호의 작품들은 바로 그의 실학자적 삶에서 분
비된 현실개혁사상의 정서적 등가물이라 할 수 있다. 조선 후기의 가장 큰
정치문제였던 당쟁을 소재로 한 「회부연관쟁소(戲賦鳶鸛爭巢)」에서는 비교
적 짧은 우화시로 복잡한 당쟁의 원인을 명쾌하게 풀어헤치고 있다.

鸛有幣巢鳶作主	낡은 황새 둥지 솔개가 차지했는데
鸛來尋居鳶反猜	황새 와서 제집 찾으니 솔개 도리어 미워하네
彼雖辛勤始開基	황새 힘들여 처음 집을 지었지만
此亦經營功費來	솔개 또한 공들여 집을 지켜왔네
小者輕飛固善攫	솔개는 가벼이 날아 후려치기 잘하고
大者利嘴能啄之	황새는 날카로운 부리로 쪼기를 잘하네
嗚呼二物孰是非	아! 둘 중 누가 옳고 누가 그른가
仰天一笑吾何知27)	하늘 향해 한 번 웃을 뿐 내 어이 아랴!

---

26) 李佑成, 「李朝士大夫의 基本性格」, 『韓國의 歷史』上, 창작과비평사, 1982, 221면.
27) 同上 卷3, 97면.

성호는 황새와 솔개가 싸우는 장면을 묘사하면서 누가 옳고 누가 그른 가에 대하여는 관심을 두지 않는 듯 하다. 둥지가 필요한 새는 두 마리이고, 둥지는 하나뿐이기 때문에 싸울 수밖에 없다고 판단한 것이다. 또 이들이 노리고 있는 것은 둥지인데 둥지는 '의'가 아니고 '리'이다. 결국 벼슬을 차지하여야 벼슬의 따른 '리'를 획득할 수 있는데, 관직의 수는 적고 벼슬할 사람은 많기 때문에 당쟁이 일어난다는 것이다. 온갖 명분에도 불구하고 당쟁의 궁극적인 목표는 정권의 획득에 있음이 틀림없다. 벼슬에 따르는 '리'를 당쟁에서의 패배로 말미암아 입는 해보다 중하게 생각하기 때문에 당쟁은 끊임없이 지속된 것이다. 이 작품의 주제는 시의 끝부분에 암시되어 있듯이 당쟁 그 자체에 대한 비판이라기보다는 당쟁을 야기시키는 인재등용제도, 즉 당시의 과거제도에 대한 비판이라고 할 수 있다.

성호는 이 작품의 소재인 당쟁의 원인을 정확하게 파악하고 황새와 솔개의 둥지다툼으로 우화화하여 이들이 싸우는 장면을 실감나게 묘사함으로써 이들이 다툴 수밖에 없는 원인을 부각시켜 주제를 선명하게 드러내고 있는 것이다.

당쟁에서 승리한 당파는 자당(自黨)의 세력 확장에 혈안이 되어 권력을 독점하고 벌열을 형성하였다. 이들 벌열층과 외척세력의 횡포로 말미암아 조선 후기 사회는 더욱 깊은 혼란의 와중으로 빠지게 되었다. 「취호행(醉虎行)」28)은 자신의 세력을 믿고 포악한 행위를 일삼던 권세가의 비참한 최후를 형상화한 탁월한 우화시이며, 「응(鷹)」29)은 무능한 무관을 풍자한 우화시이다. 부조리한 사회현실을 비판한 성호의 시에서 고통 받는 민중들의 참혹한 모습이나 지배계층의 횡포를 직설적으로 묘사한 경우는 「운상살숙(隕霜殺菽)」30) 외에는 거의 발견할 수 없고 우화나 해학적 표현과 같은 문학적 여과장치를 통하여 감정을 절제하고 있다. 이는 부조리한 사회현실

---

28) 同上 卷4, 114면.
29) 同上 卷2, 87면.
30) 同上 卷4, 120면.

을 고발하면서도 단순한 고발로만 끝내지 않고 작가의식을 보다 효과적으로 구현하기 위한 것으로 생각된다.

　해동악부 가운데 「포석정(鮑石亭)」31)에서는 왕실과 귀족들의 황음과 사치로 인해 신라가 멸망했음을 환기하여 당대 지배층의 사치 풍조를 풍자하고 있다. 그리고 「연복정(延福亭)」에서는 소서(小序)에서 무신란의 전말을 자세히 기술하고 "새는 궁하면 쪼고 짐승은 궁하면 덤비니[鳥窮必啄獸窮攫] / 무력이 반드시 붓끝에 지지는 않는다[武力未必輸毛錐] / 태아검은 눈이 없어 칼자루 잡는 이가 주인이니[太阿無眼授人柄] / 수염 태우고 뺨 때리는 아이에게 맡겨졌구나[任與燃鬚批頰兒] / 당당한 천승국 지금은 어디 있는가?[堂堂千乘亦何有] / 옥석이 모두 타고 삼족이 멸망했네[玉石俱焚三族夷]"32)라고 하여 임·병 양란을 겪고도 무비에 힘쓰지 않고 무관을 무시하던 당대 권력층에게 반성을 촉구하고 있다.

　'전'의 경우 성호가 입전한 조선 후기의 인물 선우협(鮮于浹, 1588~1653), 유형원(柳馨遠, 1622~1673), 신무(愼懋, 1625~1699), 이진(1654~1727), 이서(李溆, 1662~1723) 등이 모두 탁월한 경세적 역량을 지니고 있었음에도 재야의 학자로 일생을 보낼 수밖에 없었던 인물33)이라는 점이 주목된다. 성호는 "무릇 사람이 어려서 배우는 것은 장성한 뒤에 행하고자 하는 것이니 하늘을 이고 땅을 밟는 사람이면 누군들 벼슬길에 진출하지 않겠는가마는……"34) 이라고 하여 유자로서 관계에 진출하는 것 자체를 부정적으로 인식하지는 않았다. 그러나 "천하가 혼란하면 어진이는 황야에 숨는 것이니 산림이 그 장소이다"35)라고 하여 현인이 처사적 삶을 선택할 수밖에 없는 시대를 난세로 규정하고 있다. 이러한 진술로 미루어 입전 대상을 선택하는 작가의

---

31) 同上 卷7, 168면.

32) 同上 卷8, 180면.

33) 김남형, 「星湖 李瀷의 傳에 대하여」, 『어문학』 70집, 한국어문학회, 2000.6, 113~115면.

34) 『星湖僿說』 卷13 「人事門」 「忠臣在難進」, "夫人幼而學之, 壯而欲行之, 冠天履地, 孰非欲進之徒."

35) 同上 卷7 「人事門」 「祿養」, "然天地閉塞, 賢人隱荒野, 山林卽其所也."

시각 자체에 이미 당대를 난세로 인식하는 현실 비판적인 작가의식이 전제되어 있는 것으로 생각된다.

당대 사회의 여러 분야에 걸친 부조리한 현실 가운데 성호가 '전'을 통하여 가장 첨예하게 부각시키고 있는 것은 인재 등용과 관련된 조정 중신들의 고식적이고 교활한 태도이다. 「반계류선생전(磻溪柳先生傳)」에서는 갖가지 폐단을 노정(露呈)하였던 조선조의 토지, 군사, 관료제도에 대한 반계(磻溪)의 획기적인 개혁 방안을 위정자들이 받아들이지 않았음을 시사36)하고 있다. 「만호신선생전(晩湖愼先生傳)」에서는 숙종 무진(1688)년에 신무가 『보민편(保民編)』과 함께 극도에 이른 민생고를 고발하는 상소문을 올리니, 숙종이 그것을 보고 훌륭하게 여겨 신무에게 관직을 주려하자 당시 정승이 이를 저지한 사실을 다음과 같이 상세히 기술하고 있다.

시상(時相)이 아뢰어 말하기를 '(신무의 주장을) 시행해 보지도 않고 먼저 상을 내리면 아마도 신무가 받기 어려워할 것입니다. 하물며 그의 뜻을 보니 애초에 공을 바란 자가 아닙니다'라고 하여 드디어 그만 두었다. 임금이 곧 명령을 내려 시행할 방도를 의논하라고 하였으나 끝내 어긋나서 중지되었다. 선생이 탄식하며 말하기를 '하늘이 이 백성을 버리고자 하지 않는다면 나의 『보민편』이 장차 시행될 것이다. 지금 나로서는 어쩔 수가 없으니 후세에 쓰이길 바랄 뿐이다'라고 하였다.37)

위의 인용문에 드러나 있듯이 당시의 재상은 『보민편』의 내용에 대한 당부(當否)는 거론하지 않고, 신무의 사심 없음을 높이 평가하는 척하면서 그의 관계 진출을 저지하고, 시간을 끌어 그의 시무책을 끝내 시행하지 않았다. 작가는 이러한 당시 집권층의 교활하고 고식적인 태도를 상세히 기

---

36) 『星湖全集』 卷68 「磻溪柳先生傳」, "吾爲此懼, 究古揆今, 細大兼該, 用著此道之必可行. 嗚呼, 徒法不能以自行, 苟有有志者, 思而驗焉, 則亦必有, 以知此矣."

37) 同上 「晩湖愼先生傳」, "上覽而偉之, 欲官之. 時相白言, '未施而先賞, 恐彼之難受. 況觀其意, 初非希功者.' 遂寝, 卽命議所以行之, 竟格而止. 先生歎曰, '天不欲棄斯民, 吾保民篇, 或將見施, 吾末如今日何.' 猶竊庶幾於來世也."

술함으로써 기득권 유지에 급급하여 재능 있는 인재가 조정에 진출하는
것을 저지하는 당대 조정 중신들의 부당한 처사에 대한 비판의식을 투영
하고 있는 것이다. "불초한 사람이 높은 지위에 있으면 어질고 덕 있는 사
람이 숨게 됨을 알 수 있으니, 어질고 덕 있는 사람이 숨게 되면 은택이
백성에게 내려가지 않고, 은택이 백성에게 내려가지 않으면 백성들이 곤
궁하게 됨을 알 수 있다"[38]라는 성호의 진술은 위정자들의 전횡으로 말미
암아 류형원이나 신무같은 인재가 등용되지 못하고, 따라서 파탄지경에
이른 민중의 삶이 개선되지 않는 당대의 현실을 개탄한 것이다.

2) 사물에 대한 관심과 실용적 가치 중시

앞 절에서 검토한 바와 같이 현상에 중점을 두고 세계를 인식하는 객관
적 세계인식 태도를 견지하였던 성호는 인간을 둘러싸고 있는 자연 혹은
자연현상, 일상생활과 밀접한 관련이 있는 사물 등에 깊은 관심을 지니고
있었다. 『성호사설(星湖僿說)』 「천지문(天地門)」과 「만물문(萬物門)」에 집중적
으로 수록되어 있는 천문, 지리, 복식, 음식, 초충, 화훼 등에 대한 기술 내
용은 사물에 대한 성호의 관심이 비상한 수준임을 감지케 한다.

1100여 수에 달하는 성호의 시가 자연풍광이나 생활교양에 해당하는 인
사 등 중세 지식인들이 흔히 취하였던 소재 외에도 특이한 자연현상, 노동
하는 농민의 모습, 안경, 상추쌈, 보리떡, 콩밥 등 매우 다양한 소재로 이
루어져 있다는 사실도 세계에 대한 그의 비상한 관심을 시사한다.

다음 작품 「원거행(鶢鶋行)」은 1731년 안산 바닷가에 거대한 새가 날아
왔다가 돌아간 사실에서 소재를 취한 것이다.

---

38) 『星湖僿說』 卷7 「人事門」 「今人賤才」, "不肖者尊賢, 則賢德之屈伏可知. 賢德屈伏,
則膏澤之未下可知. 膏澤未下, 則蒼生之困苦可知."

有鳥卑飛止海隅　　낮게 날아 바닷가에 앉은 새
毛骨暗慘形神殊　　앙상한 뼈 검은 깃털 생긴 모습 기이하다

兩翼猶足庇四人　　두 날개는 네 사람을 덮을만하고
屹然高大色類烏　　우뚝이 훤칠하고 털빛은 까마귀 같네

(…중략…)

跳梁北陸蚩尤塞　　저 멀리 북쪽에서 뛰어 놀던 새이니
嵯峨海門冰山驅　　산더미 같은 빙산 바닷가에 몰려오리라

畢竟難可樊籠養　　끝내 새장 속에 간혀 있기 고달퍼서
衝霄有力能搏扶　　높이 날 힘이 솟자 회오리바람 치고 날았네

杳杳長空雲一點　　아득한 허공 속 한 점 구름 같은데
鷾鳩斥鷃徒揶揄39)　산비둘기, 메추라기는 부질없이 야유하네

　작가는 이 새의 외형을 관찰하여 자세히 묘사하고 이 새가 '원거'라는
바다새 일 것으로 판단한다. 그리고 작가는 '원거'가 북쪽 한대지방에 사
는 새임을 상기하고 그 해 겨울이 유난히 추울 것임을 예인한다. 이 작품
에서 볼 수 있는 것처럼 특이한 자연현상에 대하여 작가가 비상한 관심을
가진 것은 일차적으로 그것이 인간의 삶에 미칠 수 있는 영향 때문이다.
한편 작품의 말미에서 작가는 온갖 부조리가 횡행하는 현실에서 초탈하고
싶은 꿈을 '원거'의 드높은 비상을 통해 형상화하고 있는 것으로 이해된
다. 이밖에 「무연(無燕)」에서도 1753년 봄 제비가 돌아오지 않는 특이한 자
연현상을 근심어린 어조로 음영(吟詠)40)하고 있다. 한편 「애체가(靉靆歌)」의

---

39) 『星湖全集』 卷2.
40) 『星湖全集』 卷3, "前冬寒氣酷, 蟄鳶無消息. 意者巖穴中, 凍死無遺育. (…中略…)
　　嗚呼彼微禽, 無辜被減族."

"아아! 지극한 보배 안경이여[嗚呼至寶靉靆鏡] / 그 공 천금보다 크네[厥功更大千金輕]",[41] 「반숙가(半菽歌)」의 "여름에 나서 겨울에 죽는데[火旺方生水旺死] / 달고 부드러워 맛이 더욱 좋네[甛滑輻輭味更奢]"[42] 등에서 드러나듯이 성호는 주변 사물에서 소재를 취하여 그 실용적 가치를 찬양하고 있는데, 이는 현실적 가치를 소중히 여기는 실질적 사고의 소산이다.

성호는 당대의 '사'들이 실생활에 아무런 보탬이 되지 않는 관념적인 학문에 몰두하면서도 윤리적 차원에서조차도 기층민들의 모범이 되지 못함을 신랄하게 비판[43]하고 '사'는 자신이 지니고 있는 지혜로 농사에 도움을 줄 수 있으며 이 도움이 직접 농사짓는 일 못지 않게 중요하다고 강조하였다.

다음 작품에서 성호는 당대 학자들이 이상 심성 등 본원적 측면만 궁구하고 시무학은 치지도외하는 풍조를 개탄하고 있다.

昔觀邵氏書	옛날 소옹(邵雍)의 글을 보았는데
漁樵互問答	어부와 나무꾼의 문답이 있었다
二五判鴻濛	음양과 오행으로 원기(元氣)를 나누었으나
一理元妙合	원래 하나의 이치가 묘합(妙合)한 것이네
推明在本源	본원(本源)만 추구하고 밝히어서
時務多未及	시무(時務)는 멀리하고 말았네
不見農圃說	농포설(農圃說)을 보지 못했는가?
彼根此枝葉	이것은 지엽이고 저것은 뿌리이다

---

41) 同上 卷4.

42) 同上 卷5.

43) 同上 卷49 「稻譜序」, "…… 始知農夫之所熟者手目, 所短者心智也. 余以日夜思謀之餘, 雜畎畝而上下, 其議容有致力之地矣. 且念今世無位之士, 言不足以補世, 行不足以長民, 讀書談道, 不離於鑿空妄想, 口一粒體一縷, 莫非分外. 惟其所可用者, 糞溺是也."

有體或闕用	체(體)만 있고 용(用)은 없는데도
後俗習迷業	뒷세상 사람들은 그 학문만 익힌다네
官兵曁版賦	군사, 행정과 전정(田政), 세정(稅政)은
細大失管攝	작은 일 큰 일 모두 관리되지 않네
民功念在玆	백성 위한 일은 바로 이것인데
治道安所集	다스리는 지혜는 어디에다 쏟는가?
身窮志四海	몸은 천해도 천하에 뜻이 있어
精力見樹立[44]	정력을 기울인 일 이제사 이루어졌네
(…후략…)	

「유회(有懷)」란 제목의 위의 작품에서 성호가 언급하고 있는 소강절의 『어초문답』은 천리, 만물이 소멸하고 자라나는 이치 등 형이상학적인 문제를 어부와 나무군의 문답에 가탁하여 밝힌 책이다. 이 작품에서 '본원' 혹은 '체'라고 한 것은 바로 이러한 형이상학적, 관념적 측면을 지적한 것이고 '용'이란 인간의 일상적 삶에서 부딪치는 문제들을 가리킨 것이다. 작가는 『성호새설』 「내성외왕(內聖外王)」에서, 소강절은 '아래로 사람의 일을 배우고 위로 천리에 통해야 한다'는 공자의 가르침과는 달리 본질적 측면에만 치우쳐 일용인사와 관련된 일은 빠뜨렸다고 비판[45]한 바 있다. 이 작품에서도 작가는 민중들의 실생활에 긴요한 실용적 학문의 중요성을 강조하고 있다.

「화포잡영십칠수(花浦雜詠十七首)」란 연작시 가운데 한편인 다음 작품을 통해 우리는 성호가 강조한 시무학의 실체를 확인할 수 있다.

---

44) 同上 卷6.

45) 『星湖僿說』 卷12 「人事門」 「內聖外王」, "或問'邵所學何如' 曰'他只見得天理進退 萬物消長之理. 便敢做大於聖人門, 下學上達事. 更不施功, 只見成就. 得偏覇手段, 則 內其聖而外其王之道, 是爲有體無用也. …… 明道盖譏其差也."

穿渠移圃築防潮　　도랑 내어 밭 옮기고 방조제 쌓으면
鹹減禾生盡沃饒　　소금기 줄어들어 벼가 자라 풍성하리

聚落仍成居井井　　마을을 이루면 주거는 반듯하고
鋤耰何患莠驕驕　　호미로 김을 매면 잡초 걱정 없으리

誰敎山澤無遺利　　누가 이 산천 남김 없이 가꾸어
可見平蕪免浪抛　　평탄한 저 들판 버리는 일 없게 할까

碧海桑田容易變　　푸른 바다 쉽사리 뽕밭이 되니
良謀輸與訪芻蕘46)　나무꾼 꼴꾼 찾아가 좋은 계책 말해준다

이 작품은 작가가 서해와 접해있는 안산(安山) 첨성촌(瞻星村)에 거주하면서 간척사업을 통한 농지 확장의 꿈을 노래한 것이다. 실제 이곳은 최근 간척사업이 이루어지고 있는 시화지구이다. 작가의식의 측면에서 볼 때 이 작품은 음풍농월류의 풍류적 작품과는 뚜렷이 구별된다. 즉, 작가의 관심이 현실 문제에 한층 접근해 있는 것이다. 간척사업 같은 어려운 일은 농민들이 쉽사리 계획하고 실천하기 힘든 일이며, 그렇다고 현지사정에 어두운 중앙 관료들에게 기대하기도 어려운 일이다. 이런 어려운 일이야말로 실학을 갖춘 '사(士)'의 지혜를 빌려야 한다. 작가는 무위의 사로서 자신이 할 수 있는 가장 의미 있는 일이 바로 자신의 지혜로써 기층민중들에게 봉사하는 일이라고 확신했다.

성호가 입전한 조선 후기의 학자들 또한 모두 학문의 실용적 가치를 중시하고 현실적 삶과 밀접한 관련이 있는 분야에 학문적 관심을 보였던 재야학자들이란 점도 학문의 실용적 가치를 중시한 그의 학문관을 단적으로 보여준다. 이들의 학문 세계에 대하여 성호가 '전'에서 특기하고 있는 사항을 적시하면 다음과 같다.

---

46) 『星湖全集』 卷5.

① 이진 : 과거 공부를 좋아하지 않았다. …… 육경과 사서 및 정주학에 널리 통하였을 뿐만 아니라 곁으로 천문지리, 의약, 산수, 점성술에까지 통하였다.

② 李溆 : 과거 공부를 좋아하지 않았으며 성현의 학문에 뜻을 두었다. …… 자신을 수양하는 공부로부터 집안을 다스리고 백성을 다스리는 일 및 율력서와 의술에 이르기까지 크고 작은 것이 연속되고 本末을 겸비하였으며, 탐구해서 드러내 밝히지 않은 것이 없었다.

③ 류형원 : 소년 시절 백가의 학설을 섭렵하고 더욱 위기지학(爲己之學)에 마음을 두었다. …… 일찍이 한가하게 살면서 깊이 생각하여 천하 다스리는 일을 자기의 임무로 여겼다. 세상의 학자들이 시무는 알지 못하면서 구이지학(口耳之學)만 숭상하여, 그 말하는 것이 모두47)구차할 따름이어서 집에서나 조정에서 일을 처리하게 되면 차질이 생기고, 끝내는 큰 소리가 실속이 없는 꼴이 되어 백성들이 그 재앙을 받는 것을 병통으로 여겼다. …… 선생(유형원)이 말하기를 "천하의 이치는 物이 아니면 드러나지 못하고 성인의 道도 일이 아니면 행해지지 않는다"라고 하였다.

④ 신무 : 선생(愼懋)은 백성들이 도탄에 빠지고 나라 일이 점점 잘 못되어 가는데도 조정에 있는 자들이 구제할 방도를 생각하지 않는 것을 보고『보민편』을 지었다.

성호가 기술한 위의 내용을 검토해보면 이진과 이서(李溆)의 경우, 성호는 그들의 진지한 학문자세 및 당시로서는 잡학에 속했던 분야에 이르기까지 폭넓게 섭렵한 점에 가치를 부여하고 있다. 그리고 류형원과 신무의 경우, 그들이 실학에 경도하게 된 배경과 그것이 지닌 학문적, 시대적 의의에 대하여 그들의 언행과 작가의 논의를 통하여 상세히 언급하고 있다.

---

47)『星湖全集』卷68. ①「從兄素隱先生家傳」: "不肯擧子業 …… 淹貫六經四子伊洛文字, 旁通于仰觀俯察, 醫藥籌數星命之術." ②「三兄玉洞先生家傳」: "先生獨不屑博士業, 志于聖賢之學 …… 自心身以外, 至治家治民, 汎及於律歷之書, 甘石岐黃之術, 大小相銜, 本末兼該, 無不參互著明." ③「磻溪柳先生傳」: "稍長該涉百家語, 益涵心爲己之學 …… 嘗燕居深念, 天下爲己任. 病世之學者不達時務, 徒尙口耳. 其爲言皆苟而已. 故在家在邦, 當事齟齬, 卒歸於大言無實, 而生民受其禍. …… 先生曰, '天下之理, 非物不著. 聖人之道, 非事不行.'" ④「晚湖愼先生傳」: "…… 先生見生民塗炭, 國事日非, 肉食無謀. 不思所以拯而濟之, 於是作保民篇."

「만호신선생전(晩湖愼先生傳)」에서 성호는 작품의 반이 넘는 지면을 신무가 경세서인 『보민편』을 저술하게 된 경위와 책의 내용 및 이 책과 함께 시폐(時弊)를 조목조목 열거하여 숙종에게 올린 상소문으로 채우고 있다. 성호가 이 작품에서 『보민편』의 체재와 목차 및 주요 내용을 비교적 상세히 기술한 것은 이 책이 지닌 역사적 의의와 내용의 현실적 가치에 깊이 공감하였기 때문일 것이다. 신무를 입전대상으로 선택한 것도 바로 그가 이 책의 저자였기 때문일 것이다.

「반계선생전(磻溪先生傳)」에서 성호는 류형원의 언술을 빌어 시무학의 학문적 위상을 논리적으로 정위(定位)하고 있다. 즉 『반계수록(磻溪隨錄)』의 내용이 대체(大體)에 대하여 힘써 논의한 것이 아니고 자질구레한 일만 거론한 것이라는 혹자의 비판에 대한 반계의

> 천하의 이치란 본말과 대소가 애초에 서로 떨어져 있는 것이 아니다. 촌(寸)이 정확하지 않으면 척(尺)이 성립되지 않으며, 눈금이 정확하지 않으면 저울이 저울구실을 할 수 없으니 목(目)이 맞지 않는데 강(綱)이 스스로 강(綱)이 되는 경우는 없다.[48]

라는 해명을 통하여 실학이 이른바 '대체(통치의 근본원리)'와 분리된 것이 아닐 뿐만 아니라, 현실에서 일어나는 갖가지 일들에 올바로 대처할 수 있는 지식과 능력이 없이는 대체를 제대로 인식할 수 없다는 논리를 전개하고 있다. 성호가 17세기 조선조 학자 가운데 선우협, 류형원, 신무, 이진, 이서(李漵) 등을 선택하여 입전한 것은 이들이 성리학 일변도의 학풍에서 벗어나 폭넓은 학문세계를 보여주었으며, 또 당대 사회가 절실히 필요로 하는 실학에 깊은 관심을 가지고 『반계수록』·『보민편』과 같은 탁월한 저술을 남겼기 때문이다. 입전대상 선택의 배경이 된 이러한 작가의 의도와

---

48) 同上「磻溪柳先生傳」, "天下之理, 本末大小, 未始相離. 寸失其當, 尺不得爲尺, 星失其當, 衡不得爲衡. 未有目非其目, 而綱自爲綱者也."

기술내용을 통하여 우리는 실학자였던 작가가 자신이 탐구하는 실학의 역사적 의의와 가치를 천명함으로써 그 학문적 위상을 확보하고 나아가 실학자로서 자기 정체성을 확인하려 하였음을 알 수 있다.

3) 기층민에 대한 애정과 인간성에 대한 성찰

여기서는 양인계급에 속하면서도 실제로는 양반 지배층의 부당한 대우를 감수해야 했던 농민 및 봉건적 명분론에 근거한 차별질서관에 의해 인간으로서의 존엄성을 인정받지 못했던 노비를 대하는 성호의 시각을 검토하고자 한다. 주지하듯이 조선시대의 양반들은 사·농·공·상을 사민이란 호칭으로 함께 일컬으면서도 실제로는 차등적 신분의식에 얽매여 사와 농·공·상을 엄격히 구분하고 직접 농사짓는 것을 천시하였다. 성호의 경우 '사'는 필경(筆耕)을 '농'은 철경(鐵耕)을 하나 근본적으로 같은 신분임을 환기[49]하고 있다.

樵靑刈葉入山岡　　　초동은 풀을 베러 산 속으로 들어가고
乳雀將雛集短墻　　　어미새는 새끼 데리고 낮은 담장에 모인다

漆苧方冠長柄鑊　　　검은 옷에 관을 쓰고 괭이를 잡으니
士農從古本同方[50]　선비와 농부는 옛부터 같았다네

「한거잡영이십수(閑居雜詠二十首)」라는 연작시 가운데 한 편인 위의 시기구와 승구에서 작가는 한적한 농촌 풍경을 묘사하고, 전구에서는 선비인 작가가 농기구를 들고 농사일에 임하는 모습을 그린 다음, 선비와 농부

---

49)『星湖全集』卷53「二耕窩記」, "天生四民, 士與農同歸. 農以鐵耕, 士以筆耕, 疑若不相周. 然士或不得時, 貧且賤, 不農, 將無以爲生."

50) 同上 卷5「閑居雜詠二十首」.

는 근본적으로 같은 계층임을 언표하고 있다. 작가는 초야에서 학문 탐구에 열중하는 한편 영농에도 많은 관심을 기울였으며, 이 시에 드러나 있듯이 쉬운 일은 직접 하기도 하였다. 성호의 이러한 태도는 육체노동을 천시하고 관념적인 문제에 대한 논의에 열중하던 당대 대부분의 양반 사대부 계층의 태도와는 뚜렷이 구별된다. 이밖에도 「타맥사수(打麥四首)」,[51] 「화포잡영구수(華浦雜詠九首)」 등의 작품에서도 농민을 향한 성호의 애정어린 시선을 엿볼 수 있다.

노비 제도와 관련된 성호의 주장들은 다양한 해석이 가능하기 때문에 단정적으로 결론짓기 어려운 측면이 있다. 다만 『성호새설』인사문의 몇몇 논설들을 종합해 볼 때 성호는 노비제 그 자체를 부정적으로 인식하였던 듯 하다. 그러나 오랜 세월 동안 시행되어 온 제도이기 때문에 제도 그 자체를 혁파하기는 어려운 것으로 파악하고, 매매 금지, 세습제 폐지, 종모법 폐지, 잔혹행위 금지 등 비인간적인 기존 제도에 대한 개혁을 주장하고 있다. 나아가 성호는 비록 제한적이기는 하나 노비에 대한 평등의식을 드러내고 있어 봉건적 명분론에 의거한 차별적 신분관에서 진전된 인간관을 보여준다는 점에서 주목된다.

① 오늘날 우리나라의 풍속은 족류(族類)를 차별하여 노예와 하천(下賤)은 백대가 지나가도 영달하지 못하고 재상가에서는 어리석고 못된 자도 모두 등용되니 아! 애석하다.[52]

② 노비를 대대로 전하는 것은 고금 천하에 없는 일이다. 덕이 없고 재주가 없어서 계책을 생각하지 못하여 종이 되었는데, 도망가면 뒤쫓아가서 찾아내어 함부로 위협하여 재산을 기울이게 하고 그들로 하여금 살 곳이 없게 하고서야 그만둔다.[53]

---

51) 同上 卷2.

52) 『星湖僿說』卷3 「天地門」, 「造命」, "今東俗, 品別族類, 奴隸下賤, 百世而無榮達, 卿相之家, 駿頑者, 彙進. 噫, 惜哉."

인용문 ①에서 성호는 족류(族類), 즉 혈통에 따라 사람을 차별 대우하는 그 자체를 부정적으로 인식하는 듯한 발언을 하고 있으며, ②에서는 노비란 덕과 재주가 모자라 어쩔 수 없이 남의 종이 되었을 뿐이라고 주장하고 있다. 이러한 진술은 노비제에 대한 성호의 기본적인 시각이 봉건적 명분론에 의거한 신분 차별을 내면적으로 수용하면서 노비들의 처지를 동정하여 그들에게 자비를 베푸는 경우와는 근본적으로 다름을 시사하는 것으로 이해된다. 성호가 남들의 비웃음을 각오하고 농장의 종이었던 관(管)의 무덤에서 제문을 지어 제사를 지내준 것54)이나, 제문을 지어 40여 년 전에 죽은 유모의 제사를 지내주는55) 등 이전 양반 사대부의 행적에서는 유래를 찾을 수 없는 행위를 거리낌 없이 행한 것은 노비 문제와 관련하여 근본적인 인식의 전환이 있었기 때문이라 생각된다. 이 점은 천민에게도 과거에 응시할 수 있는 기회를 부여하여 문무과 및 진사시에 합격한 자는 관에서 값을 치르고 속량(贖良)해주어야 하며, 나아가 뛰어난 인재는 관직에 등용하여야 한다는 그의 파격적인 주장56)을 통해서도 짐작할 수 있다.

「재원주송노유치악(在原州送奴遊雉岳)」이란 제목의 다음 작품을 통해 우리는 노비제에 대한 성호의 주장들이 이론적 차원의 구호에 그친 것이 아님을 확인할 수 있다.

客遺山麻九尺筇	길손이 준 아홉 자 산마(山麻) 지팡이
筇頭遙見霱雲重	지팡이 머리 위에는 오색 구름 겹쳐 있네
奴星也有尋眞興	나의 종 성(星)이는 산수 찾는 흥이 있어
兩脚輕風接翠峯57)	발걸음도 가볍게 푸른 봉우리 오르네

---

53) 同上 卷12「人事門」「六蠧」, "奴婢傳世, 亘古今通四海, 無有者也. 無德不材而不思獸, 爲坐役臧獲, 適走推覓, 猥刲傾産, 使之失所而已也."
54) 同上「祭奴文」, "…… 此事人見之, 世必貽我駭笑, 情在於斯, 其是也夫."
55) 『星湖全集』 卷57「祭乳母文」 참조.
56) 『星湖全集』 卷46「論奴婢」, "…… 賤隷亦許赴擧, 其中文武科及進士者, 官出價贖之 …… 苟有出群之才, 擧以用之, 何害於道理."

위의 작품은 노비 문제와 관련된 성호의 이성적 차원의 주장과 정감적 차원의 지향이 일치함을 확인시켜 준다는 점에서 대단히 주목된다. 종의 산수벽을 인정하고 흔쾌히 말미를 주어 승경을 찾게 하는 성호의 태도는 종을 인격적 존재로 인정하려 하지 않았던 조선시대 지배계층의 태도와는 뚜렷이 구별된다. 전구와 결구에서 우리는 신나게 산정을 향해 오르는 종의 뒷모습을 보며 작가 또한 상쾌한 기분에 젖어 있음을 감지할 수 있다. 이러한 태도는 성호가 노비를 자신과 다름없는 하나의 인격체로 인식하였음을 보여주는 것으로 이해된다.

성호가 선조 때의 천민으로 시에 능하였던 백대붕(白大鵬),[58] 원주의 천민으로 효성이 지극하였던 황무진(黃戊辰),[59] 성주의 천민으로 임진왜란 때 전공을 세운 제말(諸末)[60] 등의 행적을 특기한 이면에는 당시 차별적인 신분제의 문제점을 부각시키려는 의도가 자리하고 있는 것으로 판단된다. 기층민과는 차원이 다른 문제이나 성호는 사회적 약자였던 서얼과 여성에 대해서도 중세 지식인으로서는 보기 드물게 그들의 권익을 옹호하거나, 처지를 적극적으로 이해하려는 입장을 취하고 있다. 서얼 출신으로 탁월한 경세가였던 신무를 입전한 「만호신선생전」과 여성의 입장에서 설화의 의미 해석을 시도한 「치술령(鵄述嶺)」, 「천관원(天官怨)」, 「대악(碓樂)」 등의 해동악부를 통해 확인[61]할 수 있다.

지금까지 논의한바, 기층민과 관련된 성호의 입장을 단순히 성리학적으로 순치된 인간관계를 추구하는 것으로 인식하는 것은 재고되어야 하리라 판단된다. 이 문제에 대한 성호의 입장을 온전히 해명하기 위해서는 기본적으로 사회적 약자들과 관련된 성호의 주장이 18세기 조선 사회가 당면하고 있던 문제 가운데 하나였던 불합리한 신분제를 개혁하기 위한 주장

---

57) 同上 卷5.
58) 『星湖僿說』 卷7 「人事門」.
59) 同上.
60) 同上 卷10.
61) 李慧淳, 「韓國樂府硏究(1)」, 『한국문화연구원 논총』 39, 이화여대, 1981, 22~33면 참조

으로 그의 실학사상과 궤를 같이하는 것임을 간과해서는 안 될 것이며, 신분제와 관련된 성호의 논설, 일상에서의 행위, 문학 작품에 구현된 작가의식 등을 종합적으로 검토하여야 할 것이다.

5. 결론

성호의 학문, 사상, 예술 등에 관한 지금까지의 연구는 각 분야 상호간의 유기적 관련성에 대한 충분한 검토가 이루어지지 않은 채 고립적으로 이루어져 왔다. 따라서 성호의 경세학·경학·사학·문학 등을 대상으로 한 연구 성과가 적지 않게 축적되었음에도 불구하고 성호의 학문세계를 일관하는 이념적 차원의 특성이 명료하게 드러나지 않은 실정이다. 본고는 이러한 문제의식에서 출발하여 성호의 실학사상과 문학세계의 유기적 관련성에 대하여 검토하였다. 지금까지 논의한 바를 요약정리하고 남은 과제를 제시하는 것으로 결론을 삼고자 한다.

성호는 구체적으로 존재하는 사물에 대한 철저한 탐구를 통하여 존재의 원리에 접근하여야 한다는 객관적 경험론에 해당함직한 세계인식 태도를 지니고 있었다. 사회 현실 문제에 학문적 관심을 경주하였던 성호의 경세학 및 문학의 사회적 역할을 중시한 현실지향적인 문학관, 작품의 소재가 되는 사물의 진면목을 정확하게 인식하고 그것을 가식 없이 묘사하여야 한다는 사실지향적인 창작론은 바로 그의 객관적 세계인식 태도의 소산인 것이다.

성호가 남긴 시, 해동악부, 전 등의 문학작품은 작가의식의 측면에서 볼 때 비교적 다양한 면모를 드러내고 있으나, 그 핵심을 이루고 있는 것은 그의 실학사상과 긴밀한 관련이 있다. 즉 '무위의 사'로서 자기 정체성을 확립하고, 이를 바탕으로 부조리한 당대의 사회현실을 개혁하려는 작가의 식을 투영하고 있는 작품, 주변 사물에서 소재를 취하여 그 실용적 가치를 찬양하거나, 시무학에 일정한 업적을 남긴 조선 후기학자들을 입전하고 시무학의 역사적 가치를 천명한 작품, 농민·서얼·노비 등 기층민들에 대한 애정과, 비록 제한적이기는 하나 봉건적 명분론에 의거한 차별적 신분관에서 벗어나 평등의식을 투영하고 있는 작품이 그것이다.

성호의 문학작품에 투영된 이러한 작가의식은 조선 전기 성리학자들의 문학 작품 일반에서 감지 할 수 있는 내면 편향적인 작가의식과는 뚜렷이 구별되며, 후배 실학자 특히 다산(茶山)의 문학세계와는 긴밀한 관련이 있는 것으로 판단된다.

이상의 논의만으로 성호 문학의 실학적 성격이 온전히 밝혀졌다고 할 수 없다. 본고에서는, 성호가 남긴 전 및 해동악부 가운데 '자주의식' 내지 '실리위주의 대외관'이 투영된 작품이 몇 편 있으나 검토하지 못하였으며, 실학사상을 형상화한 문학 작품이 현시하는 미적 특성에 대한 논의도 이루어지지 않았다. 보다 정치(精緻)한 자료검토를 거쳐 보완하려 한다.

오광운(吳光運) 시의 문예미학적 특징

김 종 진

1. 머리말

약산(藥山) 오광운(1689~1745)의 이름이 역사서에 등장하는 것은 '무신란 (1728년 이인좌와 정희량 등이 일으킨 변란)'과 관련해서이다. 당시 홍문관 부교리(정 5품)로 있던 그는 변란에 대비하여 조속한 궁성 호위와 국청 설치를 극력 주장함으로써, 청주를 점령하고 서울로 진군하던 반군 세력을 조기에 진압할 수 있었는데, 이 공으로 영조 임금으로부터 큰 신임을 얻게 되었다.

그러나 오광운은 갑술옥사 이후 쇠퇴의 길을 걷기 시작한 남인 계열로 당쟁이 격심했던 당시의 정계에서 여러 차례 사직상소를 올려야만 하였다. 그리하여 숭례문 밖 약산에 머물러 산 지 10년이 지났는데, 영조의 돌봄이 더욱 융숭해지자 다시 관직에 나갔다. 이에 대사간과 예조참판 및 대사헌에 임명되었고, 1744년 겨울 개성 유수에 부임하였으나, 이듬해 7월 경연에 참석하기 위해 한성에 왔다가 병으로 약현의 옛집에서 서거하였다.

오광운이 영조로부터 각별한 지우를 입었음을 말해 주는 여러 일화 가운데 하나를 들어 보면, 그가 몇 번 대제학의 자리에 추천되었지만 (번번이 권점이 모자라자) 영조가 친히 붓으로 그의 이름 아래 권점을 보태고 "어찌 (권점이) 한 점뿐인가. 정말 한심한지고!"라고 하였다1) 한다. 오광운은 살아 있었던 동안뿐 아니라, 죽은 뒤에도 정당한 평가를 받지 못한 인물이다. 문학에 국한해서 말하더라도, 동시대의 인물인 조현명(1690~1752)은 「공릉을 봉심하러 가는 길에 유수 오광운을 장사지내고 돌아오는 신주를 모신 수레를 만났으므로, 수레를 멈추게 하고 한번 통곡하다」란 시2)에서 "당세의 문장으로 높은 값을 못받았네[當世文章價不高]"라고 하였고, 조긍섭(1873~1993)은 『약산만고(藥山漫稿)』의 발문을 쓰면서 오광운의 문학을 이식(1584~1647)과 장유(1587~1638)의 문학에 비견하면서 오광운이 서거한 지 200년이 되는 지금 그의 문학을 알아주는 사람이 거의 없다3)고 개탄하고 있다.

오광운과 관련해서 필자는 그 동안 작가론과 시관 및 동시대 노론 계열의 오원 시와의 비교 연구 등을 발표하였다.4) 이에 본고에서는 이들 및 관련 연구 성과5)를 참고로, 오광운 시에 있어서 문예미학적 특징을 '경이로움'과 '정취'의 측면에서 살펴보고자 하였다.

---

1) 趙顯命, 『歸鹿集』 卷16 「贈吏曹判書吳公神道碑銘」과 蔡濟恭, 『樊嚴集』 卷42 「贈資憲大夫吏曹判書行嘉善大夫司憲府大司憲兼弘文館提學同知春秋館事藥山吳公諡狀」, "甞屢入文衡薦 上以天筆加圈 題公名下曰 是何一點 良可寒心."

2) 趙顯明, 『歸鹿集』 卷4 「恭陵奉審路逢吳留守光運返虞停舉一慟」.

3) 『藥山漫稿』(이하 『漫稿』로 생략함) 「跋」, "谿谷澤堂之文辭 …… 公則沒已二百年 而知其人者 鮮矣 知其文者 益寡矣 若夫知其學識者 則至今盖未有一人焉."

4) 「藥山 吳光運論」, 『조선후기한시작가론』, 이회, 1998; 「吳光運의 시에 있어서 정취와 상상력에 대하여」, 『東岳語文論集』 36집, 동악어문학회, 2000; 「藥山 吳光運과 月谷 吳瑗의 비교 연구」, 『동악어문논집』 38집, 동악어문학회, 2001 등이 있음.

5) 오광운과 관련된 선행 연구로는 張炳漢, 「藥山 吳光運의 文學論에 관한 研究―心靜과 神을 중심으로」, 성균관대 석사논문, 1988이 있음.

2. 경이로움의 추구

오광운은 자신의 눈 앞에 전개되는 광경에 대해 경이로움을 갖고 이를 시로 옮기고 있다. 이 경우 그는 자신이 이러한 광경을 목격하게 된 경위를 시의 제목을 통하여 밝히고 있다.

예를 들면, 「저녁 무렵 관아의 동헌에 앉아 있는데 동헌 밖에 큰 살구나무 한 그루가 꽃이 활짝 피어 마침 달이 떠오르면서 교묘하게 그 꽃이 무성한 곳을 비추니 매우 기이한 광경이었다」[6]라는 긴 제목의 시가 그것이다.

老杏當軒爛熳春	동헌 밖 오래된 살구나무 봄 되어 꽃이 만발한데
忽驚紅暉入床菌	문득 평상의 자리에 붉은 빛이 들어와 서린 것을 보고 놀랐네
花間令我得明月	꽃 사이로 밝은 달을 볼 수 있으니
誰是當年種杏人	그 옛날 누가 이 살구나무를 심었는가

다른 예로, 「우연히 해촌에 사는 친구 집에 들렀다가 삼각봉을 바라보니」[7]라는 시를 들 수 있다.

半落靑天翠影重	파란 하늘에 반쯤 기울어진 비취빛 그림자 겹쳐 있고
五千仞外玉芙蓉	아득히 멀리 옥으로 다듬은 부용꽃 같은 산 봉우리
浮雲一朶空中出	여기에 뜬 구름 한 송이 공중 속으로 솟아
添作岧嶤第四峯	삼각봉에 덧붙여 네 번째 봉우리를 만드네

위에 인용한 두 시에 등장하는 경물, 즉 달빛에 비친 꽃무더기의 그림자가 평상의 자리에 붉게 어리비치는 것이나, 커다란 뭉게 구름이 모여 산

---

6) 『漫稿』 卷2 「夕坐縣齋東軒軒外有杏花一大樹盛開而明月初上巧當花深處甚奇景也」.
7) 『漫稿』 卷2 「偶到海村友人精舍望三角峯」.

봉우리의 모습을 이루는 것은 보통 사람의 눈에는 하등 신기로울 것이 없는 예사로운 광경이라 할 수 있다. 그러나 오광운은 순간적으로 포착되는 이러한 눈 앞에 전개되는 광경을 어린아이와 같은 시선을 통해 경이로움을 갖고 이를 표현하고 있다.

그리고, 다음 인용한 「청명도중(淸明道中)」[8] 시에선 시골 길을 천천히 말을 타고 가는 시인 자신이 등장한다. 길은 경사가 낮은 언덕 길로, 양 옆으론 느릅나무와 살구나무가 숲을 이루고 있고 새들이 재잘거린다. 이미 절기가 청명인지라, 느릅나무는 꽃가루가 날려 숲에 마치 안개가 서린 것 같고, 살구나무엔 마치 불이 붙은 듯 꽃이 활짝 피었다. 오광운이 탄 말이 언덕 마루에 오르자 홀연 눈 앞에 전개되는 광경은 지금까지와는 전혀 달리 시야가 탁 트이며 넓은 들판이 펼쳐지고 멀리 흐르는 냇물은 봄날 햇살을 받아 반짝인다. 타고 가던 말도 갑자기 이 색다른 광경에 놀란 듯 걸음을 멈추고 언덕 마루에 한참을 선 채 내려갈 생각을 않고 있다. 이러한 정황을 오광운은 다음과 같이 읊고 있다.

楡煙杏煮媚新晴	느릅나무 꽃가루 안개낀 듯, 불타는 살구꽃 봄볕에 고아
物色堪憐亦可驚	그 광경 사랑할 만하고 놀랍기도 해라
日日鳥添前日語	새들은 날마다 더욱 재잘거리고
年年花作去年情	꽃은 금년에도 변함없이 지난 해의 모습을 하네
橫崖缺處何峯出	끊어진 언덕 사이로 보이는 건 무슨 봉우리인가
大野開時遠水明	넓은 들판 탁 트이자 먼 곳 물이 반짝이네
羸馬似知詩境界	이러한 시의 경계를 말도 아는 듯
偶逢佳景卽停行	아름다운 경치를 만나선 걸음을 멈추네

이밖에 오광운의 시에서 경이로움의 대상이 되고 있는 광경으론 사월 초파일 연등 행사와 큰 비가 온 뒤의 불어난 물의 흐름 등을 들 수 있다. 예컨대 「시골집에서 초파일 저녁에」,[9] 「연등일 저녁 여러 친구들과 약산

---

8)『漫稿』卷2.

에 오르다. 2수」10)와 「석가탄신일에 여러 친구들과 산에 올라 연등행사를
보다」11) 「비가 온 뒤 불어난 물을 보며」12) 등이 그것이다.

　이 가운데 「석가탄신일에 여러 친구들과 ……」 시에서 오광운은 초파일
밤 산에 올라 발 아래 펼쳐지는 경이로운 연등 행렬을 보면서 밤 하늘의
별과 지상의 연등을 연관지어 "하늘엔 온통 별이 뒤덮혀 / 지상의 연등과
함께 아름다운 문채를 이루네 / 또렷또렷하다 해서 누가 헤일 수 있으랴 /
넘실넘실 자못 끝이 없네[星辰渾世界 天地極文章 歷歷誰能數 溶溶殊未央]"라
고 하였으며, 「비가 온 뒤 불어난 물을 보며」에서는 장마 뒤 불어난 물의
힘찬 기세를 "우레가 치는데 겹쳐 번개마저 치니 / 만 명의 갑옷입은 병사
가 창을 들고 쓰러졌다 일어나듯 / 온통 하늘과 땅을 휩쓸 기세일세 / 용은
이 기세를 타고 올라 어찌하기를 바라는가[六丁震疊雷公鼓 萬甲崩騰雪色戈
天地驅來渾氣勢 魚龍乘去欲如何]"라고 하였다.

　지금까지 예로 든 시들에 있어서, 그것이 평상의 자리에 어리비친 살구
꽃 그림자이든, 구름에 의하여 만들어진 제4의 산봉우리든, 봄날 언덕 위
에서 보는 눈 앞에 전개되는 광경이든, 연등 행렬과 큰 비 온 뒤의 물이든,
그래도 모두 실제로 눈 앞에 전개된 광경을 소재로 한 것들이다. 물론 이
과정에 있어서 비유로 사용된 과장된 표현 속에는, 그 정도가 약하든 강하
든 시인으로서의 오광운의 문학적 상상력이 작용하고 있다. 그러나 그것
은 어디까지나 표현의 문제로 소재 그 자체는 실제 상황에 근거한 것임에
반하여, 다음 인용한 「담정의 시냇가에서 떨어진 꽃잎을 감상하며」13)에
이르면 소재 자체가 현실이 아닌, 상상에 의한 가공의 세계 속에서 '경이
로움'이 추구되고 있음을 보게 된다.

---

9) 『漫稿』 卷3 「村舍浴佛夕」.
10) 『漫稿』 卷3 「燈夕與諸益登藥峴二首」.
11) 『漫稿』 卷4 「浴佛俗節携諸君上山觀燈」.
12) 『漫稿』 卷4 「雨後觀漲」.
13) 『漫稿』 卷2 「淡亭川邊賞落花」.

水面落花何處歸	물 위에 떨어진 꽃잎 어디로 가는가
隨波一點正依依	물결 따라 넘실대는 한 점 꽃 잎
中流逢着多心鷺	중류에 이르러 다정한 해오라기를 만나니
含向靑山影裏飛	해오라기가 입에 물고 푸른 산 그림자 속으로 나르네

그러나, 시에 있어서 상상력의 개입은 현실을 소재로 한 공간 속에서는 제한적일 수밖에 없다.[14]

그래서 현실을 벗어나 무한히 상상력을 펼 수 있는 곳으로 신이(神異)한 역사적 소재를 찾게 된다. 이는 오광운도 예외가 아닌 경우로, 오광운의 시에 있어서 상상력은 역사 속에서 소재를 찾음으로써 더욱 확장된 모습의 형태로 만나볼 수 있다.

예컨대 「적지가(赤池歌)」[15]를 들 수 있다. 「적지가」는 태조(太祖) 이성계(李成桂)의 조부인 도조(度祖)의 고사가 배경 설화로 되어 있다. 도조가 젊었을 때 백룡이 꿈에 나타나, "나는 적지의 백룡인데, 흑룡이 나의 사는 곳을 뺏으려 하오 그대가 활을 잘 쏘니, 나를 위하여 쏘아 주시오" 하므로, 도조가 다음날 활과 화살을 가지고 못가에 가니 과연 두 용이 싸우고 있는데, 주객을 분간하지 못하겠으므로, 그대로 돌아왔다. 그 날 밤 백룡이 꿈에 다시 나타나서, "그대가 어찌하여 쏘지 않았는가" 하였다. "두 용이 싸운는데, 흑과 백을 분간하기 어려워서 쏘지 못하였다" 하니, "내일 먼저 오는 것이 나이니 모름지기 기억하라" 하였다. 도조가 아침에 가서 보니, 또 두 용이 싸우고 있었다. 뒤에 온 용을 쏘아서 단번에 그 허리를 맞추니, 객룡이 피를 흘려서 적지에 가득 찼다고 한다.[16]

---

14) 여기서부터 II장의 끝인 「黃昌舞」 부분까지의 내용은 「吳光運의 시에 있어서 정취와 상상력에 대하여」의 341~346면까지의 내용을 부분적으로 수정하여 옮긴 것임.

15) 『漫稿』 卷4.

16) 李肯翊, 『燃藜室記述』 卷1, "度祖少時 白龍見夢曰 我赤池白龍也 黑龍欲奪我居 君善射 爲我射之 度祖明日持弓矢往池邊 果有兩龍相鬪 不辨主客而歸 其夜白龍又 見夢曰 君胡不射乎 答曰 兩龍相戰 黑白難辨 故不能發矢矣 曰 明日先來者我也 須 記之 度祖早往視之 又有兩龍相鬪 射其後來者 一發正中 其腰 龍流血滿於赤池."

　49구에 달하는 장편이므로 두 용이 출현하는 장면의 11구서부터 다투는 두 용 가운데 도조가 흑룡을 쏘아 거꾸러뜨리는 장면의 32구까지를 부분 인용해 보인다.

宛在中流忽異色	물 가운데 이르자 분명 갑자기 다른 색깔이 돌며
霹靂挾出龍二隻	천둥 번개와 함께 두 마리의 용이 나타나네
飛沫倒射四十里	거꾸로 물방울이 사십 리에 솟고
怒濤起立三千尺	성난 파도 높이가 삼천 척일세
左望如茶右如黑	왼쪽을 바라보니 흰색이오 오른쪽은 흑색일세
無乃潢池劫晉柵	황지가 진 나라 성채를 으르는 것이 아닌가
不然黑鵝軍縞素兵	그렇지 않으면 흑아군과 호소병이
旗鼓相當光注射	깃발과 북이 서로 맞서 빛을 쏘니
共工頭觸天柱非壯觀	공공이 머리로 하늘 기둥을 받는 것은 장관도 아니오
長鯨跋浪滄溟眞小劇	고래가 큰 바다에서 물결을 일으키는 것은 애들 장난일세
天吳海若皆走藏	바다의 신인 천오와 해약은 도망가 숨고
野老村氓不敢眡	늙은 농부와 시골 사람들 감히 쳐다보지도 못하거늘
風雷大麓神揚揚	(도조께선) 산 자락에 비바람 천둥쳐도 정신은 더욱 양양
玉立高歌視蜥蜴	빼어난 자태 높이 노래부르며 마치 도마뱀이나 보는 듯
誘兵開合伺敵便	병사를 유인해 적 편의 틈을 엿보네
雲邊揭出穹隆脊	구름 가장자리로 용의 허리 드러나니
玄甲怒張入有間	검은 갑옷 성을 내 부릅뜨고 틈으로 들어가니
流星應的其聲砉	유성이 과녁을 향해 휙 하는 소리
電碎雷死若山崩	번개 천둥에 산이 무너지는 듯
雲陷霧裂如地坼	구름이 잠기고 안개가 흩어지니 땅이 갈라지는 듯
殘鬐敗鬣不敢掀	축 늘어진 갈기와 수염 치켜올리지 못하고
十丈蜿蜒水心擲	열 길 꿈틀대며 물 속에 던져지네

『약산만고』 권4에는 「적지가」 바로 뒤에 「산해관가(山海關歌)」[17]가 이어지고 있다. 어렸을 때 명 나라 유민으로부터 1644년에 있었던 산해관 전투에 대한 이야기를 들은 나그네가 다시 오광운에게 해 준 이야기를 시화한 「산해관가」는 '경이로움과 과장된 표현에 있어' 앞서 인용한 「적지가」와 계열을 같이하는 작품이라 할 수 있다.

「적지가」와 「산해관가」 외에도 오광운이 자신의 상상력을 보다 확대해서 경이로움과 과장된 표현을 펼 수 있었던 것은 「해동악부」 창작에서이다. 『약산만고』 5권에는 「태백단(太伯壇)」에서부터 「두문동(杜門洞)」까지 28수의 '해동악부'가 실려 있다. 이미 지적되고 있는 바와 같이, 오광운의 「해동악부」는 "정사(正史)라기보다는 야사(野史)적인 소재를 시화(詩化)한" 것이다. 즉 "「태백단」·「성모사(聖母祠)」·「임중계(林中鷄)」 등은 신화적 역사를 인정하여 찬양한 것이고, 「우식곡(憂息曲)」·「황창무(黃昌舞)」·「참마항(斬馬巷)」·「왕무거(王毋去)」·「만파식적(萬波息笛)」·「월명암(月明巖)」·「조룡대(釣龍臺)」 등은 전설적 역사관에서 작품을 창착한 것이다."[18] 특히 그는 가치 판단이나 비판적 시각을 요하는 소재보다는 신이하고 기괴한 일, 또는 있을 법한 전설 등을 「해동악부」의 소재로 선택하였다.

예컨대 「황창무(黃昌舞)」[19]는 잘 알려진 이야기이긴 하지만, 오광운 자신이 직접 쓴 소서를 옮긴 다음에 시를 인용해 보인다.

신라시대 때 황창이란 자는 나이가 15·16세 되는데 칼춤을 잘 추었다. 신라 왕에게 "제가 대왕을 위하여 백제 왕을 쳐서 대왕의 원수를 갚기를 원합니다"라고 말하였다. 그리고 백제에 들어가 큰 거리에서 칼춤을 추니 구경군이 담을 두른 것 같았다. 소문이 백제 왕에게도 들리자 백제 왕이 궁중으로 불러 칼춤을 추게 하고 구경하거늘 황창이 뜰에서 왕을 쳐서 죽이고 자신은 왕의 측근들에 의해 죽임을 당하였다. 왕창의 어머니가 소식을 듣고 눈이 멀자 어떤 사람

---

17) 『漫稿』卷4.
18) 金榮淑, 「朝鮮時代 詠史樂府 研究」, 영남대 박사논문, 1988, 100면.
19) 『漫稿』卷5.

이 어머니의 시력을 회복해 드릴려고 다른 사람에게 칼춤을 추게 하고는 속여 말하기를 "창이가 와서 춤을 춥니다. 앞에 말은 잘못된 것입니다"라고 하였다. 이에 어머니가 놀라고 기뻐서 눈을 떴다고 한다.[20]

臣有劍	저에게 칼이 있으니
臣有劍	저에게 칼이 있으니
勝君十萬師	십만 군사보다 낫습니다
百濟市上霜雪飜	백제의 저자에서 눈서리처럼 번득이고
百濟宮中血雨飛	백제의 궁중에서 피가 비 내리듯 하네
三分天地一震驚	셋으로 나뉜 땅 한번에 진동시켜 놀라게 하고
童蹄慶卿奪光輝	어린 소년 형가를 제치고 빛을 빼앗듯
母兮母兮收淚視	어머니, 어머니, 눈물을 거두고 보세요
黃昌小兒提劍歸	황창이가 칼을 들고 돌아오네요

오광운의 「황창무」에 대해선 "이 작품은 사화의 마지막 부분인, 황창의 어머니가 눈뜬 부분을 중요시 다루었다. 전반부에서 황창이 용감하게 원수를 갚는다는 각오와 신념을 바탕으로 시상이 전개되며, 3·4구에서 백제 왕을 찔러 죽이는 장면을 아주 감각적으로 나타내었다. 혈우(血雨)가 내리는 것 같다는 표현에서 긴장과 흥분을 상징적으로 보여 주며, 천지가 진동한다는 과장적 표현과 형가의 고사를 인용해서, 황창을 영웅적인 인물로 승화시키려 했다"[21]는 평이 있다. 여기에 덧붙인다면, 오광운의 「황창무」는 소재 자체만으로도 경이롭거늘 여기에 오광운은 자신의 문학적 상상력을 보탠 데다 감각적 비유와 과장된 표현을 사용하였으며, 특히 끝 부분은 마치 독자들도 황창이 살아서 다시 칼을 들고 돌아오는 착각을 일으

---

20) 『漫稿』卷5. "羅代有黃昌者 年可十五六 善舞劍 謁於王曰 臣願爲王擊百濟王以報 王之仇 入百濟舞於通衢 觀者如堵 聞於王 召至宮中 使舞而觀之 昌擊王於庭殺之 遂 爲左右所害 其母聞而喪明 人有爲其母謀還明者 令人劍舞於庭 給曰 昌來舞矣 前語 誣耳 母驚喜還明."

21) 金榮淑, 앞의 논문, 154면.

킬 수 있도록 연극적 효과마저 드러내고 있다.

3. 정취, 그리고 새벽의 찬미

오광운은 「시지(詩指)」에서 "…… 세상 사람들은 대부분 의(意)를 정(情)으로 여기고 미(味)를 취(趣)로 알고 있으니 잘못이다. 정은 비고 의는 찼으며, 정은 맑고 의는 흐리다. 취는 멀고 미는 가깝고, 취는 고상하고 미는 속된 것이니 분별하지 않을 수 없다"[22]라고 하였다.

의미를 낮추고 정취를 높이는 오광운의 시관은 실제 그의 시 창작에 있어선 마치 한 폭의 그림 같은 순수 서경시로 나타나고 있다. 즉 사경을 통한 정취의 환기를 의도하고 있는 것이다. 예컨대, 아래 인용한 2수 가운데 권2에 실려 있는 초기작으로 추정되는 앞의 시는 석양의 노을빛을 배경으로 소 등에 탄 목동을 그림으로써 목가적 정취를 읊었고, 뒤의 시는 50세 이후의 만년 작품으로 추정되는데 달 밝은 가을 밤 물가에서 보고 느끼는 고깃배와 물에 비친 별빛과 갈대 숲으로 부는 바람을 그림으로써 가을의 정취를 읊고 있다.

漠漠煙郊望　　아득히 멀리 안개낀 성밖을 바라보니
亭亭牛背兒　　의젓하게 소 등을 탄 아이
夕陽無限色　　가이없는 석양의 노을빛

---

22)『漫稿』卷11「詩指」. "大抵詩有六物 格也調也情也聲也色也趣也 六者闕其一 非詩也 格欲如明堂制度也 調欲如和鸞節奏也 情欲如天地氤氳百卉含葩也 聲欲如大鐘弘亮朱絃疏越也 色欲如瑞日卿雲疏星朗月也 趣欲如永晝爐薰鳥啼花落抱琴引睇閒雲倦鶴也 (…중략…) 世人多有認意爲情 認味爲趣者 非也 情虛而意實 情淸而意濁 趣遠而味近 趣高而味俗 不可不辨也."

留與笛聲遲　　느긋한 피리 소리와 함께 머물러 있네

—「목동」23)

遙夜漁燈點點愁　　긴 밤 고기잡이 등불은 점점이 수심 어리는데
伴星和月耿寒洲　　별빛 짝하고 달빛에 어울려 찬 물가에 반짝이네
一時影亂爭明滅　　일시에 그림자 어지러워지고 불빛은 보일락 말락
風起蘆花萬頃秋　　갈대꽃에 바람이 일어 물결마다 가을빛일세

—「江浦漁火」24)

특히 오광운의 시에서는 탈속적 정취의 작품을 많이 볼 수 있는데, 그는 도연명의 「도원(桃源)」 시에 차운하여 5언 32구의 장편 고시를 지었고, 「도화원기(桃花源記)」와 비슷한 내용의 「유화동기(榴花洞記)」를 썼고, 거기에 「유화동절구15수(榴花洞絶句十五首)」25)를 읊고 있다. 「유화동절구15수」 가운데 1수를 인용해 보인다.

劫塵飛不到雲棲　　구름 머무는 이곳엔 속세의 먼지 이르지 않거늘
今日逢君意忽悽　　오늘 그대를 만나니 마음이 갑자기 처량해지네
秦漢隋唐長語了　　진·한·수·당의 긴 이야기를 마치니
月輪移在石榴西　　보름달은 석류나무 서쪽으로 기울어가네

—「유화동절구」 其三

또한 오광운의 「해동악부」의 특성 가운데 하나로 정취의 강조를 들 수

---

23) 『漫稿』 卷2 「牧童」.
24) 『大東詩選』에는 오광운의 시가 모두 9수 실려 있다. 「春閨怨」·「江浦漁火」·「採蓮曲」·「艾倉道中記所見」·「放衙」·「記景」이 그것이다. 이 가운데 『약산만고』에는 실리지 않고 『대동시선』에만 실린 작품으로는 「강포어화」·「방아」·「기경」·「범사정」 등 4수가 있다. 4수가 『약산만고』에서 빠진 까닭은 서문에서 오광운 자신이 말하고 있듯이 『약산만고』가 50세까지의 작품을 편집하였기 때문이 아닐까 생각된다. 따라서 『약산만고』에는 빠져 있고 『대동시선』에만 실려 있는 이 「강포어화」는 50세 이후 만년의 작품일 가능성이 높다.
25) 『漫稿』 卷2.

오광운(吳光運) 시의 문예미학적 특징　473

있다. 영사시의 한 갈래인 해동악부류 시에서 의미의 부분이 전적으로 생략될 수는 없다. 이는 작자의 역사 인식을 드러내는 부분으로 오광운의 「해동악부」도 여기서 예외가 아닌 경우이다. 그런 가운데서도 오광운의 「해동악부」의 특성 가운데 하나로 정취의 강조를 드는 것은 「해동악부」 시에서 그는 분명 의미 부분은 각 시 앞에 첨부된 '소서' 부분에서 충분히 전달되었다고 보고, 본시에서는 정취의 측면을 강조하고 있음을 볼 수 있기 때문이다. 그 단적인 예로 오광운의 「해동악부」 소재 24수의 서두와 말미를 장식하는 「태백단」과 「두문동」 두 시를 들 수 있는데, 「태백단」은 단군이 개창한 고조선의 유구한 역사를, 「두문동」은 고려 왕조에 충절을 지킨 이들의 이야기를 시화한 것으로 소서 부분은 생략하고 본시만을 인용해 보인다.

鬱鬱蒼蒼太伯檀	울창한 태백산의 박달나무
問誰栽者盤古氏	누가 심었는가 묻노니, 반고씨일세
枝聳一千仞	가지는 천 길 뻗었고
香聞三千里	향기는 삼천 리나 퍼지네
飇輪龍馬君所止	날쌘 용마를 임금님께서는 멈추시니
身披扶桑黃襖子	몸에는 아침 해같은 황금빛 옷을 입으시고
手抉雲漢末派水	손으로는 은하수 한 줄기를 푸시네
堯邪舜邪吾不聞	요임금이여 순임금이여 내 듣지 못하였으니
漠漠雲海開神市	아득한 구름 바다에 신시를 여셨네

— 「태백단」26)

渠知杜門死	그들은 문을 닫으면 죽는다는 걸 알고
不知開門生	문을 열면 산다는 것을 몰랐네
相枕白骨箇箇香	서로 베고 누우니 백골이 향기로와
長與日月爭光晶	길이 해와 달과 빛을 다투네

---

26) 『漫稿』 卷5.

落花芳草深深洞　　떨어진 꽃 향기로운 풀 깊고 깊은 골짜기
到此春風亦不情　　이곳에 이르러선 봄 바람도 무정하여라
　　　　　　　　　　　　　　　　　　　　　　—「두문동」27)

　‘울창한 태백산의 박달나무’로 「태백단」의 서두를 시작한 오광운의 의
도는 고조선 개창의 유구한 역사의 의미를 전달하는 외에도, 울창한 박달
나무란 의상을 통하여 아득한 태고적 정취를 환기시키고자 하려는 데 있
는 것으로 보인다. "가지는 천 길을 뻗었고 / 향기는 삼천 리나 퍼지네"도
박달나무에 대한 과장된 표현을 통하여 태고적 정취를 전하고 있다. 이어
지는 ‘날쎈 용마’ ‘황금빛 옷’ ‘은하수 한 줄기’와 ‘아득한 구름 바다에 신
시를 여셨네’는 단군의 용위와 나라 개창을 장엄하고 신이로운 정취로 장
식하고 있다.
　「두문동」은 의미 부분으로 시작하고 있다. 「두문동」의 앞의 2구 "그들
은 문을 닫으면 죽는다는 걸 알고 / 문을 열면 산다는 것을 몰랐네"가 그것
이다. 그러나 이어지는 "서로 베고 누우니 백골이 향기로와 / 길이 해와 달
과 빛을 다투네"와 나머지 ‘떨어진 꽃’ ‘향기로운 풀’ ‘깊은 골짜기’ 등은
한편으로는 섬뜩한 느낌을 주기도 하면서 애도의 분위기 속에 쓸쓸한 정
취를 느끼게 해 주고 있디.
　오광운의 시에서 여러가지 정취를 읊은 시와 함께 주목되는 것은 새벽
의 정취를 읊은 일련의 시들이다. 새벽의 정취에 대해서 오광운은 「경설
(經說)」에서 자신은 『시경』「정풍(鄭風)」「풍우(風雨) 계명(鷄鳴)」장을 ‘매우
사랑한다’고 전제하고서 다음과 같이 말하고 있다.

　　"…… 어두운 밤에 베개를 밀치고 창문을 열면 하늘과 땅이 어둠 속에서 분
　간할 수 없는데 산들이 형체를 감추고 집집마다 꿈속에 깊이 잠들어 코를 곤다.
　(이때) 사방팔방을 둘러보아도 믿을 만한 것이라고는 하나 없다가 갑자기 닭이

---

27) 『漫稿』 卷5.

홰를 치며 우는데 때를 어기지 않아 그 미덥기가 사계절의 바뀜과 같다. (이것이) 사람으로 하여금 정신이 바짝 들게 함이 혼돈 속에 개벽함과 해가 동쪽에서 솟아오르는 것과 같다. 이때 『시경』의 이 3장을 내리 읽으면 꼬끼오 닭우는 소리에 상응하여 가슴이 호연하니, 부귀도 넘치게 할 수 없고 빈천도 옮기게 할 수 없으며 위력도 굴복시킬 수 없는 뜻을 갖게 되니, 이때 이 경계를 아는 자가 드물 것이다. 간혹 마음맞는 친구와 함께 비 바람 치는 밤 책상을 맞대 놓고 등잔불을 밝히고 밤을 새우다가 닭우는 꼬끼오 소리가 귀에 들리면 「풍우계명」장에서 '이미 군자를 만나보니 / 어찌 마음이 화평하지 않으리오'라고 한 시구에 더욱 기이한 맛을 느끼게 된다."[28]

이러한 시의 예로 「안릉 고을의 수령인 강사경과 베개를 나란히하고 누워 애기를 하다 보니 새벽이 되었는데, 차갑고 쓸쓸히 바람이 불고 비가 내리며 사방에서 닭 우는 소리가 들려 왔다. 이러한 경계와 이러한 회포는 오직 나와 강사경만이 알 따름이다.」[29]가 있다. 즉 마음에 맞는 벗과 등잔의 심지를 돋우며 밤을 새우다가 먼 동이 트면서 닭이 우는 소리를 들으며 갖는 정취를 읊은 시다.

樽酒相看一燭深	한 동이 술을 놓고 마주보니 촛불도 사위어가는데
塞雲無際四更陰	변방의 구름은 가이없고 새벽이 되도록 어둡네
鷄聲不是他鄕別	닭 우는 소리가 낯선 타향이라 해서 다른 건 아니니
風雨關山志士心	비 바람 치는 관산에 지사의 마음일세

— 卷2 「漫稿」

이어서 여름의 새벽 정취를 읊은 시 1수와 겨울의 새벽 정취를 읊은 시

---

28) 『漫稿』卷12 「雜著」. "…… 每於如晦之夜 推枕拓窓 則天地冢濛 山岳潛形 萬戶夢夢 齁息沈酣 俯仰四顧 無一可恃 忽有膈膊一聲 不失其次 信如四時 譬如木鐸 令人醒然如混沌之開闢也 如日之生東也 因快讀三章 如膠膠者相應 胸中浩然有富貴不能淫 貧賤不能移 威武不能屈之意 此時此境 知之者盖鮮矣 時或得意朋友 風雨聯床 篝燈耿然之際 膠膠之音 入耳尤奇 有味乎 旣見君子 云胡不夷之語也."

29) 『漫稿』卷2 「與安陵亻卒姜思卿聯寢談到四鼓風雨凄凄四面鷄聲喔喔此境此懷惟吾與思卿知之耳」.

1수를 인용해 보인다.

南城大道直如絲	남쪽 성으로 가는 큰 길 실같이 곧고
曙色瞳朦萬柳枝	새벽 빛 어둠 가운데 늘어진 수많은 버드나무 가지들
擊柝烏啼官炬駛	딱딱이 소리, 까마귀 울음 속에 관가의 횃불은 빨리 지나가고
賣餳人語里燈遲	엿장수 말 소리에 마을의 등불은 더디게 켜지네
囂塵走馬成賀事	시끄러움과 먼지 속에 웬 일로 말을 달리는가
凉界聽鶯只此時	서늘한 경계 속에 꾀꼬리 소리를 듣는 것은 이때뿐
推枕悠然仍一笑	베개를 밀치고 느긋이 한번 웃노니
山門百事摠無期	산문의 모든 일 모두 기약이 없네

—「새벽에 일어나 남쪽 성을 바라보니 등불이 훤했다. 그리고 얼마 있다가 꾀꼬리의 울음 소리가 사방에서 들려 왔다. 푸른 숲 사이에 아직은 더운 기운이 번지지 않은 무렵이니 맑은 경계를 사랑할 만하다」[30]

今年四十九年遒	올해로 마흔 아홉이 넘으니
獨夜無愁似有愁	밤에 홀로 앉아 있음에 근심이 있는 듯 없는 듯
世事臥聽風漏永	세상 일 누워서 듣자니 비바람에 시간은 더디고
山盟吟對壁燈幽	은자의 삶 마주 대하고 읊으니 벽의 등불 그윽하네
雪燕滿屋鷄聲沸	눈 덮힌 지붕 새벽닭은 울고
星絡疎林鵲影流	별이 반짝이는 성긴 숲 은하수의 그림자가 흐르네
誰解評玆冬月色	누가 이 겨울의 새벽 달빛을 알아주랴
姸於春月皎於秋	봄의 달빛보다 곱고 가을의 달빛보다 밝은 것을

—「깊은 밤 오랫동안 홀로 앉아 있으려니 눈과 달빛이 창문에 어리비치고 나무 그림자는 뜰에 가득 드리워졌다. 얼마 있다가 이웃 동네의 닭들이 사방에서 우니 정신이 맑아진다. 인간 세상에 이 뛰어난 경계를 오직 잠 못 이루는 사람만이 알고 있다」[31]

---

30) 『漫稿』 卷4 「晨起望南城燈火燄然少頃鸎聲四起綠陰間暑氣未布淸境可愛遂用前韻漫賦」.

31) 『漫稿』 卷4 「夜久獨坐雪月縈窓樹影滿庭俄而隣鷄四動一氣孔神人世勝境惟不寐者知之」.

위의 두 시에는 덧붙일 설명이 필요 없을 만큼 제목에 자세한 정황이
설명되어 있다. 이는 다음 인용한 시의 경우에도 마찬가지이다.

喔喔村鷄和石春　　꼬끼오 닭 우는 소리는 돌절구 찧는 소리와 어우러지고
牛鳴時復動黃鐘　　여기에 황종 같은 나지막한 음메하는 소의 울음소리
無人解聽成新譜　　아무도 이런 소리들이 새로운 악보를 이루는 줄 모르는
　　　　　　　　　　가운데
落月蒼茫下遠峯　　지는 달이 아득히 먼 산봉우리 아래로 기우네
—「화교 별장에서 새벽에 닭의 울음과 소의 울음이 절구질하는 소리와 어울
　려져 은연중 하나의 새로운 음악을 만들어내는 소리를 베갯머리에서 듣고
　우연히 절구 한 수를 지어서 사첨 씨에게 말하였다」[32]

이밖에 새벽을 시간적 배경으로 한 시로는 「영서등(咏曙燈)」과 「서행잡
영삼수(西行雜詠三首)」 둘째 수가 있다. 「영서등」은 "꼬끼오 닭이 울어 새벽
을 부르니 / 이 세상 뭇 움직이는 것들 누가 한가하리 / 남은 등잔의 한 점
푸른 빛이 / 천년 세월 순임금과 도척 사이를 늘 비추네[膃腪天鷄喚曙還 世
間群動有誰閒 殘缸一點青燐色 慣照千年舜蹠間]"[33]에서 볼 수 있듯이 새벽에
남은 등잔불에 초점을 맞추어 읊은 것이다. 그리고 「서행잡영삼수」(기이)는
"잠에서 깨어 맑은 새벽 일어나 앉으니 / 마을은 아직도 캄캄하네 / 말 그림
자 별 빛 가장자리로 움직이고 / 눈 속에 닭 우는 소리 길도다 / 길은 천 리
길 / 나그네 마음은 새벽 / 하물며 한 해도 기울어가는 이때 / 찬 술을 혼자
따르네[罷眠坐淸曉 村色正陰森 馬影星邊動 鷄聲雪裏深 路成天里勢 客有五更心
況復年華暮 寒盃獨自斟]"[34]에서 볼 수 있듯이, 옛부터 흔한 소재의 하나인
새벽에 길 떠나는 사람의 정취를 읊은 시다.

---

32) 『漫稿』 卷2 「花郊別業曉枕聞鷄唱牛鳴與春聲迭和隱然作一部樂偶成一絶語士瞻氏」.
33) 『漫稿』 卷4.
34) 『漫稿』 卷2.

4. 맺음말

　오광운은 「무신 3월 역난이 일어나자 명을 받고 군사를 위로하기 위해 송파를 지나가는데 사람들의 밥짓는 연기가 끊겨 이에 느껴 읊다. 2수」 가운데 1수[35]에서 역난이 지나간 마을에 들려, 백성들의 참상을 보고 다음과 같이 읊고 있다.

十里無煙火	십 리 길 밥 짓는 연기 끊기고
村墟夕照紅	시골 마을에 저녁 노을 붉도다
春山不可望	봄 산을 바라볼 수 없으니
花發亂離中	난리 중에도 꽃이 피었네

　십 리 길을 가도 밥짓는 연기를 볼 수 없는 폐허가 된 인가. 여기에 붉게 비치는 저녁 햇살. 이와 대조적으로 전구에 이르면 봄 산이 등장한다. 푸른 봄 산과 붉은 석양. 여기에 시인은 결구에서 꽃과 난리를 언급함으로써 직접 말하고 있지는 않지만 꽃이 환기하는 붉은 색의 연상을 통하여 변란 중에 희생된 사람들을 띠올리게 헤 주고 있다. 특히 이 시의 전구 "봄 산을 바라볼 수 없으니"는 오광운의 북받치는 슬픔을 말해 주고 있다.

　18세기 전반 시단의 다양함 속에서 오광운(1689~1738)의 시는 감정이 풍부하면서도 한편으로는 감각적인 면모를 보여 주고 있다. 그리하여 그의 시는 독특한 색깔과 향기를 지니고 있다. 본고에서는 그의 시의 이러한 특징을 '경이로움'과 '정취'로 요약해서 정리해 보았다.

　'경이로움'의 대상으로 무엇보다 먼저 색다른 광경을 들 수 있다. 그러나 같은 광경을 대면해 있다 할지라도, 무딘 감성을 가지고는 경이로움을 느낄 수 없다. 경이로움에 어린아이와 같은 순수한 감성이 요구되는 것은

---

35) 『漫稿』 卷3 「戊申三月逆亂起奉命勞軍松坡所經過人煙斷絶感而有吟二首」.

이러한 까닭이다. 또한 경이로움은 때로 기쁨을 수반하며, 표현에 있어서는 과장이 자주 사용된다.

'정취'는 더 쉽고 널리 사용되는 말로 바꾸면 일종의 '분위기'라고 할 수 있다. 따라서 그 앞에 수식어가 오는 것이 보통이다. 예컨대, 토속적 정취·목가적 정취·탈속적 정취 등등이 그것이다. 그만큼 정취의 종류도 각양각색이며, 대부분의 시들은 각자의 정취를 가지고 있다고 할 수 있다. 다만 오광운의 경우 정취에 주목하는 이유는 그가 자신의 시관 속에서 '정취'를 강조하고 있으며, 실제로 자신의 시 창작에서 다양한 '정취'를 드러내고 있음을 볼 수 있기 때문이다.

물론 경이로움과 정취는 다른 층위의 별개 범주에 속하는 말로서 1수의 시가 나름의 정취를 가지고 있으면서도 또한 경이로움을 포함하고 있는 경우를 흔히 볼 수 있다. 예컨대 3장 '정취와 ……'에서 예로 들었던 「해동악부」의 「태백단」과 「두문동」은 독특한 정취뿐 아니라, 각자 어마어마한 크기의 박달나무와 달빛 아래 백골을 통하여 모두 경이로움을 자아내고 있다. 또한 예컨대 2장 '경이로움의 추구'에서 예로 들은 「청명도중」 시는 경이로움뿐 아니라, 느릅나무·꽃가루·안개·살구꽃·봄볕·재잘대는 새 등을 통하여 봄날의 정취를 한껏 느끼게 해 주고 있다.

종래 한국한문학사에서는 18세기 전반의 한시문학은 앞선 시대 김창협과 김창흡 등에 의해서 주도된 '천기론'이 주류를 이루는 한편, 민요풍의 한시와 함께 위항 문학이 번성하고, 실학적 성향의 학자들의 시세계가 있었던 것으로 논의되었다. 문화 현상이란 어느 시대나 획일성보다는 다양성으로 존재하기 마련이다. 18세기 전반 오광운의 시세계는 당대로서는 이채로운 존재이면서, 한편으로는 그의 시에 있어서 '경이로움'과 '정취'는 공간적으로 동양뿐 아니라 서양, 시간적으로 고대 및 중세뿐 아니라 근·현대에 이르기까지 인간 공통의 시적 감성의 촉수를 자극하는 요소들로 오늘날의 시에 있어서도 새로이 조명되어야 할 영역으로 남아 있다고 할 수 있다.

추재(秋齋) 조수삼(趙秀三)의 시에서 탈속(脫俗)의 의미

윤 재 민

1. 머리말

고아(高雅), 저속(低俗)이란 말은 있어도 저아(低雅), 고속(高俗)이란 말은 없다. 언뜻 논리적으로 볼 때 고아(高雅)가 있으면 당연히 저아(低雅)가 있을 법하고, 저속이 있으면 또한 당연히 고속이 있을 법한데도 말이다. 그러나 고아의 고(高)가 아(雅)의 고저를 가리키는 것이 아니라 저속의 저(低)에 대해서 성립한 말이며, 저속의 저(低) 또한 속(俗)의 고저(高低)를 가리키는 것이 아니라 고아의 고(高)에 대해서 성립한 말임을 상기한다면 왜 고아(高雅), 저속일 수밖에 없는가가 이해될 것이다.

고아와 저속에서 본질적인 것은 속(俗)의 개념이다. 고아와 저속의 관념은 기본적으로 속(俗)에 대한 부정으로부터 출발한 것이기 때문이다. 이것은 아(雅)의 관념이 속(俗)에 대한 부정으로부터 점차 형성되어 간 것임을 뜻하는 것이기도 하다. 그러나 전근대 사회에서는 이것을 거꾸로 사고했다. 곧 아(雅)의 관념이 형성되고 나자 이제 아(雅)는 그 자체 자립적이고 선험적인 존재로서 자신을 선포하고 이러한 자신의 개념에 맞추어 속(俗)을 재단하기 시작하였는데, 전근대 사회는 대체로 바로 이러한 아(雅)의 관점에서 아속(雅俗)의 문제를 사고하였던 것이다. 선왕(先王)의 교화에 의해 속(俗)이 아화(雅化)되는 경우조차도 이미 먼저 설정된 아(雅)에 속(俗)이 따르는 것이지 속(俗) 자체가 진화하여 아화(雅化)되는 것은 아니다. 이처럼 선험적 표준(聖人이 세운 표준은 기본적으로 선험적 성격을 갖게 마련이다)으로 아(雅)가 설정될 때 속(俗)은 철저하게 부정의 대상이 되지 않을 수 없다. 오늘날에까지 이어지는 속된 것에 대한 부정적 관념은 이처럼 그 연원이 오랜 것이다.

아속의 문제는 동아시아 문학에서 중요한 주제 중의 하나이다. 아속은 당연히 아(雅)와 속(俗)의 대립을 전제하는 것이지만, 동시에 아(雅)와 속(俗)의 상호 지양(止揚)을 통한 영향과 통일을 의미하는 것이기도 하다. 아(雅)가 없는 속(俗)이나 속(俗)이 없는 아(雅)는 성립할 수 없다. 아(雅)는 속(俗)에 대해서 아(雅)이고, 속(俗) 또한 아(雅)에 대해서 속(俗)이다. 아(雅)는 속(俗)이 있어 의미가 있고, 속(俗) 또한 아(雅)가 있어 의미가 있는 것이다. 따라서 아(雅)의 내포와 외연에 변화가 생기면 속(俗)의 내포와 외연도 변하게 마련이고, 속(俗)의 내포와 외연에 변화가 생기면 아(雅)의 내포와 외연도 변하게 마련이다.

아속의 구분은 전통적인 군자(君子) 소인(小人)의 구분과 상통하는 측면이 있다. 곧 신분적 위계에 따라 나누면 아(雅)는 유식한 지배계급(이하 士 또는 士大夫라고 부른다)의 문화 및 그 풍격을 가리키고, 속(俗)은 무식한 피지배계급(이하 民 또는 民衆이라고 부른다)의 문화 및 그 풍격을 가리킨다. 도덕윤리에 따라 나누면 아(雅)는 사(士)가 마땅히 가져야 할 정신적 지향 내지 가치를 가리키며, 속(俗)은 사(士)가 마땅히 가져서는 안 될 정신적 지향 내지 가치를 가리킨다. 신분적 위계에 따른 아속의 구분과 도덕윤리의 구분

에 따른 아속의 구분이라는 이 두 가지 아속의 개념이 상호 착종하면서
아속의 개념은 시대에 따라 그리고 작가에 따라 다양한 변모를 보이게 마
련이다.

한편 아속의 구분과 또 다른 차원에서 승속(僧俗), 도속(道俗)의 구분을
거론하지 않을 수 없다. 승속, 도속은 세간(世間), 세속(世俗)에 대해서 출세
간(出世間), 초세속(超世俗)을 구분하는 것이다. 속세(俗世)에 대한 거부를 표
방하는 은자(隱者)의 탈세속(脫世俗)도 이 승속, 도속의 구분과 같은 차원에
서 이해된다. 아속의 개념에 이 승속, 도속의 개념이 더하여질 때 아(雅)의
개념 및 속(俗)의 개념은 더욱 복잡한 양상을 띠게 될 것이다.

여기서 이 아속의 개념 변화를 따져볼 겨를은 없다. 아(雅)의 개념 또한
이 자리에서 깊이 있게 따질 여유가 없다. 여기서는 추재(秋齋) 조수삼(趙秀
三)의 시(詩)에서 탈속(脫俗)의 의미를 따져보는 데 필요한 방편의 측면에
한정하여 속(俗)과 탈속의 의미를 논하고자 한다.

2. 조수삼의 탈속적 한시

추재(秋齋) 조수삼(趙秀三)의 시는 지금까지 주로 그 현실주의적 성취의
측면에서 주목을 받아왔다.[1] 당대의 고통 받는 농민의 비참한 처지를 주

---

1) 姜明官, 「秋齋 趙秀三 文學研究」, 한국학대학원 석사논문, 1982;「解題」, 『秋齋集』
(『閭巷文學叢書』 3), 驪江出版社, 1986;「朝鮮後期 閭巷文學 研究」, 성균관대 박사논
문, 1991;『조선후기 여항문학 연구』, 창작과비평사, 1997과 尹在敏, 「趙秀三의 詩世界
와 現實認識」, 고려대 석사논문, 1984;「〈秋齋紀異〉의 人物形象과 形象化의 視角」,
『漢文學論集』 4집, 檀國漢文學會, 1986;「朝鮮後期 中人層 漢文學의 研究」, 고려대
박사논문, 1990;「趙秀三의 詩世界」,『현대문학』 통권468호, 현대문학사, 1993;「趙秀三
論」,『朝鮮後期漢文學作家論』, 집문당, 1994;『朝鮮後期 中人層 漢文學의 研究』, 고
려대 민족문화연구원, 1999 참조

로 형상화하여 농민층의 의식을 대변한 「북행백절(北行百絶)」과 그 자신이 속해 있기도 한 서울의 도시 여항인(閭巷人)들의 다채로운 생활모습의 형상화로서 도시 여항인의 의식을 반영한 「추재기이(秋齋紀異)」 등이 그 대표적 예이다. 그러나 조수삼은 이러한 현실주의적 시편들 이외에도 산수(山水) 자연(自然)의 아름다움과 산수 자연 속에서의 자유로운 삶을 노래한 시편들 또한 적지 않게 창작하였다. 이들 산수취향(山水趣向) 한시(漢詩)들은 탈속적(脫俗的) 정취(情趣)가 물씬 풍기는 작품들이기도 하다. 기존 연구에서는 이들 탈속적 산수취향(山水趣向) 한시에 별로 주목하지 않았고 설사 주목한다 하더라도 이들 작품을 부분적으로 긍정하거나 심지어는 허위의식의 소산 정도로 파악하여 부정적으로 평가하였다. 이것은 조수삼의 탈속적 산수취향 한시들이 갖는 그 시사적(詩史的) 의미를 제대로 이해하지 못한 데에 기인하는 것이기도 하다. 조수삼의 탈속적 산수취향 한시들은 그의 현실주의적 한시들에 누가 되는 것도 모순되는 것도 아니며 오히려 조수삼 시의 전체 면모를 이해하는 데에 중요한 한 측면이기도 하다는 것이 본고의 관점이다.

이하 본고는 조수삼이 30대 중반 및 40대 초반에 창작한 몇 작품들을 중심으로 조수삼의 탈속적 산수취향 한시들이 갖는 시사적(詩史的) 의미를 검토해 보고자 한다.

여기서 다루고자 하는 조수삼의 작품은 「이거사수(移居四首)」, 「유상지(幼相至)」, 「화이대아이수(和李大雅二首)」, 「산중만영십수(山中謾詠十首)」이다. 이 작품들은 대체로 조수삼의 나이 34세 무렵에서 40세 때 사이에 지어진 것이다. 이해를 돕기 위해 조수삼의 생애를 간략히 그리면 다음과 같다.

추재(秋齋) 조수삼(趙秀三, 1762~1849)은 연행사(燕行使)의 반당(伴倘)·서기(書記)·종사(從事), 병영 막부의 참군(參軍)·기실참군(記室參軍) 등 주로 사대부 관료의 서기직(書記職)을 맡아 상전(上典)인 사대부 관료를 따라 전전하는 전형적인 중인서리층의 서기로서의 삶을 살았다. 필자는 조수삼의 생애를 네 시기로 나누어 본 적이 있다.[2] 곧 제1기는 28세(1789) 때 그의 제1차 연행 전까지로, 인격형성의 수학기라 하겠다. 제2기는 1789년에서 1811년(50세) 사이의 시기로, 이 사이에 그는 네 차례에 걸친 연행을 한다. 이 외에 어떤 일에 종사했는지는 자세하지 않지만, 중인서리층의 시사(詩社) 동인(同人)들과 어울리면서 주로 서울에서 생활하였던 것 같다. 제3기는 1812년 평안도농민전쟁 직후의 정주행(定州行) 이후 1837년(76세)까지 사이의 시기로, 이 시기에 그는 두 번의 연행 이외에는 주로 관서(關西)·관북(關北)·영남(嶺南)·호남(湖南) 등지에서 서기직(書記職)의 하나인 참군(參軍)으로 종사했다. 1838년(77세) 이후의 제4기는 만년으로 대체로 서울에서 곤궁하지만 한가한 생활을 보냈다.

이 글에서 다룰 34세에서 40세 때 사이는 위의 제2기의 중간 시기를 차지하는 셈이다. 제2기가 시작된다고 한 28세 때의 첫 연행 이후 38세(1799) 때까지의 10년 간의 그의 행적은 자세하지 않다. 주로 서울에서 살았는데 집을 이사한 적이 있었으며, 생활은 곤궁하여 식량을 남에게서 도움받기도 하였다. 여기서 다룰 「이거사수(移居四首)」, 「유상지(幼相至)」, 「화이대아이수(和李大雅二首)」는 이 무렵, 특히 34~35세 때의 작품으로 추정된다. 조수삼은 39세(1800) 때에 제2차 연행을 하였다. 이 연행에서 돌아온 후 1803년 제3차 연행을 하기까지 그는 주로 서울에 있으면서 경기, 충청의 서울 인근을 여행하기도 하였다. 여기서 함께 다룰 「산중만영(山中謾詠) 십수(十首)」는 이 무렵, 특히 40세(1801) 때의 작품으로 추정된다. 먼저 작품들을 살펴보고 이어서 그 시사적(詩史的) 의미를 검토해 보기로 한다.

다음은 「거처를 옮기고 4수[移居四首]」이다.

遙山近水不須論,　　먼 산 가까운 물 따질 것 없이
陶寫胸襟卽閉門.　　흉금을 펼 수 있으면 문 닫아도 그만이다.
徧踏雲泥方斂跡,　　하늘 끝 두루 다녀도 자취를 거두어야 하고

---

2) 尹在敏, 「趙秀三論」, 『朝鮮後期漢文學作家論』, 집문당, 1994; 『朝鮮後期 中人層 漢文學의 研究』, 고려대 민족문화연구원, 1999 참조

歷觀花實竟歸根.	꽃과 열매 두루 보아도 결국엔 뿌리로 돌아가네.
茆茨足以蔽風雨,	비바람 가릴 수만 있다면 초가집이라도
琴籍終當傳子孫.	거문고와 서책들 결국 자손에게 전할 수 있지.
久識楊雄三萬字,	오래도록 楊雄처럼 三萬字를 알았지만
客無來問亦忘言.	묻는 손도 없고 나 또한 말을 잊었다네.

坊名鄉校始遷隣,	동네 이름 향교방이라 이사를 왔는데
不見儒宮見市塵.	향교는 보이지 않고 저자 먼지만 보이네.
恐使稚兒出門戲,	아이들 밖에 나가 놀까 두려워
講筵樽俎室中陳.	제구로 쓰일 술통과 도마들 방안에 늘어놓네.

鄉校坊前市路橫,	향교방 앞 가로놓인 저자 거리
刀錐閻左日紛爭.	늘어선 가게 옆 돈 따지느라 날마다 분쟁이다.
今人盡墜前人美,	요즘 사람들 다 옛날의 미풍을 떨어트렸구나.
爾厭湫卑我愛名.	너희는 천박한 이곳에 빠졌지만 나는 이름을 사랑한다네.

鄉校坊中去復回,	향교방 안을 가고 오느라니
屠門沽肆趁朝開.	푸줏간과 가게들 아침부터 문 여네.
數間破屋書聲裡,	두어 간 쓰러져 가는 초가집 책 읽는 소리 속엔
只有迂踈一秀才.	다만 세상 물정 몰라라 하는 한 수재가 있구나.[3]

정확하지는 않지만 34세 무렵에 지어진 작품으로 추정된다. 향교방(鄉校坊)으로 이사하고 그 감회를 표현했다. 제1수는 먼 산[遙山]과 가까운 물[近水]을 따질 것 없이 흉금을 펴고 기를 수만 있다면 어디라도 다 살만한 곳이라 말하고 있다. 제2수에서 4수까지는 향교방(鄉校坊)이란 방명(坊名)과 그 주위 환경을 제재로 자신의 정신 지향을 강렬하면서도 재치 있게 표현했다.

시에 표현된 바에 따르면 그가 향교방으로 이사한 것은 맹모삼천(孟母三

---

3) 趙秀三, 『秋齋集』 卷1(『閭巷文學叢書』 3), 驪江出版社, 1986, 67~68면.

遷)의 교훈을 따라서, 곧 자식 교육을 위해서이다. 그러나 향교방에 유궁(儒宮)은 보이지 않고 분잡한 저자만 보일 뿐이다. 그래서 아이들 밖에서 놀게 하지 않고 방안에서 제구(祭具)를 늘어놓고 예(禮)를 배우는 놀이를 하게 한다. 이어지는 내용 또한 저자거리 장사치들의 비속한 분잡과 거기에 영향 받지 않는 선비의 고고함을 대조적으로 표현하여 앞서 먼 산과 가까운 물을 따질 것 없이 흥금을 펴고 기를 수만 있다면 어디라도 다 살만한 곳이라고 하는 관념을 거듭 노래했다.

다음은 「유상이 이르러[幼相至]」이다. 조수삼은 1795년(35세) 전후로 백상(伯相), 유상(幼相) 형제와 자주 어울려 시를 짓고 시사(詩社)에도 참여하였다. 특히 조수삼은 백상(伯相) 이정직(李廷稷)이 지은 시집 『천뢰시(天籟詩)』에 대하여 그 서문을 써준 바도 있다.4) 유상(幼相)은 백상(伯相) 이정직(李廷稷)의 동생인데, 그 자세한 신원은 아직 파악하지 못하였다.

幽居堪養老,	그윽한 거처는 養老할 만하고
窮硏乃平生.	공부는 평생 해야 할 일이다.
吾黨靑衿子,	푸른 옷깃 학생 차림 한 우리 무리들은
四鄰絃誦聲.	사방 이웃이 온통 거문고 뜯고 글 읽는 소리로다.
簡編燈下散,	책들이 등불 아래 흩어져 있어
茅屋夜中明.	초가집 밤중에도 밝구나.
所怪龐公隱,	괴이타 龐德公의 은거함이여
區區不入城.	구구하게 城市에 들어가지 않았네.5)

35세 때 작품으로 추정된다. 여기서 '그윽한 거처[幽居]'는 성시(城市) 밖의 공간이 아니다. 성시 안에 있어도 사린(四鄰)에 현송성(絃誦聲)이 울려 퍼지는 이곳이 바로 유거(幽居)이다. 은자적(隱者的) 삶이 꼭 성시(城市) 밖 궁벽진 산간이어야 할 필요는 없다. 평생 성시에 들어가지 않고 끝내는 처자

---

4) 『秋齋集』 卷8 「李伯相廷稷天籟詩序」, 674~675면 참조
5) 『秋齋集』 卷1, 68~69면.

를 이끌고 녹문산(鹿門山)으로 들어가 버린 한말(漢末)의 은자(隱者) 방덕공
(龐德公)이 오히려 조수삼과 그의 동료들의 눈에는 괴이한 존재로 보인다.
'푸른 옷깃 학생 차림 한 우리 무리들[吾黨靑衿子]'은 조수삼과 같은 부류
에 속하는 중인서리층 인물들이다. 이들의 직임(職任)은 기본적으로 성시에
서 수행되어야 할 것들이다. 따라서 이들에게 은자적(隱者的) 삶은 직임에
서 물러나 한거(閑居)할 때 취하는 하나의 정신적 지취(旨趣)의 표현이기도
하다. 이들에게 은자적(隱者的) 삶은 유가적 한계 내의 그것이기도 하다.
　　다음은 「이대아(李大雅, 土說)에게 화답하여 2수[和李大雅二首]」이다.

佳客如山水,	가객은 산수와 같아서
朝朝不厭看.	아침마다 보아도 싫증나지 않는다.
高標方外出,	높다란 標致는 方外에서 우뚝하고
奇氣酒中觀.	기이한 기운은 술 마시는 가운데 볼 수 있어라.
文墨輕千駟,	글과 글씨는 부귀를 가볍게 여기고
家居樂一簞.	집에서 지내니 조촐한 밥도 즐거워하네.
人生都是夢,	인생이 온통 꿈이라지만
寐亦少邯鄲.	잠들어도 한단의 꿈 드물기만 해.
淺酌消長日,	술잔 나누며 긴 날을 보내니
新知勝舊歡.	새로 사귄 친구 옛 친구보다 낫구나.
相逢常倒屣,	만나면 반가와 늘 신을 거꾸로 신고 마중하고
力學肯彈冠.	힘써 공부하니 어찌 관의 먼지 털겠는가?
邱壑甘肥遯,	산골짜기 마음을 기르기에 좋지만
文章愧瘦寒.	문장은 瘦寒한 게 부끄럽다.
草花餘幾點,	풀 꽃 몇 가지 남아
春色夏能看.	봄빛을 여름에도 볼 수 있구나.[6]

　　역시 35세 때 작품으로 추정된다. 가객(佳客)을 산수(山水)와 같다고 하여

---

6) 『秋齋集』 卷1, 69면.

아침마다 보아도 싫증이 나지 않는다고 한 표현이 재미있다. 또한 "문장은 瘦寒한 게 부끄럽다"라고 한 데에서 그가 수한(瘦寒)을 문장의 부정적 풍격으로 묘사한 것이 흥미 있다. '부끄럽다'는 것은 그 또한 수한에서 전혀 자유로운 것은 아니라는 언명이기도 하다.

다음은 「산중에서 10수[山中謾詠十首]」이다.

絲管聆虫鳥,　　　관현의 음악은 벌레 소리 새 소리로 듣고
績圖觀山水.　　　아름다운 그림은 山水로 보네.
一卷秋齋詩,　　　한 권 秋齋의 시는
高處在沒字.　　　뛰어난 곳 바로 문자 없음에 있다네.

寂寂磵邊廬,　　　고요한 산골 시냇가 초가집에
梅花落如雨.　　　매화꽃 비처럼 떨어지네.
主人晚未歸,　　　저물어도 주인이 돌아오지 않으니
凍鵲來窺戶.　　　추위에 언 까치가 와서 문을 엿보네.

學草存生意,　　　풀을 배워 生意를 기르고
推枰棄殺機.　　　바둑판 밀쳐두어 殺機를 버리네.
近來無疾病,　　　요사이 질병이 없으니
顔髮日光輝.　　　얼굴이 날로 빛나네.

有客自東關,　　　동관에서 온 손님
烟霞籠肺肝.　　　폐와 간이 온통 안개와 노을에 감싸였네.
相逢試相問,　　　만나서 한 번 이야기 나누니
口口吐靑山.　　　말끝마다 청산을 토해낸다네.

白雲在屨下,　　　흰 구름이 발밑에 있으니
誰復見行蹤.　　　누가 다시 종적을 찾겠는가.
非關逃世志,　　　세상을 피하려는 뜻 때문이 아니라
家本住中峯.　　　집이 본래 中峯에 있어서라네.

峯月皎於燭,　　봉우리에 걸린 달은 촛불 보다 밝고
溪雪動鱗鱗.　　계곡 시내의 눈은 반짝반짝 빛나네.
俛仰吾心地,　　이리저리 내 마음을 살펴보니
都無一點塵.　　온통 한 점 티끌도 없구나.

床頭投筆起,　　책상머리에서 붓 던지고 일어나
入屋告妻子.　　안방에 들어가 처자에게 알렸지.
抄盡種藷方,　　이제 種藷方을 다 베꼈으니
明年飽欲死.　　내년에는 배불러 죽겠구나.

妻常分績火,　　아내는 늘 길쌈 불을 나누고
兒解灌園蔬.　　아이는 채마밭에 물줄 줄 아네.
我似東皐子,　　나는 東皐子(宋 戴敏의 호)처럼
閉門惟著書.　　문 닫고 책만 쓴다.

吾書三十篇,　　나의 글 서른 편은
絶無烟火氣,　　전혀 烟火氣(俗氣)가 없어서
不復借人看,　　다시 남에게 빌려 보지 않고
時時聊自慰.　　때때로 그저 혼자 즐겨본다네.

四十行年改,　　내 나이 이제 마흔이 되니
三餘坐讀勤.　　틈틈이 앉아서 열심히 책을 읽네.
諄諄子思子,　　알뜰한 子思 선생
令我免無聞.　　나의 무식 면케 했네.[7]

　　제1수에서 벌레 소리 새 소리로 관현의 음악을 대신하고 산수(山水)로 그림을 대신한다고 한 표현은 앞서 「화이대아이수(和李大雅二首)」의 가객(佳客)이 산수와 같다고 한 표현과 마찬가지로 조수삼의 산수 취향을 잘 보여

---

7) 『秋齋集』 卷1, 74~75면.

준다.

청나라의 장조(張潮, 1650~?)는 『유몽영(幽夢影)』에서, "성시(城市)에서 살 때에는 마땅히 화폭(畫幅)으로 산수(山水)를 대신하고, 분경(盆景)으로 원유(苑囿)를 대신하고, 서적(書籍)으로 붕우(朋友)를 대신해야 한다"[8]라고 한 바 있는데, 장조(張潮)가 '화폭으로 산수를 대신한다'고 한 것이나 조수삼이 '산수로 그림을 대신한다'고 한 것은 그 정신 지취(旨趣)가 같은 맥락에서 이해되는 표현이다. 장조(張潮)는 또한 "책을 잘 읽는 사람은 어디에 간들 책이 아닌 게 없다. 산수(山水)도 책이요, 기주(棋酒)도 책이요, 화월(花月)도 책이다. 산수(山水) 유람을 잘 하는 사람은 어디에 간들 산수(山水)가 아닌 게 없다. 서사(書史)도 산수요, 시주(詩酒)도 산수요, 화월(花月)도 산수이다"[9] 라고 한 바 있는데, 앞서 조수삼의 「화이대아이수(和李大雅二首)」의 가객(佳客)이 산수(山水)와 같다고 한 표현을 살짝 바꿔 장조(張潮)의 위의 문장에 이어서 '가객(佳客)도 산수(山水)이다'라는 구절을 덧붙여도 전혀 이상할 게 없다.

"一卷秋齋詩, 高處在沒字(한 권 秋齋의 시는 / 뛰어난 곳 바로 문자 없음에 있다네)"라고 한 것도 같은 맥락에서 이해되는 표현이다. 충조(虫鳥)의 소리가 사관(絲管)이 아닌 사관(絲管)이요, 산수가 궤도(繢圖)가 아닌 궤도인 것처럼, '한 권 추재(秋齋)의 시'에서 진짜 뛰어난 것은 바로 문자로 표현되지 않은 시(詩), 곧 시가 아닌 시이다. '고처재몰자(高處在沒字)'라고 하여 '고처(高處)'를 강조한 표현으로 볼 때 '일권추재시(一卷秋齋詩)'가 모두 '문자로 표현되지 않은 시(詩)'인 것은 아니다. 한 권 추재(秋齋)의 시를 이루는 것은 오히려 이 작품 「산중만영(山中謾詠) 십수(十首)」의 제9수에서 "나의 글 서른 편은, 전혀 烟火氣(俗氣)가 없"다고 한 그 '서른 편'이 될 터이다. 그러나 이

---

8) 張潮, 『幽夢影』(『閒情逸趣 『明淸小品』』, 邱琇環·陳幸蕙 選註), 台北 : 時報出版, 1999, 174면. "居城市中, 當以畫幅當山水, 以盆景當苑囿, 以書籍當朋友."

9) 張潮, 『幽夢影』, 위의 책, 173~174면. "善讀書者, 無之而非書 : 山水亦書也, 棋酒亦書也, 花月亦書也. 善遊山水者, 無之而非山水 : 書史亦山水也, 詩酒亦山水也, 花月亦山水也."

렇게 문자로 표현된 자신의 시보다 문자로 표현되지 않은 자신의 시에 '고
처(高處)'를 둠으로써 조수삼은 자신의 시정(詩情) 그 자체를 저 자연의 충
조(虫鳥)나 산수(山水)와 동렬(同列)에 놓은 것이다. 장조(張潮)의 표현을 빌린
다면 '벌레 소리 새 소리도 시이고, 산수(山水)도 시'이며, 만나는 모든 것
이 모두 다 '문자로 표현되지 않은 시'라고도 하겠다. 특히 "나의 글 서른
편은, 전혀 연화기(烟火氣 : 俗氣)가 없"다고 한 제9수의 표현과 비교해 볼
때 조수삼의 이 '문자로 표현되지 않은 시'는 '속기(俗氣) 없음' 그 자체를
강조한 표현으로 해석할 수도 있을 것이다. 이하 이 「산중만영(山中謾詠)
십수(十首)」는 거개가 다 이 '속기(俗氣) 없음', 곧 탈속(脫俗) 취향(趣向)과 산
수(山水) 취미(趣味)를 노래한 것들이다.

그런데 위 제5수에 명확하게 나타나 있듯이 조수삼이 지향하는 이러한
탈속(脫俗) 취향(趣向)과 산수(山水) 취미(趣味)는 '세상을 피하려는 뜻[逃世志]'
과는 전혀 무관한 것이다. 조수삼은 앞에서 소개한 「유상이 이르러[幼相至]」
에서도 "괴이타 龐德公의 은거함이여 / 구구하게 城市에 들어가지 않았네
[所怪龐公隱, 區區不入城]"라고 하여, 평생 성시(城市)에 들어가지 않고 은거
한 한말(漢末)의 은자(隱者) 방덕공(龐德公)의 행위를 부정적으로 표현한 바
있다. 「산중만영(山中謾詠) 십수(十首)」의 공간은 오히려 제7수와 제8수에서
알 수 있듯이 생활의 공간이기도 하다. 제7수에서 고구마 재배법을 기록한
서경창(徐慶昌)의 『종저방(種藷方)』을 다 베끼고 "내년에는 배불러 죽겠구나"
라고 처자에게 너스레를 떠는 조수삼의 모습이나, 제8수에서 길쌈하는 아
내와 채마밭에 물주는 아이의 모습은 모두 이 「산중만영(山中謾詠) 십수(十
首)」의 공간이 바로 생활의 공간이기도 함을 잘 보여준다. 제5수에서 표현
했듯이 '집이 본래 중봉(中峯)에 있어서' 이 산중에 살고 있는 것이다.

또한 여기서 주목되는 점은 조수삼이 읽고 있는 책 중의 하나가 『중용
(中庸)』이라는 것이다. 제10수에서, "내 나이 이제 마흔이 되니 / 틈틈이 앉
아서 열심히 책을 읽네. / 알뜰한 子思 선생 / 나의 무식 면케 했네"라고 하
여, 『중용』을 읽고 있음을 밝혔을 뿐만 아니라 나아가 『중용』이 자신의 무

식을 면케 하였음을 고백하고 있는 것이다. 『중용』은 존심양성(存心養性)을
강조하는 책이기도 하거니와 위의 제3수에서 풀을 배워 생의(生意)를 존양
(存養)하고 살기(殺機)를 버리려 좋아하던 바둑(조수삼은 국수급의 바둑 실력자이
기도 하다)도 잠시 미뤄둔다고 한 표현도 바로 이 『중용』의 가르침과 직결
되는 것이기도 하다. 그런데 위에서 '무식'은 일반적인 의미에서의 '무식'
그것과는 전혀 다른 맥락의 표현이다. 원문은 '무식'이 아니라 '무문(無聞)'
인바, 여기서 '문(聞)'은 "朝聞道, 夕死可矣"라고 할 때의 그 '문도(聞道)'의
의미로 보아야 할 것이다. 따라서 '무식'은 적확한 번역이라기보다 편의적
인 번역이라고 하겠는데, 그러나 일반적인 의미에서의 무식이 아니라 참
다운 도에 대한 앎이 부족하다는 의미에서의 '무식'으로 특별하게 이해한
다면 잠정적으로 이러한 번역도 양해될 수는 있을 것이다(추후 더 나은 표현
이 있으면 그렇게 바꾸는 것이 좋을 것이다).

그런데 참다운 도(道)에 대한 앎(들음)을 『중용』과 연결시키는 이러한 사
유방식은 성리학(性理學)과 떼어 생각할 수 없다. 여기서 우리는 조수삼의
탈속(脫俗) 취향(趣向)과 산수(山水) 취미(趣味)가 성리학의 가르침과 전혀 모
순되는 것이 아니며, 오히려 일정 부분 그것을 기반으로 삼기도 함을 알
수 있다. 물론 그렇다고 조수삼의 산수 취미와 탈속 취향을 성리학의 그것
으로 모두 환원할 수 있느냐 하면 이 또한 '전혀 아니다'라고 할 수밖에
없다. 조수삼의 삶과 문학이 성리학적(性理學的) 도학가(道學家)의 그것으로
환원 불가능함은 조수삼의 삶과 문학 작품 자체가 잘 보여주고 있기 때문
이다.10) 더욱이 조수삼의 탈속(脫俗) 취향(趣向)과 산수(山水) 취미(趣味)는 성
리학적 도학자들의 그것과는 다른 사회적 문화적 맥락에서 이해되는 것이
다(이에 대해서는 후술한다). 그렇다면 『중용』으로 조수삼이 강조하여 보이려
고 하였던 바는 무엇일까? 적어도 여기서 한 가지 확인할 수 있는 것은
『중용』이 조수삼의 탈속 취향과 산수 취미의 절대적 근거는 아니라는 점

---

10) 이에 대한 자세한 논의는 尹在敏, 「趙秀三論」, 『朝鮮後期漢文學作家論』, 집문당,
    1994; 『朝鮮後期 中人層 漢文學의 硏究』, 고려대 민족문화연구원, 1999 참조

이다. 오히려 여기서 『중용』은 조수삼의 탈속 취향과 산수 취미를 강화하
고 빛내주는 하나의 요소 역할을 수행하고 있다고 할 수 있다.

3. 조수삼의 탈속적 한시의 시사적(詩史的) 의미

  그렇다면 이상에서 본 바와 같은 조수삼의 탈속적 산수취향 한시들이
갖는 그 시사적(詩史的) 의미를 어디에서 찾을 것인가?
  조수삼의 탈속적 산수취향 한시들이 갖는 두드러지는 특징은 바로 '성
시(城市)에서의 산수(山水) 취향(趣向)'이라고 할 수 있다. 산수 취향은 탈속
취향의 구체적 모습이기도 하다. 그렇다면 '성시(城市)에서의 산수(山水) 취
향(趣向)'은 '속중구탈속(俗中求脫俗)', 곧 '속중구아(俗中求雅)'의 한 모습이라
고 할 수 있겠다. 이것은 성시(城市)를 배경으로 그 직임(職任)을 수행해야
하는 중인서리층으로서의 조수삼의 삶의 조건과 관련 이해되는 것이다.
그러나 또한 중인서리층으로서의 삶의 조건이 전부는 아니다. 조선 후기
이래 서울을 중심으로 한 성시(城市)의 도시적 발전과 이 도시적 발전의 영
향 아래에서 세련된 도시적 감각을 길러 온 서울과 경기 인근의 지식인
문화의 변모도 한 요인으로 고려해야 할 것이다.11)
  도시적 감수성이 전통적인 아속(雅俗)의 관념을 변화시켜 예의 '속중구
탈속(俗中求脫俗)', '속중구아(俗中求雅)'의 모습으로 현상하는 상황은 명말(明
末) 성시의 발전을 배경으로 등장한 일군의 작가들에게서 먼저 그 전사(前
史)를 찾아볼 수 있다.

---

11) 李佑成, 「18세기 서울의 都市的 樣相」, 『鄕土서울』 17호, 1963(『韓國의 歷史像』(創
   作과批評社, 1982에 재수록); 이태진, 「조선 시대 서울의 都市 발달 단계」, 『서울학연
   구』 1, 서울시립대 부설 서울학연구소, 1994 참조

사실 속(俗)과 탈속(脫俗)이 문제로 등장하는 것은 속(俗)에 대한 이해, 곧 그 재인식과 관련된다.

앞서 조수삼의 시 「유상이 이르러[幼相至]」에서도 언급되었던 한말(漢末)의 은자(隱者) 방덕공(龐德公)은 속(俗)을 부정적 가치가 지배하는 세속 일반으로 간주하고 이러한 속세에 대한 거부를 행동으로 실천한 것으로 유명하다.12) 이 또한 속(俗)에 대한 하나의 이해를 보여주는 것이다.

도연명(陶淵明)은 부정적 가치가 지배하는 정치현실, 관료 사회에 염증을 느끼고 전원으로 돌아갔다. 그는 세속(世俗) 일반을 거부하지 않았다. 오히려 농민들의 삶을 긍정함으로써 속(俗)의 문화에 대한 이해를 보여주기도 하였다. 도연명이 부정한 속(俗)은 사대부 관료들의 명리 추구와 같이 부정적인 정신 지향이었다. 도연명의 귀전원(歸田園)은 관료사회에 염증을 느끼는(느끼는 척하는) 후세 유자(儒者)들의 모범이 되었다. 여기서 주목되는 점은 도연명의 전원은 관료사회를 대표하는 성시(城市)와는 동떨어진 농촌에 위치한다는 점이다.

그런데 성시(城市, 또는 城市 주변)에서의 삶을 버리지 않으면서 동시에 도연명적 귀전원(歸田園)을 꿈꾸는 일단의 부류들이 명말(明末) 성시(城市)의 발전을 배경으로 새로이 등장한다. 성시에서 전원(때로는 田園보다는 오히려 山水라고 해야 더 적절할 듯)을 동경하거나, 관료로서 은자를 동경하거나, 은자의 삶을 성시에 구현하려고 하는 등 여러 가지 모습으로 나타나지만 그 기본적 성격에서 도시적 세련을 버리지 않으면서 탈속적 아취(雅趣)를 추구하는 경향이 이 부류들의 특징적 정신 면모이다.13) 공안파(公安派)로 대

---

12) 晉 皇甫謐의 高士傳에 따르면, "龐公은 南郡 襄陽 사람이다. 峴山의 남쪽에 살면서 일찍이 城府에 들어간 적이 없다. (…중략…) 후에 마침내 처자를 이끌고 鹿門山에 올라서는 약초를 캔다고 하였는데 이후 종적을 알 수 없다[龐公者, 南郡襄陽人也. 居峴山之南, 未嘗入城府. …… 後遂携其妻子登鹿門山, 托言採藥, 因不知所在]"라고 하였다.
13) 이 점에서 전통적인 市隱, 吏隱과도 다르다. 전통적인 市隱, 吏隱은 그 몸이 市에 있느냐 吏에 있느냐가 다를 뿐이지 隱者 일반과 동일 맥락에서 이해할 수 있기 때문이다. 물론 市隱, 吏隱을 단지 표방하기만 할 뿐인 경우는 또 다른 문제일 따름이다.

표되는 명말(明末) 청초(淸初)의 일단의 인물들에게서 이러한 경향을 확인할 수 있다. 앞서 인용한 청초(淸初) 인물 장조(張潮, 1650~?)의 『유몽영(幽夢影)』의 글들도 이 맥락에서 이해되는 것이다. 이들이 추구하는 탈속적 아취가 민중의 속문화(俗文化)를 부정하는 것은 아니다. 오히려 이들은 다른 누구보다도 민중의 속문화에 대한 이해가 깊었다고 할 수 있다. 따라서 이들이 탈속하려고 한 그 속(俗)은 이들의 정신 지향에 반하는(그들이 합리화하기를 부정한 한에서) 일체의 속물적인 것(보통은 위선적이고 가식적인 태도들)들을 지칭하는데, 물론 이것은 한 마디로 규정하기 어렵다.

조수삼의 탈속적 산수취향 한시들은 바로 이 명말(明末)의 탈속적 산수취향 한시(및 散文)들과 비슷한 사회적 문화적 배경 아래에서 이해되는 것이다. 물론 중국과 조선의 사회경제적 배경 및 정신사적 지형도는 그 공통점 못지않게 차별성도 인정해야 할 것이다. 가령, 명대 공안파(公安派) 인물들에게는 양명학 좌파의 사상적 관점이 기저에 깔려 있다. 반면에 조수삼에게는 오히려 성리학적 관점이 더 두드러져 보인다(그렇다고 성리학적 관점으로 조수삼의 정신면모가 환원될 수 없음은 앞서 이미 지적한 바와 같다). 이러한 중국과 조선의 공통성과 차별성을 총체적으로 고려하면서 '성시(城市)에서의 산수(山水) 취향(趣向)'이 조선과 중국에서 각각 언제부터 현상하여 어떻게 변모해 갔는가를 면밀하게 검토하는 것은 과제로 남겨둔다. 이 점에서 이 글은 시론(試論)의 성격을 갖는다.

『세시풍요(歲時風謠)』 연구 1

궁사적(宮詞的) 성격을 중심으로

이 희 목

1.

유만공(柳晩恭, 1793~1869)은 우리 민족의 한 해 살이를 월령체의 수법으로 풍속을 중심으로 하여 『세시풍요』를 창작하였다. 모두 200수의 분량을 보이며 전체가 칠언절구의 형식을 가진다.

『세시풍요』는 비교적 일찍이 학계에 알려진 편이지만,[1] 정작 작자인 유만공에 대해서는 잘 알려져 있지 않았다. 장원철 선생은 해제에서 사대부의 서파(庶派)로 연천현감(漣川縣監)을 지냈다는 정도로 언급하였을 뿐이다.

---

[1] 임형택 선생의 주편으로 아세아문화사에서 1991년에 『閭巷文學叢書』 총 10책을 간행하였는데 이 중 10책에 『세시풍요』가 실려 있다. 유만공이 여항문인이 아님에도 불구하고 여기에 수록하게 된 이유에 대해 장원철은 해제에서 "이 시집이 여항의 풍속을 풍부하게 담고 있고, 또 그 서문을 당시 여항시단의 주도적 인물이었던 張之琬이 쓰고 있다는 여러 정황을 고려하여 이 총서에 수록하기로 한 것이다"라고 언급하였다.

1999년에 이르러 서형주에 의해서 그의 가계와 생애가 비교적 소상하게 밝혀질 수 있었다.[2] 그러나 워낙 논문 자체가 널리 알려지지 않아 이에 대해 다시 소개할 필요가 있어 보인다. 여타의 자료와 기왕의 연구를 종합하여 간략히 정리하면 다음과 같다.

사마방목(司馬榜目)을 보면 1793년에 유학(幼學)인 유곤(柳璭)의 삼형제 중 셋째 아들로 태어났고, 순조(純祖) 14년(1814)에 식년시 3등 56인으로 진사에 급제한 기록이 나온다. 본관은 문화(文化), 자(字)는 정보(定甫), 호은 간송거사(澗松居士)이다. 형은 유시공(柳時恭)과 유지공(柳持恭)인데 유지공은 유만공과 같은 해에 급제하여 진사가 되었다. 유만공은 연천현감(漣川縣監)을 역임한 것으로 알려진다. 특히 『경도잡지(京都雜志)』의 저자인 유득공(柳得恭)과는 사촌간이다. 유득공의 부친인 유춘(柳椿, 1726~1752)과 유만공의 부친인 유곤(柳璭, 1744~1822)은 형제간으로 유춘이 4형제의 맏이이고, 유곤은 막내이다. 유만공의 조부는 유한상(柳漢相, 1707~1770)이고 이분이 서출(庶出)이므로 그 자손들도 모두 사대부의 일원으로 행세하기 어려웠던 것으로 보인다. 이런 연유로 『세시풍요』의 서문을 중인 출신으로 알려져 있는 장지완(張之琬, 1806~1858)에게 부탁하였던 것이다. 아마도 그의 교유범위도 자연스럽게 사대부들이 아니라 중인층 쪽으로 더 치우쳤던 것이 아닌가 한다.

『세시풍요』가 홍석모(洪錫謨)의 『동국세시기(東國歲時記)』, 김매순(金邁淳)의 『열양세시기(洌陽歲時記)』, 유득공(柳得恭)의 『경도잡지(京都雜志)』 등의 정조(正祖)·순조(純祖) 연간에 집중적으로 지어진 풍속지(風俗志)들과 연장선상에 있으며, 죽지사(竹枝詞)와도 일정하게 관련되어 있음은 잘 알려져 있다.[3] 그런데 200수의 작품을 분류해 보면 궁중사와 관련된 것이 19수, 관가 혹은 관원과 관계된 것이 16수이고 나머지 65수는 모두 일반 민중의 풍속을 형상하였다. 이 중에서 여성과 관련된 풍속을 그린 것이 10수이다.

---

2) 徐馨珠, 「柳晚恭의 歲時風謠 研究」, 성균관대 석사논문, 1999.
3) 죽지사와의 연관성에 대해서는 장원철 선생도 이미 앞의 해제에서 언급하고 있다.

민간의 풍속뿐만 아니라 궁중의 풍속과 관원들의 모습에도 일정하게 관심을 기울인 셈이다. 편향된 시각이 아니라 국가와 민족의 전 구성원들의 풍속을 고르게 조명함으로써 종합적 고찰이 가능하게 한 의미를 가진다. 한편 산술적이기는 하지만 65수에 해당하는 작품은 죽지사와 관련시킬 수 있지만 궁중사를 다룬 19수는 어떻게 처리할 것인가?

필자는 기왕에 「궁사(宮詞)」에 대해 관심을 기울인 바 있다.4) 이를 통해 「궁사(宮詞)」는 궁원시(宮怨詩) 혹은 궁체시(宮體詩)와 그 성격을 달리하며, 궁중의 제반사와 궁중의 구성원들 모두가 궁사의 소재가 될 수 있음을 밝혔다. 『세시풍요』가 죽지사의 영향 하에 있을 것이라는 것이 개연성 있는 가설이라면 여기에 수록된 19수의 궁중사와 관련된 작품이 「궁사」의 영향 하에 있을 가능성도 충분히 제기될 수 있을 것이다. 본고는 이러한 가설 하에 『세시풍요』의 궁사적 성격을 살피려 한다. 이를 위해 허균(許筠)의 「궁사」에서 비슷한 소재로 지어진 작품을 찾아 비교하는 방법을 취하기로 한다.5) 죽지사의 영향 하에 있을 것으로 짐작되는 나머지 작품들에 대해서는 추후 논의하기로 한다.

『세시풍요』는 필사본으로 두 가지가 전한다. 모두 규장각(奎章閣)에 소장되어 있는데, 하나는 자하(紫霞) 신위(申緯)의 「소악부(小樂府)」가 부기되어 있는 것이고 다른 하나는 윤달선(尹達善)의 「광한루악부(廣寒樓樂府)」가 부기되어 있는 것이다. 『여항문학총서』에서 텍스트로 삼은 것은 광한루악부가 부기되어 있는 것이다. 본고는 이 둘을 비교하면서 원전으로 사용하였다.

---

4) 이희목, 「李朝前期 館閣文人들의 '宮詞' 研究」, 『大東文化研究』 29집(成均館大學校 大東文化研究院, 1994)와 「李朝中期 唐詩風 詩人들의 '宮詞' 研究」, 『漢文教育研究』 제15호(韓國漢文教育研究會, 2000)가 있다. 「궁사」에 대해서는 위의 논문을 참조할 것.
5) 허균은 100수의 궁사를 지은 궁사에 관한 한 최대의 작가이다. 이에 대해서는 박준호의 『허균의 궁사 연구』(계명대 석사논문, 1996)가 있어서 참조가 된다.

2.

유만공은 정조(正朝, 설날)의 풍속시 앞부분에 일종의 서문형식으로『세시풍요』를 짓게 된 연유에 대해 진술하고 있다.

계묘년(1843) 정월 초하루에 내가 산창(山窓)에서 와병하였는데, 적막하고 무료하여 부질없이 세시풍속시를 읊어서 답답함을 달랬다. 상원(上元)에 이르러서는 또 잡시를 읊고 함께 써서『세시풍요』라고 하였다. 금년 정초에 한가롭게 지내며 지난날 지은 것을 살피면서 보내었는데, 이미 세시라고 했으니 정월만이 아니라고 여겼다. 마침내 한 해의 명절에까지 나아가 그것을 이었다. 그 성벽이 고질이 된 것을 스스로 비웃는다.[6]

스스로 와병 중의 무료함을 달래기 위해 시작한 것이라고 하였고 뒷부분에서는 성벽이 고질이 되었다고도 하였다. 이로 본다면 세시풍요와 관련된 의식이 뚜렷하게 드러나는 것은 아니지만 무의식중에 내재되어 있었던 것은 분명해 보인다. 구체적인 작시의식에 대해서는 다음의 시에서 확인할 수 있다.

羲皇樂俗在吾東	희황(羲皇) 시절의 즐거운 풍속 우리나라에도 있어
時節歡娛士女同	시절마다 즐기고 기뻐하는 건 남녀가 같네
三百六旬如是過	삼백 육십일 이와 같이 지네니
歌謠巷陌見民風	거리 모습 노래로 불렀지만 민풍(民風)을 보리라

200번째 수이다. 마지막 구절에서 그는 길거리에서 일어나는 여러 가지 일들을 소재로 지었지만 이를 통해서 민풍을 살필 수 있을 것이라고 하였

---

6) "癸卯新元, 余病臥山窓, 淨寂無聊, 謾吟歲時風俗詩, 以破牢騷. 及上元, 又詠雜詩幷書曰, 歲時風謠. 今年正元, 閒居閱舊錄以自遣, 而旣曰歲時, 非獨月正, 遂就一年名節, 續之, 自笑其癖之痼也."(『세시풍요』, 규장각본)

다. 관풍찰속(觀風察俗)은 곧 통치의 바탕이 된다는 점에서 예로부터 중시
되어 왔고, 『시경』의 정신도 여기에서 멀지 않다. 앞에서 이미 언급하였듯
당대 문인들의 저작활동에 상당한 영향을 받았고, 이들과는 다르게 죽지
사의 전통을 이어서 『세시풍요』를 완성하였던 바, 관풍찰속(觀風察俗)의 중
요한 자료가 될 수 있으리라는 의식을 가지고 있었던 것이다.

『세시풍요』의 체제를 살핀다. 앞에서도 언급했지만 모두가 칠언절구의
형식을 취하고 있다. 이는 우리나라에서 지어진 「궁사」, 죽지사(竹枝詞)와
마찬가지로 궁중의 풍속과 민간의 풍속을 소재로 하고 있다는 것에서 공
통적이다. 200수로 이루어져 있는데 세시에 따라 그 양에서 상당한 차이가
있다. 구체적인 것은 다음과 같다.

正朝	동국	열양	경도	30수
子卯日(兎日)	동국		경도	2수
人日	동국	열양	경도	2수
立春	동국	열양	경도	4수
上元	동국	열양	경도	17수
元夕				27수
上元翌日				1수
二月一日	동국	열양	경도	1수
二月六日		열양		2수
二月十二日(百花生日)				1수
二月二十日				1수
寒食	동국	열양	경도	7수
三月三日	동국	열양	경도	7수
三月晦日(餞春日)				1수
四月八日(浴佛日)	동국	열양	경도	17수
五月五日(戌衣日)	동국	열양	경도	7수
五月十日		열양		1수
五月十三日(竹醉日)				1수

六月十五日(流頭日)	동국	열양	경도	6수
伏日	동국	열양	경도	6수
七月七日	동국			3수
七月十五日(百種日, 百僧日)	동국	열양	경도	3수
八月十五日(秋夕, 嘉俳日)	동국	열양	경도	8수
九月九日	동국	열양	경도	4수
九月十九日				1수
十月午日(馬日)	동국		경도	2수
十月上旬				3수
十月二十日		열양		1수
冬至	동국	열양	경도	7수
臘日	동국	열양	경도	5수
歲訖				15수
除夕	동국	열양	경도	7수

상원(上元)과 원석(元夕), 즉 정월 대보름과 관련된 시편이 가장 많은 편수여서 상원익일까지 합치면 35수이고, 다음이 정조의 30수이다. 다음으로 세흘(歲訖)과 제석(除夕)의 시가 22수, 초파일의 시가 17수이다. 나머지는 골고루 분배되어 있다. 추석이 의외로 적은 분량인 것이 이채롭다. 이러한 경향은 『세시풍요』 창작의 공간적 배경이 지방이 아닌 서울이었기 때문으로 보인다. 즉 지방이라면 먹거리가 풍부한 추석이 매우 큰 명절일 수 있겠지만, 지방과는 달리 비교적 유족한 생활을 누렸던 것으로 보이는 서울을 배경으로 창작되었기에 추석에 그다지 큰 의미를 부여하지 않았던 것이다. 정조에서 상원·원석까지의 시편이 많은 양을 차지하고 있는 것은 그가 스스로 진술한 것처럼 정조에서 상원까지의 시편이 먼저 지어졌고 나머지 것들은 일종의 구색을 맞추기 위한 작업이었기 때문일 것이다.

모두 32가지의 명절 풍속을 작품화하고 있는데 앞에서 언급한 세 가지 풍속지의 내용과 모두 겹치는 것은 18, 『동국세시기』와 『경도잡지』의 내

용과 겹치는 것은 2, 『동국세시기』와만 관련되는 것이 1, 『열양세시기』와
만 관련되는 것이 3, 『세시풍요』에서만 언급된 명절이 8가지이다. 『세시풍
요』에서만 언급된 명절을 구체적으로 살펴보면 원석(元夕, 정월대보름 밤), 상
원익일(上元翌日), 이월이십일(二月二十日, 百花生日), 오월십삼일(五月十三日,
竹醉日), 구월십구일(九月十九日), 시월상순(十月上旬), 세흘(歲訖)이다. 이 중에
서 원석(元夕)과 상원익일(上元翌日)은 상원(上元)에 포함시킬 수 있고, 시월
상순(十月上旬)은 정해진 명절이 아니므로 제외시킬 수 있다. 또 세흘(歲訖)
은 제석(除夕)과 마찬가지이므로 결국 『세시풍요』에서만 언급된 명절은 이
월이십일(二月二十日, 百花生日),7) 오월십삼일(五月十三日, 竹醉日),8) 구월십구
일(九月十九日, 殿重陽)이다. 백화생일과 죽취일은 강희(康熙) 때 간행된 『어
정월령집요(御定月令輯要)』에 각각 언급되어 있는 바 중국의 명절이라고 보
는 것이 타당할 것이다. 전중양(殿重陽)에 대해서는 중국의 자료에서도 확
인하기 힘들다. 혹 당시 서울의 호사가들 사이에서 이 날들에 의미를 부여
하고 즐겼는지는 모르겠다. 이에 해당되는 작품이 각각 1수씩으로 매우 비
중이 작다.

　　먼저 백화생일(百花生日)을 읊은 시를 보자.

　　　　胚胎消息問羣芳　　　품고 있는 소식을 여러 방초(芳草)에게 물어보니
　　　　蘭玉階庭毓吉祥　　　지란(芝蘭)과 옥수(玉樹) 어울린 정원에서 길상(吉祥)을
　　　　　　　　　　　　　　　기르노라
　　　　香國嬌容齊解笑　　　화국(花國)의 어여쁜 얼굴들 일제히 미소지으니
　　　　千秋令節慶花王　　　천추영절(千秋令節)에 화왕(花王)을 경하하는 듯

『어정월령집요(御定月令輯要)』에 "「증도주공서(贈陶朱公書)」에 2월 12일을

---

7) 중국의 풍속이다. 康熙 때 간행된 『御定月令輯要』에 언급되어 있고, 음력 2월 12일,
　2월 1일, 2월 15일 등의 설이 있다.
8) 중국의 풍속이다. 5월 13일을 龍生日이라 하는데 대나무를 심을 수 있다고 한다. 『御
　定月令輯要』에도 언급되어 있다.

백화생일(百花生日)로 삼았는데 비가 없어 모든 꽃이 난숙한다"[9]라는 기사가 있다. 이를 본다면 백화생일은 중국에서도 비교적 유래가 오래된 것임을 알 수 있다. 봉오리를 맺은 여러 꽃이 품고 있는 것은 길상이라는 답이고, 활짝 핀 꽃들의 미소는 생일을 맞은 화왕에게 경하를 보내는 듯 하다는 시의 내용이다. 이러한 것은 기실 풍속과는 아무런 관련성이 없다. 풍속시로 묶이지 않았다면 백화생일날 지어진 많은 시 중의 하나라고 봐도 무방하다.

다음은 죽취일(竹醉日)을 읊은 시이다.

五月榴花血色含	오월이라 석류꽃은 핏빛 머금었고
竹君生日屬旬三	대나무의 생일 바로 이 달 십삼일이라네
林園滿酌靑梅酒	숲 우거진 동산에서 청매주(靑梅酒)를 잔뜩 따르니
花與同醺竹如酣	꽃도 함께 취해 붉고 대도 취한 것만 같네

송(宋)의 범치명(范致明)이 찬한 『악양풍토기(岳陽風土記)』에 "5월 13일을 용생일(龍生日)이라고 하는데 대나무를 심을 수 있다. 『제민요술(齊民要術)』에서 이른 바 죽취일(竹醉日)이다"[10]라는 기록이 나온다. 이로 보면 송대 이전부터 있어왔던 풍속임을 알 수 있다. 오월(五月)을 유월(榴月)이라고도 하므로 석류꽃을 언급하였고, 이 시기에 청매가 나오므로 청매주를 언급하였다. 그러나 이날의 풍속으로 청매주를 마신다거나 한 것이라는 언급은 아니므로 역시 풍속과는 관련성이 희박한 것으로 보인다.

다음은 9월 19일의 전중양(殿重陽)에 해당하는 시이다. 9월 9일을 중양절이라고 하는 것과 관련된 것으로 보인다. 그런데 전중양과 관련된 자료는 어디에서도 확인이 되지 않는다.

---

9) "增陶朱公書, 二月十二爲百花生日, 無雨, 百花熟."(文淵閣 『四庫全書』 電子版)

10) "五月十三日謂之龍生日, 可種竹, 齊民要術所謂竹醉日也."(文淵閣 『四庫全書』 電子版)

佳辰非獨兩重陽	아름다운 날은 오로지 두 중양일만이 아니니
良有淸秋日日良	참으로 맑은 가을은 날마다 아름답구나,
卄九風光同十九	스무아흐레의 풍광(風光)도 열아흐레와 같고
眼前酒白又花黃	눈앞의 술은 희고 또 국화는 노랗네.

위의 두 중양일이란 9월 9일과 19일을 말하는 것이고, 3구에서는 29일도 아울러 언급하고 있다. 물론 '입구십구황화백주(卄九十九黃花白酒)'[11]라는 우리나라 어느 시인의 언표가 있었지만 결국 위의 전중양과 관련된 시는 중양절에서 9월 말경까지 모두 다를 언급하고 있는 것으로 파악된다. 따라서 전중양이라는 특별한 절기 혹은 날짜와 관련된 풍속을 형상하고 있는 것으로 볼 수 없다.

정리해 보자면 『세시풍요』는 기왕의 세 종류의 세시기(歲時記)를 두루 참조하였으며 이를 토대로 조금 확충하여 창작한 것으로 이해된다. 이를 소재별로 나누어 보면 궁중사와 관련된 것이 19수, 관가 혹은 관원과 관계된 것이 16수이고 나머지 65수는 모두 일반 민중의 풍속을 형상하였다. 이 중에서 여성과 관련된 풍속을 형상한 것이 10수이다.

3.

본고에서는 궁중사와 관련된 작품들만을 살핀다. 먼저 정조(正朝)의 12번째 작품이다.

| 特召詞臣詣掖垣 | 특별히 사신(詞臣) 불러 대궐에 이르게끔 |

---

11) "有東人詩語卄九十九黃花白酒"라는 미주가 작품 끝에 달려 있다.

延祥詩帖趁正元　　길상을 맞이하는 시첩[延祥詩帖]이 정원(正元)에 나오네
尉遲敬德嚴威像　　위지경덕(尉遲敬德)의 위엄 있는 화상(畵像)이
院畫玲瓏貼四門　　도화원(圖畫院) 그림으로 사문(四門)에 영롱하게 붙어 있다

12번째 시로 설날을 맞이하여 사신(詞臣)에게 연상시(延祥詩)를 짓게 하고, 도화원에서 그린 위지경덕(尉遲敬德)의 화상을 문설주에 붙이는 궁중의 풍속을 그리고 있다. 여러 세시기의 기록을 참고하면 연상시(延祥詩)란 상서로움을 맞이하는 시로 새해를 맞는 신년시(新年詩)를 뜻한다. 승정원(承政院)에서는 여러 문관들에게 오언이나 칠언의 율시, 절구를 짓게 한 다음 이를 채점 합격한 것을 대궐 안의 기둥이나 문설주에 붙이게 하는데 이때 붙이는 것을 연상시첩(延祥詩帖)이라 한다. 위지경덕(尉遲敬德)은 당나라 초기 사람으로 수(隋)나라 말년에 당에 귀의하여 전투에서 큰 공을 세웠는데 그 이후 황금빛 갑옷을 입고 세화(歲畫)에 주로 등장한다. 물론 벽사(辟邪)를 위해서이다.

다음은 13번째 수이다.

春享親將乙夜闌　　을야(乙夜)에 친히 모시는 춘향제(春享祭)
駿奔淸廟肅千官　　분주한 종묘에 엄숙한 관원들
朝班更點回鑾後　　임금 돌아가신 뒤 조반(朝班)을 다시 점고하는데
獻賀正元卽問安　　정원(正元) 하례 드리니 곧 문안이로다

설날을 맞아 종묘에서 춘향제를 엄숙한 분위기에서 거행한다. 임금이 대궐로 돌아간 뒤 다시 신하들이 대궐로 가서 문안인사를 올리는 것을 형상하였다. 『동국세시기(東國歲時記)』의 기록에 의하면 "의정대신(議政大臣)들이 백관(百官)을 거느리고 대궐로 가서 새 해 문안을 드린다. 전문(箋文)과 표리(表裏)를 바치고 정전(正殿)의 뜰에서 하례(賀禮)한다"[12]고 하였다. 춘향제와 관련하여 허균 역시 「궁사」에서 다룬 바 있다. 두 번째 수인데 내용

---

12) "議政大臣率百官, 謁闕新歲問安, 奉箋文表裏, 朝賀於正殿之庭."(正月 元日)

은 다음과 같다.

節臨春享値齋晨	춘향제를 지낼 철 재 올릴 새벽에
未許宮嬪近玉宸	궁빈(宮嬪)들도 대전에 다가가지 못하네
當日尙衣排御服	당일 상의원에서 어복(御服)을 바로 잡으니
蟒袍鞓帶一時新	망포(蟒袍)와 정대(鞓帶)가 일시에 새로워졌네

춘향제를 올리기 위해 재계하는 모습과 임금의 의복을 일신시키는 것을 그려내었다. 둘 다 춘향제를 소재로 하고 있다는 점에서 동일하며 엄숙한 분위기를 자아내고 있다는 점에서 공통점을 찾을 수 있다.

다음은 정조의 14번째 수로 근신들에게 나누어주었던 해자낭(亥子囊)을 소재로 한 것이다.

臺閣仙官近侍郞	대각(臺閣)의 선관(仙官)과 가까이서 모시는 시랑(侍郞)들
問安纔罷出朝房	문안을 마치고 조방(朝房)을 나오네
携來滿袖天香動	소매 가득 지니고 나온 천향(天香)내음 진동하니
大內親頒亥子囊	대내(大內)에서 친히 해자낭(亥子囊)을 나누어주셨다

시의 말미에 "정초의 돼지날과 쥐날[亥子日]에 비단 주머니에 오곡을 담아서 가까운 신하에게 나누어준다"[13]는 주가 달려 있다. 문안을 드리는 신하들에게 임금이 답례로 한 해의 복을 비는 의미가 담긴 해자낭을 나누어준 것을 소재로 한 것이다. 해자일(亥子日)과 관련하여 허균은 다음과 같은 작품을 지었다.

亥日纔過子日曛	돼지 날 막 지나고 쥐날도 뉘엿뉘엿
殿前宮女立如雲	전각 앞에 궁녀들 구름처럼 서있네
連宵藁火燒諸苑	여러 원(苑)에서 밤새 짚불을 사르니

---

13) "正初, 亥子日, 以錦囊盛五穀, 頒近貴."

猵喙熏來鼠喙熏　　돼자 주둥이 지진 뒤 쥐 주둥이 지진다

　『동국세시기』에 "상해일(上亥日)은 돼지 날이고 상자일(上子日)은 쥐 날이다. 국조고사(國朝故事)에 궁중의 소환(小宦)들 수백이 홰를 이어 바닥에 끌면서 '돼지를 살라라. 쥐를 살라라'고 하였다. 곡식 종자를 태워서 주머니에 담아 재신(宰臣)과 근시(近侍)에게 하사하여 한 해의 복을 비는 뜻을 보였다. 비로소 해낭(亥囊)과 자낭(子囊)이라는 이름이 생겼다"14)고 기록되어 있다. 이 기록을 근거로 보면 『세시풍요』에서는 해자낭(亥子囊)에 초점을 맞추었고, 「궁사」에서는 '훈시훈서(燻豕燻鼠)'하는 것에 초점을 맞추었음을 알수 있다. 둘 다 한 해의 복을 기원하고 있다는 점에서는 공통적이다. 그리고 둘 다 같은 날의 궁중의 풍속을 형상하고 있다는 점을 확인할 수 있다.

　아래의 시는 정조의 15번째 수로 기곡제(祈穀祭)를 소재로 한 것이다.

擎出丹綸自九重　　대궐로부터 윤음(綸音)을 받들어 나오니
當春先務勸民農　　봄맞이 급선무는 백성들에 권농하는 것
上辛祈穀親行祭　　상신일(上辛日)에 친히 기곡제(祈穀祭)를 지내니
盛禮于今法祖宗　　지금에 이른 성대한 예는 조종(祖宗)을 이음이라

　설날을 즈음하여 왕의 윤음은 권농하는 것이었다. 그리고 정월 첫 번째 신일(辛日)에 기곡제(祈穀祭)를 올리는 모습을 형상하고 이러한 왕의 정사는 조종(祖宗)의 법도를 이은 것이라고 마무리하였다. 궁중에서 자신들만의 설날을 즐기지 않고 경제의 기반인 농업을 통해 백성들의 생활에 일정하게 관심을 표하는 모습을 형상하고 있다는 점에서 의미가 있다.

　다음은 16, 17, 18번째 수로 주로 임금의 은택을 입는 신하의 모습을 소재로 하고 있다.

---

14) "上亥爲豕日, 上子爲鼠日, 國朝故事, 宮中小宦數百, 聯炬曳地, 呼燻豕燻鼠, 燒穀種盛于囊, 頒賜宰執近侍, 以視祈年之意, 始有亥囊子囊之稱."(正月 上亥上子日)

旁流霈澤歲時新	천지에 널리 흐르는 은택 세시(歲時)에 새로워져
恩造仁天雨露滋	은덕이 하늘에 닿아 우로(雨露)처럼 적신다
幾箇彈冠雲路者	벼슬길에 벗의 도움 받은 사람 몇이나 될까
正元贏得賀班隨	정원(正元)에 넉넉히 반수(班隨)에게서 축하를 많이도 받네[15]

七旬纔滿老公卿	막 일흔 된 노공경(老公卿)들이
入社耆英盛代榮	기로사(耆老社)에 들어가니 성대의 광영이라
靈閣淸晨祇拜後	새벽녘 경수각(炅壽閣)에서 공손히 배례한 뒤
酪酥初進椀盈盈	막 내온 낙소(酪酥) 대접마다 가득하다

優老恩光壽域春	우노(優老)의 은광(恩光)에 수역(壽域)은 봄날이라
便蕃食物賜霑均	많은 음식물을 고르게 하사하시네
耋年更受陞資命	늙으막에 다시 승자(陞資)의 명을 받으니
金玉輝煌鶴髮人	학발(鶴髮)된 사람에게 금관자 옥관자가 휘황하구나

　　설날을 맞아 가까운 신하들을 잘 대접할 뿐 아니라 세초(歲抄)를 통해 복권이 이루어지기도 한다. 또 일흔이 된 노신들을 기로사(耆老社)에 들어가게 하고 귀한 음식을 내리며 다시 승자(陞資)의 명을 내린다. 이렇듯 신하들에게 은택을 베푸는 임금의 모습은 허균의 「궁사」에서도 나타난다. "인승(人勝)과 채번(彩幡)이 막 재단되어 나오자, 자의(紫衣)를 시신(侍臣)들 집으로 나누어 보내네"[16]라고 한 것이 그것이다.

　　다음의 시는 33번째 수로 인일(人日)에 해당하는 작품이다.

陽復寅生七日春	양(陽)이 되살아나고 인(寅)이 난 칠일 봄
梅花柏葉讌名辰	매화주와 백엽주로 명절에 잔치를 연다
新年初政傳科令	새해의 첫 정사로 과령(科令)을 전하니

---

15) "揀叙朝臣削罷者曰, 歲抄"라는 원주가 달려 있다.
16) "人勝彩幡初剪出, 紫衣分送侍臣家."

此日此時宜得人　　　이날 이때는 인재 얻기에 마땅하네

　정월 초이레가 인일(人日)이다. 이를 인일(寅日)이라고도 하는 것은 '인(人)'과 '인(寅)'이 음이 같기 때문이다. 신년을 맞아 첫 번째 정사로 과령(科令)을 전하게 하니 임금의 마음 씀씀이가 갸륵하다는 의미이다. 이처럼 과거를 통해 인재를 얻는 것은 「궁사」에서도 중요한 소재였다. "날을 가려 원서당(苑西堂)에서 선비들을 시험하니, 최고(催鼓) 소리 둥둥 울려 벌써 석양일세"[17]라고 한 것과 "새벽부터 반궁(泮宮)에서 선비들을 고교(考校)하니, 내시를 보내어 좋은 술을 내리시네"[18]라고 한 것이 그것이다.
　『세시풍요』에는 3월 3일 춘당대(春塘臺)에서 보이던 과거와 9월 9일 중양절(重陽節)에 보이는 국제(菊製), 동지(冬至) 무렵 제주도에서 밀감이 진상되었을 때 태학(太學)과 사학(四學)의 유생들에게 보였던 감제(柑製)를 소재로 한 것이 더 있다.

上林花柳艶靑陽　　　상림(上林)의 꽃과 버들이 봄볕에 고우니
勅設春臺試取場　　　칙령(勅令)으로 춘당대에 과거장을 설치하네
最喜聯衫新進士　　　가장 좋은 것은 소매를 나란히 한 새 진사들이
曲江遊去詑恩光　　　곡강(曲江)에 노닐면서 은총을 자랑하는 것이라네

丹楓亭下翠華廻　　　단풍정(丹楓亭) 아래 임금의 수레 돌아와
菊製親臨御座開　　　국제(菊製)에 친히 임하시니 어좌(御座)가 펼쳐지고
贏得侍臣淸絶分　　　시신(侍臣)의 청절(淸絶)한 기량을 가득 얻으시고
登高時上迎春臺　　　등고(登高)하실 때에는 춘당대(春塘臺)에 오르시네

柑製催行特敎傳　　　감제(柑製)를 재촉하는 특교(特敎)가 전해지니
耽羅貢果運三船　　　탐라(耽羅)에서 바치는 과일 세 배로 운반되었네
試庭朝日頒金實　　　시정(試庭)에서 아침에 금 같은 실과를 나누어주니

---

17) "涓辰試士苑西堂, 催鼓逢逢已夕陽."
18) "拂曉泮宮方校士, 黃封宣賜遣中官."

一陣淸香降自天　　한 줄기 맑은 향내 하늘에서 내려온 것 같네

　맨 윗수의 마지막 구절의 의미는 진사에 급제한 사람들이 탐화연(探花宴)을 베풀고 노닐었다는 것이다. 당(唐)나라 때의 고사를 인용하였다. 궁중에서 이루어지는 정사 중에서 인재의 발굴과 등용이 다른 무엇보다 중요하다는 것을 허균과 유만공이 잘 인식하고 있었기 때문인 것으로 이해된다.
　다음은 한식에 지어진 91번째 수이다.

一體園陵祭祀同　　모든 능원(陵園)에 제사가 같지만
每年寒食禮加隆　　매년 한식에는 예가 더 높아지네
傳陪香祝東西路　　동서로 난 길로 향축(香祝)을 나누어 보내니
隊隊穿過花柳叢　　줄지어 버드나무 꽃떨기를 뚫고 지나간다

　한식에는 모든 능원의 제사가 더 높은 예로 치러지므로 대궐에서 향축(香祝)을 보내느라 분주하다는 것이다. 이에 대해 허균의 「궁사」에서는 다음과 같이 형상하였다.

絳袍朝立殿中央　　강포(絳袍)로 아침에 대전 가운데 서서
御諱親書祝脂芳　　어휘(御諱)를 친히 쓰시니 축과 시방이로다
明日拜陵寒食節　　내일 한식을 맞아 능원에 배알해야 하니
禮房承旨出傳香　　예방 승지 나와서 향을 전달하네

　임금이 친히 축과 지방을 쓰며 제사를 준비하는 모습이 기술되고 뒤이어서는 앞의 시와 동일한 내용으로 되어 있다. '지방(脂芳)'이라는 표현이 이채롭다.
　다음은 단오에 지어진 124, 125번째 수이다.

端陽帖子進重宸　　단오 첩자를 대궐에 바치니
內下朱符搨字新　　내전에서 내린 붉은 부적 베긴 글자가 새롭네

百病消來如律令　　백병을 없애는 것이 율령과 같으니
魔王亦怕蚩尤神　　마왕 역시 치우신(蚩尤神)을 두려워하네

摺扇新裁品別工　　새로 만든 쥘부채의 제품 별난 공이니
嶺湖封進趁天中　　영호남의 진봉물 천중절에 맞추었네
特頒京製如椎大　　특별히 서울에서 만든 몽둥이처럼 큰 것을 나누어주매
近貴偏承快好風　　근귀(近貴)들만 좋은 바람에 상쾌하네

위의 수에서는 단오를 맞아 관상감에서 제작한 주부(朱符)를 나누어주어 액막이를 한 풍속을 그린 것이고, 아래 수는 단오에 나누어주었던 부채를 소재로 한 작품이다. 특히 근귀(近貴)들에게 좋은 부채를 하사한 것에 주목하였다. 그러나 비난의 목소리는 아닌 것으로 보인다. 단오 부채와 관련된 것은 허균의 「궁사」에도 보인다.

綵扇端陽內賜時　　단옷날 채선(綵扇)을 하사할 때
銀臺經幄最恩私　　승정원(承政院)과 경연관(經筵官)이 가장 은혜를 입누나
含風鳳眼銅環箑　　바람 머금은 봉안(鳳眼)에 백동 고리
不是官家不得持　　관가 아니고선 지닐 수 없네

단오 부채를 하사할 때 승정원의 관원들과 경연관들이 가장 큰 은혜를 입어서 훌륭한 부채를 하사받는다는 것이다. 『세시풍요』의 것과 비교해서 별다른 차이가 없다.

다음은 십월오일(十月午日)에 수록된 162번째 수이다.

纔屆初寒十月時　　첫추위 겨우 닥친 시월에
尙衣方進紫貂皮　　상방(尙房)에선 붉은 담비 옷을 진상하누나
朝班自此威儀肅　　조정 반열 이로부터 위의가 엄숙해지나니
暖帽峨峨滿玉墀　　따뜻한 모자 우뚝우뚝 궐 안에 가득하도다

"10월 초하룻날에 상방(尙房)에서 담비옷을 궁전에 진상하면 이 날로부터 조정의 신하에게 따뜻한 모자 착용하기가 허락된다"[19]는 원주가 달려 있다. 10월이 되어 추위가 닥치면 상의원(尙衣院)에서 담비로 만든 옷을 진상하고 신하들에게 털모자의 착용이 허용된다. 그 모자로 인해 조정의 위의가 더욱 엄숙해진다고 하였다. 담비 옷과 관련된 작품은 허균의 「궁사」에서 역시 발견된다.

新縫貂帔掩烏紗　　　새로 지은 담비 옷을 검은 비단으로 감싸
賜趁初寒寵渥加　　　첫 추위에 내리시나 더욱 큰 은혜라
直省從班當遍賚　　　직성(直省)의 근시(近侍)에겐 의당 두루 내리지만
就中先送大臣家　　　대신의 집으로 제일 먼저 보내네

첫 추위가 오면 담비 옷을 하사하는데 근시에게는 물론이고 제일 먼저 대신들에게 하사한다고 하였다. 두 작품을 비교하면 별다른 차이를 발견하기 어려울 정도이다.

다음은 동지에 지어진 168번째 수이다.

天門獻賀似正朝　　　대궐에 하례하는 것이 정조(正朝)와 같으니
趁曉淸班會百僚　　　새벽이 되매 청반(淸班)에 백관(百官)이 모인다
遙想寒程冬至使　　　멀리 생각해 보니 추운 여정의 동지사(冬至使)는
燕雲薊雪走星軺　　　구름 끼고 눈 날리는 연계(燕薊) 땅을 수레타고 달리겠네

동지가 되자 대궐에서 설날과 마찬가지로 백관들이 모두 모여서 하례를 한다. 이어서 추운 날씨에 먼 여정을 가고 있는 동지사의 모습을 형상하였다. 동지라는 절후에서 동지사의 임무를 떠올렸던 것으로 보인다.

다음은 동지가 지난 지 3번째 미일(未日)인 납일(臘日)에 지어진 174번째 수이다.

---

19) "十月初吉, 尙方進貂皮於殿宮, 自是日許朝臣, 着暖帽."

峽獸擒來趁臘平　　납일에 맞추어 산짐승을 잡아오니
山猪獻進御廚盈　　진상된 산돼지가 어주(御廚)에 가득하다
更聞林外砲聲起　　숲 밖에서 다시 포성이 들려오니
知有哨官射雀行　　초관(哨官)이 참새 잡으러 가는 것을 알겠네

"돼지등속을 산돼지라 하는데, 납일에 짐승으로는 산돼지를 중히 여긴다. 군교(軍校)가 참새를 잡는 것을 작초관(雀哨官)이라 한다"[20]는 원주가 달려 있다. 산돼지를 잡아서 진상하는 것은 납향제(臘享祭)를 위해서이다. 세시기의 기록에 의하면 납일에 맞추어 납향제를 올리는 바 희생으로 산돼지를 바치는 것이다. 또 이때 참새를 잡아 어린아이에게 먹이면 마마를 깨끗하게 한다고 전해져서 이 날 만큼은 총 쏘는 것을 묵인했다고 한다. 납향에 쓰일 산돼지와 어린아이에게 먹일 참새가 중요한 소재이다. 허균의 「궁사」에서도 같은 소재를 다루었다.

臘日齋壇雪驟來　　납일(臘日) 재단(齋壇)에 갑자기 눈이 내리니
六軍郊外獵初回　　육군(六軍) 교외에서 사냥하고 막 돌아왔네
豪猪蒼鼠堆廊屋　　멧돼지와 다람쥐가 낭옥(廊屋)에 쌓아두고
留待來年療痘災　　내년을 기다려 마마 재앙 치료하리

위의 시와 별반 차이가 없다. 참새 대신 다람쥐가 등장하고 마마를 다스리기 위함이라는 구체적 쓰임이 언급되었을 뿐이다.
이와 관련하여 178번째 수에서는 납향제(臘享祭)를 소재로 하였다.

廟社淸宵臘祭行　　종묘 사직 맑은 밤 납제를 행하니
洽過三白雪霙霙　　흡족히 세 차례나 눈이 하얗게 내렸네
享官休惱玄端濕　　제향하는 관원 현단복(玄端服) 젖는다고 걱정마라
盛世豊徵異瑞呈　　성세의 풍년 징조는 이서(異瑞)로 나타나니

---

20) "豻屬曰山猪, 臘獸重山猪, 軍校捕雀者謂之雀哨官."

"납향제(臘享祭)와 기곡제(祈穀祭)에 눈이 있으면 반드시 풍년이 든다"21)
는 원주가 시의 말미에 달려 있다. '삼백(三白)'이라고 한 것은 섣달 이전에
눈이 세 차례 내리면 풍년이 든다는 속설이 있기 때문이다. 납제를 올릴
때 내리는 눈은 풍년을 나타내는 상서로운 조짐이므로 걱정할 일이 아니
라는 지적이다. 납제를 소재로 하였으면서도 일반 백성의 생활을 염두에
둔 작품이다.

마지막으로 제석(除夕)의 196번째 수이다.

砲放聲聲動九宮　　대포 쏘는 소리 궁궐에 진동하고
祓除淸禁屬年終　　사귀 쫓고 통금 푸는 건 연말의 일이라
明煌亂發升旗箭　　휘황하게 마구 승기전(升旗箭)을 쏘아 올리니
忽破黃昏上碧空　　홀연히 황혼을 가르고 하늘로 오르네

"대궐에서는 연말에 대포를 쏘고 화살에 불을 붙여 벽사(辟邪)하는 것
이 있다"22)는 원주가 달려 있다. 크게 울리는 대포소리와 하늘로 어지러
이 올라가는 불화살의 모습은 벽사의 기능이 있는 것과 아울러 한 해를
보내면서 도성의 백성들에게 볼거리를 제공하는 효능도 분명히 있었을
것으로 보인다.

4.

『세시풍요』가 관풍찰속(觀風察俗)의 바탕이 될 수 있으리라는 작가적 의

---

21) "臘享及祈穀有雪, 則必豊."
22) "闕內有年終放砲及火箭, 以辟邪."

식 하에 지어졌음을 앞에서 확인할 수 있었다. 겹겹이 담장으로 막힌 궁중도 그 대상이 아닐 수 없다는 생각으로 유만공은 19수의 해당 작품을 남겼다.

『세시풍요』에 수록된 작품 중에서 19수의 궁중사를 소재로 한 작품을 살피는 과정에서 허균의 「궁사」 중에서 같은 소재이거나 같은 절후(節侯)에 비슷한 것을 소재로 한 작품을 서로 비교하면서 언급하였다. 구체적으로 보면 정조(正朝)의 춘향제(春享祭), 상해상자일(上亥上子日)의 기년(祈年), 노신(老臣)들에 대한 우대(優待), 과거(科擧)에 대한 관심, 한식(寒食)의 원릉제(園陵祭), 단오(端午)에 부채를 하사하는 것, 10월에 신하들에게 초의(貂衣)를 하사하는 것, 마지막으로 납향제(臘享祭) 등이다. 절반 가까이 되는 부분이 같은 소재를 취하고 있다.

시상의 전개 역시 크게 어긋나지 않는다. 대부분의 작품이 궁중의 풍속을 있는 그대로 객관적으로 형상하고 있다. 시인의 주관은 유보되어 드러나지 않는다. 둘 다 궁중사에 대한 비난조의 어투보다는 긍정적 시선을 던지고 있다고 보는 것이 옳을 것이다. 내용상에서 차이점을 들자면 『세시풍요』에서는 궁중사만을 다루기보다는 신하와의 관계에 대한 언급이 「궁사」보다는 많이 드러난다. 이 점이 허균의 「궁사」와의 차이점이라 할 수 있다. 유만공은 『세시풍요』에서 궁중의 풍속을 소재로 하되 궁중만을 고려하기보다는 신하 또는 백성과의 관계에 놓인 궁중 풍속을 형상하였던 것이다. 허균의 「궁사」는 말할 것도 없거니와 유만공 역시 봉건질서 하에서 주권이 궁중에 집중되어 있음을 잘 인식하고 있었기에 긍정적 시선으로 궁중사를 다루었던 것이다.

관가, 관원들의 세시풍속과 일반 백성들의 세시풍속에 관한 고찰은 다음으로 미루기로 한다. 『세시풍요』 전체에 대한 가치 평가는 그때 이루어질 수 있을 것이다.

강담운(姜澹雲), 명기(名妓)의 내적 성찰과 섹슈얼리티

박 영 민

1. 문제제기

지재당(只在堂) 강담운(姜澹雲, 생몰년 미상)은 조선시대를 관통해온 관기제도가 점점 느슨해지다가 이제 그 막을 내리려하던 19세기 후반기, 김해에 살았던 기생으로 차산(此山) 배전(裵婰, 1843~1899)[1]의 첩이 된 인물이다. 배전은 바로 대원군 시대의 야사(野史)를 기록하여 이름이 높은 『근세조선정감(近世朝鮮政鑑)』(朴齊炯 著)[2]에 평(評)을 쓴 문인이다.

배전은 1874년경 김해에서 서울로 올라와 10여 년을 보내다가[3] 1884년

---

1) 현재 裵婰의 이름에 대해서는 관련 글마다 서로 다른 한자가 쓰인다. 그런데 영남문인의 시를 모은 『山南鼓吹』가 정확할 듯 하다.
2) 저자는 朴齊炯인데 朴齊絅이라는 설이 있다. 이광린, 『한국개화사연구』, 일조각, 1999 참조. 본고는 이 관점을 따른다.
3) 차산의 시에는 십 년을 떠돌아다녔다는 표현이 자주 반복된다. 그런데 그가 낙향한 것

경 『근세조선정감』의 평을 쓰던 시점을 전후하여 김해로 낙향한 것으로 보인다. 배전은 서울에 있으면서 홍인군의 아들이자 고종의 사촌인 이재긍(李載兢)에게 강담운의 시를 보여주었고, 이를 계기로 이재긍은 강담운의 시집 『지재당고(只在堂稿)』를 간행하였다. 이때가 1877년경이다. 안광묵(安光默)이나 상우(尙友) 등 『지재당고(只在堂稿)』에 서문이나 발문을 남긴 이들의 언급을 통해보면 종실이자 고종의 신임을 받았던 이재긍이 녹규관(綠葵館)에서 지방 교방 소속 관기 강담운의 시집을 간행하였다는 사실은 당시 화제가 되었던 듯 하다. 사실 담운의 시집이 조선 후기 정치사의 흐름 한가운데에 있던 인물에 의해 간행되었다는 점은 기생 문집 간행의 역사나 그 의미의 국면에서도 유의할 부분이라 생각한다.

뿐만 아니라 담운은 남쪽의 변방 김해에 살고 있었지만 서울 중심의 급격한 사회 변화에 민감하였을 듯 하다. 배전은 박제경을 위시한 개화당 인물들뿐만 아니라 대원군과도 교류가 있었고, 육교시사(六橋詩社)의 주요 구성원으로서 강위(姜瑋) 등과도 교유하였다. 배전이 쓴 『근세조선정감(近世朝鮮政鑑)』4)의 평(評)은 개화당의 일원인 박제경의 필치보다 진보적이라는 평을 받기도 한다. 그러므로 강담운은 19세기 후반기 조선사회의 변화를 직·간접으로 전해 듣고 체험을 하였을 듯 하다. 특히 『근세조선정감(近世朝鮮政鑑)』에는 대원군의 기생 정책과 운현궁의 대령기생 이야기 등이 자세하게 기술되어 있다. 배전은 다른 항목과 달리 이 부분에 대해서는 따로 평을 남기지 않았지만 배전을 통해 대원군과 운현궁의 이야기가 강담운에게도 흘러들어 갔을 듯 하다. 이러한 상황하에서 창작된 담운의 시집은 19세기말 지방(地方) 교방(敎坊) 소속 관기(官妓)의 내면의식과 삶을 직접적인 목소리로 생생하게 들을 수 있다는 점에서 당대 기생의 삶과 문학을 이해할 수 있는 중요한 통로가 되리라 생각한다.

지금까지의 기생 문학의 연구는 주로 시화(詩話)나 시선(詩選), 야담이나

은 1884년경이다.

4) 朴齊炯, 裵㙫 評, 『近世朝鮮政鑑』, 탐구당, 1975.

소설 등의 기록을 통해 이루어졌다. 기생의 삶과 문학을 직접적으로 살필 수 있는 문집이나 기타 자료가 매우 적었기 때문이다. 그런데 시화(詩話)나 시선(詩選) 등에 등장하는 기생의 모습은 대부분 편저자의 시선과 담론화의 과정을 거쳐 취사선택된 것이다. 야담이나 소설 등 산문 장르에 등장하는 기생 역시 허구와 현실의 복합적 산물이면서 특정 작가 또는 독서대중의 욕망이 투영된 가공적 이미지이다. 따라서 우리가 이러한 자료를 통해 기생의 삶과 문학을 논하는 데에 그친다면 이미 담론화 과정을 거쳐 형상화된 이차 자료를 통해 대상을 고찰하는 한계를 벗어날 수가 없다. 그러나 담운의 한시는 대부분 관찰자적 시선을 유지한 시적 자아의 기록이라 할 수 있다.

본고는 담운의 한시를 통해 우선적으로 기생의 삶과 내적 목소리를 주목하고자 한다. 한편, 기생의 삶의 존재론적 기반은 신분제 사회에서 각종 연회나 유흥의 자리에서 남성들의 상대가 되어야 했던 점에 있다고 할 수 있다. 따라서 남성과의 섹슈얼리티를 포착하는 것이 무엇보다 중요하다고 생각한다. 그런데 담운의 한시를 통해 볼 때, 우리가 그동안 기생의 작품에서 지나치게 남성과의 섹슈얼리티만을 강조하고 있었던 것이 아닌가 하는 의구심이 든다. 담운의 시에는 동료 기생과의 유대가 매우 절절하게 드러난다. 또한 그가 살았던 김해의 일상과 풍경 그리고 사람살이가 매우 탁월한 솜씨로 형상화되고 있다. 담운의 삶을 이해하기 위해서는 기생과 남성의 섹슈얼리티를 적극적으로 해석하고 드러내는 한편, 동료기생과 이웃들에 대한 시선과 의식을 밀도 있게 살펴야 하리라 생각한다. 섹슈얼리티는 사회적이고 제도적인 문제이며 또한 신체와 자기정체성 그리고 사회규범이 일차적으로 연결되는 지점이므로5) 이를 통해 앞으로 기생의 섹슈얼리티 논의가 남성과의 관계에 고착되지 않고 기생의 삶의 전반을 돌아보면서 역동적으로 이해하고 살필 수 있기를 기대한다.

---

5) 「여 / 성 이론 1호」, 『젠더 · 섹슈얼리티 · 주체』, 여성문화이론연구소, 1999.

최근 1, 2년 사이의 문학 연구에서는 기생의 법제적·현실적 조건, 신분적·직업적 조건 등의 이중적 상황과 모순에 대해 다양하고 심도 있는 문제제기가 이루어지고 있다.6) 이러한 문제제기를 더욱 심화시켜 새로운 국면을 열기 위해서는 지금까지의 기생의 연구가 대부분 남성의 담론 내부에 포획된 작품으로 진행되어 왔음을 성찰하고 텍스트 비평을 진행함과 동시에 기생의 작품의 미적 특질을 읽어내는 시각을 기르는 것이 중요하다. 나아가 새로이 기생의 작품을 발굴하려는 노력이 필요하다는 생각이다. 물론 자료발굴의 한계가 있긴 하지만, 담운이 상당한 분량의 문집을 남기고 있음을 고려한다면 문학사에서 사라진 기생의 작품의 윤곽을 그려볼 수도 있을 듯 하다.

본고는 이러한 점을 염두에 두고 강담운의 시집 『지재당고(只在堂稿)』7)를 분석하여 조선시대의 마지막 관기의 한 사람이었던 담운의 의식과 행로의 한 국면을 살펴 조선시대의 기생의 삶과 한시작가로서의 기생의 문학을 이해하는 실마리가 될 수 있기를 기대한다.

---

6) 조광국, 「기녀담, 기녀등장소설의 기녀 자의식 구현 양상에 관한 연구」, 서울대 박사논문, 2000; 박애경, 「기생—가부장제의 경계에 선 여성들」, 『여/성 이론』 4호, 여성문화이론연구소, 2001; 서지영, 「조선시대 기녀 섹슈얼리티와 사랑의 담론」, 『한국고전여성문학연구』 5집, 2002; 박무영, 「기녀한시의 비틀림과 비틀기」, 『한국한시연구』 10, 한국한시학회, 2002 참조

7) 현재 강담운의 시집은 『只在堂稿』 1冊이 藝閣印書體字本(부산대)과 목활자본(계명대)으로 남아 있다. 모두 이재긍의 「序」와 배차산의 「校」가 있다. 류탁일 교수 소장 필사본에는 이재긍의 「只在堂小稿序」 외에 安光默의 「只在堂稿跋」와 尙友의 「只在堂小稿」가 더 있다.

2. 『지재당고』의 편찬과 담론의 양상

앞서 언급하였듯이 『지재당고(只在堂稿)』는 이재긍(?~1881)이 편찬하고 서문을 썼다. 이재긍(李載兢)은 대원군의 셋째형이자 당시 영의정을 지낸 흥인군(興仁君) 이최응(李最應)의 아들이다. 이재긍은 1871년, 선파유생전시(璿派儒生殿試)에 합격하여 어가의 호위를 맡고 직부(直赴)로 별입직(別入職)하였다. 1874년, 정조를 계승하려는 의식이 강했던 고종은 대원군이 집권하고부터 위축되었던 규장각의 정치적 위상을 다시 높이려는 조치의 하나로 자신이 신임하는 인물들을 규장각의 요직에 임명한다.[8] 이재긍은 이때 규장각 대교(待敎)에 임명되었다.[9] 『지재당고』에는 '우향이대교혜사낙천재시전(又響李待敎惠賜樂天齋詩箋)'이라는 시가 실려 있다. 이재긍은 1874년 대교가 된 이후에도 계속하여 승진을 하였으므로 아마 이 시는 이재긍이 대교가 되었을 그때에 쓰여진 듯 하다.[10]

感君惠我箋	제게 시전을 내려주신 은혜에 감격하여
鮮色染紅臙	고운 색으로 붉은 뺨 물들었어요
摩挲復摩挲	어루만지고 또 어부만지니
絲闌印樂天	오사란에 낙천자가 찍혀 있어요
人生百年間	사람살이 평생

---

8) 이태진, 『고종시대의 재조명』, 태학사, 2000, 290면 참조.

9) 이재긍은 이후 1876년 성균관의 대사성과 홍문관 부제학, 1877년 이조참의, 1878년 규장각 직제학과 홍문관 부제학, 1880년 동지경연사와 이조참판과 예조참판을 역임하고, 1881년 정부에서 통리기무아문을 신설하자 선어학당상과 예조판서를 지냈다. 시호는 헌간이고 1899년에 왕영군에 추봉되었다.

10) 이전의 차산에 대한 언급은 대부분 차산의 서울 생활을 1870년대 후반 육교시사가 결성되었을 즈음으로 보고 있다. 그런데 차산의 서울 출입은 1874년 이전에 이미 시작되었던 듯 하다. 담운과 이재긍의 연관은 차산에 의해 이루어졌을 것이기 때문이다. 차산은 과거를 보기 위해 서울로 다닌 듯 하다. 담운의 시집에는 차산이 과거를 보기 위해 서울로 다닌 내용을 다수 찾아볼 수 있다.

歡樂能幾時　　기쁨은 얼마나 될까요
從今樂莫樂　　지금부터 즐겁거나 즐겁지 않거나
滿寫喜歡詩　　즐거운 시를 가득 쓸거예요

그렇다면 이재긍과 차산은 어떻게 만나 담운의 시집을 간행하게 되었을
까? 구체적으로 밝히기 어렵다. 다만 이재긍은 개화당이 조직된 지 얼마
안 된 시기부터 개화당에 관계했던 듯 하다.[11] 따라서 이때 개화당과 밀접
한 관계를 유지한 차산과도 연관되었을 것으로 보인다. 그리고 차산의 형
배환(裵煥)이 대원군의 문하에 출입하였고, 대원군의 조카 이재완(李載完)의
가정교사를 지낸 적도 있었으며, 또 1894년 그가 세상을 떠났을 때는 대원
군이 직접 만시(輓詩)를 지어주기도 하였음으로 미루어보아 형의 역할이
있었을 듯 하다.[12] 차산에게도 대원군이 내렸다는 시가 전해진다. 이재긍
이 차산과 유대를 맺고 있었다고 해도 고종의 신임을 받아 요직을 맡았던
종실로서 한낱 김해 지방의 기생의 문집을 엮고 서문을 썼다는 것은 다소
의외라 할 수 있다.

　이재긍은 차산이 보여준 담운의 원고를 보고 "정(情)을 뿌리로 하고 언
(言)을 열매로 하니 깨끗하여 때가 없고 곱기가 그림 같았다"[13]고 한다. 이
재긍은 담운의 시에서 매우 담박하고 깨끗한 이미지를 읽었다. 그리하여
"녹규관에서 눈이 내리던 밤, 수선화가 막 피고 매화가 꽃망울을 흔들 때,
홀로 깨끗한 안석에 기대어 앉았으니 가슴이 환하여 한 점 티끌도 없었다.
때 마침 차산 선생이 향렴체 두루마리를 소매에서 꺼내어 나에게 보여주

---

11) 이광린, 『한국개화사연구』, 일조각, 1999 참조.

12) 김종철, 「차산 배전 연구(一)─생애와 사상을 중심으로」, 『한국학보』 47, 1987년 여름.

13) 李在兢, 「只在堂小稿序」. "綠葵館第三雪夜, 水仙初開, 梅花弄珠, 獨凭淨几而坐,
胸襟炯然, 無一點塵埃. 適此山先生, 袖香盦一帖而示余曰, 此只在堂澹雲稿也. 余旣
披閱, 根情苗言, 嚼然不滓, 燦然如畵. 金陵之一草一花一山一水, 悅如在阿睹中, 璀璨
玲瓏, 藍玉日暖, 驪珠夜明, 不忍釋手, 幾回摩挲思所以不朽之. 噫, 現際來際, 嘗有賞
音者, 往往傳寫於錦屛紈扇之間, 則必知余不忍釋手之意也. 澹雲卽此山之朝雲, 而堂
顔只在, 盖取只在此山之義也. 是夜讀此, 時有雪梅水仙之任傍知狀, 是亦異樣妙證云
爾. 通政大夫 行 弘文館副提學 兼 奎章閣檢敎待敎知製敎 完山 李載兢題."

며 말하기를 이것은 '지재당 담운의 초고입니다'라고 하였다"고 하여, 자
신이 담운의 시를 처음 만날 때의 분위기도 담박하고 고아(高雅)하게 표현
하여 극적인 효과까지 높인다. 이재긍이 서문에서 주로 평하고 칭찬을 한
것은 구체적으로 「금릉잡시(金陵雜詩)」인 듯 하다. 「금릉잡시」는 강담운이
자신이 살고 있던 김해의 모습을 7언 절구 34수의 연작시로 읊은 것이다.
그는 "금릉의 풀 한 포기, 꽃 한 그루, 산 하나, 물 한 줄기가 환하게 내 눈
앞에 있는 듯 하다"고 한다. 이렇게 담운의 한시를 읽는 이재긍은 마치 담
운에게서 농염한 기생의 흔적을 지워버리려는 듯 하다.

그가 이렇게 담운의 시를 평하고 간행한 것은 무엇을 의미하는 것일까?
일차적으로 담운의 시에 대한 호감에서 기인하기도 할 것이다. 또한 이재
긍 자신의 시적 성향에서 기인하기도 할 것이다. 그러나 무엇보다도 이 시
기 대원군의 기생정책과도 관련이 있을 듯 하다.

관기 중에 아름다운 자를 뽑아서 번을 돌려가며 운현궁에 와서 모시도록 하
고 대령기생(待令妓生)이라 불렀다. 무릇 여항화류(閭巷花柳)의 사정을 대원군
이 일일이 관리(管理)하니 사람들이 모두 두려워하고 꺼려해서 감히 기생을 청
하지 못하고, 기생도 또한 불편하게 여겼다. 부호(富豪)한 선비가 혹 교회에 놀
이하면서 창녀(娼女)를 데리고 가면 대원군이 알고 사자(士子)의 이름을 더럽혔
다 하여 잡아다가 옥에다 가두어버리니 진신(縉紳)들이 모두 그 일 좋아함을
비웃었다.14)

이 글은 대원군이 기생들을 운현궁에 대령시키고 창녀와의 구분을 엄히

---

14) 박제경, 『近世朝鮮政鑑』, 탐구당, 1975, 106~108면. 또한 다음과 같은 구절도 있다.
"예전 禮에 官妓는 板輿를 타고 깁 장옷(幣帛長衣)으로 머리에서 발끝까지 전신을 감
싸면서 낯만 내어놓았다. 娼女는 감히 판여를 타지 못해서 관기와 구별하였다." ……
"기생이 머리를 얹는 것은 본래 客의 뜻에 따라 풍족하게도 하고 박하게도 했는데 대원
군이 백 스무 냥으로 정하였다. 무릇 妓夫로 되는 자는 두어 종이 있다. 各 殿의 別監,
捕盜軍官, 政院使令, 禁府羅將에서 각 宮家와 왕실의 외척(戚里) 집 傔人 및 무사를
제한 외에는 모두 기부로 되지 못하였다. 대원군이 금부와 정원의 隷는 다만 娼夫가 되
는 것을 허가할 뿐 관기의 주인이 되는 것은 허가하지 않았다."

하였으며, 사대부가 창녀와 유락하는 것을 금하였다는 기록이다. 뿐만 아니라 이 즈음에 이르러서는 관기 제도가 느슨해져 창녀도 난교(煖轎)를 타고 안경(眼鏡)을 썼으며 실로 수놓은 신을 신는 등 관기와 창녀를 거의 식별할 수가 없게 되자, 대원군은 창녀에 대해 이 모든 것을 금하며 예전의 관기제도를 복원하려 하였다. 그리고 대원군은 기생을 예기(藝妓)로 기르려고 했던 듯 하다. 이재긍 역시 이러한 의식의 연장에서 담운의 담박한 시를 높이 평가하고, 또 담운의 시를 좋아한 것은 아니었을까 한다. 그렇다면 이재긍이 담운의 시를 간행하고 칭찬한 태도에도 기생의 재능을 관리하고 다스리려는 의식의 일환이 투영되어 있었다고 할 수 있다. 그 역시 기생을 공가지물(公家之物)로서 통제하려 한 이전 시대의 권력과 제도의 자장 안에서, 구체적인 양태는 차이가 나지만, 기생의 한시를 담론화하고 있었다고 할 수 있다. 담운이 차산과의 관계를 통해 중앙의 종실과도 유대를 맺고 있었던 듯 보이지만, 종실에 의해 문집이 간행되기까지 하여 그녀의 삶에 큰 변화가 있었을 것으로 기대도 되지만, 실상 그녀는 공간적으로는 김해라는 변방에 거주하면서 제도적으로는 기생이라는 신분의 틀로 제어당하는 처지에서 벗어날 수 없었음을 생각하지 않을 수 없게 하는 대목이다.

안광묵(安光黙)은 1877년 12월에 『지재당고』의 발문을 쓴다. 그런데 안광묵은 이재긍의 부탁을 받고 발문을 썼지만, 그가 발문에서 주목하는 점은 이재긍과 매우 다르다.

> 이우항(李又響) 학사가 모으고 편집하여 나에게 발(跋)을 부탁하였다. 곧 좌석에서 읽어보니 조(調)의 쟁그랑 울림은 쇠를 치고 돌을 부딪치는 듯 하고, 기(氣)의 모습은 검이 번득이고 별빛이 쏘는 듯 하다. 경(境)의 넘쳐흐름은 이슬이 꽃에 날고 노을이 달을 침범하는 듯 하고, 광(光)의 빛남은 풀빛이 옥빛으로 짙고 물이 푸르게 출렁이는 듯 하다. 한 언(言) 한 자(字)도 정(情)에 근본하지 아니함이 없으니 그 정(情)을 다 꿰뚫음은 비록 심상하게 사람을 그리워하고 옛날을 기억하는 시라 하더라도 진실로 죽지(竹枝)·조간(棗竿)·미미(靡靡)의 울림과는 다르다."15)

안광묵은 담운의 시에서 "쇠를 두드리고 돌을 부딪치는 듯 쟁그렁 울리는 맑고도 강렬한 곡조, 검이 번득이고 별빛이 쏘는 듯 날카롭고 예리한 기세, 이슬이 날다 꽃에 떨어져 자욱이 퍼지고 노을이 달을 물들이는 듯 넘쳐 흐르는 경계, 옥 같은 풀빛이 점점 짙게 흔들리고 짙푸른 바닷물이 넘실넘실 출렁이는 듯한 광채"를 주목한다. 안광묵은 담운의 시에서 날카롭고 예리하고 충만한 시적 경계를 읽어낸다. 또한 "한 글자 한 단어 모두 정(情)을 근본으로 한다"고 한다. 담운의 시에는 동료 기생의 삶을 날카롭게 관찰하고 그 현실을 비판적 어조로 형상화하는 모습이 보인다. 그는 동료 기생들의 삶을 통해 강한 정감의 연대를 체득한다. 이 작품들은 「금릉잡시」와는 다른 시적 경계를 형성한다.

그런데 이능화는 담운의 시를 그리 높게 평가하지 않았다. 이능화는 『조선해어화사』에서 담운에 대해 "약간의 詩名이 있고 또 柱聯을 능히 썼으나 대단치는 않았다"고 한다. 또한 차산과 직접적인 교류가 있었음을 밝히고 있다. 이능화는 갑신년(1884)에 금릉의 수명루(水明樓)로 차산을 찾아갔다고 한다. 차산은 1882년 11월 8일 강진현(康津縣) 고금도(古今島)에 유배를 갔다가 거의 일 년 만에(?) 풀려나 한양으로 올라갔다. 그 후 한양 생활을 접고 고향 김해로 내려 왔다. 이능화가 차산을 방문하였을 때는 바로 이 시기이다.16) 그때 수명루 벽에 미인도가 걸려 있었고, 그림 위에는 연구(聯句)로 된 화제(畵題)17)가 있었는데 바로 담운이 쓴 글씨였다고 한다. 그런데 이능화는 그림과 글씨보다도 연구(聯句)가 걸작이었다고 생각하였다. 그리하여 작가를 물어보니 자리에 있는 손님들이 모두 담운이 지은 것이라고 했

---

15) 安光默, 「只在堂稿跋」, "李又響學士哀輯錄梓之, 而屬余以篇尾. 即於座上讀之, 調之鏗然, 金春而石戛也, 氣之態然, 劍花而星芒也, 境之盎然, 露浮花而霞侵月也, 光之燁然, 草碧色而水綠波也. 一言一字, 莫不根乎情, 而其情之所貫輸, 則雖尋常懷人, 憶舊之作, 固不同于竹枝棗竿靡靡之響也."

16) 『근세조선정감』의 평을 쓴 시기는 1884년경이지만 불분명하다. 이능화가 수명루를 방문하였을 때가 1884년경 어느 때 인지 밝혀지면 『근세조선정감』의 평을 쓴 시기가 분명하게 고증할 수 있을 듯 하다.

17) "有恨不言內心事 無情如對夢中人."

고, 차산도 머리를 끄덕였다고 한다. 그러자 이능화는 "염소(髥蘇)가 조운(朝雲)을 위해서 이름을 걸고 내기를 하였다는 말을 못 들었는가"라고 하여 차산을 핀잔한다. 그는 담운의 실력으로 지을 수 있는 작품이 아니라고 생각하였던 듯 하다. 이능화가 담운의 시를 평가하는 기준은 이재긍과 매우 다르다.

『조선해어화사』를 통해볼 때, 이능화는 기생이 자신에게 부여된 기생으로서의 사회적 정체성을 능히 수행하며 쓴 시들을 주로 선(選)한 듯 하다. 그런데 담운의 한시는 매우 담박하다. 또한 자신의 기생으로서의 삶을 매우 날카롭고 비판적으로 표출한다. 이능화의 시안(詩眼)에 담운의 담박하면서도 비판적인 시는 기생으로서의 좋은 시가 되지 못한 듯 하다. 이능화가 『조선해어화사』를 출간하던 1920년대는 기생에 대해 이재긍의 시대와는 다른 기대와 기억을 한 시대였던 것이다. 대원군이 기생을 예기로 기르려한 반면, 이능화는 일반 여성과 기생으로 신분에 따른 분별을 하고 이 신분에 따라 기생의 이미지를 하나의 방향으로 고착화시키고 있었던 듯 하다. 그렇다면 『조선해어화사』에 나타나는 기생들의 모습은 이능화라는 또는 신분제에 의해 일반여성과 기생을 철저히 이분법적으로 구획하던 근대의 시대적 분위기가 만들어낸 상(像)은 아닐까 생각한다. 따라서 오늘날 우리가 그 모습을 통해 기생의 본래의 모습을 찾으려 한다면 조선시대의 기생의 실재와는 거리가 멀어질 것이라는 반성을 해볼 필요가 있다. 실재 『지재당고』는 매우 다양한 기생의 정감과 의식을 보여준다.

한편, 상우(尙友)라고 밝힌 인물은 「지재당소고(只在堂小稿)」[18]에서 "音調溜溜, 一洗粉脂, 天姿嫣然, 如見其爲人"라고 하여 지분기를 씻어낸 이미

---

18) "余在京師, 聞綠葵館主人, 梓金陵女士姜澹雲之詩, 而未及見之. 自湖南旅游嶺外, 轉而至金陵. 留月餘, 羈懷岑寂, 苦無以消愁. 人有袖只在堂稿一卷來曰, '此澹雲詩 而綠葵館新本也'. 余欣如舊友之相逢於天涯. 受言莊誦, 妄加評騭, 音調溜溜, 一洗粉脂, 天姿嫣然, 如見其爲人. 余誦袁蒼山話中, 逢心不稱如花貌, 金屋難貯沒字碑, 若澹雲者, 又何愧哉. 此卷當携歸故山, 熱香啜茶, 與意中人賞之, 爲我語澹雲氏, 以託神交焉. 只在堂小稿終. 戊寅季冬, 尙友書."

지로 담운의 시를 표현한다. 동시에 상우는 담운을 기생으로 대우하고 희롱조의 어투를 보인다. 그리고 상우의 서(序) 뒤에는 '무호인(無號人) 첨족(添足)'의 시19)와 '소야(蘇野)'의 시20) 두 수가 붙어 있다. 첫 수는 녹규관에서 담운의 시를 편찬했다는 말을 듣고 세상 사람들은 법언도 장독덮개가 된다고 비웃는데 담운은 어떤 인물로 어떤 말을 지었는가 묻는다. 둘째 수는 남자의 마음은 좋은 글귀 따라 옮겨간다고 하여 자신이 기생 담운의 시에 반했음을 표현하고 있다. 역시 상우와 비슷한 어투의 농조로 담운을 표현하고 있다. 이재긍이나 안광묵 그리고 이능화 등이 담운의 호 지재(只在)가 배전의 호 차산(此山)과 짝하여 가도(賈島)의 시 "只在此山中"에서 왔음을 밝히는 데에 반해 상우를 비롯한 이들은 이 사실을 언급하지 않고 있음도 담운을 다만 기생이라는 신분으로 희롱조로 대우하고 있음을 말해주는 듯하다. 이렇게 담운의 시는 동시대에도 서로 다르게 담론화되고 있었던 듯하다.

3. 명기(名妓)의 내적 성찰과 그 억압의 서사

현재 담운의 생몰년은 정확히 고증할 수가 없다. 다만 담운은 여러 차례 '15세에 부부가 되어 16세를 넘기지 못했다'고 한다. 머리를 올리자마자 차산이 서울로 떠난 것을 의미하는 듯 하다. 백춘배(白春培)도 차산이 담운을 첩으로 두고 곧 서울로 올라와서 그녀를 그리워하는 모습을 희롱하여 시로 형상화하고 있다.21) 차산이 서울로 떠난 것은 1873년 그의 나이

---

19) "綠葵館裏播新詩, 梓出蠅頭一冊奇, 世笑法言還覆瓿, 澹雲何物製何辭."
20) "玉溆芙蓉初發時, 探香飾藻幾男兒, 男兒腔子如無定, 佳句爲媒志自移."
21) 『朝野詩選』(규장각 소장본).

31세 경이므로,[22] 담운과 차산은 15세 정도의 나이 차가 나는 듯 하다. 그렇다면 담운의 출생은 1857년쯤(?)이 아닌가 한다. 그런데 배전이 남긴 시(詩)나 『차산필담(此山筆談)』[23] 등의 문(文), 그리고 배전을 포함한 영남 문인 7인의 시를 모은 『산남고취(山南鼓吹)』[24] 등을 통해서도 담운의 죽음과 관련한 흔적을 찾을 수 없다. 담운은 1899년 차산이 죽은 이후에도 생존하였을 듯 하다. 그렇다면 그녀는 1894년 갑오개혁과 함께 조선시대의 관기제도가 허물어지는 모습을 지켜보았을 듯 하다.

憶昔復憶昔	옛날을 생각하고 생각해보니
生長柳營春	평안도 병영에서 생장하다가
八世隨慈母	8세에 어머니를 따라
乘潮南渡津	조수를 타고 남쪽 나루를 건넜네
誤落盆城館	분성 객관에 잘못 떨어져
句欄委此身	창가에 이 몸을 맡겼네
何曾拂菱花	어찌 일찍이 거울을 닦았으리오
今朝着綺羅	오늘 아침에야 비단 옷을 입었네
朦朧回雪舞	희미하게 눈이 휘날리듯 춤추고
溜滰遏雲歌	낭랑하게 가던 구름도 멈추게 노래 불렀지
(…중략…)	
西園獨樹花	서쪽 뜰의 외로운 나무에 꽃이 피니
蜂蝶何紛紛	벌과 나비 어찌나 분분한지
東山有謝傳	동산에 사부가 있어
長歌懷白雲	길게 탄식하며 은거를 생각하네
折釵難孤約	비녀를 꺾고 약속을 저버리기 어려웠는데
半鏡合如期	반쪽 거울 기약한 듯 합하였네

---

22) 차산은 10년을 서울에서 떠돌았다는 내용이 자주 반복된다. 또한 1874년 이재긍이 대교가 되었을 때에 담운이 그에게 올린 시가 있음으로 보아 이때에 이미 차산이 서울에 있었음을 알 수 있다.

23) 임형택 편, 『여항문학총서』 10권, 여강출판사, 1991.

24) 규장각 소장본.

松柏鬱蒼蒼　　　소나무와 잣나무의 울울창창은
風雪歲寒知　　　눈보라친 뒤에야 그 의지가 드러나리
(…하략…)

—「憶昔」

　담운의 삶은 8세의 어린 나이에 기생이 되면서 이미 일정한 방향으로 규정이 되었다. 그녀는 5언 48구의 고시 「억석(憶昔)」에서 기생으로서의 자신의 일생을 장편의 긴 호흡으로 서술한다. 담운은 평안도 병영에서 태어나 8세에 어머니와 함께 배를 타고 김해로 들어왔다. 그녀가 어떻게 북쪽 평안도에서 남쪽 끝 김해에까지 흘러 들어오게 되었는지는 알 수가 없다. 하지만 '분성 객관에 잘못 떨어져 구란(句欄)에 몸을 맡겼다'고 한 것으로 보아 김해로 들어올 때에 이미 그녀의 처지는 낙백한 신세였던 듯 하다.

　이렇게 8세에 기생이 된 담운은 15세에 머리를 올렸다. 기생이 된 담운의 삶은 차산을 만나 또 한번의 굴절을 겪는다. 그녀는 눈이 흩날리듯 아름다운 춤을 추고, 가던 구름도 걸음을 멈추게 할 정도로 노래를 잘 불렀다. 그러다가 "부용꽃 핀 물가에서 아름다운 배를 띄우고 놀다가, 비단 주렴 드리운 연자루의 놀이에 참여하다가, 15세에 군자를 만나 머리를 올리고 평생을 칭칭 농여매듯 얽혀서 실리라[畵舫芙蓉水, 細簾燕子樓, 十五逢君子, 結髮意綢繆, 那堪妾薄命, 離鴻顧侶儔]"(「억석」) 생각했다. 그런데 차산은 일년도 안 되어 자신을 떠나 멀리 서울을 떠돌았다. 담운은 이러한 곡절에 따라 환운(換韻)을 하며 자신의 일생을 절절하게 형상화한다. 「억석(憶昔)」뿐만 아니라 「감회(感懷)」 등 『지재당고』에는 자신의 삶을 회고할 때면 장편 고시의 긴 호흡으로 변하는 담운의 모습을 볼 수 있다. 그 서사의 내용 역시 비슷하게 구성되어 담운의 일생이 어떻게 굴절되었으며, 왜 그녀가 자신의 삶을 장편 고시로 회고할 수밖에 없는가를 사실적으로 살필 수 있다.

　서사의 후반은 대부분 차산에 대한 그리움과 절조(節操)로 이어진다. 차산은 1884년 40세 경이 되어서야 다시 김해로 낙향한다. 그 기간동안 담운

은 외로운 신세가 되어서도 스스로 처신을 단속하며 그를 기다린다. 그러
나 차산이 떠나자 관기 담운의 삶은 평탄하지가 않았을 듯 하다. 서쪽 동산
의 외로운 나무에 꽃이 피니 벌과 나비가 분분히 날아온다. 아무리 벌과 나
비가 꽃을 유혹한다 하여도, 아무리 술자리에서 손님들이 유혹한다 하여도,
그녀는 동산에 있는 낭군을 생각하며 길게 탄식하고 자유로이 오고가는 흰
구름을 생각하고 부러워할 뿐이다. 그녀는 소나무와 잣나무의 울창한 절조
는 눈보라가 치는 한 겨울이 되어야 알 수 있다고 하며 차산이 자신의 마
음을 알아줄 날이 있으리라 기약한다. 그녀의 마음은 애간장이 끊어지는
듯 하지만 그러나 담운의 회고는 차산에 대한 절조라는 일정한 방향으로
자신의 의지를 다짐한다. 담운의 시에 나타나는 차산에 대한 정감은 기생
이 연행공간에서 직업적으로 부르는 형식적이거나 수사적인 표현이 아니
다. 담운의 차산에 대한 시는 매우 현실적인 삶을 토로한 것이었다.

　이러한 담운의 일생에 대한 술회는 그녀가 스스로 자신에 대한 정보를
제공하는 것이라 할 수 있다. 담운은 스스로의 삶을 춤과 노래, 미모와 지
조 등을 드러내고 부각하는 방식으로 구성하고 있다.『산남고취』에서 김
해 문인 김태상(金太常)은 담운의 집에서 술을 마신 일을 시화하면서 담운
을 "김해의 명기(名技)"라고 주를 달았다. 그리고 담운이 시(詩)뿐만 아니라
예서(隷書)도 잘 썼다고 하였다. 담운은 노래와 춤, 글씨 등의 재주뿐만 아
니라 차산에 대한 한결같은 기다림 때문에 명기라는 이름을 부여받았을
것이다. 그녀는 기생이 된 자신의 불운에 대해서는 직접적으로 기술하지
만, 또한 차산이 떠나고 난 뒤의 그리움과 인내의 고통에 대해서는 언급을
하지만, 차산에 대한 갈등이나 절조에 대한 회의는 직접적으로 언급하지
않는다. 오히려 절조를 강조할 뿐이다. 이러한 담운의 서사화의 태도는 기
생의 인격이나 정체성을 명기(名妓)로 분류할 때의 기준을 강조하는 모습
이며 또한 명기(名妓)라는 개념에 부합하는 틀로 자기의 삶을 구조화하고
있음을 말해준다. 조선시대의 기생에 대한 명기라는 명명은 하나의 사회
적 실재를 구성하고 있었을 것이다. 명기라는 용어 속에 담겨 있는 구체적

실체는 사회적 삶 속으로 스며들어 담운의 기생으로서의 사회적 삶을 재
구성하는 데에 영향을 미쳤을 것이다. 담운은 이렇게 명기 담론으로 자아
의 삶을 서사화한다.

　왜 담운의 장편서사는 자신의 일생에 대한 술회를 통해 명기 담론을 재
생산하는 것일까? 담운은 자신을 명기라고 부르는 김해지방의 평판에 무
감할 수가 없었을 듯 하다. 이재긍이 담운의 시를 높이 평가하고 간행하였
다는 점도 그녀가 명기 담론에 구속되는 삶을 살게 된 요인의 하나였을
것이다. 물론 그녀의 차산에 대한 애정도 관여하였을 듯 하다. 그러나 자
신을 명기로 주체화하면서 담운은 자신을 매우 외롭고 소외된 주체로 이
끌었던 듯 하다. 「억석(憶昔)」이 자신의 삶을 전반적으로 서술한 것이라면
5언 26행의 고시 「술회(述懷)」 시는 서울로 떠난 차산에 대한 정감과 담운
의 소외의식을 집중적으로 형상화한다.

十五爲夫婦　　　열 다섯에 부부가 되어
芳年未破苽　　　꽃다운 나이 열 여섯을 넘기지 못했네
今朝明鏡裏　　　오늘 아침 거울보고
鑷白感年華　　　흰머리를 뽑으니 세월을 느끼네
黃鵠擧何遠　　　고니는 얼마나 멀리 날아갔나
離鴻天一涯　　　외로운 기러기는 하늘 한 끝에 있네
濯濯門前柳　　　반드르르 윤기 나는 문 앞의 버들
栽時不勝鴉　　　심을 때는 까마귀를 감당하지 못하여
思君敢剪伐　　　님을 생각하며 감연히 잘랐는데
軒昂十圍過　　　어느새 헌걸차게 자라 열 아람이 넘었구나
一雙白翎鵲　　　한 쌍의 흰 깃털 까치가
雙飛繞枝柯　　　쌍으로 날아와 나뭇가지를 돌더니
辛勤含欄木　　　부지런히 썩은 가지를 물어다가
五日成半家　　　오일만에 반쪽 집을 지었는데
一旦雄飛去　　　하루아침에 수컷이 날아갔으니
悲鳴奈爾何　　　슬피 운들 너를 어이할까

郎人不可見　　낭군은 볼 수 없고
參星倏西斜　　삼성은 재빨리 서쪽으로 지네
秋風拂羅幕　　가을 바람은 비단 휘장을 흔들고
白露下庭莎　　흰 이슬은 뜰 풀에 내리네
促織東鄰女　　베를 짜는 동쪽 집 아낙네
戛戛弄機梭　　삐거득 삐거득 북과 베틀을 놀려
織出鴛鴦錦　　원앙 금침을 짜서
雙刀剪不差　　쌍 칼로 어긋남이 없이 잘라
添寄兩行淚　　두 줄기 눈물을 보태어 부치니
願君好摩挲　　그대 잘 어루만져 주시오

―「感懷」

담운은 차산이 떠난 10여 년 간을 떠나간 님에 대한 그리움과 이별의 고통으로 세월을 보냈다. 마당에 심어둔 나무에 까마귀가 앉기에 불길한 마음이 들어 과감하게 잘라 버렸는데도 어느 덧 세월이 부쩍 흘러 그 나무는 헌칠하게 자라서 열 아람이나 되었고 그 가지에 까치가 집을 짓고 있다. 그런데 그 나무에 집을 짓던 까치가 수컷에게 버림을 받는 모습을 보며 그녀는 자신의 신세를 떠올린다. 그녀는 자신을 차산에게 버림받은 처지로 생각한다. 그녀는 다시 밤새도록 짠 비단으로 옷을 마름질하여 장안의 낭군에게 보내며, 눈물까지 보태어 보내는 자신의 심정을 어루만져 달라고 호소한다.

차산은 담운의 머리를 올려주고 금방 서울로 떠나간 뒤 오래도록 돌아오지 않아 담운을 무척이나 괴롭혔던 것 같다. 실제로 차산과 머리를 올리고 난 뒤의 담운의 생활은 이별의 연속이었던 듯 하다. 그리하여 『지재당고』에서 담운은 오랜 세월동안 기다림의 주체로 존재한다. 이때의 명기 담운의 삶은 여느 양반과 기생첩에게서 발견되는 '정형화된 사랑', '관습적인 사랑'의 형태와 별반 다를 바가 없어 보인다. 담운은 기생첩으로서의 매우 일반적인 삶을 살아갔던 듯 하다. 이러한 시상은 담운의 시 곳곳에 보인다. 그녀의 기다림은 명기라고 하는 사회적 평판에 부응하는 사회적 삶을 재구성하는 것과도 무관하지 않을 것이다. 명기나 기생첩의 행동은 매우 제한적이고 규제적이라고 할 수 있다. 담운은 명기로서의 삶을 선택하고 스스로의 성찰에 의해 받아들임으로서 정형화된 사랑, 관습적인 사랑의 삶에서 조금도 벗어날 수 없게 되었다. 담운의 태도는 대원군이 관기를 예기로 기르려던 의지나, 관기와 창기를 구분하고 통제하려던 기생정책과도 부합되는 듯 하다. 그녀는 차산을 통해 새로운 사회적 분위기를 흡수하였을 것이다. 그러나 담운은 여전히 대원군이 관기와 창녀의 구분을 명확히 하고 관기제도를 복원하려 시도하였던 자장 안에서 자신의 정체성을 구성하려 한 듯 하다. 담운은 자아의 정체성을 명기에 두면서 기생 사회를 통제하는 권력과 제도에 스스로 융화되어 간 듯 하다. 이 시기는 관기에 대한 규제가 마지막으로 다시 한 번 강화된 시기였던 듯 하다.

4. 기생첩, 그 가부장제의 외부자

차산이 서울로 떠난 것은 과거를 보기 위함이다. 차산이 처음 과거를 보러 서울로 떠날 때는 담운도 그에게 청운의 꿈을 이루라고 격려를 하였다. 담운의 몸이 약하여 길을 떠나는 차산이 걱정을 하자, 담운은 자신의 약한 모습은 원래의 병 때문이지 님을 보내는 근심 때문이 아니라고 하여 차산을 안심시킨다. 그리고 '난과 사향이 귀한 줄 모르고, 계수나무 향기에 젖기를 바란다'고 하여, 나는 호화와 사치도 원치 않으니 그대는 걱정하지 말고 청운(靑雲)의 꿈을 이루라고 하며 차산의 발걸음을 가볍게 한다(「送山郎赴試臨江賦別」). 또한 "아득히 밭머리로 흰 구름 날고 / 필마로 서쪽으로 가는 사람 어느 날 돌아올건가 / 못 가 객관에서 정을 끌던 손님들은

흩어지고 / 할미새 고개에서 아득히 바라보니 도와 줄 형제는 멀어졌네 / 등
잔불 가물거리는 밤 귀뚜라미 소리는 어찌나 괴로운지 / 찬이슬 내려 부용
꽃은 점점 시들어가네 / 용문에서 모름지기 길을 얻어야 하니 / 산에 들어가
며 입을 옷을 만들지 못하겠네”(「送別」)라고 하여 자신은 손님이나 형제와
도 어긋나고 잠 못 들고 괴로운 밤을 보내지만 차산은 과거에 급제하여야
한다고 과거에 상당한 기대를 하였던 듯 하다.

이러한 담운과 차산의 관계는 멀리서 외직으로 왔거나 변방으로 수자리
를 나왔거나 하여 술자리에서 만난 기생과 남성의 일회적인 만남과는 다
르다. 물론 담운이 평안도에서 김해로 흘러들어 왔고 배전 역시 부친 대에
김해로 들어오기는 했지만 그들은 같은 고장에서 자라고 이후 만나서 연
인이 되었다. 물론 전자의 만남은 기생과 남성의 만남을 공식적으로 인정
하는 것이지만 매우 일회적인 만남이다. 그러나 담운과 차산의 관계는 공
식적으로는 인정을 받지 못하는 관계이지만, 같은 향리를 배경으로 하여
매우 현실적인 삶으로 이어지는 기생첩과 연인의 관계이다. 또한 담운은
차산에게 일심인(一心人)이라는 말을 들었다. 차산은 담운을 위해 시집 간
행을 주선하고 스스로 그 시집의 교정을 본 뒤 ‘일심인(一心人) 배차산교(裵
此山校)’라고 하여 자신의 마음을 보였다. 지금 남아 있는 『지재당고』는 이
러한 차산의 노력에 의해 이루어진 것이다. 그들의 관계는 분명 여타의 남
성과 기생첩의 모습에서는 보기 드문 양상으로 주목할만하다.

그런데 차산은 십 년이 되어도 돌아올 줄을 몰랐다. 담운은 그 차산을
마냥 한결같은 마음으로 기다릴 수 없었다. 그의 시집 도처에서는 처음의
격려가 원망으로 바뀌어 나타난다. 그녀는 “어디서 왔는지 한 쌍의 나비 /
노란 옷 입고 나풀나풀 날아와 / 밤마다 꽃 사이에서 자고 / 아침마다 꽃
속에서 날아오르네 …… 장안으로 떠난 나그네는 어찌하여 돌아올 줄 모르
는가”(「雙蝶」) 한탄을 한다.

또한 담운의 차산에 대한 시선은 매우 모호하게 변화한다.

(…전략…)

| 念君爲客在長安 | 그대가 객이 되어 장안에 있음을 생각하니 |
| 依舊綈袍范叔寒 | 예전 수가(須賈)에게 명주 도포를 받던 범저(范雎)처럼 썰렁하리라. |

(…중략…)

縱有登龍門戶熱	서둘러 용문의 뜨거운 곳에 오르려하나
誰憐彈鋏布衣生	누가 영달을 구하는 포의서생을 가여워 하리오
頃田負郭歸田好	비옥한 땅으로 돌아옴이 좋겠으니
相印元來六國輕	재상의 재목은 원래 제후의 나라를 가벼이 여겼다오

—「秋夜寄長安」 2수, 3수 中

　이제 그녀는 차산이 급제하리라는 꿈을 버렸다. 또한 차산에게도 그 꿈을 접고 돌아옴이 마땅하다고 달랜다. 그녀는 차산의 현실을 매우 적나라하게 보고 있는 듯 하다. 실제 차산은 이즈음 한양에서 오로지 과거를 위해 노력했던 것이 아니었다. 그는 일찌감치 과거를 포기한 강위 등 육교시사의 여항인들과 교유를 맺었고, 박제경 등 개화파 인물들과도 교류를 하였으며, 대원군이나 이재긍 등 종실과도 관계를 가졌다. 이들에게 차산이 어떤 존재였는지, 차산이 서울에서 어떤 삶을 지냈는지는 더 고찰할 과제이다. 그러나 분명한 것은 남쪽 변방 김해에서 온 차산이 서울의 인물들에게 멸시를 받기도 하였다는 점이다. 차산이 1882년경 유배를 간 원인도 자신을 무시하는 인물에 대한 갚음이 화근이었다. 서울에서의 차산의 생활에는 매우 굴욕적인 면도 있었던 듯 하다. 그래서 그녀가 고향 성 교외에 비옥한 땅이 있고 더구나 재상의 재목은 한낱 제후의 나라에서 벼슬하는 것을 달갑게 여기지 않았다고 하여 차산을 달래는 것은 매우 객관적으로 차산의 현실을 관찰하고 길을 제시한 것이라고 할 수 있다. 차산이 과거를 포기하고도 한양에서 머무는 것은 다른 관심사 때문이었겠지만 그 관심사가 차산의 욕망을 실현시키기보다 굴욕적이고 비참하게 할 뿐이라고 담운은 알고 있었던 듯 하다.

차산이 다시 돌아왔을 때에 담운의 나이는 20세 중반쯤이었던 듯 하다.
그런데 차산의 말년의 삶은 매우 초라했던 듯 하다. 차산은 자신의 시 곳곳
에서 그 사실을 토로하는데, 담운의 시에서도 그 모습을 찾아볼 수 있다.

翡翠簾香琥珀釵　　비취빛 주렴, 향기로운 호박 비녀
玉環珊瑚價高低　　옥가락지, 산호, 값이 얼마이건
偸將典飮誰家酒　　훔쳐다가 누구 집에 맡기고 술을 마셔서
躑躅花前醉似泥　　철쭉 꽃 앞에 진창 취해 있소
—「嘲山郞醉頹」

다시 만난 담운과 차산이 함께 지낸 시간이 어떠한 것이었는지는 의문
이다. 그녀의 패물을 몰래 가져다가 맡기고 진창 취하도록 술을 마신 이는
바로 차산이다. 차산의 모습이 매우 적나라하다. 담운의 시에는 그녀가 호
계 서쪽에 집을 새로 마련한 이야기도 있다. "호계 흐르는 물 서쪽 마을에
/ 새로 띠 집을 지으니 먼지 한 점 없네 / 어젯밤 봄바람 불고 비가 지나가
더니 / 담장 너머엔 꽃을 구경하는 사람들 많네"(「卜築」)라고 하여 자신의
맑고 깨끗한 띠 집과 그 집에서 담장 너머로 흩날리는 꽃구경을 하는 사
람들을 한가하게 바라보는 모습을 표현하기도 한다. 담운의 생활이 어려
웠던 것 같지는 않다. 그러나 차산은 김해 관아의 정자인 함허정에서 묵었
다는 기록이 있다. 차산이 관아의 함허정에 머물렀던 것은 그가 서울에서
내려온 40대 이후의 일로 그곳에서 그는 학생들을 가르쳤던 듯 하다. 만약
차산이 김해 관아의 함허정에서 실재 학생들을 가르쳤다면 그의 생활은
그리 넉넉했을 듯 하지 않다.

담운이 이러한 차산을 향해 명기 담론을 지키며 기대한 것은 무엇인가?
담운이 차산에게 기대한 것은 가족과 고향이었던 듯 하다.[25] 담운의 한시

---

25) 다음 시도 이 모습을 보여준다. "爛木隨靑鵲, 新泥逐玄禽, 辛勤開一屋, 俱是養雛心,
母鷄毛盡竪, 尾隨八九兒, 搏犬忘吾弱, 藉重在多兒."(「獨日書懷」)

에는 떠나온 고향에 대한 향수가 자주 보인다. 그러나 그녀는 "남월이 이
상향이라 한들 내가 살 곳이 아니니, 떠돌다가 머무는 병주도 몸을 붙여
살게 되면 곧 고향이라"는 옛 시인의 말을 생각하며 자신도 그렇게 살고
자 한다. 그녀는 17세에 함께 김해로 내려온 어머니를 잃었다. 모친상을
당하고 삼 년을 울며 지냈던 그녀에게 김해는 마음을 붙이고 살아야 할
곳이었다. 그 근저에 차산이 있었다. 그녀는 차산과 만난 김해를 고향으로
여기며 살아가리라 마음먹는다. 그러나 그녀는 낙엽이 뿌리로 돌아가듯
죽는 날 누가 나와 한결같은 마음을 가진 사람일까 반문한다. 차산이 과연
자신의 일심인일까라고?

晴雷閣外送斜陽	청뢰각 너머로 석양을 보내니
內將臺前月似霜	내장대 앞 달이 서리 같구나
往來多少松京旅	오가는 많은 송도 나그네들
玉笛梅花望故鄕	매화아래서 옥피리 불며 고향을 그리네

南山寒食草離離	한식날 남산엔 풀이 무성한데
士女紛紛上塚時	여인들 분주하게 무덤으로 올라갈 때
儂向此中無哭處	나는 여기서 곡할 곳이 없어
隨人有淚一般悲	남들 따라 눈물 흘리니 슬픔은 한가지

　　첫 수는「금릉잡수」제31 수이다. 청뢰각 너머로 석양이 넘어가고 이어
서 내장대 앞으로 달빛이 서리 같이 환하게 떠오른다. 저녁이 되니 왕래하
던 많은 송도의 나그네들이 매화꽃 아래에서 옥 피리를 불며 고향을 그리
워한다. 북쪽에 고향을 두고 온 담운도 송도 나그네의 피리 소리를 따라
고향을 그리워한다. 석양 빛, 서리 같은 달빛, 매화, 피리 소리가 담운의
시린 마음을 대신하여 어루만진다. 이 그리움은 다음 수로 이어진다. 제32
수. 한식날이 되자 남산에는 풀이 무성하고 일반 여인들은 벌초를 위해 바
쁘게 산소로 올라간다. 하지만 그녀는 곡할 곳이 없어 눈물을 흘린다. 그

러면서도 그들이나 자신이나 슬픔은 매한가지라고 자위한다. 어린 나이에
어머니를 따라 남쪽으로 와서 기생이 되었기 때문에 여기에는 일가붙이가
없다. 어머니는 17살에 돌아가셨는데 어머니 산소마저 없는가?[十七違慈母,
三年涕未收, 迢迢北邙上, 白楊對一抔](「億昔」) 부평초 같은 삶에 대한 허전함이
독특한 의상으로 강하게 드러난다.26) 이렇게 담운의 시적 경계는 다른 시
에서는 보기 힘든 의경을 담고 있다. 그가 차산의 첩이 되었다 해도 그는
여전히 20여 년 간을 지루하게 청루를 지키고 있고 남들은 가족이나 조상
의 끈으로 묶여 있는데 그녀에게는 그것이 없다. 그녀는 무연고자다. 위의
두 수 외에도 담운은 34수의 연작시 「금릉잡시」에서 금릉 사람들의 삶을
끊임없이 자신의 삶과 오버랩시킨다. 그것은 그의 외로움과 고독감 그리
고 가족을 향한 동경이 바탕에 있었던 듯 하다. 가부장제의 외부에 던져진
기생첩의 소외된 삶이 선연하게 드러난다. 그가 『금릉잡시(金陵雜詩)』에서
끊임없이 금릉 사람의 일상을 주시하고 다시 자신의 삶으로 되돌아오는
것은 자신의 삶의 고립감을 극복하려는 몸짓으로 보인다. 자신의 삶에 대
한 두려움과 고독감은 이렇게 출구를 찾고 있었지만 그녀는 끝내 그 출구
를 찾지 못한 듯 하다. 담운은 차산에게서 가족과 고향을 얻기를 바랐다.
그러나 차산도 기생첩인 그녀에게 가족을 만들어주지 못했다. 그녀에게는
『지재당고(只在堂稿)』를 남길 당시까지 자식도 없었던 듯 하다. 차산도 평
생 아들이 없이 딸만 셋이었다고 하니 아마도 담운은 자식을 낳지 못했던
듯 하다. 차산이 담운에게 해줄 수 있는 것은 별로 없었던 듯 하다.

26) 담운의 시에는 한식날 풍경이 몇 수 있다. 하나는 한식이 되어 담운이 동료 기생의 무
덤을 찾는 것이고 하나는 자신의 혈혈단신의 고독감 소외감을 표현하는 것이다. 가족을
갖지 못한 기생의 소외가 절절하게 드러난다.

5. 에로티시즘으로부터의 소외

殘花眞薄命　　시든 꽃 참으로 박명하여
零落夜來風　　밤 바람에 영락했네
家僮如解惜　　아이는 애석한 듯
不掃滿庭紅　　뜰 가득한 꽃잎을 쓸지 못하네

—「暮春」

담운은 『지재당고(只在堂稿)』에서 시든 꽃이 떨어지는 모습과 자신의 삶에 대해 박명(薄命)이라는 표현을 여러 번 한다. 꽃이 아름다움을 한껏 발하는 듯 하더니 밤바람에 금방 지고 말아 그 허약함에서 박명을 느낀다. 꽃과 자신은 같은 모습이다. 차산을 만나 만개한 듯 기뻤으나 그 기쁨은 흔적 없이 사라지는 기쁨일 뿐이었다. 그녀의 박명은 15세에 차산과 인연을 맺었으나 그가 금방 떠나버린 데에 대한 느낌이다. 15세 꽃 같은 나이에 머리를 올리자마자 10년 간이나 버림을 받은 기간 동안, 담운의 기생으로서의 삶은 매우 위태로웠을 듯 하다. "봄 빛 갑자기 영락하니, 비바람 불어도 의지할 곳이 없구나"라고 하여 기녀로서의 그녀의 신세를 한탄한다. 그러면서 그녀는 어느 새 나이가 들어가고 있었다. 이러한 담운의 자기 정체성에 대한 성찰은 매우 간결한 운율로 재구성된다. 이 모습에서는 명기 컴플렉스가 다소 약화된다.

故作嬌羞背玉郎　　일부러 교태와 수줍음 지으며 낭군을 외면하고
羅衣欲解更商量　　비단 옷고름 풀려다가 다시 생각하는 듯
暗移紅燭歸屏外　　몰래 촛불을 병풍 너머로 옮겨놓고
斜拔金釵擲枕傍　　비스듬히 금비녀 뽑아 베갯맡에 던지네
楊柳細腰攀甚軟　　수양버들 같은 가는 허리, 부여잡으니 부드럽고
桃花雙臉語猶香　　도화꽃 같은 두 뺨, 말마다 향기롭네

강담운(姜澹雲), 명기(名妓)의 내적 성찰과 섹슈얼리티　　539

烹茶爛熟窓全曙　　차를 다리자 창은 완전히 새었으니
誰囑叉鬟無跡行　　어느 계집종에게 부탁하여 흔적이 없게 할꼬
—「戱贈玉葩」

그녀도 이렇게 농염한 기생의 모습을 보여주기도 한다. 그러나 기존의 성역할로부터 벗어나기 위해 애쓰는 모습은 더 이상 보이지 않는다. 기생첩은 연인과 정식 혼인관계 내에 있는 것은 아니지만 혼인관계 내에 있는 여성처럼 자기 규제적인 성 역할을 책임 있게 수행할 것을 요구받는다. 더구나 명기(名妓)라는 호명은 기생이 이 점을 하나의 규율로 받아들이고, 그 규율을 내재화하기를 강조한다. 명기라고 하는 호명은 기생의 내적 충동에 대한 통제를 암시하는 것이다. 물론 관기가 자신의 의지대로 이를 실천에 옮길 수 있는 것은 아니다. 관기는 공가지물로 자신의 의지대로 자신의 성을 결정하고 통제할 수가 없다. 관기가 명기가 되는 것은 일종의 규제를 넘어서는 행위를 의미한다. 그러므로 명기 담론에는 관기로 하여금 규율을 넘어서라는 무언의 암시가 깃들어 있다. 기생의 성 역시 역사적으로 구성되고 재구성되어 온 인간관계와 사회적 제도의 장 속에 자리잡고 있다. 그리하여 대부분 명기 담론은 통제되고 규제 받는 순종적인 기생의 육체를 생산한다. 이렇게 명기 담론은 기생의 성을 억압하고 소외시킨다. 그녀는 쾌락의 추구도 자발적으로 통제하였다.

그리하여 담운은 기생으로서 스스로 에로티시즘의 대상이 되거나 기생으로서의 자신의 관능을 활용하는 적극적 욕망의 주체가 되는 길을 포기한다. 그녀는 끊임없이 자신을 단속하며 기생으로서의 자신의 처지를 능동적으로 향유하거나 전유하여 그것을 능력으로 적극적으로 활용하기보다 소극적인 주체가 된다. 오히려 그녀는 스스로 차산의 기생첩으로서 에로티시즘과 자신의 삶을 분리하려고 애를 쓴 듯 하다. 그녀는 스스로 에로티시즘으로부터 단절되어 소외된 삶을 살았던 듯 하다. 그녀가 이 소외와 단절을 느낄수록 담운의 시에는 서울로 떠난 차산에 대한 감정이 다양하게

오버랩 된다. 그것은 기생으로서의 자신의 삶을 매우 소극적인 주체로 길 들여가는 방편이 된다. 그녀는 기생으로서의 자신의 처지를 능동적으로 향유하거나 적극적으로 이용하는 주체로 존재하지 못하였다. 아마 기생으로서 이러한 태도는 자신의 생활을 어렵게 하였을 것이다. 담운은 비록 중앙의 종실이 자신의 문집을 간행하는 행운을 만났지만 여전히 김해라는 공간적인 변방에서 떠난 낭군을 기다리는 소외된 삶을 살고 있었고 신분적으로는 기생으로서의 자신의 에로티시즘이라는 능력을 활용하는 주체적으로 살기보다는 오히려 외면하는 소극적 주체로 생활한다. 그녀의 소외되고 주변적인 삶은 이렇게 이중으로 겹쳐 있었다고 할 수 있다. 그녀는 어디에도 그녀의 마음을 붙일 곳이 없었다. 그녀가 차산을 향해 그리움이 만겹이나 쌓인다고 한 것[四月黃梅雨, 斷盡寸寸腸, 無聲枕畔淚, 滴滴濕羅裳, 連天錦江水, 蘭橈路何長, 深松彌勒菴, 褰裳陟高岡, 弱水三千里, 巫山十二峰, 此情憑水說, 相思更萬重](「億昔」 中) 역시 일상적 삶과 현실에 발을 붙이지 못하는 소외와 갈망이 겹쳐진 것이다.

6. 동료기생의 비분과 섹슈얼리티의 재인식

담운의 시집에는 동료 기생의 삶이나 금릉 사람들의 일상이 매우 사실적으로 형상화되어 있다. 이 시적 대상은 그의 작품의 반 수 이상을 차지한다. 담운은 자신의 일생을 장편고시의 긴 호흡으로 서술할 때에도, 자신의 내적 성찰을 담보하는 목소리를 낼 때에도 관찰자적 시선을 잃지 않았다. 이는 차산을 향한 시에서도 마찬가지이다. 이러한 시선은 나아가 그가 여타의 동료기생이나 금릉 사람들의 삶을 매우 사실적으로 형상화하게 된 계기가 된다.

관찰자적 시선으로 구성된 담운의 시집은 매우 정감적이면서도 절제된 객관성이 보인다. 그러나 그녀가 동료기생의 삶을 관찰하는 시선은 어느 시적 대상보다도 강렬한 정감의 분출을 동반한다. 담운은 동료 기생의 삶에서 기생이라는 제도적 문제와 증오, 외로움 등의 인간적인 정감의 문제가 뒤얽혀 있는 관계망을 보았기 때문이다. 그리고 담운은 기생의 일상생활 속에 숨어 있는 억압의 기제를 발견하고 이를 낱낱이 드러낸다. 그는 동료기생의 삶의 일상의 형상화를 통해 제도적 구조적 문제로 기생의 삶을 성찰한다. 그는 이렇게 기생의 섹슈얼리티를 재인식하게 된다.

이 모습은 차산과의 관계에서는 명기라는 호명아래 매우 정형화된 주체로 존재하였던 담운이 동료 기생의 삶을 통해 자신의 사회적 실재에 대한 성찰을 경험하고 있음을 또는 토로하고 있음을 기대하게 한다. 담운은 동료 기생의 삶을 관찰하고 그들의 삶을 성찰하며 이를 통해 자신의 삶을 다시 성찰하는 출구를 만나는 듯 하다. 담운의 동료기생의 일상적인 삶에 대한 성찰은 자신의 기생으로서의 삶과 행위의 선택 그리고 실천의 수준에서 가속화되리라 기대하게 된다. 여기서 새삼 과연 담운이 관기제도가 철폐되는 모습을 보았다면 무엇을 생각하였는지, 그가 무엇을 하였는지 궁금해진다. 그러나 지금 남아 있는 담운의 시는 대부분 1877년을 전후한 그의 젊은 시절에 쓰여진 것이다.[27] 그러므로 담운의 시집에서는 관기제도가 무너지는 현실과 동료기생의 일상을 통한 자신의 일상에 대한 재인식의 편린은 찾아보기 어렵다. 오히려 담운의 시집은 관기제도가 무너지기 직전의 기생의 삶과 의식의 일단을 매우 섬세하게 형상화하고 있다.

담운은 그의 벗 취향이 병으로 어린 딸을 잃자 취향을 대신하여 곡을 하며 7언 절구 6수 연작시로 만시(輓詩)를 짓는다. 동료 기생의 어린 딸의 짧았던 생애와 그 어미의 애간장 끊어지는 애통과 비분이 24행의 긴 호흡 속에 애절하게 펼쳐진다.

---

27) 시집 간행은 1877년경에 이루어졌지만, 그 이후에 쓰여진 듯한 작품도 있다. 그러나 정확한 연대를 고증하기는 어렵다.

阿母常離祖母隨 　항상 어미 품에서 떼 놓고 할머니를 따르게 해
床頭棗栗與糖梨 　상위에 대추와 밤, 엿과 배 등을 놓아두었지
短簷秋日長如夏 　처마가 짧으니 가을 해가 여름처럼 길어
往往嬌啼索乳時 　너는 때로 여리게 울며 젖을 찾았지

滿眼悲來强抑悲 　눈에 가득 슬픔이 차도 억지로 누르니
窓前一步若天涯 　창 앞 한 걸음이 하늘 끝인 양 멀구나
淸淚恐傷慈母意 　눈물 흘리며 어머니의 상심을 걱정하니
空階灑向落花枝 　텅 빈 계단 깨끗하게 떨어지는 꽃가지를 향했구나

東鄰問卜北隣醫 　동쪽에서 점을 치고 북쪽 마을에선 의원에게 보이니
醫道難醫卜不疑 　의원은 고치기 어렵다 하고 점장이는 의심하지 않았지
路黑東風吹雨夜 　칠흙 같이 어두운 길에 봄바람 불고 비 내리는 밤
爾爺恩薄汝安知 　네 아비 박정함을 네가 어이 알랴

重泉路遠去應遲 　황천길은 멀어 가기도 더딜텐데
徜是回頭戀母慈 　배회하며 고개 돌려 어미를 찾겠지만
半烟半雨梨花月 　배꽃에 걸린 달에 안개 비 뿌려
杳杳招招竟不知 　멀리서 손짓해도 너는 끝내 모르리

深裹羅裳抱出門 　비단 치마에 꼭꼭 싸안고 문을 나서
靑山一挿付荒原 　푸른 산 거친 들판에 한 삽을 떠서 맡겼네
昨日嬉探斑篋裏 　어젯밤 놀며 찾던 색동 상자 속
零紈片錦倍傷魂 　떨어진 깁사, 조각 비단이 상심을 더하네

爾孃流落到江南 　네 어미 영락하여 떠돌다가 남쪽에 이르러
憶事西床思不堪 　네 아비 만난 일 생각하니 생각할 수가 없구나
他生莫作娼家女 　다른 세상에서는 창가의 딸로 태어나지 말고
好向侯門做好男 　부디 귀한 가문의 좋은 사내아이 되거라

—「代翠香哭女」

강담운(姜澹雲), 명기(名妓)의 내적 성찰과 섹슈얼리티　543

1수, 어미가 기생으로 일을 다니느라 자식을 돌보지 못하여 외할머니 품에서 자라난 아기, 그 아기가 안쓰러워 대추와 밤 등 술잔치에서 남은 음식을 상에 놓아두고 오는 어미, 가을 해가 여름 해처럼 긴 날 젖을 제대로 먹지 못해 배고픈 아이가 그 어미의 처지를 아는 지 여리게 젖을 찾으며 칭얼대는 모습이 안타깝다. 기생과 그 자식의 처지, 기생의 안타까운 모정(母情)과 보살핌을 받지 못한 아이의 연약함이 과장 없이 사실적으로 형상화된 가운데에 연민과 슬픔이 절로 표출된다.

2수, 딸이 죽었다. 그러나 어미는 딸을 잃고도 눈물을 꾹꾹 참는다. 아이를 돌보아준 자신의 어머니가 손녀를 잃고 상심하는 모습이 걱정되어 마음놓고 울지도 못하는 것이다. 그러나 한 걸음을 떼기가 천리 길을 가는 양 힘들다는 무기력(無氣力)과 아이가 놀던 계단은 텅 빈 채 떨어지는 꽃가지를 향해 있다는 공허(空虛)가 그녀의 절제하는 삶의 무게를 절절하게 대신한다. 1, 2수에는 할머니와 어미 그리고 손녀, 이 모녀 3대의 서로에 대한 의지(依支)와 연민(憐憫)이 짙은 울림으로 남아 있다. 모녀 3대의 연민과 배려에 이어 딸의 아비의 매정함이 형상화된다.

3수, 딸이 아프자 어미는 그 병을 고치기 위해 의원을 찾고 점장이를 찾으며 갖은 애를 썼다. 의원은 가망 없다고 하고 점장이는 고칠 수 있다고 하여 그녀를 좌절케 하고 부질없는 희망을 갖게도 했다. 봄바람이 불고 비가 내려 칠흙같이 어두운 밤을 그녀는 절망과 희망을 넘나들며 정신 없이 뛰어다녔다. 그러나 딸의 아비는 한 번도 찾아보지 않았다. 기생의 몸에서 난 자식 특히 딸을 대하는 아버지의 태도가 잘 나타난다. 조선시대의 종모법은 그렇게 천출의 자식은 자식으로 여기지도 않았던 것이다.

담운은 이 세 수를 통해 기생의 개인적인 일상에서 출발하여 종모법(從母法)이라는 정치적인 영역까지 나아간다. 기생의 개인적인 일상에서는 모녀 3대의 관계가 서로의 개별성을 존중하고 배려하면서 구성되고 있음을 먼저 이야기한다. 담운은 어린 딸의 여린 칭얼거림까지 포착한다. 이어서 기생의 몸에서 난 아이의 아비가 전통이나 관습 그리고 법규 등 정치적이고 사회적인 양식에 따라 행위하고 있지만 그 양식에 따른 행위가 실상 얼마나 잔인하고 혹독한 행위인가를 직설적으로 표현한다. '너의 아비 박정함을 네가 어이 알랴'고 내뱉는 담운의 어조에는 분노가 베어나온다. 서로가 인간적인 관계 내부의 질서나 움직임을 따라 행위하는 것이 아니라 전통이나 관습 등 인간적인 관계 외적인 국면에 따라 행위하는 것이 부당함을 깨닫는 순간, 담운의 동료 기생에 대한 연민이나 이웃에 대한 배려와 관심 역시 한층 더 분석적이고 치밀해질 것이다. 또한 자신의 기생으로서의 섹슈얼리티에 대한 인식 역시 한층 더 재고될 것이다.

4수, 허망하게 떠나간 딸아이가 머나 먼 황천길로 쉬이 가지 못하고 어미가 그리워 자꾸만 이승을 돌아볼 듯 하다. 그리하여 어미는 방에 들어가지 못하고 마당을 서성인다. 그런데 때마침 배꽃에 걸린 달 위로 안개비가 뿌려 먼 곳의 딸아이가 어미를 쉽게 보지 못할 듯 하여 안타깝다. 딸의 영혼을 보내야 하나 보내지 못하는 어미의 애절함이 절절하다.

5수, 아이를 비단 치마에 꼭 싸안고 대문을 나가 푸른 산 거친 들판에 한 삽을 떠서 묻었다. 집으로 돌아와 아이가 가지고 놀던 장난감을 보니 어미의 가슴이 더욱 미어진다.

6수, 마지막 수에서 담운은 아이 어미를 대신하여 기원을 한다. 그 기원에는 아이의 어미의 삶을 생각하지 않을 수 없다. 아이의 어미는 영락하여 이곳 남쪽으로 흘러 들어와 기생노릇을 하며 천하게 살았다. 그러다가 만난 아이의 아비는 함께 아이까지 낳았지만 그녀를 매정하게 외면하고 버렸다. 담운은 이 일을 생각하면 말을 이을 수가 없다고 한다. 그래서 담운은 다른 세상에서는 귀한 집의 사내아이로 태어나 대접받고 살라는 간절한 비원을 한다. 기생의 외로움과 대물림, 거기에 더하여 사내아이와 비교하여 여자아이에 대한 홀대 등 정치적 제도적 문제가 담운의 필치에서 생생하게 살아난다. 담운은 동료기생의 어린 딸의 죽음 앞에서 기생으로서의 삶의 전반적인 문제를 재인식한다.

이렇듯 담운의 시에는 기생으로서의 자신의 애환보다도 자신의 동료인

다른 기생들의 삶을 매우 곡진하게 형상화한 것이 많다. 그녀는 한식날, 아리땁고 고운 자태와 노래 소리로 사랑을 차지했으나 죽은 뒤에는 아무도 찾아보지 않는 동료 기생 취염(翠艶)의 무덤을 찾아가 7언 절구 3수 연작시로 추모하며 그리움을 토로하기도 한다(「南山寒食哭翠艶墓」). 또 13살 난 어린 기생이 교육을 받고 상사가(相思歌)를 부르는 모습을 보고 감회에 젖기도 한다(「竹枝詞」). 물론 담운의 다른 기생의 삶에 대한 관찰이 비분과 강개로만 형상화되는 것은 아니다. 담운은 일본 수신사의 행차가 있어 역참에 나가는 기생 취향(翠香)을 보고 그녀의 부채에 시를 주어주기도 한다. 그 내용은 "원컨대, 동해로 흐르는 물이 / 도도하게 바다로 흘러 드니 / 바람과 파도가 평탄한 길처럼 / 탈 없이 배를 보호했으면"(「聞有日本修信之行謾吟一節題趁站妓翠香團扇」)이라고 하여, 수신사의 행차가 무사히 바다를 건너기를 기원하는 내용이다. 기생들도 나랏일에 대해 보통 백성들과 다름없는 기원을 하는 모습이다. 그래서 『지재당고(只在堂稿)』에는 취향(翠香), 취염(翠艶), 옥파(玉葩) 등 담운이 불려주는 기생의 이름이 다수 등장한다. 특히 그들은 단순히 이름만으로 존재하는 것이 아니라 각 개인의 삶의 곡절과 함께 절절한 형상으로 존재한다.

이러한 담운의 동료 기생들에 대한 관찰은 그녀가 사회적 제도적으로 부여된 기생의 사회적 정체성을 보다 현실적으로 인식할 수 있는 토대가 되었던 듯 하다. 지금 『지재당고』의 담운의 모습은 그의 젊은 날의 모습이지만 그가 이렇게 다른 기생의 삶을 관찰하고 그들과 절절한 연대감을 통해 형성한 주체의식이 관기제도가 철폐되어 가는 구한말의 상황을 어떻게 인식하고 어떻게 대응하여 갔는지 궁금하다. 그 역시 「술회(述懷)」에서 자신의 삶을 굳은 간장을 다 베어도 근심을 베어내지는 못한다고 토로한다.

如夢靑樓二十秋	청루 생활 이십 년이 꿈 같구나
催絃急管水爭流	악기 재촉하여 물이 다투듯 하였네
詩人莫道嬋姸劍	시인이여, 고운 눈썹을 말하지 마오

割盡剛腸未割愁　　굳은 간장을 다 베어도 근심을 베지는 못하니

7. 마무리

박제경은 『근세조선정감』에서 대원군이 관기(官妓)와 창녀(娼女)의 구분을 엄격히 하고 허물어져 가는 기생제도를 되살리려고 시도하는 모습을 비교적 자세히 기술하고 있다. 그러나 대원군의 의도에도 불구하고 조선시대를 관통해온 관기제도는 구한 말까지 지속되다가 결국 막을 내린다. 더불어 기생에 대한 관의 통제력 역시 조선 후기에 점점 이완되어 가다가 마침내 1894년 갑오개혁과 함께 완전히 상실된다. 관기제도가 막을 내리는 모습을 보았다면 담운은 무엇을 생각하였을까? 그녀의 삶 역시 관기를 첩으로 삼는 것을 엄격히 규제하던 제도가 느슨해진 틈에 향반(鄕班)[28]의 첩이 된 조선 후기의 기생의 행로와 무관하지 않았던 터이다. 담운에게는 무엇보다도 관기제도의 이완과 철폐 등이 가장 큰 사회적 변화의 하나로 여겨졌을 것이다. 그러나 지금 『지재당고』에서는 이 모습을 살펴볼 수가 없다. 『지재당고』는 담운의 젊은날의 기록이다.

현재 이름이 남아 있는 기생작가의 수는 매우 많다. 하지만 시문집을 볼 수 있는 작가는 몇 사람에 불과하다.[29] 기생의 시문집은 사대부가(士大夫家) 여성의 시문집과 비교하여도 매우 소략하게 남아 있다. 그들은 대부분 자식을 남기지 못했고 그들의 시를 인정하여 문집으로 남겨줄 만한 이를 만나기도 힘들었다.[30] 이러한 점에서도 사대부가 부녀자와 소실 그리

---

28) 배전의 신분에 대해서는 아전이라는 설과 무반 계열의 향반이라는 설이 있다. 좀 더 고증이 필요하지만 향반이라는 설이 타당한 듯 하다. 김종철, 「차산 배전 연구 1」, 『한국학보』 47, 1987년 여름 참조
29) 이혜순 외, 『한국고전여성작가연구』, 태학사, 1999 참조

고 기생 사이의 존재기반과 삶의 경계가 얼마나 다른가를 새삼 확인할 수 있다.

따라서 기생의 한시는 대부분 회자되어 전한다고 할 수 있다. 주변 인물을 통해 회자되는 과정에서 시화집으로 야담으로 소총 등으로 정착되어 오늘날까지 전해진다. 따라서 기생의 한시는 누가 무엇을 말하는가에 따라 남아 있는 한시의 성향이 거의 결정되었다고 할 수 있다. 누가 기생의 시를 어떻게 말하는지를 알아야 기생의 무엇이 드러나고 무엇이 가려졌는지를 파악할 수 있고, 기생의 시의 전모를 파악하는 데에도 유효할 것이다. 이 역시 기생이나 기생 제도가 지배 담론의 동향에서 벗어날 수 없었던 현실과 궤를 함께 한다고 할 수 있다. 이능화의『조선해어화사(朝鮮解語花史)』역시 이러한 담론의 편향성에서 자유로울 수가 없다고 생각한다. 따라서 기생의 한시를 다루기 위해서는 먼저 텍스트에 대한 검토부터 시작해야 한다. 그리하여야 기생이라는 소수자 집단의 한시의 미적 특질과 의미를 제대로 살펴볼 수 있을 듯 하다. 또한 기생의 직접적인 목소리를 발굴하고 읽으려는 시도가 지속되어야 하리라 생각한다.

---

30) 중세는 제도적으로 기생의 모성을 박탈하고 있다. 기생은 자신의 아이에게 천출의 운명을 물려주지 않기 위해 모성을 접은 경우가 많다고 한다(박애경, 위의 논문 참조). 지금 한시를 남기고 이름을 얻은 기생들의 경우 대부분 자식의 존재가 드러나지 않는다.

조선조 묘향산에 대한 인식과 문학적 형상

신 익 철

1. 머리말

묘향산(妙香山)은 동쪽의 금강산, 남쪽의 지리산, 서쪽의 구월산과 함께 우리 국토의 4대 명산으로 손꼽혀 왔다. 그렇지만 묘향산은 국토의 북서쪽 변방에 위치해 있는 지리적 여건으로 인해 쉽게 찾을 수 없는 곳이었고, 이에 묘향산에 대한 기록은 그다지 많이 남아 있지 않은 편이다. 그런데 많지 않은 기록에서 먼저 거론하고 있는 묘향산의 특색은 선불(仙佛)의 유적이 많다는 것이다. 일찍이 『삼국유사』에서 단군이 탄생한 태백산(太白山)을 묘향산으로 비정한 이래, 묘향산은 민족의 영산(靈山)으로 인식되어 왔다. 고려 말 이색(李穡)은 "묘향산은 장백산(長白山)의 분맥으로 향나무가 많아 겨울에도 푸르며 선불(仙佛)의 고적이 남아 있다"[1]고 한 바 있으며, 조선조에 들어와서 서거정(徐巨正)·조호익(曺好益)·김시화(金時和) 등이 남긴 묘향산 기록에서도 모두 이러한 점을 지적하고 있다. 선산(仙山)으로서의 근거는 묘향산이 지닌 산수 자체의 아름다움보다 단군의 탄생과 관련된 영이(靈異)함에서 찾아진다.2) 한편으로 묘향산은 선도(仙道) 사상과 연관되어 신선이 사는 이상향으로 인식되기도 하였다. 조선조 중기 운수학(運數學)에 정통한 정희량(鄭希良)은 사화를 피해 이천년(李千年)이라 개명하고 묘향산에서 선도를 닦다 죽은 것으로 알려져 있다. 이밖에 여러 설화에서 묘향산을 이상향으로 인식하는 것을 찾아볼 수 있는데, 이는 단군 신앙과 관련을 지니는 것으로 여겨진다.

묘향산의 대표적 사찰 보현사(普賢寺)는 고려조부터 선승들의 수도처로 이름이 높았던 곳이다. 고려 중기 이규보(李奎報)가 "보현사는 북쪽 지방의 이름난 절이다. 무릇 고인(高人) 석자(釋子)로 세속을 떠나 진리를 탐구하는 자들이 모이는 곳이다"3)라고 한 바 있거니와, 조선조에 들어와서 묘향산은 임진왜란 때 휴정(休靜)이 일으킨 승병의 근거지가 되면서 더욱 이름을 떨치게 된다. 왜적이 침입하자 휴정은 73세의 고령으로 전국 각지에 격문을 보내 의승(義僧)이 일어나도록 독려하였다. 휴정은 유정(維靜)을 중심으로 한 금강산의 의승과 처영(處英)을 중심으로 한 지리산의 의승이 결집되도록 하였으며, 자신은 묘향산을 중심으로 의승을 모아 평양전투에 직접 참전하기도 하였다. 그 공으로 선조로부터 팔도선교도총섭(八道禪敎都摠攝)의 승직을 제수받았으나, 제자인 유정(惟政)에게 물려주고 자신은 묘향산에 돌아와 입적하였다. 널리 알려진 서산대사(西山大師)라는 그의 칭호에서 서산은 곧 묘향산을 지칭하는 것이다. 이후 그의 법맥은 언기도안추붕법종(彦機道安秋鵬法宗)으로 이어졌으며, 이들 선승은 묘향산에 머무르면서 묘향

---

1) 이색, 『목은집』 卷2 「香山潤筆菴記」, "長白之所分也. 地多香木冬靑, 而仙佛之舊跡存焉."

2) 金時和, 『竹下集』 「妙香山記」, "此山之重名於海東者, 非徒其形勝之甲乙於蓬萊, 以其靈異之跡迥出尋常, 而自古稱之以仙山也."

3) 李奎報, 『東國李相國集』 卷24 「妙香山普賢寺堂主毘盧遮那如來丈六塑像記」, "普賢寺者, 北地之名寺也, 凡高人釋子遺世鍊眞者之所嘗遊集也."

산에 대한 여러 기록을 남겼다.

이처럼 선불의 유적으로 유명한 묘향산은 한편 산수 그 자체의 아름다움으로도 널리 알려져 왔다. 논자에 따라 묘향산은 '수려하면서 웅장하다[亦秀亦壯]' 하여 금강산의 수려함과 지리산의 웅장함을 함께 갖춘 산수의 미를 지닌 것으로 여겨졌다. 이러한 산수의 아름다움과 함께 지리적 여건 등으로 쉽게 접근할 수 없다는 이유가 더해져 묘향산은 탈속적인 청정 공간으로 인식되었다. 세속과 절연된 탈속적 공간에서의 청정미(淸淨美)는 묘향산이 지닌 매력으로 여러 문인들에 의해 시작품으로 형상화되기도 하였다.

본고에서는 묘향산이 지닌 이러한 세 가지 특성에 주목하여 ① 단군의 성지와 선도(仙道)의 이상향, ② 선풍(禪風)과 호국 불법의 본산, ③ 탈속적 청정미와 유심(幽深)의 흥취, 이 세 부분으로 나누어 조선조 묘향산에 대한 인식과 문학적 형상을 살펴보고자 한다.4)

2. 단군의 성지와 선도(仙道)의 이상향

조호익(曺好益, 1545~1609)은 묘향산을 유람하고 지은 장문의 산수유기 「유묘향산록(遊妙香山錄)」의 서두에서 다음과 같이 말하고 있다.

묘향산은 사서에는 太白山으로 기록되어 있는데 우리나라의 4대 명산 가운

---

4) 조선조 묘향산에 대한 기록으로 김시습의 「蕩遊關西錄」과 조호익의 「遊妙香山錄」, 박제가의 「妙香山小記」 등은 일찍이 번역 소개된 바 있고, 추붕의 「妙香山誌」와 김창흡의 「關西日記」는 허흥식(「설암 추붕의 묘향산지와 단군기사」, 『청계사학』 13, 한국정신문화연구원, 1997)과 이승수(『삼연 김창흡 문학 연구』, 영가문화사, 1997)에 의해 고찰된 바 있다. 이러한 개별적 연구 외에 이종은은 「묘향산의 문학적 형상 일고」(『한양어문』, 16집, 1998)에서 김시습·김창흡·김시화의 시와 遊記를 비교 고찰한 바 있다.

데 하나이다. 세상에서 말하는 자들이 '雄偉함은 두류산만 못하고, 奇峻함은 풍악산만 못하지만 구월산은 풍모가 이 아래에 위치한다'고 한다. 대저 백이의 청렴함은 유하혜의 온화함을 겸하지 않으며, 한유의 호방함은 맹교의 교묘함과 같지 않은데, 산의 풍치 또한 이와 같은 것이다. 산의 높고 낮음과 크고 작음은 각기 절로 천연스러움에 볼만한 것이 있는 것인데, 어째서 꼭 우열을 논할 필요가 있겠는가? …… 하물며 우리 동방은 한 구석에 치우쳐 있어 人文이 열린 것이 중국에 비해 매우 늦다. 요임금 시절과 떨어진 것이 이미 삼만 여년이 되었다. 소박하게 생활하며 백성을 기르고자 함에 우러러 본받을 만한 기예가 없었는데, 단군이 하강함이 실로 이 산에 있었는바, 참으로 우리 동방의 精秀한 기가 모인 곳으로 형승으로 논할 수가 없는 것이다.[5]

조호익은 여기에서 묘향산이 두류산(지리산)만큼 웅위하지 못하고 풍악산(금강산)만큼 기준하지 못하다는 세상의 논의를 부정하고 있다. 그 근거로 두 가지를 제시하고 있다. 첫째, 높고 낮은 산이건 크고 작은 산이건 모든 산은 천연의 풍치가 있는 것이기에 우열을 논할 필요가 없다는 것이다. 산에 대해 비교해서 우열을 논하는 행위 자체를 무용한 것으로 보면서 세간의 논의를 부정하고 있는 것이다. 이와 비해 두 번째 이유는 세간의 논의에 대해 보다 적극적으로 부정하고 있는데, 우리 민족의 시조인 단군이 하강한 산이기에 산수미로 다른 산과 견주어 논할 수 없다는 것이다. 단군이 탄생한 성지인 묘향산을 여타 산과 같은 층위에서 논할 수 없음을 분명히 한 것이다.

조호익은 단군대에 올라 뭇 봉우리가 이곳을 공경하여 공수(拱手)하는 형세로 산의 수려한 기운이 모여 있는 곳이기에 이인(異人)을 탄생시킬 만

---

5) 『芝山集』 卷5 「遊妙香山錄」, "妙香山者, 史所載太白山也. 國之四山, 此其一也. 世之言者, 謂雄偉不如頭流, 奇峻不如楓岳, 而九月則風斯在下矣. 夫伯夷之淸, 不兼柳惠之和; 退之之豪, 不如東野之妙. 山之風致, 亦猶是也. 其高下大小, 各自天然可觀, 何必論其優劣也? …… 矧吾東方, 僻在一隅, 人文之闢, 最後於中華. 當堯之世, 去寅之會, 已三萬餘年矣. 鶉觳之俗, 仰無標技, 檀君之降, 實在此山, 則誠吾東精秀之所聚, 而不可以形勝論也."

하다고 감탄한다.6) 그리고는 다음과 같은 시를 짓는다.

天遺神人闢一隅　　하늘이 神人을 내려주어 귀퉁이 땅을 개벽시켜
吾東民物自于于　　우리 동방의 民物이 면면히 이어졌다네
秪今遺迹高臺上　　지금까지 그 자취 높은 대 위에 남아 있어
回首靑山山有無7)　　고개 돌려 청산을 바라보니 아련히 있는 듯 없는 듯

　　조호익은 퇴계(退溪) 이황(李滉)의 제자로서 투철한 성리학자이다. 1585년
(선조 18) 평안도 강동현에 귀양간 그는 유배지에서 계속 학문에 정진하여
1592년에 해배되기까지 많은 후진을 양성하여 관서지방에 학풍을 진작시
킨 인물이다. 그가 조선조 들어 최초로 묘향산에 대한 유람기를 남길 수
있었던 것도 이러한 유배의 체험 덕분이었다. 성리학자인 그가 산을 대하
는 기본적인 태도는 도체(道體)가 깃든 곳으로 인식하고, 유람은 그 의미를
체득하는 과정이다.8) 이처럼 투철한 성리학자인 그이지만 단군대에 올라
서는 성리학적 사유만으로 그 의미를 탐색하지 않는다. 우리 동방에 문명
의 빛을 열어준 민족의 시조로 단군을 한껏 찬미하고 있는 것이다. 결구에
서 "고개 돌려 청산을 바라보니 아련히 있는 듯 없는 듯"라 한 것은 군봉
(群峰)을 훤히 조망하는 단군대의 높은 형세가 세속과는 분리된 신선의 경
계임을 비유한 말로 여겨진다.
　　단군 탄생의 성지인 단군대는 묘향산을 유람하는 데 있어 빼놓을 수 없
는 곳이다. 단군이 뒤에 은거했다고 하는 구월산(九月山), 단군의 세 아들이
삼랑성(三郞城)을 축성했다는 전설과 더불어 천제(天祭)를 지내던 참성단(塹
城壇)이 있던 강화의 마니산과 함께 묘향산은 우리 역사에서 단군 관련 3
대 성역으로 인식되어 왔다. 이에 묘향산을 유람하는 이는 대부분 단군대

---

6) 『芝山集』 卷5 「遊妙香山錄」, "攢峯環而拱之, 若有所敬, 山之秀氣, 實聚於玆, 世傳
　檀君降此云. 余徘徊俯仰而嘆曰 : '此可以生異人矣'."
7) 『芝山集』 卷5 「遊妙香山錄」.
8) 이혜순 외, 『조선중기의 유산기 문학 연구』, 집문당, 1997, 99면.

에 올라 그 감상을 읊기 마련이다. 다음에 김창흡(金昌翕, 1653~1722)과 김시
화(金時和, 1757~1853)의 시를 소개한다. 두 사람은 각각 묘향산을 유람하며
「관서일기(關西日記)」와 「묘향산기(妙香山記)」라는 유기문을 남긴 이들이다.

一有聰明出	한번 총명한 이 나오자
東方亦放勳	동방에도 또한 방훈(放勳)9)이 있었네
炳靈山有竇	산의 굴에는 신령스런 빛이 나고
慈覆樹參雲	구름까지 치솟은 나무에는 자애로움 덮였구나
護迹幽禪得	자취를 보호함은 유선(幽禪)으로 얻었고
傳奇過客聞	기이한 이야기를 과객이 듣노라
微茫採藥意	약초 캐러 숨은 뜻 헤아리기 어렵나니
厭世與誰群10)	세상을 싫어함에 뉘와 더불어 함께 하리

帝眷東方命赫然	천제가 동방을 돌아보아 빛나는 명 내리시어
厥初維岳降眞仙	그때 이 산악에 진선(眞仙)을 내리셨지
山靑開國蒼茫際	푸른 산엔 나라 열리던 태고의 기운 아득하고
雲白行人指點邊	흰 구름은 행인이 손으로 가리킬 수 있을 듯
從古名區神兆驗	예로부터 이름난 곳엔 신령스런 조짐이 나타나니
至今靈窟異香傳	지금껏 신령스런 굴엔 기이한 향기 풍기어라
檀陰尙掛蓂階11)日	박달나무 그늘엔 아직껏 요임금 시절이 남았거니
海垈無窮億萬年12)	바다와 산악처럼 무궁히 억만년 보우하소서

　두 시 모두 단군의 사적을 칭송하고 있는데 그 초점은 달라 보인다. 김

---

9) 放勳은 『서경』 「요전」에 나오는 말로 요임금을 일컫는 칭호이다. 그 뜻은 '지극히 큰
　공훈'이라는 뜻인데, 여기에서는 단군이 우리 동방에 문명을 처음 열었으며, 요임금과
　같은 시대에 생존한 인물이라는 의미로 단군을 방훈이라 칭한 것이다.
10) 김창흡, 『三淵集』 卷8 「檀君臺次定而韻」.
11) 蓂階은 蓂莢을 말한다. 명협은 전설적인 풀이름. 매달 초하루부터 보름까지는 열매가
　하나씩 맺히고 열엿새부터 그믐날까지는 하루씩 열매가 떨어져 요임금 때에 이 풀로 날
　자를 헤아렸다 한다.
12) 『竹下集』 卷2 「檀君誕降窟」.

창흡의 시는 전반부에서는『삼국유사』에 기록된 단군신화의 내용을 충실히 그리면서, 후반부에서는 후대에 단군의 존재가 신선 사상과 연관된 측면에 주목하였다. '채약의(採藥意)'는 단군이 만년에 아사달에 숨어 산신(山神)이 된 것을 말한다. 이 시의 5구 '호적유선득(護迹幽禪得)'은 그 의미 파악이 쉽지 않은데, 유선(幽禪)을 무엇으로 보아야 할 것인지가 관건이다. 앞의 '호적(護迹)'이란 말은 단군의 사적이 면면히 전승됨을 지칭한다고 할 때 유선(幽禪)은 곧 산신 신앙을 말함이 아닌가 한다. 우리에게 단군 신화는 불(佛)에 대비하여 선(仙)으로 지칭되는 경우가 많으며, 이는 단군신앙이 불교가 수용된 이후 산악숭배로 바뀐 것과 대응되는 현상13)임에 주목할 필요가 있다. 이렇게 본다면 이어지는 6구에서 말한 '기이한 이야기[傳奇]'의 의미도 심상치 않아 보인다.『삼국유사』에 기록된 단군신화의 내용을 두고 기이한 이야기라고 지칭하지는 않았을 것이 분명해 보이기 때문이다. 김창흡 같은 박식한 문인이 기이하다고 했을 때는 이전에 들어보지 못한 전혀 새로운 내용의 이야기일 것으로 짐작된다.

이와 관련하여 설암(雪巖) 추붕(秋鵬, 1651~1706)의 「묘향산지(妙香山誌)」에 있는 단군 관련 기사에서 환웅이 백호(白虎)와 교통하여 낳은 아들이 단군이라는 이야기14)가 주목된다.『제대조기(第代朝記)』의 내용을 인용해서 한 이 말은 단군의 출생에 대한 전혀 새로운 내용을 담고 있다. 허흥식(許興植) 교수는 이 기사를 분석하여 산신각에 모셔져 있는 단군도(檀君圖)에 가까운, 불교가 전래되기 이전 단군 신화의 원형적 모습을 보이고 있는 이야기로 해석한 바 있다.15) 추붕과 김창흡이 동시대 인물이라는 점과 김창흡의 묘향산 유람에 동행한 이들이 승려였던 점을 염두에 두면 당시 '환웅이 백

---

13) 韓永愚,「17세기 反尊華的 道家史學의 成長」,『韓國學報』1, 1975.
14) 秋鵬,『雪巖雜著』「妙香山誌」卷1(『한국불교전서』9册, 동국대 한국불교전서편찬위원회, 264면), "第代朝記云 : '桓因之子桓熊, 降于太白山神檀下居焉. 熊一日與白虎交通生子, 是爲檀君, 爲我東立國之君長.'"
15) 허흥식,「雪巖 秋鵬의 妙香山誌와 檀君記事」,『청계사학』13집, 한국정신문화연구원, 1997.

호와 관계하여 낳은 아들이 단군이다'라는 이야기가 묘향산 일대 승려들 사이에 전승되었을 가능성이 있으며, 김창흡은 이를 듣고 기이한 이야기로 여겨 '전기과객문(傳奇過客聞)'라 한 것이 아닌가 추측된다.

김창흡에 견주어 김시화가 지은 시는 단군굴의 신비스러움과 중국의 요임금과 같은 때에 나라를 창시했다는 점을 칭송하고 있다. 단군 탄생의 성지를 밟고 느낀 민족적 자긍심에 격앙되어 우리 민족의 무궁한 미래를 보우해주길 기원하고 있는 것이다.

묘향산이 선산(仙山)으로 이름난 것은 '영이(靈異)'한 자취가 많은 데서 연유했거니와 이 때문에 설화에서 묘향산은 이인(異人)이 거주하는 공간으로 표상된다. 허암(盧庵) 정희량(鄭希良, 1469~?) 같은 이가 그 대표적 인물이다. 허봉(許封, 1551~1588)이 찬한 『해동야언(海東野言)』에 다음과 같은 기사가 보인다.

허암이 세상에 있었으면 화(연산군조 갑자사화를 말함—인용자)를 면하기 어려웠을 것이다. 사람들은 종적을 피하여 스스로 숨은 것이며, 죽지는 않았다고 이른다. 어떤 사람이 묘향산 옛 절에서 한 중을 만났는데, 비록 스스로 구걸하는 모양을 하였으나, 자못 세속 중의 태도가 아니므로 마음으로 이상히 여겨서 그를 찾아 다시 방문하였으나 벌써 간 바를 알지 못하였는데, 그것은 허암(盧庵)이 틀림없다고 이른다. …… 점치는 사람 김륜(金倫)이 젊었을 때에 평안도 향산사(香山寺) 등지를 유람하였는데, 한 방외사(方外士)인 이천년(李千年)이라는 자를 따라다니며 여러 산을 유람하여 거의 6, 7년이 되었다.16)

이천년(李千年)은 정희량이 자취를 감춘 뒤 개명했다고 하는 인물이다. 『허암유집』에는 김수홍(金壽弘)의 기록을 인용하여 이천년이 곧 정희량으로 묘향산에 살다가 죽었다고 하였다.17) 이밖에 『어우야담』에는 이인 한무외(韓無畏)가 죽은 뒤 묘향산에서 노닐었으며, 고승 일선(一善)18)이 세속

---

16) 국역 『대동야승』 2, 383~384면.
17) 『盧庵遺集』「妙香山記」, "盧菴鄭希良, 自稱李千年, 入此山終云."

을 멀리한 채 묘향산에 있다가 죽은 사실 등의 기사가 보인다. 이처럼 여러 기록에서 묘향산은 이인(異人)이 거주하는 선산(仙山)으로 그려지고 있는 것을 볼 수 있다. 홍명희의 『임꺽정』이나 황석영의 『장길산』과 같은 현대 소설에서 이인이 거주하는 공간으로 묘향산을 설정하는 것은 이러한 특성을 염두에 둔 때문일 것이다.

조선조 중기의 문인 김신국(金藎國, 1572~1657)은 묘향산을 유람하고 장시를 남기었는데, 여기에는 선계로서의 형상이 구체적으로 그려지고 있다.

(…전략…)
毘盧峰在天中央	비로봉은 하늘의 중앙에 있는데
萬古雲霧常暝矇	만고토록 구름안개가 감싸고 있다.
遊人不敢唾其地	구경하는 사람들 감히 그 땅에 침 뱉지 못하고
儼若神物臨其躬	엄숙하게 신물(神物)이 자기 몸에 임한 것같이 하네.

(…중략…)
天門夜開百靈朝	하늘 문이 밤에 열림에 온갖 신령이 조회를 하고
絳節朱蓋飄香風	진홍빛 붉은 부절과 붉은 덮개 향기로운 바람에 날리네.
六時天樂闇雲間	육시(六時)[19]로 하늘의 음악 구름 속에서 들리고
雙雙鶴舞摩蒼穹	쌍쌍이 추는 학의 춤 푸른 하늘에 닿을 듯.
仙翁垂手撫我頂	신선노인이 손을 드리어 나의 이마를 어루만지며
金醬玉體飢腸充	황금빛 음료 옥 같은 단술로 창자 채워주네.
身輕骨聳欲遐擧	몸이 가벼워지고 뼈가 솟구쳐 멀리 들어올려지니
蓬萊只尺雲軿通	봉래산이 지척으로 구름을 몰아 통하네.
東把浮丘駕蒼龍	동쪽으로 솟아 있는 언덕을 푸른 용이 타고 넘고
誓迎王母來靑童	서쪽으로 서왕모를 맞이함에 청동(靑童)이 오네.
閬風玄圃渺茫外	신선이 사는 현포(玄圃)는 아득히 먼 곳에 있으니
求仙涉海還無功	신선을 구하러 바다를 건넘에 오히려 공이 없어라.

---

18) 一禪의 오기로 여겨진다.

19) 六時는 불교 용어로 하루를 여섯 시각으로 나누어 晨朝·日中·日沒·初夜·中夜·後夜라고 한다.

豈如兹山在人間　　어찌 이산이 인간 세계에 있음과 같으랴?
靈異夙著三山同　　신령하고 기이함이 일찍이 삼신산(三神山)과 한가지라네.
關西十郡枕其股　　서쪽으로 열 개의 군(郡)이 향산의 다리를 베고 있으니
功利及物誠難窮　　공로와 이익으로 물건에 미침은 참으로 헤아릴 수 없어라.
興雲吐雨乃餘事　　구름이 일어 비가 내림은 하찮은 일이요
培養元氣資冲融　　원기를 기르고 충융(冲融)한 기운에 힘입네.
我願山靈奏天庭　　나의 소원은 산신령이 하늘에 아뢰어
勿使東土塵常蒙[20]　　우리 동국에 세속의 먼지 덮지 않도록 함이로다.

　　김신국은 소북(小北)의 영수로 알려진 인물로 1599년 관서지방 순무어사, 1613년 평안도관찰사를 지낸 바 있다. 이 중 어느 한 시기에 지어졌으리라 짐작되는 위의 시에는 도교 사상에 관대한 북인 문인의 취향이 잘 드러나 있다. 여기에서 묘향산은 도교적 이상향인 삼신산(三神山)과 같은 선산(仙山)으로 그려지고 있으며, 작자는 이곳에서 신선과 만나는 환상적 체험을 하고 있다. 묘향산을 신성시하여 땅에 침 뱉지 못한다는 말에서 당시 묘향산이 선산으로 신성시되고 있음을 느낄 수 있다. 그런데 여기에 나오는 서왕모와 봉래산, 현포 같은 것은 중국 도교의 전통 속에서 등장하는 선계(仙界)의 형상들로 단군 신화와 결부된 우리 고유의 산신신앙과는 일정한 거리를 지니는 것들이다. 조선조 묘향산에 대한 선산(仙山) 관념에는 대략 단군의 성지로서 지니는 영산(靈山)이라는 인식에 도교적 신선 사상이 착종되어 있는 것으로 파악된다.

---

20) 『後瘻集』「香山高」.

3. 선풍(禪風)과 호국 불법의 본산

머리말에서 언급하였듯이 묘향산은 고려조 이래 선승들의 수도처로 이름이 높았던 곳이다. 이러한 전통 속에 임진왜란의 국난기에 서산대사가 조직한 승병(僧兵)의 근거지가 되면서 더욱 유명하게 되며, 이를 계기로 보현사는 더욱 중흥하게 된다. 「묘향산보현사사적기(妙香山普賢寺事蹟記)」에는 다음과 같이 그 자부심이 나타나 있다.

> 대저 동국의 삼백여 주지(州地) 가운데 그 형승을 논한다면 반드시 묘향산을 일컫게 되고, 팔만 구개의 사찰 가운데 영이(靈異)함을 말하게 되면 보현사 같은 것이 없다. 산봉우리가 우뚝 솟고 숲 골짜기가 굽이굽이 얽혀 있음은 천태(天台)의 동부(洞府) 같으며, 많은 폭포가 쏟아져 내리고 천석(泉石)이 수려함은 영취(靈鷲)의 도량과 방불하니, 진국(鎭國)의 주맥이요 관방(關防)의 중지(重地)라 할 것이다. 시인 묵객들이 자주 출입하고 안목 있는 선비와 운치 있는 석자(釋子)들이 끊임없이 이어지니, 또한 불법의 종산(宗山)이요 신선의 동부(洞府)라 할 것이다. …… 경성(慶聖) 일선(一禪)대사와 청허(淸虛) 휴정(休靜)대사, 사명(泗溟) 유정(惟政)대사가 서로 이어 출현하여 나라에 큰 공이 있었다.[21]

묘향산이 우리 국토 가운데 빼어난 승지이며, 보현사는 그 중 가장 영이(靈異)한 사찰이라는 자부가 넘쳐흐른다. '신령스럽고 기이하다[靈異]'는 말 속에는 단군이 탄생한 성지라는 의미와 함께 일선휴정유정(一禪休靜惟政) 등 여러 고승들을 배출한 영험한 땅이라는 의미를 함축하고 있는 것으로 보인다. 이들 세 고승이 무엇보다 우리 국토를 왜적의 침략에서 구해내

---

21) 『朝鮮寺刹史料』 下, 「妙香山普賢寺事蹟記」, "述夫東國三百餘州地, 論其形勝, 則必曰妙香山; 招提八萬九蘭若, 語靈異, 則莫如普賢寺. 峰巒之崢嶸, 林壑之盤紆, 依俙天台之洞府; 衆瀑之琮琤, 泉石之秀麗, 彷佛靈鷲之道場, 可謂鎭國主脈, 關方重地也. 騷人墨客, 幾乎出入; 開士韻釋, 繼繼承承, 亦可謂佛法宗山·神仙洞府也. …… 慶聖一禪大師·淸虛休靜大師·泗溟惟政大師, 相繼而出, 大有功於邦家矣."

는 데에 큰 공을 세웠음을 강조하고 있다. 보현사가 불법의 종산(宗山)이요 신선의 동부이라고 했는데, 보현사 만세루(萬歲樓) 현판에 있는 시는 다음과 같다.

十二花宮瓦海連　　열두 화궁(花宮)의 기와 바다처럼 이어졌는데
晨鐘暮鼓各紛然　　새벽 종소리와 저녁 북소리 어지러이 울려퍼진다
銀灣日照壺中地　　은만(銀灣)에 해 비치는 호중(壺中)의 천지요
翠頂雲凝畵裏天　　푸른 봉우리에 구름 엉기는 그림 속 세상일세
新柳毿毿鸎四月　　새 버들가지 늘어졌는데 꾀꼬리 우는 사월
古松落落鶴千年　　고송은 축축 늘어지고 학은 천년의 세월이라
此生猶有名山福　　이생에 오히려 명산의 복이 있어
竹杖芒鞋訪羽僊22)　　대지팡이에 짚신 신고 신선을 찾네

두연에서는 보현사의 웅장한 규모에 대해 말했다. 절집 열두 건물의 기와가 즐비하게 늘어선 것이 바다처럼 펼쳐져 있다고 했다. 아침저녁으로 울리는 법고와 종소리는 이곳에서 생활하는 승려들이 수도에 정진하여 불심(佛心)이 융성함을 말해준다. 함연 전구에서 은만(銀灣)은 은하수를 가리키는 말인데, 여기에서는 폭포수를 비유하는 것으로 보인다. 햇살에 빛나며 떨어지는 만폭동의 수많은 폭포와 향나무가 많아 사시사철 푸른 것으로 묘향산의 모습을 개괄했다. 경련에서는 이런 선경 속에서 철따라 만물이 화락함을 비유적으로 그리고 있다. 봄날 새 버들가지에 꾀꼬리가 울고, 겨울철 변함없이 푸르른 고송의 가지에 학이 우짖는다. 미연에서는 명산의 신선세계에 들어서는 기쁨으로 시상을 마무리하였다.

만세루의 시에는 선경 묘향산과 그 속에 위치한 보현사의 모습이 잘 그려져 있거니와, 이곳에서 생활한 승려들이 바라본 묘향산의 모습을 몇몇 시를 통해 살펴보기로 한다. 먼저 묘향산을 호국 불법의 본산으로 만들며 널리 알려지게 한 장본인, 서산대사(1520~1604)의 시부터 보기로 하자.

---

22)『朝鮮寺刹史料』下「妙香山普賢寺事蹟記」.

萬國都城如蟻垤　　만국의 도성은 개미둑과 같고
千家豪傑盡醯鷄　　천가의 호걸일랑 모두가 초파리라
一天明月淸虛枕　　하늘 가득 밝은 달빛 淸虛의 베갯머리 비추는데
無限松風23)韻不齊　　한없는 솔바람은 곡조도 갖가질세

　　이 시는『청허당집(淸虛堂集)』에는 보이지 않는데, 유몽인의『어우야담』
및 박제가의「묘향산소기(妙香山小記)」에 서산대사의 작으로 소개되어 있
다.「묘향산소기」에는 '향로봉시(香爐峰詩)'라고 하였는바, 향로봉의 암자에
있으면서 지은 것으로 짐작된다. 만국의 도성이 개미둑처럼 작아 보이고,
천가의 호걸이 초파리처럼 덧없어 보인다. 묘향산 향로봉에서 굽어보니,
역사 속에 명멸했던 온갖 왕조와 여러 영웅들의 행위가 모두 한때의 부질
없는 일로 여겨지는 것이다. 시공을 초월한 듯한 호방함이 느껴지는 구절
로 휴정의 가슴이 바다처럼 넓었음을 짐작케 한다. 전결구에는 달빛이 비
쳐드는 방안에 누워 바람에 밀려오는 솔바람 소리를 감상하는 모습이 약
여하다.
　　다음은 추붕(秋鵬)대사(1651~1706)가 비로봉에 올라 지은 시다.

毘盧峯上有何奇　　비로봉에 올라보니 어떤 기이함이 있나?
俯視羌胡獵騎馳　　북녘 오랑캐 말달리며 사냥하는 모습 굽어보노라
長白白頭眞一髮　　장백산의 하얀 머리 참으로 터럭 한 끝 같아 보이고
鴨江江海卽千絲　　압록강의 넓은 물결 천 줄기 실처럼 이어지네
小天可驗文宣語　　태산에 오르니 천하가 작아 보인다는 공자의 말씀 알만하고
排字難堪賈島疑　　퇴고(推敲)에 고심하였던 가도(賈島)의 심정처럼 난감
　　　　　　　　　해지네
宇宙微微心地割　　우주가 미미하게 느껴지며 심지는 드넓어지는데
雲梯落日下遲遲24)　　구름사다리로 지는 해 뉘엿뉘엿 떨어진다

---

23)『어우야담』만종재본에는 '聲'으로 되어 있는데 필사본에 '風'으로 되어 있는 것이 보
　이며, 박제가의「묘향산소기」(김찬순 역,『기행문선집』139면)에도 '風'으로 소개되어
　있다. '風'으로 보는 것이 시상에 보다 잘 어울린다고 보아 이를 취했다.

묘향산의 절정 비로봉에 올라 지은 시로 역시 호방한 기풍이 느껴진다. 비로봉에 올라서야만 볼 수 있는 풍광으로 북방의 오랑캐족이 사냥하는 모습을 들었다. 북쪽 너머에 있는 장백산 꼭대기가 어렴풋이 보이고, 압록 강의 드넓은 물결도 실처럼 아득히 보인다. 태산에 올라보니 천하가 작아 보인다는 공자의 말은 실감할 만한데, 이를 묘사할 적당한 어구를 찾기가 어려움을 가도의 퇴고 고사에 견주어 말했다. 이러한 고심은 결연의 내용으로 보아 일단 해결된 것으로 짐작된다. 석양녘이 되도록 비로봉의 호쾌한 풍광에 취해 있노라니 절로 마음이 넓어져서 우주가 미미해 보인다 했다. 호쾌한 풍광 속에 우러난 호연지기 속에서 시구에 고심했던 마음 같은 것은 말끔히 씻겼을 것이기 때문이다.

휴정과 추붕의 시에서 볼 수 있는 바와 같이 묘향산의 웅대한 자태는 이곳에서 생활하는 불승들의 마음을 호방하게 만들었던 것으로 여겨진다. 그리고 이러한 호방한 기풍은 왜적이 침입했을 때 국난 극복에 앞장서는 원동력이 되지 않았을까 한다. 마지막으로 법종(法宗, 1670~1733)의 시 한 수를 더 보기로 한다.

長天碧豁眼高望	푸른 하늘 드넓게 트였는데 눈길껏 쳐다보니
上下層分庵子堂	위아래로 층층이 암자와 당(堂)이 나뉘어 있네
凉壑夜聲川聒聒	서늘한 골짜기의 냇물소리 밤에 요란하게 울리고
照窓寒影月蒼蒼	창을 비추는 차가운 달빛 푸르스름하여라
光開玉處收雲白	옥빛이 열리는 곳에 흰 구름 흩어지고
色散金時落葉黃	금빛이 흩어지는 때에 누런 잎 떨어지네
忘却世間人事萬	인간 세상의 만사를 모두 잊고
狂遊浪踏遍山香[25]	흥에 미쳐 발길 가는대로 향산을 두루 밟는다

회문체(回文體)의 이 시는 묘향산의 가을 경치를 읊은 것이다. 가을 하늘

---

24) 秋鵬, 『雪巖雜著』 卷2.
25) 法宗, 『虛靜集』 卷上 「回文體題香山」.

은 푸르게 펼쳐졌는데 정상 부근까지 암자와 당이 층층이 자리 잡고 있다. 골짜기를 울리는 냇물 소리와 창에 비쳐 들어오는 달빛은 가을철을 맞아 더욱 차고 푸르스름하게 느껴진다. 경련은 회문체인 점을 고려해 보면 그 의미가 한층 분명해진다. 즉 이 구절은 거꾸로 읽으면 "白雲收處玉開光 黃葉落時金散色"인 바, 흰 구름이 흩어지자 산봉우리가 옥빛 자태를 드러내고, 단풍든 잎이 떨어져 금빛으로 흩뿌려져 있다는 것이다. 시인은 묘향산의 가을 경치에 흠뻑 빠져 묘향산을 '광유낭답(狂遊浪踏)'한다고 했다. 묘향산은 세간사를 잊고 불법을 닦는 승려에게 있어 더할 나위 없는 동반자로 이들의 시에는 호방한 정취가 짙게 투영되어 있다.

4. 탈속적 청정미와 유심(幽深)의 흥취

서거정(徐巨正, 1420~1488)은 묘향산을 유람하러 떠나는 준상인(峻上人)에게 주는 글에서 묘향산을 금강산에 견주어 다음과 같이 말하고 있다.

　　어리석은 세속 사람을 속여 말하길 "이 산(금강산을 말함—인용자)을 한번 보면 죽어도 惡業에 떨어지지 않는다"라고 한다. 이에 인연하여 불공을 드리며 발원(發願)하여 복을 비는 자들의 거마가 끊임없이 이어져 산문이 저자 거리와 같다. 심지어 승속(僧俗)이 서로 섞이고 남녀의 분별이 없게 되어 이 산에 해악이 되고 있으니, 이것이 어찌 산의 죄이리오! 현혹시켜 팔고자 하는 자들에게 팔린 것일 뿐이다. …… 묘향산은 사방에 향나무가 많아 사시사철 푸른데 산의 이름은 대개 여기에 근본한 것이다. 아름다운 절집이 수백 개나 있어 도를 흠모하여 세상을 멀리하고 곡기를 끊은 자들이 모두 즐겨 거처한다. 산에는 선불(仙佛)의 신령한 자취가 많다. …… 묘향산이 금강산과 서로 대등하게 견줘짐은 마땅한 일이다. 다만 먼 변방 구석진 곳에 있어 인적이 이른 적이 드물기에 비록 승려들이 교묘한 말로 사람들을 속이려 하더라도 그럴듯하게 말을 꾸며서 팔 도리가 없는 것이다. 이런 까닭에 이 산은 여러 산에 비해 가장 청정하다.26)

'금강산을 한번 보면 죽은 후에 악업에 떨어지지 않는다'고 현혹하는 말이 세속에 유행할 정도로 금강산은 사람들에게 널리 알려진 명산이다. 서거정은 묘향산이 금강산에 견주어 손색이 없는 산임에도 불구하고 알려지지 못한 이유를 서북쪽의 변방 모퉁이에 위치한 데에서 찾고 있다. 그리고 사람들이 쉽사리 왕래할 수 없는 까닭에 이 산이 다른 산에 비해 더욱 청정하다고 하였다.

사실 고려조 이래로 묘향산이 이름난 산이기는 했지만 지리적 여건 등의 이유로 쉽게 접할 수 없는 산이었던 것은 분명해 보인다. 『명종실록』에는 다음과 같은 기사가 보인다.

> 평안도로 내려간 선전관(宣傳官)의 서장을 원상(院相)에게 내리면서 이르기를, "죄인 이유(李瑠)를 추포(追捕)하려 해도 잡을 수가 없으니, 묘향산(妙香山)에 불을 질러 산골짜기를 벌거숭이로 만든 다음 수색하고 싶다고 한다. 묘향산은 영산(靈山)이어서 불을 지르는 것은 미안스러우니 원상들이 상의하여 아뢰라"라고 하였다.27)

명종 원년 윤원형(尹元衡)의 소윤 일파가 대윤 일파인 윤임(尹任)을 제거하기 위해 윤임이 자신의 생질인 계림군(桂林君) 이류(李瑠)를 추대하려 한다고 무고하였다. 이일로 윤임이 제거되자 이유는 머리를 깎고 중이 되어 도주하였는데, 그를 잡기 위해 대신들과 상의하며 명종이 한 말이다. 이

---

26) 『四佳集』 卷5 「送峻上人遊妙香山序」, "誑誘愚俗曰 : '一覩此山, 死不墮惡業.' 於是, 因緣香火, 發願祈福者, 蹄轂相磨, 山門如市. 至有僧俗之相混, 男女之無別, 大爲之山之累, 此豈山之罪也哉? 爲眩鬻者所賣耳. …… 山之四眠多香樹, 四時菁蔥, 山之得名, 盖本於此. 有美刹數百區, 慕道遠世不粒者, 咸樂居之, 山多仙佛靈跡. …… 其與金剛山相埒, 固也. 而第在遐陬僻壤, 人跡罕至, 雖浮屠氏巧爲誑誘者, 無由衒鬻其說矣. 是則山於諸山, 最爲淸淨."

27) CD-ROM 『조선왕조실록』 '명종 원년 9월 15일'조 참조

말을 통해 묘향산이 인적이 쉽게 미칠 수 없는 험산임을 단적으로 알 수
있다.28) 변방 모퉁이에 위치한 묘향산에는 세속과 격절된 무릉도원의 이
상향이 있다는 소문이 돌기도 했던 모양이다. 유몽인(柳夢寅, 1559~1623)은
송천사(松泉寺)에서 만난 법환(法環)이란 중에게 묘향산 북쪽 고향산(古香山)
안에 별세계가 있으며, 그곳에는 곡식이 산처럼 쌓여 있고 사람들은 모두
백세를 넘게 산다는 이야기를 들었다는 기록을 남기고 있기도 하다.29)

　이처럼 변방의 끝에 위치한 오지의 명산이라는 이유에서인지 묘향산을
찾는 문인들은 때로 묘한 격절감(隔絶感)을 표출하기도 한다. 김시습(金時習,
1435~1493)의 다음 시에서 그러한 면을 찾아볼 수 있다.

八萬四千重復重　　　팔만 사천봉이 겹겹이 솟아 있는데
峯峯白石間靑松　　　봉우리마다 흰 바위요 간간이 청송이라
北連朔漠野人境　　　북으론 삭막(朔漠)과 이어진 야인의 지경이요
南接滄溟箕子封　　　남으론 창명(滄溟)과 접한 기자의 봉토라네
鼯鼠樹梢驚一吠　　　날다람쥐는 나무 끝에서 놀라서 짖어대고
羚羊巖畔掛孤蹤　　　영양은 바위가에 외로운 자취 남기었네
世緣塵慮俱消盡　　　세상의 인연 티끌 같은 생각 모두 다 사그라드는데
獨立崔嵬撝短筇30)　　높은 곳에 홀로 서서 단장에 기대있노라

　묘향산 겹겹의 봉우리라 솟아 있는데, 하나같이 흰 빛을 띠고 간간이
푸른 향나무가 있는 모습이다. 나무 끝에서 날다람쥐가 인기척에 놀라 우
는 모습은 무언가 쓸쓸하면서도 황량한 느낌이 들어 보인다. 경연 후구는
'영양괘각(羚羊掛角)'의 전설을 점화한 것이다. 영양은 밤에 잠을 자면서 뿔

---

28) 정조 9년 3월 23일 기사에서도 역적 이율, 양형 등의 무리를 체포하기 위해 묘향산을
　　수색하는 문제에 대한 의논이 보이며, 이들이 지리산 묘향산 등의 이인 술사와 결탁되
　　어 있다는 기록이 보인다.
29)『臥遊綠』「古香山記聞」(한국정신문화연구원간), 296면, "余遊松泉寺, 遇一衲名法環,
　　少時登香山香爐峯, 北望山岳阻絶靑冥浩渺之外, 或稱有古香山爲別世界. …… 積粟
　　陳陳, 人皆壽過百歲, 眞所謂別天地非人間者也."
30)『梅月堂集』卷9「八萬四千峯」.

을 나무에 걸어 놓고 다리를 땅에 대지 않는다고 한다. 여기에서 유래하여 영양괘각은 자취를 찾을 수 없는 초탈한 경지를 비유하는 말로 쓰인다. 영양의 뿔이 걸려 있었던 바위라는 말은 이곳이 세속과 완전히 단절된 곳임을 의미한다. 이러한 탈속의 공간 속에서 시인은 단장을 고이고 서서 세상의 인연과 티끌 같은 생각들을 모두 날려보내고 있다.

김창흡은 백상루(百祥樓)에 올라서 "눈에 가득한 관새(關塞)의 기운이 비록 아름다운 풍치는 적지만 칼을 어루만지고 슬픈 노래를 부르는 자로 하여금 기대어 바라보게 한다면 의기를 격앙시키기에 족하다"[31]고 하였는데, 김시습은 묘향산의 겹겹이 이어지는 산봉우리를 바라보면서 가슴속의 울분을 밖으로 드러내 발산하지 않고 안으로 삭혀 소진시키고 있는 것이다.

다음은 김창흡이 향로봉에 올라 쓴 시이다.

一山淸淑此扶輿	온 산의 맑은 기운 이곳에 가득 서려 있어
超出重氣卽太初	가득 찬 뛰어난 기운 곧 태초일지라
二月花紅炎暑外	이월 달의 붉은 꽃이 삼복더위에 피었고
千年栢短雪氷餘	천 년된 측백나무가 눈과 얼음에 왜소하구나
神僧弄石搏爲塔	신승(神僧)은 돌을 취해 장남삼아 탑을 쌓고
藥士調笙響出虛	약사(藥士)가 생황을 부니 그 소리 허공으로 퍼진다
我欲於焉鍊金骨	내 금시라도 선골(仙骨)로 단련될 듯 하니
未知僊尉謂何如[32]	선위(僊尉)[33]라 부름이 어떠할지 모르겠소

향로봉에 오르니 묘향산의 빼어난 기운이 모두 모여 있어 태초의 원시 상태인양 느껴진다. 삼복더위의 날씨에 봄꽃이 피어 있고, 천년은 됨직한 측백나무도 산봉우리 꼭대기인지라 바닥에 엎드려 자라 왜소한 모습이다.

---

31) 『三淵集』 습유 卷28 「關西日記」, "滿眼關塞之氣, 雖損佳致, 而使撫劍悲歌者騁望焉, 足令意氣激仰."

32) 『三淵集』 습유 卷28.

33) 僊尉는 한나라 때 신선이 되었다는 梅福을 이르는 말이다. 韋庄의 「南昌晚眺」 시에 "南昌城郭枕江煙, 章水悠悠浪拍天. 芳草綠遮僊尉宅, 落霞紅襯賈人船"이라 하였다.

김창흡은 이러한 상태를 두고 '항해소적(沆瀣所積)'이라 하여 원기가 가득한 것으로 받아들였다.[34] 그리고 나 또한 금시라도 신선이 될 듯 하니 선위(僊尉)라 불러도 될 듯 하다고 하였다. 요컨대 속세의 먼지를 벗어던진 청정한 공간에 이르니 신선이 된 듯 하다는 것이다.

박제가(朴齊家, 1750~1805)의 「묘향산소기(妙香山小記)」는 반정균(潘庭筠)이 "은사가 산곡을 찾는 것 같으니 세속을 잊고 홀로 우뚝 서있음을 볼 수 있다[妙香山記, 如幽人之尋谷, 可見遺世獨立]"라고 평한 바처럼 탈속적인 산수의 운치가 잘 표현된 유기(遊記)이다. 이 유기 속에 들어 있는 시 한 수를 보기로 하자. 보현사에 도착하여 지은 시이다.

跋涉關河路	관하(關河) 천리길 산 넘고 물 건너
終年博一遊	늦은 철에 마음 먹고 한번 노니네
鳴鐘孤寺夕	종소리 울리는 외로운 절 저녁이요
繡石細楓秋	바위를 수놓은 고운 단풍 가을일세
淡境初生悅	맑은 경치 처음에는 즐거움 일더니
遐情忽爾愁	끝없는 감회에 홀연 시름이 생겨난다
山中諸漏盡	산중이라 물시계도 없는데
趺坐聽泉流[35]	가부좌하고 앉아 냇물 소리 듣노라

박제가는 20세의 나이에 잠시 철옹(鐵甕)에 우거하였는데, 유득공과 이덕무가 편지를 보내 묘향산 유람을 권유한다. 박제가는 이들 벗들의 독촉을 받아들여 마음먹고 한 번 노닐고자 묘향산을 찾는다. 때는 늦가을로 단풍이 한창 좋을 때였다. 처음에는 묘향산에 들어와 맑은 경치를 즐겼는데, 오래도록 깊은 산 중에 있다보니 그 청정한 기운 속에서 유심(幽深)한 감회가 일고, 이로 인해 우수를 느끼게 된다. 이러한 우수의 감정은 아마도 깊

---

34) 『三淵集』 습유 卷28. "峰頂側柏樹, 阨於氷雪, 短短着地, 杜鵑花方館蕚, 可知其沆瀣所積也."

35) 김찬순 역, 『기행문선집』, 조선문학예술총동맹출판사, 1964, 154~155면. 번역문은 역자의 것을 참조하여 필자가 다듬은 것임.

은 산중에서 대면하게 되는 모종의 고독감이 아닐까 한다. 이에 작자는 깊은 밤중에도 잠들지 못하고 냇물 소리를 듣고 있는 것이다.

5. 맺음말

　이상에서 조선조의 문인과 승려들이 남긴 기록을 통해 묘향산에 대한 인식과 문학적 형상을 간략하게 살펴보았다. 앞의 논의를 요약하는 것으로 맺음말을 대신하고자 한다.

　묘향산은 금강산, 지리산, 구월산과 함께 우리나라의 4대 명산의 하나로 손꼽혀 왔지만 무엇보다도 단군이 탄생한 민족의 영산(靈山)으로 인식되어져 왔다. 이는 고려조로부터 조선조에 이르기까지 일관되게 지속된 인식으로 묘향산에 대한 여러 기록에서 공통적으로 확인된다. 단군은 한편으로 토속적인 산신(山神) 사상과 습합하여 숭배의 대상이 되어 왔는데, 묘향산은 그 성지로 인식되었다. 웅녀(熊女)가 아니라 백호(白虎)와 관계하여 낳은 아들이 단군이라는 이야기가 묘향산 일대에 전승된 것은 이러한 사실과 관련이 있어 보인다. 추붕(秋鵬) 선사의 「묘향산지(妙香山誌)」와 김창흡의 「관서일기(關西日記)」에서 이러한 면모를 확인할 수 있다. 이천년(李千年)이나 한무외(韓無畏)와 같은 이인(異人)들이 거주한 곳으로 묘향산이 등장하는 것 또한 선도(仙道) 사상과 관련이 있다고 여겨진다.

　고려조부터 묘향산은 선승들의 수도처로 이름이 높았지만 임진왜란을 당해 휴정(休靜)이 일으킨 승병의 근거지가 되면서 묘향산은 더욱 명성을 떨치게 된다. 아울러 서산대사가 이곳에서 입적하고, 그의 법맥을 전수한 언기도안추붕법종(彦機道安秋鵬法宗) 등이 이곳에서 수도함으로써 묘향산은 선풍의 본산이 된다. 휴정과 추붕, 법종의 시에 나타난 호방한 정취는 이러한 선풍을 반영한 것으로 보인다.

묘향산은 서북쪽 변방에 위치한 까닭으로 사람들이 찾기가 쉽지 않았으며, 이에 다른 명산에 비해 더욱 청정미(淸淨美)를 간직한 산으로 인식되었다. 국토의 서북쪽 변방 끝의 탈속적 공간 이 지닌 격절감과 청정미는 유심한 홍취를 불러일으켰으며, 이는 김시습·김창흡·박제가와 같은 문인들의 시에서 표출되고 있다.

4부

조선 후기 2

유몽인(柳夢寅) 산문이론의 구조와 의미

이른바 '진한고문파(秦漢古文派)' 논리에 대한 재검토를 겸하여

금 동 현

1. 문제제기

"나는 혼자이다. 오늘날의 선비들을 보건대 나처럼 혼자인 사람이 있는가? 홀로 세상을 살아가니 交友의 도가 어찌 한 무리에서 더럽혀질 수 있겠는가? …… 오직 나의 마음대로 따르고 나의 마음대로 돌아갈 뿐이다. 나 한 사람뿐이니 거취가 어찌 여유롭지 않겠는가?"[1]

---

[1] 柳夢寅, 『於于集』 前集 卷3 「贈李聖徵(廷龜)令公赴京序」(『韓國文集叢刊』 63, 357면). "余獨也. 視今之士, 其有若余獨乎? 以獨而行于世, 交之道豈泥于一乎? …… 惟吾心之從, 而吾心之所歸, 惟一人而已, 則其去就豈不綽有裕乎?"(민족문화추진회에서 표점 영인한 『韓國文集叢刊』 63의 『어우집』을 본고의 저본으로 한다. 이하 『어우집』의 저자 이름은 생략하며, 특별한 언급이 없는 한 모든 인용문은 이를 따른다. 한국문집총간은 '총간'으로 약칭한다. 면수는 『한국문집총간』에 표기된 면수이다. 여타 작가들의 한국문집총간에 수록된 문집을 인용하는 경우에도 이 기준을 적용한다.)

스스로를 '독(獨)'·'일인(一人)'이라고 지칭한 이 말보다 유몽인(柳夢寅, 1559~1623) 자신의 진면목을 대변해 주는 표현이 또 있을까? 유몽인은 자신의 지기(知己)였던 이정구(李廷龜, 1564~1635)에게 당쟁에 휩쓸리지 않고 오로지 자신의 길을 걸어감으로써 우정과 의리를 지키겠노라며 다짐하고 있다. '독(獨)'이야말로 그의 일생을 관통한 삶의 태도였다고 할 수 있다. 동시에 문장가로서 자부가 남달랐던 유몽인의 산문 이론을 살펴봄에 있어서도 그의 이러한 언급은 하나의 지남(指南)이라 하겠다.

16세기 말~17세기 초는 '산문 이론'의 전개라는 통시적 관점에서 볼 때, 한국 한문학사에서 문학론으로부터 산문론의 분화가 본격적으로 이루어진 시기라 할 수 있다.2) 물론 그 이전 시기에도 시와 산문에 대한 분명한 분별의식은 존재하고 있었으나,3) 이 시기에 이르러 이것이 구체적인 산문론으로 외화(外化)되고 실제 작품의 창작에서도 구현되었다는 의미에서 그러하다. 유몽인은 바로 이 시기에 활동한 인물로, 산문 이론 혹은 산문 비평과 관련된 주목할 만한 발언을 한 작가이다.

그런데, 유몽인에 대한 선행 연구를 검토하면서 필자는 몇 가지 의문을 가지게 되었다. 우선, 유몽인을 '진한고문파(秦漢古文派)', 그것도 '진한고문파'의 중핵적(中核的) 인물로 규정하고 있는 일련의 논의4)에 대해 과연 그

<hr>

2) 정우봉, 「조선 후기 散文理論의 전개와 그 성격(1)−16세기 말~17세기 초중반을 중심으로」, 『한국문학연구』 창간호, 고려대 민족문화연구원 한국문학연구소, 2000, 147면 참조
3) 조선 전기에 이르면 산문 이론의 영역에서 道文에 대한 이해와 文氣에 대한 논의, 그리고 구체적인 창작상의 문제에 대한 논의 등이 일정한 논리적 구조를 갖춘 형태로 제기된다. 특히 퇴계의 경우에는 산문 장르마다 그에 상응하는 풍격, 형식, 내용상의 요구가 있다고 하였으며, 碑誌文의 창작에 있어서 요구되는 실제적인 문제에 대해서는 매우 구체적인 주장을 제시하기도 한다. 정우봉의 「산문 이론의 기본 범주와 전개 양상」(『민족문화연구』 32호, 고려대 민족문화연구원, 1999.12)에서 이를 개괄하고 있다.
4) 이러한 논의는 주로 강명관·배부기 등에 의해 진행되어 왔다. 강명관, 「16세기 말 17세기 초 의고문파의 수용과 진한고문파의 성립」, 『한국한문학연구』 18집, 한국한문학회, 1995; 배부기, 「유몽인 산문론 연구」, 부산대 석사논문, 2002.8; 강명관, 「16세기 17세기 초 진한고문파의 산문비평론」, 『대동문화연구』 41집, 성균관대 대동문화연구원, 2002.12. 강명관의 이러한 논의와 다소 다른 시각에서 유몽인을 연구한 최근의 관련 논문은 다음

러한가라는 의문을 품지 않을 수 없었다. 선행 연구에 따르면 이른바 '진한고문파'는 "先秦兩漢 古文을 창작의 전범으로 삼았던 사람들"[5]로 정의되고 있다. 필자는 이 개념의 의미 영역이 상당히 추상적일 뿐만 아니라 설령 이 용어를 인정한다고 하더라도 명실상부(名實相符)와는 거리가 먼 것으로 판단하고 있다. 그리고 이러한 논리의 연장에서 제기되고 있는 여타의 구체적인 논리[6]에 대해서도 납득하기 어렵다.

그렇다면 유몽인의 산문 이론은 어떠한 맥락에서 탄생하였고, 그 이론들 각각은 어떠한 구조로 조직되어 있으며, 그 의미는 무엇인지 궁금하지 않을 수 없다. 본고의 문제의식은 바로 여기에 있다.

2. 신일대문(新一代文)의 욕구와 전후칠자에 대한 비판적 이해

1) 사문(斯文)의 일비(日卑)에 따른 신일대문의 욕구

유몽인은 자기 당대의 문장(文章)·문풍(文風)이 나날이 비루해지고 있다는 진단에 기초하여 이를 새롭게 진작시키고자 하였다. 문장가로서 문장

과 같다. 정우봉, 앞의 논문(2000); 신승훈, 「어우 유몽인 산문론 연구」, 『동양한문학연구』 18집, 동양한문학회, 2003.10; 송지영, 「어우 유몽인 산문 연구」, 고려대 석사논문, 2004.6. 이밖에 주요하게 참고할 만한 논저로는 신익철, 『유몽인 문학 연구』(보고사, 1998) 및 유몽인, 신익철 역, 『나 홀로 가는 길』(태학사, 2002)이 있다.

5) 강명관, 앞의 논문(1995), 290면 참조.

6) 이를테면 '전범성', '난해성', '자득' 따위가 그러하다. 보다 자세한 사항은 강명관, 「16세기 17세기 초 진한고문파의 산문비평론」(『대동문화연구』 41집, 성균관대 대동문화연구원, 2002.12)을 참조할 것. 이 논문은 그의 선행 연구(1995)의 연장이라 할 수 있다. 강명관은 이 논문에서 '진한고문파'의 비평적 쟁점과 논리를 "① 선진양한 산문의 전범성, ② 난해성에 대한 이해, ③ 자득과 전범의 관계, ④ 새로운 전범적 텍스트의 편집"이라는 틀거리를 중심으로 기존 자신의 논의를 보다 구체적으로 개진하고 있다.

자체를 일신하고자 하는 욕구 및 산문에 대한 중요성을 일찍부터 인식하고 있었던 개인적 사정과 임진왜란이라는 난리를 겪은 뒤 문풍이 비루해졌다는 진단이 맞물리게 되면서, 이러한 의식을 분명하게 한 것이 아닌가 한다. 특히 그는 산문의 이론과 창작 두 방면 모두를 적극적으로 인식하고 실천하였다. 동시대의 신흠(申欽, 1566~1628)의 경우에도 시(詩), 문(文) 각각의 특성에 주목하고 이를 변별적·유기적으로 사고한 바 있다.[7] 이처럼 이 시기는 전대와 비교해서 시(詩)·문(文)에 대한 분별의식이 내적으로 이미 상당한 수준에 도달하였고, 산문의 경우 이론과 창작의 영역에서의 새로운 모색이 구체적으로 외화(外化)된 시기라 하겠다. 요컨대 유몽인은 자기 당대의 문장의 비루함을 일신하고, 종국에는 중국과 대등한 산문 작품을 써 보겠다는 야심찬 포부를 실현하고자 하였다.

그는 당대의 작시(作詩) 위주의 일련의 경향을 비판하면서 작문(作文)의 중요성을 강조한다.

비록 그러하나 지금의 사람들은 시(詩)는 항상 많이 짓지만, 문(文)은 거의 짓지 않습니다. 우리나라의 문은 지금에 이르러서 더욱 생소(生疎)해졌습니다. 저는 열 다섯에 고문을 배웠지만 지은 작품이 많지 않아서 책으로 엮을 수 없었습니다. 그러다가 임인년(壬寅年, 1602) 이래로 벗들과 이별하는 글, 남들과 주고받은 서신, 남들이 글을 부탁할 경우 모두 문으로 응해 주어서, 이로부터 이미 수십 권을 이루었습니다. 지금 그대의 이러한 문기(文氣)와 이러한 수견(邃見)은 모두 육경(六經)으로부터 나왔으니, 어찌 과거에 응시한 자들이 훈고 속에서 급급해 하는 것과 비교할 수 있겠습니까?[8]

---

7) 申欽, 『象村集』 卷58(『晴窓軟談』 上), 93면. "文章小技也, 於道無當焉; 而贊文者, 目以貫道之器, 何也? 蓋雖有至道, 不能獨宣, 假諸文而傳. 然則不可謂不相須也. 詩卽由文而句爾. 詩形而上者也, 文形而下者也. 形而上者, 屬乎天; 形而下者, 屬乎地也. 詩主乎詞, 文主乎理. 詩非無理也者, 而理則已慤; 文非無詞也者, 而詞則已史. 要在詞與理俱中爾."

8) 『於于集』 前集 卷5 「報滄洲道士車萬里(雲輅)書」(『총간』 63, 418면). "雖然, 今之人作詩常多, 作文甚罕, 東方之文, 到今尤生疎. 生十五學古文, 而述作無多, 不能成編帙. 自壬寅以後, 凡友人別章及與人往復及人有求之者, 皆以文應之, 自此已成數十卷.

당대 사람들이 시는 많이 짓지만 문은 많이 짓지 않으며, 그리하여 문이 더욱 생소해졌다는 진단이다. 반면 자신은 15세부터 고문을 배웠고, 특히 44세 이후로는 응수(應酬)한 문자를 모두 문으로 하였다고 한다. 그러면서 문이 생소해진 주요한 원인 가운데 한 가지로 육경을 통해 문기(文氣)를 기르고 수견(邃見)을 높이는 것을 소홀히 한 채 과거에 급제하기 위해 훈고에 종사하는 것을 거론하고 있다. 이처럼 유몽인은 문장가로서 자처하였을 뿐만 아니라 산문 창작에 대한 강렬한 욕구를 가지고 있었다. 이는 어릴 적부터 고인(古人)을 배우고 고문(古文)을 성취하고자 한 자신의 지향, 그리고 그러한 과정 속에서 자연스럽게 오고간 벗들과의 고문에 대한 토구(討究)로부터 배태된 것이다.

> 한유는 맹자와 장자를 배웠으나 맹자·장자에 미치지 못하였고, 구양수는 한유를 배웠으나 한유에 미치지 못하였습니다. 저의 뜻은 맹자·장자가 배웠던 것을 곧장 배우고자 할 뿐입니다. 맹자·장자가 배웠던 것을 배워서 미치지 못하더라도 오히려 맹자·장자는 되니, 한유·구양수를 배웠으되 미치지 못하여 김수현과 같은 우리나라의 문장이 되는 것보다는 낫지 않겠습니까?[9]

동년 급제한 동료, 선후배, 지기(知己)들과 고문을 잘 하기 위한 방편에 대해 끊임없이 토구한 결과, 유몽인은 고문을 잘 하기 위해서는 한유와 구양수로 대표되는 당송(唐宋) 고문(古文)을 배울 것이 아니라, 곧장 맹자와 장자가 배운 바를 배워야 된다고 주장한다. 전대의 대문장가들인 한유, 구양수의 경우에서도 알 수 있듯이, 당사자가 전범으로 설정한 문장을 아무리 배우더라도 그 전범을 넘어 설 수는 없으며, 전범의 전범을 배울 때라야만 문장의 비루함을 씻을 수 있고 중국과 대등한 수준의 창작이 가능하

今尊文氣如許, 邃見如許, 皆從六經中出來, 豈比應擧者汲汲訓詁中哉?"
9)『於于集』前集 卷5「答成察方(以敏)書」(『총간』 63, 410면). "韓學孟·莊, 不逮孟·莊, 歐學韓, 不逮韓. …… 生之志, 直欲學孟·莊所學者而已. 學孟·莊所學而不逮, 則猶爲孟·莊, 其不愈於學韓·歐不逮而爲東文如壽賢者乎?"

다는 논리이다. 이것은 결국 선진 고경인 육경(六經)을 기본으로 해야 한다
는 주장에 다름 아니다. 앞에서 살펴보았듯이, 그가 육경을 통해 문기(文氣)
와 수견(邃見)을 길러야 한다고 강조한 것은 바로 이러한 논리에서 나온 것
이라고 할 수 있다.

이러한 논리의 연장에서 유몽인은 사서(四書)와 육경(六經)을 멀리하고
훈고(訓詁)를 먼저 하는 풍토에 대해 다음과 같이 지적하고 있다.

> 저는 이런 까닭으로 "송문(宋文)은 한퇴지(韓退之)가 오도한 것이다"라고 말
> 합니다. 송유(宋儒)가 여러 경전(經典)에 주해한 것은 다만 미지(微旨)를 발휘해
> 서 후학들을 인도하고자 한 것이지, 후학들이 본래의 경전과 똑같이 읽기를 바
> 란 것은 아닙니다. 옛날 동중서·양웅·왕문중·주렴계·정이천·주자 등의
> 여러 전(傳)들이 어찌 훈고(訓詁)에 종사한 적이 있었습니까? 다만 사서(四
> 書)·육경(六經)에 근거하여 자오자득(自悟自得)하였을 뿐입니다. 지금의 학자
> 들은 이것을 사양하고 저것을 먼저 하니, 사문(斯文)은 이 때문에 나날이 비루
> 해 지고 있습니다. 우리나라의 문(文)은 목은(牧隱)이 최고이나, 목은은 중국에
> 서 과거(科擧)를 본 선비입니다. 그의 크고 작은 여러 작품들이 모두 의리에 귀
> 결되고 그 말이 비록 실제로 근거한 바가 많기는 하나, 모두 과정(科程)의 법식
> 에서 나온 것입니다. 저는 저으기 그것을 비웃습니다.10)

당대의 학자들이 전 시대의 여러 현인들처럼 사서·육경에 잠심하여 문
장(文章)의 묘리를 스스로 깨닫거나 스스로 터득하려고 하지 않으면서, 오
히려 선현(先賢)들의 훈고에 먼저 주목하기 때문에 사문(斯文)이 나날이 비
루해지고 있다는 지적이다. 훈고에 종사하는 것은 전현(前賢)들을 무비판적
으로 연습(沿襲)하는 것에 불과하며, 따라서 사서와 육경으로 대변되는 선

---

10) 『於于集』 前集 卷5 「報滄洲道士車萬里(雲輅)書」(『총간』 63, 418면). "生故曰 : "宋之
文, 韓退之誤之." 宋儒之註解諸經, 只欲發揮微旨, 以牖後學耳, 非欲後學讀之如本經
也. 昔董仲舒·楊雄·王文仲·周濂溪·程·朱諸傳, 何嘗從事於訓詁? 只據四書·六
經, 自悟自得而已. 今之學者謝此先彼, 斯文所以日卑也. 東方之文, 牧隱爲最, 牧隱中
朝科擧之士也. 其大小諸作, 皆歸之義理, 其辭雖甚實多所根據, 而皆出於科程之式.
生竊笑之."

진 고경(古經)을 스스로 깨닫고 터득하는 자오자득(自悟自得)의 경지라야 사문의 비루함을 씻어낼 수 있다는 주장이다. 이색(李穡, 1328~1396)의 문장에 대해 모두 과정(科程)을 벗어나지 못했다고 저평가한 것에서도 알 수 있듯이, 그는 기본적으로 과거(科擧)의 정식(程式) 때문에 학자들이 훈고에 종사할 수밖에 없고 나아가 고경에 대한 자오자득이 불가능해졌다는 진단을 하고 있다. 이 글이 만년인 61세에 지어졌음을 감안한다면, 그의 이러한 단안에 대해 주목하지 않을 수 없다.

그가 과거의 정식이 이러한 폐해를 유발했다고 진단한 것은, 전대(前代) 여러 사람의 과거 공부에 관한 일화를 예시하는 것에서도 알 수 있듯이, 과정(科程)의 폐단이 결코 특정 시기의 일시적인 현상이 아니라고 판단하였기 때문이다.11) 누대에 걸친 과정의 적폐를 극복하고, 전란(戰亂)의 후유증으로 더 심해진 금세지문(今世之文)의 폐단을 극복하고자 한 그의 의도는 『대가문회(大家文會)』의 간행에서 보다 분명하게 확인된다.

> 만력(萬曆) 34년(1606) 내가 분에 넘치게도 해서(海西) 지방의 관찰사로 있을 때, 해주(海州) 목사(牧使) 윤휘(尹暉)에게 개연히 다음과 같이 말하였다.
>
> "오늘날 문(文)의 수준은 몹시 낮고 서적은 매우 드무오 이전에 우리 성상(聖上)께서 고문(古文)을 편찬하는 데 뜻이 있으셔서 문을 담당한 이들에게 편찬국을 설치하게 하신 일이 있소 그런데 마침 나라에 난리가 나서 이루지 못하였오 성상께서는 이를 몹시도 애석해하셨지. 지금 내가 비록 노둔하나 자가(子家)를 거칠게나마 섭렵하였으니, 고문 가운데 고고(高古)한 것을 망라하여 한 질의 책으로 만들어 일대(一代)의 문(文)을 새롭게 했으면 하오 어떻게 생각하시오?"

---

11) 『於于集』 前集 卷5 「與尹進士(彬)書」(『총간』 63, 416면). "沈思順與張玉同業, 思順一夜誦東賦四百, 玉一夜誦東賦三百. 思順逐日製其文, 雖泥醉必日受一篇. 校理申濩氏歲十四, 讀文章軌範四百遍, 平生讀天下書殆盡. 所讀佛經二千卷, 其他書可知; 而其應擧也, 恒誦東策百首. 李璋善賦, 每見儕友讀東文者, 毀裂而投諸溷. 其儕友夜卽其家, 耳屬壁而聽所讀, 皆東賦也. 於是衆突闥而入, 奮拳大毆之, 悉分其冊, 得東賦五百首. 璋大噱曰:"爾屬不解文, 寧有不讀東文而能捿科者乎?" 自古應擧之士, 其志雖卑, 而其做工亦苦矣."

　그러자 윤군은 다음과 같이 대답하였다. "매우 좋습니다. 공께서는 힘써 뛰어
난 문사(文詞)를 배우셨고 평소 사문(斯文)을 위해 애쓰셨으니 앞 시대의 작품
들을 찬술(纂述)하실 수 있으십니다. 바로 지금 해야지 나중에 해서는 안 됩니
다."12)

　유몽인은 전란(戰亂) 때문에 수많은 서적들이 소실된 사실에 대해 몹시
안타까워하고 있었는데, 마침 난리가 끝나고 사문(斯文)이 조금씩 진작되기
시작하면서부터 성현들의 경전(經傳)이 조금씩이나마 간행되기 시작하자
이를 반긴다. 그러나 전란 뒤인지라 경제적인 문제로 제가(諸家)의 문집은
여전히 간행되지 못하였으며, 그는 이러한 상황을 몹시 가슴아프게 여겼
다.13) 선왕(先王)이 고문(古文)을 모아 책을 간행하기 위해 국(局)을 설치하
였지만, 난리 때문에 그것을 성사시키지 못하였기 때문이다. 그리하여 그
는 한편으로는 난리 때문에 이루지 못한 성상(聖上)의 유지를 계승하고, 또
다른 한편으로는 당세의 비루한 문장 수준을 새롭게 고취하기 위해 고문
(古文) 중 가장 높은 수준의 작품을 가려 선집을 만들기로 결심한다.
　그리하여 그는 옛 사람들의 고문 선집(選集)을 본뜨지 않고 오로지 자신
의 기준에 따라 『좌전』, 『국어』, 『전국책』, 『사기』, 『한서』, 한유, 유종원의
글을 뽑아 『대가문회』14)를 간행한다. 이는 그 스스로 자가(子家)를 두루 섭
렵하였다는 자신감의 또 다른 표출이다. 결국 『대가문회』의 간행은 과정
(科程)의 적폐를 극복하고 비루해진 당대의 문장(文章)과 문풍(文風)을 혁신

---

12) 『於于集』 前集 卷6 「大家文會跋」(『총간』 63, 445면). "萬曆三十四年, 余忝按海西,
　慨然謂海牧尹君暉曰 : "今之世文甚庳, 簡籍甚稀, 向我聖上嘗有志輯古文, 令典文者
　開局, 會國有事未就, 聖旨深惜之. 今余雖魯, 亦嘗粗涉子家, 欲網羅古文最高古者袞
　一帙, 以新一代文, 則何如?" 尹君曰 : "甚善. 公力學宏詞, 左祖斯文有素, 可能纂述前
　作. 時乎, 不可後.""
13) 『於于集』 前集 卷6 「大家文會跋」(『총간』 63, 445면). "自夫龍蛇歲大東被寇, 數百年
　縹箱絳帙, 不燻爐, 卽溲勃之. 乃余夢寐平昔所讀書, 憧憧無已. 目今難已, 斯文稍稍起
　廢, 聖經賢傳, 長弟刊諸梓, 間出通邑大都, 如諸家子集, 坐財匱簡闕, 獨未也, 志文章
　者, 病焉."
14) 『대가문회』에 대한 자세한 내용은 배부기, 앞의 논문(2002)을 참조할 것.

하고자 한 '신일대문(新一代文)'의 분명한 목적의식을 지닌 적극적 문학 행위이며, 동시에 전후의 문화·문물의 복구라고 하는 커다란 사회적 흐름과의 연관 속에서 탄생한 역사적 산물이다.

3. 전후칠자에 대한 비판적 이해

유몽인과 동시대 인물이랄 할 수 있는 윤근수(尹根壽, 1537~1616)는 명대 전후칠자(前後七子)의 존재와 저작을 조선에 본격적으로 소개하기 시작하였고, 전후칠자의 저작물은 1620년 이전에 대부분이 수입된 것으로 보인다.[15] 그런데 문제는 이러한 전후칠자의 작품과 창작론이 우리나라에서 곧바로 '진한고문파'를 성립시켰다는 주장이 논리의 비약은 아닌지, 또한 그렇다면 과연 '진한고문파'라는 개념 규정은 타당한가라는 점이다.

선행 연구에서 '진한고문파'의 중핵이라고 논의되어 온 유몽인의 언급들 중 이와 직간접적으로 연관되어 있는 주요한 발언들을 살펴봄으로써, 과연 그는 명대 전후칠자를 어떻게 보고 있는지, 그렇다면 과연 그를 '진한고문파'의 중핵적 인물로 규정하는 것이 타당한지 따져 보기로 하자.

내가 보건대 명(明)의 문장가들은 송유(宋儒)들이 오로지 한유의 문장만을 숭상하였으나 그 기간(奇簡)한 곳을 얻지 못하고 다만 이만(弛縵)·지리(支離)와 같은 말단만을 배우고, 이를 바탕으로 전주(箋註) 문자를 도와 사람들이 알기 쉽게 한 것을 경계하였다.[16] 그리하여 혹 『좌전』과 『사기』를 위주로 하고 여력

---

15) 보다 자세한 사항은 강명관, 앞의 논문(1995), 290~298면을 참조할 것.

16) 선행 연구에서 이 부분에 대한 번역상의 오류가 눈에 띈다. '懲'은 警戒·懲戒·鑑戒의 뜻에 가깝다. 그리고 '懲'은 '使人易曉也'까지 걸고 여기까지를 경계했다고 해야만 올바른 번역이다. 심지어 잘못된 번역에 기초하여 자신의 논리를 전개한 경우도 있다.

이 있으면 선진의 제자서를 배웠으나 마디마디와 구절구절마다 구두(句讀)를
표략(剽掠)하였는데, 왕세정이 으뜸이고 이몽양이 그 다음이다. 이몽양의 문장
은 왕세정보다 더욱 예스럽고 또한 진한 고문을 선창하였으나, 단지 어사(語辭)
가 추려(追蠡)하니 소가(小家)에 가깝다. 그러므로 마땅히 왕세정의 호대(浩大)
함보다 못하다.

　　왕도곤(汪道昆)의 경우는 단지 구어(句語)를 뒤쫓거나 선진양한의 문장에서
약간의 문자를 훔쳐와 중첩하여 사용하였다. 이를테면 목섭(目攝), 부순(附循),
추곡(推穀), 순순(恂恂), 증증(蒸蒸), 구다(求多), 재사(在事), 위하(謂何), 이리(纚
纚), 유연(猶然), 기강지(紀綱之), 적제령(籍弟令), 강역지사(疆域之事) 등의 말
이 그러하다. 마치 고리를 만들어 기둥에 묶어놓은 원숭이가 하루 종일 빙빙
돌지만 자신이 밟았던 자취만을 밟을 뿐인 것과 같다. 그리고 종지(宗旨)가 서
지 않아 한 편에 서너 개의 대지(大指)가 있어서 끝내는 귀취(歸趣)가 없는 것
과 같다. …… 내가 보기에 문자의 향방을 모르는 것이니, 안타깝다. 석사(碩師)
를 얻지 못하고 왕세정·이반룡의 남은 찡그림을 따라하려다가 도리어 한단(邯
鄲)의 본래 걸음걸이를 잃어버린 잘못을 범한 꼴이다.[17]

　　유몽인이 명대의 문장가들을 비판하는 핵심은, 이들이 구구절절 선진양
한의 고문에서 구두를 표절하여 어사(語辭)가 이어지지 못하거나 끊어지고,
심지어는 종지(宗旨)조차 분명하지 않게 되었다는 점이다. 명유(明儒)들은
송유(宋儒)들의 잘못—즉 한유의 글을 숭상하였으면서도 그의 특장인 기
간(奇簡)을 배우지 못하고 오히려 글이 이만지리(弛縵支離)해져 버린 점—
을 비판하고 경계로 삼았으나, 유몽인이 보기에 전후칠자 자신들의 글은

---

17) 『於于集』 後集 卷4 「題汪(道昆)遊城陽山記後」(『총간』 63, 557면). "余觀大明文章之
　　士, 有懲宋儒專尙韓文, 而不能得其奇簡處, 徒學弛縵支離之末, 資之以助箋註文字,
　　使人易曉也. 故或主左氏史記, 餘力先秦諸氏, 寸寸尺尺, 剽掠句讀, 王弇州爲上, 李空
　　同次之. 空同之文, 盆古於弇州, 又能先倡秦漢古文, 而但語辭追蠡, 近於小家, 故當讓
　　弇州之浩大. 至於汪氏, 徒逐逐句語, 竊若干文字於先秦兩漢, 重用疊出, 如曰目攝, 曰
　　附循, 曰推穀, 曰恂恂, 曰蒸蒸, 曰求多, 曰在事, 曰謂何, 曰纚纚, 曰猶然, 曰紀綱之,
　　曰籍弟令, 曰疆域之事等語, 如挈環繫柱之猿, 終日回旋, 踏其舊跡, 而宗旨不立, 一篇
　　三四大指, 而終之無歸趣. …… 以余觀之, 不解文字鄕方, 惜哉! 不得碩師而欲效王·李
　　之餘響, 反失邯鄲之本步也."

도리어 구두의 표략(剽掠), 심지어 어사의 단절이라는 '추려(追蠡)'의 경우조차 생기게 되었다는 것이다. 이몽양과 왕세정으로 대표되는 명대 전후칠자에 대해 유몽인은 이들이 모두 『좌전』과 『사기』 등의 구두를 표절하였고, 그 결과 이몽양은 소가(小家)로 전락하고 말았고 왕세정은 그나마 호대(浩大)한 맛은 있다는 평가를 하고 있다. 그는 이러한 명대 전후칠자에 대한 비판적 인식의 연장에서 왕세정과 교유하였던 왕도곤(汪道昆)의 글을 평가하고 있다. 왕도곤 역시 위대한 스승 없이 단지 왕세정이나 이반룡이 모의하던 바의 나머지를 본받았지만, 결과적으로는 선진양한 고문도 아니요 자신의 문장도 아닌 어정쩡한 문장이 되고 말았다는 지적(指摘)이다.

우리는 여기에서 유몽인이 전후칠자를 중심으로 한 명대 문장가들에 대해 아주 예리한 분석적 비평을 내리고 있음을 알 수 있다. 이 점은 대단히 중요하다. 왜냐하면 그의 전후칠자에 대한 기본적 입장이 무조건적인 추숭이나 전면적인 수용이 아닌, 자신의 관점과 견해에 기초해서 비판적으로 '이해'한 것이기 때문이다. 다시 말해 전후칠자에 대한 무비판적·기계적 수용과는 거리를 둔 발언이라 할 수 있다. 한 편의 글에서 자신이 나타내고자 하는 분명한 뜻이라 할 수 있는 종지와 귀취의 문제를 강조한 것은 이러한 맥락에서 나온 발언이기 때문이다. 그가 강조하고 있는 종지·귀취는, 왕세정·이반룡에 대해 송(宋)·원대(元代)의 퇴란(頹瀾)한 문풍을 일신하고자 하였지만 결과적으로는 "문장의 수식에는 뛰어났으나 이치에 있어서는 단점을 보였다"고 비판할 때의 '리(理)'와 일맥상통한다고 할 수 있다.18)

따라서 전후칠자의 공과(功過)에 대한 정확한 진단, 전후칠자 구성원들 각각에 대한 비판적 이해, 그리고 조선 전기 산문 이론의 전개라는 역사적 맥락, 유몽인 자신의 '고문'에 대한 진지한 토구(討究) 등을 고려할 때, 전

---

18) 『於于集』 後集 卷4 「答崔評事有海書」(『총간』 63, 555면). "大明文士有徵於宋文之弛緩, 空同先倡於左國, 弇州繼武於兩漢, 意欲一振宋元之頹瀾, 惟其長於文·短於理, 果如足下之所云也."

후칠자가 수입됨으로써 우리나라에 '진한고문파'가 성립되었고 그 중심에 유몽인이 있다는 주장은 상당한 논리적 비약이라 하지 않을 수 없다. 더구나 전후칠자와의 일정한 영향관계에 놓여 있던 몇몇 인물들(가령 윤근수)과 이들을 비판적으로 바라본 인물을 하나의 '파(派)', 그것도 '문학 유파'로 묶어서 규정하는 것은 더더욱 무리이다.

'파'라고 하는 것은 이념의 영역이건 학문·문예의 영역이건 그들끼리의 주의·주장에 최소한의 공통 분모가 분명해야 한다. 더구나 동양적 전통에서는 이른바 사승(師承, 師友)·연원(淵源)으로 대표되는 '동류의식'이 분명해야만 성립될 수 있는 개념이다. 그러나 유몽인의 경우 사승 관계가 분명하지 않다는 점은 이미 분명하게 밝혀진 바[19] 있고, 더구나 '진한고문파'의 선구라고 지칭되는 윤근수에 대해 "그가 전력한 것은 모두 중국의 근세 문장에 나아가서 『사기』의 지엽을 배운 것으로, 이를테면 이몽양·왕세정 등의 약간의 글에서 그치고 말았다"[20]라고 혹평한 것을 보더라도 '진한고문파'라는 명칭으로 윤근수와 유몽인을 묶는 것은 타당하지 않다. 게다가 유몽인을 '진한고문파'의 핵심 인물로 규정하는 것은 더더욱 온당하지 못한 처사이다.

"나는 혼자이다"라는 그의 선언은, 오히려 '아이러니'의 정신을 극명하게 보여주고 있다. 아이러니는 유사성이 관습적으로 지속되고 있는 상황들 속에서 그 유사성의 부정으로부터 출발하는데, 그것은 '거리'의 정신이자 객관적 정신이다. 동시에 아이러니의 정신은 분석적 정신이며, 분석적 정신은 지적 사고의 본질이다. 이처럼 실제의 세계를 분석하고 비판하는 아이러니의 정신이 바로 '산문 정신'이며 원래가 '서사적 비전'이다.[21] 유

---

19) 강명관, 앞의 논문(2002), 177면 참조. 유몽인은 15세에 申氏와 결혼하였다. 그는 이때부터 姑叔인 牛溪 成渾에게서 性理學을 배웠고, 校理인 申濩에게서 고시와 고문을 배웠다.

20) 『於于集』前集 卷5 「與尹進士(彬)書」(『총간』 63, 414~415면). "今者月汀尹府院君根壽喜讀此書, 頗著一生之力. 彼特少年登科, 其文早就, 而及其晩年而始攻之. 然其所專力, 皆就中朝近世之文, 學史記枝葉, 如空同·弇州等若干文而止耳."

몽인이 특정한 사승 관계가 없이 젊어서부터 산사(山寺)를 돌아다니며 홀로 공부한 것, 말년에 금강산에 들어가 자신을 '노망든 이'라고 하면서 "才와 不才, 賢과 不賢, 智와 愚, 貴와 賤의 사이"22)에 스스로를 위치 지우고자 한 것 등을 보더라도, 그는 산문 정신을 자기의 시대에서 구현하고자 한 '낭만적 아이러니'23)의 면모를 보여준 전형적 인물이라 할 수 있다.

주소어록체의 만연으로 인한 이만지리(弛縵支離)와 무미(無味)라는 당대 산문계의 실태 그리고 그것의 일차적 원인 제공자가 구(歐)·소(蘇)로 대표되는 송대 산문이라는 예리한 현실 진단, 육경과 제자로 대표되는 선진 산문의 고고(高古)한 문기(文氣)와 수견(邃見) 그리고 양한 산문의 중핵인 『사기』의 호장(浩壯)과 천변만화(千變萬化), 이 둘 사이의 대립에서 전자를 지양하고 후자를 지향하고자 했던 유몽인은 그야말로 '낭만적 아이러니'의 전형이라 함직하다.24)

---

21) '아이러니' 및 '낭만적 아이러니'에 대해서는 G. W. F. 헤겔, 두행숙 역, 『헤겔미학』 I, 나남출판, 1996, 112~121면 및 김준오, 『시론』(제4판), 삼지원, 2002, 305~323면 참조

22) 『於于集』 前集 卷4 「遊寶蓋山贈靈隱寺彦機雲桂兩僧序」, 390면. "吾何處之哉? 其惟才不才·賢不賢·智與愚·貴與賤之間乎?"

23) 낭만적 아이러니는 현실과 이상, 유한한 것과 무한한 것, 有限我와 絶對我, 자연과 감성 등 이원론적 대립의식에서 발생한 것이다. …… 문화적 속물주의에 대한 예술적 반항으로 일어난 낭만적 아이러니는 이 대립적인 존재를 지양해서 고차원적인 종합을 추구한다. …… 무한한 것, 이상세계에 대한 동경은 유한한 인간존재에 내재하는 본질적 감정이다. 그러나 유한한 인간이 절대아인 신과는 결코 끝내 합일되지 않고 현실세계로부터 이상세계로 초월·승화되지 않는다는 이런 한계의식에서 낭만적 아이러니는 필연적으로 페이소스의 어조를 언제나 띠게 된다. …… 이런 이중적이고 모순된 인간의 존재성 때문에 아이러니는 미학적 가치이기 이전에 존재론적 가치를 띠고 있다(김준오, 앞의 책, 312~313면 참조).

24) 유몽인 자신이 "평생의 저술한 것으로 (김시습의) 『매월당집』을 잇고자 한다[且欲以我平生所著述, 續梅月堂集, 何如?]"라고 말한 것도 이러한 맥락에서 이해될 수 있지 않을까 한다(『於于集』 前集 卷4(『총간』 63) 「留別天德菴法師法堅序」, 390면). 그리고 후손인 柳榮茂 역시 後叙에서 이와 비슷한 언급을 한 바 있다.『於于集』 後集(『총간』 63, 607면). "窮山題壁之句, 不徒續梅月堂集, 不徒寓離騷遺意, 堪與採薇歌竝傳, 而亦足爲血淚交流之詞, 可藏之名山, 可布之通邑大都, 可傳之天下後世."

4. 고문(古文)에 대한 분석적 이해

유몽인은 기본적으로 선진양한 고문과 당송 고문을 분리해서 사고하면
서 그 각각의 특징과 장단점에 대해서도 매우 분석적으로 이해하고 있다.
특히 선진 고문 중에서는 육경(六經)을 정종(正宗)으로 보고 있다. 육경 이
외의 선진의 글로는 『맹자』와 『장자』를, 양한의 글 중에서는 『사기』를 중
시하고 있다.

먼저 선진양한 고문과 당송 고문에 대한 그의 기본적인 입장을 보기로
하자.

> 나는 이 편방에 태어나 고사(高士)와 석우(碩友)를 만나지 못하고 벌레 먹고
> 먼지 낀 간편(簡編)에서 자득하였다. 어려서부터 늙을 때까지 구양수·소식 등
> 의 문장으로 눈을 어지럽혀서는 안 된다고 생각하였다. 매번 근세 명조(明朝)의
> 대가들이 절개를 지키는 것이 매우 높음을 볼 때마다 자못 스스로 부족한 듯
> 하였고, 소년 시절에 한유·유종원의 두 책을 잘못 읽은 것을 몹시 한스러워하
> 였다. 지금부터는 후학과 아이들에게 (위로는) 선진으로부터 요순시대로 거슬러
> 올라가고 아래로는 한(漢)으로 내려와 양마(兩馬)에서 그쳐서 그 성취가 어떠한
> 지를 시험해 보라고 권하려 한다. 두보는 "오악(五岳) 이외에도 다른 높은 산이
> 있음을 알았다"라고 하였다. 중국 밖에 고고(高古)한 문장이 있어 『좌전』·『사
> 기』보다 못하지 않은 것이 있음을 어찌 알겠는가? 후생들은 힘쓰기 바란다.[25]

유몽인은 선진양한 고문과 당송 고문의 우열에 대한 분명한 입장을 가
지고 있다. 선진양한 고문이 당송 고문에 비해 월등하다는 것이다. 그리고

---

25) 『於于集』 前集 卷6 「題汪道昆副墨」(『총간』 63, 443면). "余則生此偏邦, 不遇高士碩
友, 自得於蠹簡塵編中. 自幼抵老, 義不以歐蘇等文淆眼. 每見近世明朝大家守節甚抗,
頗自視缺然, 深恨少年時誤讀韓柳兩書也. 繼自今欲勸後學兒曹先秦而溯唐虞, 下漢
而止於兩馬, 以試其成就如何. 杜子曰 : "乃知五岳外, 別有他山尊." 安知中國之外, 有
高古之文章, 不下於左馬者乎? 後生勉乎哉!"

선진양한 고문에 대해서도 선진 고문과 양한 고문을 분리해서 사고하고 있는데, 먼저 선진의 고문을 배우고 그 다음 양한의 고문을 배우는 것이 올바른 순서임을 암시하고 있다. 당송 고문에 대해서는 당대 고문과 송대 고문을 분리하여, 송대의 고문보다 당대의 고문이 훨씬 우수하다는 견해를 가지고 있다. 그는 송대의 문장에 대해서 구양수·소식의 글로 자신의 눈을 혼탁하게 하지 않겠다던 어린 시절의 각오를 지금까지 지켜오고 있을 정도로 부정적으로 인식하고 있는 반면, 당대의 문장인 한유·유종원의 글에 대해서는 어린 시절 잘못 읽었던 점을 반성하고 있을 뿐 그다지 부정적이지는 않다. 때문에 그는 이러한 자신의 경험에 비추어 보았을 때, 먼저 선진의 글을 읽고 다시 양한의 글을 읽는 것이야말로 고고(高古)한 문장을 창작할 수 있는 고문 학습의 지름길임을 후학들에게 강조하고 있다.

1) 선진양한(先秦兩漢) 고문에 대한 견해

앞에서도 살펴보았듯이, 유몽인이 선진 고문의 핵심이라 할 육경의 학습에서 배워야 한다고 강조한 것은 문기(文氣)와 수견(邃見)이다. 문기(文氣)의 문제는 문장 수련과 직접적인 관련이 있는 것으로 예로부터 문장가들이 특히 중시한 것이다. 그런데 수견(邃見)은 『주역』·『서경』·『좌전』 등의 행간에 나타난 의리에 대한 기본적인 이해가 전제되지 않고서는 성립될 수 없다. 그런데 선진양한 고문을 전범으로 삼는 이른바 '전범성'26)의 문

---

26) 강명관은 "조선의 진한산문파가 봉착한 최초의 문제는 …… 선진양한 산문의 전범성에 대한 논거를 확보하는 것이었다. 대개의 진한산문을 추종했던 작가들은 의외로 이 문제에 대한 치밀한 검토를 궐하고 있다"(강명관, 앞의 논문(2002), 179면)고 하였다. 그러나 선진양한 산문을 전범으로 설정하는 문제는 사실 논거를 필요로 하지 않는 너무나 상식적이고 지극히 당연한 문제이다. 도대체 조선시대 어느 누가 진한 산문의 전범성을 부정하거나 貶毁하였단 말인가? 문제는 어떠한 배경과 의도, 어떠한 맥락에서 이를 강조한 것인지를 분명히 하는 것이다.

제는 — 전범의 설정 여부를 떠나 — 동양 문화권 일반 특히 우리나라에서
는 기본의 문제이자 상식의 문제 — 문장의 수련과 의리의 체득이라는 측
면에서 — 였던 것이 저간의 실정이다. 때문에 특별히 전범성에 대한 논거
를 설정할 필요조차 느끼지 못했던 문제라 할 수 있다.

다만 유몽인이 이러한 논의를 당대에 유의미하게 제기할 수 있었던 것
은, 그가 당시의 시대적 상황에 대해 전범에 대한 충실한 학습 특히 선진
고경에 대한 충실한 학습을 하지 않는 상태에서 과거에 합격하기 위한 공
부에만 치중하고 있다는 세태 인식을 분명히 하고 있었고, 학자들은 훈고
위주로 공부를 하게 되고 결과적으로 문장에서는 주소어록체가 만연하게
되었다는 정확한 진단을 하고 있었기 때문이다. 따라서 그는 육경을 통한
문기와 수견의 습득,『맹자』·『장자』·『사기』 등을 통한 문장 수련을 특
별히 강조하였다.

사실 당시의 문인들의 경우 문장 수련을 위해『맹자』와『장자』등을 반
복하여 숙독하는 것과 같은 다독(多讀)은 보편적으로 받아들이고 있었지만,
일부 문인들의 경우 특히 문장가들의 경우 다작(多作, 製述)을 소홀히 한 이
들이 더러 있었던 것으로 보인다. 다음의 일화가 그것이다.

> 좌의정 이항복(李恒福)은『맹자』천 번 읽기를 기약하였는데 이백 번을 읽고
> 서 급제하였습니다. 저 또한 천 번을 기약하였는데 이백 번을 읽고서 급제하였
> 습니다. 속칭 '『맹자』천 번 읽기'를 기약하고 그 수를 채우고서 급제한 자는 아
> 직까지 없었습니다. …… 정현경(鄭賢卿)은 한유(韓愈)의 문장을 천 번 읽었으나
> 평생토록 방목에 이름을 올리지 못하였습니다. 이는 아마도 재주가 감당하지 못
> 하는 데도 고문에 그릇되게 종사한 것이거나, 혹은 헛된 계산을 채우는 데만 급
> 급하고 마음은 다른 곳으로 치달린 것이거나, 혹은 문장을 읽을 줄은 알지만 글
> 짓는 것에 힘쓰지 않았기 때문일 것입니다. 대저 글짓기에 힘쓰지 않는 것의 폐
> 해 또한 큰 것이니 이는 어째서이겠습니까? …… 만약 그러하다면 '글읽기'와
> '글짓기'는 겸하지 않을 수가 없습니다. 때문에 구양수(歐陽修)가 "많이 읽고 많
> 이 지으면 결점이 절로 드러난다"라 말한 것은 믿을 만하지 않습니까?[27]

이른바 '독맹천편(讀孟千遍)'이라는 '『맹자』 천 번 읽기'의 현세적 목표는 과거 급제이다. 그렇지만 설령 천 번을 읽는다고 하더라도, 고문에 잘못 종사하거나 마음을 헛되이 쓰거나 글짓기에 힘쓰지 않는다면, 모두가 헛된 노력이라는 점을 유몽인은 강조하고 있다. 때문에 그는 독서와 작문을 반드시 겸해야 하고 그러할 때 자신의 문장상의 결함이 무엇인지를 알 수 있게 된다고 하였다.

다음으로 양한 고문, 그 중에서도 『사기』의 학습에 대한 유몽인의 견해를 살펴보자. 그는 사마천의 『사기』에 대해 육경을 종장(宗匠)으로 삼고 『좌전』을 조술(祖述)한 것이라는 전제 아래 다음과 같이 말하고 있다.

> 그 조어(措語)와 하자(下字)가 종횡으로 뒤섞여 천변만화(千變萬化)하니 배우는 자들이 그 끝을 다 궁구할 수 없으며 또한 초고가 아직 성취를 이루지 못했는데도 화(禍)를 만났습니다. 그렇기에 고인들이 곧잘 완성되지 못한 문장이라 하였고 이 때문에 예로부터 문장학에서 이를 종장(宗匠)으로 삼았으나 겨우 그 일단만을 얻었을 뿐 그 전체를 본받지는 못했습니다. 그 간(簡)을 본받는 자는 사(肆)를 버려 두며, 그 준(峻)을 본받는 자는 법(法)을 빠뜨렸습니다. 그 장단(長短)·합패(闔捭)·합산(合散)·소식(消息)의 모양은 백에 한둘도 얻지 못한 것입니다.
>
> 저 백가(百家)보다 탁월한 호재(毫才)인 소동파도 오히려 이렇게 말했습니다. "사마천의 『사기』는 배울 수가 없구나!" 하물며 그 나머지에 있어서이겠습니까? 다만 한유만이 자못 탈태(脫胎)한 면이 있으나 또한 일어(一語)·일단(一段)에 그쳤고, 『맹자』·『장자』를 훔쳐 모방하기를 잘 하였으나 백가의 글을 뒤섞어 장식한 것입니다. 구양수의 문장도 또한 여기서 대부분 나왔으나 한유의 문장만을 오로지 하여 능한 자는 아니었습니다. 그러므로 다만 구우일모에 지나지

---

27) 『於于集』 前集 卷5 「與尹進士(彬)書」(『총간』 63, 415~416면). "李左相恒福期千讀孟子, 至二百亦登第已. 余亦期讀千孟子, 至二百登第已. 俗稱期讀孟子千遍, 未有滿其數而登第者. …… 鄭賢卿千讀韓文, 而平生名不列榜目. 是或才力不堪而枉從事於古文, 或徒充虛箄而心每馳於鴻鵠, 或知讀其文而不事製述故也. 夫不事製述之害亦大, 何者? …… 若然則讀與製, 不可不兼之. 故歐陽子曰 : "多讀多作文, 疵病自現." 不其信矣乎?"

않으니 어찌 족히 크게 칭찬할 수 있겠습니까?

명나라의 왕세정은 그 문자를 사용하기를 즐겼으나 거칠고 궁벽하여 단지 구두만을 좇았을 뿐입니다. 굴지의 역대 문장가·석유(碩儒)들도 『사기』의 체격(體格)을 얻은 자가 몇 사람이나 있겠습니까? 그 간에 백 번 천 번 읽은 자들이 어찌 없겠습니까만 끝내 그 그림자와 메아리만도 못한 것은 어째서이겠습니까? 그 재주와 기운이 뛰어났는데도 (그 경지에) 오르지 못한 것입니다. 고인(古人)들도 외려 그러하거늘 하물며 요즘 사람들임에랴! 하물며 우리나라 사람들임에랴!

최근에 부원군 월정(月汀) 윤근수(尹根壽)가 이 책 읽기를 좋아하여 자못 일생의 공력을 들였습니다. 그는 특히 어린 나이로 급제하였으며 문장을 일찍 성취하였으나 만년에 이르러서야 비로소 『사기』에 힘을 쏟았습니다. 그러나 그가 전력한 바는 모두 중국의 근세 문에서 취한 것이니 이몽양·왕세정 등과 같은 『사기』의 지엽을 배우는 것에 그칠 따름입니다. 그밖에 『사기』에 진력하는 자로써 담양 부사를 지낸 이안눌이 『사기』의 선집을 천 번 읽었다고 합니다. 그러나 그가 공을 들인 것은 시에 있었으며 문에 있어서는 제가 들어보질 못했습니다. 이안눌 또한 비범한 재주이나 그가 문호를 얻지 못한 것은 다름이 아니라, 다른 문장을 살피지 않고 먼저 『사기』에 힘을 쏟았기 때문입니다. 저도 비록 노둔하지만 여기에 종사한 적이 있습니다. 열아홉이 되면서 「열전」을 삼십 번쯤 읽었는데, 읽은 지 오래지 않아 글을 쓰면 왕성하게 순식간에 수천 언의 말로 종이를 가득 채웠으니 그 장대(壯大)함이 실로 그러합니다. …… 제가 비록 재주가 없지만 어려서부터 지금까지 읽은 것은 비록 한두 번이라도 곧장 효과를 얻었습니다. 비록 이른바 '형체만 그릴 뿐 기운은 그릴 수 없다.'라고 할 수 있을지라도, 그러나 본을 대놓고 그림을 그리는 것은 잘하는 자라고 할 수 있습니다. 그런데, 『사기』에 있어서는 끝내 큰 효과를 보지는 못하고 다만 일단(一段)·수구(數句)에 그쳤을 따름입니다.[28]

---

28) 『於于集』 前集 卷5 「與尹進士(彬)書」(『총간』 63, 414~415면). "其措語下字, 縱橫錯雜, 千變萬化, 學者莫究其涯渚, 又因草創未就而遭禍, 故古人多稱以未成文, 是以自古文章之學, 雖以此爲宗匠, 而僅得其一端, 未幻其全體. 師其簡者遺其肆, 體其峻者略其法, 其長短·闔捭·合散·消息之態, 則百不能得其一二焉. 彼蘇東坡峻拔百家之豪才, 猶曰, "馬史不可學", 矧其餘乎? 獨退之頗有脫胎處, 亦一語一段而止, 善偸孟·莊爲模樣, 而雜以百氏緣飾之. 歐陽爲文, 亦多出於此, 非專於韓而能之者也. 然特牛體一毛, 曷足多稱也哉? 至大明王世貞, 喜用其文字, 而矗厲險僻, 只逐逐句讀間耳. 屈指歷代文章碩儒, 其得馬史體格者有幾人哉? 中間讀百千遍者豈無其人, 而卒不能

유몽인은 고인들이 『사기』를 두고 흔히 '미성(未成)의 문(文)'으로 본 견해에 공감을 표시하고 있다. 그것은 『사기』가 비록 문장학(文章學)의 종장(宗匠)이기는 하나, 『사기』의 그 호장(浩壯)한 전체를 궁구하기에는 역불급이자 사마천이 초고를 미처 다 완성하지 못하고 화를 당하였다는 사실을 전제로 하고 있기 때문이다. 따라서 그는 『사기』의 한두 구절이나 한두 단락을 배울 수는 있어도, 『사기』의 천변만화(千變萬化)한 체격(體格)을 온전히 본받기는 어렵다고 하였다. 또한 소식과 같은 백대의 호걸, 구양수와 같은 대문장가도 『사기』를 배웠지만 구우일모에 불과하였으니, 그 밖의 사람들이야 말할 필요조차 없다고도 하였다.

명대 후칠자(後七子)의 대표적 인물인 왕세정(王世貞)에 대해서도 『사기』의 문자를 즐겨 써서 그의 글이 추려(麤厲)·험벽(險僻)하기는 하나 그것도 『사기』의 구절을 뒤쫓은 것에 불과하다고 혹평하고 있다. 동시에 윤근수(尹根壽)가 비록 만년에 『사기』에 공력을 기울였으나 그 또한 기본적으로 명대 이몽양(李夢陽)·왕세정(王世貞) 등과 마찬가지로 지엽적인 것만 배웠을 뿐이었다고 혹평하였다. 그는 자기 자신도 『사기』를 열심히 읽었지만, 그 효과를 제대로 보지 못했다고 하였다. 그리고 그것은 다름이 아니라 다른 글―물론 육경을 비롯한 선진 제자의 글이다―을 먼저 자세히 읽지 않고 『사기』에만 힘을 낭비하였기 때문이라는 것이다.

이는 육경에서 문기(文氣)와 수견(邃見)을 자오자득하지 않고, 『사기』만 깊이 파고들어 문장을 잘 지으려 했던 명대 이몽양·왕세정 그리고 조선의 윤근수·이안눌 등의 그릇된 산문 학습 관념―다른 문장을 살피지 않

髣髴其影響, 何也? 其才其氣卓絶而不可扳也. 古人尙然, 而況於今人乎! 而況於東人乎! 今者月汀尹府院君根壽喜讀此書, 頗著一生之力. 彼特少年登科, 其文早就, 而及其晩年而始攻之. 然其所專力, 皆就中朝近世之文, 學史記枝葉, 如空同·弇州等若干文而止耳. 其他治史記者, 李潭陽安訥讀其選千遍云. 然其致功者在詩, 至於文, 吾未之聞也. 李也亦非凡才, 而不得其門者無他, 不審他文而先費力於此書也. 若僕雖魯, 亦嘗從事於此者. 始年十九時, 讀列傳三十許, 讀之未久, 下筆沛然, 不瞬息而滿紙數千言, 信乎其壯也! …… 僕雖不才, 自少及今凡所讀, 雖一二遍卽收效. 雖所謂畫肉不畫骨, 而亦善能依樣畫葫蘆者也. 至於史記, 卒未見大效, 只一段數句而止耳."

고 먼저 『사기』에 힘을 쏟거나, 명대의 이몽양·왕세정처럼 『사기』의 지엽만을 비우는 것—에 대한 통렬한 비판이자, 당대 일반의 어려운 것을 먼저하고 쉬운 것을 나중에 하려고 하는 이른바 '선이후난(先易後難)'의 잘못된 공부 방법에 대한 질책이기도 하다.

2) 당송 고문에 대한 견해

유몽인이 당송 고문에 대해 분명한 분리의 시각을 가지고 있음은 앞에서도 간단히 살펴본 바 있다. 그는 당대 고문의 대표격인 한유·유종원까지를 '고문(古文)'으로 인정하나, 구양수·소식으로 대표되는 송대 고문에 대해서는 '금문(今文)'으로 규정하면서 대단히 부정적으로 바라보고 있다. 유몽인은 한유에 대해 '탈태(脫胎)'의 공로를 인정하면서 호평한 바 있고, 유종원에 대해서도 그의 글이 '정경(精勁)'하고 '고(高)'하다며 역시 긍정적으로 평가하고 있다. 그런데 그가 당송 고문으로 통칭되던 한유·유종원과 구양수·소식을 분리한 다음, 유독 구양수·소식을 혹평한 것은 어떠한 이유 때문인가?

다만 육경에 있어서는 쥬(註)가 아니면 이해하기 어렵다고 하지만, 어려서부터 배우기를 장구[經文]에서 멈췄고, 주에는 제가 눈을 둔 적이 없습니다. 옛날에 명경과(明經科)에서 선비를 뽑을 때에는 육경의 장구를 사용하고 전주(箋註)는 도외시하였으니, 모두 구설(舊說)의 고문입니다. 오늘날은 육경 장구 아래에 나열된 제가의 주를 명경자들이 모두 암송합니다만, 제가의 주는 모두 송유(宋儒)에게서 나왔습니다. 저는 송문(宋文) 피하기를 불과 화살을 피하듯 합니다. 어째서이겠습니까? 처음에 한유가 팔대(八代)의 쇠미한 문에서 떨쳐 일어난 뒤에 구솔(殼率)이 돌변하자, 송나라 사람들이 모두 그를 받들었습니다. 구양수·소식과 같은 종장들도 또한 그것을 모방하였습니다. 그 당시 과거에 응시한 자들은 모두 이것으로써 발신(發身)하였습니다. 비록 주자와 같은 백대의 유종(儒宗)이라도 그것을 천 번이나 읽었는데, 다른 사람은 말할 게 있겠습니까?29)

유몽인은 육경의 의리가 비록 주석(註釋) 없이는 이해하기 어려운 측면이 있지만, 자신은 어려서부터 육경의 주석에 눈을 두지 않았다고 하였다. 다시 말해 구설(舊說)에서 말하던 고문(古文), 즉 경문(經文) 중심으로만 공부를 한 자신의 경험을 정당화하고 있다. 그런데 지금 과거 준비를 하는 사람들은 육경의 경문 아래에 있는 제가의 주석을 모조리 외고 있으나, 그 주석이라는 것은 바로 송유(宋儒)들에게서 나왔으며 때문에 자신은 송유의 글을 피하기를 불화살을 피하듯이 멀리한다고 하였다.

말하자면 유몽인은 송대의 주석 혹은 훈고를 비판하면서 여기에서 파생된 주소어록체(注疏語錄體)의 송대 문장 그 자체, 그리고 주소어록체의 문장이 필연적으로 띨 수밖에 없는 문체상의 이만무미(弛緩無味)와 비약(卑弱)을 지적하고 있다.

당세에 문장을 말하는 사람들이 대부분 동고(東皋) 최립(崔岦)을 거론한다네. 동고는 구양수의 문장을 너무 좋아하여 한유의 문장보다 낫다고 하네. 나도 이것을 좋아하여 중국에서 애써 구하여 본집(本集)을 구하여 자세히 읽어보았네. 그 문장은 이만(弛緩)하고 깊은 맛이 없어, 한 번 읽으면 곧바로 싫증나게 하였네. 매번 그 책을 볼 때마다 하품이 나고 졸음이 났네. 세상에서는 구양수의 문장이 소동파의 문장보다 높다고들 하지만, 나는 전혀 그렇지 않다고 여기네. 소동파의 문장은 고문이 아니나, (그는) 처음부터 문자에 마음을 두지 않았던 사람으로 스스로 논의를 세웠으며 고인이 보지 못한 바를 보았고, 입에서 나오는 대로 내뱉은 듯한 대수롭지 않게 보이는 말들조차도 모두 사람들이 미치지 못하

---

29) 『於于集』 前集 卷5 「報滄洲道士車萬里(雲輅)書」(『총간』 63, 418면). "但六經非註難解, 自少所學, 止於章句, 至如註, 吾未嘗下眼. 古者以明經取士, 用六經章句, 而箋註在外, 皆舊說古文也. 今者六經章句下, 列諸家註, 明經者俱誦, 而諸家註, 皆出於宋儒. 若生者, 避宋文, 如避火避箭, 何也? 始韓退之奮起於八代文衰之後, 突變殼率, 宋人皆祖之. 如歐蘇宗匠, 亦依樣模. 其時應擧者, 皆由此發身. 雖朱子百代之儒宗, 亦讀之至千, 況其他乎?"

는 바이네. 마치 구름과 안개가 산에서 나와 바람 부는 대로 모였다 흩어졌다 하는 것과 같아 손으로 잡을 수 없고 잡으면 공허해진다네. 그러한 재주가 없는데도 그 문장을 배우려고 한다면, 문체는 비약(卑弱)한 데에서 그치고 만다네.

왕세정은 만년에 그의 문장을 좋아하여 자신이 배운 것을 모두 팽개치고 그것을 배웠네. 이때부터 문체는 낮은 데로 떨어져 자못 예전의 글에 미치지 못하였네. 이는 진상(陳相)이 묵자(墨子)를 배운 것에 불과하니 애처로울 뿐이네. 나는 어려서부터 소식의 문장을 비하하여 한 번도 보지 않았네. 그것을 보고 나서는 비로소 주자 문장의 논변·의리가 평탄·명백함이 소동파의 문장과 비슷하고 지리함도 또한 비슷하다는 것을 알았네. 그제야 비로소 주자가 소식의 학문을 힘껏 배척하였으면서도 무엇 때문에 그의 문장을 본받았는지에 대해 의심을 하게 되었네. 아마도 태어난 시대가 서로 가깝고 기미(氣味)가 서로 비슷했기 때문이 아닌가 하네.30)

유몽인이 이러한 발언을 한 표면적인 이유는 최립(崔岦, 1539~1612)이 구양수의 문장이 한유보다 낫다고 한 것과 당시의 문장가들이 구양수의 문장이 소동파의 문장보다 낫다는 주장을 한 것에 대해 논리적으로 반박할 필요를 느꼈기 때문이다. 한유의 글은 구양수·소식의 글보다 월등하며, 구·소 두 사람의 글만 놓고 본다면 오히려 소식의 글이 낫다고 판단하였기 때문이다.

물론 유몽인은 구양수와 소식의 글에 대해 근본적으로 부정적이다. 그는 젊었을 적부터 말년인 지금까지 그들의 문집에 눈을 두지 않았을 정도였고, 막상 읽어보아도 구양수의 문장은 긴장감이 떨어지고 맛이 없어 한

---

30) 『於于集』後集 卷4 「答崔評事(有海)書」(『총간』 63, 554~555면). "當世言文章者, 多稱崔東皐立之. 東皐偏好歐陽文, 謂勝於韓文. 余樂之, 力求諸中朝, 得本集熟觀之, 其文弛緩無深味, 一讀之, 便令人厭; 每見其書, 輒伸欠而思睡矣. 世稱歐陽文高於東坡文, 余以爲大不然. 坡文非古文也, 初非有心於文字者, 自立論議, 見古人所未見, 隨口快辨之, 等閒之說, 皆人所不及, 如雲煙出山, 隨風卷舒, 不可以手攬之, 攬之則爲空虛, 未有其才而欲學其文, 文體卑弱而止. 王弇州晚好其文, 盡棄其學而學焉. 自是文體趨下, 殊不及舊作, 是不過陳相之學墨, 可哀也. 僕少時卑蘇文, 不曾一覰. 及得觀之, 始知朱子之文, 論辨義理, 平坦明白, 與坡文相似, 支離亦似之. 始疑朱子力排蘇學, 何嘗效其文哉? 蓋生近代氣味相類故也."

번만 읽어도 싫증이 나고 하품이 난다고 하였다. 반면 소식에 대해서는 기본적으로 그의 문장이 고문은 아니지만, 그가 스스로의 논의(論議)를 세우는 것이나 고인이 발명하지 못한 것을 발명한 것 그리고 즉석에서 명쾌하게 분변한 평범한 말들은 감히 남들이 따라갈 수 없는 재주라고 하였다. 다만 소식의 글은 문재(文才)가 없는 사람이 무턱대고 배울 경우 문체가 비약(卑弱)해지게 될 수밖에 없다는 것이다. 그는 실례로 왕세정과 주자를 들고 있다. 왕세정은 소식의 글을 배운 뒤로 오히려 예전만 못한 비약한 글을 지었고, 주자의 경우에도 학문적으로는 소식을 극력 비판하였지만 문장의 측면에서는 소식을 배웠고 그 결과 논변과 의리의 평탄명백(平坦明白)함이나 지리함이 비슷하게 되고 말았다는 것이다.

유몽인은 여러 사람들에게 "구양수의 문장이 나의 문장보다 못하다"고 소리 높여 외친 적이 있으며, 스스로 자신이 동방의 누구와 자웅을 겨뤄야 할지 모르겠다[31]고 할 정도로 문장에 대한 자부가 남달랐던 인물이다. 그런 그가 보았을 때 당대의 이만무미(弛緩無味)하고 비약(卑弱)한 문체를 극복하기 위해서는 구양수와 소식의 문장을 추숭하는 세태를 바로잡지 않으면 안 된다고 판단하였고, 이것이 당대 일반의 송대 고문 추숭과 한유·구양수 및 구양수·소식에 관한 우위론 등에 쐐기를 박아야겠다는 작심과 발언을 하게 된 근본적인 이유라 할 수 있다. 뒤에서 살펴보겠지만, 유몽인이 말하고 있는 '기간(奇簡)'과 '간심(艱深)'의 산문 미학은 바로 이러한 문제의식의 연장선상에서 제기된 것이라 할 수 있다.

---

31) 『於于集』 後集 卷4 「答崔評事(有海)書」(『총간』 63, 554~555면). "僕卑宋文而傲歐文甚, 遂揚言于廣衆之中曰 : "歐文不如吾文." 聞者大駭. 獨雙泉成汝學曰 : "昔吾友崔仁範常曰 : '歐文不如吾文.' 子又如之." …… 而但東方諸作, 不欲論彼强此弱, 第未知與古誰氏相甲乙乎?"

5. 산문 이론의 양상과 의미

유몽인은 과문(科文)의 정식(程式)에 구애된 당대 문인들의 산문 풍토와 주소어록체 등의 만연으로 무미건조함에 물들어버린 당대의 문풍을 일신(一新)하고자 하는 '신일대문(新一代文)'의 산문 정신에 입각하여, 산문의 새로운 기풍을 추구하고자 노력하였다. 이를 사상의 측면과 문체의 측면으로 나누어서 살펴보기로 한다.

1) 의리(義理)를 통한 입언수후(立言垂後)

'입언수후(立言垂後)'라고 하는 전도(傳道)의식은 공자 이래로 유가의 오랜 인문 정신이다. 유몽인 역시 문학을 통한 입언수후라는 문제에 대해 분명하게 의식하고 있었다. 자신이 어려서부터 문장을 배우면서 "입언수후(立言垂後)하려고 했다"[32]는 언급이 그것이다. 이는 자신의 글이 당대에 쓰이게 될 것만 바라는 일부 문장가들의 풍토를 비판하는 맥락에서 나온 말이다.

무릇 문(文)이란 말의 정수(精髓)입니다. 옛 사람들은 한 때에 구하지 아니하고 반드시 천만세(千萬世)에서 구하였습니다. 때문에 비록 명언(名言)·격어(格語)라고 할지라도 옛 사람들이 말한 진부한 것을 구차하게 답습하는 것을 달갑게 여기지 않았는데, 하물며 지금의 글이야 말해 무엇하겠습니까? 시험삼아 지금의 글을 보니, '之·而·其·於·乎·也·以'를 사용하여 글을 짓는데, 한 구에 세 개의 어조사(語助辭)를 사용하였습니다. 사람들에게 그것을 읽혀보면 구두가 입에서 부드럽게 흘러갑니다. 이것을 사용하여 과거에 급제하여 나라를 빛내는 사

---

32) 『於于集』 前集 卷5 「報鄭進士(夢說)書」(『총간』 63, 408면). "僕自幼時, 學爲文章, 小者欲以華諸國, 大者欲以立言垂後."

람들을 어찌 한정할 수 있겠습니까? 비록 그러하나 한 때에 시행되는 것은 그렇게 될 수 있으나 후세에 오래도록 전해지는 것은 어찌 가능하겠습니까?

지금 제가 관청에 앉아 송사(訟事)를 받아 보게 되었는데, 뜰 가득히 줄줄이 들어오는 자들이 모두 간독(簡牘)을 가지고 있습니다. 이서(吏胥)에게 그것을 읽어보게 하니 그 문장이 또한 입에서 부드럽게 흘러가는 듯 하였는데, 장차 이러한 글로써 후세에 오래도록 전할 수 있겠습니까? 만약 좌씨(左氏)에게 사(詞)를 짓게 하고 사마씨(司馬氏)에게 장(章)을 짓게 하고 그것을 가지고 관정(官庭)으로 가져오게 한다면, 이서(吏胥)들은 반드시 크게 웃으며 "이는 세상을 속이는 글이다"라고 할 것입니다. 이것이 어찌 좌씨·사마씨의 죄겠습니까?

지금 여기에 말이 있는데, 그 이름이 (명마인) 백희(白犧)·산자(山子)라 합시다. 그들을 끌고 시장에 가서 내다 팔려고 하는데, 멍석으로 언치를 하고 새끼줄로 굴레를 한 채 시장 한 귀퉁이에서 구부정하게 걷는다면, 시장의 사람들은 모두 돌아보며 "이 말은 노둔할 말이다"라고 할 것입니다. 지금 글을 짓는 사람들이 문사(文辭)를 박루(樸陋)하게 하여 화려함을 안으로 감춘다면, 백희·산자가 멍석으로 언치를 하고 새끼줄로 굴레를 한 것과 마찬가지일 것입니다. 지금 세상에 이것을 내다 팔려고 한다면 저는 그것이 팔리지 않을 것이 분명하다는 것을 압니다.[33]

이 글에서 유몽인이 당대의 문장을 비판하는 핵심은 세 가지이다. 고인들의 진부한 말을 답습하는 것, 지나치게 많은 어조사를 사용하여 구두를 부드럽게 하는 것, 그리고 결과적으로 이러한 문장을 통해 과거에 급제하는 것이 그것이다. 그는 이러한 세 가지의 문제가 집약된 경우로 관아에

---

33) 『於于集』 前集 卷5 「答年兄林公直書」(『총간』 63, 410~411면). "夫文者, 言之精也. 古人不斬一時, 必斬千萬世. 故雖名言格語, 苟涉古人之陳, 猶不屑, 況乎今之文哉? 試觀今之文, 以之而其於乎也以屬辭, 一句三用語助. 使人讀之也, 其句讀流於唇吻, 用是捷巍科華一國者何限. 雖然, 其施於一時則得矣, 其如傳世壽後何? 今僕坐廳事受辭訟也, 滿庭魚貫而入者, 皆持簡牘. 乃令吏胥讀之, 其文章亦流於唇吻, 將以是傳世壽後可乎? 若使左氏爲詞, 司馬氏爲章, 以入吾之庭, 則吏胥必大笑之曰 : "是瞞世之文也." 是豈左氏·司馬氏之罪哉. 今者有馬於此. 其名曰'白犧也·山子也.' 牽之而市諸肆, 韉以席勒以綯, 其步踳踶於一場, 市之人皆顧曰 : "此駑也." 今夫爲文者, 樸陋其辭, 藏華於內, 有類白犧山子之席韉綯勒, 則將以市諸今之世, 吾知其不售也審矣."

송사를 보러 오는 사람들의 간독(簡牘)을 들고 있다. 그런데 천하의 명마(名馬)인 백희(白犧)·산자(山子)라도 치장을 보잘것없게 하여 자신의 재능을 발휘할 수 없는 시장 귀퉁이에 매어 놓으면 사람들로부터 노마(駑馬)라고 비웃음을 사게 된다. 이처럼 겉은 비록 박루(樸陋)한 듯 하나 내실이 화려한 문장이 외면당하고 진부한 옛글을 답습하거나 구두를 부드럽게 한 주소어록체의 글이 오히려 쓰임새가 있는 현실에 대한 비판이다.

유몽인은 주소어록체로 물들어 버린 당대 산문계의 저급한 풍토에 일침을 가하면서, 이러한 실상은 고래로부터 강조되어 온 삼불후(三不朽)의 하나인 '입언(立言)'과는 아무런 관련이 없는 글이라는 점을 강조하고 있다. 그는 "고인을 배우려면 고인들이 배운 바를 먼저 배우고, 서한을 배우고자 한다면 서한 사람들이 배운 육경과 『좌전』, 『국어』, 제자서를 먼저 배우고, 한유를 배우고자 한다면 한유가 배운 삼대와 양한의 글을 먼저 배우라"[34]고 하면서, 여기에 바로 입언의 묘리(妙理)가 있다고 하였다. 그가 이색(李穡)의 글이 모두 "의리에 귀결된다"[35]고 한 것, 그리고 차운로(車雲路)의 글이 『주역』과 『서경』의 경문을 모두 500번씩 읽었고 다른 경전도 모두 그렇게 읽었기에 "의리에 깊다"[36]고 한 언급 등은 모두 '입언수후'의 맥락에서 이해될 성질의 것이다.

유몽인이 말한 의리는 일차적으로 유가 경전(經典)에 담긴 의리임이 분명하다. "비록 그러하나 의리에 귀결되지 않는다면 말은 조야하여 법도에 맞지 않게 됩니다. 육경에서 고깃점을 맛보고, 선유(先儒)들의 자서(子書)에

---

34) 『於于集』前集 卷5 「與尹進士(杉)書」(『총간』 63, 416면). "如欲學古之所謂立言者,
   有妙理存焉. 余觀漢人學三代者, 不能三代而漢人耳. 宋人學退之者, 不能退之而宋人
   耳. 余則以爲欲學古人, 先學古人所學者; 欲爲西京, 先學西京所學六經及左·國諸子
   焉; 欲學退之, 先學退之所學三代兩漢諸書焉, 亦不可先高而後卑."

35) 『於于集』前集 卷5 「報滄洲道士車萬里(雲輅)書」(『총간』 63, 418면). "東方之文, 牧
   隱爲最, 牧隱中朝科擧之士也. 其大小諸作, 皆歸之義理, 其辭雖甚實多所根據, 而皆
   出於科程之式. 生竊笑之."

36) 『於于集』前集 卷5 「報滄洲道士車萬里(雲輅)書」(『총간』 63, 418면). "聞尊讀易與書
   章句, 皆五百, 其他經傳亦類之. 若是則深於義理, 固也. 生雖老, 請學焉."

서 긍경(肯綮)을 튼 뒤에야 소견이 투명하고 입언이 바르게 됩니다"37)라고
한 것이나, "사서와 육경에 근거하여 자오자득해야 한다"38)고 한 것 역시
유가 경전의 의리를 강조한 것이다.

그러나 그가 강조한 의리는 단순히 유가 경전의 의리에만 국한되지는
않는다. 그가 누차 '종지(宗旨)'를 강조한 것, '명의(命意)'를 강조한 것, '입
의(立意)'를 강조한 것 등을 고려한다면, 문장의 으뜸이자 유가의 도의 보
익(輔翼)인39) 산문 작품에서 드러나는 작가의 분명한 주제의식, 곧 주장과
의론도 동시에 함의하고 있다고 할 수 있다.

2) 이만무미(弛緩無味)에서 기간(奇簡)과 간심(艱深)으로

유몽인이 산문에서 추구한 사상·내용의 핵심적 측면이 의리가 있는 입
언수후의 문장이라고 한다면, 산문의 문체·형식의 측면에서 강조한 것은
'기간(奇簡)'과 '간심(艱深)'이다. 이는 학송문(學宋文)의 폐해로 여러 차례 지
적한 바 있는 문체의 비약(卑弱)에 대한 그의 대안적 미학(美學) 이념(理念)
이라 할 수 있다.

그가 산문에서 '기간'과 '간심'의 미학을 추구하게 된 저간의 사정을 먼
저 확인해 보기로 하자.

내가 보건대 세상에서 술을 좋아하는 자들은 처음엔 달게 마시고 중간엔 맛
으로 마시다가, 병이 들어서는 극렬(極烈)을 마셔도 괴로운 줄 모른다. 근세 중

---

37) 『於于集』 前集 卷5 「與尹進士(彬)書」(『총간』 63, 417면). "雖然, 不歸諸義理, 則語野
   而不法, 必於六經焉嚌其胾; 先儒子書焉決其肯綮, 然後所見透而立言正."
38) 『於于集』 前集 卷5 「報滄洲道士車萬里(雲輅)書」(『총간』 63, 418면). "只據四書·六
   經, 自悟自得而已."
39) 『於于集』 後集 卷4 「答崔評事有海書」(『총간』 63, 555면). "今之學者, 喜作小詩而不
   事文. 文者文章之首, 而吾道之翼也; 而世人皆忽之, 獨足下奮然當之, 僕甚多之."

국의 문장 가운데 이동양(李東陽)은 보리단술을 좋아하고, 이몽양(李夢陽)은 약주를 좋아하며, 왕세정(王世貞)에 이르러서는 두 번 거른 소주를 좋아하였는데도 오히려 마음속으로 편하게 여기지 않았다. 그러므로 문장은 병통이 지극한 뒤에야 훌륭하게 된다. 나는 평생 문장을 업으로 삼았는데, 어려서는 이(易)를 숭상하였고 장성하여서는 간(簡)을 숭상하였으며 늙어서는 간심(艱深)을 숭상하였다. 지금에 이르러서는 문장에 대한 병통이 극심하니 어찌 성망(盛望)을 막을 수 있겠는가? …… 나 또한 나의 문장이 두 번 거른 소주인지, 약주인지, 보리단술인지 모르겠다.[40]

유몽인은 문장에 대한 혹호(酷好)가 있어야만 훌륭한 문이 나올 수 있음을 전제로 하면서, 자신의 경험을 말하고 있다. 어렸을 적에는 '이(易)'를 추구하였고, 장성해서는 '간(簡)'을 추구하였으며, 지금은 '간심(艱深)'을 추구하고 있다고 하였다.

본래 '이(易)'는 『주역』에서도 말했듯이 천지의 대미(大美), 그 중에서도 '이간(易簡)'의 미를 의미한다. 그런데 유몽인이 말한 '이'가 의미하는 바는, 어렸을 적에 한(韓)·유(柳)의 책을 오독(誤讀)했다는 평가나, 말년에 구(歐)·소(蘇)의 글은 밋밋하고 깊은 맛이 없다고 한 언급 등에 비추어 볼 때, 당송 고문 중에서도 특히 평이자연(平易自然)·평탄명백(平坦明白)한 풍격의 글이다. 술 마시는 사람이 처음에는 단맛에 마시듯이, 유몽인도 어렸을 적에는 역시 평이자연스러운 글을 높이 평가하였던 것이다.

그는 이러한 당송 고문 특히 송대 고문에서 벗어나 장년이 되어서는 간(簡)을 추구하였다. 그가 말한 간(簡)은 '사(肆)'와는 대대(待對)되고 '약(約)'과는 상통하는 개념으로 어린 시절 자신이 숭상한 '이간(易簡)'과는 다른 '기간(奇簡)'의 '간'이라 할 수 있다. 송유(宋儒)들이 한유(韓愈)의 글을 전적으로

---

40) 『於于集』 前集 卷3 「別冬至副使睦湯卿(大欽)詩序」(『총간』 63, 352면). "余觀世好酒者, 始飮甘, 中飮旨, 及其病也, 飮極烈而不知苦. 近世中國之文, 懷麓嗜麥甘, 空同嗜三亥, 至弇州嗜再燒苦劑, 猶口容口容不安於胸. 故文章病極而後工. 余生平工文章, 幼尙易, 壯尙簡, 老尙艱深, 抵今病於文極矣, 曷足塞盛望乎. …… 余亦不自知余之文章, 再燒乎, 三亥乎, 麥甘乎?"

숭상하였지만 "한유의 기간처(奇簡處)를 제대로 배우지 못했다"[41]고 비판한 것과 같은 맥락에서의 '간'이라 할 수 있기 때문이다. 왜냐하면 유몽인에게 있어서의 '간'은 단순히 간결·간엄의 간이 아니다. 『국어』의 특징을 '섬이기(贍而奇)'라 한 것, 『좌전』의 특징을 '간이상(簡而詳)'이라고 한 것 등에서도 알 수 있듯이, 그에게서의 '간'은 독자의 의중을 뛰어 넘거나 예측을 불허하는 이른바 상격(常格)과는 다른 그 어떤 변화로서의 '기'가 덧보태어진 '간'이기 때문이다. 때문에 유몽인의 경우 '간'은 '기간'과 등질의 의미로 파악해도 무리가 없다.

　기간(奇簡)은 당대의 산문 일반이 가지고 있던 문체의 이만지리(弛縵支離)·비약(卑弱)이라는 문제점을 극복하기 위해 제시된 것으로 상격(常格)·상투(常套)를 거부하고 번다함을 제거하면서 문장에서의 변화를 추구하는데에 그 목적이 있다. 물론 어조사를 비롯한 글자 하나하나에 있어서나 어휘의 구사에 있어서 최소한의 자구(字句)를 사용함으로써 간결미를 추구하는 것을 전제로 하고 있기도 하다. 『사기』의 호장한 규모 및 조어(措語)와 하자(下字)에서의 종횡착잡(縱橫錯雜)과 천변만화(千變萬化)의 체격(體格), 『좌전』의 간결하면서도 상세한 체격(體格), 이 두 전범적 텍스트의 정수(精髓)를 합일적으로 추구하고자 한 것이 바로 유몽인이 말한 '기간'이라 할 수 있다.

　그는 여기에서 그치지 않고 최종적으로 '간심(艱深)'을 강조하고 있다. '간심'은 그가 말한 송문(宋文)의 평탄명백(平坦明白)·무심미(無深味)와 대대(待對)되는 개념이다. 물론 '간심'에서 난해성의 문제가 제기되지 않을 수는 없다. 그러나 유몽인이 '난해성'을 산문 언어가 추구해야 할 본질로 파악했다는 견해나 기간은 필연적으로 난해성을 추구하게 된다는 견해[42]에는 동

---

41) 『於于集』 後集 卷4 「題汪(道昆)遊城陽山記後」(『총간』 63, 557면). "余觀大明文章之士, 有懲宋儒專尙韓文, 而不能得其奇簡處, 徒學弛縵支離之末, 資之以助箋註文字, 使人易曉也."

42) 강명관, 앞의 논문(2002), 186~188면 참조.

의할 수 없다. '기간'이 필연적으로 난해성을 추구하는 것은 아니며, 더구나 '간심'이 난해성으로 발전하는 것은 더더욱 아니기 때문이다. '간심'은 난해성을 하나의 속성으로 가지고 있지만, 문장의 저 내면 깊숙한 곳에서 우러나오는 심오(深奧)하면서도 엄중(嚴重)한 맛을 동시에 의미하기 때문이다. 더구나 술 비유에서도 말하였듯이, 간심은 극렬한 술을 먹어도 괴로움을 모르는 경지이다. 그리고 유몽인 자신은 지금 스스로 문장에 대한 병통이 지극하다고 하였고, 문장은 바로 이러한 병통을 겪은 뒤에야 최고의 경지에 이른다고도 하였다. 결국 간심은 산문 언어가 추구해야 할 최고의 미학적 이념을 제시한 것이라 할 수 있다. 평이자연(平易自然)과 무심미(無深味)로 대변되는 당대 산문 언어의 일상적이고 고착화된 틀을 벗어난 새로운 산문 언어의 미학으로 그가 제시한 것이 바로 간심(艱深)이었던 것이다.

유몽인이 산문을 학습할 때 선진으로부터 시작해서 요순시대로까지 거슬러 올라가고 아래로는 한으로 내려와서 사마천·사마상여에서 그치라고 강조한 이유는, 바로 산문에서 '기간'과 '간심'의 미학을 추구하였기 때문이다. 그가 선진양한의 글과 한(韓)·유(柳)의 글에 대해 각 문체의 핵심을 파악하고 학습해야 한다고 강조한 것이 이를 반증한다.

> 저 또한 다음과 같은 말을 들었습니다. "『맹자』와 『상서』는 순리(順理)이다. 그러므로 비록 사마천의 『사기』보다 오래되었지만 그 공은 쉽게 이루어진다. 『한서』는 박실(朴實)하다. 그러므로 『사기』보다 후대의 것이지만 학자는 병통으로 여기지 않는다. 『국어』는 섬(贍)하면서도 기(奇)하다. 그러므로 말이 번거로워도 그것이 지리한 줄을 모른다. 『좌전』은 간(簡)하면서도 상(詳)하다. 그러므로 말이 간략하면서도 섬미(纖微)함을 남기지 않는다. 『장자』는 말을 새롭게 하기를 잘하고 단서를 바꾸는 것을 잘 한다. 그러므로 이야기가 여러 차례 나오지만 나오면 나올수록 새롭다. 한유의 문장은 고의(古意)를 훔쳤으나 지리한 말은 깎아 내었으며 정수(精粹)를 뽑아내고 그 구절(句節)을 촉급하게 하였다. 그러므로 그것을 잘 배우지 못하면 송문(宋文)의 무미(無味)함으로 빠지게 된다. 유종원의 문장은 명의(命意)가 분명하고 입어(立語)가 정밀하다. 그러므로

말이 비록 난삽하여도 그 지취(旨趣)는 창통(暢通)하니 문장의 첩경(捷徑)이다."
이것은 학자가 자세히 살피지 않아서는 안 됩니다. 비록 그러하긴 하지만 의리
에 돌아가지 않는다면 말이 촌스럽고 본받은 바가 없게 되니, 반드시 육경에
나아가 그 살점을 맛보고 선유(先儒)의 자서(子書)에서 긍경(肯綮)을 튼 뒤에야
소견이 투명하고 입언(立言)이 바르게 될 것입니다.[43]

유몽인은 여러 책을 두루 보되 하나의 책에 공력을 집중한 뒤에야 비로
소 성취가 있다는 생각에서, 『사기』뿐만 아니라 여타의 '고문'에서도 그
각각의 체격(體格)을 배워야 한다는 점을 강조하고 있다. 그래야만 내용이
의리에 귀결될 수 있고 입언도 바르게 될 수 있다는 것이다.

『맹자』와 『상서』의 순리(順理), 『한서』의 박실(朴實), 『국어』의 섬이기(瞻
而奇), 『좌전』의 간이상(簡而詳), 『장자』의 신어(新語)·경단(更端), 그리고 한
유의 절고의(竊古意), 삭지사(削支辭), 발기수(拔其粹), 촉기절(促其節), 유종원
의 명의명(命意明), 입어정(立語精)이라는 각각의 체격을 제대로 배울 때, 그
가 궁극적으로 추구하고 있는 산문에서의 '기간(奇簡)'과 '간심(艱深)'의 미
학이 성취될 수 있다고 본 것이다. 그렇기 때문에 과업(科業)을 중단하고
이러한 고문 텍스트 일반을 각각 수백 번씩 읽고 난 뒤에 아래로 구양
수·소식이나 명대 대가들의 글을 본다면, 이른바 '작자'의 반열에 오를
수 있고 고인들과도 어깨를 나란히 할 수 있다[44]고 하였다. 그는 이러한
의식의 연장에서 『대가문회(大家文會)』를 편찬하였다.

한유와 마찬가지로 유몽인 역시 진언무거(陳言務去)하였고, 전작(前作)을

---

43) 『於于集』 前集 卷5 「與尹進士(彬)書」(『총간』 63, 417면). "孟子·尙書, 順理也. 故雖
高於馬史, 而其功易成. 漢書, 朴實也. 故下於馬史, 而學者不病. 國語, 瞻而奇也. 故
語繁而不覺其支離. 左氏, 簡而詳也. 故語約而不遺纖微. 莊子, 善新其語而善更其端.
故談鋒層現, 愈出愈新. 韓文, 竊古意, 削支辭, 拔其粹, 促其節. 故不善於學之, 卽
流於宋文之無味. 柳文, 命意明·立語精也. 故語雖澁而趣則暢, 文章之捷徑也. 此學
者不可以不察也."
44) 『於于集』 前集 卷5 「與尹進士(彬)書」(『총간』 63, 417면). "苟能廢擧子業, 期十年先讀
前所陳之書各數百遍, 而後下逮歐·蘇·明朝大家, 可以登作者之壇, 與古人齊肩矣."

연습(沿襲)하는 것을 극도로 비판하면서[45] 한나라 사람이 삼대(三代)를 배우고자 하나 한나라 사람일 뿐이요 송나라 사람이 한유를 배우고자 하나 송나라 사람일 뿐이라고 비유하기도[46] 하였다. 술을 마시는 사람은 한 잔에서 시작하고, 태산을 오르려는 사람은 한 걸음부터 시작한다고 한 말[47]은 그가 늙어서 그토록 강조한 '간심'의 산문 미학에 이를 수 있는 '자득(自得)'[48]의 묘리가 무엇인지를 암시하고 있다. 선진양한 산문의 핵심인 육경에서 의리를 배우고, 『좌전』·『국어』·『사기』 등에서 '기간'을 배워 종극적으로 자신만의 산문 세계를 이루는 것, 그것이 유몽인에게 있어서는 '간심'이었다. 따라서 이러한 자득의 과정에서 '자득'과 '전범'의 설정은 본질적으로 모순 관계가 아니다. 왜냐하면 자득이란 선진양한 고문이라는 전범의 도움 없이 그리고 고사(高士)·석우(碩友)의 도움 없이, 벽촌에 혼자 틀어박힌 채 머리를 싸맨다고 되는 것이 아니기 때문이다.

6. 마무리

본고는 유몽인에 관한 선행 연구에서 제기된 바 있는 이른바 '진한고문

---

45) 『於于集』 前集 卷5 「報滄洲道士車萬里(雲輅)書」(『총간』 63, 418면). "凡文章貴不沿襲前作. 吾胸中所儲, 自得於道原, 則區區沿襲, 不足多也."

46) 『於于集』 前集 卷5 「與尹進士(彬)書」(『총간』 63, 416면). "余觀漢人學三代者, 不能三代而漢人耳. 宋人學退之者, 不能退之而宋人耳."

47) 『於于集』 前集 卷5 「與尹進士(彬)書」(『총간』 63, 415면). "然不先其易而先其難, 未有食其效者. 故傳曰 : "登高必自卑, 行遠必自邇." 足下不見夫飲者哉! 雖能飲一石乎, 自一鍾二鍾, 間以肴若膳, 終至盡一石, 未見一吸而吞一石者也. 且不見夫陟泰山者乎? 自一步二步, 緣巖오歷林藪, 終躋於絶頂, 未有一蹴而能至者. 今足下不用小鍾而先一石, 不由近步而先絶頂, 不亦謬乎?"

48) 『於于集』 前集 卷6 「題汪道昆副墨」(『총간』 63, 443면). "余則生此偏邦, 不遇高士碩友, 自得於蠹簡塵編中."

파’의 여러 논리상의 문제에 대한 의문에서 출발하였다. 요약하면 다음과 같다.

유몽인은 당대의 사문(斯文)이 나날이 비루해지는 것을 안타까워하면서 선진(先秦) 고경(古經)에 근거하여 자오자득(自悟自得)할 것을 강조하였다. 또한 이러한 문제의식에서 『대가문회』를 간행하였는데, 이는 자기 시대의 문풍을 혁신하려는 ‘신일대문(新一代文)’이라는 분명한 목적의식을 지닌 적극적 행위였다.

그는 전후칠자의 공과(功過)를 정확히 분변하고 있다. 명유(明儒)들이 입의(立意)는 고상하나 결국에는 그들의 글은 기간(奇簡)하지 못하여 서한의 추구(芻狗)를 도습한 것에 불과하며 끝내 종지(宗旨)가 없게 되어 버렸다고 혹평한 것이 그것이다. 결과적으로 전후칠자가 문장의 수식에서는 뛰어났으나 의리에 있어서는 단점을 노정하였음을 지적한 셈이다.

아이러니가 유사성의 부정으로부터 출발한다고 할 때, 그것은 ‘거리’의 정신이자 ‘객관’의 정신이며, 동시에 분석적 정신이다. 분석적 정신은 지적 사고의 본질이다. 실제의 세계를 분석하고 비판하는 아이러니의 정신이 바로 ‘산문 정신’이다. 이러한 산문 정신을 자기의 시대에서 구현하고자 한 유몽인은 ‘낭만적 아이러니’의 전형적 인물이다. 이러한 이유 때문에 유몽인을 ‘진한고문파’의 중핵으로 지칭하는 것은 적절치 않으며, ‘진한고문파’라는 용어 자체도 재검토되어야 한다.

유몽인은 ‘고문’으로 통칭되어 오던 선진양한 고문과 당송 고문을 보다 분석적으로 이해하였다. 선진 고문에서는 주로 육경과 『맹자』·『장자』 등을 중심으로 문기(文氣)와 수견(邃見)의 문제를 강조하였고, 양한 고문에서는 문장학의 종장인 『사기』의 호장(浩壯)한 기세와 천변만화하는 체격(體格)을 배워야 한다고 강조하였다. 당송 고문에서는 한유·유종원은 ‘고문’으로, 구양수·소식은 ‘금문’으로 규정하였다. 한유의 글에 대해서는 ‘탈태’의 공로를, 유종원의 글에서는 문체의 ‘정경(精勁)’, ‘명의(命意)’의 분명함을 높이 샀다. 반면 구(歐)·소(蘇)에 대해서는 기본적으로 대문장가로 인정하나, 한(韓)·유(柳)에 비해 문장이 평이자연(平易自然)하고 맛이 없어 비약(卑弱)한 데로 빠져버렸다고 비판하였다.

유몽인의 산문 이론이 지향하고 있는 것은, 사상·내용의 측면에서는 의리가 있는 입언수후의 문장이며, 문체·형식의 측면에서는 기간(奇簡)과 간심(艱深)이다. 그가 의리를 통한 입언수후를 추구한다고 할 때의 의리는, 일차적으로 유가 경전의 의리이지만, 산문 작품에 드러나는 작가의 분명한 주제의식이라는 의미도 동시에 내포하고 있다. 또한 그는 당대 산문계의 이만무미(弛縵無味)한 풍토를 청산하고 새로운 산문 창작의 기풍을 확립하고자 '기간'과 '간심'을 천명하였는데, 이는 그가 산문에서 추구한 미학 이념이라 할 수 있다.

술을 마시는 사람은 한 잔에서 시작하고 태산을 오르려는 사람은 한 걸음부터 시작한다라는 말이야말로, 그가 그토록 강조한 '자득'의 묘리를 암시하고 있다. 선진양한 산문의 핵심인 육경에서 의리를 배우고 『좌전』·『국어』와 『사기』에서 '기간'과 '간심'의 문체를 하나씩 배울 때 비로소 도달 가능한 자신만의 세계, 이것이 바로 자득이다. 따라서 자득과 전범은 모순되지 않는다.

윤근수를 비롯하여 이른바 '진한고문파'로 지칭되고 있는 주요 인물에 대한 산문 이론사적·비평사적 검토를 충분히 하지 못하였다. 본고의 일차적인 문제의식에서 벗어난 의제들이었기 때문이다. 그러나 윤근수나 그와 사승 관계에 있는 인물(정홍명, 조익, 김상헌 등) 및 여타의 인물(신흠, 신익성, 조찬한, 조위한) 등에 대한 보다 세밀한 검토를 통해, 16세기 후반17세기 중반의 산문 이론 및 산문 비평을 이론사적·비평사적 맥락에서 토구(討究)하는 것은 대단히 중요한 과제이다.

인조 말, 효종조의 시대분위기와 문풍에 대한 고찰

『심양장계(瀋陽狀啓)』 내용과의 관련성을 중심으로

남은경

1. 들어가는 말

본고는 17세기 중반기 문단, 특히 병자호란 후의 인조 말(仁祖末) 효종조(孝宗朝) 시대의 문단을 이해하기 위해 시도되었다. 그간 우리 한문학사 연구는 조선 중기 문학에 대해서 한문사대가(漢文四大家)의 고문론을 중심으로 연구[1]가 선행되었고, 개별 작가와 특정 문학 장르에 대한 고찰이 점차 진행되어 왔으나,[2] 아직도 다른 시기의 문학 연구에 비해서는 미진한 편이다. 병자호란의 영향권 아래 있었다 할 인조 말, 효종조 문학에 대해서는 그 동안 전쟁 관련 시조[3]와 역사실록[4] 및 몽유록이나 소설[5]에 대한 연

---

1) 우응순, 「조선후기 사대가의 문학론 연구」, 고려대 박사논문, 1990.
2) 의고악부에 대한 연구나 17세기 고시에 대한 연구 등이 있다.
3) 김상헌의 시조(가노라 삼각산아 다시 보자 한강수야. 고국산천을 떠나고자 하랴마는,

구가 개별적으로 되어져 왔고, 격변기라 할 이 시기 10여년 간의 문단의 조감도는 그려지지 않은 상태다.

　그러나 본인은 인조 말, 효종조 문학에 대해 의문점을 가져왔다. 그 시기의 대표적 문인으로 꼽을 수 있는 정두경(鄭斗卿)의 작품은 후대의 평자들에 의해 평가가 엇갈리는데,[6] 효종은 왜 그의 문학을 유독 애독하고 높이 평가[7]하였을까 궁금했고, 이와 관련하여 효종조의 시대 분위기는 어떠했는지 알고 싶었다. 본인은 인조 말, 효종조 시대가 전대와 후대와는 다른 어떤 특별한 분위기 속에 휩싸여 있었다고 추측하고, 그 시대의 문단도 어떤 특징을 가졌으리라 생각하였다. 그러나 17세기 문학에 대한 개별연구가 이제 하나씩 진척되고 있기[8]에 어떠한 속단도 내리기 어려운 형편이

시절이 하 수상하니 올똥말똥 하여라)나 효종의 시조(청석령 지나거냐 초하구이 어디메오 호풍도 차도찰사 궂은 비는 무슴 일고 뉘라셔 내 행색 그려내어 님 계신데 드릴고) 등이 유명하다.

4) 정환국, 「병자호란시 강화관련 실기류 및 몽유록에 대한 고찰」, 『한국한문학연구』, 23집, 한국한문학회, 1999.

5) 김영권, 「병자호란을 제재로 한 고소설 연구」, 경산대 석사논문, 1999; 박성순, 「병자호란 관련 서사문학에 나타난 전쟁과 그 의미」, 동국대 석사논문, 1996; 송철호, 「임병양란 인물전 연구」, 부산대 석사논문, 1995.

6) 정두경의 문학에 대한 후대의 평가는 둘로 나뉜다. 김창협(金昌協)은 정두경 문학의 의고성(擬古性)과 허구성(虛構性)을 문제삼아 비판했고, 남극관(南克寬)은 뛰어난 기격(氣格)의 시인으로 추앙하였다. 이 중 18세기에는 노론쪽 김창협계의 목소리가 더 높았다(남은경, 「동명 정두경 문학의 연구」, 이화여대 박사논문, 1998, 'V장 B. 정두경 문학에 대한 후대의 포폄과 그 의미' 참조).

7) 효종은 정두경의 시를 매우 애독하였는 듯, 훗날 정조(正祖)는 『홍재전서(弘齋全書)』 「일득록(日得錄)」에서 "曾聞, 孝廟常愛鄭斗卿詩, 長置東溟集於御案上"이라 기록하고 있을 정도이다.

8) 조선 중기 한시 작가에 대해서는 이안눌, 권필, 차천로, 성현 등에 대한 논문이 나왔다. 그러나 이들은 병자호란 전에 주로 활동했던 인물들이고, 숙종조 후의 인물이라 할 홍만종, 김창흡, 김창협 등에 대한 연구가 집중적으로 진행되었다. 본인이 관심을 가지고 있는 인조 말, 효종조 문학에 관한 논문으로는 한문 사대가가 겹쳐지는데 이들의 생존연대는 살짝 앞서 있다. 김상헌, 김육의 문학 연구가 부분적으로 되어 있고, 송시열의 문학의 경우 시대 상황과는 별반 관련 없이 그의 문학사상만을 중심으로 연구가 되어 있다. 당대 문단 내에서의 여러 문인들의 위치나 특징에 대해서는 아직 구체화되어 있지 않은 형편이다.

었다.

그 후 『심양장계(瀋陽狀啓)』라는 자료를 접하게 되었다. 이 『심양장계』는 병자호란 직후 심양(瀋陽)으로 끌려갔던 소현세자, 봉림대군의 수행신하들이 조선으로 보낸 (비밀)보고서로서, 심양에서 조선 왕자들이 겪었던 일과 조선 조정에 알려야 할 내용들이 매우 구체적으로 담겨져 있다. 이 『심양장계』는 당대의 비슷한 기록이라 할 『심양일기(瀋陽日記)』와 비교하여 볼 때 양적으로나 질적으로 훨씬 더 풍부하고 구체적인 사실들이 담겨져 있음에도 뒤늦게 번역 작업이 이루어져 근래에야 학계에 소개된 형편이고,[9] 그 속에 담긴 내용 자체에 대한 집중적인 분석은 아직까지 이루어진 바 없다. 하지만 『심양장계』는 기존의 어떤 자료보다도 17세기 중반을 정확히 이해하는데 도움이 되는 내용을 많이 담고 있다. 이에 본고는 『심양장계』의 내용을 토대로 이와 관련이 있는 인조, 효종조 시대 분위기를 살펴보고, 당대 문풍의 독특한 실체를 하나 하나 설명해 보기로 한다.

2. 『심양장계』를 통해본 왕자들의 억류 체험과 현실 인식

우선 본고가 중요 참고자료로 삼은 『심양장계』에 대해 간략한 소개를 하도록 한다.

1636년 병자호란시 조선이 청나라에 치욕적으로 항복한 후, 인조(仁祖)의 장자인 소현세자(昭顯世子, 당시 26세)와 둘째 아들 봉림대군(鳳林大君, 당

---

9) 규장각도서인 『심양장계』를 2000년 세종대왕기념사업회에서 외교통상문헌의 하나로 번역을 해냈다. 이 자료에 대한 연구로는 이두(吏讀) 관련 연구 2편만이 되었다. 「『심양장계』 이두 색인」(박성종, 『관동어문학』 6집, 관동어문학회, 1989)과 「『심양장계』의 이두에 대한 연구」(강경호, 전남대 석사논문, 2001)가 그것이다.

시 19세) 등이 볼모로 끌려가게 되었다. 이는 조선이 항복할 때, 청나라가 요구했던 사항으로, 이 속에는 세자와 대군 및 고관의 자제들을 볼모로 보낼 것, 해마다 폐백을 바칠 것, 명나라와 단교할 것 등이 있었다. 이 약속에 따라 왕자들과 육경의 자제들은 청나라 심양(瀋陽)으로 1637년 2월에 떠났고, 세자의 심양 생활은 그 뒤 8년 동안이나 계속되었다.

『심양장계』는 바로 이 당시 심양에서 조선으로 보냈던 보고서이다. 이 글을 보내는 주체는 세자시강원(世子侍講院)의 신하이고, 그 수신자는 조선의 승정원(承政院)으로 되어 있으나, 실제로는 세자가 임금에게 보낸 글이라고 할 수 있다. 이 『심양장계』는 여타의 실기류[10] 에 비해서 공식문서의 형식을 가지고 있고, 조정에 즉시 보고하는 내용이었기에 조선의 신하들이 반드시 알고 있어야 할 국가와 관련된 중요 내용 위주로 되어 있다. 이 속에는 세자와 대군 이하 종신의 동정, 청나라 각 관아와의 교섭, 심양의 정치, 경제, 사회적 상태, 또한 청나라와 명나라와의 관계들이 자세히 보고되어 있다.

이제 조선 중기 인조 말, 효종조의 문풍을 이해하는데 도움이 될 몇 가지 내용들을 항목별로 나누어 살펴보면 다음과 같다.

1) 조선 왕통의 위기

심양에서 세자 일행이 지낸 8년 간의 생활은 살얼음을 걷는 것과 같은 시간들이었다. 그들은 볼모의 신분이었기에 자신들의 의지와는 상관없이 위험한 처지에 놓이고, 계속하여 생명의 위협을 당해야 했다.

조선에서 심양으로 말을 타고 갔던 한겨울 2달간의 여정은 추위와 피곤의 연속이었고, 심양에 관소를 짓고 정착한 후에는 점차로 궁핍해지는 생

---

10) 병자호란과 관련된 실기는 몇 가지가 있다. 남이웅의 처가 쓴 『병자록』, 심양에 수행해 간 신하들이 기록한 『심양일기』, 그리고 이 『심양장계』가 그것이다.

활 속에서 청의 갖가지 재물에 대한 요구[11]로 관중의 살림은 점차 쪼들려 간다(1641년 6월 25일).[12] 또한 거처하던 장소는 비위생적이어서 겨울과 여름 모두 갖가지 돌림병과 마마의 공포 속에 떨어야 했다.

> "관소가 좁고 낮아 습하며 더러운 냄새가 나고 무더워서 숨이 막힙니다. 대소 인원들이 병이 나지 않은 이가 없으며 요사이 더욱 심합니다. …… 볼모들이 모여 있는 곳도 돌림병이 성하여 이열(李悅)의 종 1명이 죽었습니다. 청나라 풍속에서는 돌림병을 꺼리지 않아서, 비록 멀리 옮겨 나가 있으려고 여러 번 아문에 말을 했으나, 전혀 들어주지 않습니다."[13] (1638년 6월 21일)

이러한 악조건 속에서 봉림대군(훗날의 효종)은 어린 딸을 역병으로 잃었는데, 세자 내외가 조선에 다녀오기 위해서는 어리고 약한 원손을 다시 심양으로 네 달이나 걸려 들어오게(1640년 4월 15일, 1643년 12월 12일)하여야 했다.

소현세자에게는 산증(疝症 : 장신경통)이라는 지병이 있었으나(1638년 4월 21일), 의관과 약재가 부족했다. 질병의 고통 속에서도 세자는 황제의 여러 가지 예식에 참여하는 것은 물론, 황제의 사냥 수행을 요구받아 본인 또는 대군이 몇 차례 가야만 하였다(1638년 10월 15일, 1639년 2월 14일).

이상에서 살펴본 바와 같이, 우리나라의 왕통을 이어받을 소중한 존재라 할 세자와 왕자, 왕손은 청의 요구에 따라 언제든지 사지(死地)에 나가지 않을 수 없는 처지였다. 이는 실제로 심각한 조선 왕통의 위기였다고 할 수 있다.

---

11) 청에서는 왕자 일행에게 갖가지 물건을 조선에서 구해다줄 것을 요구했다. 감, 배, 생강과 같은 음식에서부터 죽력, 단목, 소목 등의 의료용품, 백저포, 황조포 등의 직물 및 종이, 그리고 조선의 여자들까지 요구하였다. 또한 끊임없이 포로 쇄환용 은자를 강요했다.

12) 괄호 안의 날짜는 심양에서 장계(狀啓)를 보낸 날짜이다. 이 날짜의 기록을 보면 해당 내용을 확인할 수 있다.

13) "館中狹隘卑湫, 穢氣蒸鬱, 大小人員無不生病, 而近來益甚. …… 質子等所接之處段置, 染疾亦熾, 李悅奴一名, 殞斃爲白乎矣, 淸俗不忌染病, 雖欲遠出移寓之處, 屢言於衙門, 而專不動念聽施"(戊寅年 六月二十一一啓)

2) 대의명분과 현실의 차이

심양에 볼모로 와있던 소현세자와 봉림대군은 자신이 옳다고 배워왔던 대의명분과 현실이 너무도 다르다는 것을 매순간 인식해야 하는 처지에 놓여 있었다.

왕자들이 심양에 도착한 바로 그 달인 1637년 4월, 척화론을 주장했던 삼학사(三學士)[14]가 심양에 잡혀와 죽음을 당하게 됨을 무기력하게 보고 있을 수밖에 없었고(1637년 5월 24일)[15] 항복의 예를 갖추었던 삼전도(三田渡) 비문(碑文)에 넣는 문구에 대한 청의 수정요구(1638년 1월 26일)[16]를 어쩔 수 없이 들어줄 수밖에 없었다.

또한 그동안 부모의 나라이고 의리를 지켜야 할 대상으로 생각했던 명(明)나라의 계속되는 패전 소식과 명나라 장수가 비굴하게 항복하는 모습, 그리고 명 왕실의 처참한 마지막 모습에 대해 직간접으로 전해 들어야 했다. 그뿐 아니라 명나라와의 내통을 의심받지 않기 위해 노력하며 명을 정벌하는 청을 돕기 위해 군사를 징발해서(1637년 3월 13일), 금주위(錦州衛) 전투 등의 전쟁에 억지로 참여해야만 했다.

---

14) 이들 삼학사는 청(淸)나라와의 화의를 반대한 강경파의 세 학자로 평양서윤(平壤庶尹) 홍익한(洪翼漢), 교리 윤집(尹集), 부교리 오달제(吳達濟)로 이들을 척화삼학사(斥和三學士)라고도 한다. 1636(인조 14)년 청나라가 사신을 보내 조선을 속국시하는 조건을 제시해 오자, 이들은 사신들을 죽여 모욕을 씻자고 주장하였다. 이듬해 굴욕적 화의가 성립되자, 청나라의 요구로 이들 세 사람은 봉림대군(鳳林大君)과 함께 볼모로 잡혀갔다. 이들은 청태종의 회유에도 굽히지 않고 척화를 주장하다 처형당하였다.

15) 『심양장계』 정축년 5월 24일자 계문 내용에는 다음과 같은 내용이 있다. '지난 4월 19일에 용골대가 황제의 명이라 하며 윤집, 오달제 등이 크나큰 죽을 죄를 지었으나, 만약 살고 싶다면 가족을 이곳에 오게 해 살면 허락하는 은혜를 베풀겠다고 말했다. 그런데 그들은 그렇게 사는 것은 죽는 것만 못하다고 항거의 말을 하며 거절해버렸다. 당시 조선의 관리들은 이들 삼학사가 나이 어려 오직 군친에 대한 그리움으로 인해 망발을 하고 있으니 살려줄 것을 대신 재삼 부탁했으나 끝내 그 죄를 면하지 못하였으니 참담함을 차마 볼 수 없었다'라고 서술된 말이 나오고 있다.

16) 청나라에서는 삼전도 비문의 문구에서 초나라 장왕을 인용하여 비유한 글을 문제시하였다. 폭력과 약탈(暴掠)의 글자를 빼고 청나라의 은덕을 강조하라고 했다.

척화를 주장했던 조정의 원로대신(金尙憲, 東陽尉 申翊聖 등)을 구명하기 위해 세자는 위험을 무릅쓰고 청에게 부탁을 해야 했고, 이들 조선대신들의 당당한 척화론적 태도와는 상관없이 청나라는 연일 승전고를 올렸다(1643년 5월 14일).

조선 조정의 힘이 워낙 없으니 이들 왕자 일행과 용골대(龍骨大), 마부대(馬夫大)와 같은 청나라 장군 사이에서 중간다리 역할을 하던 역관들까지 농간을 부리기 시작했고, 이들의 행패를 고발했던 젊은 신하 정뇌경(鄭雷卿)[17]은 그 정의로운 행동으로 인해 도리어 청의 비호를 받고 있던 역관으로부터 보복을 당해 사형을 당하고 만다(1639년 4월 29일). 그의 사형방법을 바꾸는 것[18] 외에는 아무 것도 할 수 없었던 세자는 아주 사소한 것만 허용되는 무기력함에 좌절감만을 느꼈을 것이다.

3) 문(文)과 무(武)의 차이

왕자 일행이 청에서 목도한 것은 청나라 왕실을 일으킨 무(武)의 엄청난 힘이었다. 17세기 당시 중국 전체를 평정하려는 청나라의 국가제도는 팔고산(八固山)[19]으로 이루어진 일종의 군대제도였고, 왕자 일행은 이들 팔고

---

17) 정뇌경(鄭雷卿, 1608~1639) : 을사삼간 정순붕(鄭順朋)의 현손으로 대간으로 임명되자, 스스로를 탄핵하고, 소현세자가 청나라에 볼모로 잡혀가게 되자, 자청하여 수행하며 보필했던 인물. 심양에서 세자시강원의 관리로 세자의 서연을 담당해 세자와 상당히 가까웠던 것으로 보인다.

18) 청나라에서는 정뇌경의 목을 자르라고 했으나, 세자가 교살형으로 바꾸게 해달라고 요청하여 간신히 허락을 받았다. 세자는 정뇌경의 시신을 조선으로 보내며 장례를 후하게 치르게 했다 한다.

19) 팔고산(八固山) : 팔기군(八旗軍)과 같은 말. 만주족이 17세기에 중국을 점령·통제하기 위해 이용한 군사조직. 만주족 지도자인 누르하치(1559~1626)는 1601년에 각각 300명의 전사로 구성된 4대 군단으로 기병(旗兵)을 조직했고 1615년 4개의 기병이 추가되었는데, 이들은 깃발 색깔과 테두리로서 구별하였다. 만주족의 점령지가 늘어나자 군단의 규모도 계속 커져, 후에는 1개 군단이 7,500명에 이르렀다. 누르하치의 신하들은 몇

산 무장(武將)들과 자주 만나고 교제해야 했다. 그리고 심양에서의 볼모 생활 내내 왕자를 관리했던 인물도 용골대, 마부대와 같은 장군이었다. 왕자들은 황제의 사냥에 수시로 수행하여야 했고(1642년 2월 2일), 황제의 사냥 수행시 청나라에서는 왕자와 대군으로 하여금 무거운 활과 화살을 메게끔 요구하기도 하여(1638년 10월 15일) 조선의 신하들을 당황시켰다.

청나라에서는 황제 군대의 계속되는 승전보를 심양 관소에 알려주었고, 전획물을 세자에게 보게끔 하였다(1638년 11월 17일, 1639년 5월 4일). 그리고 주목할 만한 점은 황제가 즐겨 활쏘기와 말 달리기 시합을 개최했고, 여기에 조선의 세자를 참석시켰다는 것이다.

> "24일, 황제께서 서쪽 교외에 나가셨습니다. 여러 왕들 이하 장관(將官)들이 모두 황제 앞에서 활쏘기 시범을 보였고, 여러 고산(固山)들이 기르는 말들도 달리기 시범을 보였는데, 모두 30리 밖에서 달려온 것으로 말들은 모두 물을 뒤집어쓴 듯 땀을 흘렸습니다. 이는 말의 우열을 정하기 위한 것이라 했습니다. 자리가 끝날 때 삶은 고기와 제철 과일로 상을 차렸는데 …… 세자께서도 가서 참석하셨습니다."[20] (1639년 8월 28일)

청나라에서는 자국에 비협조적인 조선의 임경업(林慶業) 장군에 대해 매우 민감하게 반응하며, 왕자들이 심양에 있던 8년 내내 그에 대한 감시 명령과, 도망한 그를 빨리 체포하지 않으니 내통하는 것이 아니냐는 질책을 계속하였다. 또한 조선에서 무기(武器)를 제조하고 있는가의 여부에 대한 의심을 계속하였다.

이상의 경험을 통해 왕자들은 일찍이 조선에서 겪어볼 수 없었던 무의 세계를 가까이서 접하게 되었고, 또한 조선 무관에 대한 청나라인의 끊임

명의 왕자를 제외하고는 모두 기병에 편성되었고, 기병은 행정기능도 맡았다. 만주족은 이 군대에 힘입어 중국을 점령하고 청(淸, 1644~1911)나라를 세울 수 있었다.

20) "二十四日, 帝出往西郊, 諸王以下將官等, 皆於帝前習射, 諸高山所養之馬, 亦習馳突, 皆自三十里外馳來云, 馬皆流汗如沐, 盖定品馬之優劣是如爲白乎旀, 臨罷時, 以烹肉及時果排宴 …… 世子亦爲往參敎是白齊."(己卯年 八月二十八日啓)

없는 경계심을 통해 무의 실제적 힘을 깊게 깨닫게 된 듯 하다.

4) 재물에 대한 관심

왕자 일행이 심양에 있는 동안, 그들은 조선에서는 겪어보지 못한 경제적 궁핍으로 고통받아야 했다. 처음 얼마 동안은 청나라에서 식료품 등을 충분히 대어주는 듯 했으나, 점차 공급물량을 줄여나갔고, 나중에는 밭을 주어 조선 왕자 일행이 직접 채소 등의 식량을 해결하라고 요구하였는데(1641년 3월 8일), 관소 내의 자금이 너무 부족하여 농사지을 돈도 없을 지경이었다(1643년 2월 2일). 이에 따라 심양관소에는 생활 경비를 마련하느라 일꾼을 부려 농사 짓게 해야 했고, 또한 조선에 끊임없이 필요 물품을 요청해야 했다.

또한 청나라 조정과 청의 장군은 수시로 포로 속환을 위해 돈을 요구했다. 심지어 조선인인지 중국인인지 구별할 수 없는 사람을 속환하라 강요하기도 하여(1643년 1월 17일) 돈이 없는 왕자 일행은 개인의 돈을 빌려서 억지로 돈을 주기도 했다. 특히 용(龍)장군 등은 개인적인 필요가 있을 때마다 갖가지 물건을 강매하고, 또 여러 가지 명목으로 속환비와 기타 금품을 요구하며 뇌물을 바랬다.

이에 따라 조선에서 담배를 들여오는 것이 청에서는 엄연히 금지사항이지만, 세자 관소에서는 먹거리 장만을 위해서 담배를 몰래 들여오기도 하고, 또한 속환하는 비용으로 담배를 쓰기까지 이른다. 이 속에서 이익을 추구하는 무역업(담배)이 활발하게 전개된 것이다(1643년 2월 2일).

이러한 재물 부족과 무역업의 경험은 왕자 일행에게 현실 생활 속에서 재화의 중요성을 심각하게 인식하게 하는 계기가 되었을 것이다.

3. 효종조 북벌론의 전개

1) 소현세자의 죽음과 봉림대군의 세자 승계

8년 동안의 힘든 볼모 생활을 마치고, 1644년 소현세자는 청의 허락 하에 심양을 떠나 연경(燕京)을 거쳐 귀국하게 된다. 26세의 나이에 떠났던 조선 땅을 34세의 나이가 되어서야 완전히 귀국하게 된 것이다. 그러나 안타깝게도 그는 귀국한지 두 달만에 의문의 죽음을 맞이하게 된다.[21] 그리하여 뒤따라 귀국한 27세의 봉림대군이 형 대신 세자 자리를 이어받고, 1649년 승하한 인조(仁祖)의 뒤를 이어 왕위에 오르니, 그가 바로 효종(孝宗; 1619~1659)이다.

2) 효종의 북벌론(北伐論) 추진

효종은 자신을 즉위시킨 부왕과 하늘의 뜻이 북벌(北伐)에 있다고 생각하여, 즉위 후 얼마 뒤 북벌 추진에 착수했다. 군사력 강화를 위해 그가 우선 취한 첫 번째 조처는 문무(文武)의 구분이었다.

문관은 문(文)을 숭상하고 무관은 무(武)를 숭상하여야, 국가가 취하는 바가 어긋나지 않는 것인데, 오늘날은 그렇지 못하다. 문관이 무관처럼 생긴 사람은 의례히 경멸함을 받고, 무관은 서생(書生)처럼 되어야 세상에 용납을 받게 되었다. 만일 무관이 말 달리기를 좋아하면 사람들은 반드시 광패(狂悖)하다고 지목하니, 이와 같은 습관은 참으로 부끄럽다. …… 지금의 무관은 선비와 같으니 어찌 싸움터에서 힘을 얻을 수 있겠는가.[22]

---

21) 소현세자의 죽음은 의문사로, 인조에 의한 독살설이 후대 학자에 의해 제기되고 있다.

효종은 "전시(戰時)에 일개 서생들로 하여금 군사를 지휘하게 하는 것이 우리나라의 큰 폐단이다"라고 파악했고, 군비확충 및 북벌을 위해서는 무신의 역할이 중요하다고 인식했다. 그리고 그 이전까지 줄곧 무관이 문관에게 경멸받는 세태가 팽배해왔음을 탄식하였다. 이러한 효종의 생각은 그가 심양(瀋陽)에서 겪었던 체험이 밑바탕이 된 것이다. 어린 시절 청나라 황제의 사냥에 수행해가서 말달리기와 활쏘기를 익히 보고, 그들 청군 장수들의 강인한 기마대 모습을 가까이서 접했기에 파리한 안색의 문관이 무관을 겸하는 것은 마땅하지 않음을 확신한 것이다.

효종이 재위 2년 8월 심양에 함께 있었던 박서(朴遾)23)를 병조판서에 임명하였으니, 이는 군비 확장의 시작이었다. 박서는 영장(營將)제도를 부활하자라고 주장하는 등 효종과 발맞추어 군사력 강화에 힘썼다. 그러나 안타깝게도 박서는 효종 4년 6월에 급서한다. 효종은 좌절하지 않고 다시 원두표(元斗杓)를 병조판서에 임명해 북벌의 대임을 맡겼다. 또한 재위 4년 10월에는 무장인 이완(李浣)을 훈련대장으로 삼아 그 실행을 맡게 했다.

또한 효종은 비상시기에 필요한 인재는 문관이 아니라 무관이라 생각하여 무관들을 적극적으로 등용하기 위해 관무재(觀武才)24)와 관병식(觀兵式) 등을 적극 활용하였다. 자신의 친위군인 금군(禁軍)을 늘렸고, 창덕궁 후원의 담장을 헐어 기사장(騎射場)을 만들기도 하였다.

---

22) "文官則莫如尙文, 武官則莫如尙武. 國家所取, 不出乎此, 而今則不然. 文官之如武弁者, 固已輕. 武臣之如書生者, 方能見容. 若使武弁而好馳馬, 則人必以狂悖目之, 習尙可愧. …… 今世武弁之如書生者, 安能得力戰陣間也" 이긍익, 『練藜室記述』 卷 30 「孝宗朝故事本末, 孝宗睿德 僉」.

23) 박서는 다름 아닌 심양에서 함께 왕자들을 수행했던 인물로, 효종의 군비확장 계획에 대해 대다수 신하들이 반대하는 동안, 그는 비록 문신출신이었으나 「수륙군환정사목」 등 군정개혁 5개조를 내놓아 군사력의 정비를 주장하여 효종을 도왔다.

24) 관무재란 조선시대 무과 시험의 하나로서 임금이 친히 열병(閱兵)한 뒤에 치르는 시험을 말한다. 효종은 재위 4년 9월 관무재 합격자에게 지방수령을 제수하려 하였다가 다른 신하들의 반대와 관무재 자체를 반대를 당하기도 한다. 효종은 재위 6년 3월에도 강릉에 가면서 군사들에게 무술 시범을 보이게 하면서 직접 활시위를 튕기고 검을 매만졌다.

3) 효종조의 정국 양상

17세기 정치사 연구는 아직 시작단계라 할 수 있다. 이건창의 『당의통략
(黨議通略)』에 따르면 인조 말년의 서인내 분파는 원당(原黨)과 낙당(洛黨), 산
당(山黨)과 한당(漢黨)으로 나뉜다. 이 중 인조 말, 효종조 국정을 담당했던
중요한 당파는 송시열(宋時烈), 송준길(宋浚吉)을 중심으로 한 충청도 출신의
산림(山林), 즉 산당(山黨)이고, 서울 중심의 한당(漢黨)은 17세기 중반인 효종,
현종 년간 집권서인세력의 한 분파로서 김육(金堉)25)과 신면(申冕)26)을 우두
머리로 하며 모두 서울 중심의 한강부근에 살았던 인물들이라 한다.27)

효종조에 이르면 산당과 한당으로 나누어져서, 이들 모두는 원당의 원
두표(元斗杓)를 병조판서로 삼아 급격하게 진행해왔던 효종의 북벌론에 대
해서는 반대 입장을 표명하였다. 문신들은 효종의 무신 중용 자체에 반발
했고, 집권관료층은 재정의 어려움을 들어 군비확충을 반대하는 한편, 청
을 자극할 수도 있음을 들어 군비강화에 난색을 표하였다. 효종 3년 어영
군을 증치하자, 좌의정이며 한당의 대표라 할 김육(金堉)은 차자를 올려 군
사를 조발함은 후환을 불러일으키게 될 것이라며 염려하였다. 효종 8년 효
종의 강력한 숭무정책(崇武政策)에 대한 반발이 여기저기에서 터져 나왔고,
이에 산림(山林)인 송시열과 송준길이 이 시기 조정에 나와 여론을 이끌게
된다. 효종은 이들에게 많은 정치적 권력을 내주는 대신 이들에게 책임지

---

25) 김육은 인조조 대동법(大同法)의 시행을 건의하며, 구황촬요(救荒撮要)와 벽온방(辟
瘟方)의 간행, 수차(水車)의 제작 보급에 힘쓰고, 시헌력(時憲曆)의 도입과 화폐사용을
요청함으로써 경세가로서의 면모를 드러내었다. 이에 효종 때 상신으로 발탁되었다.

26) 신면은 인조초 영의정을 지낸 신흠(申欽)의 손자이고, 선조의 부마인 동양위(東陽尉)
신익성(申翊聖)의 아들로 명문가문 출신이다. 누이가 김육의 아들인 김좌명(金佐明)의
부인이 되어 김좌명과는 매부, 처남사이가 된다.

27) "山黨主金集, 而宋浚吉宋時烈等輔之, 皆連山懷德山林中人, 故謂之山黨; 漢黨主金
堉及申冕, 皆居漢上, 故謂之漢黨."(黨議通略, 仁祖朝) 정만조, 「17세기 중반 한당의
정치활동과 국정운영론」, 『한국문화』 23집, 서울대 한국문화연구소, 1999, 108면에서 재
인용.

고 북벌을 준비하게 하려 했다. 효종은 재위 9년 9월 드디어 송시열에게 인사권까지 주었다.[28]

효종 10년 3월 송시열과의 은밀한 만남이라 할 '기해독대(己亥獨對)'에서 효종은 북벌 준비에 대해 자신하면서, 다음과 같이 심양에서 얻은 경험을 이야기했다.

> "하늘이 내게 부여해준 자질이 그리 용렬하지 않은 데다가, 나로 하여금 일찍이 환란을 당하게 하여 부족한 면을 채워주었고, 나로 하여금 일찍이 궁마(弓馬)와 진법(陣法)을 익히게 하였으며, 나로 하여금 저들 속에 들어가 저들의 형세와 산천지리를 익히 알게 하였고, 나로 하여금 적지에 오랫동안 있게 하여 두려워하는 마음이 없게 하였다."

효종은 이처럼 송시열에게 북벌 추진에 대한 자신의 강한 자신감을 표현했다. 그런데 효종이 대다수 사류들의 반발을 무시하면서까지 이처럼 북벌을 위한 군비확충에 몰두하였던 내심은 무엇이었던가?

복수설치(復讐雪恥)라는 입장은 예전부터 언급되어 온 주지의 사실이다. 그런데 요 근래 효종의 북벌론에 대한 새로운 해석이 나오고 있다. 효종에게 강력한 군사력의 확보는 호란으로 실추된 왕실의 권위를 회복해주고, 왕권의 기반을 확립해 줄 수 있는 힘이었으며, 강력한 군주력의 과시로서 기능할 수 있었던 것이라는 해석이 바로 이것이다. 즉, 북벌을 표방한 군비확충은 왕권에 도전하는 세력을 견제하기 위한 의도를 내포한 것으로 그 궁극적인 목표는 왕권 강화로 보인다.[29] 그러므로 북벌론은 효종에게 재위명분을 부여해주고, 자신의 정통성에 흠을 내는 산림(山林)과의 공감대를 형성해 그들을 지지세력으로 끌어들일 수 있는 방편으로 삼게 하고, 궁

---

28) 그 뒤 송시열, 송준길이 대권을 장악함에 따라 효종초 북벌을 함께 추진했던 원두표, 이완 등 북벌인사들은 정권에서 소외되기 시작했다.

29) 그렇기 때문에 그의 군비확충은 어영청(御營廳), 금군(禁軍), 훈련도감(訓練都監) 등 중앙군의 강화에 보다 치중이 되었던 것이다.

극적으로 왕권의 강화를 달성할 수 있는 길을 열어주었던 것이다.[30]

송시열은 효종이 의욕을 가지고 추진하는 북벌사업에 관여하고 권력을 장악하였다. 그러나 송시열의 본래 의도는 '존중화양이적(尊中華攘夷狄)'이라는 '춘추의리(春秋義理)'에 의한 것이므로, 성리학적 정치이념을 실현하여 사림정치를 구현하려는 것이 그의 본래 의도였다 하겠다.[31]

한편 현실주의라 할 한당계의 인물은 청과의 관계를 현실적으로 풀어나가는 것을 강구하고, 또한 다른 무엇보다도 수취체제의 개편을 통한 민생안정과 재정확보를 기하여 안민익국(安民益國)의 이상을 도모하려고 했기에[32] 북벌론에 대해서는 회의적이었다.

송시열과 독대를 한 뒤 몇 달도 안 되어 효종은 급서했다. 군사강국을 지향했던 효종은 숱한 의혹을 남긴 채 세상은 떠났고, 조선은 다시 송시열 등이 주도하는 극심한 문치(文治)의 나라로 돌아가게 되었다.[33]

4. 인조 말, 효종조 문풍의 특징

이제 본장에서는 인조 말, 효종조 문단에서 활동했던 중요 문인의 문학작품이 병자호란을 거치고 북벌론이 진행되던 당시 어떠한 양상으로 표출되었는지 살펴보고자 한다. 이를 위해 병자호란 시 척화론으로 당대 국론을 이끌었던 척화파 김상헌(金尙憲)와 삼학사(三學士), 그리고 효종과 함께 북벌론을 이끌었던 산당의 송시열(宋時烈)과 효종이 가장 사랑했던 문인 정

---

30) 안명진, 「17세기 북벌정책의 전개와 정치적 의미에 관한 연구」, 이화여대 석사논문, 2002, 29~30면.
31) 안명진, 앞의 논문, 48면.
32) 정만조, 앞의 논문, 140면.
33) 이덕일, 『송시열과 그들의 나라』, 김영사, 2000, 151면.

두경(鄭斗卿)의 문학, 그리고 한당의 인물 김육(金堉) 등의 문학에서 보이는
몇 가지 특징을 모아서 정리해 보도록 하겠다.

1) 국방의 위기와 우분지회(憂憤之懷) 표출

　병자호란을 전후한 인조시대에는 당시의 위기 상황을 그대로 투영한 작
품들이 다수 창작되었다. 전쟁 발발 전부터 북방 오랑캐들의 세력확장과
이에 따른 명나라의 패퇴 양상을 근심스레 시로 표현한 이들이 많았고, 변
방 오랑캐의 부산스런 움직임과 이에 대한 조선 문인의 우울한 시선과 두
려움, 긴장감이 시로 표현되곤 했다.34)

　우려했던 대로 결국 전란이 일어났고, 당시 우리 조선인은 제대로 된
항거 한번 못하고 무력하게 항복해야 했다. 문인들은 전란 당시 조선의 임
금이 오랑캐에게 수치스런 항복을 하는 장면을 목도했고, 임금이 치욕을
당했으나 신하로서 아직 죽지 않고 살아 있는 자신의 모습이 못내 부끄러
웠다("主辱臣合死, 每念一嗚呼"). 이러한 복잡한 마음을 표출하는 작품들35)은
당대 문인들이 가졌던 위기의식과 자괴감, 그리고 청에 대한 분노의 심정
을 알게 한다.

　전란이 끝나고 난 뒤에는 또 다른 시련이 기다리고 있었다. 청의 요구
조건에 따라 조선의 왕자들과 고관 자제들이 만리타향 심양(瀋陽)으로 엄
동설한에 끌려가는 상황을 직면해야 했기 때문이다. 볼모가 되어 떠나는

---

34) 김상헌은 병자호란 발발 전부터 명과 청, 조선간의 복잡한 외교관계에 주목하였다. 그
　　는 모문룡(毛文龍)의 가도(椵島) '동강진(東江鎭)'에 들어갔던 명나라 유민들이 전쟁에
　　시달리며 굶주리고 지쳐가는 모습을 소재로 한 시(「新安步卒歌」)를 썼다. 그리고 정두
　　경이 병자호란 직전 쓴 「登凌漢山城飮酒 3수」·「北到城津 8수」 시에서는 전쟁 발발의
　　위기의식을 음침한 북방 자연의 모습을 배경으로 우울한 정조로 표출하고 있다.
35) 정두경의 작품 중 「記行述懷贈北評事朴德一吉應」·「亂後寄徐秀夫」 등에 그 구절
　　이 나온다. 그리고 김상헌의 「衣帶贊」에는 "主辱已極, 臣死何遲. ……陪輦投降, 余實
　　恥之. 一劍得仁, 視之如歸"라고 하여, 척화의 강한 의지를 보이고 있다.

인조 말, 효종조의 시대분위기와 문풍에 대한 고찰　621

사람이나, 가족친지를 억지로 떠나 보내야만 하는 사람 양쪽 모두 무척이나 참담한 심정이었다. 이로 인해 심양으로 떠나가는 사람들에 대한 안타까운 마음을 시로 쓴 작품들이 남게 된다.[36]

많은 사람들이 볼모가 되어 심양으로 끌려갔고, 특히 청나라에 대해 척화(斥和)를 주장했던 인물들은 청의 요구에 의해 압송되었다. 삼학사(三學士)는 심양에 도착한 뒤 얼마 안 되어 처형되었고, 척화파의 대표인물 김상헌(金尙憲, 1570~1652)의 경우는 호란후 청나라의 파병요구를 적극 반대하다 심양으로 잡혀가 억류생활을 하게 되었다. 71세의 노구를 이끌고 심양에 간 그는 도합 5년 간 3차례의 억류생활을 하며 그 속에서 느끼는 우국의 심정과 인간적인 갈등을 여러 편의 시로 남겼다. 다음은 명의 멸망으로 인해 김상헌이 심양(瀋陽)에서 연경(燕京)으로 왕자들과 다시 더 먼 오랑캐 땅으로 이송되며, 그러한 자신의 모습에 대해 비분(悲憤)을 느끼며 쓴 시이다.

<blockquote>

兩宮當日下山城　　양궁께서 당일에 산성에서 내려오시는데
萬死羞同此虜生　　만 번 죽어도 이 오랑캐와 함께 하기 수치스럽네
白首如今送燕獄　　흰 머리로 오늘날 연경 감옥으로 이송되니
仰瞻銅輦泣無聲　　동련을 우러러 봄에 눈물만 소리 없네

— 金尙憲, 「悲憤」 3수

</blockquote>

김상헌은 차라리 죽을지언정 오랑캐들과는 한 시도 함께 있고 싶지 않다는 강한 거부감을 표현하고, 우리 왕자와 함께 다시 연경으로 이송되어야 하는 신세를 눈물을 흘리며 한탄하고 있는 것이다.

당시 몇몇의 관료들은 여러 가지 이유로 명과 청을 왕래하였다. 특히

---

36) 정두경(鄭斗卿)의 시 중에는 당시 심양으로 왕자를 수행하며 함께 떠났던 고관대작의 자제와 젊은 관리들에게 주었던 송별시가 남아 있다. 「送李說書正英赴瀋陽 2수」·「送李靜叔入瀋陽」·「幽州歌送李靜叔憪以質子入瀋陽」가 그것으로, 여기 등장하는 이한(李憪)은 당대의 고관대작 이시백(李時白)의 질자(質子)였다. 또한 이경석은 어린 원손이 세자 대신 볼모로 있기 위해 심양으로 떠나니 모든 백성이 눈물을 흘렸다는 내용을 「閏正月初九日, 元孫大君發行而西, 衣冠稚耋, 無不涕泣. 不覺瞻望失聲」 시에 남겼다.

효종조 한당(漢黨)의 대표인물이 된 김육(金堉)은 과거 왕자들이 심양에 있을 때, 60~70세의 노령의 나이로 여러 차례 심양을 드나들었다. 그는 그러한 사행 속에서 느끼는 위기의식과 우국의 심정을 시로 나타내었는데, 그는 특히 송나라의 애국시인 문천상(文天祥)의 집두시(集杜詩)에 영향을 받아 그 자신도 200여 수의 집두시를 남겼다.37) 다음 시는 그 중 하나이다.

一望幽燕隔(秦州雜詩)　　유주와 연주를 바라보매 막혀 있으니
誰扶黃屋尊(建都)　　　　그 누가 왕실을 안정시킬 것인가?
社稷堪流涕(西閣口號)　　국가 사직은 못내 눈물 흘릴 만한데
悲氣排帝閽(貽柳少府)　　슬픈 기운 황제 계신 문으로 밀려드네.

—金堉,「感遇」

김육은 세자 대신 볼모가 될 어린 원손을 모시고, 머나먼 심양 땅에 가게 된 자신의 심경을 집두시의 형식으로 표현하였다. 당나라의 대표적인 시인 두보(杜甫)의 시귀를 모아 쓴 집두시는 방대한 독서력을 배경으로 함부로 표현하기 어려운 예민한 문제들을 무난하게 대신 잘 말할 수 있어 어려운 시대를 표현하기에 좋은 형식이라 하겠다. 그는 이 집구시를 통해서 청나라의 명을 받고 어쩔 수 없이 심양까지 원손을 모시고 가지만, 내면으로는 조선사직에 대한 심각한 우려와 비분한 감정을 숨길 수 없음을 나타내고 있다.

효종조 영의정이던 이경석(李景奭)은 효종 원년에 성지(城池)를 수축한 일을 청나라가 문제삼자, 이에 대한 책임을 자신이 홀로 감당하길 자원하여 의주로 떠났고, 결국 백마산성에 위리안치되었다. 당시 위기상황 속에서 청천강을 밤에 건너며 쓴 다음 시는 나라의 어려움을 혼자 감당해내려는

---

37) 김육의 집두시의 주제는 몇 가지로 구분된다. 김상홍(「한국의 집두시연구」,『한국한시론과 실학파문학』, 계명문화사, 1989)은 憂國의 詩心, 巡行의 敍情, 牧者의 愛民之情, 歸田의 삶과 追梅으로 분류하고 있고, 이경희(「잠곡 김육의 집두시연구」, 단국대 교육대학원, 1988)는 憂國詩, 愛民詩, 紀行詩, 歸田詩, 別離詩로 구분하고 있다.

그의 비장한 충성심과 신의, 그리고 우국의 심정이 표출되고 있다.

長河月黑雨絲絲　　긴 강 달빛은 검고 비는 부슬부슬 내리는데,
人言灘聲共鬧時　　사람의 말소리와 여울소리 모두 떠들썩도 하구나.
半夜直將忠信涉　　한밤중 곧장 충신(忠信)의 심정으로 강을 건너니
此心惟有鬼神知　　이내 마음 오로지 귀신이 알아줄 뿐이리.
—李景奭,「晴川灘夜渡」

이렇게 나라밖 심양이나 북방지역에 끌려가 고초를 겪으며, 국가적 위기를 피부로 겪고 있는 문인의 작품이 있는가 하면, 이와는 대조적으로 조선 국내에 살면서도 하루 하루를 근심 걱정 속에 지내는 문인도 있었다. 특히 심양에 억류된 왕자들의 안부를 걱정하며 그들의 무사귀환을 바라는 경우가 있었는데, 정두경의 「의왕자사귀곡(擬王子思歸曲)」 같은 시가 바로 그것이다. 같은 제목으로 쓴 총9편의 시가 있어,38) 그가 왕자들의 안위를 무척이나 걱정했음을 알 수 있다.

王子陪元子　　왕자께서 세자를 모시고
經年滯塞垣　　몇 년이 지나도록 변방 담장에 매여 있다네
危哉虎狼穴　　위태롭도다. 호랑이 이리의 구멍이요
有此鶺鴒原　　여기 서로 돕는 할미새 언덕39)이 있네.
龍種爲人困　　용종이 인간에게 곤욕을 당하고 있으니,
雲雷自古屯　　고난 속을 조심스레 헤쳐가야 하네.40)

---

38) 정두경이 「擬王子思歸曲」을 쓰게 된 동기를 다음 시의 제목 뒤에 문집 편찬자가 서술하였다. 卷3 「오율」 「擬王子思歸曲」 4수, "孝廟嘗於瀋中, 有感懷詩數篇, 先生聞而悲憤作此詩(효종께서 일찍이 심양에 있을 때, 감회시 여러 편이 있었다. 선생이 이를 듣고 비분하여 이 시를 지었다)."

39) "鶺鴒在原"은 『시경』에 나오는 말로 할미새가 언덕에 있는 모습에서 형제가 위급한 일이나 어려운 일을 당하여 서로 돕는 비유로 쓰임.

40) '雲雷自古屯'은 주역의 屯卦와 관련된 것으로, 수뢰둔괘(水雷屯卦)에 해당한다. 주역에서 '둔'이란 음양이 처음으로 교감해 새로운 것을 낳는 형상이니 우선 고난이 있음을 말해주고 진행과정에 막힘이 있다는 의미를 내포한다. 그러나 고난 속에서도 전화위복

| 京華冠盖滿 | 서울에는 덮개 씌운 화려한 수레가 가득 하니 |
| 爾等是誰恩 | 너희들은 누구의 은혜 덕택인가? |

— 鄭斗卿, 「擬王子思歸曲」 4수-2

왕자가 억류되는 약소국의 비애를 절감한 정두경은 당대의 무능력한 조정의 인물들에 대해 반감을 품고 이를 비판하기 시작하였다. 우리의 왕통(王統)을 이을 고귀한 신분의 왕자(王子)들이 사나운 호랑이 이리와 같은 오랑캐의 소굴에 들어가서, 할미새처럼 서로를 의지하며 위태롭게 버티고 있는데, 당대 지배층 인물들은 서울에서 덮개 씌운 화려한 수레나 타고 이리저리 왔다 갔다 하고 있다. 이들 고관벼슬아치들의 모습은 과연 제대로 처신하고 있는 것인가 반문하며 심각한 현실인식을 촉구하고 있는 것이다. 특히 정두경은 심양에서 억울하게 사형을 당했던 정뇌경(鄭雷卿)과 친척 관계[41]였기에 심양에서 왕자들이 겪는 부조리한 위기 상황을 뼈저리게 느끼고 있었다. 그렇기에 이들 왕자의 심양 억류생활에 대한 안타까움과 무능한 당대 조정대신에 대한 분노가 남달랐던 것으로 보인다.

이렇게 병자호란 전후의 인조, 효종조의 문학에는 당대 시대상황의 어려움과 이에 대한 우분(憂憤)의 심회가 그대로 투영되어 묘사된 작품이 많다. 이것들은 인조, 효종조의 우울하고도 참담했던 시대분위기가 그내로 문학에 드러나고 있는 것이라 하겠다.

2) 절의(節義) 문제에 대한 집착

인조조 병자호란에 앞서 우리나라 조정 대신들 사이에서는 청과의 관계

이 이뤄져 새 기상으로 발전이 도래될 수 있다는 뜻이 함축되어 있다

41) 정뇌경은 심양에서 세자시강원의 관리로 역관의 농간을 고발하다 도리어 억울하게 처형되었다. 정두경과는 6촌형제지간으로 정두경의 시 「送再從弟弼善震伯雷卿」(『동명선생집』 卷2)가 있다.

를 척화(斥和)로 할 것이냐 주화(主和)로 할 것이냐를 놓고 치열한 공방전이 벌어졌다. 이 중 척화파가 주도권을 잡게 되었고, 결국 이는 병자호란을 초래하게 되었다. 호란에서의 패전 결과로 척화를 주장했던 많은 인물들은 청에 의해 끌려가 고초를 당하게 된다.

대표적인 척화파 인물 삼학사(三學士)[42]와 김상헌(金尙憲), 그리고 송시열(宋時烈)은 척화의 목소리가 드높던 당대의 시대 분위기를 잘 표명하며, 그들의 문학작품은 당대 조선 지식인들의 하나의 전형을 보이고 있다 할 수 있다. 이 중 척화파 인물들은 명(明)나라에 대한 절의(節義)를 지키려는 소신을 글을 통해 떳떳이 밝히며 기꺼이 죽음을 맞으려 했다.

1636년 2월 후금은 국서를 보내며 나라 이름을 청(淸)이라 하고 스스로 황제를 칭하면서 조선에게 형제의 의리가 아닌 군신(君臣)의 의리를 강요하는 뜻을 전했다. 그때 삼학사 중 하나였던 홍익한(洪翼漢)은 사헌부 장령으로서 공론을 대신하여 인조에게 상소를 올렸었다. 당시 그는 국서를 가지고 온 후금 사신을 목벨 것과 칭제의 참람함을 지적했는데, 이러한 척화의 주장은 윤집(尹集), 오달제(吳達濟)에게도 그대로 이어졌다.

다음은 윤집이 병자호란 전에 쓴 시로 당시의 강경한 척화파의 생각을 그대로 잘 표현하고 있다.

如何驕虜尙橫行	어찌하여 교만한 오랑캐는 날뛰고
媚賊姦臣壅物情	아첨배와 간신들이 물정을 덮어 버리는가
禽鳥不知宗社恥	새들은 종사의 수치를 알지 못해도
臨風猶作舊時聲	오히려 바람에 날며 옛 소리로 우네.

— 尹集, 「用前韻述懷」

윤집은 이들 후금을 교만한 오랑캐로 생각하고, 당시 이들과의 화친을 주장한 사람들을 모두 아첨배, 간신으로 간주하였다. 새처럼 보잘것없는

---

42) 삼학사는 洪翼漢·尹集·吳達濟다.

미물도 옛날의 것을 바꾸지 않고 옛 그대로의 절의(節義)를 지키는데, 금새 금새 변하는 인간 세태가 부끄럽다고 하며, 후금과의 화친은 종사의 엄청난 수치라는 뜻을 분명히 밝히고 있다.

이들 삼학사는 여러 시를 통해 척화야말로 바른 의리라고 주장하며,[43] 죽을 때까지 그 생각은 변함이 없었다.

청절(淸節)이라 일컬어졌던 김상헌(金尙憲)도 척화파의 대표 인물로, 청나라에서는 그의 존재를 매우 위험시하여 노령의 그를 5년 간 심양에 억류시켰다. 그러나 심양에서 그는 절대로 청인에게 허리를 굽히지 않고 당당한 모습을 보여서[44] 도리어 당대와 후대 조선인들에게 감탄을 사기도 한다. 그는 심양에 있을 때 「설교집(雪窖集)」이란 이름하에 많은 시를 남기는데, '설교(雪窖)'라는 말 자체가 절의로 이름 높은 서한(西漢)의 소무(蘇武)가 무려 19년을 흉노에게 잡혀 양을 치고 댓자리를 뜯어먹으며 살았다는 이야기에서 유래하는 바, 다름 아닌 '절의'를 상징하는 이름이라 할 수 있다. 김상헌은 자신의 입장을 소무와 같은 처지로 동일시하면서 제목에서부터 '절의'를 표명하며,[45] 자신의 절의에 대한 중시를 보이려 하였다. "내 마음 누구와 기약하리, 수양산의 높은 선비 백이숙제가 있네"[46]와 같이 절의의 인물을 기리던 그는 새삼스레 소나무 잣나무의 푸르름을 노래하였다.

秋風一夕至　　저물 녘에 가을 바람 불어오니
萬木盡凋變　　온갖 나무들이 모두 시들어 변해 버리네.

---

43) 이들 삼학사들의 문학에 대해서는 「三學士에 대한 재조명」(정옥자, 『조선후기지성사』, 일지사, 1991, 13~53면)에 잘 소개되어 있다.

44) 『심양장계』의 1643년 2월 2일자 장계를 보면 "용장이 김상헌을 불러 문초하면서 예를 갖추라고 했으나, 다리의 병이 고통스럽다고 핑계삼아 끝내 절하지 않고 다리를 가로로 뻗고서 응답하였다"라는 기록이 남아 있다.

45) 「雪窖集」은 510수의 시 중에서 300여 수 정도가 당시 함께 유배 갔던 이들과 주고 받는 시 형식으로 이루어져 있다.

46) "余心誰與期, 首陽有高士."(『淸陰集』 卷11 「次曹侍御士窮見節義分韻之作 其一」)

蒼蒼松與栢　　창창한 소나무와 잣나무
獨秀人始見　　유독 빼어나서 그제서야 보이네.
　　　　　　　— 金尙憲, 「次曹侍御士窮見節義分韻之作 其三」

　위의 시는 가을 바람에도 변치 않는 소나무 잣나무의 모습을 통해, 시대적 어려움 속에서도 진정한 절사(節士)는 변치 않는 절의(節義)를 드러낸다는 사실을 강조하고 있다. 이 시는 오랜 심양 생활 속에서 약해질지도 모를 자신의 모습을 채찍질하며 절의를 다짐하는 김상헌의 모습을 떠올리게 한다.

　효종 즉위 후 정계로 들어왔던 산당의 대표인물 송시열(宋時烈)은 조선 성리학의 적통(嫡統)을 자부하면서 청(淸)에 대한 척화를 명(明)에 대한 존중과 절의(節義)의 행적으로 연결시켜 북벌론을 존주론(尊周論)과 춘추의리(春秋義理)로 이해했다. 그의 「차감춘부(次感春賦)」에는 "춘추(春秋)의 대의를 펼치자니, 왕춘(王春) 긴 탄식 절로 나오네.47) …… 원컨대 미인께서는 덕을 닦으시어, 강남의 명주(明珠)를 차소서. ……"48)라고 하여 춘추(春秋)의 의리49)를 실현하기 위해 왕인 효종과 함께 노력하겠다는 의지를 보이고 있다. 효종조 중반 은거시에는 활발히 시문학작품은 남기지 않았으나, 그 뒤 1671년(현종12)에는 앞서 살폈던 삼학사에 대해서 「삼학사전(三學士傳)」을 지어 그들의 행적을 추앙하여 그들을 조선 후기 최고의 충신(忠臣) 의사(義士)로 형상화하였다.

　척화론을 주장하며 청(淸)을 거부하고 멸망하고 있는 명(明)에 대한 의리를 지키는 것만이 올바른 '절의(節義)'라고 생각하며 많은 이들이 이러한

---

47) 명나라가 망했음을 탄식한다는 뜻이다. 『춘추』에 매년마다 춘왕정월(春王正月)이라 쓰고 있는데, 이는 주왕(周王)이 실권을 행사하지 못하므로 공자가 주(周)나라를 높이는 뜻으로 왕(王)자를 표시한데 나온 말이다.

48) 『宋子大全』 卷1 「次感春賦」, "敷麟經之大義, 發長歎於王春. …… 願美人之撫壯, 佩江南之明璫. ……"

49) 춘추(春秋)의 대의는 중국을 높이고 이적(夷狄)을 물리치는 것이다. 송시열은 효종의 뜻에 따라 북벌을 계획하면서 이때 이러한 말을 한 것이다.

이념에 몰두하고 있을 때, 또 다른 한편에서는 나라를 위한 참다운 절의(節義)는 무엇일가에 대한 회의가 일어났던 것으로 보인다. 주화파(主和派)의 대표적 인물 최명길(崔鳴吉)에 대해 몇 사람의 문인들이 평한 언급들은 절의에 대한 당대인의 또다른 생각을 보여준다.

한당의 인물인 김육(金堉)의 경우 최명길(崔鳴吉)과 심양에서 이별하면서 쓴 시에서 그를 일러 조정의 으뜸이 되는 신하라는 칭송을 하고 있다. "훈면과 사업이야 조신 중에 으뜸인데, 나라 위해 몸바치다 되레 화를 당하였네[勳名事業冠朝紳, 爲國忘身反禍身]"50)라고 하여, 최명길의 정치적 입장을 헤아리고 있는 듯 표현하였다. 이는 역설적으로 주화파이던 최명길이 나라를 위해 옳은 일을 했다고 하는 칭송에 다름 아니다. 이경석(李景奭) 역시 중국으로 사신을 가는 최명길을 가리켜 "백년의 충신(忠信)으로 외로이 사신 가는 나그네[百年忠信孤羌客]"51)이라 표현하며 높이 찬양하고 있다.

이러한 주화파 인물에 대한 긍정적인 언급들은 17세기 인조, 효종조 시대가 척화의 분위기로 팽배했었으나, 그 속에서도 참다운 절의에 대해 회의하고 척화파의 그것과는 다르게 인식하는 사람들이 있었음을 알게 한다.

3) 상무(尚武)적 소재와 주제의 작품 창작

병자호란을 전후한 인조 말, 효종조 문학에서는 상무적인 소재와 주제의 작품이 나타난다.

인조반정 이후 지속적으로 진행된 중국대륙의 정세 변화 및 호란의 경험은 군사 문제에 대한 새로운 인식을 하지 않을 수 없게 했다. 이러한 가운데 몇몇 문인들은 국방 문제를 중요 문제로 생각해, 무(武)의 필요성과

---

50) 『潛谷遺稿』 卷2 「留別遲川崔相鳴吉」.
51) 李景奭, 『白軒集』 「弊箒錄」 「和遲川崔相公(鳴吉)西行途中次汾西都尉(朴公濔)見贈之作」.

가치를 알리는 상무(尚武)적인 주제의 글을 쓰기 시작했다.

그 대표적인 문인이 정두경(鄭斗卿)인데, 그는 정묘, 병자호란 전후로 상무적인 주제의 시와 문을 써서 그의 개성적인 문학세계를 형성하고 있다.[52] 정두경의 시 속에는 억류된 왕자를 구출해 올 만한 용감하고 뛰어난 협객(俠客)과 자객(刺客)의 모습이 자주 등장하고, 당대 변경을 지키고 있던 장군(將軍)의 멋진 실제 모습이 찬양되어 묘사되었다. 그리고 그의 시 속에는 각종 검(劍)이 등장하고,[53] 호랑이(虎), 용(龍), 말(馬), 독수리(鷹) 등 맹금류의 짐승들이 상무적 이미지로 쓰이고 있다. 다음의 시는 정두경이 이상적으로 생각한 씩씩하고 멋진 남성의 모습을 잘 표현하고 있다.

白馬出長安	백마가 장안을 나가니,
金鞭拂玉鞍	금 채찍으로 옥 안장을 치네.
風塵寶劍在	풍진 속에 보검을 차고 있고,
意氣錦衣着	의기로서 비단옷을 입었다네.
江闊層氷峻	강은 넓어 층층이 쌓인 얼음이 높고
城陰積雪寒	성의 북쪽에는 쌓인 눈이 차갑다네.
男兒當學武	남자는 마땅히 무를 배워야 하니,
溲溺合儒冠	유관이야 오줌이나 갈기는 게 마땅하지.

　　　　　　　　　　　　　　　　　　　　　— 鄭斗卿, 「送梁僉使」

새하얀 말 위로 푸르른 옥 안장을 얹어 타고, 그 위로 번쩍이는 보검을 찬 채 금 채찍을 휘두르고 있는 시 속의 등장인물 무인의 모습은 화려하

---

52) 정두경의 전반적인 문학세계는 남은경, 「정두경 문학의 연구」(이화여대 박사논문, 1998)에서 다루었다.

53) 그 이전의 시인에게서도 검이 중요 소재로 등장하기도 하였다. 차천로(車天輅)의 시가 바로 그것인데, 그의 검 이미지는 상무적 소재라기보다는 "자의식이 응축된 상징물"로서 쓰였음이 대부분이다(임준철, 「차천로 시세계의 연구」, 고려대 석사논문, 1996). 그러나 정두경에게 있어서는 三寅劍, 倚天劍, 龍泉劍, 蒼龍劍 등 다양한 검의 종류가 등장하고, 검 자체의 형상과 무기로서의 힘을 노래하는 시가 많다(「三寅劍歌」, 「李節度寶劍歌」, 「詠古劍」 등).

고도 강건하다. 그가 넘어야 할 얼음 강은 넓고 눈은 첩첩이 쌓였지만, 이 시 속의 주인공에게는 그러한 환경쯤은 아무 문제가 안 된다. 사나이로 태어났다면 씩씩하고 멋진 무인이 좋지, 파리한 문인의 모습은 거부하고 싶기에 유관(儒冠)은 소변을 보는 용도로나 적당하다고 외치는 있는 이 시는 상당히 파격적이다. 정두경의 시 속에는 이처럼 씩씩한 무인의 모습이 화려하게 등장하고 있다. 문인인 그는 심지어 그 자신이 능력 있는 무인이 되면 좋겠다는 개인적인 선망까지 엿보이고 있는데, 이러한 상무적 분위기는 정두경의 젊은 시절의 경험, 즉 북방을 돌아다니며 보았던 군대와 무기, 장군들의 모습에 기인한다. 또한 유교에만 구속되지 않고 유불도(儒佛道) 삼교를 아우르려 했던 집안의 영향[54]으로 사상적 개방성을 가져서 무에 대한 중시가 가능했다. 시대적 위기 속에서 시급하게 필요한 무비(武備)를 갖추지 않고 있는 당대 조정의 인물들을 각성시키려는 듯, 그는 무의 중요성을 문학으로 표출하였다. 이러한 정두경의 문학적 특성은 오랜 볼모 생활을 통해 무에 대해 의미부여를 하게 된 효종의 관심을 끌게 된다.

효종은 8년 간 중국에 있으면서 얼마 안 되는 숫자의 만주족이 명(明)을 이기고 청(淸)을 건국할 수 있었던 밑바탕에는 강력한 군사력이 있었다고 확신했다. 팔고산(八固山; 八旗軍)을 중심으로 한 강력한 군대제도와 그들의 굳센 상무 정신이 그 핵심으로서, 효종은 이를 조선에서도 적용시켜 보고 싶었던 것으로 보인다. 그리하여 초기에는 원당의 원두표를 병조판서로 하고, 후기에는 송시열과 함께 추진한 북벌론에 따라 군대를 개편하고 증설하고 무관을 선발하고 우대하여 사회전반에 상무적인 분위기를 이끌어 내려 했던 것이다. 다음은 효종 임금이 직접 쓴 시이다.

我願長驅百萬兵　　　나는 원하노니, 백만 군사를 휘몰아쳐서

---

54) 정두경은 「북창비결(北窓秘訣)」의 저자인 정렴(鄭磏)의 후손으로, 그 집안 대대로 도교에 대한 친화를 보이고 있다. 이로 인해 그의 사상은 유불도 삼교 모두에 대해 개방적인 경향을 가진다.

秋風雄陣九連城　　가을 바람에 구련성에다 웅대한 진을 치고,
指揮蹴踏天驕子　　지휘하여 오랑캐들을 짓밟아 버린 뒤
歌舞歸來白玉京　　노래하고 춤추며 백옥경에 돌아오리라.

—孝宗, 「失題」

무를 숭상하며 북벌(北伐)에 대한 포부를 가졌던 효종의 기개가 잘 나타
나고 있는 시이다. 이 시는 우리 국토를 짓밟은 청나라 군사를 섬멸하고
백옥경(白玉京)으로 표현된 서울로 개선하여 돌아오겠다는 의지를 보이고
있다. 이러한 효종의 상무적 취향은 정두경의 문학에서 보이는 무에 대한
관심과 강건한 기격(氣格)과 잘 맞았기에, 효종이 정두경의 시와 문을 애독
하고 늘 가까이 두고 싶어했던 것임을 알 수 있다.55)

4) 현실정치, 처세에 대한 관심

즉위 직후(1649) 효종은 대신의 건의를 받아들여 심양에서 돌아온 김상
헌(金尙憲)을 조정에 머물게 했고, 송시열(宋時烈), 송준길(宋浚吉) 등 산림계
인물을 조정으로 나오게 했다. 이때 산림의 대표인 송시열은 임금께 「기축
봉사(己丑封事)」를 올려 주자학(朱子學)의 중요성을 강조하며 임금의 도리를
역설했다. 이들은 신료(臣僚) 중심의 군자소인(君子小人) 붕당론(朋黨論)을 주
장했다고 할 수 있다. 그에 비해 한당의 인물들은 군주(君主) 중심의 국가
운영을 주장하여, 군주의 주도권 행사에 의한 대신(大臣)을 통한 정치를 중
시하였다.56)

---

55) 그러나 효종 사후 사회분위기가 변하고, 북벌론이 시들면서 정두경 문학에 대한 평가
　　가 달라진다. 그의 시에서 보이던 여러 가지 특성, 그 중 상무(尙武)적인 내용을 역사전
　　고(歷史典故)를 이용해 화려하게 표현해냈던 것이 도리어 의고성(擬古性)과 허구성(虛
　　構性)이라는 면으로 강하게 비판되었던 것으로 보인다. 남은경, 『동명 정두경 문학의 연
　　구』, V장 참조
56) 정만조, 앞의 논문, 146면.

　군주 중심의 국가운영을 중시한다면, 임금에게 올바른 정치법을 알려주는 현실정치에 관한 글이 중요한 의미를 갖게 된다. 한당 쪽 인사들과 비교적 가까웠던 정두경[57]은 효종 원년에 자신의 준비했던 역작을 바쳤다. 이는 다름 아닌 『시풍(詩諷)』이었다. 이 저술의 형식은 산문과 운문, 역사와 문학이 합체된 것으로, 내용은 바른 정치법에 대해 알려주는 일종의 역사 교훈서, 정치 처세서라 할 수 있다. 이 책은 정두경이 중국 역대 왕을 제목으로 하여, 나라가 흥하고 망하는 원인을 구체적으로 설명하고 『시경』의 시를 뒤에 붙여 풍(諷)의 의미로 써서 마무리 한 것이다.[58] 군주의 올바른 정치법을 논한 처세서라 할 이 책은 수많은 다른 책을 많이 인용하고 있는데, 그 출전은 유교 경전은 물론이고, 제자백가와 다양한 역사서와 사상서, 병법서까지를 포함하고 있다.[59] 정두경이 올린 『시풍』을 본 효종은 크게 기뻐하며, 정두경에게 호피(虎皮)를 하사하고 크게 칭찬하였다고 한다. 이는 정두경의 저술이 자신에게 많은 도움을 준다고 효종이 생각했음을 알게 한다.

　효종조 정국에서 중요 역할을 담당했던 한당은 민생안정을 우선시하고, 이용후생(利用厚生)을 중시하여, 대청외교에서 국익(國益)에 필요하다면 뇌물을 쓰는 것까지도 무방하다는 유연한 외교적 자세를 보여주었다. 이는 한당

---

57) 정두경은 당시 지역적으로 가까웠던 한당쪽 인사들과도 교류하여 이들 한당의 사상과 상통한 면모를 보이고 있다. 정두경은 경기도 양주를 생활 근거지로 삼고, 한당(漢黨)계의 중심인물 김육(金堉)과 신면(申冕) 집안의 인물들과 교류가 있었다. 또한 한당의 인물 중 이시백, 김홍욱, 한홍일 등과의 수창시가 남아 있다. 이와 동시에 정두경은 북벌론 추진시 중요직책을 맡았던 원당(原黨)의 원두표(元斗杓)와도 가까웠으니, 정두경은 부국강병의 논리를 주장했던 원당과 개방적이고 실용적이던 한당 모두의 특성을 가지고 이들과 자유롭게 넘나들며 교류했던 것으로 보인다.

58) 「시풍」은 본받을 임금의 내용을 담은 법편 36편과 경계의 대상으로 삼을 만한 임금의 내용을 담은 징편 68편, 도합 104편으로 이루어져있다.

59) 「시풍」의 출전으로는 갖가지 역사서(『史記』, 『左傳』, 『漢書』, 『後漢書』, 『唐宋史』, 『書經』 등)와 『도덕경(道德經)』, 『순자(荀子)』, 『한비자(韓非子)』, 『병서(兵書)』, 『전국책(戰國策)』, 속담(俗談) 등 다양하다. 그런데 이들 서적들은 정통 성리학에서는 별로 호의적이지 않은 책이라 주목된다.

의 상당한 현실주의적 성향을 보여주고 있는 것이다.[60] 정두경의 문학에
서는 왕권 중심의 사상이 나오고, 전쟁에서 승리하기 위해서는 첩자를 보
내야 한다는 식의 현실주의적인 태도도 엿보이기 때문에, 그의 문학경향
은 송시열의 산당(山黨)보다는 한당(漢黨) 쪽과 가깝고, 상무적 태도에는 효
종(孝宗) 임금과 병권(兵權)을 중시했던 원당(原黨)의 취향과 가깝다는 것을
알 수 있다.

　이와 더불어 효종조의 문풍과 관련하여 주목할 만한 사실은 효종이 주
자(朱子) 성리학보다는 사마광(司馬光)의 『자치통감(資治通鑑)』과 같은 역사
서에 더 큰 관심을 가지고 있었다는 사실이다.[61] 심양에서의 오랜 볼모 생
활에서 수많은 위기를 겪고 왕위에 올랐던 효종으로서는 사변적 철학 원
리보다는 현실정치에 도움이 되는 역사서에서 더 절실한 교훈을 얻고, 이
에 대한 호감을 느꼈던 것으로 보인다. 심양에서 왕자들은 『정관정요(貞觀
政要)』와 같은 현실정치서를 즐겨 읽고 현실정치의 해법을 고민했었기에
그러한 역사서에 대한 관심은 당연하다고 할 수 있다.[62] 이러한 효종의 독
서취향 역시 정두경의 문학 특성과 상통하였다는 점에서 주목된다.[63]

　한편 현실주의자라 할 한당(漢黨)의 대표인물 김육(金堉)은 문학 창작 자
체에 몰두하기보다는 임금께 글을 올려 민생안정을 이루는 것에 더 많은

---

60) 정만조, 앞의 글, 136면.
61) 이 사실은 송시열의 「기축봉사」의 내용 속에서 발견된다. 송시열은 서연(書筵)에서 효
　　종 임금이 '주자보다 사마광이 낫다'고 말한 것이 사실이냐고 물으면서, 이러한 독서경
　　향은 바른 생각에 누(累)가 되므로 반드시 시정해야 한다고 주장한다. "臣又聞, 殿下曾
　　於書筵, 以司馬光爲優於朱子云, 未知信否? 殿下心實不然, 而姑以試宮僚, 則非接下
　　以誠之道. 若眞以爲如此, 則其爲正見之累, 豈不大哉! 司馬光以忠信篤厚之資, 當安
　　石流毒之餘, 除虐以寬, 代暴以恩, 天下翕然向之. 其相業之盛, 固爲可觀, 然其學問道
　　德, 豈敢望朱子哉!"
62) 「심양일기」에는 소현세자가 심양의 서연에서 세자시강원의 관리들에게 당나라의 정
　　치서 『貞觀政要』를 읽게 하고 정치의 득실에 대해 토론했음이 기록으로 남아 있다. 그
　　당시 함께 있었던 봉림대군도 그러한 독서 경향에 영향을 받았을 것으로 보인다.
63) 정두경의 역사서에 대한 독서, 특히 『사기(史記)』를 애독했던 사실은 당대 문인사이에
　　널리 퍼진 유명한 사실이었고, 사기의 전고(典故)를 이용한 문학 창작이 그의 문학적 특
　　징중 하나이다.

의미를 부여했다. 그는 4차례의 명, 청으로의 사행시에 그의 심회를 집두시(集杜詩)의 형식으로 서술하곤 했다. 그러나 그는 고국에 돌아와서는 문학보다는 정책 실천에 몰두함으로써 더 큰 현실문제를 해결하려했고 실제로 실행하였다.[64] 이러한 여러 가지 정책이 실현될 수 있었던 것에는 심양에서 생활하며, 현실생활 속의 궁핍과 고통을 직접 경험했던 효종이 있었기 때문으로 보인다. 김육은 또한 당대의 노재상으로서 젊은 후학들이 공부하는데 도움이 되도록 서적을 차례로 간행하였다. 병란으로 인해 많은 서적이 불타 없어진 것을 우려하며, 79세의 나이로 이백(李白), 두보(杜甫), 한유(韓愈)의 시를 담은 『삼대가시전집(三大家詩全集)』을 간행하여 경세가이며 동시에 문학인으로서의 소임을 다하려 했던 것이다.

5. 맺는 말

  본인은 17세기 문학, 특히 포폄이 엇갈리는 정두경의 문학 특성의 배경, 그리고 그의 문학을 애호했던 효종 임금의 구체적인 모습과 문예 취향을 알고 싶었다. 또한 그를 통해 인조 말, 효종조 문단의 큰 조감도를 마련하고 싶었다. 이 작업을 위해 17세기의 시대 분위기를 자세히 알게 하는 『심양장계』의 내용을 우선 정리하여 17세기 사회상, 특히 인조 말, 효종조를 이해하는데 도움을 받았다. 이 자료를 통해 심양에서의 8년 세월이 소현세

---

64) 김육은 효종조 백성을 위해 『구황촬요(救荒撮要)』나 『벽온방(辟瘟方)』과 같은 매우 실용적인 책을 편찬하고 한글로 번역 배포했다. 또한 『사략(史略)』을 간행하기도 한다. 또한 그는 청을 왕래하면서 당시 우리 백성들의 삶에서 시급히 필요한 것으로 파악한 '화폐'와 '수레'를 사용할 것과 '점포'의 설치를 건의하였고, 청으로부터 시헌력을 들여와 쓰려 했다(정연식, 「17세기 김육의 청 문물 도입론」, 『인문논총』 11, 서울여대 인문과학연구소, 2003, 339면).

자와 봉림대군에게 무(武)의 실제적인 힘과 국력, 재력에 대해 심각하게 인식하게 했음을 알게 되었다.

병자호란을 전후한 인조 말과 효종조의 문단을 이해하기 위해 그 시대 인물들의 문학을 살폈는데, 삼학사와 김상헌, 산당의 송시열, 한당의 김육, 그리고 효종이 사랑했던 정두경의 문학이 그 대상이었다. 병자호란 직후에는 병란의 상처로 인한 국가위기에 대한 묘사와 우분(憂憤)의 심정이 여러 문인에 의해 공통적으로 표출되었다. 그러나 효종조에 들어서는 그 당파에 따라 문학적 특성이 나뉜다 하겠다. 서울 중심의 관료층이 모인 한당의 특성은 매우 현실적이고 개방적으로서 이들 인사들과 교류가 있었던 17세기 유명문인 정두경에게 이와 유사한 문풍적 요소가 나타난다. 현실적인 내용에 대한 관심, 성리학에만 매이지 않는 사상적인 개방성이 바로 그것이다. 또한 북벌론을 주관했던 효종과 그 밑의 원당 역시 정두경과 공통적 요소를 갖는데, 문학적인 풍모에서 상무주의와 척화론적 요소, 그리고 역사서에 대한 지대한 관심이라는 공통점이 발견된다. 반면 효종 즉위 초에 잠깐 정계에 진출했다 물러나고 효종9년에야 비로소 본격적인 활동을 한 산당은 왕권 주변을 맴돌면서 자기들 나름의 성리학 중심의 문풍을 조성한 것으로 보인다. 송시열과 같은 산당의 대표 인물은 역사서보다는 성리학의 철학서를 공부하길 왕에게 강조하고, 존주론(尊周論)과 대명의리(大明義理)를 강조하곤 했다. 이에 따라 그들의 문학에서는 병자호란과 관련하여 의리와 절의를 지키다 죽은 인물, 즉 삼학사(三學士)가 문학적 관심사가 되고, 이들에 대한 문학적 형상화 작업이 진행되었다. 이렇게 볼 때 인조 말, 효종조 문단에서는 시기별로 정파의 성향에 따라 조금씩 다른 풍모의 작품이 생성되었다고 추정해볼 수 있을 것이다.

본고에서는 인조 말, 효종조 문단의 커다란 조감도를 구성해보는 것을 목표로 하였다. 앞으로 남은 작업은 한당, 산당, 원당에 속하는 여러 문인들의 문학에 대한 개별적이고도 구체적인 비교 연구라 하겠다. 이는 후고를 기약한다.

김만중 사유의 세계표상 양식과 『구운몽』

공(空)의 의미와 통속성을 중심으로

윤 채 근

1. 서론

한국고전소설사에서 『구운몽(九雲夢)』만큼 다대한 이론적 증식을 겪은 작품도 드물다.[1] 그것은 작품 자체가 온축한 사상적 주제의 문제와 후대 소설사에 방사(放射)한 이야기 구조의 영향력이라는 문제 두 가지로 압축된다. 여기서 본고가 새삼 거론하여 그 내면 의미를 적시(摘示)하고자 하는 것은 전자다. 물론 작품의 사상적 주제는 작품의 서사적 전개 양상과 별개일 수 없고, 주제가 사건 진행의 형식에 엇물려 들어간다는 점은 재론을 필요치 않는다. 하지만 앞의 문제가 제대로 부과되지 못하는 한, 뒤의 문제가 결국은 공소(空疎)한 논리적 합리화에 그칠 위험으로부터 자유로워질

---

[1] 관련 연구 목록이 너무 많기에 본문 내용에 필요할 경우만 밝히고 나머지는 편의상 略한다.

수는 없다.

『구운몽』의 주제에 관련해서는 이 작품이 불교의 '공(空)'사상을 담지(擔持)했다는 연구[2]와 이를 비판한 반론,[3] 그리고 이에 대한 재반론[4] 과정이 가장 핵심적이다. 여타 논의는 궁극적으로 이 논쟁이 소유한 이론적 파장의 방류(放流) 안에 흡수될 수 있다. 유가(儒家)로서의 김만중의 위상이 제공할 이론적 범역성(汎域性)보다는 그의 불교 취향이 초래하는 동시대적 특수성이 그와 그의 소설 작품 세계를 구성하는 본령일 것이기 때문이다.[5] 따라서 본고가 김만중의 한시를 토대로 구성할 이론적 설계물은 바로 이 '공(空)'으로 상징되는 문제 주변으로 결집될 것이다.

그런데 『구운몽』의 주제를 단순히 불교 이론의 서사적 투영이라고 볼 수 없듯이 그것이 단지 서사적 결구를 진행키 위한 보조 수단으로만 기능한다고도 볼 수 없다는 것이 필자의 입장이다. 환언하면 '공(空)'이라는 불교 관념은 그 종교적 인소(因素)를 포교적 시각에서 구현시키고 있지 않으며 따라서 『구운몽』이 불교 또는 종교 소설일 수 없으나, 역으로 불교가 상징하는 모종의 문제의식으로부터 자유롭지도 않다는 것이다. 결국 이를 해명하기 위해 불교 경전의 오역(奧域)을 탐구할 필요는 없겠으나 불교의 문제의식만큼은 견지해야만 할 필요성이 분명히 있다.

김만중이 해탈의 안내자로서 소설을 저술한 계몽가가 아니라면 그는 불교의 어떤 특이점들을 자신의 문예 활동의 원천으로 삼은 인물일 가능성이 높다. 그것을 세계에 대한 표상 양식으로 규정하여 논의할 수 있겠는데, 이는 철학 사유가 갖는 포괄성을 문예 사유가 지닌 구체성으로 전환하기 위한 한 방편이다.[6] 세계는 심미적으로 표상되고 나서야 그 객관적 부

---

2) 丁奎福, 『九雲夢硏究』, 高麗大 出版部, 1974, 214~247면.

3) 趙東一, 「구운몽과 금강경, 무엇이 문제인가?」, 『金萬重硏究』 3, 새문사, 1983, 9~21면.

4) 정규복, 「구운몽의 空觀 是非」, 『水余 成耆說 博士 還甲記念論叢』, 기념논총간행위원회, 1989.

5) 이는 그의 『漫筆』에 담긴 비평적 특수성을 그의 다분한 불교 경향에서 찾는 이치와 동일하다. 崔信浩, 「김만중의 비평세계」, 『김만중연구』 4, 1983, 85~96면.

동성(不動性)을 미적으로 일탈한다. 종교가 격조 있는 문학으로 도약·승화하는 순간은 그 일탈의 임계점(臨界點)에서다.

그런데 김만중은, 여타 조선의 문인들이 통상 그러하듯, 자신의 문예적 세계 표상 과정을 설명해줄 어떠한 심리적 단층들도 명석하게 담론화시켜 두지 않았다. 때문에 우리는 그가 남긴 한시 작품들을 세계에 대한 표상 양식이라는 구도로 추적하며 이를 『구운몽』과 연결시키게 된다.[7]

2. 김만중 한시의 세계표상 양식

1) 세계의 재현불가능성 ─ 서정의 회피와 생활계의 소거(消去)

서사가(敍事家)에게 있어 현실에 대한 재현 혹은 재현─표상에의 욕구는 근본적이다. 특히 그가 당대를 정치적으로 살아낸 인물일 경우, 세계 현실을 반복·재현하고자 하는 욕망을 회피하기는 힘들다. 『남정기(南征記)』의 작가에게 그러한 흔적을 기대하는 것은 따라서 자연스럽다.[8] 하지만 『남정

---

6) 表象이라 함은 일반적으로 representation에 해당하는 철학 용어다. 이를 再現 (reappearance)과 동등한 개념으로 사용하는 경우가 있다. 그러나 후자가 模倣(mimesis)에 가까운 표상 활동인 반면 전자는 상징(symbol)에 근접한 표상 활동이다. 후자를 재현─표상으로, 전자를 상징─표상으로 지칭하겠다. 표상은 事象이 주체의 관념 회로를 경유해 인식론적으로 초점을 맺은 그 최후의 상태, 즉 '작가에게 이해된 바로서의 지향된 대상성'을 의미한다.

7) 김만중 한시에 대해서는 선행 연구들이 있다. 하지만 『구운몽』의 서사성을 염두에 두고 진행되었던 것은 아니다. 朴性奎, 「金萬重 詩에 나타난 내면성의 통일과 확산」, 『金萬重硏究』 2, 새문사, 1983, 37~49면.

8) 이 작품이 작가 당대의 정치 상황을 어떤 형식으로건 類比하고 있으며, 더욱이 그것이 선명한 선악의 대립 구조를 형성시키고 있다는 가설을 존중한다면 더욱 그러하다. 이상구, 「「사씨남정기」의 작품구조와 인물형상」, 『金萬重文學硏究』, 국학자료원, 1993, 249~297면.

기』의 성격을 향후의 과제로 논외로 둔다면, 김만중에게 그와 같은 강렬한
서사가적 욕구가 존재했다는 증거를 발견하기가 용이하지 않다. 무엇보다
『실록(實錄)』 기사를 통해 일반적으로 알려져 있는 바와는 달리, 김만중은
현실에 대한 대처 과정에서 적극적이거나 공세적인 인물만은 아니었다.

> (…전략…) 신은 본디 어리석고 못나서 어디 하나 남만 같지 못했던 자이옵니
> 다. 그래서 벼슬에 나가 관직을 구한 뒤로 바랐던 바는 높고 훌륭한 지위에 오
> 르지 않는 것이었습니다. 다만 저희 집안과 부형들의 연고로 요직을 얻게 되었
> 던 것이오니, 수삼 년 간 주제넘게 차지한 자리가 더욱 난감했사옵고 마음속은
> 불안하여 어찌할 바를 몰랐습니다. (…후략…)9)

사직소(辭職疎)의 첫 부분인데, 이 문서가 담고 있는 정치적 주변 배경들
을 충분히 고려한다고 하더라도 그가 대단히 상황의존적(狀況依存的)인 성
격이었음이 드러난다. 그것은 강조된 부분이 암시하는 함의(含意)를 추측할
때 더욱 선명해진다. 김만중은 모친인 해평(海平) 윤씨(尹氏)에게 거의 절대
적인 지배를 받으며 자란 유복자였고10) 자신의 정치적 위의(威儀)의 상당
부분을 형 만기(萬基)에게 의지했던 인물이었다. 그에게 있어 자신의 현실
적 정체성이란 김장생(金長生, 1548~1631)의 증손이라는 가계(家系)와 형을 비
롯한 족친(族親)들의 비호(庇護)가 있기에 존립 가능했던 것이다. 결국 그에
겐 자내적(自內的)으로 생성된 서사가적 세계 구성 욕구, 또는 재현 욕구가
상당히 결핍되어 있었음을 추론할 수 있다.11) 그는 빈번히 가족 등 타의(他

---

9) 『西浦集』 卷7(『韓國文集叢刊』 148, 이하동일) 「辭吏曹參判疎」, 61면 상면. "臣本惷愚
  屛劣, 百不如人. 自其出身干祿, 所望不及於崇顯. 徒以家世父兄之故, 獲通淸班, 自數
  三年來, 所叨益難堪, 而私情益窮蹙."
10) 이 문제는 작가론적 측면에서 더 논의할 부분이 많으나 여기서는 생략한다. 다만 다
  음의 유명한 일화가 상징하는 정황을 섬세하게 추단해 볼 수 있음만을 우선 지적해둔
  다. 『西浦集』 卷10 「先妣貞敬夫人行狀」, 96면 하면. 아울러 『西浦年譜』(서울대 출판
  부, 1992) 참조. "不肯兄弟有過, 必躬執夏楚, 泣而言曰, 汝父以汝兄弟托我而死, 汝今
  若是, 我何面目於地下乎!"
11) 여기서 서사가적 욕구란 세계에 공세적으로 참여하려는 지향성, 그 내부에서 사건의

意)에 의거하여 입론하고 결정의 주체자로 전면에 나서려 하지 않는다.

　세계 현실을 있는 그대로 직면하여 재현-표상하려고 하지 않는 김만중의 특성은 한시를 검토하면 보다 두드러지게 나타난다. 그 원인은 우선 그가 지닌 가족 모델 중심의 관계 지향성과 이에 곁들인 정치적 자기 억압이었던 듯 하다. 양자를 한꺼번에 논할 수 있는 시를 근거로 논의를 계속 진행하도록 한다.

> 슬픔 머금고 자애로운 어머니와 헤어지고
> 손 흔들어 족친들과 하직하네
> 가을 햇살은 서쪽 성곽 길에 비추고
> 먼 곳으로 홀로 떠나는 사람이로다
> 속마음과 생각 또 멋대로 발하였으니
> 어찌 깊은 인자함에 보답하기 족하랴
> 오히려 하고픈 말 많이 있어도
> 이제부터 다 하지 못하겠구나[12]

— 「9월 13일 선천 유배지로 떠나며」

　이 시의 정념(情念)을 구성하는 두 동력은 어머니로 상징될 가족 공간에의 집착과 자유로운 담론의 금지 상황이다. 유배 정황을 초래한 정치적 행적의 잔영은 이 두 동력 속에 은폐되어 있다. 김만중에게 세계 상황은 무엇보다도 가족과의 친밀 관계에 집중되어 있고 그러한 유비성(類比性) 속에

주체로서 의미의 생성자가 되려는 성향 등을 아울러 지칭한다. 김만중은 대제학을 사직하기 위해 총 일곱 차례 疏를 올렸는데 그 가운데 앞의 인용과 동일한 표현이 나타난다. 『西浦集』卷8「辭大提學疏」五疏, 76면 상면, "如鄭士龍之起於廢斥之中, 每膺儐接之命耳. 若臣者, 徒以家世父兄之故, 仍因至此"; 또 자신의 관직 진출을 집안 탓으로 변명하는 다음의 표현을 보라. 『西浦集』卷7「辭弘文提學疏」, 56면 하면, "臣賦性蠢劣, 安於自棄, 初未嘗讀書, 亦不解屬文. 冒占一第, 實出僥倖, 銓曹以臣家世仕宦, 遂通淸班, 臣自知不似, 居常慚懼."

12)『西浦集』卷3「九月十三日出禁府赴宣川配所」, 31면 하면. "唧悲別慈母, 揮手謝諸親, 秋日西城道, 關河獨去人, 情知又妄發, 何足報深仁, 尚有區區意, 從玆恐莫伸."

서야 의미를 완결한다.13) 가족을 유사자아(類似自我)라고 할 때, 김만중의 시는 세계의 야성(野性)을 자아의 방어진(防禦陣) 안으로 용납하지 않으려는 보호 기제로 무장되어 있다고 할 수 있다. 그리하여 그는 가족 이외의 사람들에겐 털어놓고 할 수 없을 망발(妄發)을 이제 세계로부터 철저히 금지당했음을, 즉 언어적으로 유배되었음을 밝힘으로써 시를 끝내고 있다. 그것은 공간적 이격(離隔) 때문만이라기보다 동시에 심리적 이격 때문이기도 하다는 것이 보다 설득력이 있다. 핵심은 그의 언어 또는 심리 세계가 가족 관계 속으로 공회전되고 있다는 바로 그 점에 있을 것이기 때문이다.

가족 모델에 집중된 김만중의 세계 구성은 결국 세계에 대한 재현−표상을 억제하게 만들고 그의 사유를 탈정치화시키게 된다. 이를테면 그의 시 속에 등장하는 정치적 갈등은 매우 빈번히 여성 화자의 퍼스나를 내세운 로맨스 문법 속에 희석된다. 『서포집』 권1의 「의고시(擬古詩)」 10수, 「소소독시례(少小讀詩禮)」, 「직녀수독거(織女愁獨居)」를 비롯하여 권2의 「독반첩여매비고사감이부지(讀班婕妤梅妃故事感而賦之)」 등 이런 유의 작품들은 문집에서 매우 흔하게 목도된다. 이는 단지 악부적(樂府的) 상상력이나 초사(楚辭)의 전통을 계승한 소치라고만 볼 수 없다. 오히려 세계 현실에 직접 대면하기 꺼려하는 그의 성향이 그와 같은 시풍을 초래했다고 볼 수 있기 때문이다. 무엇보다 그의 시세계에는 세계에 대한 분노의 시선이 거의 배제되어 있다. 남성적인 이성적 세계 대결보다 여성적인 정서적 세계 감수를 지향하다보면 끝내 여성 형상을 끌어들이게 되는 것이고 그것이 일정한 정치성의 누락 혹은 결여로 결과되는 것이 상례다. 다른 예를 보인다.

---

13) 여기서 일일이 예거할 수 없지만 유배와 관련된 그의 대부분의 시들은 바로 가족과의 別離 상황에 구심화되어 있다. 그것은 구체적으로 모친과 형이며 그것이 약간 확장된 친족들인 경우도 다수 있다. 모친에 대한 사념적 집중은 「近得」(『西浦集』 卷3, 32면 상면) 등 문집 전반의 주조를 형성하고 있으며, 형과의 관계는 「伯氏直春坊閱月詩以呈之」(『西浦集』 卷1, 9면 상면)가 대표적이다. 상당수를 점하는 輓詩 일부를 제외한다면 그가 묘사한 현실 세계 공간은 매우 폐쇄적이다.

필시 임금님 사랑 첩에게만 박하셨던 건 아니리
내 낯빛 남만 못한 것 스스로 탄식할 뿐
돌아와 마름꽃 같은 모습 거울에 비춰보니
봄바람 향하여 울지는 말아야겠지[14)]

―「정유년 9월 과거에 떨어지고」

이 시는 김만중이 21세이던 1657년에 지어진 작품이다. 우리가 관심을 갖는 것은 이 시의 의미 표면이 아니라 자신의 상황을 구성하는 작가의 표상 양식이다. 그는 적어도 자신이 직면한 현실적 상황을 재현하는 데에는 무관심하다. 작가는 자신의 현실을 여성 화자의 가공 상황에 가탁하여 비껴가고 있으며 그 긴장을 무화시키고 있다.[15)] 이는 진솔한 서정의 부재 혹은 결핍을 초래하게 되는데 궁극적으로는 세계 상황에 직접 면접(面接)치 않으려는 일종의 우회 본능에서 발로한 것이다. 즉, 김만중에게 낙방이라고 하는 절실한 체험과 그런 체험을 형성시킨 세계 상황이라고 하는 것은 결코 '현실'로서의 그 의미 그대로 관념계에 삼투되지 못하고 있다. 그의 세계 체험은 재현 과정을 애써 회피하면서 매우 낯설거나 먼 곳의 상황으로 치환(置換)되어 버린다.[16)]

하간 땅에 절개 있는 여인네
곱기가 산에 쌓인 눈과 같았지
발은 중문 밖을 나온 적 없어

---

14)『西浦集』卷6「丁酉年九月落第後作」, 44면 하면. "未必君恩偏誤妾, 自嗟顔色不如人, 歸來試照菱花影, 莫向春風浪濕巾."
15) 당시 김만중 형제가 처해 있던 가족사적 비장성을 염두에 놓고 볼 때 이 희작적 여유는 더욱 그로테스크해 보인다. 부친 暴死 이후 윤씨 부인과 두 형제가 겪은 생활고에 대해서는 앞의『西浦年譜』와 金戊祚의「金萬重論」(『韓國文學作家論』, 현대문학사, 1991) 참조
16) 환언하면 조선이 아닌 중국이, 남성이 아닌 여성이, 그리고 현재가 아닌 악부적 상상 속의 과거가 시의 서정적 진실을 체질하여 순화·粉飾하고 있다. 이런 견지에서『구운몽』의 現實部와 入夢部의 무대 모두가 매우 비현실적으로 처리된 점을 새삼 주목해봐야 한다.

친척들조차 그 얼굴 볼 수 없었네
하루아침에 수레 타고 노는 맛 알자
수레 소리 철커철커 절로 간다네
휘장 안 여자는 간드러지게 노래하고
벽 틈에 숨은 남자 반지르르 잘 생겼네
예전엔 정절녀를 사모하더니
지금은 저자판의 창기 됐구나
옛날에도 똑같은 그 몸이요
지금도 그때의 그 몸이건만
사람 마음 바뀌기가 이와 같으니
흐르는 눈물로 옷까지 젖네[17]

—「이리저리 읊다」

이 시는 절개를 견지하지 못하고 조변석개(朝變夕改)하는 정치배들을 암유(暗喩)한 일종의 풍자시다. 하지만 시의 정조(情調)는 대단히 체념적이며 내향적이다. 그것은 영탄조의 비관론에 가까우며 따라서 현실의 구조적 견고함을 해부할 의사도 정열도 배제되어 있다. 세계에 대한 구조적 인식의 불비(不備)는 결국 신화적 상상력(『西浦集』 권2 「巫山高」, 18면)이나 과거 문인에의 회고(『西浦集』 卷3 「夢李白六韻」, 32면), 또는 이국적 정취에 기반한 무상감(『西浦集』 권2 「燕燕篇」, 18면) 등으로 자리를 이동하는 관념적·추상적 상징화만을 경유하게 된다. 그의 시에는 매우 모호한 시적 상황만 부여될 뿐 그 상황에 참여하는 주체의 절실한 내면은 소거되어 있는 셈이다. 따라서 시 발생 지점에서 태동했을 현장감 혹은 서정적 진실성의 부재, 정치적 배경을 지닌 시에 잠복되어야 할 현실 구조의 애매함, 사실의 세계를 우회하려는 관념적 상징의 과잉 등은 서로 서로 얽혀 하나의 진실로 모아진다. 그것은 김만중이 지녔던 현실 재현에의 기피증이다.

---

17) 『西浦集』 卷2 「雜詠」, 19면 하면. "河間有節婦, 皎如山上雪, 足不履中閾, 六親不得見顏色, 一朝乘車事游戲, 車聲轆轆入蕭寺, 帳中女子爲秦聲, 壁裡男兒似龍陽, 昔慕宋伯姬, 今作邯鄲娼, 昔亦一人身, 今亦一人身, 人心飜覆乃如此, 令人感涕霑衣巾."

물론 김만중의 한시 전체가 현실 감각이나 묘사를 결하고 있다는 단순한 명제는 성립할 수 없다.18) 하지만 그럼에도 김만중 한시를 여타 시인들의 그것과 구별시켜 주는 특이점들이 그가 사실의 세계를 관념화하려 한다는 점, 또 관념적 추상 공간으로 전이(轉移)될 때에서야 역설적으로 묘사의 활력을 획득한다는 점에 있음은 부인할 수 없다. 그리고 동시에 강조해야 할 점은 이상의 시적 특질들이 곧바로 자연인 김만중의 현실 인식 혹은 세계 인식의 부재로 곧장 이해되어서는 곤란하다는 점이다. 우리는 그러한 오해를 불식시키기 위해 '세계 표상 양식'이라는 개념을 전면에 이미 내세운 바 있다. 인간 김만중이 실제 정치 현실에서 어떻게 행동했는가 하는 역사적 실체가 중요한 것이 아니라, 그가 문학 작품을 창조할 때 어떤 세계 구성의 시각으로 현실에 간여했는가가 관건인 것이다. 아마도 후자가 한 인간에겐 더 본질적이지 않을까 싶다.

결국 구체 체험의 상징─표상이라 할 수 있는 진솔한 서정에 대한 회피는 그 저변에 생활계에 대한 거부감이 자리잡고 있다 하겠다. 김만중은 개인적으로 극도의 긴장을 불러일으킬 상황, 이를테면 유배의 격절감이나 가족에의 그리움, 또는 친지의 죽음과 같은 상황에서만 현실에의 문턱을 넘어 잠시 구체저으로 '생활'하고자 한다. 그러나 그 결의조차 지속적인 것은 아니었던 듯 하다. 물론 개인 내면의 정지(情志)를 직접 노출하지 않는 것이 한시의 전통이고 신변 체험을 노골적으로 직서(直敍)하는 것이 시적 격조를 감쇄시키는 것이라는 상식을 충분히 고려하더라도 다음의 선천 유배기의 시는 조금 독특하다.19)

---

18) 이를테면 「端川節婦詩」(『西浦集』 卷1, 10면 상면)와 같은 작품도 존재한다. 하지만 이 작품은 김만중의 한시 작풍 속에서는 오히려 예외적이며, 도덕적 勸懲을 목표로 한 윤리 담론과 연관되어 있다는 점에선 서정적 진실을 운위하기 힘들다. 김만중을 특징짓는 시세계는 역시 「王昭君」(『西浦集』 卷3, 26면 상면)이나 「銅雀妓」(『西浦集』 卷3, 26면 상면), 「淮南王歌」(『西浦集』 卷2, 23면 하면)와 같은 상상적·관념적·異邦的인 어떤 것으로 보아야 할 것이다.

19) 이 시가 치열한 政爭의 와중에 지어졌다는 점, 그야말로 목숨을 건 투쟁의 한 산물이라는 점을 고려해 본다면 그 특이성이 더 부각될 것이다. 단적으로 김만중 한시에 낭만

가을 다하도록 고향 소식은 들리지 않는데
하물며 찬비 내리고 사람 발길 뜸해짐에랴
세월은 점점 흘러 늙음은 찾아오고
기러기 떼 이어날며 울고 있구나
허름한 집에서 시를 쓰다 촛불 꺼지면
한밤이 다 가도록 빈 뜨락을 거니네
저물어 가는 변방엔 꽃다운 풀 없지만
서리 맞은 국화꽃 떨기 꺾을 순 있네[20]

—「선천의 가을이 끝나갈 무렵」

김만중에게 있어 선천(宣川)으로의 방축은 정치적 몰락의 고비와도 같은 사건이었다. 그는 그야말로 정치적 파동의 중심에 서있었고 형 만기(萬基)는 바로 이 해에 사망했다. 그런데 그 격동적인 생활계의 파동이 이 시에는 잔잔한 파문 정도로 묘사되어 있다. 그의 의식 속엔 국가적 규모의 소동(騷動)이 아예 존재치 않았던 것처럼 보일 정도다. 그의 세계 규모는 고향／유배지의 단순한 양극으로 짜여져 있어 그 중간 세계의 파란(波瀾)은 침묵에 가두어져 있는 형국이다. 더욱이 마지막 구의 묘사는 도연명(陶淵明)을 염두에 둔 것으로, 다른 시에서 그는 '아름다운 시절 아득하여 언제일지 모르겠고, 세월 흐르기는 이처럼 그침 없구나. 옛사람 만날 수 없으니, 뉘와 함께 돌아갈꼬.'처럼 풍류롭게 도연명을 추억하기도 했었다.[21] 즉, 김만중은 「이소(離騷)」의 낭만적인 측면이나 도연명의 한아취(閑雅趣)를 선택하면서 굴원(屈原)의 분만(憤懣)이나 두보(杜甫)의 애절(哀切)을 짐짓 물리치고 있다.[22]

적인 유배객의 이미지는 존재하지만 刻骨焦思의 憤客 이미지는 잘 보이지 않는다.

20)『西浦集』卷4「宣府秋盡日」, 40면 상면. "秋盡鄕關闃寄聲, 況經寒雨少人行, 年光 荏荏老將至, 鴻鴈連連飛且鳴, 破屋題詩燈燼暗, 空庭散步斗杓傾, 邊城歲晩無芳草, 霜菊猶堪採落英."

21)『西浦集』卷1「菊花」, 15면 상면. "(…전략…) 佳期杳何許, 日月逝如斯, 古人不可見, 吾誰與同歸."

22) 그는 굴원을 다룬 시에서 그에 대해 "이 사람은 진실로 충성심이 돈후하나, 도에는 이

김만중에게 있어 세계고(世界苦)를 짐작할 수 있도록 포치된 시적 장치
는 대부분 작가 자신에게 지나치게 근접적인 요소들로서, 그러하기에 오
히려 작자 자신의 세계에 대한 구체적인 서정적 반응 상황을 가리고야 마
는, 혹은 대리－보충해버리고야 마는 어떤 요소로 기능한다. 그것이 가족
이다. 급기야 생활계는 가족사에 의해 대치되어 버린다.

> 서쪽 변방의 둥그런 달
> 오늘밤 내 옷을 비추네
> 맑은 광휘 누구에게 주고싶어도
> 멀리 온 나그네를 누가 가까이하랴
> 가을은 왔지만 선영은 멀리 있고
> 모친 모실 자식 도리 어그러져 버렸네
> 처자식만 내 옆에 있으면서
> 마주보며 눈물 흘리고 있네[23)]
>
> —「추석」

이 시는 작자가 위치한 서정적 위치, 즉 정치적 유폐와 사회적 삶으로
부터의 차단 상황을 달빛이라는 궁륭적(穹窿的) 의상(意象)에 우아하게 고립
시킴으로써 그러한 구체적 생활계의 냉엄성에 대한 무관심을 연출하고 있
다. 그리고 그에게 중요한 것은 추석에 해야 할 성묘와 노모에 대한 봉양
이라고 자신의 시적 상황을 설계한다. 그것이 단순한 포즈이든 혹은 겹겹
이 위장된 자위(自慰)이든 어쨌건 그는 유배라는 상황에 처한 생활인으로
서의 존재 불편을 마치 없는 양 묘사한다. 때문에 이 시의 서정은 생활 체

르지 못했음 애석하네. 세상에 대한 걱정과 천명을 따르는 즐거움, 군자는 그 중절을 귀
히 여기건만"이라고 읊고 있다. 즉 김만중은 맹목적 낙천주의자는 아니었으나 세계에
대한 지나친 우환의식도 경계하고 있었다. 『西浦集』 卷1 「送堂弟萬埈省師于北」 其六,
13면 하면. "斯人信忠厚, 於道惜未達, 憂世與樂天, 君子貴中節."
23)『西浦集』 卷3 「秋夕」, 32면 상면. "西塞團團月, 今宵照我衣, 淸輝欲誰贈, 遠客許相
依, 霜露先塋遠, 晨昏子職違, 妻孥還在側, 相對涕交揮."

험에 귀속될 모종의 내면적 발화라기보다는 근사하게 관념화된 상징의 건축물이다. 더구나 작가 자신의 처절한 진정(眞情)이 드러나야 할 미련(尾聯)에서조차 작가는 적극적으로 등장하지 않는다. 대신 자신의 가족들이 그가 흘려야 할 눈물을 대신해 흘리고 있다.24)

구체적 생활계의 밀도가 작가로부터 배제되거나 다른 상황으로 이완되고 있는 이 현상을 작가의 노련한 자기 은폐나 인격적 초절을 통한 극기(克己)의 결과로 볼 수는 없을 것 같다. 우선 그의 시들은 애써 은폐해야 할 정도로 모종의 정치적 위험성을 무릅써야 할 긴장이 결여되어 있다. 상술했듯이 그의 정치적 의미 축조는 대부분 연주지사(戀主之辭)의 구도 안에 포함된다. 또한 『서포만필(西浦漫筆)』에서 읽어낼 수 있듯, 그의 세계관은 다소 불교적인 분방함 쪽으로 경사되면서 정주학적(程朱學的) 엄숙성과는 다소 다른 성향을 노정한다.25) 따라서 그의 생활계에의 외면은 도학적 자기 절제와 일상에 대한 초절적 승화의 소치라고 말하기는 힘들다.

그렇다면 김만중의 사유는 이미 현실을 그 자체로는 재현 불가능한, 혹은 재현이 불필요한 무엇으로 이해하고 있었던 것은 아닐까? 그가 도가적(道家的) 선취(仙趣)를 지녀서가 아니라, 그저 참혹한 현실을 자조하기 위해

---

24) 이 시의 '相對'를 작가와 가족 사이의 상황으로 해석해도 이 시의 본질은 바뀌지 않는다. 강도만 약해질 뿐이다. 즉 눈물의 원인은 여전히 선영과 모친 문제로서, 주체에겐 외부적인 것이다. 그러나 시의 전반부가 품고 있는 寂寥한 감정을 토대로 볼 때 이 '마주함'은 옆의 가족들 상황으로 보아야 더 시적이다. 그러할 때 작가의 서글픔이 더욱 격조 있게 전달된다. 어쨌든 무엇보다 강조되어야 할 점은 작가의 서정 상황이 가족 관계 속으로 간접화되었다는 사실이다.

25) 무엇보다 김춘택이 『漫筆』의 「序」에서 인용하고 있는, 김만중에 대한 후인들의 다음과 같은 비난은 김만중 학문의 外方性을 충분히 암시한다. 적어도 동시대인이나 후인들에 의해 그렇게 이해되도록 했다는 사실만큼은 확실하다. "或有難小子曰, 漫筆誠高矣美哉! 但有可疑者, 其講論之說, 時或與先儒有異同, 又似汎濫釋氏, 何也?" 金春澤, 『西浦集』「漫筆序」(통문관, 1971). 또한 김만중은 학교의 지나친 벌책 남용을 비판하며 그 근원을 宋儒들이 입안한 규범에 대한 확대된 맹종에서 찾고 있다. 이 표현 문맥 기저에 도사린 송유들에 대한 비판적 감각은 분명 당대 일반적인 태도가 아니다. 『西浦集』卷7「陳所懷疏」, 58면 하면. "臣案學校之有罰, 盖出於宋儒鄉約過失相規之意. 其於化民成俗, 不無所補, 然其議祗可行於學校, 不可達於邦國."

선택한 아래의 기막힌 세계 표상은 그것을 암시해 준다.

> 바다구름 옆의 아득한 세 섬
> 신선들의 섬들처럼 나란히 이어졌네
> 숙부와 조카들이 두루 나눠 차지하니
> 사람들이 신선 같다고 떠받들만 하겠구나26)
> ──「남해에서 두 조카가 외딴 섬에 유배됐다는 소식을 듣고」

김만중의 남해도 유배는 자신의 죽음에 의해서야 끝마쳐질 절망적 유폐였다. 그리고 조카들마저 거제도와 제주도로 정배(定配)됨으로써 역설적이게도 삼신산의 형세에 비유할 만한 비극적 처지가 된 것이다. 여기서 우리가 이 시 안에 내포된 서글픔과 좌절감을 적극적으로 독해 할 수는 있을지라도, 적어도 이 시가 생성한 세계의 모습만은 희극적임을 부정할 수 없다. 무엇보다 그것은 구체적 현실을 관념적 허구로 조성하고, 상황 내부에 존재해야 할 작가의 시선이 외부로 설정되면서, 즉 상황 참여로부터 스스로 소외됨으로써 빚어진 것이다. 그 저변에는 현실을 그 질량 그대로는 결코 직시하거나 수용하지 않으려는 모종의 태도가 존재한다.

물론 김만중은 차마 보고 싶지 않은, 혹은 회피하고 싶은 현실에 대해 일정한 거리를 두어야만 그것에 대해 말 할 수 있는 섬약한 성격의 소유자였을 수 있다. 그러나 그러한 손쉬운 성격론적(性格論的) 문제 해결을 억제하고 이상의 세계 구성 양식을, 그 표상 구조를 검토한다면 궁극적으로 김만중이 소유한 세계상이 재현을 불필요하게 만드는, 또는 재현을 불가능하게 만드는 어떤 것이었음을 인정하게 된다. 이는 김만중 자신의 결의적(決意的) 의도의 유무와는 또 다른 문제다. 그리고 세계를 재현의 구도로 표상하기를 꺼려하는 이 태도는 결국 생활 세계란 관념의 힘 앞에 무력하다고 보는 저 오만한 낭만적 초월주의를 닮았다. 다시 말해 현실계란 그

────────────

26) 『西浦集』 卷6 「在南海聞兩侄配絶島」, 50면 하면. "滄茫三島海雲邊, 方丈蓬瀛近接聯, 叔姪弟兄分占遍, 可能人望似神仙."

자체로는 무가치하고 비루(鄙陋)하다는 판단, 세계가 근본적으로 타락하기 쉽거나 이미 타락한 곳일 수도 있다는 불안의식, 그리하여 무언가 더 본질적이고 궁극적인 가치를 통과해야만 견딜 수 있는 곳이라는 관념적 구상(構想), 그리고 이로부터 창출된 공상(空想)이 마침내 세계 재현에 대한 무관심을 초래했다는 의미다. 『구운몽』의 배후를 형성한 '공(空)'의 사유는 어찌 보면 그러한 세계 표상에 첨보된 것에 지나지 않는다. 즉 김만중에게 불교는 사유의 원인이 아니라 결과였다.

2) 세계의 불안정성—변화의 우발성과 심미적 실존으로서의 공(空)

이제 우리는 김만중의 세계에 대한 표상 과정이 어떤 원인으로 인하여 재현을 회피하게 되었는지 다양한 각도로 재조명해 봐야 한다. 사실 이 논의를 통해 세계의 재현불가능성에 대한 우리의 입론이 논리적으로 더욱 강화될 것이다. 아래의 시를 분석하면서 논의의 단초를 열어 보자.

> 시골길은 한창인 단풍 빛에 물들었고
> 산 그림자는 낙조에 더욱 붉어졌네
> 쓸쓸한 마음으로 옷 먼지 털고
> 서화담 선생을 찾아 뵈었네
> 높이 솟은 나무에선 하늘의 소리 울리고
> 푸른 계곡물은 하루에 천리를 흘러간다
> 이 분은 오고감이 있었지만
> 이 도는 삶과 죽음이 없다네[27]

　　　　　　　　　　　　　　　　　　　　—「화담 서원을 찾아서」

---

27) 『西浦集』卷1「謁花潭書院」, 14면 상면. "楓酣村路明, 日落山影紫, 蕭然振衣塵, 來謁徐夫子, 喬木生天籟, 碧澗日千里, 斯人有來去, 斯道無生死."

이 시의 첫 연을 관통하는 이미지는 계절로서는 단풍지는 가을이며 하루로서는 해가 저무는 석양 무렵으로, 모종의 변화의 임계 지점 혹은 사양(斜陽)의 고비를 상징한다. 이것이 죽음으로서의 몰락을 의미함은 너무나 분명한데, 죽은 자를 알현하는 후배의 방문 시점에 절묘하게 부합해 있다. 문제는 이 조락(凋落)의 시상이 셋째 연에서 맺게 될 대비 효과다. 높이 솟구친 상방향적 수직 이미지('喬木')와 길게 이어지는 끝없는 물결의 수평 이미지('碧澗')는 공히 유장한 불변성과 간단없는 연장성(延長性)을 상징하기에 궁극적으로 첫 연의 사멸과 중단의 분위기를 압도하게 된다. 그리고 마지막 연은 소멸과 단절의 세계를 사람('斯人')에게, 지속과 불변의 세계를 도('斯道')에 할당하여 양자의 차이를 극단적으로 대조시켰다.

그런데 결국은 변화성과 불변성의 대치 국면으로 귀결된 이 이미지들의 포치는 오고감이 있는 세계와 죽음과 삶이 없는 세계 사이의 선명한 경계를 성립시키는 효과를 가져온다. 오는 것이 생(生)이고 가는 것이 사(死)다. 따라서 논리적으로 환언하면 이 시는 인간계(人間界)의 생사적(生死的) 변화(變化)에 대한 무의식적 불안을 의미 전개의 동력으로 삼고 있다. 이는 '사도(斯道)'라는 표현이 주는 유가적 어감을 능가하여 작품 전체를 죽음에 대한 과민한 포차 과정으로 해석할 수 있게 한다. 그리고 이 과민함은 생사의 변화를 부정하는, 적어도 그것을 극복하려는 의지와 닿아 있다. 생사의 문제를 기(氣)의 응집소산(凝集消散) 과정으로 관용하는 일반 유가의 생사관(生死觀)과는 조금 다르다.

그런데 이상의 생사거래(生死去來)에 대한 민감한 포착은 김만중이 수립하는 세계 표상의 변역적(變易的) 환경(環境)을 그 원인으로 두고 있다. 다음 두 편의 시를 보자.

헤어진 것은 잠깐 같은데
시절은 홀연 바뀌어버렸네
빨간 꽃부리 땅에서 사라지고

　　짙은 잎 그늘이 눈에 가득 차니
　　(…후략…)28)

─「광주목사에게 감사하며」

　　겨울과 봄 문득 이미 바뀌니
　　잠시 전의 일들 훌쩍 옛날이 되었네
　　함께 걷던 곳 찾아 와
　　즐거웠던 만남 추억하노니
　　(…후략…)29)

─「이상서께 부치다」

　첫 시는 공간적 별리를 시간적 변역(變易)에 접맥시키고 이를 계절의 덧없는 순환으로 연결시키는 시상 전개의 특징을 드러낸다. 일견 평범해 보이나 그 저부에 가담해 있는 일상의 순간성에 대한 감각은 중요하다. 순간에서 영원을 발견하는 방식도 있고, 또 그 순간이 오기까지에 담겨 있는 영원의 배후에 감격하는 방식도 있을 수 있다. 전자가 초월적이라면 후자는 회고적이다. 하지만 '눈 깜짝할 사이' 정도를 의미하는 '여부앙(如俯仰)'이라는 표현이나 '홀(忽)'이라는 부사에 담긴 촉급함의 뉘앙스 등은 김만중이 양자 어디에도 해당되지 않음을 암시한다. 우선 초월적이기에는 그 시공 감각이 너무 단편적이고 회고적이기에는 그 감수의 단위가 지나치게 세절적(細節的)이다. 따라서 이 감각은 파편화된 순간에 대한 변화의 감각이라고 할 수 있을 뿐이다.

　두 번째 시는 현재가 순간순간마다 과거로 산실되고 있다는 감각을 드러낸다. 역시 견고하게 안정될 수 없는 세계의 미시적 변동성을 포착한 것이며 추억의 형태로만 보존되는 현실에 대한 유한(有限) 감각을 표현한 것

---

28)『西浦集』卷1「光牧寄書惠扇以詩謝之」, 14면 상면. "別離如俯仰, 時節忽變易, 紅英已掃地, 綠陰紛盈矚."
29)『西浦集』卷1,「寄畏堂李尙書季周」, 15면 하면. "冬春忽已易, 昨事飜成昔, 來尋聯步地, 追憶從遊樂."

이다. 여기서도 '번(飜)'이라는 부사가 그 급전성(急轉性)과 단촉성(短促性)을 상징하고 있다. 결국 현실 세계란 시공간적으로 잘게 마디마디 잘려져 끝없이 변화하며 분실(紛失)되고 있는 그러한 곳이다. 그리고 이러한 세계 표상은 다소 상투적인 모습으로 자주 등장한다. 이를테면 '차가운 바람 더위 쓸어가니, 낙엽은 날로 쌓이네. 해와 달 번갈아 비치고, 음과 양은 서로 바뀌어'30)라고 하기도 하고 '산천은 옛과 같은데, 사람일은 바뀜이 있다네'31)라 하기도 했다. 문집 소재 작품들이 유배 체험에 의해 깊이 침윤되어 있어 보다 직접적인 표상 과정을 확인하기는 힘들지만 이로써 김만중의 변역적(變易的) 세계 표상의 단초는 확인한 셈이다.32)

그런데 세계 표상의 변역성은 여기에 그치지 않고 현실 세계의 우발적 변화에 대한 정치적 감각으로 연결된다. 김만중은 「잡시(雜詩)」 첫 수 중간에 문득 다음과 같이 말하고 있다.

> 흰 구름 하늘에 있지만
> 잠깐 틈에 푸른 하늘로 바뀌지
> 총애는 오래 믿기 힘드니
> 사람일은 항상될 수 없기에33)

세계가 우발적으로 늘 변모하고 있듯이 생활계도 일정한 규칙 없이 변덕스럽게 파동치고 있다. 그 우의적 비유가 늙어 버림받는 궁녀의 신세일 것이다. 따라서 김만중에게 표상되는 현실의 가변성이란 비관적인 정서와

---

30) 『西浦集』 卷1 「擬古詩－其八」, 8면 하면. "霜飈掃炎蒸, 病葉日以積, 二耀迭爲光, 陰陽互變易."
31) 『西浦集』 卷1 「李進士師命室內挽」, 14면 상면. "山川如宿昔, 人事有變易."
32) 變易의 의미를 직접 내포하지 않으나 그 감각을 저변으로 하는 시들이 있다. 일례로 다음이 그러하다. 『西浦集』 卷1 「送堂弟萬埈省師于北」, 13면 상면. "昔爲白駒詩, 古調有餘悲, 嘿然復何言, 今日非昔時."
33) 『西浦集』 卷1 「雜詩四首」, 7면 상면. "白雲在天上, 須臾變爲蒼, 寵愛難久恃, 人事不可常."

결합되어 있다. 즉, 세상은 좋은 쪽보다는 나쁜 쪽으로 변할 수 있다는 점에서 가변적으로 인지되고 있다.[34] 실상 인생이란 추하게 늙어 가는 것이요, 마침내 죽음으로 귀결될 몰락 과정이 아니겠는가. 따라서 정치적 영고성쇠를 시집간 여성의 운명에 비유한 「소소독시례(少小讀詩禮)」의 한 구절은 변역적 세계 표상이 어떻게 비관적 관점으로 전화되는지를 웅변해 주고 있다.

> 시집살이의 즐거움만 이야기했지
> 시집살이의 슬픔은 생각도 못했다네
> 나이 들어 얼굴빛 시들자
> 일과 마음이 어그러졌네
> 인심은 초산의 구름처럼 변덕스럽고
> 세상살이는 구불구불 알 수 없구나[35]

이러한 비관적 세계 표상, 혹은 세계를 타락상으로 이해하는 태도는 시속(時俗)에 대한 강한 불신과 그 악의성에 대한 혐의(嫌疑)를 기반으로 한다. 때문에 노론의 선배인 이단하(李端夏)에게 준 시에서는 '다른 사람이 나와 같으리라 여기지만, 부박한 세속은 걸핏하면 서로 의심하지. 예로부터 현명한 선비는, 세상과 항상 배치되었나니'[36]라고 읊고 있다. 이를 현실의 치열한 당쟁 상황으로부터 연유한 당연한 결과라고 볼 수도 있겠으나, 하지만 시대를 막론하여 정치적 갈등 없는 삶을 산 문인이 과연 몇이나 되겠는가. 그런 견지에서 앞 절에서 분석했던 「이리저리 읊다」라는 시의 의

---

34) 다음의 표현을 보라. 우주 현상의 가변성과 인간 세계의 끝없는 불신 상황이 유비적으로 묘사되고 있다. 『西浦集』卷1「送堂弟萬埈省師于北 其六」, 13면 하면. "陽舒旣天飛, 陰慘乃泉結, 氷炭變瞬息, 肝膽或楚越."

35) 『西浦集』卷1「少小讀詩禮」, 14면 하면. "但道嫁娶樂, 未省嫁娶悲, 年將顔色去, 事與中情違, 人心楚山雲, 世路羊腸岐."

36) 『西浦集』卷1「寄畏堂李尙書季周」, 16면 상면. "謂人亦如己, 薄俗輒相疑, 古來賢達士, 與世常背馳."

미는 이 절의 주제와 연관해 새롭게 해석될 수 있다.37) 이 시에 드러난 세계 불신이 결국은 세계가 지닌 불안정성의 숙명을 하나의 세계상으로 축조한 특이한 표상 구조이기도 하기 때문이다.

「이리저리 읊다」가 그려 보이는 세계는 정숙한 여인이 순식간에 창녀로 변모하는 예측 불가능한 변절의 세계다. 김만중은 현실계를 창녀로 상징될 암울계(暗鬱界)로 보아 그 존재 자체를 악의 진원지로 단정한 것이라기보다 '인심번복(人心飜覆)'으로 상징되는 우발성의 상태, 즉 '석(昔)'과 '금(今)' 사이의 지속적 연계가 보장되지 않는 난잡상을 회의하고 있다.38) 즉, 세계는 그곳이 이미 본질적으로 타락한 곳이라서가 아니라 우발적으로 타락할 가능성이 상존하기 때문에 더욱 불안한 곳이다.39) 결국 김만중은 세계를 적대시하거나 공격적으로 개량하려는 참여보다 그에 대한 관념적·허구적 미끄러짐을 선택한다. 이를테면 부제학 이단상(李端相)에 대한 만사(輓詞)의 끝을 다음과 같이 맺고 있다.

> 그만 두시라, 혼탁한 세상은 그대 살 곳 아니니
> 기린 타고 저 광활한 천공에 내리는 모습 그려보네40)

김만중에게 현실계는 적극적으로 타파해아 힐 미몽(迷夢)은 이니었지만 전적으로 기투(企投)할 만한 가치의 밀도를 결여한 곳이었음에는 분명하다.41) 그리고 그것은 형이상학적 초월에 의해 돌파구를 찾는 대신 심미적

---

37) 각주 17)의 시 참조
38) 그러한 견지에서 김만중 사유에 있어 불교는 본질이라기보다 하나의 참조 사항이다. 상식이지만 불교에서는 기본적으로 현실 자체를 苦의 원인으로, 따라서 解脫의 대상으로 간주한다.
39) 그래서 상황에 따라서는 다음과 같이 당대를 出仕해야 할 정상 세계로 그려 보일 수도 있었던 것이다.『西浦集』卷1「寄畏堂李尚書季周 其六」, 16면 상면. "楚國信讒言, 漢庭妬才子, 古人有不幸, 今子異於是, 明主念忠勤, 相臣推良史, 蕭條谷口耕, 君豈久淹此."
40)『西浦集』卷2「李副題提學幼能挽詞」, 21면 상면. "已矣濁世非公鄕, 想見麒麟下太荒."

공상(空想)에서 자기 자리를 발견하고 있다. 이는 현실을 정지시키지 않으면서 그 현실을 관념적으로 향유하려는, 그래서 그 찰라의 유한성을 주관적으로 즐기려는 미적 실존에 닮아 있다.[42] 예컨대 은거기의 고독을 국화꽃을 통해 달래다 다음처럼 끝맺는다.

> 장차 내 성정이 좋아하는 바를 따르리라
> 지금 시속에 마땅한지 어찌 고려할 것인가[43]

김만중은 현실을 거부하기보다 그 안에 원근법적 거리를 설치함으로써 변덕스런 변역(變易)의 우발성으로부터 내부적으로 자유로워지고자 기도(企圖)한다. 여기서 현실에 대한 일종의 심미적 소외 현상이 발생하게 된다. 즉, 세계에 대한 관념적 두절, 하지만 현실을 실질적으로 무화(無化)시키지는 않기에 심리적으로 계속 그 주변을 순환하면서 그곳으로부터 미적으로 비껴 가는 상황이 나타난다. 따라서 위의 시에서 자기가 좋아하는 바('所好')라고 거명한 것은 실제 세계에서 물리적으로 구현될 감각적 쾌락이 될 수 없다. 이는 아래의 구절로 분명해진다.

> 나는 본디 이 세상에 좋아하는 바가 없나니
> 왕왕 꿈에서 산음 땅의 길로 접어든다네[44]

---

41) 이를테면 다음 구절은 일상적 삶의 限時性에 대한 감각을 드러낸다. 『西浦集』卷2 「燕燕篇」, 18면 상면. "世間行樂有消歇, 高堂大樹爲塵灰, 可堪當日歌舞地, 衰草荒烟一飛來."

42) 쇠렌 키에르케고어가 주장한 실존의 삼 단계(미적 실존 / 철학적 실존 / 종교적 실존) 가운데 첫 단계다. 이 세 항목은 계단처럼 線條的인 과정이 아니고 서로 서로 엮여 있는 交叉的 과정에 놓여 있다. 따라서 미적 실존을 열등한 실존이라고 단정할 수는 없다. 이런 측면과 연관해서는 다음의 시가 주목된다. 『西浦集』卷1 「擬古詩 其三」, 8면 상면. "白日出扶桑, 靈曜正中天, 廻風吹之去, 奄忽沈虞淵, 吾人瀛海內, 百年亦須臾, 終當詣塚頭, 不樂更何須 (…중략…) 彈箏奏淸樂, 旨酒傾金巵, 無爲守窮賤, 但使識者嗤."이 시는 물질적 쾌락을 긍정하고 있다기보다는 현실 세계가 조성하는 존재 불안을 떨쳐낼 曠達의 심리적 기상을 강조하고 있다.

43) 『西浦集』卷1 「菊花」, 15면 상면. "且從性所好, 安知時世宜."

결국 김만중이 따르고자 하는 '성정이 좋아하는 바[性所好]'란 이 세속 세계 안에서는 찾아질 수 없는 것임이 분명하다. 그러나 그럼에도 이는 현실 세계를 환영(幻影)으로서 타기(唾棄)하는 수준이 아니기에 꿈이라는 경계적(境界的) 몽상 형식으로만 일시적으로 이탈할 수 있을 뿐이다. 이것이 일련의 심미적 소외다. 그리고 이 심미적 소외 상황은 현실을 잠깐 무관심하게 방치하면서 관념적 공상계를 고안(考案)함으로써 하나의 지적 쾌락으로 실현된다. 그 대표작이 장쾌한 시상의 「시하남자행(是何男子行)」이다. 이 작품은 초사적(楚辭的)인 흐드러진 상상력을 동원하여 현실계('湖南'·'嶺北')를 벗어난 남극 세계로의 초현실적 유행(遊行)을 묘사하고 있다('湖嶺不受投海外, 乘桴飄飄上南極'). 비록 그것이 작가 자신의 상황이 아니라 벼슬길에 좌절한 타인의 상황을 미화한 것이긴 하지만 그 상상력의 구조는 분명 작가의 고안물이다. 그 후반부는 다음처럼 끝난다.

(…전략…)
그대 보지 못했나 신선산이 하늘로 치솟은 것
내뿜는 구름과 안개 그칠 때가 없다네
그대는 대낮에 가 어둑한 그늘 없나니
붉은 빛 드리운 선계의 나무 삽아볼 수 있으리
더위 잡고 꼭대기 오르면 정신이 황홀
아득한 별자리를 손으로 땀직도 하네
저 북쪽 흐릿한 곳은 어떤 세계인가
차라리 개미들 나라거나 달팽이 뿔 위의 나라들
잃고 얻음, 영화와 치욕에 어찌 기쁘거나 슬퍼하기 족하랴[45)]

　이 시에 나타나는 『산해경(山海經)』적 상상과 『장자(莊子)』적 달관의 세

---

44) 『西浦集』卷2 「鶴城行贈別李泰叔」, 18~19면. "我本於世無所好, 往往夢入山陰道."
45) 『西浦集』卷2 「是何男子行贈安大靜塾」, 20면 상면. "君不見圓嶠之山上干天, 呵噓雲霧無時息, 君行白晝無陰翳, 手拾瑤華蔭若木, 攀援絶頂殊怳惚, 星辰之遠如可摘, 直北濛濛何世界, 無乃槐檀或蠻觸, 得喪榮辱何足爲欣慼."

계는 궁극적으로 북쪽 세계인 몽롱한 현실계, 또는 대궐을 이미지적으로 왜소화시키는 기능을 담당하고 있다. 양 세계는 어떠한 매개 단계[46] 없이 시 속에서 현실적으로 병존하는 것으로 묘사되고 있다. 즉 선계(仙界)로서의 남극계와 현상계(現象界)로서의 북극계는 관념 속에선 대등한 실체이며 그 와중에 현실적 고뇌는 공상 속에 증발되어 버린다. 그런데 이상과 같은 초현실적 공상의 관념적 의미화는 세계의 불안정성에 대한 심미적 대리 표상이자 보충이면서 동시에 환상의 실존적 간여(干與)라고도 볼 수 있다. 그 한 사례가 현실에 대한 비유적 매개가 아닌, 그 자체로 생생한 관념적 실체로서 현실의 일부를 구성하는 꿈이다.

김만중이 꿈을 다루는 기법은 현실 자체를 꿈으로 볼 가능성을 열어 둔 김시습의 불교적 사유와는 매우 다르다.[47] 그는 유배시기에 지은 「기몽(記夢)」이라는 시에서 꿈을 통해 모친과 형이 사는 서울의 집으로 이동한다. 그런데 입몽부 일부를 제외하고 가족들과 해후하는 장면, 집안 주변 묘사, 각몽의 과정 등이 현실 상황에 대한 투명한 의식을 전제하는 자각적 전개로 나타난다. 애초부터 현실을 꿈과 존재론적으로 유비시키려는 초월적 세계 표상 자체가 배제되어 있음을 뜻한다. 특히 꿈이 깨는 장면은 다음과 같이 묘사되어 있다.

> 떠도는 혼이 이윽고 흔들리더니
> 환상의 형체가 점차 변하기 시작했네
> 잠깐 사이 바뀐 것은 없는데
> 꿈과 현실이 번갈아 이어졌구나
> 마치 연못 속에 비친 별들이
> 그 무늬 처음엔 선명하다가

---

46) 즉 현실계와 몽상계가 이질적인 별차원임을 표지해 주는 장치들을 말한다. 미로 체험이라거나 入夢 과정, 또는 현실성을 일거에 말소시켜 줄 미증유의 시공간 이동 등이 그런 것들이다.

47) 윤채근, 「金時習 文學의 存在 美學的 考察」, 『어문논집』 38, 안암어문학회, 1998, 59~65면.

바람 불어 물결이 일렁거리면

흩어져 지난 자취 흩어지듯이[48]

이 시가 꿈속의 세계마저도 현실과 마찬가지로 '변역(變易)'에 노출된 장소로 이해하고 있다는 사실은, 결국 작가인 김만중이 비록 세계를 관념적으로 표상하긴 하지만 세계 자체를 관념의 구성물로 보지는 않았음을 증명한다. 즉, 현실은 꿈과 다르고, 또 다른 질서에 속하기에 현실이 거꾸로 꿈일 수 있다는 존재론적 통찰은 일찌감치 배제된다. 양자는 표상 대상과 표상체의 관계를 구성할 뿐이다. 꿈은 불안정한 혹은 결손된 현실을 보충하면서 하나의 관념적 표상으로 드러나지만 물리적 현존을 위협하지는 않는다. 보고 싶은 가족을 현실과 똑같은 체험 형식으로 만나지만 이는 작가가 견디기 힘든, 또는 직접 대면하고 싶지 않은 현실의 어떤 국면을 관념적으로 극복하는 수단일 뿐이다.

결국 현실과 꿈은 별도로 존재하면서 서로 간섭하고 있고 그 간섭 과정은 적어도 인식 주관에게는 실존적으로 유의미한 현상이다.[49] 그래서 꿈이나 공상의 기작(機作)을 활용함으로써 주체는 야생적 현실계를 우회하거나 회피할 수 있고 단절과 분리로 점철되는 변역의 세계상을 관념적으로 봉합할 수 있다. 그러나 그럼에도 꿈과 환상, 즉 공(空)의 세계는 비유적 통찰의 경계를 넘어 현실로 침투할 순 없기에 시정되거나 통합되어야 할 부조리한 생활계의 참상은 궁극적으로 해결되지 못한다.[50] 이것이 바로 '공

---

48) 『西浦集』卷1 「記夢」, 12면 하면. "羈魂易振蕩, 幻境漸變易, 俯仰曾未改, 夢寐飜相續, 有如池中星, 躔次初歷歷, 風來水生鱗, 破碎失舊迹."

49) 김만중은 다른 「記夢」 시에서는 정치 현실에 대한 알레고리 전혀 없이 그저 꿈으로서의 판타지를 마음껏 향유하고 있다. 이 판타지에는 현실에 대한 어떤 종교적 교훈도, 윤리적 계몽도 첨가되어 있지 않다. 그리고 바로 이 사실이 현실을 재현 불가능한 것으로 표상했던 김만중 세계 이해의 양식과 상통하는 지점이다. 『西浦集』卷2 「記夢」, 19면 상면.

50) 환언하면, 현실은 현실 그 자체로 표상되어 재현되지도 않지만 꿈으로 재현될 수도 없다. 만약 현실이 꿈의 양태로 고스란히 재현된다면 현실은 환영으로 녹아내릴 것이고 현실의 문제 역시 종국적으로 해결될 것이다. 마지막에 남는 것은 寂滅의 회의주의다.

(空)'의 서사(敍事)로서 『구운몽』이 담당한 심미적 세계 표상 과정의 정체다.

3. 『구운몽』—공(空)과 꿈의 문법, 변역계(變易界)에 대한 저항

우리는 주로 시를 분석함으로써 김만중의 세계 표상 양식의 두 특성으로서 현실 재현에 대한 기피와 그 기반으로 작용하고 있는 변역적 세계 이해의 구조를 고찰하였다. 이를 토대로 서론에서 제기했던 『구운몽』의 '공(空)'의 사유 문제로 되돌아가도록 하자. 먼저 이 문제와 관련한 소비적 논쟁에 휘말려들지 않기 위해서 논의의 전제를 제시해야 하겠다. 객관적 분석자의 지평에서 분명한 점은 『구운몽』에 등장하는 두 세계, 즉 성진(性眞)의 세계와 양소유(楊少游)의 세계 사이의 관계를 하나를 강조하면 다른 하나를 배척하게 되는 모순과 갈등의 관계로 전제할 수는 없다는 사실이다. 따라서 양 세계는 작가의 서사 문법에 의해 유기적 전체로 조직되어 있다는 신뢰가 무엇보다 필요하다.[51] 결국 성진의 세계가 양소유의 세계를 건설하기 위한 이념적 여과 장치나 보조물 정도로 해석될 수 없으며, 마찬가지로 대단원 부분에서 육관대사가 설하는 『금강경(金剛經)』적 교의(教義)가 양소유의 세계를 통째로 묵살하는 가치의 전복일 수도 없다.[52]

그렇게 되면 범속한 생활계를 서사에 끌어들이고 의미 부여하게 하는 일상의 실존 공간 역시 박탈될 것이 분명하다. 이는 김시습의 사유 방식으로서 김만중의 그것과는 거리가 멀다.

51) 그러므로 양 세계 가운데 어느 하나를 강조하면서 빚어지는 독서 방식의 분열은 오로지 해석학의 지평에서만 일어날 수 있는 분규일 뿐이다. 이를테면 각몽 부분의 이중 부정 대목이 특정 판본들에서는 누락되고 있는데, 이는 작품의 受容史에서나 다룰 측면으로 우리 논의를 제약하지 못한다. 장효현, 「「九雲夢」의 主題와 그 受容史에 관한 硏究」, 『金萬重文學硏究』, 국학자료원, 1993, 111~140면.

52) 같은 이유로 마지막 이중 부정이 작품의 대미를 장식할 일련의 서사 전략이라고 본

이 문제에 있어 핵심이 되는 관건은 작품이 설정한 꿈의 모티브가 과연 어떤 의미 기능을 수행하는가, 혹은 수행할 수 있도록 고안되었는가에 있다. 이를 위해서 『구운몽』과 주제적으로 흔히 비교되는 「침중기(枕中記)」·「남가태수전(南柯太守傳)」·「조신(調信)」의 꿈을 살펴 볼 필요가 있다. 세 작품은 부분적 양상은 달리 하고 있으나 공히 현실의 삶이 꿈이거나 꿈처럼 허무할 수 있다는 직관적 통찰을 제시한다. 때문에 주인공들은 환상 체험을 겪고 나서 회복된 현실, 즉 꿈 밖의 현실재현적 현실을 거부하거나 그 본질을 깨닫고 초월적 삶의 지평을 획득하게 된다. 하지만 『구운몽』의 꿈은 우리가 사는 일상현실계, 즉 꿈 밖 현존의 생활 질서 자체를 부정할 목적으로 등장하지 않는다. 선학들이 거듭 지적했듯이 현실계의 위치에 있어야 할 성진의 세계가 양소유의 세계보다 훨씬 환상적·초월적 공간이기에, 만약 『구운몽』 안에서 궁극적으로 부정되어야 할 현실계를 애써 찾는다면 성진의 꿈속 세계인 양소유의 세계를 지목해야 하는 역설이 발생하기 때문이다.53) 그런데 양소유의 세계는 누구도 그리 부정하고 싶지 않을,

---

姜祥淳의 논의에 동의한다. 강상순, 「九雲夢의 상상적 형식과 욕망에 대한 연구」, 고려대 박사논문, 1999, 118~129면.

53) 그렇다면 이는 꿈을 부정하고 그치는 셈인데 너무나 싱거운 결론이다. 꿈은 이미 부정될 것으로 豫期되어 있는 것이라서 그 사체가 현실이 아니있다는 확인은 어떤 시사적 발견의 구실도 담당할 수 없다. 만약 그게 아니라면 「침중기」類처럼 꿈밖의 세계를, 즉 불법 세계인 연화도량을 부정해야 한다. 꿈속 세계가 적어도 꿈밖의 세계를 허망한 것으로 되비추는 반성의 기능을 담당한다면 그래야 한다. 그러나 그렇게 되면 무언가를 부정한다고 하는 『구운몽』 자체의 의미 해석 체계가 해체되는 국면이 초래된다. 다른 세계를 부정해야 할 초월 세계가 오히려 환상적 세속 체험에 의해 부정됨으로써 급기야 『구운몽』은 끝없는 부정의 놀이에 휩싸이게 될 것이기 때문이다. 즉, 육관대사 역시 꿈속의 인물이 되므로 그에 의해 지배받는 모든 時空, 심지어 성진조차 꿈의 존재가 된다. 이것은 매우 멋지고 심오한 해석이지만 제대로 빛을 발하려면 성진의 세계가 일상적 현존계이거나 혹은 득도의 세계(法界)로 묘사되었어야만 한다. 하지만 앞에 언급했듯이, 성진의 세계는 이미 양소유의 세계보다 더 꿈처럼 몽롱하게 묘사되어 있다. 그리고 만약 성진의 세계가 사실계로 묘사되었을 상황을 가정할지라도 이는 결국 「침중기」 수준의 현실 반성, 즉 우리네 삶도 꿈일 수 있다는 깨달음보다 더 나아간 바도 없다. 반대로 성진의 세계가 이미 득도한 세계였다면 이는 불법·부처 자체도 환상일 수 있다는 고도의 空無의 형이상학을 획득할 것이다. 하지만 유감스럽게도 성진은 육관대사나 불법을 부정하는 대신 그로부터 수혜를 입어 작품의 종지부에 이르러 득도하며, 부정의 운동도 이 지점에

오히려 한번쯤 겪어보고 싶을 그야말로 꿈결 같은 비재현적 낭만 세계로서, 그로부터 현실 세계를 유추하기 힘들 정도의 비현실적 무갈등—또는 해결 가능한 형식적 갈등—을 특징으로 한다.54) 또 꿈 밖의 존재인 성진은 위의 세 작품의 주인공들과 달리 이미 선택받은 종교적 엘리트로서, 각몽 때문에 극도의 상실감에 빠질 인물이 아니다. 결국『구운몽』은 작품 내부에서 무언가 부정되더라도 본질적으로 상처받을 존재가 하등 없기에, 이 작품이 부정하고 있는 대상이 존재한다면 그것은『구운몽』이라고 하는 관념계 외부의 진짜 현실계, 즉 김만중과 그의 독자들이 살고 있는 '여기 이 세계(실재계)'일 것이다. '여기 이 세계'의 의미는 이 소절의 끝에서 다시 논의된다.

여기서 논의를 압축하면, 결국『구운몽』은 작품 내부에서 그 어떤 세계도 효과적으로 부정하지 못하고 있다.『구운몽』은 「침중기(枕中記)」류와는 달리 현실계와 몽중계의 경계가 불분명하며55) 현존계는 망집이라는 육관대사의 선언적 선포에도 불구하고 그에 걸맞게 부정되어야 할 양소유의 세계는 현존계를 재현(再現)·유비(類比)할 수 있는 통찰을 차단하고 있다. 성진의 세계 역시 현실을 반성케 할 재현적 자질을 결여하고 있기는 마찬가지다. 급기야 육관대사가 자기 스스로까지 부정할 수도 있었을 그의 이중부정의 세계 통찰은 오직 성진의 수행 과정에나 한시적으로 적용될 에피소드로 전락한다.56) 때문에『구운몽』에서 수행의 현실과 득도의 법계는 온전히 부정되지 않고 엄존하며, 그 사이에 이 작품의 구조가 의도한, 또

서 그친다. 따라서『구운몽』은 수행자 성진의 꿈과 현실을 나란히 부정했지만 그 어느 것도 본질적으로 부정할 수 없도록 안전장치가 잘 구비되어 있는 작품인 셈이다.

54) 환언하면 위의 세 작품과 달리 가공의 현실을 지나치게 집요하고 풍성하게 향유하고 있다. 이로 인해『구운몽』의 진짜 주제가 이 액자 내부라고 하는 논의가 성립될 수 있었다.

55) 성진의 꿈속에 꿈밖의 존재인 육관대사가 간헐적으로 틈입하기까지 한다. 따라서 양소유의 세계는 작품 진행 과정 내내 성진의 세계와 긴밀히 연관되어 있다. 李相澤, 「『九雲夢』과「春香傳」, 그 對稱位相」,『金萬重研究』3, 새문사, 1983, 44~50면.

56) 즉, 어느 순간 수행의 완성으로서 팔선녀와 동반 득도한다.

는 의도하도록 설계된 목표인 '인간 세상의 재미에 대한 비판적 통찰'은 실종되고 있다.

사실 『구운몽』이 교훈적 주제로 삼고 있는 듯한 '세상 재미의 허무함'이란 바로 부귀영화(富貴榮華)의 덧없음이다.57) 이는 실재계로서의 일상적 삶 자체가 보다 초월적인 질서의 덧없는 구성물일 수 있다는 『금오신화(金鰲新話)』의 통찰과 대조적이다.58) 이런 대조적 결과를 빚은 일차 원인은 양자가 선택한 불교 이념의 취향 차이, 즉 무엇보다 부정해야 할 것이 부귀영화인 계급을 상대하는 귀족 불교와 부귀영화와 차단된 삶을 살기에 부정해야 한다면 일상 자체를 부정할 수밖에 없는 평민을 상대하는 대중 불교(선종)의 차이에 기인할 것이다. 전자가 관념적 초월을 지향한다면 후자는 현실적 탈형역(脫形役)을 지향한다. 따라서 전자의 경우, 스스로 부정해야 할 부귀영화를 자꾸 담론할수록 그것에 집착하고 있는 상황을 노출하는 결과를 빚을 수 있으며, 결국 관념적 초월이라는 것도 그러한 세속적 향유 욕망의 자기 분석과 그 종교적 연장 욕구임을 폭로하게 된다.59) 『구운몽』에 초래된 그러한 욕망의 논리적 결과는 관념적으로 초월해야 할 극복 대상 자체가 관념적·추상적인 어떤 것에 불과하다는 역설이다. 즉, 실재하기 어려울 정도의 부귀공명이나 미녀들과의 가연(佳緣) 등인데, 이런 것들을 실제 누릴 수 있는 자는 거의 없기에 부정되어야 할 '세상 재미'란 오히려 욕망되어야 할 '가상의 재미'에 불과하다.

그렇다면 『구운몽』의 핵심은 양소유와 양소유에 투사된 판타지적 욕망의 실현 과정인가? 사실 그런 혐의가 전혀 없지는 않지만60) 이 가설이 증명되려면 『구운몽』의 작품 구조를 파괴하지 않으면서61) 성진의 세계를 양

---

57) 李縡, 「三官記」, "稗說有九雲夢者, 卽西浦所作, 大旨以功名富貴, 歸之於一場春夢."(장효현, 앞의 논문, 재인용)
58) 윤채근, 앞의 논문.
59) 강상순, 앞의 논문.
60) 이것이 예나 지금이나 『구운몽』 독서 방식의 가장 흔한 예가 아닐까 한다.
61) 즉, 성진의 세계를 이야기 전개 속에 없어도 좋거나 무시해도 좋을 정도로 그 비중을

소유의 세계 안으로 흡수해야만 한다. 그러나 그것이 불가능하다면『구운몽』은 육관대사라는 초자아적 존재로부터 결코 자유로울 수 없다. 단적인 예가 성진의 꿈속 인물인 양소유가 꿈밖의 존재 육관대사를 자기 세계 안에서 실체적으로 조우하고 있다는 사실이다.[62] 이는『구운몽』이 성진의 세계를 첨가물 정도로 개입시키고 아예 잊었다가 말미부에서야 기억해내는 작품이 아님을 서사적으로 증명한다. 꿈과 현실, 꿈과 꿈이 문맥 안에서 교차하여 기둥 줄거리를 형성하는 작품이 거의 없었던 17세기 조선의 상황에서[63] 이 특이한 문법을 무시한다는 것은 불가능하다.

그렇다면『구운몽』의 말미에 등장하는 이중부정, 즉 양소유의 세계가 거짓이듯이 성진의 세계도 거짓일 수 있다는 암시를 보다 적극적으로 독해하는 방식은 어떨까?[64] 즉, 양소유와 관련된 내부 서사를 성진이 이끄는 외부 서사의 충격적 결말을 도출하기 위한 전략적 장치로 보는 것이다. 그런데 이 관점은 비록 작품 자체의 결말부가 제시하는 선언적 의미에 순응(順應)한다는 미덕은 있지만 성진의 존재성 자체를 부정함으로써 역으로 양소유의 존재까지 재생 · 복원한다는 논리적 모순을 지닌다. 결국 모든 게 꿈이라면 양소유의 삶도 성진의 삶과 크게 다를 바 없는 수행 과정이요, 결정적 득도의 순간에 비교할 때 평등하게 의미 있는 미몽일 것이기 때문이다. 그러므로 삼단 논법적으로 진행되는 꿈과 그 꿈을 꾸는 꿈의 부

약화시키지 않으면서.

62) 각주 55) 참조

63) 중국의 경우에는 이러한 소설 문법이 자주 보인다. 이미 唐의 白行簡은『三夢記』(『說郛』 4에 수록)라는 소설집에서 꿈과 현실 사이에 맺어질 수 있는 관계 양식을 다음과 같이 셋으로 분류했다. "어느 한 사람이 꿈속에서 어떤 장소를 방문하여 그곳에서 다른 한 사람을 만나는 것, 혹은 어느 한 사람이 어떤 행동을 하고 있는데 다른 한 사람이 꿈속에서 그것을 보는 것, 혹은 양쪽이 꿈을 통해 연결되는 것[彼夢有所往而此遇之者, 或此有所爲而彼夢之者, 或兩相通夢者]." 루쉰, 조관희 역,『중국소설사』, 소명출판, 193~194면 재인용.

64) 원문의 핵심부는 이렇게 되어 있다. "汝乘興而去, 興盡而來, 我有何干與之事乎? 汝又曰, 弟子夢人間輪廻之事, 此汝夢與人世, 分而二之也. 汝夢猶未盡覺也." 丁奎福,『九雲夢 原典의 硏究』, 一志社, 1977. 관련 분석은 각주 53)을 참조

정이라는 매력적인 종교적 설계도는 이론적으로는 가능하나, 서사학적으로는 양소유의 세계를 포획할 정도의 충격능력까지는 소유하고 있지 못하다.[65]

이상의 논의를 요약하면 『구운몽』이 성진의 세계와 양소유의 세계를 어느 하나도 유효하게 부정하지 못했고, 따라서 양자를 동시에 부정하지도 못했다는 사실이 드러난다. 다시 말해 어느 하나의 부정이 다른 하나를 역으로 긍정하게 함으로써 그 부정 자체의 의미를 무화시키거나, 어느 하나의 긍정이 다른 하나를 덩달아 긍정하게 만듦으로써 양자 가운데 어느 것도 간접적으로조차[66] 부정하지 못하게 만드는 기묘한 플롯의 뒤얽힘이 그속에 존재한다는 점이다. 이는 『구운몽』이라는 작품의 성격이, 이야기 구조만을 통해 접근하여 그 주제를 도출하려는 어떤 시도들에 대해서도 폐쇄되어 있는 독특한 소설임을 의미한다. 환언하면 의미 구조만으로 본다면 이 작품은 미로 그 자체이며 부분적 분석의 시야에서는 신기루 같은 복잡한 내용을 갖추고 있다.[67] 그렇다면 우리는 『구운몽』의 세계를 너무

---

65) 때문에 간혹 육관대사의 이 이중부정 부분이 생략되어 유통되는 것이 가능했던 것이다. 후대 독자들이 이 장면의 파괴력을 알면서도 고의로 무시했다고 보기는 힘들고, 그렇다면 이 부분은 이미 서사를 통해 충분히 소화된 사항을 재진술하는 것 정도로 이해되었을 가능성이 크다. 장효현, 앞의 논문.

66) 즉, A를 부정하고 싶지만 그것이 불가능하다면, 이번엔 A의 대립 명제인−A로서의 B를 긍정하여 A의 부정을 이끌어내는 간접적인 추론 방법을 쓸 수 있다. 하지만 A와 B가 대립 명제가 아닐 때 이 추론은 손쉽게 붕괴된다.

67) 이 부분은 서사학적으로 매우 흥미롭다. 다시 강조·요약하면, 『구운몽』의 외부 서사 구조는 양소유의 세계를 부정하고 나아가 성진의 세계까지 부정하도록 설계되어 있다. 최소한 양소유의 세계만큼은 부정되도록 고안되었음이 틀림없다. 그러나 막상 양소유의 세계를 부정하려고 하면 성진의 세계가 이를 막고, 근본적으로 성진의 세계부터 부정하려고 하면 양소유의 세계가 이를 막는다. 부정의 각도를 바꿔, 자기가 살리고 싶은 세계를 전략적으로 먼저 선정해 두고, 그렇게 짠 해석의 패러다임 속에서 이를 전략적으로 우선 부정해 봐도 나머지 세계는 살아남는다. 그리고 앞에 언급했듯이 수학적 역명제가 순식간에 동치 명제로 변하는 이상한 모순이 빚어진다. 하물며 두 세계를 동시에 부정한다는 것은 오직 육관대사의 담론(내부 서사 구조)을 통해서나 이룩될 수 있는 기적이 된다. 이를 따를 경우, 작품 분석가가 자신의 분석 근거를 작품 내 주인공의 증언에 의지하는 결과가 되는데, 이는 분석이라기보다 허구 인물 육관대사에 대한 신봉에 가깝다.

피상적으로, 혹은 단순하게 과소평가하며 접근해 왔던 것은 아닌가?

따라서 문제를 '공(空)'이라고 하는 대국적 지평으로 다시 돌려보자.『구운몽』을 관류하는 이 공(空)의 사유를, 이를 긍정하든 부정하든 간에, 애써 특정 불교 경전의 교리하고만 연결시켜야 하는 것은 아니다. 논리적 착간은 바로 그 지점에서 시작되었던 것이다. 소설 속에『금강경』을 도입하도록 만든 김만중의 공空의 사유는 직접적으로 불교적 교의라기보다는, 소설가로서 자신이 구성한 세계의 상징 표상에 가까운 개념이다. 이 개념은 김만중의 현실계에 대한 재현에의 기피증과, 변역(變易)이 난무하는 일상의 현존을 송두리째 부정하지 않으면서도 이를 관념상에서 승화시키려 했던 그의 심미적 실존 경향을 정확하게 대변해 주고 있다.

만일 그렇다면 공(空)의 사유는 결국 소설이라고 하는 현상과 소설가로서의 김만중이라는 존재까지 해명해 줄 개념일 수 있다. 꿈이나 공상 등 허구 관념은 실체를 거느리지 못한 텅 빈 환영이지만, 그것이 죽음과 같은 절대무(絶對無)가 아닌 한, 그것도 나름의 실존적인 현실임엔 틀림없다. 이를테면 환상의 일종인 소설도 독자가 그것을 읽는 동안만큼은 관념 속에서 잠시 실재한다. 마찬가지로 소설가는 현실적으로 해낼 수 없는, 혹은 해내기 싫은 모종의 실천을 그 현실과 직접적 재현 관계를 맺지 않으면서 상징적으로 하는 자이다. 이를 통해 소설가는 현실계의 결여와 과도함을 관념적으로 대리-보충한다.[68]

이렇게 볼 때,『구운몽』 분석에서 우리가 봉착했던 논리적 난관은 대부분 해결된다. 김만중은 애초에 불교적 이념을 계몽하려고 소설을 짓지 않았으나, 대신 불교의 고민과 통찰이라 할 현실고(現實苦)에 대한 관념적 파탈(擺脫) 과정만은 자기 사유에 적극 수렴했다. 즉 변역계에 대한 심미적 거부를 서사적 실천을 통해 관념적으로 이룩하고 나아가 향유했다. 때문에『금오신화』와 달리『구운몽』에는 죽음이 없다. 죽음이야말로 불교 사

---

68) 대리-보충 개념은 다음을 참조하라. 자끄 데리다, 김성도 역,『그라마톨로지』, 민음사, 1996, 280~324면.

유의 중핵이라 할 수 있건만 『구운몽』은 그 자리에 꿈을 보충해 넣는다. 꿈이야말로 삶의 그 어느 국면도 결정적으로 훼손시키지 않으면서 삶의 과중한 밀도와 속도를 정지시켜 줄 수 있는 거의 유일한 매재(媒材)다. 또한 꿈은 현실이 아니면서도 일정하게는 유사 현실이고 그러하기에 현실의 어떤 면을 드러내면서 감춘다. 라캉 식으로 말하자면, 환유적인 욕망을 따라 계속 이동하면서 그 욕망의 실현을 즐기고, 또 그 과정을 반성하고 분석하지만 끝내 죽음을 그 내부에 포함하는 '실재계'의 침입은 봉쇄한다.

이상의 견지에서, 육관대사의 이중부정 대목은 전혀 새롭게 읽힌다. 그는 분명히 성진에게 입몽과 각몽 과정을 고통스런 윤회로서가 아니라 일종의 흥(興)의 승진(乘盡) 과정으로 설명했다.69) 이에 따라서 성진의 속세 몽유(夢遊)는 실재계에 대한 재현으로서가 아니라 철저히 관념적인 구성물로서 설계된 유사 현실로의 여행이었다. 그러한 유사 현실이 애써 고민되어 부정되어야 할 필요는 없다. 그것이 현실을 모형으로 하여 그럴싸하게 만들어지긴 했지만 어차피 현실에 대한 재현 능력에 있어서는, 그것보다 현실과 더욱 동떨어져 보이도록 설계된 세계들, 이를테면 『금오신화』의 염부주나 용궁세계보다 열악하기 때문이다. 즉 문제는 작중 세계의 설계 형태가 아니라 작품의 문법 속에서 그것이 현실을 재현해 낼 수 있는 의미론적 능력 정도인 것이다.

그렇다면 육관대사의 이중부정은 어차피 재현 능력이 떨어지는 양소유의 세계를 파괴할 목적성을 가질 수 없거나, 가질 필요가 없도록 되어 있다. 오히려 이 대목은 성진의 세계(부정하는 세계)마저 부정하게 됨으로써 양소유의 세계(부정되어야 할 세계)를 보호하는 장치로 기능한다. 동시에 진짜 세계와 가짜 세계, 현실과 꿈을 뒤섞어버림으로써, 혹은 현실과 꿈을 대립적으로 인식하는 순간 도래할 양자의 분리의식을 서사적으로 원천봉쇄함으로써, 『구운몽』 속에서 그 양 세계가 임의적으로 격리되었음을70) 인지

---

69) 각주 64) 참조

70) 즉 진짜 현실이 누락되었음을. 또는 작품 속에선 진짜 세계 역할을 맡고 있는 성진의

하지 못하도록 만든다. 다시 말해 독서의 환상을 지속시켜 준다.71) 때문에
『구운몽』의 독자는 양소유의 세계가 꿈으로 허무하게 끝나도 좀더 긴 성
진의 에필로그를 경유하며 환상을 연장할 수 있다. 육관대사는 간혹 꿈속
세계의 양소유와 실체로서 만나기도 했지 않은가?

결국 성진의 세계와 양소유의 세계는 모두 관념의 세계로서 아름답게
병존·소통하면서 치명적이지 않은 현실(變易界) 부정, 혹은 환상(독서) 체험
을 유도하고 있다. 그러므로 성진과 양소유의 세계 가운데 어느 곳이 더
현실에 가까운가, 또는 어느 곳이 부정되어야 하는가는 『구운몽』의 진실
과는 무관하다. 양 세계는 서로 부정할 수 없는 다 같은 관념적 상징 표상
의 세계일 따름이다. 오히려 우리는 변역계로서의 현실, 앞서 말한바 '여
기 이 세계'로서의 '실재계'를 재현 대상에서 제외하면서 건설한 김만중의
관념 세계, 그리고 그 관념 세계를 향유한 독자들의 체험 세계가 더불어
구축할 모종의 주체의 자리를 물어야 할 것이다. 필자는 이 자리를 통속
정신으로 채워야 하리라고 예측한다.

4. 결론—18세기 통속(通俗) 정신과 『구운몽』

마침내 우리는 많은 우회로를 경유하여 『구운몽』이 부정하는 것은 작품
내부의 세계가 아니라 바로 작품 외부의 현실계72)임을 확인했다. 그리고

연화도량마저도 가짜 현실임을.

71) 즉 『구운몽』을 독서(혹은, 집필)하던 눈길을 주변의 현실계로 돌리지 않도록 한다. 적
   어도 환상을 잠시라도 오래 연장시키려 한다. 육관대사의 말을 빌리면 흥을 성급히 깨
   거나 무화시키지 않고자 한다.

72) 라캉의 논리를 원용하면 '여기 이 세계'로서의 실재계다. 라캉에 따르면 우리는 언어
   로 구성된 상징 질서 속에서 산다. 이 질서 밖의 실재계는 욕망의 대상(환상)을 따라 순

이것은 불교로 대표될, 세계에 대한 모종의 존재 불안에 근거함을 논증했다. 이는 시를 분석하며 상론했으므로 구태여 『구운몽』 분석과 일일이 대비하지는 않았으나 그 취지는 충분히 전달됐으리라 생각한다. 여기서는 세 가지만 첨보하려 한다.

첫째, 『구운몽』이 부정하는 작품 밖의 현실계는 죽음이나 유배, 혹은 가정의 비극이나 육체적 고통과 같은 변역적 현실이다. 때문에 꿈인 성진, 그리고 꿈의 꿈인 양소유의 삶엔 본질적 존재 통증이 개재되지 않는다. 그럴싸한 현실을 아무리 부정해도 이는 진짜 현실의 현실성을 은폐하기만 할 수 있을 뿐이다. 이 점이 변역적 현실계를 긍정하며 그 전제 위에 현실을 불교적으로 초월하려 한 김시습 소설 사유와 다른 점이다.

둘째, 이에 따라 성진과 양소유의 세계는 표면적으로만 상호 부정할 뿐 본질적으로는 동일한 상징 표상 세계의 서로 다른 연장이다. 이로 인해 양 세계는 서로를 본질적으로 부정할 수 없다. 『구운몽』이 많은 분란과 갈등을 발생시키지만 근원적으로는 무갈등의 낙천성을 띠는 것도 이 때문이다.

셋째, 『구운몽』은 작품 내부의 위조된 현실은 부정하되 작품 밖의 실재 세계 자체를 부정할 능력은 없으며, 또 구태여 실재계를 상징 표상계 내부로 끌어들일 의사도 가지고 있지 않다. 따라서 '여기 이 세계'를 작품 밖으로 밀어내 부정하지만 이는 그 세계를 부정할 진지한 근거가 있기 때문이 아니라 자기충족적·비재현적 관념계(성진과 양소유의 세계)를 보호하기 위한 방어적 부정일 따름이다. 그러나 상징적 실존도 유의미한 실존 체험이기에 이러한 허구(소설) 체험이 비본래적이라고 말할 수는 없다.[73]

이 지점에서 우리가 결론적으로 봉착하는 중요한 사실은 김만중의 공의 사유가 그 의도와 무관하게 후대 소설, 특히 18세기 소설의 통속성(通俗性)

환하는 주체에겐 당장 구체적으로 들이닥치지는 않지만 '사물 그 자체'로서 엄존한다. 이윽고 실재계의 결정적 침투가 일어나는데 그것이 바로 '죽음'(환상의 종료지점)이다. 라캉의 비유는 매우 많은 부분 죽음과 연관되어 있다.

[73] 그렇게 되면 중세적 소설부정(폄하)론에 떨어진다.

에 하나의 원형을 제공한다는 점이다. 통속성 논의는 다양하게 가능하겠지만 그것이, 지나치게 소박하게도, 다루는 소재나 대중적 지지도(유통 대상), 혹은 사용 언어의 특징이나 상업적 성공가능성 여부로만 규정될 수 없음은 너무나 명백하다. 반통속성도 그 모두를 자기 성격으로 가질 수 있으며, 사실 한 때 모두 통속 소설이었던 문언 소설조차 그러한 것들을 지향하지 않았던 것은 아니기 때문이다. 따라서 통속성은 통속 정신의 본질이 무엇인가를 논함으로써 온전히 다루어질 수 있다.[74]

통속 정신의 본질은 무엇보다도 바로 현실계를 그 진상 그대로 재현하지 않으려는, 실재계가 부하하는 존재 불안을 허구의 관념 세계 안으로 틈입시키지 않으려는 정신이라고 할 수 있다. 물론 이는 현실의 풍정이 전혀 배제된다는 뜻은 아니다. 현실은 얼마든지 소재로 사용될 수 있지만 일련의 거세 과정을 거쳐야만 차입(借入)될 수 있다. 그리고 그 거세 과정이란 현실의 활력과 위험성을 탈취시키는 과정이기도 하기에,[75] 현실의 모습은 사람들의 존재 불안이나 불편을 자극할 수 없도록 원근법적으로 상당히 왜곡된다.[76] 이를 위해 통속 정신은 가장 다수의 평균적인 통념에 호소할

---

74) 梁承敏은 학위논문을 통해 '통속성'의 특징을 다음으로 요약했다. ① 언어의 세속적 소통, ② 인물과 사건의 생동감, ③ 주제와 표현의 독자 지향성, ④ 묘사의 일상성, ⑤ 대중적 교화성, ⑥ 가치의 보편성. 양승민, 「17세기 傳奇小說의 통속화 경향과 그 소설사적 의미」, 고려대 박사논문, 2003, 13~28면. 통속을 정의할 기술적 개념 정의로는 매우 적절하고 원만하나 통속의 실체에 대한 논리적 메타 규정에는 실패하고 있다. 그리고 필자의 '통속성' 규정에 대해서도 상당한 오해를 하고 있다(3면, 5면). 본고가 그 오해에 대한 해명이 될 수 있기를 희망한다.

75) 즉 비재현화의 과정이기에. '재현'이 단지 현실에 대한 모형적 복사가 아님은 앞에서 서술했다.

76) 즉 그 현실이 아무리 市井의 체온과 당대 口語 世界가 드러내는 현장성을 잘 포착했다할지라도 독자나 발화자는 자신의 삶과 이를 유관하게 연관시키면서 참가하는 주체자가 아니라 타자들의 삶을 관람하는 또 하나의 타자일 뿐이다. 演義나 講史, 그리고 話本小說의 역사는 그러한 타자화된 시점을 통해 자신의 존재 불안을 더는, 혹은 위로받는 역사다. 따라서 통속소설이 대중을 교화하고 위무할 수는 있으나 자신의 현존을 반성하게 만들 수는 없으며 '통속적 현실'을 '실재계적 현실'로 轉位시킬 수는 없다. 그러하기에 통속 속엔 혁명적 인소가 잠장되어 있을 순 있으나 통속 자체가 혁명적일 수는 없다. 아울러 '자연적통념적 현실'과 '과학적문화적 현실'은 다른 것임을 강조해둔다.

수밖에 없게 된다. 그리고 이 때문에 통속성은 몇 가지 보편적인 유형화를 선호하게 되는데, 바로 이 이유로 인해 통속성 하면 대중성을 연상하게 되는 것이다.77)

　통속 정신이 '여기 지금의 현실성'을 본질적 수준으로 자각하지 않으려 하며 궁극적으로 그것을 재현할 욕망을 소유하지 않기에78) 국가 기구는 이를 여타 반통속적 순문학에 비해 덜 위험하다고 판단하게 된다. 때때로 통속성에서 엄청난 혁명적 에너지가 주조되기도 하지만 이는 국가 기구가 통속성의 외양을 한 모종의 새로운 현실관의 등장을 단순 통속성으로 여겨 무시하기에 가능한 것이다. 또 통속 정신은 가치(윤리) 판단보다 심미 판단을 우선시한다. 대상이나 주제가 무엇이건 통속은 그 속에 파고들어 그것을 '위험하지 않게' 정련해낸다. 위험하지 않은 현실, 그것이야말로 현실의 피와 땀, 죽음과 굴욕이 적당히 소거된 '그럴싸한 현실'이며 심미적으로 거부감을 발생시키지 않는 '미적 현실'이다.

　통속 정신은 나중에 지나치게 현실의 윤리적 억압을 벗어나려 하면서 때론 저급한 지경에까지 이르기도 한다. 물론 개중에 어떤 것은 고전(古典)이 되어 재생되기도 하지만. 그리고 통속성은 윤리 판단을 상식의 울타리에서만 받아들여 현실 삶에 초래되는 변역성을 무시함으로써 새로운 윤리

'삶에 대한 자연적 믿음'이 바로 통속성의 경제 원리다.

77) 무엇보다 俗文學의 기원이 宋代 俗講과 같은 불교의 통속화 과정의 산물임을 직시해야 한다. 그래서 '정통 불교'와 다른 '통속 불교'란 무엇인가를 회고해 보면 통속 소설의 본질에 조금 다가갈 수 있다.

78) 즉 문화적 통합을 저해하는 소모적인 불안 요소, 이를테면 죽음이나 파토스와 같은 비경제적 에너지를 무시하기에. 윤채근, 『소설적 주체, 그 탄생과 전변』, 월인, 389~431면. 17세기 傳奇小說이 통속 소설일 수 없는 것은 그것들이 대중적 소통능력이나 時俗的 풍정을 반영하지 못했기 때문이 아니라, 비록 행동과 실천의 세계를 통해서이긴 하지만 여전히 존재의 근본적 불안 문제와 그 해결을 직접 추궁하고 있기 때문이다. 불가해한 정념, 맹목적 가족애 등은 죽음과 마찬가지로 환유적 종료점을 갖지 않는 미완결적 욕망의 실존성을 상징한다. 그리고 그것은 매끈한 해결을 볼 수 없는 삶의 변역적 구속능력이며 실재계가 소유한 불가해한 공포성이다. 이를 고급한 문화만 소유한 반성 능력의 소산으로 보는 것은 타당치 않다. 통속 소설도 이러한 문제를 해결하려고 한다. 다만 실재계의 침투를 결여시키면서 그렇게 한다.

판단을 모색하지 못하도록 장애하기도 한다. 이 모든 과정이 전개되는 시점이 18세기다.『구운몽』은 스스로가 통속 소설이라 할 순 없지만 바로 이 통속 정신의 기원으로서 작용한다. 이는 시정의 속문화의 부흥, 현실에 대한 관념적 재구성 경향, 즉 관념과 현실의 분열이라는 형태로 연결될 것이다. 이에 관해서는『남정기』의 의미 문제와 더불어 후고를 기약한다.

김창협 비평의 산문사적 의의

'법(法)'의 산문론을 중심으로

송 혁 기

1.

김창협(金昌協, 1651~1708)은, 16세기 후반에서 17세기에 이르는 전 시기 한문산문사의 성취를 일단락하고 한 단계 끌어올려 18세기 산문사의 지평을 연 인물로 일찍부터 주목되어 왔다. 그가 지니는 산문사적 비중에 대해서는 학맥과 당파를 넘어서 많은 18·19세기 문인들에 의해 높이 인정되어 왔고, 오늘의 연구자들에 의한 논급 역시 이미 적지 않다.[1] 기왕의 연

---

[1] 김창협의 산문비평을 본격적으로 다룬 주요 연구 성과는 다음과 같다. 박두원, 「농암 김창협의 文論에 관한 연구」, 국민대 석사논문, 1982; 심경호, 「조선후기 古文의 형식미」, 『관악어문연구』 13, 서울대, 1988; 강혜선, 「김창협 古文 연구」, 서울대 석사논문, 1990; 박영호, 「조선 중기 古文論 연구」, 경북대 박사논문, 1992; 채환종, 「농암 김창협 문학 연구」, 충남대 박사논문, 1993; 송혁기, 「김창협 문학론의 연구」, 고려대 석사논문, 1996; 이종호, 「碑誌類 산문의 傳記文學的 성격」, 『한국한문학연구』19, 한국한문학회,

구를 통해 김창협 비평에서 주목할 만한 자료들이 소개될 만큼 소개된 지금의 시점에서, 더 이상 그 자료 자체의 중요성에 기대어 의미를 부연하고 재구성하는 방식만으로는 연구의 진전을 기대하기 어렵다.

연구시야를 확장하고 논의를 심화하기 위해서, 김창협 비평을 완정한 구조의 연구대상으로 따로 두고 접근하는 데에서 벗어나 전후 시기 산문 논의, 동시기 다른 입장의 산문 논의, 그의 비평에 가해진 당대와 후대의 평가 등의 장으로 끌어내어 비교하는 방식이 요구된다. 기존연구에서 이런 방식이 구사되지 않은 것은 아니지만, 문학사적 의의를 거론하는 선에서 다분히 소극적으로 행해졌다고 할 수 있다. 김창협의 비평이 이후 조선 후기에 큰 영향을 끼친 것은 사실이지만, 그것이 제출될 당시에는 다양한 가능성 가운데 하나였음을 상기할 필요가 있다. 그런 의미에서 김창협의 산문비평이 어떤 맥락 가운데 제출되었으며 그것이 여러 다른 견해들 가운데에서 주도적 영향력을 가지게 되는 요소가 무엇이었는지의 문제를 따져보는 것은, 바로 그의 산문비평의 의의를 보다 적확하게 짚는 일이기도 할 것이다. 이를 위해 본고는 통시적으로 이전의 산문논의와 대비하고, 공시적으로 그 생성 공간의 다양한 논의들과 대비하는 방법을 동원할 것이다.[2]

나아가, 본고가 중요하게 여기는 문제의식은, 이제까지의 연구들이 대개 김창협 산문론의 근간으로 들어온 '반의고주의(反擬古主義)의 역설'에 대해

1996.

한편 김창협 산문에 대한 작품론의 일환으로 그의 비평을 논의한 연구들이 있고, 그 외에 조선시대 산문론 연구에서 김창협의 비평이 중요하게 언급되는 경우가 많으나, 여기 일일이 들지는 않는다.

2) 개별 비평문에서 그가 구사하는 비평용어들의 연원과 의미, 진술의 적절성과 타당성 등에 대한 면밀한 검토와, 비평 대상이 된 개별 작품에 대한 역대 비평들과의 비교 등이 김창협 산문비평 연구가 나아가야 할 보다 본질적인 영역이라고 할 수 있고, 이 방면 역시 기왕의 연구에서 더 심화해 들어갈 여지가 많다. 아울러, 그가 영향 받은 중국 문인들의 산문 논의와의 비교작업 역시 중요하다. 다만, 단순히 어떤 문인의 저작을 읽고 영향을 받았는지의 여부에서 나아가, 개별비평문에서 어떤 부분을 얼마나 받아들였고 거기서 더 나아간 지점은 어디인가 등을 보다 섬세하게 따져 들어가야 온당한 의미를 도출할 수 있을 것이다. 이에 대한 구체적 구명은 별고를 요한다.

서이다. 김창협의 산문비평으로부터 반의고주의의 주장을 도출해내는 것 자체에 문제가 있다는 것은 아니다. 「잡지(雜識)·외편(外篇)」에서 많이 언급되는 내용 가운데 하나이고 따라서 그 요약으로서는 정확한 것이기도 하다. 문제는 그 언급의 요약 자체를 김창협 산문비평의 사적(史的) 의의를 논하는 자리에서 그대로 중심에 가져다 놓을 수 있는 것은 아니라는 데에 있다.

반의고주의를 역설해야 할 정도로 우려될 만큼의 의고주의적 문풍이 조선에 과연 있기는 했는지부터가 회의적일뿐더러, 결론부터 말하자면, 의고주의 성행에 대한 비판보다는 오히려 전범의 학습이나 작법의 원칙을 깊이 고려하지 않은 채 산문을 창작하는 풍토에 대한 반성이 김창협 산문비평의 입각점이라고 생각한다. 가령 최립을 비롯해 윤근수·신흠·김석주 등이 명대 전후칠자의 저작을 읽고 영향 받았다고 해서 그들을 진한고문파 혹은 의고문파로 볼 경우,[3] 그것이 그들의 작품 실상에 얼마나 부합하는가의 문제와 함께, 김창협이라는 '반의고주의자'가 이들의 작품을 높이 인정한 것을 어떻게 설명할 것인가의 문제가 대두되는 것이다. 이들이 대개, 그 중요한 일원인 김상헌의 손자인 김창협과 이런저런 개인적 관계로 연결되는 서인계 선배들이라서 직접 거론하며 비판하지 않은 것으로 볼 여지는 있다. 그러나 산문비평가로서의 김창협의 성취 중 단연 돋보이는

---

3) 당시 전범대상이 선진양한고문으로 옮겨가는 것은 중요한 산문사적 현상이고 그 배경에 명대 문예이론의 수용 문제가 지대한 의미를 지니는 것은 사실이지만, 그 실제 영향의 정도와 범위는 더 섬세하게 고찰해야 하리라고 생각한다. 특히 王世貞의 문학적 외연은 사실 문학사 일반의 서술처럼 그리 간단치 않다. 왕세정은 唐宋派의 반의고 논리와 '法' 중시의 산문 논의를 충분히 인지하고 있었고 오히려 산문의 작법을 더 명료하게 이론화하기도 하였다. 김창협이 왕세정을 반의고의 측면에서 강하게 비판한 것은 사실이지만, 당송파 茅坤이 王世貞보다 작품 실제로는 오히려 못하다고 평가하면서 바로 體裁와 結構의 굳세고 치밀함이라는 면을 든 것도 주목을 요한다. 金昌協, 『農巖集』 卷34(『한국문집총간』 권162) 「雜識·外篇」, 375~376면(이하 『農巖集』에서 인용할 때는 작가와 서명을 생략하고 '卷34「雜識·外篇」, 162-375~376면'의 형식으로 표기함), "茅鹿門作八大家文鈔, 盖以矯王李諸人贋勦之習. …… 及觀其所自爲, 則曼衍冗長, 浮靡華豔, 辭繁而意寡, 文勝而質弱. 其視弇州之體裁遒整, 結構緻密, 反不及焉."

지점 가운데 하나인, 이들 17세기 문인들의 장단점에 대한 명확하고 구체적인 논평들을 꼼꼼히 따져볼 때, 적어도 의고 여부나 전범 대상의 문제가 그 비평 기준의 중심에 놓이지 않았음은 분명하다.4)

이들을 포함한 16세기 말 이래 산문사에 대한 김창협의 진단은, 그 이전까지의 누습을 씻고 비로소 산문창작의 기본을 익힌 작가들이 출현하기 시작한다는 데에 초점을 맞추고 있다. 이 '산문창작의 기본'은 여러 층위에서 논의할 수 있고 김창협 자신의 산문론 내에서도 다양한 요소들을 포괄하는 것이기는 하지만, 본고에서는 특별히 전범으로부터 도출해낼 수 있는 산문창작의 원리, 즉 '법(法)'에 대한 엄정한 요구와 섬세한 추구가 김창협 산문비평의 사적 의의로서 특징적인 부분이라고 본다.5) 의고 / 반의고 혹은 진한고문 / 당송고문의 틀보다는 산문에 요구되는 '법'을 얼마나 자각적으로 인식하고 구체적으로 추구하는가의 문제로 접근하는 것이 김창협 산문비평의 의의를 보다 온당하게 도출하는 길이라는 것이 본고의 시각이다.

2.

한문 산문론 일반에 있어서 '법'은 기본적으로 전범적 고문을 본받는다는 의미의 '법고(法古)'를 전제하며, 그 전범적 고문에서 구사된 산문 창작 기술상의 이러저러한 원리를 의미한다. 워낙 원론적이고 기본적인 개념이

---

4) 시의 경우는 문제가 다르다. 정두경을 비롯한 의고적 시풍에 대해 김창협은 분명한 비판적 입장을 표하고 있다. 그러나 산문에 있어서 반의고주의를 말하는 것은 명대 작가들만을 대상으로 하고 있을 뿐 우리 작가를 직접적으로 겨냥하지 않는다.

5) 그런 의미에서 본고는 김창협 산문비평의 전체상을 總體的·構造的으로 그려내기보다는, 특정 국면을 집중적으로 조명하려는 의도를 가진다. 법을 중심으로 하는 그 '특정 국면'이 김창협 산문비평의 사적 위상을 특징적으로 보여주는 지점이라는 판단에서이다.

므로 산문론 연구에서 여러 모양으로 고려언급되어 오기는 하였으나, 이를 우리 산문론 연구에서 별개의 주제로 삼아 본격적으로 다룬 것은 정민 교수에 의해 처음 시도되었다.[6] 이를 통해 우리 산문론에 풍성하게 존재해온 '법'에 대한 논의들이 폭넓게 고찰되었고, 고정된 창작규칙이 아니라 변화운용의 '원리'로서의 '법' 이해가 심화되었고, 본고는 이에 계발 받은 바 크다. 다만, '법'의 개념과 필요성, 학습방법 등을 포괄적으로 보여주고자 한 연구목적 상, 그 시대에 따른 변모 양상을 세부적으로 살피는 일은 과제로 남겨진 셈이다.

김창협 산문비평의 사적 위상을 살피는 것을 목적으로 하는 본고로서는, 단대사적(斷代史的) 맥락과 상황 위에서 다른 논의들의 지형 가운데 그것이 어떻게 부각전개되는가의 측면으로 '법' 논의에 접근하고자 한다. 원론으로 환원시키고 말 수 있는 논의 중 어떤 요소들이 어떤 문맥에서 강조되고 사적 의미를 획득하는가의 문제에 초점을 두는 것이다. 그에 앞서 산문론 일반에서 '법'이 지니는 범주와 개념, 그리고 본고에서 주목하는 법의 특정 국면이 무엇인가를 간략하게나마 짚고 갈 필요가 있다.

'법'은 '의(意)'·'기(氣)'와 함께 산문 창작 및 감상을 위한 요결(要訣)로 거론된다. 역시 역사적 맥락과 입장에 따라 자지 않은 편차의 논의들을 수반하기는 하지만, 논의의 출발로서 거칠게나마 범주화하는 것이 허용된다면 대개 이런 구도이다. '의'가 작가가 그 작품에 담고자 하는 이념·주장·정서 등의 의미실질이라면 '기'는 작가의 내면에 온축되어 있다가 창작 과정에 발동되어 감상자에게까지 감수되는 작가의 정신역량 및 문세, 미감까지를 포괄적으로 가리키며, 이때 '법'은 이러한 '의'와 '기'를 적절하게 실어내기 위해 창작과정에서 선택운용하는 여러 층위의 준칙 및 수사 기법이라고 할 수 있다. 그 상호 관계에 있어서 '법'을 '의'나 '기'보다 우선순위에 올려두는 예는 없다고 해도 과언이 아니다. 법 자체를 애초에

---

6) 정민, 「고전문장이론에서 '法'의 문제에 대하여」, 『고전문학연구』 15, 한국고전문학회, 1996.

고정적인 것으로 주어져 있는 것으로 여겨 이에 속박되는 것을 경계하고, 이른바 '활법(活法)'을 강조하는 논리 역시 논자의 입장여하를 막론하고 공통된다. 또 이들 세 가지가 별개로 존립하는 것이 아니라, 좋은 글을 위한 그야말로 '요결'로서 상호보완적으로 존재하는 것임은 물론이다.

그러나 이상의 원론을 그대로 인정하는 선 위에서 역시, 이견의 가능성은 존재한다. 첫째, 의·기를 창작 및 비평의 관건으로 중요하게 고려하고 법이 그보다 우선순위에서 뒤선다는 것을 긍정한다 하더라도, 법 자체를 얼마나 따로 강조하고 구체적으로 추구하는가의 문제야말로, 그 정도의 차이가 심화되면 이견으로 간주될 만하다. 둘째, 의나 기가 주로 창작 이전에 형성되어 창작을 통해 발현되는 것인 반면 법은 창작과정에서 인위적으로 선택하고 운용하는 것이라는 면에서, 창작과정 자체에 들이는 인위적 공력을 얼마나 긍정적으로 인식하는가의 문제와도 맞물려서 이견의 소지가 있다. 셋째, 법이라는 것이 본디 전범을 상정하고 난 뒤에 성립 가능한 개념인 만큼, 어떤 전범의 어떤 요소를 어떤 방식으로 배우는가에 따라 견해를 달리 할 수 있다. 넷째, 법이라는 범주의 외연 내에서 특별히 어떤 부분을 강조하는가에 따른 이견이 있을 수 있다.

이상의 문제들 하나하나를 역사적 맥락 가운데 총체적으로 살피는 것은 본고의 범위를 벗어난다. 다만 김창협의 경우를 중심으로 본고가 주목하는 지점을 각 문제별로 들면 다음과 같다.

첫째 문제와 관련하여, 김창협 역시 '의'와 '기'의 범주에 해당하는 다양한 요소들을 비평의 기준으로 삼았다. 경술(經術)과 정신관건(精神關鍵)으로부터 문학적 재능·필력, 작품의 음조·기조·격조 등 작가와 작품의 전영역을 고려한 비평을 수행하였다.7) 바로 '법'을 강조하는 산문론의 중요

---

7) 卷11「與子益」, 161-513~514면, "如息菴文字, 非不尙辭, 而然其精神關鍵, 亦自悍緊切確, 不如是綿靡少骨也."; 卷34「雜識·外篇」, 162-376면, "遜志, 規模宏大, 筆力滂沛而少收斂裁剪之功."; 162-380면, "遜志陽明遵巖荊川數大家, 皆深於經術, 優於理致, 宏博精深, 高明峻潔, 皆非谿谷所能及."; "谿谷文, 典雅通暢, 辭理俱備, 體裁不苟, 在吾東, 固當爲大家, 然其氣調才力, 實不及古人."; 162-381면, "歐公, …… 其序記碑

한 연원이라고 할 수 있는 명대 당송파(唐宋派) 작가들의 작품적 성취를 논평하면서 체재(體裁)는 매우 정밀하게 되었지만 스케일이나 천부적 재질 등의 면에서 부족하다고 해서 그리 높이 평가하지 않은 것은, '기'를 중시한 일면을 보여준다.8) 이를 통해 그가 '법'을 산문 비평에서 유일하거나 최종적인 기준으로 삼은 것은 아님을 여실히 알 수 있다. 그러나 본고가 주목하는 것은, 김창협이 산문론에 있어 '법'을 매우 명확하게 인식하고 구체적으로 추구하였으며 그와 관련하여 시금석이 될 만한 다양한 용어·방법들을 적극적으로 비평에 활용했다는 점이다. 바로 이 점이 이전의 비평들과 김창협의 비평 사이에 보이는 중요한 차이를 빚는다는 점에서 산문사·비평사적 의의를 지닌다고 생각한다.

둘째, 법이 지니는 '인위적 공력'의 측면을 김창협은 상대적으로 강조하였다. 그는 산문의 문채미를 이루기 위해서는 고문의 작법 및 수사를 학습하고 구사하는 데 별도로 자각적이고 각별한 공력을 들여야 한다고 여기고 그 스스로 이를 실천한 것으로 보인다. 전대 및 동시기 여타 산문론과 비교할 때 그 정도와 깊이가 가지는 사적 의미는 중요한 문제이다.

셋째 문제와 관련하여, 법을 익히기 위해서는 가장 이상적인 전범인 선진양한의 고문 자체에서 직접 도출할 수도 있고 그것을 잘 배운 것으로 평가되는 당송고문가들이 이미 도출하여 구사하는 작법을 다시 배울 수도 있다. 그러나 당송고문가 자신들 역시 육경을 비롯한 선진양한고문에서 작법을 배운다고 표방하고 이를 창작에 실천하기는 하였으나 구체적으로 어떤 요소를 어떻게 배웠다는 언급을 한 것은 별로 없다. 특정 용어를 사용하여 이를 적출해내고 범주화·이론화함으로써 학습과 적용이 가능하도록 가공해낸 것은 송(宋)·원대(元代) 이후에 나온 산문관련 이론·선평류의

誌祭文等文, 風神遒麗, 音調逸宕, 俯仰感慨, 一唱三歎, 往往有歔欷欲絶處, 此所以不可及也."

8) 卷34「雜識·外篇」, 162-376면, "遵巖荊川, 宏大不如遜志, 豪敏不如陽明, 而體裁則加密焉."

개별 저작들에 와서이며9) 문학사적으로 의미 부여되기로는 명대(明代) 당송파(唐宋派)에 의해서이다.10)

김창협 역시 육경 및 선진양한고문을 최고의 산문으로 인정했고 산문의 '법'이 훌륭하게 이루어진 예로 『좌전(左傳)』과 『사기(史記)』 문장을 구체적으로 들기도 했다.11) 그러나 전범의 외연을 이에 제한하지는 않았을 뿐 아니라, 오히려 더 많은 비평에서 직접적으로 산문의 '법'을 도출하고 배우고자 한 대상은, 이들을 잘 배운 한유·구양수·증공 등 당송고문이다. 그리고 이들로부터 산문의 '법'을 추출하고 우리나라 작가들을 분석적으로 논평함에 있어 그가 구사한 비평용어와 도구들의 상당 부분은 송원대 이

---

9) 대표적으로 다음을 들 수 있다. 陳騤(宋), 『文則』; 李涂(宋), 『文章精義』; 呂祖謙(宋), 『古文關鍵』; 陳繹曾(元), 『文說』; 王構(元), 『修辭鑑衡』; 倪士毅(元), 『作文要訣』; 陳繹曾(元), 『文筌』; 高琦(明), 『文章一貫』. 이 가운데 專著 혹은 총서의 일부로 조선에서 통용된 것을 가리는 별도의 작업이 필요할 것이다. 이 중 가장 후대의 저작인 『文章一貫』이 이미 16세기에 우리나라에서 간행된 바 있다.

10) 주지하다시피 唐順之·王愼中의 논의가 대표적이며 茅坤의 『唐宋八大家文鈔』로 가시화되었다. 다만, 이들이 사용하는 용어들은 당송파의 전유물이라기보다 상당부분 송원대 산문관련 저작들에서 이미 구사되어 온 것들이었다. 이후 歸有光(明), 『文章指南』; 林雲銘(淸), 『古文析義』; 劉熙載(淸), 『藝槪』; 姚鼐(淸), 『古文辭類纂』; 徐師曾(淸), 『文體明辨』 등의 산문론 관련 전저 및 董其昌·魏禧·錢謙益·朱彝尊·方苞·劉大櫆·袁枚·曾國藩·章學誠·林紓 등 明·淸代 문인들의 저작에서 법의 문제는 지속적으로 논의되었다. 이에 대해서는 馮書耕·金仞千, 『古文通論』 下, 臺北 : 中華叢書編纂委員會, 1966, 1281~1293면, 1519~1566면, 1594~1606면 참조.
   이 가운데 김창협 비평과 관련하여 주목을 요하는 인물이 林雲銘(1628~1697)이다. 그의 『古文析義』는 당송파 등의 이전 산문비평에 비해 한결 분석적이고 풍부하며, 편장구성법을 중심으로 개별작품에 대한 구체적인 논의를 펼쳤다는 점에서 주목된다. 이 부분이 바로 김창협이 당송파에서 한걸음 나아간 지점이기도 하기 때문이다. 이 책이 김창협 當代인 1687년 중국에서 간행되었고, 그 목판본 및 필사본이 조선에서도 꽤 유행하였으며, 나아가 김창협의 비평과 겹치는 언급도 일부 확인되어 영향의 개연성은 있으나, 실제 접했는지 단정할 근거를 찾지는 못했다. 김창협의 실제비평에서 이들 중국산문론 저작의 영향관계를 고찰하는 것은 별고를 요한다.

11) 卷34 「雜識·外篇」, 162-374면, "馬史如信陵君傳, 叙迎侯生, 及灌夫傳, 叙罵坐等處, 曲折纖悉, 毫髮不遺. …… 信陵君傳, 專以禮士下賢, 臨難得力爲案; 灌夫傳, 專以田·竇兩家恩怨傾奪爲案. 迎侯生及罵坐處, 正其緊要關節, 故叙得愈詳愈妙. 推此例之, 史·漢諸傳, 皆然, 若事無巨細緊歇, 皆欲纖悉叙次, 則豈復有體要乎?"; 같은 글, 162-383면, "左傳叙事有極簡妙處. 如……, 此叙事簡妙處. 前後六皆字, 又錯落甚奇."

래 명대에 이르는 산문 이론·선평 관련 저작들에 힘입은 바 크다. 그 가운데 명대 당송파의 영향이 큰 것은 사실이지만, 그에 국한되지 않고 상당히 포괄적인 섭렵과 전문적인 소화 위에 그것 역시 상대화시키고 자신의 비평안목과 학자적 엄밀성을 바탕으로 진전된 비평성과를 일구어낸 것으로 보인다.

넷째 문제를 위해 역시 논의의 필요상 단순화의 위험을 무릅쓴다면, '법'은 크게 보아 두 가지 시각에서 접근이 가능하다. 하나는 문장의 장르마다 고유의 체재가 있으며 작법 역시 그에 합당하게 구사해야 한다는 의미에서 '문체별로 존재하는 마땅한 법식(法式)'으로 보는 것이다. 다른 하나는, 적용 층위의 측면에서 자법(字法)·구법(句法)·장법(章法)·편법(篇法) 등으로 나누어 접근하는 것으로서, 각 층위마다 존재하는 지켜야 할 준칙과 효과적인 수사법 등으로 법을 이해하는 것이다.

이 둘은 물론 별개의 것이 아니라 씨와 날로 교직(交織)되어 있다. 예컨대 의론법(議論法)과 대별되는 것으로서 서사법(敍事法)이 있고 이를 다시 세분하여 비지서사법(碑誌敍事法)과 사전서사법(史傳敍事法)이 있다면, 이는 자구운용(字句運用), 편장구성(篇章構成)에 층위별로 적용되는 준칙을 수반한다. 가령 자구의 층위에서 사전서사에서는 사용해도 무방하나 비지서사에서는 그 자리에 놓을 수 없는 자구가 있고, 편장구성의 층위에서 각각이 지향하는 바에 따라 합당한 서사의 방식이 달리 존재하는 것이다. 그러나 때에 따라 기본적으로 의론 장르인 서(序)가 외연상 서사법만으로 이루어지면서 그 안에 의론을 함축하는 변격으로 씌어질 수도 있고, 단일한 비지 작품 안에서 서사와 의론을 반복적으로 착종(錯綜)하는 수사법을 통해 독특한 효과를 자아내기도 한다. 나아가 장르 여하를 떠나 자구·편장의 선택운용에 있어 다양한 수사법이 동원되어 산문의 형식미를 제고하는 것이다.

김창협이 특히 비지문의 작법과 관련하여 중요한 언급들을 남겼음은 선행연구에서 이미 주목하여 다루었으므로[12) 여기서 길게 논의할 여지는 많지 않으리라 생각한다. 다만 그가 장르별 체재와 관련한 법식의 문제를 매우 엄밀하게 논했다는 사실과, 특히 비지서사에 있어서 편장 구성의 층위에서[13] 섬세하고 다양한 준칙과 수사법을 제시하였다는 점은 다시 강조할 필요가 있다. 특히 후자의 경우, 선행연구에서 여러 모양으로 언급되고 설명되어 오긴 했으나 개별 비평에서 산발적으로 나타나는 관련 언급들을 모아서 간략하게나마 그 외연만을 정리하면 다음과 같다.

편장의 구성과 관련하여 그가 구사한 허위개념(虛位槪念)의 용어들은 편법(篇法)·체재(體裁)·결구(結構)·강령(綱領)·관절(關節) 등이다. 먼저 어떻게 포치하고 안배할 것인가와 관련하여 그는 단락 구성상의 '제설강령(提挈綱領)'과 '착종관절(錯綜關節)'을 요구하였고, 체요(體要)·안(案)에 따른 상략(詳略), 통편체단(通篇體段) 등을 중요하게 다루었다. 다음 수사기법 운용의 측면에서, 억양(抑揚), 조종(操縱), 염방(拈放), 합벽(闔闢), 서사와 의론의 착종변화(錯綜變化), 순차착종(順次錯綜)·주객착락(主客錯落)의 서사법 등에 대해 개별 작품을 들어 상론(詳論)하였다.[14]

이러한 산문론 일반의 법에 대한 개략과, 그에 입각한 김창협 산문비평의 '법'의 산문론으로서의 특정 국면에 대한 인식을 기반으로 하여, 아래에서는 그것이 어떤 맥락 가운데 제기되었고 어떤 면에서 사적 의미를 가지는지를 고찰한다. 우선 전시기 우리 산문사에 대한 진단에서 드러나는 김창협 산문비평의 입각점을 검토하고, 그의 제가에 대한 논평 가운데 비평관건으로서 '법'이 강조되는 양상을 살핀다. 다음, 그것이 이전 및 동시기의 산문비평 논의들과 어떤 차별성을 지니며 제기되는 것인지를 짚어본다. 마지막으로, 법의 산문론이라는 관점에서 김창협 산문비평의 영향과

---

12) 각주 1)의 목록 참조. 특히 채환종, 송혁기, 이종호의 논문이 비지문의 편장법에 집중하여 논의하였다.

13) 비중으로 볼 때 그렇다는 것이지, 이외에 奏疏體나 序記類에 대해서 역시 주목할 만한 비평을 남겼고, 句字의 陶鑄, 選句의 嚴正性, 襲用古人成句의 경계 등 字法·句法에 관련되는 언급들도 있다.

14) 이들 각각을 대상작품과 함께 면밀하게 검토하고 중국 산문론의 영향과 독보적인 성취 사이의 경계를 가늠하는 것은 매우 중요하나, 앞서 밝혔듯 별고가 요구되는 작업이다.

이후 향방을 가늠하고자 한다.

3.

　김창협이 이전까지의 우리 산문사의 병폐를 요약적으로 제시한 「식암집
서(息庵集序)」의 한 부분은, 일찍이 김택영이 인용한 이래[15] 산문사 연구에
서 가장 많이 인용되는 자료 가운데 하나이다. 김창협의 비평에 비판적이
었던 남극관(南克寬, 1689~1714)도 이에 대해서만큼은 우리 산문사의 허실을
더할 나위 없이 제대로 짚었다고 인정한 데에서,[16] 그의 이 논의가 당대에
중요한 문제 제기로 폭넓게 인정되었음을 간접적으로 확인할 수 있다. 따
라서 김창협 산문 비평의 사적 의미를 살피기 위해 그 제기한 문제의 초
점이 어디에 있는가를 다시 검토할 필요가 있다.

　우리나라의 문장이 중국에 미치지 못하는 이유로 다음의 세 가지를 들 수 있
다. 부솔(膚率 : 표피적이고 신중하지 못함)해서 절심(切深)하지 못하고, 이속(俚
俗 : 천하고 저속함)해서 아려(雅麗)하지 못하며, 용미(冗靡 : 쓸데없이 늘어놓음)
해서 간정(簡整)하지 못함이 그것이다. 이 때문에 정리(情理)가 뚜렷하지 못하
고, 풍신(風神)이 제대로 드러나지 못하며, 볼 만한 전칙(典則)이 없는 것이다.
이렇게 된 것이 어찌 모두 타고난 재질 탓이겠는가? 축적(蓄積)된 것이 얄팍하

---

15) 金澤榮, 『韶濩堂文集』 卷8(『金澤榮全集』, 아세아문화사) 「雜言」, 123면, "李牧隱, 李
　益齋門生, 始唱程朱之學, 而其文多雜註疏語錄之氣. 自是至吾韓二百年, 有權陽村 ·
　金佔畢 · 崔簡 · 易申 · 象村 · 李月沙諸家, 而皆受病於牧隱. 金農巖所云 : ‘我東方之
　文, 膚率而不能切深, 俚俗而不能雅麗, 冗靡而不能簡整’者, 卽指此也."
16) 南克寬, 『夢囈集』 坤(『韓國文集叢刊』 卷209, 민족문화추진회) 「謝施子」, 320면(이하
　『한국문집총간』에서 인용할 때는 ‘총간 209-320면’의 형식으로 표기함), "東國之文, 金
　昌協息菴集序, 盡之矣; 東國之詩, 西溪栢谷集序, 盡之矣."

고 인습(因襲)해온 바가 비근(卑近)하며, 공력(功力)을 깊이 들이지 않은 까닭일 뿐이다.17)

인용한 문면만으로 부솔(膚率)·이속(俚俗)·용미(冗靡)의 단점 및 그 각각에 대응되는 절심(切深)·아려(雅麗)·간정(簡整)의 요구가 지니는 명확한 의미를 규정하기는 쉽지 않다. 그러나 각 단점에 연결되는 원인결과에 대한 언급에 근거하여, 그리고 산문론 일반의 구도와18) 김창협의 다른 관련 자료들을 바탕으로 좀더 구체적인 의미를 유추해보면 이러하다.

김창협이 제시한 '절심'의 요구는, 말하고자 하는 바를 대뜸 드러내 펼쳐놓는 것이 아니라 축적된 견식을 바탕으로 그 논지 수립과 표현 방식을 심사숙고하여 깊이와 설득력을 갖추어야 함을 의미한다. 이렇게 함으로써 말하고자 하는 사상·정서가 독자에게 뚜렷하면서 의미심장하게 전달감수될 수 있다는 것이다. 이는, 산문론 전반의 체계에 굳이 귀속시키자면 대체로 '입의(立意)'에 해당하는 영역으로서, 산문 창작에 있어 과정으로나 가치로나 가장 선행하는 것이다. 의 자체가 새롭고 깊이 있기 위해서 사고와 식견이 뛰어나야 함을 전제로 하며, 그것을 효과적으로 전달하기 위한 논지 수립·소재 설정 등의 문제가 중요하게 대두된다. 이와 관련하여 일반적으로 언급되는 것들이 일관성·논리성·참신성 등에 해당하는 요구와 비교·우의·허실·함축·두괄/미괄식 구성·자안(字眼) 등의 기법이다. 그 '의', 즉 정리(情理)로 표현된 내용 자체와 학식의 축적이 일차적으로 중요하지만, 그 배치와 표현의 문제에도 김창협의 시선이 상당히 주어져 있

---

17) 卷22「息菴集序」, 162-152면, "盖嘗謂我東之文, 其不及中國者有三. 膚率而不能切深也; 俚俗而不能雅麗也; 冗靡而不能簡整也. 以故, 其情理未晰, 風神未暢, 而典則無可觀. 若是者, 豈盡其才之罪? 亦其所蓄積者薄, 所因襲者近, 而功力不深至耳."

18) 이 역시 단일할 수는 없겠으나, 용어의 차이는 있어도 대체로 다음의 몇 층위로 일반화될 수 있다. ①立意法(主題題材 設定／命意), ②字句法(辭彩／辭令), ③篇章法(結構／法度), ④氣勢(氣魄), ⑤風格(意境) 이하 이에 대한 논의는 다음을 참조하였다. 馮永敏,『散文鑑賞藝術探微』, 臺北：文史哲出版社, 1998; 鄭頤壽 주편,『辭章學辭典』, 西安：三秦出版社, 2000; 安錫儆,『霅橋藝學錄』.

음을 알 수 있다.

'아려'의 요구가 의미하는 바는, 속되거나 상투적인 어휘·구절을 정제하지 않은 채 사용하는 것을 삼가고, 전범이 될 만한 다양한 고전의 학습을 바탕으로 전아하고 세련된 행문을 구사해야 한다는 것으로 이해할 수 있다. 이를 통해 작가의 정신풍모 혹은 서술대상의 진면목이 독자에게 생생하게 그려질 수 있다고 하였다. 대체로 자구법을 주로 하되 그 결과로서의 풍격까지 고려한 셈이다. 자구법과 관련해서 역시 산문론 일반에서는 매우 다양한 준칙과 기법이 제시되고 있지만 김창협의 경우 그 기법의 측면에 대한 구체적인 관심을 표명한 언급은 별로 없고, 장르에 따른 선구(選句)의 엄정성이나 습용(襲用)의 경계 등 몇몇 준칙을 강조한 정도이다. 다만 다양한 전범 학습의 강조와 저속한 어휘 사용의 경계 등은 이 층위에서 김창협 산문비평이 지니는 특징이다.

'간정'의 요구는, 요령 없이 반복·부연하는 데서 벗어나 산문 작법에 대한 학습과 연마를 바탕으로 체요·관절을 중심으로 단락 및 문장을 포치·안배하고 간·상을 조절하여 핵심을 효과적으로 부각하며 철저한 퇴고를 통해 군더더기를 빼고 섬세하게 가다듬어야 함을 의미한다. 주로 편장법의 문제이면서 자구법도 일부 아우르는 것으로 볼 수 있다. 저술했듯, 이 부분이야말로 김창협이 매우 적극적으로 언급하며 산문 평가의 구체적 잣대로 삼은 것이다. 여기서 주목되는 것은 창작 과정에서 산문의 형식미를 위한 고도의 인공적 단련을 강조하고 있다는 점이다. 물론 이러한 형식 단련의 공이 그의 궁극적 추구 대상은 아니었다 하더라도, 여타의 기준들을 보다 효과적으로 작품화하는 조건으로서 그의 실제 비평의 핵심에 자리하는 관건이며 김창협 산문비평의 중요한 특징을 이루는 것은 사실이다.

김창협이 이전 우리 산문사의 한계이자 극복해야 할 요소로 제시한 이들 세 가지는, 산문이 담고 있는 내용에 대한 지적이라기보다 대체로 그것을 어떻게 표현하는가와 관련되는 문제들이다. 그리고 그 기본으로 드는 식견의 온축, 전범의 학습, 작법의 연마 등은, 별도의 상당한 공력을 요하는 것들이다. 여기에는, 산문 창작에 있어서 의식적으로 익히고 지키며 공을 들여 구현해야 할 것이 무엇인지를 제대로 모르고 이루어지는 작문 풍토에 대한 비판의식이 강하게 깔려 있다.

물론 이전의 모든 작가들이 그야말로 아무런 문학적 고려 없이 내용 전달에만 관심을 두고 산문을 창작해온 것은 아니다. 일찍이 고려 말 고문을 창도한 것으로 지칭되는 일련의 산문 작가들이 있었고, 이른바 주소어록체와 과거를 위한 문장이 성행한 것으로 알려진 조선 전기에도 당대의 문장가들이 시뿐 아니라 산문 창작에서도 일정한 문예적 성취를 이루었음은 물론이다.

그럼에도 불구하고 김창협은 위의 기준들을 가지고 16세기 말 이전과 이후의 산문사를 확연히 갈라서 인식하였고, 이는 그의 제자 이의현(李宜顯, 1669~1745)에 의해 보다 명확히 천명되어[19] 조선 후기 산문사를 보는 하나의 정립된 시각으로 작용해 왔다. 많은 산문연구에서 전제로 사용되곤 하는 자료 가운데 하나인 김택영의 언급[20] 역시 조선 전기 200년을 산문사의 공백기로 본다는 점에서 이와 다르지 않다. 그런데 중요한 것은, 지금 연구자들에게까지 일면 당연한 것처럼 받아들여지는 이런 식의 산문사 인식이 김창협 이전에는 그리 뚜렷이 보이지 않는다는 데에 있다.[21] 그런 면에서 그가 위와 같은 병폐들을 극복하기 시작한 예로 들고 있는 작가들에 대한 평을 하나하나 살피는 일은 김창협 비평의 입각처를 보다 구

---

19) 李宜顯, 『陶谷集』 卷28 「陶峽叢說」, 총간 181-455면, "我國人, …… 曾不着力於古文, 不過以韓蘇爲範, 用作科場館閣酬應之資而已. 至宣祖朝, 崔簡‧易尹‧月汀數公, 始崇長古文, 一時習尚頓變, 其功可謂大矣."

20) 金澤榮, 『韶濩堂文集』 卷8(『金澤榮全集』, 아세아문화사) 「雜言」 참조

21) 이런 시각의 시작으로 金尙憲‧申欽‧張維 등이 尹根壽 산문을 평가하면서 이전까지 당송고문 일색이던 풍조를 일소하고 先秦西漢 고문을 지향하는 이른바 古文辭를 창도하였다고 특필한 점을 들 수 있다. 다분히 명대 전후칠자 산문론의 적극적 수용이라는 문제와 맞물리는 입장인데, 김창협은 이를 이어받되 전범대상이나 영향관계에 국한하지 않고 산문사 일반의 중요한 전변으로 보다 명확히 한 셈이다. 윤근수의 고문사 창도의 의미에 대해서는 김우정, 「월정 윤근수 산문의 성격」, 『한문학논집』 19, 근역한문학회, 2001 참조

체적으로 구명하는 데 있어 유효한 방법이다.

김창협이 산문사적 의미를 부여하며 논평한 대상은, 이전에 비해 확실히 산문의 창작에 별도의 힘을 쏟아서 일정한 성취를 이룬 것으로 평가되는 최립(崔岦, 1539~1612) · 이정귀(李廷龜, 1564~1635) · 신흠(申欽, 1566~1628) · 이식(李植, 1584~1647) · 장유(張維, 1587~1638) · 신익성(申翊聖, 1588~1644) · 신최(申最, 1619~1658) · 김석주(金錫胄, 1634~1684) 등의 작가들이다. 대체로 한두 세대 위의 서인계 문장가들로서 자신과는 이런저런 혈연과 학연으로 연결되어 있기도 한 이들에 대해서, 김창협은 일정한 객관적 거리를 견지하며22) 매우 자신감 있게 조목조목 장처와 한계들을 논단한다. 다분히 인상비평적인 경우가 대부분인 이전의 비평관련 자료들에 비해 한결 분석적일 뿐 아니라 장단점에 대한 엄정한 평가를 수반하는 그의 이러한 비평문들은, 산문 작품의 완성도에 대한 나름의 뚜렷한 기준이 서 있지 않고는 그 제출이 쉽지 않은 성질의 것이기도 하다.

먼저 최립에 대한 평가는 김창협 산문비평의 관건이 어디에 있는가의 문제에 대해 시사하는 바 크다. 김창협은 최립의 주의문(奏議文)에 대해, "실정을 개진함에 있어 간절위곡(懇切委曲)할 뿐 아니라 행문(行文)도 고아간련(古雅簡鍊)해서 한 마디도 용솔부속(冗率膚俗)한 표현이 없다"고 극찬하였다.23) 여기 '용솔부속'은 위 인용문에서의 '부솔 · 이속 · 용미'의 단점과, '간절위곡 · 고아간련'은 '절심 · 아려 · 간정'의 요구와 각각 표현에서까지 거의 일치하는 셈이다. 우리 산문사에 대한 위 인용문에서의 지적이 그의

---

22) 물론 문학외적 요소를 완전히 배제한 객관적 평가라고 할 수는 없다 하더라도, 적어도 비평문 내에서 정합적으로 인정되는 公正性의 수위는 상당히 높다고 본다. 한말 영남 남인계 문장가 趙兢燮(1873~1933)은 바로 崔岦에 대한 평을 거론하며 김창협 비평을 公聽竝觀의 예로서 고평한 바 있다. 『深齋集』 卷6(『韓國歷代文集叢書』 제1377권, 경인문화사) 「與金滄江」(5), 445면, "區區亦嘗妄謂文章家之論文, 常以己意所近, 而鮮能公聽竝觀. 惟金農巖嘗論吾東之文, 以牧隱爲二代之大家, 簡易爲谿谷之前行. 自今觀之, 農巖之於二家, 似大不相入, 而其言如此者, 以其能公聽竝觀也."

23) 卷34 「雜識 · 外篇」, 162-381면, "簡易諸奏文, 敷陳情實, 旣懇切委曲, 行文又古雅簡鍊, 無一語冗率膚俗. 觀此, 可見其才高功深. 宜乎, 中朝人之歎賞也!"

산문론 전반에 걸친 중요한 문제의식이었음을 알게 해주는 동시에, 그가 최립을 얼마나 중요한 작가로 인정했는가 역시 가늠하게 해주는 대목이다.

당대를 대표하는 작가 가운데 한 사람으로 최립을 드는 것 자체는 새로울 것이 없지만, 그에 대한 평가는 포·폄의 편차가 심한 편이었고 더구나 이처럼 탁월한 성취로 특기하는 데에는 반론의 여지도 만만치 않다.24) 그러나 오히려 그렇기 때문에 김창협의 이러한 논의는 산문사적 의미를 지닌다.

김창협은 최립이 이처럼 훌륭한 문장을 지을 수 있었던 요인으로서, 그가 뛰어난 재주를 가지고 있었을 뿐 아니라 산문 창작에 매우 깊은 공력을 들였다는 점을 높이 인정하였다. 전범에 바탕을 둔 전아함과 단련에 의한 간정함을 갖춘 문장을 구사하기 위해서는 창작을 위한 별도의 상당한 공력이 필요한데, 그 성공적인 경우로 최립을 든 셈이다. 그런데 최립이 산문 창작에 들이는 바로 이러한 의식적인 공력은, 당대인들로서는 지나친 것으로 비쳐질 만큼 남다른 것이기도 했다. 최립 산문 가운데 김창협이 특히 극찬한 것이 주의문인데, 정작 최립이 지은 「요동회자(遼東回咨)」의 초고는 원통하고 긴박한 실정을 제대로 드러내지 못했다는 비난을 받았고 비변사의 개고 논의까지 있었다.25) 이는 그의 글이 명백통창하게 의미를 전달하는 기능을 중시하는 산문관에서 상당히 벗어나 있었음을 시사한다. 또 최립이 고문의 승묵에 맞게 하려고 퇴고를 거듭하였고, 난삽의 혐의가 있을 정도로 자구 운용에 각고의 노력을 경주한 결과, 그의 글이 당대인들 사이에 쉽게 받아들여지지 못하고 논란거리가 되었다는 사실 역시 그런

---

24) 權鞸, 『於于集』後集 「於于堂文集諸賢批評」, 총간 63-453면, "權習齋曰 : '柳某之文, 獨崔豈可與爲比. 然崔之文, 模倣古人, 非自家造化; 柳之文, 皆出自家胸中造化. 此最難處, 崔殆不及.'"; 南克寬, 앞의 글, 총간 209-320면, "崔簡易文, 雖似沈實, 然命辭局澁, 只效古人字句小巧, 不曉篇章大體, 理致無可觀, 比李相國, 不及遠矣. 金昌協稱崔而詆李不遺力, 亦可笑也."
25) 『선조실록』 27년 7월 기해; 심경호, 「국역 간이집 해제」(『국역 간이집』, 민족문화추진회, 1999), 11면에서 재인용.

면에서 주목을 요한다.26) 그런데 김창협이 최립 산문의 성취로 든 '고아하고 간련한 행문'이란 오히려 바로 이러한 지점에 놓이는 것이다. 바로 최립이 '법'의 체득과 구현을 위한 고도의 인공적 단련을 통해 이루어낸 산문의 형식미를 높이 평가한 것이다.27)

김석주에 대한 평 역시 이런 면에서 의미를 지닌다. 김창협은 김석주가 비록 천부적인 재질로는 장유에 미치지 못하지만 인공(人工)의 극단적인 추구를 통해 천교(天巧)의 획득이나 다름없는 경지에 이름으로써 그 뒤를 잇는 작가의 반열에 올랐다고 하였다. 그러면서 그 인공의 내용을 '본의장(本意匠)'·'간근골(幹筋骨)'·'체재식(締材植)'·'부화조(傅華藻)'의 각 단계에 심혈을 기울임으로써 최종적으로 규구승묵에 빈틈없이 들어맞는 문장에 이르는 것으로 설명하였다.28) 역시 전범의 학습과 작법의 연마를 강조하는 입장을 보여주는 셈이다. 그밖에 이식의 산문에 대해 결구(結構)의 정밀함을 장점으로 든 것 등 역시29) '법'의 구체적 일단을 들어 평한 셈이다.

'법'의 강조라는 측면에서, 이들과는 다른 각도에서 주목되는 것이 이정귀와 장유에 대한 평이다. 물론 이들에 대한 김창협의 전반적인 평가는, 바로 이전의 누습을 씻고 산문사의 수준을 끌어올린 작가들이라는 것이다. 그러나 각각의 단점 역시 예리하게 지적하였는데, 여기서 김창협이 생각한 이상적인 산문의 기준을 볼 수 있다.

---

26) 張維, 『谿谷集』「簡易堂集序」, 총간 92-110면, "其爲文刻意湛思, 一句字, 皆繩墨古作者, 草藁不三四易, 不出也. 意過深而寧晦, 毋或淺; 語過奇而寧澁, 毋或凡. 每一篇出, 人皆傳誦, 雖狃於陳言者, 讀或不能句, 然亦不敢訾謷, 曰此非今人語也."

27) 김창협은 張維가 최립 산문을 잘 논평했다고 인정한 바 있는데, 장유 역시 최립 산문의 장점이 '法'과 '辭'의 측면에 있다고 하였다. 장유, 앞의 글, "國朝文章盛矣, 唯佔畢·乖崖·四佳·虛白三四公, 稱大家數. …… 議者謂公之文, 氣詘於乖崖而法勝之; 理遜於佔畢而辭過之. 截長續短, 殆可以鼎立."

28) 卷22「息菴集序」, 162-152면, "公之文, 雖天成不若谿谷, 而人工所造, 殆可與澤堂相埒. 乃其瑰奇沈㴩 之致, 鼓鑄淘洗之妙, 則又獨擅其勝云. …… 大抵, 本之以意匠, 而幹之以筋骨; 締之以材植, 而傅之以華藻, 卒引之於規矩繩墨, 森如也. …… 公之於文章, 其人工至到, 雖謂之奪天巧, 可也, 而於以接武谿澤也, 其可以無愧矣."

29) 卷34「雜識·外篇」, 162-381면, "澤堂文, 體段渾成, 不如谿谷, 而結構精密, 過之."

김창협은 이정귀 산문의 장단점을 논하면서 체재의 전엄과 격조의 고아
를 갖추지 못하였음을 흠으로 들고 그 원인이 고인의 승묵에 일일이 맞추
려는 노력을 기울이지 않은 데에 있다고 하였다.30) 이정귀의 이러한 면모
가 한편 여유롭고 탁 트인 맛을 낳기도 한다는 긍정적 언급이 이어지기는
하나, 전대 최고의 대문장가로 이름난 이에게 가한 비평으로서 전엄과 고
아의 결여를 문제삼은 것 자체가 작지 않은 의미를 지닌다고 본다. 김창협
이전에는 이런 문제 제기를 할 수 있는 비판적 시각이나 개념적 도구를
가지지 못했으리라는 점에서 그렇다. 전엄한 체재와 고아한 격조의 결여
는 결국 앞서 인용한 요구 가운데 '아려'와 '간정', 그리고 이를 바탕으로
하는 '전칙'을 충족하지 못함을 의미한다. 결국 전범적 고문으로부터 장르
별층위별로 배워야 준칙과 기법에 따로 깊이 노력을 기울이지 않고 천부
적 재주를 바탕으로 쉽게 글을 썼다는 지적인 셈이다.

장유 역시 일대를 대표하는 문인으로 높이 인정되어 왔으나, 김창협은
그에 대해서도 논의의 여지는 있다고 하였다. 그러면서 제기하는 문제가
'평완(平緩)' 일색이라 사람을 설득하고 감동시킬 만한 구석이 없다는 것이
다. 앞서 인용한 세 가지 요구 가운데 '절심'이 결여되었다는 지적이다. 그
러면서 그 원인으로 지적하는 것 역시 심사숙고함이 없이 글을 너무 쉽게
내놓았다는 점이다.31)

물론 이정귀와 장유의 산문에 대한 비평에서 그들의 장점으로 높인 부
분들 역시 김창협이 산문론에서 중요하게 생각한 점이고, 그랬기에 이들
을 전 시기와는 구분되는 수준의 작가들로 거론한 것이다. 그러나 산문의
완성도를 위해 한발 더 나아가야 할 지점이 있다고 보았고, 이는 전대의

---

30) 卷34「雜識・外篇」, 162-381면, "月沙天才華贍而高簡不足, 且不規規於古人繩墨,
   出之甚易, 故其文紆餘通暢, 絶無艱難拘窘之態, 但體裁欠典嚴, 格調不古雅."
31) 卷34「雜識・外篇」, 162-381면, "谿谷, 一味平緩, 全無激切處. 爲疏章, 則不足以動人
   主之聽, 爲碑誌, 則無風神生色, 爲祭文, 則無悽愴嗚咽之旨, 盖其天資寬平, 得之又容
   易, 不曾致深湛之思, 故所就者然耳, 後人, 尊尙其文, 以爲 '圓熟渾成, 絶無斧鑿瑕纇
   可指議', 此姑卽其所就言之則可耳, 若以比古人, 正見其疲苶不及, 安得謂無可議也?"

산문비평에서 구체적으로 포착하거나 언어로 적시해내지 못한 부분이었다. 본고는 바로 이 지점에 산문의 '법'에 대한 명확한 인식 및 구체적이고 다양한 비평·용어·방법들의 확보가 자리한다고 본다.

4.

정해진 소수의 전범적 산문을 상정한 위에서 작문을 배우고 수행하는 것이 일반적이었던 한문학 전통에서, 더구나 언어생활과 근본적으로 단절된 문언문(文言文)을 재료로 문학 창작을 해야 했던 우리의 경우, 그 전범의 무엇을 어떻게 배울 것인가의 문제와 관련된 '법'을 산문 비평에서 하나의 기준으로 삼는 것 자체는 특기할 것도, 새로울 것도 못 된다. 그럼에도 본고가 김창협 비평의 산문사적 의의로 '법'을 중시하는 논의를 들고 이것이 당대 중요한 문학사적 현상으로 새삼 '떠올랐다'고 보는 것은, 김창협을 전후한 시기의 산문비평 자료들을 검토하는 과정에서 대비저으로 부각되는 점을 길어 올린 결과다. 그런 면에서 김창협 비평에서의 '법' 중시가 이전 시기 및 김창협 당대의 논의와 차별되는 것이 무엇이며 이후 어떤 영향으로 이어졌는가의 문제를 살피고자 한다.

서두에서 언급한 바 의·기·법이 상호보완적으로 가지는 원론적 위상은 그것대로 전제한다 해도, 특정한 사적 맥락 가운데에서 그 중 어디에 방점이 찍히고 부각되는가의 문제는 살펴볼 여지가 있다. 그런 면에서 법 중시의 산문론과 대비를 이루는 것으로 기(氣) 중시의 산문론을 상정할 수 있다.32) 대개 특정 문집의 서문 등의 형태로 이루어진 전 시기의 산문비평

---

32) 이를 산문사 전체를 보는 구도로까지 논증할 준비는 되어 있지 못하다. 다만 특징적 변화를 드러내는 단적인 지표로는 유용하지 않을까 한다.

에서 강조되는 전형적인 논의 패턴은, 문장은 시대와 작가의 기를 반영한 것이기 때문에 문장 자체의 수련을 통해서만은 높은 성취에 이를 수 없고, 작가의 정신경계가 자연스럽게 배어 나와서 생동감 있고 넉넉한 기세로 이루어진 문장이 훌륭한 문장이라는 것이다.33) 이때 '기'는, 작가의 내면에 축적된 지취·품격·개성·재능 등의 정신역량으로부터 작품의 자구·음향·성조·어기 등에 흐르는 기세, 그리고 독자를 정서적·미적으로 고양시키는 예술적 역량에까지 걸치는 중심 개념으로 강조된다.34)

작가의 정신역량과 그 작품적 구현을 작품 비평의 중심에 두는 것은 한문학 전통의 특징 가운데 하나이며 김창협 역시 이를 중요하게 여겼다. 그러나 이를 우위에 두는 데 동의한다 하더라도, 인공적이고 학습 가능한 작법과 형식미에 어느 정도의 무게를 두는가에 따른 차이는 그것대로 작지 않다. '기'를 중시하는 산문론에서는 작품의 성취에 대한 논의가 작가의 개성적 역량의 문제로 환원될 소지가 있고, 나아가 문장학습 및 창작의 방법이나 구체적 작품평 등의 비평적 담론을 전개할 공간이 상대적으로 작다고 할 수 있다. 전범적 문예물의 반복적인 독서,35) 혹은 여행 경험의 축적36) 등이 양기(養氣)의 측면에서 작가의 창작 역량 강화에 기여한다고 여

---

33) 대표적으로 다음의 자료들을 들 수 있다. 林椿, 『西河集』 卷4 「上李學士書」, 총간 1-243면, "文之難尙矣, 而不可學而能也. 盖其至剛之氣, 充乎中而溢乎貌, 發乎言而不自知者爾. 苟能養其氣, 雖未嘗執筆以學之, 文益自奇矣."; 徐居正, 『四佳集』 文集 卷4 「觀光錄序」, 총간 10-239면, "予竊自疑曰 : 文章者, 氣也, 時運也. 氣稟於天, 有淸濁粹駁之殊, 故發於詞者, 有工拙高下之異. 如李杜自李杜, 韓柳自韓柳, 王韋止於平淡, 郊賈局於寒瘦, 元白之不可爲劉許, 梅黃之不可爲歐蘇, 安能因其覬覽而遽變其氣乎? 況文章關乎時運之盛衰, 如元不宋, 宋不唐, 唐不晉魏, 晉魏不漢秦, 安能因其所覬覽而猝變時習乎?"; 成俔, 『虛白堂文集』 卷6 「家兄安齋詩集序」, 총간 14-462면, "文章以氣爲主, 氣隆則從而隆, 氣餒則從而餒, 其播諸吟詠者, 自有不能掩其實." 文氣論의 함의와 전개에 대해서는 정우봉, 「산문이론의 기본범주와 전개양상─고려후기~조선전기」, 『민족문화연구』 32, 고려대 민족문화연구원, 1999 참조.

34) 馮永敏, 『散文鑑賞藝術探微』, 臺北 : 文史哲出版社, 1998.

35) 成俔, 『慵齋叢話』 卷9, 『국역 大東野乘』, 민족문화추진회, "金文平文章雄渾, 泛駕縱橫, 專倣司馬子長之軌, 擧世無與支語, 而其詩亦豪健, 深得骨髓."; 李滉, 『退溪先生言行錄』 卷5, "古文後集, 有氣之文也. 須讀取五六百遍, 然後始見功. 吾壯年只讀得數百餘遍, 而操筆臨紙, 則若或起之, 自然胸中流出矣."

졌다는 점에서 '기' 중시의 산문론 역시 후천적인 노력을 배제하는 것은 아니지만, 이는 그야말로 창작 이전에 작가가 갖추어야 할 요건으로서의 층위이다. 이런 논의 구조 가운데에서는, 실제 창작 과정에서 자구 운용·편장 구성·추후 퇴고 등에 들이는 공력은 조탁·수식의 이름으로 배제되거나 벗어나야 할 무엇으로 치부되기 십상이다. 대개 '기'를 중시하는 비평은 축적된 역량에 의한 거침없는 '일필휘지'를 강조하기 마련인 것이다.[37] 그런 면에서 산문 창작을 위한 학습과 수사 방면에 들이는 공력의 중요성을 강조하는 '법'의 산문론은 이러한 기존의 '기' 중시의 산문론과는 분명히 결을 달리 한다.

'기'를 중시하는 산문론은 우리 문학사에서 고려 중기에서 조선 전기에 이르기까지의 여러 자료에서 두루 보이는 관점이다. 문학사의 흐름을 크게 보는 가운데 '법'의 산문론의 변별성을 도출하기 위해 이와 대비하기는 하였으나 김창협의 시대와는 상당한 시간적 격차가 있을 뿐 아니라, 아직 시와 완전히 분리하여 산문을 인식하고 본격적으로 논의한 것으로 보기 어려운 면도 있다. 앵글을 좁혀서 보다 가까운 시기, 특히 산문 창작을 주 전공으로 삼는 작가들이 출현하기 시작한 16세기 말에서 17세기에 이르는 시기의 논의들을 놓고 좀더 구체적인 사적 전개의 실상을 포착할 필요가 있다.

이 시기에 등장하는 산문 작가들은 확실히 산문의 문예미에 대한 보다 자각적인 인식을 바탕으로 이전과는 구별되는 새로운 미의식을 추구하였다. 이러한 변화에는 이 시기 들어 대명(對明) 문서 외교 필요의 급증 및

---

36) 林椿, 앞의 글, "養其氣者, 非周覽名山大川, 求天下之奇聞壯觀, 則亦無以自廣胸中之志矣."; 徐居正, 앞의 책 卷5「遊松都錄序」, "居正亦嘗從事乎遊, 有志於壯其氣, 奇其文者."

37) 成俔,『慵齋叢話』卷4, 앞의 책, "其爲文章, 筆勢瀚浩, 如長江巨浪, 滔滔不能遏. 人有求詩文者, 信手而成, 未嘗起草."; 沈彦光,『漁村集』卷9「申文景公詩集序」, 총간 24-212면, "二樂公平生著作, 以氣爲主, 富貴而爲寒儉之語; 廊廟而有山林之趣. 歌吟賦詠, 往往信口縱筆, 若不經意, 而思味雋永, 援據該博, 其氣宛然無所傷."

활발하게 유입된 명대 저작들의 영향이 외적 계기로서 상당히 크게 작용한 것으로 보이며, 내적으로는 과거시험이라는 실용적 목적만을 위한 작문 학습의 만연과 송대 주소어록체의 혼입이 점차 더 심화되면서 그에 대한 비판의식으로 이들과는 변별되는 '고문사(古文辭)'를 추구하고자 하는 움직임이 일어난 것으로 파악할 수 있을 것이다. 어느 경우이든 이 시기에 이르러 무엇을 전범으로 삼아서 어떻게 배울 것인가가 다시금 중요한 문제로 대두되었고 그 습득과 실천에 힘을 기울이는 작가들이 배출된 것이다. 앞서 살폈듯이 김창협 역시 그런 맥락에서 최립 이하 이 시기 여러 작가들의 창작 성취를 인정한 것이다.

산문 관련 논의와 비평의 영역에서 볼 때에도, 시와 문의 본질적 차별성에 대한 인식이 확대됨을 보여주는 것은 확실히 이 시기의 특징이며,[38] 도문일치(道文一致)의 논리구조 안에서나마 산문의 문채미(文彩美)를 강조하는 일련의 흐름이 있었다.[39] 다만, 이 시기에는 무엇을 배울 것인가의 전범 대상의 전이가 주된 논의거리였지, 그 전범에서 어떤 준칙·기법을 어떤 방식으로 배워야 한다는 구체적인 내용을 세분해서 지적하는 언급은 찾기 어렵다. 물론 전범 대상의 전이 자체는 산문사에서 미의식의 차이로까지 이어지는 중대한 문제이고, 이 점 별도의 심화된 고구를 필요로 한다. 그러나 이 시기 작가 중 비교적 많은 양의 산문론 자료를 남긴 셈인 유몽인(柳夢寅, 1559~1623)이나 조익(趙翼, 1579~1655) 등의 경우, 이들이 '법'이라는 용어를 사용할 때는 대개 어떤 글을 전범으로 삼아야 함을 말하는 의미로 쓰였고,[40] 그 전범을 배우는 방법으로는 반복해서 읽음으로써 체화 내지 자득할 것을 말하는 데에서 그친다.[41] 산문창작 과정의 구체적 준

---

38) 우응순, 「17세기 고문론의 배경과 역사적 성격」, 『고전비평연구』 1, 태학사, 1999 참조
39) 정우봉, 「조선후기 산문이론의 전개와 그 성격(I)―16세기 말~17세기 초중반을 중심으로」, 『한국문학연구』 창간호, 고려대 민족문화연구원 한국문학연구소, 2000 참조
40) 趙翼, 『浦渚集』 卷26 「史漢精華序」, 총간 85-468면, "古文可法者, 六經之外, 如左氏如馬史如班史是也. 唐宋以來, 文章淵源, 皆出於此也."
41) 柳夢寅, 『於于集』 卷5 「報滄洲道士車萬里雲輅書」, 총간 63-418면, "今尊文氣如許,

칙기법 및 학습대상으로서의 '법'에 대한 자각적 인식과 적극적 관심은 보이지 않는다. 개별작품에 대한 분석적 비평으로서의 성과가 부족한 것도 같은 맥락인 셈이다.42)

　산문 작법 상의 '법'에 주목한 자료로서, 많이 인용되는 허균(許筠, 1569~1618)의 「문설(文說)」이 있다. 이는 이른 시기에 자구편장법에 대해 비교적 구체적인 언급을 했다는 점에서 주목할 만하다.43) 이를 통해 이 시기에 이미 중국 산문이론의 영향 하에 산문의 법에 대한 인식이 고조되기 시작했음을 알 수 있으나, 허균 자신도 이론적 제시에 그쳤고 이를 기준으로 한 실제 산문 비평으로 나아간 자료는 확인되지 않는다.44) 그 외 부분적으로 구법, 편장법 등이 언급되는 자료가 없는 것은 아니나 역시 본격적인 산문 비평의 수위는 아니다.45)

遂見如許, 皆從六經中出來, 豈比應擧者汲汲訓詁中哉? 若依易·書·左·國·班·馬·韓·柳, 刻峻其文律, 觸事著文, 日添其編牘, 則流傳不朽, 天下無敵, 不出於半歲之功, 以其爲後學楷範何如耶?"; 柳夢寅, 『於于集』후집 卷3「贈乾鳳寺僧信聞序」, 총간 63-530면, "文章亦然. 韓子務去陳言, 柳子言無餘蘊, 死活之辯, 以高下分焉. 近世空同弇州矯唐宋, 而別鷔多剽西漢之芻狗. 其人與語, 亦已朽矣. 余之意, 周情孔思, 人皆有之, 反而求之, 可自得之."; 趙翼, 『浦渚集』卷15「上月汀先生書」, 총간 85-266면, "今夫治病者, 必本於扁鵲, 言命者, 必本於郭璞. 何也? 彼固術之祖耳. 然則左氏孟子莊周人史, 獨非义之祖耶? 今必以學莊周太史爲病, 則是小病醫者卜者之學郭璞扁鵲也. …… 文之有左氏·孟軻·莊周·太史, 亦拔萃絶類者也. 稱物之發萃絶類, 必擧泰山河海龜龍麟鳳, 則今欲文之瑰瑋絶類, 而獨無擧莊周太史耶? 翼之好古文, 固勢不得以也. 以爲不以是, 無以爲文章, 故每搆一言片辭, 無不擬議糾繩於古."

42) 본고가 관심하는 '법'의 문제를 기준으로 볼 때 그렇다는 것이지, 이로 인해 이들의 작품적 성취나 산문론의 의의가 퇴색되는 것은 물론 아니다. 산문작품을 분석적으로 비평하고 창작방법을 언어로 적시하기 위해서는 법에 대한 자각적 추구가 필요하지만, 좋은 작품을 쓰는 능력이나 볼 줄 아는 안목이 반드시 법의 의식적인 추구만을 통해 얻어지는 것은 아니라는 점에서 그렇다.

43) 許筠, 『惺所覆瓿藁』卷12「文說」, 총간 74-238면, "篇有一意直下者, 或鉤連筊鑰者, 或節節生情者, 或鋪敍而用冷語結者, 或委曲繁瑣而有法者. 章有井井不紊者. 有錯落而不雜者, 有若斷而承前繳後者, 有極冗有極短者, 有說不了者. 字有響處斡處伏處收拾處, 疊而不亂處, 强而不努處, 引而不費力處, 開闔處, 呼喚處."

44) 허균의 위 자료에 대해 조선에서 복간된 『文章一貫』의 설을 참고로 한 언급일 것이라는 지적이 있다. 심경호, 『조선시대 한문학과 시경론』, 일지사, 1999, 136면.

45) 조익은 句法의 緩急長短에 대해 언급한 바 있으나 이는 勢에 따라야 한다는 다소 추

법에 대한 진전된 인식을 바탕으로 개별 작품에 대한 품평을 하는 데에
이른 예로, 이식의 경우가 주목된다. 이식은 당송고문의 문체별 선집인
『대가의선(大家意選)』에 제하주(題下注) 및 비점평(批點評) 등의 형식으로 각
작품에 대한 비평을 가해 두었는데, 일부 작품에 대해서는 자구법, 편장법
에 해당하는 용어를 구사하여 상당히 구체적인 분석에 이르기도 하였다.46)
김석주 역시 스스로 중국의 전범적 산문들을 뽑아서 엮은『고문백선(古文
百選)』의 각 작품 말미에 짤막한 평을 달아 두었다는 점에서 개별 작품에
대한 본격 비평의 성과로 주목된다. 그러나 이는『당송팔대가문초』등 중
국의 산문평선류(散文評選類)에 실린 평어들을 그대로 전재한 것이 많다는
한계가 있고,47) 본인이 산문 창작에 들인 공력과 의식적으로 동원한 작법
에 비할 때 자신의 말로 남긴 산문론 자료는 의외로 많지 않다.

　이들을 통해, 16세기 말 이래 산문의 형식미에 대한 자각적 추구의 고
조와 함께 그 구체적 준칙・기법으로서의 '법'에 대한 인식이 진전되어 왔
음을 볼 수 있다. 기존의 '기' 중심의 산문론 전통과는 결을 달리 하는 이

상적인 언급이지 적극적이고 의식적인 수사법의 하나인 排比를 말한 것으로 보기는 어
렵다(『浦渚集』卷15「上月汀先生書」, 총간 85-265면, "辭有緩急長短者, 辭之勢也. 屬
字離辭, 安有常則? 勢固有所必然, 當緩者不可急, 當急者不可緩. 勢之所必然者. 加
之一字則衍, 削之一字, 則語斷而不成. 鶴長鳧短, 宜從其長短, 非所斷續也. 故古文或
一字句, 或二字句, 或三字句, 或以至六七, 至數十字. 苟辭屬意連, 皆是一句. 此辭之
勢也.").

　장유가 篇章字句에 각각의 法則이 있다고 한 것 역시 주목할 만하나, 산문비평의 문
맥은 아니다(『谿谷漫筆』卷1, 총간 92-565면, "凡作文之體, 篇章句字, 各有法則, 合字
而爲句, 合句而爲章, 合章而爲篇, 未有以一句爲一章者也. 章句以'道其不行矣夫'一
句, 爲第五章, 必以'子曰'二字是起端之辭, 難於附屬他章故也.").

46) 李植,『澤堂先生遺稿刊餘』(규장각장본) 卷17「大家意選批評」. 이 글에서 이식은 主
意・結句・章法・鋪張・字眼・緊要・屈折・抑揚・意氣・綱領・伏應・變法・提掇
應前・照領首意 등의 용어를 구사하며 각 작품을 비평하고 있어, 별도의 면밀한 연구
를 요한다. 이 글은 김영진,「조선후기의 명청소품 수용과 소품문의 전개양상」(고려대
박사논문, 2003)에서 언급된 바 있다.

47) 김광년(「식암 김석주 산문 연구」, 고려대 석사논문, 2003)의 고찰에 의하면『古文百
選』에 수록된 당송팔대가의 작품 63편 중에서 60편에 달린 평어는『唐宋八大家文鈔』
의 평어를 축약한 것이다. 그 외에『崇古文訣』・『古文眞寶』・『文章正宗』・『文章軌
範』등에서 인용된 것이 확인된다.

러한 진전을 기반으로 하되, 풍성한 산문관련 논의를 통해 이를 보다 구체
적으로 이론화하고 특히 개별 비평의 수위에서 본격적으로 도구로 사용하
였다는 데에 김창협 산문비평의 사적 위상이 놓이는 것이다.

5.

　이는 김창협 당대, 즉 김창협의 논의 역시 아직은 다양한 가능성 가운
데 하나일 뿐이었던 시기의 반응과 영향을 살필 때 보다 구체적으로 드러
난다. 이를 위해, 동시대에 존재했던, 김창협과는 다른 맥락에서 산문을 논
의한 목소리들에 주목할 필요가 있다. 다만, 명청 문물의 급속한 수용으로
인한 정보량의 편중으로 이미 문화적인 경·향 분기가 고착되기 시작하던
시기임을 감안하여, 이전과는 확연히 달라진 독서 체험을 어느 정도 공유
하고 있던 근기 지식인들로 비교 대상을 제한한다.
　우선 17세기 중반의 허목(許穆, 1595~1682) 이래 지속된 남인 일각의 산문
론은 여러 면에서 김창협과는 대비되는 견해를 보인다.[48] 이들은 상고의
순전한 원기(元氣)가 담긴 선진양한고문을 익힘으로써 말세의 유약한 풍조
를 정신적·문학적으로 갱신하고자 하였다. 그런 맥락에서 산문론에서 '고
기(古氣)'를 매우 강조하였다. 이를 배우기 위해서는 작가의 양기(養氣)가 일
의적임은 물론이지만, 제한적 전범의 반복적 독서를 통해 자구법(字句法)·
구기(口氣) 및 성독(聲讀)할 때의 울림 등을 비슷하게 구사하는 것 역시 중
요하게 생각하였다. 이를 논의의 차원에서 명징하게 보여주는 인물이 신

---

48) 이에 대해서는 송혁기, 「17세기 후반~18세기 전반기 남인 문단의 산문론—동시기 노
　　론 문단과의 대비를 중심으로」, 『18세기 南人 文壇의 地形과 그 探索』, 민족문학사학
　　회 2004년 정기학술대회 발표논문집(2004.12.18) 참조.

유한(申維翰, 1681~1751)이다.[49] '기'를 중심에 두고 주로 자구 및 성향(聲響)의 차원에서 특정 전범의 미의식을 재현하려 했다는 점에서 김창협의 산문론과는 상당히 길을 달리 하는 셈이지만, 이 역시 자신들의 지적 풍토와 문학적 전통, 그리고 당대 문풍에 대한 진단 가운데 산문이 추구할 수 있는 미의식의 한 방향으로 제시된 것으로 볼 수 있다.

박세당(朴世堂, 1629~1703)은 장유보다 최명길(崔鳴吉)의 문장이 더 낫다고 논평한 바 있다.[50] 최명길의 문집에 단 서문이라는 점, 최명길과의 가문당파적 유대 관계 등 외적 요소도 고려해야 하겠으나, 굳이 당시에 전대 최고의 문장가로 추대되던 장유를 비교대상으로 삼으면서 그를 '연참(鉛槧)의 역(役)' 즉 전문문인으로서 산문을 조탁하는 데에 불과하다고 폄하하고 그보다는 온축된 명식(明識)을 바탕으로 흉중을 유출하는 것이 훨씬 높은 경지라고 한 것은 주목할 만하다. 이를 문채나 형식보다는 작가의 정신과 담긴 내용이 더 본질적이고 중요하다는, 새로울 것 없는 일반론의 천명으로 볼 수도 있을 것이다. 그러나 당대 문단의 흐름에 대한 박세당 나름의 진단이 전제되어 있음을 감안할 필요가 있다. 나아가, 그가 작문에 있어 추구해야 할 구체적 지향에 대해 아들 박태보(朴泰輔)에게 준 권면을 살필 때,[51] 당시 진행되고 있던 작법상의 안배에 심혈을 기울이는 산문 인식에 비판적이었음을 알 수 있다.

---

49) 申維翰, 『靑泉集』 卷6 「書與尹太學士論文事」, 총간 200-353면, "當是時, 有鄕里業學少年持西山眞寶謝氏軌範等編, 輒取而寓目, 怪其音節大不類, 以爲是六藝之異端. … 及年二十餘, 而得皇明王李之文數篇於傳寫間, 見其用字用句, 似左似漢, 一毫不襲眞寶軌範中口氣.'"; 『靑泉集』 卷3 「與任正言論文書」, 총간 200-284면, "甫離齔, 不喜從塾師章程業, 得尙書隻章片簡, 已喃喃學誦, 聞左丘司馬數行句法, 輒鼓舞咿唔, 當是時, 人皆笑僕稇而狂."

50) 朴世堂, 『西溪全書』 上(태학사 영인본) 「遲川集序」, 146면, "愚獨以爲谿谷不免爲鉛槧所役, 尙不如公之流出胸中, 綽有餘味. 盖蘊蓄明識, 形於言語, 非人所及."

51) 朴世堂, 『西溪全書』 상 「寄子泰輔」, 346면, "作文時, 必去生僻之病, 務爲平鋪穩順, 文體自好. 且尤宜詳檢, 首尾使有着落不失立意線索. 此是作文喫緊處耳. 見所書試卷, 雖不甚麗, 而未免有生澁之病. 不作文時, 須臨花潭碑或曹娥碑, 亦必着勤. …… 作文必主富瞻, 勿取簡省, 爲可爲可."

박세당은 탈주자적 경전 해석으로 일찍이 주목받아 왔으나 문학의 관점에서 주목한 연구는 아직 별로 없는 것으로 안다. 그러나 그는 남극관에 의해 당대 최고의 산문 작가로 극찬될 정도로[52] 소론계에서는 문학으로도 비중이 있는 인물이었다.[53] 그 자신 문학에도 일가견이 있었던 박세당이 작문을 함에 있어 생벽하게 되는 병폐를 경계하며 '평포온순(平鋪穩順)'을 강조하고, '간생(簡省)'을 추구하지 말고 '부섬(富贍)'을 위주로 하라고 한 것은, 자구·편장의 여러 기법을 동원하여 독특한 구성·안배를 이루기 위해 고심하거나 진한고문을 전범으로 하여 자구의 단련에 의한 간엄(簡嚴)을 추구하는 일련의 흐름과는 다른 길에 서 있으면서 그 흐름을 비판적으로 응시하는 데서 나온 언급이다.

산문 창작과 논의에 주력하였고 적지 않은 산문비평을 포함한 잡록 「산언(散言)」을 남기기도 한 김주신(金柱臣, 1661~1721)의 경우, 김창협이 써준[54] 자신의 선친 지문(誌文)에 대해 품평하면서 간상법(簡詳法)에 기반한 언급을 하기도 하였다.[55] 그러나 「산언」은 분석적인 비평에 이르지는 못하였고 인·원용과 도습·점화의 문제와 관련하여 접근한 것이 대부분이다.[56] 그는 김창협의 「잡지(雜識)」를 읽고 그 산문비평에 대해 구체적으로 논평한

---

52) 南克寬, 『夢囈集』乾「端居日記」, 총간 209-304면, "西溪之文, 殆可鴈行八家, 而如介甫·子固疑若過之.";『夢囈集』困「謝施子」, 총간 209-319면, "東國銘墓文, 當以西溪崔完城碑爲第一."

53) 소론계 내에서 박세당 집안은 문학적 성과로 높이 인정받았다. 南鶴鳴은 박세당의 둘째 형인 朴世堅의 문장이 매우 뛰어나다고 하였고(규장각장본『晦隱集』卷5「雜說」), 金柱臣은 당시 刪定 중에 있던 박세당의 아들 朴泰輔의 문집을 밤 새워 읽고는 탄복을 금치 못했다고 하였다(『壽谷集』卷9「隨事箚錄」, 총간 176-275면).

54) 김주신은 박세당의 제자로 소론계 인사였지만, 김창협과는 같은 外家를 둔 관계로서의 친분이 있었다.

55) 金柱臣, 『壽谷集』卷2「答金參判仲和書」, 총간 176-139면, "昔年所託先誌一通已脫稿者, …… 字約而事該, 辭簡而意重."

56) 김주신은 「散言」(『壽谷集』卷10·11)에서 한유와 유종원이 蹈襲한 예, 援用 가운데 點化한 예, 문자에 얽매이지 않고 뜻을 중심으로 引用하는 예 등을 상당히 많은 분량으로 다루었다. 이는 고문을 어떻게 배우거나 활용하여 작문을 하는가에 주목한 셈인데, 한편으로는 당시 일던 자구상의 도습에 대한 논란을 반영하기도 한다.

바 있는데, 문장을 평한 입론이 매우 좋다고 전반적으로 호평하면서도, 증공(曾鞏) 문장을 전격적으로 높인 것은 온당치 못하다고 비판하였다.57) 산문 논의에 대한 관심이 고조된 시대분위기를 읽을 수 있고, 김창협의 「잡지」가 산문관련 저작으로서 가진 동시기적 영향의 정도를 가늠하게 한다.

김창협의 산문비평에 보다 적극적인 반응을 보인 인물은 남극관(南克寬, 1689~1714)이다. 그는 김창협을 극단적으로 비판한 것으로 알려져 있는데, 하나하나 뜯어서 살펴보면 그의 김창협 비판은 다분히 이중적임을 알 수 있다.58) 그는 김창협이 실제로는 명대 왕세정(王世貞) 등의 논의를 깊이 수용하고서도 교활하게 연원 밝히기를 꺼리면서 오히려 비판으로 일관했으며 끝내 그 영향의 범위를 벗어나지 못했다고 함으로써,59) 김창협 비평의 입지점 자체를 흔들고자 하였다. 또 개별비평에서 김창협의 언급을 직접 인용하며 명확히 반대의 의견을 개진하기도 하였다.60) 그러나 동시에 김창협의 산문 창작성과나 비평 안목을 자못 높이 인정한 언급이 있을 뿐 아니라,61) 사실 김창협을 직접 거론하지 않은 자료들에서 보이는 그의 산

---

57) 金柱臣, 『壽谷集』 卷11 「散言」 下, 총간 176-313면, "今見農巖雜識, 其評隲古今文章, 立論儘好, 而其曰 : '經傳以外, 惟史漢尙堪多讀, 其餘雖韓歐文, 亦不耐數十讀, 唯曾文最耐多讀.'云者, 甚未可曉. …… 且南豊文, 雖其最得意者, 豈有如原道平淮西碑瀧岡阡表醉翁亭記等諸篇耶?"

58) 남극관은 김창협에 대해 제자를 모아 편당을 만드는 유격대장이라는 식의 원색적인 비난을 서슴지 않았는데, 이는 老·少論 분기와 고착의 과정에서 김창협 가문과 매우 불편한 관계에 놓이게 된 南九萬의 손자로서 가지고 있던 과격한 당파적 입장으로 설명될 성질의 것으로, 여기서는 논외로 한다. 이중적이라고 하는 것은 문학비평의 영역 내에서이다.

59) 南克寬, 『夢囈集』 乾 「端居日記」, 총간 209-304면, "金詩視其弟筋力不如, 亦頗雅靚. 卽其所就而篤論之, 大金婁江之苗裔, 而小金竟陵之流亞也. …… 王李之波東漸, 學詩而兼文者上數子, 專學文者, 月汀玄軒淸陰汾西東淮春沼息庵也, 谿谷亦略有染焉. 兩金輩後出轉黠, 稍聞中土之論, 頗諱淵源, 要不出其圈襀也."

60) 南克寬, 『夢囈集』 坤 「謝施子」, 총간 209-320면, "崔簡易文, 雖似沈實, 然命辭局澁, 只效古人字句小巧, 不曉篇章大體, 理致又無可觀. 比李相國, 不及遠矣. 金昌協稱崔而詆李不遺力, 亦可笑也."; 같은 곳, "崔文, 只可與柳於于相上下, 柳高處崔所不及, 低處崔所不爲, 截長續短, 眞魯衛之政也. 昌協反以是言崔及谿谷, 不足信也."

61) 南克寬, 『夢囈集』 坤 「謝施子」, 총간 209-320면, "東國之文, 金昌協息菴集序盡之矣."; 같은 글, "金昌協文辭, 雖愧渾厚, 自足爲東國一家."

문비평의 입지는 김창협과 상당 부분 겹치는 기반 위에 놓이는 것으로 파악된다.

남극관은, 시는 '기'를 위주로 하는 반면 문은 그와 달리 '체(體)'를 위주로 한다고 하면서, 산문에 있어서는 체제(體製)의 구비가 기본인데 우리 산문의 경우 이것이 결여되어 있어 중국 산문에 비견되지 못한다고 하였다.62) 윤근수·신흠에 와서야 비로소 '조회탁마(藻繪琢磨)'할 줄을 알게 되어 점차 정제된 수준의 산문 창작이 가능해졌다는 것은 앞서 살핀 바 김창협의 진단과 거의 같은 내용을 다른 말로 표현한 것이라 해도 과언이 아니다.63) 산문사에서 이전과는 확연히 구분되는 시기의 시작으로 이들 자각적으로 산문의 문예미를 추구하고 실천한 작가들을 꼽고 있는 것이다. 그가 개별 작가 논평에서 김창협과 다른 견해를 펼친 것이 사실이고 오히려 김창협 문학비평의 비판에 열을 올렸지만, 본고는 영향 관계라기보다는 같은 장 위에서 논의를 개진하였다는 점에 주목한다. 현실 계파에서 자유롭지 못했을 뿐 아니라 그에 극단적으로 충실했던 남극관이었지만, 산문비평사의 흐름 안에서 전대보다는 당대와, 그리고 당대 내에서도 이후 김창협의 영향 아래 전개되는 비평사유의 자장(磁場)과 더 친연성을 가지는 것으로 판단된다.64)

---

62) 南克寬, 『夢囈集』 乾 「端居日記」, 총간 209-304면, "詩主氣, 文主體. 我朝中葉以上之文, 以不知體製, 終不敢擬中國. 國初尹淸卿南景質六臣徐成諸公, 縱乏宏博深湛之致, 猶可謂館閣體. 金濯纓, 聲震一世, 觀其集, 辭俚氣鷹, 散雜無章, 他無論也. 尹申之後, 始知藻繪琢磨, 浸以精好. 名家如谿·澤, 及近日李西河, 不必學明, 而實有所以然者矣. 余嘗謂王·李之禍, 中國大矣, 而在我國, 則有破荒之功, 宜尸而祝之也. 然近日詩學, 已有拖帶矣."

63) 다만 그 원인으로 왕세정·이반룡으로 대표되는 명대 문인들의 직접적이고 절대적인 영향을 강조하는 점이 김창협과는 다르다. 김창협 역시 신흠 가문이나 김석주 등에 대한 비평에서 이들이 명대문인의 영향을 지대하게 받았음을 언급한 바 있는데, 이때 명대문인이란 대체로 왕세정 등을 가리킨다고 보아야 할 것이다. 김창협은 남극관처럼 그것이 절대적 원인이었다고 보지는 않았고, 이들이 왕세정 등의 영향을 받았다고 해서 의고파의 논리를 수용하여 그에 준하는 문학활동을 한 것으로 인식하지는 않았다.

64) 이는 김창협과 남극관 사이의 영향관계와는 다른 문제이고, 이들의 독서체험이 상당 부분 겹치고 그것이 바로 앞 세대 문인들과는 상대적으로 매우 큰 차이를 보인다는 점

김창협에 의해 본격적으로 구사된 '법' 중시의 산문론은 직·간접적으로 다음 세대에 영향을 미쳐서 시대적인 일반론을 형성하는 것으로 보인다. 그 직접적인 영향은 그의 제자인 이의현(李宜顯, 1669~1745)에게서 여실히 보인다.65) 그는 산문 비평에 있어서 '법도(法度)'를 매우 중요한 관건으로 여겼고 그와 관련된 용어들을 비평의 도구로 사용하였으며, 이러한 산문 인식을 바탕으로 앞서 살핀 바 우리 산문사의 전변을 명시적으로 언급하였다.

이때가 되면 이미 '법'의 산문론을 창작과 비평의 주된 관건으로 사용하는 것은 일반화되는 것으로 보인다. 이환모(李煥模, 1675~?)의 경우, 「문장모범(文章模範)」이라는 제하(題下)에 왕세정의 편법·구법·자법에 관련된 구체적 언급을 전재함으로써, 편장자구법이 하나의 교과서적 상식이 되어가고 있음을 확인하게 한다.66) 이천보(李天輔, 1698~1761)는 법도가 있는 간정(簡整)한 문체를 이루기 위해서는 창작을 위해 오랜 심사숙고가 필요함을 강조하였고,67) 법도를 자신의 것으로 숙성시키기 위해 장기간의 공력이 필요함을 역설하기도 하였다.68)

이 한 원인일 것이다. 이 시기 문인들의 문학론을 고찰할 때 계파사승에 의한 지적 환경 뿐 아니라 이를 넘나드는 독서체험의 문제 역시 중요하게 고려되어야 함을 알 수 있다.

65) 李宜顯, 『陶谷集』 卷27 「雲陽漫錄」, 총간 181-428면, "古文法度甚簡嚴, 絶無浮字賸句, 下至唐宋韓歐蘇曾諸公, 無不皆然. 且韓柳以下八家, 雖一意法古, 只竊取意致法度而已, 文字則絶不襲, 非其才不能也, 薄而不爲也."; 『陶谷集』 卷28 「陶峽叢說」, 총간 181-453면, "文有以平暢爲長者, 亦有以簡奧爲主者. 要之脈絡不紊, 叙致有法, 俱合於文章規度則斯已矣."; 같은 글, 총간 181-440면, "大抵古文, 如無法度, 而自合法度, 無斤錘之痕, 非後世可及也. 如韓歐文章高矣, 結構安排之跡, 森然可見. 此時代之辨也."

66) 李煥模, 『斗室寱言』 卷3 「文章模範」(『한국고전비평론자료집』 권2, 계명문화사, 249면), "首尾·開闔·繁簡·奇正, 各極其度, 篇法也; 抑揚·頓挫·長短·節奏, 各極其致, 句法也; 點掇·關鍵·金石·綺綵, 各極其造, 字法也. 篇有百尺之錦, 句有千匀之弩, 字有百鍊之金." 이는 王世貞의 「藝苑卮言」(『弇州四部稿』 卷144)의 한 부분을 글자 출입 없이 그대로 옮겨 놓은 것이다.

67) 李天輔, 『晉菴集』 卷6 「與元華伯」, 총간 218-228면, "誌有二本, 而簡整有法度, 則下篇爲勝. 盖文章之道, 思逾久而發逾工. 足下徐而又思之, 則安知其不有進於是者乎?"

68) 李天輔, 『晉菴集』 卷6 「答族弟尙絅」, 총간 218-227면, "文章雖小技, 而卽道中之一

나아가 '법' 중시의 산문론이 한 극단을 이룬 예를 김창흡의 제자인 안중관(安重觀, 1683~1752)·안석경(安錫儆, 1718~1774) 부자의 『삽교예학록(霅橋藝學錄)』에 실린 구체적이고 분석적인 산문비평들에서 볼 수 있다. 이들은 편장 구성법에서 자구 운용법에 이르기까지 '법'의 제요소들을 본격적으로 구사하여 풍성한 비평성과로 제출하였다.69)

'법'을 중시하는 산문 창작과 그것을 관건으로 삼는 비평의 성행은, 점차 그에 대한 문제 제기를 낳기에 이르기도 하였다. 안석경은 '법'의 필요성 자체에 대한 원론적인 문제 제기에 답해야 했고70) 이천보의 경우도 작문에 있어 지나치게 규구(規矩)를 따르기만 한다는 지적에 대해 반론하는 문맥에서 법의 중요성을 강조한 바 있다.71) 이천보에게 이 지적을 한 상대인 이문보(李文輔)가 법보다 우선하는 것으로 든 것이 바로 '의'와 '기'였는데, 같은 시기의 조귀명(趙龜命, 1693~1737)은 이 문제를 보다 명료하게 제기하였다.72) 작품에 담는 '의'가 중요하지 그것을 어떻게 표현할까의 '법'은 부차적인 것이라는 그의 언급은 일견 일반론으로 환원되고 말 성질로 보이기도 하지만, 임상원(林象元)·이정섭(李廷爕) 등 구체적 대상을 두고 당시 '법'을 추구하는 풍조가 야기한 폐해를 지적하며 거론하는 것이다. 조귀명

事也. 詩云有物有則, 使文章不爲物則已, 苟爲物, 則獨不有是則乎? …… 韓子曰 : '及其醇也, 然後肆焉.' 吾不及其醇, 而妄欲肆焉, 其可得乎? 自是其視法度, 如良有司奉國家律令, 縮縮不敢過."

69) 그 구체적 내용에 대해서는 정우봉, 「『霅橋藝學錄』의 散文修辭學 연구」, 『한국한문학연구』 32, 한국한문학회, 2003 참조

70) 安錫儆, 『霅橋漫錄』(『霅橋集』 하권, 아세아문화사), 220면, "昔者鄭胤卿曰 : '文章家, 未必有專門師法. 古之人, 發言成章而已. 何法度之有哉?' 余答曰 : '古之人, 發言成章, 自爲法度. 後之人, 學乎此以爲文章, 所謂專門師法也.'"

71) 李天輔, 『晉菴集』 卷6 「答族弟尙綱」, 총간 218-227면, "所論鄙文, 稱揚太過, 僕何敢當也? 然其所謂太循規矩者, 實不知盛敎也. …… 爲文之道, 有其本焉, 足下所謂意與氣者, 是也. 意以實之, 氣以行之, 而文之道, 若可以盡矣, 然無法以飾之, 則其文又無以傳遠."

72) 趙龜命, 『東谿集』 卷10 「答林姪彦春書」, 총간 215-217면, "作文之訣有三 : 曰意, 曰氣, 曰法. 意以實之, 氣以行之, 法以飾之. 意者, 文之帥也, 駕乎氣而成乎法, 是故意爲之本而重, 法爲之末而輕. 今足下所欲眞知者法耳, 無乃舍其本而趨其末, 挈其輕而忘其重乎!"

의 이러한 생각은 나아가 정해진 전범 자체를 무화하는 데에까지 이르며,[73] 이야말로 태생적으로 '전범적 고문'을 전제로 하는 '법'의 온전한 부정이라고 할 수 있다. 논리상으로는 여기에 이르러 '법'의 산문론은 그 역사적 소임을 다하는 것일 텐데, 우리의 한문학 역사는 19세기를 거쳐 한문학이 종언을 고하는 때까지 '법'이 여전히 중요한 화두였던 것으로 보인다.

6.

이상의 논의를 요약하고 의미를 부연하는 것으로 결론을 대신한다.

김창협의 산문비평에서 보이는 주된 문제의식은, 의고주의의 성행에 대한 비판보다는 오히려 전범의 학습이나 작법의 원칙을 깊이 고려하지 않은 채 산문을 창작하는 풍토에 대한 반성에 있었다. 조선 전기 200년을 산문사의 공백기로 보고 16세기 말에 와서야 산문창작의 기본을 제대로 익힌 작가들이 출현하기 시작하였다는 그의 진단은 이후 우리 산문사를 보는 주된 시각으로 작용해 왔다. 산문 장르에 따라, 그리고 자법·구법·장법·편법의 각 층위별로 요구되는 준칙과 기법으로서의 '법'을 중요한 비평관건으로 삼는 인식이 그 중심에 놓인다.

김창협 역시 '의'·'기' 등 다른 범주의 관건들 역시 다양하게 고려하였고 우선순위에서 이들보다 법을 상위에 놓은 것은 물론 아니다. 그러나 '법'을 매우 명확하게 인식하고 구체적으로 추구하였으며 그와 관련하여

---

73) 趙龜命, 『東谿集』 卷10 「與李季和書」, 총간 215-215~216면, "竊欲搏千古之學術列之於前, 而不拘其名目; 櫛千古之文章攬之於手, 而不計其等級. 但以吾之見識解悟, 探索乎其中, 合者取之, 不合者舍之. 要千古學術文章, 爲吾之裁, 而不能裁吾, 爲吾之役, 而不能役吾. …… 所爲法度者何物, 而繩墨者何狀歟! 孰爲正宗, 而孰爲閏位歟! 吾自言吾之言, 而人將奈何吾歟!"

시금석이 될 만한 다양한 용어·방법들을 적극적으로 비평에 활용했다는 점이야말로 이전의 비평들과 김창협의 비평 사이에 보이는 중요한 차이를 빚는다고 본다. 그는 법이 지니는 '인위적 공력'의 측면을 상대적으로 강조하였고, 장르별 체재와 관련한 법식의 문제를 매우 엄밀하게 논했으며, 특히 비지서사(碑誌敍事)에 있어서 편장 구성의 층위에서 섬세하고 다양한 규칙과 수사법을 제시하였다.

원론적으로 산문 창작의 '법'에 대한 이해와 고려는 늘 있어 왔지만 그것을 개별 비평의 수위에서 본격적인 비평도구로 사용한 것은 이식을 거쳐 김창협에 와서 가능했다. 이러한 '법' 중시의 산문론은 당시로서는 다양한 입장 가운데 하나였으나, 직·간접적으로 다음 세대에 영향을 미쳐서 시대적인 일반론을 형성하기에 이른다.

김창협의 산문비평이 후대에 높이 인정받고 큰 영향력을 행사할 수 있었던 것은 본고에서 살핀 바 '법'을 중심으로 하는 정채로운 비평수준 및 그에 부합하는 작품실제의 성취에 기인한 바 크지만, 본고는 이에 덧붙여 한 가지 더 고려할 만한 중요한 요소가 있다고 생각한다. 그것은 '주희(朱熹)의 의리와 구양수(歐陽修)의 문장을 겸비했다'는[74] 그에 대한 평가가 말해주듯이, 철저하고 깊이 있는 주자학자로서 산문 창작과 비평의 영역에서도 높은 성취를 이룰 수 있다는 선례를 보여줬다는 점이다. 이는 주자학적 구심력이 더 강화되는 방향으로 흐른 18·19세기의 조선 문단에서, 이상적인 한 모델의 제시라는 의미를 지닌다. 주자학의 틀을 벗어나지 않으면서, 아니 그 주자학의 정수를 추구하면서 산문의 문예미를 고도로 추구하는 것이 가능함을 비평과 창작 실제로 보여주었다는 점은, 김창협의 산문이론이 이후 주도적인 산문이론으로 자리하게 되는 중요한 요인이라고 생각한다. 물론 그것이 지니는 한계 역시 이 지점과 관련되는 것이기도 하다.

---

74) 金邁淳, 『臺山全書』卷14(계명문화사) 「家史旁傳」, 2-299면, "國朝儒賢盛矣, 若歐陽子之文章, 朱文公之義理, 合爲一家者, 惟先生庶幾焉."

신유한의 문예지향과 탈주자적 경향

이 종 호

1.

청천(青泉) 신유한(申維翰, 1681~1752)의 글을 접하고 그와 만나 사귄 지 벌써 십수 년이 되 온다. 처음 '신유한의 현실인식과 사유방식'을 발표하면서 뒤이어 보고하기로 약속한 글이 두 편이었다. 그 중의 하나가 '신유한의 문학관과 고문론'에 관한 것이었는데, 이번의 보고로 그 반쪽에 값하는 약속을 실천하게 되는 셈이다. '신유한의 고문론(산문론)'에 대해서는 두 번의 손질이 필요할 것 같다. 하나는 그의 독특한 문장관을 규명해내는 일이고 다른 하나는 고문사 학습(교육)에 관한 것이다. 모두 간단한 작업이 아니겠지만 가까운 장래에 더딘 손길을 추슬러 동학들의 질정을 받기로 한다.

이와 같은 일련의 작업들은 신유한 산문의 백미인 「해유록」의 독법과 문학성을 조리 있게 밝히기 위한 이론적 탐색의 과정이다. 체험의 기록으로서 「해유록」의 바른 독법은 무엇이며 그것이 지니는 문학성은 무엇인지, 요컨대 작자의 의도와 글쓰기 방식에 대한 논의가 반드시 필요하다. 「해유록」이 탁월한 산문작품이라는 사실은 자명한 것이나 그 자명함을 설명해 내야 하는 일은 분명 힘겨운 일이다. 이른바 일본의 에도 막부와 조선통신사라는 한일문화 교류의 역사와 맞물려 있어 비문학적 요소를 문학으로 녹여서 말해야 하는 복합성이 내재해 있기 때문이다.

신유한 문학에 대한 연구는 김영숙의 청천의 문학관과 시론에서 본격적으로 이루어졌다.[1] 그 후 필자는 「청천의 현실인식과 사유방식」에서 신유한의 사상적 특징을 고찰했다.[2] 김경숙의 「18세기 조선통신사 제술관 및 서기의 문학세계」는 서얼집단의 관점에서 신유한 문학관의 일 측면을 조명했다.[3] 이향배의 청천 신유한 고문론 연구는[4] 신유한 고문론의 형성배경과 작품의 실제 그리고 그 가치 등을 두루 분석·검토한 노작이다. 다만 일부 매끄럽지 못한 번역이 눈에 걸린다. 신유한의 문체가 난삽하다(껄끄럽다)는 지적이 있다. 아무리 들여다봐도 풀리지 않는 대목이 적지 않은 것도 그 때문이다. 그렇다고 억지로 견강부회하는 일은 없었으면 한다. 의혹스런 대목은 남겨두고 후일을 기약하는 신중함이 요구된다.

신유한을 다른 문인과 비교 혹은 합론하는 연구도 있었다. 황수연의 「18세기 지식인의 교유와 문학적 담론 검토」가[5] 전생에 부부 사이로 일컬어진 두 문인의 시론을 비교·검토했다면, 송혁기의 「18세기초 산문이론의 전개양상 일고」는[6] 이의현, 신유한, 조구명 3인 사이에 존재하는 산문

---

1) 김영숙, 「청천의 문학관과 시론」, 『영남어문학』 8집, 한민족어문학회, 1981.
2) 이종호, 「청천의 현실인식과 사유방식」, 『안동대 논문집』 11집, 1989.
3) 김경숙, 「18세기 조선통신사 제술관 및 서기의 문학세계―서얼의 신분과 문학관을 통해」, 『온지논총』 1집, 온지학회, 1995.
4) 이향배, 「청천 신유한 고문론 연구」, 『어문연구』 31집, 어문연구학회, 1999.
5) 황수연, 「18세기 지식인의 교유와 문학적 담론 검토―신유한과 최성대를 중심으로」, 『한국고전연구』 8집, 한국고전연구학회, 2002.
6) 송혁기, 「18세기초 산문이론의 전개양상 일고―이의현·신유한·조귀명의 대비를 중

이론의 동이처를 몇 가지 키워드를 중심으로 추적했다. 두 논고는 18세기 시학의 흐름과 산문이론의 큰 줄기를 잡아내어 개괄한 의의가 있다.

유호선의 「청천 신유한의 불교관 연구」는[7] 신유한의 불교사상에 관심한 최초의 논고이다. 불교와 노장방면에서 신유한의 사상을 살피는 보다 심화된 연구가 요구된다. 부분적으로 신유한의 고문을 언급한 이로는 김도련과 심경호가[8] 있다. 『해유록』을 중심으로 한일간의 교류양상을 살피는 노력이 최근 이 삼십여 년 동안 활발하게 이루어져 왔다. 『해유록』이 논의의 중심이 아니므로 그 간의 연구성과를 일일이 소개하는 번거로움은 피한다.

이 글에서 필자는 선행의 연구성과에 바탕하여 신유한의 '문예지향'과 '탈주자적 경향'을 추적해 보기로 한다.

2.

신유한의 문예인식에서 그의 탈주자학적 경향이 어떻게 표현되고 있는가. 표현방식은 두 가지 형태로 나타난다. 하나는 직설적으로 문예의 대상영역에서 주자적 색채를 배제하는 것이고, 다른 하나는 문예의 해석방식에서 문학자의 입장을 관철하고 주자적 발상에 침묵하는 것이다. 요컨대 신유한 문학관의 기조는 "문예는 문예의 논리로 말해져야 한다"는 것이다.

몇 가지를 예를 들어 검증해 보기로 하자.

심으로」, 『한국한문학연구』 31집, 한국한문학회, 2003.
7) 유호선, 「청천 신유한의 불교관 연구―『분충서난록』을 중심으로」, 『불교학 연구』 8호, 불교학연구회, 2004.
8) 김도련, 『한국 고문의 원류와 성격』, 태학사, 1998; 심경호, 『한문산문의 미학』, 고려대 출판부, 1998.

먼저 신유한의 「이소(離騷)」해석을 검토해 본다. 신유한의 「이소」학습은 하나의 화두를 가지고 참선·수행하는 불교의 간화선(看話禪)과 방불하다. 그의 「이소」해석은 글자를 분별할 나이인 대 여섯 살 때부터 수십 년간 수 없는 암송과 음미 끝에 자득한 것이다. 공자는 도란 한 시도 삶에서 이탈되어 있어서는 안 된다고 말했다. 신유한에게 있어 「이소」와 같은 초사는 하나의 생활의 도였다. 마냥 「이소」가 좋았기에 실증이 나지 않았다. 실증이 없으니 때마다 삼매경이었다. 마치 공자가 만년에 『주역』을 좋아하여 '위편삼절(韋編三絶)'했다면, 신유한은 「이소」삼매로 인해 닳아져 갈아 엮은 권수만도 수십을 헤아렸다.9)

「이소」는 굴원의 손에서 엮어진 전국 말기의 신화·전설 모음집이라고 해도 과언이 아니다. 공자는 '괴력난신(怪力亂神)'을 말하지 않았다. 그러니 역대 유학자, 특히 근세 성리학자들이 「이소」의 내용을 불신하는 것도 무리가 아니다.

신유한은 「이소경」을 정히 문장가의 관점에서 바라보고 있다. 그는 "자양(주자)의 소주(疏註)는 비록 정밀함과 심오함을 다했다고 하더라도 그 말이 도리(道理)를 주로 하고 있어 문장가의 성곡(聲曲)이나 규구(規矩)에 대해서는 자질구레하게 말하지 않은 듯 하다"고10) 헤서 도학기의 입장이 관철되고 있는 주자의 주석을 부정하였다. 주자는 『초사집주(楚辭集注)』·『초사후어(楚辭後語)』·『초사변증(楚辭辨證)』 등을 지어 의혹이 가는 문제의 대목들을 철저하게 고증한 초사학의 대가이다. 주자는 철저하게 이학적인 의리 차원에서 초사를 주석하고 고증하였다. 『이소경』에서 대부분을 차지하

---

9) 『靑泉續集』 卷2 「離騷經後敍」, 32면, "余生長山南農家, 目不見古人奇書, 而天性有好古之癖, 五六歲時, 從人受書, 不喜讀唐宋詩文, 欲學離騷經, 先生笑曰, 是其旨深而辭晦, 長老之所聽瑩, 若何以能解. 卽對曰, 雖不曉音, 舌在也, 願受其音. 先生異之, 時時授章句, 旬日而竟篇, 卽又大喜, 坐臥遊戱, 口不掇誦, 自以塗鴉之墨, 細書成卷, 置之懷袖, 出入與偕, 弊則易以新之紙, 凡數十易, 而終不肯借人書一句, 年旣長而好之深篤, 前後誦讀, 殆不能算. 蓋余不復就先生講論旨義, 而便覺心胸灑灑, 開卷暸然."
10) 『靑泉續集』 卷2 「離騷經後敍」, 32면, "紫陽疏註, 雖極精深, 其言主道理, 似於文章家聲曲規矩, 不用屑屑言也."

는 신화나 전설과 같은 내용을 그로서는 신빙할 수 없었다. 하나의 '허무
맹랑한 이야기[虛誕之說]'에 불과하였다. 이로 보면 신유한의 『이소경』 해
석은 초사의 신화적 낭만성을 긍정한 『초사보주(楚辭補註)』를 펴낸 북송 홍
홍조(洪興祖)의11) 입장에 가깝다.12)

신유한은 문장가를 자임했다. 따라서 그로서는 문장가의 본색으로 「이
소」를 멋들어지게 해석해내지 않을 수 없었다. 필자는 그의 「이소」 해석을
검토하면서 그의 문장가적 기질에 놀랐다. 지금까지의 「이소」 해석에서
신유한과 같은 관점을 보여준 예가 있는지 궁금할 정도이다.

신유한은 '허(虛)'와 '실(實)'의 관계로 문예창작론을 전개한다. 「이소」를
설명한다. 아니 이 '허실론'은 신유한 문예창작론의 핵심이다.

> 나는 생각하기를, 삼백 편 시인의 뜻[意]은 대체로 '실중유허(實中有虛)'하여
> 달이 물에 있는 듯 하고, '허중유실(虛中有實)'하여 거울이 사물을 비추는 것
> 같다. 『장자』의 「소요유(逍遙遊)」·「추수(秋水)」와 같은 작품들은 모두 이 뜻을
> 얻었다 그러므로 문장이 가장 고상하다. 「이소」 일 편은 곧 천지가 개벽한 이
> 래 시사(詩詞) 창작법의 원조이다.13)

여기서 신유한이 말하는 '허'와 '실'의 개념을 간단히 규정할 수 없다.
그러나 원의와 본의 사이의 관계를 가리켜 말하고 있는 것만은 분명하다.

---

11) 주자가 초사에서 긍정한 부분은 경전에 출처가 있거나 합리성을 지닌 것에 불과했다.
  이치에 기초한 도학적 관점에서 신화를 받아들였기에 신화와 관련된 인물, 지명, 사물
  등에 대해 『초사집주』와 『초사변증』에서 모두 '괴망(怪妄)', '망언(妄言)', '부족론(不足
  論)' 등의 표현을 써서 부정적 관점을 보였다. 북송의 홍흥조는 『楚辭補注』를 지었는데,
  五經의 취지에 입각하여 초사를 주석한 王逸의 『楚辭章句』를 원본으로 하였음에도 불
  구하고, 왕일이 전혀 참고하지 않았던 『山海經』과 『烈女傳』 등을 '補注'의 주요 근거
  로 삼아 離騷에 등장하는 신화 부분을 주석함으로써 초사의 신화적 색채를 긍정한 바
  있다.
12) 초사 주석에 대해서는 유성준의 『초사굴원부주』(신아사, 2001)를 참조
13) 『青泉續集』 卷2 「離騷經後敍」, 32면, "吾意三百篇詩人之旨, 大抵實中有虛如月在
  水, 虛中有實如鏡照物, 莊子逍遙遊秋水諸篇, 皆得此意, 故, 文章最高. 離騷一篇, 卽
  天地開闢以來, 詩詞刱法之祖."

『시경』의 수사법인 부(賦)・비(比)・흥(興)을 떠올리면 쉽게 연락이 될 법도 하다. 달과 물, 거울과 사물의 관계는 매개어[詩語]와 그것이 담고 있는 시어로서의 본질내용 간의 관계를 논하기 위한 비유로 보인다. 신유한은 이러한 두 가지 방식 어떻게 보면 하나로 통일시켜 볼 수도 있는 허실관계를 가지고 『시경』뿐 아니라 『장자』와 「이소」의 창작문법을 읽어냈다. 「이소」 해석을 통해 보다 구체적으로 허실관계론을 살펴보기로 하자.

> 그것(「이소」)의 소리와 정감을 살펴보면, 모든 대목마다 완곡하여 한 자도 인군을 사랑하고 나라를 걱정하며 지극한 정성과 애달픈 생각으로 죽어도 다른 곳으로 가지 않겠다는 의지가 표현되지 않은 것이 없다. 그러나 지행(志行)의 수결(修潔)함을 서술할 때에는 '난초를 찬다[佩蘭]'느니 '국화를 먹는다[餐菊]'느니 '연꽃으로 옷을 만든다[芙蓉衣]' 하고, 인군과 신하가 이별하고 만나는 것을 말할 때에는 '아미(蛾眉)'니, '영수(靈修)'니 '황혼기(黃昏期)'니 하니, 어찌 그리도 말이 공허한가? 이것이 바로 '실중유허'해서 달이 물에 있는 것 같다는 것이다.14)

예로든 난초니 국화니 부용이니 아미니 영수・황혼 등등은 모두 달이긴 달인데 물에 있는 달이다. 물에 잠긴 달은 허상이다. 실상이 아니다. 실상은 하늘에 떠 있는 '광풍제월(光風霽月)'과 같은 것이다. 신유한은 비유와 상징으로 「이소」가 만들어지고 있음을 말한 것이다. 이런 매개어들이 가리키는 본의는 무엇인가. '지행(志行)의 수결(修潔)함'이다.

> '뿔 없는 용을 사마로 삼아 봉황을 타다[駟玉虯以乘鷖兮]' 하는 전부 '우언(寓言)'이니, 대개 전국시대의 선비가 재능은 있으나 그 주군에게 팔지 못하여 진으로 가고 초로 가고 제로 가고 진으로 가는 저 영척이나 백리해와 같은 무리가 셀 수 없다. 그러므로 '유융씨의 미녀[有娀佚女]'니 '유우씨 두 딸(二姚)'

---

14) 『靑泉續集』 卷2 「離騷經後敍」, 32~33면, "觀其聲音情悃, 百節婉曲, 無一字不出於 愛君憂國・至誠惻怛・矢死靡他之意, 而叙志行修潔, 則曰佩蘭, 曰餐菊, 曰芙蓉衣, 道君臣離合, 則曰蛾眉, 曰靈修, 曰黃昏期, 何言之曠也 是其實中有虛如月在水."

이니 '복비가 있는 곳을 찾는다[虙妃之求]'느니 하는 것에서 사물을 빌려 마침내 배회하며 불우한 상황을 말함으로써 유하혜가 이른바 '직언을 하는 방법으로 인군을 섬기면 어디에 간들 거듭 내쫓기 않겠는가'라는 뜻을 보였다. '영분에게 명하여 나를 위해 점치게 하다[命靈氛爲余占之]'라고 했으니, 또한 이는 시인이 사랑하는 자가 그에게 초나라를 떠나 다른 곳으로 가라고 권하는 말이다. 그러나 끝에 가서는 이윽고 공중에서 소리를 일으켜 문득 고향을 내려다보고서 움츠린 채 돌아보는 광경으로써 자기가 초나라에 동성 부형의 신하로서 종묘와 즐거움과 슬픔을 함께 해야 하기 때문에 고국을 떠날 수 없다는 뜻을 보였으니, 몸에 죽을 만한 절개가 있어 스스로 '인을 구하여 인을 얻었다'고[15) 자처한 것이다. 그러나 글자마다 구절마다 한번도 실어(實語)를 사용하여 말하지 않아서 또한 밑도 끝도 없는[無着落·無接應] 듯 하나 결국 가렸던 구름을 헤치면 바로 청천백일이 있어 가리고 덮을 수 없으니 이것이 바로 그 '허중유실'해서 거울이 사물을 비추는 것과 같다는 것이다.[16]

신유한은 '우언'의 창작수법을 거울이 물을 비추는 '허중유실'에서 찾았다. 허구와 환상을 통해 주제를 제시하는 창작방법이 '허중유실'인 셈이다. 거울은 허구를 상징한다. '허'해야 거울이다. 텅 비어 있기에 사물을 비출 수 있다. 우언은 허구라는 거울을 통해 요술을 부리는 문예이다. 「이소」에서 등장하는 미녀들은 굴원을 참소하는 무리이다. 인군이 될 이가 그런 신하들에게 둘러싸여 있으니 자신의 충정을 알릴 수 없다. 남녀간의 애절한 사랑을 빌어 말하고자 하는 것은 바로 '선비가 재능은 있으나 주군을 만나

---

15) 자신이 원하는 것을 얻었음을 뜻한다. 공자는 백이·숙제의 행동을 두고 "백이와 숙제는 자신들이 인을 구하려고 하여 인을 얻었으니, 무슨 원한이 있겠는가?"고 말한 바 있다.

16) 『靑泉續集』 卷2 「離騷經後敍」, 33면, "駟玉虯而乘鷖以下, 全是寓言. 蓋戰國之士, 負才能, 不得售於其君, 則之秦之楚, 適齊適晉, 如甯戚·百里奚之流, 不可勝數. 故假物於有娀佚女·二姚·虙妃之求, 而到頭輒說邅迍不遇狀以見 柳下惠所謂直道事君, 焉往而不三黜之意也. 靈氛巫咸之所告, 則又是詩人愛人者, 勸其去楚適他之詞, 而末迺空中起語, 忽以臨睨舊鄕, 睠蹐光景, 以見己之於楚爲同姓父兄之臣, 與宗廟同休戚, 故國無可去之義, 身有可死之節, 自處以求仁得仁. 然字字句句, 一不用實語道破, 又似無着落無接應, 而畢竟披雲所翳, 便有靑天白日, 障蔽不得, 是其虛中有實, 如鏡照物."

지 못하는 불우’이다. 거기서 거울의 기능이 끝나는 게 아니다. 거울이 허깨비가 되어 사람을 홀리기도 한다. 「이소」는 환상적 서술기법을 동원한다. 점이 길하다고 하면서 서둘러 초나라를 떠나라는 영분과 무함의 권유를 듣고 주인공이 길을 나선다. 그러나 그 길은 예사 사람이 다니는 지상에 난 것이 아니라 하늘에 난 길이다. 구가와 소악을 노래하고 춤추며 황천 끝 잿빛 속으로 솟구쳐 올라간다. 공중에 떠서 자기의 어진 짝을 찾는 주인공의 시야가 하계를 향하면서 갑자기 고국이 클로즈업된다. 황홀한 순간들이다. 후반부는 이처럼 상계와 하계를 넘나드는 낭만적인 서술기법이 현저하다.

신유한이 말한 ‘실어(實語)’는 허구적이거나 환상적인 언어의 상대어이다. 오직 상상 속에서만 가능한 현실에서는 존재하지 않는 언어, 그것이 ‘우언’을 가능케 하고 「이소」를 「이소」답게 하는 요소이다. 신화와 전설이 긍정되는 이유도 여기에 있다. 이성과 이법으로 신화와 전설을 해부하려고 해서는 안 되듯이 「이소」도 합리와 도덕의 잣대로 저울질해서는 안 되는 것이다. 그렇게 신유한은 믿었다. 이것이 문예를 문예의 언어와 논리로 말해야 하는 이유이다.17)

신유한은 세상에서 「이소」를 자기처럼 좋아하는 자도 없을 것이고 「이소」를 자기처럼 이해하는 자도 없을 것이라고 했는데, 그 스스로 「이소」가 무엇 때문에 탁월한 것인지 명징하게 깨닫고 있었기 때문에 이렇게 자신 있는 발언을 할 수 있었던 것이다.18)

허구적 상상력에 대한 긍정은 『장자』 해석에도 그대로 반영된다.

---

17) 허와 실에 대한 논의는 북경대학의 張少康 교수의 『中國古典文學創作論』(이홍진 역, 법인문화사, 2000)에 자세하다. 다만 장소강은 서화나 음악예술 방면에 논의 초점을 맞추고 있어 산문방면에 대한 논의가 부족한 게 흠이다.

18) 『青泉續集』 卷2 「離騷經後敍」, 33~34면, “余嘗謂世之好離騷者, 莫如我, 解離騷者, 莫如我, 而文不得離騷者, 亦莫如我, 揚子所稱, 顏淵苦孔之卓, 余於離騷能見其卓立者, 亦幸矣.”

유자들이 항상 말하기를 "장생(莊生)이 글을 지어 공씨(孔氏 : 공자)를 모욕(侮辱)했다"고 한다. 이 「도척(盜跖)」 한 편에 이르러서는 그것을 들어 수화(水火)에 던지면서 말하기를, "주(周)란 놈이 감히 하늘을 훼손시키고 해(日)를 헐뜯다니!" 한다. 그 중에 한 두 사람이 장생의 처지를 위하는 자가 있어 말하기를, "도척을 지은 자는 장생이 아니요 장생의 의도는 공씨를 받드는 데 있소" 한다. 나는 '모욕하는 것'과 '받드는 것'은 모두 유의(有意)에 근본한 것이니, 장생에게는 이러한 것이 없다고 생각한다. …… 가령 장생으로서 이 편(篇)을 지었다 해도 문자환(文字幻)에 지나지 않는 것이다. 후인으로서 장생에 비기고자 하는 자는 마땅히 다시 환중사(幻中事)를 만들어야 할 것이다. '주(周)인가? 나비인가?' 내가 그대와 함께 (『장자』의 글에서) 신나게 보는 것은 모두 환(幻)이다.19)

문예는 문예의 눈으로 보자는 외침이 들린다. 『장자』를 장자의 눈으로 보라는 주문이다. 『장자』에 나오는 모든 언어는 실어가 아니다. 장자는 문자를 가지고 장난을 친 것이다. 신유한이 말한 '문자환(文字幻)'이 그것이다. 얽어진 스토리도 모두 헛것이다. '환중사(幻中事)'일 뿐이다. 독자들이여 제발 장자의 장난에 넘어가지 마시라. 그런 부탁을 유자들을 향해 던지고 있다. 『장자』를 합리와 도덕의 눈으로 보면 영락없이 저주만 남는다. 신유한은 장자가 「도척」편을 지은 것이 공자를 욕하기 위함인가 아니면 높이기 위함인가에 관심이 없다. 욕해도 그만 높여도 그만이다. 그건 장자의 의도와 전혀 상관없는 일이기 때문이다.

'환'의 예술이 빚어내는 낭만적인 세계를 사랑했던 신유한이다. 그가 즐겨 읽은 『산해경』이 그렇고, 『목천자전』이 그러하여 「이소」가 그렇고 『장자』가 그러하다. 따라서 그에게서 현실주의 미학정신을 기대하기 어렵다. 노장과 불교를 생활화했던 그였기에 낭만적인 창작방식이 선호됨은 자연

---

19) 『靑泉集』 卷6 「莊子盜跖篇後題」, 8~9면, "儒者雅言, 莊生著書侮孔氏, 至盜跖一篇, 擧而畀水火曰, 周也, 敢毁天而訾日, 其有一二爲莊生地者, 則曰, 盜跖之著非莊生, 莊生意在宗孔氏. 余謂侮與宗, 皆原於有意, 莊生亡是也. …… 苐令莊生而著此篇, 不過爲文字幻. 後人而擬莊生, 當復作幻中事, 周乎蝶乎, 吾與子, 鼓舞而觀者, 皆幻也."

스러운 일이다. 달리 보면 '실중유허'와 '허중유실'로 요약되는 그의 문예 창작론은 그 '불우'의 미학이 낭만적 상상력을 지향하는 과정에서 피워낸 한 송이 꽃이다.

3.

신유한의 탈주자적 문예정신은 서술체(敍述體)가 위주인 유가의 '숙속어 (菽粟語)'와 결별하면서[20] 발전을 본 것이다. 그는 『고문진보』나 『문장궤 범』에 수록된 당송고문을 "육예의 이단"이라고 했다. 이 말 속에는 도학가 의 문학관에 대한 강한 거부감이 깔려 있다.[21] 그는 오히려 명대의 후칠자 를 대표하는 왕세정과 이반룡의 글을 보고 "문예가 중의 영웅[藝家英雄]" 이라고 했다.[22] 물론 이는 진한고문을 긍정하는 고문관에서 비롯된 것이 기는 하지만, 『고문진보』와 『문장궤범』을 엮은이들이 모두 주자 계열의 인물로 한유의 문장을 중심으로 당송시대 고문을 선집해 놓은 것이라는

---

20) 『靑泉集』 卷6 「叙與尹太學士淳論文事」, 13면, "不喜讀儒家菽粟語, 所以爲敍述之 體."

21) 원대에 활동한 陳櫟(1252~1334)은 『四書發明』·『書集傳纂疏』·『禮記集義』를 편찬 하여 주자의 설을 적극 옹호한 바 있거니와 당송고문가의 글뿐 아니라 理趣와 理語가 풍부한 송대이학자들의 글을 수록하여 도학가의 문장관이 관철된 고문선집인 『고문진 보』를 엮기도 했다. 남송 말 원에 저항하여 단식으로 절의를 지킨 謝枋得(1226~1289)이 편찬한 문장궤범』은 수록된 당송고문 69편 중 한유의 작품이 31편이나 될 정도로 한유 편향이 심했다. 정재철, 「『상설고문진보대전』 연구―도학적 문학관의 적용 양상」, 『한국 한문학연구』 32집, 2003 참조

22) 『靑泉集』 卷6 「叙與尹太學士淳論文事」, 13면, "當是時, 有鄕里業擧少年持西山眞 寶謝氏軌範等編, 輒取而寓目, 怪其音節大不類, 以爲是六藝之異端, 及年二十餘, 而 得皇明王李之文, 數篇於傳寫, 間見其用字用句似左似漢, 一毫不襲眞寶軌範中口氣, 卽又沾沾喜曰, 掃百氏而挽千古, 其斯爲藝家英雄, 蓋余所見極狹而所好極偏, 雖古之 斷章蠹簡, 如山海經汲家書黃庭石鼓之類, 亦貨而求之."

점에서 거부감이 크게 작용했을 것으로 본다. 아마 명대의 전후칠자에 대한 호감도 당송고문에 대한 반감에서 비롯된 면이 없지 않을 것이다.

명대의 전후칠자들은 문예의 도학으로부터의 독립을 강조하였다. 이몽양과 하경명을 대표로 하는 전칠자가 일으킨 복고활동 가운데 두드러진 특징은 당송이래 강화되어 온 도통문학의 풍기에 도전하는 것이었다. 명초 이래 정주이학이 중시되었다. 이에 호응하여 절동학파(浙東學派)의 송렴(宋濂) 등을 대표로 하는 문인이 등장했다. 그들은 당송이래의 도통문론(道統文論)에 기초하여 다시 새롭게 "이도위문(以道爲文)"이라는 문도일원(文道一元)의 사상체계를 세운다. 송렴은 성인이 선양하는 도의 화신으로 문을 규정했다. 즉 문을 가지고 성현의 도를 꿰뚫는 도구로 보는 것이어서 일반 문예문(辭翰之文)만을 문의 대상으로 삼지 않았다.23) 그래서 성현의 도가 말로 드러난 것을 문으로 보아24) 문과 도를 섞어서 일체로 만들었다. 이른바 "문 밖에 도가 없으며 도 밖에 문이 없다"는25) 문도일원론을 주장한 것이다.

명초 문단의 대표적인 문학론이 바로 문도일원론인데 이것은 당송이래 문학도통론과 밀접한 관계가 있다. 당송파 고문가들이 당송의 문풍을 숭상하고 그로부터 문학도통의 역사적 근거를 확보하여 명도입교(明道立教)하는 공리적 목적을 강조하게 되는 것이다. 여기에 반발하여 이몽양이나 하경명 같은 전칠자는 송인의 문학을 공격하고 당송 이래의 도통문풍에 불만을 품어 문학의 독립성을 추구하게 된다. 이몽양은 "송인들이 이치 이외의 일은 말하지 않았다"는26) 데서 고문이 송대에 와서 단절되었다고 선

---

23) 『文憲集』 卷25 「文原」, "吾之所謂文者, 天生之, 地載之, 聖人宣之 …… 非專指乎辭翰之文也." 조구명의 경우, 성현의 立言名世하는 글이 문장의 이상이나 현실적으로 그 실현이 어려우므로 문장가들은 '사한지문'을 지을 수밖에 없다고 했다. 문예의 영역을 문장가의 작품으로 한정하려는 노력은 이미 도학가의 문장관과 결별했음을 뜻하는 것이다. 신유한의 문장관도 조구명과 그 지향을 같이 한다.
24) 『文憲集』 卷26 「文說」, "聖賢之道充乎中, 著乎外, 形乎言."
25) 『文憲集』 卷7 「徐教授文集序」, "文外無道, 道外無文."
26) 『空同集』 卷66 「論學」 上篇 第五, "宋儒興而古之文廢矣. 非宋儒廢之也. 文者自廢

언한 바 있다. 왜 그들이 '문필진한, 시필성당'을 외쳤는가 하면 고문의 창
작정신을 회복하기 위해서 학고취법(學古取法)을 주로 선진과 양한으로 국
한시킴으로써 당송이래 도통문풍과 절연하는 수단으로 삼기 위함이었다.
거시적으로 개괄하면 의고운동은 송학에 대한 반기의 차원에 일어난 것이
다.[27]

이반룡이나 왕세정을 비롯한 후칠자들은 전칠자의 구호를 계승하여 당
송 문장의 평이성과 도를 중시하는 경향을 비판하고 문장의 진정성과 예
술미를 중시하게 된다. 이들은 고대 문장에 존재하는 가장 뛰어난 문학규
율을 발견하여 이를 바탕으로 자신들의 진실한 사상과 감정을 담는 내용
과 형식이 일치되는 이상적인 문장을 창작하고자 하였다. 그러나 이들은
형식방면의 복고에 치우쳐 격식을 중시한 나머지 진정의 표현에 실패하였
으며 지나치게 높은 이상에 도달하지 못하고 모방과 표절이라는 폐단에
빠지고 말았다.[28]

신유한이 전후칠자의 문학론을 수용했는지 혹은 수용했다면 어떤 부분
을 수용했지 그 여부는 쉽게 판단할 수 없다. 다만 전반적으로 문학적 지
향이 서로 유사하다는 점은 지적할 수 있다. 신유한은 유가의 훈고학을 문
예의 영역에서 제외시켰다. 성인이 설교를 위해서 베푼 말씀은 문으로 볼
수 없다는 주장이다. 자연『성리대전』등과 같은 주자학자들의 성리문자
가 부정됨은 물론이다. 뿐만 아니라 그는 『주역』의 「계사」나 『효경』, 증자

之也. 古之文文其人, 如其人便了如畫焉, 似而已矣. 是故, 賢者不諱過, 愚者不竊美,
而今之文, 文其人, 無美惡, 皆欲合道傳志, 其甚矣. 是故, 考實則無人抽華則無文, 故
曰, 宋儒興而古之文廢, 或問何謂, 空同子曰, 嗟宋儒言理不爛然歟. 童稚能談焉, 渠尙
知性行有不必合邪."

27) 鄭利華의『王世貞 硏究』(上海 : 學林出版社, 2002)를 참조. 왕세정과 전후칠자에 대
한 근래의 새로운 관점이 반영되어 있어 참고할 만하다.
28) 전후칠자에 대한 논의는 이기면의 「전후칠자와 공안파의 동근성 연구」(『중국어문논
총』9집, 중국어문연구회, 1995), 강정만의 「전겸익의 반전후칠자론고」(『중국문학연구』
9집, 한국중문학회, 1991), 원종례의 「전후칠자의 복고시론과 그들의 유가적 현실참여의
식」(『중국어문학』15집, 영남중국어문학회, 1988), 박경란의 「전겸익의 문학근본론」(『중
국어문학논집』14호) 등을 참조.

와 자사가 엮었다고 하는 『대학』과 『중용』과 같이 명리진성(明理盡性)을 논한 것들도 비문예 영역으로 넣어 버렸다. 신유한이 그 내용이나 사상까지 부정하려 한 것은 아닌 듯 하다. 오히려 일반 성리학자들과 마찬가지로 이러한 서책들을 숙속(菽粟)·수화(水火)와 같이 인간생활에서 필수 불가결한 것으로 인식하고 있다. 그러나 그것이 문예의 원리에 부합하느냐 여부는 또 다른 문제였다.

사상을 잘 알아듣도록 교훈하고 전달해야 한다는 도학의 원리에 따르다 보면 글이 설명을 가해야 하는 서술체를 지향하게 마련이어서 '지(之)·호(乎)·자(者)·야(也)'와 같은 허사를 자주 사용하게 된다. 신유한은 그 점이 문예의 원리에 적합하지 않다고 생각하였다. 선진고문의 간결한 문체구사에 반하는 것이기 때문이다. 또한 신유한은 양웅(楊雄, BC53~18)과 왕통(王通, 584~617)처럼 『법언(法言)』과 『문중자(文中子)』를 지어 『논어』의 체제를 모방하는 행위나 마융(馬融, 79~166)이나 정현(鄭玄, 127~200)처럼 성인의 글을 주석하는 행위 역시 아무나 할 수 없는 일인 동시에 그렇게 해서 지어진 글 역시 문예의 영역에 들어 올 수 없다고 했다.29) 도학으로부터 문예를 독립시켜 논하려는 몸짓이 느껴진다.

---

29) 『靑泉集』 卷3 「與任正言璞論文書」, 28~29면, "卽天下有舍是, 而稱爲文者, 一曰, 儒家訓詁學, 亦有本源矣. 夫子作系易·孝經, 以至曾·思大學·中庸, 誨人明理盡性, 所以諄諄焉命之者, 必用之乎者也等者得力, 使天下家行戶踐, 如菽粟水火, 是聖人設敎之言, 而非吾所謂文也. 世無孔子曾思, 不敢作是言, 妄擬者, 天下誅之. 雖才如子雲學如仲淹, 一出言而獲僭冒之辜, 其淺者, 貪常嗜瑣掇拾塵土, 甘心爲馬鄭家厮役矣." 이의현은 "世俗以罕用而之字爲簡古, 此乃局滯固陋之見也. 古莫如先秦六經·西京之文, 而莊·列·左·國·國策·史記等書最多虛字, 論·孟·禮記亦然, 豈以而之字多少, 定其文之古不古乎. 後來昌黎之文, 固有絶不使虛字處, 而其用虛字者亦多, 此只在用之之如何耳. 譬如作室者用材, 長短各隨其宜, 然後, 方成室屋體制, 若一例用其短, 豈復成體制乎. 近見爲文者泥於此, 務爲截短字句, 蹇澁枯颯, 語多不暢, 絶無風神生色之可觀, 可謂不善學古矣"(『陶谷集』 卷28 雜著 「陶峽叢說」, 33면)라고 하여 신유한의 견해와 대립하고 있다.

4.

문장가의 관점과 논리로 작품을 다루고자 한 신유한의 의지는 이태백과 그의 시를 적극적으로 해석하고자 하는 노력에서도 잘 드러난다. 이태백과 이태백의 시에 대한 제가들의 논설은 수 없이 많다. 그 가운데에서 조선조 사대부들에게 이태백은 매우 음탕하고 방일한 삶을 산 인간형으로 일부 각인되어 있다. 설혹 호방한 풍류남아라고 그를 허여한다 하더라도 그 속에는 도학가들의 비아냥거림이 숨어 있다. 이를 신유한은 못마땅하게 생각했다. 그는 이렇게 말한다. "근세에 학자들로 성리시(性理詩)를 하는 이들이 말하기를 '태백은 신선에 팔리고 술에 찌들고 미색에 빠져 지냈다. 그렇기 때문에 그의 말(시어)이 대체로 음란하고 방일하다'고 한다. 오호라! 태백이 죽은 지 이미 천년이 지났다. 풍속이 점점 날로 타락해져 가니 곧 태백(과 같은 시인)을 제대로 얻을 수 없거니와 태백을 제대로 아는 자도 거의 없다. 그 사람을 제대로 알지 못하거늘 어찌 그의 시를 제대로 알겠는가?"30) 신유한의 발언 속에 문예는 우리 문장가들이 책임질 터이니 성리학자들은 성리학이나 잘하라는 조소가 갈려 있다. 그렇다면 신유한우 태백을 제대로 알았는가.

그는 어린 시절 태백시를 외웠는데 미련해서 제대로 몰랐다고 한다. 그러다가 그는 김창흡을 만나면서 태백을 다시 보게 된다. 김창흡이 신유한에게 건네준 충고는 이것이다.

자네의 시는 하나의 시풍에 얽매여 변화를 모르는 게 병이야. 어찌 태백을 따라 질펀하게 자유로운 놀이를 하지 않는가. 세상에서 시를 뽑는 이들이 태백을

---

30) 『靑泉續集』 卷2 「李白詩序」, 27면, "挽近世, 學者家性理詩, 謂太白, 迷於仙, 癖於酒, 昵於蛾眉, 所以其辭多淫放. 於乎, 太白死, 已千載, 俗駿駿而日下, 卽太白不可得, 而知太白者, 蓋寡. 不知其人, 焉知其詩."

병으로 여겨 다만 경박하고 예쁜 작품만 뽑아 가지고 구경거리로 삼지. 그래서 사람들로 하여금 눈으로 오로필(五老筆)과 양란지(洋瀾池)를 보지 못하게 한단 말일세. 그러니 태백을 말해서 무엇 하겠는가!31)

김창흡의 충고를 들은 신유한은 태백의 본색을 말해주는 작품으로 「횡강사(橫江詞)」·「추포가(秋浦歌)」·「동정(洞庭)」·「여산(廬山)」·「촉도(蜀道)」 등 다섯 가지를 손수 뽑아 써놓고 "태백이 여기에 있다"고 자신 있게 말한다.

신유한은 종래의 성리학자들이 비아냥거린 그 신선이니 술이니 미인이니 하는 말들이 세상에 아무리 돌아다녀도 태백에게 방해가 되지 않는다고 본다. 오히려 이 세 가지 물건이 태백에게 꼭 필요하다는 것이다. 왜냐하면 '흥을 붙이기[寓興]' 위해서 이보다 좋은 도구가 없기 때문이다. 만일 태백이 이 세 가지를 향유하지 못했다면 세상살이가 무미건조해졌을 것이다. 그렇게 되었다면 그 호방한 시풍을 후대 사람들이 어떻게 접할 수 있었겠는가. 그런데도 태백을 바보니 탕자니 하고 말하는 것은 잘못이라고 지적했다.32) 태백이 가고 없는 세상에서 태백 바로 보기를 시도한 신유한의 발상은 역시 문예는 문예로 말해야 한다는 점에서 주목할 만하다. 신유한의 문예정신이 18세기 초반을 관통하는 새로운 흐름으로써 우리나라 문예비평사에서 중요한 의의를 지니게 되는 이유가 바로 여기에 있다.

---

31) 『靑泉續集』卷2 「李白詩序」, "蓋余鬐齖, 而誦太白詩, 侗侗亡所解記. 於己亥春, 過三淵翁, 翁爲余言若詩病守株, 盍從太白爲汗漫遊. 世之抄選家, 病太白, 只就輕艶處, 把翫了, 令人目不到五老筆洋瀾池. 謂太白何."

32) 『靑泉續集』卷2 「李白詩序」, "彼其曰仙曰酒曰蛾眉, 天地間不妨有此三物, 爲太白寓興具耳. 使太白而無是三者, 吾恐世界乾枯, 索然無色, 斯焉而謂太白癡人歟宕子歟. 於乎, 太白逝矣. 今之說詩者殆而."

5.

우리 한문학사에는 여러 형태의 산문이 존재해 왔다. 항용 이야기하는 당송고문을 추종하는 부류가 있었는가 하면, 패사소품을 즐겨 모의하는 부류도 있었고, 후기에서 구한말에 이르면 명청고문을 추종하는 부류도 나타났다. 또한 임병양란을 전후로 하는 조선 중기에는 서로 다투어 선진양한을 고문의 원류로 보아 그 같은 경지를 회복하고자 노력했던 부류도 있었다. 우리는 그 같은 부류를 의고파라고 부르면서 당송파와 대립시켜 말한다. 조선 중기 이후 고문은 당송파가 주류요 정통이었으며 의고파는 이단아의 불명예를 벗지 못하였다.

당송파의 입장에 서면, 의고적 태도는 언제나 고문의 적이요 악으로 배척될 수밖에 없어서, 의고문은 고문이란 이름을 혹처럼 달고 있는 비고문 혹은 반고문으로 낙착되기 십상이다. 과연 그렇게 보는 것이 문학사의 현실을 객관적으로 바라보는 태도인지는 좀 더 상량해 볼 여지가 있다. 여러 가지 모습의 고문이 존재한다고 보면 속이 편할 터인데 괜스레 번거로운 개념 규정에 매달리는 건 이년지, 조금은 답답하다. 문학사의 현실을 현실 그대로 보면서 그 변화의 흐름을 인내심을 가지고 지켜보는 보람도 적지 않을 터이다.

조금 다른 이야기지만 사료를 대하는 몇 가지 방식이 있는 줄 안다. 사료에 내포된 시대적·사상적 맥락을 고찰한다는 이른바 '석고(釋古)'는 문구해석에 치우치지 않고 전체사상을 이해하고 체득하려는 '송학(宋學)'의 방법에 가깝고, 사료에 대해 거짓된 사항을 변별하여 배척하는 '의고(擬古)'는 문자의 고증과 훈고에 치중한 '한학(漢學)'의 방법과 친숙하다. 이런 태도나 방법 등은 경학이나 문학에도 일정한 연계성을 갖고 나타나게 마련이다. 오규 소라이로 대표되는 일본의 고문사학파가 지향하는 고학도 따지고 보면 '의고'의 방법을 경학연구에 적용한 예이다.

이처럼 '의고'는 초기에 고시 19수를 본뜨는 '의고시'에서 출발하여, 문학, 사학, 경학 방면에서 하나의 독자적인 학의 '방법'과 '태도'로 발전해 온 것이다. 세상에는 완전무결한 방법론은 없다. 모두가 다소의 폐단과 부작용을 수반하게 마련이다. 그러니 너무 '의고'를 허물하지 않았으면 한다. '당송파', '의고파', '공안파', '경릉파', '격조설', '성령설' 등등 모두가 표제한 용어를 강조하다보면 다른 쪽이 허해져 보완이 필요하게 된다. 그렇게 문예비평사는 사조가 서로 맞물려 밀고 밀리며 흘러가는 것이다.

글의 본론에서도 언급한 바 있지만, 이반룡과 왕세정이 전개한 '의고'를 간단히 퇴영적이고 복고적이라고 매도할 수는 없다. 그들 나름대로 복고를 통해 혁신을 말하려고 한 부분도 있기 때문이다. 즉 복고가 혁신의 도구였다는 것이다. 문제는 그 혁신의 방향이 무엇이었던가이다. 전대의 문예가 지닌 현실적 모순을 극복하고자 하다가 또 다른 폐단을 나을 수도 있다. '의고' 사조에 관한 한 혁신의 노력과 그 과정 그리고 후유증을 공정하게 바라보는 안목이 부족한 게 아쉽다. 이 글에서 바라본 신유한 문예의 경우도 마찬가지이다.

신유한(申維翰)의 불교관에 대한 일고찰

『분충서난록』을 중심으로

유 호 선

1. 들어가며

1592년(선조 25)에 발발한 임진왜란은 7년 간에 막대한 국가적 손실을 가져온 전쟁이었다. 그러나 이때 청주성을 탈환한 영규(靈圭)나, 의승군의 지주인 도총섭 서산(西山), 의승군 도대장 사명(四溟), 그리고 의엄(義嚴), 쌍익(雙翼), 처영(處英) 등 많은 승장들의 충열과 의업에는 국가차원의 표장이 내려졌을 뿐 아니라, 이를 계기로 불교계는 새로운 입지를 세우고 사기를 진작시키는 전기를 마련하게 되었다. 이들 승려 중 사명당은 국내 뿐 아니라 일본에서까지 국가적 자존심을 대변하는 외교적 성과를 거두기도 하였다. 나라에 대한 충의와 반왜(反倭)감정에 기인하여, 사명당에 대한 유학자들의 관심은 그 뒤로도 적지 않았다.

본고의 주된 텍스트인 『분충서난록(奮忠紓難錄)』 역시 임란 당시 사명당

이 청정(淸正)의 군중에서 탐정한 기록과 일본의 승려에게 준 편지, 별지고
장(別紙告狀), 국가에 올린 상소문 등으로 구성되어 있다. 『분충서난록』은
1739년(영조 15) 신유한(申維翰)의 나이 59세가 되던 해에 편찬해 표충사에서
간행된 것이다. 신유한은 자신이 읽은 『지봉유설』, 『어우야담』, 『순오지』
에 있는 사명당의 기록과 오대산 승려 취혜(就惠)가 간직한 문고, 그리고
남원진사 조경남(趙慶男)이 소장하고 있던 『경난록(經亂錄)』, 『밀주지(密州
誌)』 등 사명당에 관한 사적을 모아 부록으로 편집하였다. 그리고 사실(史
實)의 단락이 끝날 때마다 짧은 평과 고정(考訂)을 덧붙였고 발문도 썼다.

그런데 여기에서 짚어볼 사항이 몇 가지 있다. 임란 이후 140여 년이 흐
른 시점에, 새삼 사명당을 추모하고 그에 관한 기록을 찾아 모아 책으로
만들고, 다시 거기에 유력한 유학자들의 서문과 발문을 받아 붙이게 된 데
에는 어떠한 배경이 깔려 있는 것인가. 물론 김재로(金在魯)의 서문을 보면
남붕(南鵬)의 요청이 있었기는 하나,1) 요청한 일에서 한층 나아가 문장가인
신유한에게 편찬, 부록작업을 시킨 것은 어째서이며 또한 신유한이 단순
한 편집에 그치지 않고 평석과 고증을 아울렀으며, 야사의 기록과 표충사
사적 및 『밀주지(密州誌)』까지 망라하는 세밀함을 보이고 있는 것은 무슨
까닭에서였을까. 마지막으로 『분충서난록』의 편찬의도와 맞물려 있는 신
유한의 대불교적 입장이나 『분충서난록』의 서발문을 쓴 당로자들의 입장
은 과연 어떤 성격의 것이었을까. 현대에 와서도 부인할 수 없는 사실이지
만, 조선시대의 유학자들 그것도 위정자들이 표방하는 대불교적 입장은

---

1) 金在魯의 서문에서, '사명당의 임란관계 사적이 야사 등에 나오는 것이 모두 간략하
여 그의 충의가 세상에 드러날 수 없음을 근심하였는데 법손 남붕이 『골계도』라는 일기
를 가지고 왔기에 『분충서난록』이라고 제목을 고치고 신유한에게 정리하고 참고할 글
을 부록으로 넣게 하였음'을 알 수 있다. 『한국불교전서』 8冊 「奮忠紓難錄序」, 79면,
"松雲師壬辰事蹟, 襍出於野史, 所記者, 皆疎略不備, 使師之忠義大節, 無以章顯於世.
余常病之, 師之法孫有南鵬者, 以師手錄日記, 就示余而名之, 曰滑稽圖. 盖是錄得之
於兵火, 灰燼之餘, 零落菫存, 無復詮次. 且其命名不稱, 余故改題, 曰奮忠紓難錄. 而
屬申君維翰, 釐正增刪, 附以他設可叅互者.而申君仍有跋文於卷尾, 於是師之始終有
條理可見矣."

그들이 시행하는 불교정책과 직결되는 사항이기 때문에, 불교계에 있어서는 민감한 부분이 아닐 수 없다. 게다가 유학자들이라 하더라도 그들의 사회적 지위, 당론, 학풍, 개인적인 경험에 따라, 불교를 대하는 태도는 다양하게 분사되기 마련이다. 그럼에도 불구하고 조선시대 유학자들의 불교사상에 대한 연구는 아직도 미미한 실정이다.[2]

따라서 본고에서는 『분충서난록』이 편찬된 영조대의 불교정책과 유학자들의 대불교적 입장을 살펴본 뒤, 「『분충서난록』의 서발문을 남긴 유학자들을-특히 신유한을 중심으로」[3] 고찰해 봄으로서 당대 유학자들의 불교관을 가늠해 보고자 한다.

2. 영조의 불교정책과 유학자들의 대불교적 입장

광해군 이후 서인이 집권하면서 그들은 의승군의 충정을 인정하기는 하였으나 승려들의 호국불교사업에 대한 지원보다는 오히려 승역의 부과에

---

2) 조선시대는 억불책이 지속적으로 시행되어 승려들의 활약이 적었고 이 때문에 일반적으로 이전시기의 불교보다 평가절하되어 온 것이 사실이다. 주로 논의되는 대상도 僧軍이나 僧役의 문제, 조선 초의 기화 및 보우·서산·사명 등 소수의 승려에 그 관심이 집중되어 왔다. 그 밖의 유학자의 불교에 대해서는 김시습·허균·김만중 그리고 김정희 등이 연구되었을 뿐이다.

3) 신유한에 대한 연구는 『海遊錄』 중심으로 진행되어 왔고 그밖에는 시문학이나 현실인식에 대한 연구가 있다. 그의 불교관에 대해서는, 노장시와 불교시 분석에서 간략히 거론되거나 이종호의 논문에 천기론과 함께 언급되어 있을 뿐 본격적으로 다루어진 논문은 없다. 소재영, 「해유록에 비친 한일관계」, 『숭실어문』 4집, 1988; 이혜순, 「신유한의 해유록 연구」, 『조선통신사의 문학』, 이화여대 출판부, 1996; 박찬기, 「18세기 초 大阪에서의 신유한과 水足屛山」, 『일본어문학』 6집, 1999; 김영숙, 「신유한 한시 연구」, 영남대 석사논문, 1981; 이종호, 「청천의 현실인식과 사유방식」, 『안동대 논문집』 11집, 1989; 김경숙, 『18세기 전반 서얼문학 연구』, 이화여대 박사논문, 1999; 김영선, 『청천 신유한 시문학 연구』, 성신여대 석사논문, 1999.

관심을 가졌다. 위정자들에게 있어서 불교는 여전히 이단(異端) 이상의 의미가 아니었던 것이다. 영조에 와서는 숙종과 경종 때 겪었던 붕당이나 정파간의 분열을 좁히는 탕평책을 쓰게 되면서, 그 이념적 배경이 되는 유가를 숭상하였다. 때문에 불교에 있어서는 숙종과 달리 완고한 정책을 폈고 아울러 간원들의 억불상소에도 수긍하는 모습을 보이고 있다. 이렇듯 영조는 유교사상에 입각해 왕도정치를 펴기 위해 노력한 원칙주의적 군주였으며, 유도(儒道)를 널리 펴고 이단을 배척해야 한다는 사상적 입장을 분명히 하였다.

먼저 고려왕조의 멸망원인을 불교숭상의 폐단에서 찾았다. "우리 조정에서 유술을 천양하여 이단의 부류를 크게 물리쳤으니 이것이 우리나라가 우리나라답게 된 까닭"[4]이라고 하였으며, 개경에서 태학을 관람하면서 '이렇게 좋은 기지[基址]가 있는데도 사문(斯文)을 숭상하는 정치를 하지 않고 오로지 불교만 숭상하다가 나라가 멸망하는 지경에 이르렀다'[5]고 말하였다. 그러자 신료들도 동조하여 '고려 태조가 천신만고 끝에 후삼국을 통합하여 왕업을 이루었는데, 중엽 이후 불교만 숭상하고 놀고 즐기기만 일삼아 몸은 관음사에 맡기고 뜻은 연등회에 빠졌다'[6]고 하였다. 그러나 다음 장에서 거론될 김재로(金在魯)는 '우리나라가 고려와 달리 유교만 숭상하여 문이 승하고, 마침내 명분을 내세우는 것이 너무 승한 지경에 이르렀고 지금의 분열된 당론도 모두 여기에 연유된 것이다'[7]라고 하면서 불도를 숭상하는 것뿐 아니라 지나친 유교의 명분주의로 인한 정쟁 또한 경계해야 된다고 피력했다.[8]

---

4) 『영조실록』 권65 '23년 5월 계축'조
5) 『영조실록』 권52 '16년 9월 신미'조
6) 『영조실록』 권52 '16년 9월 기사'조
7) 『영조실록』 권52 '16년 8월 무진'조
8) 그러나 이는 극단적인 대의명분에 흘러 당론을 조작하고 당쟁을 일으키는 세태를 비판한 것이지 불교의 교리를 인정한 것은 아니다. 그는 노론으로 당론을 분열시킨다는 이유로 몇 차례 파직되기도 하였다.

또한 경연에서 학문하는 방법에 대해 논할 때에도 영조는 불교에 관한 부분이 나오면 이단을 멀리하겠다는 의지를 단호하게 표명하였다. 한번은 마음을 다스리는 방법에 대한 논의 과정에서 박필주(朴弼周)가 '고요한 가운데서 함양할 것'을 제시하자, 영조는 '석씨의 공부에 흐르지 않을지'하는 우려를 표명한다. 박필주는 '함양은 천리를 보전하는 공부로서 석씨의 적멸과는 같지 아니하다'9)라고 했고, 영조는 27년 경연에서 다음과 같이 토로한다.

> 『심경(心經)』에 의심나는 곳이 매우 많다. 내가 30세부터 이 글을 공부하였으나 마음을 본다는 설은 환히 깨닫지 못하였다. 대개 남이 모르고 자신만이 혼자 아는 곳에 먼저 그 마음을 기른다면 외물(外物)에 유혹되지 않기 때문에 마음으로서 사물을 보게 되니, 곧 사물의 이치를 얻게 되는 것이다. 그러나 불씨(佛氏)의 마음으로서 마음을 본다는 것은 그 상도(常道)에 반대되고 이치에 어긋남이 심하다.10)

영조는 마음을 다스리는 문제가 불교의 논리와 상당히 유사하다고 생각하면서도 불교는 이단이라는 공식을 의심하지 않았고 "오늘날 사람들 중에는 혹 모발을 깎고 종신토록 소식(素食)을 행하는 자가 있으니, 심하도다! 좌도(左道)가 세상을 미혹시킴이여"11)라고 통탄한 것처럼 사람들이 이단에 물드는 경향을 우려하였다. 이것이 영조가 갖는 불교사상에 대한 기본 입장이며, 아울러 경연과 조정의 신료들과도 일치하고 있다. 그러나 이렇듯 불교를 이단시하는 영조이면서도 신료들의 간언하는 승니의 도성출입 금지, 사찰 및 원찰의 훼철 등의 문제를 대하는 영조의 입장은 유화적이었으며 실질적인 억압도 그다지 실행되지 않았다.

우선 현종 때부터 도성 안이나 근처에 니사(尼舍)를 설립하거나 승려들

---

9) 『영조실록』 권57 '19년 3월 기묘'조
10) 『영조실록』 권98 '37년 10월 갑오'조
11) 『영조실록』 권101 '39년 5월 갑신'조

이 궁궐을 출입하는 문제는 유자들에 의해 계속 제기되었고 숙종대까지 이 문제를 두고 왕과 신료들의 논란이 있었다. 영조가 즉위한 뒤로도 신료들은 승니의 도성출입 금지와 니사(尼舍)의 훼철 문제를 다시 제기하였다. 홍현보(洪鉉輔)가 '근래 이단에 혹신(惑信)하는 사람들이 많다'면서 척불할 것을 제기하자12) 승지 이정주(李挺周)도 도성 근처에 중들이 불사(佛舍)를 많이 지어 놓아 여염의 양녀(良女)들이 요설에 미혹되어 삭발하고 승니(僧尼)가 되는 폐단이 많다고 지적하고 승니의 도성출입을 엄금할 것을 청하였다. 그러나 이에 대해 영조는 "유도(儒道)가 크게 행해지고 있으니 비록 이단이 있을지라도 어찌 감히 유도를 해칠 수가 있겠는가?"라고 하며 여승들의 도성왕래만 금지하도록 하였다. 아울러 이정주는 금강산이나 속리산 등지에 열성의 위판을 봉안하는 사찰이 있으니 금단할 것을 청하였고 이에 대해서도 영조는 그런 일이 있다고 해도 금단하기 어렵고 잔패(殘敗)하고 곤궁한 궁민(窮民)이 부득이하게 승려가 될 뿐이라면서 일체 금하기 곤란하다고 답하였다.13) 승려와 사원에 대해 직접적으로 탄압하지 않아도 유도가 융성해지면 이단은 자연히 쇠퇴할 것이라는 논리는, 불교의 교리는 부인하여 유교국가로서의 위상은 지키면서 한편으로는 영조 자신이 가난한 백성들의 생계를 책임질 수 없는 한 승려가 되는 것을 막을 수 없었던 것이다. 즉 민생을 돌보는 차원에서 승려를 포용한 것이다. 또한 승니의 도성출입은 궁중이나 양반가 부녀자들의 불교신봉에 기인한 것이며, 그러한 유습은 이미 조선 초부터 내려온 것이기 때문에 완전히 근절되기가 곤란했던 탓도 있다.

승니(僧尼)의 도성출입 금지는 영조 16년 유신 김한철(金漢喆)에 의해 또다시 제기되었으나 영조는 유도가 융성해지면 이단은 자연히 종식되므로

---

12) 『숙종실록』 권63 '45년 4월 임신'조; 『경종실록』 권1 '즉위년 6월 임자'조 홍현보는 숙종, 경종 연간에 두 차례에 걸쳐 제사에 남아 있는 불교식 잔습을 혁파할 것을 주장한 바 있다.
13) 『승정원일기』 592책 '영조 원년 을사 5월 3일'.

상하가 함께 힘써야 할 일이라며 실질적인 조치를 취하지 않았다.[14] 결국 영조 25년에 세자가 섭정을 시작하자 정언 유언국(兪彥國)이 승려의 도성 출입을 금하고 화전(火田)을 막아 산림을 기르게 할 것을 청하여 시행하게 하였다.[15]

니사 훼철 문제도 제기되었는데 영조 14년 사헌부 지평 김상적(金尙迪)이,[16] 영조 16년에는 지평 이하술(李河述)이 상소하여 동교(東郊)의 니사에 관한 일을 논하였고[17] 정언 민광우(閔光遇)는 상소로 간청하였다.[18] 신료들의 거듭된 요청에도 불구하고 영조가 승니의 도성출입문제와 니사 훼철에 대해 온건한 태도를 취하였는데, 비교적 호불적 성향을 가지고 있었던 숙종과 달리 유교의 이념에 충실하고자 노력했던 영조의 이러한 태도는, 불교세력들이 왕조의 체제 유지에 위협적인 존재가 아니었고 그들도 역시 역의 부과대상으로 여겼기 때문일 것이다.

이와 함께 원당(願堂)혁파에 대한 문제도 계속 지적되었다.[19] 원당으로 지정되면 왕실의 지원을 받고 역이 감면되며 지방관이나 권세가의 착취를 피할 수 있었다. 그 대표적인 예로 사간 박필기의 상소를 보면 "보은 땅을 지나가는데 사자암 승려의 말이 '이는 원종의 원당이라'고 했는데, 불우의 곁 1칸의 누추한 집에 신위를 봉안하여, 불결하고 불경스러움이 그보다 심할 수 없었습니다. 하늘에 계시는 영혼이 어찌 이렇게 예가 아닌 제사를 차마 흠양하시겠습니까? 성조께서 유학을 숭상하고 이단을 물리치어 천고에 빛이 나게 되었는데 어떻게 이 지경에 이르렀는지 모르겠습니다. 선을 하면 복을 받게 됨은 본래 상리인 것인데, 어찌 다시 승려들의 축원에 의하여 복을 받을 수 있겠습니까? 또한 이 일은 이미 조정에서 명한 것이 아

---

14) 『영조실록』 권52 '16년 7월 임신'조
15) 『영조실록』 권69 '25년 2월 병신'조
16) 『영조실록』 권47 '14년 12월 기해'조
17) 『영조실록』 권51 '16년 2월 기묘'조
18) 『영조실록』 권58 '19년 7월 정유'조
19) 『영조실록』 권10 '2년 8월 무오'조

니니, 오욕과 설만함은 어떻습니까? 도신(道臣)으로 하여금 친히 사핵하여 철거하게 하시길 바랍니다."[20] 이에 영조는 조치하겠다고 비답을 내리지만, 영조 33년 선조의 원당인 사자암에 궁감(宮監) 이수창을 파견하여 절을 중수하도록 하였고 선조의 친필 병풍을 하사하였다는 기록으로 볼 때, 묵인하다가 다시 지원하게 된 것으로 보인다.

이렇듯 선왕들과 관련이 있거나, 혹은 능침수호(陵寢守護) 사찰로 지정된 경우 국가로부터 특별한 임무를 부여받은 사찰, 호국적 활동과 관련 있는 사찰의 경우에는 왕실 차원의 지원도 있었다. 예컨대 영조 즉위년에는 경종과 선의왕후가 안장된 의릉을 조성하면서 근처에 빈터로 남아 있던 연화사(蓮花寺)를 복구하여 의릉의 능침사찰로 지정하였고[21] 오랫동안 열성의 원당으로 인정되었던 사찰에 대한 지원이 계속되어, 영조24년에는 태조의 진영을 모시는 원찰인 봉원사가 불에 타자 이건할 땅을 하사하고 이듬해 봉원사라는 어필을 내렸으며 33년에는 봉은사를 중수하기도 하였다.[22] 영조 32년에는 의승번전제(義僧番錢制)를 실시하면서 경기 내의 미타사(彌陀寺), 봉헌사(奉獻寺), 봉선사(奉先寺), 봉은사(奉恩寺), 고령사(高嶺寺), 봉인사(奉仁寺), 봉원사(奉元寺) 등 7개 사찰은 능원수호를 담당한다고 하여 의승번전 면제라는 특혜를 주었다.[23]

한편 임진왜란 때 의승군을 일으켜 국난 극복에 기여한 승려들에 대해서는 그 공적을 치하하여, 승병장 영규(靈圭)가 출가한 갑사(甲寺)에 표충원을 건립하도록 명하였고, 영남의 승려 수백 명이 연명하여 '임진왜란 때 의병장이었던 사명당의 영당이 심하게 무너져 향화를 폐지하게 되었고 위전(位田)도 또한 잃어버려 수호해 갈 수가 없다'고 호소하자 밭을 지급해 주었다. 또한 영조 48년에는 의승 영규 등을 700의총에 치제하도록 명하였

---

20) 『영조실록』 권24 '5년 10월 임인'조
21) 사찰문화연구원, 『전통사찰총서4―서울의 전통사찰』, 1994.
22) 사찰문화연구원, 『전통사찰총서4―서울의 전통사찰』, 1994.
23) 『비변사등록』 130책 '영조 32년 정월 12일'.

다.24) 이와 함께 북한산성의 수비에 중요한 역할을 담당하는 사찰에 대한 지원도 있었다. 영조 14년에는 북한산의 창고와 사찰을 중수하게 하였고25) 영조 36년에 북한산의 사찰이 퇴락하였다고 하여 공명첩 350장을 내려주었다.26) 이처럼 임진왜란에 공이 있는 승려들에게 지속적인 수혜가 돌아간 것은 그들의 행위가 국가에 대한 충의라는 유교적 이념에 부합하기 때문이었던 것이다.

왕실이나 국가 차원에서의 사찰 지원 외에, 억불상소를 일삼은 유학자들이나 지방관에 의한 사찰 지원의 사례도 발견된다. 뒤에 언급하게 될 송인명(宋寅命)은 개인적으로 도움을 받은 개화사에 대한 보답으로, 재상이 되자 절 아래의 전답을 보시하고 절을 중수하였다. 이후 개화사는 송인명의 후손들에 의해 거듭 중수되는 등 송씨 가문의 지원을 받게 되었다.27) 김한신(金漢藎, 1720~1758)은 그의 아버지 김흥경(金興慶)의 묘소를 관리하기 위해 예산 화암사를 중건하였다.28) 영조 19년에는 해인사에 큰 화재로 전각이 소실되자, 경상관찰사 김상성(金尙星)의 도움으로 중건하였고, 영조 39년의 실화에는 경상관찰사 김상철(金尙喆)의 협조로 중건하였다.29)

그렇다면 불교에 대한 위정자들의 공식적인 입장 표명과 실질적인 정책 및 지원 사이에 약간의 차이가 보이는 까닭은 어째서일까. 불교교리가 유교적 통치이념과 위배되는 이단임을 굳건히 하는 것이 영조를 위시한 위정자들의 흔들리지 않는 입장이었고, 실제로 대부분의 승려들은 천인시되고 사찰 역시 부역부과의 착취의 대상이었던 것이 사실이다. 그러나 그들의 체제유지에 필요한 승려층이나 사찰에 대해서는 온건한 태도를 취했던

---

24) 『영조실록』 권47 '14년 2월 신해'조
25) 『영조실록』 권47 '14년 10월 계사'조
26) 『영조실록』 권96 '36년 9월 무신'조 북한산의 사찰이란 북한산성을 축조할 때 의승군의 영찰이 되었던 9개 절을 이르는 것이다.
27) 사찰문화연구원, 『전통사찰총서4－서울의 전통사찰』, 1994.
28) 사찰문화연구원, 『전통사찰초어13－충남의 전통사찰2』, 1999.
29) 한국불교연구원, 『한국의 사찰7－해인사』, 일지사, 1975.

것이다. 예컨대 궁중과 긴밀한 관계의 니사, 왕실의 원당이나 능침 수호의 사찰, 산성수비의 주요사찰들에 대한 지원이나, 나라와 임금에게 충의를 발휘한 승려들에 대한 비호에 있어서는 예외적이었던 것이다.

3. 신유한 편 『분충서난록』 서발문에 나타난 불교관

다음은 주로 영조대에 정계의 요직을 차지했던 위정자이자 유학자인 김재로, 어유구, 송인명, 윤봉조의 『분충서난록』 서발문을 분석함으로서 사명당을 포함한 불교계를 대하는 그들의 입장을 구체적으로 살펴보도록 하자. 먼저 책의 편차상[30] 서두에 있는 어유구의 「제분충서난록소서(題奮忠紓難錄小序)」 일부를 인용해 본다.

> 아아! 송운은 임진난을 당하자 의병을 일으켜 위태롭고 어려운 때에 힘을 다하였다. 그 순수하고 장한 충렬은 重峰과 健齋와 같은 분들과 함께 우뚝하고, 이룩한 공적은 더욱 기특하여 국가에서 내리는 장려와 보답도 이미 갖추어졌다.[31]

---

30) 『분충서난록』의 체제를 보면, ① 甲午四月入淸正營中探情記, ② 別告賊情, ③ 甲午五月往謁劉督府言事記, ④ 甲午七月再入淸正陣中探情記, ⑤ 甲午九月馳進京師上疏言討賊保民事疏, ⑥ 甲午十二月復入淸正營中探情記, ⑦ 附劉都督諭松帖, ⑧ 又附劉都督答淸正書, ⑨ 乙未罷兵後備邊司啓, ⑩ 乙未上疏言事, ⑪ 與圓光元佶長老書, ⑫ 與承兌西笑長老書, ⑬ 與玄蘇書, ⑭ 與宿蘆禪師書, ⑮ 李判書粹光所著芝峯類說中記松雲事蹟, ⑯ 柳夢寅所著於于譚中記松雲事蹟, ⑰ 洪萬宗所著旬五志中記松雲事蹟, ⑱ 五臺山僧就惠所藏文藁中記松雲事蹟, ⑲ 南原故進士趙慶男家所藏經亂錄中載松雲事蹟으로 되어 있다. 본고는 건륭 3년 간행된 동국대 소장본을 저본으로 한다.
31) 『한국불교전서』 8冊 「奮忠紓難錄小序」, 78면, "噫, 雲師當壬辰亂, 倡義效力於危難之際, 其精忠壯烈, 與重峰健齋諸公, 屹然立峙, 而所成就尤奇, 國家之寵獎崇報備矣."

어유구(魚有龜, 1675~1740)[32]는 정언, 수찬, 사간 등 청요직을 거친 인물로 1718년 딸이 세자빈(뒤의 宣懿王后)으로 책봉되자 그 해 대사간에 오르고 이어 승지가 되는 등, 고속승진을 하였고 경종이 즉위하자 함원부원군(咸原府院君)에 봉해지고, 이듬해 어영대장으로 훈국(訓局)의 관장을 겸하여 군사권을 차지하게 되었다. 이러한 세력가인 어유구가 사명당을 찬탄하는 이유로 들고 있는 사실은, 의병장 조헌이나 김천일처럼 충열과 업적이 크기 때문이라는 것이다. 하지만 이미 여러 문인들이 시와 문장으로 찬사를 아끼지 않았기 때문에 자신은 보텔 말이 없다는 겸사와 함께 법손인 남붕의 노력에 힘입어 사명당의 명성은 마멸되지 않을 것이라는 말로 짧은 서문을 마무리하고 있다. 소서(小序)라는 제목에서도 알 수 있듯이, 사명당에 대한 어유구의 평가는 충의의 인물 이상이 아니며, 달리 승려라는 신분에 대한 언급은 전혀 없다. 스스로 말한 것과 같이 남붕의 거듭되는 요청에 못이겨 쓰게 되었고, 서문의 상투어가 되는 무미건조한 말로 짧게 써준 것 같다. 노론이면서도 사실 경종의 장인으로서 소론에 기울어 있었던 어유구는, 노론이 득세한 영조 즉위 후에도 국구(國舅)로 예우받으며 큰 세도를 누렸다. 그에게 있어 사명당은 다만 조헌이나, 김천일의 반열에 올릴 업적을 쌓은 분으로서 의미를 갖는 것이다.

김재로의 「분충서난록서(奮忠紓難錄序)」를 보면 책의 편찬경위를 서술하면서, 사명당의 기록이 소략하여 그의 충의가 드러나지 못하는 것이 한스러웠다고 하였고 또한 사명당을 사모한지 오래되었다고 하였는데 이러한 표현은 무엇을 의미하는 것인가. 다음의 인용문을 보면 그는 유가와 불가를 명확히 구분하고, 그 이유로 불가에서 임금과 부모를 버린 사실을 들고 있다. 이는 유학자들이 불교를 이단으로 배척하기 위해 내세우는 일반론이다. 즉 충효를 배반하여 속세를 등졌다는 것이다. 그러나 이 때문에 지탄받아야 할 승려임에도 불구하고 사명당은 그의 충정 때문에 특별한 인

---

32) 본관은 咸從. 자는 聖則, 호는 兢齋. 경종의 장인이며 한성부우윤 史衡의 아들이다.

물에 해당하며 따라서 찬양받을 만하다고 주장하고 있다.

> 불가에서는 임금과 부모를 버리고 인간세상을 피하며 전례를 도외시하고 공적(空寂)을 귀중히 여긴다. 그 법 얻기를 정밀히 할수록 우리의 도와 위배되는 것이 더욱 깊으니 우리 유가에서 애써 물리치고 힘써 배척하는 것은 이 때문이다. 그러나 송운스님은 왜구의 난이 하늘로 치달을 때, 일개 승려로서 산림에서 일어나 무리를 이끌고 도적을 토벌하고 또 몰래 조정의 밀지를 받아 적진에 들어가 허실을 염탐하였다. 또한 난리가 겨우 진정되자 임금의 명을 받들어 멀리 현해탄을 건너가, 으르고 설득하여 교만한 오랑캐를 굴복시켜 마음을 고쳐 좋은 이웃이 되게 하고 국가를 편안하게 하였으니, 그 충성과 공적이 어찌 위대하지 않겠는가!33)

이러한 내용 뒤에 불교계 쪽에서 사명당의 행동이 자비와 적멸의 법문에 맞지 않는 행동이라고 비난하는 것을 대변해 주기도 한다. 바로 '살아 있는 부처가 현세에 있어 널리 중생을 제도하는 것에는 도(道) 아닌 것이 없으니 진여정법(眞如正法)에 무슨 해로움이 되겠는가'34)라는 것이다.

또한 임란이 끝난 뒤 사명당이 가야산에 들어가 수행에 전념한다고 여겼는데, 두 편의 상소문의 진술이 시대의 병폐를 잘 지적하였다면서 칭찬을 아끼지 않고 있다.35) 이 글을 쓴 김재로(金在魯, 1682~1759)36)는 검열, 부

---

33) 『한국불교전서』 8冊 「奮忠紓難錄序」, 79면, "釋家者流, 棄君親而逃人世, 外典禮而貴空寂, 得其法彌精而背於吾道者益深, 儒家所以深觝而力排者. 然雲師當倭寇滔天之日, 以眇然一緇禿, 挺身山林, 倡法討賊. 已又陰受朝旨, 入賊陣, 調得虛實, 逮夫大難甫定, 祗奉君命, 遠涉鯨海, 抵掌立談制伏驕蠻, 俾能革心歟邊輯寧邦家, 其忠與功, 豈不甚偉也哉!"

34) 『한국불교전서』 8冊 「奮忠紓難錄序」, 79면, "噫, 師之起義於搶攘之際, 勉力於危難之日者. 似若相戾於渠家慈悲寂滅之法門, 而現佛在世普濟生靈, 無往而非道, 則終亦何害於眞如正法也."

35) 『한국불교전서』 8冊 「奮忠紓難錄序」, 79면, "及其自南還朝廷, 欲賞之以官, 遂拂衣長歸, 泯跡於伽倻山中, 不以功名榮利, 而變其戒律, 坡翁所謂得佛心法者, 師實有之矣. 師旣專於菩樹之業, 則意其世務經綸, 非師所長, 而及觀其兩疏條陳, 皆中時病而適機宜. 又其文辭, 眞率簡朴, 不施雕采, 而自有法度可誦. 非其天資高明於道相近者, 庸得然乎? 吁! 亦可異也已."

제학, 대사간을 거쳐 영의정에 오른 노론의 영수이다. 이인좌의 난을 수습하고 병조판서로 있으면서 노론사대신의 복관을 달성시켰다. 노론으로 탕평책을 어긴 죄로 파직되기도 했지만 1740년 영의정에 올라 1758년 관직을 떠나기까지 네 차례에 걸쳐 10여 년 간 영의정을 지냄으로서 권세를 누렸던 정치적 인물이다. 따라서 그의 사명당에 대한 진술의 바탕에는 유자인 동시에 치자로서의 입장이 개입되어 있다. 즉 사명당이 이룬 공업 역시 국가경영과 충정에 기여한 공적에만 그 초점을 맞추고 있는 것이다. 이것은 김재로가 남붕이 가져온 일기가 승려의 기록임에도 불구하고 책의 출간을 독려한 사실이라든지, '골계도'라는 본래 제목을 '분충서난록'이라고 이름으로 바꾸면서까지 '충의'를 가시화시킨 사실을 보더라도 쉽게 알 수 있다. 즉 책의 내용이나 사명당의 행적이 모두 충의라는 유교적 이념에 위배되지 않았기 때문이었다. 결국 그는 사명당을 승려로 생각하기 이전에 나라를 위해 충성하고 청정(淸正)의 처소에서 국가적 자존심을 세워준 애국적인 인물로 간주했던 것이다. 또한 이러한 책의 편찬작업을 신유한에게 시킬 수 있었던 것은, 아마도 신유한이 문장가라는 사실과 함께 그의 호불적 성향을 익히 알았을 것이라 추측된다.

『분충서난록』의 발문은 송인명, 윤봉조의 발문 두 편과 신유한의 「신각송운대사분충서난록발(新刻宋雲大師奮忠紓難錄跋)」을 합하여 세 편이 실려 있다. 앞의 두 편을 차례로 살펴보자. 다음은 첫 번째 발문으로, 발문을 쓴 송인명(宋寅明, 1689~1746)[37]은 세자시강원 설서로 있을 때 세제로 있

---

36) 본관은 淸風. 자는 仲禮, 호는 淸沙 또는 虛舟子. 우의정 구(構)의 아들이다. 또한, 영의정 재임기간 중 영춘추관사(領春秋館事)를 겸하여 한천이혁절목(翰薦釐革節目) 10조의 제정과 과거의 의정절목(議定節目) 8조를 제정하고 왕실의 상복제를 바로잡는 등 치밀하게 정사를 폈다. 벼슬을 그만둔 뒤 집에 있으면서도 국사를 잊지 않았다. 영조는 숙종의 뜻에 따라 그를 기용하여 아꼈으며, 수서(手書)를 내려 그의 공로를 치하하였다. 봉조하(奉朝賀)로 78세에 죽으니 영조는 그 집에 직접 조문하고 제문도 친히 지어 보냈다. 죽은 이듬해 기사대신(耆社大臣)이 되어 영조의 묘정에 배향되었고 시호는 충정(忠靖)이다.

37) 본관은 礪山. 자는 聖賓, 호는 藏密軒. 이조참판 光淵의 손자이며, 徵五의 아들이다.

던 영조의 총애를 받아, 1724년 영조가 즉위하자 충청도관찰사로 기용되었다가 1731년 이조판서, 호조판서 등을 거쳐 1736년에 우의정, 1740년에는 좌의정이 되어 당쟁을 억누르고 탕평책으로 국가의 기강을 바로잡고자 노력한 인물이다.

　　임진난에 의병을 일으켜 순국한 중봉, 제봉 여러 선정은 곧 평일에 성현의 글을 읽은 자이다. 천리(天理)와 민이(民彝)의 귀중함에 강굴한 바탕이 있었으니 이는 마땅히 탁월하게 수립한 바가 있었을 것이다. 저 송운은 배운 바가 어떤 일인가? 어찌 우리 유가에서 나무라는 군친을 버리고 윤상을 등진 자가 아니겠는가? 그러나 위급한 시기에 옷깃을 떨치고 의리에서 일어났고 위기의 상황에서 칼날을 무릅쓰고 절의를 온전히 하였다. 그 임금께 충성하고 윤상에 독실한 것이 이와 같으니 이는 그가 타고난 천성이 그러한 것으로서 스스로 그렇게 하려고 기필하지 않고서도 그렇게 한 것이니, 불교에서 말하는 '참 마음 참 성품은 빛이 번쩍이는 곳에 있는 것이 아니고 바로 여기에 있다'고 한 경우임을 알 수 있다. 그렇다면 송운 같은 이는 비록 참다운 여래라고 하여도 될 것이며, 또한 비록 우리의 도를 따르는 사람이라 하여도 무방할 것이다. 저 마음을 보고 성품을 찾는 자는 부질없이 구자시궐(狗子矢橛)의 망령된 것에서 구하지 말고 곧 이『분충서난록』에서 찾는다면 또한 족할 것이다.38)

　　송인명은 조헌과 김천일은 이미 유교지식을 습득하였기 때문에 천리(天理)의 귀중함을 알았다는 사실과, 사명당은 유가에서 배척하듯이 임금과

시호는 忠憲이다.

38)『한국불교전서』8冊「奮忠紓難錄跋」, 107면, "余不喜酬應禪家文字 而獨於僧南鵬之 爲其祖師松雲求詩也 旣欣然爲之題 又 從南鵬 得松雲遺蹟所謂奮忠紓難錄者 盥手而讀之 三復感慨 噫 何令人敬慕 一至於此也 壬辰之亂, 倡義兵而淸國難, 如重峯霽峯諸先正, 卽平日讀聖賢書者也. 其於天理民彝之重, 講之有素, 則是宜樹立之卓然. 而彼松雲所學何事也? 豈非吾儒所詆以棄君親背倫常者也? 而顧於蒼卒之間, 投袂起義, 危難之際, 冒刃全節, 其忠於君, 而篤於倫如此, 此其秉彝之所同, 得自有不期然而然者. 佛氏所謂眞心眞性, 其不在於光爍爍地, 而在於此, 可知也. 然則如松雲者, 雖謂之眞如來, 可也, 又雖謂之吾道中人, 亦可也. 彼之欲觀心見性者, 毋徒求之於獨子矢橛之妄, 而卽此一部奮忠紓難錄者而求之, 亦足矣."

부모를 저버린 승려인데도 절의를 지켰다는 두 가지 사실을 대비시켜 사명당을 추앙하고 있다. 또한 사명당을 여래이면서도 유자라고 강조하였는데, 여기에는 사명당의 신분이 비록 승려이지만 행적은 일반 승려로는 결코 해낼 수 없는 유자의 공업을 이루었다는 논리가 내재해 있다. 다시 말해 송인명은 승려의 신분에 대한 이단론을 그대로 고수하면서, 사명당은 그 가운데 특수한 승려의 경우이며 따라서 오히려 유자로 끌어들여 존숭의 근거를 찾으려 하는 것이다. 그래서 마지막 구절에서는 관심견성(觀心見性)을 위해 참구수행을 하는 선승들을 비난하고서, 참된 성품은 임금과 부모에 대한 절의이며 『분충서난록』에서 그것을 배워야 함을 역설하고 있다. 즉 사명당의 충의를 인정하는 데 그치는 것이 아니라 그를 유자의 권내로 영입하여 칭찬하려는 태도를 읽을 수 있다. 다음 윤봉조의 발문에서도 같은 취지의 내용이 발견된다.

불교도는 군신도 버리고 부자도 떠나서, 널리 제도하고 자비하라고 설한다. 또한 그 선악도 논하지 않고 한결같이 살생으로만 경계를 하니, 우리 유가에서 포악함을 베어버리고 요란함을 없애는 것으로 생(生)의 도(道)를 삼아 죽이는 것과는 거리가 멀다. 간혹 특별하고 웅준하여 마음으로는 유가이면서 밖으로는 선(禪)을 하는 우리 대사 같은 이는 벌써 능히 그 차이를 깨달으셨으나 그들의 설에 구애되어 되돌아오지 못하셨다. 그런데 또한 반드시 일을 말미암아 겉으로 드러나서 스스로 그 기특하고 위대함을 세우셨으니, 정신을 전한다는 진상을 보건대, 그 깎지 않은 수염에서 대사의 은미한 뜻을 이미 볼 수 있을 듯 하다. 대개 그 맑은 기운이 어리고 신기로운 지혜가 흘러 넘쳤으니, 하물며 어찌 불력을 그 사이에 용납하였겠는가? 세상에서 말하기를 석가에 두 교파가 있는데 그 중 좌선을 주장하는 자들이 혹 대사를 자신의 교파에 순정하지 못하다고 하여 좋지 않은 소리가 있는 듯한데, 대사는 진실로 그러한 점이 있다. 저들의 교파에 순전하지 못함이 바로 우리의 도에 가깝기 때문이니 진실로 그렇지 않다면 향화(香火)하고 대사를 시축(尸祝)하는 자가 홀로 총림뿐만이 아니라, 묘당과 조정의 인사들 사이에 있는 것은 또한 어째서겠는가? 대사가 대사다운 것은 여기에 있는 것이다.[39]

서두에서 불교도는 무조건 살생을 막음으로서 자비를 실천하려 하지만, 유교에서는 포악함을 베어내는 것은 살생이 아닌 생(生)의 이치로 보기 때문에 두 이치는 확연히 다름을 천명한 뒤 그렇지만 승려들 가운데 출가하여 겉으로는 참선을 하는 승려의 모습을 하고 있지만 마음으로는 유가의 도리를 따르는 이가 있다고 하면서 곧바로 사명당을 거론하고 있다. 윤봉조(尹鳳朝, 1680~1761)[40] 역시 지평, 정언, 이조좌랑 등의 청요직을 거쳐 승지가 된 인물이며 이 발문을 쓸 당시 이조참판을 역임하고 있었다. 그는 사명당이 수염을 깍지 않은 것이 바로 마음으로 신체발부(身體髮膚)를 훼손하지 않으려는 유자의 도리를 따르고 있었다는 사실을 반증하는 것이라고 주장하고 있다. 또한 선종계열의 승려들 사이에서 사명당의 행적이 선종의 대의에 순일하지 못하다는 비난이 있음을 거론하면서, 오히려 사명당이 선종 승려들에게 인정받지 못하는 점 때문에 사명당은 불교 쪽보다는 유교 쪽에 가까운 인물이라는 사실을 재확인시킨다고 역설하고 있다. 또한 그것이 총림에서뿐 아니라 조정의 관료들까지 그를 제향하는 까닭이며

39) 『한국불교전서』 8冊 「奮忠紓難錄跋」, 107면, "…… 佛氏棄君臣去父子 其爲普濟慈悲之設者 亦不論其善惡 一以殺生爲戒 與吾儒之誅暴去亂以生道殺人者 又相遠矣 間或有卓異雄俊 內儒而外禪 如吾師者 已能自覺其差 而拘其說而不能返 則又必因事表見自樹其奇偉 夫以傳神之在眞像者 而不去其鬐髭 師之微意 已似有可見矣 盖其淸氣鍾毓 神解洋溢 誠忠義勇 燦然若貫珠者 早已契悟於其心 而冒矢石犯蛟鰐 或發之兵謨 或發之辯舌 以之赴君父之急者 師亦有不能自住 況焉容佛力於其間哉 世言釋家有二敎 其主坐禪者 或以師不純於其敎 而微有軒輊 師則誠有是矣 惟其不純於彼敎 所以有近於吾道 苟非然也 香火而尸祝師者 不獨在叢林 而乃在廟朝人士之間者 又何也 師之所以爲師者 其在斯歟."

40) 본관은 파평(坡平). 자는 명숙(鳴叔), 호는 포암(圃巖). 직장 명원(明遠)의 아들이다. 영조가 숙종 때의 구신을 등용하려 하므로 어느 벼슬에 누구를 쓰는 것이 옳다는 식의 말을 하여 영조에게 경박한 사람으로 치부되었다. 이조참의 방만규(方萬規)의 상소사건에 관련되어 하옥되었다가 삭주에 귀양갔으나 곧 석방되었으며, 좌의정 민진원(閔鎭遠)에 의하여 홍문관대제학에 천거되었으나 영조가 허락하지 않았다. 이광좌(李光佐)가 정권을 획득하자 정의현(旌義縣)에 귀양가서 오랫동안 안치되었다. 1735년 방귀(放歸)되었다가 1741년 관직이 복구되어 공조참판이 되고, 1743년 다시 부제학이 되고 이어 지중추부사로 기로소(耆老所)에 들어갔으며, 1757년 우빈객(右賓客)·판돈녕부사를 거쳐 1758년에 대제학이 되었다. 문장에 능하였으며 저서로는 『포암집』이 있다.

사명당이 사명당다운 이유이라고 하였다. 사명당을 유자로 자리매김하려고 노력하는 이러한 언술을 통해 그의 대불교적인 입장이 완고하다는 사실을 알 수 있다.

요컨대 이는 이단으로서 유자들의 비판 대상이 되는 승려를, 유자자신이 존숭하는 발언을 한다는 것은 자가당착일 수밖에 없다. 이를 자각하고 그러한 모순을 극복하면서, 사명당의 추숭과 이단의 배척을 동시에 만족시키는 논리를 쓰고자 했음을 알 수 있다. 그러기 위해 사명당을 언급할 때에 충의라는 유교적 절목만을 들어 강조한다거나, 심지어 사명당을 유자의 권역내의 인물로 흡수시키는 논리를 택했던 것이다. 이밖에 『분충서난록』의 부록에 첨가된 글을 쓴 유학자로는 송인명과 함께 영조대 전반기 탕평을 주도하였고 김재로와도 매우 친밀했던 조현명(趙顯命)이 쓴 「진찬(眞贊)」41)과, 경주부윤 조명겸(趙明謙)의 「진찬(眞贊)」,42) 홍문교리 유최기(兪㝡基)의 「진찬(眞贊)」43)이 있고 그 내용은 역시 사명당에 대한 추숭으로 되어 있다.44)

다음은 『분충서난록』의 편자이자, 발문과 평석을 남긴 신유한의 불교관에 대해 별도의 장을 나누어 살펴보기로 하겠다.

---

41) 『한국불교전서』 8冊 「眞贊」, “瓶錫空山, 索然若枯木死灰, 何其靜也. 一日杖釖而起, 釖賊如麻, 何其勇也. 吾不信佛氏之有體而無用也.”
42) 『한국불교전서』 8冊 「眞贊」, “西山大師眞贊卽松雲之師. 松雲於師留侯, 黃不顯績, 陰敎一體, 千億想像. 一燈長明之下, 講授徒弟, 無乃是君臣大義. 不然, 宗國危亂之秋, 解紛釋難, 何能使成就如彼.”
43) 『한국불교전서』 8冊 「眞贊」, “揮羽扇而鯨鯢戢凶, 騁舌河而梟獍效誠, 居然六祖之問答, 救了百艘之生靈. 蹟其勳伐 具畫閣麒麟, 讚其慈悲, 則金毛獅子, 淸高遺像, 豈彷髴乎七分颯爽英靈, 佇蠁於千祀.”
44) 노소의 중간적 위치에서 탕평에 힘썼던 조현명이나 어유구를 제외하고, 『분충서난록』과 관련된 유학자들의 당색은 대부분 노론이다.

4. 신유한의 불교관에 대한 일고찰

신유한(1681~1752)의 불교관을 상고할 만한 자료로는 『분충서난록』의 발문과 평석, 일본승과의 왕래서한, 그리고 『청천집』의 시문들이 있으며 이들 가운데 몇 편을 살펴보도록 하자.45) 신유한의 발문을 보면 앞부분에 간행경위를 설명한 뒤, 불교교리를 사명당의 유교적 행적에 대비시키고 있다.

> 부처의 교는 정혜로 마음을 다스리고 자비로 만물을 제도하여, 그 글은 육경과 다르고 그 행실은 오륜과 다르며 그 습속은 백성과 달라서, 사는 것은 산 위의 구름과 같고 죽는 것은 들불과 같아서 유가에서 극력 배척하는 것이다. 그러나 시험 삼아 불교를 배우는 무리에게 이 기록을 읽어 송운의 기풍을 사모하게 한다면 한 손으로 왕사에 각근하며 만 번 죽음에 나아가면서도 칠 척의 몸을 생각하지 않고, 도산검수를 평지처럼 여겼던 것이 곧 선정(禪定)이 아니겠는가. 그 지성으로 임금께 보답하고 하늘에 맹세하여 원수를 갚고 종묘사직을 근심하고 생령을 구하며 힘껏 중흥의 계책을 도왔던 것을 본다면 곧 진정한 지혜(智慧)가 아니겠는가, 그 한 돛단배로 푸른 바다를 건너 여러 번 만왕(蠻王)을 힐난하여 수천의 포로가 된 백성을 고래와 악어의 입에서 구출함을 본다면 곧 대자비(大慈悲)가 아니겠는가? 이야말로 위없는 보제(菩提)이며 반야(般若)이고, 그야말로 우뢰도 범할 수 있고 금석도 뚫을 수 있으며 쇠이마의 치우도 감히 강함을 다투지 못할 것은 바로 이 물건이다. 이대로 따르면 천당에 오를 것이고 이를 어기면 지옥에 떨어질 것이니 오이를 심으면 오이를 얻고 종을 치면 종소리를 듣는 것이니, 한 생각의 인과가 부처도 되고 중생도 되는 것이다. 곧 그 법이 오륜과 무엇이 다르며 그 마음이 백성과 어떻게 틀리다고 하리오 이것이 조정에서 명하여 표충사를 세우게 한 뜻이며 또한 상국께서 책 제목을 붙인 뜻이다.46)

---

45) 자료별로 특징을 나누어 보면, 『분충서난록』 평석과 발문에는 불교에 대한 그의 대외적 입장이 드러나 있다면, 편지와 문집 자료에는 그의 개인적인 입장이 나타나 있다. 이 때문에 대별해 보기에 용이하다. 자료의 검토작업이 진행중에 있어 본 발표에서는 『분충서난록』과 관련된 자료를 중심으로 살펴보기로 한다.

즉 임금을 위해 몸을 아끼지 않은 것은 선정(禪定)이요, 나라를 위해 계책을 낸 것은 지혜(智慧)이며, 일본에 건너가 동포를 구출한 것은 자비(慈悲)가 된다는 말이다. 선정과 지혜와 자비를 구족한 그것은 바로 보리, 반야를 뜻하고 또한 그런 지혜로운 마음의 결과로 혁혁한 위업(忠孝)을 달성하게 된 것이므로, 결국 반야의 법은 유가의 윤리강령인 오륜(忠孝)과 다르지 않다는 논리이다. 신유한은 먼저 사명당이 애국애군한 행위가 그의 반야지혜의 발로라는 점을 인정한 뒤 유가와 다르지 않음을 주장하고 있는 것이다. 그 때문에 나라에서는 공훈을 기리기 위해 표충사를 세웠고 김재로는 '골계도'라는 일기 제목을 '분충서난록'으로 개명하여 '충'을 강조한 것이라고 하였다. 신유한의 글이 앞에서 본 네 편 서발문과 갖는 변별점은 불교가 지향하는 덕목 즉 선정, 지혜, 자비를 그 나름의 가치로 인정하였다는 점이며, 그런 뒤에 그것을 유교의 덕목인 충군애민에 배대시킨 것이다. 『분충서난록』에는 신유한이 유자보다 불가를 의식하면서 불교의 입장에서 펼친 언술이 빈번하게 눈에 들어온다. 그렇게 된 까닭을 짐작해 보건대, 그가 39세에 제술관으로 일본에 갔을 때 그곳에 남아 있는 사명당의 행적과 글씨를 접하면서 경이로워했던 경험을 가지고 있었기 때문에 사명당과 『분충서난록』에 애정을 가지고 세심하게 편찬하였던 것으로 추측된다. 이는 『분충서난록』 곳곳에 보이는 사명당에 대한 찬탄에서도 쉽게 짐작할 수 있다. 예를 들어 강호(江戶)의 객관에서 어떤 왜인이 사명당의 행초 필적 몇 장을 가져와 보여주자 예전에(1591) 제술관으로 일본에 갔던 오

---

46) 『한국불교전서』 8冊 「新刻松雲大師奮忠紓難錄跋」, 107~108면, “佛氏之教, 以定慧治一心, 以慈悲濟萬物, 其書與六經異, 其行與五倫異, 其俗與百姓異. 生如岀雲, 沒爲野火, 儒家極力批之不休. 然試使學佛之徒, 讀是錄而慕松雲之風. 觀其隻手勤王, 出萬死不知七尺之軀, 視刀山劍樹如平地, 卽非禪定乎. 觀其至誠報主, 誓天復讎, 憂宗社恤生靈, 力贊中興之策, 卽非眞慧乎. 觀其一帆滄海, 歷詆蠻王, 脫數千俘氓於鯨鰐之口, 卽非大慈悲乎. 其斯爲無上菩提般若宗法, 而雷霆可犯, 金石可貫, 鐵額蚩尤, 莫敢與爭强者, 皆是物也. 由是而升天堂, 反是而墮地獄. 鍾瓜得瓜, 鼓鐘聞鐘. 一念因果, 爲佛爲衆, 卽其法與五倫奚異, 其心與百姓奚異. 此, 朝家命立表忠祠意也, 又相國名是錄意也.”

산 차천로의 글씨는 전혀 전해지지 않는 사실과 비교해 볼 때, 불후한 것은 사람에 있는 것이라고 하며 사명당을 칭찬하고 있다.[47] 다음의 글에서도 사명당의 출세간적인 지혜는 바로 세간의 의리와 다르지 않음을 강조하면서 사명당을 찬탄하고 있다.

> 일찍이 들으니 석씨는 군신, 부자의 얽힘을 두려워하여 산림으로 도망해 들어간다 하였는데 세상의 승려로서 이 기록을 읽는 자는 이 늙은이의 마음에 한 점의 망념도 깃들지 않았고 또 털끝만큼의 어리석은 생각도 일어나지 않음을 볼 수 있을 것이다. 바야흐로 세간의 큰 의리에 입각하는 곳에 저절로 위 없는 반야 바라밀이 있음을 믿을 것이다.[48]

그런데 신유한은, 사명당이 승려들을 국방에 동원하자는 내용으로 올린 상소문에 대해서는 만일 국내의 승려를 모두 군사로 만들고 난리에 대비하게 한다면 처자식을 거느리고 몸을 온전히 하려는 일반 병사와 비교했을 때 그 용맹하고 강하기가 백 배나 나아서 믿고 쓸 수는 있겠지만, 그러한 법을 시행한다면 관음보살이 어느 곳에 있을까[49]라고 되묻고 있다. 이 말은 승려들을 병사로 만들고 무력을 쓰는 훈련을 시킨다면 자비의 화신인 관음보살 즉 승려 본연의 역할과 불교 본연의 모습은 사라져버릴 것이라는 우려에서 나온 탄식이었던 것이다. 불교에 대한 신유한의 관심은 제술관으로 일본에 갔을 때에도 나타나는데, 『분충서난록』에 있는 다음의 평석은 1719년 신유한이 일본에서 일본승과의 법담을 통해 당시 왜의 불교종파가 조선과 같은 임제종이었음을 확인하는 내용으로 되어 있다.

---

47) 『한국불교전서』 8冊 『奮忠紓難錄』 가운데 「再入淸正陣中探情記」 '갑오 7월'에 대한 평석.
48) 『한국불교전서』 8冊 『奮忠紓難錄』 가운데 「馳進京師上疏言討賊保民事疏」 '갑오 9월'에 대한 평석.
49) 『한국불교전서』 8冊 『奮忠紓難錄』 가운데 「馳進京師上疏言討賊保民事疏」 '갑오 9월'에 대한 평석.

내가 대마도에 갔을 때 이정암(以酊庵)의 장로가 나를 초청하여 그 암자에서 한번 만나 대략의 불법을 논의하였다. 일본 선교는 다만 임제종 일파가 있고 우리나라 승법도 역시 하나의 임제종이니 이제 송운의 편지 가운데는 임제풍을 성대히 논의한다는 것도 있고 동종일맥이라고 한 것도 있으니 도(道)가 들어오게 된 것이 동일하기 때문이다.[50]

신유한은 숙종 39년 그의 나이 33세 되던 1713년, 증광시 갑과를 장원으로 합격하고 39세에는 통신사의 제술관으로 일본에 가게 되는데, 이때 위에서 말한 이정암(以酊菴)의 윤번승(輪番僧)을 만나게 된다. 이 윤번승은 바로 월심성담(月心性湛)을 지칭하며 신유한은 그와 교유하며 시와 편지를 주고받았다.[51] 신유한은 성담이 불교의 원리를 서술한 것이 자못 아는 데가 있어서 문답한 것이 많았다고 기록하고 있다.[52] 이정암의 윤번승은 대개 1년의 임기로 막부가 덕망 높은 승을 임명하므로 이러한 신유한의 평가는 적절한 것이었다. 신유한의 평가뿐 아니라 성담 역시 젊은 신유한이 가지고 있는 불교지식에 대해 놀라고 있는 언급이 그가 보낸 편지에서 보이고 있으며, 이러한 까닭에 둘 간의 교유가 가능했을 것이라 짐작된다. 왕래한 편지 가운데, 성담(性湛)의 「여신학사서(與申學士書)」에 대한 신유한의 답장을 살펴보도록 하자.

'유자와 승려의 자취는 다르지만 도는 하나다'라고 하신 말씀은 더욱 사람의 마음을 상쾌하게 합니다. 저는 비록 노둔불초하나 또한 일찍이 선가(禪家)의 선정과 지혜는 절로 동정(動靜)과 근엽(根葉)이 있어 유가의 충서(忠恕)에 응한다고 들었습니다. 그 요지는 다만 거짓된 마와 망상을 제거하기를 마치 고양이가 쥐를 잡는 것과 같고 닭이 알을 품는 것과 같이하여, 본원의 자리로 하여금 항

---

50) 『한국불교전서』 8冊 『奮忠紓難錄』 가운데 「숙노선사에게 보낸 편지」에 대한 평석.
51) 신유한이 증정한 시는 22편, 문은 6건이며 성담이 증정한 시는 17수, 문은 4건이 있다. 이들은 『海游錄』과 창화집인 『桑韓星槎餘響』·『桑韓星槎答響』·『桑韓唱和塤箎集』에 실려 있다. 최광박, 「한일간의 문학교류―신유한과 월심성담의 경우」, 『인문과학』 29집, 1999 참조.
52) 신유한의 『海游錄』 가운데 7월 3일~14일 기록.

상 한 조각 허명(虛明)을 보전하여 그것을 조금도 가릴 수 없게 하는 데 있습니다. 이른바 본원의 자리란 곧 나와 남이 함께 가지고 있는 하늘인 것입니다. 하늘이 참된 마음을 낸 이래로 해와 달이 비추고 이슬과 서리가 내리고 배와 수레가 통행하는 것이니 무엇이 나의 하늘이 아니겠습니까? 본원이 이에 맑고 만물이 모두 빛나서 그것을 집으로 삼고 그것으로 나라를 받들고 그것으로 사람과 더불어 사는 것이니, 모두 활발한 근원으로부터 나온 것이다. 일체 여러 가지 생각과 상속해서 일어나는 작은 생각들은 사라지고 처음부터 그 사이에 용납되어 머물 수 없으니 유불이 함께 힘쓰는 것이 이와 같을 뿐이다.[53)

위의 편지는 부중(府中)의 배안에서 배가 출항하기 직전인 7월 16일에 썼다고 한다. 선종(禪宗)의 선정과 지혜를 유교의 충(忠)과 서(恕)에 배대해서 유불의 교리를 회통하고 있다. 또한 선가(禪家)에서 말하는 마음의 근본 자리가 유가에서 말하는 하늘의 개념[天命]과 같다는 것을 들어서, 행적은 비록 다를지라도 유불의 이치는 하나라고 한 서두의 언급을 뒷받침하고 있다. 이러한 유불회통적 면모가 보이는 『청천집』의 「염불계서(念佛契序)」를 함께 살펴보도록 하자.

염불계를 만든다는 소리를 듣고, 계란 명칭이 어떻게 사문에 있을 수 있는지를 물으니 답하는 이가 이렇게 말했다. "서방의 성인께서 팔만사천 다라니문과 평등법을 가지고 가르치시어 청정도량에 함께 살도록 하셨습니다. 머리 조아려 시방여래를 입으로 외우고 끝없이 부처의 이름을 마음에 두고 눈으로 생각하면 끝없는 공덕이 있게 되어 곧장 내달아 가면 부처가 됩니다" 하였다. 내가 이에 마음이 시원해진 듯 하여 흥이 나서 말하였다. "이 어찌 유독 학불에만 그러하겠는가? 유가에서 성인의 말씀을 외우고 성인의 행실을 익히는 것도 역시 일념

---

53) 월심성담, 『桑韓星槎餘響』, "承諭儒釋跡異道原一語, 益爽人懷. 不佞雖魯鈍無似, 亦嘗聞禪家之定慧, 自有動靜根葉, 互應於忠恕之門, 其要只在鑽卻僞魔. 杜了妄想如猫搏鼠, 如雞抱卵, 使本原之地, 常常保得一片虛明原無毫髮可翳. 夫所謂本原之地者, 卽吾與人同得之天也. 自天降哀以來, 日月所照, 霜露所墜, 舟車所通, 何往而非吾天者. 本原旣明萬物皆燭, 以之居家, 以之奉國, 以之與人交, 皆從活潑潑源頭, 做去一切絲絲岐念脈脈細意. 初未嘗容住其間, 儒釋之所共勉者, 若是而已."

으로부터 시작되는 것이다. 안연이 슬피 탄식하며 말하기를 '우러르면 더욱 높아지고 뚫으면 더욱 굳어지며 볼 때에 앞에 계시더니 문득 뒤에 계신다'라 하고 또 '선생님께서는 순순히 사람을 이끌어 가르치시되 나를 문장으로 넓히시고, 예로써 가다듬어 주셨다. 중간에 그만두고자 해도 그만둘 수 없으며 나의 재능을 다해 따라가도 선생님은 멀리 높이 서있도다'라고 하였다. 이와 같은 것을 석씨의 문도 중에서 구해보면 아마도 달마가 전한 바에 '밖으로 모든 인연을 끊고 안으로 마음을 한결같이 하면 마음이 장벽같이 굳세어져 도에 들어갈 수 있다'고 한 것이 아닌가? 나는 알지 못하겠으나 사문에서 염불 정진하는 공에는 과연 안연이 공자를 생각하는 것 같은 것이 있는가? 내가 일찍이 석가의 가르침을 논의해 보았는데 그 역시 순순히 사람을 이끌기를 잘 하였다. 지금 그 글을 읽어 보니 비록 언어는 종종 중국과 다르나 사람들이라면 누구나 불성을 본래 가지고 있으니 다만 무명 번뇌가 뿌리 깊숙이 물듦으로 인해서 탐음노치와 같은 온갖 종류의 망념이 덮여 생사고해에 빠진다고 하였다."54)

위에서 신유한은 '입으로 시방의 여래를 외우고, 부처의 명호를 마음에 두고서 끝없이 생각하면 그 공덕으로 부처가 된다'는 염불수행에 관한 설명을 듣고는, 『논어』가운데 안회(顏回)가 공자(孔子)를 우러르면서 탄식한 구절을 인용하며 같은 경우라고 회통하였다. 즉 일념(一念)으로 모든 외연을 끊고 성인을 생각하며 닮고자 노력한다면 그 경지에 근접할 수 있다는 생각은, 유교와 불교가 공히 가지는 개념이라고 천명하였다. 마지막 부분에서는 자신이 불전을 열람하여 이해한 불성(佛性)과 무명(無明) 간의 논리 구조를 서술하고 있다.

이렇듯 신유한이 가지고 있는 불교에 관한 이해와 지식들은, 동시대 다른 유학자들과 마찬가지로 개인적인 경험과 학습에 힘입은 것일 것이다. 그 배경을 몇 가지로 생각해보면, 먼저 신유한은 개인적으로 서얼이라는 소외된 신분이었다는 점을 들 수 있을 것이다. 그의 시와 글에서 보이는

---

54)『청천집』卷4「念佛契序」, 303면, "寶盖之山, 有一淸淨沙門, 學佛三昧, 與遠近法界善男子善女人無量衆生, 一心發願, 作爲念佛契. (…후략…)"

고독의식과 울분은 이러한 현실인식을 대변해 준다. 과거에 장원을 했던 문장가이자 시인인 그의 벼슬이 봉상시첨정에서 그친 것을 보아도 모순된 신분제도에 대해 느꼈을 분한을 짐작하고도 남는다. 그가 당색을 초월하여 노론, 소론, 남인의 인물과 두루 교유하고 같은 서얼출신의 문인이나 중인, 승려들과도 돈독한 친분을 유지할 수 있었던 것도 자신의 신분을 의식하여 신분에 구애받지 않았기 때문일 것이다. 동일한 이유에서인지는 몰라도, 말년에 가야산에 은거하며 절친한 친구와 나눈 필담에서 자신의 신세를 '깨어진 기왓장과 같다'[55]고 하였다. 이러한 개인사적인 배경 외에 신유한은 승려들과의 교유를 통해서 불교에 대한 이해의 폭을 넓히게 된다. 그 대표적인 승려가 바로 연초(演初)[56]선사이다. 신유한의 「여산인연초서(興山人演初書)」를 보면 '이전에 수백 리를 멀다 하지 않고 또 편지로 안부를 물어주시니 상인(上人)께서 일념으로 저를 잊지 않으심을 알겠고, 매우 기쁩니다'[57]라고 하였으며, 기실 문집 곳곳에 '방외(方外)의 벗'이라고 부를 정도로 각별한 사이였다. 『청천집』에는 연초와 주고받은 시와 편지가 다수 남아 있는데 이천보의 「비명병서(碑銘幷序)」[58]에서는 연초가 서산 휴정의 법통을 잇고 지안의 선을 받았다고 하였고, 신유한 외에도 영조대 대제학이었던 이덕수(李德壽)와 선적(禪的)인 법거래가 있었던 것으로 유명

---

55) 『청천집』卷4「贈鄭幼觀瀾序」, "余於世, 落落畸孤白頭, 病臥伽倻山下, 諸遠近知識, 無一至者. …… 猶今老棄田野, 是身如草木瓦."

56) 연초(1676~1750); 조선 중기의 고승. 성은 백씨(白氏), 호는 설송(雪松). 경상북도 자인 출신. 13세에 운문사(雲門寺)로 출가하여 송운문파(松雲門派)의 제4세 국사인 석제(釋霽) 밑에서 배우고 뒤에 편양문파(鞭羊門派)인 지안(志安)의 법을 이었다. 연초는 송운문파의 교와 편양문파의 선을 합일시켜 그 법맥을 하나로 통일시켰다. 그는 정(定)이 곧 혜(慧)이고 혜가 곧 정이므로 선교를 따로 나눌 수가 없고 도를 동정(動靜)으로 나눌 수 없다고 주장하였다. 외모는 거칠었으나 심성이 순하였고 불경에 두루 밝아 따르는 문도들이 많았으나 노년에는 문인들을 모두 보내고 참선 정진하였다. 나이 74세(?), 법랍 63세로 입적하였다. 다비한 뒤 통도사와 운문사에 사리를 나누어 안치하였으며, 4년 뒤 이천보(李天輔)가 비문을 지어 운문사에 비를 세웠다.

57) 『청천집』「속집」卷2「興山人演初書」, 403면, "吾一念不忘上人, 夏初遊金烏山, 偶逢慧釋. (…후략…)"

58) 李天輔, 『晋庵集』「雪宋堂演初大師碑銘幷序」.

하다. 이덕수도 연초를 평하면서 선교(禪敎)를 아우르는 용상(龍象)에 빗대고 있다.

신유한이 말년에 불교에 심취했던 모습을 엿볼 수 있는 자료로 다음의 글이 있다.

> 계해년(1743) 가을 내가 서울에서 셋방살이를 하고 있을 적에 상고(尙古 : 김광수의 호)가 나를 찾아주어 그와 더불어 말을 나누었다. 그는 내 옆에 『금강경』, 『원각경』, 『유마경』 등의 불서가 있는 것을 보고 기뻐서 손뼉을 치며 말하기를, "이 길엔 달리 묶을 것도 없고 달리 풀 것도 없어 깨닫기가 매우 쉬우니 세상의 법과 비교해 보면 쾌활하다"라고 하였다. 상고(尙古)가 불교에 대해 기뻐한 것은 세상의 얽매임을 초탈하기 위해서이다.[59]

가야산으로 들어가기 한 해 전인 63세에 쓴 위의 증서(贈序)에는 그가 평소에 『금강』, 『원각』, 『유마』의 경전을 즐겨 보았음을 알 수 있다. 위의 김광수[60]는 진사를 거쳐 벼슬이 부사에 이른 당대 최고의 서화고동 수장가이자 감식가였다. 그는 신유한과 친밀한 관계를 가졌고 그의 예인기질과 윗글의 내용으로 추측해 보건대, 그도 신유한처럼 불교에 심취했던 듯하다.

이밖에 『청천집』에 실려 있는 「운수암기(雲水庵記)」,[61] 「법광사석가불사리탑중수비(法廣寺釋迦佛舍利塔重修碑)」,[62] 「낙암대사비명(洛巖大師碑銘)」,[63]

---

59) 『청천집』 卷6 「尙古堂自叙後題」, "癸亥秋, 維翰居都下, 尙古過而與之語, 見吾傍有 金剛圓覺維摩諸書. 沾皷沾掌曰, 此路頭無縛無解最善證, 視世法快活, 尙古所喜於佛 者, 爲其超脫世界."

60) 김광수(1696~?) : 본관은 상주. 자는 성중(成仲), 호는 상고당(尙古堂). 이조판서 동필 (東弼)의 아들이다. 박지원(朴趾源)은 그를 가리켜 "감상지학(鑑賞之學)의 개창자"라고 말하였고 그림에도 능하여 유작은 전칭작으로 화조(花鳥)와 초충(草蟲) 4점이 전한다(국 립중앙박물관 소장) 그에 관한 몇 안 되는 기록 가운데 신유한의 「尙古堂自叙後題」가 있다.

61) 『청천집』 卷4 「雲水庵記」, 311면.

62) 『청천집』 卷5 「法廣寺釋迦佛舍利塔重修碑」, 336면.

63) 『청천집』 卷5 「洛巖大師碑銘」, 337~338면.

「내원암기(內院菴記)」[64] 등에서도 신유한의 불교관을 찾아볼 수 있다.[65]

5. 나가며

앞에서 살펴본 것과 같이 영조조 위정자들의 대불교관은, 그 사상면에서는 이단론(異端論)을 견지하였고, 실질적인 불교정책에서는 승려와 사찰을 양역부과 및 착취의 대상으로 여겼던 국초부터의 입장을 고수하였다. 비록 왕실관련 사찰에 대한 예외적인 지원도 있었지만 이는 극히 소수에 불과했다. 이러한 시기에 승려인 사명당의 일기를 묶고 사적을 기리는『분충서난록』을 간행한 데 대해서 몇 가지 배경을 생각해 볼 수 있을 것이다.

무엇보다 중요한 것은 신유한의 불교관이 작용했다는 점이다. 그는 서얼출신으로서 생래적으로 천민으로 학대받는 승려들에게 동정심을 느꼈을 것이다. 또한 서얼의 신분으로 정책을 좌우하는 고위 당로자가 될 수 없었기 때문에,『분충서난록』의 편찬을 통해 당로자들의 대불교의식을 바꿔보려는 의도가 있었을 것이다. 신유한은 56세로 공식적인 관료생활을 마쳤고, 64세에 봉상시첨정에 부임한 것을 끝으로 가야산에 은거하며 최치원을 흠모하며 살았다. 따라서『분충서난록』을 쓸 당시 신유한은 59세로, 가야산에 들어가기 이전이긴 하지만 이미 중앙정계와는 어느 정도 거리가 있었다. 그럼에도 불구하고 영조대 권력의 중심부에 있었던 재상들과 세도가에게 책의 서발문을 받게 한 것은 앞서 언급한 신유한의 의도가 개입된 것이라 볼 수 있다.

게다가 그는 낙질된 사명당의 일기 외에, 다양한 야사와 문헌들을 통해

---

64)『청천집』卷2 「內院菴記」, 412면.
65) 이러한 자료들은 본고의 완성된 논문에 모두 다룰 예정이다.

사명당의 기록을 찾아 모았고 또 친절한 평석과 고증을 덧붙이고 있다. 이러한 작업은 단순히 사명당에게 갖는 추모심의 발로라기보다는, 불교계 전체를 옹호하고자 하는 심리가 작동된 것이라고 생각된다.[66] 이렇게 불교계의 위상을 제고하고 승도들로 하여금 자긍심을 갖게 하기 위해, 우선 호국불교사상을 대표하는 인물인 사명당을 택했던 것이다.

문집을 통해서 신유한이 주로 선종계열의 책을 읽고 참선수행에 관심을 가졌다는 사실과, 젊어서부터 불교에 대한 깊은 이해와 안목을 지니고 있었음을 알 수 있다. 그리고 근본적인 이치와 지향성에 있어서 유불을 회통시키고자 노력하였던 것도 이미 살펴보았다.

조선 후기 사상사의 흐름에서 그의 위치를 조망해 볼 때, 당시는 성리학이 자성의 소리를 높이고 있었고, 학계에는 명청문화의 빠른 수입으로 양명학과 고증학의 연구가 유행하고 있었다. 또한 영조대 이후로 개인의 개성이 존중되고 자유로운 성정을 표현하려는 욕구가 다양하게 분출되는, 소위 '천기론(天機論)'이 유행하게 된다.

요컨대 영조대 사상계의 자유로운 분위기와 개인사적인 특수성, 그리고 당대 위정자들의 불교의식 변화에 대한 사명감에서 신유한의 『분충서난록』은 그 빛을 보게 된 것이다.

---

66) 사실 金在魯의 序文에는 영의정 김재로가 신유한에게 이 작업을 맡겼다고 되어 있으나, 추측컨대 신유한이 南鵬으로 하여금 신유한에게 이 작업을 맡기라고 종용했을 가능성이 크다.

연암 산문에서 문자 운용의 몇 가지 특징

김 혈 조

1.

연암 산문에 대한 연구는 산문문학이 본격적으로 연구되기 시작한 이래 다방면에 걸쳐 광범하고도 깊이 있게 이루어졌다. 연암 산문 전반에 논의는 물론, 개별 작품에 대한 정치한 분석이 있었다. 이러한 연구 성과에 힘입어 산문작품 자체의 문학 예술적 특징은 물론 연암의 문학론, 사유구조, 인식론, 미의식, 표현수사 등에 대해서 일정한 학문적 성과를 올릴 수 있었다. 특히 연암 산문 연구의 특징 중의 하나는 독립된 개별 작품 하나를 연구의 소재로 이루어진 것이 많다는 점이다.[1] 연암의 산문은 거개가 워낙 문제적 작품이기 때문에, 매 편의 작품이 그 자체로서도 독립적으로 충

---

1) 김혈조, 「漢文散文 硏究의 回顧와 展望」, 『大東漢文學』 19집, 2003 참조.

분히 연구될 가치가 있기는 하다.

그러나 이러한 산문 작품 하나하나에 대한 파편적 연구의 결과는 연암 문학의 제 특징을 파편화시키는 한편, 그 개별적 연구의 결과가 종합 통일되어 유기적으로 상호 연관되지 못하는 한계를 가지고 있다. 한 작품을 두고서 연구자간에도 서로 논의의 방향이나 연구결과가 다를 뿐 아니라, 심한 경우에는 연구자 자신에게 있어서도 매 작품을 해석하는 이론이나 기준이 다름으로써 연암산문의 특징을 통일적으로 귀납시키지 못하는 결과를 낳고 있다. 연암 산문 작품이 개별적으로 연구되어 그 결과물이 축적될수록 정작 연암산문의 본질이나 핵심적 특징에서 멀어지거나 비켜나는 것같은 공소함을 느끼게 된다. 연암 산문을 분석하는 통일적 혹은 일관적 잣대가 필요하다. 가장 기본적인 것에서부터 따져볼 필요가 제기된다.

연암의 산문이 당시에 신문체로서 주목을 받게 되고 문제가 되었던 까닭은 무엇인가. 말할 것도 없이 작품이 가지는 내용 및 주제 사상과, 이를 드러내기 위한 형식적 구조와 수사표현의 참신함에 있을 것이다. 연암의 창조적 글쓰기의 성공은 내용과 형식의 절묘한 결합에서 나온 것이 물론이므로 내용을 버려두고 형식만을 연구해서도 안 되지만, 형식을 버려두고 내용만을 연구해서도 안 될 것이다. 그러나 형식은 내용을 담는 전제이므로 창조적 글쓰기의 출발은 형식에서 출발하고, 형식의 출발은 언어표현에서 시작한다. 언어표현은 문자를 어떻게 운용할 것인가 하는 근본적인 문제에서 출발한다.

연암은 한문학 작가 가운데서 문자를 어떻게 운용할 것인가 하는 문제를 가장 깊이 있게 고민했던 인물이다. 언어문제, 문자문제, 언어와 문자와의 관계문제 등에 대해 지속적이고 깊이 있게 사유했던 만큼 연암문학의 출발점 역시 여기에서 출발하고 작품의 창작에 이 점이 전제되었을 것이다. 따라서 연암문학의 위대성을 밝혀내기 위한 연구는 바로 이 점에서 출발하고 고려해야 한다. 문자의 운용에 관한 문제는 좁게는 언어표현에 관한 문장론 혹은 문학론에 속한 문제이지만, 연암에게 있어서 문자운용은 보다 철학적인 문제와 사상성의 문제와 맞물려 있기 때문이다. 연암 산문에 대한 본원적 성찰과 이를 통해 연암 산문의 예술적 성취의 핵심을 찾아내기 위해서는 연암이 문자 문제를 어떻게 고뇌했으며, 그 고뇌를 통해 얻은 결론이 실제 산문에 어떻게 운용되었는가 하는 것을 살펴야 할 것이다.[2]

2.

연암은 문자를 어떻게 인식했을까? 연암만큼 문자 문제를 하나의 화두로 삼아 깊이 있게 사유했던 인물도 드물 것이다. 그의 진지한 사유의 결과가 여러 산문 작품에 녹아들어 있어, 이를 유기적으로 종합해볼 필요가 있다. 종전에 그의 문학론을 설명하는 대목에서 연구자들이 필요에 따라 일부의 자료를 인용하여 설명한 바 있으나, 총체적으로 종합 분석한 경우는 드물었다.

『열하일기』「옥갑야화」의 소위 허생전에 문자 문제를 언급한 흥미로운 구절이 있다. 허생이 군도를 모아 빈 섬에 들어가 부를 이룩한 뒤 섬을 나올 때 '이 섬에 화근을 없애야 한다'라고 하면서 글을 아는 자들을 모두 배에 태우고 나왔다고 한다. 허생이 무인도에 별천지의 낙원을 건설한 뒤 화근을 없애기 위해 문자 아는 사람을 색출하여 나왔다는 것은 무슨 의미

---

2) 연암의 언어 문자에 대한 진지한 검토는 조동일, 박희병 교수에 의해 이루어진 바 있다. 특히 박희병 교수는 연암의 언어관 문자관에 대한 정치한 분석을 통해 연암의 문자관은 연암 사상을 해명하는 근거가 됨을 밝히고, 특히 언어와 명심(冥心)의 관계에 착안하여 연암사상을 그의 언어관과의 유기적 관계에서 찾아서 설명하였다. 조동일, 「18세기 인성론 혁신과 문학의 사명」, 『문학사와 철학사의 관련 양상』, 한샘, 1992; 박희병, 「박지원 사상에 있어서 언어와 명심」, 『한국의 생태사상』, 돌베개, 1999.

인가. 문자를 아는 사람, 곧 지식인을 화근으로 파악한 셈이다. 힘이 세고 포악하여 공동체의 질서를 파괴하고 남을 지배하려는 무도한 인물을 화근으로 보지 않고, 오히려 무력하기 짝이 없는 백면서생을 화근으로 파악한 것은 무슨 이유인가. 이는 문자를 사용하는 사람이 한 사회의 지배계층이 되고, 이 지배계층이야말로 문자를 이용하여 오히려 문명사회를 파괴하는 온갖 간교한 술수를 쓰는 화근임을 말한 것이다. 결국 허생이 취한 조치는 문자를 아는 사람과 무지한 사람을 서로 격리시킴으로서 지배와 피지배의 관계 혹은 억압과 수탈을 원천적으로 차단하여 원시적 공통체를 유지할 수 있다고 생각한 데서 나왔을 것이다.

문자가 없는 사회를 만들려는 데 목적을 둔 것이 아니라, 보다 문자를 아는 지식인층에 대한 자기 각성을 환기한 것으로 볼 수 있다. 곧 문자 자체에 허물을 두지 않고, 그 문자를 사용하는 주체가 문제라는 것이다. 그렇다면 문자 자체는 반 문명사회로 가는 데 전혀 무관한 것인가. 이리살인(以理殺人) 혹은 문자옥(文字獄)이라는 말이 있는 것처럼 문자는 어떤 특정한 이데올로기를 전달하는 직접적인 도구가 되어 상대방을 죽이는 수단으로 악용되기도 한다. 문자를 수단화하고 이를 악용하여 사람을 죽이는 것은 인간이지만, 그러나 문자가 악용될 수 있다는 것은 문자 자체에도 문제가 있는 것으로 인식한다. 지배계층의 이데올로기를 반영하기도 하고, 기성의 각종 정보를 옮기는 수단이 문자이므로 문자가 갖는 사회적 의미는 대단히 큰 것이다.

호질에서 범이 북곽 선생을 향해 꾸짖는 대목이 후반부로 가면서 인간의 잔인 포학함이 인류 문명에 대한 비판을 통해서 이루어지는데, 그 결정적인 대목은 바로 인류문자에 대한 비판으로 향한다. 여기서 문자는 바로 한자이다. 인류는 동물을 잡는 온갖 살상용 무기를 만드는 것만으로도 부족하여, 인간끼리 서로 살상하기 위해 붓을 만들었다고 했다. 붓으로 문자를 써서 이리살인 혹은 문자옥을 만들어 정적을 죽이고 제거했다는 의미이다. 다음은 범이 인류의 문자를 꾸짖는 대목이다.

드디어 보드라운 털을 입으로 빨고 아교를 합하여 뾰족한 창(붓)을 만들었으니, 그 모양은 대추씨 같고 길이는 한 마디를 채우지 못하지만 이를 먹물에 적셔서 종횡으로 치고 찌른다. 굽은 모양은 창 같고 날카롭기는 칼 같으며 예리하기는 칼날 같으며 갈라질 때는 삼지창 같고 꼿꼿할 때는 화살 같고 땅길 때는 활 같다. 이 병기가 한번 움직였다 하면 온갖 귀신들이 밤에 통곡을 하게 되니, 잔혹하게 서로 잡아먹기로 말하면 누가 너보다 심하겠느냐?3)

먹물을 찍은 붓의 모양을 각종 병장기의 모양에 비유하였는지, 먹물을 찍어 붓으로 쓴 한자의 자획의 모습을 각종 병장기에 비유했는지 정확하게 알 수 없으나, 어쨌든 붓과 문자 즉 문자를 쓰는 활동 그 자체가 서로 살상하는 잔인한 행동으로 인식된 것이다. 의사소통의 수단인 문자가 살상의 도구가 되고, 문자 활동의 결과가 인류문명으로 발전하지 못하고 도리어 반문명적 행위로 떨어진다고 하는 이러한 의식의 저변에는 문자 자체를 부정적으로 인식하는 의식이 자리 잡고 있는 것으로 보인다.

그러나 연암의 문자관은 문자가 필요 없다는 식으로까지 나아간 것으로 보이지는 않는다. 다만 현재의 문자, 곧 한자는 여러 가지 언어적 사회적 문제를 내포하고 있으므로 보다 다른 문자를 창조할 필요를 느꼈던 것으로 판단된다. 곧 한자를 폐지하고 이를 대신할 새로운 문자의 창안이 제기된 것이다. 역시 허생의 입을 빌어 이를 드러내었다. 무인도에서 부를 축적한 뒤에 남녀 2천명을 불러모으고 자신의 포부를 설명하는 데서 새로운 문자 제정의 필요성을 언급한다.

내가 처음에 너희들과 이 섬에 들어올 땐 먼저 너희들을 부하게 한 연후에 따로 문자를 만들고[別造文字] 의관을 새로 제정하려고[創製衣冠] 하였었노라. 그런데 땅은 좁고 덕은 엷으니 나는 이제 여기를 떠난다. 다만 아이들을 낳

---

3)『燕巖集』卷12「虎叱」, "…… 乃吮柔毫, 合膠爲鋒, 體如棗心, 長不盈寸, 淬以烏賊之沫, 縱橫擊刺. 曲者如矛, 銛者如刀, 銳者如釖, 歧者如戟, 直者如矢, 觳者如弓. 此兵一動, 百鬼夜哭, 其相食之酷, 孰甚於汝乎? ……."

으면 오른손으로 숟가락을 쥐게 하고, 하루라도 먼저 태어난 사람이 먼저 먹도
록 양보하게 하여라.4)

　허생의 당초 포부는 이조사회와는 아주 다른 별세계의 건설이었다. 노
자에서 말하는 이상향의 사회인 과민소국(寡民小國)의 건설이 아닌가 여겨
진다. 곤궁함이 없이 누구나 부유하게 사는 경제적 사회의 건설이 그 목표
였지만, 거기에만 머무르지 않고 새로운 문명사회를 건설하는 것이었다.
이조사회와는 다른 새로운 사회의 건설은 의복제도를 개혁하고 문자를 새
로 만드는 것에서 시작하려고 하였다. 이상사회의 건설에 있어서 새로운
문자의 제정이라는 문제가 제기된 까닭은 무엇인가. 결국 이조사회와는
풍속과 문화제도 및 언어와 문자의 체계가 전혀 다른 제3의 국가를 건설
하려는 의도로 읽혀지지만, 보다 문자 체계 혹은 그 문자를 통해 전달되는
기존의 의식을 근본적으로 바꾸지 않고는 새로운 세계의 건설이 불가능했
기 때문이라고 생각된다.

　이조사회의 부정적 모습을 극복하기 위해서는 사회적 의식이나 통념을
바꾸어야 하고, 그렇게 되기 위해서는 기존의 가치관을 전달하는 언어문
자 체계의 변혁이 우선되어야 할 것으로 인식했기 때문일 것이다. 기존의
가치관, 이를 전달하는 문자 체계, 이를 학습한 사람들의 정신세계를 바꾸
는 것이 새로운 사회건설의 필수 불가결한 선결 조건이었다. 그러나 허생
은 새로운 문자를 만들지 못하고 섬을 떠났으며, 대신 섬에 화근을 없애기
위해 문자를 아는 사람을 모두 데리고 나오는 조치를 취하였다. 비록 별도
의 문자를 만들지는 못했지만, 기존의 문자를 아는 사람을 제거하는 것만
이 섬의 평화적 질서를 지키는 최소한의 조치라고 판단하였던 듯 하다.

　한자의 청산과 새로운 문자의 창제는 달리 말하면 한자문화권 혹은 한
문문화권의 청산을 의미한다. 연암이 한문문화권 나아가 중국(청)이 지배하

---

4)『燕巖集』卷14「玉匣夜話」, "…… 吾始與汝等入此島, 先富之然後別造文字, 創製衣
　冠, 地小德薄, 吾今去矣. 兒生執匙, 敎以右手, 一日之長, 讓之先食. ……"

는 동아시아 현실의 청산을 얼마나 희구하고 그것이 그의 문학 전반에 어떤 영향을 끼치고 구현되었는가 하는 문제는 별문제로 치고, 어쨌든 연암은 한자가 가지고 있는 문자적 문제에 대해 깊이 인식하고 고뇌하였다. 이러한 고뇌가 결국 새로운 문자의 창안으로까지 그 의식이 발전하게 된 것이다. 그러나 연암은 한자가 가지는 부정적 문제점을 인식하고 고뇌했음에도 불구하고 새로운 문자를 창조하지는 못했다. 한편 한글을 한자의 문제점을 극복할 대안 문자로서 크게 인식하지 않은 것 같다.

연암은 우리의 말과 글(한문)이 분리되는 문제를 진작부터 알고 있었고, 그러한 현상이 가지는 문학적 결점이 무엇인지 정확하게 알고 있었다. 그럼에도 불구하고 연암은 한글을 한자의 대안 문자로 인식하거나 이를 활용하여 문학 활동을 한 것으로 보이지는 않는다. 연암은 중국 여행을 하면서 중국인들과의 필담을 통해 모름지기 글은 어떻게 써야 생동감을 갖는가 하는 문제를 체험적으로 깨닫게 된다. 중국인들이 하는 말, 곧 구두언어를 문자로 옮겨놓은 필담은 자연스럽고 생동감이 나는 반면에 그들이 평소에 지은 문장은 대단히 부자연스럽고 생동감이 나지 않는다는 사실을 발견한다. 이를 통해 연암은 글이란 모름지기 언어에 기반을 두어야 곧 어문이 일치해야 생기 있는 글이 된다는 것을 깨달았다. 우리의 경우에는 우리말이 따로 있고, 이를 한자로 번역을 하므로 글 뜻이 캄캄해지고 말이 모호해질 수밖에 없다고 하였다. 연암은 어문이 분리되는 현상과 그 문제점을 정확하게 인식하고 있었다.

이 문제점을 근본적으로 해소하고 문장이 생동감이 나기 위해서는 문자와 언어의 통일, 곧 한자를 버리고 한글을 사용하는 길 이외에는 없다. 이 점을 연암은 분명이 인식하였다. 그러나 연암은 문학의 창조적 활동을 그 정도로까지 혁명적인 것으로까지 나아가지는 못했다. 연암의 시대에 문자를 아는 지식인들의 지적 분위기는 아직 거기에까지 나아가지 못했던 것이 당대의 보편적 상황이었다. 동시에 공부의 방법이나 글쓰기가 오직 한자에만 의존하였고, 그리하여 한자의 글쓰기에 오히려 익숙한 사람이 갑자기 한글로 글을 쓴다고 하여 그것이 한문으로 쓰는 것보다 더 예술적으로나 사상적으로 높은 경지에 이를 수 있는 것도 아니다.

한자가 가지는 문제점, 이를 극복하기 위한 새로운 문자의 창안이라는 과제, 문자와 언어의 분리현상을 극복하여 생기 있는 글의 창작이라는 문제, 이 세 가지 문제를 어떻게 유기적으로 통합하여 해결할 것인가? 연암의 언어관의 핵심과 문자적 고뇌는 바로 여기에 있다. 연암은 이를 어떻게 해결했는가. 결론부터 말한다면 한자와 한글의 각각의 문제점을 창조적으로 변용하고 보완 타협하는 방법으로 해결하려고 하였다. 문자 자체에 대한 근원적이고 진지한 검토를 통해 한자를 운용함으로서 새로운 글쓰기를 시도하였고, 한편 한글을 문자로 채택하지 않는 대신에 국어의 장점을 살리는 방향으로 새로운 글쓰기를 시도하였다. 연암의 산문에서 패사소품적인 글은 물론이거니와 고문체의 격조 높은 산문 역시 참신한 감각을 불러올 수 있었던 비결이 이러한 글쓰기에 있었던 것으로 보인다.

주지하다시피 문자나 언어는 시각적 표시와 청각적 표시의 하나이다. 따라서 그 문자나 언어는 표시하려는 사물의 일면만을 나타낼 뿐, 사물의 외면이나 본질의 총체적인 모습 전체를 표상하지는 못하고 또 표상할 수도 없다. 그리고 문자적 표시와 언어적 표시가 사물의 총체적 모습을 담고 있는 부호와 음성이라 하더라도 그것을 보는 사람이나 듣는 사람은 그 시각적 청각적 이미지를 통해 사물의 총체적 모습을 파악하기는 어렵다. 더욱이 문자와 언어의 다층적 의미 중 일부의 의미만을 지향하여 사용할 경우에는 독자나 청자가 그 지향의 의미를 간취한다는 것은 거의 불가능에 가깝다.

일찍이 노자는 도(道)와 명(名)에 대해 가히 말할 수 있고 이름할 수 있다면 진정한 도와 명이 될 수 없다[道可道非常道, 名可名非常名]고 말하여, 문자나 언어적 표지체계가 그 사물을 본 모습을 담으려고 하는 시도 자체가 이미 본모습이 아니며 따라서 문자적 표지는 영원히 사물의 본질이나 의미를 담거나 그것에 도달할 수 없다고 하였다. 연암의 문자에 대한 생각

역시 이 노자의 생각과 동일했던 것으로 보인다. 곧 한자라는 표지체계는 그것이 나타내려고 하는 의미의 일부분 밖에 보여주지 못하며, 문자를 익히는 사람은 그 일부분의 의미에 고착된다. 이 고착된 문자를 가지고 글을 쓸 경우 그 문장 역시 문학적 수사로의 기능을 상실하게 된다고 보았다.

연암이 당대 의고문자(擬古文者)인 창애(蒼厓) 유한준(兪漢雋)에게 보낸 답글에서 "어린이에게 천자문을 읽혔더니 싫증을 내며 '하늘을 보면 푸른데[蒼蒼] 천(天)이라는 한자는 푸르지[碧] 않다'라고 하니 그의 총명함은 한자를 만들었다는 창힐을 괴롭힌다"라고 한 말은 이를 의식한 발언으로 보인다. 의고문자인 유한준이 한자가 가지는 문자적 고착성에 사로잡힘으로서 자신이 표현하려고 하는 것의 역동적 의미를 표상하지 못하고 있음을 어린이의 예를 빌어서 우회적으로 지적한 것이다.

한편 글자가 사물의 총체적 모습과 의미를 담는 데 제한적이지만, 그럼에도 불구하고 글자를 통해 현현되어 있는 제한적 의미조차 다 이해하는 것 역시 어렵다. 사물은(추상적 개념이나 행위까지 포함)은 그 본연의 일정한 소리[聲], 빛깔[色], 감정[情], 분위기[景] 등 다층적 표상을 가진다. 그러나 문자는 사물 본연의 다층적 표상을 모두 담아낼 수 없다. 결국 작가는 의미전달에 제한적일 수밖에 없는 문자를 가지고 사물의 총체적 모습을 재현해야 하며, 이를 읽는 독자 역시 그 문자를 통해 사물의 다층적인 표상을 읽어야 한다. 작가에게는 사물의 총체적 모습을 재현하려는 창조적 고통이 따르게 되고, 독자에게는 부분을 통해 전체를 읽으려는 혹은 문자 이면에 숨겨진 의미를 찾기 위한 정독이 요구된다.

연암이 월암(月巖) 이광려(李匡呂)를 처음 만나 "그대는 평생 독서했는데 아는 글자가 몇 글자나 되는가?"라고 당돌한 질문을 하자 이광려가 한동안 생각한 끝에 30여 자쯤 안다고 겸손하게 답하여 일언으로 지기가 되었다는 일화는 연암이 문자가 갖는 의미전달의 한계를 얼마나 절실하게 느끼고 고뇌했는가를 여실히 보여준다.5) 이 일화를 들은 홍길주(洪吉周)와 같은 문장가는 더욱 겸손하여 자신은 한 글자도 모른다고 했다고 한다.

　문장의 작법에서 글자 한 자의 운용이 천근의 쇠뇌를 당기듯 신중을 기해야 하고, 그런 창조적 글쓰기만이 사물의 실체적 진실을 형상할 수 있다. 두 사람의 글쓰기가 이러했기 때문에 당대의 시문을 대표할 문장가로 평가되었을 터인데, 낙하생(洛下生) 이학규(李學逵)는 근세의 시문으로 마땅히 이광려와 박지원을 한 시대의 명가로 꼽아야 한다고 했다.6) 연암 역시 자신의 글쓰기에 이 점을 충분히 고려했을 것이다. 그의 산문 작품의 하나하나의 글자는 물론이거니와 표현 수사와 전체적인 구성까지 정독해서 읽어야 할 소이연이 여기에 있다.

　이 점은 연암의 글 읽기의 태도에서도 반증이 된다. 남의 글을 읽을 때 피상적 글 읽기를 할 것이 아니라 보다 작가의 내면세계까지 꿰뚫어 보아야 한다고 했다. 연암이 독서의 방법과 관련하여 지은 글인 「소완정기(素玩亭記)」에서 완상한다는 의미의 완(玩)에 특별한 의미를 부여하고, '어찌 눈으로 보아서 살필 수 있는 것이랴. 입으로 음미하여야 그 맛을 얻고, 귀로 들어야 그 소리를 들을 수 있으며, 마음으로 회통(會通)해야 그 정수를 얻을 수 있다'라고 했듯이, 모름지기 문자에만 매달릴 것이 아니라, 오감으로 느끼고 마음으로 회통해야 독자에게 전달하려는 작가의 뜻을 깨달을 수 있다. 마음으로 회통하여 읽지 않으면 글만 읽게 되고 작가의 마음을 읽을 수 없음이 물론이다.

　이러한 피상적 독서행위를 연암은 "시렁 밑에서 숟가락 줍는 행위"라고 하여 다음과 같이 말했다.

　　그대는 태사공(太史公)의 『사기(史記)』를 읽으면서 그 문장만 읽었지 태사공의 마음까지는 읽어내지 못한 것 같군요. 왜냐고요? 「항우본기」를 읽을 때는 초나라 장수들이 성벽 위에서 병졸들이 싸우는 것을 관전했다는 사실만 생각했을 것이고, 「자객열전」을 읽을 때는 고점리(高漸離)가 축(筑)으로 진왕(秦王)을 치

---

5) 이 일화는 『過庭錄』에도 전하고, 洪吉周의 『沆瀣丙函』의 「睡餘瀾筆에도 유사한 이야기가 전한다.

6) 李學逵, 『洛下生藁』「秋樹根齋集」 '與成人書'.

는 모습만 연상했을 것입니다. 이런 것은 늙은이들이나 말하는 진부한 이야기이니 속담에 '시렁 밑에서 숟가락 줍는다'는 것과 무엇이 다르겠소.[7]

올바른 독서방법을 제시했던 연암이었던 만큼 그 자신의 글쓰기에도 이 점을 염두에 두고 글을 썼을 것이다. 따라서 연암의 글을 옳게 읽는 방법 역시 연암이 제시한 독서태도와 다르지 않아야 할 것이다.

문자가 사물의 실체를 담아낼 수 없다는 문자적 한계가 우리의 경우처럼 문자와 언어가 분리되어 있는 경우에는 더욱 심각한 문제를 낳는다. 사물의 실체를 실(實)이라 한다면 문자는 사물을 이름하는 명(名)이다. 명(名)은 실(實)의 진면목을 그대로 담아야 하지만, 그렇게 될 수 없는 것이 문자적 한계이다. 그러나 명과 실이 가능한 일치하도록 문자를 운용하는 것이 작가의 수완이고 능력이다.

중국은 한자가 자신의 문자이므로 명이 실을 제한적이나마 일치하거나 포괄할 수 있지만, 우리의 경우는 명과 실이 섞이거나 상반되기도 한다. 특히 벼슬이름[官號]과 지명[地名]에 두드러지게 나타나는 현상이다. 조선의 벼슬과 땅은 우리의 것(實)이지만 그것을 부르는 호칭[名]은 중국의 명을 빌려서 사용하고 있다. 임금이 거주하는 한양을 장안(長安)이라고 호칭하고, 역대의 삼공(三公)을 승상(丞相)이라고 부르고 있으니 명과 실이 섞인 것인데, 이를 연암은 '명실혼효(名實混淆)'라 하여 이것이야말로 속되고 더러운 표현이라 하였다. 그리하여 명과 실이 상반되는 문자의 운용을 연암은 '땔나무를 지고 다니면서 소금을 사라고 외치는 장사꾼'과 같은 행위라고 하였다. 명과 실이 상반되면 하루 종일 돌아다녀도 나무 한 짐을 팔 수 없는 것처럼, 명실이 상반된 문자운용은 이미 의미전달이라는 고유의 기능을 상실한 죽은 문장이 되거나 상투적 표현이 되어 독자에게 신선한 자극과 생생한 감동을 줄 수 없게 된다.

---

7) 『燕巖集』 卷5 「答京之」 之三, "足下讀太史公, 讀其書, 未嘗讀其心耳. 何也? 讀項羽, 思壁上觀戰, 讀刺客, 思漸離擊筑. 此老生陳談, 亦何異於廚下拾匙."

상반된 명과 실을 어떻게 통일시킬 것인가. 명실(名實)이 통일된 문자로 운용된 문장은 천편일률적인 상투성을 벗어나 개성을 지닌 독창적 문장이 된다. 말할 것도 없이 명인 문자와 실인 사물에 대한 정확한 인식과 깨달음이 전제되어야 한다. 통일은 이 두 가지의 각각에 대한 정확한 인식과 깨달음에 기초한다. 사물에 대한 정확한 인식과 깨달음 문제는 후술하기로 하고, 우선 문자 문제만을 먼저 논한다.

문자 그 자체에 대한 문제는 앞에서 상술한 바 있거니와 여기서는 어떤 글자를 쓸 것인가 하는 문제 곧 문자의 선택과 운용에 관한 것을 언급한다.

> 글자는 비유하면 병사이고, 글의 주제는 비유하면 장수이다. (…중략…) 그러므로 전쟁을 잘 하는 장수는 버릴 만한 병졸이 없고, 글을 잘 짓는 사람은 이것저것 가리는 글자가 없다. 진실로 훌륭한 장수를 만나면 호미·고무래·가시랭이·창자루를 가지고도 굳세고 사나운 무기로 쓸 수 있고, 헝겊을 찢어 장대에 매달아도 아연 훌륭한 깃발의 정채를 띠게 할 수 있다. 진실로 올바른 문장의 이치를 깨친다면 집사람의 예사말도 오히려 근엄한 학관(學官)에 펼 수 있으며, 아이들 노래와 마을의 속언(俗諺)도 훌륭한 문헌에 엮어 넣을 수 가 있다. 따라서 문장이 잘 지어지지 못함은 글자 탓이 아니다.
>
> —「騷壇赤幟引」

> 그러므로 글을 짓는 사람들은 아무리 더러운 명(문자)이라 하더라도 꺼리지 않고, 속된 자취[迹]라도 없애서는 안 된다. 맹자가 사람의 성씨는 같아도 이름은 개별적인 것[姓所同也, 名所獨也]이라고 말했듯이, 또한 한자의 글자 모양은 같으나 그 문장은 독자적이다[字所同而文所獨也]라고 말할 수 있어야 한다.
>
> —「答蒼厓」

두 개의 인용문에 의하면 문장을 짓는 데에 사용하지 못하고 버릴 쓸모없는 글자는 없다. 전아한 글자만 가지고 문장이 되는 것은 아니다. 비리한 글자도 쓰기 나름이다. 다만 작가는 전아한 글자와 비리한 글자를 필요에 따라 적재적소에 취사선택하여 활용할 뿐이다. 어떤 글자를 택하여 훌륭한 문장을 지을 것인가 하는 문제는 작가의 능력이고, 글자와는 무관한 것이다. 훌륭한 장수는 일상적 농기구조차도 훌륭한 무기로 활용하는 것처럼, 훌륭한 문장가는 일상적 글자, 심지어 비리한 글자조차 이를 변용하여 정채 나는 글을 짓게 된다. 요컨대 명과 실이 통일되는 문자가 되고, 이를 활용하여 좋은 문장을 지으려고 한다면 비리한 문자까지도 살려서 쓸 수 있다는 것이다.

연암은 명과 실이 혼효됨으로써 도리어 비리(鄙俚)한 품격의 글이 된다[名實混淆 還爲俚穢]고 했는데, 인용문과 관련시켜 본다면 비리한 문자라도 사용하여 품격 높고 전아한 문장이 될 수 있다면 이를 적극적으로 활용하라는 역설적인 주장이 성립된다. 연암의 이러한 주장은 사물의 실제 모습을 생생하게 그릴 수 있다면 문자의 아속(雅俗) 미추(美醜)를 따질 필요가 없으며, 오히려 속되고 추한 글자의 사용까지 적극 권장하고 있다. 연암 자신이 이를 적극적으로 활용했을 뿐 아니라, 동료 후배들의 시문집을 평가하며 써준 서문에서 이를 적극 옹호하는 이론을 펼치는가 하면 시문집에 나타나는 그러한 점을 오히려 장점으로 부각시킨다. 연암은 자신의 주장처럼 글자는 같은 한자를 쓰지만 자신만의 독창적인 문장세계를 형성하였으며, 이 점이 연암의 신문체가 될 수 있었던 소이연이기도 하다. 이예(邇穢), 비리(鄙俚), 비비(鄙卑), 비이(鄙邇), 쇄쇄(碎碎) 등의 용어들이 여러 서문과 편지글에서 사용되는 핵심어이다. 이러한 종류의 문자는 종래 고문가들에게 천박한 것으로 여겨져 철저하게 외면당해 왔던 문자들이다. 때문에 정조를 비롯한 당대의 고문가들은 연암을 위시한 그 동인들의 문체를 대단히 경조부박한 문장으로 비판하기에 이르렀던 것이다. 연암은 여기에서 한 걸음 더 나아가 우리말과 한자를 결합시키는 쪽으로 명과 실의 통일을 도모하였다. 이른바 구두언어인 우리말과 문자언어인 한자의 결합인 셈이다.

지금의 사람인 무관(懋官)은 조선인이다. 산천풍기가 지리적으로 중화(中華)와

다르고, 언어와 노래 및 풍속은 세대가 한당(漢唐)이 아니다. 그런데도 중화의
문법을 흉내 내고 한당의 문체를 답습한다면 우리는 한갓 그 문법이 더욱 고상
할수록 의취(意趣)는 실상 비루해지고, 문체가 더욱 유사할수록 표현은 더욱 거
짓됨을 보게 될 것이다. 우리나라가 비록 구석진 데 있으나 또한 천승(千乘)의
나라이고, 신라 고려가 비록 소박했으나 민간에 미풍양속이 많았다. 그런즉 그
방언을 문자로 표현하고 그 민요를 운율에 조화시키면 저절로 문장이 이룩되어
진기(眞機)가 발현될 것이다. 옛체를 답습하기를 일삼지 않고 서로 빌려오지 않
고서도 현재의 것을 따르고 온갖 사물에 나아갈 수 있으니 오직 이 무관의 시
가 그러하다.

—「嬰處稿序」

　명과 실의 결합이 사물의 역동적 의미를 포착하여 생생하게 재현하기
위해서 바로 '이곳'과 '지금'을 강조한 것이다. '이곳'은 작가가 사는 조선
이며, '지금'은 작가가 살고 있는 현재의 시점이다. 자연풍토와 생활습속이
중국과 다른 조선의 환경에서 태어나고 성장한 조선의 사람이 중국의 고
전문학을 전범으로 여기고 모방하게 된다면 그것과 닮을수록 더욱 의취가
비루해지고 언어표현이 가식됨을 볼 뿐이다. 이는 명백히 참의 문학이 아
니다. 참의 문학을 하기 위해서는 남의 것을 모방하고 빌려와서는 재미도
적을 뿐 아니라 거짓이 된다. 바로 우리 자신의 삶을 우리 감각을 살려 표
현하는 길 밖에 없다. 우리나라가 작지만 중국과는 다른 독자적 문화를 가
진 국가이다. 따라서 우리의 눈앞에 펼쳐진 우리의 삶과 정서를 우리의 언
어감각을 살려 표현하면 바로 참의 문학이 된다는 주장이다.
　참의 문학이란 결국 명과 실의 통일에서 가능하다. 따라서 우리나라의
방언(方言)을 한자화(漢字化)하고 민요를 한시화(漢詩化)할 수밖에 없다. 실제
로 연암은 우리말의 구어 속담 관직명 지명 일화 등을 한자화하여 문장에
풍부하게 사용했을 뿐 아니라, 심지어는 비속한 우리말 은어 등까지 한자
화하여 사용하였다. 요컨대 연암은 명과 실을 통일하는 문자 운용으로 참
의 문학을 지향했는바, 그렇게 하기 위해서 비속하고 천박한 문자는 물론

우리의 구두언어를 한자로 바꾸어 사용하는 것을 과감하게 시도하였다. 결국 문장의 외피 즉 표현은 더럽고 속되지만, 오히려 그렇게 함으로써 거짓과 상투성을 벗어버리고 참신하고 살아 있는 문장이 될 수 있었다.

연암이 당대의 대선배인 황경원(黃景源)의 글과 자신의 글을 비교하여 다음과 같이 말한 것은 다분히 자신의 문장에서 바로 그 점을 높이 평가하고 자부한 것이다.

> 연암이 언제가 남에게 말하기를 "황대경(黃大卿) 씨의 문장은 면류관을 쓰고 패옥을 찬 채 길가에 엎어져 있는 송장과 같다면, 나의 문장은 비록 덕지덕지 꿰맨 누더기를 입었으나 오히려 살아서 아침햇살을 쬐고 있는 사람과 같다"라고 했으니, 대경은 강한(江漢)의 자이다.8)

강한은 황경원의 호이다. 황경원은 당대 고문의 일인자로서 국왕 정조(正祖)에게 모범적 문장가로 칭송받은 인물이다. 연암이 약관 시절에 지은 자신의 습작을 대제학으로 있던 황경원에게 보이고 질정을 구했을 때 황경원은 뒷날 자신을 이어 문형이 될 사람으로 연암을 꼽은 바 있었다. 황경원은 고문가의 처지에서 연암의 글을 고문으로 높이 평가하였던 것인데, 연암은 고문에 만족치 않고 새로운 글쓰기를 시도한 것이다. 그리하여 황경원의 글을 전아한 옷을 입고는 있지만 생명이 끊어져 죽어 엎어진 송장에 비유했고, 자신의 글을 비록 남루한 누더기를 걸쳤지만 살아서 아침햇살을 쬐는 사람에 비유했다.

연암 문장에 대한 당대의 평가와 반응은 서로 엇갈렸는데, 대체로 고문의 문장가로 알려진 인물들에게 부정적으로 인식되었던 것으로 보인다. 다음 유만주(兪晩柱)의 평을 인용해본다. 유만주는 유한준의 아들이고, 유한준은 의고문자로서 연암과는 불편한 관계에 있던 인물로 알려져 왔었다.

---

8) 洪翰周, 『智水拈筆』 卷3, "燕巖嘗語人 曰, '黃大卿氏之文, 冠冕佩玉, 而爲道傍僵屍. 吾文, 雖懸鶉百結, 猶能生坐負朝陽矣.' 大卿, 江漢也."

박지원은 금(今)을 변화시켜 고(古)를 만드는 묘체를 얻었다. 그러므로 곧잘 리어(俚語) 속담을 사용하였으되 순연한 고문이 되었다. 그 붓 끝에 혀가 있어 신품에 합한다 할 만하니, 도리어 어떤 것은 남유용(南有容)과 황경원 보다 나은 것이 있다. 그러나 자색이 있는 관기에게 화장을 시키고 비단옷을 차려 입혀 향기 있고 농염한 모습을 하게 하여 사내들에게 보인다면 비록 맹광(孟光) 같은 현숙한 아내를 두었다 하더라도 거들떠보지 않고 부득불 이 관기에게 빠지지 않을 수 없을 것이니, 박지원의 문장이 바로 그러하다.9)

유만주는 금(今)을 변화시켜 고(古)를 만드는 연암의 묘품을 일견 높이 평가하였다. 금을 변화시켜 고를 만드는 묘품이란 다름 아니라 속된 말과 속담을 사용하는 것을 두고 말한 것이다. 그는 연암의 문자의 창조적 변용을 한편 인정하면서도 끝내는 연암의 문장을 천박한 관기에 비유하였다. 그에 의하면 고문은 화장하지 않은 현숙한 요조숙녀의 아내이고, 연암의 문장은 천박하게 화장을 하여 뭇사내를 유혹하는 기생이었다. 요컨대 깊은 맛이 없다는 평가이다. 그러나 유만주 역시 연암의 글이 당대 고문을 대표하는 남유용이나 황경원보다 나은 점이 있다는 것을 인정하였다. 황경원의 문장이 연암보다 못한 이유는 어디에 있는가. 역시 명과 실이 상반되었기 때문일 터인데, 유만주의 생각도 그러했다.

오늘날 세상에서 강한 황경원의 문장을 진실로 문장의 으뜸으로 일컫지만, 끝내 실(實)하지 못한 병통이 있다. 실하지 못하면 신(信)을 전할 수 없고, 신을 전할 수 없으면 또한 후대에 전할 수 없다. 결코 후대에 전할 수 없는 문장이라면 어찌 정신을 허비해가며 일생동안 할 수 있으리오?10)

강한의 문장은 처음에는 풍성한 명성이 따랐으나 전적으로 배척되고 만 것은

---

9) 兪晩柱, 『欽英』卷6, "祇得化今爲古之妙, 故輒用俚語俗譚, 而純然爲古文. 筆端有舌, 合許神品, 反或有勝於南黃. 然官妓之有姿色者, 粧錦綺塗, 香澤濃艶, 可人男子見之, 雖置孟光之妻, 不得不向此流眤. 祇之文, 是已."
10) 兪晩柱, 『欽英』卷5, "今世所稱江漢之文, 固章宗, 終病不實. 不實則, 不可傳信, 不可傳信則, 亦不可傳後, 幷不可傳後則, 亦安用弊精一生爲哉."

아마도 마음속으로 생각하는 것과 입으로 말하는 것이 상응하지 못한 까닭인 것 같다. 자유자재로 변화하는 것은 조석여(趙錫汝, 趙龜命)에게 미치지 못하고, 전아하고 순정함은 뇌연(雷淵, 南有容)에게 미치지 못하며, 살을 찌르고 뼈에 스며들기로는 연암에게 미치지 못한다. 다만 가히 승복할 수 있는 것은 일단의 고색창연한 것일 뿐이다.[11]

황경원이 당대 고문을 대표하는 문장가인 것은 사실이지만, 그러나 그의 문장이 가지는 약점은 실(實)하지 못하다는 것과 마음속의 생각이 언어와 상응하지 못하는 것이다. 여기서 말한 실(實)의 개념이 무엇인지 명확하게 드러나 있지는 않지만, 황경원의 문장이 고문으로서 전아한 품격은 가지고 있지만 그 표현에 있어 명과 실이 부합하지 못하다는 점을 지적하고 있는 것으로 보인다. 밑의 인용문에서 마음속의 생각과 언어가 서로 조응하지 못하고 따로 논다는 것은 이를 말한 것으로 보인다. 이는 연암이 말한바 우리의 관명이나 지명을 중국의 문자로 차용해서 쓰는 명실혼효(名實混淆)의 현상을 두고 말한 것으로 보인다. 이규상(李奎象)도 당대의 문장가를 선발하여 품평한 「문원록(文苑錄)」이란 글에서 황경원의 고문을 대단히 훌륭하다고 평가하면서도 그가 관직이름과 지명은 문득 옛 관직 이름과 옛 고을 이름으로 바꾸어 쓰는 촌스러움을 벗어나지 못했다고 평가했는데, 이를 염두에 두고 한 발언으로 판단된다.

앞서 명과 실이 통일되기 위해서는 명(名)인 문자에 대한 깨달음과 실(實)인 사물에 대한 정확한 인식과 깨달음이 전제된다고 한 바 있다. 사물은 좁게는 눈앞의 사물이지만, 넓게는 삼라만상의 만물과 세계 현실을 포함하는 개념이다. 무릇 모든 학문이 현실성을 갖기 위해서는 학자가 살고 있는 시대의 현실에 대한 객관적이고 명확한 인식이 전제되어야 하듯, 글을 짓는 문장가 역시 예외가 아니다. 연암에게 있어 특히 중국이 아닌 우리

---

11) 兪晚柱, 『欽英』卷6, “江漢之文, 始從豊聞, 訝心口之太不相應. 縱橫變化, 不及趙錫汝, 典雅醇正, 不及雷, 而刺肌沁骨, 又不及祗. 只可服者, 一副蒼然古色而已.”

조선의 현실, 중국의 과거가 아닌 우리 조선의 지금이 강조된 것도 사실은 이와 무관하지 않다. 사물과 현실에 대한 정확한 인식이 바른 글쓰기의 전제이다.

연암에 의하면 삼라만상에 존재하는 만물은 바로 문자로 표현되지 않은 문장[不字不書之文]이기 때문이다. 사물과 현실에 대한 정확한 인식은 바로 사물과 현실에 대한 꼼꼼한 관찰에서 가능하다. 연암이 글쓰기와 관련하여 유독 포희씨를 자주 인용하고 그의 자연관찰을 높이 평가한 것도 이러한 까닭이다. 「종북소선자서(鐘北少選自序)」, 「소완정기(素玩亭記)」, 「답경지지이(答京之之二)」 등에서 포희를 대단한 인물로 평가했다. 포희씨는 주역의 팔괘를 그렸다는 신화적 인물이다. 그는 하늘의 현상과 땅의 법칙을 관찰하고, 새와 짐승의 무늬와 땅의 마땅함을 살피며, 가깝게는 자신의 몸, 멀게는 사물에서 취하여 이를 팔괘(八卦)로 형상했다고 한다. 연암은 포희의 자연 사물에 대한 진지한 관찰 태도를 높이 평가한 것이다. 그는 사물의 하찮은 존재에 대해서도 그 내면의 모습과 참다운 이치를 캐기 위해 자신의 정열을 쏟아 부었다. 그는 곤충의 더듬이, 꽃의 꽃술과 같은 미미하고 하찮은 존재조차 놓치지 않고 관찰하였다. 모름지기 작가는 모든 사물을 철저히게 관찰히는 태도를 기저야 한디. 그것만이 시물의 모습을 옳게 형상화할 수 있다. 따라서 사물의 올바른 형상화의 전제이고 필요조건이 바로 사물에 대한 진지한 관찰이다.

그렇기에 연암(燕巖)은 종북소선자서에서 곤충의 더듬이, 꽃의 꽃술을 달갑게 여기지 않는 사람에게는 문심(文心, 좁은 의미에서의 글 쓰려는 마음)이 없다고 한 것이며, 포희씨가 죽은 뒤로는 참다운 문장이 흩어진지 오래 되었다고 하였다. 연암 자신도 새로운 글쓰기를 위해서 사물에 대한 관찰을 진지하게 하였음이 물론이다. 『과정록(過庭錄)』의 기록에 의하면 "연암이 연암협(燕巖峽)에 있을 때 '사물 중에는 풀 꽃 짐승 벌레와 같이 하찮은 것이라 하더라도 모두 지극한 의경(意境)이 있어 조물주와 자연의 묘미를 엿볼 수 있다'라고 말하며 시냇가 바위 위에서 골똘히 사색하고, 그 깨달음을 간략히 기록하여 뒷날 작품 창조의 원천으로 사용하려 했다"는 것은 연암이 사물의 관찰을 얼마나 중요하게 여겼나를 단적으로 보여주는 예이다. 이렇게 관찰된 사물의 모습을 작가는 문자로 형상하게 된다.

이때 관찰의 대상이나, 그 주제는 반드시 거창할 필요는 없다. 대상이 무엇이든, 주제가 무엇이든 간에 진실하게 표현하는 것이 중요하다. 연암은 억지로 뜻을 근엄하게 꾸미고 글자마다 고전의 내용을 찾아 장중하게 하려는 글쓰기는 초상화를 그리게 하면서 용모를 고치고 나가는 것과 같아서 거짓된 모습이며 생명력이 없다고 하면서 다음과 같이 말했다.

> 글을 짓는 것 역시 이와 무엇이 다르랴. 말은 대단한 것만 말한다고 해서 맛이 아니다. 털끝만큼 작은 것도 말할 수 있다. 말할만한 것이라면 깨진 기와와 자갈부스러기인들 내버릴 것이 무엇인가. 그러므로 도올(檮杌)이란 문자는 흉악한 짐승의 이름이지만 초나라 역사책 이름으로 차용했고, 사마천과 반고도 흉악한 도적의 사적을 서술하였다. 글을 짓는 사람은 오직 진실해야 할 뿐이다.[12]

글의 소재가 무엇이든, 주제가 무엇이든 간에 오직 진실하게 표현하는 것이 중요하다고 하였다. 이러한 글쓰기의 태도에서 본다면 문학적 글쓰기 혹은 기록의 범위가 무한 확장된다. 종래 문인들에게 일상적이고 하찮으며 지엽적이고 쇄쇄한 것이라고 천대받던 것에게까지 관심의 영역이 확장된다. 이 점은 고문가들에게 소품문이라고 지적되기도 했던 까닭인데, 연암은 이에 구속받지 않고 오히려 이를 긍정적으로 생각했다. 소천암(小川庵)이란 분이 조선의 속요 민속 방언 속기 및 여항의 인물정태 등을 기록하여 책이름을 『순패(旬稗)』라고 했는데, 연암은 여기에 서문을 쓰면서 다음과 같이 말했다.

---

12) 『燕巖集』 卷3 「孔雀館文稿自序」, "爲文者, 亦何異於是哉? 語不必大, 道分毫釐, 所可道也, 瓦礫何棄? 故檮杌惡獸, 楚史取名, 椎埋極盜, 遷固是敍. 爲文者, 惟其眞而已矣."

지금 자네는 비루하고 통속적인 데서 언어를 찾고[察言於鄙邇], 지체가 낮고 천박한 것에서 사실을 주위 모았네[摭事於側陋]. 어리석고 무식한 남녀가 미소 짓는 웃음과 일상적인 일이란 모두 눈앞에서 실제 벌어지는 일이니 눈이 시도록 보고 귀에 딱지가 앉도록 들은 것이어서 아무리 용렬한 사람에게라도 신기할 것이 없음이 당연하네. 비록 그렇지만 해묵은 간장도 담는 그릇을 바꾸면[宿醬換器] 입맛이 새로워지고, 항상 예사롭게 보던 생각도 환경을 달리하면[恒情殊境] 마음과 눈이 모두 바뀐다네.

너무 평범하고 일상적이기 때문에 아무도 거들떠보지 않는 대상, 이것을 주목할 줄 아는 작가적 안목 혹은 이를 문학적 소재로 이용하여 생명을 불어넣는 작가적 수완이 보다 강조된 말이다. 담는 그릇을 바꾸고, 환경을 달리 바꾸는 것은 작가에게 달려 있고, 그것이 작가의 수완이다. 문자는 내용물을 담는 그릇이고, 환경은 문자에 의해 운용되는 문장 혹은 표현이다. 그릇을 바꾸고 환경을 변용시키는 주체는 작가이다. 어떻게 그릇을 바꾸고 어떻게 환경을 바꿀 것인가. 역시 명과 실이 통일되는 쪽으로 글자의 운용이 필요할 것이다. 그 글자의 운용은 단순히 동의어의 글자 몇 개를 환치시킨다고 되는 것은 아니다. 연암의 말을 인용한다.

저 창공을 날며 지저귀는 새는 그 얼마나 생기(生意)가 발랄한가. 그런데도 싱겁게 이를 새 조鳥라는 글자 하나로 말살시켜 새의 빛깔을 없애고 모습과 소리를 내동댕이치니, 이는 마을에 놀러 가는 촌 영감의 지팡이 위의 생명력이 없는 새의 조각과 어찌 다르랴. 만약 새 죠(鳥)가 너무 평범한 글자라고 싫어하여 약간 산뜻하게 바꾸려고 생각하여 새 금(禽)이라는 글자로 바꾼다면 이는 독서하고 글을 짓는 사람의 잘못이다. 아침에 일어나니 푸른 나무가 그늘을 드리운 뜰에 철새가 지저귀고 있었다. 나는 부채를 들어 책상을 치며 큰 소리로 '이는 나의 날아왔다 날아갔다 하는 글자이고, 서로 지저귀고 화답하는 글월이다.'라고 했다. 다섯 가지 채색을 일러 문장이라고 말한다면, 문장이 이보다 더 훌륭한 것은 없도다. 오늘 나는 참다운 독서를 했다 할 것이다.13)

---

13)『燕巖集』卷5「答京之」之三, "彼空裡飛鳴, 何等生意, 而寂寞以一鳥字, 抹摋沒却

연암에게 가장 생동하고 진실한 언어는 바로 삼라만상의 사물, 바로 그 자체이다. 그는 인용문의 앞에서 '육합(六合)'에 산재된 만물이야말로 문자나 책으로 기록되지 않은 참다운 문장이라'고 했으며, 「소완정기」에서 '하늘과 땅 사이에 흩어져 존재하는 것은 모두 다 글의 정수이다'라고 했다. 왜냐하면 모든 사물은 나름대로의 존재하는 모습과 그 고유한 생의(生意)를 가지고 있기 때문이다. 이 사물 본연의 모습과 생동성을 언어문자로 표현하는 것이 글 또는 문장이다. 그러나 한자라는 문자는 명실(名實)이 달라 개별적 사물의 구체적 속성까지 담아내지 못한다. 사물의 있는 그대로의 모습, 그 속성까지 표현할 수 없는 문자 표현이라면 이는 죽은 표현이다. 새를 나타내는 글자인 조(鳥)라는 글자로서는 새의 날며 우는 모습을 나타낼 수 없으며, 그렇다고 조금 더 포괄적인 의미로 사용하는 금(禽)이라는 글자로 바꾼다 하더라도 생의를 표현할 수 없는 것은 동일하다.

결국 죽은 문자를 이용하여 사물의 생생한 현재적 모습과 생의(生意)를 재현하기 위해서는 창조적 글쓰기가 필요하다. 새의 소리, 빛깔, 나는 모습 등이 드러나야 함은 물론, 새의 감정과 새가 있는 곳의 분위기까지 감지되도록 글을 써야 한다. 여기서 연암이 강조한 것이 이른바 성색정경(聲色情景)이 살아나는 형상화 수법이다. 이 형상화 수법을 통해서 사물은 진실하게 표현될 수 있으며, 이 진실한 표현이야말로 바로 명과 실이 통일된 문자 운용이다. 연암의 문장에서 발견되는 표현의 참신함과 대담함, 새로운 글쓰기는 이러한 문자 운용의 문제의식에서 가능했고, 이것이 연암의 산문이 위대한 산문으로 창조될 수 있었던 까닭이다. 결국 연암 산문의 위대성을 밝혀내기 위한 연구방법에서 가장 기본적이고 먼저 시도되어야 할 것은 바로 문자 운용을 어떻게 하였나 하는 쪽으로 초점이 모아져야 할 것이다.14)

彩色, 遺落容聲, 奚异乎赴社邨翁杖頭之物耶? 或復嫌其道常, 思變輕淸, 換箇禽字, 此讀書作文者之過也. 朝起, 綠樹蔭庭, 時鳥鳴嚶, 擧扇拍案, 胡叫曰 '是吾飛去飛來之字, 相鳴相和之書, 五采之謂文章, 則文章莫過於此. 今日, 僕讀書矣.'

3.

앞에서 우리는 연암이 문자에 대해 언어적 사회적 고뇌를 하고 이를 어떻게 운용할 것인가를 진지하게 모색했으며, 따라서 그는 자신의 산문 작품 역시 이 점을 충분히 고려하여 창작했을 것이라고 하였다. 그리하여 연암 산문에 대한 읽기는 이 문자 운용에서부터 다시 출발할 필요가 있다고 했는바, 이러한 논의에 따라 이제 몇 작품을 통해 이를 따져보기로 한다. 특히 여기서는 문자 운용의 특징 중에서 어떤 특정 문자가 작품전체의 주제사상을 나타내는 것, 달리 말하면 작품의 눈과 같은 핵심어의 사용을 알아보기로 한다. 아울러 그 핵심어가 연암의 어떤 사상을 반영하고 있는가 하는 문제도 따져봄으로서 연암 사상의 일단도 살펴보기로 한다.

소품문을 하나 인용한다.

이별의 말을 야단스럽게 주고받아도 이른바 '천리 길에 그대를 보내매 종시 한번 헤어짐을 당해서는 어찌 하랴 어찌 하랴만 말한다'는 격입니다. 다만 일단의 가녀린 생각의 실마리가 나풀나풀 날며 이리저리 감기는 것이 마치 허공의 허깨비 꽃과 같아서 올 때도 어니에서 온 곳이 없고 또 가고 난 뒤에도 여선히 하늘거리는 것 같습니다. 전에 백화암(百華庵)에 앉아 있을 때입니다. 암자의 주인 처화(處華)가 멀리 마을에서 들려오는 다듬이 소리를 바람결에 듣고는 그 비구승 영탁(靈托)에게 게(偈)를 전하며 이렇게 물었지요.

"탁탁 나무방망이 소리와 땅땅 다듬이돌 소리가 어느 소리가 먼저 떨어지는고?"

영탁이 합장하며 이렇게 답했답니다.

"먼저도 아니고 뒤도 아니니, 듣는 것이 어느 즈음이던가요[不先不後 聽是那際]."

어제 그대가 정자 위에서 난간을 배회하며 서성일 때, 나 역시 다리 끝에서

---

14) 김혈조, 『박지원의 산문문학』(성균관대 대동문화연구원, 2002) V장 3절 비유와 문자 운용의 다양화 참조.

말을 세우고 있었는데, 그 사이에 서로의 거리가 1리 남짓 되었지요. 모르겠습니다만, 둘이 서로 바라보다가 돌아선 것이 어느 즈음이던가요[不知兩相望處還是那際].15)

답경지(答京之)라는 척독이다. 두 사람이 만나서 회포를 풀다가 헤어졌는데, 헤어진 뒤에도 남은 여운 때문에 편지를 주고받은 것이다. 편지 내용에 '어제'라는 말이 있는 것으로 보아 헤어진 바로 그 다음날 편지를 주고받은 것이며, 그 만큼 이별의 섭섭함을 나타내고 있다. 경지가 먼저 이별의 아쉬움을 적어 편지로 보낸 것에 대해 연암이 답을 한 것이다. 연암은 헤어지기 섭섭함을 나타내기 위해 어제의 만남과 이별은 꿈속에서 이루어져 그 헤어짐은 마치 허깨비 꽃처럼 흔적 없이 왔다가 흔적 없이 사려지는 것 같아 머릿속에 영상으로만 남아 있는 것 같다고 했다.

이별의 아쉬움에 서로의 발걸음이 떨어지지 못했음을 드러내기 위해 선문답의 한 대목을 끌어들였다. 다듬이 방망이 소리와 다듬이돌 소리가 어느 것이 먼저 나느냐는 스승의 철학적 물음에 제자는 자못 현답을 했다. 다듬이소리를 방망이 소리라고 한다면 방망이 소리가 먼저 난다 할 것이요, 돌 소리라고 한다면 돌 소리가 먼저 난다 할 것이라는 대답, 즉 듣는 사람의 주관에 따라 같은 소리도 다르게 들릴 수 있다는 유심적 해석을 스승은 기대했었는지 모른다. 그러나 제자는 먼저도 아니고 뒤도 아니다, 곧 두 사물이 부딪침으로서 소리가 나므로 사실은 동시에 소리가 난다고 답을 한 것이다. 어느 즈음에 듣느냐는 말은 어떤 소리를 먼저 들을 수 있겠느냐는 말이다. 두 물체가 부딪쳐서 소리가 나기 때문에 각각의 소리는 별개로 날 수 없으며, 따라서 어느 한 가지의 소리를 먼저 들을 수 없다는

---

15) 『燕巖集』 卷5 「答京之」, "別語關關, 所謂'送君千里, 終當一別, 奈何奈何.' 只有一端弱緒, 飄裊纏綿, 如空裡幻花, 來卻無從, 去復婀娜耳. 頃坐百華庵, 庵主處華, 聞遠邨風砧, 傳偈其比丘靈托曰 '椓椓礑礑, 落得誰先.' 托拱手曰 '不先不後, 聽是那際.' 昨日足下, 猶於亭上徇欄徘徊, 僕亦立馬橋頭, 其間相去, 已爲里許. 不知兩相望處, 還是那際."

말이다. 달리말해 두 소리가 동시에 난다는 말은 나무방망이 소리와 다듬 이돌 소리가 반반씩 나는 것이므로 두 소리의 중간이라는 것이다.

경지와 헤어질 때 경지는 정자 위에서 배회하며 멀어져 가는 연암을 바라보았으며, 연암 역시 다리를 건너가 말을 세우고 자신을 보고 있는 경지를 바라보았다.[16) 두 사람의 거리는 1리쯤이었다. 두 물체의 부딪침의 결과가 소리이듯, 두 사람 중 누구라도 먼저 돌아서야 이별이라는 결과가 생긴다. 그러나 연암은 어느 누구도 아쉬움에 먼저 돌아선 사람은 없다고 하여 그것이 동시에 이루어졌다고 했다. 먼저 돌아선 사람에겐 아쉬움이 덜하다는 뜻일 터인데, 동시에 돌아섰으니 아쉬움도 서로 같다는 뜻이다. 즉 서로 보내고 싶지 않은 두 사람이고 보니, 어느 시점에 동시에 돌아선 것으로 해두자는 말이다. 당신이 헤어지고 싶지 않고 미련이 남아 나를 바라보고 있었던 것처럼 나 역시 그런 감정은 마찬가지였다. 마냥 그러고만 있을 수 없으니 동시에 돌아서서 가고 온 것으로 해 두자는 뜻이다.

벗을 향한 간절한 그리움을 드러내기 위해 이별할 때의 정경을 끌어오고, 이별의 장면에서 서로 약속도 하지 않았지만 동시에 돌아섰다는 것을 통해서 그 그리움을 강조한 것이 이 척독의 주제이다. 이 주제를 효과적으로 살리기 위해 연암은 특별히 핵심적 글자를 사용하였다. 또 이 글자의 의미를 효과적으로 드러내기 위해 특이한 표현방식을 끌어왔다.

제(際)라는 글자가 이 문장의 핵심적 문자이고, 불선불후(不先不後)라는 표현은 제를 살리기 위한 문자운용의 방식이다. 제(際)라는 글자는 '즈음' 혹은 '사이'라는 의미로 사용되는 글자이다. '신인지제(神人之際)'(「安義縣屬 壇神宇記」), '명실지제(名實之際)'(「答湛軒 第二」) 등에서 사용된 예처럼, 제는 반대되는 혹은 유사한 두 사물이나 개념의 사이 및 둘의 관계를 의미할 때 사용되는 글자이다. 즉 두 사물 사이의 거리 혹은 두 사물과의 관계를 나타낼 때 사용한다. 그렇다고 제가 두 사물의 정확한 중간만을 의미하는

---

16) 연암의 이별론에 의하면 물가에서의 이별이 가장 슬프다고 했는데, 여기서도 역시 다리를 설정하여 가장 슬픈 이별이라는 것을 드러내고 있다.

것은 아니다. 일반적으로 중간의 의미로 많이 사용하지만, 두 사물의 범위 안에만 위치하고 있으면 제가 될 수 있다.

그리고 이 '사이'의 의미가 즈음으로 사용하는 경우에는 시간적 의미인 '때'로 사용되기도 한다. "아아 슬프다. 소현세자께서 심양의 잠저에 계실 적에 당시 신료들이 머물거나 떠날 '즈음'에[臣僚去留之際], 사신들이 오고 가고 할 '즈음'에[使价往來之際], 무슨 생각을 하시었을까?"(『열하일기』「漠北行程錄」)에서의 즈음[際]은 때[時]와 같은 의미로 사용했으며, "모르겠습니다만 아침저녁으로 문안을 여쭐 '즈음'에 말씀을 고하던가요?[定省之際]"(「答蒼厓 之四」)에서의 '즈음' 역시 시간의 의미로 사용한 용례이다.

따라서 인용한 작품에서의 '즈음'도 일차적으로 시간적 의미로 사용한 것으로 보인다. 즉 "듣는 것이 어느 시점인가", "돌아선 것이 어느 시점인가"라는 의미이다. 그 시점을 어디로 보느냐 하는 관점에 따라서 나무방망이소리인지 아니면 다듬이돌의 소리인지 하는 문제가 결정되며, 또한 누가 먼저 매정하게 돌아서서 집으로 향했는가 하는 문제가 결정된다. 그런데 여기서 그 시점은 어느 한 쪽으로 쏠리지 않은 정확히 중간 시점이라는 의미인 제(際)로 사용했다. 소리가 동시에 나므로 그 시점은 중간 시점이고, 동시에 돌아서서 떠났으니 이별의 시차적 선후는 없으며 불선불후(不先不後)에 이별이 이루어졌으니 중간이라는 것이다.

이 중간 시점인 제(際)의 의미를 살리기 위해 사용한 표현법이 '불선불후' 혹은 '양망지처(兩望之處)'이다. 불선불후는 먼저도 아니고 나중도 아니므로 동시에 일어났다는 의미이다. 양망지처는 두 사람이 함께 서로를 바라보는 것이므로 역시 동일한 시점에서 서로를 바라본다는 것이니 이는 불선불후와 통하는 말이다. 뒤에 상론하겠지만 '불선불후'와 같은 표현법, 즉 '不A不B'라는 표현법은 "대립물의 동시 부정을 통해 근원적이며 전일적인 도를 체득하게 하는 불교논리"[17]인바, 이는 단순히 시간적으로 선후

---

17) 박희병, 위의 논문에서 인용.

가 없이 중간 시점이라는 것만을 강조하기 위해 사용한 표현법이 아니다. 어느 시점인가라는 문제에 대한 근원적인 깨달음을 주기 위해 의도적으로 사용한 표현이며, 바로 뒤의 제(際)라는 글자의 의미를 보완하며 동시에 바로 제(際)라는 핵심어를 체득하게 하는 수사적 장치이다. 결국 제(際)는 동시에 일어난 일이므로 어느 한 쪽으로 치우치지 않은 중(中)을 의미한다.

연암은 이 제(際)라는 글자를 교묘히 끌어와 사용함으로서 소리는 동시에 난다는 사실을 밝히고, 이 선문답을 어제 두 사람의 이별은 동시에 이루어졌다는 것을 말하기 위한 예비적 장치로 활용하였다. 이별이 아쉽고 섭섭하다고 말한 경지의 편지에 대해 연암은 자신이 더 아쉽고 섭섭하다고 말함으로서 경지의 섭섭함을 위로하는 방식을 취하지 않고, 오히려 이별이 동시에 이루어졌으니 섭섭함도 같을 것이라는 논리를 통해 자신의 섭섭함도 당신 못지 않게 크다는 것을 드러내고, 한편 경지의 아쉬움도 위로한 것이다.

여기 사용한 제(際)라는 글자는 연암이 우연히 사용한 것으로 보이지 않는다. 오히려 의도적으로 사용한 글자이며, 이 제라는 글자에 대해 연암은 특별한 의미를 부여하여 사용한 것으로 보인다. 연암의 글에 제라는 글자가 수없이 사용되었는바, 어떤 경우에는 특별한 의미를 부여하여 의도적으로 사용하였다. 위의 작품에서 사용한 제(際)는 정감을 표현하는 문학적 글이지만, 연암은 자신의 사상의 중요한 측면을 드러내기 위해서도 이 제라는 글자를 채택하여 도도한 논설을 펴기도 하였다. 연암 사상의 일단을 보여주는 문자의 하나이다.

종래 연암의 사상 혹은 연암이 즐겨 사용한 개념어가 도가적 계통, 특히 장자에서 나온 것임이 밝혀졌는데, 이 제(際)라는 글자 역시 그 뿌리는 장자에 두고 있는 것으로 보인다. 『장자(莊子)』 「지북유(知北遊)」편에는 이 제라는 글자를 집중적으로 사용하여 장자 사상의 일단을 드러내고 있다. 장자는 사물과 사물을 보는 주체와의 관계를 의미할 때 이 제(際)를 사용하고 있다. "物物者, 與物無際, 而物有際者, 所謂物際者也. 不際之際, 際

之不際者也”가 그것인데, 연암이 이 장자의 제를 차용하되 나름대로 특별한 의미를 부여하여 사용한 것으로 생각된다.

또한 장자적 개념어인 제(際)를 효과적으로 드러내기 위해서 그 표현방식을 불교의 표현방식을 빌려 왔다. 도가적 용어, 불교적 표현방식을 거리낌 없이 사용한다는 것 자체는 이미 유가적인 것과의 결별을 의미한다. 연암은 자신의 사상을 유가적인 것에만 가두어 두지 않았다. 유가적 틀에 갇혀 유가적으로만 사유하고 유가적 문자로만 표현하는 것을 거부하고, 사유방법과 문자 표현을 도가나 불가에서 자유롭게 빌려와서 변용하였다.

앞에서 ‘不A不B’의 표현방식은 불교논리에서 빌려온 것이라고 하였는데, 연암은 이런 표현 방식을 즐겨 사용하였다. “A하지 않으면 B하지 않는다”라는 가정문의 문구로 사용하지 않고, A도 아니고 B도 아니라는 식의 동시부정의 문구로 사용하였다. A가 아니면 B일 것이라고 보는 것이 일반적이고 상식적인 인식방법이다. 그런데 A도 아니고 B도 아니다 라는 표현은 특수한 인식방법이며, 이것은 A와 B가 아닌 제삼의 C 혹은 A와 B의 중간의 어떤 존재를 가리키는 의미가 된다. 연암은 후자의 의미, 즉 대립되는 두 개념의 중간 지점의 의미로 주로 사용하였다. 다음에 인용하는 두 문장이 그러한 예이다.

나는 안다. 저 강가의 다리를. 그곳은 얕지도 깊지도 않은[不淺不深] 물과 잔잔하지도 급하지도 않은[不穩不急] 물결이 바윗돌을 감싸 안고 흐느껴 울며, 바람도 불지 않고 비도 내리지 않는[不風不雨] 날씨와 흐리지도 맑지도 않은[不陰不陽] 햇빛이 대지를 감돌며 음산하였으리라.

—『熱河日記』「漠北行程錄」

그 무렵 비록 고대광실의 집에서 산해진미의 음식을 앞에 차려놓고 시중드는 계집이 수백 명이 된다 하더라도 차지도 덥지도 않은[不冷不溫] 온돌방에서, 높지도 낮지도 않은[不高不低] 베개를 베고, 두텁지도 얇지도 않은[不厚不薄] 이불을 덮고, 깊지도 얕지도 않은[不深不淺] 잔을 들고, 사람도 나비도 아닌[不

周不蝶] 공간에 있는 것과 바꾸지 않으리라.

—『熱河日記』「漠北行程錄」

『열하일기』의 저 유명한 소위 이별론의 한 대목들이다. 외국에서의 이별이 가장 슬픈 이별이라는 주제를 드러내기 위해 도도한 웅변조의 고문으로 써 나간 대목인데, 그 표현방법은 다분히 불교적 수사를 원용하였다. 여기서 사용한 '不A不B'가 지향하는 의미는 A와 B의 중간의 의미로 사용했는바, 양 대립의 중간인 '적당한', 혹은 '알맞은', '중용'의 뜻으로 사용하였다. 극단에 치우치지 않은 중간, 즉 중용의 의미로 사용되었는데. 이 중용의 의미는 연암의 철학사상에 있어서 중요한 의미망을 형성한다. 다음에 인용할 작품에서 상론한다.

다음에 제(際)의 의미가 철학적으로 사용된 작품을 살피기로 한다. 연암은 유학적 개념인 도(道)를 설명하기 위해서 제라는 글자를 이용하였다. 연암이 중국에 들어갈 때 압록강을 건너며 생각했던 단상이다. 문제의 대목이므로 작품을 길게 인용한다.[18]

> 내가 홍명복(洪命福) 군에게 물었다.
> "자네는 도(道)를 아는가?"
> 홍군이 읍을 하며 말했다.

---

[18] 이 인용문은 위에 밝힌 박희병 교수의 논문에서도 대단히 주목을 하고 그 전문을 인용하여 정치하게 분석하고 있다. 필자가 이 인용문을 보고 際라는 문자와 불교식 논법에 주목을 하고 관계논문을 구상하다가, 이미 박희병 교수의 논문에 이 문제를 상론하고 있음을 발견하였다. 박교수는 이 인용문을 연암이 말한 冥心의 문제와 관련시켜 연암이 생각하는 道가 무엇인지를 설명하려고 하였다. 際와 道의 관계, 두 개념을 끌어들여 연암이 말하려는 뜻이 무엇인가 하는 문제에 대해서, 혹은 이 인용문을 근본적으로 어떻게 볼 것인가 하는 문제에 있어서 필자는 박교수와 견해를 달리 하지만, 그러나 필자가 논지를 세우는 데 많은 도움을 받았음이 사실임을 밝혀둔다. 아울러 이 인용문은 독일인 한국학자 Marion Eggert도 주목한 바 있다. 그녀 역시 인용문의 際의 의미를 주목하여 이를 국경선의 線과 같은 의미로 파악하여, 연암의 생각 즉 인용문을 연암이 조선과 중국의 국경을 어떻게 보는가 하는 자료로 이용하였다. 「Borderline Case : Korean Travelers' Views of the Chinese Border」.

"아니 그게 무슨 말씀입니까?"

"도란 알기 어려운 것이 아닐세. 생각건대 도란 저 언덕에 있네."

"소위 '먼저 저 언덕에 오른다'는 뜻의 '탄선등안(誕先登岸)'을 말함입니까?"

"그걸 이르는 말이 아닐세. 이 강물이야말로 저 중국과 우리 조선의 경계를 마주하는 곳으로[彼我交界處], 언덕이 아니면 물이네. 무릇 천하 인민들의 도리와 사물의 법칙은 물이 언덕에 관계(際)하는 것과 같으네. 도를 다른 데에서 구할 것이 아니라, 바로 그 관계(際)에 있네[道不他求 卽在其際]."

"감히 묻겠습니다. 무엇을 말하는 것 입니까?"

"인심(人心)은 위태롭고 도심(道心)은 은미하다고 했네. 서양 사람들은 기하학에서 한 획을 변증할 때 하나의 선으로 깨우쳤고, 그것만 가지고는 그 은미함을 드러내지 못할 경우 '빛이 있고 없는 즈음[有光無光之際]'이라 말했네. 게다가 불가에서는 이에 대해 '붙지도 떨어지지도 않은 것[不卽不離]'이라고 하였네. 그러므로 그 즈음(際)에 잘 처신함은[善處其際] 오직 도를 아는 사람만이 가능하다네. 정 나라의 자산(子産)이 ……"

배가 이미 저 쪽 언덕에 닿았다.19)

인용문의 대화는 압록강을 건너는 배 안에서 이루어진 내용이다. 곧 조선의 땅에서 중국의 땅으로 들어가는 중간 경계의 지점인 강 위에 떠있는 배 안에서 이루어진 대화이다. 연암은 처음으로 중국에 들어가고, 이 나라와 저 나라의 중간 지점에서, 어수선하기 짝이 없는 도강의 상황, 그것도 강물이 불어 배가 전복될지도 모르는 위기의 상황에서 하필 인용문과 같은 문답을 주고받았을까? 대화의 상대자는 있지만 상대방이 알아듣지도 못하는 상황에서 마치 철학적 독백을 한 의도는 무엇인가? 도(道)라고 하는 유교적 개념어를 끌어왔지만 학술적 철학적 고담준론을 주고받은 것인가?

---

19)『燕巖集』卷11「渡江錄」, "余謂洪君命福曰 '君知道乎' 洪拱曰 '惡! 是何言也?' 余曰 '道不難知, 惟在彼岸.' 洪曰 '所謂誕先登岸耶.' 余曰 '非此之謂也. 此江, 乃彼我交界處也. 非岸則水, 凡天下民彝物則, 如水之際岸. 道不他求, 卽在其際.' 洪曰 '敢問何謂也.' 余曰 '人心惟危, 道心惟微, 泰西人辨幾何一畫, 以一線諭之, 不足以盡其微', 則曰'有光無光之際', 乃佛氏臨之曰, '不卽不離.' 故善處其際, 惟知道者, 能之. 鄭之子産, 船已泊岸."

진정 도(道)에 대한 깨달음이 도강의 순간에 이루어졌기에 그 현장성을 강조하기 위해 배 안에서 주고받은 사실을 기록한 것인가? 정 자산의 이야기는 왜 중도에 끊어졌는가? 인용문의 대화가 만약 철학적 깨달음이나 그 토론을 위한 것이라고 한다면, 이는 국경을 건너는 배 안에서 주고받을 대화의 내용으로 적합하지 않은 것들이다. 결국 연행 사절에 끼어 처음으로 중국에 들어가는 연암의 소회 혹은 심경과 관련시켜 이해하는 것이 마땅하다. 대단히 철학적이고 현학적이기까지 한 도(道)와 제(際)에 대한 개념도 그 연장선에서 연역해야 할 것으로 보인다.

이 인용문에서 핵심어는 제(際)이다. 즈음이라고 번역한 제의 정확한 의미는 바로 관계이다. 결론적으로 말하면 여기 제(際)는 조선과 중국과의 관계를 말한다. 국제(國際)라는 말이 있는 것처럼 조선과 중국이 그 관계를 어떻게 가질 것인가를 말하려고 한 것이다. 특히 조선의 입장에서 중국과의 관계를 어떻게 가질 것인가? 연암 자신으로서는 여진족의 청나라를 어떻게 볼 것이며, 조선의 현재적 처지에서 청나라와의 국제관계를 어떻게 유지하는 것이 바람직스러운가? 이것이 연암이 말하려는 인용문의 핵심적 주제이다. 미지의 세계, 중국 땅에 처음 들어가는 연암의 처지와 소회를 고려한다면 대화의 내용은 이 문제에 이르는 것이 자연스럽고 당연하다. 이 주제를 말하기 위해 연암은 제(際)라는 문자를 설정하였고, 제를 설명하기 위해 유교의 도(道)의 개념을 끌어온 것이다.

강물은 연암의 말처럼 피아의 교계처이다. 즉 강물은 중국과 조선의 중간에 위치하면서 두 나라를 구분하는 지리적 경계의 역할을 하고 있다. 천하 인민들의 도리와 사물의 법칙이 바로 도인데, 그 도는 물과 언덕의 관계와 같다고 했다. 도를 다른 데서 구할 것이 아니라 바로 물과 언덕의 관계 즉, 양자가 어떻게 관계하고 있는가에서 구하면 된다고 하였다. 물과 언덕(양 국가의 영역)은 어떻게 관계하고 있는가.

전통적인 개념에서 국경에 대한 정의는 양안(兩岸), 곧 양쪽 언덕의 중간에 위치한다. 현재 양안의 중간에는 강물이 있어 보이지 않는 국경의 역할을 하고 있다. 강물이 중간에 위치하여 국경의 역할을 하고 있지만, 엄밀하게 말하면 그 강물도 정확히 그 중간을 경계로 양 국가의 영역이 나뉘게 된다. 강물이 양 국가를 구분하는 하나의 선, 즉 국경선이라고 한다면, 강물에서도 그 중간 지점이 국경의 경계선이다.

서양인이 하나의 선으로서도 양쪽의 경계를 구분하기 어려운 경우에 제(際)라는 개념을 동원하여 구분한다고 했는데, 바로 강물에서의 제는 강물의 양쪽을 경계지우는 중간 지점이다. 연암이 생각한 도에 대한 올바른 정의는 바로 양쪽 어디에도 치우치지 않은 중간 혹은 전통적 개념의 중용의 도이다. 이 중간의 의미를 설명하기 위해 사용한 핵심어가 제이다. 제는 단순히 두 사물 혹은 국가의 중간 지점을 지칭하는 것이 아니라 바로 두 가지의 상호 관계에서의 중간 지점을 말한다. 밑에서 『서경』의 인심·도심을 끌어오고, 또 서양인과 불교의 용어를 사용한 것은 이 개념을 보충 설명하기 위한 것이다.

'인심은 위태롭고 도심은 은미하다'는 무슨 의미인가. 『서경(書經)』「대우모(大禹謨)」에 있는 이 말을 연암이 인용한 것은 도와 관련하여 중(中)의 중요성을 강조하기 위함이다. 「대우모」에는 ·이 인용문 다음에 '유정유일 윤집궐중(惟精惟一, 允執厥中)'이란 문장이 있다. "인심은 사악한 곳으로 흐르기 쉽기 때문에 위태롭고, 도심은 밝히기 어렵고 어두워지기 쉽기 때문에 은미하다. 그러므로 오직 정밀하게 살피고 오직 전일하게 지켜야 진실로 그 중(中)을 잡게 된다"는 것이 전체의 대의이다. 곧 올바른 도는 어느 한 쪽으로 쏠리지 않은 중용의 자세를 취하는 데 있다는 것인데, 『서경』의 인용은 중의 강조에 있다.

도의 중립적 존재를 강조하고, 중립적 도는 바로 관계(際)에 있음을 설명하기 위해 서양인과 불가의 말을 빌려 왔다. 이 중은 가시적 현상계의 두 사물의 중간만을 의미하지는 않는다. 경우에 따라서는 존재하는 것 혹은 보이는 것[有光]과 존재하지 않는 것 혹은 보이지 않는 것[無光]의 중간적 관계에 있기도 하다. 또한 불가에서 말하는 것처럼 붙어 있지도 않고 떨어져 있지도 않은 그 중간에 있기도 하다. 여기 '불즉불리(不卽不離)'라는 불교용어는 연암이 자주 사용하는 표현 중의 하나이다.

앞에서 말한 바처럼 양 극단의 대립물을 동시에 부정함으로서 진정한 실체를 지시하는 표현법의 하나이다. 「낭환집서(蜋丸集序)」에서 "참되고 바른 식견[眞正之見]은 진실로 옳다고 여기는 것과 그르다고 여기는 것의 중간에 존재한다[是非之中]. 땀에서 이가 생기는 현상은 지극히 미묘하여 살피기 어렵다. 옷과 피부 사이에는 본래 이가 있는 공간이 있으니, 이는 그 사이에 떨어지지도 않으며 붙지도 않고[不離不襯], 오른쪽에 있지도 않고 왼쪽에 있지도 않으니[不右不左], 누가 그 중간[間]에 있음을 알 수 있으리오"라고 하여 이가 붙어사는 곳을 말할 때 사용한 '불리불친'이란 말은 '불즉불리(不卽不離)'와 동일한 말임을 알 수 있다. 붙어 있지도 않고 떨어져 있지도 않다는 말은 그 중간 어디에 존재한다는 말이며, 오른쪽도 아니고 왼쪽도 아니라는 말 역시 그 중간의 어디를 가리키는 말이다.

여기 연암이 사용한 몇 가지의 용어는 모두 사물의 중간 어디에 위치하는 것을 의미한다. 즉 중을 강조한 표현들이다. 결국 연암이 이야기하려는 핵심적 주제는 두 사물과의 관계에서 중을 강조한 데에 있다. 도는 두 사물의 관계(際)에 있고, 올바르고 바람직한 도는 중을 취하는 데 있으며, 그 중은 두 사물의 적당한 관계에서 나온다는 것이다. 이러한 사실을 연암은 두 나라의 중간 지점에서, 곧 이쪽에서 저쪽으로 넘어가는 경계의 지점에서 깨달았으므로 이를 특기하였다. 이 중은 어떤 것에서의 중인가? 앞서 언급한바와 같이 연암의 현재적 처지나 심경과 관련시켜 도출해야 한다.

유교적 이념 혹은 성리학적 이념에 투철한 유자(儒者)일수록 현재의 중국인 청나라를 부정한다. 존주양이(尊周攘夷)의 대의명분, 의리정신에 투철한 조선의 유자는 여진족이 지배하는 청나라를 노린내가 나는 금수의 땅으로 간주한다. 청의 앞선 문화 문물과 경제적 풍요조차 거부하는 것이야말로 유자 정신에 투철한 것으로 생각한다. 도대체 보고 배울 것이라고는 없다. 중국 땅에 들어가는 것 자체가 이미 유자에게는 치욕이다. 중국에 대한 이러한 태도는 고루하고 편협한 유학자의 자세이며, 당대 대부분의 유자가 취했던 자세이기도 한데, 이는 연암의 일반 산문과 『열하일기』의 곳곳에 묘사되어 있다. 그렇다고 3백 년 내려오던 명나라와의 의리를 저버리고 청의 현실을 무조건 긍정적으로 받아들여야 할 것인가. 국토가 유린되는 병자호란의 국치나 민족적 자존심을 잊고 이제 청나라를 맹목적으로 섬기며 그들의 선진문물을 무비판적으로 긍정하며 보고 배우려고 할 것인가?

무조건적 배척은 중국에 대한 편견과 차별에서 나온 것으로 '불즉불리'와 '불리불친'에서의 리(離)의 태도이다. 리(離)는 양자의 분리이며 맹목적 거부이다. 한편 청의 현실을 무조건 긍정하고 배우자는 태도 역시 '불즉불리'의 즉(卽)과 '불리불친'의 친(親)에 해당하는 태도이다. 즉(卽)과 친(親)은 일체 혹은 접근이며 맹목적 긍정이다. 이는 모두 양극의 태도이며, 결코 바람직하지 않은 자세이다. 이 양쪽의 극단적 자세를 지양하고 그 중용의 태도가 요구된다. 곧 '불즉불리'와 '불리불친'의 중용적 태도가 필요하다. 중국에 대한 지나친 긍정[是]도 아니고, 지나친 부정[非]도 아니다. 이것이 현명한 자세이며, 앞서 언급한 "참되고 바른 견해[眞正之見]는 옳다고 여기는 긍정과 그르다고 여기는 부정의 중간에 있다"고 하는 것에 해당하는 말이다.

강을 건너는 시점에서 연암은 중국에 대해 어떤 태도를 가져야 할 것인가? 이것이 그의 고민이다. 미지의 세계에 대한 호기심과 두려움의 생각이 겹치기도 하고, 중국은 문명국가로서 적극 배워야 할 선망의 나라이기도 하며 동시에 조선을 야만적으로 지배하고 있는 경계해야 할 적대국이기도 하다. 자못 착잡한 느낌이 교차되기 마련이다. 연행의 초입에서 연암은 어떤 자세를 취해야 할 것인가? 여기서 연암이 깨달은 것이 바로 올바른 관계, 즉 중용의 도이다. 청나라에 대한 무조건적이고 맹목적인 부정이나 긍정의 태도가 아니라 중용적인 자세가 보다 유의미하다는 것을 깨달은 것이다. 그 즈음[際], 곧 두 나라의 관계에 잘 처신하는 사람은 오직 도를 아는 사람만이 이에 능하다는 말은, 연암 자신은 그 관계에 잘 처신하겠다는 말로서 자신은 긍정도 아니고 부정도 아닌 그 중간적인 태도를 취하겠다는 의미이다. 기회주의적 처신이 아니고 객관적 상황을 자신에게 유리하도록 능동적으로 활용하겠다는 뜻이다.

바로 이어 나오는 정나라 자산이 이 사실을 입증해주는 인물이다. 정 자산에 대한 이야기가 끊어지게 된 이유는 별문제로 치고, 자산은 내치와 외교에 능해 정나라를 안정시킨 재상이다.[20] 당시 정나라는 두 강대국인 진나라와 초나라의 사이[間]에 끼어 있어 외교적으로 매우 처신하기 어려운 지경에 있었다. 패권을 다투는 두 나라에 끼어 있었던 정나라로서는 지혜로운 외교적 줄타기가 필요하였다. 이 외교 관계를 잘 처리하여 수십 년 동안 정나라가 전쟁을 겪지 않고 부국강병을 이룰 수 있게 했던 인물이 자산이었다. 연암이 정 자산의 이야기를 끌어들인 까닭은 바로 자산의 외교술을 말하기 위함이다. 어느 한 쪽에 붙지도 않고 떨어지지도 않은, 그 야말로 국제관계에서 중을 취하는 지혜와 자세가 필요함을 말하고 싶었던 것이다.

이제 중국에 들어가는 연암으로서 취해야 할 바람직한 태도는 자산이 취했던 그 중용의 지혜이다. 청을 긍정도 부정도 하지 않는 중용의 자세, 이 국제적 현실 관계에 적절히 대처하고 이를 활용하는 지혜가 절실히 필요하다. 이러한 자세와 지혜가 바로 중국의 현실을 객관적으로 보고 세계의 중심을 바로 인식하게 만든다. 여기에서 연행의 자세가 주체적일 수 있으며, 보고 배우는 대상에 대한 진지한 관찰이 가능하며 아울러 비판의 객관적 거리가 확보된다.

이는 연행하는 연암의 자세이기도 하며, 연행에서 자신이 지켜야 할 자

---

20) 『열하일기』가 연암이 귀국한 뒤에 완성되었으므로, 연암이 자산의 이야기를 충분히 글로 표현할 수 있을 것이다. 실제로는 배가 도착하였기 때문에 이야기가 끊어질 수밖에 없었는지 모르지만, 글로서는 얼마든지 보충할 수 있을 것이다. 그런데도 자산의 이름만 인용하고 배가 도착하여 대화를 진행되지 못한 것으로 처리한 것은 어떤 의도가 있었던 것으로 생각된다. 독자들에게 상상력을 불러일으키는 문학적 장치인지도 모른다. 이는 주목해볼 대목이다.

세에 대한 자기 다짐이기도 하다. 하필 도강의 배 안에서 도(道)를 화두로
하여 철학적 언설을 주고받은 이유이며, 이를 「도강록」의 첫머리에 얹은
까닭이다. 이후 전개되는 『열하일기』의 내용을 예고하는 사전 포석이다.
편견이나 고정관념에 사로잡힘으로서 취하게 되는 양극의 태도를 지양하
고 중국을 있는 그대로 관찰하고 기록하게 되는바, 연암은 청나라 지배하
의 선진문물을 북학적 차원에서 세심하게 관찰하여 기록하는 한편, 나아
가서 중국의 현실 그리고 동아시아의 세계를 전망하는 내용을 『열하일기』
의 적재적소에 스며들게 하였다. 그 내용의 기록 역시 고도의 형상화 수법
을 사용하였음이 물론이다.

4.

　연암의 산문을 어떻게 읽을 것인가? 연암이 이룩한 탁월한 산문에 대한
학문적 연구가 축적되고 있음에도 불구하고, 연암 산문의 비밀과 열쇠를
풀고 찾기에는 아직 미흡한 것으로 보인다. 바야흐로 산문 전반에 대한 연
구 방법론은 물론, 예술적 성취가 높은 연암 산문에 대한 연구 방법론 역
시 어떤 한계에 부딪쳐 앞으로 나아가지 못하는 느낌이다. 새로운 연구 방
법, 돌파구를 찾아야 할 시점으로 판단된다. 너무도 당연한 이야기이지만
새로운 연구 방법은 연암 산문에 대한 꼼꼼한 읽기에서 출발해야 할 것이
물론이다.
　이 논고에서 이야기하는 필자의 꼼꼼한 글읽기 주장은 산문 작품의 내
용 혹은 작품의 주제 사상의 방향에서 근본적으로 새로 검토해보자는 데
에 있지는 않다. 보다 작품의 내용과 주제 사상을 담는 형식에 주목하자는
것이다. 특히 언어 표현의 형식과 글자의 운용을 주목하여 그 예술적 성취

를 찾아보자는 것이다. 연암이 자신의 생각을 풀어나가고 담는 틀과 도구인 표현 형식과 글자에 대해 어떻게 세심하게 선택하고 배려하였는가를 따져보자는 것이다. 이 표현 형식과 글자에 대한 운용을 살피는 것은 작품의 문체적 형식은 물론, 작품의 진정한 주제를 파악하는 데 새로운 관점을 제시할 것으로 판단하며, 나아가서 연암 산문 작품이 도달한 성과나 위대함의 비밀을 푸는 열쇠를 제공할 것으로 생각한다.

이러한 주장의 논리적 근거를 뒷받침하기 위해서 2장에서는 연암이 문자 자체에 대해 얼마나 깊은 생각을 하였고, 그 문자를 어떻게 운용하여야 자신의 생각을 적실하게 표현할 수 있을 것인가 하는 문제에 깊이 고뇌하고 나름대로의 방법을 추구하였나를 살펴보았다. 2장의 서술이 장황하게 서술된 까닭은 연암이 문자 운용에 대한 문제를 얼마나 깊이 고심하였나를 드러내기 위함이며, 동시에 연암 산문을 다시 꼼꼼하게 읽기 위해서는 이 문자의 운용에서부터 출발할 필요가 있음을 주장하기 위함이었다.

3장에서는 새로운 글읽기에 대한 구체적 예를 한 가지 살펴보았다. 문자 운용의 여러 가지 특징 중에서 작품 안의 어떤 하나의 글자가 작품 전체 내용이나 사상을 감싸고 있는 핵심어 역할을 하는 경우를 살펴보았다. 그 글자는 예사롭게 우연히 써진 문자가 아니고, 연암이 고심하여 의도적으로 사용한 문자임을 밝힘으로서, 연암 산문의 미학적 특징을 밝히려 하였다. 여기 예를 든 작품은 소품문의 척독 하나와 『열하일기』「도강록」의 한 대목이며, 연암이 고심해서 사용한 핵심어는 제(際)라는 글자임을 밝혔다. 또한 제(際)라는 글자가 어떤 의미로 사용되었으며, 이는 연암 사상의 어떤 점과 긴밀히 연결되고 있는가를 살폈다.

이 논고는 하나의 시론이기도 하며, 제안적 성격을 띠는 글이기도 하다. 연암 산문을 읽는 다양한 방법 중의 하나가 될 것이며, 이러한 방법론에 의해 연암 산문의 특징과 비밀이 밝혀지기를 바란다. 아울러 이를 계기로 해서 연암 산문을 읽는 다양하고 새로운 방법이 시도됨으로서 산문연구의 새로운 전기가 되었으면 한다.

서유본(徐有本)의 「진주순난제신전」 연구

임유경

1. 머리말

서유본(徐有本, 1762~1822)은 영조 때 대제학을 지낸 서명응(徐命膺)의 손자이며, 서유구(徐有榘)의 친형이다. 조부 서명응은 백과전서적인 저술 「보만재총서」를 펴내어 음악, 농사 등 실생활에 필요한 학문을 지향하였고, 생부 서호수는 기하학과 역학(曆學)·상수학(象數學)에 깊은 관심을 가지고 연구하였다. 이런 가학은 서유본, 서유구 형제에게 이어져 두 형제는 함께 「보만재총서」를 교정하기도 하였고, 실용적인 학문에 관심을 가졌다.

서유본은 젊은 시절에는 과거에 힘써 관각체에 능하였고 22세에 생원시에 합격한 후로는 변려문을 연마하는 등 문장에 힘쓰다가 중부인 서형수(徐瀅修)의 영향으로 고문에 힘썼다. 서유구의 「백씨좌소산인묘지명(伯氏左蘇山人墓誌銘)」에 따르면, 정조가 경술문예를 고무시키자 선비들에게 급고

(汲古) 풍조가 퍼졌고, 서유본도 이 시기에 고문에 힘써 자못 공교로웠으나 그 공부를 마치지 않고 "나는 지금 사람이니 지금 문장을 쓰겠다. 옛 것을 모방해봐야 무엇하겠는가?"라며 문장론에 전환을 가져온다.[1] 그에게 박지원은 「증좌소산인(贈左蘇山人)」이란 시를 남겨 옛 것을 본뜨기보다는 창신에 힘쓸 것을 권했다.

「진주순난제신전(晋州殉難諸臣傳)」은 그가 32세 때인 1794년에 쓴 글로 서형수에게서 고문을 연마할 적에 지은 것으로 보인다.[2] 열전의 형식을 지녔으나 한 사람이 아닌 하나의 사건 중심으로 이루어진 영웅전이어서 많은 등장인물을 효과적으로 표현하려는 고심을 많이 하고 있다.

18세기 들어서 병자호란 때의 인물을 주로 기록한 황경원의 「명배신전(明陪臣傳)」이라든가, 나라를 위해 싸운 장수들의 전을 모은 홍양호의 「해동명장전」과 같이 인물전을 모아서 편찬해 내는 일이 많아졌다.[3] 두 차례의 전란 이후 나라를 위해 싸운 장수들의 이야기가 널리 회자되고 나라에서 충신을 정려하는 사이에 그들의 이야기가 확대 재생산되었던 것이다.

「진주순난제신전」은 「명배신전」이나 「해동명장전」처럼 방대한 양은 아니지만 주요인물 13인에 부수적인 인물 20인, 총 33명의 일을 기록하고 있다. 진주전투는 1592년 10월에 김시민 등이 싸워 이긴 1차 전투와 1593년 6월 열흘 간 싸우다가 끝내 패하고만 2차 전투가 있다. 1차 전투는 임진왜란 3대첩의 하나로 꼽히는 전투로 크게 전과를 올렸으나 승리의 주인공

---

1) 徐有榘, 『金華知非集』 卷7 「伯氏左蘇山人墓誌銘」. "及夫正廟繼照, 以經術文藝 鼓舞一世, 則使稍稍汲古振奇, 以游光揚聲. 公亦時爲古文辭頗工, 顧不肯卒業曰, 我爲今之人, 當爲今之文. 嘐嘐然慕古 何爲也."

2) 자료는 그의 문집 『좌소산인문집』 권8에 실려 있으며, 이 문집은 유일본이 일본에 전하고 있는데, 이우성 선생이 편한 『서벽외사해외수일본(栖碧外史海外蒐佚本)』으로 영인 간행하였다.

3) 이런 형식을 集傳이라고 하는데, 조선 전기에도 「육신전」이나 「기묘당적」 등의 집전이 있었다. 박희병은 "집전이란 그 미덕이나 사상, 행동 패턴, 혹은 인간유형에 있어 비슷한 지향을 보이는 사람들을 하나의 주제 아래 묶어 다루는 방식"이라고 하였다. 박희병, 「조선 전기 인물전의 양상과 문제」, 『한국고전인물전연구』, 한길사, 1992, 127면.

김시민은 탄환을 맞아 숨을 거두었으며, 2차 전투에 나섰던 장수들은 외부의 원조도 없이 열흘 동안 애타게 싸웠으나 성이 함락되면서 대부분 자결하거나 비장한 죽음을 맞이한다. 이렇듯 진주를 중심으로 두 차례의 큰 전투가 벌어지면서 조정에서는 전투의 전말을 조사하여 정려를 내리고 관직을 추증하는 등 논공행상을 벌여 자세한 경과를 실록에 기록하였다.4) 그런 과정에서 각 인물의 행적이 기록마다 조금씩 차이를 보이고 후대로 갈수록 설화적 요소가 가미되는 현상을 보인다.

「진주순난제신전」은 사건이 일어난 지 200년 후에 기록된 작품으로 그 속에 그려진 인물들의 활약상은 다른 몇몇 문인에 의해 전으로 남겨지기도 했는데, 이처럼 집전(集傳)의 형식으로 같이 다루는 것은 처음 시도되는 바이다.5) 구체적인 하나의 사건을 중심으로 서술된 인물전이란 점에서 개인의 전에 비해 여러 인물이 함께 사건 전개에 기여하고 서사를 구성하고 있다. 여러 인물이 각각 주인공이 되는 형식이라고도 볼 수 있는데, 중심 사건 이전에 있었던 각 인물의 행적을 먼저 소개하고 중심 사건을 서술하는 서사 부분에서는 주인공들이 다같이 등장하여 일지(日誌) 형식으로 시간 경과에 따라 어떻게 생각하고 움직이는지를 보여준다.

사건 전체를 조망하는 관점에서 개인의 행적을 묘사하고 있는 이런 집전 형식이 갖는 특징은 개개인의 영웅적 면모보다는 사건 전체의 경위에 관심을 갖게 만들고 전의 서사문학적 성격이 부각된다는 점에서 주목을 요한다.

---

4) 『조선왕조실록 CD-Rom 선조실록』 040 26/07/16(무진) / 6월 29일 함락된 진주성 싸움의 자세한 경과.

5) 송시열의 「贈兵曹參判張潤傳」, 홍양호의 「해동명장전」 안에 김시민과 황진의 전, 金祖淳의 「梁山璹傳」 등이 진주 전투의 인물을 다루고 있다. 「양산숙전」에 대해서는 송철호, 「비극적 영웅서사문학 「양산숙전」」, 『동의어문논집』 11집, 동의대 국어국문학회, 1998 참조.

2. 「진주순난제신전」의 구성과 인물 형상

1) 의론문

제일 앞 부분은 도입부로서 본문과 유기적 관계를 맺으면서 본문 서사
를 유도해 나가는 의론문으로 이루어져 있다. 이 글을 짓게 된 동기와 이
인물들의 행적이 갖는 이념적 지향을 서술하고 있다. 진주성이 지리상 얼
마나 중요한지, 병법을 인용하기도 하고 다양한 예를 들면서 자기주장을
전개해 나간다.

호남과 영남의 경계가 나뉘는 곳에 진주는 중진(重鎭)으로 놓여 있다. 이는
병법에서 말하는 반드시 지켜야 할 땅인 것이다. 기록에 적을 제압하는 방법으
로 지키는 것이 먼저고 싸우는 것은 다음이라고 하였다. 그러나 지킬 수 없음
을 걱정하지 말고 지킬 줄 모르는 것을 걱정하라고 하였다. 기척(紀陟)이 말하
길, 천리 되는 강역, 백리 되는 봉토에 험한 요충지로 반드시 싸울 곳은 하나의
진과 하나의 보루에 불과하니, 이는 6척 사람의 몸에 해 입을 곳은 몇 안 되는
것과 같다. 그러므로 바둑에서 한 점을 얻음으로써 전체 승부를 판가름하는 것
과 같이 한 성을 지킴으로써 천하의 안위가 달려 있게 된다. 이것을 아는 자라
야 비로소 병법을 더불어 말할 수 있다. 호남은 우리나라의 천부(天府)의 땅이
고 나라의 근본이다. 임진년에 섬나라 도적들이 쳐들어와 봉홧불이 이르러 이
나라 수 천리를 돌고 잿더미가 된 속에서도 호남만이 무사했던 것은 진주 사람
들이 길을 막았기 때문인 것이다.6)

---

6) 『左蘇山人文集』卷8 「晋州殉難諸臣傳」(『栖碧外史海外蒐佚本』, 아세아문화사, 1992,
571면), "湖嶺界分, 而晋州以重鎭介焉. 此兵法所謂地有所必守者也. 志有之, 制敵之
術 守爲本, 戰次之. 然不患不能守, 而患不知守. 紀陟有言曰, 千里之疆, 百里之封, 其
險要必爭之地, 不過一鎭一堡. 猶人六尺之軀, 要害亦數處耳. 故曰, 一着得, 而全局之
輸贏判焉. 一城守, 而天下之安危係焉. 知此說者始可與言兵矣. 湖南卽我東方天府之
地, 而國家之根本也. 壬辰島夷之禍 烈矣, 鋒熖所及環東土數千里, 蕩爲灰燼, 而湖南
獨全者, 以晋人之扼其衝也."

이와 같이 지리적으로 진주가 중요한 이유와 임진년에 진주를 지켜냄으로써 호남이 무사할 수 있었다는 주장을 편다. 임진년에 진주를 지킨 것은 김시민이 포위된 성 안에서 3천의 군사로 성을 에워싼 수만의 적을 막아냈기 때문이다. 그 진주 전투의 중요함을 서유본은 바둑에 비유하여 바둑의 한 점을 얻어 전체를 이기는 것과 마찬가지로 진주가 그런 요충지였음을 말하고 있다. 바둑의 비유는 뒤에 가서 다시 언급된다. 호남이 곡창지대이므로 전쟁에서 호남의 안위가 곧 나라의 안위에 직결됨을 말하고 진주는 바로 호남의 방패막이가 되므로 반드시 지켜야 할 땅임을 강조하고는 "바둑에 비유하자면, 세가 가운데 있으면 가운데가 급하고 세가 가장자리에 있으면 가장자리가 급하다. 임진 계사년 국면에서 세는 진주에 있었으니 이는 바로 바둑 잘 두는 사람이 바둑을 둘 때인 것이다"[7]라고 하면서 진주가 전체 판도에서 매우 중요한 지점이었음을 강조한다.

진주 전투에서 30만의 왜적이 몰려오는데 몇 안 되는 군사를 가지고 성 안에서 항전한다는 것은 무모한 일이었다는 판단이 당시에도 있었고, 김천일에 대한 후세 평가 중에서도 그에 대한 일부 부정적인 평가가 있었으므로 이들의 행적을 높이는 글을 쓰는 서유본으로서는 김천일의 판단이 옳았다는 강한 주장을 하게 되고, 그 전투가 패하기는 했으나 호남으로 급격히 쏠리는 왜군의 전투력을 상당히 소진시켜서 호남의 피해를 줄일 수 있었다든가 하는 결과론적인 주장을 하게 된다. 그러기 위해서는 무엇보다 진주의 지리적 중요성을 강조하게 되는데, 그 적절한 비유가 바둑의 한 점으로 전체 판세가 뒤집어지기도 하는 상황이라고 본 것이다. 이렇게 진주가 중요한 지점이라는 것은 뒤의 서사 부분에서도 주인공들의 입을 통해 여러 차례 강조된다.

반면 진주에서의 전투가 무모하다는 판단을 한 장수들도 있었으므로 그들에 대한 비판 역시 서두에서 언급하고 있다.

---

7) 『左蘇山人文集』 卷8 「晋州殉難諸臣傳」, "譬之奕焉, 勢在腹, 則急腹, 勢在邊, 則急邊. 壬癸之局, 勢在于晉. 此正善奕者 下子之時也."

그 당시 여러 절도사와 남쪽을 토벌하는 자들은 도원수 이하 등을 돌리고 서로 바라보기만 하였으니, 곽재우·홍계남과 같이 백전 영웅들도 모두 군사를 거두어 서쪽으로 가 화살 하나라도 더 버리려 하지 않았다. 그들의 힘이 당하지 못할 것도 아니고 용기가 앞으로 나아가지 못할 바도 아니었으니, 아마도 그들의 뜻은 '내가 조령(朝令)을 받드는 몸으로 진주(晋州)에서 적을 뒤쫓는 일이 나의 직분도 아니오 게다가 한 성의 존망이 국가의 대계에 관련되는 것도 아니니 내가 꼭 칼끝을 겨누며 사수할 필요는 없다'는 것이 아니었을까. 오호, 그 또한 생각지 못한 것일 뿐이다.8)

진주에 들어가 30만의 군사를 이끌고 쳐들어오는 왜군과 상대하여 싸우는 것은 무모하다고 판단한 대표적 인물인 곽재우를 언급하여 그 같은 백전영웅이 진주에서 합세하여 싸웠다면 전세가 바뀌지 않았을까 하는 아쉬움을 담아, 곽재우의 판단이 그릇되었다고 비판하고 있는 것이다. 곽재우는 뒤에 나오는 서사 부분에서 김시민의 장수로서의 능력을 높이 평가하는 인물로 잠시 거명되고, 황진이 진주에 들어가려고 하자 적극 만류하는 인물로 등장한다. 서두의 의론 부분에서 이미 주인공과 다른 생각을 가진 몇몇 장수에 대해 비판적인 시각을 드러냈기 때문에 주인공의 행위는 더 부각될 수 있다.

서두 부분의 마지막은 주인공들을 찬양하며 자신이 전을 쓰는 의도를 드러낸다. 의론을 내세워 작가의 생각을 먼저 밝히고, 이어 서술할 주인공들의 행적의 의의를 강조하면서 앞으로 전개될 사건과 각 인물의 행동에 대해 흥미를 유발하고 있다. 작품 전체의 주제를 축약적으로 선명하게 제시하고 있는 셈이다. 여기에서 제시한 논지는 앞으로 서사를 통해 더욱 구체적으로 표현된다.

---

8)『左蘇山人文集』卷8「晋州殉難諸臣傳」, "當是時, 諸節鎭南討者 都元帥以下 項背相望, 如郭再祐洪季男 以百戰驍雄之姿, 皆歛兵左次, 莫肯以一矢加遺, 非其力有所不敵, 而勇有所不前也. 其意以爲吾奉朝令, 躡賊晋州之事, 非吾職, 且一城之存亡, 非有關於國家之大計. 吾不必嬰其鋒而死守也. 嗚呼其亦不思也."

2) 1차 전투와 김시민, 정득열

(1) 김시민

앞 서두 부분이 끝나면 김시민에 대한 서술이 시작되는데, 그가 목천(木川) 사람이라는 것과 병법을 익혀 무과 과거를 보아 임진년에 진주판관으로 나갔다는 두 줄 정도의 간략한 소개만 있고 곧장 왜군이 쳐들어오는 장면으로 넘어간다. 이후 서술은 임진란의 발발에서부터 김시민의 진주전투까지 서사 중심으로 묘사되고 있다.

왜 추장 평수길이 군사를 크게 내어 몸소 이끌고 몰래 영남으로 상륙하여 가는 곳마다 불지르고 약탈하고 땅을 파 매복하니 곧바로 육칠백 리가 개와 닭의 울음소리조차 없는 판이었다. 시민은 경내의 사민을 모두 모아 성에 들라 하고 말하기를 감히 떠난다는 말을 하는 자는 이 자리에서 죽으리라 하였다. 시민은 재빨리 군사를 내어 사천으로 달려가 주장 정득열과 협공하여 적을 패하게 하였다. 뒤이어 고성, 진해, 금산 등 네 현을 수복하여 그 공으로 본주목사가 되었다.

시민이 진주에 돌아오니 이때 성 안에 보이는 군사는 겨우 수천이고 무기 또한 매우 적었다. 시민은 이에 무기를 준비하고 군사를 연마하여 한마음으로 같이 죽기로 격려하였다. 오래지 않아 적이 크게 일어나 선봉이 쳐들어왔다.

적들은 여러 겹으로 포위하고 요란스럽게 구는데, 우리 군사는 굳게 지키기만 하고 움직이지 않으니, 적들이 조금 해이해지기 시작했다. 이때 시민이 총수들을 이끌고 쏘아대니 적이 많이 죽었다. 적은 송장(松障)을 사다리처럼 만들어 공격하고 시민은 화약초로 송장을 불태우며 맞서 싸우기를 밤새 하였다. 북문에서는 최덕량이 힘써 적을 막았다. 아침 늦게야 적이 조금 물러나고 시민은 총에 맞아 눕게 되었다. 성 안에는 화살과 돌도 다 소진되었는데 마침 별장 이광악이 적장을 쏘아 죽이니 적들은 시신을 태우고 물러났다.

이때가 10월 10일이고, 성은 8일 간 포위되어 있으면서 시민은 항상 화살과 돌이 넘나드는 성을 돌아보며 군사들을 격려하였다. 밤이면 악공에게 피리를 불게 하니 적들이 그 허실(虛實)을 헤아리지 못했다. 사졸들을 위무하여 처첩을 거느리라 하고 새벽이나 밤에는 술과 고기를 손수 먹이니 사졸들이 모두 감격하여 그를 위해 죽는 것을 즐겁게 여기게 되었다. 이리하여 외부 원조도 없이 진주를 지켜내고 호남을 막아낼 수 있었다. 누구는 이 전투에서 적이 3만 명 죽었다고 한다.

시민이 병석에 누워서도 나라 걱정을 하며 북향하여 눈물을 흘리니 보는 사람이 슬퍼하였다. 본도우절도사가 되었으나 임금의 새서(璽書)가 내려오기 전에 죽고 말았다.

(2) 정득열

정득열은 정인지의 5대손인데, 사천현감으로 있다가 전쟁을 만났다. 부하 삼백을 이끌고 진주에 가 절도사 유숭인을 따라 싸웠는데 유숭인의 군대가 패하자 말 위에서 크게 고함치며 흩어진 군사를 모아 화살이 다하자 철곤을 휘두르며 격렬하게 싸우니 오던 적들이 다 흩어졌다. 적이 다시 몇 겹으로 포위하고 득열은 더욱 기를 돋우어 백병전을 벌이다가 몸소 적 수십백인을 죽이고 죽었다.

그의 아들 택뢰(澤雷)는 광해군 때 폐모 논의에 극력 반대하다가 남해에 유배되었다가 죽었고, 뒤에 인조반정이 나고 사헌부지평으로 추증되었다.

3) 2차 전투 주인공들의 행적

최경회, 김천일, 황진 등 2차 전투의 인물들은 먼저 전의 형식을 빌어 각 인물의 출신지 등을 서술하면서 진주에 집결하기까지의 행적과 인물의 성격을 알 수 있는 일화 등을 소개한다. 위의 세 인물은 각각의 독립된 전으로도 손색이 없을 만큼 그들의 일생을 자세하게 서술하고 있다. 김천일과 황진은 홍양호의 「해동명장전」에도 수록되어 있는 등 그들의 일생이 자세하게 전하므로 진주의 2차 전투에 이르기까지 그들의 행적과 임진년 이후 세운 전과를 낱낱이 서술하고 있다. 각각 독립되어 서술되고 있지만 최경회의 끝부분에는 김천일이 등장하고 김천일의 끝에는 황진이 등장, 서로 꼬리를 물고 서술된다. 뿐만 아니라 김천일의 전 서술에서는 양산숙이 김천일을 따라 기병하여 김천일의 장계를 지니고 왕의 행재소에 찾아가는 등 함께 등장하는 부분이 많으므로 중간에 양산숙의 가계와 사람됨을 서술하는 전의 서두 부분을 삽입하여 두 인물을 함께 다루고 있다.

(1) 최경회

최경회의 앞부분은 임진란 전에 과거에 합격하여 벼슬을 역임한 것을 적고, 모친상으로 인해 벼슬을 떠나 있다가 난이 일어난 상황을 자세히 기록하였다. 고경명이 담양에서 의병을 일으키고 경회는 두 형과 함께 의병청을 설치하여 무기와 곡식을 모아 군사들을 구제하였다. 고경명이 죽자 종사 문홍헌이 그 부하 8백 명을 거느리고 와 통솔해줄 것을 청하였다. 최경회는 울면서 그 말에 따랐다.

문홍헌은 최경회의 사위다. 최경회와 여러 장수들은 삽혈동맹을 하고 우의병장이라 칭하니 원근에서 호응하였다. 얼마 지나지 않아 무리는 5천이 되고 세를 크게 떨치게 되었다. 관찰사 권율이 장수로 가서 적의 선봉을 막으라고 하니 무주의 적이 도전하여 경회는 5백의 기병으로 물리쳤다. 얼마 후에 금산의 적이 크게 이르니 대패시키고 도망하는 적을 후미에서 공격하여 궤멸시켰다. 경회가 병사를 뽑아 길에서 엿보니 흰말 탄 장수가 은갑옷에 금투구를 쓰고 등에는 비단 축을, 손에는 큰 칼을 들고 수십 기병을 거느리고 빠르게 지나가고 있었다. 경회가 활을 쏘아 맞혔는데, 비단 축은 고려 공민왕의 어화와 청산백운도였고, 칼은 일본이 가지고 있는 자 웅신검 중 하나였다. 이후 이 칼로 많은 적을 베니, 이로부터 왜군이 감히 경회의 군사를 침범하지 않았다.

임진 10월에 진주가 위급해지자 관찰사 김성일이 사람을 보내 구원을 요청했다. 경회가 즉시 군사를 이끌고 선봉으로 달려가니 적이 바람만 보고도 달아나, 성이 온전할 수 있었다. 그 공으로 본도우절도사가 되었다.

다음 해 계사년에는 적이 대거 진주를 침범하였다. 성 안의 수비는 약하고 사람들은 겁을 내고 있어, 혹자는 경회에게 성을 비우고 피하라고 권했으나 듣지 않고 창의사 김천일과 사수하기로 맹세했다.

(2) 김천일

김천일은 어려서 이항(李恒)을 스승으로 섬기며 성현을 법으로 삼았다. 김천일의 서술에서는 문신인 그가 사헌부지평의 벼슬을 역임하면서 직언으로 임금에게 간하는 등 강직하고 용기 있는 모습을 부각시키고 있다. 그런 모습을 가장 극명하게 보여주는 예화로 율곡 이이가 나라를 떠나려 하자 천일이 정색을 히며 말렸고 이에 율곡이 남들에게 다른 날 나라의 충성스러운 신하가 될 사람은 김천일이라고 했다는 이야기를 소개했다.

임진란이 일어나자 분연히 일어나 고경명, 최경회 등에게 편지를 써 고하고 사람들을 모아 충의로써 격발시키니 모두 눈물을 흘리고 따랐다. 이때 양산숙과 산룡도 기병하였다.

(3) 양산숙

양산숙은 어려서 성혼과 이이의 문하에 있었는데, 두 스승이 군소배들에게 무고를 당하는 것을 보고 벼슬에 뜻을 버리고 나주에 낙향하여 농사지으며 모친을 봉양하였다. 이때에 이르러 형 산룡과 의병 모의를 하였는데,

어머니에게 고하기를, "어머니를 쫓아 이 몸을 구하고 싶습니다" 하니, 어머니가 말하기를 "집안 대대로 국은을 입었는데 의리 상 살기에 힘써서야 되겠느냐? 너의 조상에게 누가 되지 않게 해야 내가 눈을 감을 것이다" 하였다. 산숙이 물러나 거병하여 김천일에게 귀속하였다. 여러 장수와 더불어 삽혈 동맹을 하고 군사를 정비하여 서쪽으로 향하니 임진년 6월이었다.

이때 삼도의 근왕사 10만이 용인에서 궤멸되어 군사들의 사기가 흉흉해졌다. 김천일이 고삐를 잡고 군중들에게 교유하기를, "군사는 의로써 이름을 삼으니 오로지 전진만 있을 뿐, 후퇴는 없다. 가고자 하는 자는 맘대로 하라"고 하였다. 마침내 한 사람도 도망하는 자가 없었다. 흩어진 군졸들도 차츰 모여서 호서에 이르니 무리가 수천이 되었고 수원에 진을 치고 왜적을 공격하였고 금령의 적을 공격하니 점차 군의 명성이 올라갔다.

김천일이 양산숙을 의주에 있는 왕의 행재소에 보내어 표를 올렸다. 세자는 이천에서 군을 위무하고 있었는데, 김천일의 승전 소식을 듣고 세자가 편지를 내렸다. 양산숙이 행재소에서 돌아와 왕명을 전하니, 천일을 장예원 판결사로 임명하고 창의사란 호를 내렸다.

양산숙이 배를 타고 의주에 가니 왕이 매우 기뻐하여 공조좌랑을 제수하고 그 재주를 아껴 곁에 두고자 하였다. 산숙은 장군의 명으로 왔으니 마땅히 돌아가 보고하여야 한다고 말하고 왕은 눈물을 흘리며 빨리 서울을 수복하라고 교시하였다. 왕이 산숙 편에 교서 두 통을 보내어 영호남 군민들에게 선포하였다.

적들은 도민들이 다 의병에 속한 것을 보고 삼강의 집들을 불태우고 성을 버리고 남쪽으로 달아나, 영해에 머물면서 장차 진주를 공격하려 하고 있었다. 여러 장수들은 호남에 있으면서 적의 예봉을 피하고자 하였으나 천일은 진주를 잃으면 호남도 잃는다고 하면서 진주로 달려갔다. 절도사 황진도 달려왔다. 황진은 천일에게 밖에서 응원군이 오지 않으면 패하게 된다고 하면서 자신은 밖에서 적의 예봉을 제압하겠다고 하니, 천일이 함께 들어가자고 하여 부득이 그 말에 따랐다.

(4) 황진

황진의 서술부분은 특히 설화에 해당하는 이야기가 많이 실려 있다. 그는 무인으로 용맹스럽고 전투에서 큰 승리를 거두어 많은 사람들의 아낌을 받았던 것으로 보인다. 황희 정승의 5대손으로 어려서부터 용력이 뛰어나 소문이 나자 이종인이 찾아와 죽음을 같이 하는 친구가 되기로 하였다. 이 부분은 뒤에 진주에서 함께 죽음으로써 약속을 이루는 것으로 복선에 해당한다고 하겠다.

임진란이 발발하기 전 황윤길과 김성일이 일본에 사신으로 가는데, 황진이 막부로 동행하게 된다. 조선이 일본에 사신을 보내게 된 연유를 설명하면서 일본의 상황이 길게 설명된다.

이 사행을 통해 풍신수길은 전쟁의 꼬투리를 잡기 위해 온갖 변사(變詐)를 내어놓으니 정사와 부사 이하 모두 겁이 나 있었는데 황진만 조금도 흔들림 없이 의연하였다. 바닷가에서 큰 새 두 마리가 날개를 나란히 하여 파도를 타고 있는데, 황진이 하나를 쏘아 맞힌 후 다시 활을 당겨 또 한 마리를 쏘아 맞혔다. 일본이 솜씨 자랑을 하려고 활 잘 쏘는 사람을 시켜 과녁을 쏘게 하고 사신을 불러 관람하게 하였다. 황진도 그 옆에 작은 표적을 설치히여 활을 쏘니 적중하였다. 귀국 길에 가지고 간 돈을 다 들여 보검 두 구를 샀다.

돌아와 김성일이 일본이 쳐들어올 리가 없다고 하자, 황진이 상소를 올려 김성일의 목을 베라고 하겠다고 하자 친척들이 극력 말려서 중지시켰다. 얼마 있다가 동복현감으로 나가게 되었는데, 일이 파한 후에는 매일 갑옷을 입고 말을 타며 전쟁에 대비한 훈련을 하였다.

임진년 전쟁이 일어나자 관찰사 이광을 따라 근왕하였고, 이후 여러 전투에서 승리하였는데, 그 중 여치 전투에서 전승을 거두었다. 왜군들은 황진의 여치 전투를 권율의 행주대첩, 이순신의 한산대첩과 더불어 조선의 삼대첩이라고 하면서 그 가운데 여치를 최고로 꼽았다.

창의사 김천일이 함께 진주를 지키자고 하자 허락하고 가고자 하는데, 곽재우가 황진의 재주를 아끼어 만류하면서, 진주가 배산임수의 지형이어서 적들이 둘러싸면 패배할 수밖에 없다는 주장을 하자 황진은 이미 김천일과 약속하였기 때문에 어찌 식언을 할 수 있겠느냐면서 진주로 향한다. 김해부사로 있던 이종인이 먼저 와 있고 의병장 고종후, 부사 김준민이 소문을 듣고 와 있었다.

(5) 고종후

고종후는 고경명의 장자로 열 일곱에 과거에 장원하였다. 스물 넷에 임피현령으로 나갔다가 일에 얽혀 파직당하고 집에 있었는데 전쟁이 일어났다. 아버지가 의병을 일으키자 아우 인후와 함께 따랐는데, 금산전투에서 아버지와 아우를 잃고 말았다. 그는 기절하였다가 한참만에 깨어나 따라 죽고자 하였으나 좌우에서 만류하여 이루지 못했다.

아버지 장례를 마치자 의병에 나서려 하니 어머니가 한사코 만류하였으나 날마다 통곡하여 마침내 어머니가 그의 뜻을 꺾지 못하고 허락하였다. 종후는 즉시 여러 고을에 격문을 돌려 의병과 곡식을 모집하여 '복수의병'이라 호하고 전투에 참여하였다. 진주의 세가 급하다는 말을 듣고 의병을 이끌고 성으로 들어가니 남은 병사가 사백여 인이었다.

(6) 기타 인물

위에서 자세하게 행적을 서술한 인물 외에 특기할 자료가 없는 인물은 간략하게 서술되어 있다. 김준민은 거제부사로 진주에 갔다는 것만 명기하고 있고, 고득뢰는 청렴을 나타내는 일화를 소개하여 인물됨을 나타내고 있다. 정명세는 아우 명원이 청안현감으로 있다가 괴산에서 죽자 달려가 장사지내며, "너의 뼈는 내가 거둔다만 나의 뼈는 누가 거둘 것인가?"라 하였다는 이야기를 소개하여 비장함을 고조시키고 있다.

강희열은 순천 무사로 고경명을 따라 기병하였는데, 금산에서 패하자 고향으로 돌아가 의병을 모집하여 '분의병(奮義兵)'이라 호하였다. 선거이 등이 진주로 가지 않는다는 말을 듣고 "어찌 창의사 홀로 죽게 할 수 있는가?"라며 달려가 성으로 들어갔다.

장윤은 사천현감으로 있다가 난이 일어나자 의병을 이끌고 장수에 주둔하였다. 진주가 위급한데 여러 장수들이 피하려 한다는 말을 듣고 강개하여 눈물을 흘리며 김천일 등과 성으로 들어갔다. 최언량은 진주사람으로 이 전투에 모병하여 가려하자 그 첩이 만류하였으나 시를 한 편 써서 자신의 뜻을 보이고 성으로 들어갔다.

이렇게 여러 인물들이 진주로 집결하기까지의 행적을 보여주고 있는데, 진주라는 공간으로 각각의 인물이 수렴되는 양상을 띠며 클라이맥스를 향해 점층적으로 나아가는 구성 방식을 사용하고 있다.

4) 진주에서의 항전

주인공들이 진주에 집결한 뒤부터는 한 편의 소설과도 같이 서사에 치중한다. 이들이 성으로 들어오기에 앞서 가등청정이 왜군을 불러 모아놓고 "진주는 작은 읍이다. 임진년 전투에서 우리가 십만의 무리로 여드레 동안 주야로 공격하였으나 얻지 못한 것은 수치스럽기 짝이 없다"고 하면서, "진주를 공격한 후 호남으로 가면 부녀자며 옥면을 맘껏 가질 수 있다"고 유혹한다. 그리고 30만의 군사로 진주를 공격하기 위해 몰려오는 장면에 대한 묘사가 핍진하다.

그에 반해 진주를 지켜야 할 목사 서예원은 겁이 많은 인물로 묘사되어 있다. 그가 도망갈 생각만 하자 인심이 흉흉해진다. 이종인이 그에게 칼을 겨누며, "당신이 이 땅을 지켜야 할 신하로서 못 간다. 게다가 지금 여러 관과 의병의 장수들이 군사를 이끌고 구원을 오면 무슨 적인들 꺾지 못하

리오? 가려는 자는 나의 칼을 받으리라”고 일갈하니 예원이 감히 떠나지
못한다. 김천일 등이 입성한 뒤 전라절도사 선거이, 의병장 홍계남 등이
군사를 이끌고 지나가니 천일이 함께 지키자고 하였으나, 선거이는 “공들
은 삼태기 하나로써 강물을 막으려 하다니 나로서는 알 수 없는 일이요”
라 하면서 거절하였다.

이에 황진으로 대장을 삼고 장윤을 부장으로 삼아 성 안을 정비하고 작
전을 세우니 이때가 계사년 유월 이십일이었다. 적이 군사를 이끌고 성을
둘러싸니, 여러 장수들은 군사를 움직이지 않고 지켜보다가 기병과 보병
이 길을 나누어 나가 동문을 힘껏 공격하였다. 오영넘이 적을 사살하니 적
은 군사를 거두어 물러났다.

이후 공격과 방어가 계속되고 주인공들의 전투에 임하는 모습과 성안의
분위기를 자세히 전달하고 있다. 패배로 끝난 싸움이기에 그 분위기는 비
장하고 주인공들은 성안에 포위되어 있는 상황인데 외부에서 원군은 오지
않는 절박함이 문장 표현 속에 가득 담겨 있다.

26일에는 칠전칠퇴를 거듭하다가 평창군수 고득뢰가 죽고, 27일에는 의
병장 강희열이 죽었다. 적들은 성안의 힘이 약해진 것을 알고 항복하라는
편지를 보냈다. 양산숙을 명나라 총병관 유정에게 보내어 원군을 청했으
나 거절당했다. 또 관군 및 의병에게 원군을 청하는 편지를 보냈으나 한
사람도 오는 자가 없었다. 성은 자주 무너져 황진이 몸소 나무와 돌을 져
날라 축대를 쌓고 김천일은 성을 돌면서 군사들에게 직접 죽과 미음을 먹
이니 군사들은 모두 감격하여 더욱 죽기를 작정하였다.

28일에는 서북면 순성장인 서예원이 밤새 단속을 잘하지 않아 적들이
몰래 와서 성을 무너뜨렸다. 황진이 군사를 독려하여 사수하니 마침 적의
우두머리가 총에 맞아 죽었다. 이에 적은 퇴각하였는데, 황진이 성을 돌아
보며 아래를 굽어보다가 아래에 숨어 있던 적이 쏜 총에 맞아 숨졌다. 황
진의 죽음에 성안은 눈물을 흘리며 두려워하고 있는데, 적은 다시 세를 몰
아 돌진해와 장윤이 총에 맞아 숨졌다. 적진에서는 성안에 연이어 상이 난

것을 알고 기뻐 날뛰었다.

다음날 적은 성대한 치장을 하고 성 밑에 다가왔고, 성안에는 무기도 떨어져 군사들은 맨 손으로 대나무와 막대로 적을 막았다. 서예원은 갑옷을 벗고 먼저 도망하였다. 적이 성을 무너뜨리고 들어오니 우리 군사들은 어지러이 흩어졌다. 이종인이 칼을 뽑아들고 싸우다가 남강에 이르러 좌우 옆구리에 각기 적 하나씩 끼고 강에 뛰어들며, "김해부사 이종인이 여기에서 죽는다"고 외쳤다.9)

남은 여러 장수들은 촉석루로 올라가 활을 쏘니 적들이 도망하였다. 산숙이 울면서 "장군께서 어찌 이 지경이 되셨습니까?" 하니, 천일은 "의병을 일으키는 날부터 나는 내가 죽으리라는 것을 알았다"고 하였다.

최경회가 시 한 수를 읊조린 후, 여러 장수들은 북향재배한 뒤 "신들의 힘이 다하여 삼가 죽음으로 나라에 보답하렵니다" 하고는 강에 뛰어들어 죽었다. 정명세, 이잠, 최언량 등도 모두 죽었다. 적이 성곽을 밀고 쳐들어와 군사와 백성들을 살육하여 시체를 강에 던져 강물이 흐르지 못할 지경이었다.

5) 죽음 이후 포상 및 마무리

마지막 서술에서는 작가의 총평에 해당하는 내용을 실었다. 왜란 이래 패배의 처참함과 절의의 융성함이 이 진주 전투만한 것이 없었다. 이 전투에서 성은 함몰되었으나 적의 정예부대 또한 태반이 꺾여 군사를 호남으로 몰아갔으나 곧 거두어 돌아갔다. 남맥을 차단하고 나라를 다시 일으킨 근본은 모두 여러 장수의 힘이다.

---

9) 처음 『선조실록』에는 이종인이 철환을 맞고 죽은 것으로 나온다(『선조실록』 26년 7월 16일과 26년 8월 4일조). 그러나 『선조수정실록』에서는 여기에서와 같이 적들을 양옆에 끼고 강물에 빠져 죽는 것으로 나온다(선수 26년 6월 01일).

왕이 이 일을 듣고 크게 슬퍼하며 관직을 추증하였다. 명나라 지휘관 오종도가 제문을 지어 김천일 최경회의 혼령을 위로하였다. 이후 서술은 많은 순절자들의 추증 관직을 밝히고, 앞에서 빠진 인물들에 대한 간략한 자 字와 행적 소개를 첨부하고 있다.

성안에서 죽은 자 이외의 후일담도 곁들이고 있는데, 특히 양산숙의 처는 시어머니와 시숙 형제와 함께 바닷가 섬으로 피난하다 적을 만나 시어머니와 시숙이 바다에 투신하여 죽고 부인은 썰물이 되기를 기다려 시신을 건지고 나서 죽으려고 하다가 적을 만나 자결하였다. 후에 왕이 정려를 내렸으니 산숙은 충으로, 어머니와 처와 제수는 열로, 형제는 효로 삼절(三節)을 이루었다는 내용을 자세하게 첨가하고 있다.

또한 논개의 이야기도 끝부분에 소개하고 있다. 논개는 최경회의 첩으로 성이 함몰되던 날 성복을 하고 촉석루 아래에 서 있으니 왜장 하나가 미모에 혹하여 유혹하려 하자 거짓으로 허리를 안고 춤을 추다가 강물에 투신하였다.

3. 서술방식의 특징

1) 일화의 삽입

전체 서사의 진행에 있어 진주 전투라고 하는 기본 사건과 크게 상관없는 내용의 일화가 많이 삽입되어 있다. 「진주순난제신전」에는 어머니와 관련된 일화가 두 편 전한다. 먼저 양산숙은 기병한 후 어머니에게 가서 어머니를 따라가 자신의 목숨을 구하고 싶다고 하나, 어머니가 타일러 보내는 것으로 나온다.[10]

양산숙이 어머니 앞에서 그렇게 말하는 것은 뒤에 서술된 양산숙의 행위로 보아 일관성이 없는 행동이지만 그의 어머니를 훌륭하게 묘사하고 그런 어머니에게서 이런 아들이 나온다는 것을 알리기 위한 장치로 이해된다. 아울러 무인으로서의 강인한 면 외에 이처럼 죽음을 두려워하는 본능적인 면모와 어머니 앞에 나약해지는 인간적인 모습을 강조하여 오히려 친근감 있고 살아 있는 인간상으로 만들고 있다.

또한 고종후는 고경명의 아들인데, 아버지와 동생이 금산 전투에서 사망하자 기절하였다가 한참 뒤에 깨어나 맨손으로 적진에 달려들려고 하자 주위에서 아버지의 혼백은 누가 거두느냐고 말렸다. 겨우 시신을 장사지낸 후 의병으로 나가려 하자 어머니가 죽음으로써 만류하였다. 종후가 밤낮으로 호곡하자 어머니는 아들의 뜻을 빼앗을 수 없다는 걸 알고 울면서, "네가 지금 나아간즉 싸우다가 죽고, 물러난즉 슬픔에 죽을 것이니 죽는 건 마찬가지라, 너의 뜻을 따르라"11)고 허락한다. 이 어머니와의 일화는 뒤에 마지막 촉석루에서 강물에 뛰어들기 전 누군가가 종후에게, 어머니를 생각하여 함께 헤엄쳐 나가자고 권하는 것으로 연결된다. 그는 금산에서 아버지와 함께 죽지 않고 진주에서 죽는 것이 늦었다고 하면서 죽음을 맞이한다.

이처럼 전투에 대한 서술과는 직접 관련이 없는 가족 간에 있었던 일을 대화 형식으로 표현하여 전체적인 비장미를 더욱 강화시키고 있다. 가족이 등장하는 경우는 대부분 주인공의 성격을 형성한 배경을 보여주는 구실을 하게 되는데, 위에서 본 양산숙의 온 가족이 바다에 뛰어들어 자결하는 과정을 자세히 전하여 보조 자료로서의 기능을 충분히 하고 있는 점이

---

10) 양산숙을 독립해 다루고 있는 김조순의 「양산숙전」에는 "山璹自精舍 杖劍歸故居, 告母起兵, 傳檄列邑"으로 되어 있어 단지 "어머니께 고하고" 기병한 것으로만 나오고 어머니의 반응은 전혀 나오지 않은 데 비해 서유본은 어머니가 의연히 싸우라고 독려하는 것으로 그리고 있는 점이 차이가 있다.
11) 『左蘇山人文集』 卷8 「晉州殉難諸臣傳」, "女今進則死於兵, 退則死於哀. 等死, 從女志也."

한 예가 될 것이다. 정득열은 그의 아들이 뒤에 광해군 때에 폐모에 반대하다가 유배를 당하여 죽었다는 사실을 부기하여 아버지의 곧은 성격이 아들에게 그대로 유전되어 있음을 보여준다.

반면 가족이 주인공의 무모한 충성심에 제동을 거는 인물로 등장하기도 한다. 최언량이 전투에 모병하여 참가하려고 하니 그의 첩이 "제가 들으니 남의 녹을 먹은 자는 그 일로 인해 죽을 수 있다고 하더이다. 그러나 당신은 일 서생일 뿐이니, 헛되이 죽지 마십시오"[12]라며 말렸다. 그러자 언량은 시를 지어 자신의 뜻을 보였다. "수양성 안에 남자가 많았는데, 다만 그 당시 녹을 먹던 이는 아니었네"[13]라 하고 소매를 떨치고 성으로 들어갔다.

황진의 전은 상당히 많은 양의 일화로 구성되어 있다. 황진이 실제 통신사의 일행으로 일본에 다녀왔으므로 일본이 전쟁을 일으킬 낌새를 눈치 챘다든가 하는 이야기에 얽힌 일화를 많이 채용하였다.

이 같은 일화는 전체 서사의 진행에서는 꼭 필요한 요소가 아닌데도 불구하고 인물에 대한 흥미를 돋우기 위해 사용된 것으로 보인다. 인물이 구체적인 생동감을 갖게 만들고 그 인물에 대한 평가를 돕게 한다. 그 일화의 대부분은 진실인지를 확인할 수 없는 내용으로, 설화화되거나 구전된 내용을 차용하고 있다는 점이 주목된다. 주 텍스트에 비해서는 부수적 텍스트에 해당한다고 할 수 있는데, 이것이 사료 성격을 띠는 열전의 형식에서 벗어나 문학성을 높여주는 장치로 활용되고 있는 것이다.

2) 상대적 인물의 배치

한편 주인공들을 부각시키기 위해 이들과 반대의 생각을 가지고 행동한

---

12) 『左蘇山人文集』 卷8 「晋州殉難諸臣傳」, "妾聞食人之食者 死其死, 今君一書生耳. 無徒死爲也."
13) 『左蘇山人文集』 卷8 「晋州殉難諸臣傳」, "睢陽城裏多男子, 不獨當年食祿人."

인물들을 적절히 배치하여 대비 효과를 거두고 있다. 대표적 인물로 곽재우는 황진이 진주로 들어가려고 하자 "진주성은 배산임수에 적이 산을 둘러싸고 루를 쌓아 놓았으니 성 안에 있으면서 바깥의 원조가 이르지 않으면 성은 반드시 함락된다. 게다가 공은 충청절도사이니 진주를 지키다 죽는 것은 직분이 아니다"고 하면서 황진을 말린다. 곽재우에 대해서는 진주에 함께 들어가 싸우지 않은 것에 대해 서두의 의론문에서도 비판적으로 언급한 바 있다. 곽재우에 대해서는 백성들의 신망이 대단하여 많은 전설을 남기고 있는데, 여기에서는 직분에 따라 움직이는 인물로 묘사하고 있다. 이 일은 조정에서도 논란이 분분하였던 듯 실록에 자세한 서술이 남아 있다. 실록에서는 곽재우가 진주에 들어가라는 명을 따르지 않으면서, 적의 성대한 기세를 도저히 막을 길이 없으므로 패망이 분명한 싸움에 자신이 죽는 것은 아까울 것이 없으나 전투 경험이 많은 노련한 군졸들을 다 죽일 수 없다고 하는 타당한 이유를 말한다.[14]

또한 선거이는 진주를 지나가면서도 함께 싸우자는 주인공들의 말에 삼태기 하나로써 강물을 막으려 하는 행동이라 비웃으며 거절한다. 이들의 행동은 전쟁의 지장으로서 무모한 전쟁에 군사를 소모할 수 없다는 결단으로 읽히기도 하는데, 서술자의 시각은 그들이 함께 진주를 지키지 않은 것을 안타까워하면서 원망을 드러낸다. 몇 번에 걸쳐 하란(賀蘭)의 고사를 들먹이면서 하란의 살점을 먹는다는 표현까지 쓰고 있다.[15]

함께 싸우고 있기는 하지만 서예원이란 인물은 겁이 많아 싸움도 잘하지 못하여 달아날 생각만 하는 인물로 그려져 있다. 처음부터 진주를 피해 도망가려는 것을 이종인이 위협하여 함께 성안에서 싸우기는 하지만 언제나 패배의 빌미를 제공할 뿐이다. 가장 주인공들과 대조적으로 그려진 인

---

14) 『선조수정실록』 027/26/06/01(갑신).

15) 賀蘭進明은 唐 숙종 때 河南 절도사로 臨淮에 주둔해 있었다. 이때 尹子奇가 睢陽을 포위하자 張巡이 구원을 요청하였으나, 하란진명은 장순이 자기보다 명성이 높은 것을 질투하여 구원하지 않았고 결국은 수양이 함락되었다(『唐書』 卷192 「열전」 117).

물인 서예원은 자기 목숨을 아까워하며 살길을 찾아 달아날 궁리만 하는 것으로 그려지고 있다. 주인공들과 가장 대척점에 서 있는 인물로 이런 상대적 인물을 활용한 것이다.

또한 임금도 전쟁에 대해 속수무책인 인물로 묘사되어 있다. 임금은 일본이 쳐들어오자 중국과 인접한 북쪽 끝인 의주에 피난하여 행재소에서 전쟁의 상황도 어떻게 돌아가는지 알지 못하고 있는 존재다. 임금에게 전황을 알리기 위해 김천일이 보내는 장계를 양산숙이 가지고 가자, 전쟁중에 틈을 내 찾아온 장수의 재주가 기이하다고 하여 자기 옆에 머물러두게 하고 싶어하며, 사리에 맞는 말을 하며 돌아가야 한다고 하자 눈물을 흘리는 나약한 모습을 보인다. 양산숙은 애초에 의병을 일으켰을 때 무슨 벼슬을 하고 있던 게 아니었으므로 직책에 따라 행동하는 것이 아니라 자신의 신념에 따라 옳다고 믿는 행동을 한다. 임금이 곁에 두고자 함은 평소에 바라던 바이나 지금 자신이 있어야 할 곳은 임금 곁이 아니라 전장임을 알기에 전장으로 돌아가고자 한다. 이 인물이 보여주는 행동은 자신의 의거가 다만 임금 한 사람을 위한 것만이 아니라 왜적으로부터 나라를 구하기 위해서였다는 믿음을 갖게 만든다. 주인공들의 행동을 부각시키기 위해 배치한 상대적 인물들은 주인공의 행위가 직분을 넘어선 무엇이 있음을 보여준다.

4. 문체 및 표현의 특징

전투를 소재로 한 글이어서 전체 문장이 비장하고 박진감 있게 서술되어 있다. 전투 장면을 묘사하는 부분에서 어조사 없이 간결한 필치로 급박한 상황을 묘사하다가 결국은 죽음에 이르고 마는 결말까지의 과정이 박진감 있고 비장하다.

또한 전투의 과정 및 군사들의 반응까지 세밀하게 그리고 있다는 점이 특징이다. 마지막 주인공들이 죽음에 이르는 상황도 세밀하게 표현하고 있고, 장수들이 투신하기 전의 상황을 낱낱이 묘사한다. 특히 세부묘사의 극치를 보여주는 문장의 예를 들어본다.

> 이때 천일은 객관에 있었는데, 한 적이 담을 넘어 돌입하였다, 군관 장천강이 몽둥이로 치자 그 뇌가 손을 따라 부서졌다.16)

전통 고문의 표현에서는 적이 죽었다고만 해도 될 것을 이처럼 '보여주기'식 서술에 치중하고 있는 점이 작가가 당시 유행하는 소품문의 영향을 받은 게 아닌가 하는 추측을 낳는다. 이러한 세부묘사와 같은 선상에서 또 두드러지게 눈에 띄는 점은 대화체를 많이 사용하고 있다는 것이다. 심지어 적진의 정황을 묘사하는 데까지 가등청정이나 풍신수길이 부하들에게 이야기하는 것으로 묘사했다. 실제 왜군의 상황을 알 수 없는데도 그들의 생각을 대화체로 전달하고 있는 것이다.

조선 초 중기 일화에서도 일상의 말과 대화를 활용하여 서사문학에서 말의 중요성이 인식되고, 자기의 독특한 언어습관을 가진 개성적 인물이 형상화될 수 있었다.17) 「진주순난제신전」에서 대화체를 많이 사용하여 서술해나간 것은 다른 실기류와는 달리 주인공들의 심리 상태 및 생각을 직접적으로 독자들에게 전달하려는 의도에서 나온 것으로 보인다. 작가는 될 수 있는 대로 자신의 말로 설명하거나 개입하지 않고 직접 등장인물들의 말로써 독자에게 전달하고 있는 것이다. 두 편 등장하는 한시의 경우에도 마찬가지로 직접 주인공들의 심리 상태를 집약적으로 드러내 보이는

---

16) 『左蘇山人文集』 卷8 「晋州殉難諸臣傳」, "時千鎰方在客館, 有一賊踰墻突入, 軍官 張天綱以杖擊, 其腦應手而碎."
17) 이강옥, 『조선시대 일화 연구』, 태학사, 1998, 355면.

구실을 하고 있다.

세부묘사와 대화체의 특징은 일상적이고 구체적이라는 점이다 그에 반해 중간에 삽입된 세자의 편지는 서경(書經) 투의 고문으로 되어 있다. 세자의 편지가 관념적인 고문으로 쓰여진 것이 훨씬 사실감이 있으니 고문을 채택하여 쓴 것이다. 사건 서사에 쓰인 급박한 문체와는 확연히 다른 느낌을 주며 유장하여 무게는 있으나, 상황의 절박함과는 유리된 문체로 보인다.

또한 인물을 표현하는 데 있어서 각 인물의 개성적 표현을 시도하고자 노력한 흔적이 보인다. 사실 주인공들은 의를 지키고 충을 위해 죽은 이념형 인물이므로 각 개인의 개성이 잘 드러나지 않게 된다. 그런 가운데 몇 가지 개성적인 성격을 부여하고 있는데, 예를 들면 김시민은 "떠나고자 하는 사람은 참한다"고 하면서 군사들을 잡아두는 반면, 김천일은 "가고자 하는 사람은 마음대로 하라"고 하면서 의로써 설득하는 차이를 보여준다.

어머니의 묘사에서도 고종후의 어머니와 양산숙의 어머니는 태도가 다르다. 고종후의 어머니는 한사코 아들을 사지에 보낼 수 없다고 말리다가 그 뜻을 꺾지 못하여 보내는 반면, 양산숙의 어머니는 울면서 어머니를 따르겠다는 아들을 단호하게 내보낸다. 두 어머니의 태도는 전혀 다르지만 다 어머니로서 취할 수 있는 행동이어서 작품에 더욱 생동감을 준다.

주인공의 행동에 주목되는 점은 백성들과 군사들의 심정을 헤아리고 그들과 함께 행동하는 모습을 보여준다는 점이다. 김시민은 사졸들을 선무하여 처첩을 거느리게 하고 새벽과 밤으로 손수 술과 고기를 내리니 군사들이 모두 감격하여 그를 위해 죽는 것을 즐겁게 여기게 하였다. 황진은 직접 흙과 돌을 나르면서 군사들의 고통을 함께 하려고 노력하고, 큰 전투를 앞두고는 말에서 내려 말을 쉬게 하는 등 자그마한 일에도 배려를 많이 하는 장수형으로 그렸다. 김천일도 밤마다 성을 순시하며 죽과 미음을 손수 사졸들에게 먹이니 사졸들이 모두 감격하여 결사항전할 것을 다짐한다.

이처럼 덕장으로서의 면목을 강조하기 위해 묘사의 상당 부분을 할애하고 있는 것도 이 글의 특징이다. 특히 백성들의 고통을 이해하고 부하들도 자신과 똑같은 인간이라는 점을 인식하여 가족과 같은 심정으로 대하며 군사들의 자발적 참여를 독려하는 것으로 나타난다.

이런 세밀한 인간상을 묘사하기 위해서는 필연적으로 허구가 개입할 수 밖에 없다. 이 진주 전투는 비변사조차도 "성이 도륙되면서 한 사람도 살아난 자가 없고 당시 상황을 목격하고 말할 수 있는 자가 한 사람도 없다"[18]고 한 만큼, 후대의 기록이 사실에 입각하였다고 보기는 어렵다. 뒷날 포상을 청하는 과정 중에 밝혀진 몇몇 사실과 구전설화로 전해오던 사실들이 문자로 기록되면서 허구가 개입되었을 것인데, 이 작품과 같이 구체적인 사건의 전개과정을 세밀하게 보여주는 것은 상당히 많은 부분이 허구로 이루어진 것이라 생각된다.

5. 맺음말

「진주순난제신전」은 같은 집전의 형태를 가진 「명배신전」이나 「해동명장전」·「호산외기」·「이향견문록」처럼 단순히 여러 인물을 모아놓은 것이 아니라 하나의 사건을 중심으로 각 인물이 모이고 함께 행동하는 것을 기록하고 있기 때문에 서사문학으로서의 성격이 두드러진다. 서술의 형태도 각 인물들이 진주라는 공간으로 모여들기까지의 과정을 한 사람 한 사람씩 서술하다가 진주성에 다 모인 후에는 날짜별로 열흘에 걸친 항전 일지처럼 여러 인물들의 행동을 묘사한다.

각 인물의 소개는 다른 전에 비해 간략하여서, 자(字)와 본관을 먼저 밝

---

18) 『선조실록』 26년 8월 4일.

히고 그 인물됨을 이야기하거나 임란 이전의 벼슬을 지낸 과정을 이야기하는 정도로 서사에 필요한 정보를 제공하는 수준에서 이루어지고 있다. 반면 그 인물의 성격을 알 수 있게 해주거나 독자에게 흥미를 줄 수 있는 일화는 상당히 많은 양을 수록하고 있다.

같은 전의 형식을 지닌 작품이어도 「양산숙전」과 같이 한 사람을 주인공으로 서술하는 경우 주인공의 영웅적 면모를 부각시키기 위해 사건 서사를 거의 주인공 혼자 주도적으로 이끌고 나머지 인물들은 다 주변인물에 불과하게 그려지는 데 반해, 이런 집전의 형식에서는 각자의 고유한 역할이 있고 인물 묘사에 있어서도 개성적인 표현이 가능하다.

조선 초에 나온 집전인 「육신전」이 각각의 인물을 따로 기록하여 여섯 사람 개개인의 성격 및 이념이 강조되었던 것에 비해, 「진주순난제신전」은 여러 주인공들이 같은 공간에서 벌이는 열흘 간의 사투에 초점이 맞추어져 있다. 이렇게 여러 인물이 함께 주인공으로 등장하여 서사를 이끌어가는 작품의 예로 이옥의 「차최이의사전」이 있는데, 등장인물은 「진주순난제신전」에 비해 적지만 함께 모의하고 각각의 행위를 시간의 진행 순으로 보여준다는 점에서 유사점을 보인다. 이처럼 임란과 병자호란 이후에 나온 전 작품에서 단순히 인물 그 자체보다는 사건의 전말에 관심을 가지고 서사를 문제삼는 작품이 많아진다는 것이 소설의 발달과 함께 주목해야 할 점이다.

다산(茶山)의 구양수·증공·왕안석론

김 상 홍

1. 서론

당(唐)의 한유와 유종원과 송(宋)의 구양수(歐陽修)·소순·소식·소철·증공(曾鞏)·왕안석론(王安石論)을 "唐宋八家"라고 최초로 정명(定名)한 사람은 명초(明初)의 주우(朱右, ?~1376)이고[1] "唐宋八大家"라고 정명(定名)한 것은 명(明)의 모곤(茅坤, 1512~1601)이다. 모곤은 1579년(神宗 萬曆 7, 已卯) 봄에 한유·유종원·구양수·소순·소식·소철·증공·왕안석의 문을 초록하고 이를 『당송팔대가문초(唐宋八大家文鈔)』(권164)라고 한 후부터[2] 당송팔

---

1) 紀昀 外, 『唐宋八大家文鈔』(『景仁文淵閣四庫全書』, 1383) 「唐宋八大家文鈔叙」, 11~12면. "臣等謹案, 唐宋八大家文鈔, 一百六十四卷, 明, 茅坤編, 坤有徐海本末已著錄, 世傳唐宋八家之目, 肇始于是集. 考明初朱右, 已採錄韓柳歐陽曾王三蘇之作, 爲八先生文集, 坤蓋有所本也. 然右書今不存, 惟坤此集爲世所傳習. …… 乾隆四十四年九月, 恭校上, 總纂官臣紀昀, 臣陸錫熊, 臣孫士毅, 總校官臣陸費墀."

대가라는 명칭이 한문문화권의 문단에서 널리 일컬어지게 되었다.

당송팔대가의 학문이 한문문화권에 끼친 영향은 지대하다. 이들의 학문은 조선 후기 실학을 집대성한 다산(茶山) 정약용(丁若鏞, 1762~1836)에게도 많은 영향을 끼쳤다. 다산은 자신의 시문에서 당송팔대가의 행적과 학문을 언급하면서, 호한(浩瀚)한 학문으로 이들을 포양(褒揚)하고 폄하(貶下)하였다.

다산의 당송팔대가론을 구명(究明)하는 일은 다산학(茶山學)의 한 국면을 이해하는데 기여할 것이다. 필자는 이미 다산의 당송팔대가론[3] 서설(序說)과 다산의 소동파론(蘇東坡論)을[4] 발표한 바가 있다. 본고는 그 연속 작업으로서 다산이 구양수(歐陽修) · 증공(曾鞏) · 왕안석(王安石)에 대한 포폄(褒貶)의 세계를 조명하기로 한다.

---

2) 茅坤, 『唐宋八大家文鈔』(『景仁文淵閣四庫全書』, 1383) 「唐宋八大家文鈔原叙」, 14면. "予於是手掇韓公愈, 栁公宗元, 歐陽公修, 蘇公洵軾轍, 曾公鞏, 王公安石之文, 而稍爲批評之. 以爲操觚者之券, 題之曰, 八大家文鈔. 家各有引, 條疏如左. 嗟乎. 之八君子者, 不敢遽謂盡得古六藝之旨, 而予所批評, 亦不敢自以得八君子者之深. 要之大義所揭, 指次點綴, 或於道不相盩已. 謹書之以質世之知我者. 時萬歷已卯仲春, 歸安鹿門, 茅坤撰." ○ 余冠英 外 主編, 「導論」(唐宋八大家定名與背景, 朱振甫), 『唐宋八大家全集』(上), 國際文化出版公社, 1996, 5면. "四庫全書總目, 明茅坤編唐宋八大家文鈔, 称明史文苑傳, 坤善古文, 最心折唐順之. 順之所著文編, 唐宋人自韓柳歐三蘇曾王八家外, 无所取. 故坤選八大家文鈔. 考明初朱右, 已採錄韓柳歐陽曾王三蘇之作, 爲八先生文集, 實遠在坤前. 右書今不傳, 惟坤此集爲世所傳習. 按文編所選, 自周迄宋, 不限于唐宋. 其所選唐宋文, 雖限于八家, 而无唐宋八大家之名. 茅坤唐宋八大家文鈔, 實本于文編所選八家, 而唐宋八大家之名, 則爲茅坤所定."
3) 金相洪, 「茶山의 唐宋八大家論 攷」, 『조선-한국 언어문학 국제학술대회 발표요지집』, 중국 연변대 조선언어문학학과, 2004.7, 16~17면, 89~91면 참조
4) 金相洪, 「茶山의 蘇東坡論 攷」, 『2004 韓國·中國·泰國 國際學術大會 論文集-韓國 漢文學과 漢文敎育의 硏究 現況과 課題』, 2004.7.25(於 中國 北京 漁陽飯店 大會議室), 韓國漢文學會·韓國漢文敎育學會, 92~109면 참조

2. 팔가문(八家文)에 대한 인식

다산은 문학의 효용성을 매우 중시하여, 시는 애국우민(愛國憂民)·상시분속(傷時憤俗)·미자권징(美刺勸懲)이 있어야 하고 치군택민(致君澤民)에 기여할 수 있어야 한다고 하였다.[5] 이는 궁극적으로 시가 광제일세(匡濟一世)에 기여해야 한다는 이시경세론(以詩經世論)이다. 다산은 이러한 문학사상을 기저로 하여 치군택민(致君澤民)에 기여할 수 있는 시를 자신의 영고(榮枯)에 구애받지 않고 지속적으로 썼다. 그의 경세론(經世論)인 일표이서(一表二書)와 사회시(社會詩)는 낡고 병든 조선을 새롭게 하고자 한(新我之舊邦) 마스터 프랜이다. 다산은 이시경세론(以詩經世論)을 자신의 시에 구현하여 문학으로도 실학(實學)을 이룩한 업적을 조선 후기 문단에 남겼다.[6]

다산은 「오학론(五學論)」에서, 중국의 역대 문인들의 문학을 포폄하였다. 문장지학(文章之學)을 유학의 큰 해독이라 전제한 후, 중국 역대의 유명 문인들을 비판하였다. 사마천(司馬遷)은 기이한 것을 좋아하였고 의협(義俠)을 숭상하여 예의를 외면하였으며, 양웅(揚雄)은 도를 몰랐고, 유향(劉向)은 참위(讖緯)에 빠졌으며, 사마상여(司馬相如)는 배우처럼 스스로를 자랑하였다고 비판하였다. 이어서 한유(韓愈)·유종원(柳宗元)·구양수(歐陽脩)·소식(蘇軾)의 문학세계를 논하였다. 한유와 유종원을 문장의 중흥지조(中興之祖)라고 하지만 이들은 유학의 근본을 망각했기에 고문(古文)을 부흥시키지 못하였다고 하였다. 그 이유는 문장이란 가슴속에 있는 것이 저절로 발출(發出)되어야 하는 것인데, 이들의 문장은 외형만 답습하여 스스로 뛰어난 체했기 때문에 고문이 아니라고 하였다. 한유구소(韓柳歐蘇)의 문학은 화려하나 열

---

5) 丁若鏞, 『與猶堂全書』(이하 『전서』로 略稱), 寄淵兒, I-21, 9b, 443면. "不愛君憂國, 非詩也. 不傷時憤俗, 非詩也. 非有美刺勸懲之意, 非詩也. 故志不立, 學不醇, 不問大道, 不能有致君澤民之心者, 不能作詩."
6) 金相洪, 『다산문학의 재조명』, 단국대 출판부, 2003, 254면.

매가 없고 기이하긴 해도 바르지가 못하여, 수신(修身)과 사친(事親), 치군(致
君)과 목민(牧民)을 할 수 없어서 양주(楊朱)·묵적(墨翟)·노자·불교보다 해
독이 심하다고 비판하였다.7) 또한 당시에 문학을 하는 이들은 나관중(羅貫
中)·시내암(施耐菴)·김성탄(金聖歎)·곽청라(郭靑螺)를 떠받들고 우동(尤
侗)·전겸익(錢謙益)·원매(袁枚)·모신(毛甡)을 스승으로 삼고 있다고 비판하
였다. 나관중(羅貫中) 등의 문학이 유학에 끼치는 폐해는 한유구소(韓柳歐蘇)
보다 심하기 때문에 당시 문학을 하는 자들과는 함께 요순(堯舜)의 문으로
들어갈 수 없다고 하였다.8)

다산은 수신(修身)과 사친(事親), 치군(致君)과 택민(澤民)에 기여할 수 있는
문학, 광제일세(匡濟一世)에 기여하는 문학을 지선(至善)으로 여긴 것은 문학
의 효용성을 중시했기 때문이다. 그래서 한유구소(韓柳歐蘇)의 문학은 화려
하나 열매가 없고 기이하긴 해도 바르지가 못하다고 비판한 것이다.

여기에서 분명히 할 것은, 다산이 당송팔대가 중에서 언급한 한유구소
(韓柳歐蘇)의 문학은 수신사친(修身事親)과 치군택민(致君澤民)을 할 수 없다
하여, 언급하지 않은 소순(蘇洵)·소철(蘇轍)·증공(曾鞏)·왕안석(王安石)의

---

7) 『전서』「五學論」(3), I-11, 21a~22a, 232면. "文章之學, 吾道之鉅害也. …… 太史遷,
好奇尙俠, 而自外乎禮義, 揚雄不知道, 劉向溺於讖緯, 司馬相如如俳優以自衒. 下此
以往, 破碎綺靡, 無譏焉. 韓愈柳宗元, 雖稱中興之祖, 而本之則亡, 如之何其興之也.
文章, 不自內發, 迺皆外襲以自雄. 斯其古所謂文章者哉. 韓柳歐蘇, 其所謂序記諸文,
率皆華而無實, 奇而不正. 幼而讀之, 非不欣然善矣. 內之不可以修身而事親, 外之不
可以致君而牧民. 終身誦慕而落魄牢騷, 卒之不可以爲天下國家, 此其爲吾道之孟蜒
也, 將有甚乎楊墨老佛. 何也. 楊墨老佛, 雖其所秉有差, 要之, 皆欲以克己斷慾, 爲善
去惡. 韓柳歐蘇, 其所自命者, 文章已矣. 文章, 豈足以安身立命哉. 使天下之人, 詠歌
舞蹈, 浸淫悅樂, 釀薰膚奏, 與之俱化, 而邈然忘其性命之本, 民國之務者, 文章之學
也. 豈聖人之所取哉."
8) 『전서』「五學論」(3), I-11, 22a, 232면. "今之所謂文章之學, 又以彼四子者, 爲淳正而
無味也, 祖羅(羅貫中), 祧施(施耐菴), 郊麟(金聖歎), 禘螺(郭靑螺). 而尤侗錢謙益袁枚
毛甡之等, 似儒似佛, 邪淫譎怪, 一切以求眩人之目者. 是宗是師. 其爲詩若詞, 又凄酸
幽咽, 乖拗犖确, 壹是可以銷魂斷腸., 則止遂以是自怡自尊. 而不知老之將至, 其爲吾
道之害, 又其但韓柳歐蘇之流而已. 口譚六經, 手撦千古, 而終不可以攜手同歸於堯舜
之門者, 文章之學也."

문학은 수신사친(修身事親)과 치군택민(致君澤民)을 할 수 있다고 본 것이 결코 아니라는 점이다. 즉 위에서 편의상 당송팔대가의 문을 한유구소(韓柳歐蘇)로 지칭한 것이다. 다산의 사유(思惟)에는 오로지 광제일세(匡濟一世)에 기여하는 문학만을 진정한 문학으로 인정했기 때문에 중국역대 문인을 비판한 것이다.

우문(右文)의 군주(君主)였던 정조(正祖, 재위 1776~1800)는 학문의 진작과 문풍(文風)의 순정(醇正)을 위해 많은 책을 편간하였다. 그 중 하나가 『어정(御定) 당송팔자백선(唐宋八子百選)』이다. 정조는 당시 문장이 날이 갈수록 저하되는 것을 근심하여 손수 당송팔가의 문을 선집한[9] 『어정 당송팔자백선』을 1781년(정조 5, 신축) 6월 13일에 중외에 반포하였다.[10]

한편 다산의 「팔자백선서(八子百選序)」는 과거에 합격(28세, 1789) 후 초계문신(抄啓文臣) 시절에 정조의 명을 받고 지은 것으로, 당송팔대가에 대한 시각이 나타나 있다. 그는 「팔자백선서」에서, 우문(右文)의 정조가 팔가문에서 1백 편을 엄선·간행한 취지는 모두가 널리 알되 정밀하지 않음이 없게 배려한 것이라 하였다. 또한 『팔자백선』은 방대하지 않고 팔가의 종지(宗旨)를 얻은 것이자, 정조가 선집한 것이기에 믿을 수 있는 만큼, 이를 버리면 구슬 같은 글을 버리고 자갈 같은 하찮은 글을 취하는 것이라 하여, 『어정 당송팔자백선』을 주옥같은 글로 비유하였다. 그리고 공자만이 『시경』을 산정(刪定)할 수 있고, 정조만이 팔가문을 선(選)할 수 있다고 극찬하였다.[11]

---

9) 『正祖實錄』(『朝鮮王朝實錄』 47) 附錄 「正祖大王行狀」, 302면. "八子百選成, 王憂文體日下, 手選八家文印行."

10) 『正祖實錄』(『朝鮮王朝實錄』 45) 卷11 5年 6月 甲申(13일), 246면. "甲申. 御定八子百選成, 書凡六編. 取韓文三十篇, 柳文十五篇, 歐文十五篇, 老泉五篇, 東坡二十篇, 穎濱五篇, 曾文三篇, 王文七篇, 書成. 印頒中外."

11) 『전서』 「八子百選序」(內閣應敎), I-13, 5b~6a, 266면. "我聖上右文, 搜羅天地, 揉摛日月, 爐鞴一世, 旗鼓三軍. 遂就八家文, 銖稱寸度, 嚴選精取, 共得一百首. 付之剞劂, 令之家肄戶習, 心玩躬蹈, 盖欲其專精聚力, 庶幾免博而不精. 猗歟盛哉. 夫惰農弱夫, 闊占耕區, 責之以粗穫以時, 固不逮也, 委之尋丈之畦, 以蓁蕪磽确, 明徵其不盡力也.

이 서(序)가 관각문(館閣文)이라서 정조의 업적을 부각시키지 않을 수 없었을 것이나, 자세히 보면 다산의 논리는 모순이 있다. 모곤의『당송팔대가문초』와 정조의『어정 당송팔자백선』은 다 같은 선집(選集)이다. 그럼에도 불구하고『시경』은 공자만이 산정(刪定)할 수 있고 팔가문의 선집은 정조만이 할 수 있다고 한 것은 지나친 헌사(獻辭)가 아닐 수 없다. 다산의 논리라면 모곤은 당송팔대가의 문을 선집할 수 없다는 것이 된다.

다산의 당송팔대가에 대한 인식은 일관성이 결여되어 있다. 즉「오학론(五學論)」에서는 한유구소(韓柳歐蘇) 등 팔대가의 문학은 수신사친(修身事親)과 치군택민(致君澤民)을 할 수 없다고 폄하(貶下)하였으나,「팔자백선서」에서는 이를 버리면 주옥같은 글을 버리고 자갈 같은 하찮은 글을 취하는 것이라 하여 높이 포양(褒揚)한 점이다.

3. 구양수론

다산의 구양수(자 永叔, 1007~1072)론에는 포폄이 교직(交織)되어 있다. 구양수는 51세(嘉祐 2, 1057) 정월에 권지예부공거(權知禮部貢擧)가 되었다. 당시 문사들은 험괴(險怪)하고 기삽(奇澀)한 소위 태학체(太學體)를 숭상하였는데, 그가 지공거(知貢擧)로써 태학체를 적극적으로 배격하니 장옥문(場屋文)이 크게 변화하게 되었다.12)

是編也, 握之不盈, 猶有病其博者乎. 又觀夫善書者, 嘗隱鋒而爲之, 病學者轉至墨豬,
又爲之巉刻露刃, 以示其正畫. 是編也, 太削肌膚, 孤存稜骨, 其於得八家之宗旨, 亦已
盡矣. 且惟聖人之所選也, 是以信之. 不然, 其於取捨之際, 反復有遺珠而懷礫者矣. 昔
孔子刪詩矣, 臣曰, 詩, 惟孔子能刪之, 八家之文, 有聖上能選之. 臣謹序."

12)『宋史』(13)「歐陽修」卷319「列傳」제78, 10378면. "知嘉祐二年貢擧. 時士子尙爲險
怪奇澀之文, 號太學體, 修痛排抑之, 凡如是者輒黜. 畢事, 向之囂薄者伺修出, 聚噪於

이에 대한 정조(正祖)와 다산의 언급을 보자. 정조는 1789년(己酉) 11월 친시(親試)에서 초계문신들에게, 부화(浮華)한 문풍을 혁신하기 위하여 소작(蘇綽)이 「대고(大誥)」를 지었고, 구양수가 험괴(險怪)를 삭출(削黜)함으로써 태학체가 크게 달라졌으니 풍속을 깨우치는 방법은 본래 언어에 있지 않고 추향(趨向)을 바루는 요점은 취사(取捨) 밖에 없는 것인가[13]라고 하문하였다. 정조는 소작과 구양수의 문풍 일신의 공을 인정하였다. 당시 초계문신이었던 다산(28세)은 이에 대하여 다음과 같이 논하였다.

> 신은 대답합니다. …… 북주(北周) 문제(文帝)가 대고(大誥)를 짓게 하고 구양수가 태학체를 일변시켰다고 하셨는 데 아! 순박한 풍조를 되돌린 것은 후세에 능히 미치지 아니했으며, 험괴한 태학체를 배격한 것은 한 때의 공효에 불과함으로 신은 그들의 공은 많지 않다고 생각합니다.[14]

소작과 구양수에 대한 시각이 정조와 다산이 약간 다르다. 즉 다산은 북주(北周)의 문제(文帝, 宇文康)가 당시 부화(浮華)한 문풍을 바로잡기 위하여 소작에게 「대고」를 짓게 하여 순박한 문체로 변화시키려 하였으나 후세에 그 영향이 미치지 못하였으며, 구양수가 북송(北宋) 때 유행하던 험괴힌 대학체(人學體)를 배격한 것은 일시의 공효에 불과한 것으로 이늘의 문풍 혁신의 공은 큰 것으로 보지 않았다.

정조는 문체순정책(文體醇正策)을 치세의 기본정책 일목(一目)으로 삼아 서정(庶政)을 대청(代聽)할 때부터 추진하였고 즉위 후에는 경연에서 신하들을 대할 때마다 문체를 일변시킬 것을 반복해서 훈계하였지만 문체(文體)의 일신(一新)은 이루어지지 않았다.

馬首, 街邏不能制, 然場屋之習, 從是遂變."

13) 『전서』「文體策」(己酉十一月, 親試), I-8, 35b, 167면. "欲革浮華, 而大誥是作, 黜去險怪, 而學體丕變, 牖俗之方, 本不在於言語, 而正趨之要, 亶不外於取舍歟."

14) 『전서』「文體策」(己酉十一月, 親試), I-8, 36a, 167면. "臣對曰, …… 宇文能作大誥, 歐陽一變學體, 嘻. 回淳反朴, 自非後世之能及, 黜險取易, 不過一時之成效, 臣以爲其功不足多也."

내가 이를 민망히 여겨서 언제나 연신(筵臣)에게 문체를 변화시키라는 말로 반복신계(反復申戒)를 간절히 하지 않은 적이 없었으나, 이를 마음에 새겨듣지 아니하여 효과가 없었다. 이 잡스런 문체를 씻어내어 모두 순정한 데로 돌아가게 하여 경술(經術)로써 온축(蘊蓄)하고 문장으로써 나타내어 일대의 문체를 이루게 하여 온 천하가 본받기를 새롭게 하려면 그 방도는 무엇으로 해야 하는가? 그대들은 지금 이 대책문부터 요즈음의 문체를 털어 버리고 옛 자취를 만회하여 나로 하여금 공언(空言)이 되게 말라.15)

정조는 잡스런 문체를 순정한 문체로 회귀시켜서 도문합일(道文合一)된 문장은 이루어질 수 없는 어려운 문제인가. 어려운 문제가 아니라면 그 선책(善策)은 무엇이며, 자신이 조치하여야 할 일은 어떠한 것인가를 묻고 우리나라의 문체를 일신케 할 수 있는 선책을 초계문신들에게 제시하라고 하였다. 그리고 문신들은 대책문(對策文)부터 잡스런 문체를 버리고 순정한 문장을 지어 문체일신(文體一新)하라는 말이 공언이 되지 않게 하라고 하였다.

다산은 이에 대하여 문체순정책(文體醇正策)을 시행하려면, 이를 보익할 만한 신하를 발굴·등용하라고 다음과 같이 대책(對策)하였다.

신은 전하께서 일찍이 반복신계(反復申戒)하신 것이 무엇이며, 전하의 말씀을 마음에 새겨듣지 아니하고, 본받기를 막연히 한 자가 누구인지 모르겠습니다. 자고로 제왕이 대사를 도모하여 위업을 성취시킨 데에는 한 두 사람의 현량한 신하가 돕지 않은 적이 없었습니다. 요(堯)는 기(夔)가 아니면 대장(大章)을 짓지 못했으며, 무왕(武王)은 태공(太公)이 아니면 군려(軍旅)를 다스리지 못했고, 고제(高帝)는 숙손통(叔孫通)이 아니면 조의(朝儀)를 일으키지 못했고, 당의 육지(陸贄)와, 송의 구양수가 아니면 과거(科擧)의 문체를 일변시키지 못했을 것입니다. 요즈음 사람들의 재주가 비록 볼 것이 없으나 헤아려 보시면 전하의 조정에 어찌 요(堯)의 기(夔)와 같은 한 사람의 신하가 없겠습니까? 이 말

---

15) 正祖, 『弘齋全書』「文體」, II-50, 28b, 82면. "予爲是悶, 每對筵臣, 未嘗不以變文體之
說, 反復申戒, 不翅懃懇, 而聽我藐藐, 成效漠然, 如欲一洗啁啾之陋, 咸歸醇正之域,
蘊之爲經術, 著之爲文章, 庸成一代之體, 俾新八方之觀, 則其道何由. 子大夫, 其自
是策擺近曰挽古轍, 使予莫爲空言."(『與猶堂全書』에는 강조된 부분이 脫字되었음)

씀을 신은 진실로 전하를 위하여 아뢰오며 삼가 대하나이다.16)

다산은 정조에게 역대 제왕이 대사를 도모하여 성공한 데에는 한 두 사
람의 어진 신하의 보필이 있었다고 하였다. 요(堯)는 기(夔), 무왕(武王)은 태
공(太公), 한고조(漢高祖)는 숙손통(叔孫通), 당(唐)의 덕종(德宗)은 육지(陸贄),
송(宋)의 인종(仁宗)은 구양수가 있었기 때문에 대사를 성공시킬 수 있었던
것처럼, 문체순정책을 성공시키기 위해서는 요(堯)의 기(夔)와 같은 유능한
인재를 발굴 등용하여 보필토록 하라고 하였다. 다산은 송대에 유행하던
험괴(險怪)하고 기삽(奇澁)한 태학체를 일변시킨 구양수의 공적을 인정한 것
이다.
　구양수는 44세(皇祐 2, 1050) 때에 매요신(梅堯臣, 자 聖兪, 1002~1060)과 영
주(潁州)에다 전답을 구입하기로 약속하였다.17) 그는 52세(嘉祐 3, 1058) 6월
에 권지개봉부(權知開封府)에 부임한 후 다음해 2월에 급사중(給事中)으로,
다시 어시진사상정관(御試進士詳定官)으로 전직되었다.18) 당시 구양수는 단
계(端溪)의 특산인 녹석침(綠石枕, 베개)과 기주(蘄州)에서 생산되는 죽점(竹簟,
대자리)을 얻은 후에 그 기쁨을 시로 형상화하여 매요신에게 보냈다. 다산
은 이 시를 자주 용사(用事)하였는데 먼저 구양수의 시를 보자.

端谿琢出缺月樣　　단계에선 하현 달 모양의 베개가 생산되고
蘄州織成雙水紋　　기주에선 쌍 물결 무늬의 대자리를 짜내네
呼兒置枕展方簟　　동자를 불러 베개와 죽점을 펴 놓은 것은
赤日正午天無雲　　붉은 해 정오인데 하늘엔 구름 없기 때문일세

16)『전서』「文體策」(己酉十一月, 親試), I-8, 37b, 168면. "抑臣未敢知, 殿下之所嘗反復
　申戒者誰歟, 其聽之藐藐, 而使成效漠然者誰歟. 自古帝王之圖大事成大功者, 未嘗無
　一二良輔以左右之也. 堯非夔, 無以作大章, 武王非太公, 無以治軍旅, 高帝非叔孫, 無
　以起朝儀, 唐非陸贄, 宋非歐陽修, 無以知貢擧變文體也. 今人才雖曰, 杳然, 歷數殿下
　之廷, 亦豈無堯一夔也. 是說也, 臣誠爲殿下誦之, 臣謹對."
17) 楊家駱 主編,『歐陽修全集』上「廬陵歐陽文忠公年譜」, 10면. "皇祐二年庚寅. ……
　是歲, 約梅聖兪買田於潁."
18)『전서』「廬陵歐陽文忠公年譜」, 13면.

黃琉璃光綠玉潤　　대자리 황유리 광채나고 베갠 푸른 옥 윤기 있어
瑩淨冷滑無埃塵　　밝고 깨끗하며 차고 미끄러워 티끌과 먼지 없네
憶昨開封暫陳力　　지난 번 개봉부에서 잠시 진력했던 것 생각하니
屢乞殘骸避煩劇　　누차 몸이 쇠잔하여 벼슬 면해 달라고 빌었는데
聖君哀憐大臣閔　　임금께서 대신이 아픈 것을 가엾게 여기시고
察見衰病非虛飾　　쇠약하고 병듦이 허식이 아님을 자세히 아셨네
猶蒙不使如罪去　　오히려 죄를 주어 배척 않는 은혜 입어
特許遷官還舊職　　벼슬 옮겨 구직(舊職)으로 돌아가길 허락하셨네
選材臨事不堪用　　인재 선발의 일의 용무를 감당할 수 없었고
見利無慚惟苟得　　이끗 보면 부끄러움 없이 오직 얻고자 했네
一從僦舍居城南　　집을 빌어 성의 남쪽에 거처하니
官不坐曹門少客　　벼슬에 있지 않아 찾아오는 손님 적어
自然唯與睡相宜　　자연히 오직 낮잠을 자기 마땅하고
以懶遭閑何愜適　　게으른데 한가로움 만나니 어찌 흡족한지
從來羸繭苦疲困　　이전부터 여위고 지쳐 피곤한데
況此煩歊正炎赫　　하물며 찌는 듯한 더위 열기로 괴롭네
少壯喘息人莫聽　　젊어서부터 천식 있어 숨 소릴 남들은 차마 못 듣고
中年鼻鼾尤惡聲　　중년부터 코를 고니 그 소리 더욱 사나워서
癡兒掩耳謂雷作　　어린 아인 귀를 막고 우레가 치는 것 같다 하고
竈婦驚窺疑釜鳴　　부엌의 아내는 놀라 밥 끓어 솥이 우는가 의심하네
蒼蠅蟣蠓任緣撲　　쉬파리와 눈에놀이를 닥치는 대로 때려잡느라
蠹書懶架抛縱橫　　서가의 좀 먹은 책을 종횡으로 던진다네
神昏氣濁一如此　　정신과 기운이 혼미하고 흐림이 이와 같으니
言語思慮何由淸　　언어와 생각이 어찌 맑을 것인가
嘗聞李白好飮酒　　일찍이 이백은 술 좋아했다고 들었느니
欲與鎗杓同生死　　술병을 따서 생사를 함께 하고자 하네
我今好睡又過之　　내 지금 낮잠 좋아하는 것 또한 허물이나
身與二物爲三爾　　내 몸과 죽점과 베개 셋이 되네
江西得請在旦暮　　강서에서 조석으로 사는 소원 이뤄지면
收拾歸裝從此始　　귀장은 베개와 죽점을 챙기는 것으로 시작하리

終當卷簟攜枕去　　마침내 자리 걷고 베개 들고 떠나서
築室買田淸潁尾[19]　맑은 영수 가에 집 짓고 전답을 사리라

　　이 시를 영미시(潁尾詩)라고도 한다. 구양수가 단계의 록석침과 기주의
죽점을 혹호(酷好)한 정경이 형상화되어 있다. 그가 강서(江西)로 돌아가려
는 소원이 성취되면 귀장(歸裝)에 녹석침(綠石枕)과 죽점(竹簟)을 제일 먼저
수습한 후 맑은 영수(潁水) 가에 집을 짓고 전답을 사서 살겠다는 것은 귀
거래를 염원한 것이다.
　　다산은 일찍부터 이 시를 애독하였을 뿐만 아니라 자신의 처지와 심경
을 시로 토로하면서 용사(用事)하였는데 살펴보자.

浦口西風好放船　　포구에 서풍 불어 배 띄우기 좋은데
鄕園東望沓雲煙　　동쪽 고향 바라보니 구름 안개 아련하네
瘦妻解惜靑山過　　야윈 아내 지나가는 청산보고 한탄하고
穉子耽看白鳥眠　　어린 자식 조는 백조 흥미롭게 구경하네
茗雪往來元自樂　　소내에 왕래함은 본래 절로 즐거운데
鹿門哶隱定何年　　방덕공(龐德公)처럼 녹문산에 은거할 날 언제련가
細將出處通宵議　　나갈 건가 은거할 건가 밤새 생각해도
只少歐陽潁尾田[20]　구양수처럼 영수 가에 전답 없으니 어찌하리

　　이 시는 다산이 출사(出仕)하기 전인 25세(1786)에 쓴 것으로, 세상에 나
가 벼슬할 것인지 은거할 것인가를 고민하다가 구양수처럼 영수 가에 전
답이 없기 때문에 결국 세상에 나가 출사할 수밖에 없음을 노래한 것이다.

茅棟蕭條只數椽　　서까래 두 서너 개 호젓한 초가집에
恰看香稻滿階前　　뜰 앞 가득한 향그런 벼 흡족히 보네

---

19)『전서』卷8「古詩」「有贈余以端谿綠石枕與蘄州竹簟, 皆佳物也. 余旣喜睡而得此
　　二者, 不勝其樂, 奉呈原父舍人聖兪直講」, 53면.
20)『전서』「孟夏領妻子還茗川」, I-1, 26b, 13면.

試思方朔長安米　　동방삭의 장안 쌀이 생각나는 데
爭似歐陽潁尾田[21]　구양수의 영수 가의 전답과 어찌 다툴건가

위의 시도 역시 출사하기 전인 26세(1787) 때 가을에 고향 소내에서 추수하는 정경을 보고 지은 것이다. 고향의 풍경이 구양수의 영수 가에 있는 전답과 다름이 없다고 자위하면도 결국 출사할 수밖에 없음을 노래하였다.

撃柝乘田各有時　　미관말직 격탁과 승전도 각기 때가 있나니
寒垣副倅未云卑　　변방의 부관이야 낮다고 할 게 아니네
風翻瑟海旗聲勁　　바람은 찬 바다 뒤집어 깃발 소리 거세고
雪洒弓山馬度危　　높은 산엔 눈보라쳐서 말의 걸음 위태롭네
可是材賢摧幕府　　현능한 이는 막부를 제압할 것이며
古來循吏靜蠻陲　　옛적부터 순리들은 변방을 진정시켰다네
龜陰小屋淸如許　　귀음의 작은 집이 맑기가 이와 같은지라
重誦歐陽潁尾詩[22]　구양수의 영미시를 거듭 외워보네

위는 다산이 18년 간의 유배에서 해배(解配)되어 향리에 돌아온 후, 경성판관(鏡城判官)으로 부임하는 한익상(韓益相)을 전송한 시로 미련(尾聯)에서 귀전원(歸田園)의 기쁨을 형상화하였다. 다산이 구양수의 영미시를 자주 운위한 것은 귀거래 염원을 공감한 것이다.

다산 시에서 최장시(最長詩)는 36세(丁巳, 1797)에 쓴 「하일술회(夏日述懷) 봉간족부이조참판(奉簡族父吏曹參判)」(5언 326운, 3,260자)으로, 족부(族父) 정범조(丁範祖, 호 海左, 1723~1801)에게 보낸 것이다. 다산은 이 시에서 구양수가 소식(蘇軾)의 재능을 인정하고 천거한 사실을 언급하였다.

司馬惟知呂　　사마광(司馬光)이 아는 것은 여공저(呂公著)뿐이고
歐陽獨愛蘇　　구양수는 소동파를 유독 사랑했네

---

21) 『전서』「秋日門巖山莊雜詩」(1)(九月也. 時因看刈留數十日), I-1, 29a, 15면.
22) 『전서』「送韓益相正言, 赴鏡城判官」, I-7, 34b, 141면.

東岡懷隱遯	동강에 숨어 살기로 했다가
前席應咨諏	임금 앞에서 자문에 응하기로 하고
澗壑迎恩詔	산골에서 왕의 조서 맞아들여
江山起病軀	강산에서 병든 몸 일으켰으니
嚴陵收骯髒	엄광(嚴光)이 고집을 꺾은 것이고
諸葛許驅馳[23]	제갈량이 몸을 바치기로 허락한 것일세

위의 내용은 당시 영의정인 번암(樊巖) 채제공(蔡濟恭, 1720~1799)의 천거로 정범조가 이조참판이 된 것을 기술한 것이다.[24] 다산은 채제공과 정범조와의 관계를 사마광과 여공저, 구양수와 소동파의 관계로 비유하였다. 즉 구양수가 재주와 학식을 겸비한 소식을 비각(秘閣)에 추천한 일을 다산은 아름답게 생각하여 자신의 시에 운위한 것이다.

시인들이 사전에 몇몇 자(字)를 지정한 후에 이 글자를 쓰지 않기로 약속하고 지은 시를 "금체시(禁體詩)"라 하는데, 이 체는 구양수가 최초로 쓴 것 같다. 구양수가 겨울에 여러 문사(文士)들과 「설(雪)」 시를 지으면서, "옥(玉)·월(月)·이(梨)·매(梅)·연(練)·서(絮)·백(白)·무(舞)·아(鵝)·학(鶴)·은(銀)"자 등을 쓰지 않고 금체시를 썼다.[25] 소식(蘇軾)은 원우(元祐) 6년(1091) 11월 1일, 40년 전에 구양수가 금체시를 쓴 것을 회상하고, 이를 계승하여 시를 짓는 사람이 없어 취성당(聚星堂)에서 여러 사람들과 함께 금체시를 썼다.[26]

---

23) 『전서』「夏日述懷 奉簡族父吏曹參判」, I-3, 20a, 51면.

24) 『전서』, 20b, 51면, 註 "叙樊翁薦進."

25) 楊家駱 主編, 『歐陽修全集』上「雪」(時在潁州作. 玉月梨梅練絮白舞鵝鶴銀等字, 皆請勿用), 外集 卷4「古詩」, 370~371면. "新陽力微初破蕚, 客陰用壯猶相薄. 朝寒稜稜風莫犯, 暮雪綏綏止還作. 驅馳風雲初慘淡, 炫晃山川漸開廓. 光芒可愛初日照, 潤澤終爲和氣爍. 美人高堂晨起驚, 幽士虛牕靜聞落. 酒壚成徑集瓶罌, 獵騎尋蹤得狐貉. 龍蛇掃處斷復續, 猊虎團成呀且攫. 共貪終歲飽麰麥, 豈恤空林飢鳥雀. 沙堭朝賀迷象笏, 象野行歌沒芒屩. 乃知一雪萬人喜, 顧我不飮胡爲樂. 坐看天地絶氛埃, 使我胸襟如洗瀹. 脫遺前言笑塵雜, 搜索萬象窺冥漠. 潁雖陋邦文士衆, 巨筆人人把矛槊. 自非我爲發其端, 凍口何由開一噱."

26) 楊家駱 主編, 『蘇東坡全集』上, 「聚星堂雪一首 幷書」(元祐六年十一月一日, 禱雨

다산이 금정찰방으로 폄직되었을 때(34세, 1795), 겨울에 친구 오국진(吳國鎭, 자 孟華)과 권기(權夔, 자 堯臣)의 방문을 받고 함께, 구양수의 취성당(聚星堂) 고사를 상기하고 "옥(玉)·염(鹽)·은(銀)·화(花)"자는 시어로 쓰지 않은 금체시(禁體詩)를 썼다.27) 다산이 금체시를 쓴 것은 구양수의 문학에 심취한 결과이다.

다산은 『경세유표』에서, 과거(科擧) 시권(試卷)의 글씨가 왕희지(王羲之)나 왕헌지(王獻之)처럼 잘 썼다 하더라고 악시(惡詩)를 썼다면 뽑지 말아야 하며, 소식·구양수와 같은 글을 썼으나 졸필(拙筆)이라고 해서 낙방을 시켜서는 안 된다고 하였다.28) 이는 소식과 구양수의 문장이 훌륭함을 인정한 것이다. 다산은 「흠흠신서서(欽欽新書序)」에서, 구양수가 30세(1051) 5월에 협주(峽州) 이릉현령(夷陵縣令)으로 좌천시에29) 관아에 일이 없어 한가하자 해묵은 공안(公案)을 가져다가 이리저리 사례를 끌어내어 요약 정리하여 일생동안 옥사(獄事)를 다스리는 데 경계의 자료를 삼았던 것을 포양(襃揚)

張龍公, 得小雪. 與客會飮聚星堂, 忽憶歐陽文忠公作守時, 雪中約客賦詩, 禁體物語, 於艱難中特出奇麗, 爾來四十餘年, 莫有繼者. 僕以老門生繼公後, 雖不足追配先生, 而賓客之美, 殆不減當時, 公之二子又適在郡, 故輒擧前令, 各賦一篇), 後集 卷1, 469~470면. "窓前暗響鳴枯葉, 龍公試手行初雪. 映空先集疑有無, 作態斜飛正愁絶. 衆賓起舞風竹亂, 老守先醉霜松折. 恨無翠袖點橫斜, 祗有微燈照明滅. 歸來尙喜更鼓暗, 晨起不待鈴索掣. 未嫌長夜作衣稜, 却怕初陽生眼纈. 欲浮大白追餘賞, 幸有回飆驚落屑. 模糊檜頂獨多時, 歷亂瓦溝裁一瞥. 汝南先賢有故事, 醉翁詩話誰續說. 當時號令君聽取, 百戰不許持寸鐵"

27) 『전서』 「冬日吳權二友過驛舍, 始初雪大至, 林阿一色. 玆述歐陽公聚星堂故事, 賦詩遺懷, 禁用玉鹽銀花字」, I-2, 32b~33a, 37~38면. "入夜風威靜, 山棲聽遠砧. 牢騷增薄冷, 湛寂滯窮陰. 澹月棲松頂, 微飆撼竹心. 鬱紆俄變色, 醞釀窅難尋. 漸怪階庭晃, 翻驚礧礐沉. 叫奇催拓戶, 眠起尙遺簪. 黯慘星河沒, 虛明樹木森. 爐溫初命酒, 絃凍未調琴. 細點看衣濕, 輕篩聽葉吟. 屋茅疑被縞, 墻菊惜埋金. 危石皆蹲虎, 奇柯總鏤禽. 樓光如近水, 天色迥離岑. 野麥藏苗穩, 山茶結蕾深. 風流高驛舍, 杯酌聚儒林. 凍蟄依龜智, 波漂免蟻侵. 蕭條梁甫詠, 歲暮有知音."

28) 『전서』, 『경세유표』, 「春官修制」, 科擧之規, V-15, 18b, 286면. "羲獻之筆, 以寫惡詩, 其將取之乎. 歐蘇之文, 偶用拙筆, 其將黜之乎. 苟有斯意, 別受一卷, 以察書法, 不亦可乎."

29) 楊家駱 主編, 『歐陽修全集』上 「廬陵歐陽文忠公年譜」, 世界書局, 中華民國 72, 10면. "景祐三年丙子. 公三十. …… 五月戊戌, 降爲峽州夷陵縣令."

하였고,30) 『목민심서』에서 이를 다시 언급하였다.31) 구양수는 조카 통리
(通理)가 주사(朱砂)를 사러 오겠다는 편지를 받고, 자신은 그런 물건과 무
관하다면서 관내(管內)에서 청렴함을 지켜야 하는 만큼 나의 관내의 물건
을 살 수 없다면서, 내가 벼슬살이하면서 마시는 물 이외에는 일찍이 한
물건도 사지 않았으니 이를 보고 경계해야 한다는 편지를 보낸 것을 기술
하여32) 청렴을 포양하였다.

　구양수가 권지개봉부(權知開封府) 시절에 간이하고 순리를 따를 뿐 혁혁
한 명성을 구하지 않았으며, 또한 여러 군(郡)의 목민관을 역임하면서 치적
을 구하지 않고 관대하고 간략하며 시끄럽지 않은 것을 시정(施政)의 목표
로 삼았었음과, "백성을 다스리는 것은 병을 치료하는 것과 같다. 백성을
다스리는 데 있어서 관리의 재능 여부와 시책의 여하를 물을 것이고 다만
백성이 편안하다고 일컬으면 곧 그가 훌륭한 수령이다"라고 한 말을 인용
하여33) 양리(良吏)로 기렸다.

　이어서 다산이 구양수에 대하여 비판한 것을 보자. 구양수는 『역동자문
(易童子問)』(권3)에서, 공자가 『주역』을 주석한 십익(十翼)34)에 대하여 논하
였다.

　　동자가 묻기를 계사(繫辭)는 성인이 지은 것이 아닙니까? 내가 말하기를 어
　　찌 계사뿐이리오 문언(文言)과 설괘(說卦) 이하는 모두 성인이 지은 것이 아니

---

30) 『전서』「欽欽新書序」, I-12, 44ab, 261면. "昔歐陽文忠, 在夷陵, 公署無事, 取陳年公
　　案, 上下紬繹, 一生之所資助. 況身都厥位, 不虞其職事哉."
31) 『전서』, 『牧民心書』, 「刑典, 斷獄」, V-25, 8a, 524면.
32) 『전서』「律己, 淸心」, V-17, 6b~7a, 321~322면. "歐陽文忠公, 與姪通理書. 昨日書
　　中, 言欲賣朱砂來, 吾不關此物. 汝於官下宜守廉, 何得買官下物. 吾在官除飮水外, 不
　　曾買一物. 可視此爲戒也."
33) 『전서』「奉公, 禮際」, V-18, 16b, 345면. "歐陽修, 知開封府, 代包拯威嚴, 公簡易循
　　理, 不求赫赫之名 …… 公嘗語人曰, 治民如治病, 凡治人不問, 吏材能否設施何如, 但
　　民稱便卽是良吏."
34) 공자가 주역을 주석한 十翼은 上象傳, 下象傳, 上象傳, 下上傳, 上繫辭, 下繫辭, 文
　　言傳, 說卦傳, 序卦傳, 雜卦傳 10편을 말한다.

다. 여러 사람의 설이 어지러이 뒤섞인 것으로 또한 한 사람의 말이 아니다. …… 설괘와 잡괘(雜卦)는 점치는 사람들의 점 책이다.[35]

이는 공자의 십익(十翼)을 부정한 것이다. 이에 대하여 다산은 윤영희(尹永僖)에게 보낸 서간에서, 구양수의 학문을 비판하였다.

이때에 왕필(王弼)이란 자가 나와서 말하기를 설괘(說卦)는 역(易)을 해석한 것이 아니다 하였고, 구양수 같은 문식으로도 설괘는 공자의 글이 아니라고 의심하였으니, 이것이 바로 설괘가 폐기되고 주역이 봉장(封藏)된 이유입니다. 그러나 어찌 이뿐이겠습니까.[36]

다산이 『주역』의 「설괘(說卦)」에 대하여, 구양수 같은 문식(文識)으로도 「설괘」는 공자의 글이 아니라고 의심하였기 때문에 『주역』이 봉장(封藏)된 이유라고 하여 구양수의 학문세계를 비판하였다.

다산의 구양수론은 폄하(貶下)보다 포양(襃揚)이 많다. 구양수가 송대에 유행하던 험괴하고 기삽(奇澁)한 태학체를 배격하고 문체를 일신시킨 공을 포양하였다. 그리고 구양수의 시세계와 귀거래를 동경한 것을 좋아하여 영미시(穎尾詩)를 자신의 시에 언급하였고 금체시(禁體詩)를 썼으며, 또한 목민관 시절의 치적을 포양하였다. 그러나 「오학론」에서는 구양수의 문학은 수신사친(修身事親)과 치군택민(致君澤民)을 할 수 없다 하였고, 구양수가 『주역』의 「설괘(設卦)」가 공자의 글이 아니라고 한 것은 잘못이라고 비판하였다.

---

35) 楊家駱 主編, 「易童子問」(卷3), 『歐陽修全集』(上), 568~571면. "童子問曰, 繫辭非聖人之作乎. 曰, 何繫辭焉. 文言說卦而下, 皆非聖人之作, 而衆說淆亂, 亦非一人之言也. …… 說卦雜卦者, 筮人之占書也."

36) 『전서』「與尹畏心永僖」 I-19, 22a, 408면. "於是有王弼者, 起而言曰, 說卦非所以解易, 雖以歐陽修之文識, 亦疑說卦非孔子之文, 此所以說卦之所以廢, 而周易之所以封也. 豈唯是也."

4. 증공론(曾鞏論)

다산이 증공(자 子固, 1019~1083)의 문학세계에 대한 포폄은 없고, 다만 치적에 대하여 언급하였다. 다산은 『목민심서』에서, 수령(守令)은 관청의 일은 기약이 있는 만큼 백성들이 기약에 대한 신뢰받는 행정을 하여야 한다고 한 후, 증공을 그 예로 들었다. 증공이 자사(刺史)로 있을 때 완급을 헤아려 기한을 정해주고 기한이 다하기 전에는 독촉하는 일이 없었다고 포양하였다.[37] 그리고 증공의 「의황현학기(宜黃縣學記)」를 인용하였고[38] 월주통판(越州通判) 시절에 쓴 「감호도서(鑑湖圖序)」와 감호를 준설하고자 「감호도(鑑湖圖)」를 만들었으나 시행되지 못했음을 언급하였다.[39]

다산은 관아(官衙)의 건물이 기울어지고 무너져 위로 비가 새고 옆으로 바람이 들이치는데, 수리하지 않고 그대로 방치해 두는 것은 수령의 큰 허물이라 한 후에[40] 증공의 치적을 포양하였다.

증공이 제주(齊州)를 맡았을 때의 일이다. 애초에 객관이 없어 사신과 빈객이 오면 항상 백성을 동원하고 목재를 조달하여 가건물을 만들었다가 떠나버리면 곧 철거해버리니 이미 비용은 비용대로 들고 또 누추하기도 하였다. 그가 이에 관(官)의 폐옥(廢屋)을 옮겨 낙수 가에 두 채의 집을 지어 객사로 하였는데, 하나는 역산당(歷山堂)이라 하고 하나는 낙원당(濼源堂)이라 이름하였다.[41]

이는 증공의 「제주이당기(齊州二堂記)」에서 인용한 것이다. 증공이 사신

---

37) 『전서』, 『牧民心書』, 「赴任, 莅事」, V-16, 25b~26a, 311면.

38) 『전서』 「禮典, 祭祀」, V-22, 18b, 449면.

39) 『전서』 「工典, 川澤」, V-26, 34ab, 560면.

40) 『전서』 「工典, 繕廨」, VI-27, 1a, 1면. "廨宇頹圮, 上雨旁風, 莫之修繕, 任其崩毀, 亦民牧之大咎也."

41) 『전서』 「工典, 繕廨」, VI-27, 3a, 2면. "曾鞏知齊州, 初無客館, 使客至, 則常發民調材木爲舍, 去則撤之. 旣費且陋, 公乃徙官之廢屋, 爲二堂於濼水之上, 以客舍, 一名濼山之堂, 一名濼源之堂."

과 빈객을 접대할 관사가 없자, 관아 소속 건물인 폐옥을 옮겨 객사로 꾸며 백성들의 노고와 비용을 절감한 업적을 포양하였다. 다산은 흉년이 들었을 때 부자들에게 적정한 값을 계산해 주고 가난한 백성들에게 곡식을 나누어주는 권분(勸分) 제도를 논한 후에[42] 증공이 월주통판(越州通判) 시절에 흉년이 들자 부민(富民)들에게 권분(勸分)하여 구제한 일을[43] 다음과 같이 자세하게 언급하였다.

증공이 통판이 되었을 때 흉년이 들었는데 상평창 곡식을 헤아려보니 진휼곡으로 주기에는 부족하였고, 농촌에 사는 사람들이 모두 성곽으로 오게 할 수 없었으며, 올 경우 많은 사람들이 한데 모이면 전염병이 번질 우려가 있었다. 미리 속현(屬縣)에 유시(諭示)하고 부자들을 불러 가진 곡식을 스스로 신고하도록 하여 도합 15만 석을 얻어서 상평가(常平價)에 비하여 조금 값을 더해서 백성들에게 주었다. 백성들은 쉽게 곡식을 얻을 수 있어 마을을 나서지 않고도 먹고 남는 곡식이 있어 곡식 값도 안정되었다. 또 돈을 내어 곡식 5만석을 사서 백성들에게 꾸어주어 종자와 양식으로 쓰게 했더니 농사가 이에 힘입어 부족함이 없었다. 생각컨대 이것은 곡식을 팔도록 권하고 또 그 값은 상평가에 비해서는 조금 더쳐주고 시가에 비해서 싸게 한 것뿐이었다. 지금의 권분(勸分)은 반드시 값을 주지 않고 거저 빼앗는 것이니 도대체 어디에 근거를 둔 것인지 알 수 없다.[44]

다산이 살던 시대에는 권분(勸分)의 명목으로 부자들의 재산을 거저 빼

---

42) 『전서』「賑恤, 勸分」, VI-28, 1a, 20면. "勸分之法, 遠自周代, 世降政衰, 名實不同, 今之勸分, 非古之勸分也."

43) 『宋史』(13) 「曾鞏」 卷319 「列傳」 78, 10390면. "曾鞏字子固, 建昌南豊人. …… 出通判越州, …… 歲饑, 度常平倉不足贍, 而田野之民, 不能皆至城邑, 諭告屬縣, 諷富人自實粟, 總十五萬石, 視常平價, 稍增以予民, 民得從便受粟, 不出田里, 而食有餘. 又貸之種糧, 使隨秋賦以償, 農事不乏."

44) 『전서』,『목민심서』,「賑恤, 勸分」, VI-28, 1b, 20면. "曾鞏爲通判. 歲饑, 度常平倉不足以賑給, 而田居野處之人, 不能皆至城郭, 至者群聚, 有疾癘之虞. 前期諭屬縣, 召富人使自實粟數, 總得十五萬石, 視常平價, 稍增以予民. 民得從便受粟, 不出田里, 而食有餘粟, 價爲平. 又出錢販粟五萬, 貸民爲種糧, 農事賴以不乏. ○案此是勸糶, 又其價視常平稍增, 特輕於時估而已. 今之勸分者, 必無價白奪, 抑何據也."

앗는 "백탈(白奪)"이 자행되는 것을 개탄하면서, 권분(勸分)의 성공 사례로
증공의 치적을 예시하고 포양하였다.

> 증자고가 제주에 있을 때의 일이다. 마침 조정에서 변법(變法)을 시행하기 위
> 해 사방으로 사신을 보냈다. 그는 신법을 적절하게 잘 시행하였기 때문에 백성
> 들이 동요하지 않았다. 임기가 끝나자 고을 사람들이 다리를 끊고 성문을 닫아
> 그를 막고 만류하므로 밤에 틈을 타서 떠났다.[45)

이는 증공이 지제주(知濟州) 시절에 왕안석의 신법(新法)이 시행되자, 적
절하게 대처하여 백성들의 동요를 막은 공적을 포양한 것이다. 이처럼 증
공의 치적을 기술한 것은 목민관의 교훈으로 삼게 하기 위함이었다.
　이상과 같이 다산의 증공론은 문학에 대해서는 언급이 없고, 다만 그가
목민관 시절에 선정(善政)한 내용을 포양하였다.

5. 왕안석론(王安石論)

다산이 왕안석(자 介甫, 10211086)의 문학세계에 대한 포폄은 없고, 정치행
적에 관한 것만 있다. 왕안석은 27세(慶曆 7, 1047)에 은현(鄞縣)의 현령으로
부임한 후[46) 백성들을 동원하여 하천을 준설하여 수해를 예방하였다. 다
산은 왕산석의 「은현경유기(鄞縣經遊記)」를[47) 인용하여 치적을 기렸다.[48)
　왕안석은 49세(熙寧 2, 1069) 2월에 참지정사(參知政事)가 되어 신법(新法)

---

45)『전서』「解官, 願留」, Ⅵ-29, 25a, 51면. "曾子固在濟, 會朝廷變法, 遣使四方. 公推行
　　有方, 民用不擾. 旣罷, 州人絶橋閉門遮留之, 夜乘間乃去."
46) 楊家駱 主編,『王臨川全集』,「王安石年表」, 2면.
47)『전서』「鄞縣經遊記」卷83「記」2, 526면.
48)『전서』,『목민심서』,「工典, 川澤」, Ⅴ-26, 38b~39a, 562~563면.

을, 9월에 청묘법(靑苗法)을 시행하였으며[49] 또한 보갑법(保甲法)을 시행하
였다.[50] 다산은 청묘(靑苗)와 조법(助法)은 능히 국가의 재용을 넉넉하게 할
수 있는 것인데, 끝내 왕안석과 여공저(呂公著)의 죄안(罪案)되었다고[51] 하
여, 청묘법 그 자체는 인정하였다.

당시 송나라 백성들은 혹독한 차역법(差役法)으로 고통을 받았다. 심지어
과부가 개가하고 친족끼리 나누어 살며 더러 남에게 주어서 상등(上等)이
되는 것을 모면하거나, 비명의 죽음을 구해서 단정(單丁)이 되기도 하였다.
그리고 집에서 소를 기르지도 못하게 하였고, 마을에서는 뽕나무를 심지
도 못하게 했으며, 술잔과 절구공까지 남아 있지 않았고 숟가락과 젓가락
도 모두 관에서 계산해갔다.[52] 그러자 왕안석은 면역법(免役法)을 실시하여
차역법의 폐해를 바로잡았다.

왕안석이 면역법을 창안해서 차역법의 폐해를 모두 없애자 백성이 이를 편하
게 여겼는데, 애석하게도 붕당의 재앙이 백성에게 미쳐서 비록 사마광의 어짐
으로도 또한 당론 때문에 백성의 이익을 막는 것을 면치 못하였다.[53]

다산은 왕안석이 면역법을 창안하여 차역법의 고통을 해결한 공로를 높
이 인정하였다. 그러나 왕안석의 신법을 반대한 사마광(司馬光)이 면역법의

---

49) 楊家駱 主編, 『王臨川全集』「王安石年表」, 5면.
50) 청묘법은 국가에서 常平倉의 常平本錢을 백성에게 꾸어주되, 봄에 빌려준 것은 여름
　　에, 여름에 빌려준 것은 가을에 2分의 이자를 받는 것으로서 일명 靑苗錢法이라고도
　　한다. 보갑법은 10戶씩 묶어서 1保로 만들고 1戶에 장정이 2명이면 1명을 뽑아서 병정
　　으로 삼던 법이다(楊家駱 主編, 『新校本 宋史』13「王安石」卷327「列傳」第86, 10544
　　면 참조).
51) 『전서』, 「問錢幣」I-9, 18b, 179면. "靑苗助法, 能裕國用, 而終王呂之罪案."
52) 『전서』, 『경세유표』, 「地官修制」, 賦貢制 6, V-11, 20a, 215면. "臣謹案, 有宋差役之
　　法, 蓋天下之虐政. 甚至有孀母改嫁, 親族分居, 或棄田與人, 以免上等, 或匿命求死,
　　以就單丁(以上韓琦疏). 家不敢畜牛, 村不敢種桑(司馬光之奏). 杯杵不遺, 匕箸皆計(吳
　　充之所言)."
53) 『전서』같은 곳, "王安石, 刱免役法, 其害悉去, 百姓之便, 惜乎, 朋黨之禍, 下及生
　　民, 雖以司馬光之賢, 亦不免以黨論, 沮民利也."

5개항의 폐해를 지적하여 면역법은 도중에 무산되고 말았다.[54]

이어서 왕안석에 대한 비판을 보자. 다산은『목민심서』에서 "오직 왕안석의 청묘법은 이름을 진대(賑貸)라고 하면서 억지로 이자(利子)를 취했으니 환자법(還子法)과 대동소이하다. 청묘법은 돈으로 하고 환자법은 곡식으로 하였지만 사실은 마찬가지다"[55]고 하여 청묘법을 비판하였다.

다산은 흑산도 적거중(謫居中)인 중형 정약전(丁若銓)에게 보낸 편지에서, 옛사람들이『주례(周禮)』를 믿지 않았던 것은 모두 학문이 얕아서라고 전제한 후, 왕안석이 비록『주례』를 믿었으나 그 이면을 깊이 알지 못했고 오직 주자(朱子)만이 알고서 믿었다고 하여[56] 그의 학문을 "천학(淺學)"이라고 비판하였다. 다산은「경세유표인」에서 왕안석의 인품과 행적을 다음과 같이 비판하였다.

왕안석은 청고(淸苦)한 체하여 행실을 가다듬고 경전을 인용하여 그 간사함이 드러나지 않도록 꾸미었다. 그러나 실은 이제(二帝)와 삼왕(三王)의 도가 자기 가슴속에 환하지 못했고, 다만 일시의 얕은 소견으로 천하 사람들을 몰아서 상고(商賈)의 이익으로 얽어매었다. 모든 사람이 신망하는 원로대신들과 싸우려 하여 조정이 텅 비더라도 그것을 걱정하지 않았으니, 이것이 바로 천하 사람이 그를 욕하게 된 까닭이다.『주례(周禮)』에 청묘법(青苗法)과 보갑법(保甲法)을 말한 적이 있는가? 청묘법과 보갑법을 왕안석이 주례에서 나온 것이라고 속였다 하여, 온 세상이 왕안석의 일을 경계로 삼아서, 혹 법을 조금 변경해야 한다고 말하는 자가 있으면 무리 지어 일어나서 힘껏 공격하여 그를 왕안석이라 지목하고, 자신은 한기(韓琦)와 사마광(司馬光)으로 자처하니, 이는 천하의 큰 병통이다. …… 고로 법을 고치고 현능(賢能)한 사람에게 관직을 임명하는 것은 춘추에 귀중하게 여겼으니, 법을 잘못 고친 왕안석의 일 때문에 법을 고

---

54)『전서』같은 곳. "元祐初, 司馬光, 言免役之法, 其害有五, 莫若降勅, 並罷其諸色役人, 並依熙寧以前舊法. 章惇, 駁司馬光曰, 不宜遽改, 以貽後悔."

55)『전서』,『牧民心書』,「戶典, 穀簿」, V-20, 14a, 405면. "唯王安石, 青苗之法, 名曰賑貸, 強取利殖, 如還子之法, 大同小異, 彼錢此穀, 其實一也."

56)『전서』,「問錢幣」I-20, 15b, 425면. "周禮, 古人亦多不信者, 皆淺學也. 王安石, 雖信之而非深知其裏面者, 惟朱子知而信之."

치는 것을 무조건 나무라는 것은 용렬한 사람의 속된 말이므로 현명한 임금이
걱정할 것이 못된다.57)

이는 왕안석의 잘못 때문에, 악법을 고치고 현능(賢能)한 사람을 등용하
는 것을 주저해서는 안 된다고 한 것이다. 다산은 왕안석은 간사함을 숨기
고 청고(淸苦)한 체했으며, 일시의 천견(淺見)으로 사람들을 상고(商賈)의 이
익에 얽매이게 했고, 신망하는 원로대신들과 싸우려하여 조정이 텅 비는
것을 걱정하지 않아 욕을 자초했다는 것이다. 또한 신법(新法)을 시행하면
서 『주례』에 청묘법과 보갑법에 대한 언급이 없는데도, 『주례』에서 나온
것이라고 기만하였다고 비판하였다. 왕안석의 정치적 행위에 대한 비판은
계속된다.

후세에는 오직 송나라 신종이 개연히 삼고(三古)의 다스림을 사모하였으나,
불행하게도 고집이 세고 사리를 알지 못하는 왕안석을 만나서 아름다운 이름만
그르쳤다.58)

신종(神宗)은 하은주(夏殷周)의 삼대지치(三代之治)를 시행하려 하였으나
불행하게도 고집스럽고 사리에 어두운 왕안석을 만나 그 꿈을 실현하지
못한 채 아름다운 이름만 그르쳤다고 하여, 임금을 오도한 자라고 비판하
였다. 이어서 청묘법을 다음과 같이 비판하였다.

신이 삼가 살피건대, 「주관(周官)」 천부(泉府)에서 백성과 더불어 (소금을) 사

<hr>

57) 『전서』, 「經世遺表引」, V-1, 2a~3b, 1~2면. "王安石, 飾淸苦以厲其行, 援經典以文
　　其奸. 其實二帝三王之道, 未嘗曉然於胸中, 徒以其一時之淺見, 率天下而覊之以商賈
　　之利. 欲與元老大臣, 爲萬夫之望者戰, 雖空朝廷而莫之恤焉, 斯其所以爲天下僇也.
　　周禮何嘗言靑苗保甲. 以靑苗保甲, 誣周禮, 以王安石, 作殷鑑, 凡言法可以小變者, 群
　　起而力擊之, 目之王安石, 而自居乎韓琦司馬光, 斯則天下之巨病也. …… 故改法修
　　官, 春秋貴之, 其必以王安石而叱之者, 庸夫之俗言, 非明王之所宜恤也."
58) 『전서』, 『경세유표』, 「地官修制」, 田制 5, V-6, 19b, 112면. "後世, 惟宋神宗慨然慕三
　　古之治, 不幸遇執拗不曉事之王安石, 以誤令名."

고 팔되 엄중히 금지하지 않은 것은 그 뜻이 백성을 이롭게 하는 데 있었기 때문이요, 왕안석이 천부에 대한 문구를 잘못 이용해서 청묘법을 세웠다가 만세에 죄를 얻은 것은 그 뜻이 백성을 이롭게 하는데 있지 않았기 때문입니다.[59]

주대(周代)에는 관에서 비록 소금을 전매하였지만 백성을 위한 것이었는데도, 왕안석은 이를 오용하여 청묘법을 시행하여 만세에 죄를 얻은 것은 백성을 위한 법이 아니었기 때문이라고 청묘법 자체를 비판하였다.

송(宋)의 정협(鄭俠)은 희령(熙寧) 7년(1074)에 왕안석의 신법(新法)으로 인하여 고통받는 백성들의 참상을 그린 「유민도(流民圖)」를 밀급(密急)이라 가칭하고 은대(銀臺)에 올렸다. 이를 본 신종(神宗)은 청묘법·보갑법 등 무려 18개의 신법을 즉시 폐지하고 왕안석을 지강령부(知江寧府)로 폄출시켰다.[60] 다산은 『목민심서』에서 정협이 쓴 시를 인용하였다.

정의부의 「부자(鳧茈)를 캐다」라는 시에서 "아침에 광주리 끼고 나가서 / 저녁에 광주리 끼고 돌아오네 / 열 손가락 피가 흐르려 하는데 / 눈앞의 굶주림이 더 급하네 / 관가 창고에 어찌 곡식이 없으리요 / 낱알마다 보배구슬처럼 감추어 있네 / 곡식 한 톨 창고에서 나오지 않으니 / 창고 속의 뭇 쥐만 살찌운다네"라고 하였다. 왕망(王莽) 때에 큰 기근이 들어 백성들이 부자를 먹었다. 정협이 이 시를 지은 것은 대개 왕안석을 왕망으로 비유한 것이요, 당시의 백성들이 부자를

---

59) 『전서』, 『경세유표』, 「地官修制」, 田制 5, V-10, 50b, 204면. "臣謹案, 周官泉府, 與民
  爲市, 而不爲厲者, 志在於利民也. 王安石, 謬引泉府之文, 以立靑苗之法, 而得罪於萬
  世者, 志不在於利民也."
60) 『宋史』 13 「鄭俠」 卷321 「列傳」 第80, 10435~10436면. "俠知安石不可諫, 悉繪所見
  爲圖, 奏疏詣閤門, 不納. 乃假稱密急, 發馬遞上之銀臺司. …… 疏奏, 神宗反覆觀圖,
  長吁數四, 袖以入. 是夕, 寢不能寐. 翌日, 命開封體放免行錢, 三司察市易, 司農發常
  平倉, 三衛具熙河所用兵, 諸路上民物流散之故. 靑苗, 免役權息追呼, 方田, 保甲並
  罷, 凡十有八事. 民間讙叫相賀. 又下責躬詔求言. 越三日, 大雨, 遠近沾洽. 輔臣入賀,
  帝示以俠所進圖狀, 且責之, 皆再拜謝." ○『宋史』 13 「王安石」 卷327 「列傳」 第86,
  10547~10548면. "七年春, 天下久雨, 饑民流離, 帝憂形於色, 對朝嗟嘆, 欲盡破法度之
  不善者. …… 監安上門鄭俠上疏, 繪所見流民扶老攜幼困苦之狀, 爲圖以獻, 曰, 旱有
  安石所致, 去安石, 天必雨. 俠又坐竄嶺南. 慈聖, 宣仁二太后流涕謂帝曰, 安石亂天
  下. 帝亦疑之, 遂罷爲觀文殿大學士, 知江寧府, 自禮部侍郎趙九轉爲吏部尙書."

먹은 것은 아니다.61)

다산은 정협의 시는 왕안석을 전한말(前漢末) 애제(哀帝)를 폐위시키고 평
제(平帝)를 독살한 후 신국(新國)을 세운 왕망(王莽, BC45~AD23)으로 비유한
것이라고 하여 비판하였다.

다산의 왕안석론은 문학에 관한 것은 없고 정치행위에 대한 포폄이 교
직(交織)한다. 왕안석이 목민관 시절의 치적을 포양하였고 그가 시행한 청
묘법 그 자체는 인정하였으며, 차역법(差役法)으로 고통받는 백성을 구제하
기 위하여 면역법(免役法)을 시행한 것을 포양하였다. 그러나 왕안석이 비
록 『주례(周禮)』를 믿었으나 천학(淺學)이라서 그 깊이 알지 못했으며, 또한
간사함을 숨기고 청고(淸苦)한 체 하였고 일시의 천견(淺見)으로 사람들을
상고(商賈)의 이익에 빠지게 하고 원로대신과 싸워 욕을 먹는다고 비판하
였다. 또한 청묘법과 보갑법은『주례』에서 나온 것이라고 기만하였고 신종
(神宗)을 오도한 자이며 왕망(王莽)과 같은 인물이라고 비판하였다.

6. 결어

이상에서 고찰한 내용을 요약하여 결어로 대신한다. 다산은 「오학론(五
學論)」에서는 한유구소(韓柳歐蘇)의 문학은 수신사친(修身事親)과 치군택민(致
君澤民)을 할 수 없다고 폄하하였으나, 「팔자백선서」에서는 당송팔가문(唐
宋八家文)을 버리면 주옥같은 글을 버리고 자갈 같은 하찮은 글을 취하는

---

61)『전서』,『牧民心書』,「賑荒, 補力」, VI-29, 3ab, 40면. "鄭毅夫採鳧茈詩云 朝攜一筐
出, 暮攜一筐歸. 十指欲流血, 且急眼前飢. 官倉豈無粟, 粒粒藏珠璣. 一粒不出倉, 倉
中群鼠肥. ○王莽時大饑, 民食鳧茈, 鄭俠作此詩, 盖以王安石比之於王莽, 非當時之
民, 又食鳧茈也."

것이라 하여 포양하여, 포폄의 일관성에 문제가 있다.

다산은 구양수가 험괴(險怪)하고 기삽(奇澁)한 태학체(太學體)를 일변시킨 공로를 포양하였고, 그의 문학과 귀거래(歸去來)의식을 좋아하여 영미시(潁尾詩)를 용사하였으며 금체시(禁體詩)를 썼고, 목민관 시절의 치적을 포양했다. 그러나 그의 문학으로는 수신사친(修身事親)은 물론 치군택민(致君澤民)할 수 없다고 비판하였고,『주역』의「설괘(設卦)」가 공자의 글이 아니라고 한 것을 비판하였다.

다산이 증공(曾鞏)의 문학에 대하여 언급한 것은 없고, 다만 지방 수령시(守令時)에 위민행정(爲民行政)을 한 것을 포양하고 목민관들의 교훈으로 예시하였다.

다산은 왕안석(王安石)이 목민관 시절의 치적을 포양하고, 청묘법(靑苗法) 그 자체는 인정하였으며 차역법(差役法)으로 고통받는 백성을 위하여 면역법(免役法)을 시행한 것을 포양하였다. 그러나 왕안석이 비록『주례(周禮)』를 믿었으나 천학(淺學)이라서 그 이면을 깊이 알지 못했으며, 또한 간사함을 숨기고 청고(淸苦)한 체했고, 일시의 천견(淺見)으로 사람들을 상고(商賈)의 이익에 빠지게 했으며, 청묘법(靑苗法)과 보갑법(保甲法)은『주례』에서 나온 것이라고 기만하였고, 임금을 오도한 자이며 왕망(王莽)과 같은 인물이라고 폄하하였다.

다산은 중국고전문학사에 높은 위상을 점유하고 있는 당송팔대가의 권위를 부정하고 그들의 학문세계에 대한 오류를 묵과하지 않고 시시비비를 분명히 했다. 이처럼 자신의 학자적 양심(良心)과 학문적 소신(所信)에 따라 명징(明澄)하게 반론을 전개하고 사안에 따라 포폄한 것은, 그의 학문이 호한했음과 아울러 실학사상의 구현이 아닐 수 없다.

18, 19세기 조선 문인지식인층의 통변(通變)인식과 그 경로

정 민

1. 머리말

이 글은 18, 19세기 조선 문인지식인층의 문학론에 나타나는 통변론(通變論)과 그 전개(展開) 방향(方向)을 간략히 정리해 본 것이다. 이때는 사회 전반에 걸친 변화 속도가 빨라지고, 변화의 당위에 대한 인식도 고조되어 가던 시기였다. 하지만 뿌리깊은 세강속말(世降俗末), 후고박금(厚古薄今)의 사고는 눈 앞의 변화를 선뜻 긍정할 수 없도록 만드는 장애물이었다. 종경존성(宗經尊聖)의 상고주의(尙古主義)는 모든 가치 지향의 귀결처였다. 하지만 상고(尙古)나 복고(復古)로는 어찌해 볼 수 없는 도도한 변화가 사회 문화 전반에 걸쳐 동시다발적으로 일어났다.

변화에 대한 반응은 다양했다. 일군의 젊은 지식인들은 적극적으로 변화의 당위를 옹호하고 문학적 실천으로 나섰다. 정조는 이를 문체반정(文體反

正)이라는 국가검열 장치를 통해 원점으로 돌려놓으려 했다. 하지만 그 변화가 경박한 젊은이들의 일시적인 호기심이 아니라 시스템의 변화에 바탕을 둔 보다 근원적인 추동력을 지닌 것임을 간과했다. 제도적 검열과 정서적 불복 사이의 괴리는 이 시기 지식인들의 자의식에 큰 그늘을 드리웠다.

설사 옛것을 긍정한다 해도 눈앞의 변화를 결코 부정할 수 없는 자기모순 속에 통변(通變)의 문제는 제기된다. 변화의 속도가 그만큼 빨랐다는 것인데, 결국 통변(通變)은 '그때 저기'를 '지금 여기'로 가져올 때 생기는 눈금 차를 어떻게 조절할 것인지의 문제와 연관된다. 옛것을 수용하는 바람직한 태도에서 출발한 이 논의는 자의식의 고조와 아울러 주체(主體)의 확립을 요구하게 된다. 이는 다시 '지금 여기'의 가치에 눈 떠가는 구진론(求眞論)으로 전개되어, 점차 '조선풍(朝鮮風)'의 추구로 확산되는 경로를 보여준다는 것이 본고의 가설이다. 이하의 논의는 이를 검증하고 확인하는 과정이다.[1]

2. 의고(擬古)와 창신(創新)의 길항(拮抗)

고문(古文)은 조선 문인들에게는 일종의 외국어였다. 남의 글로 자기 생각을 펼치려 하니, 표현의 제약이 뒤따랐다. 여기에 시대의 변화까지 얹혀

---

1) 본고는 18세기 문학론의 항배에 관한 필자의 앞선 논의와 연관된다. 鄭珉, 「古典文章理論에서 '法'의 문제에 대하여」, 『고전문학연구』 15집(한국고전문학회), 1999.6, 281~315면; 「古文觀의 세 層位와 活物的 文章 認識」, 『시학과 언어학』 1호(시학과언어학회), 2001.6, 37~61면; 「黃金臺記를 통해본 연암의 글쓰기 방법」, 『고전문학연구』 20집(한국고전문학회), 2001.12, 329~357면; 「東槎餘談에 실린 李彦瑱의 필담 자료와 그 의미」, 『한국한문학연구』 32집(한국한문학회), 2003.12, 87~123면; 「沆瀣 洪吉周의 讀書論과 文章論」, 『대동문화연구』 41집(성균관대 동아시아학술원), 2002.12, 87 ~123면.

새것과 옛것 사이의 긴장 관계는 늘 골칫거리였다. 옛것을 추구해도 맹목적 모의(模擬)로는 안 되고, 무작정 새것만 좋다 할 수도 없었다. 더욱이 18, 19세기에는 명청대 문학이 활발하게 수용되었다. 불구격투(不拘格套), 독서성령(獨抒性靈)을 외친 공안파(公安派)의 문학론은 이 시기 문인들에게 참신하게 받아들여져 반향이 적지 않았다. 도(道)가 아닌 진(眞)을, 고(古)가 아니라 금(今)을, 피(彼)가 아닌 아(我)를 문학이 담아야 할 가치로 내세우는 주장이 보편적 설득력을 얻었다.

이전까지는 도(道)를 추구하여 고(古)에 다가섬으로써 고전적 이상에 더 가까워 질 수 있을 것으로 믿었다. 글 쓰고 공부하는 보람은 어찌하면 땅에 떨어진 고도(古道)를 오늘에 회복하느냐에 달려 있다고 생각했다. 그러던 것이 어느 순간, 내 눈앞의 진실만이 추구해야 할 가치이며 눈앞의 현실에 충실할 때 그것이 훗날에는 고(古)로 된다는 믿음으로 바뀌었다. 우리가 불변의 진리로 알았던 그 옛날도 그 당시에는 하나의 지금일 뿐이었다고 그들은 생각했다. 이러한 변화는 사소하지만 결코 사소하달 수 없는 혁명적인 변화를 내포하고 있다. 이 언저리에서 근대가 움튼다.

이러한 문단 지형의 변화는 이전 시기 힘 있는 목소리를 냈던 의고론자(擬古論者)들을 위축시켰고, 도주문말(道主文末), 인문입도(因文入道)를 외친 고문가(古文家)들의 입지도 좁게 만들었다. 그들은 관념적인 도(道)보다는 눈앞의 현실에 더 관심이 많았다. 세상에 변치 않는 것은 없다. 모든 것은 변해가는 과정에 놓여 있을 뿐이다. 그들은 이런 생각의 문학적 실천을 위해 기존의 관념을 전복하고 도발적 문제 제기를 통해 그들의 세계관을 피력하기 시작한다.

그 출발은 여전히 완고하기 짝이 없는 복고주의자들에 대한 성토로 시작된다. 먼저 홍량호(洪良浩, 1724~1802)가 「계고당기(稽古堂記)」에서 한 말을 들어보자.

옛날은 그때의 지금이요, 지금은 후세의 옛날이다. 옛날이 옛날로 되는 것은 연대를 가지고 하는 말이 아니다. 대개 말로는 전할 수 없는 어떤 것이 있다. 만약 옛것만 귀하다 하여 지금 것을 천히 여기는 것은 도리를 아는 말이 아니다. 세상에서 옛것에 뜻이 있다는 자들은 그 이름만을 사모하여 그 자취에 빠지고 만다. 이는 비유컨대, 음악을 배우는 자가 상고 적의 악기인 쇠북 추려(追蠡)를 잡고 질장구 토고(土鼓)를 두드리면서도 순임금의 음악인 소(韶)와 주무왕(周武王)의 음악인 무(武)의 변화를 알지 못하는 것이나 진배 없다. 또 맛을 좋아하는 자가 옛날 식으로 땅을 파 술동이를 대신해 술잔질을 하고, 아무 조미도 하지 않은 대갱(大羹)을 마시면서 정작 음식의 간을 맞추는 것은 모르는 것과 같다. 이러하면서도 남에게 외쳐 말하기를, '나는 옛것을 잘 안다, 나는 옛것에 능하다'고 한다면 되겠는가?2)

옛날이 옛날로 되는 것은 연대가 오래 되었다고 그런 것이 아니다. 우리가 지금 옛날로 높이는 것도 그때에는 하나의 지금이었을 뿐이다. 옛것 중에서 가치 있는 것들은 지금까지 남아 있다. 지금 것 중에도 훗날까지 남을 것들이 있다. 오랜 시간 속에서도 그 가치가 빛바래지 않는 것, 그것이 바로 '옛날'이다. 이렇게 옛날에 대한 정의를 바꾸면, 옛날만 옛날이 아니요, 지금도 옛날이 될 수 있다. 그가 말한 '말로는 전할 수 없는 어떤 것'이 바로 이것이다.

겉모습이 옛것과 같다고 옛날이 되는 것은 아니다. 우맹(優孟)이 손숙오(孫叔敖)를 똑같이 흉내내도 우맹은 손숙오가 아니고, 양화(陽貨)가 공자(孔子)와 꼭 닮아도 그를 스승으로 모실 수는 없는 것과 같은 이치다. 이 비유는 이 시기 고문가들의 언급 속에 수도 없이 되풀이된다. 문제는 알맹이에 있다. 신완(申琬, 1646~1707)은 「문설(文說)」에서 또 이렇게 말한다.

---

2) 洪良浩, 『耳溪集』 卷13(『한국문집총간』 권241) 「稽古堂記」, 216면, "古者當時之今也, 今者後世之古也. 古之爲古, 非年代之謂也, 盖有不可以言傳者. 若夫貴古而賤今者, 非知道之言也. 世有志於古者, 慕其名而泥其跡, 譬如學音者, 執追蠡而拊土鼓, 不知韶武之變; 好味者, 挹汙樽而啜大羹, 不識鹽梅之和, 號於人曰: '我能古也, 我能古也.' 其可乎哉."

지금을 낮추 보고 옛 것만을 숭상함은 북지(北地) 이몽양(李夢陽)과 태창(太倉) 사람 엄원(弇園) 왕세정(王世貞) 같은 자들이니, 거의 소동파(蘇東坡)가 말한 진(秦)나라 인사가 대왕(大王)의 지팡이를 잡고서 순(舜) 임금이 만든 그릇만을 붙들고 다니면서 태공(太公)과 구부(九府)의 돈만 구걸하는 것과 같다 하겠으니, 어찌 문장에 있어 의론할 수 있겠는가?[3]

주나라 때 쓰던 태공(太公)과 구부(九府)의 돈이 과연 옛것이지만, 이것으로는 물건을 살 수가 없다. 돈을 구걸하는 목적이 그 돈으로 물건을 맞바꾸는 데 있듯이, 글쓰기의 목적은 그 글로 제 뜻을 전달하는 데 있다. 옛날 옷을 입은 거지가 옛날 돈을 구걸한댔자 그것이 무슨 소용이냐는 것이다. 돈이 옛것이라 해도 물건을 못 사면 소용이 없고, 아무리 문체가 옛스러워도 읽은 이가 이해하지 못하면 의미가 없다.

김매순(金邁淳, 1776~1840)도 "진실로 그 가리키는 뜻의 소재는 살피지 않으면서 한갓 글자의 모양에 따라 옛 것은 옳다 하고 지금 것은 그르다 하며, 저것만을 고집하여 이것을 비난한다면, 좌석은 반드시 애공(哀公)의 좌석이라야만 하고, 돈은 반드시 태공(太公)의 돈이어야 한다는 것과 같다. 모습이 양호(陽虎)와 비슷함은 공자의 누가 됨을 면치 못하니 또한 얽매이는 것이 아니겠는가?"[4]라고 같은 취지의 글을 남겼다.

심노숭(沈魯崇, 1762~1837)은 「여신생천능(與愼生千能)」에서 이렇게 말했다.

내가 일찍이 세상의 글한다는 자를 보건대 문득 스스로 '고문이다 고문이다'라고 일컫는다. 지금 사람이 어찌하여 고문을 하겠는가. 옛 사람의 이전에도 또한 고문은 있었으니, 옛 사람이 어찌 옛것만 좋아하고 지금 것은 미워했겠는가? 만약 지금 사람이 자구의 껍데기 사이에서 힘을 쏟아 그 비슷함을 추구하여 절

---

3) 申琬, 『幷世集』 文卷1 「文說」, "卑今而尙古, 如北地太倉弇園者, 殆蘇子所稱秦士持大王之杖執舜所作之梡, 而行乞太公九府之錢者也. 尙何足議於文哉?"

4) 金邁淳, 『臺山全書』 「闕餘散筆」 卷2, 514면, "苟不察其指意所在, 而徒據字樣, 是古而非今, 執彼而難此, 則席必哀公之席, 錢必太公之錢. 而貌類陽虎, 不免爲夫子之累, 不亦拘乎?"

절하게 스스로 좋아하더라도 비슷함을 구하면 구할수록 더욱 더 비슷하지 않게
될 것이다.5)

　지금 사람이 어째서 지금 글을 쓰지 않고 옛 글을 쓰는가? 이것이 그가
정면에서 제기하고 있는 문제다. 옛 사람은 옛 사람을 흉내내지 않았다.
그들이 더 옛날을 흉내냈다면, 우리가 알고 있는 옛날은 모두 똑 같아야
옳다. 그런데 그렇지가 않다. 하나도 같지 않고, 다 다르다. 내가 옛글을
배워 옛날과 같아진다면, 거기에는 옛 사람의 껍데기만 있고, 비슷함만 있
고, 나의 알맹이는 찾아 볼 수가 없게 된다. 나는 나고 옛 사람은 옛 사람
이다. 그러니 내가 옛 사람과 같아질 이유가 없고, 같아져서도 안 된다.
　박지원(朴趾源, 1737~1805)은 「녹천관집서(綠天館集序)」에서 옛날과 비슷해
지려고만 드는 풍조를 매섭게 질타한 후, "대저 어찌 비슷함을 구하는가?
비슷함을 추구한다는 것은 진짜는 아닌 것이다. 천하에서 이른바 서로 같
은 것을 두고 반드시 '꼭 닮았다'고 하고 구분하기 어려운 것을 또한 '진
짜 같다'고 말한다. 대저 진짜 같다고 하고 꼭 닮았다고 말할 때에 그 말
속에는 가짜라는 것과 다르다는 뜻이 담겨 있다"6)고 주장했다. 비슷한 것
은 가짜다. 비슷해지려고 하지 말아라. 비슷한 것 속에 나는 없다. 겉모습
만 같은 것은 같은 것이 아니다. 겉모습은 전혀 달라도 알맹이가 같아야
한다. 이어지는 글에서 박지원은 이를 형사(形似)와 심사(心似)의 차이로 설
명한다. 겉모습만 꼭 같은 것은 형사(形似)일 뿐이고, 알맹이가 같아야 심사
(心似)가 된다. 그때의 지금이 지금에 옛날이 되지만, 지금의 그때는 훗날에
는 아무 것도 아닌 것이 된다. 그러니 오늘을 사는 우리가 추구할 것은 그

---

5) 沈魯崇, 『孝田散藁』(연세대 필사본) 「與愼生千能」, "僕嘗觀世之號爲文者, 輒自稱曰
古文古文, 今人何以爲古文? 古人之前, 亦有古文, 古人何嘗好古而惡今? 如今人之矻
矻於字句糟粕之間, 求其似而切切然自好, 愈求而愈不似乎."
6) 朴趾源, 『燕巖集』(『한국문집총간』 권252) 「綠天館集序」, 111면, "夫何求乎似也? 求
似者, 非眞也. 天下之所謂相同者, 必稱酷肖, 難辨者, 亦曰逼眞. 夫語眞語肖之際, 假
與異, 在其中矣."

때가 아닌 지금, 저기가 아닌 여기라는 것이 박지원의 힘 있는 주장이다.[7]

　고착(固着)된 옛날은 죽은 옛날이다. 죽은 옛날로는 지금에 힘을 발휘할 수가 없다. 옛날이 오늘에 힘을 발휘하려면 변해야 한다. 그때는 그랬어야 했지만, 상황이 바뀌면 더 이상 그럴 수가 없게 된다. 여기에는 어떤 권위도 인정되지 않는다. 다시 이정직(李定稷, 1841~1910)은 「부어만편빈어일자론(富於萬篇貧於一字論)」에서 이렇게 부연한다.

　　사마천이 『사기』를 지을 때, 무릇 『서경』의 일을 적으면서 '극(克)' 자만 만나면 대부분 '능(能)' 자로 바꾸었다. 대저 '극(克)'의 글자됨은 그 말이 전아하고, '능(能)'의 글자됨은 그 말이 옛스럽지 않다. 사마천의 재주를 가지고 옛스럽지 않은 것이 전아함만 같지 않음을 모르지 않았으련만 오히려 또 이를 바꾸었다. 어찌 '극(克)' 자의 전아함이 옛날의 『서경』에 마땅하고, '능(能)' 자의 옛스럽지 않음이 자신이 지은 『사기』에 마땅하기 때문이 아니었겠는가? 『서경』에는 『서경』의 체재가 있고 『사기』에는 『사기』의 체재가 있다. 사마천은 오직 그 체재를 잃지 않음을 알았을 뿐이니, 대저 어찌 전아함과 옛스럽지 않음의 차이를 따졌겠는가? 알지 못하는 자는 반드시 '극(克)' 자를 좋다고 할 터이나 오직 문자에 깊이 나아간 뒤에야 이에 그 아낌을 알게 되는 것이다. 이를 곰곰이 생각해보면 '능(能)' 자로 바꿈을 얻을 것이다.[8]

　사마천은 『사기』에서 『서경』을 인용할 때, 원문의 '극(克)' 자를 모두 '능(能)'으로 고쳤다. 사마천 당대에 '극(克)'은 이미 쓰지 않는 죽은 표현이었기 때문이다. 경전의 말을 인용하면서도 사마천은 전달의 효용성을 강화

---

7) 朴趾源, 『燕巖集』(『한국문집총간』 권252) 「綠天館集序」, "故天下有難解而可學, 絶異而相似者. 鞮象寄譯, 可以通意, 篆籀隷楷, 皆能成文. 何則? 所異者形, 所同者心故耳. 繇是觀之, 心似者, 志意也, 形似者, 皮毛也."

8) 李定稷, 『石亭集』 卷5 장26 「富於萬篇貧於一字論」, "司馬遷作史記, 凡記尙書之事, 遇克字, 率易之以能字. 夫克之爲字, 其辭典, 能之爲字, 其辭不古. 以司馬氏之才, 非不知不古之不如典也, 猶且易之. 豈不以克字之典, 宜於古之尙書, 能字之不古, 未嘗不宜於己之所著之史也耶? 尙書有尙書之體裁, 史記有史記之體裁. 司馬氏惟知不失體裁而已, 夫焉知典與不古之異也. 不知者, 必富於克字, 而惟深造乎文字而後, 乃知其貧. 思之之精, 得一能字以易之也."

하기 위해 글자를 교체하는 것을 서슴지 않았다. 그러니 자신의 글을 쓸 때는 어떠했겠는가? 후대의 문장가들이 이상으로 여긴 사마천은 이런 융통성이 있었다. 그런데 어째서 지금 사람들은 이다지도 교조적 권위를 가지고 옛것만을 그대로 흉내내는가 하는 비판이다.

심노숭(沈魯崇)은 앞서 본 「여신생천능(與愼生千能)」에서 반대의 예로 허목(許穆)을 들었다. 허목은 옛것을 좋아해서 글씨도 알아볼 수도 없는 이상한 서체로 썼고, 글도 『서경(書經)』 전모(典謨)의 문체를 본받았고, 시는 지었다 하면 아송(雅頌)을 흉내냈다. 임금께 올리는 주차(奏箚)의 끝에는 반드시 '유전하무재무재(唯殿下懋哉懋哉)'라고 했고, 시는 지었다 하면 4언으로 지었다. 뿐만 아니라 『시경(詩經)』을 본떠 장을 나누고 「제기장(第幾章) 장기구(章幾句)」라고 적었다. 그런데도 살아 있는 기운이라고는 하나도 없고, 참된 뜻이 조금도 없으니, 인형과 같은 가짜 글일 뿐이라고 통렬하게 비판했다.9)

오늘에 옛것을 배운다는 사람은 사마천이 대단한 것만 알았지, 그가 『서경』을 인용할 때 과감히 지금에 맞게 고쳐 쓸 줄 알았던 사실은 망각한다. 그래서 사마천을 읽고는 그 문체를 연신 감탄해 마지않으면서, 흉내내기에 바쁘다는 것이다. 박지원이 유한준에게 보내는 편지에서 "그대가 사마천을 읽었다고는 하나, 그 글만 읽었지 그 마음은 읽지 못했다"10)고 야단했던 것도 바로 이런 폐단을 적시한 것이었다.

홍석주(洪奭周, 1774~1842)는 "이반룡과 왕세정 등이 복고의 주장을 내세

---

9) 沈魯崇, 『孝田散藁』(연세대 필사본) 「與愼生千能」, "許眉叟性癖好古, 爲文非典謨不爲, 爲詩非雅頌不爲. 見其集中, 令人多可笑. 奏箚之末, 必曰: '唯殿下懋哉懋哉.' 詩必四言, 末又分章而曰: '第幾章 章幾句.' 如是而眞可謂典謨也, 雅頌也乎? 適見其無一筌活氣, 無一端眞意, 人而無活氣曰偶人, 文而無眞意曰僞文, 求爲文而豈可爲偶人僞文乎?"

10) 朴趾源, 『燕巖集』(『한국문집총간』 권252) 「答京之之三」, 95면, "'足下讀太史公, 讀其書, 未嘗讀其心耳. 何也? 讀項羽, 思壁上觀戰; 讀刺客, 思漸離擊筑, 此老生陳談, 亦何異於廚下拾匙? 見小兒捕蝶, 可以得馬遷之心矣. 前股半跽, 後脚斜翹, 丫指以前, 手猶然疑, 蝶則去矣. 四顧無人, 哦然而笑, 將羞將怒, 此馬遷著書時也."

우면서부터는 온갖 괴이하고 무언지도 모를 소리들이 마구 나와, 종이를
펴보면 마치 오랑캐의 땅에 들어온 것만 같아서 망연히 무슨 말을 하는지
도 알 수가 없다"[11]고 했고, 김매순(金邁淳)은 "천하가 생겨난 지 오래 되
었으나, 삼재만상(三才萬象)은 날마다 변화하여 마지않는다. 지금이 옛날로
될 수 없는 것은 옛날이 지금으로 될 수 없는 것과 같다. 하물며 문(文)이
라는 것은 요체가 적용함에 있다. 그렇다면 지금 글이 진한의 글이 될 수
없는 것은 재주가 부족해서가 아니라, 진실로 세(勢)가 또한 어쩔 수 없음
이 있기 때문일 뿐이다"[12]라고 했다.

말과 글은 시대에 따라 달라진다. 이것은 당연한 이치다. 중요한 것은
옛날이냐 지금이냐의 구분이 아니라, 유용한가 아닌가의 문제일 뿐이다.
그런데 단순해 보이는 이 판단과 자각이 그리 간단하지가 않다. 옛것을 모
방해서 안 된다면 새것을 만들어내야 하는데, 옛것과 다르면서 사실은 그
알맹이는 같은 '새것'의 창조는 말처럼 쉬운 일이 아니었다.

실제로 '지금 여기'에 맞는 새것을 추구한다면서 "마침내 괴상하고 허
탄하며 음란하고 치우치면서도 두려움을 알지 못하는 자가 있게 되었"고,
그저 궁벽하고 허탄한 표현으로 사람의 눈을 놀래키는 것을 새로움으로
착각하는 폐단도 적지 않았다. 연암이 「초정집서(楚亭集序)」에서 '법고이지
변(法古而知變), 창신이능전(創新而能典)'을 굳이 강조했던 것도 이러한 문제
를 직시했기 때문이다.[13]

---

11) 洪奭周, 『淵泉全書』 권2 「答李審夫書」, 728면, "自夫所謂王李氏者, 以復古之說倡
　　之, 而牛鬼蟲籟, 百怪交作, 猝然展紙, 如入傑徒侏離之鄉, 茫然而不可識爲何語."
12) 金邁淳, 『臺山全書』 권2 「答士心」, 380면, "天下之生久矣. 三才萬象日變而不已. 今
　　之不能爲古, 猶古之不能爲今也. 況文之爲物, 要在適用, 則今文之不能爲秦漢, 非直
　　才之罪也, 顧勢亦有不可焉耳."
13) 朴趾源, 『燕巖集』(『한국문집총간』 권252) 「楚亭集序」, 14면, "爲文章如之何? 論者曰
　　: 必法古. 世遂有儗摹倣像, 而不之恥者. 是王莽之周官, 足以制禮樂; 陽貨之貌類, 可
　　爲萬世師耳, 法古寧可爲也. 然則, 創新可乎? 世遂有怪誕淫僻, 而不知懼者, 是三丈
　　之木, 賢於關石; 而延年之聲, 可登淸廟矣. 創新寧可爲也. 夫然則如之何, 其可也? 吾
　　將奈何! 無其已乎! 噫! 法古者病泥跡, 創新者患不經, 苟能法古而知變, 創新而能典,
　　今之文猶古之文也."

3. '재맹아(再盲兒)' 설화와 주체의 문제

  지금과 옛날 사이에서 가치를 판단하고 실천하는 것은 남이 아닌 나다. 이에 있어 주체의 확립이 무엇보다 급선무가 된다. 나의 주체가 확립되어 있지 못하면, 옛것을 배우자고 한 것이 흉내가 되고, 내 것을 하려다가 해괴한 짓을 하게 된다. 널리 알려진 박지원(朴趾源)의 '재맹아(再盲兒)' 우화는 그런 점에서 매우 뜻깊은 시사를 준다.

  본분으로 돌아가라는 것이 어찌 문장뿐이리요. 일체 온갖 일들이 모두 그렇지요. 화담(花潭) 서경덕(徐敬德) 선생이 나갔다가 집을 잃고 길에서 오는 자를 만났더랍니다. "너는 어찌하여 우느냐?"고 했더니 대답하기를, "제가 다섯 살에 눈이 멀어 지금까지 스무 해나 됩니다. 아침에 나와서 길을 가는데 갑자기 천지 만물이 맑고 분명하게 보이는 지라 기뻐서 돌아가려고 하니 골목길은 갈림도 많고, 대문은 서로 같아 제 집을 찾지 못하겠습니다. 그래서 울고 있습니다"라고 했답니다. 선생이, "내가 네게 돌아가는 법을 가르쳐 주겠다. 도로 네 눈을 감아라. 바로 네 집을 찾을 것이다"라고 하자, 이에 눈을 감고 지팡이를 두드리며 걸음을 믿고서 바로 도달하였더랍니다. 이것은 다른 것이 아닙니다. 빛깔과 형상이 전도되고, 슬픔과 기쁨이 작용이 되어, 이것이 망상이 된 것입니다. 지팡이를 두드리며 걸음을 믿는 것, 이것이야말로 우리들이 분수를 지키는 관건이 되고 집으로 돌아가는 보증이 됩니다.[14]

  20년 간 눈멀었던 장님 앞에 갑자기 광명한 세상이 펼쳐졌다. 환호작약하며 기뻐 날뛸 일인데, 정작 그는 그 엄청난 변화 앞에 속수무책 길에서

---

14) 朴趾源, 『燕巖集』卷5(『한국문집총간』권252)「答蒼厓」2, 96면, "還他本分, 豈惟文章? 一切種種萬事, 摠然. 花潭出, 遇失家而泣於塗者. 曰 : '爾奚泣?' 對曰 : '我五歲而瞽, 今二十年矣. 朝日出往, 忽見天地萬物淸明, 喜而欲歸, 阡陌多岐, 門戶相同, 不辨我家. 是以泣耳.' 先生曰 : '我誨若歸. 還閉汝眼. 卽便爾家.' 於是閉眼, 扣相信步, 卽到. 此無他. 色相顚倒, 悲喜爲用, 是爲妄想. 扣相信步, 乃爲吾輩守分之詮諦, 歸家之證印."

울며 서 있다. 그에게 내린 화담(花潭)의 처방은 도로 눈을 감으라는 것이었다. 눈 뜬 장님에게 도로 눈을 감으라니 이것이 무슨 말인가? 이 아이러니컬한 상황을 두고 그간 해석이 분분했다.

1909년 11월 23일자 『담총(談叢)』에는 이 삽화를 '재맹아(再盲兒)'란 제목으로 소개했다. 여기서는 장님이 눈을 떠서 어리둥절하는 것을 신세계에 눈을 떴으나 미처 적응하지 못하는 상황으로 보고, 도로 눈을 감으라는 것을 구시대에 안주하라는 뜻으로 풀었다. 이를 두고, 임형택 교수는 "연암의 시대는 세상 사람들에게 '눈을 감으라'고 설교할 만큼 '경험적 세계'가 아직은 몽매한 상태였다. 그러나 100년을 경과하여 20세기의 시대로 들어서면 신문물·신시대가 가시적으로 나타난다. 그러므로 진보적 사상가는 민중을 향해서 새로움에 경악하지 말고 열심히 배우고 받아들이라고 외쳤던 것"이라고 풀이했다.15)

한편 송재소 교수는 이를 두고 "눈을 뜬 소경에게 도로 눈을 감으라는 말은 있을 수 없는 일이다. 당장은 혼란스럽겠지만 시일이 지나면 차츰 적응이 될 것이라고 위로하는 것이 상식적이다. 사람은 속지말고 진실을 보아야 하는데, 눈을 뜨고도 속을 바에는 차라리 눈을 감는 게 낫다는 역설"이라고 앞서와는 다른 각도에서 이해했다.16)

이 두 가지 관점은 나름의 타당성이 있지만, 중요한 점을 간과했다. 도로 눈을 감으라는 처방은 눈을 뜬 맹인에게 계속 장님으로 살라는 주문이 아니다. 이 우화의 핵심은 길가는 도중에 눈을 뜨는 바람에 자기 집으로 돌아갈 수 없게 된 맹인이 비극적 상황을 어떻게 해결할 것인가에 놓여 있다. 그가 당면한 문제는 눈을 뜬 기쁨보다 눈을 뜸으로써 제 집을 찾을 수 없게 된 비극적 현실에 있다. 집에 있다가 눈이 떠졌다면 그는 길 잃고 울 이유가 없다. 문제는 그의 눈이 길가는 도중에 문득 떠진 데 있다. 눈을

---

15) 임형택, 「박연암의 인식론과 미의식」, 『한국한문학연구』 11집(한국한문학회), 1988, 36면.
16) 송재소, 「맹인삽화를 통해서 본 연암 박지원의 사물인식」, 『한시미학과 역사적 진실』, 창작과비평사, 2001, 363면.

뜨는 순간 세계는 그에게 혼돈 그 자체였다. 방향도 좌표도 없이 한 걸음도 더 뗄 수 없는 그런 상황에 놓이게 된 것이다.

그러니까 도로 눈을 감으라는 처방은 분수를 알아 소경 주제로 살라는 얘기가 아니라, 잃어버린 방향과 좌표를 되찾은 뒤에 눈을 다시 뜨라는 주문이다. 내가 내딛는 발걸음의 주인이 되지 못한다면 눈을 뜨는 것은 더 큰 비극의 시작일 뿐이라는 이야기다.

한번 떠진 눈은 다시 감아지지 않는다. 하지만 좌표를 상실한 맹인에게 눈을 똑바로 뜨고 정신을 바짝 차리라는 주문은 아무 소용이 없다. 그가 정신을 차리려 들면 들수록 혼란은 걷잡을 수 없이 가중될 것이기 때문이다. 도로 눈을 감으라는 것이 그에게 구시대에 안주하라는 요구일 수도 없다.

당시 청나라로부터 물밀 듯 쏟아져 들어오던 신문물은 당시 조선의 지식인들에게는 길가다 눈을 뜬 장님과도 같은 혼란을 부추겼다. 아예 눈을 감아 외면해 버리거나, 눈을 크게 뜨고 휩쓸려 버리거나 하는 것은 어느 것도 바른 문제의 해결일 수가 없다. 눈을 뜬 것이 장님으로 살아가는 것보다 백 배 낫다. 하지만 그것이 걷잡을 수 없는 자기 정체성의 혼란을 수반한다면 문제가 조금 다르다. 여기서 자기 정체성 또는 주체성을 유지하면서 새로운 세계를 능동적으로 받아들일 수 있는 유연한 자세와 위치의 확보가 요구된다. 그 위치를 위의 우화에서는 '본분(本分)'이란 말로 표현했고, '도로 눈을 감으라'는 방법을 제시했던 것이다. 이 글에서 검토하려는 통변론도 바로 이 위치의 문제와 관련된다.

도로 눈을 감으라는 것은 주체성을 회복하라는 말이다. 남 따라 하지말고 나름대로 하라는 주문이요, 그대로 하지말고 제대로 하라는 요구다. 이 시기 글 속에는 비대해진 자의식 앞에 정체성을 찾지 못해 고뇌하는 자아의 형상이 자주 보인다. 박지원의 「염재기(念齋記)」에 나오는, 아침에 일어나니 세상은 그대로인데 정작 자기 자신을 찾을 수가 없어, 자기를 찾겠다고 알몸으로 집을 뛰쳐나간 송욱(宋旭) 같은 인물의 에피소드는 이들의 갈등을 상징적으로 드러내 보여준다.[17]

다음은 이용휴(李用休, 1708~1782)의 「환아잠(還我箴)」이다. 환아(還我), 즉
‘나에게로 돌아가자’는 뜻의 별호를 지닌 신의측(申矣測)을 위해 써준 글
이다.

昔我之初	옛날 내 어렸을 땐
純然天理	천리(天理)가 순수했지.
逮其有知	지각(知覺)이 생기면서
害者紛起	해치는 것 일어났다.
見識爲害	식견이 해가 되고
才能爲害	재능도 해가 됐네.
習心習事	마음 닦고 일 익히자
輾轉難解	얽키설키 풀 길 없네.
復奉別人	다른 사람 떠받드는
某氏某公	아무 씨, 아무개 공
援引藉重	무겁게 추켜세워
以驚群蒙	멍청이들 놀래켰지.
故我旣失	옛 나를 잃고 나자
眞我又隱	참 나도 숨었구나.
有用事者	일 꾸미기 즐기는 자
乘我未返	나를 잃은 틈을 탔네.
久離思歸	오래 떠나 가고픈 맘
夢覺日出	꿈 깨나니 해가 떴다.
飜然轉身	번드쳐 몸 돌리니
已還于室	하마 집에 돌아왔네.
光景依舊	광경은 전과 같고
體氣淸平	몸 기운도 편안하다.
發錮脫機	잠금 풀고 굴레 벗자
今日如生	오늘에 새로 난 듯.
目不加明	눈도 밝기 전과 같고

---

17) 관련 내용은 정민, 『비슷한 것은 가짜다』, 태학사, 2000, 203~212면을 참조할 것.

耳不加聰	귀도 밝기 전과 같아,
天明天聰	하늘이 준 총명함이
只與故同	다만 전과 같아졌다.
千聖過影	많은 성인 그림자일 뿐
我求還我	나는 내게 돌아가리.
赤子大人	어린 아이 다 큰 어른
其心一也	그 마음은 같은 것을.
還無新奇	신기한 것 없고 보면
別念易馳	딴 생각이 치달리리.
若復離次	만약 다시 떠난다면
永無還期	돌아올 기약 다시없네.
焚香稽首	향 살라 머리 숙여
盟神誓天	천지신명께 맹세한다.
庶幾終身	이 몸이 마치도록
與我周旋[18]	나와 함께 주선하리.

　태어나 순연(純然)하던 하늘 이치가 지각이 싹트면서 흩어져 버렸다. 견식(見識)과 재능(才能) 때문에 나는 명성에 현혹되고 칭찬에 안주하여 참나를 잃고 헤매게 되었다. 어느 순간 정신이 들어 본래의 나로 돌아왔다. 세상은 그대로인데, 나를 옭죄던 관념의 굴레를 벗어던지자 비로소 자유로움을 느낀다. 어렵게 찾은 '참 나'를 이제는 영원히 떠나지 않고 지키기를 맹서하겠다는 다짐이다.

是我亦我	여기 있는 나도 나요
非我亦我	그림 속의 나도 나다.
是我亦可	여기 있는 나도 좋고
非我亦可	그림 속의 나도 좋다.

---

18) 이용휴, 조남권 · 박동욱 역, 『혜환이용휴시전집』(소명출판, 2002)에 수록된, 정민의 「해제－18세기 시단과 일상성의 시세계」 참조

是非之間   이 나와 저 나 사이
無以爲我   진정한 나는 없네.
帝珠重重   조화 구슬 겹겹이니
誰能執相於大摩尼中 그 뉘라 큰 마니 구슬 속에서 실상을 잡아내리.
呵呵   하하하!

김정희(金正喜, 1786~1856)의 「자제소조(自題小照)」란 글이다. 자기 초상화를 보다 떠오른 생각을 적었다. 그림 속에 그려진 나는 내가 아니다. 그렇다고 여기 앉아 생각하는 주체인 나도 진정한 나는 아니다. 참 나는 어디에 있는가? 모두들 들떠 나 아닌 남만 쫓아다니는 동안 진정한 나, 참 나는 사라져 버리고 말았다. 장난기가 느껴지는 글이지만, 참 나의 소재에 대한 문제를 지속적으로 제기하고 있는 점에서 흥미를 끈다.

또 이덕무(李德懋, 1741~1793)는 박지원의 「주공탑명(塵公塔銘)」 뒤에 붙인 게송(偈頌)에서 지황탕(地黃湯)을 마시느라 탕약을 짜자 수천 수백의 거품이 보글보글 일어나는데, 거품 하나하나마다 수백 개의 나가 들어 있더란 말을 하면서, 찡그리고 웃으면 거품 속의 수백 개의 나도 함께 찡그리고 웃다가, 막상 약을 다 마셔버리자 좀 전까지 분명히 존재하던 수백 개의 나는 흔적도 없이 사라져 버리고 말더라고 하면서, 또한 참 나의 존재에 대한 성찰을 보태고 있다.[19]

이 시기 글 속에 반복적으로 확인되는 이러한 자의식의 성찰은 변화하는 세계 속에 확고한 자기 좌표를 확립코자 하는 노력의 일환으로 받아들여진다.

---

19) 「塵公塔銘」과 관련된 내용은 정민, 「연암 박지원의 '塵公塔銘' 管窺」, 『한국고문의 이론과 전개』, 태학사, 1998.6, 487~514면을 참조할 것. 이 논문에서 偈頌 부분을 연암이 지은 것으로 추정했으나, 최근 확인된 새 자료에 의해 이덕무의 글로 바로잡는다.

4. 구진론(求眞論)과 조선풍(朝鮮風)

변화의 당위를 인정할 때, 그것을 받아들이고 판단하는 주체가 문제가
된다. 주체가 서면 방향이 생겨난다. 이전에 막연하던 것이 또렷하게 보이
고, 갈림길에서 헤매다가 뚜벅뚜벅 걷게 된다. 통변(通變) 인식에 따른 주체
의 확립은 당연하게도 '그때 저기'가 아닌 '지금 여기'의 추구, 즉 구진(求
眞)의 지향으로 나타난다. 박지원은 「공작관문고자서(孔雀舘文稿自序)」에서
이렇게 말한다.

> 글이란 뜻을 나타내면 그만일 뿐이다. 저 제목에 임해 붓을 잡기만 하면 문득
> 옛 말을 생각하고, 억지로 경전의 뜻을 찾아 생각을 꾸며 근엄하게 하며 글자
> 마다 무게를 잡는 자는, 비유하자면 화공(畵工)을 불러 진영(眞影)을 그리는데
> 용모를 고쳐서 나가는 것과 같다. 눈동자는 멀뚱멀뚱 구르지 않고, 옷의 무늬는
> 닦은 듯 말끔하여 평상의 태도를 잃고 보면 비록 훌륭한 화공이라 해도 그 참
> 모습을 그려내기가 어렵다. 글을 하는 것도 또한 이것과 무엇이 다르겠는가? 말
> 은 반드시 거창할 것이 없으니, 도(道)는 호리(毫釐)에서 나뉘어진다. 말할 만한
> 것이라면 기왓장 자갈돌이라 해서 어찌 버리겠는가. 그런 까닭에 도올(檮杌)은
> 흉악한 짐승인데 초나라 역사책이 이름으로 취하였고, 사람을 몽둥이로 쳐서
> 묻어 죽이는 자가 극악한 도적임에도 사마천과 반고(班固)는 이에 대해 서술하
> 였다. 글을 하는 자는 다만 그 참됨을 추구할 뿐이다.[20]

초상화는 그 사람의 진면목을 남기기 위한 것이다. 그런데 용모를 고쳐
꾸민다면 아무리 근사하게 그려도 그 사람이라 할 수가 없다. 글도 마찬가

---

20) 朴趾源, 『燕巖集』(『한국문집총간』 권252) 「孔雀舘文稿自序」, 60면, "文以寫意, 則止
而已矣. 彼臨題操毫, 忽思古語, 强覓經旨, 假意謹嚴, 逐字矜莊者, 譬如招工寫眞, 更
容貌而前也. 目視不轉, 衣紋如拭, 失其常度, 雖良畫史, 難得其眞. 爲文者, 亦何異於
是哉. 語不必大, 道分毫釐, 所可道也, 瓦礫何棄? 故檮杌惡獸, 楚史取名, 椎埋劇盜,
遷固是敍. 爲文者, 惟其眞而已矣."

지다. 아무리 화려한 수식과 긴밀한 짜임새를 갖추어도 내면의 진실이 없으면 무슨 소용이란 말인가? 기왓장 자갈돌도 천하다고 버릴 수 없고, 도올(檮杌)과 추매(椎埋)는 흉악한 짐승과 극악한 도적이지만 옛사람은 이를 기록으로 남겼다. 중요한 것은 '진(眞)'이지, 대상 자체의 선악과 귀천은 문제가 아니기 때문이다.

이를 「답창애지일(答蒼厓之一)」에서는 "글짓는 사람은 더러워도 이름을 감추지 아니하고, 비루해도 자취를 숨기지 않는다"고 부연했다. 왜냐하면 "글자는 함께 하는 바이지만 글은 혼자만의 것"이기 때문이다.[21] 나의 개성, 나의 진실을 드러낼 수만 있다면 더럽고 비루한 것도 마다할 수 없다는 것이다.

「영처고서(嬰處稿序)」에서 연암은 또 "수박의 겉을 핥는 자나 후추를 통째로 삼키는 자와는 더불어 맛을 이야기할 수가 없고, 이웃 사람의 담비 갖옷을 부러워하여 한여름에 빌려 입는 자와는 함께 계절을 이야기 할 수 없는 것이다. 형상을 꾸미고 의관을 입혀 놓더라도 어린 아이의 진솔함을 속일 수는 없다"[22]고 갈파했다. 요컨대 우리 것이 비루하다 해서 남의 것만 기웃거린다면 필경에는 길 위에서 울고 서 있을 수밖에 없게 된다. 차라리 비루할망정 주체를 확고히 세워 눈앞의 진실을 그대로 담아내는 것이 더 요긴하다. 글은 다시 이렇게 이어진다.

이제 무관은 조선 사람이다. 산천의 풍기(風氣)는 땅이 중국과 다르고, 언어와 노래의 습속은 그 시대가 한(漢)나라나 당(唐)나라가 아니다. 만약 그런데도 중국의 법을 본받고, 한나라나 당나라의 체재를 답습한다면, 나는 그 법이 높아지면 높아질수록 담긴 뜻은 실로 낮아지고, 체재가 비슷하면 할수록 말은 더욱

---

21) 朴趾源, 『燕巖集』(『한국문집총간』 권252) 「答蒼厓之一」, 96면, "爲文者, 穢不諱名, 俚不沒迹. 孟子曰 : '姓所同也, 名所獨也.' 亦唯曰 : '字所同而文所獨也.'"

22) 朴趾源, 『燕巖集』(『한국문집총간』 권252) 「嬰處稿序」, 110면, "外舐水匏, 全呑胡椒者, 不可與語味也, 羨隣人之貂裘, 借衣於盛夏者, 不可與語時也. 假像衣冠, 不足以欺孺子之眞率矣."

거짓이 될 뿐임을 알겠다. 우리나라가 비록 궁벽하지만 또한 천승(千乘) 제후의 나라이고, 신라와 고려가 비록 보잘것없었지만 민간에는 아름다운 풍속이 많았다. 그럴진대 그 방언을 글로 적고 그 민요를 노래한다면 절로 문장을 이루어 참된 마음이 발현될 것이다. 남의 것을 그대로 답습함을 일삼지 않고 서로 빌려와 꾸지 않고, 지금 현재에 편안해 하며 삼라만상에 나아감은 오직 무관의 시가 그러함이 된다.

아아! 『시경』 3백 편은 새나 짐승, 풀과 나무의 이름 아닌 것이 없고, 뒷골목 남녀의 말에 지나지 않는다. 그럴진대 패(邶) 땅과 회(檜) 땅의 사이는 지역마다 풍속이 같지 않고, 강수(江水)와 한수(漢水)의 위로는 백성의 풍속이 제각금이다. 그런 까닭에 시를 채집하는 자가 여러 나라의 노래로 그 성정을 살펴보고 그 노래의 습속을 징험하였던 것이다. 다시 어찌 무관의 시가 옛 것이 아니라고 의심하겠는가? 만약 성인으로 하여금 중국에서 일어나 여러 나라의 노래를 살피게 한다면, 『영처고』를 살펴보아 삼한의 새나 짐승, 풀과 나무의 이름을 많이 알게 될 것이요, 강원도 사내와 제주도 아낙의 성정을 살펴볼 수 있을 터이니, 비록 이를 조선의 노래라고 말하더라도 괜찮을 것이다.[23)]

구진(求眞)의 추구가 마침내 조선풍(朝鮮風)의 선언으로 이어지는 장면이다. 예전 채시자(採詩者)가 열국의 국풍(國風)을 보고 그 성정과 풍습을 가늠할 수 있었듯, 지금 여기를 사는 조선 사람들은 조선의 조수초목을 노래하고, 맥남제부(貊男濟婦)의 성정을 표현하는 것이 옳다. 서울을 무조건 장안(長安)이라 하고, 삼공(三公)을 죄다 승상(丞相)이라 한다면 그것은 섶을 지고

---

23) 朴趾源, 『燕巖集』(『한국문집총간』 252) 「嬰處稿序」, 110면, "夫愍時病俗者, 莫如屈原, 而楚俗尙鬼, 九歌是歌. 按秦之舊, 帝其土宇, 都其城邑, 民其黔首, 三章之約, 不襲其法. 今懋官朝鮮人也. 山川風氣, 地異中華, 言語謠俗, 世非漢唐. 若乃效法於中華, 襲體於漢唐, 則吾徒見其法益高而意實卑, 體益似而言益僞耳. 左海雖僻, 國亦千乘, 羅麗雖儉, 民多美俗, 則字其方言, 韻其民謠, 自然成章, 眞機發現. 不事沿襲, 無相假貸, 從容現在, 卽事森羅. 惟此詩爲然. 嗚呼! 三百之篇, 無非鳥獸草木之名, 不過閭巷男女之語. 則邶檜之間, 地不同風, 江漢之上, 民各其俗, 故采詩者以爲列國之風. 攷其性情, 驗其謠俗也. 復何疑乎此詩之不古耶? 若使聖人者, 作於諸夏, 而觀風於列國也, 攷諸嬰處之稿, 而三韓之鳥獸草木, 多識其名矣; 貊男濟婦之性情, 可以觀矣, 雖謂朝鮮之風, 可也."

소금을 사라고 외치는 것과 같을 뿐이라고도 했다.[24)]

이는 정약용(丁若鏞, 1762~1836)의 이른바 '조선시(朝鮮詩)' 선언으로 다시 이어진다.

老人一快事	노인의 한가지 통쾌한 일은
縱筆寫狂詞	붓 내달려 미친 노래 짓는 것일세.
競病不必拘	험한 운자 반드시 구애치 않고
推敲不必遲	퇴고하며 구태여 끌지도 않네.
興到卽運意	흥 이르면 그 자리서 뜻을 펼치고
意到卽寫之	뜻 이르면 그 즉시 베껴낸다네.
我是朝鮮人	나는야 누군가 조선의 사람
甘作朝鮮詩	즐거이 조선의 시를 지으리.
卿當用卿法	그대는 그대 법을 씀이 옳으니
迂哉議者誰	어리석다 떠들어댐 그 누구인가.
區區格與律	구구한 격이니 율 같은 것은
遠人何得知	먼데 사람 어이해 알 수가 있나.
凌凌李攀龍	오만하기 그지없는 이반룡이는
嘲我爲東夷	우리를 동이라고 조롱했었네.
袁尤搥雪樓	원굉도(袁宏道)·우동(尤侗)이 이반룡을 후려쳐도
海內無異辭	중국에선 별다른 말이 없었지.
背有挾彈者	등 뒤서 새총을 든 자 있는데
奚暇枯蟬窺	어느 겨를 마른 매미 엿본단 말가.
我慕山石句	나는 산석(山石) 싯귀 사모하나니
恐受女郞嗤	아녀자란 놀림을 받을까싶네.
焉能飾悽黯	어찌 능히 서글픔 꾸며대어서
辛苦斷腸爲	괴롭게 애끊는 소리를 내랴.
梨橘各殊味	배와 귤은 그 맛이 제각금이니

---

24) 朴趾源, 『燕巖集』(『한국문집총간』 252) 「答蒼厓之一」, "官號地名, 不可相借, 擔柴而唱鹽, 雖終日行道, 不販一薪. 苟使皇居帝都, 皆稱長安, 歷代三公, 盡號丞相, 名實混淆, 還爲俚穢. 是卽驚座之陳公, 效顰之西施."

嗜好唯其宜[25]　　기호는 마땅함을 따를 뿐일세.

다산이 73세 때 지은 시다. 나이 들어 통쾌한 것은 더 이상 격률이나 운자에 얽매이지 않고, 퇴고에도 신경 쓰지 않게 된 것이라 했다. 흥이 이르면 쓰고, 뜻이 떠오르면 짓는다. 조선 사람이 조선시 쓰겠다는데 누가 뭐라 하겠느냐고도 했다. 구구한 격률 따위는 내다 버리고, 이반룡이 우리를 동이(東夷)라고 욕하든 말든 신경 쓰지 않겠다고 했다.

또 중국에서는 원굉도와 우동 등이 『백설루집(白雪樓集)』을 지은 이반룡의 문학 태도를 극렬하게 비판했어도 아무도 이의를 제기하지 않았는데, 우리나라에서는 정작 우리를 멸시했던 이반룡을 욕하는 것이 도리어 큰 문제가 된다. 매미를 노리는 새의 뒤에는 새총 든 사람이 새를 노리고 있다. 요컨대 이반룡도 문제고 원굉도도 문제라는 것이다. 결국 이래서 안 되고 저래서 안 되고를 따지다 보면 할 수 있는 일이라곤 하나도 없다. 그러니 어찌 이 눈치 저 눈치 보면서 하고 싶은 말은 정작 하나도 못하는 글을 쓸 수 있겠느냐고 했다. 차라리 조금 부족하고, 틀리더라도 제 하고 싶은 말을 하는 것이 옳지 않느냐는 이야기다.

뒤쪽에서 '산석구(山石句)'를 사모한다고 했는데, 한유(韓愈)가 「산석(山石)」 시에서 "인생이 이 같으면 절로 즐길 만한데, 어이 꼭 얽매여서 남의 부림당하랴[人生如此自可樂, 豈必局束爲人鞿]"라 한 구절을 두고 한 말이다.[26] 툭툭 털고 하고 싶은 말만 하기도 바쁜데 왜 이런저런 격식에 얽매여 가짜 글, 거짓 소리만 하고 있느냐는 것이다. 이것이 다산이 말한 조선시 정신의 핵심이다. 차라리 형식을 버릴망정 눈앞의 진실을 노래하겠다는 선언인 셈이다. 배와 귤은 각기 맛이 다르다. 중국과 조선도 각각의 맛을 지니는 것이 옳다. 옛날과 지금은 취향이 다른 것이 당연하다. 그러니

---

25) 丁若鏞, 『與猶堂全書』(『한국문집총간』 권281) 「老人一快事六首效香山體」, 124면 수록.
26) 이장우 역, 『韓愈詩 이야기』, 대한교과서주식회사, 1988, 201면 참조.

괜스레 형식에 맞추느라 끙끙대지 말고 가슴으로 시원한 소리를 토해내는 것이 어떻겠느냐는 말이다.

이렇게 해서 통변의 논의는 주체의 확립과 구진(求眞)의 경로를 거쳐 조선풍, 또는 조선시의 추구로 이어지는 경로를 확보하게 된다.27) 이것이 홍길주(洪吉周, 1786~1841)에 이르면 다음과 같은 인식의 변화로까지 확산된다.

> 좌구명(左丘明)으로 하여금 초(楚)나라 회왕(懷王)의 때에 태어나게 하여 이별의 근심을 품고 쫓겨나서 부(賦)를 짓게 하였더라면 그 글은 반드시 「이소(離騷)」와 같았을 것이요, 장주(莊周)로 하여금 한(漢)나라 무제(武帝) 때 태어나 금궤석실(金匱石室)의 기록을 관장케 하여 역사를 서술케 하였더라면 그 글은 반드시 『사기(史記)』와 같았을 것이다. 그 나머지 여러 사람도 모두 그러했을 터이니, 또 이 몇 사람으로 하여금 제양(齊梁)과 수당(隋唐)의 사이에 태어나게 하여 변려와 대우의 글을 짓게 해였더라면 반드시 유신(庾信)이나 왕발(王勃)과 같았을 것이고, 이들로 하여금 당나라 개원(開元)・대력(大曆)의 즈음에 태어나게 하여 악부고시와 율절을 짓게 하였더라면 반드시 이백이나 두보와 같았을 것이다. 또 이들로 하여금 당나라 흥원(興元)・정원(貞元)의 사이에 태어나게 하여 주의(奏議)를 올려 일을 논하게 하였더라면 반드시 육지(陸贄)와 같았을 것이고, 당나라나 송나라 때에 태어나게 하여 제조(制詔)나 논책(論策)・비지(碑誌)・서기(序記) 등의 여러 글을 짓게 하였더라면 반드시 한유(韓愈)나 소식(蘇軾)과 같았을 것이고, 원나라와 명나라가 교체되는 즈음에 태어나게 하여 소설과 전사(塡詞)를 짓게 하였더라면 반드시 나관중(羅貫中)이나 왕실보(王實甫)와 같았을 것이다. 이들로 하여금 지금의 세상에 태어나게 하여 향랑의 의열을 서술케 하였더라면 반드시 죽계(竹溪)와 같았을 것이고, 『향랑의열전』을 읽게 하여 이를 서술케 하였더라면 반드시 나의 글과 같게 되었을 것이다.28)

---

27) 朝鮮風 漢詩에 대한 집중적인 논의는 李正善, 『朝鮮後期 朝鮮風 漢詩 研究』(한양대 출판부, 2002)를 참조할 것.

28) 洪吉周, 『標礱乙籤』(연세대 필사본) 「三韓義烈女傳序」, “使左邱而生楚懷之世, 離憂放逐而作賦, 則其文必如離騷; 使莊周而生漢武之時, 掌金匱石室之策而述史, 則其文必如史記, 餘數子咸然. 又使此數子, 而生齊梁隋唐之間, 作騈儷對隅, 則必如庾信王勃; 使之生開元大曆之際, 作樂府古詩律絶, 則必如李白杜甫; 使之生興元貞元之中, 奏議論事, 則必如陸贄; 使之生唐若宋, 作制詔論策碑誌序記諸文, 則必如韓愈蘇軾;

얼마나 자신감 넘치는 표현인가? 시대와 지역에 따른 편차를 적극 긍정
하고, 이미 있는 길을 따르는 대신, 새로 낸 길을 걸어가는 것이 부끄럽지
않고 자랑스럽다고 당당히 밝히고 있다.

5. 결론

이상 성글게 18, 19세기 문인들의 통변(通變)인식과 그것이 조선풍의 추
구로 이어지는 경로를 일별해 보았다. 18, 19세기의 문학론은 이전 시기
당송파 고문가와 진한파 의고문가로 나뉘어 논쟁하던 답답한 틀을 깬다.
통변의 논의가 더 적극적이고 전진적인 논리를 마련하면서 변화의 당위와
필연을 역설하게 되고, 주체의 확립에 기반한 문화적 자신감은 고답적 관
념의 늪을 벗어나 눈앞의 진실을 추구하는 조선풍의 추구로 이어졌다.

물론 이 시기에도 당송파 고문가와 진한파 의고문가들은 여전히 문단에
서 자신들의 목소리를 내고는 있었다. 그러나 그들 내부의 목소리에도 단
순한 문도합일(文道合一)이나 맹목적인 모의(模擬)를 벗어나는 관점의 조정
과 수정이 감지된다. 이들 세부에 대한 섬세한 검토는 본고의 범위를 넘어
선다.

이 시기 통변론(通變論)이 중요한 것은 그것이 단순히 때에 맞는 글을 쓰
자는 시중(時中)을 차원을 넘어 근대적 주체 확립의 문제와 맞닿아 있기 때
문이다. 그전에도 지루하게 반복되던 문학론 상의 쟁점들은 여기에 이르
러 다른 단계로 넘어간다. 물론 이 사이에도 섬세한 조율이 필요한 논의들
이 게재되어 있다. 지속적인 관심을 통해 이 문제를 천착하겠다.

使之生元明之交, 作小說塡詞, 則必如羅貫中王實甫; 使之生今之世, 演香娘義烈, 則
必如竹溪; 使之讀香娘義烈傳而叙之, 則必如余."

한문 산문의 분석 방법과 실제 비평

조선시대 「백이열전(伯夷列傳)」 비평자료를 중심으로

정우봉

1. 문제제기

최근 들어 소품문에 대한 관심이 고조되고, 산문 작가론 형태의 연구도
활발하게 진행되고 있다. 하지만 아직까지 산문 연구가 작가론 형태의 연
구에서 크게 벗어나지 못하고 있으며, 상대적으로 작품 자체의 정밀한 분
석은 부족한 실정이다. 연암(燕巖) 박지원(朴趾源)의 산문 작품에 대한 구체
적 분석은 활발하게 이루어졌지만 여타 산문 작가의 개별 작품에 대한 조
명이 부족하며, 아울러 작품에 대한 보다 정치한 분석이 요구된다. 산문
연구의 새로운 방법론적 모색이 필요한 때이다.

산문 작품 연구의 방법론적 모색은 다양한 측면에서 이루어져야 할 것
이다. 그런데 무엇보다 중요한 것은 산문 작품 연구가 일단 작품 자체에
대한 꼼꼼한 읽기로부터 시작되어야 할 것이다. 그렇다면 작품의 세세한

읽기는 어떻게 해야 할 것인가? 이 문제와 관련하여 우리가 주목해야 할 것 중의 하나가 역대 산문론 자료 가운데 실제 작품을 구조적으로 분석하고 문장학적(文章學的) 관점에서 비평한 자료들이다. 평점서(評點書) 등에 수록된 글들뿐만 아니라, 각 문집들에 산견되어 있는 실제 비평자료들을 발굴, 정리하여 이를 산문 분석에 적극적으로 활용할 필요가 있다. 과거 선인들이 산문 작품을 분석, 감상할 때 어떤 기준과 방법, 그리고 용어 등을 사용하였는가 하는 점을 전반적으로 정리하는 작업이 필요하다.

이 논문은 이러한 문제의식하에 『사기(史記)』의 「백이열전(伯夷列傳)」을 문장학적 관점에서 실제 비평한 조선시대의 자료를 정리, 분석해 보고자 한다. 이를 통해 한문 산문 연구의 방법론적 모색에 작은 도움이 되기를 기대한다.

2. 조선시대 「백이열전」 비평 자료의 현황

『사기열전(史記列傳)』에 대한 문학 방면의 연구는 다양한 측면에서 접근 가능하다.1) 이 글에서는 산문 연구의 방법론적 모색의 일환으로서, 문장학적 관점에서 「백이열전」을 다룬 자료들을 연구의 대상으로 선정하였다.2)

---

1) 문학 방면에서 「伯夷列傳」을 접근하는 방법의 하나로, 백이 숙제의 형상을 문학적으로 어떻게 그려내고 있는가 하는 점을 살피는 것을 들 수 있다. 우선 백이 숙제는 조선시대 사대부들에게 절의의 상징적 존재로서 인식되었으며, 그들의 행위에 대해 상이한 수용양상을 보이기도 하였다. 문집 등에 산견되는 「伯夷論」 등의 자료는 사대부들이 백이 숙제에 대해 어떤 생각을 갖고 있으며, 어떻게 수용하고 있는지를 잘 보여준다. 연암 박지원의 「伯夷論」이 그 중의 대표적인 작품이다. 다음 논문은 그러한 분석의 한 사례로서 주목된다. 이현식, 「연암 박지원 문학 속의 伯夷 이미지 연구」, 『동방학지』 123, 연세대 국학연구원, 2004.
2) 『史記』의 수용 양상과 관련하여서는 이성규, 「조선후기 사대부의 史記 이해」, 『진단

『사기열전』중에서도「백이열전」을 선정한 이유는 과거 자료들 가운데「백이열전」에 대한 평이 상대적으로 다양하고 풍부하기 때문이다. 비단 양적인 측면에서만이 아니라,「백이열전(伯夷列傳)」은 작품 자체로서의 완성도가 높은 모범적 실례로서 인정받았다. 이정직(李定稷)은 "「백이열전」을 읽으면 문장의 이법(理法), 즉 문장의 내용과 형식 양방면을 제대로 터득할 수 있다"[3]고 말하였는데, 그만큼「백이열전」이 산문 창작의 모범으로서 그 가치를 지니고 있다고 하겠다. 그리고 상대적으로 비평 자료를 많이 남기고 있는 이유 중의 하나는「백이열전」자체가 작품의 주제, 창작 의도, 작품 특질 등에 대한 이해에 있어서 서로 다른 이견차가 많았던 문제적 작품이기 때문일 것이다.「백이열전」은 작품의 주제, 창작 의도, 작품의 구성과 조직, 특정 구절에 대한 주해 등에 있어서 다양한 의견을 보여주고 있다.

지금까지 수합, 정리된 자료 목록은 〈표 1〉과 같다.[4]

〈표 1〉의 자료들 가운데 주목되는 것으로는 김창흡(金昌翕), 강이천(姜彝天), 이건창(李建昌), 이정직(李定稷) 그리고 편자 미상의『경사주해(經史註解)』를 들 수 있다. 이들 자료는「백이열전」에 대한 정치한 분석을 잘 보여주고 있는데, 특히 이건창(李建昌)의「백이열전비평(伯夷列傳批評)」은 평점(評點) 방식을 활용하여「백이열전」의 주제, 성격, 표현방법, 구성 등 다방면에 걸쳐 매우 세밀한 분석을 가하고 있으며, 이정직(李定稷)의「여정학산논백이전서(與鄭鶴山論伯夷傳序)」는「백이열전」에 구사되어 있는 표현 수법을 매우 구체적으로 설명해 놓았다. 그리고 강이천(姜彝天)의「독사언(讀史言)」

학보』74집, 진단학회, 1992; 심경호,『조선시대 한문학과 시경론』(일지사, 1999)이 참고된다. 앞의 논문은 조선 후기 사대부들의『史記』수용의 양상을 몇 가지로 유형화하여 설명해 놓았다. 그리고 후자의 책에서는 '16세기 초 史漢의 연찬'이라는 항목에서『사기』의 抄選, 懸吐, 纂註, 註解 작업의 과정을 추적, 사기 수용 양상을 살폈다.

3) 李定稷,『石亭集』卷7「與鄭于稱論伯夷傳序」, "足下嘗語某以伯夷傳爲不可解. 某竊以爲讀伯夷傳, 文章理法, 無不可解."

4) 이들 자료를 조사, 정리하는 과정에서 다음 논저들을 일부 참조, 활용하였다. 이성규,「조선후기 사대부의 史記 이해」,『진단학보』74집, 진단학회, 1992; 尹南漢 편,『雜著記說類記事索引』, 한국정신문화연구원, 1982.

<표 1> 조선시대 「伯夷列傳」 비평 자료

성명	생몰연대	제목	출전	비고
李德馨	1561~1613	書伯夷傳	『漢陰文稿』卷12	문집총간 65
李晬光	1563~1628	諸史	『芝峯類說』卷6	
金得臣	1604~1684	伯夷傳解	『柏谷集』책6	문집총간 104
宋時烈	1607~1689	答宋道源	『宋子大全』卷70	문집총간 110
李玄錫	1647~1703	伯夷傳解	『游齋集』卷21	문집총간 156
韓弘濟	1649~1682	伯夷傳解	『素圃堂集』	국립도서관 소장
金昌翕	1653~1722	漫錄	『三淵集』卷36	문집총간 166
李萬敷	1664~1732	答李德和	『息山先生續集』卷2	문집총간 179
李德胄	1695~1751	伯夷傳解	『芐亭先生文集』卷3	국립도서관 소장
趙普陽	1709~1788	伯夷傳註解	『八友軒集』卷6	『退溪學資料叢書』
安錫儆	1718~1774	史記摘解	『雪橋藝學錄』	『雪橋集』(下)
魏伯珪	1727~1798	伯夷傳說	『存齋集』卷11	문집총간 243
姜彛天	1768~1801	讀史言	『重菴稿』利	규장각 소장
李性和	1821~1899	讀伯夷傳	『水山文集』卷3	국립도서관 소장
李定稷	1841~1910	與鄭鶴山論伯夷傳序	『石亭集』卷7	국립도서관 소장
李建昌	1852~1898	伯夷列傳批評	『明美堂集』卷14	『李建昌全集』(下)
林喬鎭	19C 후반	伯夷傳解	『荷汀草稿』卷4	국립도서관 소장
미상	미상	伯夷傳	『經史註解』	국립도서관 소장
미상	미상	伯夷傳	『伯夷傳』	국립도서관 소장

은『사기(史記)』의 주요 작품을 대상으로 하여 주요 단락별로 그 의미와 형식상의 특징들을 자세하게 분석하였다.

또 하나 주목되는 자료는『경사주해(經史註解)』이다. 이 자료는『주예(周禮)』「고공기(考工記)」,『사기열전(史記列傳)』의 「백이전(伯夷傳)」·「화식전(貨殖傳)」,『한서(漢書)』의 「조황후전(趙皇后傳)」, 마제백(馬第伯)의 「봉선의기(封禪儀記)」, 그리고 한유의 「조성왕비(曹成王碑)」를 대상으로 중요 어구를 풀이하고, 각종 평을 정리해 놓았고, 편자 자신의 견해를 밝혀 놓은 평점서(評點書)이다. 편찬자가 누구이며, 언제 쓰여졌는지 미상이지만, 이 자료에는 삼연 김창흡(金昌翕)의 주해(註解)와 평(評)을 수록해 놓고 있는 것으로 보아, 중국 사람이 아니라 우리나라 사람이 18세기 이후 만든 것으로 짐작

된다.5)

이외에 18세기 후반 남인계 문인이었던 정범조(丁範祖, 1723~1801)는 「마사평(馬史評)」이라는 글을 통해 「항우본기(項羽本紀)」, 「사마상여열전(司馬相如列傳)」, 「형가열전(荊軻列傳)」 등에 대해 정치한 분석을 하였으며, 한원진(韓元震)의 학통을 계승한 호론(湖論) 계통의 학자였던 이상수(李象秀, 1820~1882)의 경우에는 『사기(史記)』 중에서 「화식렬전(貨殖列傳)」에 대한 매우 상세한 평을 남겨 놓았다. 이들 자료는 비록 「백이열전」에 대한 평을 담고 있지는 않지만, 『사기』에 대한 구체적인 분석과 평을 담고 있어 이 방면 연구에 유용한 자료이다.

3. 「백이열전」 독법(讀法)의 세 층위

앞서 예시한 「백이열전」 비평 자료를 대상으로 문장학적(文章學的) 관점에서 「백이열전」을 어떻게 분석하고 있는가 하는 점을 크게 세가지 측면에서 접근하고자 한다. 작품의 중심 사상, 허실(虛實)과 주객(主客) 논의, 그리고 표현 수법이 그것이다.

1) 작품의 중심 사상과 체제

19세기 후반의 문인이었던 이건창(李建昌)은 산문 분석 및 감상에서 우선적으로 고려해야 할 것이 중심 사상[主意]의 파악이라고 하였다. 그리고

---

5) 편자 미상의 필사본 『伯夷傳』(국립도서관 소장)은 수록 내용이 『經史註解』의 그것과 유사한데, 「伯夷傳」·「貨殖傳」·「趙皇后傳」의 原文, 註解, 評 등이 실려 있다.

이어서 '체면(體面)'을 살펴야 한다고 하였는데, 여기서 '체면(體面)'은 문장의 양식, 체제를 가리키는 것으로 보인다. 주제와 문체에 대한 고려에 이어, 자구법, 편장법, 문장의 의미 등을 파악하는 순서로 산문 감상이 이루어져야 한다고 주장하였다.6) 이와 관련해 이정직(李定稷)은 강령(綱領)과 입의(立義)에 대해 언급하였다. 그에 따르면, 서두에 위치하여 작품의 뼈대를 이루는 강령(綱領)은 간략하면서도 개괄적이어야 하고, 중심 사상으로서의 입의는 작품 전체의 핵심적인 부분으로서, 정밀하면서도 적확해야 한다.7)

그러면 「백이열전」의 중심 사상은 무엇인가? 이 문제에 대해서는 여러 다양한 의견이 제출되어 있다.8)

먼저 이건창은 「백이열전」의 중심 사상에 대한 일반적인 통념을 이렇게 정리하였다.

> 태사공이 『사기』를 지은 것은 대개 울분을 토로하는 것에서 나왔다. 이 때문에 예로부터 『사기』를 읽은 사람들은 모두들 원망을 중심 사상이라고 생각하였다. 게다가 「백이열전」에서 '원(怨)'자를 많이 사용한 것을 보고는 「백이열전」이 원망함이 더욱 심하다고 생각한다.9)

「백이열전」을 사마전의 울분 및 원망과 관련지어 해석하는 대표적인 예

---

6) 李建昌, 『明美堂集』 卷14(『李建昌全集』 下) 「伯夷列傳批評」, 780면. "凡讀古人書, 須先觀古人爲此書之主意, 又觀此書之體面, 然後字句篇章文義法例, 可次第觀也."

7) 李定稷, 『石亭集』 卷7 「與鄭于稱論伯夷傳序」, "凡作文, 必有一冒頭, 亦必有一立義. 冒頭爲一篇之綱領, 貴簡而括. 立義爲一篇之樞軸, 貴精而確. 二者得而後, 能不失題義也."

8) 「伯夷列傳」의 창작 의도 혹은 중심 사상이 무엇이냐는 물음에 대해서는 명쾌하게 답변을 내리기 어려울 정도이며, 또 중심 사상이 무엇인지 파악하기가 쉽지 않을 정도이다. 淸나라 때 林雲銘은 『古文析義』라는 책에서 "백이열전은 읽지 않은 사람이 없고, 읽은 사람들은 모두 다 그 신묘함을 찬탄한다. 무엇을 말했는가 물어보면 막막하기만 하다"고 말한 적이 있다(林雲銘, 『古文析義』). 『고문석의』는 중국 산문 작품에 대해 매우 정치하게 분석, 해설해 놓은 책이다. 19세기 후반의 인물이었던 李象秀는 이 책의 일부를 인용하여 산문 작품을 분석해 놓은 바 있다.

9) 李建昌, 『明美堂集』 卷14 「伯夷列傳批評」, 775면. "太史公作史記, 盖出於發憤. 古來讀史記者, 皆以怨爲主意. 又見伯夷傳, 多用怨字, 謂怨之尤者."

로서 주자를 들 수 있다. 주자는 사마천(司馬遷)의 학술과 사상에 대해 비판적으로 지적하면서, "사마천은 「백이열전」을 지으면서, 단지 백이를 온통 원망에 찬 것으로 보았다. 소자유(蘇子由)의 「백이론(伯夷論)」이 좋으니, 공자의 말을 따랐기 때문이다"고 말한 바 있다.[10]

이건창(李建昌)은 위의 인용문에서 「백이열전」을 원망함이 가득찬 작품으로 파악하는 시각에 대해 지적하였는데, 겉으로 드러내지는 않았지만 주자 및 그와 유사한 해석들에 대한 비판으로 읽힌다. 이러한 이건창의 비판적 언급과 상통하는 입장을 갖고 있는 인물로 위백규(魏伯珪)를 들 수 있다. 위백규는 작품 주제의 파악과 관련하여 기왕의 해석가들이 "단지 사마천만을 읽을 뿐 백이전을 읽지 못하였다"고 비판하였다. 그가 파악하기에 「백이열전」의 주제는 '후세 사람들이 작가의 마음을 알아주고 작가의 이름을 매몰되지 않도록 하는 것'이다. 이러한 주제를 제대로 파악하지 못한 채 「백이열전」을 사마천의 원망과 울분으로만 해석하는 것은 지하에 있는 사마천에게 다시 한번 원망을 품게 만드는 꼴이라고 지적하였다.[11] "사마천을 읽을 뿐 백이전(伯夷傳)을 읽지 못한다"는 위백규의 지적은 사마천의 삶과 작품 해석을 곧바로 연결시키는 것을 경계한다. 좌절과 울분의 나날을 보내야 했던 사마천 개인의 불우한 삶을 「백이열전」의 주제 파악에 직접적으로 끌어들이는 것을 경계한 것이다.

그렇다면 「백이열전」의 주제는 어떻게 해석되어야 하는가? 주제 파악의

---

10) 朱熹, 『朱子語類』 卷34. "孔子論伯夷, 謂求仁而得仁, 又何怨. 司馬遷作伯夷傳, 但見得伯夷, 滿身是怨. 蘇子由伯夷論却好, 只依孔子說." 한편, 陳德秀는 『文章正宗』에 「伯夷列傳」을 수록할 때 주자의 評에 동의하면서 단지 「백이열전」의 문장만을 취하였다고 말한 바 있다. 陳德秀, 『文章正宗』. "朱文公曰 : 孔子論伯夷, 謂求仁得仁, 又何怨. 司馬作伯夷傳, 但見得伯夷, 滿身是怨. 按文公之說, 可謂至當. 今特以其文而取之."

11) 魏伯珪, 『存齋集』 卷11(『한국문집총간』 243) 「伯夷傳說」, 235면. "司馬氏作此傳, 盖欲後人之知其心, 而不埋沒其名也, 而于今三千年, 無一如其意而知之者. 故許多批評註釋, 皆不得快活明白, 文士讀誦者, 只讀司馬遷, 而不讀伯夷傳. 九原之司馬遷, 得又無怨乎?"

문제는 해당 작품의 양식(체제) 및 기본적인 구성 특징 등과 관련해서 이해
될 필요가 있다. 이와 관련해 이건창은 「백이열전」을 『사기』 전체를 총괄
하는 서문으로 파악한다. 그는 "제목에는 정제(正提), 반제(反題), 차제(借題)
가 있는데, 「백이열전」이라는 제목은 차제(借題)이고, 정제(正題)로 쓴다면
응당 「사기전부총서(史記全部總序)」라 하여야 한다"[12]고 지적하였다. 이건
창은 작품의 제목을 붙이는 방법을 크게 정제(正題), 반제(反題), 차제(借題)
로 구분하였다. 정제는 가장 일반적인 방식으로, 작품에서 다루는 주요한
대상, 소재, 주제 방향을 제목에 직접 드러내는 것이다. '반제'에 대해 이
건창은 특별하게 설명해 놓은 것이 없는데, 이와 관련해 안석경(安錫儆)의
『삽교예학록(雪橋藝學錄)』의 평을 참고할 수 있다. 안석경은 구양수(歐陽修)
의 「상주주금당기(相州晝錦堂記)」를 평하면서 "앞의 단락은 제목에 의거하
여 이야기를 하였고, 뒤에 가서 바른 것으로 귀결되었으니, 이것이 반제격
(反題格)이다"[13]고 하였다. 작품의 주제 방향과는 다르거나 반대되는 것을
작품의 앞에 내세우고 나서 작품 뒷부분에 가서 본래의 주제를 밝히는 방
식이 '반제격(反題格)'이다. 그런데 「백이열전」은 앞서 언급한 정제와 반제
가 아니라, 차제라고 하였다. 「백이열전」을 차제라고 한 것은, 제목은 「백
이열전」으로 '백이'를 주요한 입전 인물로 다루고 있지만, '백이'라는 인물
은 작가의 주제를 전달하기 위해 차용한 것에 불과하기 때문이다.[14]

　대개 마지막 단락의 한 절에서는 자신이 성인을 만나지 못한 것 때문에 탄식
을 발하였을 뿐 아니라, 자신이 쓴 『사기열전』 중의 여러 사람들이 천년 만년

---

12) 李建昌, 『明美堂集』 卷14 「伯夷列傳批評」, 769면. "題有正題反題借題, 此伯夷列
　　傳, 是借題. 正題當云, 史記全部總序."
13) 安錫儆, 『雪橋藝學錄』(『雪橋集』 下, 아세아문화사 영인본, 1986) 「歐陽文摘解」, "前
　　一段依題說起, 後歸之於正, 此反題格也."
14) 「伯夷列傳」이 『史記列傳』 전체의 첫 번째 작품이라는 점에 착안하여 「백이열전」을
　　분석한 논문으로는 이한조, 「伯夷와 사마천 : 史記總序로서의 伯夷列傳」, 『대동문화연
　　구』 8(성대 대동문화연구원, 1971)을 들 수 있다. 이 논문에서는 이건창의 「伯夷列傳批
　　評」이 주요 논거의 하나로 활용되었다.

토록 더욱 알려지고 드러나기를, 백이(伯夷)와 안연(顔淵)이 공자를 만나 전해
지는 것처럼 하고자 하였다. 그가 자부함이 이와 같은데, 한때에 뜻을 얻지 못
하여서 구구하게 소인의 구기(口氣)를 내뱉었겠는가? 내가 생각하기에, 이 전
(傳)은 세 가지 사항을 합해서 보아야 하니, 첫째는 고금(古今)을 감개하는 것이
며, 둘째는 성현(聖賢)을 찬탄하는 것이며, 셋째는 자신을 발양하는 것이다. 이
글은『사기』전체의 총괄적인 서문이니,「백이열전」이라는 이름은 제목을 빌려
이름지은 것에 불과하다.[15)]

　이건창은「백이열전」의 주제를 크게 세가지로 요약하였다. "고금을 감
개하는 것, 성현을 찬탄하는 것, 자신을 발양하는 것"이 그것이다. 여타의
해석에 비해 어느 한쪽으로 편향되지 않은 해석이라고 할 수 있다. 그리고
이건창은 이러한「백이열전」의 주제는『사기열전』을 넘어서『사기』전체
를 포괄하는 주제라고 밝히었다. 이 점은 뒤에 살피게 될 이덕주(李德冑)와
한홍제(韓弘濟)의 해석과도 상통된다.『사기열전』에 수록된「태사공자서(太
史公自序)」와의 상호 연관 속에서「백이열전」의 특징과 주제를 설명하는
방식에서 더 나아가,『사기』전체를 아우르는 주제를「백이열전」에서 찾
고 있는 것이다.
　편자 미상의『경사주해(經史註解)』또한「백이열전」이『사기열전』의 첫
번째 작품이라는 점에 착안하여 그 중심 사상을 '탁월한 행위를 입전해야
불후하게 전해진다'에서 찾았다.

　　살펴보건대, 이 글이 여러 열전의 맨 첫머리에 위치해 놓아 열전을 지은 뜻을
밝히었으니, 곧 열전의 서문에 해당된다. 군자는 이름을 알리는 것을 귀하게 여
긴다. 그런데 이름은 저절로 알려지지 않으니, 반드시 대군자의 말을 얻고 육경

---

15) 李建昌,『明美堂集』卷14(『李建昌全集』下)「伯夷列傳批評」, 776~777면. "盖末段
　　聖人一節, 非僅爲自家不遇聖人發歎而已, 直以自家史記列傳中諸人, 千秋萬代, 將益
　　彰而益顯, 如伯夷顔淵遇孔子而傳也. 此其自負爲何如, 而肯以一時不得志, 區區爲小
　　家口氣而已哉? 余嘗謂此傳合作三項文字看, 一是感慨古今, 一是贊歎聖賢, 一是發揚
　　自家. 大抵是全部史記總序, 伯夷傳不過借題作名."

의 글에 쓰여진 뒤에라야 후대에 신뢰를 얻어 이름이 남겨질 수 있다. 그렇지 않으면, 비록 지극히 고상한 행실이 있다고 하더라도 인멸됨을 면치 못하니, 이 것이 슬퍼할 만한 일인 것이다. 그러므로 행한 바를 글로 써야 전하게 된다. 이 것이 이 글의 주제이다.16)

「백이열전」의 주제를 『사기열전』 전체의 구성상의 특징과 관련하여 해 석하였다. 「백이열전」은 『사기열전』의 첫 번째 작품으로서, 후세에 기억될 만한 뛰어난 인물들의 행실을 충실하게 기록하여 전하는 것이 곧 작품의 주제에 해당되며, 여기에 바로 『사기열전』을 집필한 작가의 창작 의도가 집약되어 있다고 파악하였다. 이러한 이해 방식은 「백이열전」의 주제를 사마천의 불우한 삶과 연관지어 원망과 슬픔의 토로로 파악하는 것과 구 별된다.

이와 관련하여 이덕주(李德胄)는 "「백이열전」은 『사기』의 서문이며, 「태 사공자서」는 『사기』의 발문이다"17)고 하여, 『사기열전』의 첫 번째 작품과 마지막 작품의 관계를 간명하게 정리하였다. 이 점을 한홍제(韓弘濟)는 다 음과 같이 구체적으로 설명해 놓았다.

태사공의 뜻은 과연 무엇을 위함이었나? 육경(六經)의 문장을 높이어 군자는 반드시 그것에 이름을 의탁한 뒤에야 전해질 수 있음을 드러내었다. 제가들의 말을 기록해 둠으로써 허유라는 사람이 혹 없지는 않았겠지만 드러나지 못하였 음을 애석해 하였다. 그러하니, 허유가 전해지지 못함을 탄식할수록 육경은 더 욱 존귀해지고, 육경이 더욱 존귀함을 드러낼수록 저술이 더욱 귀하게 되는 것 이다. 그러므로 나는 전에부터 「백이열전」은 대개 자신의 저술을 위해 지어진 것이라고 생각하였다.

---

16) 미상, 『經史註解』(국립도서관 소장본), "按此篇弁于諸傳之首, 而明作諸傳之意, 便 是諸傳之序也. 夫士君子以立名爲貴. 然名不自立, 必得大君子之一言, 而立於六藝之 文, 然後可以見信於後, 而名留矣. 不然, 雖有至高之行, 未免湮沒, 是可嘅也. 故作爲 則傳, 此一篇主意也."
17) 李德胄, 『苄亭先生文集』 卷3 「伯夷傳解」, "伯夷傳, 是史記序, 自序, 是史記跋."

본기(本紀)를 짓고 세가(世家)를 완성한 일은 근실하지 않은 것은 아니지만, 전시대의 역사서를 많이 참조하였으니, 태사공이 공력을 많이 기울인 것은 열전인 것이다. 백이전(伯夷傳)은 열전의 첫머리이다. 열전의 첫머리에 백이를 내세우고 그 뜻을 밝히니, 열전 전체가 앞선 시대 사람을 불후하게 하는 위대한 사업이 아니고 무엇이겠는가?「태사공자서」에서 "주공이 죽고 난 뒤 500년만에 공자가 태어났다. 공자가 죽고 난 뒤 오늘에 이르기까지 500년이 지났으니, 다시 밝은 세상을 계승한다고 하셨으니, 내가 어찌 감히 그 일을 사양하겠는가?"라 하였다. 마침내 육경을 두루 궁구하고 이를 『사기』를 짓는 뜻으로 계승하였으니, 그 뜻은 대개 공자를 계승하여 육경에 이르는 데 있음을 환히 알 수 있다.「태사공자서」는 70명을 기록한 열전의 마지막 편이 아닌가! 앞과 뒤가 서로 조응하고, 위아래로 매듭짓는 것이 이와 같이 분명하다.[18]

한홍제(韓弘濟)는 『사기열전』의 전체적인 구성에 착안하여「백이열전」의 주제를 찾고 있다. 첫 번째 작품과 마지막 작품이 앞뒤로 조응을 하면서 『사기열전』 자체가 하나의 완벽한 구성을 취하고 있는데, 이러한 점에서 「백이열전」의 주제는 『사기열전』 전체의 저술 동기를 집약해 놓은 것에 있다고 보았다. 아무리 훌륭한 행실을 갖추었다고 하더라도 공자와 같은 성인이 기록하지 않으면 후세에 전하지 못하는 것처럼, 백이와 숙제 또한 현인이었지만 공자가 아니었다면 이름을 후세에 남기지 못하였을 것이라고 하였다. 이러한 공자의 저술 정신을 계승하여 사마천은 『사기열전』의 무수한 인물을 입전함으로써 후세 사람들로 하여금 그들의 행실과 이름을 알리도록 하는 데에 『사기』의 창작 의도가 있으며, 그러한 창작 의도와 저

---

18) 韓弘濟,『素圃堂集』(국립도서관 소장본)「伯夷傳解」, "盖太史公之意, 果何爲哉? 崇六藝之文, 以著君子之必托名於斯, 而後可傳也. 存說者之言, 以惜許由之或不無其人, 而不得顯也. 然則歎許由之失傳, 而六藝益尊, 彰六藝之益尊, 而著述尤貴也. 故吾嘗以伯夷傳多爲己之著述而發也. 帝紀之作, 世家之成, 非不勤矣. 實因前代舊史, 則太史公之用工多者, 唯列傳爲然. 夫伯夷, 乃列傳之首也. 於其首傳, 揭此而明其意, 則七十列傳, 何莫非不朽前人之大事業耶? 自敍之文, 乃曰周公卒五百歲而有孔子, 孔子卒後, 至于今五百歲, 有能紹明, 小子何敢讓焉? 遂歷數六經, 而繼以作史記之意, 則其旨盖在繼孔子, 達于六經, 昭然可知矣. 自敍者, 非七十傳之終乎? 前後照應, 上下關鎖, 若此之明."

술 정신은 『사기열전』의 첫 번째 서문격인 「백이열전」에 분명하게 밝혀져
있다고 보았다.[19]

2) 허실(虛實)과 주객(主客)에 대한 논의

앞에서 이건창(李建昌)이 「백이열전」을 『사기』 전체의 서문으로 이해하
였다고 하였는데, 그것을 뒷받침하는 문학적 장치가 바로 허실(虛實)과 주
객(主客)이다. 그는 문학작품의 감상과 해석에 있어 허실(虛實)의 개념을 매
우 중요하게 생각하였다. 산문을 분석, 감상할 때의 유의점에 대해 그는
다음과 같이 지적하였다.

> 글을 읽을 때 제일 먼저 해야 할 일은 허(虛)와 실(實)을 살피는 것이다. 만약
> 그것이 실처(實處)라면 소소한 일이나 짧은 글일지라도 주의를 기울이지 않을
> 수 없다. 만약 그것이 허처(虛處)라면 비록 크게 의미가 있고 큰 기복변화가 있
> 다 할지라도 손쉽게 지나가면 된다. 이 절(節)을 가지고 말한다면, 백이를 정면
> 으로 다룬 부분은 허(虛)이며, '원망하였는가, 아니었는가[怨耶非耶]'라는 네
> 글자는 실(實)이다. 그러나 반약 이 글 전체를 가지고 살펴본다면, '원망했는가,
> 원망하지 않았는가'라는 네 글자는 또한 허경(虛景)이 된다. 이것을 가지고 천
> 도(天道)와 인도(人道)를 언급하여 이름을 후세에 전하는 것을 중히 여기고 스
> 스로를 성인에 가탁하였으니, 행문(行文)이 저절로 그러하지 않을 수 없는 것이

---

19) 백이와 안연처럼 훌륭한 행적을 갖춘 현인이더라도 공자의 기록을 통해 후세에 전해
    질 수 있는 것처럼, 사마천은 자신의 저술 또한 이러한 공자의 정신을 계승하고자 하는
    입장에서 저술되었다고 하였다. 「伯夷列傳」의 주제를 이러한 각도에서 파악하였을 때,
    성인에 비견하고자 하는 사마천의 태도를 문제삼기도 하였다. 예컨대 趙普陽은 「伯夷
    傳註解」라는 글에서 사마천의 자부심을 다음과 같이 비판하였다. "伯夷顔淵之得孔子
    而名暢行顯者, 有同明相照, 同類相求, 而雲龍風虎, 足以喩其盛也. 巖穴之士, 趣舍有
    時, 名湮沒而不稱者, 由其未遇夫子之知, 不載可信之史, 其可悲之甚也. 故太史公立
    七十列傳, 而隱然以聖作物覩自況, 其自許太過. 然末復以青雲之士結之, 其亦自小之
    意歟."(『八友軒集』, 권6)

다. 고금의 사람들은 원망의 '원(怨)'자를 지나치게 실(實)하다고 생각하니, 글 전체의 주장과 체제가 모두 말이 안 되게 된다. 이것이 바로 이 글에서 가장 쉽게 잘못 파악하는 부분이다.[20]

이건창(李建昌)은 독서 혹은 작품 감상에 있어 제일의적으로 고려해야 할 사항이 허실(虛實)을 살피는 일이라고 하였다. 허실(虛實)은 매우 다양한 함의를 지니고 있는데, 여기서 이건창이 말하는 허실(虛實)의 개념은 무엇인가? 위의 인용문에서 지적한 허실(虛實)의 개념은 대체로 허사(虛寫)와 실사(實寫)의 뜻으로 이해된다. 정면으로 직접 서술하거나 묘사하는 것을 실사(實寫)라고 한다면, 측면으로 돋보이게 하거나 간접적으로 서술하고 묘사하는 것을 허사(虛寫)라고 할 수 있다.[21] 이 같은 허실(虛實) 개념의 이해는 원굉도(袁宏道)의 다음 글에서도 확인된다.

옛날에 시를 짓는 사람은 감정을 돌려서 기탁하였으며 사실을 직접적으로 적지 않았다. 이에 비해 산문을 지을 때에는 사실을 직접적으로 기록하였으며 감정을 돌려서 기탁하지 않았다. 그러므로 시(詩)는 허(虛)이며, 문(文)은 실(實)이다. 진나라와 당나라 이후로 시를 짓는 사람에게 증별(贈別)이 있고 서사(敍事)가 있게 되었으며, 산문을 짓는 사람에게 변설(辨說)이 있고 논서(論敍)가 있게 되었다. 게다가 가공하여 말하면 반드시 그 사실과 그 사람이 있던 것은 아니

---

20) 李建昌, 『明美堂集』 卷14(『李建昌全集』 下) 「伯夷列傳批評」, 771~772면. "凡讀書第一, 須看虛實. 若是實處, 雖小事短文, 不可不着眼. 若是虛處, 雖大關係大起落, 只可隨手抹過. 就此一節言, 則伯夷正傳, 是虛. 怨耶非耶四字, 是實. 若就此全篇看, 則怨不怨, 亦是虛景, 不過因此說出天道人道, 歸重於立名, 而自托於聖人, 其行文自不得不然. 古今人看怨字太實, 所以全篇主意體面, 都不成說話. 此是此篇中最易錯悞處."

21) 이와는 다른 각도에서 이건창은 한시 분석에 있어 허실 개념에 대해 언급한 바 있다. 李建昌, 『寧齋詩話』(조종업 편, 『韓國詩話叢編』 11, 동국문화사 영인본, 1989), 310면. "古今浿上詩至多, 而尚無一篇以盡者. 如金壯元黃元長城一面溶溶水, 大野東頭點點山一聯, 世以爲境盡才盡, 不復續者. 然顧其着實太過, 殊無活趣. 按岳陽樓詩, 杜少陵吳楚東南坼, 乾坤日夜浮二句, 其妙吳楚句屬實, 乾坤句屬虛. 又孟浩然氣蒸雲夢澤, 波撼岳陽城二句, 全實中, 却有全虛. 故能臻至極之境, 讀之令人深遠. 黃元詩豈彷佛乎此耶?"

었다. 이리하여 시(詩)의 체(體)는 이미 허(虛)가 아니며, 문(文)의 체(體)는 이미 실(實)할 수 없게 되었다. 그러하거늘 고인의 법식을 어찌 개괄해서 논할 수 있겠는가?22)

원굉도(袁宏道)가 시(詩)의 체(體)가 허(虛)이며, 문(文)의 체(體)가 실(實)이라고 하였을 때, 그 허실의 개념은 앞서 언급한 이건창의 그것과 상통한다. 시문의 구별처를 허(虛)와 실(實)로 구분한 것인데, 여기에서 허(虛)는 넌지시 기탁하는 것이며, 실(實)은 직접적으로 드러내는 것을 가리킨다.

사마천은 「백이열전(伯夷列傳)」에서 반문(反問)의 의문사를 많이 사용하고 있는데, 그 중 하나는 백이의 사적을 원용하고 백이가 지은 「채미가(採薇歌)」를 인용한 다음 백이가 과연 원망을 하였는가라고 의문을 던지는 것이며, 다른 하나는 선한 사람이 재앙을 받고 악한 사람이 도리어 부귀와 천수를 누리는 세상사를 가지고 천도(天道)가 과연 옳은가라고 의문을 던지는 것이다. 이 두 부분에 대한 해석에 있어 백이가 원망을 하였다고 해석하고, 사마천이 천도(天道)를 회의하였다고 해석하는 것은, 이건창이 파악하기에 모두 실상과 어긋나는 것이다. 왜냐하면, 그 부분(원망인가 아닌가? 그리고 천도가 옳은가 그른가?)은 실사(實寫)인 것이 아니라, 허사(虛寫)로 해석되어야 하기 때문이다. 즉 "怨耶非耶"와 "是耶非耶"의 구절은 작가의 의견과 생각이 직접적으로 드러나 있는 부분이 아니라, 작가 자신이 본래 의도하고 말하고자 하는 바를 밝히기 위해 원용하고 있는 것에 불과한 것이다. 이건창의 용어에 따르면 허사(虛寫) 혹은 허경(虛景)에 해당된다. 그렇기 때문에 이건창은 "이 부분은 분명 태사공 자신이 한 말이다. 고금의 사람들이 '원(怨)'자를 실사(實事)로 보는 것은 바로 이 절(節) 때문이다. 그러나 이 대목은 차제(借題) 속의 또 차제(借題)이어서, 지나가면서 말한 것에 불

---

22) 袁宏道, 「雪濤閣集序」, 郭紹虞 主編, 『中國歷代文論選(3)』(上海古籍出版社, 1980), 205면. "古之爲詩者, 有泛寄之情, 無直書之事, 而其爲文也, 有直書之事, 無泛寄之情, 故詩虛而文實. 晉唐以後, 爲詩者有贈別有敍事, 爲文者有辨說有論敍. 架空而言, 不必有其事與其人. 是詩之體已不虛, 而文之體已不能實矣. 古人之法, 顧安可槪哉?"

과하니 결코 실사(實寫)로 보아서는 안 된다"23)고 하였다.

또 하나 여기서 흥미로운 것은 허(虛)와 실(實)이 고정되어 있는 것이 아니라, 작품이 전개, 진행되면서 연쇄적으로 상호 교체되고 있다는 점이다. 구체적으로 지적하자면, 백이(伯夷) 숙제(叔齊)의 행적을 서술한 단락에 한정하였을 때에는 '원망하였는가 원망하지 않았는가'라는 네 글자가 실(實)에 해당된다. 하지만 「백이열전」 전체를 놓고 보았을 때에는 이 네 글자는 다시 허(虛)에 해당되는 것이다.

이러한 허실(虛實)에 대한 이해는 이건창에 있어 주객(主客)의 개념과 밀접하게 연관되어 있다.

> 이 제1절은 네 사람의 객(客)을 연이어 사용한 다음에 백이(伯夷)를 묘사하였다. 그러나 백이 또한 허경(虛景)이니, 이 절(節)의 주인은 공자 한 사람이다.24)

> 허유(許由), 변수(卞隨), 무광(務光), 태백(泰伯)은 손님이며, 백이(伯夷)가 주인이다. 백이(伯夷)와 안연(顔淵)은 손님이며, 공자(孔子)가 주인이다. 공자(孔子)는 결국 손님이며, 자신이 주인이다.25)

> 허유(許由), 변수(卞隨), 무광(務光), 태백(泰伯) 네 사람의 배객(陪客)을 연이어 등장시키고 나서 백이(伯夷)를 서술하였다. 마지막 단락에서도 안연(顔淵)을 배객(陪客)으로 등장시켰으니, 이것은 참으로 문장의 오묘한 곳이다. 그러나 다음과 같은 점을 반드시 파악해야 한다. 백이(伯夷)를 처음 등장시킬 때에는 다만 태백(泰伯)을 끼워 넣어 백이(伯夷)를 서술하였지만, 결론 부분에서는 도리

---

23) 李建昌, 『明美堂集』 卷14(『李建昌全集』 下) 「伯夷列傳批評」, 769~780면. "此處分明是史公自說. 古今人看怨字做實事, 以此節也. 然此乃借題中又借題, 不過過路滾說, 千萬莫作實寫看. 若作實寫看, 史公有靈, 必悔此一句, 欲喚後人刪去. 盖史公自負者極大, 若以此句斷史公, 則史公便小小了."

24) 李建昌, 『明美堂集』 卷14(『李建昌全集』 下) 「伯夷列傳批評」, 769~780면. "此第一節, 連用四陪客, 然後方寫出伯夷. 然伯夷亦是虛景. 此節主人, 是一孔子."

25) 李建昌, 『明美堂集』 卷14(『李建昌全集』 下) 「伯夷列傳批評」, "許由卞隨務光太伯, 是陪客, 伯夷, 是主人. 伯夷顔淵, 是陪客, 孔子, 是主人. 孔子畢竟是客, 自家要做主人."

어 안연(顏淵)을 끼워 넣어 서술하였으니, 이 글이 본래 백이전(伯夷傳)이 아님
을 알 수 있는 것이다.26)

　위의 인용문에서 주목되는 것은 주객(主客)의 상호 전화이다. 왕위를 선
양한 백이(伯夷)의 행적을 서술할 때에 허유(許由), 변수(卞隨), 무광(務光), 태
백(泰伯) 등 네 사람의 행적을 함께 언급한 것은 주객법의 일반적인 운용이
라고 할 수 있다. 주객법(主客法)은, 이정직(李定稷)의 언급을 인용하여 비유
하자면, 복숭아 나무 줄기에 매화 가지를 접붙이는 일이다. "뚫는 것은 복
숭아 나무줄기이고 꽂는 것은 매화나무 가지이지만, 꽃을 피워 열매를 맺
는 것은 매화이지 복숭아가 아닌 것과 같다"27)고 한 언급에서 짐작되듯이,
주객법(主客法)은 부차적 존재로서의 객(客 : 복숭아 나무줄기)을 등장시켜 서술
대상의 중심적 존재인 주(主 : 매화나무 가지)를 돋보이고 부각시키는 방법인
것이다.28)

　그런데 우리가 주목해야 할 것은 주객법의 운용 그 자체가 아니라, 주
객의 상호 전화를 통한 활용이다. 허유(許由), 변수(卞隨), 무광(務光), 태백(泰
伯)의 행적을 서술하여 백이(伯夷)를 드러낼 때에는 백이(伯夷)가 주인이었
다. 하지만 백이(伯夷)의 행적이 공자를 통해 후세에 전해질 수 있었다는
서술에 이르러서는 백이(伯夷)와 안연(顏淵)이 손님이고 공자가 주인으로 전
화되었다.29) 그리고 또 다시 작품 전체를 놓고 보았을 때, 공자는 손님이

---

26) 李建昌, 『明美堂集』 卷14(『李建昌全集』 下) 「伯夷列傳批評」, "上連用許由卞隨務
　　光泰伯四陪客, 方寫伯夷. 末段又用顏淵作一陪客, 此固文章妙處. 然須看伯夷初出時,
　　只將泰伯夾寫伯夷. 結贊處又却將顏淵夾寫, 可知此文本不是伯夷傳."
27) 李定稷, 『石亭集』 卷7 「與鄭于稱論伯夷傳序」, "夫綱領旣挈, 樞軸旣施矣, 又復條
　　分而縷析之. 將說伯夷之餓死, 先之以由光, 將說伯夷之讓國, 配之於太伯. 此穿挿法
　　也. 今以梅枝接桃幹, 所穿者幹也, 所挿者枝也, 開花結子, 則梅也非桃也."
28) 主客法의 수사학적 활용과 관련해서는 정우봉, 「한문수사학 연구의 한 방법 : 主客法
　　의 이론과 그 활용을 중심으로」, 『어문논집』 49(민족어문학회, 2004)에서 다루어 본 바
　　있다.
29) 吳楚才의 『古文觀止』에서도 「伯夷列傳」의 主客 관계에 주목하여 다음과 같이 평하
　　였다. "通篇以孔子作主, 由光顏淵作陪客, 雜引經傳, 層間疊發, 縱橫變化, 不可端倪,
　　眞文章絶唱."

고 작가 자신이 곧 주인이 된다. 즉 주인이었던 백이(伯夷)가 손님이 되고 공자(孔子)가 주인이 되었다가, 이번에는 다시 주인이었던 공자(孔子)가 다시 손님으로 전화된 것이다.

대개의 문장에서는 주(主)와 객(客)이 등장하여 상호간의 대비와 친탁의 효과를 연출하는데, 이건창(李建昌)이 「백이열전(伯夷列傳)」에서 주목한 것은 주(主)가 다시 객(客)이 되어 다른 주(主)를 부각시키고, 또 그 주(主)가 다시 객(客)이 되어 또 다른 주(主)를 부각시키는 일련의 연쇄적 과정이다. 왕위 선양과 관련하여 허유(許由), 변수(卞隨), 무광(務光), 태백(泰伯)의 행적을 등장시켜 백이를 부각시키는 것이 첫째 단계이다. 여기에서는 백이(伯夷)가 주가 된다. 하지만 둘째 단계에서는 공자(孔子)의 기록으로 인하여 백이(伯夷)의 행적이 후세에 전해지게 되었다는 점에서 주인은 공자로 바뀌며, 주(主)였던 백이(伯夷)가 객(客)으로 전화된다. 그런데 여기에서 그치는 것이 아니라, 마지막 단계에 이르러서 주(主)였던 공자가 다시 객(客)으로 전화되어 사마천(司馬遷) 자신을 부각시키는 역할을 하게 된다.[30] 달리 말하면 어떤 객체로서 갑(甲)이라는 주체를 친탁하고, 갑(甲)이라는 주체는 객이 되어 다시 을(乙)이라는 주체를 친탁하며, 을(乙)이라는 주체는 객이 되어 다시 병(丙)이라는 주체를 친탁하는 형식이다. 이러한 주객(主客)의 연쇄적 상호 전화의 과정을 거쳐 비로소 작품의 진정한 주제가 도출되는 것이다.

---

30) 이것은 王夫之가 말한 "影中取影"의 개념과 유사하다. 王夫之는 『薑齋詩話』에서 『詩經』의 작품을 해석하면서 개선하는 병사가 그의 처자를 상상하는 정경을 묘사하였다. 먼저 봄날이 기나길고 초목이 무성하며, 꾀꼬리가 지저귀는 것을 묘사하였다. 이러한 경물 묘사는 처자가 흰 쑥을 따는 즐거운 마음을 부각시키는 데 그 뜻이 있다. 그리고 처자의 즐거운 마음을 묘사하는 것은 실제로는 개선하는 병사의 기쁨을 돋보이고 부각시키는 데에 있다. 개선 병사들의 기쁨을 묘사하는 것은 다시 주나라 왕조의 대장 南仲을 부각시키는 작용을 한다. 서로 꼬리에 꼬리를 물고 襯托의 작용이 반복되고 있는 셈이다. 이를 王夫之는 『姜齋詩話』에서 "影中取影"이라고 설명하였다.

3) 표현 수법의 측면

　이정직(李定稷)은 작품의 주제적 측면뿐만 아니라, 형식적, 수사적 측면을 적극적으로 고려하면서 「백이열전」을 분석하였다. 그는 산문 창작 및 감상에 있어 특히 법도(法度)를 강조하였는데, 이 문제와 관련하여 황현과 논쟁을 벌이기도 하였다.31)

　이정직은 "「백이열전」을 읽으면 문장의 내용과 형식을 다 이해할 수 있다"32)고까지 말하였는바, 「백이열전」에 운용되어 있는 각종 표현 수법에 대해 특히 주목하였다. 또한 그는 적절하고 천근한 비유를 구사하여 그 이해를 돕고 있다. 예컨대 작품의 주제와 강령은 사람의 뼈대에, 각종 표현 수법은 사람의 호흡과 행동거지에 비유된다. 그리고 작품의 묘미를 옷 짓는 것에 비유하여 각종 표현 수법은 바느질에 비유되고, 자안(字眼)은 바늘구멍에 비유된다고 하였다.

　그는 "총괄해서 논한다면, 강령(綱領)과 추축(樞軸)은 사람의 골격과 같고, 그 나머지 표현법은 사람의 호흡, 행동거지와 같다. 천삽법(穿揷法), 돈질법(頓跌法), 설복법(設伏法), 억양법(抑揚法), 반난법(反難法), 착종법(錯綜法), 질정법(質正法), 승인법(承引法), 호응법(呼應法), 은현법(隱現法)은 반드시 순서대로 사용하거나 모두 갖추어야 하는 것은 아니며, 오직 관쇄법(關鎖法)만은 반드시 결말 부분에 있어야 한다. 이들을 합하여 침선(針線)이라고 한다"고 하여, 「백이열전」에 운용되어 있는 표현 수법을 11가지로 정리해 놓았다. 이 중에서 하나를 들어 본다.

　"천하를 전하는 것이 이처럼 어렵다"로부터 "이것은 어떻게 일컬어지게 되었

---

31) 李定稷의 산문론의 성과에 대해서는 다음 논문에서 다루어진 바 있다. 구사회, 「石亭 李定稷의 文論에 관한 연구」, 『한국언어문학』 52, 한국언어문학회, 2004; 「石亭 李定稷의 문장의식과 문예론적 특질」, 『국어국문학』 136, 국어국문학회, 2004.

32) 李定稷, 『石亭集』 권7 「與鄭于稱論伯夷傳序」, "足下嘗語某以伯夷傳爲不可解. 某竊以爲讀伯夷傳, 文章理法, 無不可解."

는가?"까지는 제자백가(諸子百家)의 말을 육경(六經)에서 고찰해 보면 믿을 것이 못됨이 분명하다는 것을 말하였다. 그러나 한번에 단정해버리면 전개하고 서술하는 것이 어떻게 생겨나겠는가? 그래서 "태사공이 말하기를……"를 이어 놓았다. '대개 있다'라고 말한 것은 있기는 있지만 반드시 있는 것은 아니라는 말이다. 이것이 돈질법(頓跌法)이다. 비유하자면, 지금 여기에 산이 있다고 하자. 일어나 봉우리가 된 것은 돈(頓)이며, 엎드려 땅이 된 것은 질(跌)이다. 무릇 글을 지을 때 끊었다가 다시 이으려고 한다면 반드시 이 수법을 사용한다. 이 글에서 다시 "개략조차도 보이지 않는다"는 말로 의심을 한 것은 멈추었다가 다시 이어나가는 것이니, 문세(文勢)가 쉬지 않고 흘러갔다. 그러한 다음에 "공자가 말하기를……" 이하의 두 절을 특별히 써서 백이(伯夷)를 드러내고, 원망할 '怨'자를 연이어 사용함으로써, 백이(伯夷)가 원망하지 않았음을 밝히었다.33)

이른바 관쇄법(關鎖法)은 무엇인가? 글을 짓는 것은 집을 만드는 것과 같다. 당실이 바르게 자리잡고 곁채와 행랑과 곳간이 갖추어지면, 반드시 중문과 높은 담장으로 문단속을 해야 비로소 큰 집을 완성하게 된다. 그러므로 이 글에서는 질정(質正)을 한 뒤에 "군자는 세상을 마칠 때까지 이름이 일컬어지지 않음을 미워한다"는 것을 작은 강령으로 삼아서 이름 '名'자를 이끌어내고, 가의(賈誼)의 말을 인용하여 이름 '名'자를 연결시키고, 백이(伯夷)를 드러내어 이름 '名'자를 입증하고, 안연(顔淵)을 함께 끼워넣어 '行'자와 짝을 이루게 하였다. 그러한 다음에 '산중에 은거하는 선비'를 끌어내어 '이름이 인멸되어 일컬어지지 않음'을 슬퍼할 만한 일로 여기었다. 이렇게 되자 이 글의 문장과 뜻이 모두 갖추어져서 유감스러움이 조금도 없게 되었다. 그리고 '名'자와 '行'자 두 글자를 거론하여 '청운을 품은 선비에게 의지하지 않으면 어찌 능히 후세에 이름을 드리울 수 있겠는가?'라는 말로 끝을 매듭지었다.34)

---

33) 李定稷, 『石亭集』 권7 「與鄭于稱論伯夷傳序」, "自'傳天下若斯之難', 至'此何以稱焉', 夫以說者之言, 考諸六藝, 不足信也審矣. 然一以斷之, 則鋪敍何由以生? 是以卽接之以太史公曰云云, 蓋'蓋有'云者, 有而不必有之辭也. 此頓跌法也. 今夫有山於此, 起而爲峰者爲頓, 伏而爲地者爲跌. 凡行文, 欲斷復連, 必用此法, 而復以不少槪見爲疑者, 頓而復跌, 勢未休也. 然後特書'孔子曰'以下兩節, 揭出伯夷, 而連用兩怨字, 以明夫不怨之丁寧如彼也."
34) 李定稷, 『石亭集』 권7 「與鄭于稱論伯夷傳序」, "所謂關鎖者, 何也? 成文之於成家

돈질법(頓跌法)은 본래는 한두 마디의 구절로 다 표현할 수 있는 것을 몇 개의 구절로 나누어, 어세(語勢)를 질탕하게 하는 표현법을 말한다. 작가가 문장의 파란(波瀾)과 절주(節奏)를 형성하기 위해 의도적으로 글을 속히 매듭짓지 않고 한번 멈추었다가(꺾었다가) 풀어줌으로써 곡절과 질탕의 묘미를 가져오게 하는 방법인 것이다. 「백이열전」에서 제자백가의 말을 인용해 놓고서 곧바로 그것이 신뢰할 수 없다고 단정해 버린다면, 문장의 기복 변화와 곡절이 없어 밋밋하고 단조롭게 된다. 이를 막기 위해 작가는 의도적으로 서술을 늘려 전개시킴으로써 기세의 변화를 도모하고 있는 것이다. 이러한 표현 수법의 특징을 이정직(李定稷)은 산봉우리가 일어났다가 다시 평평한 땅으로 펼쳐지는 것에 비유하였다.

이에 비하여 관쇄법(關鎖法)은 단락이 나누어지는 곳이나 글 전체의 마무리 부분에서 결속을 하는 표현 수법이다. 이정직은 적절한 비유를 동원하여 관쇄법(關鎖法)의 기능을 설명하였는데, 중문과 높은 담장으로 문단속을 함으로써 비로소 큰 집이 완성되는 것에 비유하였다.

이외에도 이정직은 「백이열전」에 운용되어 있는 각종 표현 수법을 예시하였는데, 그 가운데에는 문장학 관련 논저에 많이 등장하는 것도 있고 그렇지 않은 것도 있다. 이정직의 언급에서 우리가 주목할 점은 다양한 표현 수법의 예시 및 적절한 설명이라고 할 수 있다. 우리나라의 산문론 관련 자료 중에서 이처럼 각종 수사법에 대해 다양하게 지적해 놓은 예를 찾기가 쉽지 않다는 점에서 의미가 있으며, 또한 중국쪽 문장학 관련 논저에서 쉽게 찾기 어려운 용어도 구사되고 있어 흥미롭다.

끝으로 지적할 것은 자안(字眼)의 문제이다. 자안(字眼)은 해당 부분의 전체 내용과 맥락을 이해하는 데 관건이 되는 글자이다. 이건창은 「백이열전」

類也. 堂室正矣, 廂廡廊廥備矣, 而必有重門高墙, 以關鎖之, 方成大家也. 是以於質正之後, 以君子疾沒世而名不稱爲小綱領, 而發一名字, 引賈子之言, 而接一名字, 表出伯夷, 而證一名字, 夾帶顔淵, 而配一行字, 然後又引出巖穴之士, 以名湮沒而不稱爲可悲. 於是乎一篇之文與義, 俱足而無少憾矣. 因幷擧名行二字, 而以附靑雲, 結其尾."

을 6개의 구성 단위로 구분하고, 각 구성단위마다 하나씩의 자안(字眼)을 운용하고 있음을 지적하였고,35) 이정직 또한 「백이열전」 전체의 내용을 이해하고 또한 맥락을 형성하는 데 관건이 되는 자안을 밝혀 놓았다.36) 이 문제와 관련하여 강이천(姜彝天)은 『사기』의 주요 작품에 대해 평(評)을 해 놓은 「독사언(讀史言)」이라는 글에서 "백이열전은 전반부에서는 '怨'자를 통해 자유롭고 거침없이 전개하였고, 후반부에서는 '名'자를 통해 긴밀하게 전개하였다"37)고 하여 원(怨)과 명(名)을 작품 전체의 관건이 되는 글자로 파악하면서 동시에 이 두 글자를 중심으로 전개된 작품 전후반의 상이한 서술 양상을 대비적으로 설명해 놓았다. 「백이열전」의 전반부에서는 '怨'이라는 글자를 중심으로 백이가 과연 원망을 하였을까 하는 문제, 천도(天道)에 옳고 그름이 있는가라는 문제 등으로 작가의 의론이 자유자재로 전개되었음에 주목하였다. 반면에 작품 후반부에서는 '名'이라는 글자를 중심으로 작품의 주제에 긴밀하게 밀착되어 글이 전개되고 있음을 지적하였다. 작품 주제와의 밀착 정도에 초점을 맞추어 작품 전후반의 상이한 서술 양상을 작품에 관건이 되는 글자와 연결시켜 「백이열전」의 특징을 적실하게 지적하였다.

---

35) 李建昌, 『明美堂集』 卷14(『李建昌全集』 下) 「伯夷列傳批評」, 775면. "此文凡五大節, 第四大節中有兩節, 故亦可謂六大節. 每節各有一字眼, 第一節信字, 第二節怨字, 第三節天道字, 第四節道字, 第五節名字, 第六節聖人字."

36) 李定稷, 『石亭集』 卷7 「與鄭于稱論伯夷傳序」, "如此傳'載籍極博'之博, '考信於六藝'之信, 謂之字眼. 由此以下, '怨是用希', 與'又何怨乎'之怨, '天道無親, 常與善人'之善, '天之報施'之施, '各從其志'之志, '從吾所好'之好, '疾沒世而名不稱'之名, '得夫子而名蓋彰'之得, 皆所謂字眼也. 字之有眼, 不猶於針之有孔乎? 由是孔而紉之, 能盡諸法, 而得裁縫之妙矣."

37) 姜彝天, 『重菴稿』(利) 「讀史言」, "伯夷傳, 前半在怨字上, 游幻說去. 後半在名字上, 着緊說去."

4. 마무리

이상에서 우리는 산문 분석의 방법론적 모색의 일환으로서 「백이열전 (伯夷列傳)」을 문장학적 관점으로 비평한 자료들을 살펴보았다. 작품의 주제, 양식적 특징, 허실(虛實)과 주객(主客)의 문제, 각종 표현수법 및 자안(字眼) 등 다루는 범위가 매우 광범위하였다. 그 중에서도 특히 이건창(李建昌)의 「백이열전비평(伯夷列傳批評)」은 「백이열전」에 대한 작품 분석의 모범적 실례를 유감 없이 보여 주고 있다. 「백이열전」이라는 특정한 한 작품을 예로 들어 산문 감상의 기본 방법, 유의점, 고려해야 할 사항 등을 지적해 놓았다. 이정직(李定稷)의 「여정학산논백이전서(與鄭鶴山論伯夷傳序)」 또한 적절한 비유를 활용하여 다양한 표현 수법과 그 기능을 설명해 놓았는데, 11가지의 수사법은 오늘날 수사학 연구에도 좋은 참조가 되리라고 기대한다. 한문 산문을 실제 비평한 자료들을 분석함으로써, 한문 산문의 작품 분석에 적극적으로 활용할 수 있는 용어, 개념, 방법 등을 모색하는 작업이 지속적으로 이루어질 필요가 있다.

이조 후기 한문학에서 언어생활의 수용과 교섭

창작에서 언어의 수용문제를 중심으로

진 재 교

1. 머리말

시는 漢文으로 엮어 五言七字로 갈고 조탁하고, 노래는 우리말로 배치하여
3句 6名으로 갈고 닦는다.[1]

10세기의 문인이었던 혁련정(赫連挺)의 언급이다. 언어와 창작의 이원적
실상을 언급하고 있다. 이는 우리가 동아시아의 세계 질서에 편입하면서
보편문어인 한자를 받아들이면서 생긴 현상의 지적이다. 그런데 이러한
언어와 창작의 이원적 현상은 우리가 독자적 문자체계를 소유한 이후에도
지속적으로 일어났다는 점이다.

---

1) 『均如傳』(『국어국문학자료총서』 4, 이우출판사 1981, 24~25면), "詩搆唐辭, 磨琢五言
七字, 歌排鄕語, 切磋三句六名."

위의 언급과 같이 오랜 기간 향유한 한자와 한문학은 우리의 '언어'생활과 기본적으로 괴리가 있다. 한자와 한문학은 보고 느낀 바를 있는 그대로 표출하고 느낀 정감을 담아내기에는 근본적인 한계가 있음은 누구나 아는 바다. 한자와 한문학을 향유하는 한, 이 문제는 우리 스스로가 어떤 식으로든 풀어야 할 숙명적 난제인 셈이다. 형식 논리로 말하면 이 난제는 훈민정음의 창제와 함께 한자로부터 해방을 선언하고, 국문으로 정감을 표출하는 것과 함께 한문학을 용도 폐기하면 해결될 수 있을 것이다.

그러나 19세기 말까지 이조는 공식 기록을 한자로 하였고, 문학사 역시 한문학 주도로 전개되었다. 한글 창제 이후, 국문문학이 출현하고 이를 문학담담층이 한글로 정서를 담아냄으로서 문학활동을 한 경우가 없지 않았다. 하지만 이러한 것도 한자와 한문학의 위상을 능가하지는 못한 것 또한 사실이었다. 한문학은 19세기 말까지 여전히 문학사에서 주류를 차지하였으니, 언어생활과 한문학 양식으로 창작하는 과정에서의 이원성은 지속되었던 셈이다. 한자와 한문학의 청산문제는 근대 계몽기에 와서 본격적으로 논의된다. 사실 창작과정에서 언어생활과의 이원적 구조와 오랜 기간 사용한 한자의 표기체계의 발본적 전환은 간단한 문제가 아니었다. 그런 점에서 이조 후기 한문학에서 '언어생활'과 '문학활동'을 관련시켜 論의할 경우, 매우 제한적인 범주에서 문제를 이야기할 수밖에 없다. 이 점 미리 전제해 두고자 한다.

이미 아는 바지만, 이조 후기에 오면 일부 문인들은 국문문학을 적지 않게 창작한다. 시조와 가사를 비롯하여 국문소설이 다양한 모습으로 드러난다. 국문소설을 한문으로 번역하거나,2) 한문소설을 국문으로 번역할 뿐만 아니라, 시조나 가사를 한문학으로 재창작하고 민요를 한시로 구성

---

2) 蔡壽(1449~1515)가 지은 「설공찬전」이 국문과 한문으로 번역되어 京鄕間에 두루 퍼졌다거나, 姜弘立이 청나라를 치기 위해 만주로 출병한 1618~1627년의 일이 3년 만에 傳으로 지어지고, 언문으로 번역되어 떠돌다가 李健(1614~1662)에 의해 다시 漢譯되기도 한다. 李健의 '題小說詩'는 김남기, 「李健의 생애와 題小說詩에 나타난 소설관 검토」, 『한국한시연구』 4집(한국한시학회, 1996)에서 소개·검토된 바 있다.

하는 등 보다 다양한 교섭을 보여주기도 한다.3) 한문학과 국문문학의 교
섭과 넘나드는 것은 그 양과 질적인 면에서 전시기에 볼 수 없을 정도의
다양성을 보여주었다. 이와 함께 언어생활과 창작의 괴리문제, 한문학과
국문문학의 이원화, 그리고 한문 담당층과 국문 담당층의 분화 등도 특정
부분에서 교집합을 마련하여 교섭의 빈도와 범위를 점차 늘여 갔다. 이는
문학사적으로 각별한 의미를 지닌다.

이를테면 언어생활과 한문학 창작의 경우, 몇 가지 면에서 구체적 정황
과 의미를 확인할 수 있다. 번역과 이본을 통한 국문소설과 한문소설의 상
호교섭도 예의 하나이다. 구연과 한문서사, 한시와 구연, 그리고 시조와 민
요의 한시 번역 또한 그 하나다. 이는 모두 한문학이 국문과 구연을 넘나
들면서 언어생활과의 거리를 좁히기 위한 노력의 일환이자, 이조 후기의
독특한 문학적 성취이기도 하다.

2. 국·한문 소설의 이본의 존재 상호 번역을 통한 교섭

국문소설은 물론 한문소설(전기와 야담을 포함하여)도 다양한 형태의 이본

---

3) 「주생전」과 같은 전기소설이 17세기에 국문으로 번역되고 있다는 사실은 무척 흥미로
운 사실이다. 전기소설은 상층지식인의 문예물이자 이들 소수를 대상으로 창작·유통되
던 소설 양식이었지만, 17세기에 이르면 그런 폐쇄적인 국면에만 머물러 있지 않았다는
점을 증거하기 때문이다. 이 자료를 처음 발굴한 이복규는 이들의 필사시기를 17세기
전반으로 추정하고 있는 반면, 소인호는 그보다 훨씬 후대일 수도 있다는 의문을 제기
하고 있다. 여러 정황을 보건대 17세기에서 그리 내려 잡기는 어렵다고 생각한다. 이복
규, 『초기 국문·국문본 소설』(박이정, 1998)과 소인호, 「설공찬전 재고」, 『어문논집』 37
집(안암어문학회, 1998) 참조. 그리고 민요와 시조나 가사의 한시로의 전환 등에서는 많
은 논의가 있었다. 이에 대한 본격적인 문제 제기와 그 경향에 대해서는 이동환 교수의
「조선 후기 한시에 있어서 민요취향의 대두」(『한국한문학연구』 제3.4집, 19781979)와 진
재교, 『이계 홍양호 문학 연구』(성균관대 출판부, 1999) 제3장 참조

이 존재한다. 이는 구연이 기록과정과 밀접한 관련성이 있음을 의미한다. 일찍이 소설사의 구도를 정초한 김태준이 '조선시대 유도(儒徒)들이 악착한 보수주의적·전통적 관념을 부둥켜안고 소설가들에게 통봉(痛棒)을 가해 소설은 진보는커녕 퇴보를 할 지경이었다'[4]고 한 언급은 실상을 과장한 면이 없지 않다. 김태준의 이러한 평가에도 불구하고 사대부의 소설 향유 가 만만치 않다는 사실은 여러 자료에서 확인할 수 있다.

특히 한문 소설에서 이본의 대량 출현, 국·한문 소설의 상호 번역과 유통이 그 예다. 이조 후기 소설의 이본과 상호 번역물의 출현은 언어생활 과 창작의 이원적 구성으로부터 일원성으로 향해 가는 전환의 계기를 보 여준다는 점에서 주목을 요한다. 대개 국문소설을 한문으로 번역하는 경 우, 우리 글에 대한 깊은 인식과 어휘가 지닌 정감을 제대로 고려하지 않 고는 불가능하다. 번역자는 소설이 담고 있는 국문의 뜻과 언어 이면의 분 위기까지 당연히 인식할 필요가 있다. 이러한 언어적 자질을 십분 고려한 위에서 번역의 과정을 거치면, 한문소설과 국문소설, 한문표기와 당대에 통용하던 언어는 자연스럽게 직·간접으로 상호 소통하게 될 것이다.

이미 16세기에 오면 적지 않은 국문·국문본 소설이 유통되고, 심지어 구연으로 전하는 이야기를 언문으로 베끼는 사례까지 생겨난다. 이는 언 문이 이야기와 같은 구연물을 섭취하고 국문본 소설이 구연의 원리를 수 용하였음을 의미한다.

내 보니 여항(閭巷)의 무식쟁이들이 언자(諺字)를 배워 고로(古老)들이 전하 는 이야기를 베껴 밤낮 떠들고 있는데, 이석단(李石端) 취취(翠翠)의 이야기 같 은 것은 음설망탄(淫藝妄誕)하여 도무지 볼 게 없다. ……(「오륜전전」을) 언자 (諺字)로 번역해 부인네처럼 문자를 모르는 사람이라도 읽기만 해도 또렷이 알 수 있게 하였다. 하지만 이렇게 하는 것이 어찌 뭇사람에게 전하려는 의도였겠 는가? 집안 처자들과 같이 보려 할 따름이다.[5]

---

4) 김태준, 박희병 교주, 『증보 조선소설사』, 한길사, 1990, 21~25면 참조

「오륜전전」의 서문이다. 낙서거사(洛西居士)가 명(明)의 구준(丘濬)이 지은 남희(南戲)「오륜전비기(五倫全備記)」를 윤색·번역한 뒤 서문을 쓴 것이다. 이 시기가 1531년이므로, 이미 16세기 전반에 이미 여항의 평민남성을 비롯한 부녀자들이 언문 소설류에 친숙했음을 보여준다.[6] 고노(古老)들이 전하는 '이야기'를 언문으로 베꼈다는 사실은 여러모로 음미할 필요가 있다. 이러한 사례가 바로 언문일치의 문체로까지 나가는 것은 아니겠으나, 이는 국문소설에서 언어와 창작의 이중구성에서 점차 접점이 생기고, 향후 이 접점이 계속 늘어날 수 있음을 의미한다. 위에서 언문으로 번역한 것이 뭇사람에게 전하려는 의도가 아니라는 말을 한번 더 생각하면, 뭇사람에게 번역하는 일도 빈번하다고 독법할 수도 있다. 이처럼 한문 담당층과 국문문학 담당층이 상호 교섭하면서 필요에 따라 한문·국문 간의 전환과 소통이 빈번하게 일어난 현상을 우리는 국한문소설의 번역에서 확인할 수 있다.

국한문 소설의 번역을 통한 상호 교섭은 판소리계(소설)「춘향전」을 두고도 일어났다. 이미 알려진 작품이지만, 「만화본 춘향가」와, 「광한루 악부」와 「익부전(益夫傳)」이 그것이다.[7] 앞의 두 작품은 악부시에 해당되며, 「익부전」은 전(傳)을 차용한 9회의 장회체 한문소설이다. 각 작품은 판소리계(소설)「춘향전」을 한문으로 번역하는 과정에서 서로 차이를 보여주지만, 모두 한문서사의 문예미를 잃지 않고 있다. 판소리의 정감이나 구어체의 특성을 반영하는 등 가창과 구연의 언어적 자질을 적절하게 수용하였다. 특히 「익부전」은 판소리적 문체를 사용하고 있을 뿐 아니라, 그 서사를 함

---

5) 洛西居士,「五倫全傳 序文」. 심경호,「오륜전전에 대한 고찰」,『애산학보』8집, 연세대, 1990, 116~118면에서 재인용.

6) 洛西居士가 한글로 윤색·번역한 「오륜전전」은 1550년 柳彦遇에 의해 충주에서 간행된다. 그 뒤 載寧郡守 韓希㠦은 국문본 「오륜전전」이 諺書 사이에 뒤섞여 있음을 안타깝게 여기던 차, 孫廷俊이 한문으로 번역한 것을 1665년 다시 간행한다. 출간 과정 및 작품 내용에 대해서는 심경호의 앞의 논문을 참조할 것.

7) 「익부전」에 대해서는 류준필,「익부전의 서사구조와 기록적 성격」(『한국문학 논총』, 한국문학회, 2002)와 류준경,「한문본 「춘향전」의 작품 세계와 문학사적 위상」(서울대 박사논문, 2003) 참조.

께 수용하려고 애쓴 흔적도 적잖이 보인다는 점이다. 이를테면 "대부인 마누라님(大夫人抹樓下主)"과 같은 표현과 남원고사에서 보이는 구비전승의 가요를 그대로 표현한 것이 한 예인데, 이는 구어적 문체를 구사함으로써 판소리문체에 다가서려 한 것이다.8) 작가가 의도하였건 그렇지 않았건 간에 이러한 국·한문의 교섭 과정에서 언어생활과 한문학 양식의 이원적 구조는 조금씩 공감대를 형성하면서 교집합을 조금씩 넓혀갔다.

그런데 한문소설의 국역과 국문소설의 한역 문제는 한문소설과 국문소설의 관련양상이라는 점에서도 매우 소중하다. 소설사에서 국·한문본이 서로 넘나드는 연원을 소급하면 16세기 초까지 올라갈 수 있다. 채수(蔡壽)가 창작한 「설공찬전」이 그 예다. 「설공찬전」은 원래 채수가 한문으로 창작한 작품이다. 파격적이며 흥미로운 내용으로 인하여 바로 국역되어 京鄕으로 퍼져나가, 정치적 문제로까지 비화된 바 있는 작품이다. 한문소설과 국문소설의 넘나드는 현상은 국문소설이 본격적으로 창작되기 시작한 17세기에서 18세기 초엽에 이르러 더욱 활기를 띤다. 예를 들면 「주생전」·「운영전」·「강로전(姜虜傳)」 등 16세기 말에서 17세기 초에 창작된 한문소설들이 이 시기에 국역(國譯)되고 있다. 반면에 17세기 후반에 창작된 「창선감의록」·「사씨남정기」·「설소저전」 등의 국문소설은 앞의 예외 반대로 이 시기에 한역(漢譯)된 것으로 추정된다. 특히 구운몽의 경우, 국문본과 한문본의 두 가지 종류가 존재하는 것은 국한문 소설의 번역을 통한 상호 소통의 사례와 소설의 향유층이 증대되었음을 의미한다.

이처럼 우리는 16세기 초 이래 소설사에서 한문소설이 국문소설로 번역되고, 국문소설이 한문소설로 번역되는 양상을 드물지 않게 확인할 수 있다. 여기서 주목해야 할 사실은, 국문작품이 한문으로 한문작품이 국문으로 번역되는 데 그치지 않고, 국역된 것이 다시 한역되거나 한역된 것이 다시 국역되기도 한다는 사실이다. 국역된 것이 다시 한역된 사례는 「강로

---

8) 이를테면 「익부전」에서 助忽翅古(조을시고), 知我者助吾是(지화자조을시고)과 같은 음차를 통한 생활언어를 고려하고 있다.

전(姜虜傳)」에서 확인되며, 한역된 것이 다시 국역된 사례는 「사씨남정기」 등에서 확인할 수 있다. 국역되거나 한역되면서 원작의 면모가 다소 변개되기도 하는데, 이는 이건(李健)이 국역본을 바탕으로 재한역(再漢譯)한 「강로전」과 김춘택이 한역한 「사씨남정기」에서 확인할 수 있다.

여기서 잠시 김춘택이 「사씨남정기」를 한역하면서 밝힌 내용을 음미할 필요가 있다. 김춘택은 「사씨남정기」를 한역하면서 범례(凡例)로 여섯 항목9)을 적어 놓았다. 범례로 볼 때, 김춘택은 한문 번역과정에서 야기되는 불가피한 사항을 제외하고는 원작에 충실하고자 노력하였음을 알 수 있다. 그런 점에서 김춘택의 한역본(또는 그것의 국역본) 내용을 김만중의 원작과 동일하게 보아도 큰 무리는 없다. 김춘택의 한역본을 필사·번역한 사람들 또한 원작에 큰 이의를 달지 않았을 법하다. 그런데 여기서 흥미로운 점은 상호 번역에서 작품의 원본에 가깝도록 노력한 사실이다. 이는 한문을 국문으로 번역하던 그렇지 않으면 국문을 한문으로 번역하던 간에, 국문과 한문 각기 그 내용과 언어적 자질을 상호 배척하지 않는다는 점이다. 여기서 언어와 한문의 이원구조가 아닌 단일 구조의 교집합의 공간이 조금씩 늘어나게 된다. 국·한문 소설이 함께 존재하는 작품의 이본도 이러한 관점에서 이해할 수 있다.

사실 소설의 이본은 소설 향유층의 요구에 부응해서 나타난다. 국한문 소설의 상호 번역도 향유층의 요구와 관련이 깊다. 독자층이 국·한문소설 작품을 향유하는 과정은 다양하지만, 대체로 몇 가지로 나누어 볼 수 있다. 가장 보편적인 방식은 한 본을 가지고 필사를 해서 돌려보는 방식이다. 이는 처음 필사된 본을 다시 필사하는 것인데, 다종(多種)의 이본을 만들 수 있다. 이럴 경우 비록 빌려 본다고 하더라도 작품을 향유하는 층이

---

9) 범례의 내용은 이러하다. ① 한문과 언문이 서로 달라 字句·辭語를 번역함에 원본과 다른 점이 있다. ②繁複한 것은 刪除하고 빠진 것은 添加하고 간혹 潤文한 것이 있다. ③ 史家의 문체로 번역하려 했기에 小說口氣는 삼가 삭제했다. ④사씨가 白蘋洲에서 유한림을 구해주는 대목을 다소 고쳤다. ⑤편지글이나 제문 등 5편을 별도로 지어 卷末에 첨부해 두었다. ⑥論贊을 책머리에 쓰고 文詞가 아름다운 곳에 圈點을 찍었다.

한정된다는 약점이 있다. 그리고 소설책을 직업적으로 낭송하는 강독사(講讀師)와 전기수(傳奇叟), 양반의 사랑방으로 찾아 나서는 강담사(이야기꾼)의 경우를 들 수 있다. 이들은 다수의 청중을 상대로 이야기한다는 점에서 언어적 자질과 한문학 작품의 통일적 지반의 형성에 큰 몫을 차지한다. 구연이라는 단계 자체가 작품에 수용되면 한문학 양식은 구연의 일정한 영향을 받는다. 그리고 구연을 수용한 한문학 작품의 경우 대개 일반적 한문학 창작에서 추구하는 전고의 사용, 엄정한 문체와 평측의 고려와 같은 형식미와 문예미에서 일탈하는 현상이 일어난다. 그 일탈의 몫이 크면 클수록, 언어와 작품의 공통의 지반은 더욱 확대된다.

한문학 작품에서 특히 야담의 경우 대개 많은 이본이 존재한다. 이는 기록전통의 결과라기보다 구연의 영향을 많이 받은 결과이다.[10] 그 예로 야담의 경우, 그 이본을 제시하면 다음과 같다.

『어우야담(於于野談)』16종(樂善齋本 『於于野談』은 한글 번역본이다)[11]
『천예록(天倪錄)』3종
『동패락송(東稗洛誦)』7종(한글 번역본 일부 작품 수록된 것 1종 포함)
『기문총화(奇聞叢話)』8종
『청구야담(靑邱野談)』13종(한글 번역본 2종 포함)[12]
『계서야담(溪西野談)』3종
『계서잡록(溪西雜錄)』3종
『기리총화(綺里叢話)』3종

야담집은 다른 시화와 필기류 등과 합철되어 있거나 필기류 저작 속에

---

10) 「한국한문소설 목록」(『고전소설연구』 9집, 2000.6)에 고전소설 작품의 목록을 수록하고 있으나, 야담부분이 소략하게 되어 있다.
11) 『어우야담』의 이본과 종류에 대해서는 신익철, 「어우야담 이본고」, 『유몽인 문학 연구』, 보고사, 1998 참조.
12) 『청구야담』의 이본과 한글본에 대해서는 박희병, 『奎章閣資料叢書』 「靑邱野談」(규장각, 2000) 해제 참조.

부분적으로 전재(轉載)된 것도 있다. 이를 포함하면 이종과 이본은 훨씬 늘어난다. 위의 야담집 중 일부는 원래의 야담이 부분적으로 수록된 것도 있으며, 어떤 것은 특정 이야기만을 선별하여 초(抄)한 것, 또한 전대의 문헌에서 전재하여 야담집으로 만든 경우도 있다. 어쨌거나 야담의 다양한 존재는 구연에 많이 기대고 있다는 점에서, 이조 후기 언어생활과 한문학의 교섭과 그 특징을 잘 보여 준다. 흥미로운 사실은 17세기 이후 애정전기소설도 다수의 이본이 나타나며,13) 또한 어떤 작품은 국·한문본이 함께 출현하기도 한다는 점이다. 이 역시 언어생활과 한문학의 교섭이라는 맥락으로 읽을 수 있다.

이와 달리, 전대의 필기류를 총집한 한문본을 국역한 경우도 있다. 『조야기문(朝野記聞)』이 그 예이다. 이 책은 10권 10책으로 되어 있는데, 제명(題名)에서 알 수 있듯이 저자가 관찬(官撰)의 역사기록과 개인의 역사기록을 보고들은 것을 종합하여 만든 것이다. 『조야기문(朝野記聞)』은 다양한 책을 참고하여 성립한 것으로 보인다. 이를테면 「동각산록(東閣散錄)」·「용재총화(慵齋叢話)」·「청파극담(靑坡劇談)」·「패관잡기(稗官雜記)」 등과 같은 필기와 패설적 성격의 작품을 참고하고 있다. 『조야기문(朝野記聞)』은 18세기 말에서 19세기에 걸쳐 한글로 번역되면서 23권 23책의 『됴야긔문』으로 늘어나는데, 한문본 『조야기문(朝野記聞)』을 한글로 축역(逐譯)한 것으로 보인다. 이와 비슷한 시기에 『조야회통』과 『조야첨재』 등의 국역본도 함께 등장한다. 더욱이 19세기에 오면 『청구야담』의 한글본14)이 나오는 등 한문소

---

13) 전기소설의 이본에 대해서는 김흥규·장효현 외, 「한국한문소설목록」(『고전소설연구』 9집, 2000)의 전기소설 부분을 보면 자세히 알 수 있다. 「雲英傳」은 35종의 이본이 있고, 「相思洞記」만 하더라도 18종의 이본이 있는 것으로 밝히고 있다.

14) 한문본을 번역하는 방법에는 여러 가지가 있다. 대체로 4가지로 나눌 수 있는데, 逐字譯, 直譯, 意譯, 部分譯(補充譯) 등을 들 수 있다. 축자역은 글자를 하나하나 따라가면서 글자의 순서까지도 변화를 주지 않고 그대로 번역하는 것을 말하고, 직역은 축자역에서 다소 발전된 것으로 원문에 충실하게 번역하기 위하여 원문의 字句를 하나하나 번역하는 것을 말한다. 그리고 의역은 원문의 뜻을 가능한 한 제대로 전달하기 위하여 언문의 자구와 어순 등에 제한되지 않고 원의를 전달하는 번역이다. 그리고 부분역은

설을 한글로 번역한 것도 대량으로 유통된다.

이러한 상황을 고려하면 한문소설 또한 국역을 통하여 국문소설과 지속적으로 상호 소통하였으며, 한문의 한글 번역하는 과정을 통해 언어생활과 정감, 그리고 표현 등을 어떻게 교섭할 것인가 하는 문제를 보다 구체적으로 인식하게 되는 것이 아닌가 한다.

3. 구연과 한문서사 창작과 언어생활의 거리 좁힘

이조 후기에서 한문서사의 발전은 구연(口演)과 밀접한 관련이 있다. 우리는 이미 야담과 한문단편(소설)의 성립과정에서 구연(口演)의 역할을 잘 알고 있다. 구연은 야담에서 한문단편으로 진행하는 과정에만 역할을 한 것은 아니다. 이조 후기 서사의 변모와 발전에도 적지 않은 역할을 한다. 대체로 당시에 구연되던 이야기[15]는 당대의 현실에서 유행되고 산생된 언어적 기반과 튼튼한 유대관계를 가지고 있다. 그런 점에서 구연을 수용한 작품은 언어표현의 측면에서나 구성 원리에서 현실생활과 이야기의 영향을 적지 않게 받는다. 이는 야담에서 두드러진 바 있다. 야담에서 평이한 한문어투나 우리식 한자 표현이라던가, 구어체와 백화식 표현 등은 야담이 대개 현실에서 사용하는 언어를 적지 않게 반영한 사실은 여기서 새삼

원의를 벗어나 번역자의 뜻까지 담아내는 번역을 말한다.

15) 구연되는 이야기에는 전시기에 구전되던 설화나 당대에 일어났던 실재 사건 등이 모두 포함된다. 그러나 이러한 구연물도 서사화 과정에서 그 자체의 고유성을 잃어버리고, 구연물을 받아들인 서사 또한 기존의 양식적 규범에서 다소 벗어나는 경우가 많다. 예를 들면 기사문이 구연을 수용하여 작품으로 전환될 경우, 순수한 기사문도 아니고 그렇다고 순순한 설화 그 자체도 아닌 경우가 많고 새로운 모습을 보여준다는 것이다. 더욱이 이조 후기의 이야기는 당대 현실과 서로 밀접하게 연계되어 있기 때문에 현실적 내용이 많다.

스럽게 재론하지 않는다. 다만 여기서 주목할 것은 한문학 작품이 구연을
받아들여 구연의 원리를 그 속에 구체화시킨다는 점이거니와, 이는 언어
생활과 한문학이 밀접한 연관이 있음을 의미한다.

『동패낙송』의 경우를 들어본다. 발문을 쓴 홍직영(洪稷榮, 1782~1842)은
다음과 같이 『동패낙송』을 규정하고 있다.

> 이제 이 책(『東稗洛誦』)에 실린 것은 남녀의 정욕, 선석(仙釋)의 기이함, 기
> 예의 묘함, 귀신의 변화로 놀랄 만하고 즐거워할 만하고, 사랑할 만하고, 미워
> 할 만하여, 말하면 마음을 놀라게 하고 들으면, 배를 움켜쥐게 하였다. 어려서
> 들은 것이 열에 일곱 여덟이나 되었지만 비리한 것은 신기로 바뀌고 허무(虛無)
> 는 전실(典實)로 바뀌었다. 대부분 아무 때 아무개의 일이라고 분명히 지적하
> 며, 아무 곳 아무 땅에서의 일이라고 고증을 증험할 만하였다. 저절로 믿을 만
> 하고 속임이 없으니, 야사의 빠뜨린 곳을 채집하고 가승에서 빠진 것을 수습해
> 놓은 것이다.16)

홍직영은 『동패낙송』에서 전실(典實)과 고증(考證)을 증험할 수 있다고
제시하고 있다. 그 전실과 고증의 구체적인 것은 자신이 어려서 들은 이야
기를 근거로 하였음을 밝혔다. 노명흠이 저술한 『동패낙송』은 18세기의
전형적인 야담집(野談集)이다. 여기에는 신이(神異)한 내용이 거의 3분의 1
을 점하고 있다. 신이란 인간의 삶에서 합리적으로 설명하기 힘든 어떤 존
재나 작용을 이른다. 사실 이러한 소재를 차용하였다는 자체가, 허구적 이
야기와 구연에 기댄 언어 자질을 내포하였음을 의미한다. 이를 의식하여
홍직영(洪稷榮)은 일단 비리(鄙俚)가 신기(新奇)로 허무가 전실로 바뀌어 고
증할 만하며, 야사와 가승의 보탬이 되는 기록이라는 것으로 그 의의를 부
여하고 있다. 홍직영의 발문(跋文)을 따라가면 허구서사가 담겨 있는 기록

---

16) 『小洲集』 卷49 「東稗洛誦跋」, "今此編中所載, 男女之慾, 仙釋之奇, 技藝之妙, 鬼
物之變, 可驚可喜, 可愛可惡, 言之駴心, 聽之折腰, 兒時所聞者, 幾居什之七八, 而鄙
俚化爲新奇, 虛無變以典實, 類是某時某人, 明示持的, 某處某地, 可驗考證, 自有徵信
而不誣者存, 採野史之闕略, 拾家乘之遺漏."

물도 이 시기에 사대부들의 정전적(正典的) 독서물(讀書物)로 편입된 듯한 느낌을 지울 수 없다. 어쨌건 위의 언급에서 야담은 단순히 역사기록의 범주로 전환되는 것을 넘어 믿을 만하고[徵信], 사실에 가까워[典實] 삶의 이치를 그려내는 기능을 하여 마치 사실과 같은 세계를 그릴 수 있다는 가능성을 확인할 수 있다.

하지만 여기서의 초점은 홍직영의 판단처럼 허구와 사실의 확인에 있지 않다. 문제는 구연(이야기)을 듣고 이를 근거로 기록으로 옮겼다는 사실을 주목할 필요가 있다. 근원이야기가 실제 어떠했는지 여부는 알 수 없으나, 『동패낙송』의 바탕이 되는 이야기의 원리와 이를 구현하려고 할 적에는 문어적인 표현과 기존의 산문 문체로 이를 서사로 재현하기란 쉽지 않다는 점이다. 자연히 이야기 언어를 한문기록으로 옮기는 과정에서, 문어와 구어와의 적절한 타협과 공존이 생길 수밖에 없다.

다음의 『잡기고담』의 작품 또한 문어와 구어와의 적절한 타협과 공존을 보다 선명하게 보여준다.

어느 날 저녁 선비와 노부부가 등잔불 밑에서 담소를 나누고 있었는데, 늙은이의 아내가 홀연히 늙은이를 곁눈으로 바라보더니 은근한 웃음을 띠고 말했다. "내가 젊었을 적에 언젠가 중하고 붙어먹은 적이 있었는데 그때 그 중의 모습이 되게 우스웠다우." 늙은이는 눈을 흘기며 성을 내어 "어허 망령든 할망구 같으니. 또 해괴한 말을 하고 싶은 게로군." 이렇게 말하는데 부끄럽고 껄끄러워하는 기색이 역력했다. 선비는 뭔가 우스운 곡절이 있음을 눈치채고 역시 웃으며 말했다. "아주머니 그게 무슨 말인가요? 자못 놀랐습니다." 아내는 크게 웃으며 늙은이에게 "속시원하게 이야기해 드려야겠지요?"라고 말하자 늙은이는 첩을 외면하며 답하기를 "자네가 말하고 싶으면 말하게." 아내는 까르르 웃으며 다음과 같이 말하는 것이었다. 老身은 본래 서울의 양가집 자식이었는데 ……17)

17) 『잡기고담』「宦妻」, "一夕, 生偕翁姬叙話於燈下, 姬忽睨翁, 微笑曰"老身少也, 曾與山僧和奸, 僧之態, 甚可笑也." 翁仄目而嗔曰"妄老姬, 又欲發怪駭話." 頗有羞澁之色, 生揣其有可笑委折, 亦笑曰"姬是何言, 頗駭聽聞." 姬大笑, 語翁曰"當說破乎." 翁面外而答曰"汝欲言則言之." 姬乃帶笑而言曰, 老身本京城良家子 ……"

한문의 문장도 비교적 평이할 뿐만 아니라, 이야기를 서사의 원리로 받아들인 문체로 옮기고 있다. "내가 젊었을 적에 중하고 붙어먹은 적이 있었는데 그때 그 중의 모습이 되게 우스웠다우"라 하면서 마치 여성화자가 자기의 인생담을 구술하는 대목으로 느껴진다. 분위기와 서사 역시 전형적인 이야기 투다. 서사는 기존의 산문 문체에서 느낄 수 있는 수사와 격식이 아니라 그야말로 이야기판 분위기를 그대로 담는 쪽으로 기울고 있다. 서술하는 방식도 비교적 평이하며, 서사도 자신이 직접 체험한 경험담을 액자 형태로 구성하면서 이야기판 원리를 그대로 받아들이고 있다. 이 대목을 음미하면 작품에 등장하는 '옹(翁)'과 '옹희(翁姬)', 선비가 마치 이야기판의 구연자, 혹은 청자로 참여하는 방식과 흡사하다. 이어지는 대목 역시 전형적인 산문의 문예미를 추구하는 문체가 아니라 구연을 십분 살리는 한문식 이야기 투다. 그 일부분이다.

> 늙은이는 옆에서 빤히 바라보며 "부끄러움도 없는 계집 같으니" 하고 말하였다. 이야기가 시작되어서부터 첩은 이야기하다가 웃고 웃다가 이야기하였는데 강제로 결혼하는 대목에 이르러 늙은이가 갑자기 성을 내자 아내는 두 손을 까불며 희롱하자 늙은이는 어쩔 수 없이 같이 웃고 말았다. 아내는 다시 이야기를 이어나갔다.[18]

여기서 지적할 점은 생활언어의 수용을 통한 작품과의 괴리를 좁히는 것이 아니라, 전체적인 서사 분위기가 이야기판의 구연 분위기를 연상시킨다는 사실이다. 이는 구어적 취향을 보여준다는 의미에서 주목을 요한다. 위에서 '옹(翁)'이 "부끄러움도 없는 계집 같으니"라고 한 것은 처(妻)인 '옹희'에게 하는 말이지만, 가만히 보면 여성화자의 청자인 '선비'를 다분히 의식한 발언이다. 그런 점에서 '옹'과 선비는 단순하게 이야기를 듣는 것에 머무르지 않고 이야기판에 적극 참여하는 역할을 할 뿐만 아니라, 이

---

18) 『잡기고담』 「宦妻」, "翁在傍直視曰"無恥姬." 自初發言, 說而笑, 笑又說, 語及刦婚之際, 翁隨口發嗔, 而姬輒揚手而謔之, 翁無奈何, 亦笑. 姬復曰."

야기를 유도하고 서사에도 적지 않게 간여한다. 우리는 이러한 서사방식에서 언어적 측면보다 구연을 받아들이면서 나타난 문체와 정통 한문체와의 차이를 확인하는 것이 소중하다. 이 차이의 확인이야말로 한문학과 언어와의 괴리 문제를 확인하는 하나의 길이 될 것이기 때문이다.

이 시기 '전(傳)'도 이미 구연을 수용하여 자신을 스스로 변모를 시도한 사례도 적지 않다. 이른바 전통적 전의 양식과 문체로부터 변모하는 경우다. 일부 작가들이 인물전에 구연을 받아들여 입전하는 것이 한 예다. 예컨대 김수증(金壽增, 1624~1701)은 「법성전(法性傳)」의 말미에서 "훗날 파한(破閑)의 자료로 삼겠다"[19]라 하여, 입전의식(立傳意識)에 변화를 보여준다. 전통적 입전의식에서 벗어나 이야기로 들은 기괴(奇怪)를 입전의 동기로 삼고 있다. 「법성전」의 실제 내용 또한 입전 인물인 스님이 체험한 기이한 경험담을 듣고 호기심에 가득 차 기록하고 있다. 오도일(吳道一)도 「설생전(薛生傳)」에서 이야기를 받아들여 구연의 서사방식을 취한다. 그는 작품의 서두에서 "서울의 남쪽 반 리(里) 남짓의 청파리(靑坡里)에 한 서생이 살고 있었는데, 그는 기절(氣節)이 있고 글을 좋아하는 기사(奇士)였다. 과거보는 일을 일삼았으나, 기취(奇趣)가 있다는 이유로 끝내 낙방하고 말았다"[20]라 하여, 이야기를 여는 방식을 흥미롭게 구성하였다. 이는 마치 야담의 서두를 보는 듯 하다. 작품에서도 그는 이야기 투의 서사를 통해 이인(異人)으로서의 설생의 면모를 포착하였고 이야기에 바탕하여 인물을 윤색, 부연하였다.[21]

뿐만 아니라, 일부 기사문도 구연을 받아들이면서 단순한 '실사(實事)'의

---

19)『谷雲集』「余故記其說, 爲他日破閑之資」(『文集所在傳資料集』3, 계명문화사, 1986)에서 재인용.

20)『西坡集』卷18「薛生傳」, "靑坡之里, 在今京城南半里所, 有一鰕生居焉. 有氣義好文辭, 奇士也. 業科坐奇, 竟不利."

21) 이 작품이『靑邱野談』(서벽외사해외수일본, 아세아문화사, 1985) 卷5의 吳按使永湖逢薛生에 실렸다는 자체가 이 작품이 야담적 성격을 지녔다는 의미이며, 전과 야담이交涉한다는 의의를 지닌다. 내용도 실제 喜奇的 성향을 보여주고 있다.

교직을 넘어 구연의 원리를 십분 서사구조에 활용하여 자신을 변모시킨
바 있다. 유만주(兪晩柱)의 기사(記事)가 대표적이다. 그 중 「기려산점옹사(記
礪山店翁事)」의 서두 부분을 보자.

어떤 객이 남쪽으로 여행하다가 여산(礪山)의 점사(店舍)에 묵었는데 그곳에
늙은 영감과 할멈이 있었다. 객은 비 때문에 3일을 지체하게 되어 그 영감을 끌
어들여 기이한 이야기나 하면서 적적함을 달래고자 하였다. 그러자 그 영감은
말하기를 "굳이 다른 사람의 기이한 이야기를 전할 필요는 없고, 직접 겪은 이
야기를 들려 드리지요. 어느 군(郡)의 어떤 사람이 어려서 자못 비범하였는데
같은 군(郡)의 처녀에게 장가를 들었지요. 그 처녀가 바로 여기 있는 이 할멈이
라오" 할멈이 급히 제지하였으나 영감은 못들은 척하고 계속해서 말하기를 "저
할멈이 젊어서 제법 예뻤더라오 ……"22)

구성 방식이나 내용 또한 야담과 흡사한 모습이다. 이 작품은 작자가
직접 노부부(老夫婦)의 결연(結緣)과 그 일생담을 들은 것을 서사로 꾸민 것
이다. 인용부분은 여산(礪山)의 점사(店舍)에서 한 늙은 영감님이 들려준 이
야기를 어떤 객이 듣고 전하는 형식이다. 이야기 구조가 액자형태로 되어
있고, 서사 또한 구연의 내용을 근거로 액자형태로 직조한 것임을 알 수
있다. 이후 진행되는 줄거리 역시 구연에 바탕하였기 때문에 구연의 분위
기가 강하게 배어 있다. 이를 보면, 전통 기사문(記事文)보다 야담적 체취가
물씬 풍긴다. 그야말로 서사방식과 내용도 야담에 가깝다. 그래서 이 작품
의 경우, 정통 기사(記事)가 견지했던 기술태도는 약화되고 구연의 원리를
따르는 면모를 강하게 드러내고 있다.

유만주는 이 작품의 후지(後識)에서 이야기를 직접 듣고 기이(奇異)하다
고 여겨 기록하였음을 언급하는 한편, 기록과정에서 윤색을 하거나 부연

---

22) 『通園文藁』 卷5 「記礪山店翁事」, "客有南遊者, 宿於礪山店舍, 一翁一媼在焉. 客
雨滯三日, 引翁使傳奇以慰寂翁曰 "不必傳他人奇, 請以目經. 某某郡人, 小頗不庸,
娶於同郡女, 女卽彼媼也." 媼遽止之曰 "毋". 翁若不聞續曰, 彼媼也少有色 ……"

광문(달문)의 예

작 자	작품명	서사양식	내용상의 특징	비고
洪愼猷 (1722~?)	達文歌	敍事漢詩	달문의 특이한 인생유전을 삶의 궤적에 따라 그림.	여러 일화를 소재로 서사
李奎象 (1727~1799)	方伎錄	筆記	의협을 숭상한 달문의 외형적 특징과 신의를 부각함	
朴趾源 (1737~1805)	廣文者傳	傳	광문이 여성의 인격을 긍정하며 평생 독신으로 살았고 시정에서 중개인·보증인 노릇함	
朴趾源 (1737~1805)	書廣文傳後	後識	광문이 지방을 떠돌며, 역모에 연루된 행적을 중심으로 묘사	
李鈺 (1760~1812)	張福先傳	傳	서울에서 협객으로 소문난 구달문이 협객이 아니라는 내용 기술	장복선전의 삽화
趙秀三 (1762~1849)	達文	筆記	달문이 임금의 배려로 장가들어 은혜에 감사한 내용 첨가.	여러 편의 짧은 이야기의 하나
劉在建 (1793~1880)	李達文	筆記	『秋齋紀異』를 전재	이달문
작자 미상	破睡錄	野談	달문이 기생과 결교한 뒤, 의협심을 발휘하여 기생을 도와줌	다른 이야기의 삽화로 들어감

하지 않고 전해들은 것을 그대로 '전재'하였음을 밝혀 놓았다.[23] 유만주는 자신이 들은 것을 그대로 기록하였음을 밝혀 놓고 있지만, 이미 그 기록물은 구성상 이야기에 기대고 있다. 이 점에서 제한적이나마 창작 과정에서 이야기의 원리를 수용하는 방향에서 서사로 옮긴 것을 알 수 있다. 이는 곧 작가의 의도와 관계없이 구연을 통한 한문의 재구성과정에서 한문과 이야기가 만나고 있음을 의미한다.

이처럼 한문 서사는 이야기(구연)의 적극적 수용과 서사의 역동성, 구연

---

23) 『흠영』 '1781년 윤5월', "余聞此于東江之後孫. 奇而錄之. 然抵捂者不一. 盖傳奇之語, 不論演實與駕虛, 易於道塗而難於精細, 道塗之嫌而必欲精細之, 則或又隨意粧撰, 以平其抵捂, 以補其缺漏, 雖曰精細, 便非實錄也. 余所錄止從傳者, 存其抵捂, 而不文之以精細也, 夫夏五郭公, 史猶有厥文, 況於稗官小說乎!"

24) 이 이야기는 노명흠의 『東稗洛誦』에는 「郊居一宰相癡淑假稱居士愔服倭僧」으로, 『靑邱野談』에는 「劫倭僧柳居士明識」으로 실려 전한다. 두 야담집에 나오는 줄거리는 홍신유의 서사한시와 대동소이한데, 서사한시에서 서애 유성룡의 숙부인 유거사가 임진전쟁을 예견한 정황을 덧붙여 놓으면서 그의 인물형상을 더욱 생동하고 흥미롭게 포착

에 기댄 작가 개인의 상상력의 확대과정에서 서사를 창작하고 향유하는 계층은 점차 늘어난다. 게다가 이야기를 수용한 작품 자체를 적극적으로 인식하여 옹호하거나 해명하기도 한다. 이러한 과정을 통해 전(傳)과 기사(記事)와 같은 공적인 서사는 마침내 역사와 분리되어 가는 과정을 보여준다.

어떤 경우는 여기에 그치지 않고 하나의 이야기가 전승되고 또한 기록화 되면서 다양한 모습으로 서사로 정착되기도 한다. 이러한 과정을 통해 한문학에서 이야기의 원리를 적극적으로 반영한 다양한 서사가 생겨나기도 한다. 이는 구연이 한문학과 만나면서 한문 서사가 다양한 모습을 띠고 변주하는데 일조한 결과이기도 하다. 널리 알려진 광문(달문)의 예를 들어 확인하기로 한다.

이른바 구연을 공통의 지반으로 삼아 다양한 한문서사가 산생한 것을 보여준다. 서사한시에서부터, 필기, 전, 야담에 이르기까지 구연을 교집합으로 삼아 다양한 형태의 서사로 정착하고 있다. 여기서 구연되는 과정에서 원래의 사실(이야기)이 바뀌거나, 견문한 작가 역시 구연을 근거로 다양한 방식의 서사로 교직하였기 때문에 각 서사의 내용과 작품이 지향하는 바는 단일하지 않다는 사실을 주목할 필요가 있다. 이는 언어생활과 서사와의 관련성을 여실히 보여주는 대목이기도 하다. 이 점에서 생활상에서의 이야기나 언어문제가 한문서사의 다양한 발전에 기여하고 있음을 다시 한번 확인할 수 있다.

4. 구연과 한시 이야기 수용을 통한 언어생활의 재현

한시의 경우, 민담이나 설화, 야담 등을 소재로 작품화한 경우가 많다. 이 경우, 작품의 근원 이야기는 당대에 널리 알려진 이야기거나, 아니면 제보자가 전해준 흥미로운 이야기가 다수이다. 이러한 한시는 형성과정에도 독특함을 보이는데, 대개의 경우 구연단계를 거쳐 시로 정착된다. 이러한 과정은 야담의 성립과 마찬가지로 구연의 전통을 십분 활용하고 있는 셈이다.

하나의 예로 홍신유(洪愼猶, 1722~?)의 「유거사(柳居士)」를 들 수 있다. 이 작품은 야담으로 널리 전하는 '바보 아재(癡叔)' 이야기[24]를 소재로 삼아 서사한시로 포착하였다. 이와 달리 야담의 성립과정과 같이 이야기의 제보자로부터 사실을 듣고 이를 작품으로 정착하는 경우도 있다. 이형부(李馨溥, 1782~?)의 「조령박호행(鳥嶺搏虎行)」에서 확인할 수 있다.

> 임인년(壬寅年) 5월(月) 하순(下旬)에 고을 사람 김아무개가 길손 하나를 데리고 놀러 왔는데, 임씨라고 하였다. 그는 집이 익산(益山)이며 나이 지금 63세인데도 얼굴에 주름살 하나 지지 않았다. 한참 때는 용력이 굉장했으나 항시 스스로 숨기고 자랑하지 않았다는 것이다. 밤은 이슥하고 문풍지 바람이 우는데 길손이 조령(鳥嶺)서 호랑이 잡은 이야기를 꺼내는 것이었다. 기백이 심히 씩씩하니 곧 자신의 젊은 시절 이야기였다. 길손이 떠난 다음에 장구(長句) 한 편을 짓는다.[25]

인용문은 작품의 서문이다. 한 사나이의 무용담(武勇談)을 들은 내용을 시로 포착한다는 서술이다. 우리는 야담(野談)에서 민중기질을 나타난 작품을 자주 접할 수 있는바, 시인 또한 작중에 나오는 입심 좋은 사나이로부

---

24) 이 이야기는 노명흠의 『東稗洛誦』에는 「郊居一宰相癡淑假稱居士懾服倭僧」으로, 『靑邱野談』에는 「劫倭僧柳居士明識」으로 실려 전한다. 두 야담집에 나오는 줄거리는 홍신유의 서사한시와 대동소이한데, 서사한시에서 서애 유성룡의 숙부인 유거사가 임진전쟁을 예견한 정황을 덧붙여 놓으면서 그의 인물형상을 더욱 생동하고 흥미롭게 포착하고 있다.

25) 『韓山世稿 · 溪墅稿』 卷41 「鳥嶺搏虎行」, "壬寅五月下澣, 同州金某, 偕一客而至. 客林氏也. 家益山, 年六十三, 顔髮不凋皺. 少以膂力稱, 常自晦不衒云. 夜闌風櫺, 話鳥嶺事, 氣義甚壯, 乃其少日事也. 客去, 作長句."(임형택, 『이조시대서사시』 下, 321면에서 재인용)

터 호랑이를 때려잡은 이야기를 듣고서 한시로 포착하였다. 시의 내용은 그야말로 한 사나이의 '무용담'이자 야담적 성격을 여실히 보여준다. 이러한 야담적 성격은 구연과정을 거쳐서 그렇게 된 것으로 보인다. 작품에서 "재미난 이야기 실타래 풀리듯 듣노라니 턱이 절로 벌어지네 / 솔잎에 이슬 대숲에 바람 참으로 청신한 밤이었노라[佳話縷長解我頤, 松露竹風作淸宵]"라 하듯이, 시인은 사나이의 입담에 넋이 빠졌음을 밝히고 있다. 여기서 구연하는 사나이는 흡사 이야기꾼과 같이 능숙한 솜씨를 보여주고 있다. 그리고 시인은 사나이의 입에서 뿜어져 나오는 흥미진진한 이야기를 소재로 한시로 구성한다.

작품을 보면, 길손이 전하는 이야기는 그야말로 구기가 느껴질 정도의 이야기 투다. 이 길손은 이야기꾼이라 할 만큼 화술에 능했던 인물로 보인다. 시인의 시선도 자신의 정서를 표출하기보다 구연을 시속에 담아내는 데 치중하고 있다. 이 작품의 시적 화자는 길손인 바, 그의 역할은 마치 구연자의 그것처럼 느껴진다. 실제 작품에서도 시인은 자신이 전해들은 이야기 자체의 형상에 시선을 집중하고 있다. 작품 또한 자연스럽게 전해들은 흥미로운 이야기에 근거하여 전개된다. 호랑이를 때려잡은 사나이의 무용담과 그의 모습은 흔히 당대의 실생활에서 만날 수 있는 모습이다. 따라서 시의 전체 구성도 마치 이야기의 구연자가 현장에서 민담이나 무용담을 구연하는 듯 하게 전개되기 때문에, 이 작품을 읽는 사람은 구연자의 이야기를 듣는 듯한 착각을 일으킬 수 있다.

여기서 주목하고자 하는 것은 인물을 그려내는 시적 분위기와 시속에 구현된 구연의 원리이다. 그러므로 작품의 시적 정서는 민중적이며, 분위기는 매우 현실적이다. 이는 몇 개의 고유어나 방언을 구사한 작품의 성취와는 다른 면모를 보여준다.

이와 달리 특정 지방에서 전해 오는 설화나 민담을 소재로 작품화한 경우도 있다. 이 경우, 시인은 구연되던 이야기를 소재로 창작하는 경우가 많은데, 역시 구연과정을 거친다. 김이만(金履萬, 1683~1759)의 「어장사참사가(魚壯士斬蛇歌)」에서 그 사례를 볼 수 있다.

　　서남쪽에 대송정(大松亭)이 있는데, 넓고 평평한데다 탁 터이고 연한 사초(莎草)가 우거져있어 앉을 만 하였다. 못 가운데 커다란 이무기가 있어 오래도록 사람과 가축을 해쳤다고 한다. 이전 어득황(魚得晃)의 형제 다섯 사람이 모두 주먹과 용맹으로 소문이 났다. 한번은 그들이 함께 대송정에 놀러가서 담배를 말아 피우려고 했는데 창졸간이라 불이 없었다. 멀리 연암(燕巖)을 바라보니 초인(樵人)이 남긴 불씨가 모락모락 피어올랐다. 득황(得晃)이 드디어 헤엄쳐 못을 건너 지승(紙繩)에다 불을 붙여 상투에 묶고는 또다시 헤엄쳐 돌아오다가 호수(湖水) 한가운데 이르렀는데, 커다란 이무기가 갑자기 올라와 득황을 습격하였다. 득황의 형제 네 사람이 대송정에 있다가 멀리서 이 광경을 바라보고는 크게 소리를 질러대니 득황은 "염려하지 말고 우선 나무를 잘라 몽둥이를 만들고 기다려라"고 하였다. 이무기가 가깝게 다가오자 득황이 힘껏 한번 냅다 차니 이무기는 잠시 주춤하였다. 이윽고 못에 이르러 뭍으로 올라오자, 이무기는 못에 있으면서 그 꼬리를 휘둘러 사람을 치다가 꼬리에 있는 발톱이 나무에 못처럼 박혀 졸지에 빠지지 않았다. 득황과 그 형제 네 사람이 몽둥이를 잡고 쳐죽여, 이무기의 허리를 둘둘 말아 나무 끝에 걸어두니 머리와 꼬리가 땅에까지 닿았다고 한다. 그 지방 수령 이(李) 아무개는 그 땅을 넓혀 정자를 짓고 그곳에 편액하여 임소정(臨沼亭)이라고 하였다.26)

　　인용문은 「어장사참사가(魚壯士斬蛇歌)」의 근원설화에 해당된다. 시인은 어장사(魚壯士)의 이야기를 산문으로 담아낼 뿐만 아니라, 이를 근거로 한 시로도 담아내었다. 「어장사참사가」는 민담을 근거로 의림지의 이무기를 잡은 어씨(魚氏) 오장사(五壯士)의 이야기를 흥미롭게 그려내고 있거니와,

---

26) 『鶴皐先生文集』 卷9 雜著 ‘山史’, “西南有大松亭, 夷曠爽山豈, 軟莎茸茸 可坐. 池中有巨蟒, 久爲人畜之害. 昔有魚得晃兄弟五人, 皆以拳勇聞. 共遊大松亭, 欲吸煙茶, 而倉卒無火燧, 遙望燕巖, 樵人遺火煙, 冉冉起, 得晃, 遂游而過湖, 以紙繩炳火, 束于髻, 又游而反, 至湖心, 巨蟒猝起而襲之. 兄弟四人, 在松亭望見, 大呼之, 得晃曰, 無虞也, 第伐木爲梃而待之. 蟒幾及之, 得晃盡力一蹴, 蟒輒少却, 俄而, 到池邊躍而出, 蟒在水中, 奮其尾撲人, 尾有距釘樹, 猝未得脫. 得晃與兄弟四人, 持梃擊之斃, 疊其腰, 懸之樹杪, 首與尾, 下及于地云. 賢宰李某, 拓其地, 而亭之扁其面曰, 臨沼亭.”

시인은 시적 역량을 한껏 발휘하여 민담과는 다른 세계를 펼친다. 이 외에도 고시가(古詩歌)인 「명주가(溟州歌)」의 배경설화가 되는 '연화부인(蓮花夫人)'에 대한 이야기[27]를 한시로 포착한 경우도 마찬가지다. 본래 '연화부인'의 이야기는 「명주가」의 배경설화로 전승되다가 전기소설(傳奇小說)로 발전하며, 한시로도 정착된 바 있다. 김이만의 「연화봉가(蓮花峯歌)」[28]가 이 경우다. 「연화봉가」는 바로 '연화부인'의 설화를 한시로 형상한 경우다. 그 배경설화의 내용은 이렇다.

세상에 전해오기를 한 서생이 유학하면서 명주에 왔다가 예쁜 양가집 여자를 보고 시로서 유혹하였다. 그 여자는 과거시험을 본 후 부모님께 아뢴 뒤 성혼을 하자고 허락하지 않았다. 서생이 서울로 돌아간 뒤 그 여자 집에서는 사위를 보고자 하여 혼인을 준비하고 있었다. 이때 그 여자는 평소에 아끼면서 길러온 잉어에게 사연을 적어 주고 서생에게 전해주기를 부탁하였다. 그 잉어는 마침 부모를 공양하려고 고기를 구하던 서생에게 팔려 그 편지가 보여지게 되었다. 서생은 그 편지를 아버지께 보이고 곧장 여자 집으로 가니 그 여자 집에서도 감동하고 이미 정혼하려던 신랑을 보내고 서생을 사위로 맞이하게 되었다 한다.[29]

한시에서 설화를 받아들인 경우는 드문 사례거니와 「연화봉가」처럼 한시로 포착한 경우는 더욱 드물다. 내용 또한 설화를 그대로 담아내고 있고, 시적 정서 또한 악부시를 통하여 구연의 원리를 잘 담아 내고 있다.

---

27) 「명주가」의 배경설화가 되는 이야기는 『고려사』의 「악지」를 비롯하여 『신증동국여지승람』이라던가 『증보문헌비고』, 『江陵金氏波譜』, 『臨瀛志』 등에 실려 전한다. 하지만 기본 줄거리는 大同小異하나 약간의 차이는 있다. 특히 이 설화는 허균의 『惺所覆瓿稿』(국립도서관 소장본) 卷7의 「鼈淵寺古迹記」에 李居仁의 作으로 소개되어 있고, 거기에 전문이 실려 있다. 『惺所覆瓿稿』의 「鼈淵寺古迹記」에 실린 작품은 박희병 교수에 의해 연화부인이라는 제목의 傳奇小說로 소개된 바 있다. 또한 「명주가」의 배경설화가 보여주는 연변이라던가 그 형성과정에 대해서는 박혜숙, 「명주가와 관련한 몇 가지 문제」(『인제논총』 제9권 제2호, 인제대, 1993)에서 자세히 고찰하고 있다.
28) 『鶴皐先生文集』 卷3 「蓮花峯歌」.
29) 민족문화추진회 간행, 『국역 신증동국여지승람』 5, 54면 「養魚池」條 참조

이 외에도 민간에 널리 알려진 민담을 한시로 담아낸 경우도 있다. 홍석모(洪錫謨, 1781~1850)의 「파옹행(破甕行)」이 이에 해당된다. 이 작품은 옹기장수가 재물에 대한 욕망으로 헛된 꿈을 꾼다는 민담을 한시로 포착한 것이다. 홍석모의 「파옹행」은 비록 구연과정을 거치지 않았으나, 민담 자체가 오랜 시공간 속에서 적층적(積層的) 구연과정을 거쳤다는 점에서는 앞의 시들과 동일한 맥락을 지닌다. 특히 민담을 수용한 경우, 그 민담을 한시로 형상할 때, 일단 재현방식에서 구연의 원리를 대폭 수용한다. 이는 시인이 구연의 원리를 십분의식한 바도 있지만, 기본적으로는 작품의 원천이 민담이기 때문에 그렇게 된 측면이 강하다. 작품의 그 대목을 보기로 한다.

昔有一夫學此工	"옛날 어떤 사람이, 독 짓는 재주를 배워서
往來長安換靑銅	독집 지고 서울을 갔다 왔다, 돈을 받고 팔았지요
夕陽歸來樹木陰	한번은 저물어 돌아오는 길, 나무 그늘진 아래서
芳堤下擔納淸風	둑에 짐을 받치고, 바람을 맞으며 쉬다가
須臾日落歸鳥過	어느새 해는 떨어지고, 날새 들 집을 찾아 돌아가서
四顧漠漠只平坡	사방 둘러봐도 막막히, 평평한 언덕뿐인지라.
轉身仍入甕中宿	혼자 몸을 웅크려, 항아리 속으로 들어가니
脚過耳兮背如䟆	무릎은 귀 위로 솟고, 등은 마치 자라 모양.
低頭點點指頻屈	숙여진 머리로 셈을 하느라, 손가락을 부지런히 꼽아
十日卄日價漸多	열흘 스무날 날이 가는 대로, 버는 돈 점점 많아져
息貨如山堆無窮	동전이 산처럼 불어나서, 무진장 쌓여는 가니
窶兒忽成富家翁	곤궁한 아이는 졸지에, 부잣집 샌님으로 변했구나.
身邊不覺甕之小	제 몸이 지금, 항아리 속에 있는 걸 잊고
心中只喜財益豐	재산이 날로 풍족해가자, 아주 마음이 들떠서
倐擧雙袖舞參差	벌떡 일어나 두 소매, 너울너울 춤을 추다가
揮手頓足如狂痴	팔목을 휘젓고 발을 구르며, 미친 듯이 나대는데
東倒西顚樂未已	앞으로 자빠지고 뒤로 엎어지고 너무나 좋아서
片片甕破渾不知	항아리 산산조각 났는데도, 그 사람 깨닫질 못하네.

陶朱巨富空流涎　　부자가 부러워, 공연히 침을 흘리다가.
千金還似春夢然　　천금의 재물을 봄꿈에 얻은 듯 하는구나."[30]

　이른바 '독장수 주먹구구'라는 민담을 받아들여 서사한시의 형태로 구성해 놓았다. 인용문은 '독장수 경영'에 관한 부분이다. 한시에서 민간의 이야기를 작품화한 것은 흔히 있는 일이지만, 민담을 소재로 한 예는 드물다. '독장수 주먹구구'라는 민담은 이조 후기에 널리 퍼져있었다. 『고금소총』이나 『송남잡지』와 같은 여러 문헌에 보이는데, 하나를 예시해 둔다.

　옹기장수가 옹기 한 짐을 지고 나무 아래에서 쉬면서, 가만히 셈을 해보았다. '한 푼 어치를 대면 이 푼을 벌고, 이 푼 어치를 대면 사 푼을 번다. 또 일전 어치를 대어 이전을 번다면 한 짐이 두 짐이 될 것이고, 두 짐이 네 짐이 된다. 그리고 한 냥이 두 냥이 되고 두 냥이 네 냥이 된다면, 조금씩 배로 많아져 종국에는 억 만냥이 될 것이다.' 이에 생각하기를 '재산이 이와 같다면 대장부가 세상에 처하여 어찌 처가 없겠는가? 처가 있고 난 뒤에는 어찌 가정이 없겠는가? 가정이 있고 난 뒤에는 어찌 살림살이가 없겠는가? 이 같은 뒤에 일처(一妻)에 일첩(一妾)을 두는 것은 남아가 흔히 있는 일, 처와 첩이 있은 뒤에 만약 싸우는 일이 있다면 마땅히 이같이 때릴 것이다.' 하고 즉시 지게를 고인 막대기를 뽑아서 옹기를 마구 때린 뒤에 앉아서 생각해보니, 결코 되지도 않는 말이었다. 단지 옹기만 모두 깨어졌을 뿐 아니라, 지게도 함께 부셔졌고 옆에는 단지 세 푼 어치 되는 동이만 하나 있었다. 이것을 가지고 가다가 길에서 소나기를 만나 대장간으로 들어가 비를 피해 앉아 있었다. 다시 셈하기를, '이 세 푼의 값이 나가는 것으로 여섯 푼을 벌고, 여섯 푼으로 옹기 두 개를 사서 일전을 번다. 그리고 조금씩 배로 불려나가면 그 수를 도한 헤아릴 수 없을 것이다. 그러다가 그만 머리를 흔들어 이리저리 움직이다가 그 마저도 아궁이 벽에 그만 부딪혀 깨어져 버렸다.[31]

---

30) 『陶厓詩集』 卷1 「破甕行」, 이 시의 번역은 임형택 교수의 『이조시대서사시』 상, 창작과비평사, 1992 참조.

31) 『古今笑叢』 「醒睡稗說」 제68話 '甕算', "甕器商, 負甕器一負, 休于樹下, 默算曰, 給一分者, 捧二分, 給二分者, 捧四分, 給一錢者, 捧二錢, 一負爲二負, 二負爲四負,

옹기장수의 헛된 꿈과 욕망(慾望)에 대한 내용이 매우 재미나게 기록되어 있다. 시의 줄거리도 민담의 내용과 대동소이하다. 예시한 민담도 그렇지만 인용한 시도, 마치 화자가 현장에서 누군가에게 직접 이야기하듯이 구술하고 있다. 구기(口氣)가 강하게 느껴진다. 이것은 시의 서두에서 "옛날 어떤 사람이 ……[昔有一夫 ……]"라는 식으로 구성하고 있는데서 확인할 수 있다. 마치 고담(古談)을 서술하는 전형적 서두방식과 같다. 시는 민담의 내용을 대체로 수용하고 있는데, 민담의 내용이 곧 시의 줄거리이다. 시는 이야기식의 구성원리를 십분 활용하고 있는 셈이다. 이러한 구성은 시적 화자를 보더라도 확인할 수 있다. 곧 이 시의 화자는 민담을 이야기하는 구연자이다.

시의 내용은 서사성이 있음에도 불구하고, 시인은 옹기장수의 외모나, 그의 행동이 일어나는 환경에 대해서는 전혀 무관심하다. 시인은 오직 옹기장수의 행동에만 관심을 쏟고, 벌어진 사건을 이야기하기 위해서 필요한 것만 서술하고 있다. 기실 이러한 이야기 서사의 수용은 생활어나 방언, 그리고 민족 고유어를 한시로 도입하여 한시에서의 언어의 괴리 문제를 해결하는 것과는 다른 방향에서 한문학과 언어의 괴리 문제를 접근한다. 이는 직접적인 시어를 통해 가깝게 접근하기보다 설화의 민담이 지닌 민족적 정감을 수용함으로써 시적 분위기와 시적 정서를 통한 간접 접근하는 방식을 취한다. 이러한 접근법 또한 한문학과 언어의 괴리 문제를 측면에서 해결하는 데 일조한다는 점에서 의미가 없지 않다.

一兩爲二兩, 二兩爲四兩, 次次倍之, 終至萬億兆. 乃曰財産如此, 丈夫處世, 豈無妻乎? 有妻後, 豈無家乎? 有家後, 豈無器皿乎? 如是之後, 一妻一妾, 男兒之常事, 有妻妾之後, 若有爭鬪之事, 則當如是打之, 卽拔支機杖, 亂打甕器後, 坐而思之矣, 萬不成說, 非但甕器盡破, 支機幷破, 傍有三分價小盆一介矣. 拾而去之, 路逢驟雨, 入冶炊中, 避雨而坐, 更算曰, 以此三分價者, 捧六分, 以六分, 買二器, 捧一錢二分, 次次倍之, 其數亦不可量. 乃搖頭揚揚之際, 其亦觸炊壁破之."

5. 생활언어의 수용 민족정서의 표출

이른바 '조선시(朝鮮詩)' 내지 '조선풍(朝鮮風)'은 실학파 문인들의 중요한
문학적 성취다. 이러한 성취는 산문이나 소설 등에서 속담이나 우리 식의
한문으로 구사한 사례에서 확인할 수 있다. 하지만 한시의 경우, 생활어나
민족고유어를 도입하는 것으로 구체화된다. 시조나 민요를 한시로 번역하
여 민족 정감을 수용하는 것 등도 같은 맥락에서 이해할 수 있다. 이조 후
기의 한시는 실생활의 체험에서 우러나는 정서와 그 표현을 여하히 반영
할 것인가 하는 점을 여러 가지 방면으로 추구하기도 한다. 여기서는 시어
의 사용과 표현의 측면, 그리고 시조나 민요를 한시로 번역하는 문제를 거
론하면서 한시와 언어와의 문제를 살펴보기로 한다.

일찍이 성호(星湖) 이익(李瀷, 1682~1763)은 시의 내용과 표현 관계를 설명
하면서 "意深而語淺"라고 제기한 바 있고, 연암(燕巖) 박지원(朴趾源)도 "字
其方言 韻其民謠"라 하여 시어의 사용에서 생기는 괴리문제를 심각하게
제기한 바 있다. 우선 성호의 언급을 보자.

나는 농어촌에 거처하여 이어(俚語)에 많이 익숙하다. 민간풍속에서는 비 내
리는 것을 살피고 바람 부는 것을 미리 점치는데, 그 부르는 것이 각각 다르다.
동풍을 사(沙 : 샛바람)라 하는데, 명서풍(明庶風)으로 『이아(爾雅)』의 곡풍(谷
風)을 말한다. 동북풍을 고사(高沙 : 높새바람)이라 하니 즉 조풍(條風)이다. 남
풍은 마(麻 : 마파람)라 하니 즉 경풍인데, 『이아(爾雅)』의 기풍(岐風)이다. 동
남풍을 긴마(緊麻 : 된마파람)이라 하는데 즉 경명풍(景明風)이요 서풍을 한의
(寒意 : 하늬바람)이라 하니 즉 암합풍(闔闔風)인데 『이아(爾雅)』의 태풍(泰風)
이다. …… 이런 것들은 모두 시(詩)의 재료(材料)로 들 수 있다.

생활언어를 시어로 사용할 수 있다는 언급이다. 성호는 자신이 제기한
문제를 작품으로 검증해 보기도 하지만, 본격적인 창작은 하지 않았다. 구

체적으로 실천한 경우는 홍양호와 위백규이다. 홍양호(洪良浩, 1724~1802)는
일찍부터 민족어에 대해 관심을 표명한 바 있고 「북새기략(北塞記略)」에서
북관의 생활어를 모아 한자로 옮겨놓은 바 있다. 또 그는 「북새잡요(北塞雜
謠)」에서 직접 모은 생활어를 시어로 도입하여 북관민의 생활현장을 생동
하게 묘사하였다. 위백규(魏伯珪, 1727~1798)는 「연년행(年年行)」의 연작시에
서 호남지방의 생활어와 그 지역에서 쓰던 고유어를 적지 않게 시어로 도
입하여 농촌의 생활정감을 생동하게 담아내었다.

특히 실학파 문인들이 이 문제에 대해 지대한 관심을 표명하는 한편 창
작을 통해 일정한 성과를 내었다. 유득공(柳得恭, 1748~1807)은 시작품 여러
곳에서 우리의 고유어나 생활어를 시어로 도입하여 표현에서의 생활정감
을 추구하거니와, 몇 가지를 예시하면 다음과 같다. 그는 달집[月戶], 산들
바람[孫石風], 눈싸라기[雪米], 하늬바람[寒意], 높새바람[綠沙] 등의 생활어
를 참신한 시어로 표현하였다. 이 외에도 날개 돋친 듯 팔리다[翔市], 시터
진 소리[酸響] 등으로 표현하여 생활에서의 현장감을 배가시키고 생활에
어울리는 표현미를 창출해 내었다. 강산(薑山) 이서구(李書九, 1754~1825) 역
시 청둥오리[靑銅鳧], 나비[羅敷], 등나무자리[桃笙] 등을 시어로 구사하기
도 하였다.

이외에도 독특한 문체와 개성적인 창작으로 주목을 받은 이옥(李鈺, 1760
~1812)은 그의 문집에서 방언(方言)이라는 항목을 따로 설정하여 영남방언
60여 가지를 한문으로 음차하여 기록해 놓은 바 있다. 이러한 지방의 생활
어에 대한 관심은 시작품에도 그대로 반영되고 있다. 그는 『이언(俚諺)』에
서 방언이나 고유어뿐만 아니라 구어(口語)의 성격을 지닌 어휘를 시에 도
입한다. 예컨대 새로 시집간 새댁을 '아가씨[阿哥氏]'로, 깨끼적삼을 '각기
삼[角岐衫]'으로, 기생이 쓰는 모자인 가리마를 '가리마[加里麻]'로, 한글
자음인 이응을 '이응[異凝]'으로 표현하고, 사나이를 '사라해[似羅海]'라 표
현하였다. 그는 이를 통해 여성의 정감을 한층 배가시켰다. 이에 그치지
않고 당시에 흔히 쓰던 용어인 '거사(居士)'니 '영감(令監)'이니 '사당(社堂)'

이니 '화랑(花郎)' 등과 같은 시어를 채택하고, 심지어 구어조차도 과감하게 시어로 끌어들여 시어의 확대를 추구한 비 있다. 이를테면 그는 반쯤 무당을 '반무당(半巫堂)'으로, 나미아미타불을 '나무아무미(那無我無美)'로 또 '언문여제학(諺文女提學)' 등으로 표현하는바, 이는 곧 생활하는 과정에서 생겨난 언어 문제를 해결하려는 의도였던 것이다.

널리 알려져 있지만 이 같은 성과는 정약용(丁若鏞, 1762~1836)이 좀더 뚜렷한 성취를 이룩한다. 다산은 일련의 시편들 예컨대 『장기농가(長鬐農歌)』·『탐진촌요(耽津村謠)』·『탐진어가(耽津漁歌)』·『탐진농가(耽津農家)』 등에서 그 지방 특유의 방언을 시어로 채택하여 민족의 생활정감을 뚜렷이 포착한다.

여기서 주목되는 점은 방언이나 구어 등을 시로 표현한 경우 외에도 어록체를 시어로 구사하여 특이한 성취를 이룬 경우도 있다. 이언진(1740~1766)이 그 경우다. 그는 『동호거실』에서 산문에서 주로 쓰던 어록체나 백화체를 시어로 대담하게 도입하여 독특한 개성과 시세계를 보여준다. 그는 제목부터 골목이라는 어록(語錄)인 '동호'를 사용하여, 이미 시 전편에서 어록을 과감하게 차용할 것임을 암시하고 있다. 실제로 그는 시작품에서도 箇, 了, 一了, 的, 一的, 和, 兒, 甚麽, 擺擺, 端的, 濃粥, 來來 등과 같이 백화(白話) 및 어록(語錄)을 사용하여 새로운 시어 사용의 길을 열어놓았다.

19세기에도 이러한 성향은 축소되지 않고 오히려 확산되어 갔던 것 같다. 먼저 일단의 뚜렷한 성과는 담정(潭庭) 김려(金鑢, 1766~1221)와 낙하생(洛下生) 이학규(李學逵, 1770~1834)에서 볼 수 있다. 김려는 지방의 물명(物名)을 이두식으로 표현하여 지방의 향토정서를 선명히 포착하는 바, 『우해이어보(牛海異魚譜)』의 삽입시인 「우산잡곡(牛山雜曲)」이 그것이다. 그는 여기에서 꽁치, 조개, 볼락, 숭어, 은어, 오징어 등을 한문으로 음차하여 어촌의 생활모습을 사실적으로 담아내었다. 이 외에 그는 『사유악부(思牖樂府)』에서 좀더 진솔한 정감표출을 위해 구어나 속담 등도 시어로 도입한다. 예컨대 '하하웃네'를 '소하하(笑何何)'로, '수박 겉핥기'를 '외지서과(外舐西瓜)'로,

또는 '정말로 개돼지'를 '진돈견(眞豚犬)'으로, '개 같은 김씨 고양이 같은 이씨놈'을 '김구이묘(金狗李苗)'로 표현하거니와, 이는 마치 파자를 활용하여 시어로 사용한 느낌이다. 이 외에도 그는 서사한시 「고시위장원경처심씨작(古詩爲張遠卿妻沈氏作)」에서 쇠코잠방이(犢鼻禾當), 마상이(亇尙), 당도리(唐兜), 등의 생활어휘나 민간지식을 시어로 대폭 차용하고 사실적인 표현을 사용하여 민중적인 미감과 시적 성취를 새롭게 제고시키고 있다.

이 작업은 이학규가 더욱 발전시킨다. 그는 방언 및 고유어를 다양하게 시어로 사용한다. 이는 그의 여러 작품에서 확인되는 바인데, 그는 주로 호남과 영남의 방언이나 고유어를 시어로 사용하였다. 일일이 다 거론하지 않고 몇 가지 만 예를 들어본다. 그는 패랭이를 '폐양자(蔽陽子)'로 나락(벼)를 '나록(羅祿)'으로 시집가지 않은 여자인 가시내를 '가아남(假兒男)'으로, 일본에서 전래된 음식인 스끼야기를 '승가(勝歌)'로 한문으로 음차하여 사용하였다. 또 속어를 시어로 활용한 사례도 있는바, '늙은이 낯 가죽'을 '노면피(老面皮)'로 한 것에서 이를 확인할 수 있다.

이외에도 그는 그 지방의 고유어를 직접사용하기도 하였다. 예컨대 아전의 우두머리를 '상찰(上察)', 관노(官奴)의 방을 '과방(果房)' 등으로 표현하였다. 특히 그는 「걸사행(乞士行)」에서 유랑연예인의 생활을 형상하면서 좀 더 대담한 표현과 시어를 사용하기도 한다. 즉 걸사(乞士), 사당(社堂), 평량(平凉, 패랭이) 등과 같이 한문으로 음차한 표현이나 혹은 고유어를 쓰기도 하며, 의성어를 한문으로 음차하여 표현할 뿐만 아니라, 나아가 타령조가락을 대폭 시어로 수용하고 있다. 요컨대 이러한 시어의 사용은 한문 어구의 표현이나 정감에서는 성취할 수 없는 언어생활과 생활정감을 이루어낸다는 점에서 한층 민중적인 데로 나아간다. 이는 이전시기에서 보이지 않은 시적 표현의 성과일 터이다.

그런데 방언과 민족고유어의 시어도입과 새로운 표현미학의 모색은 19세기 전시기에 거쳐서 이루어졌던 것 같다. 19세기의 여항시인 김의령(金義齡)도 이러한 추세를 따랐던 인물이다. 한 작품을 예시한다. 「농요구수(農謠

九首)」 중 두 번째 작품이다.

約正素多口　　약정이야 본디부터 말이 많지만
面任亦喜事　　모사꾼 면임과도 일을 꾸미누나
西舍母鷄肥　　'이쪽 집 씨암탉이 먹음직하다느니
東隣酒熟未　　저쪽 집 술이 언제쯤 익는다는 둥'

약정(約正)은 향약(鄕約)의 임원(任員)을 말하는 것이고 면임(面任)은 향촌에서 공공사무를 맡아보는 임장(任掌)의 일원이다. 대개 이 시어는 이조 후기의 향촌사회에서 주로 사용되던 특수어다. 이 작품은 이처럼 향촌사회에서 항용 사용하는 시어를 사용함으로써 향촌민의 생활상과 농촌의 실상을 있는 그대로 포착하고 있다. 이러한 생활언어를 시어에 반영하여 향촌의 정감을 드러내고 있지만, 시어의 특수한 사정을 모르면 시를 이해하기도 힘들 터이다.

다산 정약용의 외손자였던 방산(舫山) 윤정기(尹廷琦, 1814~1879)는 뚜렷한 성과를 보여준다. 아마 그의 이러한 창작은 외조였던 다산의 영향도 있었다고 보여지지만,32) 윤정기는 여러 작품에서 생활 언어를 시어로 사용한다. 이는 「금릉죽지사(金陵竹枝詞)」에 잘 나타나 있다. 한 수만 예시한다.

屋上匏花澹月微　　초가 지붕 위 박꽃 옅은 달빛에 어렴풋
隣家健婦賃春歸　　옆집 건강한 아낙 방아 품 팔고서 돌아오누나
瓦梡分來羅祿飯　　오지 주발에 나락 밥 얻어오는데
蟲聲一道露霑衣　　벌레 소리 우짖는 이슬 길에 옷 마저 젖는구나

시의 주에 "嶺湖以南方言, 謂稻曰羅祿. 或云, 新羅廩百官, 用稻代米,

---

32) 방산은 특히 시세계에서 다산의 성취를 잇고 있는데, 특히 시경해석은 다산의 시경학을 계승하고 있다. 이에 대해서는 진재교, 「방산 윤정기의 국풍론」(『이조후기 한시의 사회사』, 2001 소명출판) 참조

故云"라고 적어 놓았다. 당시에 영남에서 생활언어로 사용하던 '나록(羅祿)'을 시어로 구사하여 농촌아낙의 생활상을 생동하게 그려내고 있다. 이 외에도 그는 전조(田租)를 '세경[所耕]'으로 표현하고, 시집가지 않은 여자를 '가시나[假兒男]' 등으로 표현하기도 하였다. 나아가 그는 육자배기를 그대로 한시로 도입한 바도 있는 바, 우리가 익히 알고 있는 '오동추야 달이 밝아 / 무단히 남모르게 한스러운 심사 / 비 내리는 창 밖엔 낙숫물 듣는 소리 / 떨어져 날리는 마른 나뭇잎 소리'를 '梧桐秋月夜來明 / 此地無端暗恨生 / 輕滴鼺鳴窓外雨 / 浪浪颯颯葉乾聲'과 같이 표현하여 민들이 생활에서 흔히 부르는 가창의 언어를 수용한 흔적을 뚜렷하게 엿볼 수 있다.

가장 두드러진 경우는, 여항시인이었던 소당(嘯堂) 김형수(金逈洙, 哲宗年間)를 들 수 있다. 그는 '농가월령가'를 한시로 옮긴 「월여농가(月餘農歌)」(1862)에서 무려 100여 가지가 넘는 방언과 고유어 등을 사용하여, 농민의 12계절에 따른 현장감과 실정을 실감나게 전해준다. 김형수(金逈洙)처럼 고유어와 생활어를 대량 시어로 도입하여 생활현장과 정감을 생생하게 드러낸 사례는 이전시기에 볼 수 없었다. 더욱이 그는 시의 말미에 「속언자해(俗言字解)」항을 첨가시켜 시어로 옮긴 방언이나 고유어의 내용을 자세하게 설명하고 있다. 몇 가지를 예시하면 다음과 같다.

京 : 徐鬱(서울), 曲麻 : 씀바귀, 於蔭 : 어름, 秧基 : 모판, 舍音 : 마름, 乞士 : 거사, 庄丁 : 머슴, 高麗臭 : 고린내, 豆腐 : 두부, 秧歌 : 메나리, 賭牛凍 : 소나기비 善往經 : 선황당

이외에도 우리는 민요나 시조를 한시로 번역한 것에서 민족 정서의 구체적 면모를 확인할 수 있다. 여기서는 홍양호(洪良浩, 1724~1802)의 「해람(解纜)」과 나열(羅烈, 1731~1803)의 「효자야곡연금가사위지(效子夜曲衍今歌詞爲之)」만을 예시해 둔다. 두 작품 모두 당대에 가창되던 민요를 한시로 포착한 경우에 해당된다.

①解纜方擧帆　　　　닻줄 풀어라 돛을 올려라.
問君此去何時歸　　“이제 가시면 언제나 올 건가요.
滄波渺無際　　　　푸른 물결 아득히 끝이 없는데,
好好往來疾如飛　　아무쪼록 날듯이 탈없이 갔다오소서.
從此遠浦鳴櫓聲　　지금부터 浦口서 멀어져 노 소리 들리면,
是妾腹斷眼穿時[33]　이 몸은 애간장 태우며 뚫어져라 볼 겁니다.”

②帆懸舡卽發　　　　돛대 걸어 배 떠나가니
此去幾時廻　　　　“이제 가면 언제나 올 건가요
萬頃蒼波上　　　　만경창파 푸른 물결 위에
須如去回來　　　　모름지기 간 듯 돌아오소서”[34]

③닷쓰쟈 빗쩌나니 이제 가면 언제 올고
萬頃蒼波의 가눈듯 도라오소
밤중만 지국총 소리예 긋눈듯 ㅎ여라[35]

④달뜨자 배 떠나니 / 이제 가면은 언제나 오나 / 만경창파 저 수중에 / 나는 듯
이만 다녀오소 / 가시다 동남풍 불면 / 내 한숨인가 여겨 주소[36]

　③은 작가미상의 시조다. ④는 북관(北關)에서 그 당시 불려지던 민요의
일부분을 옮겨놓은 것이다. 예시한 네 작품 모두 의경(意境)이나 시적 구성
은 대동소이하다. 아마도 이러한 상동성은 ‘부르기-듣기’의 원리를 수용
한 결과 그렇게 된 것으로 보여진다. 그러므로 시적 화자 역시 작가가 아
니라 민요를 부르는 여성화자다. 노래를 한시로 옮길 경우, ‘부르기’의 구
성을 십분 활용하여야 그 맛을 제대로 낼 수 있는 것은 주지의 사실이다.
여기서 「해람(解纜)」과 「효자야곡연금가사위지(效子夜曲衍今歌詞爲之)」는 시

---

33) 「북새잡요」, 『이계홍양호전서』 上, 민족문화사, 1982.
34) 『海陽詩鈔』 卷1 「效子夜曲衍今歌詞爲之」 중 제3수.
35) 심재완, 『교본역대시조전서』 작품번호 764.
36) 김상훈 편찬, 『가요집』 2, 문예출판사, 1983, 174면.

조나 민요 못지 않게 가창적 분위기를 그대로 간직하고 있다는 점을 상기할 필요가 있다.

시적 구성에서도 이러한 흔적은 곳곳에서 나타난다. 이는 세 작품 모두 시적 화자가 여성이라는 것과 여성의 시각으로 님과 이별하는 순간을 말하고 있는 것에서 확인 가능하다. ①과 ②의 한시는 모두 질문하는 주체를 여성화자로 설정하여 민요와 시조에 호응시키고 있다. ①의 작가는 이별의 대상을 분명히 설정하여 그 이별의 실감을 보다 구체적으로 전하고 있을 뿐만 아니라, 민요나 시조와 달리 님과 이별하는 그 순간의 장면을 포착하여 현실감을 재고시키는 쪽으로 형상하고 있다. 그런 점에서 이별의 현장감과 정서를 더욱 잘 드러내고 있다. 이는 작가가 시조나 민요의 가창적 성격은 물론 두 양식이 지닌 특성을 십분 잘 인식하여 그 원리를 한시에 적극 받아들인 결과인 것이다.

6. 맺음말

앞서 한문학이 언어 생활을 어떻게 수용하여 창작과정에서의 이원적 문제를 해소하고 어떻게 문학적 성취를 이룩하였던가를 살펴보았다. 국문문학과 한문학의 상호 번역과정에서 보여준 교섭, 그리고 야담과 한시 창작에서의 구연의 수용 등의 사례를 통해 구체적인 양상을 확인하였다. 생활언어와 한문학, 한문학과 국문문학 양식에서의 상호 교섭, 문학간의 넓나듦을 통한 교집합의 확대 등이 그러한 예로 거론하였다. 이 사례는 한문학이 언어 생활과 현실 생활에서 맛볼 수 있는 정취를 살리려 한 점에서, 주체적 자각에 기대어 창작의 개성을 살렸다는 점에서 의미가 있다.

이조 후기의 이러한 시도는 일정한 성취를 낼 뿐만 아니라, 다양한 형태의 진전을 보여주는 것 또한 사실이다. 사실 생활에서 쓰는 언어를 한문학이 여하히 수용하였던가 하는 문제는 한문학을 도입할 시기부터 생래적으로 가진 모순이자, 풀기 어려운 난제의 하나였다. 그런 점에서 서로의 거리를 좁히는 노력은 문학사의 중요한 사안임에 틀림없다.

하지만 이는 매우 제한적 의미를 지니며, 그 앞에 본질적인 한계가 가로놓여 있다는 사실을 고려할 필요가 있다. 그 한계는 우리가 언어와 정서, 그리고 오랜 기간 도입하여 사용한 한문학 양식 사이와의 괴리 문제를 해결하지 못하는 데 있다. 한문학이 청산되거나 아니면 우리가 사용하는 언어를 버리고 중국의 언어를 사용하여 한문학 양식과 언어를 일치한다면 풀릴 수 있는 문제이다. 하지만 당대 현실이 그렇게 하지 못하였음은 누구나 아는 바다.

따라서 한문학에서의 언어생활과 한문학의 거리를 좁히는 데서 보여준 '변모(變貌)'라던가, 일부 작가들의 성취도 이러한 한계를 인식한 위에서 그 의의를 따지고 들어야 할 것이다. 말하자면 한문학 양식을 인정하는 전제 위에서 이 논의는 가능할 터이다.

우리가 19세기 말까지 언어생활을 십분 고려한 한문학도 언어생활을 대폭 받아들이거나, 오랜 기간 사용한 한문학 양식을 파기하고 새로운 양식을 창조하는 길로, 한편으로는 한자라는 중세의 옷을 과감하게 벗어 던지고 국문 문학을 전면적으로 사용하는 데까지 나아가지 못한 것은 사실이다. 흔히 전가의 보도처럼 주장하는 '조선풍(朝鮮風)'이니 '조선시(朝鮮詩)'도 그 근원을 따지고 들면, 이러한 언어와 양식의 이원문제를 해결한다는 차원이 아닌 한, 이 역시 제한된 범위에서 그 성취를 인정할 수밖에 없을 것이다.[37]

한자의 표기와 언어생활의 괴리, 그리고 한문학과 언어생활과의 간격은 근대 계몽기에 와서야 발본적인 차원에서 문제가 새롭게 제기된다. 이 시

---

[37] 여기서 조선풍의 성취와 그 의미를 무시하거나 위상을 평가절하 하자는 취지는 아니다. 다만 논리적으로 다지면 그 의미가 그럴 수 있다는 것이다. 오해 없기 바란다.

기에 오면 문학과 언어의 괴리문제를 넘어 중화질서의 해체와 조응하여
문명사적 전환시기에서 새로운 의미로 다루어지는 것이다. 이제 언어와
한문학 양식과의 괴리는 단순히 이원적 구조라는 관점을 넘어 새로운 세
계질서 속에서의 민족의 생존전략과 맞물려 급부상한다. 그런 점에서 언
어생활과 한문학과의 상호 관련성은 이조 후기의 것과는 본질적으로 그
궤를 달리하게 된다.

18 · 19세기의 주거문화와 상상의 정원

조선 후기 산문가의 기문(記文)을 중심으로

안 대 회

1. 머리말

조선 후기 문화를 이해하는 시각의 다양화가 근래 학계의 이슈로 부각
된다. 특히 미시적 시각으로 생활문화의 심층부를 파헤치는 시도가 간학
문적(間學問的) 관심사로 떠오르고 있다. 학문마다 자기 고유의 영역에만
안주할 때 필연적으로 발생할 수밖에 없는 문제점이 텍스트 접근의 폐쇄
성과 근시안적 시각이다. 이 폐쇄성의 한계를 극복하려는 노력이 가해지
는 것은 고무적이다.

폐쇄성을 극복하기 위한 노력의 일환으로 조선 후기 산문가의 기문에
집중적으로 나타나는 주거론을 검토할 때, 흥미로운 사실을 발견하게 된
다. 조선 후기 산문 영역에서 적지 않게 창작된 주거론이 생활공간인 주거
에 대한 의식과 조경, 건축방법과 건축미학, 회화예술을 풍부하게 담아낸

다는 사실이다.

서울과 경기지역을 중심으로 활동한 지식인들의 글에는 저택이나 별장, 누정을 비롯한 주거문화와 관련한 기록들이 점증하여 집과 조경, 환경에 대한, 당시의 강렬한 욕구를 표현한다. 그 자료에서 조선 후기 사회의 주도자 가운데 한 계층인 사대부의 주거문화에 대한 변화한 의식과 인생관, 자연관까지 읽어낼 수 있다. 실제 건축물에 붙인 기문(記文)에서도 그렇지만, 특히 아직 지어지지 않은 채 상상 속에서 건축된 정원에 대한 글에서 주거에 대한 자유롭고 흥미로운 생각들이 펼쳐져 주목을 요한다. 이러한 상상 속의 정원에 대한 기록 즉, 의원기(意園記)가 주로 18세기 후반에서 19세기 초반의 시기에 일군의 지식인들에 의하여 집중적으로 창작되면서 독특한 미학을 선보인다.

이렇게 18 · 19세기에 부각된 다양한 주거론(住居論)과 의원기(意園記)가 독특한 의미를 발산하므로 그 의미를 문화사적으로 짚어낼 필요가 있다. 조성하고 싶어하는 집과 환경을 설계한 상상의 글에서 지성인들에 잠재한 욕구와 당시 주거문화의 구체적 모습을 읽는 것은 건축학, 조경학, 문학, 예술사 등 여러 영역에서 관심을 공유할 흥미로운 주제이다. 이 논문은 주거에 대한 상상적인 체험을 통해 자신들의 생활 모습과 지향을 예술적으로 승화시킨 작품들을 분석함으로써 18 · 19세기 사대부의 의식을 읽어내는 작업을 지향한다.

2. 조선 후기의 주거문화─전원에서 도시로

명말(明末)의 조원가(造園家) 계성(計成, 1582~?)이 조경학(造景學)에 관한 이론서 『원야(園冶)』에서 말한 바와 같이, 여유 있는 삶의 공간은 도회지 밖의 산수가 아름다운 호젓한 곳에 만드는 것이 최우선이고, 그것이 여의치 않을 때에는 한적한 도회지 교외에 주거를 마련하는 것이 차선책이다.[1] 일반적으로 조선시대의 사대부들 역시 그와 유사한 견해를 가졌다. 하지만 주거 선택의 이러한 일반적 공식이 조선 후기 주거문화에서는 상당히 다르게 나타난다.

각 지방에 흩어져 사는 재지사족(在地士族)이 권력을 잃고 중앙으로부터 멀어진 조선 중기 이후에는, 관직 임용과 문화 혜택을 서울과 경기의 경화세족(京華世族)이 독점하였다. 거주이전의 한계선을 분명히 그은 그들은 정치와 문화의 중심지 서울로 진입하기 위하여 서울에서 멀리 떨어진 지방으로는 이주하려 하지 않았다. 이러한 현상은 17세기 이후 도시문화가 발달하고 상업화의 진행이 촉진되어 도시와 농촌의 경제적, 문화적 차이가 심각해지면서 더욱 심화되었다. 시간이 흐를수록 도시거주의 욕구는 전반적으로 점증하는 추세였다.[2] 지식인의 의식 속에 잠재해 있는, 번잡한 속세를 떠나 강호(江湖)에 은둔하고 거취출처(去就出處)에 미련을 버리지 못하는 삶의 태도와 미의식은 이념에만 존재할 뿐 이제는 현실성을 잃었다.

조선 후기 문학에서 그러한 사례는 빈번하게 발견되는데 다음도 그 중의 하나이다. 서울을 떠나 공주로 낙향하는 친구 이정재(李定載)를 전송할 때, 남산에서 시가지를 바라보며 박제가는 이렇게 말한다.

> 아름답구나! 이 얼마나 화려한가! 일찍이 나라 안을 두루 노닐어 신라와 고려, 그리고 箕子의 옛 도읍지를 차례로 여행했으며, 태백산·금강산의 무인처(無人處)도 다녀보았네. 하지만 산수의 장려함과 문명이 한양(漢陽)을 능가하는 곳은 없었네. 비록 숲이나 계곡이 뛰어난 경관을 자랑한다고 해도 어찌 이곳을

---

1) 計成, 김성우·안대회 역, 『園冶』, 예경, 1993, 53~67면. 『園冶』에 대한 한국의 연구는 다음 논문에서 본격적으로 진행되었다. 이유직, 「計成의 『園冶』 연구—園林造營理論을 중심으로」, 서울대 박사논문, 1997.2.

2) 이러한 현상에 대한 관심이 표명된 논문으로 다음과 같은 것이 있다. 최기숙, 「도시, 욕망, 환멸—18·19세기 '서울'의 발견」, 『고전문학연구』 23집, 2003.6, 421~453면; 조창록, 「楓石 徐有榘와 '林園經濟'」, 『漢文學報』 8집, 우리한문학회, 2003, 201~225면.

버리고 다른 곳을 찾아가겠는가? 더구나 한양은 정교(政敎)가 시행되는 곳이요, 사방에서 사람들이 모여드는 곳이 아닌가? 사환가(仕宦家)와 벌열(閥閱), 인물과 누대(樓臺), 수레와 선박, 재화(財貨)의 번성함, 그리고 친척과 벗들, 공부에 필요한 문헌이 모두 이곳에 모여 있네.[3]

서울내기 친구가 문화의 중심지인 한양(漢陽)을 떠나는 슬픔을 개진한 글에서 한양에 살아야 하는 이유를 직설적으로 토로한다. 인용한 대목은 당시 서울 사람의 심경을 솔직하게 털어놓아 박제가만의 편견이 아닌, 서울에 거주하는 사대부의 의식을 대변했다고 할 수 있다. 그렇다면 당시 사대부의 주거와 관련한 의식을 더욱 분명하게 드러내는 서유구의 글을 보도록 한다.

예전에는 조정에 벼슬하는 사대부들치고 향려(鄕廬)를 두지 않는 자가 없어서, 관직이 있으면 서울로 오고 관직이 없으면 시골로 돌아가기 때문에, 서울집을 여관 보듯 하였다. 이로 인해 농사나 벼슬살이 둘 다 잃지 않고, 거취(去就)와 출처(出處)에서 넉넉하게 여유를 가질 수 있었다. 내가 괴이하게 여기는 한 가지 사실은, 근세의 사환가(仕宦家)들은 성밖 십리 너머의 땅을 거의 황폐한 변방이나 더러운 시골구석이라서 하루도 살 수 없는 곳처럼 본다는 것이다. 벼슬길이 떨어진 뒤에도 자손을 위하는 자들이라면 번화한 서울 거리를 한 발짝도 벗어나려하지 않으므로 사내는 쟁기를 잡지 않고 여자는 베틀이 무엇인지 알지 못한다. 굶주림과 추위가 몸에 닥치면, 할 수 없이 선조로부터 물려받은 전답을 몽땅 팔고 지붕 새고 구들 꺼진 집 하나를 멍하니 지키고 살 뿐이다.[4]

서유구는 곤궁하게 사는 한이 있더라도 서울을 벗어나지 않으려는 당시 서울 사대부의 의식을 핍진하게 보고한다. 경제, 문화, 교육, 출세를 비롯한 수많은 세속적 욕구가 복합적으로 작용하여 이러한 서울 중심주의가

---

3) 박제가, 안대회 역, 「서울과의 결별[送李定載往公州序]」, 『궁핍한 날의 벗』, 태학사, 2000.5, 114~117면.
4) 徐有榘, 『楓石全集』(『문집총간』 V.288, 민족문화추진회) 「示太孫」, 345면.

형성된 현상을 이해가 가지 않는다는 어조로 표명한다. 서울에 대한 지향은 근대의 산물이기 이전에 이미 조선 후기에 대두한 사회문제였음을 그의 지적에서 알 수 있다. 목가적인 전원생활의 여유를 포기하고 홍소(哄笑)나 소란스러운 일상을 포함한 세속화한 도회지 삶과의 타협을 꾀하는 모습은 이제 낯선 태도가 아니다. 도시적 한가로움을 분석한 18세기 중반의 작가 이덕무의 다음 글이 주목된다.

> 사통팔달의 큰 길 옆에도 한가로움은 있다. 마음이 한가롭기만 하다면 굳이 강호를 찾아가고 산림에 은거할 필요가 있으랴? 내가 사는 집은 저잣거리 바로 옆이다. 해가 뜨면 마을 사람들이 장을 열어 시끌벅적하다가 해가 들어가면 마을의 개들이 떼를 지어 짖어댄다. 그러나 나만은 책을 읽으며 편안하다. 때때로 문밖을 나서면 달리는 자는 땀을 흘리고, 말을 탄 자는 빠르게 지나가며, 수레와 말은 종횡으로 부딪히며 뒤섞인다. 그러나 나만은 한 발 한 발 내디디며 천천히 걷는다. 저들의 소란스러움으로 인해 내 한가로움을 놓치는 일 한 번 없다. 왜 그런가? 내 마음이 한가롭기 때문이다.[5]

시장 바닥의 소란스러움을 싫어하면서도 이덕무는 번잡한 도회지를 벗어날 생각을 하지 않는다. "굳이 강호를 찾아가고 산림에 은거할 필요가 없다"고까지 말한다. 으레 강호를 찾아가는 조선 선비의 유형화된 행동과는 달리 이덕무는 번잡한 도시와의 타협을 꾀하고 독서인(讀書人)으로서 의식 속에 서울을 받아들이는 방법을 제시한다. '독서인은 곧 산림(山林, 강호)을 지향한다'는 구도는 더 이상 성립하지 않는 흘러간 삶의 방식인 것이다.

이러한 사고는 이미 명인(明人) 정우문(程羽文)의 『청한공(淸閑供)』에서 단서를 찾을 수 있다. 정우문은 '소봉래(小蓬萊)'라는 이상적 원림(園林)을 구상한 글의 첫 대목에서 "봉래산(蓬萊山)은 신선이 사는 곳이다. 약수(弱水)로 경계를 만들어 놓은 까닭은 시끄럽고 더러운 진토(塵土)의 풍습과 기운을 가로막기 위해서다. 그러나 마음이 진세간(塵世間)과 멀리 떨어져 있고 사

---

5) 李德懋, 『靑莊館全書』(『문집총간』 V.257, 민족문화추진회) 「原閒」, 91면.

는 곳이 외지다고 한다면, 진토라도 저절로 세상과 멀리 단절된 곳이다. 백운향(白雲鄕)에 대해 과장하여 말할 필요가 전혀 없다”라고 말했다. 번잡한 세상을 피할 필요 없이 도회지 속이나 그 부근에 삶의 터전을 마련해도 마음먹기에 따라서 곧 목가적 전원이 된다는 소견이다. 즉, 봉래산으로 은둔하기보다는 차라리 봉래산을 도시 속으로 축소하여 옮겨놓는 방법을 취하자고 했다. 그것이 바로 축소한 봉래산, 곧 ‘소봉래(小蓬萊)’이다. 이 글을 서유구는 『임원경제지』에 전재하였다.

이렇게 서울에서 살고자 하는 욕망은 이 글에서 살펴볼 상상의 정원과 직접적으로 관련된다. 이제 좋은 주거지의 조건은 산천이 아름다운 전원뿐만 아니라, 번화한 도회지라도 좋다는 관념이 형성되었다. 멋진 전원에 대한 지향이 완전히 사라진 것이 아니지만, 옛 전통과 문학의 잔영(殘影)일 뿐, 삶의 주도적인 공간을 도시 주거에 양보하였다. 조선 후기 사대부들은 관료세계로부터 이탈하지 않고, 도회지가 제공하는 문화혜택을 잃지 않으려고 노력하는 동시에 일종의 강박관념처럼 상식화되어 있는 산수 전원의 미학이 살아 있는 주거를 도회지에 구현하는 꿈을 꾸고 있다.

3. 도회지 유거(幽居)의 설계(設計)와 주거미학

18·19세기의 서울은 주거문화의 측면에서 몇 가지 변화의 징후가 발견된다. 화려한 저택축조와 정원조성의 성행이 그 대표적인 현상이다. 18세기 한양에는 담장이 너무 길게 뻗어서 만리장성가(萬里長城家)라 불린 집이 존재하였고, 이은(李溵)처럼 2백 칸에 육박하는 대저택을 소유한 자도 있었다. 19세기에는 현재 미대사관저에 소재한 심상규(沈象奎)의 대저택, 삼청동(三淸洞)에 꾸민 김조순(金祖淳)의 옥호산방(玉壺山房),[6] 성남에 꾸민 남공

철(南公轍)의 별서를 비롯한 규모가 거창한 저택과 별장이 곳곳에서 위용을 자랑하였다. 또한 경제력이 풍부한 중인이나 서민들도 화려한 저택과 조경, 가재도구를 향유하였다. 이러한 저택들은 조선 왕조에서 법제와 규범으로 제한한 주택의 한계를 벗어나 화려함을 자랑하였다. 이 당시 서울에서는 화원(花園)을 조성하는 풍조가 유행하였다.7) 이러한 풍조는 평양이나 개성과 같은 다른 큰 도회지에서도 유사하게 성행한 것으로 보인다. 이가환(李家煥)이 개성에 소재한 낙청대(樂淸臺)에 쓴 기문(記文)에서 "개성의 풍속은 빼어난 승경지를 골라 별서(別墅)를 세워, 놀고 즐기는 장소로 삼기를 좋아하였다"8)라고 한 기록이 그 일례이다.

그 가운데 심상규와 남공철의 사례가 대표적이다. 심상규는 건물을 신축하는 벽(癖)을 가졌다고 할 만큼 가는 곳마다 새집을 즐겨 지은 인물이다. 그는 대저택을 세우고 그 안에서 독특한 생활을 영위하였다.

두실(斗室) 심상규(沈象奎)는 경성 송항(松巷)의 북쪽에 저택을 지었다. 바깥 사랑에서 굽이굽이 집이 이어져 두실(斗室)이 된다. …… 가성각(嘉聲閣) 앞에는 작은 집 몇 칸을 만들어 명화(名花)와 이훼(異卉)를 죽 심었고, 뜰에는 종려나무를 심었는데 그 크기가 문설주에 닿았다. 또 상아로 만든 평상과 벽 전체가 유리인 방도 있는데 모두 우리나라에는 없는 것들이다. 그 나머지 기물이나 완상품들은 위치가 질서정연하였다. 건물의 무늬창과 조각한 난간은 모두 정묘하고도 신기하였다. 발과 휘장, 탁자와 보료는 정갈하고도 우아하며 아늑한 멋이 있어 밖에서 보면 마치 신선의 집 같았다. 담벽이나 측간에 누추하거나 무너진 것이 있으면 몸이 더럽혀진 듯이 여겼다. 공은 성품이 단정하고 무게가 있었고, 음악과 여색을 즐기지 않았으며, 소란스러움을 싫어하였다. 따라서 집 안팎이 숙연하였고, 곁에 있는 자들은 입을 열지 못할 뿐만 아니라, 웃고 떠들

---

6) 玉壺亭圖가 현존한다. 『서지』 2권 1호(1961.10)에 이병도의 해제와 함께 실려 있다. 정재훈, 『건축과환경』, 1990.5.

7) 심경호, 「화원에서 얻은 단상」, 『한문산문의 내면풍경』, 소명출판, 2002, 89~132면.

8) 李家煥, 「낙청대에서 태평시대를 즐긴다[樂淸臺記]」(이용휴·이가환, 안대회 역, 『나를 돌려다오』, 태학사, 2003.11), 165~169면.

수도 없어서 모두 숨을 죽이고 발을 살살 끌면서 다녀야 했다.9)

극단적인 사례이기는 하지만 심상규의 경우 도심에 대저택을 세우고 최고급 인테리어와 조경을 꾸미고 사는 고상한 취미를 즐겼다. 그들의 서재를 장식하는 집물은 값싸고 천박한 것이 없이 최고급의 정갈한 멋을 지녔다. 그들은 호젓한 서재에 조용히 앉아 독서 삼매경에 빠지거나, 마음 맞는 몇몇 벗들과 문주아회(文酒雅會)를 벌이고, 우아한 음악이나 서화골동을 감상하였다. 이렇게 고고한 품격을 추구하는 그들에게 일차적으로 요구되는 것은 그러한 생활에 걸맞은 주거공간의 조성이었다. 주거는 곧 그들의 생활미학을 실현할 공간이었다. 남공철의 경우, 「자갈명(自碣銘)」에서 자신의 생활모습을 다음과 같이 묘사하였다.

> 용산과 광릉 사이에 우사영정(又思穎亭)을 짓고, 매화·국화·소나무·대나무 등을 많이 심어 놓았다. 틈이 날 때마다 복건에 야복(野服) 차림을 하고서 들에 나가 소요하였다. 손님이 오기라도 하면, 향을 살라 주변을 맑게 하고 경전과 역사에 대해 토론하였다. 곁에는 고금의 법첩(法帖)·명화(名畵)·동옥(銅玉)·이정(彝鼎) 등을 진열하고 품평과 감상을 즐겼다.10)

한 시대를 대표하는 명문가 출신의 영의정이 서울 교외에 야취(野趣)가 물씬 풍기는 정자를 지어놓고 사는 모습이 인상적이다. 사치의 극을 달렸을 것 같지만 의외로 그의 모습은 금전을 비롯한 세속적 관심사가 끼어들 자리가 없이 고상하고 우아하다. 재상에 어울리지 않게 국가를 걱정하는 우환의식도 개입하지 않는다. 그야말로 태평한 시대의 문자(文字)를 아는 선비로 태어난 자의 고상한 취미를 누리는 처사(處士) 야인(野人)의 삶이다.11)

---

9) 홍한주, 『智水拈筆』(영인), 아세아문화사, 435~436면.

10) 南公轍, 『穎翁續藁』 卷5 「自碣銘」, 29면.

11) 남공철의 이러한 생활모습에 대해서는 김성진, 「朝鮮後期 文人들의 生活相과 小品體 散文」(안대회 편, 『조선후기 小品文의 실체』, 태학사, 2003, 183~202면)에서 논하였다.

여기에서 서울 상층부의 주거문화 풍조를 그에 대한 비판적 시각을 유지한 학자 윤기(尹愭)의 서술을 통해서 살펴본다.

거실세족(巨室世族)의 경우를 보면, 서책(書冊)을 보관한 저재는 업후(鄴侯, 唐 李泌)의 서가나 장화(張華)의 수레도 그보다 더 많을 수 없을 정도로 수놓은 포갑(包匣)과 상아 제첨(題籤)이 가지런하게 정돈된 채 번쩍인다. 하지만 한 번도 눈을 거친 적도, 남에게 빌려준 적도 없이 쥐나 좀벌레가 갉아먹도록 팽개치니 안타깝다. 거실이 최상일 뿐만 아니라 또 묘막(墓幕)이나 농막(農幕), 강정(江亭), 교정(郊亭), 장서(庄墅), 별업(別業)은 이루 다 기록하지 못할 지경이다.12)

심상규나 남공철의 사례는 윤기가 비판한 경우에 정확하게 들어맞는다. 여기에서 제시된 주거공간에 대한 욕구가 빈부귀천 모든 사람에게 충족되지는 않는다. 하지만 저러한 주거공간에 대한 욕구가 하나의 욕망으로 제시되고, 18·19세기의 많은 자료에서 확인할 수 있는 바와 같이, 주거공간의 계획적 조성, 저택에서의 생활문화에 대한 관심이 사대부들 중심으로 폭넓게 전개됨으로써 새로운 문화의 하나로 정착되었다. 이러한 주거문화의 변화에 폭넓은 인식은 조선 후기 사대부 사회와 의식, 예술을 이해하는 데 크게 기여할 수 있다.

많은 자료에서 확인할 수 있는 주거공간을 위한 욕구의 해결책은 바로 도회지 교외에 호젓한 집을 장만하는 것, 이른바 도회지 유거(幽居)를 만드는 것이다. 그럼으로써 당시인이 소유한 두 가지 욕망, 서울을 벗어나지 않으면서 동시에 유취(幽趣)가 넘치는 이상적 주거를 얻는 욕망을 함께 성취하고자 하였다.13) 그런 욕망이 표명된 대표적인 사례로 이용휴의 글이 있다.

---

12) 尹愭, 『無名子集』(『문집총간』 V.256), 584면.
13) 洪顯周는 「市林亭上梁文」에서 "至人不離城市, 所貴隨地而安, 勝事多在園林, 不聞買山而隱"이라 하여 도심 속의 원림조성의 이유를 말하였다.

나는 일찍이 한 가지 상상을 한 적이 있다. 깊은 산중 인적 끊긴 골짜기가 아닌 도성 안에 외지고 조용한 한 곳을 골라 몇 칸 집을 짓는다. 방안에 거문고와 서책, 술동이와 바둑판을 놓아두고, 석벽(石壁)을 담으로 삼고, 약간 평의 땅을 개간하여 아름다운 나무를 심어 멋진 새를 부른다. 그 나머지에는 남새밭을 가꿔 채소를 심고 그것을 캐서 술안주를 삼는다. 또 콩시렁과 포도나무 시렁을 만들어 서늘한 바람을 쏘인다. 처마 앞에는 꽃과 수석을 놓는다. 꽃은 얻기 어려운 것을 구하지 않고 사시사철 묵은 것과 새 것이 이어 피도록 할 것이며, 수석은 가져오기 어려운 것을 찾지 않고 작지만 야위어 뼈가 드러나고 괴기한 것을 고른다. 뜻이 맞는 한 사람과 이웃하되 집을 짓고 집안을 꾸밈이 대략 비슷하다. 대나무를 엮어 사립문을 만들어 그리로 오간다. 마루에 서서 이웃을 부르면 소리가 미처 끝나기도 전에 그의 발이 벌써 토방에 올라와 있을 것이다. 아무리 심한 비바람이라도 방해받지 않는다. 이렇게 하여 넉넉하게 노닐며 늙어 가리라. 이제 구곡동(九曲洞)에 들어가서 서씨(徐氏)와 염씨(廉氏)가 사는 데를 보니 완연히 내 마음속에 그려보았던 곳이다. 이에 그것을 글로 써서 기문(記文)을 삼는다.14)

이용휴는 구곡동주인(九曲洞主人) 서씨(徐氏)의 집이 자기가 꿈꾸었던 바로 그런 집이라고 하였다. 구곡동은 인왕산에 있는 골짜기의 이름이다. 서울 안에 유거를 마련함으로써 두 가지 목적이 성취되었음을 이용휴는 부러워하였다. 이외에도 이용휴는 「행교유거기(杏嶠幽居記)」, 「율원유거기(栗園幽居記)」와 같은 유거기(幽居記)를 여러 편 남겨서 한양 교외의 주거공간에 대한 단상(斷想)을 펼쳤다.

이 글에 등장하는 가상의 주거공간은 현실의 주거공간과 큰 차별을 보이지 않는다. 앞서 소개한 심상규의 대저택과는 다르다. 조그맣고 아담한 집을 만들고 거기에 조촐하지만 멋스런 수목과 괴석 등을 점철(點綴)하여 자연스런 정취를 느끼게 설계한 공간이다. 도성 안의 집이면서도 야취(野趣)를 지닌 자족적인 공간을 상상하였는데, 이렇게 상상을 통하여 꾸며본

---

14) 李用休, 「마음속에 그려본 집[九曲幽居記]」, 『나를 돌려다오』, 태학사, 2003.11, 70~72면.

주거공간, 그것이 바로 의원(意園)이다.

4. 18 · 19세기 사대부가 꿈꾼 상상의 정원 — 의원(意園)

1) 의원(意園) 설계의 역사적 맥락

마음속의 정원 또는 머릿속에 지은 정원인 의원(意園), 또는 심원(心園)의 설계는 실제적으로는 중국이나 조선에서 성행한 원림(園林, 花園)의 조성과 밀접한 관련을 맺고, 문학적으로는 소품문(小品文)의 창작과 긴밀하게 연계된다. 대표적인 중국의 작품으로 황주성(黃周星, 1611~1680)의 「장취원기(將就園記)」를 들 수 있다. 이 글은 장조(張潮)가 편집한 『소대총서(昭代叢書)』에 수록된 채 수용되어 조선의 지식인들에게 널리 읽혔다. 가상공간인 장취원은 장원(將園)과 취원(就園)의 2개 권역으로 구분되어 장대한 상상의 공간으로 구성되어 있다. 「장취원기」는 본문 4부에 부록이 두 종류이다. 부록의 첫 번째는 「장원십승(將園十勝)」·「취원십승(就園十勝)」으로 각각 열 가지 승경(勝景)을 상상하여 서술한 다음 다시 시로써 묘사하였고, 두 번째는 「선계기략(仙乩紀略)」으로 가상의 주거공간을 실제로 건설해보는 꿈속의 체험을 서술하였다. 본문을 제외한 서두와 결말 부분은 다음과 같다.

예로부터 원림은 사람으로 인해 전해졌고, 사람 또한 원림으로 인해 전해졌다. 현재 천하에 원림을 소유한 자가 많으니 황구연(黃九烟: 구연은 황주성의 호)이라고 원림이 없을 수 있겠는가? 그러나 구연(九烟)은 일찍이 원림을 소유해본 적이 없다. 구연 자신도 원림이 없다고 하고, 천하 사람들도 모두 구연은 원림이 없다고 한다. 구연은 그것이 싫었다. 하루는 구연이 문득 점잔을 빼며

벗에게 말했다. "이 구연도 원림이 없었던 적이 없단 말씀이야!" 그러자 벗이 "구연의 원림이 어디에 있는가?"고 물었다. "내 원림은 구체적 장소가 없이 오직 천하의 산수 중에 가장 아름다운 곳을 택하여 만들었지. 이른바 가장 아름다운 곳은 세상 안에도 있을 수 있고, 세상 밖에도 있을 수 있지. 또 세상 안에 있지 않을 수도 있고, 세상 밖에 있지 않을 수도 있어. 내가 태어난 이래 수십 년 동안 찾아다닌 끝에 얻었기 때문에 세상 사람들에게 쉽게 말할 수 없네." "그 대강을 말해주게나." "그렇게 하지.

　(……)

　이것이 내 원림의 자초지종일세" 말하고 나서 구연주인(九烟主人)이 다시 점잔을 빼며 말했다. "누가 구연이 원림이 없다고 하겠나? 이 구구한 것을 구연의 원림이 아니라고 하지는 않겠지." 벗은 그렇다고 하고서 물러났다. 그렇게 해서 구연은 원림을 소유하게 되었고, 천하 만세의 사람들도 모두 황구연이 원림을 소유하였다고 말할 수 있게 되었다.[15]

　중국 조경미학의 정수를 담고 있는 걸작의 하나인 장취원(將就園)은 괴로운 현실 저편에다 만들어놓은 상상의 주거공간이다. 천지가 뒤집히는 세상을 만난 명말청초(明末淸初)의 지성인들은 현실에서 잃어버린 삶의 터전을 꿈속에서 재현하려는 욕망을 강렬하게 표현하였다. 장취원은 경치만 좋은 곳이리면 어디든지 만들 수 있다고 히여 현실 옆에 있는 듯 히지만, 폭포를 통하여 출입이 가능하여 결코 인간의 눈에 발견되지 않기 때문에 현실세계로부터 치유할 수 없는 정신적 상처를 입은 자의 피난처이다.

　황주성 자신은 이러한 상상의 정원이 공중누각(空中樓閣), 화리계산(畵裏溪山)이요, 「장취원기」도 묵장환경(墨莊幻景)으로 자오(自娛)의 자료인, 소소(小小)한 유희문자(遊戲文字)일 뿐이라고 하였다.[16] 이 글이 지닌 현실적 의미는, 낮은 자리에 처하여 자기 뜻을 펴지 못한 지은이가 글을 통해서 평소의 소망을 충족한 데 있다고 박제가(朴齊家)는 간파하였다. 그러나 그러

---

15) 黃周星, 「將就園記」(張潮 編, 『昭代叢書』), 영남대 중앙도서관 소장 간본.
16) 黃周星, 「仙乩紀略」(張潮 編, 『昭代叢書』), 영남대 중앙도서관 소장 간본.

한 해석과는 상관없이 환상적이고 멋진 글에 자기도 모르는 새 빨려 들어
가는 느낌을 받는다. 명말청초에는 이러한 가상의 공간을 문예물로 창작
한 경우가 적지 않았다. 유사룡(劉士龍)의 「오유원기(烏有園記)」와 대명세(戴
明世)의 「의원지(意園志)」를 대표적인 작품으로 꼽을 수 있다. 의원기는 아
니지만 왕사임(王思任)의 「명원영서(名園咏序)」 같은 글도 상상의 정원을 구
상한 글이다.[17] 이러한 글은 일종의 유희적(遊戲的) 소품문이다.

　　조선 후기의 지식인들은 직・간접으로 중국의 사조와 관련을 맺으며 상
상의 정원을 꿈꾸었다. 그 결과 자료가 적지 않게 남아 있다. 18・19세기
문인들이 본격적으로 의원을 구상하기에 앞서 허균(許筠)은 당시 평양에
머물던 화가 이정(李楨)에게 편지를 띄워서 배산임계(背山臨溪)의 멋진 가상
공간을 그림으로 그려달라고 부탁한 일이 있는데, 이 편지가 이후 허다한
상상의 정원을 설계하는 계기가 되었다.[18] 〈표 1〉은 지금까지 필자가 찾
아낸 상상의 정원을 묘사한 글들이다.

　　허균의 글을 제외하곤 모두 18・19세기에 지어졌다. 그중에도 이용휴,
유경종의 글을 제외하면, 모두 19세기 전기에 지어졌다. 그 가운데 정약용,
서유구, 홍길주의 저작은 직접적으로 「장취원기」를 거론하였고, 직접 언명
하지 않은 다른 글에서도 그 영향을 충분히 감지할 수 있다. 「장취원기」는
조선 지식인들에게 깊은 인상을 남겼는데, 명말청초의 지성인들이 만든
상상속의 세계는 조선 지식인들이 상상의 주거공간을 설계하는 촉발제가
되었다. 18・19세기의 많은 지성인들이 이 글을 읽은 증거를 남겼다.[19]

　　정조의 부마인 해거도위(海居都尉) 홍현주(洪顯周)는 「장취원기」에서 화의

---

17) 王思任, 「名園咏序」, 陸雲龍 編, 『皇明十六家小品』. "予力不能園, 而園之意已備,
　　上自雲煙, 下及圃溷, 皆有成竹于胸中矣, 特未及解衣潑墨耳."
18) 안대회, 「상상 속의 정원」, 『문헌과해석』 통권 16호, 2001년 가을, 17~30면. 이러한 意
　　園과는 다소 차이가 있지만, 李恒福(1556~1618)의 「記夢」(『白沙集』 「別集」 卷4 장14
　　~15)이란 글에 재현된 弼雲別墅 역시 상상 속의 집에 해당한다. 이종묵 교수가 지적해
　　주었다.
19) 안대회, 「상상 속의 정원」, 『문헌과해석』 통권 16호, 2001년 가을.

<표 1> 조선 후기의 의원기(意園記)

작자	작품명	출전	비고
許筠(1569~1618)	與李懶翁	『惺所覆瓿藁』	「白玉樓上梁文」[20]
李用休(1708~1782)	九曲幽居記	『惠寰雜著』	
柳慶種(1714~1784)	意園志	『海巖稿』	1756년 43세 作
張混(1759~1828)	平生志	『而已广集』	
丁若鏞(1762~1836)	題黃裳幽人帖	『與猶堂全書』	
徐有榘(1764~1845)	怡雲志	『林園經濟志』	
林得明(1767~?)	意園行	『風謠三選』	5언고시
李學逵(1770~1834)	童者鄭寧甲意園山水圖序	『洛下生全集』	大邱의 소년화가 鄭寧甲이 그린 意園圖에 붙인 意園論
洪吉周(1786~1841)	爰居念	『孰遂念』	소년시절에 쓴「十二樓記周觀圖」역시 意園의 일종이다.
李裕元(1814~1888)	橘山意園圖	『嘉梧藁略』「意園圖題語」	중국인 벗이 이유원의 意園에 붙인 그림·記·詩에 대한 기록도『林下筆記』에 실려 있다.

(畵意)를 느껴 세 폭의 그림을 완성하였는데, 그 그림이 현재 간송미술관에 소장되어 있다. 그 가운데 한 편인 「월야청흥도(月夜淸興圖)」의 제사(題辭)에는 "오른쪽 그림은 「장취원기(將就園記)」의 유의(遺意)를 본떴다. 그 묵화(墨書) 세 폭은 해거도위(海居都尉)의 작품인데 본래 상자에 보관하려 하였으나 조당(楚堂) 정미원(鄭美元)이 욕심을 내어 할 수 없이 증정한다. 을축년(乙丑年) 계동(季冬)"이라고 되어 있다. 19세기 초반의 풍류객인 홍현주는 장취원을 탈속의 공간으로 받아들였다. 이러한 사례를 통하여 「장취원기」가 18·19세기 조선 경화세족의 심미취향에 얼마나 부합하였는지를 이해할 수 있다.

뿐만 아니라 홍현주의 중형(仲兄) 홍길주는 가상의 주거공간을 설계한 『숙수념』을 지었는데 「장취원기」의 포국(布局)과 배치(排置)를 참조하되 전혀 새로운 모습으로 환골탈태(換骨奪胎)시켰다.[21] 「제황상유인첩(題黃裳幽人

---

20) 허균의 누이 허난설헌이 8세에 지었다는 「白玉樓上梁文」도 일종의 意園이다. 일설에는 이 작품을 허균이 지었다고 한다. 이 환상적인 상상의 공간을 다룬 글은 후에 청의 문인 尤侗에 의하여 摹擬作이 출현하기도 한다(『西堂雜俎』卷下).

帖)」에서 「장취원기」를 언급한 정약용은 앞에 언급한 정미원, 홍씨 형제들
과 긴밀한 교류가 있었고, 또 그 제자 황상(黃裳)에게 「장취원기」를 말해주
어 황상이 일속산방을 짓는데 일조하였다.

　「장취원기」 대부분의 내용을 『임원경제지』에 전재한 서유구도 홍씨 형
제들과 교유가 깊었다. 홍길주로부터 직접 『숙수념』을 빌려다 베껴서 그
사본이 현재 ‘자연경실장본(自然經室藏本)’으로 전한다. 인왕산 밑에 가상공
간을 설계한 「평생지(平生志)」의 저자 중인(中人) 장혼은 홍현주 형제와 친
밀한 사이다. 홍현주는 그에게 「이이엄기(而已广記)」(『海居溲勃』)를 써준 일
이 있는데, 이 글은 바로 미완의 「평생지」라고 볼 수 있다. 또 이용휴와 그
의 절친한 친구인 유경종은 정약용과 색목(色目)이 같고 문학적으로 유대
관계가 있다. 여기에 그치지 않는다. 의원도(意園圖) 제작에 깊은 관심을 보
인 이유원(李裕元)에게 홍현주는 제어(題語)를 써준다.22)

　　이상에서 번다하게 설명한 내용은 「장취원기」, 확대하여 가상공간의 설
계가 이들 핵심 경화세족 문인 지식인들 사이에서 흥미로운 담론거리로
형성된 사실을 밝힌다. 소품문이 가장 활발하게 창작되던 시기에 지어진
이 글들은 「장취원기」로부터 창작의 자극을 받은 다음 거기에 매몰되지
않고 새로운 상상의 주거공간을 설계하였다. 조선적 주거환경을 고려하여
설계한 점이 우선 그렇다. 「장취원기」가 근본적으로 유희적인 성격이 강
하다면, 조선의 문인지식인들은 그야말로 실제 건축을 전제로 설계하려
했다고 해석할 가능성이 농후하다. 정약용은 황상에게 “옛날 「장취원기」
를 쓴 사람이 있기는 하지만 ‘장차 가겠다[將就]’는 말을 쓴 것으로 보아
아직 가지 않았음이 분명하다. 강진 사는 황상(黃裳)이 그 세목(細目)을 묻

---

21) 洪吉周, 『睡餘瀾筆』 상 7칙. “『孰遂念』成, 醇溪只見其一二卷, 輒曰, 是出「將就園記」.
　　蓋余欲著是書, 厥惟久矣, 而至讀「將就園記」, 益有所得於排鋪匠構之大略. 但其體裁,
　　大有幻脫. 微醇溪, 亦莫能炤透耳.”

22) 李裕元, 『嘉梧藁略』(『문집총간』 V.315) 「懷長老, 倣古人體十九首」 ‘洪海居顯周’,
　　121~123면. “身不離文墨, 世誦都尉賢. 虹月照一門, 蘇家有三仙. 意園圖中題, 已知我
　　歸田.”

기에 내가 이렇게 말한다"[23]고 한 사실을 통해서 실제 살 수 있는 집을 전제로 설계하였음을 밝혔다. 장혼의 경우 구체적으로 집을 지을 장소와 집값과 보수비용을 계산하기도 했다.

또 조선의 지식인들은 상상으로 만든 주거공간을 그림으로 그려 와유(臥遊)의 자료로 삼았는데, 여기에 그들의 건축과 예술미학이 표현된다. 그들이 조성하여 살고자 한 상상의 정원에는 조선 후기 지성인의 예술적 취미가 깊게 배어 있어, 현실과 이상의 세계를 이해하는 하나의 통로라고 할 수 있다.

2) 설계의 배경과 의도

실제로 살고 있는 거주공간과는 다르게 자신이 살기를 원하는 가상의 주거공간이 의원(意園)이다. 그렇다면 이렇게 의원을 조성하고픈 욕망의 배경과 의도는 무엇인가? 무엇보다도 의원의 설계는 주거와 조경에 대한 비상한 관심에서 출발한다. 의원이 가상공간이기는 하지만 현실공간과 단절된 채 만들어지지는 않는다. 실제의 건축으로 결과를 맺지는 않을지라도 이렇게 집을 지어 살아보겠다는 설계가 바로 의원이기 때문이다. 18·19세기 의원의 설계자들은 그 의원이 현실화될 가능성까지 고려하면서 상상의 날개를 펼쳤기 때문에 당시의 건축이나 조경과 밀접한 관련을 맺는다. 그러므로 당시의 어떠한 건축설계도보다도 건축학이나 조경학의 미학을 구명하는 좋은 자료로 의미가 있다.

다음으로는 자기만의 안식처를 소유하고자 하는 욕망이다. 앞에서 소개한 심상규와 같은 부호조차도 앉아서 『서상기(西廂記)』를 읽는 자기만의 공간에 찾아들고 있다. 도회지 생활의 번잡함, 이권과 갈등의 험한 세상으로

---

23) 안대회, 「상상 속의 정원」, 『문헌과해석』 통권 16호, 2001년 가을.

부터 자신을 보호하고, 자신의 기호를 즐길 수 있는 작은 공간을 소유하고자 하는 욕망이 의원을 설계하도록 유혹한다.24) 유경종은 「의원지」에서 "나는 세상에서 구할 것이 없고, 세상 역시 나를 잊었다"라고 하였다. 그러므로 가상의 주거공간은 도회지 삶, 정치적 투쟁과 같은 냉엄한 현실의 이면세계이다. 그렇기 때문에 도회지 문인지식인들은 뜻대로 이루어지지 않는 현실공간의 이면에 상상의 집을 지었다.

다음으로는 건축 규모와 형식에서의 무한한 자유이다. 자유롭게 상상을 통하여 욕망을 구현할 수 있으므로, 재물의 도움도 필요가 없고, 실제 건축에 소용되는 노력조차 필요가 없다. 더욱이 그 구조와 배치는 무궁하다.25) 왕세정(王世貞)은 「엄산원기(弇山園記)」라는 거창하고 화려한 자기 소유의 원림(園林)에 대해 쓴 여러 편의 글에서 "대저 산하대지는 모두 환상이다. 내가 잠깐 환상의 언어로 나의 환상을 기록하였을 뿐이다"26)라고 말하였다. 무한한 욕망을 환상과 허구의 도움을 빌어 펼쳐 보이는 자유로움의 매력에 지식인들은 매료되었다.

한편으로 의원은 뇌락(磊落)한 지사적 문인지식인의 심경에서 만들어진다. 「장취원기」를 두고서 낮은 자리에 처하여 뜻을 펴지 못한 저자가 그런 글을 지어 현실화하기를 바란 것이라는 지적이나,27) 『숙수념』에 대하여 "때를 잘 만나지 못한 이유로 곧잘 강개하고 격앙된 심경을 드러냈으니,

---

24) 이러한 세계로부터 보호받는 피난처로서의 주거공간에 대한 분석이 바슐라르에 의해 진행되었다. 이진경, 『근대적 주거공간의 탄생』, 소명출판, 2000, 36~38면. "바슐라르가 『공간의 시학』에서 연구하는 대상은 집·조개 껍질로 상징되는 웅크리고 들어서는 조그만 공간·구석·내밀한 공간·안과 밖·원 등이다. 예를 들어 그는 집이란 험한 세계로부터 우리를 지켜주고 평화롭게 해주며, 그 세계로부터 도피할 수 있는 '피난처'다. 즉 그것은 보호받는 내밀함의 이미지와 직접 연결되어 있다."

25) 劉士龍, 「烏有園記」(유대걸 편, 『明人小品選』, 상해 : 고적출판사, 1995, 163면)에서 다음과 같이 의원의 자유자재한 설계를 장점으로 예찬하였다. "景生情中, 象懸筆底. 不傷財, 不勞力, 而享用具足, 固最便于食貧者矣. 況實創則張設有限, 虛構則結構無窮, 此吾之園所以勝也."

26) 王世貞, 『弇州續稿』 卷59(『欽定四庫全書』) 「文部」 「弇山園記 1」, 1282~768면.

27) 박제가, 안대회 역, 『북학의』, 돌베개, 2003, 219~220면.

비상한 재능을 소유한 선비들에게 이러한 생각이 없을 수 없다"[28]라고 한 박규수의 지적이 이 사실을 집어낸다. 이루지 못한 지성인의 꿈을 대리충족한다는 의미가 깔려 있는 것이다.[29]

의원의 창작자로서 그 의미를 소상하게 밝힌 사람은 유경종(柳慶種)이다. 그는 1756년에 「의원지(意園誌)」를 쓰고서 글을 쓰게 된 동기를 다음과 같이 밝혔다.

> 의원(意園)이란 것은 마음에 꾸며본 정원이다. 정원을 실제 만들지 않고 마음에 먼저 꾸미는 짓을 할 필요가 있는가? 마음에 그려보니 정원이 곧바로 내 눈앞에 나타나 하나하나 또렷하다. 정원을 실제로 소유한 자는 그 마음속에 정원이 있는 것은 아니다. 마찬가지로 정원을 마음에 꾸며본 자가 정원을 실제로 소유하는 것은 아니다. 두 경우 모두 문제가 있다. 그렇다면 마음에도 없는 정원을 소유한 자보다는, 차라리 실제로 정원은 없지만 마음에 꾸미는 자가 더 나을 것이다. 그러나 이런 구별 자체가 망상이다. 한 세상 사는 인생인데, 그 누군들 잠깐 살 곳을 빌리는 것이 아니겠는가? 구구하게 실제와 허구를 구별할 필요가 있으랴?[30]

유경종은 잃어버린 꿈을 보상할 아늑한 보금자리로서 의원을 생각하였다. 그가 의원을 마련한 이유는 우선 가난이다. 그러나 그것은 명분이고 실제로는 마음에도 없는 정원을 소유하기보다 마음속에 정원을 만들어 상상하는 것이 더 낫다는 이유와 또 와유(臥遊)의 한 자료로 삼으려는 이유가 의원 설계의 동기로 타당하다. 자기가 소망하는 대로 아무런 제약이 없이 그의 의지를 실현할 수 있는 공간이기에 가능하다. 그가 「의원지」를 만들고, 강세황에게 부탁하여 「의원도」를 그린 목적이 여기에 있다. 유경종은 상당히 구체적이고 상세하게 상상의 정원을 만드는 의도와 목적을 밝혀놓

---

28) 박규수 외, 「孰遂念行」, 김영복 소장 사본; 최원경, 앞의 논문에서 재인용.

29) 이러한 측면을 韓章錫은 「題孰遂念後」(『眉山集』 卷9)에서 자세히 논하였다.

30) 柳慶種, 『漫稿』 책11 「意園誌」, 개인 소장 사본. 유경종의 시문학 전반에 대해서는 金東俊의 「海巖 柳慶種의 詩文學 硏究」(서울대 박사논문, 2003.2) 참조

았다. 그의 의도는 이후 장혼의 「평생지」나 홍길주의 『숙수념』 등에서 확대·재현되고 있다.

3) 가상공간의 구체적 사례

가상의 주거공간을 설계한 산문은 크게 짤막한 소품문과 거대한 원림(園林)을 설계한 글, 이렇게 두 부류로 나뉜다. 구체적인 사례를 네 가지로 구분하여 차례대로 살펴본다.

① 허균, 이용휴, 유경종, 정약용 등이 쓴 글은 예술적 향취가 높은 소품문이다. 이들 소품문에서 발견할 수 있는 공통점은 아취 있는 생활이다. 아취가 풍기는 삶을 영위할 공간으로서 멋진 주거가 필요하고, 그 안에서 격조있는 생활을 향유할 서재와 조경, 이웃, 생활집물 등을 서술한다. 정약용이 그린 상상의 집을 하나의 사례로 살펴본다.

땅을 선택할 때에는 반드시 산수가 아름다운 곳을 얻어야 한다. 그러나 강을 끼고 있는 산보다는 시내를 끼고 있는 산이 낫다. 동네 입구에는 반드시 가파른 암벽이 서있어야 하는데, 조금 들어가면 확 트여서 눈을 즐겁게 해주는 곳이 복지(福地)이다. 중앙의 지세가 모인 곳에 초가집 서너 칸을 짓되, 나침반을 똑바로 하여 정남향으로 세운다. 집은 극히 정교하게 치장한다. 순창에서 나는 설화지(雪華紙)로 벽을 바르고, 도리 위에는 가로로 담묵(淡墨) 산수화를 걸며, 문에는 고목, 대나무, 바위 그림을 걸거나 짧은 시를 써서 건다. 방안에는 서가(書架) 두 개를 놓고 서적 천삼사백 권을 꽂는다.

(······)

시내를 따라 백여 걸음 걸어가서 기름진 논을 몇 백 마지기를 마련한다. 늦은 봄마다 지팡이를 끌고 밭두둑에 나가 가지런히 파랗게 돋은 벼를 보면 푸른빛이 사람까지 물들이니, 한 점 속세의 기운도 없을 것이다. 그러나 직접 일을 하지는 말라. 다시 시내를 따라 몇 궁(弓)을 가면 둘레가 오륙 리쯤 되는 큰 방죽을 만난다. 방죽 안에는 온통 연꽃과 가시연으로 덮여 있다. 거룻배 한 척을 만들어서 띄워 놓고, 달밤이면 시인 묵객들을 데리고 배를 띄운다. 퉁소를 불고 거문고를 타며 방죽을 따라 서너 바퀴 돌아 취해서 돌아온다. 방죽으로부터 몇 리를 가면 자그마한 절 한 채를 만난다. 절에는 이름난 승려 한 사람이 있어서 참선도 하고 설법도 하며 시도 좋아하고 술도 거리낌 없이 마셔 계율에 얽매이지 않는다. 때때로 그와 더불어 오가며 세상사를 잊는 일도 즐겁다.[31]

「제황상유인첩(題黃裳幽人帖)」의 일부이다. 황상(黃裳)은 다산이 강진에서 귀양살이했을 때의 제자로, 호는 치원처사(巵園處士)이다. 그는 대구면(大口面)에 일속산방(一粟山房)을 짓고 살았는데 소치(小痴) 허련(許鍊, 1808~1893)이 1853년에 그를 위해 「일속산방도(一粟山房圖)」를 그려 주었다. 이 일속산방이 정약용의 이러한 의원(意園)을 구체화시킨 것이라 추정된다.[32]

황상이 유인(幽人)의 주거를 구체적으로 어떻게 꾸며야 할지를 묻자 정약용이 평소 꿈꾸어 온 유인의 주거지를 설명해 주었다. 다산은 주택 안과 주택 밖의 2개 구역으로 나누어 서술함으로써 「장취원기」의 장원과 취원의 구조를 채택하였다. 하지만 그의 원림설계는 독특한 개성이 엿보인다. 집자리를 잡고 꾸미는 데서부터 가구배치 등에 이르기까지 조선 사대부의 정서가 배어 있다. 서가를 책으로 채우고, 뜰 앞에 향장(響牆 : 기와로 쌓되 무늬를 놓고 동그랗게 구멍을 낸 담)을 세우며, 각종 화훼를 심고, 남새밭과 대밭, 논을 경영하며, 방죽에서 뱃놀이하고, 승려와 왕래하며, 아내와 대화하는 각종 생활의 안배에는 은사의 관례적 모습이 보이지 않는 것은 아니나 현실적인 느낌을 자아낸다.

이들 소품문이 문학예술로 높은 품격을 지니는 까닭은 글이 주는 정취

---

31) 안대회, 「상상 속의 정원」, 『문헌과해석』 통권 16호, 2001년 가을.
32) 黃裳, 『巵園遺稿』卷4「一粟成, 思酉山大老」, 개인소장 사본. "曾歲斗陵夜雨時, 先生驚我已心期. 霞封雲閉能云樂, 竹細花濃轉忘奇. 昔奉田園將就記, 便題粟屋已成詩. 所嗟爛漫道芽發, 未得收持傳送爲."

(情趣) 때문이다. 위에 인용한 글에서도 그렇고, 허균과 이용휴의 글에서도 확연하게 확인할 수 있다. 필자의 글 「상상 속의 정원」에 이들 소품문의 내용과 미학에 대해 자세하게 논의되므로 구체적인 것은 생략한다.

②다음으로 살펴볼 것은 홍길주(洪吉周)의 『숙수념(孰遂念)』이다. '누가 내 생각을 이루어줄까?'라는 책명 자체에서 상상의 세계를 묘사한 것임을 읽을 수 있다. 홍길주 역시 "매 편에 념(念)이란 제목을 붙인 것은 내가 마음속으로 상상하였을 뿐이요 실제가 아님을 보이기 위해서이다"[33]라고 밝혔다. 전권이 7책 16관(觀) 10념(念)으로 구성된 『숙수념』은 갑 원거념(爰居念), 을 각수념(各授念), 병 유질념(有秩念), 정 오거념(五車念), 무 삼사념(三事念), 기 긍준념(兢遵念), 경 식오념(式敖念), 신 동지념(動智念), 임 거업념(居業念), 계 숙수념(孰遂念)의 체제를 갖추었다. 가장 앞에 놓인 '원거념(爰居念)'이 주거공간의 설계부분인데 전체 구상의 기초인 셈이다.[34] '원거념'에 의거하여 홍길주가 상상한 거창한 저택의 구조를 대략 제시하면 다음과 같다.

> 『孰遂念』 第一觀 爰居念上－대저택의 내부
> ① 祠堂, 正寢, 影堂
> ② 內舍(庭廡, 門庫, 房, 廚房)－柔嘉閣上梁文
> ③ 外舍, 層臺, 小池, 亭－角巾堂上梁文, 淸芙亭記
> ④ 小齋－靜存齋銘
> ⑤ 藏書樓(曲房 回軒)－縹礨閣記
> ⑥ 外舍의 別院 3所(三籟軒, 逍遙舘, 息焉窩)－三籟軒記, 逍遙舘記, 息焉窩記
> ⑦ 內舍의 別院 3所－南一院歌, 南二院賦, 南三院春賞序

33) 洪吉周, 『孰遂念』 第十六觀 癸(규장각 소장 사본). "每篇題之曰念, 以見吾念之而已, 未有實也."

34) 『숙수념』에 대한 논문으로 최원경, 「洪吉周의 孰遂念에 대한 일고찰－세계인식태도와 글쓰기 방식을 중심으로」(성균관대 석사논문, 2002.06)와 김철범, 「홍길주 숙수념의 세계－사대부적 교양의 상상력」(『열상고전연구』 17집, 2003)이 있다.

⑧倉庫(堂室), 廐, 大門
⑨用壽院, 三再院, 津逮館－用壽院記, 三再院記, 津逮館記

『孰逐念』第二觀 爰居念下－저택의 외부에 조성한 大莊園
①吾老園－吾老園記
②石壁, 飛瀑, 潭－西潭詩
③東潭－東潭詩
④壯哉亭, 巢松亭－壯哉亭記, 巢松亭記
⑤三光洞天, 太虛府－三光洞天賦, 太虛府記
⑥絳霄臺－絳霄臺銘
⑦道觀－竹林道觀詩
⑧東溪, 東溪亭－東溪詩, 質聘, 東溪亭記
⑨南江, 沆瀣樓－南江詩, 沆瀣樓記
⑩大陂, 西湖, 雲水樓, 神圓寺－西湖詩, 雲水樓記, 神圓寺偈

전체 구조는 주거공간을 안과 밖 2개 권역으로 나누어 긴 담으로 분리
시켰고, 내부는 생활공간으로서 주거공간을, 밖은 소요공간으로서 자연경
관을 배치시켰다. 주거공간을 이렇게 두 개의 공간으로 분리하여 조성한
것은 장원과 취원으로 구성된 「장취원기」에 상응하기는 하지만 실제로는
장원·취원의 이원구조와는 매우 다르다. 홍길주는 생활공간과 소요공간
을 좀더 명확하게 분리시키고자 하였다.

홍길주가 상상을 통해 만들어놓은 주거공간은 앞서 살펴본 몇몇 소품문
에서 설계한 주거공간과는 비교가 되지 않을 만큼 대규모인 데다가 각 건
물의 설계, 용도, 가치가 대단히 구체적이다. 위에 제시한 공간은 대체로
이름을 부여받은 경물만을 요약하여 제시하였으므로 실제로는 이보다 훨
씬 더 장대한 공간이다. 앞서의 주거공간이 재야문사의 소박하고도 아늑
한 작은 피난처라면, '원거념'의 주거공간은 각 부분을 전체와 유기적 관
련을 맺어 조성하려고 한 대정원이다. 그는 각 건물에 대하여 상세하게 자

신의 의도를 밝혔고, 건물에 대한 설명이 부족할 때에는 따로 기(記), 상량
문(上梁文), 서(序)와 같은 산문과 시 등을 차별을 두어 씀으로써 그 건물이
표방하는 가치와 미학을 드러냈다. 이 큰 정원을 묘사한 글의 양이 방대하
기 때문에 개개의 건물과 풍경에 대해 일일이 설명하는 것은 불가능하다.
그 가운데 저택의 외부에 있는 큰 정원인 오로원(吾老園)을 설명하는 부분
과 「오로원기(吾老園記)」의 서두를 사례로 제시하여 홍길주가 구상한 정원
의 규모와 특징을 짐작한다.

> 저택의 북쪽에 북산(北山)을 기대어 정원을 조성한다. 동서의 길이가 십리요
> 남북의 길이도 그와 같은 규모인데 전체의 이름을 오로원(吾老園)이라 한다. 저
> 택의 서북쪽 담장 모서리에 작은 문이 있다. 이 문을 나서서 길을 꺾어 동북쪽
> 으로 2리쯤 가면 숲과 계곡이 울창하여 푸른빛이 엄습해오는데 이곳이 바로 정
> 원의 시작이다.35)

정원이 사방 십리에 이르는 거대한 규모라고 하였다. 서두에 이어 「오
로원기(吾老園記)」가 실려 있다.

> 항해자(沆瀣子)의 저택에 들어온 사람들은 많은 저택과 별채들을 두루 구경
> 하고서는 눈을 휘둥그레 뜨고 생전에 처음 보는 것이라고 하며 바로 사람들에
> 게 자랑할 만하다고 말한다. 시간이 지나서 그들을 데리고 오로원(吾老園)에 들
> 어가 두 곳의 못과 폭포, 절벽의 기이한 경관을 구경시키고, 삼광동천(三光洞
> 天)을 엿보게 하며, 태허부(太虛府)를 배알하게 하면 머리가 멍해져서 예전에
> 자랑했던 일을 후회한다. 사람들 가운데에는 예전에 몰랐던 사실을 알고서 성
> 급하게 자신이 새로운 것을 알았다고 생각하는 자가 있다. 그가 안 것을 안 것
> 이 아니라고 할 수는 없다. 그러나 아는 것 외에 또 미처 알지 못하는 것이 있
> 음을 그는 모른다. 아는 데는 그침이 없다. 내가 아는 것이 이미 지극한 정도에
> 이르렀다고 스스로 말하는 자는 잘 알지 못하는 자이다. 오로원을 보지 않은
> 사람이 정원에 대해 모른다고 할 수는 없지마는 오로원을 본 사람이라야 예전

---

35) 洪吉周, 『孰遂念』 「第二觀」 '甲爰居念下'.

에 알던 것이 모든 것을 안 것이 아님을 알게 될 것이다. …… 오로원의 밖에는 북산이 있고, 북산의 밖에는 어떠한 경관이 있는지 알 수 없으며, 어떠한 경관 밖에는 또 어떠한 경관이 있는지 알 수 없다. 면면이 이어져 끝도 없고 최상도 없으니 도를 배우는 자가 성급하게 지식에 대해 말할 수 있겠는가?[36)

저택 내부를 구경한 사람들이 눈을 휘둥그레 뜨고 탄사를 연발하지만 저택 외부에 있는 오로원(吾老園)을 보게 되면 더더욱 놀랄 것이라고 하였 다. 이 오로원이 세상 사람들이 그동안 보아왔던 정원의 개념을 초월한 특 별한 정원임을 말하는 것이다. 저택 내부에서 오로원, 오로원에서 북산, 북 산에서 하경(何境)에 이르는 견문과 인식의 확장은 끝이 없다고 하여 자신 의 견문을 넘어선 세계에 존재할지도 모르는 큰 세계의 존재 가능성을 말 한다. 정원에 대한 생각을 바탕으로 하여 인식론의 문제까지 논한다. 그가 각 건물에 붙인 글은 이처럼 다양한 사고를 담아 표출하는 특징을 지녔다.

이 '원거념'이 무미건조한 설계의 글에 그치지 않고 훌륭한 문학으로 간주되는 까닭은 각각의 건물과 강산, 폭포 등에 대하여 기(記), 상량문(上 梁文), 서(序), 명(銘), 부(賦), 시(詩), 게(偈) 등 각체의 시문을 동원하여 문학적 으로 묘사한 데 있다. 이들 각각의 작품은 앞서 인용한 왕세정의 글에서 말한 것처럼, 환상의 주거에 대해 다시 환상의 언어를 구사함으로써 이중 의 환상, 중첩된 허구를 발휘하여 예술로 승화시켰다.

홍길주는 그의 아우 홍현주와 함께 일찍부터 정원의 조성에 깊은 관심 을 가졌다. 일시적 관심사가 아니라 장기간에 걸쳐 주목하고 실제로 조성 하기에 노력하였다. 홍현주의 경우 화훼와 수목을 중심으로 산장(山莊) 10 개소를 조성하기 위해 구체적으로 이름까지 만든 사실이 있다. 그 이름은 차례대로 죽림제일처(竹林第一處), 양류제이장(楊柳第二莊), 도화제삼경(桃花 第三境), 행화제사촌(杏花第四邨), 이화제오원(梨花第五院), 황화홍엽제육경(黃 花紅葉第六逕), 파초제칠소(芭蕉第七所), 중향제팔해(衆香第八海), 우화제구당

---

36) 洪吉周,『孰遂念』「第二觀」'甲爰居念下'「吾老園記」.

(藕花第九塘), 제십만송관(第十萬松舘)이다. 이렇게 명목을 만들자 홍길주는 수만금의 건축비가 드는 이 공사가 실현하기가 어렵기 때문에 미리 몇몇 친구들과 함께 제목을 나누어 각각의 건물과 풍경에 대하여 시와 산문을 지어 묘사하여 한두 권의 책을 만들기를 권하였다.[37] 그리고 이 산장이 실제로 조성된다면 실행할 소요(逍遙)와 소영(嘯詠)에 대한 소망을 피력한 바도 있다. 이 책이 만들어졌다면 그것은 바로 홍길주의 『숙수념』과 같은 방대한 상상의 정원기였을 것이다.

홍길주는 젊은 시절에 「십이루기주관도(十二樓記周觀圖)」이라는 유희작(遊戱作)을 지은 바 있다. 이 글 역시 의원(意園)의 일종이다. 박지원이 젊은 시절 「방경각외전(放瓊閣外傳)」을 지은 것처럼 자신도 그런 유희의 문장을 지은 것에 대해 재능이 뛰어난 소년배가 한번 시도해볼 거리는 되지만 어른들이 시도할 행위는 아니라고 홍길주는 반성하였지만 의례적 핑계로 보인다.[38] 『숙수념』은 그가 소년시절부터 꿈꾸어오던 이상세계의 완성품이라고 할 수 있다. 이것이 비록 40대에 상상으로 꾸민 것이지만 그의 평생의 꿈이 서린 주거공간이었다.

③ 홍길주의 주거공간과 더불어 사대부의 이상적인 주거공간을 거창하게 설계한 학자는 서유구(徐有榘)이다. 사대부의 생활 가운데 특별하게 주거문제에 깊은 관심을 표명한 그는 『임원경제지』에서 주거문제를 주요 관심사로 다루었다. 그 내용이 주로 「섬용지(贍用志)」, 「이운지(怡雲志)」, 「상택지(相宅志)」에 담겨있고, 의원의 내용은 「이운지(怡雲志)」에 집중되어 있

---

37) 洪吉周, 「睡餘放筆」, 『縹礱乙籤』, 연세대 장서. "海居欲實山莊十所, 皆種嘉卉名木, 先命其名曰, 竹林第一處, 楊柳第二莊, 桃花第三境, 杏花第四邨, 梨花第五院, 黃花紅葉第六逕, 芭蕉第七所, 衆香第八海, 藕花第九塘, 第十萬松舘. 此計非有巨萬貲, 不可就. 余勸其先約士友若干人, 分題作記述題詠若干篇, 彙成一二卷書. 然斯亦汗靑無期矣."
38) 洪吉周, 『孰遂念』. "遊戱之文, 少年才高者, 時或作之, 以恢筆徑, 長老不宜效尤. 燕巖翁少時作放瓊閣外傳, 沆瀣子少時作十二樓記, 晩皆悔之."

다. 이 책에는 주거의 실제적 문제에 대한 광범위한 접근과 서술이 가해지지만, 한편으로 이상적인 주거지의 선택, 건축방법, 건축부재, 조경, 건축물의 종류 등 주거문화와 관련한 다양한 문제들을 심도 있게 다루었다. 재료를 다루는 방식은, 중국과 조선 지식인의 많은 저술과 자신이 직접 쓴 저술에서 관련 자료를 발췌하여 정리하는 식이다. 따라서 이왕에 살펴본 어떠한 글에서보다 구체적이고 실질적인 설계를 찾아볼 수 있는 장점이 있다. 주거와 관련한 경화세족의 이상적 세계와 미의식이 어떠한지를 알려면 『임원경제지』를 확인하면 된다.

「이운지」는 다시 여러 영역으로 나누어져 있는데, 첫 번째인 '형비포치(衡泌鋪置)'가 주거문제를 다루었다. 그 제목의 뜻을 살펴보면, '형비(衡泌)'는 가난한 사람이 사는 집의 의미를, '포치(鋪置)'는 배치와 포국(布局)의 뜻을 지닌다. 그러므로 형비포치는 가난한 사람이 생활하는 주거공간의 배치를 의미하며, 삶을 만족시켜 줄 수 있는 주거환경과 조경(造景)의 문제를 논한다. 그러나 말이 가난한 사람이지 사실은 부유한 사대부가 아니면 조성하기 어려운 주거이다. 그 세부항목은 「총론(總論)」, 「원림간소(園林澗沼)」, 「재료정사(齋寮亭樹)」, 「궤탑문구(几榻文具)」로 구성된다. 다음 차례를 보면 그가 설계한 주거공간의 대체적 미학과 경관을 추정하는 것이 가능하다.

總論
山居七勝, 居山四法, 卜築娛老, 種梅養鶴說, 小蓬萊, 論位置雅俗

園林澗沼
將就園, 龍圖墅, 龜文園, 籬園法, 九徑種樹法, 大小池塘, 燔土作池法, 作小池法, 作盆池法, 池水禁涸法, 池邊石假山法, 引泉法, 假山辟蛇起霧方

齋寮亭樹
書齋, 寶室, 溫閣, 茶寮, 藥室, 琴室, 藏書閣, 聚珍堂, 迎賓館, 義塾, 射亭, 望杏亭, 瞻蒲樓, 春耕寮, 秋蟀窩, 佃漁社, 圃亭, 溪亭, 江樓, 水榭, 竹亭, 檜

柏亭, 茆亭, 松軒, 擇勝亭, 觀雪庵, 此予宅

'총론'에는 산거(山居)의 주거미학과 건물의 배치문제를 설명하였고, '원림간소(園林澗沼)'는 조경수, 울타리, 연못, 분지(盆池), 석가산(石假山)을 비롯한 조경문제를 다루었다. '재료정수(齋寮亭樹)'는 다양한 용도와 목적을 가진 건축물을 소개하였다. 여기서 이들 건물은 생계와 관련이 있는 최소한의 주택이라 볼 수 없는, 문화와 여가를 즐기기 위한 여유 공간이 대부분이다. 그리고 실제 지어진 건물을 조사하여 보고한 글이 아니라, 이렇게 지어 사용하는 것이 좋겠다고 제시한 집이다. 그런 점에서 홍길주가『숙수념』에서 상상하여 만든 건물들과 성격이 다르지 않다. 더욱이 여기 27개 건물 가운데『금화경독기』에서 가져온 글은 19개에 달하고, 중국의 서책에서 가져온 글은 12개에 이르는 사실을 통해서 주로 서유구 본인의 의도가 깊이 개입된 문화공간임을 알 수 있다. 서유구의 저작인『금화경독기』에서 가져온 글인 '영빈관(迎賓館)'에서는 건물을 어떻게 묘사하고 있는지 보자.

서재 남쪽에 서있는 담을 뚫어 문을 만든다. 아치형[圭形]으로 만든 문에는 대사립문짝을 건다. 이 문을 나서서 3층 계단을 내려가고, 그 아래에 5무(畝)의 대지를 정지 작업하여 세 칸 내지 다섯 칸 규모의 건물을 짓는다. 이 건물에는 서늘한 바람을 받아들이는 헌(軒)과 따뜻한 내실, 그리고 자그마한 책상과 긴 탁자를 골고루 갖추어 놓는다. 벽에는 속기(俗氣)를 씻어내겠다는 다짐의 글을 새긴 판을 걸어둔다(携李 李日華는 속기를 씻으리라는 약속을 써놓은 판을 벽에 걸어서 손님과 친우들에게 알렸다—원주). 또 귀를 맑게 하는 경쇠를 매달아 걸고(江南 李建勳은 옥으로 만든 경쇠를 하나 가지고 있었다. 찾아온 손님이 외설스럽고 비속한 이야기를 하면 서둘러 일어나서 경쇠를 치고 그 손님에게 "잠시 귀를 씻었습니다"라고 말하였다—원주). 손님을 맞이하고 접대한다. 하지만 도사와 더불어 도교에 관한 책을 보거나, 고매한 스님과 더불어 이야기를 나눈다거나, 또는 원림(園林)에 사는 노인네나 시냇가에 사는 친우와 더불어 날씨가 어떠한지를 주고받는 정도의 만남도 있다. 그렇게 만나고 헤어지는 장소

는 제각각 다르기 마련이므로, 굳이 이러한 자리를 마련하여 접대할 필요까지
는 없다.[39]

이 건물은 손님을 접대하는 공간인데 보통의 살림집에 있는 사랑방과는
다르다. 위 글은 집의 위치 및 규모, 건물의 종류, 내부 장식을 설명하였고,
이 집의 용도를 특히 상세하게 설명하였다. 주된 생각은 바로 속기(俗氣)의
거부이다. 이일화와 이건훈의 사례를 예시하면서 비속한 사람과 비속한
이야기를 받아들이지 않으려는 의도를 확실하게 표명한다. 이러한 극단적
결벽(潔癖)은 서유구만의 독특한 심리상태가 아니라, 앞서 인용한 심상규나
남공철, 그리고 김정희, 조희룡 등의 생활에서도 찾아진다. 그 당시 경화세
족의 삶의 한 특징이 이러한 상상의 주거공간에 깊이 젖어들어 나타난다.
이러한 사례를 통해서 이들이 상상으로 만든 주거공간에 그들의 독특한
문화의식이 반영된 사실을 확인하게 된다.

물론 이러한 속기의 거부만이 주거공간 설계의 의도는 아니다. 장서(藏
書)와 독서(讀書), 교육을 위한 공간에 대한 특별한 배려, 주변의 계산승지
(溪山勝地)를 조망하기 위한 풍경공간의 확보, 그리고 여유와 멋을 누리기
위한 공간이 다수를 차지한다. 그 가운데 일종의 개인용 화방(畵舫)인 차여
택(此予宅)을 예로 든다.

서호(西湖)의 화방(畵舫)은 어떠한 것인지 알아볼 길이 없고, 조채(晁采)의 남
원(南園)에 있던 배는 지나치게 화려한 흠이 있다. 이제 나는 2종의 배를 만들
고 싶다. 그 하나는 호수에 띄울 배로 고렴(高濂)이 말한 가벼운 배를 모방하여
버드나무 늘어선 강이나 갈대 우거진 물가에 둥실 띄우고 마름을 캐거나 물고
기를 낚는데 사용한다. 다른 하나는 강나루에 띄울 배로 왕여겸(汪汝謙)의 불계
원(不繫園)을 모방하되 규모를 조금 줄여서 강 연안을 따라 계곡을 거슬러 올
라가서 좋은 벗의 심방이나 명산의 유람에 사용한다. 이러한 용도로 사용할 집

---

39) 徐有榘, 『林園經濟志』 卷99(영인본 제5책, 보경문화사, 1983) 「怡雲志」 卷1, 231~
   448면.

을 공열후(公閱侯)의 말을 취하여 차여택(此予宅)이라 부른다.[40]

지상에서만이 아니라 물 위에서도 멋을 즐기기 위한 주거공간을 마련하였는데, 이 배 역시 생계를 영위하기 위한 배가 아니라 유상(遊賞)목적의 배이다. 이와 같은 '형비포치(衡泌鋪置)'의 내용을 검토하면, 문학이라고 표방하지는 않았으나 적지 않은 문학성을 보인다. 특히, 서유구의 저술『금화경독기』에서 발췌한 많은 주거관련 기록들은 소품문의 취향을 다분히 보여주기 때문에 문학으로 취급해도 무방하다.

④ 홍길주나 서유구가 마련한 정도의 체계와 규모를 가진 설계는 아니지만 특이한 의원(意園)으로 장혼(張混)의 「평생지(平生志)」가 있다. 중인인 장혼은 이른바 장혼자(張混字)라는 활자(活字)를 만들어 출판할 만큼 편집자·여항문학인으로서 명성을 구가하였다. 특히 그는 북악에서 인왕산에 이르는 북촌(北村) 지역에서 천수경(千壽慶)을 비롯한 저명 여항인들과 시회 활동을 왕성하게 전개하였다. 1786년에 결성된 옥계사(玉溪社)를 시발점으로 하여 1793년경에 결성된 송석원시사(松石園詩社)는 천수경과 장혼이 주축이 된 여항시단인데, 모두가 서울 도심지에 있는 인왕산 아래에 위치하였다. 그 동인들은 대부분 인왕산 아래 옥류동에 거주하면서 아회(雅會)를 열었다. 장혼 역시 옥류동 끝에 이이엄이란 집을 짓고 살았다. 그가 아회를 위한 주거공간을 설계한 것이 바로 「평생지(平生志)」이다. 다음은 원림 설치의 기본구상이 드러난 대목으로 그가 상상으로 만든 주거가 어떠한지를 엿볼 수 있다.

동구를 다 지나서 산자락 끝에 바짝 다가서면 옛날부터 아무개 씨의 낡은 집이 있다. 그 집은 비좁고 기울어 보잘 것이 없으나 옥류동에서는 이곳이 가장 아름답다. 더러운 것들을 치우고, 막힌 것들을 뚫고 나면 네모반듯한 집 10무

<hr>

40) 徐有榘,『林園經濟志』卷99「怡雲志」卷1, 같은 곳.

(畝)를 지을 수 있다. 이 집 앞에는 우물이 하나 있는데, 직경은 한자 반이요, 깊이는 직경과 같고, 둘레는 그 세배이다. 바위를 쪼개서 뚫은 우물로서 샘물이 그 쪼갠 틈에서 솟구쳐 나오는데, 맛이 달고도 차다. 가뭄에도 이 물은 마르지 않는다.

우물에서 서쪽으로 대여섯 걸음 떨어진 곳에 너럭바위가 있는데, 평평하여 여러 사람이 앉을 수 있다. 집 서쪽에는 언덕이 있다. 길고도 넓으며, 높고도 평탄한 언덕이 지붕 추녀 끝에 솟아 있다. 풀은 보료를 깐 듯이 무성하다. 집 안에는 괴석(怪石)과 검은 바위가 있는데 바둑돌을 놓은 듯한 데가 곳곳에 있다. 참으로 은둔자가 머물러 살 장소로 보인다.

집값을 물었더니 겨우 50관이었다. 그 땅을 사서 면세(面勢)에 따라 몇 칸의 집을 지을 계획을 하였다. 기와를 덮고 회칠을 하여 꾸미는 일이나 기둥과 들보를 거창하게 마련하여 짓는 일은 하지 않는다. 푸른 홰나무 한 그루를 문 앞에 심어 그늘을 드리우고, 벽오동 한 그루를 바깥사랑채에 심어서 서쪽으로 뜬 달빛을 받아들인다. 포도시렁을 그 옆에 얹어서 햇볕을 막고, 측백나무를 바깥채의 오른편에 심어서 병풍처럼 문을 막는다. 파초 한 뿌리를 그 왼편에 심어서 빗소리를 듣고, 울타리 아래에는 뽕나무를 심으며, 그 사이에 무궁화, 매괴(玫瑰)를 심어 빈틈을 메운다.41)

이 글의 문사(文辭)는 허균, 이용휴, 유경종의 의원기(意園記)와 유사하다. 그는 인왕산 아래 옥류동의 골목 맨 끝에 있는 허름한 한 집을 50관에 사서 250관을 더 들여 새로 건축하고 조경을 꾸며 이이엄(而已广)을 만드는 일을 한 평생의 소망으로 간직하였다. 그가 뒤에 실제로 이러한 소망을 이루었는지는 분명치 않으나 그는 이이엄(而已广)이란 집을 소유하고 살았다. 장혼의 「평생지」에서 더욱 주목할 대목은 바로 그 부록이다. 부록은 앞에서 제시한 이상적 주거공간에서 어떻게 살겠다는 생활모습, 인테리어, 조경을 제시하였다. 그 내용은 청복(淸福) 8품(品), 청공(淸供) 80종(種), 청과(淸課) 34사(事), 청보(淸寶) 1백부(百部), 청경(淸景) 10단(段), 청연(淸燕) 6반(般), 청계(淸戒) 4칙(則)이다. 하나같이 소품가(小品家)의 기식(氣息)을 느낄 수 있

---

41) 張混, 「平生志」(안대회 역, 「張混의 小品文」, 『現代詩學』 2003.12), 262~272면.

는 내용들이다. 그 가운데 일부를 예로 들어보면 다음과 같다. 청연(淸燕) 가운데 네 가지를 앞에, 청계(淸戒)는 그 뒤에 수록한다.

> 음식(飮食) : 뿌리까지 달린 들녘의 나물, 귀인의 맛난 음식에 양보하지 않는다.
> 장소(場所) : 잎이 달린 가지로 만든 사립문, 거창한 저택에 꿀릴 게 무어람.
> 깔개 : 떨어진 꽃잎이 수를 놓은 이끼, 비단 보료에 대적할 만하다.
> 농애(弄愛) : 향기로운 풀과 애교스러운 꽃, 교태를 떠는 기생에 대적할 만하다.

> 달팽이집에서 살며 좀벌레가 나오는 책을 교정하지만, 내 보잘것없는 삶에 안주한다.
> 헌솜옷을 입고 명아주 국을 먹지마는, 이러한 곤궁함을 어찌 원망하랴!
> 한 자 되는 거문고와 한 권의 책은 조상부터의 직업이니 감히 그만두지 못한다.
> 산꽃과 계곡의 새들은 빈천한 나를 이해하니 잊어서는 안 된다.[42]

그가 이이엄에서 살아갈 내용으로 제시한 것은 결코 분수에도 맞지 않는 어거지 아태(雅態)가 아니다. '청연(淸燕)'에는 도회지 옆의 호젓한 장소를 골라 제 분수에 맞는 멋을 부리면서 사는 모습이 나타나고, '청계(淸戒)'에는 몇 대를 걸쳐 가난한 편집자로 사는 자신에 대한 위안이 담겨 있다. 흔한 산문격식을 벗어난 글로 자기 내면을 선명하게 드러낸다. 「평생지」는 이 부록이 있음으로 해서 18·19세기 서울 지식인의 품격 높은 삶과 아회(雅會)의 장면, 청언소품(淸言小品)의 정취 있는 삶과 의식을 잘 드러낸다. 그같은 삶의 모습과 품격이 상상으로 꾸며본 주거공간에서 전개된다.

---

42) 張混, 「平生志」.

5. 18 · 19세기 의원(意園)과 가상공간의 의미

유경종은 「의원지」에서 현실세계를 결함(缺陷)의 세계라고 하였다. 현세는 근본적으로 결함을 내포한 공간이라는 불가(佛家)의 관념에 바탕을 둔 언급이다. 유위(有爲)의 행위를 소망하는 자일수록 현실의 결함에 대한 인식은 절실하고, 결핍에 대한 절망은 깊다. 조선 후기의 사대부들 가운데 일부는 상상으로 설계한 주거공간을 통해서 결함과 결핍의 현세를 조롱하고, 스스로의 불행을 위안하며, 상상의 공간이 미래에서 성취되기를 소망하였다. 그들이 상상한 공간은 당시의 주거문화를 비롯하여 사대부의 삶과 미의식이 깊이 스며 있다. 그곳은 현실에서 누릴 수 있는 것과 있어야 할 것들이 공존하는 세계이다. 즉, 그 가상세계는 현실세계로부터 순수하게 '초월해' 있는 그 무엇이 아니라 대화하는 세계이다. 그러므로 의원에서 우리는 그 시대 사대부의 주거미학과 소망을 읽을 수 있다.

18 · 19세기 사대부가 상상한 정원은 설계자 상호간에 정보와 미학이 긴밀하게 교류하고 있다. 앞서 살펴본 바와 같이, 의원을 창작한 사대부들 사이에 인적인 교류가 있을 뿐만 아니라, 그 내용과 전개양상 및 문체에서 깊은 연계를 맺는다.

첫 번째로, 의원이 서울과 그 주변 지역의 문화공간에서 활약하던 문인 지식인이 내놓은 창작물이라는 사실이다. 따라서 당시 서울의 지역적, 문화적 교양, 사대부 사이의 미학과 생활풍물이 상상의 정원을 채우고 장식한다. 장혼이 청복(淸福)으로 여덟 가지를 내세울 때, 태평한 시대에 태어난 것, 요행히 선비 축에 낀 것, 문자를 대충 이해하는 것과 함께 서울에 사는 조건을 든 이유는 결코 가볍게 볼 내용이 아니다.[43) 서울이란 문화공간을 벗어나서 의원의 창작에 대한 욕구나 계기가 쉽게 마련되지 않았다고 추

---

43) 張混, 「平生志」, "一曰生太平, 二曰居京都, 三曰位列衣冠, 四曰粗解文字."

정하게 만든다. 따라서 이 가상의 주거공간을 설정한 것은 서울과 그 주변에 머물던 지식인들의 일종의 유희이면서 꿈이 담긴 하나의 문화현상이었다고 결론지을 수 있다.

두 번째로, 상상의 정원에서 조원(造園)의 기본 방향은 속기(俗氣)의 제거이다. 비속한 풍경이나 천박한 대화를 상상의 정원에서는 몰아내려 하였다. 정치나 재물, 색을 말하는 것이 그 내용의 일부이다. 유경종은 「의원지」에서 "조정이나 저자거리의 일일랑 말도 꺼내지 않고, 재물을 묻지 않으며, 사람들의 옳고 그름과 잘나고 못남을 언급하지 않는다"라고 하였고, 정약용은 「제황상유인첩(題黃裳幽人帖)」의 마지막 대목에서 "아내에게 송엽주(松葉酒)를 따르게 하여 몇 잔 마신 뒤 양잠법이 적힌 책을 가지고 누에를 목욕시키고 실을 잣는 방법을 아내에게 가르쳐주며, 서로 바라보고 싱긋 웃는다. 문밖에서 조정에서 부르는 글이 이르렀다는 소리가 들려오지만 빙그레 웃을 뿐 나아가지 않는다"라고 하였다. 정치현실에 대해 혐오하여 이 피난처에서만은 안식과 여유를 즐기려는 심경을 숨기지 않는다. 그러므로 이 주거공간에서 공간의 배치나 초대하는 친구, 대화, 인테리어 모든 것이 유취(幽趣)와 운치(韻致)를 지향한다. 이 유취와 운치가 18·19세기 사대부가 꾸며놓은 가상공간에서 추구하는 미학이다.

세 번째로, 이러한 유취와 운치의 미학이 의원의 구체적 공간에 골고루 침투한다. 앞에서 살펴본 정원에서 공통적으로 배치하는 몇 가지 요소를 살펴보자. 첫째가 서재의 배치가 가장 중요하다. 서재뿐만 아니라 서재와 서안에 놓인 책의 이름까지 나열한다. 이것은 독서인(讀書人)의 서권기(書卷氣)를 중시하는 문화의 반영이다. 더구나 그 가운데 아취(雅趣)의 삶을 긍정하는 책들이 나열되어 있다. 서유구와 장혼의 경우에서처럼 장서세목(藏書細目)까지 수록한다. 둘째로 조경(造景)이다. 명화이훼(名花異卉)와 조경수(造景樹)를 매우 구체적으로 나열한다. 셋째로 벗이다. 의원의 조성 의도로서 벗과의 사귐의 공간을 마련한다는 것은 매우 중요하다. 이것은 당시 사대부의 아집(雅集)문화의 반영이라고 할 수 있다. 넷째로 서책을 제외한 청공

(淸供)과 그 배치이다. 고동서화(古董書畵)를 비롯한 속되지 않은 물건들의 배치가 눈에 뜨인다.

지금까지 18·19세기 사대부가 설계한 가상 주거공간이 의원기(意園記)라는 문학으로 표출된 현상을 살펴보았다. 여기서 간과할 수 없는 사실은 당시 회화와의 밀접한 관련성이다. 의원도(意園圖), 낙지도(樂志圖), 아집도(雅集圖), 원도(園圖)를 비롯한 사대부의 생활공간을 묘사한 그림이 적지 않은데, 그들 그림 가운데 의원(意園)과 밀접한 관련성 속에 그려진 것이 적지 않다.

허균도 그렇고, 19세기의 저명한 화가인 임득명(林得明)은 고시(古詩)「의원행(意園行)」을 지어 마음속에 상상한 가옥을 묘사하였는데 사실 이 시는 의원도(意園圖)를 보고 쓴 것이다. 그 마지막 대목에서 "그림이 완성되어 벽면에 걸어놓으니 / 붉은 지붕, 하얀 담장 부귀가보다 훨씬 멋지다. / 어느 날의 한가로운 정을 붓끝에서 얻었는데 / 내일이면 대궐에 출근해야 할 일이 또 우습구나"44)라고 하였다. 유경종 역시 「의원지(意園志)」를 쓰고 그의 매부 강세황(姜世晃)에게 이 글을 토대로 의원도(意園圖)를 그려달라고 부탁하여 그림을 받았다.45) 또 홍길주는 거창한 상상의 공간 설계서인『숙수념』을 도회(圖繪) 1책으로 그려야 한다고 하기도 하였다.46) 이들은 모두 서울과 그 주변에 기거하는 경화세족들이다. 19세기에는 대구의 한 소년 화가가 의원산수도(意園山水圖)를 그려 이학규에게 제사를 받기도 하였다. 경화세족의 취미생활이 지방에까지 확산된 결과로 해석된다. 그 화가에게 준 서문에서 이학규는 의원론(意園論)을 펼치기도 하였다.47)

---

44) 林得明,『風謠三選』卷4「意園行」. "圖成充然掛壁面, 絶勝朱薨與粉垣. 一日閒情得筆端, 又笑明曉赴金門."

45) 柳慶種,「題意園圖」, 위의 책. "廣宅良田貧未求, 千岩万壑病難謀. 意園只在吾方寸, 不用丹靑借境遊."; 姜世晃,「次海巖, 謝示石田畵」제3수. "遠想高居絶市塵, 輞川勝槩此中存. 淸華水木眞堪畵, 何用區區寫意園."

46) 洪吉周,『孰遂念』「標例」. "是書宜別有圖繪一冊, 而今姑未遑, 冀有志者之成."

47) 李學逵,「童者鄭寧甲意園山水圖序」,『洛下生全集』하(영인본), 아세아문화사, 38~40면. 이학규의 산문은 다음 논문에서 해명하였다. 정우봉,「洛下生 李學逵의 散文世

그들 그림의 미학이나 아취(雅趣)의 이해는 문학과의 관련 속에서 이해
될 필요가 있다. 이렇게 볼 때 상상하여 정원을 설계하는 것이 당시 지성
인에게 상당한 흥미를 끌었던 주제였음을 알 수 있다.

이상의 의원기(意園記)들을 보면, 건물의 구조, 꾸미기, 화훼와 과수, 텃
밭과 담, 시내와 길의 선택, 배치가 조선적인 실정에 부합한다. 아무리 상
상이라 하더라도 실현 가능성을 상정하였기에 그러할 것으로 추정한다.
조선 후기의 지성인이 상상으로 꾸민 주거공간은 당시 사대부 문화를 읽
는 하나의 코드이다. 아름다운 집을 짓고 화훼와 과수를 심어서 집을 꾸미
는 유행이 예술적 상상을 자극함으로써 원정기(園亭記)를 창작하게 하였고,
그러한 글들이 문집에 많이 수록되어 있다. 이에 대한 논의도 필요하리라
고 생각한다.

조선 후기 실학파의 총서 편찬과 그 의미

『삼한총서(三韓叢書)』·『소화총서(小華叢書)』를 중심으로

김 영 진

1. 서론

18세기 들어 새롭게 등장한 서울의 개성적 인물 군상(群像) 및 다양한 도
시문화적 양상에 대해서는 그간 지속적인 연구가 진행되었다.[1] 특히 최근
에는 전대(前代)와는 사뭇 다른 이 시기 문인들의 '취(趣)' 추구 경향을 보여
주는 일련의 흥미로운 자료들이 계속 발굴되고 있다. 화훼초목(花卉艸木),
조화(造花) 매화, 담배, 비둘기, 앵무새, 호랑이, 물고기, 벼루, 인보(印譜) 같

---

1) 대표적으로 다음과 같은 논문을 들 수 있다. 이우성, 「18세기 서울의 都市的 樣相」,
『實學派의 書畵古董論』, 『한국의 역사상』, 창작과비평사, 1982; 임형택, 「18세기 藝術
史의 視角－柳得恭作「柳遇春傳」의 分析」, 『이조후기 한문학의 재조명』, 창작과비평
사, 1983; 박희병, 「조선후기 예술가의 문학적 초상－藝人傳의 연구」, 『한국고전인물전
연구』, 한길사, 1992; 강명관, 「조선후기 서적의 수입·유통과 장서가의 출현」, 「조선후
기 京華世族과 古董書畵 취미」, 『조선시대 문학 예술의 생성 공간』, 소명출판, 1999 등.

은 소재를 가지고 쓴 잡록들이 그것이다.[2] 이들 저작의 찬술자 가운데는 실학자로 분류되는 인물들이 많이 포함되어 있다. 실학자하면 으레 '경세·실용', '현실 비판', '리얼리즘' 등의 어휘부터 떠올리게 되는, 그 진중한 모습들을 생각할 때, 과연 같은 인물의 저작인가 하는 느낌이 든다. 새롭게 조명되고 있는 이런 저작들의 출현에는 명청 총서류 저작들[3]의 국내 유입이 하나의 큰 원인이 되고 있다. 동시기 일본의 경우 역시 비슷한 상황이다. 원굉도(袁宏道, 1568~1610)의 『병화사(瓶花史)』는 일본에서 꽃꽂이 문화를 진작시키면서 『원중랑류삽화도회(袁中郞類揷花圖會)』(1809년 간) 같은 책이 간행되었고, 칼 제작과 관련된 것을 모아놓은 『장검기상(裝劍奇賞)』(1781년 간, 전7책)이라든가, 담배에 대한 책인 『언록(蔫錄)』(1797년 간, 3권3책), 『삼재도회』의 일본판인 『화한삼재도회(和漢三才圖會)』(1713년경) 등이 중국 총서류의 영향 하에 나온 저작들이다.

본고는 다채로운 개성들을 선보였던 18세기 총서류 저작들의 흐름 속에, 박지원(1737~1805)과 서유구(1764~1845)가 편찬을 시도했던 『삼한총서(三韓叢書)』와 『소화총서(小華叢書)』의 편찬 과정 및 성격을 짚어보고자 한다.

이 시기 신지식 수용의 교두보는 명·청의 서적이다. 명청 시대는 종래의 주자학(성리학)의 사상 범주를 넘어 양명학·서학 등 다양한 사상이 전파되었고, 문학과 예술이 보다 전문화되면서 아울러 대중화가 이루어진 시기였다. 명청 서적의 수장(收藏)과 독서 경험은 바로 조선 후기 경향(京鄕) 간의 문화 차이로 이어졌다.[4] 경화벌열가의 경우 대규모로 중국책을 수장

---

2) 본고 2절에서 해당 자료들의 출전을 밝힌다.

3) 일반 총서류 외에 『三才圖會』, 『圖書編』 같은 백과사전적 성격의 책도 포함시킬 수 있다. 이들 책에는 版畵가 많이 수록되어 있다. 명대 서적들에는 揷圖本이 유행하였다.

4) 『사문유취』 한 질만 있으면 시골에선 행세할 수 있다는 이학규의 전언("…… 此鄕, 則 以口誦『三國演義』爲能事, 家藏『事文類聚』爲稀玩, 八九年間, 見聞如此. 每憶前日數 君子之言, 不覺浩歎." 「與」, 『낙하생집』, 민족문화추진회, 364면)이라든지 "嶺南에서는 비록 문학으로 이름난 자라 할지라도 집에 『世說新語』를 가지고 있는 자가 전혀 없다" (嶺南雖號爲能文者, 家置『世說』者絶罕. 誦習閱覽, 不出四書三經『史略』『通鑑』『古文 眞寶』『朱書節要』『濂洛風雅』而已. 其外許多叢編巨帙瑰文異書, 都不知有此. 『欽英』

하는 것이 유행을 이루었고, 책을 직접 구하기 힘든 경우 이를 전문적으로 베끼는 초서(抄書) 문화도 등장했다.5) 18세기 후반 서울의 경우, 청조(淸朝) 문화의 유입, 유행이 보편화되었고, 국왕 정조 역시 청 문물에 대해 일정 정도 수용적 태도를 보였다.6) 다음 유만주(兪晚柱, 1755~1788)의 언급은 박지원을 비난하는 것이기는 하나 이 시기의 문화 풍조를 잘 보여주고 있는 것이기도 하다.

> 문채(文采)가 극에 달하면 사치(奢侈)로 빠지니 사치는 문채의 폐이다. 중인 (中人) 이하의 부류들이 이런 것을 좋아함을 면치 못한다. 그러니 박지원배가 북쪽 오랑캐[淸]로 경사됨도 이상할 것이 없다. 들으니 문예의 사이에 종유(從 遊)하는 즐거움이 북쪽 오랑캐가 더욱 심하다고 하니 박지원이 이를 즐기게 된 까닭이다.7)

정조에 의해 그 문학과 인품이 모두 '순(醇)'하다고 평가받은 성대중(成大 中, 1732~1809)은 다음과 같이 말했다.

> 진의 글씨[晉帖]과 당시(唐詩)를 보면 의사(意思)가 절로 좋아지니 사람의

1778년 9월 22일조)는 유만주의 전언은 이 시기 경향간의 문화 차이를 여실히 증명해주는 사례들이다. 서울에서는 명청 서적의 수집이 열기를 띄었고 아울러 대형 장서가들이 많아지는 문화 현상이 생겨났다.

5) 李德懋 · 金淑 · 盧命欽 · 趙衍龜 등은 이 방면에 조예가 깊었던 가난하고 미천한 서생들이다. 이덕무의 경우 讀書慾이 강하여 주변의 장서가들에게 책을 빌려 많은 抄書 작업을 하면서 독서하였고, 때로 생계의 수단으로 사대부(이서구, 심염조 등)의 부탁을 받고 抄書 작업을 하기도 했다. 오래 전에 이덕무의 撰으로 알려져 영인 · 소개된 『騷壇 千金訣』이란 책도 실은 『大雅堂訂正枕中十書』(明 李贄 輯; 袁宏道 校; 釋如德 閱, 명 판본 10권 10책, 규장각 소장)내의 동일서를 베낀 것임이 확인된다. 淸 陳鼎의 『留溪外 傳』을 베낀 규장각 소장의 『磊磊落落書』(7卷 3冊)와 淸 尤侗의 『擬明史樂府』(개인소 장)를 베낀 책 등은 이덕무의 친필본으로 그의 '抄書' 작업의 한 實例를 확인할 수 있다.
6) 박철상, 「정조와 경화세족의 장서인」, 『문헌과해석』 23, 문헌과해석사, 2003을 참조.
7) "文采極, 則入於奢侈. 奢侈者, 文采之弊也. 在中人以下, 難免嗜慕. 如祇流之傾嚮 北虜者, 顧亦無怪. 聞文藝間遊從之娛, 北虜爲甚. 祇所以樂此也. ……"(『欽英』1785 년 12월 23일조)

기질(氣質)을 변화시킬 만하다.[8]

　이런 언급을 보면 '완물상지(玩物喪志)'라는 말은 적어도 이 시기 서울의 문인들에게는 색 바랜 관념이 아닌가 하는 생각도 든다. 전대와는 크게 달라진 이러한 현상의 원인은 여러 가지 것이 있겠지만 명·청 문화라는 외적(外的) 자극과 영향에 필자는 특히 주목하고 있다. '총서(叢書)'의 유행 역시 이와 관련된 중요한 한 현상이다.

2. 조선 후기 유입된 중국의 유서(類書) 및 총서(叢書)와 그 영향

　'유서(類書)'는 유별로 분류된 백과사전 성격의 책이고,[9] '총서(叢書)'는 한 분야에 대해 집필된 개개의 단행 저서들을 한 데 모아놓은 것이다.[10] 명나라 초엽 양신(楊愼, 1488~1559)[11]으로 시작된 박학(博學)을 기본으로

---

8) 『靑城雜記』(이병도소장본) 「質言」, "晉帖唐詩, 覽之, 意思自好, 足以變化氣質."

9) 유서에 대해서는 최환, 「한국 類書의 종합적 연구(1)」, 『중국어문학』 41, 영남중국어문학회, 2003.6; 「한국 類書의 종합적 연구(2)」, 『중어중문학』 32, 한국중어중문학회, 2003.6; 김영선, 「중국 類書의 한국 전래와 수용에 관한 연구」, 『서지학연구』 26, 서지학회, 2003.12; 안대회, 「李睟光의 〈芝峰類說〉과 조선후기 名物考證學의 전통」, 『진단학보』 98, 진단학회, 2004.12 등의 관련 논문이 있다.

10) 중국에서 '叢書'란 명칭을 처음 쓴 것은 唐 陸龜蒙의 『笠澤叢書』(이때 '叢書'의 '叢'은 '자잘하다'는 의미의 謙辭로 붙인 것일 뿐 이 책은 일반 시문집이다)가 처음으로 보이고, 우리나라에서 개인 저작을 모아 '叢書'라는 이름을 붙인 것은 徐命膺의 『保晚齋叢書』가 처음으로 보인다. 한편 유득공, 성해응, 이규경 등은 자신의 저작에 '書種'이란 단어를 썼다(『泠齋書種』, 『蘭室書種』, 『五洲書種』).

11) 양신은 저작의 양이 명대 학자 가운데 最多로 알려져 있다. 약 200종 가량이 된다고 하는데 이수광의 『지봉유설』에도 그의 글이 다량 포함되어 있다(이런 때문에 凝齋 李喜之는 이수광의 시화가 거의 양신의 것을 베껴왔다고 비판하기도 했다. 양신의 『升菴詩話』는 조선에서 목판본으로 간행되었다). 그의 이 방대한 저작들에 부친 自他의 序跋을 모아 간행된 책도 있다(王文才·張錫厚 輯 『升庵著述序跋』, 云南人民出版社, 1985).

한 명물고증학(名物考證學)은 명청대 총서류 성행의 선성(先聲)을 알렸다. 왕세정(王世貞, 1526~1590)의 박학은 사실 선배인 양신(楊愼)의 성과를 상당 부분 끌어온 것으로 알려져 있다.[12] 주지하듯이 유서(類書)·총서(叢書)의 편찬은 명대에 들어와 대대적으로 성행하였다. 그 원인으로는 전대(前代)와는 비교할 수 없을 만큼 급성장한 상업 출판의 발전과 문인들의 예술·아취 선호의 생활태도, 고증학의 발달과 박학 지향, 문인들의 창작의 재료로써의 기능 등을 들 수 있다.

　조선조 문인들에게 크게 읽힌 명·청 총서로는 진계유(陳繼儒, 1558~1639)의 『미공비급(眉公秘笈, 일명 寶顔堂秘笈)』(廣函·彙函·補函·正函·秘函·續函 등), 도종의(陶宗儀)·도정(陶珽)의 『설부(說郛)』(120권) 및 『속설부(續說郛)』(44권), 상준(商濬) 『패해(稗海)』, 『한위총서(漢魏叢書)』, 오진방(吳震方) 『설령(說鈴)』,[13] 육즙(陸楫) 『고금설해(古今說海)』(142권), 장조(張潮) 『소대총서(昭代叢書)』[14](갑집·을집·병집 합 150권), 장조(張潮)·왕탁(王晫) 공편 『단궤총서(檀几叢書)』[15](初集·二集·餘集 합 102권) 등을 들 수 있다. 각 총서의 성향 차이가 커서, 이들 총서의 성격을 개괄적으로 논하기는 힘들다. 즉 소설류에 치우친 것도 있고, 여타 시화·잡록·야사 등이 골고루 수록된 것도 있고, 개인의 심성 수양 및 한적(閑寂)·아취(雅趣) 생활에 치우친 것도 있다. 특히 각종 화보(花譜)를 위시하여 하나의 품목(品目)에 관련된 연원(淵源), 품평

---

12) 신흠, 「鐵網餘枝序」, 『象村稿』 2, 민족문화추진회, 12면; 강명관, 「16세기말~17세기초 擬古文派의 수용과 秦漢古文派의 성립」, 『한국한문학연구』 18, 1995, 296면에서 재인용.

13) 『說鈴』은 前集, 後集으로 나뉘어 있는데 康熙 44年(1705) 徐倬 序가 붙은 본(목판본 16책, 규장각 소장), 嘉慶4年(1799) 重刊本 등 여러 종의 이본이 있다. 박지원·유만주·이옥 등이 『설령』을 읽었음이 확인된다.

14) 장조가 편찬한 『昭代叢書』는 甲集(1697년 刊), 乙集(1700년 刊), 丙集이 차례로 간행되었다(丁集은 편찬을 마쳤으나 경비 문제 때문에 출판하지 못했다). 『소대총서』는 장조의 갑·을·병집 이후 楊復吉에 의해 丁集·戊集·己集·庚集·辛集이, 沈楙德에 의해 壬集·癸集이 편찬되어 『昭代叢書 合刻』(世楷堂 刊)으로 간행되었다.

15) 張潮는 『소대총서』의 간행과 거의 동시기에 벗 王晫과 함께 『檀几叢書』를 편찬하였다. 이 책은 正祖에 의해 俗學 서적으로 지목된 책 중 하나이다.

(品評), 제조 방법 등을 기술한 것이 많이 있다. 이러한 다양한 층차를 가지는 총서의 유입에 조선의 문인들도 제각각의 반응들을 보였고, 이를 본떠 총서를 편찬하는 일이 생기기 시작했다.

총서의 유입과 열독(閱讀)은 17세기 초 허균(1569~1618),[16] 이수광(1563~1629)[17] 이래 점증하여 18세기에 와서 크게 성행하였다. 김창협(1651~1708)이 일찍이 『패해(稗海)』에 대해 비교적 긍정적인 평[18]을 한 것부터 시작하여 유만주의 『흠영』, 이덕무의 『이목구심서』,[19] 이옥(李鈺)의 경우 등을 보면 이들이 얼마나 다양한 총서들을 접하고 있는지를 잘 볼 수 있다.

우선 진계유 편 『미공비급(眉公秘笈)』의 영향을 보자. 이 총서는 허균의 『한정록』으로부터 시작하여 19세기 초까지도 줄곧 영향을 끼쳤다. 특히 '청언(淸言)' 방면에의 영향이 강했다. 청언 외에도 원굉도의 유명한 잡저소품인 『병화사(瓶花史)』와 『상정(觴政)』 역시 이 『미공비급』에 수록되어 더 널리 전파되었다. 진계유는 정치를 벗어나 산림 속에 한적하는 고사(高士)의 태도와 취미에 관한 여러 편의 책을 남겨 이후 그것이 거의 교과서처럼 읽힘으로써 사이비 고사(高士) 양산의 계기가 되었다고 비판받기도 하였다. 『미공비급』의 청언소품에 영향 받아 신흠(1566~1628)의 「야언(野言)」

---

16) 허균은 1614, 1615년의 중국 使行에서 4,000여책을 사가지고 왔다. 『夷門廣牘』을 비롯해 그가 접한 총서류 저작의 실체에 대한 보다 면밀한 검토가 요구된다. 허균이 접한 총서들에는 도가적 성향의 글도 많이 수록되어 있다. 한편 허균의 『閑情錄』은 이 시기 중국 총서 수용의 한 단면을 여실히 보여주고 있다. 『한정록』에 대해서는 한영규, 「閑寂의 선망과 『한정록』」, 『문헌과해석』 19, 2002년 여름 참조

17) 1614년에 완성된 『지봉유설』에는 인용서목이 없어 명확히 파악할 수는 없지만 범례에 348가의 서적을 참조하였다고 하였다. 『說郛』, 『吾學編』, 『三才圖會』, 『堯山堂外記』 같은 필기, 유서, 총서 외에 王世貞과 楊愼의 저작이 특히 많이 인용되어 있다. 안대회, 앞의 논문, 275면 참조

18) 『농암집』 「雜識·外篇」 제74칙. 한편 이덕무는 "세상 사람들이 『패해』에서 기이한 애기가 많이 실린 『선실지』, 『유양잡조』, 『이문총록』편만 볼 뿐이라"고 언급하기도 하였다(『이목구심서』).

19) 이 책은 이덕무 나이 26세 때 저술된 것인데 등장하는 총서의 양이 엄청나다. 독서광이어서 스스로 「看書痴傳」까지 지었던 그의 모습을 여실히 볼 수 있다. 이덕무의 『앙엽기』 7에는 「중국사람들이 기록한 우리 나라의 고사 항목」이 있는데 연암의 『삼한총서』 예정 서목과 함께 이들이 기획한 총서의 성향을 알 수 있는 유용한 자료이다.

으로부터 18세기에까지 많은 청언소품들20)이 나왔다. 대표적으로 유언호(兪彦鎬, 1730~1796)의 『임거사결(林居四訣)』,21) 김상숙(金相肅, 1717~1792)의 「중언(重言)」(『배와유고』 내), 성대중의 「질언(質言)」(『청성잡기』 내), 윤가기(尹可基, 1747~1801)의 『적언(適言)』(부전),22) 이덕무의 『선귤당농소(蟬橘堂濃笑)』·『이목구심서』, 유만주의 『흠영』(일부), 홍원(洪薳, 1764~1818)의 『금고기문(今古奇文)』23) 등을 들 수 있다.

18세기로 접어들어서는 청대의 총서인 『소대총서』·『단궤총서』가 또 많은 영향을 주었다. 이 두 총서는 앞의 『미공비급』과 함께 가장 소품적인 총서로 꼽을 수 있는데, 그러면서도 『미공비급』과는 성격이 상당히 다르다. 『미공비급』이 산인(山人)으로서의 아태(雅態), 수양(修養), 취미 등을 많이 담은 반면, 『소대총서』·『단궤총서』에는 미녀, 꽃 등을 소재로 한 작품, 각종 희작(戲作) 산문, 어떤 한 사물의 내원을 밝히는 원예류(園藝類)·보록류(譜錄類) 잡저 등이 풍성히 담겨져 있다. 조선 후기에는 이 안에 수록된 '소집(小集)'들을 본떠 만든 책들이 나왔는가 하면, 개별 작품을 모방해 지은 것들도 나왔다.24) 『소대총서』, 『단궤총서』의 원예류·보록류 잡저25)(명초의 『설부(說郛)』 같은 총서에도 이런 류는 이미 많이 실려 있다)를 본뜬 조선 문인

---

20) 조선 중엽 간행까지 되면서 대대적으로 읽혔던 明 薛瑄의 『讀書錄』도 일정 부분 淸言과 관련이 있다. 허균이 『한정록』을 찬하는데 자료로써 포함되어 있던 都穆의 『玉壺氷』도 조선에서 간행되었다.

21) 1781년 編. 옛사람의 서적 중에 淸談과 韻事에 관계되는 구절들을 '達', '止', '逸', '適'으로 나누어 편차하였다. 한국정신문화연구원(『息軒手艸』 내, 필사본 1책) 및 통문관 등에 소장되어 있다.

22) 이덕무의 「適言賛」(윤광심 편 『병세집』에 수록)이 남아 있어 이 자료의 실체를 알 수 있다. 윤가기는 1801년에 獄事로 숨진 인물로 유득공, 박제가와 사돈이다.

23) 1786년 編. 필사본 3책, 국사편찬위원회 소장.

24) 우선 『本草綱目』의 문체를 흉내내서 지은 작품들로 「○○本草」(吳承學은 이를 '藥方式小品'이라 명명하였다), '募緣疏', '○○約'체 등. 以上에 대한 보다 구체적인 것은 김영진 「조선후기의 명청소품 수용과 소품문의 전개 양상」, 고려대 박사논문, 2004.2, 22·23면 주) 74, 81 참조. 한편 『소대총서』 수록작 가운데 조선조에 큰 영향을 끼친 것으로 「將就園記」(황주성 찬), 張潮의 淸言集 『幽夢影』 등도 있다.

25) 홍낙순(1723~1782)의 「蛇譜讚」은 『소대총서』에 수록된 陳鼎의 「蛇譜」를 읽고 찬을 지은 것이다.

들의 잡저가 또 많이 나왔는데 특히 이덕무·유득공 등 연암그룹원들의
초년 저작에 많다. 즉 이서구의 『녹앵무경(綠鸚鵡經)』(1771, 부전)26), 유득공
의 『발합경(鵓鴿經)』27)·『속백호통(續白虎通)』(1772년 이전, 부전)28)·『동연보
(東硯譜)』(연대 미상, 부전), 이덕무의 『윤회매십전(輪回梅十箋)』(1768) 등이 그것
이다. 이 외에도 이덕무의 친구인 소천자(小川子)의 『지연보(紙鳶譜)』(가제,
1768년 무렵),29) 유득공의 당숙인 유박(柳璞)의 『화목품제(花木品第)』(1780년 무
렵),30) 심윤지(沈允之)의 『초목화훼보(草木花卉譜)』(부전),31) 김려의 『우해이어
보(牛海異魚譜)』(1801), 이옥의 『연경(烟經)』(1810) 등을 더 들 수 있다.32) 앵무
새, 집비둘기의 생태·종류·관련 시문, 호랑이에 관한 자료 모음, 밀랍으
로 만든 매화 제조법, 종이연, 화목(花木)의 품등, 진해(鎭海) 앞 바다의 희귀
한 물고기 종류, 담배의 유래와 재배 및 그 풍치 등을 내용으로 하고 있다.
『소대총서』에 수록된 『화미필담(畫眉筆談)』, 『단궤총서』에 수록된 『합경(鴿
經)』 등이 『녹앵무경』, 『발합경』에 영향을 주었을 것이고, 『미공비급』 내
『호회(虎薈)』 같은 저작이 『속백호통』에 영향을 주었을 것이다.33) 한편 화

---

26) 푸른 앵무새에 대한 기록으로, 『연암집』에 「녹앵무경서」가 있다. 이 책의 또 다른 서
　　명이 『不離飛鳥編』이라는 사실은 정민, 「18세기 지식인의 완물 취미와 지적 경향」, 『고
　　전문학연구』 23, 한국고전문학회, 2003 참조.
27) 집비둘기에 대한 저작으로 鵓哥館 柳得恭이 지은 것이다. 정우봉, 「『동국금석평』의 자
　　료적 가치」, 『민족문화연구』 37, 고려대 민족문화연구원, 2002 및 정민, 앞의 논문 참조.
28) 유득공이 지은 호랑이에 관한 저작이다. 연암의 다음 글을 통해 유득공이 이런 책을
　　지었음을 알 수 있다. "惠風家有續白虎通, 漢班彪撰, 晋崔豹注, 明唐寅評. 僕以爲奇
　　書, 袖歸, 燈下細閱, 乃惠風自集虎說, 以資解頤. 僕可謂鈍根. 唐寅字伯虎故耳. 雖然
　　可博一粲, 覽已可卽還投."(박지원, 『연암집』 「與遠心齋」)
29) 전하지 않는다. 박지원의 「句稗序」의 내용에서 뽑아보았다.
30) 정민, 「18세기 원예문화와 柳璞의 『花庵隨錄』」, 『한국시가연구』 14, 한국시가학회,
　　2003 참조.
31) 沈允之(1748~1821)는 小楠 沈能淑의 부친이다. 문집이 전하지 않아 이 자료의 실체
　　도 현재 파악되지 않고 있으나 金相休의 『華南漫錄』(국립중앙도서관, 필사본 6책)에 이
　　저작에 부친 서문이 있어 정보를 알려준다.
32) 독창적인 저작은 아니나 『酒政』(필사본 1책, 버클리대 아사미문고) 같이 經, 史, 詩文
　　작품 등에서 술과 관련된 기사를 방대하게 뽑아놓은 호사취 강한 책도 남아 있다.
33) 이보다 앞서 松谷 李瑞雨(1633~1709)가 중국과 우리나라의 호랑이 관련 기사, 시문
　　을 모아 『虎史』(부전)라는 책을 편찬한 일이 있다. 吳尙濂(1680~1707)의 『燕超齋遺稿』

휘 기르기 등에 관한 다양한 정보를 담은 『비전화경(秘傳花鏡)』(明, 陳淏子 저)이라는 책이 또 들어와 이 방면에 많은 영향을 주었다. 위에 예시한 것 중 연암그룹원의 저작들은 대부분 초년기의 희작(戲作)으로, 문집에 실리지 않거나 일실되고 말았다.34) 연암그룹원들의 이러한 호사취적 소품들이 흥미로운데, 하지만 이런 성향의 저작은 이들의 한창 젊은 나이 온갖 것에 대한 지적 호기심으로 가득한 때의 그것으로, 중년을 넘어서면서부터는 이런 호사취는 많이 사라졌다. 유득공, 이덕무는 1779년 규장각 검서관이 되어 관원(官員)으로 편입되면서 일정하게 태도나 시각이 바뀔 수밖에 없었을 것이다. 세 검서관을 비롯한 연암그룹원들의 박학(博學) 지향의 종극적(終極的) 목표는 이덕무가 박제가에게 부친 다음의 편지에서 간취할 수 있다.

우리들이 20년 전에 백가서를 박람하여 풍부하다 하겠으나. 궁극적인 뜻은 바로 경사(經史)에 완전함을 기함이요, 책을 지어 이론을 세운 것은 경제 실용에서 벗어나지 않으니, 스스로를 가만히 어중(漁仲－鄭樵)·귀여(貴與－馬端臨)의 반열에 붙여 생각하였소35)

이들은 정초의 『통지(通志)』, 마단림의 『문헌통고(文獻通考)』 같은 국가의 장고(掌故), 제도(制度)와 경사(經史) 및 문원(文苑)의 보익(補益)이 되는 대 저작의 편찬을 늘 염두에 두고 있었던 것이다. 이러한 견해는 어린 시절 이덕무를 숙사(塾師)로 삼았던 이서구도 마찬가지다.36) 앞서 보았던 문학 분야의,

---

권5에 「虎史序」가 수록되어 있다.
34) 이서구와 유득공의 시문, 저작은 본인 스스로에 의하여 젊은 시절의 작품이 많이 刪削되었음을 알 수 있다. 최근 이서구의 초년 글 모음(『自問是何人言』, 필사본 1책)이 발견되었는 바(김윤조, 「이서구 산문 연구」, 『어문학』76, 한국어문학회, 2002) 여기 실린 작품들은 자신이 만년에 정리한 『척재집』(규장각 소장, 16권 8책, 『한국문집총간』 영인)에 거의 실리지 않았다. 초년기의 발랄한 문예 취향을 여실히 느낄 수 있다. 유득공도 마찬가지다. 다만 이덕무의 경우 급작스런 죽음으로 말미암아 스스로에 의한 작품 刪削이 가해지지 않았고, 아들 역시 부친의 저작을 있는 그대로 다 모아 『청장관전집』으로 만들었다. 이 점 유득공·이서구와는 크게 차이 나는 부분이다.
35) 이덕무, 『청장관전서』「與朴楚亭」, "吾儕, 二十年前, 汎覽百家, 亦云富有, 畢竟歸趣, 卽全經全史, 而著書立言, 不出經濟實用間, 竊自付於漁仲貴與之間."

또는 사대부 일상의 아취 있는 생활 태도로서의 총서(叢書) 수용, 또는 호사
취 강한 저작으로의 총서 수용과는 차원을 달리한다고 할 수 있다. 이는 곧
실학파들의 총서에 대한 관심과 지향을 지표(指標)해 주는 것이기도 하다.

이러한 연암일파의 총서류 저작에 대한 태도 또는 태도 변화와 대별되
는 지점에 이옥(李鈺, 1760~1815)이 있다. 그는 초기의 문학 성향을 만년까
지 고수했다. 그의 중년 이후의 저작들인 『백운필(白雲筆)』(1803), 『연경(烟
經)』(1810) 등의 필기잡저류는 전반적으로 호사취로 일관하고 있다.37) 『연
경』38) 자서를 잠시 본다.

> 옛 사람들은 일상 생활에 대해 책으로 기록을 남기지 않은 경우가 없다. 때문
> 에 추평공(鄒平公－段文昌)은 『식헌(食憲)』50장을, 왕적(王績)은 『주보(酒譜)』
> 를, …… 채군모(蔡君謨)·정위(丁謂)는 『다록(茶錄)』을 남겼다. …… 이에 옛
> 사람들이 사물에 있어 진실로 기록할 만한 한 가지 훌륭한 점만 있더라도 그
> 사물이 미미한 것이라고 버리는 일이 없이 그 감춰진 것을 모으고 그 온축된
> 것을 천양하여 모아 책으로 만들어 후세에 알리지 않음이 없다는 것을 알 수
> 있다. 그래서 온갖 만물의 미미한 것조차 드러내 천하후세와 더불어 그 쓰임을
> 공변되게 하니 그 의도가 어찌 한 때 한묵(翰墨)의 장난이리오! …… 우리나라
> 에 담배가 들어온 것도 200년이 되어 간다. 그것을 재배하는 자는 마치 기장·
> 마를 재배하는 것 같이 하여 뿌리고 심는 법이 지극하다. 복용하는 자는 마치
> 술을 가까이하는 것과 같이 하여 닦고 만드는 법이 갖추어졌다. 품종이 점차
> 많아지자 명품(名品)이 나뉘게 되고, 지교(智巧)가 점차 발달하여 기용(器用)이

---

36) 이서구, 『薑山詩集』「薑山集自序」, 1779. "余少慕鄭浹漆馬貴與之學, 嘗妄言'爲文
詞, 不根據乎禮樂刑政經濟實用之本, 可無作也.' 其持論如此, 故尤不喜作詩, 見人讀
晉魏唐宋諸名家詩者, 輒勸令移讀他書."

37) 김영진, 「이옥 문학과 명청소품」, 『고전문학연구』 23, 2003.6; 안대회, 「이옥의 저술
『담배의 경전(烟經)』의 가치」, 『문헌과해석』 24, 2003년 가을 등에 의해 소개되었다.

38) 영남대 소장 4권 1책(25장)의 소형 책자이다. 絲欄空卷 필사본인데 판심에 '花石庄本'
이란 글자가 찍혀 있다. 이옥이 자신의 堂號까지 찍힌 개인원고지를 만든 것은 꽤 의미
가 있다. 적어도 일정 수준 이상의 문인, 저술가라는 自他의 인정 없이 개인원고지는 쓰
지 않는 것이 당시의 관례이기 때문이다. 아울러 '화석장본' 필사본이 나왔다는 것은 이
옥의 또 다른 저작이 여러 종 있을 개연성을 높이는 것이기도 하다.

갖추어지게 되고, 꽃과 달빛 아래 피울 때면 술의 묘리를 느끼게 되고, 푸른 것 붉은 것을 사를 때면 향의 의사를 느끼게 되고, 은으로 된 담뱃대 꽃을 새긴 담뱃갑에선 차의 풍치를 느끼며, 꽃을 가꾸고 향을 말릴 때면 진귀한 열매 이름 있는 꽃에 부끄러움이 없으니 200여 년 간에 의당 문자로 기록한 책이 있을 법한데 찬집가(纂集家)들 중에 담배에 대해 기록했다는 것을 들어보지 못했으니 어찌 물(物)이 미미하고 일이 쓸데없어 필묵을 일삼기에 부족하다 여겨서가 아니겠는가! 대개 그러한 저작이 있는데도 내가 아직 보지 못한 것인가? 고루하여 견문 좁은 것을 부끄러워해야 할 것인가? 아니면 그것이 나온 지 오래되지 않았기에 아직 겨를이 없어 후대 사람이 저술하도록 여지를 남겨둔 것인가? 나는 담배에 대한 벽(癖)이 매우 심하여 사랑하고 좋아한다. 그래서 비웃음을 두려워 않고 망령되이 이에 대해 찬술을 하게 되었다. 소략하고 잘못되고 황잡하여 진실로 그윽하고 신비한 것을 드러내지 못하였지만 기술하는 뜻은 주록(酒錄)·화보(花譜)의 류(類)에 가깝다 할 것이다. 경오년(1810) 매미가 우는 달 하완(下浣)에 화석산인(花石山人)은 제하다.[39)

담배를 너무도 좋아했던 이옥은 때문에 담배에 관한 일부(一部) 저작을 남긴 것이다.[40) 글의 서두에 음식 및 화실(花實) 관련 잡저소품을 무려 20

---

39) 원문은 생략함.
40) 서문에서의 이옥 말내로 담배 관련 저작은 중국에서도 이옥의 『烟經』 이진엔 나온 것이 거의 없다. 陸燿의 『烟譜』(분량 소략)는 건륭 연간에 쓰여진 것이기는 하지만 1833년에 간행된 『昭代叢書』 合刻本에 처음 실렸고, 비교적 상세하다 할 수 있는 『烟草譜』(陳琮)는 1815년에 찬술되었다. 한편 일본의 大槻茂質도 담배에 대한 책인 『蔫錄』(1797년 刊, 이 책은 李尚迪, 李圭景 등이 언급한 바 있다)을 남겼다. 한편 유득공도 『烟經』을 지은 사실이 있음을 정약용의 글을 통해 알 수 있다. 다산은 「寄游兒」에서 학유가 養鷄를 한다는 말을 듣고 "農書를 잘 참조해 시험해 보고, 여러 책 중에 양계에 관련된 것들을 정리하여 『鷄經』 같은 책을 하나 만듦에 陸羽의 『茶經』이나 柳惠風의 『烟經』같이 한다면 또한 하나의 훌륭한 것이 될 터이니 이는 俗務에 나아가서 淸致를 띠는 것이라"고 하였다. 이 편지는 내용으로 보아 1805년 다산의 장남 學淵이 부친의 配所에 와 있을 적에, 다산이 서울에 있던 둘째 아들 學游에게 보낸 편지임을 알 수 있다. 필자는 유득공의 『연경』은 1796~98년 무렵에 지어졌고, 그 성격 역시 農書에 충실한 것으로 추정한다(유득공은 1798년 무렵 서형수가 주도한 『海東農書』의 편찬에 깊이 관계하고 있었다). 같은 魚譜를 편찬해도 정약전(『茲山魚譜』)과 김려(『牛海異魚譜』)의 것이 현저한 성향 차이를 드러내듯 유득공의 『연경』과 이옥의 『연경』도 그러했을 것이다. 이 점에서 위 자료의 유득공의 『연경』을 이옥의 『연경』과 동일한 것으로 본 안대회의 견해(「이옥의

종[41])이나 거론하고 있는데서 이런 종류 저작에 대한 이옥의 평소 탐독을 알 수 있고, 담배를 극찬한 부분에서 이옥의 그 애호의 정도를 가늠할 수 있다.[42]

3. 박지원과 『삼한총서(三韓叢書)』

앞서 연암그룹원 및 이옥의 호사적 성격의 총서형 잡저를 잠시 거론하였지만 이 시기 조선의 총서 편찬과 관련하여 가장 주목할 것은 『삼한총서』와 『소화총서』이다.[43] 박지원의 아들 박종채(1780~1835)가 부친의 평생 사적을 기술한 『과정록(過庭錄)』에는 다음과 같은 『삼한총서』 관련 언급이 있다.

선군은 중년에 일찍이 중국과 우리 문헌 가운데 서로 뒤섞여 나타나는 것과 사실이 중국 및 외국의 교섭(交涉) 관계에 있는 것을 뽑아, 모아서 한 가지의 총

저술 『담배의 경전(烟經)』의 가치」, 222면)는 再考되어야 한다고 생각한다. 이옥『연경』이 담배 재배 방법에 대한 소개가 없지 않으나 그 전반적인 성격을 놓고 볼 때, 정약용이 好評했으리라고는 생각되지 않는다. 한편 훗날 정학유는 부친의 당부에 부합하는 『種畜會通』(3책, 개인소장본)이란 책을 찬술하였다.

41) 鄒平公『食憲』, 王績『酒譜』, 鄭雲叟『續酒譜』, 竇革『酒譜』, 陸羽『茶經』(周絳補), 無文錫『茶譜』, 蔡襄『茶錄』, 丁謂『茶錄』, 范曄『香序』, 洪芻『香譜』, 葉廷珪『香錄』(즉『名香譜』), 蔡襄『荔枝譜』, 沈立『海棠譜』, 韓彦直『橘錄』, 范石湖『梅譜』·『菊譜』, 歐陽修『牧丹譜』, 劉貢父『芍藥譜』, 戴凱之『竹譜』, 僧 贊寧『筍譜』

42) 이옥은 이미 32세(1791) 때 담배를 의인화한 「南靈傳」을 지은 바 있으니 『연경』은 그 후속작이자 완결편이라고 할 수 있다. 참고로 말하자면, 군주인 正祖도 애연가여서 1796년 초계문신 親試에 '南靈草'로 策問을 내리기까지 했다(『홍재전서』 권52).

43) 이외에 김려에 의해 편찬된 야사총서『한고관외사』, 『창가루외사』와 시문 모음인 『담정총서』도 중요하지만 이들은 성격이 다르기에 논외로 한다. 특히『담정총서』는 淸初 周亮工 편『尺牘新鈔』(一編·二編·三編), 장조 편『友聲』처럼 벗들 사이에 오간 서간모음집과, 장조 편『우초신지』처럼 벗들의 산문작품을 모은 책들에 일정한 영향을 받아 만들어진 것으로 생각된다.

서로 만들고자 하셨다. 먼저 목록을 갖추고 수시로 기록하여 책을 이룬 것도 20~30권이 되었는데, 총괄하여 이름 붙이기를 『삼한총서』라 하셨다. 강가에 거주하고부터 집안에 다섯 차례나 상사(喪事)가 있어 비통하고 슬프고 환난을 겪은 나머지 거두어 점검할 수 없었고, 관직에 종사하신 이래로 또 흩어져 거의 없어져 버렸다. 지금 묵은 종이에 다만 서목(書目)의 대개(大槪)만 남아 있다. 전체를 편입한 것도 있고, 거질 가운데 한 두 조목을 인용한 것도 있고, 본디 그런 책이 없는 것을 초록하여 모아 책을 이루어 편입한 것도 있고, 책이 없어진지 이미 오래여서 서명만 남아 있는 것을 안설(按說)을 붙여 널리 상고하기를 기다린 것도 있다. 지금 이 목록은 초본(草本)인데다 그나마도 열에 한 둘 정도만 남은 것이다. 우선 여기에다 붙여 기록하여 이루지 못한 대략을 알게 한다.[44)]

박종채는 이어 총 178건의 『삼한총서』 기사 서목을 나열하였다.[45)] 이

---

44) "先君中歲, 嘗欲取華東文獻之互見錯出者, 及事實之中外交涉者, 集爲一部叢書. 先具目錄, 而隨錄成卷者, 亦可三二十卷, 總名三韓叢書. 及居江干, 家有五喪, 悲傷患難之餘, 不復收檢, 從宦以來, 仍又散佚殆盡, 今於故紙中, 徒存書目梗槩."

45) "古文尙書百篇考, 賄肅愼之命序, 孝經雌雄圖, 晦齋訂定大學, 朱子孟子集註, 樂經, 顔子朝儀圖, 箕子實記, 箕子八條, 歷代史朝鮮列傳, 朝鮮五侯年表, 朝鮮五侯年表辨, 范史循吏傳, 范史獨行傳, 天子東來錄, 東來帝王攷, 華人東君攷, 漢武帝東征將率錄, 隋煬帝東征將率錄, 唐太宗東征將率錄, 皇明征倭將率錄, 唐征百濟將率錄, 唐征高句麗將率錄, 唐征新羅將率錄, 新羅封爵年攷, 高句麗封爵年攷, 百濟封爵年攷, 歷代東來使者攷, 交聘志, 錦柴錄, 賓擧錄, 仕唐錄, 東國外孫帝者攷, 麗王入朝錄, 忠宣土賓遊錄, 唐檢校官職錄, 中國擧哀攷, 東人中國后妃錄, 元公主高麗后錄, 皇明死節陪臣攷, 華人遊宦錄, 宣和奉使高麗圖經, 宗系辨誣始末, 戊戌辨誣始末, 海東泉幣攷, 長白山攷, 四郡二府攷, 平壤圖經, 渤海國志, 通倭攷, 樂浪七魚攷, 日知錄, 職方外記, 吾學編, 桂苑筆耕, 平百濟碑, 黃巢檄, 有學集錢曾註, 征倭事實, 再造藩邦志, 東還封事, 芝峯類說, 懲毖錄, 稗海, 說郛, 王思禮父子, 高仙之, 黑齒常之, 高延壽, 惠眞, 泉男生, 安市城主, 金仁問, 金春秋, 崔致遠, 張保皐. 鄭年, 毋丘儉, 董越朝鮮賦, 倪謙朝鮮記事, 奉使錄, 徐兢奉使錄, 皇華集, 感舊錄, 飄纓錄, 耽羅聞見錄, 寄齋雜記, 漂海錄, 航海朝天錄, 水路朝天錄, 月沙朝天錄, 月汀朝天錄, 雪海航海錄, 潛谷朝天錄, 東溟航海錄, 雪亭朝天錄, 通文館志, 御製全韻詩註, 句五志, 黃功事, 春坊日記, 徐賢妃諫東征疏, 光海夫人諫背明室疏, 奇皇后, 碩妃, 呂妃, 眞德女主詩, 高麗婢, 崇禎時宮人, 鷄林二女, 恭愍王后魯國公主, 義信公主, 楊子方言, 鷄林類事, 水經, 樂府箜篌引註, 通典所引晋陽秋, 蕭子雲書, 端門痛哭事, 乙支文德詩, 鷄林相贈白傳詩, 全唐詩, 眉公秘笈, 說鈴, 淸一統志, 潘南先生斥元尊明疏, 三學士傳, 皇明陪臣攷, 稼齋燕行錄, 一菴燕行錄, 陶谷日錄, 息菴日錄, 玉吾齋日錄, 夜明簾, 新羅人事, 薛罽頭事, 朱子語類高麗事數則, 明皇賜詩, 東坡焚圖經事, 朴林表, 朴忠, 錢謙益高麗板柳文跋, 劉玄子東國

서목은 전체의 10분의 1, 2 정도일 뿐이라고 한다. 한편 박종채는 책으로
필사가 완료된 『삼한총서』가 20~30권 정도라고 했는데 현재 필자가 발
굴·확인한 『삼한총서』의 실물은 다음 8책이다(이 중 『북학의』가 중복됨). 즉
국립 위창문고 1책, 고대 만송문고 3책, 박지원의 현손 박영범(朴泳範) 구장
(舊藏) 4책이 그것이다.

> ‘天’ 金石錄,[46] 국립 위창문고
> ‘黃’ 征東錢曾註 / 戊戌辨誣錄(李廷龜), 고려대 만송문고
> ‘宇’ 看羊錄(倭中聞見錄 / 賊中封事), 上同
> ‘宙’ 耽羅聞見錄 등 6종,[47] 박영범
> ‘□’ 北學議, 고려대 만송문고
> ‘□’ 北學議, 박영범
> ‘□’ 紀年兒覽, 박영범
> ‘□’ 熱河避暑錄, 박영범

박영범본은 아직 실사(實査)하지 못하였다.[48] 위창문고본과 만송문고본

書籍紙墨, 弇州朝鮮三吝文, 曉心事, 新羅法師, 佛印待義天事, 楊次公館伴王昫事, 夫
餘國主傳, 金英哲傳, 高麗秘色, 高麗人蔘事, 高麗人蔘贊, 陽村應製詩註, 王秀才問
答, 乾淨筆談, 塘報, 使行別單, 池北偶談, 列朝詩集, 明詩綜, 古鐵條記, 高麗寺記, 長
白山記, 白頭山記, 明文奇賞, 甘藷譜, 書畵譜, 西洋鐵琴譜, 洞簫譜, 笙簧譜, 看竹集,
陸友仁墨史, 權妃, 宣武祠碑, 金生昌林寺碑, 劉仁願碑, 毌丘儉紀功碑, 彭吳通道碑,
招賢院碑, 普光寺碑.”(以上 178조) 그런데 이가원은 『삼한총서』의 목차(별권인지 실체
가 미상이다)가 ‘古文尙書百篇’에서 ‘李懷玉’까지 총 148종이 나열되어 있다고 하였다
(이가원, 「『연암집』 逸書·逸文 및 附錄에 대한 소고」, 『국어국문학』 39·40, 국어국문
학회, 1968). 이회옥(일명 李正己)은 唐에서 활약한 고구려 출신 장수인데, 여기 178종에
는 포함되어 있지 않다.
46) 여기에는 〈東明王鏡〉, 〈毌丘儉紀功碑〉, 〈新羅太宗陵碑額〉, 〈郎空大師碑陰〉, 〈金生
書昌林寺碑〉, 〈劉仁願紀功殘碑〉, 〈平濟塔〉 등 동국 금석문 7종이 수록되어 있다. 이
들의 내용 및 분석은 朴現圭 「國立中央圖書館藏本 朴趾源 『金石錄』 해제」(2004년 9
월 3일 문헌과해석 발표문 및 9월 28일 수정고)를 참고할 수 있다.
47) 「瀛海奇聞」(저자 미상), 「耽羅記」, 「循海錄」, 「海山雜誌」, 「耽羅聞見錄」, 「橘譜」(以
上 鄭運經 著).
48) 『열하피서록』의 첫 면이 『국역 열하일기』(이가원 역, 민족문화추진회)의 표지 이면에

은 동일본이다. 위창문고본은 '연암산방(燕岩山房) 판심(版心) 사고지(私稿紙)'를 쓰진 않았으나 '三韓叢書'라는 표지 제첨(題簽) 글씨가 동일한 데서 알 수 있다. 다만 책의 순서를 나타내는 천자문은 후에 추기(追記)한 것으로 보인다.[49] 특이한 것은 위창문고본의 본문 끝장에는 '正喜 / 金石 / 文字'라는 추사 김정희의 주방인(朱方印)이 찍혀 있다. 이 낱권은 박지원 → 유득공 → 유본학 형제 → 김정희로 소장자가 바뀐 것으로 추정된다.[50] 만송문고본은 모두 '연암산방(燕岩山房)' 판심(版心) 사고지(私稿紙)를 쓰고 있다.[51]

『삼한총서』는 거의 연암의 단독적인 작업으로 보인다. 혹 도움이 있다면 박제가, 이덕무, 유득공, 이서구의 합력(合力)이 있었을 것이다.[52] 유만주(1755~1788)의 기록에 의거하면, 『삼한총서』 편찬 작업은 1784년 무렵 진행되고 있음을 알 수 있다.[53] 하지만 박종채의 말대로 집안의 잦은 상사(喪

사진으로 나와 있다. 이로보면 '연암산방 원고지'는 아니다.

49) 제첨과 글씨가 다를뿐더러 위창문고본 및 박영범본 『열하피서록』 모두 권수제에 "三韓叢書卷之"라고만 적혀 있다.

50) 김정희는 유득공과의 교유도 있지만 특히 그 아들인 유본학·본예 형제와 매우 가까이 지냈다. 국립 위창문고에 소장되어 있는 유본학(1770~1839 이후)의 『問菴集』(필사본 1책)에는 김정희가 2차(1812, 1813)에 걸쳐 過覽했다는 기록이 친필로 쓰여 있고, 몇 곳에는 頭評을 달기도 했다(김영진, 「유득공의 생애와 교유, 年譜」, 『문헌과해석』 29, 2004년 겨울 참조). 한편 유본예(1777~1842) 역시 부친의 뒤를 이어 금석학에도 관심을 기울였음이 확인된다. 실물은 아직 확인되지 않고 있으나 『임원경제지』 인용서목에는 『樹軒金石錄』이란 책이 올라 있다. 수헌은 유본예의 호이다.

51) 연암이 이 私稿紙를 정확히 언제부터 썼는지는 미상이지만 현존본들은 대개 안의현감 때 필사된 것들이다. 필자가 현재까지 확인한 연암산방 판심 원고지를 사용한 책은 다음과 같다. 연암 후손가에 있는 『課農小抄』(1책), 『雲山萬疊堂集』(1책), 『煙湘閣集』(1책), 『過庭錄』(1책) 등을 비롯하여, 『孔雀館集』(3책, 일본 천리대도서관), 『燕巖諸閣記』(1책, 서울대 중앙도서관), 『三韓叢書』(3책, 고려대 만송문고), 『御製策問(1795)』(1책, 고려대 신암문고), 『孔雀館集(熱河日記 楊梅詩話 부분임)』(이가원 구장), 『紀年兒覽』(문우서림) 등 여러 곳에 散在되어 있다. 이에 대해서는 전게 김영진, 「조선후기의 명청소품 수용과 소품문의 전개 양상」 註) 321, 322, 323을 참조하기 바람.

52) 이덕무의 『앙엽기』, 유득공의 『고운당필기』 등에 『삼한총서』와 관련되는 기사가 많이 수록되어 있다.

53) "美公(박지원-인용자)文章, 固外道異端, 而此亦因才過而悟深, 故然耳. …… 今其『三韓叢書』, 有終則爲必傳之書. 畧考凡例. 中原圖籍之凡關于東事者, 皆節取之. 如楊子『方言』, 則取其朝鮮洌水之間, 而合錄之. 他書稱是."(『欽英』 1784년 7월 6일조)

事)와 벼슬살이로 인해 중지되고 말았으니 1787년 무렵일 것이다.[54]

『삼한총서』의 편찬 방식은 어떤 사실을 두고 중국측 기록과 우리측 기록이 병존하는 경우, 우리나라와 외국(대부분 중국)과의 교섭에 관계된 일들을 중심으로 저작 전체를 수록하거나 해당 부분만을 초록하는 형태였다. 예를 몇 가지 들어본다.

각종 연행록 및 '무술변무록(戊戌辨誣錄)', '동환봉사(東還封事)', '징비록(懲毖錄)', '간양록(看羊錄)' 등과 같이 중국, 일본에 사행을 하거나 외교적인 문제가 있는 경우를 실은 자료가 많다. '유학집전증주(有學集錢曾註)'는 전겸익의 『유학집』에 손자인 전증(錢曾)이 붙인 주석으로, 만송문고본 『삼한총서』에 이 부분이 마침 실려 있다. 이는 전겸익의 「송유편수반조조선십수(送劉編修頒詔朝鮮十首)」의 제6수에 대한 전증의 장편의 주석으로, 즉 임진난 발발의 배경과 명이 원군을 보내게 되는 과정 등에 대한 상세한 기록이다. '감구록(感舊錄)'은 왕사정의 『감구록』에 청음 김상헌의 시가 실린 것을 초록한 것이다. 이덕무의 『청비록』에 관련 기사가 있다. '고려사(高麗寺)' 역시 이덕무의 『앙엽기』 7 「대각국사」조(육차운 『호연잡기』 기록) 및 동서(同書) 8 「혜통준선사(慧通浚禪師)」조 등에서 확인할 수 있다. '고철조기(古鐵條記)'는 『우초신지(虞初新志)』(청 張潮 편) 권16에 실린 것으로, 우(禹)임금이 치수(治水)할 때 얻은 철끈에 대한 기사이다. 나라의 보배로 대대로 궁중에 전해 내려오다가 만주족의 침입 때 시중으로 흘러 나왔는데 안목 있는 조선 사신이 구입해 갔다는 내용이다. '고려인삼찬'은 『열하일기』 「동란섭필」에 보인다.

『삼한총서』의 현존 서목을 통해 보면, 이 총서에 실린 자료들은 결국 우리 나라에 관련된 제반 전고(典故) 총집으로, 대부분 한·중 교빙(交聘)

---

54) 박종채, 김윤조 역주, 『역주 과정록』, 태학사, 1997, 296~303면. 잦은 喪事와 벼슬살이는 다음과 같다. 1786년 7월 선공감감역 부임, 1787년 1월 아내(전주이씨)상, 1788년 맏며느리(덕수이씨) 상, 1788년 7월 형(박희원) 상, 1789년 6월 평시서주부 및 제릉령 부임. 1791년 한성부판관 부임. 1791년 12월 안의현감 부임.

관련 자료이다. 총서 편찬의 의도는 역사 사실 고증·변증을 통한 조선의 자기 주체성·정체성 확립으로 귀결된다고 볼 수 있다. 부수적으로는 역사 장고(掌故)에 대한 지식 넓히기, 중국 인사와의 학술 교류의 장(場)에서의 바탕 재료 등의 역할을 가진다.[55]

연암일파의 총서 편찬과 지향에는 국조(國朝) 전고(典故)를 위한 중국과의 교섭사, 또는 중국측 자료에 오른 우리 나라 관련 기사의 모음에 관심이 집중되었다. 금석문, 방언, 예문지, 역사, 경학, 경세후생[耕農] 등 경사(經史)와 문학, 경세치용에 상관되는 것이라고 요약할 수 있다.

4. 서유구가의 다양한 학적(學的) 관심과 그 주변, 『소화총서』

홍한주(1798~1868)의 『지수염필(智水拈筆)』[56]에 풍석 서유구(1764~1845)가 편찬 기획한 『소화총서』에 대한 다음과 같은 기사가 있다(앞 조에는 옹정제 때 나온 『고금도서집성』[57]을 서유구가 극찬하는 내용이 있다).

풍석(楓石 — 서유구)이 만년에 『임원경제지(林園經濟誌)』를 편찬했는데 대개 근세에 통행되는 『산림경제(山林經濟)』에 의거해 더욱 보태어 모은 것으로 수집한 것이 극히 넓어 산거경제(山居經濟)의 책이 될 만하다. 또 일찍이 우리나라의 필록(筆錄) 만기(漫記) 수백 종을 모아 『소화총서(小華叢書)』라고 이름하

---

55) 중국시선집에 실린 조선 시인 관련 오류(『열하일기』 「파서록」 일부와 이서구의 『강산필치』 등에는 『열조시집』 및 『명시종』 등에 실린 조선 작가들의 오류를 철저하게 고증하여 바로잡고 있다), 국내에 소재한 상고시대에 금석문에 대한 자료 등이 대표적이다.

56) 일본 천리도서관 소장(금서룡 구장). 서벽외사해외수일본13으로 아세아문화사에서 1984년 영인.

57) 옹정 9년 완성, 曆象, 方輿, 明倫, 理學, 方物, 經濟로 분류. 총 5,022책. 정조 연간에 서호수가 사행가서 구입해 옴.

였으니 항해공(沆瀣公－홍길주)의 『숙수념(孰遂念)』 같은 것이 그 안에 들어있
었다. 그러나 미처 깨끗이 베껴 책을 이루지 못한 채 풍석 또한 세상을 뜨니 안
타까운 일이다.58)

서유구의 『소화총서』를 논하기에 앞서, 조부 서명응59)으로부터 내려오
는 가학(家學)의 성향, 그 숙부인 서형수의 총서 편찬 시도를 함께 논해야
할 것이다. 이 집안은 서명응으로부터 여러 차례 연행(燕行)60)을 통해 선진
문물을 접하였고, 그만큼 서책의 수장도 많았던 것을 알 수 있다.61) 이 집
안의 가계도는 다음과 같다.62)

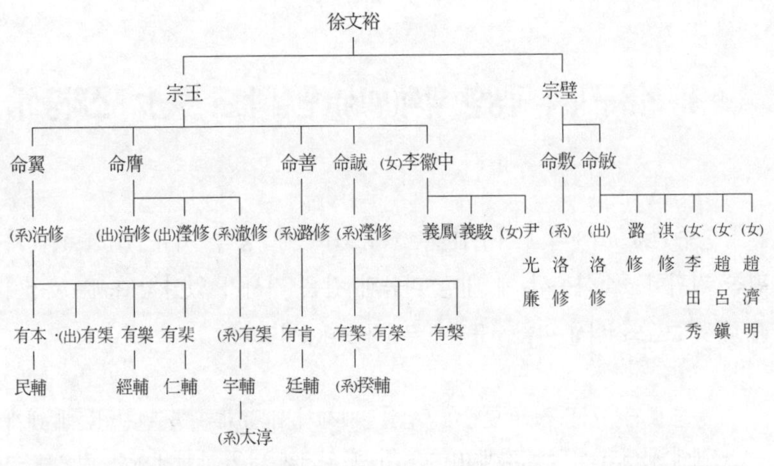

58) 『지수염필』 권1, “楓石晚年編成林園經濟誌, 盖依近世所行山林經濟爲之, 而益加裒
輯, 拈摭極該瞻, 可爲山居經濟之書. 又嘗編取我東人筆錄漫記數百種, 名曰『小華叢
書』, 如沆瀣公『孰遂念』, 皆入其中, 而未及繕寫成書, 楓石亦捐館可歎也.”
59) 서명응의 『보만재총서』, 『보만재잉간』에 대해 정조는 극찬을 하였다.
60) 1755년 서명응(서명선이 자제군관으로 동행), 1760년 이휘중(서명응 매제. 이의봉이 자
제군관으로 동행), 1769년 서명응, 1776년 서호수, 1790년 서호수, 1799년 서형수 등이
연행을 하였다.
61) 서형수의 「必有堂記」 등 참조.
62) 서유구 가문의 성격, 총서와 관련하여 조창록, 「풍석 서유구에 대한 한 연구－‘임원경
제’와 『번계시고』와의 관계를 중심으로」, 성균관대 박사논문, 2003 및 유봉학, 「서유구
의 학문과 농업정책론」, 『연암일파 북학사상 연구』, 일지사, 2000 등을 참조

서형수(徐瀅修, 1749~1824)의 「답성비서대중(答成秘書大中)」은 이 시기 총서에 대한 당대인들의 인식이 어떤지, 연암그룹원들이 만들고자 했던 총서의 성격이 어떤지, 총서 편찬 참여자들이 누구인지 등을 구체적으로 보여주고 있는 자료다.

보내주신 편지에 총서(叢書)의 편찬에 힘을 합치자는 말씀은 뜻이 매우 훌륭합니다. 저 소품(小品)이라고 비난하는 자들은 어찌 총서를 안다 하겠습니까. 대개 총서라는 명칭은 하당(何鏜)이 편집한 『한위총서(漢魏叢書)』에서 시작되었으니 그 구목(舊目) 백종은 모두 소품이 아닙니다. 경익(經翼)으로 연원(淵源)을 상고하고, 별사(別史)로 휼괴(譎怪)한 것을 넓힐 수 있으며, 자여(子餘)로 문호(門戶)를 분변할 수 있고, 재적(載籍)으로 소요(逍遙)의 재료로 삼을 수 있습니다. 가탁(假托) 표절(標竊)을 막론하고, 옛것을 당겨 지금 것을 증명하는 데에 도움되는 것이 적지 않습니다. 이 이후로 종인걸(鍾人傑)의 『당송총서(唐宋叢書)』, 상준(商濬)의 『패해(稗海)』, 진계유(陳繼儒)의 『비급(秘笈)』이 나온즉 대개 전인(前人)들이 이미 이루어놓은 책에 나아가 각각 자기 뜻으로 산보(刪補)하여 거취득실(去取得失)에 결점과 의론을 면치 못합니다. 장조(張潮)의 『소대총서(昭代叢書)』, 왕탁(王晫)의 『단궤총서(檀几叢書)』, 포정박(鮑廷博)의 『지부족재총서(知不足齋叢書)』에 이르러서는 더욱 자잘하며 군더더기가 많아 사람늘이 드디어 소품이라 하며 염승을 내고 내버렸습니다. 알지 못하는 이들은 『한위총서』까지 아울러 소품으로 지목하면서 말하기를, "총서란 소품이란 뜻이다"라 하니 아, 어찌 이런 억울함이 있습니까! 그런즉 곡례(曲禮), 소의(少儀)의 이름이 어찌 굽고 작아서 그런 것이겠습니까.

우리나라 선배들의 문장·경학이 왕왕 미칠 수 없는 것도 있는데 이 습속의 박야(朴野)함과 견문의 좁고 누추함으로 말미암아 책을 짓거나 편집하는 의례(義例) 장정(章程)이 지금까지 컴컴한 밤과 같습니다. 그 가운데 등사(謄寫) 또는 간행된 몇 종은 식자(識者)가 보기에 이가 시린 것도 많지만 우리의 보배는 응당 우리가 애석해해야 할 것입니다. 게다가 장조(張潮) 이하 제가의 것에 비교한다면 굉위(宏偉) 전실(典實)하다 해도 지나친 말이 아닙니다. 무릇 바다 귀퉁이 한 조그만 나라의 것이 천하의 진장(珍藏)을 모은 저 두세 명가(名家)의 것보다 낫다면 이것으로 족합니다. 다시 무엇을 구하겠습니까! 그 문목(門目)은 다만 『한위총서』의 것으로 종(宗)을 삼는데 각각의 저술에 본디 인(引)이나 서(序)가 없는 경우 우리 두 사람과 이군직(李君稷－李田秀), 박미중(朴美仲－박지원), 가질(家姪) 준평(準平－서유구)이 나누어 소인(小引)을 찬하여 앞에 실어야 하겠습니다. 권질이 많은 저술의 경우 이무관(李懋官－이덕무)은 뽑아 수록하자고 하나 저의 의견은 그렇지 않습니다. 『한위총서』 가운데 『설원(說苑)』, 『논형(論衡)』, 『홍렬해(鴻烈解)』 제편 역시 6, 7책이나 되지 않습니까! 다만 원서(原書)를 아직 구하지 못하는 것이 절반이니 여러 벗들이 힘써 널리 찾는 것을 믿을 수밖에요……63)

서형수는 이 글 전반부에서 중국 총서의 의의와 연원, 후대적 변모 양상을 논했는데 특히 『한위총서』에 대해 극찬을 하고 있다.64) 즉 『한위총서』는 후대 총서들이 '소품'으로의 병통을 보이는 것과는 전혀 다른 성격임에도 불구하고 함께 '소품'으로 비난받는 것이 부당하다고 하였다.65) 후

---

63) 徐瀅修, 『明皋全書』 권5(민족문화추진회) 「答成秘書大中」, 99~100면. "示喻叢書編摩之相助, 意甚盛也. 彼以小品譏之者, 豈足以知叢書哉! 盖叢書之名, 起自何鐥之輯『漢魏』, 而舊目百種, 皆非小品也. 經翼以考淵源, 別史以博譎怪, 子餘以辨門戶, 載籍以資逍遙, 則勿論其假托標竊, 有賴於援古證今之學, 尙不淺尠矣. 自是而爲鍾人傑之『唐宋』, 爲商濬之『稗海』, 爲陳繼儒之『秘笈』, 則槩就前人見成之書, 各以己意刪補而去取得失, 俱未免疵議. 以至張潮之『昭代』, 王晫之『檀几』, 鮑廷博之『知不足齋』, 尤零零瑣瑣, 付贅懸疣, 人遂以小品厭棄, 而不知者幷與『漢魏』都歸之小品曰 : "叢書者, 小品之義也." 噫, 何其厚誣哉! 然則曲禮少儀之得名, 亦爲其曲而少也耶. 我朝前輩之文章經學, 往往有不可及者, 而惟是俗習朴野, 見聞寡陋, 著書編書之義例章程, 迄今窒窒如黑夜. 其謄布印行之若干種, 自識者觀之, 固多齒冷之處, 然東人之寶, 要當爲東人惜之. 且比之於張潮以下諸家, 雖謂之宏偉典實, 亦非過語. 夫以海隅之一偏邦, 獲勝於天下珍藏之數三名家, 斯已足矣, 亦奚他求哉! 其門目, 只當以『漢魏』爲宗, 而各種中, 本無引序者, 吾兩人與李君稷, 朴美仲, 家姪準平分撰小引以冠之. 其卷袟稍夥者, 李懋官則謂當抄輯, 而鄙意不然. 『漢魏』中如『說苑』, 『論衡』, 『鴻烈解』諸篇, 豈不至六七冊乎? 但原書之未能得者居半, 惟恃諸益廣搜力訪……" 성대중이 먼저 보낸 간찰은 간본 『청성집』에는 보이지 않는다.

64) 유득공의 경우 이미 1768~69년 무렵 『한위총서』를 탐독하고 있었다(『국역 청장관전서』 2 「仍呵呵生聞柳金肝於宋子堂中, 癖漢魏叢書, 戱寄要和」, 170면).

65) 유만주 역시 『소대총서』보단 『당송총서』가 낫고, 『당송총서』보단 『한위총서』가 낫다고 평한 바 있다(『흠영』). 한편 서형수 및 연암그룹의 『한위총서』에 대한 경세적 인식과 달리 『한위총서』를 문학적으로만 흡취한 자들도 있었다. 당송팔가문 등에 식상한 일부 문인들에게 이 책은 그야말로 '漢魏古文'의 진수를 느끼게 해주는 것이었다. 이를 문학

반부에서는 몇몇 지인들과 『한위총서』의 체제, 즉 경익(經翼), 별사(別史), 자여(子餘), 재적(載籍)을 기본으로 하여 우리나라 총서를 편찬하고자 그 구체적 실무를 논하고 있다. 이 편지는 1791년 성대중이 교서관(奎章外閣으로 궐 밖에 있었다) 교리로 있을 때 보낸 것으로 추정된다. 이때 성대중은 교서관에서 자주 홀로 숙직을 섰는데 박지원·이덕무·박제가·유득공·홍원섭·나열·이한진 등이 찾아가 빈번히 시주(詩酒) 모임을 가졌음이 여타 자료들에서 확인된다. 홍원섭(洪元燮, 1744~1807)의 「화청성비서직중견증(和靑城秘書直中見贈)」(『太湖集』 卷2)도 바로 이때 지어진 것으로 여기에도 총서 편찬에 대한 언급이 있어 이 『소화총서』 편찬 움직임이 이 무렵에 왕성했음을 알 수 있다.66) 그러나 서형수, 성대중이 중심이 되고 서유구, 이덕무, 이의준, 박지원, 이전수(李田秀)67) 등이 동참한 이 총서 편찬 작업은 박지원이 1791년 12월 안의현으로 부임했고, 성대중이 1792년 12월 북청부사로 부임하였으며, 1793년 1월 이덕무가 죽음으로써 크게 진행되지는 못한 것으로 보인다. 더구나 가장 핵심적인 기획자였던 서형수는 1806년 유배에

　　창작에 적극 수용한 문인들의 글은 문체가 다분히 生澁한 느낌을 주게 되었다(이옥·강이천의 특정 시기, 일부 글들이 이러함). 이옥 등은 『한위총서』를 자신의 괴팍한 문체 추구를 위한 재료로 삼았고, 『說鈴』 같은 총서에서는 기이담을 수록한 필기잡록들만을 偏取·熱讀하기도 하였다. 자연히 그 자신의 잡록에도 기이담을 많이 수록하였다.

66) 교서관에서 가까이 3일간 향을 맡았더니[芸香近被日三薰] / 『배와서첩』과 『성언』을 보이며 평하라 하네[坯帖醒言第課分]. 건물에선 장마비에 흙벽 떨어지는 소리 들었더니[屋角愁霖聽落塯] / 거리에선 무더위에 이글거리는 구름 두렵게 보네[街頭畏熱看燒雲]. 새로 지은 시로 아침 소식 기다릴 만하고[新詩可耐憑朝訊] / 남은 학질 기운 밤의 술자리를 방해하네[殘瘧猶妨取夜釃]. 총서를 넓게 편찬하고자 하나 우리는 늙었고[欲廣叢書吾輩老] / 전연사의 훌륭한 아우 문장에 능하다네[典涓佳弟自能文]. *원주: 청성이 자신의 저서 『醒言』과 배와 서첩을 가지고 왔다. 玉流生(李明淵, 1758~1803-인용자 주)이 지금 典涓司(후에 繕工監에 합쳐졌음-인용자 주) 直長이 되었다.

67) 1759년생. 본관 연안. 자는 君稷, 호는 農隱. 월사 이정귀의 후손으로 1786년 진사시에 합격한 후 청도군수 등을 지냈다. 서형수와는 가까운 인척이다(徐命敏의 딸과 혼인했음). 문집은 전하지 않고, 1783년 問安正使 李福源의 자제군관으로 심양을 다녀와 『農隱入瀋記』(필사본 3권3책, 규장각 소장)를 남겼다. 이 자료는 임기중 편 『연행록전집』 30(동국대 출판부)에도 수록되었는데 農隱 李宜萬(1650~1736)의 1723년작으로 잘못 되어 있다.

처해져 1824년 배소(配所)에서 죽고 말았다. 총서 편찬 과업은 이후 서형수의 조카인 서유구에게 이어졌다.

이덕무의 손자 이규경(1788~1856)은 『오주연문전장산고』에 「소화총서변증설(小華叢書辨證說)」조를 남겨 이 총서 편찬에 얽힌 저간의 사정을 보다 구체적으로 알려주고 있다.

『창서만서(蒼墅漫書)』[68]에 말하기를, "참판 이의준(李義駿)이 일찍이 우리나라 제현들의 저술을 모아 목(目)을 나누어 분류하여 경익(經翼), 별사(別史), 자여(子餘)의 셋으로 나누고 총괄하여 이름하기를 『소화총서(小華叢書)』라고 하였는데 책을 완성하지 못한 채 죽었다. 그 문인 서유비(徐有棐) 사침(士忱)이 내게 편목을 보여주었다"라 하였는데 이는 내가 일찍이 견문한 바와 다르다. 때문에 지금 간략히 변증한다.

나의 조부 아정(雅亭) 선생께서 일찍이 총서로 만들 만한 전현들의 저술 약간 종을 풍석(楓石) 서유구(徐有榘)에게 보였는데 풍석공이 한번은 내게 말씀하시길, "아정공(雅亭公)이 준 편목에다가 요사이 제가들의 저술을 보태어 하나의 책으로 모아 전한다면 좋을 듯 하여 마음에 두고 책을 찾고 있으나 아직 서두르지 못하고 있네"라 하였다. 그 아우 유비(有棐) 또한 말하기를, "『소화총서』를 만들려고 하니 군(君) 집에 혹 소장하고 있는 것이 있거든 나를 위해 모아 주게"라 하였으니 대개 그 스승(이의준을 말함 —인용자)이 일찍이 하려고 했던 것임을 말하지 않고 그 집성(集成)을 자임하였다. 하지만 재주는 짧고 힘은 늘어져 어찌 미칠 수 있으랴! 이공 의준과 서공 유구는 모두 나의 조부에게 가르침을 받고 그 책을 이루고자 하였으나 완수하지 못한 자들인 것이다.

이공 의준이 경익(經翼)에 넣으려고 했던 것은 17종이다. 권근(權近) 『학용변

---

68) 현전 여부가 확인되지 않는 책이다. 蒼墅는 徐有榘(1770~?, 자는 舜卿)의 호이다. 1795년 진사시에 합격했고, 1801년 徐美修의 자제군관으로 燕行하여 『北游錄』(부전)을 남겼다. 『청장관전서』에 검서관으로 추천되고 있는 것으로 보아 서얼로 보인다("我純廟 辛酉蒼墅徐公有榘入燕有『北游錄』. 與陳瘦石用光庶吉士筆談. 瘦石曰 : 先生知『淸脾錄』誰所撰與? 蒼墅曰 : 此弊國李公雅亭某甫所著. 先生何以見聞? 瘦石曰 : 家侄希曾 侍讀號雪香, 前年從四川携回. 今借友人吳侍郎淑卿矣. 蒼墅問 : 寫本與刻本? 則答爲 蜀人李調元所刻, 共三卷. 蒼墅請見. 辭以淑卿遠出, 今不可索回云. 瘦石雪香江西省 新城縣人." 『詩家點燈』二弓 「淸脾錄刻本」條).

의(學庸辨疑)』, 신흠(申欽) 『선천규관(先天窺管)』, 송익필(宋翼弼) 『태극문답
(太極問答)』, 김장생(金長生) 『경서변의(經書辨疑)』, 정구(鄭逑) 『오복연혁도
(五福[服之誤] 沿革圖)』, 이언적(李彦迪) 『대학보유(大學補遺)』, 윤봉구(尹鳳
九) 『역학천견(易學淺見)』, 김석문(金錫文) 『역학도설(易學圖說)』, 박태보(朴泰
輔) 『투호의(投壺儀)』, 조성기(趙聖期) 『사칠변(四七辨)』, 김준(金焌) 『하도해
(河圖解)』·『심의해(深衣解)』, 조연귀(趙衍龜) 『학용도설(學庸圖說)』, 서명응
(徐命膺)69) 『홍범직지(洪範直指)』, 아정공(雅亭公) 『산이아(汕爾雅)』·『예기억
(禮記臆)』, 최세진(崔世珍) 『사성통해(四聲通解)』.

　별사(別史)는 16종이다.70) 유형원(柳馨遠) 『군읍제(郡邑制)』, 허목(許穆) 『청
사열전(淸士列傳)』·『동사(東事)』, 임상덕(林象德) 『동국지리변(東國地理卞)』,
홍백창(洪百昌) 『금강산기(金剛山記)』, 홍세태(洪世泰) 『백두산기(白頭山記)』,
신경준(申景濬) 『해로고(海路考)』, 정운경(鄭運經) 『탐라문견지(耽羅聞見志)』,
강항(姜沆) 『간양록(看羊錄)』, 이서구(李書九) 『하이국기(蝦夷國記)』, 서명응
『기자외기(箕子外紀)』, 성해응(成海應) 『고려유민전(高麗遺民傳)』, 신흠 『왜구
구흔지(倭寇構釁志)』, 이만운(李萬運) 『고려방안(高麗榜眼)』, 송문흠(宋文欽)
『여복고(女服考)』, 신숙주(申叔舟) 『해동제국기(海東諸國記)』, 정원림(鄭元
霖)71) 『산수경(山水經)』, 이아정공(李雅亭公) 『청령국지(蜻蛉國志)』·『유현세
보(儒賢世譜)』, 유득공(柳得恭) 『발해고(渤海考)』·『사군고(四郡考)』, 이서구
『동방금석고(東方金石考)』, 한백겸(韓百謙) 『동국지리지(東國地理志)』, 신류
(申劉) 『북정일기(北征日記)』, 남구만(南九萬) 『동사변증(東史辨證)』, 『수산집
(脩山集)』,72) 『동국수경(東國水經)』73)

　자여(子餘)는 41종이다.74) 이이(李珥) 『격몽요결(擊蒙要訣)』, 퇴계(退溪) 『자

---

69) 徐瀅修의 잘못임.

70) 16종은 오류가 있다. 아래 실제 나열된 것은 27종이다.

71) 본관은 하동. 官은 都正. 農圃子 鄭尙驥(성호 이익의 제자)의 손자이자, 「東國輿圖」
　를 만든 鄭恒齡의 아들이다. 사대부 화가 之又齋 鄭遂榮은 정원림의 조카이다. 정원림
　의 『東國山水記』는 필사본 3책으로 하버드대에 소장(유일본)되어 있다.

72) 앞에 저자 李種徽의 이름이 누락되었다.

73) 앞에 저자 정약용의 이름이 누락되었다.

74) 역시 아래 실제 서목의 종수와 일치하지 않는다. 또한 아래 載籍은 별개의 분류인데
　서유직 또는 이규경이 혼동했거나 아니면 필사 과정의 오류일 것이다. 어쨌건 子餘 19
　종, 載籍 18종 총 37종이다.

성록(自省錄)』, 한원진(韓元震)『주자동이고(朱子同異考)』, 권근『입학도설(入學圖說)』,『천명도설(天命圖說)』,[75] 정도전(鄭道傳)『불씨변(佛氏辨)』, 남효온(南孝溫)『귀신설(鬼神說)』, 한백겸『정전설(井田說)』, 권극중(權克中)『참동소론(參同疏論)』, 이이『동호문답(東湖問答)』, 박세당(朴世堂)『색경(稼經)』, 나준(羅焌)[76]『통현(洞玄)』, 홍대용(洪大容)『의기지(儀器志)』, 이광사(李匡師)『원교필결(圓喬筆訣)』, 안명로(安命老)『연기신편(演機新編)』, 김준(金焌)『기형제(機衡齊)』, 서호수(徐浩修)『혼개도의(渾蓋圖義)』, 서명응[77]『학도관(學道關)』, 이아정공『사소절(士小節)』.

재적(士[78]載籍) 이제현(李齊賢)『역옹패설(櫟翁稗說)』, 유형원『반계수록(磻溪隨錄)』, 이수광(李睟光)『안남사신창화록(安南使臣和唱錄)』, 신흠『청창연화(晴窓軟話)』, 서거정(徐居正)『필원잡기(筆苑雜記)』·『동인시화(東人詩話)』, 장유(張維)『계곡만필(谿谷筆談)』, 김창협(金昌協)『농암잡지(農巖雜識)』, 김창흡(金昌翕)『삼연일록(三淵日錄)』, 이아정공『청비록(淸脾錄)』, 강희안(姜希顔)『양화록(養花錄)』, 조귀명(趙龜命)『정체(靜諦)』·『분향시필(焚香試筆)』. 이승휴(李承休)『제왕운옥기(帝王韻玉記)』, 유득공『한도세시기(漢都歲時記)』, 이아정공『선귤당농필(蟬橘堂濃筆)』·『앙엽기(盎葉記)』, 정운경(鄭運經)『탐라귤보(耽羅橘譜)』.

창서(蒼墅)가 기록한 것은 서유비(徐有棐)가 전한 것을 듣고 기록한 것에 불과할 뿐이다. 그래서 그 가운데 잘못이 많다. 또한 총서를 편찬하려고 한다면 들어갈 만한 것이 어찌 이에 그치겠는가! 근세에는 저술가가 매우 많아서 수습(收拾) 채록(采錄)할 수 있겠으나 크게 힘을 쏟지 않는다면 어떻게 빠짐없이 구하여 얻겠는가! 이참판이 황해도관찰사로 있을 적에 감영에 불이 나서 이 때문에 재앙을 입었으니 사람의 가슴을 아프게 한다. 일찍이 나의 조부를 따라 노닐면서 때로 책을 교정보는 일도 하곤 했다. 성품이 책을 좋아하고 학문을 좋아하였으니 또한 당세의 명재(名宰)였는데 끝내 화재의 재앙을 만났으니 사람들이 많이 애석해 한다.[79]

---

75) 앞에 저자 鄭之雲의 이름이 누락되었다.
76) 버클리대 아사미문고본『소화총서목록』에는 저자가 羅烈로 되어 있다.
77) 徐瀅修의 잘못임.
78) 필사 과정에서의 衍文으로 보임.
79) 번다하기에 원문은 생략한다.

창서(蒼墅) 서유직(徐有稷)은 서유구·서유비 형제의 일가 서얼로 보인다. 이규경은 윗 글에서 『소화총서』의 원래 기획이 자신의 조부인 이덕무에서 비롯된 것인데, 『창서만서』에는 우산(愚山) 이의준(李義駿, 1738~1798) 및 서유구 형제가 애초부터 이를 본격 주도를 한 것처럼 기술하고 있어 이에 불만을 드러내고 있다. 이의준에 대해서는 뒤에 다시 논하도록 하겠고, 일단 여기 나온 서목(書目)들은 이의준이 기획한 총서의 일부로 보아 무방할 것 같다.

『소화총서』는 앞서 홍한주의 언급대로 완성(또는 간행)을 보지 못한 채, 현재 그 표제를 단 책은 발견된 바 없고, 학계의 주목을 받은 바도 없다. 필자는 최근 버클리대 아사미문고에 있는 『임원경제지인용서목(林園經濟誌引用書目)』(필사본 1책) 안에 별도 편입된 「소화총서목록(小華叢書目錄)」을 입수했다.80) 이규경 당대에 이 총서의 실체를 두고 논란이 있었던 만큼, 또 이 총서의 편찬이 갖는 의미가 적지 않기에 구체적으로 살펴본다. 먼저 「소화총서목록」을 제시한다. 고딕으로 된 글씨의 서명은 앞의 이의준 목록에도 나온 것이다. 원본의 일부 서명에는 ○ 표시가 있는데 원본 그대로 표기한다. 필사를 완료한 책이라는 의미이다. 따라서 ○ 표시가 있는 책은 대부분 그 책 수가 병기되어 있다. 한편 집안 선조(즉 서명응, 서호수, 서형수) 저작의 경우 찬자의 이름을 기휘(忌諱)했는데, 필자가 따로 명기한다.

經翼 총 20종(이의준 목록과 7종 중복)
○**『先天窺管』**(申欽, 1책), 『先天四演』(서명응), **『易圖說』**(金錫文), 『易四箋』(丁若鏞), ○**『易解』**(朴齊家, 2책), 『河洛演義』(李厚冕), 『尙書逸旨』(서명응), ○『尙書補傳』(洪奭周, 6책), ○**『洪範直指』**(서형수), ○**『詩故辨』**(서형수, 3책), 『詩次考』(申綽), 『禮記淺見錄』(權近), ○**『禮記臆』**(李德懋, 1책), **『投壺增刪儀』**(朴泰輔), 『深衣圖說』(南廷和), **『大學補遺 附或問』**(晦齋), 『三禮小識』(徐有本),81) **『經書辨疑』**(沙溪), 『十經疾書』(李瀷), 『律呂通義』(서호수)

---

80) 자료를 촬영해 보내주신 단국대 정재철 선생님께 이 자리를 빌어 감사드린다.
81) 이 책과 관련해서 참조되었을 것으로 추정되는 『儀禮識誤』([宋]張淳 撰, 1774년 武

史別 총 25종(이의준 목록과 11종 중복)

『箕子外紀』(서명응),『箕子補傳』(李義駿),[82] ○『倭寇構釁志』(申欽, 1책), ○『東征將士錄』(仝上, 1책),『懲毖錄』(柳成龍),『看羊錄』(姜沆),『再造藩邦志』(申炅), ○『海東異蹟』(홍만종, 1책), ○『京都雜志』(柳得恭, 1책), ○『漢陽歲時記』[83](柳得恭),『久菴地理考』(韓百謙), ○『東國水經註』(丁若鏞・李晴, 2책), ○『我邦疆域考』(丁若鏞, 3책), ○『東國山水記』(鄭元霖, 3책), ○『東國名山記』(成海應), ○『西北邊界攷』(仝上, 1책), ○『西北疆域辨』(仝上, 1책), ○『六鎭開拓記』(仝上),『金剛圖經』(徐有榘), ○『海東諸國記』(申叔舟, 1책), ○『四郡誌』(柳得恭, 1책), ○『渤海考』(柳得恭, 1책), ○『蜻蛉國志』(李德懋, 2책),『四裔考』(鄭厚祚), ○『東史世家』(洪奭周, 1책)

子餘 총 28종(이의준 목록과 11종 중복)

『入學圖說』(權近), ○『天命圖說』(鄭之雲), ○『擊蒙要訣』(栗谷),『巍塘問答』(李柬・韓元震),『道德指歸』(서명응), ○『訂老』(洪奭周, 1책), ○『參同契註解』(權克中, 1책),『參同契疏論』(撰人更考[84]), ○『陰符經註解』(張維),『洞玄』(羅烈), ○『五服沿革圖』(鄭述),『居家雜服攷』(朴珪壽, 2책),『學道關』(서형수), ○『士小節』(李德懋, 3책),『四禮笏記』(具庠),『四禮考』(具庠),『家禮小識』(徐有本), ○『渾蓋通憲集箋』(서호수), ○『圓嶠筆訣』(李匡師),『大東金石錄』(李俁),『金石過眼錄』(闕名),『五醫經驗方』(허준 등),『農圃問答』(鄭重[尙之誤]驥), ○『杏蒲志』(徐有榘), ○『種藷譜』(徐有榘), ○『自升車圖解』(河百源, 1책), ○『種蔘譜』(撰人更考, 1책),『耽羅橘林譜』(撰人更考[85])

載籍 총 49종(이의준 목록과 10종 중복)

○『桂苑筆耕』(崔致遠),『櫟翁稗說』(李齊賢),『白雲小說』(李奎報), ○『破閑集』(李仁老),『青坡劇談』(李陸), ○『補閑集』(崔滋),『應製錄』(權近),『筆苑雜

英殿聚珍版 목활자본 3권 1책)라는 책이 고려대 화산문고에 소장되어 있는데 서유본의 장서인 2과('徐印有本', '混原')가 찍혀 있다.

82) 이의준은 이가환과 함께 『箕田考』를 편찬했다.

83) 이의준 목록에는 載籍으로 분류되어 있음.

84) 이의준 목록에는 權克中 저로 되어 있다.

85) 이의준 목록에는 鄭運經 저로 되어 있다.

記』(徐居正),『東閣雜記』(仝上),『東人詩話』(仝上),『庸齋叢話』(成俔),『秋江
冷話』(南孝溫),『稗官雜記』(魚叔權),『五山說林』(車天輅),『畸翁漫筆』(鄭弘
溟),『小華詩評』(洪萬宗),『松都奇異』(李德泂), ○『谿谷漫筆』(張維, 1책), ○
『淸江詩話』(李濟臣),『郊居瑣編』(任相元), ○『鰷鯖瑣語』(李濟臣),『芝峰類
說』(李睟光),『耕釣餘事』(金相肅),『安南國使臣唱酬錄』(李睟光),『農巖雜識』
(金昌協), ○『西浦漫筆』(金萬重, 2책),『磻溪雜識』86)(柳馨遠), ○『罷釣錄』(李
德壽, 1책), ○『罷釣續錄』(仝上, 1책),『星湖僿說』(李瀷), ○『自卜編』(仝上, 1
책), ○『觀物編』(仝上, 1책), ○『百諺解』(仝上, 1책),『東海[海東之誤]樂府』
(李匡師), ○『薑山筆豸』(李書九), ○『二十一都懷古詩註』(柳得恭, 1책), ○
『淸脾錄』(李德懋, 2책), ○『灤陽錄』(柳得恭, 1책), ○『盎葉記』(李德懋, 4책),
○『朔方風土記』(洪良浩, 1책), ○『北學議』(朴齊家, 2책), ○『霜嶽發問』87)(金
龍馬, 4책), ○『睡餘放筆』(洪吉周, 1책), ○『睡餘演筆』(仝上, 1책),『闕餘散
筆』(金邁淳),『韓客巾衍集』(이덕무·유득공·박제가·이서구), ○『草榭談獻』
(成海應, 2책), ○『周漢雜事攷』(仝上, 2책), ○『淸修堂筆記』88)(李書九, 1책)

『소화총서』에 대해 홍길주(洪吉周, 1786~1841)가 다음과 같은 중요한 언급
을 남겼다. 즉 서유구의 번계(樊溪, 지금 서울시 강북구 번동) 향저의 부속 건물
인 광여루(曠如樓)에 대한 기문(記文)을 지어주면서 "공은 젊어서부터 수천
만권의 책을 읽었고, 찬술한 것도『임원지(林園志)』,『소화총서』등 총 수백
권에 이른다. 지금 76세로 관직에서 물러나 교외에 거주하면서 오히려 부
지런히 수집하고 보충하고 있다"89)라고 하였다. 이는 1839년에 지어진 것
으로 위의「소화총서목록」역시 1839년 무렵에 작성된 것으로 보인다. 앞
서 본 홍한주의 기록에는『숙수념(孰遂念)』90)이『소화총서』에 들어 있다고

---

86)『반계수록』과 동일서로 보았음.

87) 이 책은 현재 오사카부립도서관에 유일본으로 있다.

88) 이 책은 일본 天理圖書館(今西龍 舊藏)에 유일본으로 있다..

89) 홍길주,『沆瀣丙函』권1(연세대소장본)「曠如樓記」. "公少讀書累千萬卷, 所纂述『林
  園志』『小華叢書』總累百卷. 今年七十有六, 致事郊居, 猶矻矻不休乎蒐補." 한편 홍길
  주의『睡餘瀾筆』卷下에도 "楓石聞余有'放''演'兩筆, 求見之, 袖而去, 將錄入於所蒐
  『東國叢書』.『孰遂念』亦爲此丈所覬見. 余平生自秘之苦心, 未免壞破了. 可恨"이라는
  구절이 보인다. 이 두 중요한 자료는 성균관대 조창록 선생께서 알려주었다. 감사드린다.

하였으나 본 목록에는 미포함된 것으로 보아 이 이후에도 홍길주의 말대로 계속 추가가 있었던 듯 하다. 현 목록에는 총 124종의 서적이 수록되어 있는데 이 가운데 꼭 절반인 62종에 필사를 완료했다는 ○ 표시가 있다.

서유구(徐有榘) 집안의 장서는 향저(鄕邸)인 장단(長湍)에 보관되어 있다가 1920~30년대에 이미 전부 흩어진 것으로 보인다(1939년『동아일보』기사). 버클리대 아사미(淺見倫太郎) 문고와 오사카부립도서관(佐藤六石 수집본)에 많은 양의 책이 들어갔고, 장단과 가까운 위치에 있던 개성(開城)의 중경(中京) 도서관에도 일부가 유입91)되었으며 그 외 국립중앙도서관, 서울대, 고려대, 숭실대 등에도 이 집안 장서의 일부가 보인다. 이런 기관들에 소장된 서유구가의 서적은 그의 사고지(私稿紙)인 '자연경실장(自然經室藏)', '풍석암서실(楓石庵書室)' 판심제 사란공권(絲欄空卷)을 대부분 사용하고 있다. 집안이 대대로 총서의 편찬에 힘을 기울였고, 경제적으로도 비교적 여유가 있었던 만큼 대규모의 필사 작업이 진행되었던 것이다. 현재까지 필자가 확인한 것은 다음과 같다.

> **'자연경실장' 판심제 원고지** :『睡餘演筆』,『睡餘放筆』,『林園經濟誌』,『樊溪詩集』92)(以上 오사카부립도서관),『海東異蹟』,『西銓政格受教筵奏輯錄』,『京都雜志』,『四郡誌』,『我邦彊域考』,『林園十六誌引用書目』,『贍用志』,『先天窺管』,『西浦漫筆』,『孰遂念』,『西堂集』,『鰷鯖瑣語』,『破閑集』,『補閑集』,『綠帆詩話』(이상 버클리대 아사미문고),『東文八家選』,『華營日錄』(以上 東洋文庫),『三倉館集』(宮內廳 書陵部),『完營日錄』(성균관대),『仁濟志(林園十六志 내)』(山氣文庫),『蘭湖漁牧志』(국립중앙도서관),『與猶堂集』,『我邦彊域

---

90) 버클리대 아사미문고 소장본은 '자연경실장' 판심 원고지에 필사된 것이다.

91) 중경도서관에 소장된 책은 다음과 같다.『徐文裕文抄』(서문유, 필사본 1책),『律呂通義』(4책),『曆象考成補解』(1책),『曆象考成補解後篇』(1책),『燕行記』(1책),『渾蓋圖說集箋』(1책, 以上 서호수),『詩故辨』(3책, 서형수),『楓石集』(서유구, 필사본 14책),『醫書抄』(서유구 찬, 필사본 4책) 등 多數. 以上은『한국고서종합목록』(1968, 국회도서관)을 참조한 것임.

92) 이 자료에 대해서는 조창록,「풍석 서유구와『번계시고』」,『한국한문학연구』28, 한국한문학회를 참조

考』(以上 규장각 일사문고), 『燕巖集』(숭실대 한국기독교박물관), 『可觀珠機』93)(종로시립), 『夾漈遺稿』(한국정신문화연구원)

'풍석암서옥' 판심제 원고지 : 『左蘇山人文集』, 『居家雜服攷』94)(以上 오사카부립도서관), 『杏浦志』(버클리대 아사미), 『周易(일명 : 易解)』, 『王無功集』(以上 국립중앙도서관), 『今世說』(고려대)

『소화총서』는 비록 완결되지는 못했지만, 서유구가 선대 또는 선배로부터 이어받아 상당 부분 진행을 하였던 것이다. 대상 편목을 우선 만들고 여건이 되는대로 필사 작업을 병행하였음이 확인되는데 앞서 「소화총서목록」의 필사 완료 표시가 있는 책 가운데 현재 전하고 있는 책들은 다음과 같다.95)

『先天窺管』(버클리 아사미), 『易解』(국립중앙), 『尙書補傳』(규장각), 『洪範直指』(천리도서관, 동양문고), 『詩故辨』(오사카부립), 『東征將士錄』(오사카부립에 『征倭詔使將臣錄』이란 제목으로 소장), 『海東異蹟』(아사미), 『京都雜志』(아사미), 『我邦疆域考』(아사미), 『東國山水記』(하버드대), 『東國名山記』(현소장처 미상96)), 『海東諸國記』(궁내청 외 여러 곳), 『四郡誌』(아사미), 『渤海考』(국립중앙), 『蝡蛉國志』(金澤庄二郎), 『東史世家』(오사카부립), 『天命圖說』(영남내동빈문고), 『擊蒙要訣』(中京圖書館), 『訂老』(오사카부립), 『參同契註解』(오사카부립), 『五服沿革圖』(간본), 『居家雜服攷』(오사카부립), 『士小節』(연세대 외), 『渾蓋通憲集箋』(中京圖書館), 『圓嶠筆訣』(오사카부립), 『種藷譜』(간본, 오사

---

93) 필사본 1책. 宋 黃徹의 『碧溪詩話』 이하 宋·元·明人의 시화 9종을 抄한 것이다. 버클리대 소장 『綠帆詩話』(6권) 역시 중국 시화를 抄한 것으로 알려져 있다.
94) 이 책은 풍석암서실 원고지와 자연경실장 원고지를 섞어 필사하였다. 『박규수전집』(성균관대 대동문화연구원)에 영인되어 있다.
95) 『한국고서종합목록』(1968, 국회도서관), 『大阪府立圖書館藏 韓本目錄』(大阪府立圖書館, 昭和 43년), 『*The Asami Library*』(ChaoYing Fang, University of California Press, 1969) 등을 참조하였다.
96) 이 책은 1909년 日韓書房에서 활자본으로 간행되었는데 그 저본은 '自然經室藏 版心 私稿紙' 필사본이었다. 저본이 된 필사본의 현재 행방은 확인되지 않는다.

카부립),97) 『桂苑筆耕』(간본, 오사카부립),98) 『破閑集』(아사미), 『補閑集』(아사미), 『谿谷漫筆』(규장각, 일 내각문고), 『鰷鯖瑣語』(아사미), 『西浦漫筆』(오사카부립), 『罷釣錄』(오사카부립), 『罷釣續錄』(오사카부립), 『觀物編』(동양문고), 『薑山筆豸』(규장각 외), 『二十一都懷古詩註』(天理도서관 외), 『淸脾錄』(天理도서관 외), 『瀨陽錄』(국립 외), 『盎葉記』(京都大 및 天理도서관), 『北學議』(오사카부립), 『霜嶽發問』(오사카부립), 『睡餘放筆』(오사카부립), 『睡餘演筆』(오사카부립), 『草榭談獻』(오사카부립), 『周漢雜事豸』(오사카부립), 『淸修堂筆記』(天理도서관)99)

결론적으로 말하면, 서유구의 『소화총서』 편찬 작업은 책 표제에 '소화총서'란 말을 쓰지 않았을 뿐 이상과 같은 상당한 진행이 있었던 것이다. 『소화총서』 수록 저작들은 서유구 당대에 나온 저작들이 많이 수록되어 있으나 앞 시대의 대표적인 저작도 망라되어 있다. 조선 후기의 실학적, 고증적 저작들과, 서유구 집안의 저술들―서명응의 경학·명물도수학, 서호수의 천문학·수학, 서형수·서유본의 경학, 서유구의 농학 등100)―이 많이 포진된 것도 눈에 띈다. 「소화총서목록」에는 학계에 처음 알려지는 자료도 많다. 정원림의 『동국산수기(東國山水記)』, 정후조의 『사예고(四裔考)』, 나열의 『통현(洞玄)』, 서호수의 『율려통의(律呂通義)』, 하백원의 『자승거도해(自升車圖解)』, 김용마의 『상악발문(霜嶽發問)』, 김상숙의 『경조여사(耕釣餘事)』, 이서구의 『청수당필기(淸修堂筆記)』 등이 그것인데 현재는 일실되었거나 유일본으로 전하는 자료들이다.

---

97) 사본도 일본 동양문고 등에 소장되어 있다.

98) 사본도 일본 成簣문고, 이화여대 등에 소장되어 있다.

99) 이 중 『睡餘演筆』, 『睡餘放筆』, 『海東異蹟』, 『京都雜志』, 『四郡誌』, 『先天窺管』, 『西浦漫筆』, 『孰遂念』, 『西堂集』, 『鰷鯖瑣語』, 『補閑集』, 『我邦疆域考』, 『居家雜服豸』, 『易解』(박제가 찬) 등은 '자연경실장' 및 '풍석암서실' 판심이 있는 원고지에 필사된 것이다.

100) 서유본의 『官制沿革豸』, 서유비의 『東方藝文略』(부전) 등이 누락된 것이 아쉽다. 특히 후자의 경우, 추사 김정희 등 많은 이들이 우리나라 『예문지』 편찬에 관심을 기울였으나 상응하는 성과가 나오지 못한 것을 생각할 때 매우 귀중한 자료라 할 수 있다.

앞서 서유구 집안의 가계도(家系圖)를 제시했는데 가계상에 눈여겨 볼 부분이 여럿 있다. 하나는 서호수·형수 형제의 고종사촌인 이의봉·의준 형제이다. 이의봉(李義鳳, 초명 商鳳, 1733~1801)은 어록(語錄)어휘사전인 『고금석림(古今釋林)』의 편찬자이다.101) 그 「인용자서(引用子書)」에는 중국과 우리나라 서적 1,500여 종이 인용되어 있다. 우산(愚山) 이의준(李義駿, 1738~1798)은 서유구의 스승이기도 하고102) 앞서 본대로 『소화총서』의 기획에도 깊이 관여하고 있었다. 이 두 형제 모두 학술 방면에 조예가 있었는데, 서유구 집안과 상호 영향 관계가 깊다(한편 이의봉·의준의 매제인 윤광렴은 『병세집(幷世集)』의 편자 윤광심의 동생이다). 또 하나는 『보만재총서』-『해동농서』-『임원십육지』-『규합총서』-『태교신기』(사주당 이씨 저)-『문통(文通)』(유희 편) 등의 찬자가 모두 인척 관계로 얽혀 영향을 주고 있다는 점이다. 서유구의 형수인 빙허각 이씨에 의해 1809년 편찬된 『규합총서』103)는 여성

---

101) 1760년 사은사 서장관으로 가는 부친 李徽中을 따라 연행하여 연행록을 남겼다. 한문본(『北轅錄』), 한글본(『셔원록』)이 모두 연세대에 소장되어 있다. 문집 『懶隱囈語』는 현재 일실되었다.

102) 서유구의 초년 문집인 『풍석고협집』에 이덕무, 성대중과 評도 남겼다. 서유본의 「感舊詩十首幷序」(『좌소산인문집』 권2)는 젊은날의 절친했던 10명(徐瀅修, 이의준, 박제가, 유련, 유득공, 金泳, 沈墍, 金安基, 성대중, 이희경)을 만년에 회고하며 7언시로 지은 것이다. 이의준에 대해서 "鵠立承明侍講班, 纚纚經說動大顔. 他年石室誰題品, 竹垞亭林伯仲間"라고 읊었다.

103) 황해도 장연군 진서면 달성서씨가에서 발견. 빙허각 이씨(1759~1824)의 '빙허각전서' 3부 11책. 『규합총서』(5책), 『淸閨博物誌』, 『빙허각고략』 新朝鮮社에서 간행을 준비하다가 못 되고 後二者는 분실되었다. 『규합총서』(빙허각 이씨 원저, 정양완 역주, 보진재, 1975) 내에 실린 『동아일보』, 1939.1.31일자 기사 및 정양완 「규합총서에 대하여」 등을 참조. 2001년 한국정신문화연구원에서 여러 이본들을 모아 다시 영인하였다. 이 책은 酒食議, 縫紝則, 山家樂, 靑囊訣, 術數略으로 類聚한 것이다. 남편 서유본의 「江居雜詠十五首」의 제13수가 이 책과 관련이 있다. "山妻亦解注蟲魚, 經濟村家也不疎. 明月蘆洲同夢在, 逝從笠澤續叢書." 原註에는 "余內子抄輯群書, 各分門目, 無非山居日用之要, 而尤詳於草木鳥獸之性味. 余爲命其名曰閨閣叢書. 歷代叢書裒輯一家書, 謂之叢書, 始自陸天隨(唐 陸龜蒙-인용자)『笠澤叢書』故云"라는 중요한 언급이 있다. 빙허각 이씨의 自序는 1809년 동짓날에 쓰여졌다. 한편 서유구의 아들 徐宇輔 역시 「題閨閣叢書後」(1813년 무렵 작, 『秋潭小藁』 卷上, 규장각소장 필사본)를 남겼다. "刀尺寒工視蔑如, 著書自號卽憑虛. 陰陽卜筮通玄古, 山野經綸溯太初. 偉矣閨門才莫埒, 用之家國智優餘. 文章知是班昭亞, 女史叢中第一居." 『빙허각고략』에는 조선후기의 학자인 柳

에 의해 편찬된 가정학(家庭學) 총서(叢書)로 또 큰 의미를 갖는 저술이다.

5. 결론

① 박지원의 『삼한총서』와 서유구의 『소화총서』는 결국 미완으로 끝났지만, 본고에서 그 편찬 과정 및 자료의 성격 등을 밝힘으로써 이들의 시도가 조선 후기 학술사에서 매우 중요한 의미를 가짐을 논하였다.

② 『삼한총서』의 경우, 1,000여 년의 한·중 교섭 관계 자료에 전면적으로 치중하면서 아울러 우리나라의 장고(掌故), 특산(特産), 지지(地誌) 등에 관련된 책들을 포함하였다. 『소화총서』의 경우, 『삼한총서』 내의 전저(專著)들을 거의 수용하면서 당시까지 나온 우리나라의 대표적인 저술들을 경사자집(經史子集)으로 분류하여 총집하였다. 이 두 자료 모두 실학적, 고증적 면모를 강하게 띠면서 주체적 시각, 자긍적 자세를 견지하고 있다.

③ 이덕무·유득공 등 일부 '연암그룹원'들은 초·장년기에 왕성한 지적 호기심 속에 호사취적 성향도 없던 것은 아니나, 종극적으로는 역사·문화·학술을 총합하는 일부(一部)의 대저작의 편찬에 목표를 두고 있었다. 『삼한총서』·『소화총서』는 이 시기의 대표적인 실학자에 의한, 이들의 의식 지향이 적극 반영된 학술 저작이라고 평가할 수 있다. 아울러 이들 '연암그룹원'들에게는 당시 청대를 휩쓸고 있던 고증학의 여파가 보인다는 점(『강산필치』 등), 경세실용과 농학(農學)을 기반으로 하고 있으면서도 예

僖(1773~1837)의 모친 師朱堂 李氏(1739~1821)의 『胎教新記』에 붙인 跋文이 들어 있었다. 족보를 통해, 사주당은 빙허각의 외사촌 동서임이 밝혀져 있다(『규합총서』 「청낭결」의 '胎教'조에는 사주당이 『태교신기』가 많이 참조된 것으로 알려져 있다). 빙허각이씨는 이 시기 서화수장가로 유명했던 六橋 李祖黙(1792~1840)의 고모이기도 하다

술·아취 같은 도시문화적 성향도 드러내고 있는『임원경제지』의 예에서
보듯, 여유롭고 감각적인 취향도 가지고 있다는 점 등 그 세세한 결도 간
과해서는 안 될 것이다.

④ 이 시기는 소품으로서의 총서류, 경세실용 지향의 총서류, 학술 총집
으로의 총서류 등 다양한 양태의 총서류 저작들이 등장하고 있는데, 아울
러 야사총서(野史叢書)의 편찬이 성행했다는 점104)도 이 시기 총서 유행의
독자적인 한 양상이라 할 만하다. 유만주, 김려, 심노숭이 특히 이 방면에
관심과 성과가 많았다.

⑤ 명청 총서의 유입과 그 영향, 조선 후기 다양한 총서 편찬 움직임이
갖는 학술사 내에서의 의미 고찰이 향후 보다 면밀히 진행되어야 할 것이
다.105)

⑥ 서유구 가문의 여러 총서 및 저술들의 상호 연관, 학술사적 의미에
대하여 실학적 측면에서, 소론의 전통에서, 달성서씨 가문내106)에서 보다
면밀한 고찰이 요구된다.

---

104) 안대회, 「김려의 야사정리와『寒皐觀外史』의 가치」,『한고관외사』1, 한국정신문화연
　　구원, 2002 등을 참조

105) 17세기 말~18세기 초의 器機·技術 관련 저작인『謏聞僿說』(필사본 1책, 종로시립
　　및 국립중앙) 같은 서적과 朴齊家－李喜經－(정약용)－李剛會 등으로 이어지는 器機에
　　대한 관심, 서유구－박규수, 홍만선－서형수(『海東農書』)－서유구－정학유(『種畜會通』)
　　로 이어지는 영향 관계, 김정희 등에서 보이는 어휘 고증·금석학과 청대 총서류(추사는
　　『花鏡』,『談徵』,『山堂肆攷』,『陔餘叢考』등의 총서류를 보고 있다)의 관계, 명 楊愼의
　　『異魚圖讚』과 정약전『玆山魚譜』영향 관계 등등을 떠올려봤다.

106) 서유구는 서지(『누판고』) 및 활자(취진자목활자, 전사자), 간행(『계원필경』,『종저보』)
　　방면 등에 모두 조예가 깊었다. 서명응의 경학·명물도수학, 서호수의 천문학·수학, 서
　　형수의 경학, 서유구의 농학, 서유본의 경학·천문·수학, 서유비의 문학(그는『동문류』,
　　『동문팔가선』,『동방예문략』등을 편찬했다) 등에 특장이 있었다.

6. 첨언(添言)

　명・청대 학술사의 가장 두드러진 성과 중 하나는 총서(叢書)의 편찬이
다. 강희제의『고금도서집성(古今圖書集成)』, 건륭제의『사고전서(四庫全書)』
등의 편찬은 그 이면에 깔린 불순한 의도로 인해 당대부터 많은 비판도
있어왔지만 학술사에 하나의 큰 이정표가 된 것은 분명하다. 민국시기에
는『사고전서』편찬 이후에 나온 저술과, 정치・이념적 이유로『사고전
서』에 실리지 못했던 중요한 저작들(예컨대 명말청초 소품가들의 저작)을 모아
『속수사고전서(續修四庫全書)』가 다시 방대한 규모로 편찬되어, 최근 간행
을 보았다. 이 서적이 학계에 이바지하는 우점(優點)은 이루 다 말할 수가
없다. 우리나라의 경우, 학술・문화가 가장 꽃피웠던 시기라는 정조 연간
에도 이런 류의 국가적 사업은 시도되지 못하였다.107) 이런 점에서도 서유
구가 선배들의 총서 편찬 시도를 이어받아 상당 부분『소화총서』의 편찬
을 진행했던 것은 큰 의미가 있다. 그 수록 대상 자료의 선정이 현재의 시
점에서는 다소 미비한 점이 없지 않지만 우리나라의 우수한 서적들이 망
라된 것만은 분명하다. 필자는 이 자리에서 하나의 제안을 하고자 한다.
기존에 산발적으로 영인되어 이용되고 있는 우리나라의 우수 고전 저작들
을 선별・총집하여 경사자집의 체제로 영인하는 것이다. 이미 민족문화추
진회에서『한국문집총간』이 나오고 있으므로 집부(集部)는 이것으로 대치
하고, 경(經)・사(史)・자부(子部)만 간행하면 될 것이다.108) 이것이 성사되
면, 우리나라 수천 년 학술사의 위상을 세울 수 있을 것이고, 국내외 한국
학 연구자들에게 주는 효용 또한 적지 않을 것이다. 한국학 연구의 국제적

---

107) 정조는 각종 農書들을 총집하여 全書로 만들려는 시도는 하였으나,『사고전서』류의
　　편찬 시도는 없었던 것으로 보인다. 정조의 농서대전 편찬에 대해서는 염정섭,「18세기
　　말 정조의 '農書大全' 편찬 추진과 의의」,『한국사연구』112, 한국사연구회, 2001.3 참조
108) 참고로 한국한문학회에서는 교육부의 의뢰를 받아 우선국역대상 서목을 선정한 바
　　있다. 좋은 참고가 될 것이다.

확장을 위해서도 가장 선결되어야 할 과제라고 생각한다. 이것이 민족문화추진회의 『한국문집총간』 이후 후속 사업이 되었으면 하는 바램이다. 어쨌건 국가적 사업으로 진행되어야 할 것이다. 관련된 여러 분들의 관심을 촉구하는 바이다.

5부

총론, 경학

한학기초학사 서설

심 경 호

1. 머리말

고려 후기의 이제현(李齊賢)은 『역옹패설(櫟翁稗說)』을 짓고 그 서문에서, 상수리나무 '역(櫟)'은 재목감이 못 되어 제 수명을 다하므로 나무이면서 즐거워한다[木樂]는 뜻이고, 쭉정이 '패(稗)'는 곡물 중에서 비천하다[禾卑]는 뜻이라고 풀이하고, 쓸모없는 늙은이가 천한 말이나 엮을 따름이라고 말하였다.[1] 이제현은 우문설(右文說)의 관점에서 형성자의 성부(聲符)를 파자하여 글을 지었다. 성부는 발음부호라고 보는 설이 통설이지만, 성부가 같으면 의미도 같으며 따라서 성부에도 의미가 있다고 주장하는 것이 '우

---

1) 李齊賢, 『益齋亂藁』(민족문화추진회, 영인표점 『한국문집총간』 2, 1991) 「櫟翁稗說前書」. 이 글은 金澤榮, 『麗韓十家文鈔』(민족문화추진회, 1988년 국역본)에도 수록되어 있다.

문설'이다.

한편 박지원은 호질에서 성훈(聲訓)을 다용하여 너스레를 떨었다.[2] 즉
그는 다음과 같은 성훈을 활용하였는데, 그 풍자의 의미는 『설문』의 훈석
(訓釋)과 비교하면 잘 드러난다.

醫者, 疑也. cf.『說文』醫, 治病工也.　*醫는 평성 支운 yi → 疑도 평성 支운 yi
巫者, 誣也. cf.『說文』巫, 巫祝也.　*巫는 평성 虞운 wu → 誣도 평성 虞운 wu
儒者, 諛也, cf.『說文』儒, 柔也.　*儒는 평성 虞운 rú → 諛도 평성 虞운
　　　　　　　　　　　　　　　　　　yú (柔는 평성 尤운 róu)

호질에서 본래 온유(溫柔)의 유(柔)로 풀이되던 유(儒)의 훈석을 뒤집어,
그것을 아첨할 유(諛)로 풀이하였다. 통렬한 비판의식을 담은 것이다.[3]

한국 한문학은 매 시기마다 당대의 한학기초학에 그 수준이 형성되어
왔다. 위의 예들은 다만 한학의 기초학인 문자학과 음운학이 문학에 이용
된 대표적인 예들에 불과할 따름이다.

한편 정조는 1792년에 이덕무(李德懋) 등에게 명하여 『규장전운(奎章全
韻)』을 편찬하게 하였는데, 이덕무가 『규장전운』을 정사(淨寫)하여 올리자,
정조는 여러 사람에게 고교(考校)를 명하고 육서책(六書策)이라는 책문을 내
렸다.[4] 이 책문은 한학의 기초학인 '소학(小學)'을 학문의 한 분과로서 공
식 확인한 것으로, 한국 지성사에서 매우 중요한 의미를 지닌다.[5]

---

2) 虎奮髥作色曰: "醫者, 疑也. 以其所疑而試諸人, 歲所殺常數萬. 巫者, 誣也. 誣神以
惑民, 歲所殺常數萬, 衆怒入骨, 化爲金蚕, 毒不可食." …… 虎叱曰: "毋近前, 曩也吾
聞之, 儒者, 諛也, 果然. 汝平居集天下之惡名, 妄加諸我, 今也急而面諛, 將誰信之耶?
……"
3) 「박지원과 이덕무의 戲文 교환에 대하여 : 박지원의 『산해경』 東荒經 補經과 이덕무
의 注에 나타난 지식론의 문제와 훈고학의 해학적 전용 방식, 그리고 척독 교환의 인간
학적 의의」, 『韓國漢文學研究』 31집, 韓國漢文學會, 2003.6, 89~112면.
4) 이덕무의 대책은 『국역 청장관전서』 IV 제20권, 『아정유고』 12, 48~59면에 「六書策」
이란 제목으로 실려 있다. 朴齊家의 대책은 『貞蕤閣集』(민족문화추진회, 2000년 영인
표점 『한국문집총간』 261 수록) 권2에 수록되어 있다.
5) 다만 조선에서는 자학에 관해 부분적인 언술은 있었으나 충분히 과학성을 지닌 것이

한문문헌을 중심으로 이루어졌던 전통시대의 학술사상과 한국한문학은 편장(篇章) 속에서 문장의 뜻을 이해하고 문장 속에서 단어의 뜻을 식별하여야 한다는 전제에서부터 문헌의 내재비판을 이용하여 학문적 인식을 심화시켜 왔다. 그 방법론은 한자학·한자음운학·훈고학의 지식을 기초로 삼아 문체론·수사학, 경전의 상호 대조에 이르기까지 복잡한 층차를 이루었다. 그 가운데 유가 경전을 해석하기 위한 한자학·한자음운학·훈고학은 소학(小學, philology)이라는 명칭으로 분류된다. 소학은 유가경전의 해석을 위한 도구학으로서만 기능하였던 것이 아니라 일반 지식론과 학문방법론의 발달에 큰 영향을 끼쳐 왔으며, 문헌학적 방법과 결합되어 독특한 성과를 이루었다. 즉 고려시대와 조선시대에는 한자학·한자음운학·훈고학의 기초 위에 문헌의 교감, 주석의 집성, 새로운 주석의 편찬과 같은 문헌정리 방식을 체계적으로 발전시켰다. 한국에서 간행된 텍스트들 가운데 세계적으로 인정받는 중요한 판본들이 많은 것은 그러한 이유에서다. 임진왜란과 정유재란을 겪은 뒤 문화적 황폐함을 극복하기 위해 훈련도감에서 여러 종류의 목활자를 만들어 서적을 간행한 것은 세계사적으로 유례가 없을 정도이다.

본 연구는 전근대 이전의 학술사상과 한국한문학에서 기초를 이루었던 한자학·한자음운학·훈고학 및 문헌학적 방법의 발달사를 역사적으로 조망하고, 각 시기별로 그 주요한 개념과 학문적 체계를 정리하고자 한다. 그 고찰 대상은 유가 경전의 해석을 위한 도구학이었던 소학에 한정하지 않고, 한문 고전 일반을 분석하거나 지식체계를 구축할 때에 활용되었던 기초학의 방법론을 포괄적으로 다루고자 한다.

한문 기초학의 성과를 적극적으로 재평가함으로써, 전통학술 및 한문학

아니었다. 또 당시는 청대 고증학의 꽃이라고 할 段玉裁의 『說文解字注』(1803년 완성, 1813년 인쇄시작)가 완성되지 않았던 시기이다. 단옥재의 『설문해자주』와 청대 고증학의 자학 발전사에 대하여는 아츠지 데츠지[阿辻哲次], 심경호 역, 『한자학 : 설문해자의 세계』(이회, 1996)를 참조

에 반영된 지식학의 체계와 그 발달사를 과학적으로 설명할 수 있을 뿐만 아니라, 그 방법론을 현대에 발전적으로 계승하는 방안이 모색될 수 있을 것이다. 이러한 연구를 통하여 한국학의 독자적 '방법'을 발견함으로써 한국학의 자기 정체성을 확립하는 방안이 본격적으로 논의될 수 있으리라 생각한다.

이 연구는 다음과 같은 국면에 특별히 주목하고자 한다.

① 전통적 사유 체계 연구의 심화와 기초 개념어의 정리

한국적 사유체계에 관한 연구는 지성사, 소학·경학사, 철학사의 분야에서 산발적으로 진행되어 왔고, 동아시아의 학술동향과 연계시켜 논하는 관점을 결여하였다. 본 연구는 전근대 시기의 학문이 발달시켜 왔던 기초학을 통시적으로 고찰하면서 동시에 한자문화권 내의 공통된 특성과 한국적 학문방법의 고유한 특성을 논하고자 한다. 특히 한자 문화권에서 기초학과 관련하여 사용되어 온 공통의 개념·범주·논리를 조사하고, 한국 전통학술에서 사용된 기본 개념의 함의를 구명하고자 한다.

② 한국 한문학 연구의 확대와 심화

지금까지 한국 한문학에 대한 연구는 많은 성과를 이루었지만, 정작 그것을 성립시켰던 기초학에 대하여는 고찰이 미흡하였다. 본 연구는 한문 기초학에 관한 자료를 발굴하고 분석하여, 한국 한문학이 발달할 수 있었던 역사적 기반을 심층적으로 해명하고자 한다.

③ 전통시대 지식론과 학문방법론의 현대적 계승

본 연구는 한국한문학의 기저에 놓여 있는 지식론과 학문방법론을 역사적으로 고찰하는 한편, 그 지식론과 학문방법론 가운데 현대에 계승할 요소를 표출하고자 한다.

④ 관련 문헌의 내용서지 정리

본 연구는 시기별로 기초학의 성과를 개괄하기 위하여 관련 서적의 수입, 간행, 신찬(新撰), 유포에 관한 정보를 최대한 집적하고자 한다. 특히 문자학·음운학의 지식은 운서(韻書)와 자서(字書)의 내용에 따라 좌우되거나

운서와 자서 속에 기초학의 지식 수준이 반영되어 있으므로, 운서·자서
의 변천 혹은 발달 과정을 상세하게 추적하고자 한다.

2. 전통적 문헌학의 흐름

흔히 문헌학적 방법이라고 하면, 일제 식민지지배의 학문, 민족사 왜곡
의 방법을 연상한다. 그것은 식민지 지배의 이념을 강화하거나 그 이념체
계에 예속되었던 대다수의 일본 학자와 일부 조선인 학자들이 전근대를
초극하는 방법으로서 문헌학적 연구법을 중시하고, 청대의 고증학을 계승
한다고 표방하였기 때문이다. 70년대에 이르러서는 학문의 현실적 효용의
문제를 반성한 일부 지식인들이 이론과 실천의 괴리를 극복하고자 해서,
실증주의를 표방하는 번쇄한 학문 경향, 무이념적 혹은 가치중립적 학문
의 해독을 비판하였는데, 문헌학의 방법은 기존 지식층의 현실호도적 학
문방법으로 지목되었다.

해석을 배제한 가치중립적인 문헌학은 학문의 기초일 뿐이지 그 자체가
학문의 제일의적 요건이라고 말할 수는 없다. 하지만 학적 인식의 발전은
문헌을 떠나서 성립할 수는 없을 것이다. 더구나 전통 한학은 문헌의 내재
비판을 이용하여 학적 인식을 심화시키는 방법을 구축하여 왔다. 출판문
화의 발달은 그 사실을 반영한다. 곧, 고려시대와 조선시대에는 문헌의 교
감, 주석의 집성, 새로운 주석의 편찬과 같은 일차 문헌정리 방식이 체계
화되었다. 그렇기에 고문헌 가운데는 세계적으로 인정받는 중요한 판본들
이 많다. 임진왜란과 정유재란을 겪은 뒤 그 문화적 황폐함을 극복하기 위
해 훈련도감에서 여러 종류의 목활자를 만들어 서적을 간행한 것은 세계
사적으로 유례가 없을 법하다.

전통 학문에서의 문헌학적 연구방법은 문자학, 음운학, 훈고학(訓詁學)과 같은 소학(小學)을 토대로 하며, 학문계보학인 목록학(目錄學)을 포괄한다. 그런데 그것은 단순히 문헌의 간행을 위해 본문을 교정하거나 목록을 작성하는 일로 그치는 것이 아니다. 경전의 의미 해석을 위하여 본문비평에 중점을 두는 일을 지향한다.6)

이를테면 퇴계(退溪) 이황(李滉)은 거경(居敬)을 실천한 구도자였지만, 시첩(詩帖) 및 서적의 간행과 관련하여 고거핵실(考據覈實)을 대단히 중시하였다. 그의 문하에서 학봉(鶴峰) 김성일(金誠一)을 중심으로 한 영남 좌파가 형성되어 문헌학의 학풍을 발전시킨 것은 우연이 아니었다. 이황은 문인 이정(李楨)이 청주목사로 있으면서 주희(朱熹)의 여러 시들을 합본·인쇄하였을 때, 판본의 편차를 개정하는 방법을 세밀하게 지시하였다. 그 뿐만 아니다. 그는 『경서석의(經書釋義)』에서 기왕의 '석의'들을 면밀히 대조하여, 음주(音註)나 어구분석(語句分析)에서 정설을 마련하고자 하였다. 경문의 본뜻을 탐구하기 위하여는 훈고(訓詁)의 학문이 기초학으로서 요청된다는 사실을 몸소 제시한 것이다.

퇴계는 도문학(道問學)과 존덕성(尊德性)의 일치를 추구한 진정한 도학가이다. 곧, 퇴계는 거경(居敬)의 실천을 가장 중시하였지만, 도문학의 내용이라고 할 경학 연구도 동시에 힘을 쏟았다. 특히 퇴계는 『사서』와 『역경』에 주력하였고, 번쇄한 훈고(訓詁)를 제일의(第一義)로 삼지는 않았다. 문인 정유일(鄭惟一)이 작성한 언행통술(言行通述)의 다음과 같은 언급은 퇴계 경학의 특성을 매우 적확하게 지적한 것이라고 할 수 있다.7)

> 경전자사(經傳子史)를 보지 않은 것이 없었으되, 젊을 때부터 『사서』『오경』
> 에 힘을 썼고, 그 중에서도 『사서』와 『역경』에 더욱 깊어서, 왕왕 그것을 배송

---

6) 심경호, 「전통한학에서 배우는 학문방법론」, 『지금 우리에게 공부란 무엇인가』(『현대사상』 1999-3[제3권 3호 통권 9호]), 민음사, 1999.9.1, 251~266면.

7) 鄭惟一, 「言行通述」, 『言行錄(VI)』, 『退溪集(II)』(민족문화추진회, 고전국역총서, 1968), 397면. 번역문은 원문을 참조하여 약간 다듬었다.

(背誦)해서 틀림이 없었다. 혹은 한밤중에 일어나 용학(庸學 : 중용과 대학)과
『심경』을 풍송(諷誦)하기도 하여 상례로 삼았다. "경서의 글자 해석이 천착과
오류가 많아 경전의 본뜻을 잃어서 후학들을 그르침이 많다"라고 여겨서, 그
천착을 바로잡고 오류를 확정하여 경전의 옛 뜻을 되돌리고 성현의 본뜻을 다
시 찾으매, 그로 말미암아 학자들이 속유의 왜곡된 설에 의혹되지 않게 하였다.
또 수학(數學 : 상수학)도 이치 밖의 글이 아니라 해서, 계축년 이후로는 수학을
아울러 공부하였다. "주자의 『계몽(啓蒙)』은 수학의 종조이지만 모를 곳이 많
다"라고 하여, 여러 해를 음미하고 탐색해서 그 근원을 환하게 연구하여, 마침
내 『계몽전의(啓蒙傳疑)』를 지어 그 뜻을 발휘하고 분석하여 거의 미해결의 것
을 남기자 않았고, 늙어서는 이 『계몽』으로 학자들을 많이 가르쳤다.

위의 지적에서 주목할 점은, 퇴계가 "경서의 글자 해석이 천착과 오류
가 많아 경전의 본뜻을 잃어서 후학들을 그르침이 많다"라고 여겨서, "그
천착을 바로잡고 오류를 확정하여 경전의 옛 뜻을 되돌리고 성현의 본뜻
을 다시 찾았다"라고 한 점이다. 퇴계는 경학 연구에서 기초학으로서의 소
학(小學, philology)을 결코 소홀히 하지 않았다.[8]

퇴계가 경학 연구에서 소학을 중시한 사실은 『사서삼경석의(四書三經釋
義)』 곧 『경서석의(經書釋義)』에 잘 나타나 있다.[9] 이 『사서삼경석의』는 미
암 유희춘(柳希春)이 1574년(선조 7) 어명으로 경서의 현토언해를 전담하였을
때 참고하려고 하였던 『사서오경구결언석(四書五經口訣諺釋)』의 일부이다.
유희춘의 병몰(病沒)로 경서 토석 작업은 중지되지만, 유희춘이 계를 올린
다음날 10월 20일에 승정원이 퇴계의 『언석』을 중앙으로 이송케 해달라고
청한 것으로 보아, 퇴계의 『언석』은 일찌감치 궁중에 수장(收藏)되었고, 따

---

8) 곧, 퇴계는 한국지성사에서 기초학을 도문학(道問學)의 방법으로서 적절하게 구사한
위대한 학자 가운데 한 사람이었다. 심경호, 「退溪와 茶山－문헌학의 연속성과 차별성
」,『退溪學과 韓國文化』제33호, 慶北大學校 退溪研究所, 2003.8, 91~114면.
9) 성균관대 대동문화연구원 1985년 영인『增補退溪全書』所收 卷8 2冊.『경서석의』는
'사서삼경석의(혹은 '삼경사서석의')'로 불리는 것이 통례이다. 이에 대해서는 심경호,
『조선시대 한문학과 시경론』(일지사, 1999), 제4장 제2절 참조.

라서 1585년(선조 18)에 교정청이 언해본(諺解本) 찬정(撰定)을 재개하였을 때 퇴계의 『경서석의』도 다른 언석본(諺釋本)과 함께 참고가 되었을 것이다. 수사본(手寫本) 『경서석의』는 임진란의 병화(兵火)로 없어졌고, 현전본은 1608년(선조 41, 몰년)에 경상감사 최관(崔瓘)과 퇴계 문인 금응훈(琴應壎)이 전사본들을 수습해서 그것을 토대로 다음해(1609)에 목판 인쇄한 것이다.

18세기에 이르러 한학(漢學)이 수용되자, 경전 주석에서 고주(古註)와 신주(新註)를 수합하고 비교하는 작업이 활발해졌다. 그런데 청대의 고증학(考證學)에서 문자음운학의 연구 성과를 받아들이기 이전에 이미 독자적으로 문자음운학의 방법을 시도한 예가 있다.

이를테면 이광사(李匡師)는 『주역』의 괘효사(卦爻辭)에서 '說'자의 사용례를 검토하여 태괘(兌卦) 단전(象傳)의 '태(兌)는 열(說)이다'에서 '열(說)'을 '탈(脫)'의 뜻이라고 논하였다. 또한 그는 '說'자는 '兌'의 변(邊)에 '言'을 가한 것이고 '脫'도 '兌'의 변(邊)이므로 "說'과 '脫'은 같은 뜻이라고 논하였다. 이것은 부수가 아닌 오른쪽 성부(聲部·聲符 : 右文이라고 함)가 같은 글자들은 의미상 상관이 있다는 설(右文說이라고 함)에 근거한다. 더 나아가 그는 '兌'는 '徒外의 반절(反切)'이고 '脫'은 '徒活의 반절'로, 두 글자가 똑같이 '徒'자를 따르고 있으므로 뜻이 같다고 논하였다. 반절 윗글자가 같으면 뜻도 같다는 것은 정설이 아니다. 다만 이광사가 반절법까지 연구하여 문자학 지식을 경전 해석에 이용한 사실은 17세기 중반 학풍의 방향을 시사해 준다.

그리고 17세기에는 경문의 착간(錯簡)과 진위(眞僞) 문제를 독자적으로 검토하기 시작하였다. 착간 논쟁은 주희가 주장하였던 경문 착간설을 부정하고 경문의 옛 모습을 다시 복원하려는 노력의 일단으로, 주자학 체계에 대한 회의의 뜻을 가탁한 것이다. 송시열(宋時烈) 일파에게 사문난적으로 비판받은 윤휴(尹鑴)에게서부터 그러한 경문 연구법이 대두되어, 같은 학맥이었던 이광사(李匡師)와 그 아들 이영익(李令翊)에 의해 발전되었다. 그들은 양명학을 수용한 학맥이었다. 또한 이영익은 고문상서(古文尚書)의 진위를 문체론에 입각하여 논하였다. 비록 원(元)의 오증(吳澄)의 문체비평법을 일부 참조하기는 하였으나, 당시 조선 문단은 당송(唐宋) 고문과 선진양한(先秦兩漢) 고문을 변별할 만큼 높은 수준에 도달하여 있었기에, 산문비평의 방법론이 경문 연구에 활용될 수 있었다. 이 단계에 이르면 문헌학의 방법론은 주자학의 학문체계를 극복하는 '해체'의 의미를 지니게 된다.

3. 자서 운서의 수용과 독자적 편집

전통 한학의 기초학이었던 소학은 도구서인 운서(韻書)와 자서(字書)가 어떤 것인가에 따라서 그 수준이 결정되었다. 이를테면 이황은 『광운(廣韻)』에 실린 소략한 훈(訓)을 기준으로 하였기 때문에 주자학적 주석들을 집대성하였던 사서삼경대전(四書三經大全)의 음주(音註)를 잘못 이해한 예가 발견된다. 정약용의 경우도 『시경』 국풍의 풍(風)의 의미를 해석할 때 자의적인 면이 있었다.

중국 고대의 자서는 『이아(爾雅)』, 『방언(方言)』, 『설문해자』를 기원으로 삼는다. 자서는 한자의 자의 정보에 중점을 둔 것으로, 자음 정보에 중점을 둔 운서와 구별된다.[10]

한편 한자를 운(韻)에 따라 분류하여 안배한 자전을 운서라고 한다. 원래 운문을 지을 때 압운(押韻)을 조사하기 위해 사용되었다. 성조(聲調)가 같고 운이 같은 글자들을 한 부(部)로 삼고, 그 가운데 한 글자를 취해 표목으로 삼았으며, 음을 반절(反切)로 주(注)하였다. 위(魏)나라 이등(李登)의 『성류(聲類)』를 시작으로 중국에서는 170여 종의 운서가 편찬되었는데, 현재는 10

---

10) 이하 자서와 운서의 개황에 대해서는 심경호, 『한학연구입문』(이회문화사, 2004), 제8강 '사전과 공구서'를 참조

〈표 1〉 중국의 주요 자전

고전 자전	편찬자	특징
說文解字注	(後漢)許愼 (淸)段玉裁 注	540部로 나눈 字書. 『설문해자』에 대한 주석서.
康熙字典	(淸)張玉書 등 奉敕撰	214부의 부수에 4만 9천 30자 수록.
佩文韻府	(淸)張玉書 등 奉敕撰	214부의 부수에 4천 903자 수록. 平水韻의 106韻에 의해 單字 1만 개와 詞語 48만여 조를 실었다.
騈字類編	(淸)張廷玉 등 奉敕撰	
古典複音詞彙輯林		『騈字類編』을 표제자의 획수 순으로 개편.
經籍纂詁	(淸)阮元	經史의 訓詁를 위해 엮은 책. 106권.

여 종만 남아 있다. 수나라 때 육법언(陸法言)의 『절운(切韻)』(잔권만 남음), 송나라 때 진팽년(陳彭年) 등의 광운(廣韻)』(206운)에 이어, 송나라 때는 과시용(科試用)으로『예부운략(禮部韻略)』(206운)이 나왔다. 그러다가 『평수신간운략(平水新刊韻略)』(王文郁 1229년)에서 106운으로 줄고, 『임자신간예부운략(壬子新刊禮部韻略)』(劉淵 1252년)에서는 107운으로 되었다. 106운을 평수운(平水韻)이라고 하며, 원·명 때 시운(詩韻)으로 정착되었다. 우리나라에서 복간한 『예부운략』도 이 체제를 따랐다. 그 뒤『고금운회거요(古今韻會擧要)』(熊忠찬. 원나라 大德 원년, 1297)는 운서의 체제에 등운표(等韻表)를 배합하였는데, 『임자신간예부운략』과 마찬가지로 107운으로 나누었다. 한편, 명나라 초의 『홍무정운(洪武正韻)』(樂韶鳳 등 1375년 칙찬)은『예부운략』의 체제를 따르되 현실음을 일부 반영하여, 106운이 아니라 76운으로 구성하였다. 방음(方音)이 아닌 공통음(혹은 표준음)을 정음(正音)으로 삼으려 하였으나, 인위적인 합성음을 제시하고 말았다. 조선 증기에는 경전 및 한문 어사의 해석에서 이『고금운회거요』가 가장 널리 활용되었다.

　　[1] 우리나라에서 만들어진 자전은 크게, 초학자용 한자 학습서, 한자분류어휘집, 근대적 자전 등의 세 부류로 나뉜다.

① 초학자용 한자 학습서 : 유서(類書)의 형식을 참조하여 글자들을 분류하였다.

　　『훈몽자회(訓蒙字會)』: 1527년(중종 22)에 최세진(崔世珍)이 상·중권에 전실지자(全實之字) 2천 240자를 32부문으로 나누어 수록하고, 하권에 반실반허자(半實半虛字) 1천 120자를 잡어(雜語) 1부문에 수록하였다.
　　『신증유합(新增類合)』: 유희춘(柳希春)이 주자학 사상에 맞추어 『유합(類合)』의 풀이말을 정리하고 새로 분류하여 1574년(선조 7년)에 해주에서 간행하였고, 다시 1576년에 수정하여 교서관에서 목판 간행하였다. 2권 1책으로, 27부문에 3천 자를 수록하였다.
　　『몽유편(蒙喩編)』: 1810년(순조 10)에 장혼(張混)이 편한 어휘집. 2권 1책의 활자본이다. 풀이말 없이 어휘만 나열한 것이 많다. 전체 어휘를 12부문으로 분류하였다. 장혼은 이 외에도 『아희원람(兒戲原覽)』·『초학자휘(初學字彙)』 등의 자학 교재를 엮었다.
　　『자류주석(字類註釋)』: 1856년(철종 7)에 정윤용(鄭允容)이 4부 35류에 1만 1천여 항목을 수록하였다. 필사본 2책이다.

이밖에 『정몽유어(正蒙類語)』(1884), 『통학경편(通學徑編)』(1916, 1918) 등이 있다.

② 한자어휘분류집

조선 후기에 자국의 문물과 문화를 재인식하려는 의식이 팽배되자, 새로운 형태의 유서(類書)와 함께 한자어휘분류집이 여럿 출현하였다. 본래 『시경』의 학습에서 물명(物名)을 중시한 전통에서 출발하여 일반 물명을 고증하는 서적이 편성되기도 하였으나, 기타 한문 전적이나 백화문에 사용되는 한자 어휘에 대하여도 널리 풀이[訓釋]를 하였다. 간혹 대응되는 우리말을 적어 이국어간 어휘대응 사전의 기능도 지녔다.

　　『신보휘어(新補彙語)』: 김진(金搢)이 1615년부터 인조 초에 걸쳐 편찬한 유서.

1653년에 59권 13책으로 목판 인쇄된 이후, 1684년에 중간되었다. 17부
문 649조 2천 819목이다.

『재물보(才物譜)』: 1798년에 이만영(李晩永)이 편하였다. 태극·천보(天譜)·지
보(地譜)·인보(人譜)·물보(物譜)로 분류하고 다시 각각 130~140여 개
소부문으로 분류하였다. 국립중앙도서관에 8권 8책의 사본이 있다. 규
장각과 장서각에도 있다.

『광재물보(廣才物譜)』:『재물보』를 증보한 것으로, 필사본 4책인데, 편자·편
년 미상이다. 서울대 규장각 가람문고에 있다.

『물보(物譜)』: 18세기 후반 이철환(李嚞煥)이 초한 것을 1802년에 이재위(李載
威)가 체계화하였다. 2편 8부 49류에 물명 2천 468항목(한자물명 1천
469항, 국어물명 999항)을 수록하였다.

『물명고(物名考)』: 1820년대에 유희(柳僖)가 이만영의『재물보』의 지보(地譜)와
물보(物譜)를 고증한 내용이다. 5권 1책에 4류 14부문 701항목을 수록
하였다.

『아언각비(雅言覺非)』와『청관물명고(靑館物名考)』: 정약용(丁若鏞)은 1819년
에 속어를 고증한『아언각비』를 엮었다. 뒤에 3권 1책으로 인쇄되었다.
그는 또『청관물명고』를 엮어, 22류 1천 748항목을 수록하였다.『물명
괄(物名括)』이나『물명류(物名類)』의 표제로 된 것도 있으며, 부류나
항목의 수는 책에 따라 다르다.

『현산어보(玆山魚譜)』와『몽학의휘(蒙學義彙)』: 정약전(丁若銓)은 흑산도 근처
바다에 서식하는 어류명을 분류하고 고증하여『현산어보』를 엮었다. 玆
山은 '흑산'이란 뜻이므로 '자산'이라 읽는 것은 잘못이다. 그는 또
1804년에 정약용의『이아술의(爾雅述意)』를 취사하여『몽학의휘』를 엮
었다.

『시명다식(詩名多識)』: 정약용의 아들인 정학상(丁學祥)·정학포(丁學圃)가 조
수·충어·초목의 이름을 설명한 책으로, 4권 2책이다.

『환영지(寰瀛志)』: 1770년(영조 46) 위백규(魏伯珪) 찬. 1822년(순조 22)에 2권 1
책으로 목판 간행되었다.

이밖에 『사류박해(事類博解)』(1855년필사), 『만물록(萬物錄)』, 『물명찬(物名

纂)』(1890년 필사), 『자의물명수록(字義物名隨錄)』, 『물명(物名)』이란 어휘집이
있다.

③ 근대적 자전

『자전석요(字典釋要)』: 지석영(池錫永)이 1906년에 완성한 뒤 1909년 7월 30일
　　　에 회동서관(滙東書館)에서 간행한 최초의 근대적 자전으로, 1925년에
　　　이미 제16판이 발행되었다. 1945년에는 다시 영창서관(永昌書館)에서
　　　재판이 나왔고, 1975년에 아세아문화사에서 영인되었다. 상하 2권으로
　　　되어 있으며, 운서의 방식이 아니라 자서의 체제를 취하였고, 1만 6천
　　　295자를 수록하였다.『강희자전』에서 자류와 새김 등을 본받되, 18세기
　　　말에 이루어진 조선의 운서『규장전운(奎章全韻)』과『전운옥편(全韻玉
　　　篇)』 등을 참고로 자류와 자음, 새김을 확정하였다.
『신자전(新字典)』: 최남선(崔南善)의 조선광문회(朝鮮光文會)가 1915년에 편찬
　　　한 사전으로, 4권 1책 총 246장이다. 6천여 자를 수록하였으며,『강희자
　　　전』을 참고하여 획수순으로 배열하였다. 한자음은『전운옥편』과 지석영
　　　의『자전석요』를 참고로 하였다. 한자의 새김은 주시경(周時經)과 김두
　　　봉(金枓奉)이 담당하였다.

　　② 우리나라에서는 중국의 운서를 토대로 하되 우리 실정에 맞는 운서
를 만들어 왔다. 운서들 가운데에는 한자의 운(韻)만 수록한 것이 아니라,
여러 사실을 운별(韻別)로 분류하여 백과사전(즉 類書) 구실을 한 것도 있다.
또, 한자음을 표기한 정음(正音) 종류도 있다.

　　고려 덕종 연간(1031~1034)에『예부운략』을 수입하고, 그 뒤 복간본을 만
들었다. 또『배자예부운략(排字禮部韻略)』, 『고금운회거요』를 이용하였다.
조선 초기에는『홍무정운』을 받아들였고, 한자음을 한글로 적은『홍무정
운역훈(洪武正韻譯訓)』을 간행하였다. 그 뒤『홍무정운』을 기초로『동국정
운(東國正韻)』을 만들었는데, 그 음은『고금운회거요』의 반절을 한글로 번
안하였다. 『동국정운』의 운목표(韻目表)는『고금운회거요』에서의 내부분운

〈표 2〉 우리나라에서 간행된 주요 운서

우리나라 간행 운서 　　　판본	간행연도	복각, 신편 여부
新刊排字禮部韻略	1300~1679년 18종 목판본	중국 운서의 복각
新編直音禮部玉篇	1464~1540년 3종 목판본	중국 운서의 복각
古今韻會擧要	1398~1883년 7종 목판본	중국 운서의 복각
韻會玉篇	1563~1810년 3종 목판본	중국 운서의 복각
洪武正韻	?~1770 3종 목판본	중국 운서의 복각
洪武正韻譯訓	단종3년(1455년경) 목활자와 갑인자 혼용 간본	『홍무정운』에 한글자음 병기. 16권 8책 가운데 14권 7책만 고려대 도서관에 소장
續添洪武正韻	필사본	최세진(崔世珍)이 『홍무정운역훈』을 보완. 현재 상권 105장만 전함.
東國正韻	세종 30년(1448) 활자본	신숙주(申叔舟)·최항(崔恒)·박팽년(朴彭年)이 왕명을 받들어 편찬.『홍무정운』을 참고하고『고금운회거요』의 음체계를 이용한 신찬 운서.
四聲通解	중종 12년(1517) 편찬 광해군 6년(1614) 목활자본	최세진이『홍무정운역훈』의 음계를 보충하고, 자해(字解)가 없던 신숙주(申叔舟)『사성통고』를 보완.
三韻通攷	편자 미상	『예부운략』을 기초로 하여, 평·상·거성과 입성을 따로 배열
三韻補遺	숙종 28년(1702) 목판본	박두세(朴斗世)가 『삼운통고』를 수정·증보
增補三韻通考		『삼운통고』의 증보
華東正音通釋韻考	영조 23년(1747) 목판본	박성원(朴性源)이『삼운통고』에 한글자음 병기. 박성원은 별도로『화동협음통석(華東叶音通釋)』을 펴냈음.
三韻聲彙	영조 27년(1751) 목판본	홍계희(洪啓禧) 편찬. 평·상·거성과 입성을 따로 배열
奎章全韻	정조 16년(1792) 목판본 정조 20년(1796) 목판본	평상거입 4성을 한 면에 배열. 이덕무(李德懋)등 편찬.
全韻玉篇	편자, 간행년도 미상 목판본	『규장전운』의 부편

(內部分韻)이라고 할 수 있는 자모운의 목록에 해당하며, 배열만 훈민정음 차례를 따랐다. 최세진(崔世珍)의 『사성통해(四聲通解)』는 여러 운서들을 참고로 하되, 『고금운회거요』의 체계를 따랐다.

　　조선 중기에는 『예부운략』·『운부군옥』·『홍무정운』 등을 참고로 하여 편자 미상의 『삼운통고(三韻通攷)』가 나왔다. 운목은 『예운부락』을 그대로

따랐다. 그 뒤 1702년 박두세(朴斗世)의『삼운보유(三韻補遺)』, 숙종 때 김제
겸(金濟謙)·성효기(成孝基)의『증보삼운통고(增補三韻通考)』가 나왔다. 1747
년(영조 23)에 박성원(朴性源)은『화동정음통석운고(華東正音通釋韻考)』를 엮어
『삼운통고』에 한글 음을 표시하였다.『삼운성휘(三韻聲彙)』와『규장전운(奎
章全韻)』은『삼운통고』와 글자 순서만 다르고 체제는 같다.

　　우리나라에서 편찬된 자서와 운서가 각각 한학의 어떠한 수준을 반영하
는지에 대하여는 이제부터 연구가 필요한 실정이다.

4. 전통학문의 구조―소학과 합리설의 직조

　　전통 한학은 큰 흐름만 짚어보면 한학(漢學)·송학(宋學)·고증학(考證學)
이 시대별로 교체되었지만, 어느 경우에나 선행하는 설을 충분히 비판적
으로 검토하고서 새 견해를 제시하는 방법을 택하였다. 당(唐)과 송(宋)의
학자들은 한나라 때의 주석을 소통시키는 작업을 대대적으로 행하였고,
정주학자는 구주(舊注)를 비판적으로 검토하여 의리를 새롭게 발명하고자
하였다. 청대에는 교감(校勘)과 훈석(訓釋)의 작업으로 주소(注疏)를 재검토
하였다. 그런데 당나라의 소가(疏家)는 한대의 구주(舊註)를 검토하여 정의
(正義)를 제시하되, 정의에서 벗어난 이설을 그대로 보존하고 이설이 제기
된 이유를 상세히 분석하였다. 이것을 두고 '소는 주를 깨어버리지 않는다
[疏不破註]'라고 한다. 일견 번쇄한 듯 하지만, 선행하는 설을 충분히 검토
하겠다는 성실한 학문자세를 엿볼 수 있다. 주희(朱熹)는 구주(舊註)을 비판
하고 신주(新註)를 수립하였지만, 실은 그는 구주의 내용을 충분히 검토하
고 정설로서 인정할 수 있는 것은 그대로 받아들였으며, 반드시 주가(註家)
의 이름을 밝혔다.『사서집주』의 서설(序說)과 같은 글은 아예 기존의 문장

과 선학의 어록을 따와서 집록(集錄)하는 방식을 택하였고, 출전을 밝혔다.

한학 가운데서도 경학(經學)은 경문의 자구 주석을 통해 사상을 개진하는 방법을 널리 사용하여 왔다. 때로는 경전을 무리하게 해석해서 자신의 의도에 부합시키는 일도 서슴지 않았다. 육구연(陸九淵)이 "육경(六經)이 나를 주석하고 내가 육경을 주석한다"고 선언한 것이나, 근년의 문화대혁명 때 극좌 이론가 조기빈(趙紀彬)이 『논어』를 반동적 서적으로 해석한 것도 그 한 예다. 그런데 이렇게 부정적인 의미에서든, 긍정적인 의미에서든, 경전을 해석할 때 바탕이 되는 기초학이 곧 소학(小學)이다.

소학은 문헌이 단어―문장―편장(篇章)의 구조로 층위를 이루고 있다는 전제에서 출발한다. 특히 건륭·가경 연간의 박학(朴學=樸學=考證學)은 그 방법론을 가장 근대적으로 발전시킨 한 유파라고 말할 수 있는데, 박학이 극복하고자 하였던 주자학도 실은 소학을 의리(義理) 발명의 기초로서 적극 활용하였다. 주희가 경문의 해석에서 반드시 먼저 독음을 주석하고, 권내주(圈內註)에서 명물(名物)·자구(字句)의 주석을 행하고 편장(篇章)의 문면적 해석을 행한 뒤에 권외주(圈外註)에서 철학적 의의를 논한 것은 참고할 만하다.

소학의 방법론은 문자학과 음운학에서 출발하여 문체론·양식론과 같은 구조분석으로 나아가고, 다시 그것으로 완결되지 않고 관련 문헌의 상호 대조로까지 복잡하게 얽혀나간다. 이 소학은 지극히 실증적이라고 말할 수 있다. 하지만 전통 한학에서는 소학이 홀로 활용된 예는 드물다. 경전과 문헌의 해석은 언제나 '인정(人情)'이나 '성인의 이상'에 조회하는 '합리'의 방법을 끌어 들였다. 합리의 방법이란 송의 구양수(歐陽脩)가 경학론에서 '인정'과의 합치 여부를 논리준거로 사용하였던 데서 기원한다. 인정과의 부합 여부를 논하는 것은 확증에 의한 귀납논증이 아니므로 독자에게 공감을 강요하는 가설법(假說法)을 많이 사용하였다. 합리론은 그릇된 전제 때문에 경전의 뜻을 왜곡하는 결과를 낳기도 하였지만, 역으로 그것은 문헌학적 방법이 실증 자체에 매몰되는 것을 방지하는 순기능도 하였

다. 『상서(尚書)』의 일부 편을 두고 한 말이지만, 『맹자』에는 문헌의 자면
(字面)을 맹신하는 것을 경계한 말이 있다. 조선 후기의 문헌학적 방법도
소학과 함께 '의리'에의 조회를 여전히 중시하였다. 소학과 '합리'의 결합
은 소학의 번쇄한 논리에 빠져들거나 혹은 '합리'의 자의적 해석에 편향하
지 않도록 논리적 객관성을 유지하는 데 일정한 기여를 하였다.

　한 예를 들어보자. 『논어』 「태백(泰伯)」편에 "민가사유지(民可使由之), 불
가사지지(不可使知之)"라는 구절이 있다. 이 구절은 우민화(愚民化) 정책을
표방한 말이라고 종종 인용된다. 그 근거는 후한 때 경학대사(經學大師)였
던 정현(鄭玄)이 '민(民)'은 명(冥：어둡다)의 뜻이고, '유(由)'는 따른다는 뜻이
라고 분석한 데서 기인한다. 그는, 인민을 올바른 도리로 가르치면 그들이
반드시 따르지만, 만일 그 본래(本來)를 알게 되면 인민이 혹 가벼이 여겨
실행하지 않을 수 있기에 인민들에게 정책 입안의 이유를 알려주어서는
안 된다고 하였다.

　하지만 후한의 장빙(張憑)은 위정자가 덕(德)으로 정치를 하면 인민은 각
기 제자리를 얻어 그 은혜의 발원자를 의식하지 않고 만족스럽게 나날을
보낸다고 하였다. 즉 윗 글을 우민화의 뜻으로 보지 않았다. 나아가 위(魏)
의 하안(何晏)은 '유(由)'를 '용(用)'이라 보고, "사용하게는 할 수 있어도 알
수 있게 할 수는 없다는 것은 백성이 일상 사용하지만 알 수는 없다는 뜻
이다"라고 하였다. 양(梁)의 황간(皇侃)은 하안의 설을 부연하여, 백성이 천
도(天道)를 사용하여 생활하지만 그 깊은 뜻을 알 수는 없다고 풀이하였다.
남송의 주희(朱熹)는 황간의 주석을 계승하여, 인민들은 당연의 이치를 따
르도록 시킬 수는 있어도 그 소이연을 일일이 알게 할 수는 없다는 뜻으
로 해석하였다. 우민화 정책이 아니라고 본 점에서는 장빙·황간과 같다.
근세의 환무용(宦懋庸)은 아예 원문을 '민가(民可), 사유지(使由之). 불가(不可),
사지지(使知之)'로 끊어 읽고, "백성들에 대하여 백성들이 좋다고 여기는
것은 스스로 그것에 따르도록 하고, 좋지 않다고 하는 여기는 것은 그것을
이해시킨다. 혹은 이렇게 해석할 수 있다. 세론(世論)이 좋다고 여기는 것은

함께 그것에 따르도록 하고, 세론이 좋지 않다고 여기는 것은 그것을 이해시킨다"라고 해석하였다.

정약용(丁若鏞)은 성인의 마음이란 지극히 공정하여 사심이 없으므로 우민화 정책이 있을 수 없다고 하였다. 도체(道體)가 지극하기 때문에 모두다 알 수는 없다는 뜻이지 고의로 숨기려고 하는 것이 아니라고 본 것이다. 여기서 정약용은 종전의 주석들을 대조하는 문헌학적 방법을 이용하였으되, 성인의 이상을 상정하여 두고 그것에 비추어 보는 합리의 설도 함께 활용하였다.

조선 후기에는 전통 문헌학의 방법을 토대로 박학(고증학)을 수용하였다. 박학은 하나의 증거는 입론의 근거로 삼을 수 없다는, 귀납 분석의 원칙을 수립하였다. 추사(秋史) 김정희(金正喜)는 그 점을 잘 알고 있었다. 그는 「석노시(石砮詩)」에서 "토성의 유적은 비정하기 어렵지만, 고증(孤證)이 있으니 강통할 수 있지[土城舊蹟殊未定, 得此孤訂猶強通]"라 말하고, "그래도 낫군, 조천 전설의 기린석이 비단 강물빛 때문에 주몽과 연관지어지는 것보다는[勝似朝天麒麟石, 江光如練訛朱蒙]"이라고 하였다. 기린석을 주몽(朱蒙) 고사에 연결시키는 데는 아무 증거가 없지만, 청해(靑海) 토성 유지를 비정할 때는 석부(石斧)·석촉(石鏃) 등의 '고증(孤證)'이 있기에 억지로 통해 볼 수는 있으니 그나마 낫다고 한 말이다. 상고사를 논할 때 증거가 불충분한 점을 한탄하는 마음을 드러낸 것이다. 다만 김정희는 그러한 연구방법을 경학 연구에서 구사하지는 않았다.

5. 전통 한학에서의 문헌 교합 방법

전통 학문은 훈고(訓詁)나 의리(義理) 발명에서 기왕의 전주(傳注)들을 상호 대조하고 관련 문헌을 비교하는 방법을 사용하였다. 그것은 바로 고증 (孤證)에 의한 입론을 배격하는 태도를 체득한 결과였다. 앞서 언급한 퇴계 이황의 예에서 그 사실을 알 수 있다. 그리고 18세기 말 이후 송학(宋學)을 비판하거나 보완하기 위해 한학(漢學)을 적극적으로 수용하면서부터는 구 주(舊註)를 집록(輯錄)하는 방법이 널리 활용되었는데, 연관 정보를 보설(補 說)로서 가능한 한 많이 채록하여 훈고·해석의 설득력을 강화하려는 태도 가 잘 드러난다.

조선 후기의 조선 한학은 독자적인 문헌학을 확립하여, 전근대 동아시 아의 보편적 가치 준거였던 경전을 재해석하여 새로운 의리지학(義理之學) 을 확립하고자 다각도로 모색하였다. 특히 정조 연간에는 중국에서 발전 도상에 있던 고거지학(考據之學)에 대한 관심이 고조되었다.[11] 정조의 경학 연구는 내부전통과 외부영향의 두 요소를 결합하여 매우 독특한 방법론을 형성하였다. 1790년에 정조는 신료들에게 자신의 지향에 관해 다음과 같 은 말을 하였다.

> 나는 일찍이, 경전을 연구하고 옛날의 도를 배워서 성인의 정미한 경지를 엿 보고, 널리 인증하고 밝게 변별하여 천고에 판가름 나지 않았던 안건을 결판내 며, 호방하고 웅장한 시문으로 빼어난 재주를 토로하여 작가의 동산에 거닐어 조화공의 오묘한 기법을 빼앗는 것, 이것이야말로 우주간의 세 가지 유쾌한 일 이라고 여겼다.[12]

곧 정조는

① 경전을 연구하고 옛날의 도를 배워서 성인의 정미한 경지를 엿보는 일,

---

11) 심경호, 「정조의 경학 연구 방법에 관한 규견」, 『정조시대의 재조명』(한림대 태동고전 연구소 2004년 학술심포지움), 2004.11.12, 19~53면.
12) 正祖, 『弘齋全書』卷162(『한국문집총간』본) 「日得錄」. "予嘗以爲, 窮經學古, 而窺聖 人精微之蘊, 博引明辨, 而破千古不決之案, 宏詞雄文, 吐露雋穎, 而步作家之苑, 奪造 化之妙, 此乃宇宙間三快事."(徐浩修 기록)

②널리 인증하고 밝게 변별하여 천고에 판가름나지 않았던 안건을 결판내는 일,
③호방하고 웅장한 시문으로 빼어난 재주를 토로하여 작가의 동산에 거닐어 조화공의 오묘한 기법을 빼앗는 일,

의 세 가지를 도문학(道問學)에서 추구하였음을 알 수 있다. ③은 ①②를 기반으로 한 도문일치(道文一致)의 문학실천을 말한 것이고, ①②는 경학 연구와 관계된 것이라 하겠다. 그런데 ①②는 서로 연관을 맺으면서도 경학의 방법에서 약간 상이점이 있다. 즉 ①은 성인의 도리를 체득하는 일이라고 한다면, ②는 경학의 연구방법에 관한 문제에 관계되어 있다. ②에서 말하고 있는 것은, 경학과 관련된 난문(難問)을 검토하여 정의(正義)를 확정하는 일을 과제로 삼겠다는 뜻이다. ①과 관련하여 정조는 초록(抄錄)과 풍송(諷誦)의 방식을 사용하였다. 실제로 정조가 이자도(理自到)를 체험하였는지는 단언할 수 없다. 하지만 초록과 풍송의 방식을 즐겨 사용한 점에서 그 자신의 구도적 열정만은 충분히 느낄 수가 있다.

한편 ②를 보면, 이미 정조는 경학의 세계가 균질적인 것이 아니라 천고에 해결되지 못한 안건들로 가득할 만큼 균열이 나 있음을 인식하고 있었음을 알 수가 있다. 곧 이 발언에는 경학 세계의 균열을 그대로 방치하는 한 ①의 지향도 이루기 어렵다는 회의를 담고 있는 것이다. 이 ②야말로 정조의 경학연구방법론의 근간을 이루는 코어(핵)라고 말할 수 있다.

한편 정조는 당대의 학문이 나아갈 방향을 지도하고자 하였다. 그 구체적인 방법으로 정조는 플러스와 마이너스의 두 극을 세우고 플러스의 극으로 수렴하게 하려는 '회극(會極)'의 방법을 취하였다. 플러스의 극은 주자학이며 마이너스의 극은 속학(俗學)이다. 정조는 주자학의 정통을 잇고 학문을 진작하여야 하겠다는 것이 확고한 의지였다. 하지만 모든 학술사상을 통제하려는 것은 그의 의도가 아니었다. 극을 세우고 그쪽으로 되도록 수렴하게 하는 방식이 그의 독특한 운영지침이었다.

한편 19세기 초 강화학파의 학자 신작(申綽)은 고주(古註)를 집록하는 일

에 전념하였다. 그래서 정약용은 그의 작업이 벌레 다리나 물고기 지느러미를 헤아리는 듯한 충어지학(蟲魚之學)으로 전락하지 않을까 우려하였다. 하지만 신작의 학문 방법은 기견(己見)을 먼저 세우는 속류 학풍을 비판하는 '순실하게 옛것을 좋아하고 소박하게 참을 추구하는[純實好古, 樸素任眞]' 태도로서 일정한 의의가 있다. 신작 스스로 자신의 학문은 의리에 소략하다고 하였다. 거대 담론을 자제하였다는 뜻이다. 하지만 그의 집록이 결코 옛 주석의 무오류성을 인정한 것이 아니었다. 그는 무근거한 입론을 회피하였으며, 그 자체로서 실증주의적인 성격을 구유하였다. 그는 가능한 한 자기 견해를 내세우지 않고, 옛 주석을 선별하여 집록하고, 이설을 병존함으로써 그 종위(從違)를 후인이 결정하도록 하였다. 그러한 방법은 '옛것을 가지고 옛것을 바로잡는다[以古訂古]'는 원칙을 수립한 것이라고 말할 수 있다. 그렇기에 담원(薝園) 정인보(鄭寅普) 선생은 그 학문태도를 노자(老子)의 무위자정(無爲自正)의 취지라고 논한 바 있다. 신작은 하곡(霞谷) 정제두(鄭齊斗)에서 시작된 강화학(江華學)을 이어 '내면을 오로지 하고 자기를 실되게 하는 학문[專內實己之學]'을 추구하되, 경학을 전문으로 삼아 조선 박학(樸學)의 종(宗)으로 추대되기에 손색이 없는 학자였다.

신작은 성리학을 배격하고 한유(漢儒)의 학을 이어 고거(考據)에 치중하여 마치 청의 건가(乾嘉) 연간 학자들이 수립하였던 것과 유사한 학풍을 조선에서 열었다. 신작은 일견 순수 학문의 고수자인 듯 하지만, 실은 그의 학문 태도는 문헌의 뜻을 왜곡하는 속류 학풍을 경계하고, 주자학 말류의 관념적 경전해석을 비판하는 의미를 지녔던 것이다.

6. 전통 한학의 체계지향

정약용은 「소학주관서(小學珠串序)」에서 흥미로운 우화를 예로 들어, 지식의 체계성을 강조하였다.[13]

촉나라 동자가 옥구슬 수 천 개를 얻어 기뻐서, 얼마는 품에 품고 얼마는 옷깃에 싸고 얼마는 입에 머금고 얼마는 손에 쥐고는, 동쪽으로 낙양에 가서 팔려고 하였다. 그런데 길에 올라, 지쳐서 옷을 풀어헤치면 품속 것이 땅에 떨어지고, 물을 건너거나 몸을 굽히면 옷깃에 싼 것이 흩어졌다. 우스운 일을 만나 웃으려하고 말해야 할 일이 있어 말하려 하면 머금은 것이 쏟아져나왔다. 또 벌 뱀 전갈 도마뱀 등 해로운 동물들을 갑자기 만나 피하려고 하다가는 손에 쥔 것을 다 잃어버렸다. 이렇게 하여 반도 못 가서 옥구슬을 다 잃고는 슬퍼하며 돌아와 늙은 상인에게 그 사실을 말하였다. 상인은 이렇게 말하였다. "아아 아깝구나. 진작에 내게 오지 않고 어째서 이제 왔느냐? 옥구슬 운반하는 데는 방법이 있다. 신선이었던 원객(園客)의 실을 꼬아 선(線)을 만들고 좀돼지 털로 잠(箴)을 만들어, 푸른 옥은 푸른 실로 꿰고 붉은 옥은 붉은 실로 꿰며, 감색, 검은색, 자주색, 노란색 옥도 제각각 같은 색으로 꿰어, 오나라 무소 가죽으로 꿰를 칭칭 동여매어 보관하여야 한다. 지금 네가 옥을 수십 만 섬을 얻었다 해도 꿰미가 없으면 다 잃어버리게 마련이다"라고

정약용은 구경(九經)·구류(九流)·백가(百家)의 명물(名物)과 수목(數目)을 옥구슬에 비유하고, 그것들을 하나로 꿰는 체계가 없으면 지식이 무용하다고 말한 것이다.

그는 문헌의 대조와 변증, 입론에서 의례(義例) 곧 체재를 중시하였다. 이를테면 『상서』 연구서인 『상서고훈(尚書古訓)』을 편찬할 때에 그는 고이(考異: 자구 검토), 고오(考誤: 취지 검토), 고증(考證: 증거 인용), 고정(考訂: 취지

---

13) 『與猶堂全書』 제2집 제14권 「小學珠串序」.

정정), 고변(考辨 : 쟁점 고찰), 논왈(論曰)·정왈(訂曰)(기존설의 반박), 연의(衍義 : 새로운 입론) 따위의 표출어를 사용하였다. 또한 그는 『상서』의 각 편에 붙어 있는 서문이 완전한지, 진실된지를 논할 때도 유사 양식의 서문들을 대조하는 체례연구법(體例研究法)을 원용하였다.

정약용은 경전 연구에서, 청초(淸初)의 주자비판자 모기령(毛奇齡)의 설이나 일본의 고학파(古學派) 오기우소라이[荻生徂徠] 및 타자이쥰[太宰純]의 설까지 참고하되, 단순한 인증에 그치지 않고 체례를 세웠다. ① 장구의 해설을 위하여 정설로 채택한 구설(舊說)을 들고, 자신의 설을 새로 제기할 필요가 있으면 보론(補論)을 붙인다. ② 통용되는 구설이 불합리할 때 변박(辨駁)을 가한다. ③ 후대의 설 가운데 정설을 지원할 수 있는 것을 인용한다. ④ 예상되는 반론에 대하여 예상 논거를 질의(質疑)함으로써 반론을 막는다. ⑤ 정설에 부합하는 후대의 인용례들을 열거하여 인증(引證)한다. ⑥ 정설로서 채택하지 않았지만 일설(一說)로서 갖추어 둘 만한 설을 소개하거나, 정설과는 배치되는 설이되 그 시비를 논단할 증거가 없어 의문으로 남겨두어야 할 이설을 소개한다. 즉 고이(考異)를 수행한다.

일례로 정약용이 『논어고금주』에서 「위정(爲政)」편 '공호이단(攻乎異端)' 장을 논한 입론 방식을 보면 다음과 같이 매우 치밀하다.

정약용은 우선 '공(攻)'자에 대하여 주희의 『논어집주』를 따라, 북송의 범조우(范祖禹)의 '전공(專攻)'설을 정설로 삼되, 보론(補論)에서 "이단이란 백가중기(百家衆技)를 가리키며, 양(楊)·묵(墨)·불(佛)·노(老)를 말하는 것이 아니다"라는 새로운 설을 주장하였다. 이것은 오기우소라이와 타자이쥰의 설을 수용하고, 『논어집주』의 설을 배격한 것이다. 정약용은 인증 부분에서 타자이쥰의 『논어고훈외전(論語古訓外傳)』에 실린 『공자가어』의 예를 재인용하였다. 다음으로 정약용은 형병(邢昺)의 소(疏)가 이단을 제자백가 서적으로 본 설이 잘못임을 변박하였다. 이것은 타자이쥰이 형병 소와 황간(皇侃)의 설을 부분 인정한 것과 달리, 제자백가가 공자 시대에는 문호를 세우지 못하였다고 하여 완전 부정한 것이다. 정약용은 『논어』 어구에서 '따름이다(也已)'라고 한 어법(語法)의 수사적 측면과 공자의 관련 언술을 입론의 근거로 삼았다. '해로울 따름이다'란 어투는 엄하게 금단하는 뜻이 아니므로 여기서 말한 이단은 흔히 말하는 이단이 아니라는 것이다. 이 뒤에 정약용은 육구연(陸九淵)의 말을 인용하여 이단이 곧 다단(多端)의 뜻이라고 강조하였다. 육구연은 주희의 격물치지론이 '하나의 단서'인 요순의 도를 깨닫지 못한 채 외부 대상을 인식하려고 번쇄한 작업을 행한다고 비판하였다. 정약용이 그의 말을 인용한 것도 그 관점에 동조하였기 때문이었을 것이다.

정약용은 공(攻)을 공격(攻擊)이라고 주장할 반론을 예상하여, 『주례(周禮)』「고공기(考工記)」의 용례를 들어 공(攻)이 전공(專攻)의 뜻임을 반증하였다. 또한 명의 원황(袁黃)의 설을 『논어고훈외전』에서 재인용하여, 이단이 양·묵·불·노를 가리키는 말이 아니라고 못박았다. 그리고 정약용은 다시 한(漢)·진(晉) 유가들이 이단(異端)이란 말을 사용한 예들을 들어, 그 시대에는 이단이 양·묵·노·불을 가리키지 않았음을 밝혔다. 그리고 「고이(考異)」 부분에서 공(攻)을 공격의 뜻이라고 논한 모기령(毛奇齡)의 설을 일설로 갖추어 두었다.

이렇게 정약용은 자신의 설을 주장하기 위해 기존의 학설들을 충분히 비판적으로 검토하였다. 참고할 수 있는 모든 설을 그 근본심리에 이르기까지 내재분석하여 시비를 가린 태도는, 함부로 자기 견해를 내세우는 일과는 거리가 멀다. 그것은 자기검열·자기한정을 극복하려는 지성의 고투의 모습을 담고 있다.[14)

---

14) 사실 정약용은 당색(黨色)이 다른 학자들과도 학문적 토론을 주저하지 않았다. 해배되어 온 1819년 이후로 그는 소론계 학자인 석천(石泉) 신작(申綽)에게 『상례사전(喪禮四箋)』을 보여주어 품평을 받았고 『상서』·『주역』에 대하여 논하였다. 또 노론계 학자 김매순(金邁淳)에게 『매씨서평(梅氏書平)』과 『상례사전』에 대한 비평을 청하였고, 안동김씨계의 주변 신료였던 홍석주(洪奭周)에게 『매씨서평』과 『아언각비(雅言覺非)』의 논평을 청하였다. 홍석주에게서 염약거(閻若璩)의 『고문상서소증(古文尚書疏證)』을 빌어본 뒤로는 고문상서 연구를 전면적으로 다시 시작하였다.

정약용은 단순히 머리가 희도록 경전 글구만 판 것[皓首窮經]이 아니었다. 스스로 지어둔 묘지명(墓誌銘)에서 "육경사서(六經四書)는 자기 자신을 닦기 위한 것이고 일표(一表)·이서(二書)는 천하국가를 위한 것이니 그로써 본말을 갖추었다"고 하였다. 그의 경전 연구는 경세의 목적을 관철하려는 뜻에서였다. 그 목적의식이 강하여 훈고를 그르친 면도 없지 않다. 또한 경전 연구에서 대인(大人)이나 목민(牧民)의 전형을 발견하려 하였지 민(民) 자체의 역동적인 힘을 읽어내는 못하였다. 하지만 그가 학문연구를 통하여 당대 현실의 문제를 해결할 방도를 모색하려 한 태도는 오늘날에도 전형을 보여주었다고 생각된다.

학문의 연구에는 경세가(經世家)의 태도와 경사(經師)의 태도가 있을 수 있다. 현대의 경세가란 과거와 현재의 제 사실을 연구하면서 현재적 문제를 개선하고 전망을 제시하고자 실천하는 학자이다. 이에 비하여 사실을 있는 그대로 다루되 미래에의 전망을 논하지 않는 실증주의적 태도는 경사의 그것과 유사하다. 그 둘은 배타적이기보다는 상보적이다. 하지만 경사의 태도라고 하여도 현실의 결함계(缺陷界)에 대한 우환의식(憂患意識)을 버릴 수가 없다. 그 사실은 오늘날 학문하는 사람들이 염두에 두지 않으면 안 된다.

7. 전통 문헌학의 특징과 그 서술 방안

조선 후기 지식인들은 청대 학자들의 주자학 비판에 대하여 지나치게 거부반응을 보였다. 그 결과 소학의 방법론을 적극적으로 채용한 청대 고증학에 관심을 가지고 일부 성과를 채용하면서도 대체로 고증학 자체의 본질과 그 근대적 성격에 대해서는 명확한 인식이 없었다. 즉 고증의 방법을 세련화시키지 못하고 문헌 연구를 당대 문제의 해결에 무매개적으로 연결시키려 하는 의도가 앞서서, 실증적·귀납적 연구방법을 더욱 발전시키지는 못하였다.

이를테면 18세기 중엽에 청초의 주희 매도자인 모기령(毛奇齡)의 경학설이 소개되자, 조선조의 지식인들은 그의 인격적 결함에 지나치게 반응하여, 그 경학연구 방법의 근본지향을 극렬하게 비판하였다. 당시 청조가 주자학을 성학(聖學)으로 내걸어 학술사상을 통제하던 상황이었기에, 모기령 이후 발달한 고증학이 주자학을 비판한 것은 곧 청조에 대한 소극적 저항의 의미를 지녔다고 연암(燕巖) 박지원(朴趾源)은 논하였으나, 그러한 견해는 일부에 불과하였다. 정조는 지식계층의 학문을 대용(大用)의 학(學)으로 수렴시켜 정국과 학술계를 통합하고자 하였으므로, 모기령의 경학설을 비판하였다. 이덕무(李德懋)는 모기령의 일부 학설을 진위(眞僞)에 따라 취사하였지만, 모기령이 송학을 매도한 일은 스스로 죄악의 구덩이에 빠진 것이라고 하였다. 홍석주(洪奭周)와 김매순(金邁淳) 등 노론계 경기학인(京畿學人)들은 의리지학(義理之學)의 전통을 계승하고자, 모기령 이하 명청의 고증적 경향의 학자들을 혹독하게 비난하였다. 정약용도 한학과 송학을 두루 참고로 하는 과정에서 모기령의 경학설을 적극적으로 참고하되, 명물훈고의 번쇄한 학문을 배격하고 의리학을 경세학의 방향으로 강화시켰다. 이렇게 전통 학술은 용불용(用不用)의 관점을 탈각한 순수 진위론을 수립하기 어려웠다. 실상 경세론의 진실성·설득력을 높이려면 기초학과 순수 진리론이 지닌 보완적 가치를 인정해야 할 것이다.

우리의 전통 학문은 독자적으로 문헌학적 연구방법을 발전시켜 왔고, 부족한 점이 없는 것은 아니지만, 그것이 지성사의 전진에 큰 기여를 한 것 또한 사실이다. 다만 문헌학적 연구방법은 문헌으로 전하는 자면(字面)만 다루어서는 안 된다. 문헌에 결락이 있는 경우 그 결락의 내용을 추정하고 그 결락의 이유를 밝히는 것도 문헌학적 연구방법의 주요한 방식이다. 문헌학적 방법을 활용할 때 이 점은 특히 보완하지 않으면 안 된다.

본 연구는 전통 학술사상 및 한문학의 토대를 이루어 온 기초학의 역사적 전개를 다음 네 가지 국면에 따라 체계적으로 설명하고자 한다.

　－한국 한자학사 연구
　－한국 한자음운학사 연구
　－한국 훈고학사 연구
　－한국 문헌학 방법의 역사 연구

본 연구는 이상과 같은 4개 국면에 초점을 맞추어 한국 전통학술 및 문학의 기초학사를 서술하면서, 단대사(斷代史)별로 시대적 특징을 개괄한다.

앞으로 이 연구를 통하여 전통학술 및 한문학에 반영된 지식학의 체계와 그 발달사를 체계적으로 설명하고 그 방법론을 현대에 발전적으로 계승하는 방안을 마련할 것이다. 한국학의 독자적 '방법'을 발견함으로써 한국학의 자기 정체성을 확립할 수 있으리라고 기대된다.

한국한문학 연구의 몇 가지 과제

황 위 주

1. 머리말―한문학 연구의 반성적 회고

한국 한문학이 본격적으로 연구되기 시작한 것은 1970년대 이후부터라
고 할 수 있다. 이전에도 물론 적지 않은 연구가 있었고, 초창기 연구자들
이 저술한 몇몇 한문학사가 아직까지도 심대한 영향력을 행사하고 있기는
하다. 그러나 이전의 연구는 한글로 된 것이라야 우리 문학일 수 있다는
국문학계 전반의 도도한 편향적 논리에 밀려, 일부 학자들이 개별적 차원
에서 소극적으로 수행했을 뿐, 한국 한문학을 전문적으로 연구하는 학과
도 없었고, 전공도 없었으며, 그렇다고 독립된 학회도 존재하지 않았다.

1970년대 이후에는 사정이 다소 달라졌다. 공교육에서 한문 교과를 홀
대한 부작용이 심각하게 나타나면서 민족문화추진회 같은 기관의 활동이
본격화되었고, 중등학교에서 한문을 독립 교과로 분리하여 가르치기 시작

하였으며, 대학에 학과를 설립하고 이들이 한국한문학회를 조직함으로써 이 분야 연구자들이 활동할 수 있는 터전이 마련되었다. 국문학계에서도 한글로 된 것만 우리 문학일 수 있다는 일방적 논리에 반성이 일기 시작하였다. 지난날 명성이 드러난 대부분의 문인들이 그 시대의 대표적 한문 문인이었고, 그들 문학의 정수가 바로 한문 기록 속에 농축되어 있음을 자각하였던 것이다.

그러나 이때도 한글로 된 것이라야 우리 문학일 수 있다는 전제를 제대로 극복하지는 못하였다. 한글 문학이 핵심이고 한문 문학은 이를 보완하는 부차적인 것일 수밖에 없다는 생각이 여전히 강하게 자리잡고 있었다. 그래서 한문학 작품 자체에 대한 본격적인 연구보다 시화서 등을 통해 문학이론과 비평을 탐색하는 우회적 연구가 중심적 영역을 차지하였고, 저명한 한글 문인들의 한문학 활동에 대한 보조적 연구가 성행하였으며, 여기에서 일정하게 비켜서 있던 순수 한문학자들에 대한 연구는 여전히 소홀하였다. 한글 창제 이전에는 한문학도 우리 문학으로 간주하고, 한글 창제 이후에는 한글로 된 것만 우리 문학으로 보자는 임시방편적 논리가 공공연히 제기된 것도 바로 이 당시였다.

이런 논리적 한계를 극복하고 한문 문학 전체를 조건 없이 연구해야 마땅하다는 인식은 1980년대 이후 보편화되기 시작하였다. 한글 문학과 관련된 일부 보조적 작품만 연구해서는 지난날 우리 문학의 실상에 부합하는 온전한 문학사 서술이 어렵다는 것을 절감한 결과였다. 그래서 전국에 걸쳐 다시 한문학과를 설립하고, 지역과 학과를 중심으로 한국한문교육학회 교남한문학회 등 새로운 학회를 결성하기 시작하였으며, 이들 전문 인력들을 중심으로 마침내 한문학 활동 전반에 대한 전면적인 연구를 광범위하게 진행할 수 있게 되었던 것이다. 이 점에서 한국 한문학에 대한 본격적 연구는 1980년대 이후 전국에 걸친 한문학과의 설립과 그 궤를 같이한다고 해도 과언이 아닐 듯 하다.

1980년대 이후 한문학 연구는 이전부터 지속되어 온 시화와 비평 문학

이론 등에 대한 연구를 꾸준히 확대 심화시키는 한편, 그 동안 주목하지 못했던 다양한 작가와 작품 군으로 그 연구 대상을 확장시켰다는 데 중요한 특징이 있다. 한글 문학과 관련이 깊은 악부시나 한역시 등에 대한 연구는 물론이고, 한글 문학 활동과 거리가 먼 작가들의 작품세계를 제한 없이 골고루 들추어내었다. 그 동안 서구적 문학 논리의 틀에 가려져 있던 필기 일화 소품 및 일반 산문을 두루 가치 있는 연구 대상으로 부각시켰고, 경서 주석을 비롯한 경학 전반에 대한 연구도 주요 연구 분야의 하나로 자리를 잡았다. 전통시대의 문학 활동과 글쓰기 전체가 한문학의 주요 연구 대상으로 두루 편입되었던 것이다.

그러나 1980년대 이후의 한문학 연구는 양적인 성장과 비례할 정도로 질적인 수준 향상을 동시에 이룩하지는 못하였다. 연구자들의 한시문에 대한 독서의 폭과 이해 수준이 별로 개선되지 못했고, 이 때문에 한시문의 예술적 성취 수준과 그 가치에 대한 평가가 여전히 피상적이고 공허하였다. 시대와 대상을 달리한 무수한 작가론이 발표되었지만, 방법과 논리가 식상할 정도로 한결같았고, 금과옥조처럼 적용해 온 현실주의와 근대의 논리를 대체할 다른 어떤 방법적 대안도 찾지 못하였다. 한문학 활동과 깊이 연계되어 있던 몇 가지 중요한 배경적 문제가 여전히 주요 연구 대상에서 제외되었음은 물론이다.

이제 우리는 그 동안의 연구 경험을 반추하고 새로운 연구를 위해 다시 한번 자세를 가다듬을 때가 되었다. 한시문에 대한 이해의 역량을 획기적으로 개선할 수 있는 방안을 강구해야 하고, 정체된 한문학 연구를 타개할 수 있는 새로운 방법론을 고민해야 하며, 여전히 주요 연구 대상에서 소외되어 있는 전통시대의 한학적 기반 전체로 시야를 확대해야 한다. 본고는 이런 성찰을 근거로 우선 현 단계 한문학 연구에서 비교적 손쉽게 제기할 수 있는 몇 가지 배경적 연구 영역을 제시해 보고자 한다. 지금까지 줄곧 한문학 연구의 중심에서 밀려나 있던 문학 관련 전적의 편집과 간행, 과거 시험과 문학활동, 고문서류와 한국식 한문 등이 그것이다. 이런 문제는 기존 한문학 연구의 획일성과 폐쇄성을 극복하고 그 지평을 확장하는데 부분적으로나마 기여할 수 있을 것이다.

2. 과제 1─문학 관련 전적의 편집과 간행

문학 관련 전적의 편집과 간행 문제는 아직까지 한문학계에서 특별히 관심을 가져본 적이 없는 과제이다. 그 동안 한문학계에서는 한글로 된 것이라야 우리 문학일 수 있다는 편향된 논리를 강하게 의식하면서 한문학의 중요성과 그 가치를 보다 효율적으로 증명하는 연구에 주력하였다. 한글 문학 작품 보다 더 우리의 삶에 밀착되어 있고, 예술적 성취도가 더 높으며, 한글 문학에서 기대할 수 없는 문학이론과 비평을 찾아내는 등의 연구에 치중하였다. 이런 전반적 연구 경향 속에서 구체적 창작 활동과 다소 거리가 있는, 문학 관련 전적의 편찬 간행 문제가 본질적 연구 영역으로 주목받기는 어려웠다

그러나 어떤 시대에 어떤 작품집을 주로 읽고 또 어떤 시문선집을 편찬 간행하였던가 하는 등의 문제는 그 자체가 바로 중요한 문학 현상 중의 하나이다. 그리고 이것은 개별 작가의 구체적 작품을 통해서는 간파하기 어려운, 한 시대의 독서 행위와 문학적 체험 내용 전반을 총체적으로 검증하는 작업이 될 수 있으며, 이를 통해 문학사 전개의 외피적(外皮的) 현상 이면에서 문단의 문학 활동 방향을 암시하고 또 개인의 창작 활동을 추동(推動)한 그 원천을 밝히는 일이 될 수 있기 때문이다. 이 점에서 우리는 문학 관련 전적의 편집과 간행 실상을 중요한 연구 대상의 하나로 고려할 필요가 있다.

예컨대, 삼국시대의 경우 소명태자의 『문선(文選)』을 즐겨 읽었다는 기

록이 도처에 나타난다. 고구려에서 『문선』을 특별히 애지중지했다는 것이나 강수(强首)가 스승에게서 『문선』을 배웠다는 기록 등이 그런 것이다. 이것은 작품이 거의 남아 있지 않은 삼국시대의 시문학이 대략 『문선』에 대한 독서 경험에 기초하고 있음을 시사하는 단서이다. 이밖에도 『문선』의 독서와 관련된 사항은 대단히 많다. 신라의 국학에서 『문선』을 교육한 것을 비롯하여, 조선시대에 『문선(文選)』·『선시연의(選詩演義)』·『선시(選詩)』 등 다양한 문선류의 시문선집을 거듭 간행한 기록이 모두 그런 것이다. 그러나 한문학계에서는 『문선』의 실체와 성격 및 그 문학사적 기능에 대한 연구를 한번도 온전히 시도한 적이 없다.

남북국시대 신라에서 『문관사림(文館詞林)』과 『문심조룡(文心雕龍)』을 입수해서 읽었다는 것도 이 시대 문학사의 변화된 모습을 파악하는데 매우 중요하다. 『문관사림』은 당나라 측천무후 때 허경종(許敬宗)이 편찬한 방대한 시문선집으로, 『문선』에 수록되지 않은 남북조 및 수당시대의 각종 시문을 광범위하게 수록하였으며, 『문선』으로 충족시키기 어려운 새로운 문체와 작품 양식을 다양하게 포괄하였다. 『문심조룡』은 양(梁)나라 유협(劉勰)이 편찬한 수준 높은 문학이론서로, 다양한 한시문의 유래와 그 특징을 50여 개 조항으로 구분하여 서술한 것인데, 특히 산문 문체의 양식적 특징을 이해하는데 요긴한 책이다. 따라서 이 두 책은 남북국시대의 문학활동이 이전과는 다른 수준에서 전개되었을 가능성을 암시하는 핵심 자료라고 할 것인데, 『문관사림』에 대해서는 아직까지 아는 사람이 많지 않고,1) 『문심조룡』과 신라 한문학의 상관성을 검토한 연구도 아직 찾아보기 어렵다.

고려 전기에는 『양웅집(楊雄集)』·『반고집(班固集)』·『조식집(曹植集)』·『사령운집(謝靈運集)』 같은 개인문집뿐만 아니라 『익부기구전(益部耆舊傳)』·『양양기구전(襄陽耆舊傳)』·『수신기(搜神記)』 같은 산문집 및 『고금시원영

---

1) 黃渭周, 「'文館詞林'의 實體」(『韓國의 哲學』 19집, 경북대 퇴계연구소, 1991)가 이 자료를 검토한 유일한 논문인 듯 하고, 최근 중국의 羅國威가 『日藏弘仁本'文館詞林'校證』(중화서국, 2001)이란 교주본을 낸 적이 있다.

화(古今詩苑英華)』·『문원영화(文苑英華)』 같은 새로운 시문선집을 다양하게
반입하였다.[2] 이런 책들은 현존하는 문집이 거의 없는 고려 전기 한문학
계의 독서 경향과 문예적 지향을 가늠하는데 매우 유용한 척도가 될 수
있다. 특히 선종 2년(1084)과 7년(1090) 두 차례에 걸쳐 반입한『문원영화』는
38개 문체 2만여 편의 작품을 수록한 1,000권의 방대한 시문선집으로,『문
선』에 수록되지 않은 당나라 이후의 작품이 90% 이상을 차지하고 있다.[3]
따라서『문원영화』의 반입과 독서는 고려 전기 문학활동이『문선』에 근거
했던 이전 시대와 어떻게 다를 수 있는지 규명하는데 중요한 단서가 될
수 있다. 그러나 아직 어디에서도『문원영화』의 간행과 그 문학적 영향에
대한 연구를 찾아보지 못하였다.

　『삼체시(三體詩)』·『영규율수(瀛奎律髓)』·『연주시격(聯珠詩格)』 등도 마찬
가지다.『삼체시』는 송나라 주필(周弼)이 칠언절구 칠언율시 오언율시 등
세 가지 시체의 작품 약 500여 수를 선집해 놓은 것이다. 전체 작품을 실
접(實接)·허접(虛接)·용사(用事) 등 14가지 표현 격식에 따라 분류하였고,
각 격식별로 작품의 구성과 표현 상의 특징을 낱낱이 설명하여, 한 눈에
한시의 예술성과 형식미 탐색에 공을 들인 책임을 간파할 수 있다. 그런데
조선전기에만 이 책을 경향 각지에서 15회 이상 간행하였고,[4] 안평대군이
이를 참고하여『팔가시선(八家詩選)』과『향산삼체법(香山三體法)』이란 주목
할만한 시선집을 따로 편찬할 정도로 영향력이 지대하였다. 그리고 이런
사실을 통해 우리는 조선 초기 한문단의 강한 문예지향성을 검증할 수 있
으며, 문이재도론(文以載道論) 같은 사대부 문학론이 실재 문단의 창작 활
동과 상당히 유리된 선언적 구호였음을 거듭 확인할 수 있다.

　『영규율수(瀛奎律髓)』는 방회(方回)가 오·칠언율시를 49개 제재별로 분
류하고, 각 작품마다 관련 사실과 비평문을 기록해 놓은 것이다.『연주시

---

2)『高麗史』「世家」卷10 '宣宗8年 6月'條의 求書目錄 참조
3) 桂五十郎,『漢籍解題』(明治書院, 1905), 539면,「『文苑英華』해제」참조
4) 朴正敎,「三體詩의 實體와 國內的 受容」, 경북대 교육대학원, 2000, 44면 참조

격(聯珠詩格)』은 우제(于濟)와 채정손(蔡正孫)이 각종 칠언절구를 320여 개의 시격(詩格) 별로 분류 정리한 시선집이다. 모두 근체시의 표현 격식과 형식미를 탐색한 전문 시선집이라고 할 만한데, 이 역시 조선전기에 가장 널리 애독된 대표적 문학교과서였다. 성현(成俔)이 "율시는 『영규율수』가 있고 절구는 『연주시격』이 있다"5)라고 한 것이나, 유희령(柳希齡)이 이 두 책의 편제를 참고하여 『조종시율(祖宗詩律)』과 『대동연주시격(大東聯珠詩格)』이란 시선집을 따로 편찬한 것이 그것이다. 특히 『조종시율』은 강서시파(江西詩派)의 시파적 계승 관계를 작품의 편차에 반영한 것으로, 해동강서시파(海東江西詩派)의 실상을 구명하는데 매우 중요하다.

〈표 1〉 以前詩文選集의 刊行 狀況

書 名	編纂主體	刊行時期	詩文選集의 內容과 特徵
古文眞寶 22권	宋 黃堅	世宗 2년(1419)	善本大字諸儒箋解古文眞寶
文選 30(60)권	梁, 蕭統	世宗10년(1427)	六臣注文選
東人之文 25권	高麗 崔瀣	世宗13년(1430)	고려시대까지의 시문선집
東國文鑑 3권	高麗 金台鉉	世宗22년(1439)	고려시대까지의 시선집
十抄詩 3권	高麗 ?	文宗 2년(1452)	당 신라 30인의 7율시선집
古文眞寶22권	宋 黃堅	文宗2년(1452)	詳說古文眞寶大全
三韓詩龜鑑3권	高麗 趙云仡	成宗13년(1482)	고려시대까지의 시선집
文選 30(60)권	梁 蕭統	成宗年間	五臣注文選
文選 30(60)권	梁 蕭統	中宗 4년(1509)	五臣注文選
文苑英華 千권	宋 李昉	中宗31년(1536)	梁末-唐詩文選集. 明板本
文選 30(60)권	梁 蕭統	明宗8년(1553)	李善注文選

〈표 2〉 中國 詩文選集의 搬入 刊行 狀況

書 名	編纂者	刊行時期와 場所	詩文選集의 內容과 特徵
古文眞寶	元 林楨	世宗2년(1420년)	善本大字諸儒箋解古文眞寶
宋名賢五百家集		世宗5년(1423)	宋祖名賢五百家播芳大全文集.
文章正宗	宋 眞德秀	世宗10년(1428)	左傳-唐末까지의 문장선집.
選詩演義 2권	宋 曾原一	世宗16년(1434)	文選 詩를 다시 選集 註釋
三體詩 6권	宋 周弼	世宗18년(1436)	唐 七絶七律五律3體詩選集
詩人玉屑	宋 魏慶之	世宗21년(1439)	송대 시화서. 많은 시 수록
選詩14권	元末明初 劉履	世宗24년(1442)	文選詩의 選註 補遺 續編
古文眞寶22권	宋 黃堅	文宗2년(1452)	善本과 다른 詳說古文眞寶大全
楚辭後語	?	端宗2년(1454)	내용 미검증
文章正宗	宋 眞德秀	世祖年間	內閣 左傳-唐末까지의 문장선집.
古文眞寶	宋 黃堅	成宗3년(1472)	詳說古文眞寶大全
瀛奎律髓49권	元 方回	成宗6년(1475)	唐宋時代 5~7언 근체시선집
文章類選	明 慶王旃	成宗6년(1475)	59체의 문장선집

5) 成俔, 『虛白堂文集』 卷6 「風騷軌範序」, "律詩則有瀛奎律髓 絶句則有聯珠詩格."

文翰類選163권	明 李伯璵	成宗11~17入手	明代까지의 시선집
宋朝文鑑		成宗12년(1481)	
聯珠詩格20권	元 于濟	成宗14년(1483)	당송 칠언절구 전문시선집
鼓吹續篇	편자미상	成宗14년(1483)	永樂甲辰에 新錄된 책 印出
詩學大成	元 毛直方	成宗20년(1489)	六朝—明代의 시선집
唐詩鼓吹10권	金 元好文	成宗年間	唐 칠언절구 전문시선집
文選 30(60)권	梁 蕭統	成宗年間	五臣注文選
詩學大成	元 毛直方	燕山2년(1496)	六朝—明代의 시선집
聯珠詩格	元 于濟	燕山8년(1502)	精選唐宋千家聯珠詩格
三體詩	宋 周弼	燕山11년(1505)	당 七絶七律五律3體詩選集
瀛奎律髓	元 方回	燕山11년(1505)	당송 5~7언 근체시선집
唐詩鼓吹	金 元好文	燕山11년(1505)	唐 칠언절구 전문시선집
鼓吹續篇3권?	편자미상	燕山11년(1505)	현존 下卷은 7언율시선집
元詩體要14권	明 宋緒	燕山11년(1505)	元詩의 시체별 선집
唐音 14권	元 楊士弘	燕山11년(1505)	全唐의 고—근체시선집
詩林廣記20권	宋 蔡正孫	燕山11년(1505)	당송 59인의 詩(話) 선집
文選 30(60)권	梁 蕭統	中宗4년(1509)	五臣注文選
古表精粹	?	中宗13년(1518)	金安國이 사와서 印頒 요청
文苑英華千권	宋 李昉	中宗31년(1536)	梁末—唐詩文選集. 明板本
古文苑 9권?	唐人所編	中宗37년(1542)	당 이전 종합시문선집
古文關鍵	宋 呂祖謙	中宗37년(1542)	당송8대가 중심의 문장선집
瀛奎律髓	元 方回	中宗年間	당송 5~7언 근체시선집
古文軌範		明宗4년(1549)	내용 불분명
文選 30(60)권	梁 蕭統	明宗8년(1553)	李善注文選
文章變體	明 吳訥	明宗10년(1555)	文體明辨類의 종합시문선집
續文章正宗	宋 眞德秀	明宗11년(1556)	鄭柏 選輯, 王祎 校正
唐音		明宗11년(1556)	4월에 頒賜
文章正宗	宋 眞德秀	明宗11년(1556)	左傳—唐末까지의 문장선집
濂洛風雅	元 金履祥	明宗20년(1565)	주자학파 48인의 시선집
唐百家詩	不明	宣祖3년(1570)	내용 미검증
唐詩品彙	明 高棅	明宗宣祖年間	
唐百家詩	明 徐獻忠	明宗宣祖年間	내용 미검증
瀛奎律髓	元 方回	宣祖年間 覆刻本	당송 5~7언 근체시선집

〈표 3〉 새로운 詩文選集의 編纂·刊行 狀況

書 名	編纂主體	刊行時期	詩文選集의 內容과 特徵
絲綸全集	集賢殿學士	世宗24년(1442)	秦漢—明初 制 誥 詔 勅을 선집한 公用文選集
絲綸要集	鄭麟趾	世宗24년(1442)	絲綸全集을 다시 精選한 것
八家詩選10권	安平大君	世宗26년(1444)	李白 杜甫 蘇東坡 등 8명의 시선집
半山精華6권	安平大君	世宗27년(1445)	王安石의 詩選 兼 註釋
梅先生詩選2권	安平大君	世宗29년(1447)	宛陵梅先生詩選. 梅堯臣의 詩選 兼 註釋
山谷精粹	安平大君	世宗年間	黃山谷詩 중 短章之佳者.
東人文寶	成三問	世宗年間	失傳. 한국한문장선집
東文選130권	徐居正	成宗9년(1478)	한국 한시문선집
靑丘風雅7권	金宗直	成宗6년(1475)	한국 한시선집
風騷軌範45권	成俔	成宗15년(1484)	중국고시선집. 전집16권 후집29권.
東文粹135편	金宗直	成宗19년(1488)	한국 한문장선집. 문장135편
香山三體法	安平大君	成宗年間	白樂天의 五律 七律 七絶 등 3體詩選集
古詩選 李希輔		燕山11년(1505)	古詩 중 華麗通暢한 것을 選集
文範 金正國		中宗6년(1511)	史記 漢書 後漢書 각 편의 序文. 私纂
東國名臣奏議	崔淑生	中宗12년(1517)	한국 한문장선집. 간행요청 사실 확인.

續東文選23권	申用漑	中宗13년(1518)	朝鮮 成宗~中宗年間의 한시문선집
大東聯珠詩格	柳希齡	中宗20년(1525)	한국 칠언절구전문시선집 8~20권
宋詩正韻6권	柳希齡	中宗19~23년	현존본에 21인 135수 작품 있음
詩憲源流2권	柳希齡	中宗19~23년	2권 1책. 중국고시전문시선집.
祖宗詩律14권	柳希齡	中宗22년(1527)	14권 2책. 송대 江西詩派詩選集
蘇詩抄2권	柳希齡	中宗25년(1526)	蘇東坡의 한시 92수
韓文正宗	鄭斗卿	中宗27년(1528)	韓愈의 문장선집. 평양에서 간행
大東詩林70권	柳希齡	中宗37년(1542)	한국 한시선집
選文	李山海	不明	중국 文選의 글 再選集
詞頌類聚	金伯幹	宣祖18년(1585)	內容 未檢證

위의 표 1~3은 조선전기 문단의 동향을 파악하는데 참고할 필요가 있다고 판단되는 시문선집의 반입 편찬 간행 상황을 간단히 정리해 본 것이다.6) 이를 보면 이전의 시문선집을 다시 간행한 것이 『문선(文選)』·『문원영화(文苑英華)』 등 약 7종 11회, 중국의 시문선집을 반입 간행한 것이 『문장정종(文章正宗)』·『영규율수(瀛奎律髓)』 등 약 28종 46회, 국내 문인들이 독자적으로 편찬 간행한 시문선집이 『팔가시선(八家詩選)』·『풍소궤범(風騷軌範)』 등 약 25종 25회, 도합 60종 82회의 편찬 간행 사실을 확인할 수 있다. 구체적으로 조사해 보지는 못하였으나 조선후기에는 이보다 훨씬 더 다양하고 특색 있는 시문선집이 편찬 간행되었을 것으로 추측되며, 문인들의 글쓰기 행위에 영향을 끼친 개인 문집과 여타 전적으로 그 범위를 확대할 경우 대상은 더욱 많고 복잡해질 것이다. 그러나 이런 다양한 문학 관련 전적의 편찬 간행 사실을 제대로 검증한 예는 아직 찾아보기 어렵다.7)

이처럼 문학 관련 전적의 편찬 간행 상황을 규명하는 일은, 그것이 비록 개인의 창작 행위와 그 성과를 해명하는 작업은 아니라 할지라도, 특정 시대 문학활동의 구체적 실상을 들추어내는 대단히 중요한 과제임이 분명

---

6) 이것은 『中國詩歌研究』 2輯(中華書局, 2003)에 발표한 황위주, 「關于韓國編纂的中國詩選集的研究」, 226~231면을 참고하여 보완한 것임.

7) 韓國 歷代 詩文選集에 대한 종합적 고찰『정신문화연구』통권68호, 1997)에 수록된 金乾坤 黃渭周 李鍾默 成範重 安大會 등의 논문과 姜慧仙의 「正祖의 詩文集 編纂樣相 研究」(『藏書閣』 3집, 한국정신문화연구원, 2000) 및 황위주의 「夢菴 柳希齡의 漢詩選集 編纂」(『韓國漢文學』 20집, 한국한문학회, 1996), 「關于韓國編纂的中國詩選集的研究」(『中國詩歌研究』 2輯, 中華書局, 2003) 등이 비교적 이 분야 연구에 관심의 정도가 깊은 논문이라 할 수 있다.

하며, 이를 통해 그럴듯한 명분론에 가려져 있던 문학사의 실체적 진실을 보다 정확하게 파악하는데 기여할 수 있다. 따라서 이제 우리는 이런 자료를 본격적 연구 대상으로 주목함으로써 한 시대 문학활동의 큰 방향을 암시하고 또 개인의 창작활동을 추동한 그 원천을 해명할 필요가 있다.

3. 과제 2―과거시험과 한문학 활동

한문학 연구에서 소홀했던 또 다른 중요한 연구 영역 중의 하나는 바로 과거시험과 관련된 문제이다. 한문학에서 과거시험을 특별히 주목해야 하는 이유는 먼저 그 시행의 전국성(全國性)과 빈번성(頻煩性) 및 교육적 영향력에서 찾아볼 수 있다. 조선시대 소과와 문과를 검토해 보자. 소과의 경우 서울 한성시(漢城試)에서 생원과 진사 초시 합격자 각 200명씩 400명, 팔도 향시에서 생원과 진사 초시 합격자 각 500명씩 1,000명, 전체 1,400명을 먼저 선발하였고, 이들을 대상으로 다시 예조에서 복시(覆試)를 시행하여 최종적으로 그 1/7 규모인 생원 100명 진사 100명 도합 200명을 선발하였다.

문과는 이 보다 다소 더 복잡하였다. 먼저 성균관시에 합격한 사람이나 성균관에서 300일 이상 공부한 생원 진사 중 50명, 서울의 한성시에서 40명, 팔도의 향시에서 150명 등 전체 240명을 먼저 초시 합격자로 선발하였고, 예조에서 주관한 복시에서 이들 중 33명을 최종 합격자로 선정하였으며, 그 뒤 국왕이 주관하는 전시(殿試)에서 33명의 순위를 결정하였다. 초시는 대체로 8월에, 복시는 대체로 이듬해 2월에 실시하였는데, 최종 합격한 자에게는 각종 면역(免役)의 특권이 주어졌고, 서울 장안에서 유가(遊街)를 벌이는가 하면, 고향으로 돌아갈 때 지방관이 아전을 대동하고 오리정(五里

亭)까지 마중을 나와 환영의 잔치를 열어 주는 등 참으로 떠들썩한 전국적 행사였던 것이다.

과거시험은 3년마다 정기적으로 시행되는 식년시(式年試)가 대표적이었지만, 그렇다고 여기에 그친 것은 아니었으며, 별별 시험이 연중 지속되었다. 소과의 경우 성균관대사성이 사학(四學) 생도를 대상으로 시행하는 승보시(陞補試), 개성 수원 제주도의 유수 또는 목사가 그 지방 유생을 대상으로 시행한 지방승보시(地方陞補試), 성균관과 사학(四學)의 학관(學官)이 생도를 대상으로 함께 시행한 합제(合製)와 고강(考講), 각 도의 감사가 수령 3인을 시관(試官)으로 임명하여 도내 향교의 생도를 대상으로 실시한 공도회(公都會) 같은 것은 모두 소과 초시와 같은 기능을 하였다. 대과의 경우 국가에 큰 경사가 있거나 작은 경사가 겹쳤을 때 시행하는 증광시(增廣試), 국왕이 문묘를 배알하고 성균관 유생들을 대상으로 실시한 알성시(謁聖試), 봄가을에 국왕이 성균관 유생들을 주 대상으로 실시한 정시(庭試), 창경궁 춘당대에서 행사가 있을 때 실시했던 춘당대시(春塘臺試), 국왕이 지방에 행차했을 때 그 지방에서 시행한 외방별시(外方別試), 인일(人日 : 1월 7일) 삼진(三辰 : 3월 3일) 칠석(七夕 : 7월 7일) 중구(重九 : 9월 9일) 등 각종 명절마다 시행한 절제(節製), 봄가을 사학(四學) 유생들을 대상으로 한 도기과(到記科) 등은 문과 초시나 복시의 기능을 하였다.

이 뿐만이 아니었다. 과거시험에 합격하여 관리로 진출하고 난 뒤에도 과거시험에 준하는 각종 시험이 부단히 지속되었다. 고려시대 때 나이 50세 이하 관리로서 지제고(知制誥) 벼슬을 역임하지 못한 이들에게 매달 시 3편과 부(賦) 1편을 부과하고, 지방 관리에게는 매년 시 30편과 부 1편을 부과하여 그 성적을 바로 승진에 반영시킨 문신월과법(文臣月課法)이 그 대표적인 예이다. 조선시대 때도 당연히 이런 시험이 존재하였다. 당하관 이하의 문신을 대상으로 10년마다 정기적으로 시행한 문신 중시(文臣重試), 당하관 이하의 관리를 대상으로 수시로 시행한 문신정시(文臣庭試), 매년 사중삭(四仲朔 : 2월 5월 8월 11월 등)에 3품 이하 문신들에게 시(詩)·부(賦)·

표(表) 등을 시험하여 승진 때 특별히 혜택을 준 문신중월부시(文臣仲月賦詩)
같은 제도가 모두 그런 것들이었다.

　이처럼 과거시험은 서울과 팔도 전역의 선비들이 초미의 관심을 가지고
준비한 전국적인 행사였고, 연중 실시되는 각종 시험과 평가가 거의 대부
분 이와 연계될 정도로 다양하고 지속적인 것이었으며, 관직에 진출하고
난 뒤에도 결코 피해갈 수 없던 중대사였다. 따라서 과거시험이 전국의 모
든 공·사 교육 과정과 문인 지식인들의 학습에 끼친 영향은 다른 무엇과
도 비교할 수 없을 정도로 심각하고 중요한 것이었으며, 이 제도가 시행된
이후 한문학은 바로 이런 문화적 풍토와의 긴밀한 연계 위에서 준비되고
전개되었던 것이다. 따라서 과거시험에 대한 연구는 한문학 활동 저변에
광범위하게 자리 잡고 있던 이런 문화풍토의 실체와 그 문학적 연계성을
밝히는데 참으로 중요한 의미가 있다.

　한문학 연구에서 과거시험을 주목해야 할 또 다른 이유는 그것이 한문
학 담당층의 실상과 문학사의 흐름을 해명하는데 실질적으로 기여할 수
있기 때문이다. 고려 전기의 예를 몇 가지 들어보자, 최자는 『보한집』 서
문에서 과거제 실시 이후 문장(文章)·사부(詞賦)·유학(儒學) 등으로 대표가
될만한 인물 40여 인을 거론한 바 있다. 그런데 이 중 31명이 지공거나 동
지공거를 맡았고, 9명은 장원급제자였으며, 5명은 장원급제자이면서 동시
에 지공거나 동지공거를 맡은 사람이었다. 그러니까 이 시기 지성계를 대
표한다고 거론한 40명 대부분이 과거시험과 깊이 연계된 인물이었던 셈이
다. 이런 사실은 시선집에서도 확인 가능하다. 고려 전기 작가 중 특정 시
선집에 3수 이상의 작품이 수록되었거나 동일 작가의 작품이 3종 이상의
시선집에 수록된 비교적 비중 있는 작가는 대략 16명 정도로 파악된다. 그
런데 이 가운데 이력이 불분명한 3명을 제외한 나머지 13명이 모두 지공
거였거나 장원급제자였다. 그러니까 적어도 고려 전기의 경우에 있어서는
과거시험과 한문단의 주도적 인물 사이에 긴밀한 상관 관계가 존재했음을
단적으로 증명하는 사례라 할 것이다.[8]

과거시험 급제자 수와 한문학 담당층 사이에도 일정한 관계가 있었다. 시선집에 수록된 고려 전기 작가와 작품을 시대별로 정리해 보면, 고려 건국 직후부터 예종 직전까지 약 187년에 걸쳐 활동한 작가와 작품은 13명 19수에 불과한 반면, 예종부터 의종까지 약 65년에 걸쳐 활동한 작가와 작품은 43명 151수나 된다. 그런데 이 시기 과거시험 관련 사항을 살펴보면, 앞 시대 약 187년 동안은 대략 평균 2.2년마다 14명 가량을 선발하였는데, 이후 65년 동안은 대략 평균 1.5년마다 28명 가량을 선발하였다. 그러니까 시험을 자주 시행하고 상대적으로 많은 인원을 선발한 예종 인종 의종 연간에 주요 작가와 작품의 4/5가 집중된 셈이다.9) 물론 이것은 시선집에 수록된 작가와 작품을 대상으로 한 것이어서 한계가 분명하고, 그 이면에 다른 여러 가지 요소가 복합적으로 작용했을 개연성이 크다. 그러나 그럼에도 불구하고 과거시험의 빈번한 시행이 예종 인종 연간의 급격한 한문학 담당층 확산이란 문학사적 현상을 해명하는데 중요한 단서가 됨을 부인할 수 없다.

과거시험과 관련하여 미처 검토하지 못한 자료가 상당량 실재한다는 점도 이 분야에 대한 연구를 촉구하는 또 다른 한 요인이다. 그 동안 과거시험에 대해서는 역사학계에서 제도사적 연구를 한 것이 거의 전부였다고 해도 과언이 아니다. 따라서 이렇게 엄청난 영향력을 지닌 과거시험을 어떻게 준비했는지, 응시 과목별로 어떤 문제가 출제되었으며 그 특징이 무엇인지, 구체적 답안 작성의 내용과 그 문체적 특징은 어떤지, 과거시험에 심혈을 기울여 온 주요 문인들의 지적 토대와 문학 활동과의 관계는 어떠한지 등 보다 구체적이고 실질적인 문제에 대해서는 제대로 검토한 적이 없다. 그러나 이 문제에 조금만 관심을 가져보면 이와 관련되는 자료가 적

---

8) 黃渭周, 「詩選集에 나타난 高麗前期의 漢詩 資料」, 『韓國學論集』 25집, 계명대 한국학연구원, 1998, 76~77면 참조.

9) 黃渭周, 「詩選集에 나타난 高麗前期의 漢詩 資料」, 『韓國學論集』 25집, 계명대 한국학연구원, 1998, 38~40면 참조.

지 않게 실재하고 있음을 바로 발견할 수 있다. 우선 필자가 과거시험과
관련하여 거칠게 조사한 자료 몇 가지를 예시하면 다음과 같다.

　東國壯元集, 편자미상, 1책, 甲寅字(奎古貴041-D717), 16세기 초반
　조선 중종 이전 壯元 급제자들의 對策文 17편 수록. 金驥孫 南袞 金淨 權
弘 尹璋 李穆 金正國 金克誠 蔡壽 崔溥 韓訓 朴世熹 洪貴達 등의 이름이
확인됨

　歷代文選策, 柳希齡, 上下 2책, 목활자본(취암문고), 16세기 초반
　유희령이 중국 역대 산문 중 對策만 모아 편집한 것. 과거시험 참고서로 쓰
인 듯함.

　課試謄錄, 禮曹(朝鮮)編, 2책 필사본(奎12959-v.1-2), 인조12(1634)~숙종3(1677)
　인조—숙종 연간 예조 주관 각종 試驗 講學 敎育課程 製述等에 관한 書類
모음집

　時儷, 편자미상, 1책 필사본(취암문고), 17세기 후반~18세기 전반
　현종 숙종 연간 과거에 응시한 49명 132제의 科文 모음집.

　科試箴銘頌, 편자미상, 1책, 필사본(奎7678), 17세기 이후
　인조—숙종 연간에 과거에 합격한 20여명의 科題 중 箴6수 銘28수 頌14수
수록

　奎儷, 편자미상, 1책 필사본(규고3431-8), 18세기 초
　17세기 후반~18세기 초반에 과거에 응시한 170여명 200수 가량의 科體 律
賦를 모은 것. 작품마다 제목 시행시기 시험종류 성적 이름 작품 순으로 기록
하고 시험연도별로 편차하였음.

　京外題錄, 편자미상, 1책, 필사본(奎9943), 18세기
　과거시험 때에 출제한 문제를 과목별로 구분해 놓은 책. 大科의 策18問 表16

問 賦36問 論 12問 疑4問과 小科題의 賦57問 詩72問 疑34問 義31問 전체 280問을 수록하였음

科試詩抄, 편자미상, 3책 필사본(奎11069-v.1-3), 18세기 이후
17세기 말 18세기 초의 科詩 199수 수록. 科詩의 형식 및 評價方法 파악에 중요한 자료

庚寅九日製科作, 朴道翔(朝鮮)等, 필사본 1책(奎9895), 18세기 이후
과거시험의 답안지를 모은 것. 總集類 科體로 분류되어 있음

東賦, 편자미상, 1책, 필사본(奎7570), 18세기 이후
효종─정조 연간의 崔錫鼎 徐宗泰 金錫冑 宋相琦 朴泰淳 등의 賦 136 편을 작자의 생몰연대순으로 수록. 과거 시험에서 성적이 우수했던 부 작품을 다수 포함

科作, 편자미상, 2책, 필사본(奎7358), 18세기 이후
영조 연간 許源 朴趾源 金樂淵 등 50여명이 과거시험에서 작성한 詩9수 賦27편 表2편 策4 편 論17편 등의 답안지를 모은 것. 科文의 形式과 內容을 살피는데 좋은 자료

科表, 편자미상, 1책, 필사본(규古811.54-G993), 조선 정조6(1782) 이후
영조─정조 연간에 과거 및 각종 제술 시험에서 지은 表文 102편을 모아놓은 책. 제목 시험종류 응시자 석차 등을 먼저 적고 줄을 바꾸어 表文을 기록하였음.

科表集抄, 편자미상, 1책, 필사본(奎7301), 18세기 이후
과거시험의 表文을 모은 것. 약 36종의 題目에 대한 109명 정도의 답안을 연도별로 정리하였음. 출제된 제목 시험종류 연도 干支 答案者姓名 答案 등이 기록되어 있음.

科表私集, 편자미상, 3책, 필사본(奎7581), 간행연도 미상
　과거시험에 출제된 약 428개의 表文 문제와 답안을 모은 책. 전체 글이 三皇
五帝부터 檀君朝鮮과 朝鮮王朝에 이르기까지 출제 문제와 관련된 왕조별로
구분 정리되어 있음

泮庠科詩集, 편자미상, 17책, 필사본(奎7469-v.1-17), 19세기 후반
　영조20(1744)에서 고종12(1875) 사이 陞補試에 합격한 자들의 詩와 賦 2400
여수 모음집

試券, 慶州李氏門中(朝鮮)編, 1책, 필사본(古大3422-23), 19세기 초
　慶州李氏 가문에서 작성한 과거시험 답안지 기록(試券記)

精選三科詩墨文鯖, 편자미상, 2책, 석인본(奎中6245-v.1-2), 光緒14(1888)
　표지의 서명은 近三科詩墨文鯖이다. 내용 미검증

爛抄, 저자미상, 1책 필사본(규古4250-86), 헌종(1849) 이후
　承政院日記와 朝報에서 인사와 과거에 관련된 기록을 초록한 책. 과거에 수
석 합격한 자의 명단이 기록되어 있고, 科題도 일부 실려 있다.

頌引箴銘集抄, 저자미상, 1책, 필사본(奎11603), 간년미상
　科擧試驗의 頌 引 箴 銘의 問題와 答案을 모은 책. 작자와 성적도 기록되
어 있음

科體賦, 편자미상, 1책, 필사본(奎12123), 간년미상
　과거시험의 賦題에 따라 지은 賦 100수를 수록해 놓은 책

儷文抄, 편자미상, 上下2책, 필사본(취암문고), 연대미상
　중국 당송시대 작가들의 啓・表文을 모아 편집한 것. 과거시험 참고서로 쓰
인 듯함

儷文程選, 李植編, 10권, 목활자본(취암문고), 인조9(1631)
制誥 表 啓 등 병려문선집. 범례에 과거시험 체제에 적합한 글을 선집했다고
명시한 것으로 보아 과거시험 준비 학습서로 활용된 듯함.

離騷遺響, 편자미상, 1책, 필사본(취암문고), 19세기
각종 賦 작품을 주요 제재별로 분류 정리한 것. 과거시험 준비용으로 활용한
듯함

　　위의 자료는 독립된 책자 형태로 편찬된 것만 짧은 시간에 개략적으로
조사 정리해서 제시한 것에 불과하다. 그러니 앞으로 이런 조사를 지속적
으로 추진하는 한편 책자 형태가 아닌 수많은 고문서와 문집 소재 자료를
함께 수집한다면, 그 양이 실로 방대하게 될 것이다. 이런 자료 속에는 과
거시험의 답안 혹은 참고서로 작성된 시(詩) 부(賦) 송(頌) 표(表) 잠(箴) 명(銘)
책(策)은 물론이고 경서의 의(義) 의(疑)와 관련 공문서까지 다양하게 포함되
어 있다. 따라서 이런 자료를 검증함으로써 우리는 과거시험의 구체적 실
상, 즉 과거시험의 준비와 학습 과정, 중요 과목별 출제 요목과 그 특징,
답안의 구체적 작성 내용과 문체적 특징, 과거시험과 관련된 서적의 수입
과 간행, 관련 시문선집의 편찬과 보급, 과거시험용 경서 주석서나 운서의
편찬, 동년(同年) 혹은 장원(壯元) 급제자를 중심으로 형성된 문인집단과 창
작 실상 등 과거시험을 중심으로 벌어진 다양한 문화현상과 문학 활동 전
반의 모습을 보다 정확하고 광범위하게 파악할 수 있을 것이다.

4. 과제 3 — 고문서와 한국식 한문

　　한문학계에서 주목하지 않고 있는 또 다른 중요한 연구 영역 중의 하나

는 바로 고문서이다. 고문서는 지난날 왕실 중앙관청 지방관청 향교 서원 문중 및 개인들 사이에 주고받은 일체의 관문서(官文書) 공문서(公文書) 사문서(私文書) 등을 두루 지칭하는 말이다. 고문서는 책자 형태로 가공되기 이전의 원 자료일 뿐만 아니라, 가공된 책자를 통해서는 파악하기 어려운 생생한 삶의 모습을 실감나게 드러내 준다는 점에 중요한 가치가 있다. 그래서 역사학계에서는 이미 오래 전부터 이런 자료를 주목해 왔으며, 최근에는 일부 다른 분야의 전공자들까지 연구에 가세하여 일정한 성과를 거두고 있다.

그러나 한문학계에서는 아직까지 고문서를 온전히 주목한 예가 없다. 여기에는 물론 몇 가지 그럴만한 이유가 있었을 것으로 판단된다. 고문서란 것이 대부분 특정 양식에 따라 작성된 실용문 중심이어서 아예 문학적 연구의 대상이 되기 어렵다고 판단했을 수도 있고, 책자 형태로 간행 된 문집 자료만도 너무나 방대하여 제대로 검토할 여유가 없는 형편에 이런 시시콜콜한 고문서 자료까지 연구할 가치가 있는가 하고 이 분야에 대한 연구의 당위성 자체를 회의한 결과일 수도 있을 것이다. 그리고 전통시대의 한학적 기반 전반에 대한 이해가 비교적 약한 신진 연구자들의 경우 어려운 행초서에 이두가 마구 섞여 있는 이런 자료를 처음부터 아예 기피했을 가능성도 없지 않은 듯 하다.

그러나 이제 더 이상 고문서를 외면해서는 안 될 상황이 되었다. 첫째 이유는 우선 자료의 방대함과 그 접근의 전문성에서 찾을 수 있다. 주지하다시피 한국정신문화연구원에서는 2004년까지 이미 『고문서집성』 자료집 76책을 간행한 바 있다. 서울대학교에서도 이런 자료를 분류 정리한 『고문서』 자료집 23책을 간행하였고, 국립중앙도서관 국사편찬위원회 고려대 연세대 영남대 전남대 등에서도 모두 일정 규모 이상의 고문서 자료집 혹은 목록을 간행한 바 있다. 이 외에 현재 정리 중에 있거나 아직 정리되지 않은 상태로 방치되어 있는 자료를 감안한다면,[10] 현존하는 고문서의 양은 참으로 방대하다고 하지 않을 수 없다. 그런데 이런 고문서를 제대로 활용할 수 있도록 정서체로 옮기거나 번역해서 제시한 예는 거의 찾아볼 수 없다. 극소수 탈초(脫草)한 예가 없지 않지만, 대개의 경우 원 자료를 그대로 영인하거나 간단하게 목록을 제시하는 수준에 그치고 있으며, 이를 활용한 논문 역시 필요한 부분에 대한 제한적 내용 이해에 기초하고 있을 뿐이다. 따라서 한문 글쓰기 전반에 대한 연구를 본업으로 하고 있고 또 이 분야에 대한 전문성이 가장 높다고 할 수 있는 한문학계에서 이런 현실을 계속 외면해서는 안 될 것이며, 이를 중요한 연구 분야의 하나로 포괄시킴으로써 한문학 연구에서의 한학적 기반을 튼실하게 하는 한편, 인접 학문 분야의 연구를 활성화시키는데도 아울러 기여할 수 있어야 한다.

또 다른 중요한 이유는 고문서야말로 지난날 한문자를 활용한 언어생활의 진면목을 가장 정확하고 사실적으로 드러내 주고 있기 때문이다. 흔히 문학을 언어예술이라고 하는데, 이런 명제를 고려하지 않더라도, 어떤 작가가 어떤 언어 환경에서 어떻게 작품 활동을 하였던가 하는 문제는 중요한 관심사일 수밖에 없다. 한문학 작가들의 경우 말은 우리말을 하고 글은 한문 글쓰기를 하였으리란 것이 우리가 보통 알고 있는 일반적 상식이다. 그러나 이들이 평소 읽고 쓴 한문은 문집에 수록된 그런 한문만이 아니었다. 오히려 중국이나 일본 사람이 보면 도저히 이해할 수 없는 전형적인 한국식 한문 즉 이두문이 더 큰 비중을 차지하였던 것이다. 이두문은 어휘적 측면에서 한국식 한자나 한자어를 활용한 것은 물론이고, 문장의 어순과 문법적 기능을 나타내 주는 조사에 이르기까지 일반 한문과는 전혀 다른, 한자의 음훈차 표기를 활용한 특이한 한국식 한문이었다.

① **명사류**

廛(곳. 處也), 侤音(다짐. 서약), 衿(목. 分), 白活(발괄. 진술), 召史(조이. 양민

---

10) 필자가 대구경북지역 일부 도서관을 통해, 혹은 경북지역 동산문화재 조사 과정에 참여하여 파악한 고문서 자료만도 5만여 점에 이른다. 그리고 현재 문화재청에서 전국을 대상으로 동산문화재를 조사하고 있는데, 이 작업이 완료된다면 우리가 파악할 수 있는 고문서의 양은 현재와 비교할 수 없을 정도로 큰 폭으로 증가할 것으로 추정된다.

의 아내), 所志(소지. 문서 양식), 詮次(전차. 까닭), 磨鍊(마련), 上下(차하. 지급), 尺文(자문. 영수증), 甲折(갑절. 배), 進賜(나으리), 其徒等(그내들), 汝等徒(너희들)

② 동사류

是白齊(입니다), 爲白齊(합니다), 使內齊(부리다), 率良(거느리다), 當爲(당하다), 白如(~옵니다), 令是齊(시키다), 是如是白置(이라 하옵니다), 敎是齊(하셨습니다)

③ 부사류

貌如(~와 같이), 更良(다시), 各乎(따로), 加于(더욱), 秩秩 物物 這這(갖가지), 去乃(~거나), 科科以(차차로), 爲等如(모두), 隱賜伊(은근히), 能亦(능히), 反亦(도리어), 導良 遂如(드디어, 따라서), 適音(마침)

④ 격조사류

亦(이. 주격), 弋只(이. 주격), 段(은 / 는. 주격), 敎是(께서. 주격), 矣(의. 관형격), 乙(을 / 를. 목적격), 乙沙(을 / 를. 목적격), 亦中(에, 에게. 목적격) 良中(에. 처소격), 良中置(에도 처소격) 果(와 / 과. 공동격), 耳亦(만, 한정격)

⑤ 통사론적 측면
汝矣身乙牛嶺山直差出着實守護宜當者
(너를 우령산 산지기로 차출하니 착실하게 수호함이 마땅할 것)
遠處居生往來耕作爲難
(먼 곳에 살아서 왕래하며 경작하기 어렵다)

위의 ①~⑤는 고문서를 통해 흔히 볼 수 있는 몇 가지 어휘와 아주 간략한 문장의 예를 제시해 본 것이다.11) 이를 보면 명사 대명사 동사 부사

---

11) 이 자료는 崔承熙의 『韓國古文書研究』(韓國精神文化硏究院, 1981), 李樹建 등의 『16세기 한국 고문서 연구』(아카넷, 2004), 기타 필자가 고문서 원자료를 보면서 흥미롭게 생각하여 발췌한 것들을 정리한 것인데, 중복된 것이 많아서 낱낱이 출전을 밝히지

같은 일반적 어휘는 말할 것도 없고, 대다수 낱말의 문법적 기능을 드러내는 어미(語尾)나 조사 부분에 참으로 다양한 한국식 음훈차 표기가 구사되었음을 알 수 있다. 또 ⑤를 통해 통사적 측면에서도 우리말 어순에 가까운 표현이 적지 않게 구사되었음을 분명히 확인할 수 있다.

물론 이런 표현이 모든 고문서에 동일한 정도로 나타나는 것은 아니다. 간찰·만제(輓祭)·시문류는 대개 전형적인 한문이 일반적이고, 홍패(紅牌)·백패(白牌)·고신(告身)·증시(贈諡)·사패(賜牌) 같은 교지류(教旨類), 교서(敎書)·유서(諭書)·유지(有旨)·봉서(封書) 같은 교령류(敎令類) 및 장계(狀啓)·관첩(關牒) 등은 이런 표현이 비교적 약하며, 소지(所志)·원정(原情)·의송(議送)·등장(等狀) 같은 소지류(所志類), 결송(決訟)·계후(繼後)·매매(賣買)·분재(分財) 등과 관련된 입안류(立案類), 허여(許與)·화회(和會)·별급(別給) 등의 분재문기(分財文記), 노비·토지 등의 매매 명문(明文), 공동체의 완의(完議)나 향안(鄕案) 등은 그 정도가 대단히 강한 편이다. 그러나 정도의 차이가 있음에도 불구하고 고문서의 글이 일반 한문과 확연히 구분되는 대단히 특징적인 한국식 한문이었음을 부인할 수 없다.

전통시대 한문학 작가들의 언어생활은 대부분 이런 고문서와 밀접하게 연계되어 있었다. 한문학 작가 가운데 일정 기간 관직에 종사하지 않은 사람이 거의 없었고, 관직에 종사하는 동안 수행한 가장 중요한 업무가 바로 이런 고문서를 작성하고 결제하는 일이었기 때문이다. 관직에 종사하지 않을 때에도 물론 이런 문서에서 자유로울 수 없었다. 집안의 분재기나 매매 명문(明文)을 비롯하여, 토지 산송(山訟)과 관련한 무수한 소지류(所志類), 공동체와 관련한 완의(完議)와 향안(鄕案), 관청에서 발급한 결송(決訟) 계후(繼後) 및 이에 대한 각종 입안류(立案類)를 수급하는 중심적 자리에 있었다. 그러니까 실재 생활하면서 읽고 쓴 글의 상당 부분이 문집에 수록된 바와 같은 전형적 한문이 아니라 바로 우리 고유의 어휘와 문법이 마구 혼재된

않는다.

한국식 한문 즉 이두문이었던 것이다.[12] 이처럼 고문서는 삼국시대 이후 20세기 초반에 이르기까지 수많은 작가들이 광범위하게 읽고 쓴 한국식 한문의 구체적 실상과 그 성격을 드러내 주는 핵심 자료로서 중요한 가치가 있다.

고문서 속에 기존의 문집을 통해서는 찾아보기 어려운 새로운 작품, 특정 작품의 창작 정황이나 그 교감 과정, 문집의 발간과 배포 과정, 특정 작가의 글을 두고 벌어진 문자시비 등 작품 활동에 직·간접적으로 연계된 정보가 다수 포함되어 있다는 점도 이 분야 연구를 외면할 수 없게 만드는 중요한 이유 중의 하나이다.

고문서 가운데 문집에 등재되지 않은 수많은 간찰과 만제문(挽祭文)이 포함되어 있음은 주지의 사실이고, 과거시험 답안지로 작성된 과문(科文)도 현재 대부분 고문서 형태로 전해지고 있다. 미 간행 문집의 초고나 개별 작가의 시문 초고 및 시축(詩軸)·시권(詩卷) 등도 상당 양에 달하고, 문집 편찬의 과정 전체를 해명하는데 요긴한 통문(通文)과 간기(刊記)도 적지 않다. 예컨대, 옥산서원에 소장되어 있는 『충재집(沖齋集)』·『퇴계집(退溪集)』·『한강집(寒岡集)』 등의 간행과 관련된 수십 통의 통문(通文), 문집간역기사(文集刊役記事)·간소도록(刊所都錄)·간소전여기(刊所傳與記)·간역파록(刊役爬錄) 같은 자료 50여 점이 그런 것이다.[13] 제사와 관련된 치제시일기(致祭時日記), 영남유소(嶺南儒疏)를 작성하기 위한 도회(都會)를 알리는 통문, 김일손(金馹孫)·권벌(權橃)·정경세(鄭經世) 등의 문자 시비와 관련된 통문[14] 등도 모두 특정 시문의 제작 정황과 시비 내용을 파악하는데 요긴하다.

---

12) 관리들이 평소 이런 고문서를 얼마나 가까이 하면서 생활하였는가 하는 문제는 관찰사의 연중 업무를 낱낱이 기록해 놓은 『嶺營日記』나 『完營日錄』, 군수나 현감의 평소 생활을 상세하게 기록해 놓은 『慈仁叢瑣錄』·『咸安叢瑣錄』 같은 자료를 보면 그 실상을 실감할 수 있다.

13) 문화재청, 『慶州 良洞 民俗마을 動産文化財 현황 파악 學術調査報告書』, 2003 참조

14) 『2004년 일반동산문화재 다량소장처 실태조사 학술용역 보고서』(문화재청, 2004), 『榮州 紹修博物館 遺物分類 및 目錄作成 用役 報告書』(영주시, 2004) 등에 이런 자료 실태가 소개되어 있다.

이처럼 고문서는 미 발굴 작품의 초고를 발굴 보완하는데 있어서 뿐만 아니라, 특정 작가의 구체적 작품 활동이나 작품의 정리 간행 보급 시비 등에 관련된 다양한 정황을 보다 정확하게 해명하는데 기여할 수 있다는 점에 중요한 가치가 있다.

5. 결론

지금까지 본고는 한문학 연구의 전반적 흐름을 개괄적으로 성찰한 뒤, 현 단계 한문학 연구에서 비교적 손쉽게 제기할 수 있는 몇 가지 배경적 연구 과제를 제시해 보고자 하였다. 본고에서 제시한 주요 연구 과제는 다음 세 가지다.

첫째는 문학 관련 전적의 편찬과 간행 실상 문제다. 이 문제는 특정 작가나 작품의 예술적 성취 수준을 직접적으로 탐색하는 연구와는 다소 거리가 있다. 그러나 어떤 시대에 어떤 작품집을 입수 편찬 간행 보급하였던가 하는 등의 문제는 그 자체가 바로 중요한 문학사적 현상 중의 하나임에 틀림없다. 그리고 이에 대한 연구는 한 시대의 독서 경향과 문학적 체험 전반을 총체적으로 검증하는 작업이 될 수 있으며, 이를 통해 문학사 전개의 외피적(外皮的) 현상 이면에서 문단의 추이와 활동 방향을 암시하고 또 개인의 창작 활동을 추동한 그 추동력(推動力)을 해명하는 데 기여할 수 있을 것이다.

둘째는 과거시험과 관련된 문제이다. 과거시험은 문학의 본질과 거리가 먼 시험 제도로만 인식되어 주요 연구 대상이 되지 못했다. 그러나 이는 모든 선비들이 초미의 관심을 가지고 준비한 전국적인 문제였고, 연중 실시되는 온갖 시험과 평가가 거의 모두 이와 연계되어 있었으며, 교육과 독서에 끼친 영향이 실로 절대적이었다. 한문학은 바로 이런 풍토 위에서 전개되었다. 따라서 역사학계의 연구와는 또 다른 차원의 연구, 즉 과거시험의 준비 과정, 문제 유형, 답안 내용, 문체적 특징, 문학 활동과의 연계성 등 보다 구체적이고 실질적인 문제를 연구할 필요가 있다. 이것은 한문학 활동의 저변에 깊숙이 자리 잡고 있는 문화풍토의 실체와 그 문학적 영향 관계를 밝히는 중요한 과제가 될 것이다.

셋째는 고문서에 대한 연구 문제이다. 고문서 역시 문학과 거리가 먼 실용문이란 선입견 때문에 한문학계에서 거의 주목하지 않았다. 그러나 고문서 속에는 문집에 수록되지 않은 작품 초고와 문집의 정리 간행 보급 시비 등에 관련된 수많은 정보를 내포하고 있다. 특히 우리말 어휘와 문법을 다양하게 활용한 특이한 이두식 한문 문체는, 그 활용 주체가 바로 그 시대의 가장 중요한 한문학 담당층이었음을 감안할 때, 그들이 영위한 언어생활의 실체적 진실을 가장 정확하게 드러내 주는 것으로 의미가 있다. 그리고 행초서에 이두가 마구 섞여 있는 고문서는 한문 글쓰기 전반에 대한 연구를 본업으로 하고 있는 한문학계에서 연구하는 것이 가장 효율적이고 전문성이 높다고 할 것이다.

본고에서 제시한 이런 몇 가지 문제는 전통시대의 한학적 기반 전체로 한문학 연구의 시야를 확대시킴으로써 기존 연구의 지평을 다소 확장하고 그 수준을 심화시키자는 문제의식의 발로란 점에 일정한 의의가 있다. 그러나 이것은 한문학 연구의 본령이라기보다 기존 연구를 보완하는 배경적 과제의 성격이 강하다는데 근본적 한계가 있으며, 현재 우리 한문학계가 당면하고 있는 보다 본질적인 문제와 그 방법적 대안 모색은 또 다른 차원에서 새롭게 논의되어야 마땅할 것으로 생각된다.

우언의 인문학적 위상과 문화론적 맥락

윤 주 필

1.

　우언의 영역은 매우 넓다. 그것이 동아시아 한문학권에서 오랜 세월 널리 쓰였다는 의미에서 뿐만 아니라 그 개념의 범주가 참으로 여러 가지여서 그러하다. 그것은 사건, 현상 등을 이해하고 전달하는 방식에서부터, 문학 또는 예술을 논할 때의 어구, 도상 등의 표현방식에 이르기까지 여러 단계에 내재하거나 관여한다. 그래서 한문학권에서의 전개는 그것대로 존중하되 문학일반론으로서 우언을 논할 필요가 있다.

　우언은 '그 자체 이외의 것을 말한다'는 의미에서 상징의 개념에 상응한다. 서구 낭만주의 이론가들이 알레고리와 심볼을 대립적으로 설명하였던 것은 이들이 기본적으로 그 지시하는 대상 이상의 의미를 담고 있다는 점에서 언어의 본질과 문학의 특징을 대표하기 때문이었을 것이다.[1] 이것은 우언과 상징이 일상적 언어로부터 가장 멀리 떨어져 있는 예술적 언어로서의 공통점이다. 그러나 그 차이점을 지적하자면 상징은 '겸해서 말하기'를 구사하며 새로운 의미를 불려나가되 우언은 '돌려서 말하기' 전략으로서 한정된 의도 혹은 의미를 지시한다. 상징은 언어를 일상에서 예술 쪽으로 열어놓는다면 우언은 예술의 영역을 거치되 그 의미를 일상으로 환원시키는 차이점을 지닌다. 이렇게 보면 상징은 문학의 본령이요 우언은 그것의 변두리에 위치한다는 우열 관계로 평가함이 당연하다.

그럼에도 불구하고 언어나 기호가 언제나 잉여분의 의미를 낳는다거나 지시 대상 자체를 지시할 수 있는지를 따지는 일은 매우 유래가 오랜 것이며 오늘날의 언어철학에서도 여전히 논란거리가 되고 있다.[2] 그런데 유독 우언은 언어의 그 같은 어긋남을 의도적으로 활용한다. 공자가 생각했던 바 '이름지음[名]'이 곧 '이름다움[實]'과 아무런 간극이 없는 언어 본래의 기능으로 회복하는 일이 불가능하다고 판단되는 지점에서 우언이 필요하게 된다. 우언에서 '이름지음'은 많은 단절과 파편으로 이루어지는 가상적 혹은 허구적 수단이며 '이름-다움을 위한 실천[正名]'은 부정된다. 오직 기존의 '이름-짓기'를 모방 편집하여 애초 이름의 실질로서의 '이름-스러움'을 환기시킬 뿐이다.

우언은 그러한 언어 사용의 바탕이 되는 세계관이나 태도로부터 그것에 기반하여 구축되는 기호체계까지를 싸잡아 말하는 개념이 될 수 있다. 종교에서 철학으로, 신화에서 역사로 인간의 사유방식이 바뀌는 문명 발달 과정에서, 또 숭고의 가치와 상징의 심미의식에 대해 타락한 시대의 가상적 언어, 적어도 통념의 전복을 꾀하는 골계의 언어를 만드는 데 우언은

---

1) Abrams, 최상규 역, 『문학용어사전』, 예림기획, 1997, 384 · 389면 참조
2) 한문학권의 '명실론'이나 서구 중세의 '보편논쟁'을 비롯하여 오늘날 탈근대의 미학 논의에서 문제삼는 원본과 복사의 예술성 혹은 아우라 등의 문제가 이와 연관된다. 전자에 대한 논의는 윤주필, 「우언 글쓰기의 언어관과 명실론」(『한민족어문학』 41집, 한민족어문학회, 2002)과 후자의 경우 진중권, 『현대미학 강의—숭고와 시뮬라크르의 이중주』(아트북스, 2003, 55~59면과 87면)를 참조

깊은 관여를 해왔다. 따라서 우언을 문학의 한 양식 또는 비유법에 한정시켜 다루려는 이제까지의 우언 연구를 반성하면서 우언의 위상과 문화론적 맥락을 비평적으로 접근할 필요가 있다. 이러할 때 우언의 정당한 지위를 획득할 뿐만 아니라 문학의 일반이론을 개척하는 데에도 일정한 기여를 할 수 있을 것이다.

2.

우언은 비단 문학만을 핵심에 두지 않는다. 그 점에서 우언이 주변 문학으로 취급되어 온 것은 잘못된 것이 아니다. 오히려 주변성, 침투성을 특성으로 하여 문·사·철로 대표되는 인문학 내부와 그에 인접하는 인문학 외부에 두루 닿아 있다. 그래서 그것은 정통적인 인문 영역들에 끼어들고 그것들이 섞이게 만든다.

신화적 세계관을 핵심으로 삼는 종교에서는 기호와 지시물과 매체의 거리가 무시되거나 적어도 몰입에 의해 잊혀진다.[3] 이에 비해 비록 그 거리를 좁히기를 목표로 하는 경우라고 하더라도 철학은 그 거리를 분명하게 인식한다. 종교적 의례에서 가상적 도구에 의한 신의 연출과 신성의 현현은 다른 게 아니지만 철학은 그것의 거리를 문제삼는다. 칸트가 「미래의 모든 형이상학 체계를 위한 서설」에서 지적했다시피 궁극적인 사물과 존재에 관한 철학자의 사유는 오직 유추(analogy)에 의해서만 가능하다는 입장을 취한다.[4]

---

3) 신화와 우언의 관계는 우언의 태생뿐만 아니라 우언의 세계관과 언어관을 설명하는 데 중요한 시사점을 준다.

4) 조지프 캠벨, 이진구 역, 『원시신화』, 까치글방, 2003, 43면 참조

　예를 들어 『장자』의 '호접몽'은 나비와 장주가 인식대상이나 주체로서 구분되지 않고 개체의 경계를 상호 넘나드는 것이라 주장하지만 이 이야기 자체는 우언의 성격을 띠고 있다. 비록 비의적 상징성이 물씬 배어 있는 종교적 의취를 풍기고 있지만 이러한 대목들은 「제물론」의 주제를 설명하기 위한 여러 예화들 중의 하나이다. 또 '곤붕' '혼돈' 등의 신화를 가져와서 애초 그들 신화가 담지했을 자연적 세계관을 긍정하고 있지만 아울러 이미 그 시대가 그같은 신화적 세계관으로부터 점점 멀어져 가고 있음을 비판적으로 접근한다는 점에서 신화 그 자체와 차별화된 철학서의 성격을 분명히 드러낸다.

　또 『주역』은 애초 은(殷) 이전부터 전해오던 점복서이다. 점복서는 점괘보다는 수많은 경우의 풀이와 적용 방식이 요구되므로 실제에 있어서는 원리적이기보다 경험적이다. 그런데 이 책은 문왕과 공자에 의해 완벽하게 보충되어 자연과 인간의 근원적 원리를 담고 있다고 믿어져 왔다. 유가 지식인이 이를 『역경(易經)』으로 존숭하는 데는 그 같은 믿음이 작용하고 있다. 그러나 실제 공자가 이 책을 편찬했다고 보기 어렵다. 이 책을 충분히 배운 사람은 "모든 것을 다 안다"는 식의 학문 방식은 지식이 경험과 사고를 통하여 어렵게 얻어지는 것이라 여겼던 공자의 태도와 완전히 배치되기 때문이다.[5]

　그럼에도 불구하고 한대 유학 이후로 공자를 끌여들여 『주역』을 경전화하는 데는 권위 부여의 필요성 이외에 중요한 내적 동기를 지니고 있다. 사람들은 『주역』의 점괘나 괘사, 단사, 상사 같은 텍스트로부터 자신의 상황에 맞추어 이해하는 상응 관계를 찾아내는데 주역의 체계과 그렇듯이 한 개인도 광범위하게 흩어져 있는 관념을 연합해야 한다. 하늘과 땅, 아버지와 어머니, 아들과 딸, 물과 불, 더 복잡하게는 64괘의 상징으로부터 자기에게 맞는 의미를 도출해야 한다. 이는 하나의 우언적 언어 조작에 해

---

5) H. G. 크릴, 이성규 역, 『공자―인간과 신화』, 지식산업사, 1983, 227면 참조

당된다. 그것이 쉽지 않은 것이지만 개인이 외부 세계의 질서에 조화롭게 연관된다는 이득에 비하면 매우 편리한 방법이다. 만물의 원리를 도상이나 숫자를 통해 쉽게 설명하면서 사람의 도리를 그 체계 속에 집어넣는 것은 원시 내지 고대의 신화적 세계관을 중세적 가치관으로 전환시키는 일이기도 하다.

장자가 꿈꾸었던 것처럼 자연과 인간이 서로 넘나드는 상황에서는 모든 것이 영성(靈性)을 지닌 채 소통된다. '호접몽'에서 말한 '물화(物化)'라고 함은 장주가 나비로 넘어드는 것만을 지칭하는 것이 아니다. 주체가 주체의 경계를 삭이면서 스며들어감이 물화이다. 이러한 지경에서는 주체와 객체가 따로 있지 않으므로 나비가 장주로 넘어오는 것을 유독 '의인화(擬人化)'라 지칭할 필요가 없다. 장주와 나비가 '오고가기'를 자유롭게 하는 것이다. 그러나 이것은 혼돈이며 신화적 세계로의 역행이다. 인간의 독립성을 확보할 수도 없고 권력도 없고 사회적 질서도 성립되지 않는다.

우주를 하늘과 땅으로 이원화하고 그 위에 사람이라는 또 하나의 극점을 추가해서 질서화할 때 인간 문명의 독점적 지위와 권력의 정당성이 생겨난다. 이 같은 삼재론(三才論)은 마치 삼원론인 듯 하지만 서구 중세의 삼위일체론과 같이 궁극적으로는 인간을 자연에서 유일한 존재로 내세우고 다시 인간사회를 위계화하는 데 있어 근본 원리가 된다. 훗날 성리학은 그것을 더욱 정교하게 이론화한 것이지만 천지로 관념화된 자연세계의 질서를 '원리'와 '기운'으로 이원화하고 인간의 질서를 그에 배대시켜 '성—정'의 관계 방식으로 이해했다. 이는 매우 상징성이 풍부한 도식이지만 개인이 자기 처지에 합당한 원칙을 찾기 위해서는 도식 내부의 관계 방식에 대한 수많은 해설이 필요하게 되었다. 경험에 의해 원리를 만들어 나가기보다는 개별상황에 원리를 어떻게 적용시킬 것이냐에 주안점을 두는 사유방식은 세계를 거대한 우언체계로 이해하게 만든다.

한편 역사서는 단순한 사실의 기록이나 그것을 전달하는 서사에 머무르지 않는다. '춘추필법'이라는 것이 이미 문면 이상의 어떤 이념이나 정신을 강조하고 있고 『춘추』의 삼전(三傳)의 존재도 그 점을 나름대로 강화하기 위한 해석서의 성격을 띤다. 그러나 기록 또는 서사와 그 이상의 의도를 교묘하게 합쳐놓은 걸작품으로는 사마천의 『사기』를 우선적으로 꼽을 수 있다. 그 중에서도 「사기열전」은 역사서로보다 오히려 문학적 향기가 농후한 저작으로 평가된다. 그 근거는 무엇인가?

사마천이 「자서」에서 완곡하게 밝혔다시피 공자의 춘추필법이나 그의 글쓰기 방식은 구체적 사건 기술에 기탁한 '공언(空言)' '공문(空文)'이다. 자신은 공자의 그런 경지에 이르지 못하고 단지 사건을 기술하고 전해지는 기록과 문서를 정리할 따름이라고 돌려 말하였지만 그러한 문맥 속에서 '공언 / 공문'은 '빈말'이나 '부질없는 글'이라는 의미이기보다는 역사적 실례를 갖추지 못한 이념과 원론 위주의 글을 대비적으로 지칭한 것이다.[6] 따라서 그가 구사한 글쓰기는 순전한 공언도 아니고 그렇다고 단순한 사건 기술도 아니며 오히려 실례와 이념을 하나의 서사체계 속으로 끌어들인 것이다. 특히 통치 권력으로부터 자유롭지 못한 지식인의 처세에 대해 깊은 관심을 두고 좌절된 역사의 뜻이 당대를 초월한 영원성을 추구했다는 점에 초점을 맞추고 인물형 모음전기라 할 유전(類傳)에서는 서사와 의론을 뒤섞는 협서법(夾敍法)을 구사하면서 주인공들의 사적에다 저술의 숨은 의도를 끼어넣었다.[7]

또한 「사기열전」의 서론 격인 「백이열전」은 백이의 일생을 입전했다기보다는 공자에 의해 현창된 백이의 사적을 빌미로 지식인의 드러남과 숨

---

6) 버튼 왓슨, 박혜숙 역, 『위대한 역사가 사마천』(한길사, 1995, 123~135면)은 '공언' '공문'에 대한 의미를 '이론적 문장'으로 해석하고 있고 그 의미 변화를 역대 『춘추』 비평가들의 견해와 더불어 따지고 있다. 또 이인호, 「『사기』의 우언적 성격―『장자』우언과의 대비를 중심으로」(『중국어문학지』 2집, 중국어문학회, 1995, 106면)는 그 의미를 공자 혹은 자신이 본시 하려 했던 말로 풀면서 이들의 역사기술은 단순한 '述'이 아니라 '作'으로서 '공언'을 노골적으로 밝히지 않고 역사적 사건이라는 '구체적 실례'에 기탁하여 드러나게 했다는 점에서 전형적인 우언의 수법이라 했다.

7) 윤주필, 「26사에 나타난 방외인전의 전개양상―『사기』·『한서』의 선례」, 『중국어문학논집』 11집, 중국어문학연구회, 1999, 335면 참조

겨짐을 따졌다. 궁극적으로는 역사를 기술해야만 하는 당위성과 그를 실천해야 할 지식인의 임무, 즉 지식인의 역사적 본보기를 드러내고자 했다.8) 「사기열전」의 마지막 편 「화식열전」은 지식인과는 인연이 없을 듯한 경영적 삶의 방식을 지식인 처세의 관점에서 조명한 파격적인 저술이다. 여기서 사마천은 중간에 느닷없이 「소봉론(素封論)」이라 할 의론을 전개하면서 작가적 의도를 드러냈다. 그야말로 지식인을 위한 야심찬 변론이다. 『맹자』의 '천작(天爵)'이나 『중용』의 '소기위(素其位)' 개념을 구체적 사례 등을 통해 지식인 삶을 비판하거나 변호했다. 어쨌거나 그의 '열전'은 거대한 제국의 역사의 이면을 보충하고 하나의 부속적 존재인 개인의 뜻을 조명함으로써 「본기(本紀)」의 충실한 주석이자 반론이었다. 「본기」가 힘에 바탕한 역사의 '경(經)'이라면 「열전」은 뜻에 바탕한 역사적 해석의 '전(傳)' 이 되는 셈이다. 그러나 사마천에게는 국가의 권력보다 개인의 의지가 역사의 실체성을 담고 있다는 것으로 이해되었기 때문에 「열전」이 필요했던 것이고, '전'을 통해 '경'의 궁극적 의미를 유추해 내는 방식은 중세적 글쓰기의 일반적 모형이자 크게 보아 우언 글쓰기의 또 다른 변주이다.

3.

이 지점에서 우리는 철학의 연역적 글쓰기와 역사의 귀납적 글쓰기가 문학에 의해 어떻게 포섭되는지 따질 필요가 있다. 철학과 역사가 관념이

---

8) 최봉영(『본과 보기 문화이론』, 지식산업사, 2002, 31~62면)의 '본과 보기 문화이론' 용어를 사용하자면 사마천은 백이숙제라는 역사적 '보기'와 그를 현창하여 제시했던 공자의 행위를 통해 지식인의 '본'을 탐색하면서 후대 지식인들이 이상적으로 추구해야 할 역사적 본보기를 제시하고자 했다고 풀이할 수 있다.

나 사실에 고착되지 않고 관념에서 사실로 또는 사실에서 관념으로 소통
되기 위해서는 문학이라는 예술적 영역을 거쳐가야 하기 때문이다.

　여기에 글쓴이가 박지원인지 아니면 다른 누구인지 불분명한 「열하일기
서」를 새삼 주목할 이유가 있다. 이 글은 『열하일기』의 특징을 『장자』에
견주면서 그보다 뛰어난 점을 논평하는 내용이다. 그러한 평가의 전제로
서 글 처음에 다음과 같이 두 가지 글쓰기 방식을 언급했다.

> 　말을 만들어 주장을 세우되 신명의 일에 통하고 사물의 법칙을 궁구하는 것
> 으로서는 『주역』과 『춘추』 만한 것이 없다. 『역』은 은미하되 『춘추』는 드러낸
> 다. 은미함은 담리(談理)를 위주로 하는데 그것이 흘러가서는 우언이 된다. 드
> 러냄은 기사(記事)를 위주로 하는데 전변하여 외전(外傳)이 된다. 글을 짓는 이
> 들에게는 이 두 길이 있다.9)

　이는 『주역』과 『춘추』가 글쓰기 방식의 전범으로서 대립적임을 전제하
는 대목이다. 그러나 글쓴이는 이 두 저작이 나름의 진실성을 지녀서 후대
에 새로운 글쓰기를 유도했다는 점을 강조한다. 『주역』에 나오는 희귀한
동물이나 기괴한 사람들이 정말로 모두 존재하는 것은 아니지만 점치는
사람마다 감응하는 효험을 보는 것은 미묘함에서 드러내는 경지를 지향하
기 때문이라 설명했다. 우언은 바로 이런 방법을 쓰는 것이라 했다. 말하
자면 『주역』이나 우언은 전제된 관념이나 의도를 은폐하여 놓고 개별 상
황을 묘사한다. 그 문면에는 동·식·인물을 포함한 각종 개체들이 등장
하지만 그것들은 암시적, 예언적 문면을 구성하는 질료들이며 궁극적으로
는 이면적 의미를 배분받는다. 점복자 또는 독자가 그 문면을 수용함은 일
차적으로 그 같은 이면적 의미, 즉 우의의 배분을 할당 받는 일이며 하나
의 암시와 예언의 뜻을 감지한 한에는 얼마든지 배분의 몫을 달리하면서

---

9) 박지원, 이가원 역, 『국역 열하일기』 I, 민족문화추진회, 1985(중판), 513면, "立言設敎,
通神明之故, 窮事物之則者, 莫尙乎易春秋. 易微而春秋顯, 微主談理, 流而爲寓言, 顯
主記事, 變而爲外傳. 著書家, 有此二途."

수용의 폭을 확대시킬 수 있다.

또 『춘추』는 250년 남짓한 기간에 각종 사실들을 꼼꼼히 챙겨 기록하고 있지만 수많은 전(傳)이 나와 논자들의 반박이 끊이지 않음은 드러남에서 미묘한 경지를 지향하기 때문이라 설명했다. 외전을 쓰는 사람은 이러한 방법을 이용했다고 했다. 말하자면 『춘추』나 외전은 역사적 사실을 선택하고 또 개별의 사실을 연결시키면서 일반적 의미를 찾아 나간다. 어떤 이치를 미리 전제하는 것이 아니라 드러난 사실의 관련을 통해 그 의미를 형성해 나가고, 일상 속에 묻혀 있는 개인적 삶의 파편으로부터 깊은 뜻을 도출하기 때문에 논쟁적인 셈이다. 해설가 내지 독자 또한 그 열려져 있는 의미를 읽어내고자 하는 한에서는 새로운 논쟁자로서 문면에 동참하는 것이다.10)

반면 『장자』는 외전이 되기에는 진(眞)·가(假)가 뒤섞이고 우언이 되기에는 현(顯)·미(微)가 번갈아들어 사람들이 종잡을 수 없는 궤변이 되었지만 이치를 잘 말했기 때문에 저술가의 으뜸이라 불릴 만하다고 설명했다. 뒤집어 말하자면 당대의 권력자로부터 여러 군상에 이르기까지 정사를 보충할 만한 점이 있어 외전의 성격을 띠면서도 수많은 상상적 존재를 끌어온 데서는 우언이 될 만하다는 것이다. 그 둘이 합해져 있어 외전이면서도 가상적 주인공들이, 우언이면서도 관념의 현창을 동반하는 기괴한 글이 되었지만 궁극에는 이치를 잘 말함으로써 저술가의 높은 경지를 보여주었다는 평가인 셈이다.

그런데 문제의 저술 『열하일기』는 어떻다는 것인가? 필자는 어떤 책인지 자기로서는 알 수 없다고 전제하면서도 그 노정의 공간에는 진정 해당되는 사람들이 있을 터요, 변방의 기괴한 풍속과 인종들이 이상하기는 해

---

10) 이지호, 「글쓰기의 두 가지 방식—주역과 춘추의 경우」(『선청어문』 24집, 서울대 국어교육과, 1996)에서는 주역 글쓰기를 '기존 패턴의 정당화'를 목적으로 하는 '종속적 글쓰기'로, 춘추 글쓰기를 '새로운 패턴의 창안'을 목적으로 하는 '결합적 글쓰기'라고 분석한 바 있다.

도 필시 망량이나 하백 같은 것이 아니요, 진기한 금수와 기화이초의 모습을 곡진하게 그려내기는 했어도 새의 등짝이 천리라든가 나무의 수명이 팔천 년이라는 소리를 한 적은 없다고 설명했다.『장자』와 대비할 때 외전으로서는 거짓이 없으니 수승하고 다만 우언을 겸하여 이치를 말한 점은 동일하나 그 이치의 내용이 헛되고 황홀한 소리가 아니라 일체의 이용후생의 도리라고 평가했다.

요컨대 철학과 역사의 영역을 아우르는 글쓰기로서 우언과 외전의 통합적 방식을 제시하고, 또한 그 통합의 완성도는 외전의 사료적 진실성과 우언의 주제적 견실성에 의해 결정된다는 비평의식을 함께 피력했다. 그러나 그 통합 글쓰기의 기제와 방법론은 무엇인가? 그것은 아마도 특수성에서 보편성을, 다시 보편성에서 특수성을 탐구하는 일이며 그것의 선후 관계는 딱히 정해진 것이 아니라 동시적으로 보여주는 어떤 방법이 될 것이다. 특수한 사실들의 기록 속에서 보편적 진실성을 보여주면서도 이때의 보편이란 이미 글쓴이의 이념적 지향과 넌지시 맞닿아 있음을 느끼게끔 유도하는 글의 구조가 되어야 할 것이다.

4.

우리는 그러한 글쓰기를 무엇이라 개념화할 수 있을까? 이는 상징과 우언의 상호관련성에서 이해할 수 있을 법하다. 우언은 상징의 한 방식이며, 상징 또한 우언의 한 방식이 될 수 있다. 상징과 우언은 수사법에서 은유와 환유가 그렇듯이 언어의 의미 전이성을 기초로 한다는 점에서 같다. 다만 개별적인 종(種)에서 일반적인 유(類)로 향하느냐 아니면 그 반대의 방향이냐를 굳이 갈라서 그 둘의 특성을 구분하려 한다. 그러나 앞 장에서 다루었듯이 이 두 방향이 동시에 나타날 수 있으니 『장자』나 『열하일기』의 글쓰기가 바로 그것이다.

우언은 흔히 형상적인 보조관념(비유체)을 통해 추상적인 본관념(본체)을 효과적으로 인식하기 위한 글쓰기 전략이라 이해한다. 그래서 우언은 주제가 이념적이거나 교훈적이고 어떤 경우에는 종교적 비의를 암시하는 교술적 서사체라고 이해한다. 이는 다분히 서구 알레고리론에서 영향을 입은 것이기도 하다. 그러나 우언은 그 역방향도 가능하고, 다시 강조하거니와 그 둘을 겸할 수도 있다.[11]

예를 들어 설총의 「화왕계」는 제왕의 통치술에 대한 일반적 우의를 지니기도 하지만 통일신라 초기의 정치적 판도 속에서 작가 자신의 지위를 구체적으로 우의하는 것이기도 하다. 『삼국사기』에 의하면 이 이야기를 듣고 난 이후의 신문왕(神文王)의 반응이 그것을 증거한다. 왕은 자신의 깨달음에 만족하지 않고 이를 글로 써서 '왕노릇하는 자의 경계'로 삼게 하고 아울러 설총을 높은 지위로 발탁했다. 여기서 '왕자(王者)'는 글작품을 통해 신문왕의 깨달음을 공감할 후대의 신라왕이요, 설총은 '백두옹(白頭翁)'이라는 비유체의 본관념에 해당되어 통일 정국에 중요한 임무를 감당하게 된다. 이렇게 양방향으로 해석되는 우의 설정의 가변성을 우언의 특성으로 이해할 때 우언의 문화적 맥락을 거론할 통로가 열린다. 이는 우의가 암시적으로 설정될 수밖에 없고 그에 따라 작가의 원의와 다소 무관하게 다양한 소통과 수용의 틈새를 스스로 지니고 있다는 우언의 원리와 관

---

11) 陳蒲淸, 『世界寓言通論』(湖南省 : 湖南敎育出版社, 1990, 69~70면)에서는 '本體(우의)'와 '寓體(비유체)'의 관련성에 따라 우언을 比況型과 象徵型으로 분류했다. 전자는 약간 불분명한 점이 있으나 한국 학계의 어휘로 바꾸자면 '환유형' 내지 '대비형'이라 할 수 있다. 그는 "첫째, 상징형 우언의 본체는 대부분 추상적인 사물이며 많은 경우 일종의 정신적인 목표를 지향한다. 비황형 우언의 본체는 대부분 구체적인 사건이며 많은 경우 일반적인 사리를 다룬다. 둘째, 상징형 우언에서 이야기의 함의는 이야기 자체보다 크다. 별도로 지시하는 바가 있고 이야기 그 자체의 뜻을 포괄한다. 대비형 우언 이야기의 함의는 언외의 뜻을 가리키며 이야기 자체의 뜻은 부차적이거나(특히 인물우언) 아무 역할을 하지 않다(특히 동물우언)"라 했다.

련된다.12)

우언은 종교, 철학, 역사, 문학 등의 인문학적 소통에 국한되지 않는다. 그것은 동아시아 전통문화에서 중세적 지식인의 정치적 발언과 밀접하게 관련되어 있다. 더 나아가 중세 학문 내지 문화로서 과학적 지식, 수학적 개념화, 심지어 놀이와 민속과도 무관하지 않다. 여기서 그들의 일단을 언급하여 우언의 문화론적 맥락을 짚어보고자 한다.

애초 한유의 「모영전(毛穎傳)」은 창작 우언의 새로운 전기가 되어 한문학권 우언의 또 다른 전범으로 작용했다. 특히 한국에서 그의 영향은 매우 커서 가전체(假傳體)의 다양한 발달을 가능하게 했다.13) 여기서 「모영전」의 창의성도 중요하지만 그 같은 발달의 원인으로서 한국의 내적 동기도 그 못지 않게 중요하다. 가전체 창작의 계기는 거의가 중세 지식인으로서의 정치 참여에 대한 고민에서 비롯된다. 한문문화권에서는 이에 대한 관점이나 견해를 특별히 '출처관(出處觀)' 또는 '은현관(隱顯觀)'이라 했다.

순조롭게 뜻을 얻는다면 특별히 고민할 것도 견해를 세울 것도 없지만 '사대부'라 지칭했던 동아시아의 전통 귀족층은 왕권과 민력 사이에서 굴곡진 문인관료의 삶을 살아가야 했다. 그들의 정신적 지향을 반영하는 호(號)로 '은(隱)'이라는 글자가 그토록 유행했거니와 최후의 삶의 터전으로서 고향을 상징하는 자연물 그리고 사적 공간으로서의 지명과 당호는 또 얼마나 많은가. 숨을 때는 숨는 대로 드러낼 때는 드러내는 대로 은·현의 다양한 층위를 복잡하게 논리화할 필요성이 그들의 삶의 조건 속에서 요구되었다. 그러나 그것은 논리 이상의 것이어야 했다. 자신들의 존재 방식에 관한 정치적 표현이었으므로 여타 논설 한편을 짓는 것과는 그 비중이 달리한다. 사정이 이러할 때 우언은 중세 지식인들에게 매우 유용한 글쓰

---

12) 윤주필, 「우언 글쓰기의 원리와 적용 자료의 범위 연구」(『한국한문학연구』 28집, 한국한문학회, 2001, 17~18면)에서 우의 설정의 원리를 '가상의 원리', 다양한 소통의 원리를 '층위의 원리'라 개념화한 적이 있다.
13) 이에 대한 우언비평사적 의미는 윤주필, 「한문문명권의 우언론 비교 연구」, 『동아시아 우언론과 한국의 우언문학』, 집문당, 2004, 31~36면에서 한 차례 상론했다.

기로 채택, 개발될 수밖에 없었다.[14]

반면 중세 지식인의 처세관은 비단 개인적 차원의 것만은 아니다. 시대적 사유의 결과물이며 이는 보수와 진보가 충돌하는 전환기에서 오히려 그 집단적 행태를 선명히 드러낸다. 한국의 조선 후기는 중국의 지배 제국이 명에서 청으로 바뀐 상황에서 좀더 넓은 범위의 처세관을 요청받은 시대였다고 할 수 있다. 이는 국가 단위의 외교적 처세만을 의미하지는 않는다. 관직에 나가지 않았던 지식인이라 하더라도 명청 교체에 따른 '의리와 실리'에 대한 해석은 곧 그의 세계관과 직결되는 문제였기 때문이다.

전통시대에 중국 사행은 단순한 여행으로서의 '관광(觀光)'이 아니라 문자 그대로 '문명권의 빛을 보기' 위한 나들이였다. 그러나 청나라 사절단에 몸을 실은 조선 지식인들은 갈등하지 않을 수 없었다. 꺼진 문명의 불씨를 유일하게 보존하고 있다는 소중화의식을 지닌 채, 청의 방대한 제국 경영과 새로운 문명의 발흥을 목도하면서 느끼는 충격적인 현실은 그들을 이중적 의식의 소유자로 만들었다. 그리고 이러한 현상은 동질적인 인문학의 세례를 받은 수많은 연행록 저자들에 의해 여러 가지 변주음을 발생시켰다. 『열하일기』 또한 그 중의 하나이지만 저자는 스스로 저 이중적 의식을 누구보다 깊이 육화하고 그를 외전과 우언의 종합적 글쓰기로 표현하는 데 성공했다 할 수 있다. 그러한 종합은 주의주장의 직설적 언어와 현실파악의 함축적 언어를 중층적으로 배치하는 일이었다. 그것은 인식 대상에 따라 우의성, 풍자성, 상징성 등을 제 각기 환기시키는 서술시점의 복선화로 가능하겠으나 이를 휘갑하는 문학적 장치는 광의의 개념에서 다시금 우언 글쓰기로 수렴된다.[15]

---

14) 윤주필, 「동아시아 문인관료의 처세관과 우언계 소설」(『한국학연구』 2호, 태학사, 2002, 109~122면)에서는 한유의 또 다른 우언 명품 「송궁문」을 매개로 하여 한국의 전통 지식인의 출처관과 우언적 변용을 따졌다. 그러나 중세지식인의 정치적 처세관과 우언글쓰기의 관련은 전면적으로 검토해야 할 커다란 연구 주제이다.

15) 이종주(『북학파의 인식과 문학』, 태학사, 2001, 6~8면)는 외면상 북학파 언어는 두 가지 대립적 특징이 있다면서 "주의주장, 즉 사상성이 매우 강하게 표출되어 있다", "내포

예를 들어 보자. 수양산은 사행의 정식 노정이 아니었지만 조선인들이 꼭 찾아서 들리는 곳이었다고 한다. 심지어 중국에 들어갈 때 한 번, 나올 때 또 한번 들리는 경우도 있었다. 수천 리 길에 별도로 마련해 온 마른 고사리를 불려 숙채를 만들어 제물로 바치고 백이숙제에게 제사를 지냈다. 이럴 때 수양산은 그냥 산이 아니라 조선인의 충절과 의리를 확인시켜주는 상징적 도상(iconography)이었다. 이제묘(夷濟廟) 참배는 오랑캐 땅의 세속 공간에서 고된 노정을 감당해야 하는 그들의 정신을 잠시나마 정화시켜주는 거룩한 시공간의 틈입이었다. 따라서 수양산의 조약돌조차 볼품 없는 돌맹이가 아니라 꽃다운 정신을 후대에 전해주는 징표(token)가 되고 조선 사신들은 시인의 마음으로 그것을 느꺼워한다.[16)]

그러나 수양산의 참배는 좋든 싫든 퇴색되어 갔고 끝내는 고사리 제사는 폐지되어 지난 날의 일로 기억될 뿐이었다.[17)] 숭고함이 환기되지 않는 참배는 참배가 아니라 놀이로서의 관광일 뿐이며 고사리는 허접스럽고 심지어 우스꽝스러운 물질에 지나지 않는다. 저러한 퇴색 과정 속에서 수양산 의례를 고집하는 전통의식의 수호자가 아직은 조선사회의 기득권으로 자리잡고 있을 때 수양산과 백이숙제는 어떠한 상징성을 띠는가? 김창업, 홍대용, 박지원 등은 그러한 시대에 살고 있었다

그 중에서도 박지원은 『열하일기』에서 저 퇴색의 의미를 직접 말하지 않으면서도 퇴색하지 않을 수 없는 중층적 의미, 더 나아가 퇴색 이상의 절박한 의미를 다양한 주체들의 복선화된 시점으로 구조화했다. 지은이는

의미의 폭이 넓고 다의적이라는 것이다"라 했다. 전자를 '직설적 언어의 지향', 후자를 '함축적 언어의 지향'으로 보았다. 또 박지원의 언어는 우의성과 풍자성, 상징성을 동시에 심화시키고 있는데 인식 대상을 다양한 시각에서 바라보는 인물들이 서술시점을 복선화함으로써 가능하다고 판단했다.

16) 조규익, 「깨달음의 아이콘 그 제의적 공간」(『연행노정 그 고난과 깨달음의 길』, 박이정, 2004, 81~99면) 참조. 특히 최현(崔睍)의 「수양산에 들러 느꺼움이 있어[過首陽山有感]」에서 "行人皆仰止 拳石亦流芳"이라 읊었다.

17) 조규익, 「깨달음의 아이콘 그 제의적 공간」, 『연행노정 그 고난과 깨달음의 길』, 박이정, 2004, 104면 참조.

이제묘에서 제 철도 아닌 고사리 음식을 먹고 체하였다. 한번 트림을 하면 고사리 냄새가 올라와 목을 찌르는 것이었다. 그러나 고사리 때문에 괴로움을 당한 것은 알고 보니 자기 혼자 만의 일도 아니고 유래도 오래되었다. 지은이는 자신과 관계도 없는 10년 전, 20년 전의 일을 끼어넣는다. 그것은 "백이숙채(伯夷熟菜)가 사람 죽인다"는 너스레와 "겉은 춥고 속은 막혔다"는 괴로움은 춘추의리론으로 나라가 사상적 경색증에 걸려 중병을 앓고 있다는 위기의식으로 연결된다. '배탈이 난 자신'이나 삽화 속의 인물들이나 다 같이 '위기에 처한 나라'의 표징물들이며 작가는 그러한 환유적 의미를 또 다른 자아의 눈으로 바라본 것이다. 이때 수양산, 이제묘, 고사리 등은 조약돌 하나라도 숭고하다던 심미의식의 상징물이 아니라 골계적, 반어적 상징성을 띨 뿐이며 그 적나라한 모습은 오직 우언적 글쓰기를 통해 예시적으로 포착된다.[18]

5.

　우언의 사유방식은 현실 반영적(representative)이기보다는 개념 예시적(illustrative)이다. 대상에 대한 세부적 관찰의 결과를 묘사하는 것이 과학적 방법이라고 할 때 우언은 과학과는 인연이 없을 듯 하다. 그러나 과학의 기본 전제들과 관련되는 우주관이나 시공간 개념, 심지어 관습적인 문양과 장식의 기하학적 도안 등은 한 시대의 문화를 장악하는 문화적 저변이 된다. 서로 관련이 없을 듯한 제 각각의 문화적 현상들이 한 시대의 유행으로 지속되면서 상호 관련되는 것은 바로 그 저변성에서 비롯되며 이를 문제삼는 방식은 개

---

18) 이종주, 『북학파의 인식과 문학』, 태학사, 2001, 452~459면 참조

념 예시적일 수밖에 없다.

초나라 굴원이 지었다고 전해지는 「천문(天問)」은 우주와 자연과 인간의 근원에 대한 연속되는 의문문 4언시로 이루어진 독특한 작품이다. 그 의문이 너무 길게 이어지기에 어떠한 경로에서 창작 또는 전승된 것이고, 또 무슨 의도를 지닌 것인지 일찍부터 논의가 분분하다. 그러나 신화와 관련되는 항목에 있어 이와 비슷한 중국 소수민족의 「창세가」 등이 발견되어 논의의 실마리를 제공한다. 예컨대 묘족(苗族)의 「고가(古歌)」나 이족(彝族)의 서사시인 「매갈(梅葛)」 등이 그것이다.[19]

> 우리들 옛 시절 볼 때 / 누가 제일 먼저 생겨났나? / 누가 가장 늙은 셈인가? / 그가 와서 하늘을 열고 / 그가 와서 땅을 만들었지 …… 바로 너와 나를 낳고 / 늙은이 어린이 만들어 살려내었네. …… 천지가 너무도 장대하고 / 천지가 너무도 너르니 / 누가 좋은 사람이라서 / 와 천지를 재어줄까? / 재어 오고 또 재어 갈까? / 재는 것은 어떻게 할까?
>
> —「묘족 고가」

> 먼 옛날에 하늘도 없었다 / 먼 옛날에 땅도 없었다. …… 누가 와 하늘을 만들었는가? / 누가 와 땅을 만들었는가? …… 다섯 형제가 하늘을 잘 만들었다 / 네 자매가 땅을 잘 만들었다. …… 무엇에게 청하여 하늘을 잴 것인가? / 무엇에게 청하여 땅을 잴 것인가?
>
> —「매갈」

이들을 참고하면 「천문」에서 신화적 내용을 가져다 의문 시구로 만드는 것은 원시 서사시 전통을 이었다고 보면 어렵지 않게 납득할 수 있다. 또 인간 역사에 관련된 부분도 각 민족의 사적을 건국서사시를 통해 다루었던 전통에 비추어 볼 때 어느 정도 수긍이 간다. 다만 「천문」은 답은 제시하지 않은 채 의문을 연속시켰다는 데 특징이 있다. 그래서 이것은 초나라

---

19) 蕭兵, 『楚辭文化破譯』, 湖北省 : 湖北人民出版社, 1991, 953~955면 참조.

민족사회의 입사식 시험문제이거나 수수께기에서 유래한 형태였을 것이라
추정하기도 한다.[20] 그럼에도 불구하고 중국 고대인들이 전승하고 있던
우주, 자연, 인간의 신화적 믿음에 대해 의문을 가지고 반추하는 계기를
마련했던 점은 분명하다. 믿음을 전제로 한다면 「천문」의 문항에 대한 답
항이 무엇인지 노래를 읊는 사람이나 그것을 듣는 사람이나 공지하고 있
다. 그것은 신화라고 하는 집단의 보편적 앎으로 전승되고 있던 내용이기
때문이다.[21]

「천문」이 마치 수수께기와 같은 것이라면 이는 기존의 통념으로 진행되
려는 사고의 방향을 전제하면서도 그것을 지연시키거나 차단하면 또 다른
사고 방향을 유도하는 것이다. 만약 누구나 다 알고 있는 답을 확인하려는
목적이라면 그것은 넌센스 퀴즈에 걸려드는 '바보'를 조롱하기 위한 언어
유희에 다름 아니다. 그런 것이 아니라면 그것은 시대의 우주관/문명관이
바뀌는 데따라 답을 달리 생각해 볼 수 있게 하는 가상적 언어장치가 아
닐까 한다. 실제 당송(唐宋) 이후의 한문학권 지식인들은 초사의 전범적 성
격을 인정하면서 「천문」을 재창조하였다. 「속천문(續天問)」「천대(天對)」「
속천대(續天對)」 등의 작품군이 양산되었으며 「천문」 자체에 대한 의미를
풀고 각 문항에 대한 자신의 견해를 답하는 독특한 주석적 연구도 이어져
왔다.[22] 이들은 후대 지식인들의 당대 문명관에 대한 옹호 혹은 비판을 그
같은 문학적 형식에 기대어 드러낸 사례들이다.

이러한 「천문」류의 전개는 바로 신화적 세계관에 대한 반의모방이다. 「
천문」 자체가 고대문명의 상식을 열거하고 회의하며 중세적 문명관의 여

---

20) 蕭兵, 『楚辭文化破譯』, 湖北省 : 湖北人民出版社, 1991, 967~985면 참조.
21) 조현설, 「지혜─신화와 우언을 잇는 고리」, 『동아시아 우언문학의 성격』(『한국고전문
    학회 · 인하대 한국학연구소 국제학술회의요지집』, 2004, 87~88면;『고전문학연구』 26집,
    2004년 12월 게재 예정)에서는 티벳의 창조신화 「스빠문답가」와 이족 일파인 아시 사람
    들의 「아시의 노래」를 들어 창세공간에 대한 문답이 정연하게 전개되는 예를 보이고 「천
    문」과 대비했다.
22) 윤주필, 「초사수용의 문학적 전개와 비판적 역사의식」, 『한국한문학연구』 9 · 10합집,
    한국한문학연구회, 1987, 450~458면 참조.

명을 예고한 것이고, 그 이후 모방작들은 중세 후기로 접어들면서 중세문명관의 세부 사항을 보충하는 '이치 탐구[究理]'이거나 그 반대로 중세문명의 모순에 대한 반어적 '의미 가탁[寓意]'의 수용 태도를 보였다.23) 이 같은 다양한 전개 양상은 문·사·철의 인문학적 맥락뿐만 아니라 학문이나 과학적 견해까지도 개입시킬 여지를 마련하는 우언글쓰기의 문화적 맥락으로 이해할 수 있다.

그러나 전체적으로 보아 한문학권의 우언은 신화로부터 연원한 경우가 그리 흔하지 않다. 신화의 전승 자체가 한문고전에서 매우 산발적으로 수용되었기 때문이다. 그에 비해 고전에 대한 반의 모방이 오히려 다양한 문화적 맥락의 우언글쓰기를 촉진시켰다. 예컨대『열자』같은 책은『장자』와 더불어 기존의 고대적 문명의 상식을 우언 각편의 자료로 삼고 스스로 후대 우언문학의 발전을 위한 전범의 구실을 했다. 그 중에서도 과학적 상상력을 풍부하게 발휘한 우언 작품들이 단연 이채를 띤다. 여기에는 당연히 당대의 과학적 인식과 수준을 잘 반영하고 있다. 예를 들면「공자와 소아 문답」,「기나라 사람의 하늘 걱정」등이 가장 유명한 작품이다.24)

「공자소아문답」은 공자가 어린아이와 문답을 하다 말이 막혀 망신했다는「항탁전설」을 서사적 장치로 활용하면서도 내용적으로는 해와 땅이 거리를 문제삼는 과학적 문답으로 이루어져 있다. 항탁은 선행 한문고전들에서 항탁(項橐) 또는 항탁(項託)으로 표기되었던 천재소년인데 공자의 스승

---

23) 游國恩. 主編,『天問纂義』(臺北 : 明文書局, 1982, 8~9면)는 '天問'에 대한 역대 주석가의 견해를 비평하면서 '하늘에 물어 괴로운 마음을 하소연했다'는 의미의 '問天'설을 부정했다. 그 문항의 내용이 개인적 심정 가탁에는 어울리지 않는 근원(天)에 관한 것이며 초나라 왕족의 성씨로서 선조가 천관 내지 사관에 종사했다는 근거를 들어 '하늘에 대해 힐문했다'는 의미로 풀었다. 그러나 후대 문학에서의 수용은 오히려 전자가 더 우세한 편이다. 크게 보아 '寓意'와 '究理'의 이중적 글쓰기가 가능한 우언으로 수용됐다고 보아 무리가 없다.

24) 한문 제목은「小兒辯日」·「杞人憂天」·「國氏善盜」이다. 陳蒲淸,『中國古代寓言史』(增訂本, 湖南敎育出版社, 1996, 67~70면)에서 이들을 "富于科學幻想的寓言"이라 했다. 중국어의 '幻想'이란 '空想 / 妄想'의 가치 폄하적인 의미가 없으며 미래에 실현될 수도 있는 상상을 의미한다.

이 되었다는 단편적이 언급들이 엿보인다. 『열자』는 이를 이야기로 전개시킨 것이다. 두 아이가 공자 앞에서 해가 뜰 때와 중천에 있을 때 어느 쪽이 땅에서 가까운지를 변론하였는데 공자는 그들의 의문을 해결해 주지 못해 허명뿐인 성인이 됐다는 내용이다. 현재로서는 이 책이 기존의 항탁 전설을 얼마큼 가공한 것인지 혹은 그 전설의 원형을 얼마큼 보여준 것인지 판단하기 어렵다. 그럼에도 불구하고 이 우언은 후대의 「공자동자문답」 서사물의 전범이 되었고 또한 당대 과학적 문제 수준을 반영하고 있다. 한대의 과학자 왕충(王充)은 『논형(論衡)』에서 해에 관해 말하면서 거리를 측정하는 데 있어 '시각 위주의 설'과 '기온 위주의 설'이 유자들의 시비거리가 되어 옳고 그름을 결정하지 못했다고 증언했다. 또한 후대 서사물에서 이 과학적 문제는 소아의 지혜담으로 혹은 강자와 약자의 언어경합담으로 변형되어 전승되었다. 뿐만 아니라 동 혹은 동북아시아 문명권의 제 민족에게 광범위하게 유포되어 오늘날까지 전승되고 있다.25)

「기나라 사람의 하늘 걱정」은 흔히 쓸데없는 걱정을 의미하는 '기우(杞憂)'라는 성어의 배경 고사(이야기)이다. 그러나 작품을 문화론/문명사적 맥락에서 보면 '기나라 사람'이 쓸데없는 걱정을 한 것은 아니며 당시 사람들의 우주관을 여러 층위로 우의화하는 중의 한 부류일 뿐이다.26) 첫 번째 기국인은 '기우'의 장본인이지만 하늘과 땅이 무너지지 않고 지탱할 수 있다는 데 대한 회의론자이다. 우주에 대한 신화적 믿음이 거두어진 자리를 메꿀 대안이 없는 사람을 의미하겠으나 다분히 가상적 존재이다. 둘째 기국인은 기론자(氣論者)라 할 수 있으니 회의론자를 열심히 설득하여 두려움을 해소시켰지만 만물이 기에 의해 유지 고정되어 있다고 보는 정태적 기론자이다. 셋째 인물은 좀더 거시적인 관점에서 우주를 논하면서 다시 그것을 비평한다. 단기적으로 보면 천지가 불변일 듯 하지만 장기적으로는

---

25) 윤주필, 「은자우언으로 본 「공자동자 문답」 서사물의 동아시아 전승과 변이」, 『제65차 정기학술대회 요지집』, 한국고소설학회, 2004, 54~69면 참조
26) 陳蒲淸, 『中國古代寓言史』(增訂本), 湖南敎育出版社, 1996, 69면 참조

가운데 비어 있는 채 공중에 매달린 천지가 변화가 없을 수 없다고 했으니 이루어질 때와 훼손될 때를 동시에 고려하는 동태적 기론자인 셈이다. 이에 비해 평결자 구실을 하는 열자는 두 견해가 모두 틀렸으며 모두 일리가 있다고 했다. 생명의 삶과 죽음, 사물의 오고 감은 이쪽에서 저쪽을 또 저쪽에서 이쪽을 알 수 없는 법이니 천지의 무너짐 여부를 마음에 둘 일이 아니라 했다. 일종의 불가지론자이며 도가적 낙천주의를 통해 '기우' 자의 잃어버린 믿음을 대체하고자 한 셈이다.

6.

이상에서 우언은 문학적 수사법이나 형식 이상의 것임을 논술하고자 했다. 그것은 하나의 글쓰기 방식이자 세계관의 표현이다. 문·사·철의 공통부분을 엮어내는 인문학적 사유도구이며 한 시대의 우주론이나 과학적 인식을 반영하고 문제삼는 문화론적 맥락을 지닌다. 그러나 이것이 한문학권의 낡은 전통의 하나로 괄시당하지 않기 위해서는 현대적 활용의 가능성을 아울러 문제삼아야 할 것이다. 그러나 달리 생각하면 우언의 문화론적 속성은 비록 '우언'이라는 이름은 아니더라도 이미 현대 문명 속에서 여러 매체를 통해 자기나름의 표현 영역을 확보해 나가고 있다고 판단된다. 우리는 우언의 전통과 이 새로운 잠재적 가능성을 연결시킴으로써 우언의 이해를 심화하고 또 우언의 새로운 가능성을 증대시킬 수 있다.

우언이 현대의 다매체 환경 속에서 변용되는 양상은 매체별로 살펴 볼 때 어느 정도의 윤곽은 개괄할 수 있다. 그 중에서 전통적 도서로는 청소년을 위한 과학우언,[27] 사고력을 키우기 위한 우화 다시 쓰기,[28] 어른을 위한 동화,[29] 우언 시집[30] 등이 있다. 또 선행 텍스트를 반의 모방의 형식으로 재창작하거나 매체를 전환하여 도상, 만화(캐리커쳐 / 카툰 / 캐릭터), 애니메이숀, 영화로 만드는 경우도 있다.[31] 또 우언은 문학교육의 활용 도구로 변용 가능하다. 비결, 무협지, 바둑, 장기, 고돌이 등의 대중문화 내지 놀이문화에 대한 우언적 접근도 가능하다. 인터넷 환경에서는 게시판 댓글쓰기, 패러디, 플래쉬, 사진합성, 아바타 등에 대한 것도 함께 연결시켜 생각할 수 있다.

현대문명은 힘겹게 버텨 가는 전통 연극과 수백만 관객을 동원하는 영화의 거리를 점점 더 벌려 가고 있다. 거기다 수백, 수천의 네티즌을 온라인으로 연결시키는 컴퓨터 게임이 모든 전통놀이를 박제품으로 변화시키는 도정에 있다. 끝없는 편집과 과감한 조작이 독일의 미학자 발터 벤야민의 예언처럼 '복제시대의 예술'로서 대중의 감동을 자아내고 거의 유일한 심미적 대안처럼 되어 버렸다. 그 사이를 비집고 사유도구의 가능성을 구현할 방도를 찾으려는 노력은 이제 영화는 영화로 맞서고 게임은 게임으로 대적해야 할지도 모른다. 문제는 그 소재와 매체가 무엇이든 간에 반성적 사유를 활성화하고 틈새의 미학을 실현시킬 우언의 논리를 어떻게 확보하느냐에 달려 있다.

---

27) 중국에서는 과학적 지식, 특히 생물학적 논제를 우언화하여 교과서에 싣고 또한 '과학우언'의 전문 영역과 작가가 존대한다고 한다.
28) 고희경, 『생각이 크는 논술우화』(은하수미디어, 2003)는 이솝우화의 내용에서 어린이 독자가 달리 생각하는 부분을 논리적으로 설명하게 하고 그것을 토의한 다음 새로운 내용으로 개작하게끔 유도하는 과정을 거쳐 논리력을 키우게끔 했다.
29) 생텍쥐베리의 「어린왕자」 같은 것이 대표적이다. 한국에서도 일정한 문화영역을 차지하고 있다. 정호승, 『모닥불』(현대문학북스, 2000) 같은 작품이 있다.
30) 서구에서는 이솝우화를 시적 제재로 삼아 풍자문학의 신경지를 개척했다고 평가되는 라퐁텐, 크레이로프의 우언시집이 있다. 한국에서는 윤동재, 『날마다 좋은 날』, 문학아카데미, 1998; 김윤완, 『우화 공화국의 눈물』, 열린문학, 2001 등을 예시할 수 있다.
31) 디즈니 혼화(애니메이숀)의 아성을 공략하면서 잠자는 숲속의 백설공주 신드럼을 '흑설공주'식의 패로디로 개작한 「슈렉」 시리즈는 헐리우드의 야심찬 도전이었다. 한국에서 황선미, 『마당을 나온 암탉』(사계절, 2000)은 한국판 「미운오리새끼」의 반의모방작이다.

군신·사제 관계 중언(重言)과 우언(寓言)

김 영

1. 서언

노자가 "사람은 땅을 의지하고 본받으며, 땅은 하늘을, 하늘은 도를 의지하고 본받는다"[1]고 했듯이, 이 세상의 만물은 서로 의지하고 어울리며 존재한다. 세상에 별개의 사물이란 없다. 이것이 있기에 저것이 있고, 저것이 있기에 이것이 있는 것이다. 모든 것은 상호의존적 관계에서만 존재한다고 할 수 있다. 몇 년 전 우리나라를 다녀간 틱낫한 스님은 이런 관계를 다음과 같이 표현했다.

한 장의 종이는 종이 아닌 요소들로만 이루어져 있다. 마음, 대지, 나무꾼, 구름, 햇살이 그 안에 들어 있다. 만일 그대가 종이 아닌 요소를 그 근원으로 되

---

1) 『老子』 25장. "人法地, 地法天, 天法道, 道法自然."

돌려 버린다면, 종이는 더 이상 존재할 수 없다. 종이는 얇지만 그 안에는 전 우주의 모든 것이 담겨져 있다.[2]

맞는 말이다. 구름이 없으면 비가 내리지 않고, 햇살과 비가 없고 대지가 포용하지 않으면 나무는 자랄 수 없으며, 나무꾼이 나무를 베지 않으면 종이의 원료인 펄프가 생산되지 않고, 종이가 있다 한들 글쓴이의 마음이 담겨져 있는 글이 없다면 책은 무슨 소용이 있겠는가. 그러므로 비는 구름에 의지하고 있고, 나무는 햇살과 비와 대지에, 책은 나무꾼의 손길과 글쓴이의 마음에 의지해 있다고 할 수 있다.

천지의 만물이 그러하듯 우리 인간도 서로 의지하고 어울리며 존재한다는 것은 너무나 자명한다. 부모가 없다면 우리의 생명이 어떻게 존재할 수 있으며, 스승의 가르침이 없다면 제자의 지적 인격적 성장이 어떻게 가능하겠는가. 반면에 아무리 많은 지식을 가진 스승이라 한들 배울 학생이 없다면 어떻게 스승 노릇을 할 수 있겠으며, 훌륭한 경륜을 지닌 명왕이라 하더라도 이를 뒷받침해줄 신하가 없다면 나라를 어떻게 다스릴 수 있겠는가.

이 글은 바로 이런 생각에서 서로 어울려 존재하는 상호의존적 인간관계 가운데서 지면의 제약과 논의의 편의상 우선 군신관계와 사제관계에 관련된 중언(重言)과 우언(寓言)[3]을 살펴보려는 것을 목표로 하고 있다. 전통사회의 인간관계라 할 군신관계와 가르치고 배우는 사제관계를 흔히 재상자(在上者) 위주의 상하차서(上下次序) 관계로만 이해하는 경향이 지배적이다. 필자는 군신관계와 사제관계가 상하의 지배이데올로기를 공고하는 데 기여하였다는 사실을 인정하면서도, 그 속에는 '서로 어울리며 존재하

---

2) 틱낫한,『평화로움』, 열림원, 2002, 96면.
3) 重言과 寓言이란 말은『莊子』雜篇의「寓言」에 나오는데, 중국의 노장철학자 陳鼓應은『莊子今注今譯』(中華書局, 1983)에서 重言을 훌륭한 선철의 말을 빌려 말하는 방식이고, 寓言은 사물에 기탁해 우의적으로 말하는 방식이라고 했다. 그의 책 727~729면 참조

던' 상호존중의 미덕이 담겨 있음에 주목하고, 선현들의 지혜를 직접적으로 표현한 중언(重言)과 재미나는 이야기를 우의적으로 표출한 우언(寓言) 몇 편을 살펴보려고 한다.

2. 군신관계 중언과 우언

1) 군신관계 중언

한 나라를 통치하기 위해서는 지도자의 경륜과 도덕성이 중요함은 말할 것도 없다. 그러나 아무리 식견이 뛰어난 통치자라 하더라도 국가의 대소사를 직접 관장해 처리할 수는 없다. 그래서 통치자의 구상과 이념을 현실 정치에 구현하기위해서는 유능한 참모와 관리가 필요하다. 전통시대의 군왕들도 이런 점을 잘 알고 있었던 것 같다. 그래서 현명한 군주는 비록 상하의 질서가 엄중한 봉건적 정치체제에서도 일방적인 지시나 명령을 내리지 않았으며,[4] 유능한 인재를 등용하는데 성의를 다하였다. 사마광이 『자치통감』에서 한고조 유방이 초패왕 항우와의 싸움에서 승리하고 천하를 제패한 이유가 항우는 휘하의 장수들을 혹독하게 대한 데 비해 유방은 장량과 한신과 소하같은 인재들의 장점을 취해 썼기 때문이라고 한 바와 같이,[5] 군신간의 관계는 나라의 흥망을 좌우할 만큼 중요하다 할 것이다.

이와 같은 군신관계에 대한 중언은 많이 있지만, 오늘날과 같은 민주정

---

4) 이런 사상을 가장 강조한 이는 노자라 할 수 있는데, 『老子』 10장에서는 무위의 통치 방법으로 愛民治國할 것을 강조하고, 23장에서는 명령이나 지시를 적게 내리는 것이 자연스러운 통치[希言自然]라고 하였다.
5) 司馬光, 『資治通鑑』 「漢紀」 참조

치시대에도 여전히 많은 시사점을 주는 말들을 뽑아 아래에 정리해본다.

君仁則臣直.　　　　　왕이 어질면 신하는 바르게 된다.

—『資治通鑑』

夫信者, 人君之大寶也.　무릇 믿음이란 임금의 큰 보배이다.
國保於民,　　　　　　나라는 백성들에 의해 유지되고
民保於信.　　　　　　백성들은 믿음에 의해 유지된다.

—司馬光

爲人君者,　　　　　　임금이 된 자는
正心以正朝廷,　　　　바른 마음가짐으로 조정을 바르게 하고
正朝廷以正百官,　　　바른 조정으로 백관들을 바르게 하며
正百官以正萬民.　　　바른 관리들로 만민을 바르게 한다.

—董仲舒

擧直錯諸枉則民服,　　부정한 사람의 자리에 바른 사람을 등용하면 백성
　　　　　　　　　　이 복종하고,
擧枉錯諸直則民不服.　바른 사람의 자리에 부정한 사람을 등용하면 백성
　　　　　　　　　　이 복종하지 아니한다.

—孔子

君使臣以禮,　　　　　임금은 신하를 예로써 부리고
臣事君以忠.　　　　　신하는 임금을 진심으로 섬긴다.

—孔子

君君, 臣臣,　　　　　임금은 임금답게, 신하는 신하답게,
父父, 子子.　　　　　아비는 아비답게, 자식은 자식다워야 한다.

—孔子

疑則勿任, 任則勿疑.　　　의심나면 임명하지 말고, 임명했으면 의심하지 마라.
　　　　　　　　　　　　　　　　　　　　　　　　　　　　　　　　　　　　　—『資治通鑑』

君子用人, 如器,　　　　　임금이 사람을 쓸 때는 그릇을 쓰듯이 해서
各取所長.　　　　　　　　각기 그 장점을 취해야 한다.
　　　　　　　　　　　　　　　　　　　　　　　　　　　　　　　　　　　　　　　— 唐太宗

위의 명언들은 임금의 솔선수범, 믿음성 있는 언행, 바른 마음가짐, 합리적인 통치, 바른 인재등용 등을 촉구하는 내용이 중심이다. 재하자의 책임과 재상자에 대한 진실한 충성을 강조하는 언급들도 있지만, 권한이 있는 곳에 책임이 있기 때문에 무소불위의 권력을 가진 당시 봉권통치자들의 각성을 촉하는 것은 당연하다 하겠다.

2) 군신관계 우언

올바른 군신관계를 일러주는 우언은 많이 있다. 신하가 임금의 잘못을 직설적으로 간(諫)했다가는 속이 좁은 왕들로부터 목이 딜아나거나 유배를 가는 경우가 역사상 허다했기 때문에 우의적 방법으로 다른 이야기를 빌어 말하는 방식을 취하곤 했기 때문이다. "윗사람은 인격적 풍모로 아랫사람을 감화시키고, 아랫사람은 노래로서 윗사람을 풍자한다"[6]는 언명처럼 힘이 없는 일반 민중들은 노래나 이야기를 가지고 통치자의 잘잘못을 논할 수밖에 없다. 그러나 전통시대는 언론의 자유가 없었기 때문에 위정자들의 잘못을 직접 비판하거나 따지는 것은 매우 위험하거나 불가능한 일이었다. 그래서 재미나는 이야기를 통해서 에둘러 민의를 전달하는 우언은 웃음을 동반한 비판을 행하던 풍자시와 더불어 위정자의 책임과 각성

---

6)『毛詩』「大序」, "上以風化下, 下以風刺上."

을 촉구하는데 알맞은 문학형식이 되었던 것이다.

우리나라의 우언의 효시가 되는 작품인 설총의 『화왕계』가 아첨하는 신하를 가까이하고 충직한 신하를 멀리하는 왕의 행위를 풍간하는 정치 풍자우언임은 우리가 너무나 잘 알고 있으므로, 『필원잡기(筆苑雜記)』에 있는 「신하에 대한 예우」를 소개한다.

> 명종이 한번은 후원에 행차하여 참석한 모든 신하들에게 술을 하사하였다. 그런데 정승 상진(尙震)이 본래 술을 못 먹는데, 임금이 주는 술을 받아 마시고는 취하여 길 왼편에 쓰러졌다. 임금이 궁전으로 돌아갈 때 그 광경을 보았는데, 곁에 있던 신하들이 그가 상진이라고 아뢰자 말씀하셨다.
> "대신이 길 곁에 있는데, 지나가기가 미안하구나."
> 그러고는 휘장으로 가리도록 명하시고 타신 수레를 휘장 뒤로 나아가게 하셨다.7)

임금이 신하를 대하는 금도(襟度)를 보여준 우언이다. 이 우언은 세종대왕이 집현전에 있는 문신들이 책을 보다가 잠이 들어 있어 있으니까 자기가 입던 용포를 벗어서 덮어주었다는 이야기를 연상시킨다. 이와 같이 임금이 신하를 아껴주고 배려하는 마음을 가진다면, 신하가 어찌 충성을 다해 임금을 섬기지 않고 딴 마음을 먹을 수 있겠는가. 앞의 중언에 인용한 공자의 말처럼 임금이 신하를 예로 대하면 신하는 진실된 마음으로 임금을 섬길 것은 자명한 이치다.

덕이 있는 군주는 자기와 함께 일하는 신하를 이렇게 예우했을 뿐만 아니라 훌륭한 인재를 발굴하고 쓰는 데도 최선의 노력과 성의를 다했다. 이러한 인재등용에 관한 가장 대표적인 이야기는 유비가 관우와 장비를 데리고 은거해있던 제갈공명을 세 번이나 찾아갔다는 삼고초려(三顧草廬) 고사일 것이다. 여기서는 임금이 신하를 모시는데 얼마나 성의를 보였는지

---

7) 徐居正, 『筆苑雜記』. 번역문은 김영 역, 『한국의 우언』, 현암사, 2004, 146면.

하는 것을 살펴보기 위해 『묵자(墨子)』의 우언 「신하 모시기」를 들어본다.

옛날 상(商)나라 탕왕(湯王)이 현인인 이윤(伊尹)을 찾아가려 할 때 팽(彭)씨 성을 가진 사람이 수레를 몰았다. 길을 가는 도중에 이 수레꾼이 탕왕에게 여쭈었다.
"군왕께서는 어디로 가십니까?"
탕왕이 말했다.
"이윤을 만나러 가려 하네."
수레꾼이 말했다.
"이윤은 지체가 낮은 사람입니다. 군왕께서 그를 보고자 하신다면, 와서 문안하라고 명령을 내리더라도 그는 큰 은덕을 입는 것이 될 것입니다."
그러자 탕왕이 말했다.
"이것은 자네가 모르고 하는 말이야. 만약 여기에 좋은 약이 있는데 그것을 먹으면 청력이 좋아지고 눈이 밝아진다면, 나는 기분 좋게 그것을 먹을 것일세. 지금 이윤은 우리 나라에 있어서 명의(名醫)나 양약(良藥) 같은 분일세. 그런데 자네는 내가 그를 찾아가지 않기를 바라다니, 이것은 과인이 좋은 일을 하기를 바라지 않는 것 아닌가."
그리고는 탕왕은 수레꾼을 끌어내리게 한 뒤, 다시는 수레를 몰지 못하게 했다.[8]

권력의 상부에 있으면 간신과 모리배들의 장막에 둘러싸여 정의롭고 어진 사람을 만나기가 쉽지 않다. 그런데 탕왕은 스스로 인의 장막을 찢고 간신배들의 만류에도 불구하고 지체낮은 이윤을 모시려고 발걸음을 한다. 수레꾼이 탕왕에게 지체낮은 사람을 불러오면 될 것이지 하필 직접 찾아갈 필요가 있겠느냐고 한 것은 당시의 통념상 당연한 건의라고 할 수 있겠지만, 탕왕은 좋은 인재를 구하는 발걸음을 막고, 자기를 권위주의적인 군주로 만들려는 수레꾼을 단칼에 내친다. 탕왕의 이러한 추상같은 모습을 '거룩한 분노'라고 할 수 있을지 모르겠다.

---

8) 『墨子』 「貴義」. 번역문은 김영 역, 『네티즌과 함께가는 우언산책』, 한울, 2003, 264면.

　　이와 같이 현명한 군주는 인재를 등용함에 있어 그 직책에 알맞은 인물을 골라 적재적소에 배치를 한다. 이러한 것을 일러주는 우언이 『여씨춘추呂氏春秋』의 「적임자」이다.

　　　진(晉)나라 평공(平公)이 기황양(祁黃羊)에게 물었다.
　　　"남양현(南陽縣)에 현령 자리가 비었는데 누가 이 직책에 합당하겠는가?"
　　　기황양이 대답했다.
　　　"해호(解狐)란 사람이 적당합니다."
　　　평공이 말했다.
　　　"해호는 그대의 오랜 원수가 아닌가?"
　　　"임금께서 물으신 것은 누가 그 자리에 적합하냐 하는 것이지, 누가 나의 원수인가 하는 것이 아니지 않습니까?"
　　　그러자 평공은 기황양을 칭찬하며 흔쾌히 해호를 남양현의 현령으로 임명하였다. 과연 해호는 그 직무를 잘 수행하여 백성들의 칭송을 들었다.
　　　얼마 뒤 평공이 또 기황양에게 물었다.
　　　"경성의 군사직이 비었는데 누가 이 직책에 적당하겠소?"
　　　기황양이 대답했다.
　　　"기오(祈午)가 적당합니다."
　　　"기오는 그대의 아들이 아닌가?"
　　　그러자 기황양이 대답했다.
　　　"임금께서는 제게 누가 군사직에 적당한가를 물으셨지, 누가 내 아들인가를 물으신 것이 아니지 않습니까?"
　　　평공은 이 말을 듣고 좋다고 하면서 기오를 군위(軍尉)의 직책에 임명하였다. 과연 기오는 그 직책을 잘 수행하여 많은 사람의 칭송을 들었다.9)

　　사사로운 정에 이끌리지 않고 적재적소에 인재를 배치하는 것이 정치의 정도이겠지만 현실 정치는 대개 혈연, 지연, 학연과 같은 불합리한 연고주의에 의해 이루어지거나 윗사람에게 아첨하는 사람이 발탁되는 경우가 많

---

9) 『呂氏春秋』「去私」. 번역문은 『네티즌과 함께가는 우언산책』, 269면.

은 것이 사실이다. 그런데도 기황양은 원수지간인 해호를 현령으로 추천하고 임금은 그의 추천을 받아들인다. 임금과 신하의 마음이 맞으면 대도가 밝혀진다고 하였거니와, 진 나라의 평공과 기황양과 같은 군신간의 신뢰가 이 정도라면 나라가 반석 위에 놓일 것은 명약관화할 것이다.

3. 사제관계 중언과 우언

사제간의 관계도 군신간의 관계처럼 권위주의적 환경에서는 교사가 일방적으로 학생을 가르치고 훈도하지만, 민주적인 교실환경과 학습의 장에서는 교사와 학생의 관계가 그야말로 가르치고 배우는 상호교육적인 성격을 띤다고 할 수 있다. 그래서 명(明) 나라의 사상가 이지(李贄)는 바람직한 스승상에 대해 "친구가 될 수 없다면 진정한 스승이 아니고, 스승이 될 수 없다면 진정한 친구가 아니다"[10]라고 하였다.

바람직한 사제관계를 위해서는 우선 가르치는 입장에 있는 스승이 열린 마음을 갖고 학생을 사랑의 눈길로 바라보는 것이 중요하다. 그러면 모든 학생들이 가능성이 있는 아름다운 존재로 보이게 될 것이다. 일본의 궁목수 니시오카 츠네키츠도 평생 나무를 다루는 목수의 일을 하면서 터득한 것은 성깔 있는 나무나 개성 있는 인재도 역시 아껴서 써야 한다고 하였다.

적재적소라고 합니다만 좋은 점만이 아니라 결점이나 약점도 살려서 그 재능을 발휘시키도록 하지 않으면 안 됩니다. 좋은 것만을 골라내서 좋은 곳에 세운다는 것과는 다릅니다. 사람을 쓰는 데는 그만큼 마음자세가 필요하다는 것이지요. 나무를 보는 것도 어렵습니다만, 사람을 보는 것도 어렵습니다. 안 쓰

---

10) 이진경, 『노마디즘』 1, 휴머니스트, 2002, 1면에서 재인용.

는 쪽이 좋겠다 싶은 자를 무리해서 쓰고 있지 않느냐는 이야기를 다른 사람으로부터 자주 듣습니다만, 그렇지 않습니다. 그렇지 않다기보다 그런 사람도 쓸 데가 있는 것입니다. 그렇게 기질이 있는 사람에게 꼭 맞는 일이 반드시 있습니다.[11]

선현들의 증언은 바로 이런 점을 가르치고 있다.

1) 사제관계 증언

聖人常善救人,	성인은 늘 남을 구원해주길 잘 함으로
故無棄人,	버려 둔 사람이 없고,
常善救物,	언제나 물건의 쓰임새를 잘 앎으로
故無棄物.	버려 둔 물건이 없다.

—老子

聖人行不言之敎.	성인은 말없는 가르침을 행한다.

—老子

溫故而知新,	옛 것을 익혀서 새로운 것을 알면,
可以爲師矣.	가히 스승이 될 수 있다.

—孔子

敏而好學,	부지런히 배우기를 좋아하고
不恥下問.	아랫사람에게 묻는 것을 부끄러워하지 않는다.

—孔子

學而不思則罔,	배우되 생각하지 않으면 잊어버리고

---

11) 니시오카 츠네키츠, 『나무의 마음 나무의 생명』, 삼신각, 1996, 120~130면.

思而不學則殆.　　　생각하되 배우지 않으면 위태로워진다.

—孔子

默而識之,　　　　　말없이 진리를 기억하고
學而不厭,　　　　　배우는 것을 싫어하지 않고
誨人不倦.　　　　　남을 가르치는 것을 귀찮게 여기지 않는다.

—孔子

教學相長.　　　　　가르치고 배우면서 서로 발전한다.

—『禮記』

人各有所長.　　　　사람은 각기 저마다의 장점이 있다.
能取其長,　　　　　능히 그 장점을 취한다면
皆可用也.　　　　　모두 다 쓸 수 있다.

—朱子

學問之道, 無他,　　학문의 도는 다른 데 있는 것이 아니라
有不識,　　　　　　모르는 것이 있으면
執塗之人而問之.　　길가는 사람을 잡고라도 물어보는 데 있다.

—朴趾源

孔子之爲聖,　　　　공자가 성인이 된 것은
不過好問於人,　　　다른 사람에게 물어보기를 좋아하고
而善學之者也.　　　배우기를 잘 하는 것에 불과한 것이다.

—朴趾源

用人者, 取人之長, 辟人之短也. 敎人者, 成人之長, 去人之短也.
사람을 쓰는 사람은 남의 장점을 취하고 단점을 피하며
남을 가르치는 사람은 남의 장점을 이뤄주고 남의 단점을 없애준다.

—魏源

참된 스승은 학생을 버려두지 않고, 가르칠 때는 자연스럽고 조용하게 하며, 인류의 지혜를 열심히 배우고, 남을 가르치는 것을 게을리 하지 않으며, 모범을 통해 말없는 가르침을 행한다는 것이다. 그래서『노자(老子)』를 교육적으로 풀이한 파멜라 메츠는 다음과 같이 말한다.

> 슬기로운 교사가 가르칠 때 학생들은 그가 있는 줄을 모른다.
> 다음가는 교사는 학생들에게 사랑받는 교사다.
> 그 다음가는 교사는 학생들이 무서워하는 교사다.
> 가장 덜 된 교사는 학생들이 미워하는 교사다.
> 교사들이 학생들을 믿지 않으면 학생들도 그를 믿지 않는다.
> 배움의 싹이 틀 때 그것을 거들어 주는 교사는 학생들로 하여금 그들이 진작
> 부터 알던 바를 스스로 찾아낼 수 있도록 돕는다.[12]

우언은 직적인 화법으로 메시지를 전달하는 것이 아니라, 동식물을 등장시키거나 다른 사건을 통해 우의적으로 재미있게 진실을 전달하기 때문에 학생들은 별다른 저항이나 거부감 없이 그 의미내용을 받아들인다. 우언의 이러한 계몽적 역할[13] 때문에 동서고금에 걸쳐 현장 교육에서 많이 활용되고 있다.

2) 사제관계 우언

노자의 "성인은 말없는 가르침을 행한다[聖人行不言之敎]"는 말은 교육방법에서 지시적 교육보다 비지시적 교육이 더욱 바람직하다는 것을 암시하고 있다. 사실 학생들에게 직접 정답을 가르쳐주기보다 학생들이 스스

---

12) 파멜라 메츠,『배움의 도』, 민들레, 2003, 29면.
13) 우언의 계몽적 역할에 대해서는 진포청,「우언의 문화적 지위」,『동아세아 우언문학의
   성격』(2004년 한국고전문학회 주최 우언문학국제학술회의논문집), 3~4면 참조

로 깨닫고 생각할 시간을 부여하며 침묵으로 기다려주는 것이 학생들의 자존심과 창의성을 살려주는 교육방법일 것이다.

『열자(列子)』의 우언 「관윤자의 가르침」은 이런 점을 잘 보여주고 있다.

> 열자(列子)가 활쏘는 것을 배워 화살이 과녁을 명중하게 되자, 관윤자(關尹子)에게 가르침을 청했다.
> 관윤자가 말했다.
> "그대는 화살이 과녁을 명중시킨 원인을 아는가?"
> 열자가 대답해서 말했다.
> "모르겠습니다."
> 관윤자가 말했다.
> "그래서는 아직 멀었다."
> 그 말을 들은 열자는 집에 돌아와 다시 활 쏘는 것을 연습했다. 이렇게 3년을 지낸 뒤 열자는 다시 관윤자를 찾아가 가르침을 청했다.
> 관윤자가 또 물었다.
> "그대는 어떻게 화살이 과녁을 명중시키는지를 알았는가?"
> 열자가 말했다.
> "알았습니다."
> 관윤자가 말했다.
> "이제 됐다. 그대는 늘 이것을 명심하여 잊지를 말라. 이러한 이치는 비단 활쏘기뿐만 아니라 나라를 다스리거나 자기를 수양하는 데에도 해당되는 것이야."[14]

관윤자는 배움을 청하는 열자에게 정답을 가르쳐주지 않고 질문만을 던진다. 그러자 열자는 집에 돌아와 삼 년 동안 다시 활 쏘는 연습을 거듭해 화살이 어떻게 과녁에 명중하는지를 아는 경지에 이르렀다. 이 「관윤자의 가르침」은 활쏘기든 자기수양이든 참된 경지는 말로써 가르치고 배울 수 있는 것이 아니라는 사실이다. 참된 경지는 배우는 사람이 활을 과녁에 수

---

14) 『列子』「說符」. 번역문은 『네티즌과 함께가는 우언산책』, 56면.

없이 쏘고 또 쏘아보면서 스스로 터득하는 것이다. 학생 스스로가 무엇이건 몸과 마음으로 직접 부딪쳐 보고 실패와 성공을 경험하면서 스스로 깨닫도록 도와주는 것이 학생의 자생력과 창의력을 키워주는 교육일 것이다. 이 우언에서 말없이 가르침을 주는 스승과 그것을 알아듣고 말없이 실천하는 제자 사이에 오가는 불립문자(不立文字)의 세계가 참으로 멋있고 아름답게 느껴진다.

그런데 스승이 학생들과 신뢰관계를 형성하지 못하고, 편의적으로 학생을 대하고 거짓말을 하면 어떻게 될까. 한국에 전래되는 설화에는 이런 모습이 코믹하게 그려져 있다. 「먹으면 죽는 알사탕」이 그것이다.

시골 훈장이 장에 가서 알사탕을 많이 사다가 책상 서랍에 넣어두고 혼자만 먹었다. 학생들에게는 '이건 아이들이 먹으면 죽는 약'이라고 말했다. 훈장은 자기가 나들이 간 틈에 아이들이 꺼내 먹을까봐 거짓말을 한 것이다. 그런데 아이들이 그런 말에 속을 리가 없었다. 어떻게 하면 저 사탕을 먹어볼까 궁리하던 차에 하루는 훈장이 나들이를 갔다. 한 아이가 이 짬에 사탕을 먹으려고, 먼저 훈장 선생님이 제일 소중하게 아끼는 벼루를 깨트렸다. 그러더니 사탕을 하나씩 글방 아이들 입에 넣어 준 뒤, 너희들은 누워서 눈감고 죽은 체하고 있으라고 말했다. 모두들 사탕을 입에 물고 가만히 드러누워 있는데 훈장 선생이 돌아와서 이 모습을 보고 야단을 쳤다.

"어떻게 너희들은 읽으라는 글은 안 읽고 모두들 드러누워 있단 말이냐?"

그러니까 그 아이가 대답했다.

"예, 우리가 선생님이 나들이 나간 틈에 장난을 좀 하다가 그만 선생님이 제일 소중하게 아껴오던 벼루를 깨트렸습니다. 죽을죄를 지었기에, 모두 죽으려고 아이들이 먹으면 죽는다는 약을 선생님 서랍에서 꺼내 먹고 드러누워 있습니다."15)

알사탕을 먹으면 죽는 약이라고 거짓말을 한 훈장을 영리한 학동들이

---

15) 『한국구전설화』. 작품 인용은 『한국의 우언』, 46면.

골려먹는 이야기이다. 아이들이 좋아하는 알사탕을 혼자 먹기 위해 먹으면 죽는다고 거짓말을 한 위선적이고 얄미운 훈장과 이를 간파하고 죽을 죄를 저지르기 위해 벼루를 깨트리고 '먹으면 죽는다는 알사탕'을 먹고 드러누워 있는 학동들간의 대결은 학동들의 통쾌한 승리로 끝난다. 난감해 하는 훈장의 모습과 웃음을 참지 못하며 고소해하는 학동들의 모습이 눈에 선하다. 이 우언은 스승이 학생들을 어떻게 대해야 하는지를 풍자와 해학을 통해 보여주고 있다.

4. 결어

　우리는 이상에서 올바른 군신관계와 사제관계를 일러주는 중언과 우언을 살펴보았다. 이제 그 논의를 정리하고 이 글의 한계와 앞으로의 과제에 대해 몇 마디 언급하고자 한다.

　일반적으로 군신관계와 사제관계를 흔히 재상자(在上者) 위주의 상하차서(上下次序) 관계로만 이해하는 경향이 지배적이었다. 필자는 군신관계와 사제관계가 상하의 지배이데올로기를 공고하는데 기여하였다는 사실을 인정하면서도, 그 속에는 '서로 어울리며 존재하던' 상호존중의 미덕이 담겨 있음을 밝히고자 하였다.

　역사서와 성현, 현군들은 전통시대에도 현명한 군주는 신하를 예로써 대하고, 훌륭한 신하를 찾아 등용하는 데 성의를 다 해야 함을 강조하였고, 설총의 「화왕계」나 묵자의 「신하모시기」, 『여씨춘추』의 「적임자」 같은 우언들을 곧고 능력 있는 신하를 모셔야 한다는 가르침을 담고 있고, 『필원잡기』의 「신하에 대한 예우」는 군주의 신하에 대한 배려와 예우를 감동적으로 전달하고 있다.

군신관계뿐만 아니라 사제관계에서도 선현들은 역시 윗사람인 스승의 책임과 역할을 강조한다. 참된 스승은 학생을 버려두지 않고, 가르칠 때는 자연스럽고 조용하게 하며, 인류의 지혜를 열심히 배우고, 남을 가르치는 것을 게을리 하지 않으며, 모범을 통해 말없는 가르침을 행해야 한다는 것이다.

바람직한 스승의 역할을 보여주는 우언으로 『열자』의 「관윤자의 가르침」을 들었는데, 이 우언은 참된 교육은 교사가 정답을 빨리 가르쳐주는 것이 아니라 학생이 스스로 깨닫고 터득하도록 유도하는 것이라는 메시지를 담고 있으며, 한국의 우언 「먹으면 죽는 알사탕」은 교사가 가면을 쓰고 거짓말을 할 때 어떤 일이 벌어질 수 있는지를 시골 서당에서 벌어진 일을 통해 풍자적으로 보여주고 있다.

동양의 문화유산에는 이와 같이 원만한 인간관계에 대한 가르침을 주는 명언과 우언이 풍부하게 남아 있다. 본고는 필자의 공부의 부족과 지면의 제약으로 군신관계와 사제관계에 관한 중언과 우언을 중심으로 그 유산의 일부를 시론적 수준에서 검토하였으나, 앞으로 부자관계 부부관계 형제관계와 같은 가족관계나 붕우관계 장유관계와 같은 사회관계에 대해서는 앞으로 공부가 축적되고 기회가 닿는 대로 검토되어야 하리라 본다.

양촌(陽村) 권근(權近)의 『중용』 해석에 대하여

최 석 기

1. 머리말

조선 중기 한문사대가의 한 사람인 택당(澤堂) 이식(李植)은 "우리나라 선유들은 저술이 없었는데, 권양촌이 설경논학(說經論學)하여 비로소 저술이 있게 되었다"[1]고 하였다. 택당이 간파하고 있었듯이, 권근(1352~1409)은 우리나라에서 경학연구 성과물을 최초로 낸 인물이다. 이런 그의 학술사적 위상에 주목하여 연구가 꾸준히 진행되어 왔고, 이제는 그의 사상이 어느 정도 밝혀졌다고 하겠다. 그러나 경학방면의 연구성과를 보면, 미미하기 그지없다. 양촌의 경학 성과물로는 『입학도설』과 『오경천견록』이 있는데, 이에 대한 연구성과를 살펴보면 단적으로 확인할 수 있다. 기왕의 연구는

---

1) 李植, 『澤堂集』「別集」卷15「雜著 追錄」. "我國先儒, 皆無著述, 權陽村說經論學, 始有著述."

주로 철학계에서 『입학도설』을 통해 성리학적 사유체계를 밝히는 데 집중해 왔다. 그러면서도 정작 조선시대 학문의 근간이 되었던 『대학』・『중용』의 해석에 대해서는 논문이 거의 없다.

과연 『입학도설』에 실린 『대학』・『중용』의 해석에 양촌의 독자적 설이 없는 것일까? 『입학도설』은 주자의 해석에 따라 요약해 놓은 정도에 불과한 것일까? 필자는 이런 화두를 꽤 오랫동안 들었다. 이 글은 그런 문제의식을 통해 얻은 하나의 천견을 정리해 본 것이다. 이 글에서는 주요 명제에 천착하여 논의하는 접근방식을 지양하고, 텍스트를 총체적으로 분석해 경전해석에 관한 다양한 성격을 구명하는 경학연구 본연의 자세에 충실하고자 한다. 이런 방법으로 『입학도설』에 실린 「중용수장분석지도(中庸首章分釋之圖)」・「중용분절변의(中庸分節辨議)」를 분석해, 양촌의 『중용』해석의 특징을 밝히는 것이 이 글의 목적이다.

2. 『중용』의 표장(表章)과 분절(分節)

『중용』은 『예기』 49편 중의 하나이다. 그런데 언제부터 관심의 표적이 되기 시작하였을까? 『대학』과 『중용』을 별책으로 독립시키고 『논어』・『맹자』와 함께 사서(四書)로 명명한 주자는 다음과 같이 주장하였다.

> 그러나 다행히 이 책은 민멸되지 않았다. 그러므로 정부자(程夫子) 형제분이 나오셔서, 얻어 상고한 바가 있어서 천 년 동안 전해지지 않던 통서를 이었고, 얻어 근거한 바가 있어서 옳은 듯 하면서도 그른 노장・불교의 설을 배척하였다. 자사의 공적이 이에 위대하게 되었다. 그러나 정부자가 없었다면 능히 그 말을 통해 그 마음을 얻지 못했을 것이다.[2)

이처럼 주자는 1천여 년 동안 끊어졌던 도를 정자(程子)가 나와 다시 이었다고 하였다. 이는 『중용』을 표장한 공을 모두 정자에게 돌린 것이다. 이런 주장은, 맹자 이후 끊어진 도학의 심법을 정자가 다시 이었다는 것으로, 도통론을 설정하는 그의 학통의식에서 연유한 것이다. 그러나 주자의 이런 주장과 다른 설이 상당수 있다는 데에, 우리는 의문을 갖지 않을 수 없다.

우선 『중용』이 언제부터 별책으로 독립되어 중시되었는지를 알아보는 것은 중요한 사안이다. 문헌상 '중용'이라는 명칭이 붙은 책으로 가장 먼저 보이는 것은 『한서』「예문지」에 기록된 '「중용설」 2편'을 들 수 있다. 『한서』를 주석한 안사고(顔師古)는 이 책에 대해 "오늘날 전해지는 『예기』 가운데 『중용』 1편이 들어 있는데, 또한 본디 예경의 글은 아니다. 『중용』은 아마도 이 「중용설」과 같은 유파인 듯 하다"[3]라고 하였다. 여기서 우리는 『중용』이 본디 예에 관한 설이 아니라는 점과 「중용설」이라는 별책으로 된 단행본이 한대(漢代)에 이미 출간되었다는 사실을 확인할 수 있다. 이 이후로 서명에 '중용'이 들어간 것으로는, 『수서』「경적지」에 실린 남북조시대 양무제(梁武帝)가 찬술한 '『중용강소(中庸講疏)』 권1'이 있다. 이를 보면, 이미 남북조시대에 『중용』의 중요성을 자각한 사람이 있었고 『중용』을 독립시켜 표장한 사실도 알 수 있다.

남송 말의 황진(黃震, 1212~1280)은 『예기』에 들어 있는 『중용』을 해석하면서, 다음과 같은 말을 하였다.

> 『중용』은 『공자가어』를 살펴보건대 자사가 지은 것이니, 실로 성인 문하의 친히 전해줌을 얻은 것으로, 한유(漢儒)들이 기타 예를 기록한 것들을 모아 놓은 것과는 비할 바가 아니다. 그러나 당대 이고(李翶)에 이르러 비로소 그에 관

---

2) 朱熹, 『中庸章句』「中庸章句序」, "然而尙幸此書之不泯, 故程夫子兄弟者出, 得有所考, 以續夫千載不傳之緖, 得有所據, 以斥夫二家似是之非. 蓋子思之功, 於是爲大, 而微程夫子, 則亦莫能因其語而得其心也."
3) 顔師古, 『漢書』「藝文志」, 註. "今禮記有中庸一篇, 亦非本禮經, 蓋此之流."

한 설을 내게 되었고, 송나라 주렴계(周濂溪)에 이르러 비로소 그 요지를 얻게 되었다. 그리고 이정선생(二程先生)·장횡거·여씨(呂氏, 呂大臨)·유씨(游氏, 游酢)·양씨(楊氏, 楊時)·후씨(侯氏, 侯仲良)·사씨(謝氏, 謝良佐)·윤씨(尹氏, 尹焞) 등에 이르러 비로소 각자 그 뜻을 미루어 부연했다.[4]

황진은 주자의 삼전제자인 왕문관(王文貫)의 문인으로 하기(何基) 등과 함께 송말원초 주자학을 계승 발전시킨 인물이다. 그의 주장은 세 가지로 요약할 수 있는데, 『중용』에 대해 최초로 설을 낸 사람은 이고, 『중용』의 요지를 처음으로 터득한 사람은 주돈이, 『중용』의 뜻을 추연한 사람으로는 정호·정이·장재 등이 있다는 것이다. 이는 실로 정자가 처음으로 『중용』을 표장했다고 한 주자의 설을 뒤집는 것이다. 또한 송나라에 들어와서도 정자 이전에 이미 『중용』에 대한 별책의 해석서가 찬술된 것을 발견할 수 있으니, 호원(胡瑗, 993~1059)의 『중용의(中庸義)』, 진양(陳襄, 1017~1080)의 『중용강의(中庸講義)』, 사마광(司馬光, 1019~1086)의 『중용광의(中庸廣義)』 등을 들 수 있다.[5] 이런 설을 통해 볼 때, 『중용』을 최초로 표장한 사람은 정자라고 할 수 없으며, 정자 이전에 이미 여러 학자들이 『중용』의 중요성을 인식하여 이 책에 주석을 하였다는 것이다.

그렇다면 예전의 학자들이 『중용』을 중시한 이유는 무엇일까? 이를 확인하기 위해서는 예전의 학자들이 『중용』이라는 책을 어떻게 이해하고 있는지를 살펴보아야 한다. 『예기』에 들어 있는 『중용』에 대해, 후한 말의 정현(鄭玄)은 '중화(中和)가 용(用)이 되는 것을 기록한 책'으로, 공자의 손자인 자사가 이 책을 지어 조부의 성덕을 밝힌 것이라 하였다.[6] 정현의 설은 체용론으로 보면 용의 측면에서 『중용』의 도를 파악한 것이며, 이 『중용』의

---

4) 黃震, 『黃氏日抄』(『四庫全書』 제707-8冊) 卷25「讀禮記」12「中庸」. "中庸, 按家語子思所作, 實得聖門之親傳, 非漢儒所集其他記禮比也, 然至唐李翺, 始爲之說, 至本朝周濂溪, 始得其要, 至二程先生張橫渠呂氏游氏楊氏侯氏謝氏尹氏, 始各推衍其義."
5) 『文淵閣四庫全書』(臺灣 商務印書館) 제679冊, 『經義考』 卷151 참조.
6) 十三經注疏本, 『禮記注疏』「中庸」. "以其記中和之爲用也, 庸, 用也. 孔子之孫子思作之, 以昭明聖祖之德也."

도를 행한 조부의 성덕을 손자가 기술해 밝힌 것으로 본 것이다. 이는 송대 이후 천인론(天人論)·천도론(天道論)·중용론(中庸論)·성론(誠論) 등 형이상 학적인 측면에 비중을 두어 해석하는 경향과는 다른, 현실적으로『중용』의 도를 실천하는 공부 또는 수양에 관한 것으로 보는 시각이다. 한편 주자는 이 책의 성격을 공자 문하에서 전수된 심법으로 규정하고, 이를 자사가 기 록하여 맹자에게 전해준 것이라 하였다.7) 이는 도통론의 관점에서 파악한 것으로, 정현의 시각과는 사뭇 다르다.

『중용』의 내용을 '공자의 성덕'으로 볼 것인가, '공자가 전수한 심법'으 로 볼 것인가 하는 시각의 차이는 이 책에 대한 해석의 관점을 달리하기 에 충분하다. 전자로 보면 '성덕'에 초점이 맞추어져야 하고, 후자로 보면 '심법'에 초점이 두어져야 한다. 주자는 후자의 시각으로 보기 때문에 「중 용장구서」에서 '자사가 도학이 실전될 것을 염려해 이 책을 지었다'8)고 하였으며, 또 도통론을 요→순→우→탕→문왕→무왕·주공→공자 로 설정하였다.9) 그리고 요가 순에게 전한 도는 '윤집궐중(允執厥中)'이고, 순이 우에게 전한 도는 '인심유위(人心惟危) 도심유미(道心惟微) 유정유일(惟 精惟一) 윤집궐중(允執厥中)' 16자였는데, 이 도가 공자를 거쳐 자사에게 이 어져 마침내 이 책에 드러나게 되었다고 보았다. 그리하여 주자는『중용』 의 '천명'·'솔성'을 위 16자의 '도심'을 설명한 것으로, '택선고집(擇善固 執)'을 '유정유일'을 설명한 것으로, '군자시중(君子時中)'을 '윤집궐중'을 설 명한 것으로 파악하였다.10) 이런 주자의 논리로 보면,『중용』은 '요·순으

---

7) 朱熹,『中庸章句』篇首. "此篇, 乃孔門傳授心法, 子思恐其久而差也. 故筆之於書, 以授孟子."

8) 朱熹,『中庸章句』「中庸章句序」. "中庸, 何爲而作也. 子思子憂道學之失其傳而作 也."

9) 朱熹,『中庸章句』「中庸章句序」참조

10) 朱熹,『中庸章句』「中庸章句序」. "蓋自上古聖神繼天立極, 而道統之傳有自來矣. 其見於經, 則允執厥中者, 堯之所以授舜也. 人心惟危, 道心惟微, 惟精惟一, 允執厥中 者, 舜之所以授禹也. …… 其曰天命率性, 則道心之謂也. 其曰擇善固執, 則精一之謂 也. 其曰君子時中, 則執中之謂也."

로부터 전해진 성학의 심법'이 된다. 따라서 정현이 '공자의 성덕'으로 본 것과는 다른 차원의 것이 된다.

주자가 『중용』을 '요·순으로부터 전해진 성학의 심법을 공자가 전한 것'으로 보는 데에는, 도통의식이 자리하고 있다. 주자의 해석은 여기에 초점이 두어져 있다. 이런 맥락에서 『중용』은 크게 표장되었으며, 『대학』과 아울러 사서(四書)에 들어가게 됨으로써 주요 경전으로 격상되었다. 이는 모두 주자에게서 비롯된 것으로, 『중용』을 표장한 일등 공신은 기실 정자가 아니라 주자라고 해야 옳을 것이다.

현전하는 십삼경주소본의 『중용』은 상하 2편으로 나누어져 있고 전체를 33절로 분류하였는데, 이는 당대 공영달의 소(疏)에 근거한 것이다. 이후 북송 때 정이(程頤)는 37절, 남송 때 주희(朱熹)는 33장, 요노(饒魯)는 6대절, 왕백(王柏)은 22절, 여입무(黎立武)는 15절로 나누었으며, 원초의 허겸(許謙)은 4대절, 오징(吳澄)은 34절, 청초의 이광지(李光地)는 10절로 나누었다. 『중용』에 대한 분절·분장11)은 『중용』의 내용을 어떻게 파악하느냐에 따라 상당히 다르다. 다시 말해, 어떻게 분장을 하느냐에 따라 내용을 다르게 파악할 수 있다. 그러므로 『중용』 해석에 있어서는 분절문제가 가장 중요하다.

십삼경주소본의 『예기』에 수록된 『중용』에 대한 공영달의 분절과 요지 파악을 주자의 『중용장구』와 비교해 보면, 주자는 공영달이 분절한 것을 거의 따르지 않고 대폭 개편했다는 사실을 알 수 있다. 공영달은 정현의 설을 충실히 계승하는 입장에서 이 책의 성격을 '자사가 조부의 성덕을 기술한 책'으로 보고 있다. 따라서 그의 분절 및 각 절의 요지파악은 이런 틀 속에서 전개된 것이다. 그런데 주자는 요·순으로부터 전래된 성학의 심법을 자사가 기술한 것으로 보기 때문에 분절 및 요지파악이 공영달의 경우와는 다를 수밖에 없다. 우선 주자의 분절을 『중용장구대전』 첫머리

---

11) 송원대에는 章·節에 대해 요즘 맞춤법처럼 章이 節보다 상위개념으로 쓰이지 않고, 뒤섞어 쓴 듯 하다. 이 글에서의 '大節'은 『중용』에 대한 큰 단락나누기이고, '章'이나 '節'은 작은 단락나누기 정도로 이해하면 될 것이다.

에 실린 「독중용법」을 통해 살펴보기로 한다.[12)]

차 례	단 락 구 분	章 數	要 旨
제1대절	제01장	1	說中和
제2대절	제02장~제11장	10	說中庸
제3대절	제12장~제19장	8	說費隱
제4대절	제20장~제26장	7	說誠
제5대절	제27장~제32장	6	說大德小德
제6대절	제33장	1	復申首章之義

위 도표에서 보듯이, 주자는 『중용』 전체를 여섯 단락으로 나누고, 각 단락의 요지를 위와 같이 파악하였다. 「독중용법」에 보이는 육대절은 『중용장구대전』의 세주에 보이는 쌍봉요씨(饒魯)의 설과 유사하다.[13)] 쌍봉요씨는 주자의 제자 황간(黃榦)·이번(李燔)을 사사하여 주자의 재전문인이 된 인물이다. 요씨의 설은 주자의 「독중용법」과 유사한데, 다만 제4대절의 요지를 주자는 '성(誠)'으로 파악한 데 비해, 요씨는 '천도인도(天道人道)'로 본 것이 다를 뿐이다.

그런데 「독중용법」에서 육대절로 분절해야 함을 명확히 밝혔음에도 불구하고, 『중용장구』의 해석에서는 이와 다른 언급을 하고 있어, 주지의 분절을 사대절(四大節)로 보는 설이 나오게 되었다. 『중용장구』의 해석 중에서 가장 문제가 되는 언급을 적출해 보면 다음과 같다.

---

12) 이 讀中庸法은 明初에 胡廣 등이 칙령을 받아 편찬한 『中庸章句大全』에 처음 나타나며, 그 이전의 서적에는 보이지 않는다. 이 「독중용법」이 과연 주자의 글인가에 대해 검증이 필요한데, 지금은 확인할 길이 없다. 우리나라에서는 세종 때 대전본이 수입되어 간행된 이래, 이 판본이 텍스트가 되었기 때문에 이를 읽지 않은 학자들은 없었을 것이다.

13) 饒魯, 『中庸章句大全』細註. "首章論聖人傳道立敎之原 君子涵養性情之要 以爲一篇之綱領 當爲第一大節. (제11장) 以上十章 論道以中庸爲主 而氣質有過不及之偏 當爲第二大節. (제20장) 以上八章 自第十二章 至此 皆以道之費隱言 當爲第三大節. (제26장) 新安倪氏曰 按饒氏 以哀公問政章至此 爲第四大節. (제32장) 新安倪氏曰 按饒氏 以大哉聖人之道章至此 爲第五大節. (제33장) 新安倪氏曰 按饒氏 以此章爲第六大節."

①이상은 제12장이다. 이는 자사의 말이니, 대체로 제1장 '도불가리(道不可
離)'의 뜻을 거듭 밝힌 것이다. 이 아래 8장은 공자의 말씀을 이것저것 인용하
여 그 점을 밝힌 것이다.[14)

②이상은 제20장이다. 이 대목은 공자의 말씀을 인용하여 대순·문왕·무
왕·주공의 통서를 이어 놓음으로써 그들이 전한 것이 일치하여 이를 거행해
조처하면 또한 이와 같이 할 수 있다는 점을 밝힌 것이다. 대체로 비은을 포함
하고 소대를 겸하여 제12장의 뜻을 끝맺었다.[15)

①을 통해 볼 때, 제12장 아래의 8장은 제12장의 뜻을 밝힌 것이라 하고
있다. 또한 ②를 보면, 제20장이 비은을 포함하고 소대를 겸하여 제12장의
뜻을 끝맺었다고 하였다. 이 두 가지 언급에 따른다면, 주자의 분절은 제2
장부터 제20장까지가 한 단락이 되어야 한다. 그런데 육대절로 보는 경우
에는 제2장부터 제19장까지를 한 단락으로 파악하고, 제20장을 뒤의 단락
에 포함시키고 있다. 이는 명백한 모순이다. 그래서 아래와 같이 주자의
분절을 사대절로 보는 설이 나오게 된 것이다.[16) 이러한 설은 실제로 『중
용장구대전』 세주에 보이는 아래의 왕씨의 설과 같다.[17)

---

14) 朱熹, 『中庸章句』 제12장 註釋 末尾. "右, 第十二章, 子思之言, 蓋以申明首章道不
可離之意也, 其下八章雜引孔子之言以明之."
15) 朱熹, 『中庸章句』 제20장. "右, 第二十章, 此引孔子之言, 以繼大舜文武周公之緒,
明其所傳之一致, 擧而措之, 亦猶是爾. 蓋包費隱, 兼小大, 以終十二章之意."
16) 중국에서 언제부터 주자의 分節을 四大節로 보기 시작했는지는 확인할 수 없다. 다
만 우리나라의 경우 陽村부터 주자의 분절을 사대절로 파악한 것으로 보아, 적어도 元
代에 그런 설이 있었을 것으로 추정할 수 있다. 우리나라의 경우 양촌 이래, 주자학자들
예컨대 朴世采·韓元震 등이 모두 주자의 분절을 사대절로 보고 있다.
17) 『中庸章句大全』 「讀中庸法」의 주자의 六分大節 다음 細註에 다음과 같은 王氏의
설이 보인다. "王氏曰 是篇分爲四大支. 第一支, 首章子思立言, 下十一章引夫子之言,
以終此章之義. 第二支, 十二章子思之言, 下八章引夫子之言, 以明之. 第三支, 二十一
章子思承上章夫子天道人道以立言, 下十二章子思推明此章之義. 第四支, 三十三章,
子思引前章極致之言, 反求其本, 復自下學立心之始, 推言戒懼愼獨之事, 以馴致其
極."

차 례	단락구분	章 數	要 旨
제1대절	제01장~제11장	11	中庸
제2대절	제12장~제20장	9	費隱小大
제3대절	제21장~제32장	12	天道人道
제4대절	제33장	1	總論一篇之要

이상에서 우리는 주자의 분절에 육대절과 사대절의 이설이 있음을 확인하였다. 주자의 분절에 이와 같은 모순이 있었기 때문에 후대의 학자들 중에는 아예 주자의 설을 따르지 않고 독자적으로 『중용』의 분절을 시도한 사람들도 나타나게 되었다. 주자 다음 시대의 저명한 『중용』연구자로 남송 말의 여입무(黎立武, ?~?)가 있다. 그는 『중용』에 대해 다음과 같이 말하였다.

> 『중용』이라는 책은 무한히 넓고 끝없이 깊어, 끈처럼 연관되고 구슬처럼 꿰어 있는 조리에 이를 수 없을 듯 하다. 여러 학자들이 글자를 논하고 구절을 분석하였으나, 대지에 대해서는 환히 밝히지 못했다. 그래서 이 책을 읽으면 사람들을 망연하게 한다. 나의 분장은 작자의 의도에 근원하기 위해서이다.[18]

여입무는 정이천의 문인 곽충효(郭忠孝, ?~1127)의 속전으로 1268년 진사시에 합격하여 국자사업 등을 지낸 인물로, 문천상(文天祥)·사방득(謝枋得) 등 남송 말의 명현들과 교유했던 인물이다. 여입무는 『대학』과 『중용』을 오랫동안 연구하여 『중용지귀(中庸指歸)』·『중용분장(中庸分章)』·『대학발미(大學發微)』·『대학본지(大學本旨)』 등을 남긴 남송 말의 대학자라고 할 수 있다.[19] 그는 위 인용문과 같은 문제의식을 갖고 연구하여 『중용』을 15장으로 나누고, 전체의 맥락을 아래와 같이 파악하였다. 이러한 여입무의 분

---

18) 黎立武, 『中庸分章』「序」(『四庫全書』 제200冊, 721면). "中庸之書, 浩博深遠, 若不可涯其寔繩聯而珠貫也. 諸家雖字論句析, 然於大旨未明, 讀之使人茫然, 分章所以原作者之意."

19) 黃宗羲, 『宋元學案』 卷28「兼山學案」 참조

절 및 요지파악은 정자 문하의 일파에서 전래된 설을 정리하고 더욱 발전
시킨 것이라 할 수 있으며, 그런 점에서 주자의『중용장구』의 설이 당시에
정설로 널리 인정된 것이 아니었음을 짐작할 수 있다. 또한 원대의 대표적
인 학자 오징(吳澄, 1249~1333)이 그의 문인이라는 점으로 볼 때, 여입무의
설은 일정한 영향력이 있었을 것으로 보인다.

　　원대의 성리학을 받아들인 조선에서도『중용』에 대한 이와 같은 해석상
의 이설을 알고 있었던 듯 하다. 여말선초의 학자 양촌은「중용분절변의」
를 지어 주자의 사대절[20]과 쌍봉요씨의 육대절[21]을 소개한 뒤, 자신은 크
게는 삼대절로 세부적으로는 오대절로 나누는 새로운 설을 제기하였다.
명초 호광(胡廣) 등이 칙령으로 만든 사서오경대전본은 우리나라에 1426년
(세종 8)에 들어왔으며,[22] 3년 뒤인 1429년(세종 11) 4월에 강원감사가 사서대
전을 판각해서 50질을 인쇄해 바쳤다.[23] 따라서 양촌은 이 사서대전을 보
지 못하였다. 그런데 그가 대전본 세주에 실린 쌍봉요씨의 설을 익히 알고
있는 것을 보면,『중용』의 분절에 관한 주요한 설들이 학계에 널리 알려졌
던 것으로 보인다.

---

20) 陽村은 朱子가『중용』의 大旨를 四分節했다고 보았는데, 어디에 근거한 것인지는 밝
　　히지 않았다. 그런데 그가 거론한 내용을 보면,「讀中庸法」세주에 보이는 王氏의 四分
　　節과 흡사하다. 이는「독중용법」의 六大節을 따르지 않고,『중용장구』제12장·제20장
　　말미에서 주자가 언급한 내용에 따라 사대절로 본 것인 듯 하다.
21) 쌍봉요씨의 六大節은『中庸章句大全』세주에 보인다.
22)『世宗實錄』卷34 '세종 8년 11월 계축일'조에 "進獻使僉摠制金時遇奉勅而回, 上出
　　迎于慕華樓如儀, 其勅曰 勅朝鮮國王, 今賜王五經四書及性理大全一部共一百二十冊,
　　通鑑綱目一部計十四冊, 至可領也. 上御慶會樓下, 宴慰, 仍賜鞍馬, 百官行賀禮. 初尹
　　鳳之廻也, 上請大全四書五經性理大全宋史等書籍, 時遇之還, 帝特賜之"라고 하였다.
23)『世宗實錄』卷44 '세종 11년 4월 정유일'조에 "江原道監司印進四書大全五十件, 命
　　下四件于宗學, 三件于集賢殿, 其餘分賜文臣"이라 하였다.

3. 양촌의 『중용』 해석과 그 특징

1) 『중용』에 대한 이해

양촌은 『중용』이라는 책의 성격을 어떻게 이해하고 있을까? 양촌은 『중용』을 두 가지 차원에서 이해한다. 하나는 '도(道)를 전한 책'으로 보는 시각이며, 하나는 '교학(教學)에 관한 내용'으로 보는 시각이다. 흔히 『중용』첫 장의 "천명지위성(天命之謂性), 솔성지위도(率性之謂道), 수도지위교(修道之謂教)"라고 한 말에서 연유하여, 『중용』의 요지를 '명(命)·성(性)·도(道)·교(教)'를 말한 것으로 본다. 이 가운데서도 명(命)은 천(天)에 관계된 것이기 때문에 천(天)과 합일을 추구하는 인(人)의 입장에서 보면, '성·도·교'가 『중용』의 요지에 해당된다. 양촌의 「중용수장분석지도」는 이로부터 시작된다. 그는 이 그림의 맨 위에 이를 그려 넣고 '성·도·교 셋은 모두 천에 근본한다'고 부기해 놓았다. 그리고 바로 밑에 '도불가수유리(道不可須臾離)'를 표기해 놓았다. 이 구는 '수도지위교(修道之謂教)' 다음에 나오는데, 양촌은 여기서 『중용』의 요지가 '도'에 있는 것으로 문맥을 파악한 것이다. 즉 '성·도·교' 세 가지를 열거한 뒤 '도'에 초점을 두어 내용을 전개한 것으로 본 것이다. 그리하여 그는 일단 『중용』이라는 책의 성격을 '전도지서(傳道之書)'로 본다. 그런데 도를 전하는 일은 곧 교(教)에 해당하고, 그것은 또 학(學)을 포함한다. 그래서 그는 뒤에 '교자지사이학재기중(教者之事而學在其中)'이라고 하였다.[24]

이렇게 보면, 양촌이 『중용』을 바라보는 시각은 도(道)와 교(教)에 비중이 있음을 알 수 있다. 이는 「중용수장분석지도」의 중앙에 '도불가수유리'의

---

[24] 權近, 『入學圖說』 「中庸首章分釋之圖」. "愚按中庸, 傳道之書, 教者之事, 而學在其中, 道本乎天而備於我之所受, 教修於道而因其我之所有, 故章首備擧命性道教而歷言之, 然後單提道字, 以明道體無所不在."

도(道)가 위치하고, 맨 밑에 교(教)가 위치하는 데서 확인할 수 있다. 이런 점을 두고 보면, 양촌의 『중용』 해석의 관점은 도를 얻기 위한 교학에 중점이 두어져 있다고 하겠다.

양촌은 이런 자신의 해석관점에 대해 다른 사람들로부터의 비판을 충분히 예상하고 있었다. 그리하여 자문자답 형식의 글을 뒤에 붙여놓았다. 주자는 『중용』을 '요·순으로부터 전해진 성학의 심법을 공자가 전하고 자사가 기록한 것'으로 본다. 그러나 양촌은 그렇게 보지 않았다. 요컨대 '도'를 어떻게 보느냐 하는 시각의 차이인데, 양촌은 "『중용』은 천(天)과 공자(孔子)로써 모범을 삼았기 때문에 시종 천(天)을 말하고 시종 중니(仲尼)를 말했다"[25]고 하였다. 이 설은 주자가 말한 '도학의 심법'이라는 측면보다는 '공자의 도'에 더 중점을 두는 것으로, 구설에서 정현이 주장한 '공자의 성덕을 자사가 기술한 것'으로 보는 시각과 유사하다. 『중용』을 도학의 심법을 전한 책으로 보면, 당연히 그것의 전승이 중요한 문제가 될 수밖에 없다. 그러면 공자는 그것을 전한 주요 인물 중에 하나로 그 위상이 떨어지게 된다. 그러나 도와 교에 중점을 두면, 그것은 공자의 도가 되고, 공자의 가르침이 되기 때문에 공자에 초점이 맞추어지게 된다. '천과 공자로써 모범을 삼았다'는 그의 언급을 통해 볼 때, 양촌은 분명 공자에 초점을 두고 있다. 그리고 그 도를 어떻게 가르치고 배울 것인가 하는 교학에 관한 내용이 중심부를 구성하고 있다.

양촌은 『중용』을 '천과 공자를 모범으로 삼은 것'으로 이해했다. 천은 천도(天道)를 의미하고, 공자는 인도(人道)의 극치를 이룬 사람이다. 이는 달리 표현하면, 인간 공자가 천도의 경지에 올라 천·인이 하나가 되었다는 이른바 천인합일을 의미한다. 인간이 하늘이 명한 이치를 따라 천도에 이르는 것이 바로 도이다. 양촌은 이 도를 궁극적인 목표로 설정하고, 이를 추구해 나가는 것을 교학의 일로 본 것이다. 그렇게 보기 때문에 도 자체

---

25) 權近, 『入學圖說』 「中庸首章分釋之圖」. "中庸, 以天與孔子, 作模範, 故終始言天, 亦終始言仲尼."

에 대한 해명보다는 이 도를 추구하는 인간의 길인 교학에 관한 일이 핵심적인 문제가 될 수밖에 없다. 이런 논의는 주자의 해석에 있어서는 요지가 아니기 때문에 자칫 이설로 보일 수 있다. 그러므로 그런 의혹을 떨치고 자신의 설에 설득력을 더하기 위해 『중용혹문』의 교(敎)에 관한 언급을 인용한 것이다. 그러나 기실 이러한 설은 양촌의 독자적인 발명이라고 해도 과언이 아니다.

「중용수장분석지도」를 보면 중간 왼쪽 '성찰' 밑에 '중절지화(中節之和) 천하달도(天下達道)'라고 표기해 놓았다. 곧 양촌은 '화(和)'를 '도(道)'로 본 것이다. 이에 대해 역시 주자의 설과 다르다는 의혹을 불러일으킬 수 있기 때문에, 양촌은 다음과 자문자답을 기록해 놓았다.

> 학자 문 : 『중용장구』에서는 '중화'를 '성정지덕'으로 보았다. 그런데 지금 그대는 화를 도로 보았으니 정이라 할 수 없다. 또 이를 '심지용 기지소행'이라 하였는데, 어째서인가?[26]
>
> 양촌 답 : '중화'는 참으로 성정의 덕이다. 그런데 지금 내가 화를 도라고 한 것은 이른바 달도에 근본해 말하여 첫 장 성·도·교가 포함한 바를 밝힌 것이다. 그것을 또 '심지용 기지소행'이라 생각한 것은 심의 체·용을 나누어 『중용장구』에서 밀한 심정·기순·체립·용행의 뜻을 밝힌 것이다. 이름은 비록 다르지만, 실상 둘이 서로 다른 것은 아니다.[27]

주자는 『중용장구』 제2장의 주에서 유초(游酢)의 말을 인용해, 성정으로 말하면 중화고 덕행으로 말하면 중용이라고 하였다.[28] 또 제1장의 주에 "이는 성정의 덕을 말하여 '도불가수유리의 뜻을 밝힌 것이다'"[29]라 하였

---

26) 權近, 『入學圖說』「中庸首章分釋之圖」. "曰 章句以中和爲性情之德, 今子以和爲道而不可情, 又以爲心之用, 氣之所行, 何也."

27) 權近, 『入學圖說』「中庸首章分釋之圖」. "曰中和固性情之德也. 今以和爲道者, 本其所謂達道而言, 以明章首性道敎之所包也. 其又以爲心之用氣之行者, 所以分心之體用, 而明章句心正氣順體立用行之意也. 名雖異而實非有二也."

28) 朱熹, 『中庸章句』 제2장 주. "游氏曰 以性情言之則曰中和, 以德行言之則曰中庸, 是也."

다. 주자의 이런 언급을 통해, 중용·중화를 정리해 보면 다음과 같다.

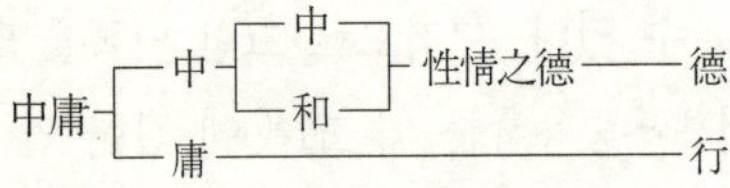

주자는 '중화'를 '성정지덕'으로 보았다. 그런데 양촌은 본문의 '화야자(和也者) 천하지달도야(天下之達道也)'에서 연유한 것으로 보아 화(和)를 달도에 연관시켜 놓았다. 주자의 설은 미발의 중(中)과 발이중절의 화(和)를 성정지덕으로 보았으니, 이는 성정론에 입각한 설이다. 이런 주자의 관점은 '대본자(大本者)는 천명지성(天命之性)'이라 하여, '대본'을 '성(性)'으로 본 데서 그 단서를 찾을 수 있다. 그러나 양촌은 미발지중과 중절지화를 주자처럼 성정론으로 파악하지 않고, 본문에 있는 대본과 달도로 파악하였다. 이는 무엇을 의미하는 것일까? 양촌의 답변은 위에 보이는 것처럼 '달도에 근본해 성·도·교가 포함하는 바를 밝힌 것'이라고 간명하게 답하고 있다. 이것이 바로 그가 화(和)를 정(情)으로 보지 않고 도(道)로 본 이유이다.

그러면 이제 남은 관건은 '성·도·교가 포함하는 바'가 무엇을 의미하는지를 밝히는 데 있다. 중화를 성정론으로만 파악하면 본원에 대한 해명에 치우쳐 상대적으로 도·교에 대한 비중이 줄어들 수밖에 없다. 양촌의 『중용』 해석은 도를 추구하는 교학지사(教學之事)에 초점이 두어져 있다. 이런 관점에서 볼 때, 성정론에 치중한 중화에 대한 해석은 양촌에게 못마땅한 측면이 있을 법하다. 양촌의 「중용수장분석지도」를 보면 공부와 교(教), 그리고 그것을 통한 공효(功效)가 주를 이루고 있다. 이런 측면에서 보면, 양촌은 솔성하는 도 자체에 대한 해명보다는 '도불가수유리'의 교학에 관한 내용으로 『중용』의 대지를 파악한 것이다. 그래서 그는 중화를 성정의 차원에서만 보지 않고 도·교를 모두 포함하는 차원에서 보려 한 것이

---

29) 朱熹, 『中庸章句』 제1장 주. "此言性情之德, 以明道不可離之意.."

다. 위에서 '성·도·교가 포함하는 바를 밝힌 것'이라는 말이 바로 이를 의미한다. 「중용수장분석지도」의 아래와 같은 부분이 이런 그의 사유체계를 잘 보여준다.

　·靜時工夫－存養－未發之中 天下大本－存天理－性－心之體也 理之所行
　·動時工夫－省察－中節之和 天下達道－遏人欲－道－心之用也 氣之所行

　양촌이 도를 '심지용야(心之用也) 기지소행(氣之所行)'으로 파악한 것에 대해, 혹자는 의아하게 여겼다. 『중용』에 나오는 '도'는 두 가지가 있다. 하나는 '솔성지위도(率性之謂道)'의 '도'이고, 하나는 '도야자(道也者) 불가수유리야(不可須臾離也)'의 '도'이다. 주자는 『중용장구』에서 전자에 대해서는 '도유로야(道猶路也)'라 하였고, 후자에 대해서는 '일용사물(日用事物) 당행지리(當行之理)'라 하였다. 양촌은 '도불가수유리'에 비중을 두어 해석하기 때문에 '교학지사'를 중시하였는데, 이 구의 '도'를 양촌은 주자처럼 보지 않은 듯 하다. 그가 만약 이 '도'를 주자처럼 보았다면, 당연히 리(理)가 되어야 하기 때문에 기(氣)로 볼 수 없다. 그렇다면 양촌은 이 '도'를 솔성의 도로 본 것이 분명하다. 이 도는 길[路]이니 인간이 말미암는 바이다. 따라서 '불가수유리'의 의미에 적합하게 된다. 그러므로 위의 도표 속에서 보면, '알인욕(遏人欲)'에 해당될 수 있고, '심지용(心之用) 기지소행(氣之所行)'에 해당될 수 있다. 이 점이 바로 양촌이 화(和)를 성정지덕으로 보지 않은 구체적 이유가 된다.

　양촌은 '화(和)－도(道)－심지용야(心之用也) 기지소행(氣之所行)'을 연관시킨 것에 대해, '치중화(致中和)'를 해석한 주자의 주에 근거하여,30) 다음과 같이 구분해 도표화하고 있다.

---

30) 朱熹, 『中庸章句』 제1장 '致中和'의 주. "蓋天地萬物, 本吾一體, 吾之心正, 則天地之心, 亦正矣. 吾之氣順, 則天地之氣, 亦順矣. 故其效驗, 至於如此, 此學問之極功. 聖人之能事, 初非有待於外, 而修道之敎, 亦在其中矣. 是其一體一用, 雖有動靜之殊, 然必其體立而後用有以行, 則其實亦非有兩事也. 故於此, 合而言之, 以結上文之意."

・中－吾之心正－體立
・和－吾之氣順－用行

이러한 양촌의 설은 주자의 설에 근거하였다는 점에서, 주자의 설에서 벗어났다고 할 수 없다. 그러나 결과적으로 보면 '중화'를 '성정지덕'으로 본 주자의 설과 다르다. 양촌이 주자의 설에 근거했음을 밝히며 명칭만 다를 뿐 실제로는 둘이 아니라고 변론했지만, '화(和)'를 '정(情)'이 아닌 '도(道)'로 본 것은 명백히 다른 주장이다. 그가 성정론의 차원에 머물러 해석하지 않고 굳이 이처럼 도로 해석한 것은, 『중용』을 보는 시각이 교학에 중점을 두고 있기 때문이다.

2) 독자적인 분절과 요지 파악

조선시대 학자들은 대부분 주자의 분절을 사대절로 보았다. 조선 중기 주자학자였던 박세채(朴世采, 1631~1695)・한원진(韓元震, 1682~1751)의 경우를 보면 여실히 확인된다. 남당은 철저한 주자학자로 누구보다 주자의 설에 정통한 인물이다. 그는 『중용장구대전』에 실린 「독중용법」의 육대절설이 세주에 보이는 쌍봉요씨의 육대절설과 흡사하다는 점을 알고 있었지만, 『중용장구』의 설을 정설로 보면서 「독중용법」의 육대절설을 주자가 이미 폐기한 논의로 여겼다.31) 그렇다면 양촌의 경우는 어떨까? 그는 주자의 분절을 사대절로 파악하였지만, 쌍봉요씨의 육대절도 무시할 수 없었던 듯하다. 그는 이에 대해 의문을 갖고 오랫동안 궁구한 끝에 독자적으로 대지삼절(大旨三節)과 세분오절(細分五節)을 주장하였는데, 이를 도표로 그려보면 다음과 같다.

---

31) 韓元震,『經義記聞錄』卷2「中庸」「饒王說辨」. "更考中庸讀法, 朱子說分六節, 亦如饒說. 然旣與章句不同, 則似是已棄之論, 今當以章句爲正."

大旨三節	단락 구분	大旨	細分五節	단락 구분	要旨
제1대절	제01장~제20장	君子之道	제1절	제01장~제11장	言命性道敎, 言中庸, 以孔子之事終之
			제2절	제12장~제20장	言君子之道, 以孔子之政終之
제2대절	제21장~제32장	聖人之德	제3절	제21장~제26장	言誠明性敎, 言天道人道
			제4절	제27장~제32장	言大哉聖人之道
제3대절	제33장	結	제5절	제33장	自下學立心之初 推之以至於極

이러한 양촌의 대지삼절(大旨三節)과 세분오절(細分五節)을 주자의 사대절·육대절과 비교해 보기로 한다. 우선 주자의 사대절과 양촌의 대지삼절을 비교해 보기로 하겠다. 양촌의 대지삼절은 주자의 사대절에서 제1대절과 제2대절을 합해 일대절로 본 것이 다르다. 또한 대지파악에 있어서도 주자가 제1대절을 『중용』으로, 제2대절을 비은소대(費隱小大)로, 제3대절을 천도인도(天道人道)로 보았는데, 양촌은 제1대절을 군자지도(君子之道)로, 제2대절을 성인지덕(聖人之德)으로 파악하였다. 요컨대 양촌의 『중용』에 대한 대지파악은 도(道)와 덕(德) 두 가지로 요약할 수 있는데, 이에 대해 그는 다음과 같은 자신의 관점을 제시하였다.

그는 제1장부터 제11장까지의 제1절과 제12장부터 제20장까지의 제2절을 하나로 묶어 제1대절로 보면서, "이상의 두 절은 명성도교(命性道敎)를 말미암아 도로써 그것을 미루었는데, 학자의 공부를 말한 것이 많다"[32]고 하였다. 이는 도(道)에 중점을 두어 해석하는 시각으로, '학자의 공부' 즉 교학에 비중을 둔 것이다. 또한 그는 제21장부터 제26장까지의 제3절과 제27장부터 제32장까지의 제4절을 하나로 묶어 제2대절로 보면서, "이상의 두 절은 성명성교(誠明性敎)를 말미암아 덕으로써 그것을 미루었는데, 성인의 일을 말한 것이 많다"[33]고 하였다. 이는 덕(德)에 중점을 주어 해석하는 시각으로, '성인의 일'에 비중을 둔 것이다.

---

32) 權近, 『入學圖說』「中庸分節辨議」. "右二節, 由命性道敎而推之以道, 言學者之功爲多焉."

33) 權近, 『入學圖說』「中庸分節辨議」. "右二節, 由誠明性敎而推之以德, 言聖人之事爲多焉."

주자의 사대절과 양촌의 대지삼절을 비교해 보면 다음과 같다. 이 점이 바로 양촌이 『중용』을 해석한 큰 체계라 하겠다.

朱子			陽村		
分節	단락구분	요지	分節	단락구분	요지
제1대절	제01장~제11장	中庸	제1대절	제01장~제20장	君子之道. 由命性道教而推之以道 言學者之功 爲多焉. 前節主言君子擇守之學 後節主言君子施措之事
제2대절	제12장~제20장	費隱小大			
제3대절	제21장~제32장	天道人道	제2대절	제21장~제32장	聖人之德. 由誠明性教而推之以德 言聖人之事 爲多焉. 前節之首言誠 後節之首言聖人
제4대절	제33장	結	제3대절	제33장	結

위와 같은 주자의 요지파악에 의해, 후대 학자들은 『중용』이 천인론·비은론·천도론 등을 말한 것으로 보았는데, 해석하는 시각이 형이상학적인 측면에 기울어져 있다. 이는 제1장의 '명성도교'에서 '명(命)·성(性)' 쪽에 비중을 두는 시각이다. 그러나 양촌은 '명성도교'는 '도불가수유리'를 말하기 위한 근원적 원리로 본다. 따라서 그의 견해는 '도불가수유리'를 중심에 둔다. 그리하여 '도－군자지도－학자지공(學者之功)'을 제1대절의 요지로 보고, '덕－성인지덕－성인지사(聖人之事)'를 제2대절의 요지로 본 것이다.

다음은 주자의 육대절과 양촌의 세분오절을 비교해 보기로 하겠다. 양촌의 세분오절은 주자의 육대절에 비해 크게 두 가지 다른 점이 있다. 첫째, 제1장을 하나의 대절로 보지 않고 제1절에 포함시킨 점이다. 이는 『중용』을 해석하는 시각이 상당히 다른 데서 연유한다. 주자는 제1장을 『중용』의 대체를 말한 것으로 본다. 그래서 그는 이 제1장을 '일편지체요(一篇之體要)'로 보고, 이하 제2장부터 제11장까지는 孔子의 말씀을 인용해 이 장의 뜻을 끝맺은 것으로 보았다.[34] 그러나 양촌은 제1장을 독립시키지

---

34) 朱熹, 『中庸章句』 제1장 末尾 註. "楊氏所謂一篇之體要, 是也. 其下十章, 蓋子思引夫子之言, 以終此章之義."

않고 제11장까지 합해 한 단락으로 보기 때문에, 제1장의 '명성도교'에 비중을 두지 않고 제2장 이하에서 언급한 '중용'에 중점을 두며, 나아가 이를 얻기 위한 교학지사인 '지인용(智仁勇)'에 초점을 맞춘다. 그래서 이를 이룩한 공자의 일로 제1절을 끝맺었다고 보았다.35)

둘째, 제20장을 주자는 제4대절에 넣었는데, 양촌은 제2절에 넣었다. 앞에서 살펴보았듯이, 주자는 「독중용법」의 육대절에서는 제20장을 뒷 단락에 넣었음에도 불구하고, 제20장 말미의 장구에서는 앞 단락과 연관된 것으로 파악함으로써 후대 사대절로 보는 설이 나오는 계기를 마련하였다. 그만큼 이 제20장을 어느 쪽으로 포함시킬 것인가 하는 문제는 『중용』을 해석하는 데 있어 중요한 관건이 된다. 양촌은 제20장을 제2절로 분류하여 쌍봉요씨의 설을 따르지 않았고, 주자의 사대절을 따랐다. 그리고 이 장의 요지를 주자처럼 '성(誠)'에 두지 않고36) '공자지정(孔子之政)'에 두었다. 이는 제1절·제2절의 요지에 해당하는 '군자지도의 실제'라는 점을 예증해 놓은 것이다.

「독중용법」의 주자의 육대절과 양촌의 세분오절을 비교해 도표로 그려보면 다음과 같다.

朱 子			陽 村		
分 節	난 락 구 문	요 지	分 節	단 락 구 분	요 지
제1대절	제01장	說中和	제1대절	제01장~제11장	言命性道敎, 言中庸, 以智仁勇爲學之事
제2대절	제02장~제11장	說中庸			
제3대절	제12장~제19장	說費隱	제2대절	제12장~제20장	言君子之道, 由庸言庸行 推之自身而家而國而天下 至於九經之目 以孔子之政終之
제4대절	제20장~제26장	說誠	제3대절	제21장~제26장	言誠明性敎, 言天道人道, 極於純亦不已之天
제5대절	제27장~제32장	說大德小德	제4대절	제27장~제32장	言大哉聖人之道, 極於浩浩其天之德
제6대절	제33장	復申首章之義	제5대절	제33장	結

35) 權近, 『入學圖說』「中庸分節辨議」. "首章言命性道敎, 其下十章皆言中庸, 以智仁勇爲學之事, 推之極於遯世不悔之聖, 以孔子之事終之, 爲第一節."
36) 주자는 제20장 말미에서 "章內語誠始詳, 而所謂誠者, 實此篇之樞紐也"라 하였다.

이러한 양촌의 세분오절설은 주자의 육대절·사대절의 설을 혼합한 듯한 인상을 준다. 예컨대, 주자의 육분절에서 제1장을 제1대절로 독립시키지 않고 제2대절과 합하면, 양촌의 제1절과 같은 설이 된다. 또한 주자의 사대절은 제20장을 제2대절에 포함시키고 있는바, 양촌의 설은 이를 따른 것이다. 그러나 전체적인 요지파악은 상당한 시각차이를 보여주고 있다.

이상에서 양촌의 대지삼절과 세분오절이 주자의 사대절·육대절과 어떻게 다른지를 살펴보았다. 그러나 지금까지의 논의는 주로 외관상 드러난 형식적인 면에 초점을 맞추어 고찰한 것이다. 이를 보완하기 위해 양촌은 혹자와의 문답형식을 빌어 자신의 의도를 나름대로 밝혀놓았다. 여기서는 이를 중심으로 양촌이 이렇게 분절을 하게 된 구체적인 이유들을 정리해 알아보기로 하겠다.

첫째, 양촌의 왜 대지삼절·세분오절의 독자적인 설을 내세운 것일까? 이에 대한 양촌의 설을 정리해 보면 아래와 같다.

① 자신의 설은 주자의 사대절과 쌍봉요씨의 육대절을 합해 장점을 취하려 한 것이다.

② 제1장부터 제11장까지를 제1대절로 삼고, 제20장을 제2대절에 포함시키고, 제21장을 제3대절의 첫 장으로 삼은 것은 주자의 설을 따른 것이다.

③ 제21장부터 제26장까지만 천도인도를 말한 것으로 보고 제27장은 제4대절의 첫 장으로 삼았는데, 이는 쌍봉요씨의 설을 따른 것이다.[37]

①은 자신의 설이 참람하게 선유의 설에 이견을 제기한 것이 아니고, 각각의 장점을 취하려는 의도에서 나온 것임을 변론한 것이다. ②는 주자의 사대절을 따라 제1장을 독립시키지 않고 제1대절에 포함시킨 것, 제20

---

37) 權近, 『入學圖說』「中庸分節辨議」. "曰 愚非敢僭爲他說, 以求異於先哲也. 但合二說, 從其尤長者爾. 故自首章至十一章, 爲第一節, 自費隱章 (12장) 至哀公問政章 (20장) 爲第二節, 而誠明章 (21장) 爲三節之首者, 當從朱子. 其論天道人道至二十六章而住 大哉聖人之道章 (27장) 別爲一節之首者, 當從饒氏."

장을 앞 단락에 붙여 제2대절에 포함시킨 것, 그리고 제21장을 제3대절의 첫 장으로 삼은 것을 드러낸 것이다. ③은 쌍봉요씨의 설에 따라 제21장부터 제26장까지를 제3절로 보고, 제27장부터 제32장까지를 제4절로 삼은 것을 밝힌 것이다. 이는 주자의 설을 따르지 않은 것이기 때문에 그 나름의 해명이 필요한 부분이다. 양촌은 주자의 설에 따라 제26장까지만 천도인도를 말한 것으로 보고, 제27장부터 제32장까지는 주자의 설을 따르지 않고 쌍봉요씨의 설을 따르되 이씨(李氏)38)의 설로 절충하였다. 쌍봉요씨는 제27장부터 제32장까지를 '소덕대덕(小德大德)'을 말한 것으로 보았는데, 이씨는 '소덕대덕(小德大德)'은 제30장에 비로소 보인다는 이유를 들어 제27장부터 제29장까지는 '지덕지도(至德至道)'를 말한 것으로 보았다.

　　이상에서 살펴보았듯이, 양촌이 대지삼절·세분오절설을 제기한 것은 주자와 쌍봉요씨·번양이씨(番昜李氏) 등의 설 중에서 장점을 모두 취하려는 그의 경학관에서 비롯되었다고 하겠다. 이는 주자의 설을 근본으로 하되, 학문의 계승 발전적 차원에서 후대의 설 중에서도 주자가 발명하지 않은 새로운 설은 적극 수용하려는 경학관을 가진 것이라 평할 수 있다.

　　둘째, 양촌은 각 단락의 논지전개를 어떻게 파악하고 있는가? 양촌이 크게 세 단락으로 나눈 대지삼절은 결론에 해당하는 제3대절을 제외하면 실제로는 『중용』을 크게 두 단락으로 나누어 본 것이다. 그런데 그는 제1대절은 도(道)를 말한 것으로, 제2대절은 덕(德)을 만한 것으로 간명하게 그 대지를 파악하였다. 그리고 제1대절과 제2대절을 다시 두 단락으로 나누어 요지를 파악한 것이 바로 세분오절이다. 양촌의 『중용』을 해석하는 시각은 '도불가수유리'에 있기 때문에, '도'는 형이상학적인 도가 아니다. 그

---

38) 양촌이 말한 쌍봉요씨의 설을 비판한 李氏는 番昜李氏로 李靖翁을 가리킨다. 이 설은 『중용장구대전』에는 들어 있지 않다. 양촌이 어느 책을 통해 쌍봉요씨와 번양이씨의 설을 보았는지는 자세치 않으나, 양촌이 언급하고 있는 내용이 다른 책에는 보이지 않고 원대 학자 史伯璿의 『四書管窺』에 보이는 점으로 미루어, 이 책을 참고한 듯 하다. 양촌의 『入學圖說』에는 '番陽李氏'로 되어 있는데, '昜'은 '陽'의 古字이기 때문 통용한 것이다.

것은 학자들이 말미암아 가는 길이므로, 양촌은 이를 '군자지도'로 표현한 것이다. 그리고 그 길의 목적지를 양촌은 '공자의 성'으로 보았고, 그것을 군자의 실질적인 학문으로 보았다. 따라서 자연스럽게 실천에 관한 언급이 나오게 된 것이고, 결국 학자들의 공부에 관한 문제로 논지가 전개되어 있다고 본 것이다. 또한 뒤의 두 단락 요지를 덕으로 보았는데, 이는 곧 '성인의 덕'을 말한다. '성인의 덕'은 곧 '공자의 덕'을 의미하기도 하는데, 이는 인간이 하늘과 하나가 되는 것을 말한다. 그래서 '성인의 천'이라는 표현을 쓴 것이다. 이 또한 성인이 덕을 쌓고 채워 드러내는 것을 말한 것이기 때문에 군자의 학문과 일이 된다. 이런 시각이 바로 양촌의『중용』해석의 기본관점이다. 이런 기본관점에 의거해, 양촌은 세분오절로 볼 때의 각 절의 논지전개를 다음과 같이 파악하였다.

①도를 말하면 반드시 성의 경지에 궁극적으로 도달하고, 덕을 말하면 반드시 천의 경지에 궁극적으로 도달한다. 그러므로 제1절은『중용』을 말하여 지인용으로서 그것을 미루어 세상에 숨어살아도 후회하지 않는 성인의 경지에까지 이르렀으니, 공자의 일이다.

②제2절은 비은을 말하였는데 용언·용행으로써 그것을 미루러 구경의 조목에까지 이르렀으니, 공자의 정사이다. 도를 말하면서 공자에 이르렀으니, 군자의 학문은 이 위에 다시 더할 것이 없다.

③제3절은 성명을 말하였는데 천도·인도로써 그것을 미루어 순역불이의 천의 경지에까지 궁극적으로 도달하였으니, 성인과 천은 덕을 함께 한다.

④제4절은 지덕·지도를 말하였는데, 소대로써 그것을 미루어 호호기천의 덕의 경지에까지 궁극적으로 도달하였으니, 성인과 천이 조그만 간격도 없는 것이다. 덕을 말하면서 천의 경지에까지 이르렀으니, 성인의 덕은 그 위에 다시 더할 것이 없다.[39]

---

39) 權近,『入學圖說』「中庸分節辨議」. "言道則必極於聖, 言德則必極於天, 故第一節言中庸而以智仁勇推之, 極於遯世不悔之聖, 孔子之事也. 第二節言費隱而以庸言庸行推之, 至於九經之目, 孔子之政也. 言道而至於孔子, 則君子之學無以復加矣. 第三節言誠明而以天道人道推之, 極於純亦不已之天, 聖人與天, 同德也. 第四節言至德至

셋째, 위와 같은 설은 각 단락의 서술체계에 대한 정밀한 구조분석을
통해 나온 것이다. 양촌은 서술체계에 대한 구조분석을 세 가지 관점에서
진행하였다. 첫 번째는 『중용』 전체의 서술방식이 천(天)과 공자(孔子)를 모
범으로 삼았기 때문에 공자의 말씀으로 시종을 삼았다는 것이다.[40] 두 번
째는 각 절의 내용이 어떻게 바뀌어 서술되고 있는가를 유심히 살피는 이
른바 '경단(更端)'의 관점에서 파악한 것이다. 그의 분석에 의하면 『중용』
은 절마다 단서를 바꾸는 서술법을 쓰고 있다.[41] 세 번째는 앞 절과의 연
관성 문제를 검토하는 이른바 '승전장이입언(承前章而立言)'을 살피는 관점
이다.[42]

넷째, 위와 같은 세 가지 관점에서의 서술체계에 대한 구조분석을 통해
양촌은 또 하나 커다란 수확을 얻었는데, 세분오절에서 제3절과 제4절에
대한 요지를 보다 선명히 제시한 것이다. 우선 그의 말을 먼저 들어본다.

다만 쌍봉요씨가 천도·인도를 말한 것은 제26장에서 그치고, 대재성인지도
장(제27장)부터는 별도로 한 절이 된다고 말한 점은 참으로 주자의 충신이 된

道而以小大推之, 極於浩浩其天之德, 聖人與天, 無間也. 言德而至於天, 聖人之德無
以復加矣."
40) 權近, 『入學圖說』「中庸分節辨議」. "饒氏以爲言誠而分天道人道, 自哀公問政章始,
自當爲論誠諸章之首, 似亦得矣. 然章句所謂'引孔子之言, 以繼大舜文武周公之緖, 明
其所傳之一致'者, 誠爲確論. 中庸以天與孔子作模範, 故終始言天. 亦終始言仲尼, 今
言舜文武周公, 而不以孔子繼之, 則非子思子終始標仲尼之意矣. 以此書後章, 祖述憲
章之言, 及語孟之終, 歷敍堯舜禹湯文武, 而必繼以孔子者觀之, 可見矣."
41) 權近, 『入學圖說』「中庸分節辨議」. "況此書, 每節更端之言, 皆是子思子之自言, 其
下乃孔子之言, 不應中間一節獨用孔子之語以更端也. 饒氏以爲'語意更端'者, 何哉.
且言誠而分天道人道, 雖自此章而始, 然誠明章乃承此章夫子之意而立言以更端, 故
又兼以天道人道而言, 其下諸章, 始分而言之. 若以哀公問政爲更端之首, 則次章當言
天道, 又其次章當言人道, 不必再兼擧而疊言之, 然後分而言之也."
42) 權近, 『入學圖說』「中庸分節辨議」. "大抵此書, 每節雖是更端, 然亦必承前章而立
言, 故第一節 終以君子, 而第二節承之, 首言君子之道. 第三節終以文王, 而第四節承
之, 首言聖人之道. 則第二節之終, 言誠而分天道人道, 第三節承之, 首言誠明而兼天
道人道者, 又何疑哉. 必若區分不相交涉, 則言誠始見於鬼神章, 智仁勇始見於第一節,
而詳於哀公問政, 又將何以分屬歟."

다. 그런데 요씨가 아래의 절을 대덕·소덕을 나누어 말한 것으로 요지를 파악한 것에 대해 이씨(번양이씨)는 비난하면서, 지덕·지도로 나누어 말한 것이라 하였다. 그러나 요씨가 소·대로 나누어 말한 것은 맞지만, 소덕·대덕으로 말한 점은 미안하다. 또한 이씨가 지덕·지도로 말한 것은 맞지만 소·대를 빠뜨린 점에서는 미비하다. 그러므로 또한 반드시 이 두 설을 합해 말한 뒤에야 그 뜻이 비로소 갖추어지게 된다.[43]

이는 양촌의 설 중에서 백미에 해당한다. 즉 대지삼절·세분오절의 분절과 함께 양촌의 『중용』 해석에서 가장 특징적인 부분이라 하겠다. 주자의 사대절에는 제21장부터 제32장까지를 하나의 절로 묶었다. 그러나 쌍봉요씨의 육대절에서는 제20장부터 제26장까지를 제4절로, 제27장부터 제32장까지를 제5절로 나누어 보았다. 제20장의 분속문제는 앞에서 언급하였기 때문에 재론하지 않고, 제27장부터 제32장까지의 요지에 대한 논의만 살펴보기로 한다. 쌍봉요씨는 이 절의 요지를 대덕과 소덕을 나누어 말한 것으로 보았다. 그러나 번양이씨는 이 절의 요지를 지덕지도로 보았다. 그것은 제27장에 '구불지덕(苟不至德) 지도불응언(至道不凝焉)'이라는 말이 있기 때문이다. 이에 대해 양촌은 요씨의 소덕대덕설과 이씨의 지덕지도설을 합해 말해야 온전하게 갖추어진다고 보아, 절충안을 제시하였다. 이는 쌍봉요씨의 설에 이견을 제시한 번양이씨의 설을 또 수용한 것이다.

이런 측면에서 보면, 양촌은 주자의 설을 근간으로 하되 쌍봉요씨의 설을 수용하여 주자의 설을 보완하였고, 또 번양이씨의 설을 수용하여 쌍봉요씨의 설을 보완하였다. 이는 주자의 설만을 절대적으로 신봉하는 묵수주의적 사고가 아니라, 부단히 계승 발전시켜 나가기를 바라는 진보주의적 사고이다. 그래서는 그는 쌍봉요씨는 주자의 충신이라 칭하고, 자신은

---

43) 權近, 『入學圖說』 「中庸分節辨議」. "但謂言天道人道 至二十六章而住 自大哉聖人之道章 別爲一節 誠爲朱子忠臣矣 至以大德小德 分言者 李氏非之 而以至德至道 言之 然饒氏以小大言者得之 而以爲小德大德 則未安 李氏以至德至道言者 得之 而遺其小大 則未備 故又必合二說而言之 然後其意始備矣."

쌍봉요씨의 충신이 되기를 염원한다고 하였다.[44]

4. 맺음말

　필자는 양촌의 설이 『중용장구대전』이 나오기 전에 지어진 점을 감안하여, 그가 원대 어느 학자의 설에 영향을 받았는지를 찾아보려 하였으나 뚜렷한 증거를 발견하지 못하고 말았다. 결국 이 글을 쓰면서 또 하나의 화두를 얻은 셈이다. 양촌이 원대 어느 학자의 영향을 받았는지를 구명한다면, 여말선초의 학술동향을 파악하는 데 매우 유용한 단서를 제공할 것이다.

　주자의 설은 재전·삼전 이후의 문인들에 의해 다양한 수정 보완이 이루어졌다. 이들 중에는 주자의 중설을 정리하여 정설을 확정하려는 의도로 논의를 전개한 학자도 있지만, 개중에는 주자의 설을 묵수하지 않고 독자적인 발명을 꾀한 학자들도 있었다. 이 시기는 사상적으로 비교적 자유로와 주자의 설에 이견을 제시하는 것에 대해 그렇게 참람한 행위로 인식하지 않았다. 이러한 사실은 『대학장구』를 개정한 사실만 두고 보아도 확연히 알 수 있다.

　우리가 양촌의 학술사상을 이해하기 위해서는 우선 이런 시대적 분위기를 고려하지 않아서는 안 된다. 요컨대 조선시대를 통틀어 주자학이 풍미하던 시대라고 말해서는 안 된다는 것이다. 그런 분위기였기 때문에 양촌은 『중용』을 해석하면서 주자의 설을 근간으로 하되, 쌍봉요씨의 설을 수용하였고, 나아가 번양이씨의 설까지도 수용하였다. 또한 요씨와 이씨의 설이 갖고 있는 장점을 확인하고, 양자의 설을 절충하여 자신의 새로운 견

---

44) 權近, 『入學圖說』「中庸分節辨議」. "後生末學 妄議先賢 狂僭之罪 無所逃避 然饒
　　氏嘗爲朱子忠臣 故愚亦願爲饒氏忠臣 幸諸同志恕其罪而敎其不逮 可也."

해를 제시하기에 이르렀다. 다음으로 생각해 볼 점이, 양촌은 『중용』의 성격에 대해 주자처럼 도통론의 관점에서 '성학의 심법'으로 파악하지 않고, 정현의 경우처럼 '공자의 성덕'에 초점을 맞추어 파악하였다. 그리하여 그 요지를 도와 덕으로 보고, 이 도와 덕을 교학하는 일을 중시하였다. 요컨대, 양촌의 『중용』해석은 체계파악이나 요지파악에 있어서 주자의 『중용장구』를 묵수하지 않고 비판적으로 수용하였으며, 후대 학자들의 설 중에서도 장점을 적극 취하였으며, 그것을 바탕으로 독자적인 해석을 가한 것으로 평가된다.

이와 같은 양촌의 『중용』에 대한 설은 우리나라 경학사에서 매우 값진 성과물이다. 주자의 설을 근간으로 하되 이를 계승 발전시켜 독자적인 설을 폈다는 점에서 그 의의가 매우 크다. 말하자면, 14~15세기 자유로운 동아시아의 학술동향 속에서 우리가 생산한 찬란한 지적 산물이었던 것이다. 그러나 이후 우리는 양촌과 같은 창의적인 지식을 생산하지 못하고, 명초에 만들어진 『성리대전』·사서오경대전본 등을 수용하여 학습하는 데에만 급급하였다. 즉 조선 전기는 새로운 사대부상을 정립하는 과정에서 심신을 닦아 도덕적 인격을 완성하는 수양론에 치중함으로써 지적 탐구를 소홀히 하여 이론적으로 자기의 설을 개진하지 못하였던 것이다. 그러다 회재 이언적(1491~1553)에 이르러서 비로소 경학연구 성과물이 다시 생산되기 시작하였다.

노수신의 인심도심설(人心道心說)에 내포된 육왕학(陸王學)의 심성수양론

신 향 림

1. 서론

소재(蘇齋) 노수신(盧守愼)은 명종·선조대에 활동한 저명한 시인이자 퇴계(退溪) 이황(李滉)과 함께 당대 유자들로부터 높은 명망을 얻었던 학자였다. 그는 기묘사화(己卯士禍)의 여진(餘震)이 남아 있던 불안한 시대에 도학정치를 실현하고자 노력했던 혁신적인 사림의 일원이었다. 그러나 자신의 뜻을 펼치기도 전에 을사사화의 화를 입어 진도에 유배되었고, 이후 52세에 괴산으로 이배될 때까지 19년 동안 외로운 섬에서 기나긴 유배생활을 하여야 했다. 유배지에서 그는 「인심도심변(人心道心辨)」과 「집중설(執中說)」을 저술하여 주희(朱熹)의 인심도심설(人心道心說)에 이견을 제시하였는데, 이로 인하여 주자학을 신봉하는 당대의 사류들과 후배들로부터 비판을 받았다. 노수신과 일찍부터 학문적으로 교유하고 있던 이황은 때로는 직절

(直切)한 편지[1]로 때로는 완곡(婉曲)한 시[2]로 그의 학문이 순정하지 못함을 비판하고 주자학으로 돌아오기를 촉구하였다. 노수신은 충고를 따르지 않았고,[3] 결국 이황은 그를 이단에 물든 학자로 규정하게 되었다.[4] 이후 노수신에게는 늘 선학(禪學)과 육왕학(陸王學)에 물든 학자라는 비난이 따라다녔다.[5]

노수신은 나흠순(羅欽順)의 『곤지기(困知記)』의 영향을 받아 인심도심체용설(人心道心體用說)을 주장한 학자로 일찍부터 학계의 주목을 받아 왔다.[6] 나흠순은 왕수인(王守仁)과 동시대 인물로 당시 양명학(陽明學)을 비판할 수 있었던 몇 안 되는 주자학자(朱子學者) 가운데 하나였다.[7] 그는 당대에 유

---

1) 盧守愼, 『蘇齋集』(『韓國文集叢刊』 35) 「內集」 上篇 「三子論夙興夜寐箴解往復錄」 참조

2) 李滉, 『退溪集』(『한국문집총간』 29) 卷5 「寄蘇齋」, 147면, "乞退公先去, 思歸我獨留. 君親懷耿耿, 天地思悠悠. 學貴虛心得, 名羞掩耳偸. 相逢柁樓底, 倘在菊花秋."

3) 盧守愼, 『蘇齋集』 卷5 「酬陶叟先生」, 179면, "蘇子終還漢, 張公已足留. 別懷長惻惻, 同道只悠悠. 寡欲眞尊主, 徒虛恐引偸. 須要有自得, 聽奕豈專秋."; 卷5 「復寄荅退溪」, 171면, "公案中天日, 斯文萬古墟. 精微盡晦整, 人道發唐虞. 汎認爲他說, 誰將辨一書. 寧如隴鸚縶, 不作渡狐濡."

4) 李滉, 『退溪集』 卷23 「重答奇明彦別紙」, "往者人言寡悔頗悅禪味, 中間又聞其尊信困知記, 滉猶不之信. 及見其所爲人心道心吟二絶句, 心甚疑之, 以爲寡悔不應至此, 恐或好事者假稱. 今得來示乃親與之款叩, 而其言論旨意如此令人悼心失圖, 奈何奈何."; 李德弘, 『艮齋集』(『문집총간』 51) 「溪山記善錄」 下, "問今世誰能學問, 先生曰, 未見其人, 曰, 如奇高峰李龜巖者, 何如. 曰, 此人厚重近仁, 而循塗守轍, 必終不回頭, 向別處去, 但所見猶未能透得大綱領, 這可惜耳. 大凡世無切己根本上做工夫底人, 只有曹南冥, 唱南華之學, 盧蘇齋守象山之見, 甚爲懼也."

5) 李植, 『澤堂集』(『문집총간』 88) 「別集」 卷15 「示兒代筆」, "蘇齋自少厲志苦學, 祖述靜菴, 聲名高於退溪. 及在海中, 雖不廢學, 憂愁之餘 詩酒遣懷. 始讀羅整庵困知記, 以爲廣大精微, 不下程朱, 用其說改作人心道心傳註, 又改定大學章句, 其言皆陸王意也 …… 想其爲學, 志勤途遠, 又難中廢, 徑趨簡捷立幟而止, 其亦占便宜之道乎!"; 李植, 『澤堂集』 「追錄」, "盧蘇齋自海中還, 忽爲禪學, 退溪大駭, 亦不能與之辨, 時以詩句挑之, 而蘇齋又答之甚峻. 自是爲道學者間, 雜禪學, 自蘇齋啓之, 眞如朱子之時, 忽出陸象山也."; 『선조수정실록』 '23년 4월 1일', "其學初甚精博 儒林之望, 先於李滉. 及海島, 推尊羅欽順困知記, 改著人心道心執中說, 立異於朱訓, 李滉非之. 盖我國道學, 至李滉出而大明, 而守愼獨參用陸學宗旨, 後人或慕嚮稱述焉."

6) 현상윤, 『조선유학사』, 1948.

7) 진래, 『송명성리학』, 예문서원, 1997, 434면.

행하던 선학과 양명학을 비판하면서 심과 성을 엄격히 구분하려고 하였고 천리의 객관적 실재를 확고하게 믿어 주희의 격물치지설(格物致知說)을 지지하였다. 그렇지만 그의 리기일물설(理氣一物說)과 인심도심체용설(人心道心體用說), 그리고 욕망(慾望)의 긍정은 명대 기철학(氣哲學)의 영향을 받은 것으로 주자학과는 이질적인 요소를 지니고 있었다.[8] 이러한 나흠순의 사상은 리기불상잡(理氣不相雜)의 원칙을 확고하게 지지하고 있던 이황과 그의 문인들에 의해서 선학(禪學 : 양명학을 포함하는 이단이라는 뜻)으로 규정되어 비판을 받았다. 나흠순의 사상에 대하여 비교적 긍정적인 평가를 내린 이이와 노론의 일부 학자들도 리(理)의 객관적 실재에 대한 믿음만을 선택적으로 수용하였다.[9] 그러나 노수신은 나흠순의 격물치지설은 주목하지 않고 리기일물설과 인심도심론, 욕망을 긍정하는 이론들만을 수용하였다.

지금까지 노수신의 사상은 나흠순 사상의 수용이라는 측면에서만 이해되었는데,[10] 이는 그의 철학논문인 「인심도심변」과 「집중설」에만 의거하여 그의 사상의 일반적 특징을 추출하였던 그동안의 편협한 연구방법에서 도출된 결과이다. 노수신은 시문학이 크게 융성했던 선조대의 일급 시인이었고 그의 남아 있는 저작의 대부분은 시이다. 그의 시를 읽어보면 선학과 육왕학의 심성론, 수양론에 동조한 뚜렷한 자취를 볼 수 있다.[11] 따라

---

8) 조남호, 「나흠순의 철학과 조선학자들의 논변」, 서울대 박사논문, 1999.

9) 조남호, 위의 논문.

10) 황준연, 「조선성리학의 인심도심설에 대한 분석」, 『논문집』15, 원광대, 1981; 김광순, 「소재 노수신 연구」, 『한국의 철학』17, 경북대 퇴계연구소, 1989; 채용복, 「소재 노수신 시의 연구」, 고려대 박사논문, 1992; 조남호, 「나흠순의 철학과 조선학자들의 논변」, 서울대 박사논문, 1999; 김기현, 「욕망과 도덕심」, 『조선유학의 개념들』, 예문서원, 2002.

11) 노수신의 사상에 선학과 양명학적인 면이 있다는 논의는 이미 그의 시와 철학을 조명한 몇 편의 논문에서도 보인다(서수용, 「소재 노수신 시 연구」, 성균관대 석사논문, 1984; 신태영, 「盧蘇齋의 詩 硏究」, 성균관대 석사논문, 1997; 황구하, 「소재 노수신의 심학」, 『양명학』10호, 2003). 그러나 이 논문들은 노수신의 학문을 육왕학으로 비판하는 先儒들의 언설과 육왕학에도 관심을 기울여야 한다는 뜻이 문면에 직접적으로 드러난 노수신의 시 몇 편을 인용하면서 그가 양명학에도 관심을 가지고 있었음을 지적하는 데서 그쳤다. 따라서 아직 노수신의 사상과 육왕학과의 관련성을 온전하게 구명한 논의는 없었다고 할 수 있다.

서 시와 산문 저작 전체를 통독하여 사상의 시기별 발전 경로를 따라가면서 「인심도심변」과 「집중설」을 다시 고찰해보면 노수신의 인심도심설에서 지금까지 논의되지 않았던 새로운 사상사적 의미를 발견할 수 있다. 노수신 스스로 "자신의 학문이 아홉 번 팔뚝을 꺾는 시련을 이겨내는 가운데 이루어진 것"12)이라고 밝히고 있듯이 그의 사상은 외로운 섬에서 20여 년의 세월 동안 죽음과 대결하여 스스로 이루어 낸 것이었다. 이 논문은 그의 고뇌와 사색의 경로를 따라가면서 「인심도심변」과 「집중설」을 재조명하여 그의 심성론과 수양론의 특징을 구명하는 것을 목적으로 한다.

2. 인심도심(人心道心)에 대한 새로운 해석—인심(人心)의 긍정

남쪽 바다의 외로운 섬에 유배되어 있던 노수신은 「인심도심변」을 저술하여 일거에 당대 사류들의 관심의 표적으로 떠오르면서 큰 파문을 불러 일으켰다. 『서경(書經)』 「대우모(大禹謨)」의 "人心惟危, 道心惟微, 惟精惟一, 允執厥中"에 대하여 주희는 '형기(形氣)의 사(私)에서 생긴 것은 인심(人心)이고 성명(性命)의 바름에서 근원한 것은 도심(道心)'이라고 하고, '인심은 위태로워 불안하고 도심은 미약하여 드러나기 어려우니 도심과 인심을 정밀하게 살펴서 도심을 굳세게 지키는 공부를 하여야 한다'고 하였다. 그리고 '이러한 공부를 통하여 모든 행동거지가 지나치거나 모자람이 없는 중(中)의 상태에 도달할 수 있다'13)고 하였다. 이에 대하여 노수신은 '도심은

---

12) 卷4 「再簡」, 157면, "日月三緘口, 風塵九折肱. 道難遺事物, 學要在心膺. 只喚危微別, 空聞理氣凝. 誰能有自得, 晦整與同升."

13) 朱熹, 「中庸章句序」, "心之虛靈知覺, 一而已矣. 而以爲有人心道心之異者, 則以其或生于形氣之私, 或原于性命之正, 而所以爲知覺者, 不同, 是以或危殆而不安, 或微妙而難見耳. …… 精則察夫二者之間而不雜也, 一則守其本心之正而不離也. 從事於

성(性)이 미발(未發)의 마음에 갖추어져 있는 것으로 아직 드러나지 않았기 때문에 미묘하고, 인심은 성(性)이 형기를 타고 이미 정으로 드러난 것으로 중절(中節)하고 부중절(不中節)함이 있는 까닭에 위태롭다'고 하였다. 그리고 '인심을 정밀하게 살피는 정(精)의 공부와 도심을 보존하는 일(一)의 공부를 통해 마음이 발하지 않을 때는 치우치거나 기대지 않은 중(中)의 상태를, 마음이 발했을 때는 지나치거나 모자람이 없는 화(和)의 상태를 유지할 수 있다'고 하였다.14) 이러한 새로운 해석은 명유(明儒) 나흠순의 인심도심설의 영향을 받은 것이지만,15) 나흠순의 『곤지기』를 보기 전에 노수신에게는 주희의 인심도심설에 대한 회의가 이미 존재하고 있었다.

　　나는 중년에 항상 이 전(傳)을 조심스럽게 독송하고 있었는데 '인심을 인욕이라고 할 수 없다'는 구절이 있는 것을 보고는 '이미 사(私)를 인심에 귀속시키고 정(正)을 도심에 귀속시켰다면 선악이 나뉜 것이니 인심은 곧 인욕이다. 그렇지 않다면 이것은 선악(善惡)의 기미(幾微)인데 아래 구를 중복해서 둔 것은 어째서인가?'라고 의심했다.16)

　　인심도심에 대한 해석에서 정이(程頤)는 '인심은 인욕(人欲)이고 도심은 천리(天理)'라고 규정함으로써 도심을 신(善)에, 인심을 익(惡)에 귀속시켰다.

　　斯, 無少間斷, 必使道心常爲一身之主, 而人心每聽命焉, 則危者安, 微者著, 而動靜云爲, 自無過不及之差矣."

14) 「內集」下篇「人心道心辨」, 376면, "道心則天理具於心者, 而其發也以氣, 故謂之人心. 便有中節不中節, 故危, 而其未發則無形, 故微. 見其危而知其微, 所以必加精一之功. 精者, 察人心, 則所謂察夫二者之間而不雜也, 在學者則動時功也. 一者, 存道心, 卽所謂守其本心之正而不雜也, 在學者則靜時功也. …… 至於允執厥中, 盖極言精一之功, 以爲眞得其中, 若謂動靜自無偏倚過不及者也."

15) 羅欽順, 『困知記』권上, "道心性也, 人心情也. 心一也而兩言之, 自動靜之分, 體用之別也", "道心寂然不動者也, 至精之體, 不可見故微, 人心感而遂通者也, 至變之用, 不可測故危."

16) 「內集」下篇「人心道心辨」, 375면, "愚於中年, 常竊敬誦此傳, 因見有謂人心不可謂人欲者, 乃自疑曰, 旣以私屬人心, 以正屬道心, 善惡分矣, 人心便是人欲. 不然, 是幾善惡也, 複着下句, 何也."

그러나 노수신이 지적하고 있듯이 주희는 『주자어류』 곳곳에서 '인심은 인욕이 아니다'[17]라고 하였고 「중용장구서(中庸章句序)」에서도 "사람은 모두 형기(形氣)를 가지고 있기 때문에 비록 자질이 매우 뛰어난 사람이라도 인심이 없을 수 없다"[18]고 하여 정이와는 다르게 인심을 악한 인욕으로 규정하지 않았다. 주희는 만약 인심을 악으로 규정하면 인간의 자연스러운 욕망·감정을 다 부정하려고 하는 노장과 불교의 경지에 떨어지게 된다고 우려하였다. 그렇지만 인심을 그 자체로 긍정하면 인간의 도덕적 행위의 근거를 확립할 수 없다는 문제가 생기게 된다.[19] 이처럼 인심을 완전히 긍정할 수도 부정할 수도 없는 주희의 딜레마가 그대로 드러난 것이 바로 「중용장구서」이다. 결국 주희가 나아간 방향은 인심과 도심을 발출 근원에서 분리하여, 생리적인 욕망·감정에 의해 흔들리지 않는 도덕의식의 절대성을 확보하는 것이었다.

노수신은 주희가 "인심은 형기에 사(私)에서 생겨나고 도심은 성명의 바름에서 근원한다"고 하여 인심도심의 발출 근원을 분리하여 말한 것은 정(正)과 사(私)의 관계 속에서 살펴보면 인심을 악한 인욕으로 해석한 것이기 때문에 인심을 긍정하는 논리와는 서로 맞지 않는다고 생각한다. 그리고 만약 주희의 규정대로 인심(人心)이 인욕(人欲)이 아니고 선악(善惡)의 기미(幾微)라면 이미 발한 선한 도덕의식은 인심 안에 당연히 포함되어 있을 것이기 때문에, 굳이 다시 "道心惟微"를 쓸 필요가 없게 된다고 생각하였다.

혹시 제자들이 비록 선악을 겸했다는 설을 들었어도 그 뜻은 또한 대체로 도심으로 성명(性命)의 발(發)을 삼고 인심으로 형기(形氣)의 선악(善惡)을 삼아

---

17) 『朱子語類』 卷78, "若便說作人欲, 則屬惡了, 何用說危." "人心人欲也, 此語有病, 雖上智不能無此, 豈可謂全不是."
18) 朱熹, 「中庸章句序」, "然人莫不有是形, 故雖上智不能無人心, 亦莫不有是性, 故雖下愚不能無道心."
19) 朱熹, 『朱子語類』 卷62, "若專用人心, 而不知道心, 則固流於放僻邪侈之域. 若只守道心, 而欲屛去人心, 則判性命爲二物, 而所謂道心者, 空虛無有, 空虛無有, 將流於釋老之學."

삼절(三截)로 만들어 보는 것에서 지나지 않았을 것이다. 결코 선악이 인심에 속하면 성명의 발은 이미 절로 그 가운데 있다는 것을 생각하지 못했다.[20]

주희는 도심과 인심의 선은 완전히 일치하지 않고 인심의 선과 구별되는 도심이 따로 존재한다고 보았다. 그러나 노수신은 형기(形氣)와 성명(性命)은 서로 떨어질 수 없는 관계이기 때문에 성명과 형기에서 각각 발한 도심과 인심이 의식상에서 서로 분리되어 존재할 수 없다고 생각한다. 따라서 인심과 도심을 구별하고자 한다면 미발이발(未發已發) 성정(性情) 체용(體用)의 관계로밖에는 되지 않는다고 판단하였던 것이다.

혹자가 또 묻기를 "이목구비사지(耳目口鼻四肢)의 욕망에서 발하는 것은 정(正)과 부정(不正)이 있지만 측은수오사양시비(惻隱羞惡辭讓是非)의 단서(端緒)에서 발하는 것은 불선(不善)함이 없다. 『서경』에서 든 것은 발하는 곳이 한두 가지가 아니니 또한 갖추어진 것이 아니겠는가!"라고 했다. 나는 대답하기를 "바르게 발한 것이 바로 선이 발한 것이고 발하여서 바르지 못하게 된 것은 곧 선에서 발한 것이 아니다. 대저 형기(形氣)와 사단(四端)이 어찌 서로 교섭하지 않은 적이 있으리! 그렇다면 형기는 어찌 사단이 타는 바의 기틀이 아니며 사단은 어찌 형기가 싣는 바의 주인이 아니겠는가! 까닭에 주자는 일찍이 "인심이 도리에 합한 것이 바로 도심이다"라고 했으니 이 말은 정(情)이 도리에 합치된 것이 바로 성(性)이라는 말과 같다. 또 인심도심을 들고서 이어서 횡거의 이전의 설을 인용하여 그것을 밝혔으니 이는 마음이 인(人)과 도(道)를 통섭하고 있다는 말과 같다. 그렇다면 도심은 성이고 인심은 정이며 정은 자연히 형기와 사단을 겸하고 있는 것이다.[21]

---

20) 「內集」下篇 「人心道心辨」, 376면, "或者弟子雖聞兼善惡之說, 其意亦不過槩以道心爲性命之發, 人心爲形氣之善惡, 作三截看而已. 殊不思善惡屬人心, 則性命之發, 已自在其中矣."
21) 「內集」下篇 「人心道心辨」, 376면, "曰發於耳目口鼻四肢之欲者, 有正不正, 發於惻隱羞惡辭讓是非之端者, 無有不善, 書所擧所發之非一二者, 不亦備矣!, 曰發之正, 卽是善之發, 發而不正, 卽不是發於善. 夫形氣四端, 何嘗不相交涉, 則形氣豈不爲四端所乘之機. 而四端豈不爲形氣所載之主乎! 故朱子嘗謂人心合道理處便是道心, 如言情之合道理處便是性也. 又擧人心道心, 繼引橫渠前說以明之, 如言心統人與道也.

이 문단은 혹자의 물음을 상정하고 이것에 대해 노수신이 답하는 형식으로 되어 있다. 혹자의 견해는 형기(形氣)의 욕망에서 발하여 인심은 정(正)부정(不正)이 있지만 사단(四端)에서 발하는 도심은 순수하게 선한 것이니 인심도심은 그 발하는 근원이 같지 않다는 것이다. 이는 주희의 관점이자 이를 확고하게 지지하고 있던 이황의 관점이라 할 수 있다. 이에 대해 노수신은 바르게 발한 것은 바로 선한 도심이 발한 것이고 발하여 바르지 못하게 된 것은 도심에서 발한 것이 아니라고 답한다. 이는 정(情)은 모두 성(性)이라는 한 근원에서 발하는데 정으로 드러나는 과정에서 바르게 발한 것은[發之正] 도심이 발한 선한 인심이 되고, 발하는 과정이 바르지 못하게 되면[發而不正] 도심에서 온 것은 사라지고 악한 인욕으로 변하게 된다는 의미이다. 따라서 발출 근원이 다르기 때문에 도심은 순수하게 선하고 인심은 선악이 있다는 주희의 해석은 거부된다. 게다가 이 문장은 인심은 도심이 발한 것으로 악으로 흐를 가능성은 있지만 악한 인욕과는 구별된다는 의미를 내포하고 있다.

인심(情)의 긍정은 노수신 사상의 중요한 특징을 이루는데 다음 구절에서도 이를 확인할 수 있다. 노수신은 "형기(形氣)는 사단(四端)이 타는 바의 기틀이고 사단은 형기가 싣는 바의 주인"이라고 했다. 주희는 리(理)와 기(氣)가 서로 떨어질 수 없는 관계임을 설명하기 위해 "리가 음양을 타는 것은 마치 사람이 말에 타는 것과 같다", "태극은 리이고 동정은 기이다. 기가 다니면 리도 다니게 되니 이 둘은 늘 서로 의지하고 떨어진 적이 없다. 태극이 사람과 같다면 동정은 말과 같으니 말은 사람을 싣고 사람은 말을 탄다"는 비유를 들었다.[22] 노수신은 이 주희의 비유를 심성론에 적용하여 사단과 형기는 서로 떨어져 존재할 수 없고 인간의 모든 감정은 사단이 형기를 타고 움직이는 것이라고 말한다. 그는 리와 기가 서로 떨어져서 존재할 수 없기에 도심은 형기를 타고 인심으로 드러날 뿐이라고 생각한 것

然則道心是性, 人心是情, 情自兼形氣四端者也."

22) 진래, 『송명성리학』, 예문서원, 1997, 246면.

이다.

주희의 철학에서 정은 두 가지 용법으로 사용되는데 '사단(四端)'은 인간의 본성이 선하다는 증거로 확인되는 순선한 도덕의식이고, 칠정(七情)은 인간의 자연스러운 욕구 감정을 말한다. 주희는 성이 드러난 것이 정이라고 하면서 사단은 완전히 선한 것이고 칠정은 선과 악이 섞여 있다고 하였다. 그렇다면 칠정의 악한 부분은 순선한 성에서 온 것이라고 할 수 없게 되는데 주희는 이러한 모순에 대하여 설명한 적이 없다. 그는 다만 인심도심론에서 '인심은 형기(形氣)에서 발하고 도심은 성명(性命)에서 발한다'고 하여 인심과 도심의 발출 근원을 분리하여 말하였다. 인심도심의 발출 근원이 다르다는 논리를 사단과 칠정에 적용하면 사단은 리(理)가 발한 것이라서 순수하게 선하고 칠정은 기(氣)가 발한 것이라서 선악이 있다는 해석을 낳을 수 있다. 이황의 사단칠정론은 주희의 인심도심론을 성정론 일반에 적용한 것이라고 할 수 있다.23) 노수신은 이황과는 정반대의 길로 나아가 성이 발하여 정이 된다는 성정론만을 긍정하고 인심도심을 그 발출 근원에서 분리하는 이론에 대하여는 반대하였다. 노수신의 인심도심론은 리와 기, 심과 성을 엄격히 구별하려고 하는 이황의 사단칠정론과는 다르게 인심과 도심·심과 성의 거리를 좁히는 방향으로 나아가는 것이라고 할 수 있다.

사실 노수신의 「인심도심변」은 이황의 사단칠정론을 겨냥하여 그에 대한 반론으로 제출된 것이기도 했다. 「인심도심변」은 1559년 2월에 작성되었는데 이는 기대승이 이황의 사단칠정론을 비판하는 첫 번째 편지를 작성하기 바로 한 달 전이었다.24) 이황은 이에 앞서 사단과 칠정의 발출 근원이 다르다는 이론을 제시하였고, 1558년 6월에는 도산서원에서 제자들에게 주희의 인심도심설을 강론하였다. 노수신은 이황의 사단칠정론을 비

---

23) 진래, 『송명성리학』, 예문서원, 1997, 468면.
24) 기대승의 사단칠정을 논한 첫 번째 편지는 1559년 3월에 작성하여 8월에 보낸 것으로 되어 있다. 「인심도심변」은 1559년 2월에 작성되었다.

판하기 위하여 그 입론의 근거라고 할 수 있는 주희의 인심도심설에 내재된 모순점을 지적하려고 한 것이다.

노수신의 인심도심설은 리기(理氣)는 서로 떨어져 존재할 수 없기에 사단은 칠정에 포함된다고 했던 기대승의 사단칠정론과 칠정에 인심도심이 포함된다고 했던 이이의 인심도심론의 선단에 위치하는 것이다. 그러나 노수신의 인심도심설이 이들의 이론과 일치하는 것은 아니었다. 기대승은 사단이 칠정에 포함된다는 설을 주장하면서 그 증거로 사단도 중절(中節)하지 못할 때가 있다는 주희의 언급을 들었고 이이는 도심도 중절(中節)하지 못하면 인심으로 변한다고 하였다. 이렇게 되면 사단·도심을 포함하는 인간의 모든 감정은 기(氣)의 영향을 벗어날 수 없는 위태로운 것이 되며, 사단·도심은 칠정과 인심을 다스리는 절대적인 기준이 되지 못한다. 이는 본성에서 발출한 선한 사단을 칠정과 분리하여 칠정을 다스리는 기준으로 제시한 이황의 사단칠정론과도 다르지만 인심은 도심이 발한 것이라서 도심과 분리될 수 없다고 했던 노수신의 인심도심설과는 더더욱 배치되는 것이라고 할 수 있다. 이이는 성혼(成渾)과의 인심도심논쟁에서 나흠순의 인심도심설을 이황의 설보다는 나은 것으로 긍정하면서도 노수신의 인심도심설에 대한 찬성의 뜻을 표명하기를 주저하였다. 그는 인심과 도심을 일원적(一元的)으로 파악하려 했던 나흠순의 논의에는 동의하였지만, 인심과 도심의 구별을 무화시키려 했던 노수신의 인심도심설은 받아들일 수 없었던 듯 하다.

이이가 이미 인식했듯이 노수신의 인심도심설과 나흠순의 인심도심설은 완전히 일치하는 것이 아니었다. 조남호는 나흠순은 "인심은 인욕이다"라고 하여 인욕을 긍정하고 있는데 노수신은 "인심은 인욕이 아니다"라고 하여 인욕을 부정적인 것으로 파악하고 있다고 했다. 결국 나흠순의 인심도심론의 핵심이라고 할 수 있는 인욕에 대한 긍정 부분을 제외하였기 때문에 노수신의 인심도심론은 나흠순의 인심도심론과 일치하는 것이 아니라는 것이다.[25] 그러나 이는 나흠순이 사용하는 인욕의 개념과 주희와 노수신이 사용하는 인욕의 개념에 내포된 의미가 다름을 살피지 않았기 때문에 나온 결론이다. "인심은 의욕이다"라는 나흠순의 규정에서 인욕은 인간의 자연스러운 욕망의 의미로 사용되었다. 그러나 주희가 "인심은 인욕이 아니다"라고 규정했들 때 인욕은 악한 사욕의 의미로 한정하여 사용한 것이고, 이는 노수신도 마찬가지였다. 이는 노수신도 마찬가지였다. 주희는 인심을 인욕과 분리하여 선악의 기미로 규정하면서도 인심과 도심을 발출 근원에서 분리하여 결국 인심을 인욕에 가까운 부정적인 것으로 해석했다. 노수신은 주희의 인심도심론의 바로 이 점을 부정하려 하였다.

> 元來道與器非鄰　　　원래 道와 器는 분리될 수 있는 것이 아니니
> 可認人心是外塵　　　人心이 어찌 밖에서 온 먼지이리
> 須就道心爲大本　　　모름지기 道心을 큰 근본으로 삼고
> 用時還見道乘人[26]　움직일 때는 도심이 인심을 타고 있음을 보아야 하리
> 　　　　―「次韻奉呈鄭僉使廻軒, 復題一篇, 憑達一齋侍者」 제2수

　인심도심을 논한 이 시에서 노수신은 도(道)와 기(器)는 원래 떨어질 수 없는 관계라서[27] 도심은 마음의 본체가 되고 마음이 움직일 때는 이 도심이 인심에 실려 움직인다고 했다. 인심과 도심은 분리될 수 없기에 인심은 외진(外塵)이라고 할 수 없고, 인심이 중절하지 못하여 악으로 흘러가 버렸을 때 이것을 외진이자 인욕이라고 할 수 있다. 이처럼 노수신은 악한 인욕은 인간이 마음을 잃어버렸을[放心] 때 나타나는 마음의 비본래적인 상태일 뿐이라고 하였다. 인간의 본성인 도심은 인심으로 드러나는 것이고

---

25) 조남호, 「나흠순의 철학과 조선학자들의 논변」, 서울대 박사논문, 1999, 58면.
26) 卷4 「次韻奉呈鄭僉使廻軒, 復題一篇, 憑達一齋侍者」 제2수, 157면.
27) 노수신은 나흠순의 理氣一物說을 긍정하면서 '주희의 "眞精妙合"이라는 언급에는 無極의 眞과 二五의 精을 둘로 하는 기미가 있는 듯 하다'고 말하였다. 노수신은 또 『중용』의 "君子之道 費而隱"이란 구절을 해석하면서 "道가 없는 器가 없고 또한 器가 없는 道도 없으니 만약 費가 形氣를 벗어난 것이라고 생각한다면 이는 잘못이다"라고 하여 道와 器가 서로 떨어질 수 없는 관계임을 밝혔다.

이 인심은 선악의 갈래에서 어디로 나아갈지 예측할 수 없는 상태이기는 하지만 악한 인욕과는 다른 것이라고 생각한 것이다.

인욕과 인심을 분리하여 인욕을 본래 면목을 잃은 마음의 상태라고 보았던 노수신의 생각이 조남호의 지적대로 욕망을 부정하려는 데 중점이 있는 것은 아니었다. 이는 노수신이 58세에 유성룡에게 보낸 다음의 시에서 확인할 수 있다.

欲者人之性	욕망은 인간의 본성이라서
人皆不可無	사람들 모두 없을 수 없으니
何修以入道	어찌 마름질하여서 도에 들이는 것이리
吾老竟歸愚	나 늙어서야 이 어리석음의 경지로 돌아오게 되었구려
病眼三年淚	삼 년 동안 보고파 병든 눈으로 눈물 흘렸건만
離懷八月湖	다시 이별하게 되니 마음은 팔월의 호수처럼 슬픔으로 넘치네
幾人曾此論	몇 사람이나 이러한 논의를 같이 나눌 수 있을지
今日更長吁[28]	오늘 다시 길게 탄식할 밖에

—「贈柳修撰」

이 시에서 노수신은 욕망은 사람들이 모두 가지고 있는 본성이라고 선언한다. 그리고 "天命之謂性, 率性之謂道, 修道之謂敎"라고 했던 『중용』의 사유를 계승하여 본성을 따르는 것이 도(道)이니 본성에 내포되어 있는 자연스러운 욕망을 재단하고 마름질(修)해서 도에 맞추려 해서는 안 된다고 말한다.[29] 인간의 자연스러운 욕망을 그 자체로 긍정하는 노수신의 사유는 이황을 따르는 사류들의 거센 반발을 불러일으킨다. 기대승은 이 시에 화운하는 시를 지어 노수신이 이단에 물들어 성인의 도를 더럽히고 백성을 잘못된 길로 이끈다고 격렬하게 비판하였다.[30]

---

28) 卷6, 202면.

29) 이는 주희의 생각과도 일치하는 것이었다. 주희는 "본성은 닦는 것을 용납하지 않는다. 본성을 닦는 것은(修) 싹을 뽑아올리는 것이다"라고 하였다(『중용집주』 首章의 細註, "朱子曰性不容修, 修是揠苗").

위의 시에 드러난 것처럼 노수신은 인간의 자연스러운 욕망을 긍정하고 이를 악한 인욕과 분리하였다. 욕망의 긍정은 노수신 사상의 중요한 특징이었고 따라서 욕망을 긍정하지 않았다는 점에서 나흠순의 인심도심론과 노수신의 인심도심론을 구별하는 것은 핵심을 벗어난 지적으로 보인다.

나흠순의 인심도심론은 선학(禪學)과 양명학(陽明學)에 대한 비판으로서 제기된 것이다. 그는 성과 심을 엄격하게 구별해야 한다는 전제에서 선학은 마음의 작용(作用)과 성(性)을 일치시킨다고 비판하였다. 그리고 양명학도 지각(知覺)에 불과한 양지(良知)를 천리(天理)와 일치시키고 있기 때문에 선(禪)과 본질적으로 다른 것이 아니라고 하였다. 나흠순이 도심(道心)을 성(性)으로 인심(人心)을 정(情)으로 해석하여 주희의 인심도심론을 수정한 것도 같은 맥락에서 이해해야 한다. 그는 도심을 이미 발한 마음이라고 한다면 마음으로 마음을 다스리려고 하는 선학·양명학과 다를 바가 없다고 판단하였던 것이다.

그러나 노수신은 나흠순의 인심도심론에서 이러한 양명학 비판의 관점을 취해오지 않는다. 인심도심을 발출 근원에서 엄격하게 구별하는 주희의 해석대로라면 생리적인 욕망·감정과는 분리되어 존재하는 도덕의식이 욕망과 감정을 검열하고 억제하려고 하는 상태에 있게 되는데 이러한 의식의 분열 상태는 노수신이 늘 벗어나고자 했던 고통스러운 마음의 상태였다. 이처럼 도심과 인심이 한 마음 안에 대립하여 존재하는 두 마음이어서는 안 된다고 생각하고 있었기에 노수신은 인심도심을 미발이발(未發已發) 성정(性情) 체용(體用)의 관계로 해석하는 나흠순의 논의에 동의했던 것이다. 인심도심의 규정에 대한 노수신과 주희의 견해차는 "惟精惟一"의

---

30) 기대승,『高峯集』「속집」卷1「次蘇齋韻」, "欲者人之性, 人皆不可無. 斯言何所出, 剩語恐相愚. 有物當知則, 如魚必在湖. 同行情却異, 宗孼正堪吁."; "性惡荀卿說, 欲論何代無. 機鋒釋氏捷, 科級聖人愚. 慮世天垂日, 誣民地托湖. 能言吾豈敢, 獨立夐長吁."; "陰陽豈是一, 理氣不容歧. 見一元乖實, 言歧却失辭. 幾人迷似悟, 今日合還離. 鑽仰猶瞻忽, 前賢亦有疑."; "率性斯爲道, 亡羊問幾歧. 見差應害事, 心謬可徵辭. 聖學精粗合, 禪家體用離. 百年須有志, 三日詁無疑."

수양방법에 있어서도 중요한 차이를 드러낸다. 주희는 '유정유일'을 이발(已發)의 상태에서 행하는 치지(致知)와 역행(力行) 공부로 한정하였다. 그러나 노수신의 수양법은 마음이 막 발한 순간에는 도심에서 온 것을 잘 살펴 그것이 온전하게 발현될 수 있도록 하고 마음이 발하기 전에는 도심을 잘 함양하는,[31] 이발의 성찰(省察)과 미발의 함양(涵養)을 모두 아우르는 것이었다. 노수신은 「인심도심변」을 작성하고 2년이 지나 다시 수양의 문제만을 집중적으로 논하는 「집중설(執中說)」을 지었다. 그는 이 글에서 미발함양(未發涵養)을 근본으로 하는 자신의 독특한 수양론을 완전하게 제시하였다. 그리고 이후로는 미발의 함양이 모든 공부의 근본이 된다는 것을 확고하게 주장하였다.[32] 여기에서 노수신이 주희의 인심도심론을 수정하려한 두 번째 중요한 이유가 드러나는데 그것은 바로 주희의 공부가 이발의 치지역행(致知力行)에 한정되어 있음을 비판하기 위한 것이었다.

3. 존덕성(尊德性)의 강조와 격물치지(格物致知)의 부정

노수신은 도심과 인심을 미발이발 성정 체용의 관계로 해석하면서 "允

---

31) 「內集」 下篇 「人心道心辨」, 376면, "整庵又不備擧詳著以惠後學, 尤可惜也. 然今以 其說推之, 道心則天理具於心者, 而其發也以氣, 故謂之人心. 便有中節不中節, 故危, 而其未發則無形, 故微. 見其危而知其微, 所以必加精一之功. 精者, 察人心, 則所謂察 夫二者之間而不雜也, 在學者則動時功也. 一者, 存道心, 卽所謂守其本心之正而不雜 也, 在學者則靜時功也. 胡雲峯云, 先在惟靜, 而重在惟一, 亦可謂得其旨矣. 至於允執 厥中, 盖極言精一之功, 以爲眞得其中, 若謂動靜自無偏倚過不及者也."

32) 卷4 「方夜得玉溪書, 曉坐潛玩精一之難, 仍記誦前冬敬奉一齋之作, 再次書寄玉溪 琴堂」, 158면, "若道發時方致一, 靜中眞箇睡中人."; 卷6 「方塘」, 201면, "用上可明難 可養, 直從源去擴而充."; 「內集」 下篇 「答南時甫」, 384면, "能靜而後動則吉, 動不本 於靜則凶."

執厥中”을 '이발의 때에는 마음의 용(用)이 지나치거나 모자라지 않는 화 (和)의 상태를 지키는 것이고 미발의 때에는 마음의 체(體)가 치우치거나 기 대지 않은 중(中)에 있는 것'이라고 했다.33) 이는 '집중(執中)'의 중(中)을 미 발(未發)의 중(中)과 이발(已發)의 화(和)를 모두 포섭하고 있는 것으로 해석 한 것이다. 미발의 중과 이발의 화는 『중용』 수장(首章)의 “희노애락이 발 하지 않은 것을 중이라 하고 발하여 모두 절도에 맞는 것을 화라고 한다.” 라는 구절에서 온 것이다. 주희는 『중용혹문(中庸或問)』에서 '미발의 중은 잡을 수 없다'고 하면서 “본래 볼 수도 없는 것인데 하물며 그것을 쫓아 잡으려고[執] 하면 그 치우침과 기댐이 심할 것이니 어찌 중이라고 할 수 있으리!”34)라고 하였다. 따라서 주희는 “允執厥中”을 모든 행위가 법도에 맞는 상태인 '시중(時中)'으로 해석하였다. 노수신은 '미발의 중(中)에 집(執) 자를 두는 것이 불가하다'는 비판이 있을 것을 예상하고 자신의 “윤집궐 중” 해석의 근거를 논술한다.

노수신은 미발의 중을 구하는 공부를 부정한 주희의 생각은 “마음은 모 두 이발이다”라고 했던 마음에 대한 잘못된 규정에서 온 것이었다고 주장 한다. 정이는 한 때 “마음은 모두 이발이다”라고 정의한 적이 있는데 이러 한 규정에 따르면 미발의 중은 이발의 마음에 내재한 본성이 된다. 그렇다 면 미발의 함양 공부는 따로 있을 수 없고 이발의 마음에 언뜻 드러나는 본성의 싹을 성찰하는 공부만이 있을 수 있다. 그러나 이 규정은 정이 스스 로 개정하였고 주희도 기축지오(己丑之悟) 이후 이러한 개정을 받아들였다. 노수신은 “마음은 모두 이발이다”라는 규정이 잘못되었음을 깨달은 뒤에

---

33) 「內集」 下篇 「執中說」, 378면, “堯舜之中, 何中也? 體用之中也. 何謂執? 執猶守也,
    自心已發而察之, 爲能守之於無過不及之用, 程子所謂守之於爲, 朱子所謂一以守之,
    子思所謂期月守也, 是也. 自心未發而存之, 爲能守之於不偏不倚之體, 朱子所謂其守
    不失, 是也. 用之守而不雜, 乃所以保全其體, 體之守而不雜, 乃可以曲當其用, 夫何所
    不用其執.”
34) 朱熹, 『中庸章句』 「혹문」, “未發之前, 則宜其不待著意推求, 而瞭然心目之間矣. 一
    有求之之心, 則便爲已發, 固已不得而見之, 況欲從而執之, 則其爲偏倚亦甚矣, 又何
    中.”

는 정이와 주희 모두 미발의 중을 구하는 공부를 부정하지 않았다고 생각
한다. 다만 주희가 "미발의 중을 구할 수 없다"고 한 것은 공부하는 사람이
의식적으로 중을 구하려고 하면 집착(執着)하는 것이 있게 되어 오히려 불
편불의(不偏不倚)한 중의 상태를 잃게 됨을 경계한 것일 뿐이라고 했다.[35]

노수신은 '집중'에서 '집(執)'의 의미를 '잡아서 지키다'로 해석했다. 주
희는 '발하지 않은 마음의 중(中)은 집(執)할 수 없다'고 했지만 노수신은
『시경』의 "民之秉彝"와 『논어』의 "據於德"에서 '마음에 갖추어져 있는
도덕적 본성'과 '마음에 얻은 덕'을 잡는다는 표현의 용례를 찾을 수 있다
고 했다. 또 『예기』의 "視於無形"과 『서경』의 "不見是圖"에서 드러나기
이전의 마음을 살피고 도모한다는 뜻을 볼 수 있다고 했다. 노수신은 이러
한 예들의 '병(秉), 거(據), 시(視), 도(圖)'의 쓰임처럼 '집(執)'이라는 글자는
형체가 있는 어떤 것을 실제로 움켜쥔다는 뜻으로만 쓰이는 것이 아니라
'드러나지 않은 마음을 잡지 않으면서도 잡는다'는 뜻으로도 쓰일 수 있다
고 말한다. 그리고 이 잡지 않으면서도 잡는 것은 의도나 집착이 없는 상
태이기 때문에 중(中)에 있는 것에 해가 되지 않는다고 하였다.[36]

존지(存之), 양지(養之), 사지(事之)는 집지(執之)의 다른 이름이고 자사(子思)
의 삼가고 두려워하고 중화를 이루는 것은 집지(執之)와 실질이 같은 것이다.
대개 그 치우치지도 기대지 않은 때는 이른바 성(性)·천(天)·심덕(心德)의 체
(體)이고 이것이 병(秉)하고 거(據)하는 대상이자, 볼[視] 수 있고 도모(圖)할 수

---

35) 「內集」下篇 「執中說」, 378면, "程子以爲執所以行之, 何也? 亦因心皆已發之言而
言之爾. 但嘗謂善觀者, 却於已發時觀之, 而又說在中之時, 見聞之理在, 始得, 夫旣當
有見聞之理, 則非全然無可觀也, 嘗以求中於未發之前爲不可, 而又言有物始言養, 夫
旣謂之物, 則必有求之之地, 而謂之養, 則豈無求之之功乎?所惡於求與觀者, 爲其有
意也, 誠能不大段用力, 而默而識之, 見其參於前也, 則吾知其非徒無害而又有益矣."

36) 「內集」下篇 「執中說」, 378면, "雖然, 執字, 何謂也? 以字言之爲持, 以義訓之爲守.
如使無着於意, 持以不持而守之, 則夫何傷於在中乎! 詩曰'民之秉彝', 彝自是具於心
矣不可移奪若秉然, 是不秉而秉也. 語曰'據於德', 德自是得於心矣, 守之不失若據然,
是不據而據也. 記曰'視於無形', 旣是無形, 更有何視, 是不視之視也. 書曰'不見是圖',
旣是不見, 亦有何圖是不圖之圖也."

있는 바로 그것이다. 어찌 존양계구(存養戒懼)가 미발의 때에 집(執)하는 절도(節度, 標的 程度 – 원주)가 아니리?37)

　이어서 노수신은 『맹자』의 '존심(存心), 양성(養性), 사천(事天)'에서 '존지(存之), 양지(養之), 사지(事之)'와 『중용』의 '戒愼恐懼', "致中和"의 '치(致)'가 '집지(執之)'와 같은 의미라고 하였다. 이에 따르면 본성(本性), 천리(天理), 심(心)의 본체(本體)가 바로 미발의 중이고, '집중'은 이 본성, 천리, 심체를 잡아 지킨다는 의미임을 알 수 있다.

　여러 경전의 글을 인용했지만 노수신이 궁극적으로 증명하려고 했던 점은 『중용』의 수장(首章)에서 말한 미발의 중(中)이 『서경』의 "允執厥中"의 중(中)이며, '戒愼恐懼'가 '執中'할 수 있게 하는 공부라는 것에 있다. 인심도심의 문제가 본격적으로 학자들의 관심의 대상이 되고 중요한 논쟁거리가 된 것은 주희가 「중용장구서(中庸章句序)」에서 그 의의를 서술하면서부터이다. 주희는 이 서문을 통해 『중용』이 요순 이래 공문(孔門)에서 전수한 심법(心法)을 담고 있는 책이라는 정이의 언급을 진리로 선언했다. 그리고 그 심법의 요체는 요순(堯舜)이 서로 전한 "人心惟危, 道心惟微, 惟精惟一, 允執厥中"의 16자 가르침에 있다고 하였다. 주희는 또 이 서문에서 인심도심을 이미 발한 마음으로 규정하면서 "惟精惟一"은 『중용』의 중반부에 나오는 '誠之'의 도(道)인 "擇善而固執之"에 해당한다고 했다. 이렇게 되면 '유정유일'의 공부는 마음이 이미 발한 상태에서 선악(善惡)을 정밀하게 가리는 지(知)적인 공부와 선(善)을 견고하게 실천하는 행(行)적인 공부로 해석된다.38) 그런데 『중용』의 수장(首章)에는 미발의 함양에 해당하는 '戒

---

37) 「內集」下篇「執中說」, 378면, "至於存之養之事之者, 孟子執之之異名也. 戒焉懼焉致焉者, 子思執之之同實也. 蓋其不偏不倚之時, 卽所謂性天心德之體, 而所秉所據, 可視可圖者, 豈非存養戒懼爲執於未發之節度也哉!"

38) 朱熹, 『朱子語類』卷78, "惟精者, 精審之而勿雜也, 惟一者, 有首有尾, 專一也. 此自堯舜以來所傳, 未有他議論, 先有此言, 聖人心法, 無以易此. 經中此意極多, 所謂擇善而固執之, 擇善卽惟精也, 固執卽惟一也. 又如博學之審問之謹思之明辨之皆惟精也, 篤行又是惟一也. 又如明善是惟精也, 誠之便是惟一也. 大學致知格物非惟精不可

愼恐懼’와 마음이 막 움직이기 시작할 때의 성찰공부인 ‘愼獨’이 나란히 제시되어 있다. 『사서(四書)』의 일반적인 구성에 근거해 보면, 양시(楊時)가 바르게 지적했듯이 수장(首章)은 『중용』 전체의 체요(體要)라고 할 수 있다. 그런데도 주희는 ‘계신공구’와 ‘신독’이 아닌 ‘擇善固執’을 “惟精惟一”에 해당하는 공부라고 규정하였다. 이러한 규정은 지행분리(知行分離)와 지선행후(知先行後)의 공부론을 경전의 권위를 빌어 유가의 정통으로 확립하려는 의도에서 나온 것이라고 할 수 있다. 이는 성의(誠意)를 중심으로 하는 『예기(禮記)』본 『대학』의 체제를 개정하고 격물치지(格物致知)의 전을 새롭게 만들어 성의(誠意)의 전(傳) 앞에 둠으로써 격물치지를 유가 공부의 핵심으로 제시하였던 의도와 같은 것이라고 할 수 있다.

노수신은 「중용장구서」에 보이는 주희의 인심도심 해석이 도문학(道問學)을 중심으로 하는 주지주의적(主知主義的) 공부방법의 확립이라는 의도와 관련이 있다고 생각하고 이를 부정하려고 하였다. 그는 우선 『서경』 「대우모」의 16자 가르침이 요가 순에게 전한 만고에 변할 수 없는 심법의 요체이고 이러한 심법의 요체가 『중용』에 조술(祖述)되어 있다는 주희의 논리를 그대로 인정한다. 그리고는 『사서(四書)』의 일반적인 편차에 의하면 수장(首章)이 『중용』 일서(一書)의 체요(體要)가 된다는 점에 근거하여 ‘집중’의 중은 『중용』의 수장에 보이는 미발의 중(中)과 이발의 화(和)를 아우르는 것이어야 하고 ‘유정유일’의 공부도 ‘擇善固執’이 아니라 수장에서 말한 미발의 함양 공부인 ‘계신공구’와 이발의 성찰 공부인 ‘신독’에서 찾아야 한다고 주장하였다.

노수신은 「집중설」의 말미에서 미발의 중을 ‘집(執)’한다는 것은 ‘경이무실(敬而無失)’과 동일한 것이라고 하였다.[39] 이는 주희가 중화신설(中和新說)

能, 誠意則惟一矣. 學則是學此道理, 孟子以後失其傳, 亦只是失此.”

39) 「內集」 下篇 「執中說」, 379면, “孔子曰, ‘敬以直內’, 又曰, ‘操則存’. 而程子謂‘操之之道, 敬以直內而已. 操存亦不是着力把持, 只是操一, 操便在這裡.’ 又曰, ‘敬不可謂之中, 敬而無失, 卽所以中也’, 是則執之爲義, 亦敬而無失焉已矣. 敬而無失, 卽所謂靜中有物, 便只是知覺. 程子却以爲知覺便是動, 何? 朱子有伊川說太重之云也.”

에서 허령불매한 심(心)이 경을 통하여 본성을 온전하게 보존하고 있는 상태를 중(中)으로 해석한 것과 다르지 않다.[40] 그러나 주희는 심은 기(氣)의 영향에서 벗어날 수 없기에 성(性)과 즉자적으로 일치하는 것이 아니라고 생각했고, 따라서 미발함양과 이발성찰을 관통하는 경(敬)공부와 함께 외재하는 천리(天理)를 인식하여 마음을 밝히는 격물치지(格物致知)의 공부가 반드시 필요하다고 하였다. 그러나 노수신은 그 자체로 본성이고 천리인 마음의 본체를 계신공구와 신독을 통해 잡아 지키는 것이 모든 공부의 핵심이라고 하면서 주희의 격물공부를 부정한다.

미발의 심체를 그 자체로 천리(天理)로 생각하는 노수신의 견해는 이미 37세에 저술한 「숙흥야매잠해(夙興夜寐箴解)」에서도 볼 수 있다. 노수신은 진백의 「숙흥야매잠」의 주지를 일(一)로 총괄하고 '경(敬)하면 일(一)이 된다'고 하였다.[41] 경(敬)을 일(一)과 일치시키는 노수신의 사유는 정호의 "함양하면 나와 하나가 된다"라는 설을 계승한 것이 아닌가 생각된다. 여기서 '하나가 된다'는 것은 성인의 경지인 성(誠) 그 자체가 됨을 가리킨다.[42] 이에 대하여 이황은 '경(敬)은 일지(一之)라고 하거나 주일(主一)이라고 해야 한다'면서 '만약 경(敬)을 일(一)이라 하면 성(誠)과 성지(誠之), 능(能)과 소능(所能)의 구별을 무화시키는 것'이라고 강도 높게 비판하였다.[43] 이황과 노

---

40) 주희는 한때 "마음은 모두 이발이다"라는 정이의 규정을 받아들여 性體心用을 이론을 형성하였다. 그러나 그는 40세 때 이 중화구설을 수정하여 심은 미발과 이발을 관통하는 것이고 성과 정을 통섭하는 것이라는 새로운 이론, 이른바 중화신설을 성립했다. 그는 미발의 때에도 마음이 존재함을 "사려가 싹 트지 않은 때에도 지각은 어둡지 않다"는 데서 찾았다. 이때 지각은 곧 허령불매한 마음의 본체를 가리키는 것이다.

41) 「內集」 上篇 「숙흥야매잠해초본」, 355면, "謹按一篇綱領, 專在於敬, 敬者, 一而已矣." 「內集」 上篇 「三子論夙興夜寐箴解往復錄」, 368면, "盖其所以一之者敬也, 則所以至於一者, 非敬乎? 雖曰敬便是一, 亦可也."

42) 손병욱, 「마음을 다스리는 공부」, 『조선유학의 개념들』, 예문서원, 2002, 329면.

43) 李滉, 『蘇齋集』 「內集」 上篇 「三子論夙興夜寐箴解往復錄」, 368면, "如敬卽所謂能也, 一則所能之謂也, 而一上須着主字, 或一下須著之字, 乃可謂能耳. 又誠則所能之謂, 而誠上須著思字, 或誠下須著之字, 方可謂之能耳. 然則其曰敬者一而已者, 非以能爲所能之病乎? 曰夫一, 在天曰誠, 在人曰敬, 非能與所能之混稱之病乎? 愚恐朱子所謂不可亂者正在此等處也."

수신 사이에 있었던 경(敬)의 수양법에 대한 논쟁은 심과 성을 일치시키는 경향을 보이는 노수신과 심과 성을 엄격하게 분리하고자 하는 이황의 심성관의 차이에서 오는 것이었다. 노수신은 「숙흥야매잠해」에 대한 이황의 수정안을 거의 대부분 수용하였지만 이 부분만은 자신의 견해를 고집하고 수정하지 않았다.

마음의 본체와 천리를 일치시키는 노수신의 심성관은 시에 거듭거듭 표명되었는데 다음의 찬(贊)에서도 이를 확인할 수 있다.

心德何損　　마음의 덕 어찌 덜어짐이 있으리
放而曰遠　　놓아버리면 멀어졌다고 하지
一念知反　　한 생각 돌이키면
卽此是本[44]　바로 이 본원이라네

—「玉山書院諸額贊」(求仁堂)

노수신은 마음의 본체는 더하고 덜 수 없는 그 자체로 완전한 것이라고 말한다. 그리고 비록 사람들이 이 마음의 본래적인 상태를 잃어버리고 인욕에 빠져 악을 행하기도 하지만 한 생각을 돌이키면 바로 그 순간 순선한 마음의 본체를 회복할 수 있다고 하였다. 이러한 사유는 한 가지 사물과 한 가지 일에 나아가 이치를 인식하는 격물 공부의 누적을 통하여 기질의 영향을 점진적으로 극복하고 성인의 단계로 나아가야 한다고 했던 주희의 사유와는 차이가 있는 것이었다.

주희의 격물에 있어 가장 중요한 방법은 경전을 읽고 토론하는 것이었다. 경전은 옛 성현의 말이나 그들의 행적을 담고 있는 절대 진리성이 보증된 고전을 말한다. 주자학에서는 사회 가치의 근원으로서 경전은 확고부동한 권위를 지니며 사람은 누구나 경전의 가르침을 따라 성현의 경지로 나아가야 한다고 생각한다. 그러나 노수신은 모든 사람이 가지고 있는

---

44) 卷7, 208면.

마음의 본체가 그 자체로 성인과 일치하는 완전한 것이라고 생각하고 있었기 때문에 그에게 마음은 경전의 권위를 넘어서는 중요성을 가진다.

노수신은 선조 7년 경연에서 경전에 대한 이해보다 마음을 보존하는 것이 중요함을 역설하면서 "사람은 마땅히 존심(存心)에 힘써야 할 것이며 문자(文字)로는 일을 성취할 수가 없습니다. 경서의 훈고는 이미 그 뜻을 이해했으면 문자를 잊어버리는 것이 좋으니 만약 마음속에 머물러두면 해가 됩니다. 상고(上古)에 무슨 문자(文字)가 있었겠습니까? 다만 존심(存心)의 뜻을 말로써 전했을 뿐입니다"라고 하였다. 이는 '학문하는 사람은 전주(傳註)도 소홀히 해서는 안 된다'는 주희의 말을 인용하면서 경전에 대한 이해를 강조하는 유희춘의 의견과 대립하는 것이었다.[45] 이러한 기록을 통해 경전의 권위를 부정하고 존심(存心)을 모든 수양의 근본으로 제시하는 육왕학의 수양론을 노수신이 지지하고 있었음을 확인할 수 있다.

爲學規模盡此書	학문하는 규모가 이 책에 모두 들어 있다고 하니
且寬期限緊工夫	시간을 넉넉히 두어 철저하게 공부해야 하리
不應把作終身誦	그러나 잡고서 평생 외울 필요는 없나니
認取周公以上無[46]	周公 이전에는 『대학』이 없었음을 알기에

—「題大學書後贈蘇生」

『대학』 책의 말미에 써서 배움을 구하러 진도에 찾아온 소오(蘇澳)에게 준 시이다. 이 시에는 『대학』을 읽는 바른 방법에 대한 노수신의 견해가 개진되어 있으리라 예상할 수 있다. 노수신은 『대학』이 학문하는 규모의

---

45) 『조선왕조실록』, 『선조실록』 선조 7년, "盧守愼曰, "人當只務存心, 文字不濟事, 至如經訓, 旣解其意, 則文字可忘, 苟有留滯於胸中, 旣害, 且上古, 那有文字, 只相言語存心而已." 希春曰, "不然朱子曰, '所以維持此心者, 只有書耳.' 謂可遽指爲糟粕 而闌珊不觀乎? 要在以心驗之, 以身體之而已. 若駁雜不正之書, 則固不足觀, 聖賢經訓, 豈可忘乎! 朱子曰, '學者不可擺落傳註', 傳註猶不可棄, 況經訓乎!" 守愼曰, "傳註不必留心也", 希春曰, "諸家之註, 不得聖賢之意, 略之猶可, 至如朱子四書三經註, 妙得聖賢之心, 豈可輕乎?" 守愼曰, "雖善註, 亦不足觀也.""

46) 卷4, 153면.

전체를 보여주는 책이기는 하지만 이를 평생 외울 필요는 없다고 말한다. 그리고 태평성세로 일컬어지는 상고의 시대에는 원래 『대학』이라는 경전이 없었다고 말한다. 노수신은 경전을 읽고 외우지 않아도 마음의 본모습을 지킬 수 있다면 인간은 선하게 살아갈 수 있다고 믿고 있었던 것이다.

다음의 시에는 경전의 권위를 부정하는 노수신의 관점이 더욱 뚜렷하게 제시되어 있다.

萬語千言血脈通　　만 마디 말과 천 마디 말 혈맥이 통한다고 했으니
看來一部在胸中　　한 부의 책이 흉중에 있었나보군
悠悠寄思唐虞上　　아득한 그 옛날 요순시절 생각해보면
皞皞熙熙一字空　　백성들 자득하여 한 글자도 필요 없었지

― 「又」

주희는 『대학집주』에서 "전(傳)의 문장은 경전의 여기저기서 인용하여 마치 통기(統紀)가 없는 것처럼 보이나 문리가 접속하고 혈맥(血脈)이 관통(貫通)하여 심천시종(深淺始終)이 지극히 정밀하니 숙독하여 은미하기를 오래하면 깨달을 수 있다"[47]고 했다. 또 주희는 독대학법(讀大學法)에서 "『대학』 한 책에는 정경(正經)이 있고 장구(章句)가 있고 혹문(或問)이 있지만 읽다보면 혹문은 필요 없고 장구만 보면 되고, 시간이 지나면 정경만 보면 될 것이고, 그리고 더 시간이 지나면 절로 한 부의 『대학』이 나의 흉중(胸中)에 있게 되어 정경 또한 필요 없게 될 것이다"[48]라고 했다. 노수신은 시의 기구(起句)에서 '전(傳)의 글이 모두 혈맥이 관통한다'고 했던 주희의 말을 그대로 인용하고, 이어지는 승구에서는 주희의 이 말로 미루어보면 주희가 『대학』을 읽고 또 읽어 『대학』 한 부의 책이 흉중에 있게 되는' 경

---

47) 朱熹, 『대학장구』 經一章의 주석, "凡傳文, 雜引經傳, 若無統紀, 然文理接續, 血脉貫通, 深淺始終, 至爲精密, 熟讀詳味, 久當見之, 今不盡釋也."
48) 朱熹, 『대학장구』 「讀大學法」, "大學一書, 有正經有章句有或問, 看來看去, 不用或問, 只看章句便了, 久之, 又只看正經便了, 又久之, 自有一部大學, 在我胸中, 而正經亦不用矣."

지에까지 도달했었음을 알 수 있다고 말한다. 그리고 전(轉)·결구(結句)에서는 의미를 완전히 전환하여 요순의 때에는 『대학』의 전(傳), 장구(章句), 혹문(或問)의 수만 수천 글자뿐만 아니라 경(經)의 한 글자도 없었지만 백성들은 자득(自得)하고 화락(和樂)하게 살아가지 않았느냐고 말한다. 주희는 『대학』을 읽고 읽고 또 읽어야만 성인의 마음과 내 마음이 하나가 되는 경지에 도달할 수 있다고 했지만 노수신은 '경전은 성인이 먼저 얻은 내 마음의 각주에 불과하기'에 마음을 지키는 것이 중요하지 경전을 읽고 암송하는 것은 불필요하다고 생각하고 있었던 것이다.[49]

　『대학』은 원래 『예기(禮記)』의 일편(一篇)이었는데 정이와 주희에 의해 독립된 하나의 책으로 정리되어 『사서』에 포함되면서 성리학의 핵심적인 전적이 되었다. 주희는 『대학』을 경(經)과 전(傳)으로 나누고, 경은 공자의 뜻을 증자가 서술한 것이고 전은 경의 뜻을 풀이한 것이라고 하였다. 그러면서 예기에 편입되어 있던 고본 『대학』에 착간(錯簡)과 궐문(闕文)이 있다고 하면서 전(傳)의 차서(次序)를 옮기고 격물치지(格物致知)의 전(傳)을 새롭게 만들어 보충해 넣어 『대학장구(大學章句)』를 만들었다. 이러한 대학 개정 작업은 격물치지를 중심으로 하는 주지주의적 공부방법을 유가 공부의 핵심으로 제시하려는 의도와 관련되어 있었다. 그런데 노수신은 주희가 평생의 정력을 기울여 『대학』을 체제를 개정한 작업의 의의를 부정하고 있었다. 이러한 노수신의 대학설은 60세가 작성한 「회재선생집서(晦齋先生集序)」와 69세에 편집한 『대학집록(大學集錄)』 그리고 「회재선생대학보유후발(晦齋先生大學補遺後跋)」에 극명하게 드러난다.

---

49) 이 시는 『문집』에는 편입되지 못하고 소재 宗家에 보존되어 있는 필사본 원고에만 남아 있는 작품이다. 노수신 사후 정주학으로 경직된 학문적 분위기 속에서 공개하기 어려운 작품이었기 때문에 문집에 편입되지 못한 것으로 추정할 수 있다. 소재 종가에는 자손들이 대대로 전한 소재의 저작들이 보관되어 있는데 이 중 『蘇齋集』이라는 표제가 붙은 2권의 필사본 시문유고에 600수의 시가 수록되어 있다. 이 시들은 대부분 지금 전하는 문집에 수록되어 있지만 68題 78首의 시는 문집에 수록되어 있지 않은 작품으로 확인된다.

노수신은 「회재선생집서」에서 "맹자는 '학문의 도는 놓쳐버린 마음을 구하는 것일 뿐이다'라고 했는데 우리 문원공 회재선생이야말로 진정으로 학문한 분이라고 할 수 있다. 선생의 학문은 오로지 내적인 것에 마음을 쓰는 것이라서 성의(誠意)에 기반하여 치지(致知)로 발하는 것이었다"라고 했다.[50] 이는 공부방법론에 있어서 외적인 도문학보다는 내적인 존덕성을 우위에 두고 격물치지가 아닌 성의를 근본으로 생각하는 자신의 견해를 우회적으로 제시한 것이라고 할 수 있다.

그는 또 주희의 격물치지 보전(補傳)을 부정하고 있는 송(宋)의 황진(黃震), 명(明)의 채청(蔡淸) 등의 대학설과 주희의 『대학』 개정 작업을 완전히 부정한 왕수인(王守仁)의 대학설을 편집하여 한 부의 책을 만들었는데 이것이 그가 69세에 편집한 『대학집록(大學集錄)』[51]이다. 이 책에 수록되어 있는 대학설 가운데 가장 많은 양을 차지하는 것은 바로 왕수인의 「대학문(大學問)」과 「대학고본서(大學古本序)」이다. 「대학문」은 왕수인 만년의 성숙한 사상을 담고 있는 왕문(王門)의 교전(敎典)이라 칭해지는 중요한 글이고, 「대학고본서」는 성의(誠意)를 중심으로 하는 고본 『대학』이 그 자체로 완전한 책임을 주장하는 글이다.

노수신은 이 책의 말미에 붙인 「회재선생대학보유후발」을 통해 자신의 대학설을 제시하였다. 그는 이 발문에서 이언적이 『대학』 경문(經文)의 "物有本末, 事有始終, 知所先後, 則近道矣"의 일절(一節)과 "知止而后有定, 定而后能靜, 靜而后能安, 安而后能慮, 慮而後能得"의 일절(一節)을 격물치지의 전(傳)으로 삼았던 설에 지지를 표명한다. 그리고 이 설에 대하여 려(慮)와 득(得)이 행(行)에 속하기 때문에 격물치지의 전이 될 수 없다는 비판이 있을 것을 상정하고 "지와 행을 판연히 갈라 둘로 하는 것은 도(道)가 아니다"라는 말로 변호하였다. 그는 또 회재가 "止於至善"의 '지선(至善)'

---

50) 卷7 「晦齋先生集序」, 211면, "孟子曰, '學問之道無他, 求其放心而已矣.' 若吾文元
　　公晦齋先生, 其眞所謂學問者哉! 先生之學, 專用心於內, 基於誠意而發於致知."

51) 蘇齋 宗家 所藏 典籍.

을 『중용』의 중(中)으로 해석하였던 것을 전현(前賢)이 발명하지 못한 탁월한 견해라고 칭송한다.52) 주희는 지선(至善)을 "사리(事理) 당연(當然)의 극(極)"이라고 주석하여 마음 밖에 객관적으로 실재하는 천리로 해석하였고, 왕수인은 지선(至善)을 마음의 본체인 양지(良知)로 해석하였다. 노수신은 왕수인과 유사하게 지선을 마음의 본체로 해석하는 회재의 설을 지지하고 있었던 것이다. 노수신은 이 글의 끝에서 "강령과 팔조목 외의 전(傳)에는 특별한 의미가 없고, 격물치지(格物致知)의 전(傳)도 원래 사라진 것이 아닐 것이다"53)라고 하여 주희의 『대학』 개정의 의의를 부정하는 자신의 견해를 직접적으로 밝혔다.

노수신은 진도에 유배되기 이전까지는 격물치지가 모든 공부의 시초가 된다는 주희의 공부론을 확고하게 지지하고 있었다. 25세 때의 저작인 「시습잠(時習箴)」에서 그는 '유정(惟精)은 지(知)에, 유일(惟一)은 행(行)에 해당하는 공부이고 이 지선행후(知先行後)의 공부순서는 변할 수 없는 것'이라고 언급했다.54) 인종(仁宗)이 동궁에 있을 때 행한 시강에서는 '격물치지(格物致知)는 반드시 성의(誠意)에 우선해야 하며 명선(明善)은 성신(誠身)의 앞에 있어야 한다'고 여러 차례 강조하였고55) '미발함양에 있어서도 격물치지가 우선하지 않으면 함양의 대상이 없다'56)고도 했다. 이러한 공부론은 심

---

52) 卷7「晦齋先生大學補遺後跋」, 215면, "乃董文靖公持拈知止物有聽訟三節, 爲格致傳, 如王黃宋方蔡公諸見皆同. 惟虛齋以中節居首, 至吾先生說, 與之暗合若符節. 但斷以其末節, 上係經文, 爲結語. …… 或疑慮得屬行, 吁, 豈有窮理不以思, 不要得者, 判而二之, 非道也. …… 若夫以慮爲思, 以至善爲中, 因論爲治而歸之仁, 盖又前賢所未發者, 其旨矣乎!"

53) 卷7「晦齋先生大學補遺後跋」, 215면, "守愼自受讀章句, 奉之如神明, 獨未解綱條外傳有何義, 又焉知格致元傳有不亡."

54) 卷7「時習箴 幷序」, 207면, "聖門用功節目, 其大要不過曰知與行而已! 昔者舜禹始相受授以言曰'惟精惟一', 盖精則知而不雜, 一則行之不雜, 可謂循循然善誘人也. 吾夫子實傳其道, 而復曰'學而時習之'"

55) 「內集」上篇「閼逢執徐書筵講義, 晴窓手錄」, 335면, "然不知所當止, 則雖口能止不遷, 而止非其止矣. 故大學格物在誠意之前, 中庸, 誠身居明善之後.";「內集」上篇「閼逢執徐書筵講義, 晴窓手錄」, 348면, "大學於誠意章, 言好惡而必先格物致知, 盖有深意."

(心)과 성(性, 天理)이 일치하지 않는다고 생각했던 젊은 날의 그의 심성관과 긴밀하게 연결되어 있었다. 그는 마음의 움직임은 그 자체로 도덕적인 본성과 일치하지 않는다고 보았고 따라서 객관적으로 실재하는 천리를 인식하여 그것을 기준으로 의식·정감을 바로잡아야만 한다고 생각했다. 그래야만 행동을 마음의 움직임에 일치시키더라도 방종창광(放縱猖狂)하는 지경으로 떨어지지 않을 수 있다는 것이다.57)

그러나 노수신이 경험한 인종의 급작스러운 서거와 을사사화, 권간의 발호로 이어지는 정치적 격변은 객관적으로 실재하는 천리에 대한 믿음을 무너뜨리기에 충분했다. 절친한 사우들이기도 했던 당대의 사류(士類)들이 일시에 도륙당하고 자신의 목숨도 위태로웠던 을사사화를 경험하면서, 그는 외재하는 천리에 대한 인식이 결국 인간의 도덕적인 행위를 보장하지 못한다는 사실을 절실하게 깨닫게 되었다. 그리고 선은 인간의 내면에서 자발적으로 흘러나오는 것이어야만 된다는 중대한 자각이 있었다.

노수신은 부모 형제 사우(師友)들과 격리되어 섬에 19년 동안 유배되어 있었다. 그의 마음에 희노애락의 감정을 일으키고 그의 얼굴에 표정을 만들고 그의 행동을 이끌어내는 모든 유의미한 타인들로부터 격리된 섬에서의 삶은 효제충신(孝悌忠信)이라는 윤리 규범을 실현할 수 있는 바탕을 완전히 무화시킨 것이었다. 따라서 만약 천리(天理)가 사회의 윤리(倫理)·예제(禮制)의 형식으로 객관적으로 실재하는 것이고 이를 실천하는 것만이 인간이 지향하는 삶의 이상이라고 했을 때 노수신의 삶은 완전히 실패한 것이었다. 노수신은 외적인 형식으로서의 도덕에 인생의 의미를 둘수록 유배지에서의 자신의 삶이 소진되어 가는 것을 예민하게 느끼게 된다. 그

---

56) 「內集」 上篇 「閼逢執徐書筵講義, 晴窓手錄」, 336면, 戊午, "臣曰, 涵養須用敬, 進學則在致知, 不先致知則更涵養何物, 故欲主敬者必須致知爲務."

57) 「內集」 上篇 「閼逢執徐書筵講義, 晴窓手錄」, 330면, "臣因事當務實之語而言曰, 事當務實之言, 極善矣, 然偏持此言, 則弊不無矣 …… 故後世苟簡自恣之徒, 樂放縱憚繩檢, 乃以容貌辭氣威儀言語, 爲非務實者, 遂至廢禮蔑法, 任其所欲曰, 是乃眞也, 傷風敗俗, 莫此爲甚."

가 진도에서 지은 대부분의 시들은 자신의 존재가 무의미하다는, 그래서 삶이 곧 죽음과 다를 것이 없다는 느낌인 외로움 공허감의 표출이었다. 이러한 극단적인 공허감은 바다에 몸을 던져 죽은 자신의 시신屍身을 들여다보고 있는 시적 자아가 등장하는 여러 편의 시에서 가장 직설적으로 드러난다.58)

되풀이해서 말하지만 섬에서 노수신은 이제까지 외부로부터 자명한 것으로 부여되었던 삶의 이치들이 무(無)로 떨어지고 죽음으로 내몰려진 상태였다. 이때 그는 도덕을 지향하는 마음과 인간 삶을 허무로 의식하는 마음이 서로 갈등하고 있는 마음의 분열을 겪게 된다. 도덕을 향한 지향이 강할수록 마음은 더욱 허무에로 기울어져 갔고 그러는 가운데 마음의 고통은 가중되었다. 이 고통의 극한에서 그는 선(禪)의 도움을 받아 감정이 일어나기 전의 고요하고 텅 빈 마음의 상태에서 진정한 실존의 가능성을 새롭게 발견하게 된다. 이 미발 심체의 체증은 그의 사상을 크게 변화시켰다. 그는 차츰 도덕의식과 자연스러운 욕구, 정감을 분리하여 마음을 분열시키는 혐의가 있는 주희의 인심도심론에 대해 회의하게 되었고, 젊은 날 자신이 성학의 방법으로 확고하게 믿고 있었던 주희의 공부법이 외부에서 천리를 찾아 마음으로 돌이키는, 마음과 천리를 한 겹 격하게 만드는 제이의(第二義)의 공부방법임을 자각하게 되었다. 이러한 스스로의 깨달음을 기반으로 미발의 중(中)이 본성(本性)이자 마음의 본체인 도심(道心)이며, 인심(人心)은 이 도심과 분리되어 존재할 수 없다는 새로운 인심도심설을 제시하였다. 그리고 마음의 본체인 도심을 잡아 지켜 이것이 인심으로 잘 발현되도록 하는 것이 결국 성인에 다가갈 수 있는 가장 요체가 되는 공부방법임을 주장하게 되었다.59)

---

58) 卷3「自挽」, 120면, “五年客海上, 一夕無不之. 奴敢憮黔首, 官須檢石屍. 非殤當不惑, 免戮爲毋欺. 所慟雙親老, 相離在世時.”; 卷4「自挽」, 149면, “自謂奇男子, 時稱憂丈夫. 山河眼孔入, 纖芥腹中無. 士欲懷綿潰, 官須檢布憮. 孤魂却先返, 兩弟二親隅.”; 卷4「從李成春覓桐板」, 152면, “烏鳶螻蟻何分別, 況卹區區不孝屍. 只恐破衾頭足見, 也添奴惡重親悲.”

4. 맺음말

노수신은 「인심도심변」을 통해 인심과 도심을 발출 근원에서 엄격하게 구별하고자 하는 주희의 인심도심설을 리(理)와 기(氣)는 분리되어 존재하지 않는다는 본체론을 근거로 하여 부정하고, 도심과 인심을 미발이발(未發已發) 성정(性情) 체용(體用)의 관계로 해석해야 한다고 주장하였다. 이러한 새로운 해석은 심과 성을 엄격히 구분하려고 한 주희의 심성론을 비판하는 것이었다. 노수신은 「인심도심변」에 이어서 「집중설」을 저술하여 이발(已發)의 '택선고집(擇善固執)' 공부에 한정되어 있는 주희의 "유정유일(惟精惟一)"에 대한 해석을 부정하고, '계신공구(戒愼恐懼)'와 '신독(愼獨)'이 모든 공부의 근본이라는 수양론을 제시하였다. 이는 미발의 심체가 본성(本性)이고 천리(天理)이고 도심(道心)이기 때문에 이 도심을 제대로 보존하여 선한 인심으로 드러나게 하는 공부가 성학(聖學)의 요체임을 밝힌 것이다.

노수신의 사상은 심과 성을 엄격히 구별하는 심성론과 이와 직결되어 있는 격물치지를 중심으로 하는 주지주의적 공부론을 부정하는 것에 핵심이 있었다. 노수신은 기묘사화의 여진(餘震)이 남아 있는 불안한 시대에 도학정치를 실현하고자 노력했던 혁신적인 사림의 일원이었다. 그는 젊은 날 유림(儒林)의 기대가 퇴계보다도 앞설 정도로 도학 공부에 매진하였다고 한다.[60] 그러나 그는 뜻을 펼치기도 전에 을사사화의 참화를 입어 19년

---

59) 誠意를 모든 수양의 근본으로 생각하는 노수신의 관점은 시에 거듭거듭 천명되었다. 다음은 그 대표적인 예들이다. 卷4 「邊將辭請敎」, 154면, "求放心爲下手端, 立誠意是萬條根. 雖云未學吾云學, 不管絲毫極細論."; 卷4 「平生歷敍令人拊膺, 誠知作輟爲患, 便已近道矣」, 154면, "爲學別無法, 其要惟在誠. 不然那有物, 由此乃能明. 萬理所根本, 千邪之甲兵, 端爲徹上道, 只得終身行."; 卷6 「寄許草堂」, 198면, 제2수, "立誠乃是大功程, 然後規模始得成. 萬僞消來千念減. 終無表裏與粗精."

60) 李植, 『澤堂集』(『문집총간』 88) 「別集」 卷15 「示兒代筆」, "蘇齋自少廣志苦學, 祖述靜菴, 聲名高於退溪.";『선조수정실록』 23년 4월 1일, "其學初甚精博, 儒林之望, 先於李滉."

이라는 오랜 기간을 진도에서 유배생활을 해야 했다. 그는 유배지에서 오랜 침잠과 사색 끝에 이러한 당대 사회의 혼란이 정권의 담당자인 사대부 계층의 타락과 세속화에, 그리고 보다 근본적으로는 인격 완성이라는 유가의 본령과 유리되어 부정한 권력과 헛된 명예를 구하는 수단으로 전락한 주자학의 말폐에 원인이 있다고 판단하였다. 따라서 그는 주희의 심성론, 수양론과는 다소 이질적인 새로운 사상을 제기하였던 것이다.

이러한 노수신의 사상에 대해 이황은 상산학(象山學)·선학(禪學)이라고 규정하여 비판하였다. 그러면서 한편으로는 노수신의 새로운 사상에 당대 유자들이 일시에 쏠리고 있다고 판단하고 이러한 사류들의 움직임을 대단히 우려하였다.61) 그러나 이황은 어떤 학설을 공개적으로 비판하는 행위는 그 학설에 권위를 부여하는 과정임을 알고 있었기에 노수신의 사상을 비판하거나 언급하는 것 자체를 삼가려는 듯한 태도를 보인다.62) 이는 주희의 충실한 계승자임을 자처하면서 주희의 이론에 근거하여 자신의 사단칠정론을 비판하였던 기대승의 편지에 열정적으로 대응했던 것과는 사뭇 대조되는 태도라고 할 수 있다.

사실 노수신의 인심도심설(人心道心說)은 이황의 사단칠정론(四端七情論)에 대한 반론으로 제출된 것이기도 했다. 사단과 칠정을 엄격히 구분한 이황의 사단칠정론은 인심도심의 발출 근원을 분리하였던 주희의 인심도심론을 성정론(性情論) 일반에 적용한 것이라고 할 수 있다. 노수신은 사단칠정론의 입론의 근거라고 할 수 있는 주희의 인심도심설에 내재된 모순을

---

61) 노수신은 灘叟 李延慶의 제자였지만 스스로는 晦齋 李彦迪을 사숙한 것으로 언급하였고, 一齋 李恒과는 외숙질의 관계로 많은 학문적 의견을 주고받았다. 정계에 복귀한 이후로는 주로 花潭 徐敬德의 문인들과 교유한 흔적을 볼 수 있다.

62) 李滉, 『退溪集』卷17 「答奇明彦」, "年前, 偶得見寡悔人心道心兩絶, 心甚疑之, 今知其見如此, 大是朋友之憂也. 似聞都不諸人, 稍以此事爲意者, 見識議論, 亦多類此, 欲與之一一勘明, 則吾人中自相爭鬪矛盾, 爲卞莊子所乘, 不然則名爲此學, 而適以亂道, 不是小事, 奈何奈何."; 李植, 『澤堂集』(『문집총간』88) 「別集」卷15 「追錄」, "盧蘇齋自海中還, 忽爲禪學, 退溪大駭, 亦不能與之辨, 時以詩句挑之, 而蘇齋又答之甚峻. 自是爲道學者間, 雜禪學, 自蘇齋啓之, 眞如朱子之時, 忽出陸象山也."

지적함으로써 우회적으로 사단칠정론을 비판하려고 한 것이다. 주지하다시피 이황의 사단칠정론은 인간의 본성에서 자발적으로 흘러나오는 도덕의식으로 인간의 위태로운 감정, 행위를 다스리고자 하는 이론이었다. 사화가 거듭 일어나는 정치적 혼란과 양명학의 유행이라는 사상사적 변화를 목도하면서, 이황은 인간의 현실적인 의식과 행동에 능동적인 작용을 할 수 없는 주희의 천리(天理)·본성(本性) 개념이 지니고 있는 한계를 인식하게 되었고 이를 주자학을 심화시키는 방향에서 해결하고자 하였던 것이다. 이러한 이황의 사단칠정론을 비판하면서 작성된 노수신의 「인심도심변(人心道心辨)」과 「집중설(執中說)」은 도덕원리인 천리(天理)와 인간 행위의 주체인 마음을 분리하는 이론을 반대하고, 마음의 본체는 그 자체로 천리와 일치하는 것임을 주장하는 것이었다. 혼란한 사화기를 겪으면서 이황과 동일한 문제의식을 지니고 있었던 노수신은 주자학(朱子學) 자체에 내재되어 있는 요소뿐만이 아니라 나흠순(羅欽順)의 사상·선학(禪學)·육왕학(陸王學) 등을 두루 포용하여 주희 철학의 한계를 극복하려고 하였던 걸출한 사상가였던 것이다.

퇴계(退溪)와 지산(芝山)의 『주역(周易)』 해석

김 인 철

1. 머리말

지금까지 학계의 퇴계에 대한 연구는 주로 도학자(道學者), 성리학자(性理學者)로서의 그의 면모를 현창(顯彰)하는데 초점이 맞춰져 있었다. 조선(朝鮮)의 유학사(儒學史) 혹은 성리학사(性理學史)에서 차지하는 그의 비중이나 중요성을 감안해 볼 때 그러한 접근 방식은 지극히 타당하고 올바른 것이었으며, 그로부터 얻어진 연구 성과 역시 긍정적으로 평가하기에 결코 부족한 것이 아니었다고 생각된다. 그러면서도 이제는 퇴계학 연구의 지속적인 발전을 기약하기 위해서는 새로운 연구방법의 개발은 물론, 지금까지 상대적으로 소홀히 다루어졌던 분야를 포함하는, 보다 확장된 연구 범위의 설정이 절실하게 요청되어진다고 할 수 있겠다. 그러한 점에서 최근 일단의 연구자들에 의해 시도되어지고 있는 퇴계의 유가경전해석(儒家經典

解釋)에 대한 탐구1)는 상당히 고무적인 현상으로 받아들여진다. 퇴계가 조선의 대표적인 정통 성리학자이고, 성리학 그 자체가 유가 경전에 대한 새로운 해석을 기반으로 성립한 사상체계임을 고려한다면 진작부터 연구가 진행되어져야 했을 분야이기 때문이다.

그러한 관점에서 본 논문에서는 퇴계의 '경서석의(經書釋義)' 가운데 하나인 『주역석의(周易釋義)』를 중심으로 그가 당대의 훈석(訓釋)들을 어떻게 변석(辨析)하고 있었는지 검토하고, 이를 통해 퇴계의 『주역』에 대한 의리적(義理的) 해석의 특징을 확인하고자 한다. 그러면서 퇴계 만년의 급문제자(及門弟子)로 독특하게 상(象)으로써 『주역』의 경(經)·전문(傳文)을 해석하고 그를 통해 의리를 보익(補翼)하고자 하였던 지산(芝山) 조호익(曺好益, 1545~1609)2)의 해역양상(解易樣相)을 살펴보기로 하겠다. 그렇게 함으로써 퇴계학파(退溪學派)가 보여주는 『주역』 해석의 특징적인 성격의 일단(一端)을 구명(究明)하고자 하는 것이다.

---

1) 金慶天, 「退溪의 經典認識」, 『退溪學報』110집, 퇴계학연구원, 2001; 金映鎬, 「李退溪 『四書釋義』에 나타난 經學的 特徵」, 『退溪學報』110집, 퇴계학연구원, 2001; 崔錫起, 「退溪의 『詩釋義』에 대하여」, 『退溪學報』95집, 퇴계학연구원, 1997; 「조선 전기의 經書解釋과 退溪의 『詩釋義』」, 『退溪學報』92집, 퇴계학연구원, 1996; 賈順先, 「李退溪의 儒家 經學에 대한 繼承과 發展」, 『退溪學報』90집, 퇴계학연구원, 1996. 이 외에 2004년 6월 12일 경북대 퇴계연구소에서는 "退溪學派 經學의 特徵과 史的 展開(I)"라는 학술대회를 개최하였는데, 최석기, 「退溪의 『大學』 解釋과 그 意味」; 이영호, 「退溪 『論語』 解釋의 經學的 特徵과 그 繼承樣相」; 홍원식, 「退溪學과 『孟子』, 그리고 孟子」; 엄연석, 「退溪學派의 『中庸』 解釋과 그 特徵」 등의 논문이 발표되었다.
2) 曺好益에 대한 연구는 아직 그리 활발하지 못한 편인데, 그의 역학 사상과 관련해서는 琴章泰, 「芝山 曺好益의 사상」(『退溪學派의 思想』I, 集文堂, 1996)에 일부 소개되었고 엄연석, 「曺好益 易學의 象數學的 방법과 義理學的 목표」(『大東文化研究』, 성균관대 大東文化研究院, 2001)가 있을 뿐이다.

2. 당대(當代)의 제훈석(諸訓釋)에 대한 퇴계의 변정(辨訂) —『주역석의』

　　면진재(勉進齋), 금응훈(琴應壎, 1540~1616)이 『사서석의(四書釋義)』 말미에
부기한 '경서석의후지(經書釋義後識)'에 따르면 『주역석의』 역시 다른 경서
의 석의와 마찬가지로 퇴계가 당시에 유통되던 제가(諸家)의 훈석들을 모아
증정(證訂)하고 문인들과의 문변(問辨)을 통해 연구한[3] 결과들을 비교적 온
전하게 보존하고 있다고 간주하여도 무방할 듯 하다. 그리고 비록 '제가(諸
家)'가 구체적으로 누구를 가리키는지 정확히 확인할 수 없고 『주역(周易)』
경문과 전문에 대한 전면적인 해석은 아니라고 하더라도, 지금은 이미 구
해 볼 수 없는 당대의 여러 양태의 훈석들을 제시하고 그에 대한 자신의
입장을 진지하게 개진하고 있다는 점에서 『주역석의』는 『주역』 역해(譯解)
와 관련된 퇴계의 견해를 살펴보는 데 있어 매우 중요한 저작이라고 할 수
있겠다.

　　『주역석의』는 『주역』의 경·전문 가운데 총 744구절에 대한 당시의 훈
석이 제시되어져 있으며, 그 가운데 퇴계는 약 1/6에 해당하는 126구절에
대해 석의를 달아 놓았다. 제시되어진 훈석은 한 구절에 대해 하나에서 많
은 경우 다섯 종류에 이르기도 하지만 대개 하나 혹은 둘 셋이 대부분이
며, '이 설은 틀렸다[此說非]', '틀린 듯 하다[恐非]', '이 설은 미진하다[此
說未盡]' 등의 간단한 논평을 제외하면, 퇴계는 주로 『정전(程傳)』과 『본의
(本義)』에 입각해 해당 구절 훈석의 시비(是非)를 변증하면서 그 정확한 역
해(譯解)를 천술하고 있다.

　　그럼 이제 직접 『주역석의』의 내용을 검토해 봄으로써 그러한 성격을
구체적으로 확인해 보기로 하자.

---

3) 『四書釋義』(『退溪學文獻全集』 16, 啓明漢文學硏究會 편, 1991), 8305~8306. "右經
　書釋義, 惟我退溪先生裒聚諸家訓釋而證訂之, 又因門人所嘗問辨者而硏究之, 皆先
　生手自淨錄者也."

① 賁其須   賁 ㅣ 그 須 ㅣ 로다
② 天之衢   天의 衢 ㅣ 니
              [本] 엇디 天의 衢오
何天之衢   엇디 天의 衢 ㅣ라 ㅎ뇨
③ 入于左腹 (獲明夷之心 于出門庭)
    左로 腹애 入ᄒ야 明夷心을 獲ᄒ야 門庭에 出ᄒ도다.
    ○左腹애 入ᄒ야 明을 夷ᄒᄂ 心을 獲ᄒ야 門庭에 나미로다.

위 글은 『주역석의』에 실려 있는 훈석들 가운데 일차적으로 퇴계의 '석
의'가 없으면서 석의가 없는 이유를 추단해 볼 수 있는 대표적인 예들을
적출한 것이다. ①은 분괘(賁卦) 육이(六二) 효사(爻辭)를 훈석한 것인데 비록
퇴계의 석의가 없기는 하지만 일단 그 훈석의 정확함이라는 점에서 주목
할 만하다. 먼저 훈석의 근거가 되었던 『정전』과 『본의』의 주석을 제시해
보면 다음과 같다.

　괘가 분괘(賁卦)가 된 것이 비록 (二와 上－인용자) 두 효의 변화에 의한 것
　이기는 하나 문명(文明)의 뜻이 중(重)하니 이(二)가 기실 비괘의 주체이다. 그
　러므로 꾸밈의 도(道)를 주로 하여 말한 것이다. 물건을 꾸민다는 것은 그 바탕
　을 크게 변화시키지는 못하고 그 바탕을 근거로 하여 꾸밈을 더하는 것일 뿐이
　다. 그러므로 수염의 뜻을 취하였으니, 수염은 턱을 따라 움직이는 것으로, 움
　직이고 그침이 오직 붙어 있는 것에 달려 있는 것이 마치 선악(善惡)이 꾸밈에
　말미암지 않은 것과 같다. 이(二)의 문명(文明)은 단지 분식(賁飾)이 될 뿐이요,
　선악은 그 바탕에 매여 있는 것이다.[4] (『정전』)

　이(二)는 음유(陰柔)로 중정(中正)에 있고 삼(三)은 양강(陽剛)으로 정(正)을
　얻었으나 모두 응여(應與)가 없다. 그러므로 이(二)가 삼(三)에 붙어서 움직이니,

---

4) 『周易傳義大全』(보경문화사 영인, 1983) 「賁卦」. "傳 卦之爲賁, 雖由兩爻之變, 而文
明之義爲重, 二實賁之主也. 故主言賁之道. 飾於物者, 不能大變其質也, 因其質而加
飾耳. 故取須義, 須隨頤而動者也, 動止惟係於所附, 猶善惡不由於賁也. 二之文明, 唯
爲賁飾, 善惡則繫其質也."

‘(턱을) 꾸미는 수염’의 상(象)이 있다. 점친 자는 마땅히 위의 양강(陽剛)을 따라 움직여야 할 것이다.5) (『본의』)

위 『정전』과 『본의』에 따르면 비록 주효(主爻)를 무엇으로 보느냐 하는 차이점이 있기는 하지만,6) 이(二)의 성격을 꾸밈의 본질이나 속성을 담지하고 있는 것으로 파악하고 있다는 점에서는 동일하다고 할 수 있다. 그러므로 그 효사인 ‘분기수(賁其須)’는 마땅히 ‘꾸밈은 수염이다’ 혹은 ‘꾸밈이란 수염과 같은 것이다’라고 번역되어져야 할 것이다. 그런데 『주역언해(周易諺解)』나 2종의 『주역전의대전(周易傳義大全)』 번역본에서는 모두 ‘그 수염을 꾸민다’7)고 번역하여 경문과 주석이 일치하고 있지 않다. 이에 비해 ①은 『정전』과 『본의』의 내용을 온당하게 함축하면서 경문을 간명 직절하게 훈석하고 있는데, 퇴계가 ①에 대해 석의 없이 훈석만을 제시한 이유 중의 하나도 바로 그러한 훈석의 정확성을 인정한 결과라고 추단된다.

②는 대축괘(大畜卦) 상구(上九) 효사(爻辭)와 상전(象傳)의 구절을 훈석한 것으로, 효사에서는 『정전』과 『본의』의 해석을 따라 구별하고, 차이가 없는 상전(象傳)은 단일한 형태로 제시되어져 있다. 『주역석의』는 당시 통행되던 훈석 가운데 『정전』과 『본의』의 동이(同異)를 구별해서 오류 없이 훈석하고 있는 경우, 그것을 그대로 표출시켜 싣고 있는데 ②는 그러한 예의 전형적인 형태를 보여주고 있다고 할 수 있겠다. 그에 비해 명이괘(明夷卦) 육사(六四) 효사(爻辭)를 훈석한 ③은 비록 외형적으로는 두 개의 훈석처럼 보이지만 기실 그 둘은 『정전』과 『본의』의 해석에 따라 재조정되어야 할 성질의 것이라고 할 수 있다. 즉 양자는 모두 『정전』과 『본의』의 해석을

---

5) 『周易傳義大全』(보경문화사 영인, 1983) 「賁卦」. “本義 二以陰柔居中正, 三以陽剛而得正, 皆无應與. 故二附三而動, 有賁須之象. 占者宜從上之陽剛而動也.”

6) 賁卦의 主爻를 『정전』은 六二로, 『본의』는 六五로 간주하고 있다.

7) 『三經諺解』(보경문화사, 1983), 555면 下左. “六륙二이는 그 須슈를 賁비 홈이로다.” 金碩鎭, 『周易傳義大全譯解』 上(大有學堂, 1996), 613면. 成百曉 譯註, 『懸吐完譯周易傳義』 上(傳統文化研究會, 1999), 509면.

전일하게 담아내고 있는 것이 아니라 그 둘이 혼효(混淆)되어진 불완전한 형태의 훈석인 것이다. 이 점을 보다 명확히 하기 위해 『정전』과 『본의』의 해석에 따라 명이괘 육사 효사를 의미 위주로 번역하여 제시해 보면 다음과 같다.

　　음사(陰邪)한 소인인 육사(六四)가 어둡고 바르지 못한 방법(左)으로 암군(暗君)과 깊이 결탁하여(入于腹) 암군(暗君)의 마음을 얻어 홀리고서는(獲明夷之心) 밖으로 나아가 행한다(于出門庭).8) (『정전』)

　　군자(君子)인 육사(六四)가 어두운 곳(左腹)에 처음 들어감이니 밝음이 손상된 군자(明夷) 즉 육사 자신의 뜻을 얻어 멀리 떠나가도다.9) (본의)

　　위 번역을 통해 쉽게 확인할 수 있듯이 『정전』과 『본의』는 육사(六四), 입우좌복(入于左腹), 명이(明夷), 우출문정(于出門庭) 등 대부분의 효사 구절에 대한 의미 부여가 상이함으로 인해 서로 융통되어질 수 있는 여지가 거의 없어 보이며, 특히 입우좌복(入于左腹)과 명이(明夷)는 ③의 훈석이 각각 『정전』과 『본의』의 해석을 뒤섞어 이루어진 것으로 판단케 하는 중요한 단서가 된다. 즉 입우좌복(入于左腹)을 '좌(左)로 복(腹)애 입(入)ᄒ야'로 훈석한 것

---

8) 참고로 明夷卦 六四 爻辭의 『정전』全文을 제시해 둔다. 『周易傳義大傳』「明夷卦」. "傳 六四以陰居陰而在陰柔之體, 處近君之位, 是陰邪小人居高位, 以柔邪順於君子也. 六五明夷之君位, 傷明之主也, 四以柔邪順從之以固其交. 夫小人之事君, 未有由顯明以道合者也, 必以隱僻之道, 自結於上. 右當用, 故爲明顯之所, 左不當用, 故爲隱僻之所. 人之手足皆以右爲用, 世謂僻所爲僻左, 是左者隱僻之所也, 四由隱僻之道, 深入其君, 故云入于左腹. 入腹, 謂其交深也. 其交之深, 故得其心. 凡姦邪之見信於其君, 皆由奪其心也, 不奪其心, 能无悟乎. 于出門庭, 旣信之於心, 而後行之於外也. 邪臣之事暗君, 必先蠱其心而後能行於外."

9) 참고로 明夷卦 六四 爻辭의 『본의』全文을 제시해 둔다. 『周易傳義大傳』「明夷卦」, "本義 此爻之義, 未詳. 竊疑左腹者, 幽隱之處, 獲明夷之心于出門庭者, 得意於遠去之義. 言筮而得此者, 其自處當如是也. 蓋離體, 爲至明之德, 坤體, 爲至闇之地, 下三爻明在闇外. 故隨其遠近高下而處之不同. 六四以柔正居闇地而尙淺, 故猶可以得意於遠去. 五以柔中居闇地而已迫, 故爲內難正志以晦其明之象. 上則極乎闇矣, 故爲自傷其明以至於闇, 而又足以傷人之明, 蓋下五爻皆爲君子, 獨上一爻爲闇君也."

은 좌(左)를 은벽지소(隱僻之所)로 보아 입우좌복(入于左腹)을 은벽지도(隱僻之道)로 윗사람과 깊이 결탁한 것으로 해석한 『정전』의 의미를 따른 것이며, '좌복(左腹)애 입(入)ᄒ야'로 훈석한 것은 좌복(左腹)을 유은지처(幽隱之處)로 간주하면서도 육사(六四)가 상괘(上卦)의 첫 번째 효라는 점을 중시, 그 어두움이 얕은 단계(居闇地而尙淺)로 해석한 『본의』의 의미인 것이다. 마찬가지로 현명한 군자가 아직 그 밝음의 손상됨이 적은 까닭에 멀리 떠나갈 수 있다는 뜻으로 훈석한 '명이심(明夷心)을 획(獲)ᄒ야 문정(門庭)에 출(出)ᄒ도다'는 『본의』의 해석을 따른 것이며, 사신(邪臣)이 암군(暗君)의 신임을 얻은 연후에 밖으로 사악한 짓을 행한다는 뜻으로 훈석한 '명(明)을 이(夷)ᄒ는 심(心)을 획(獲)ᄒ야 문정(門庭)에 나미로다'는 『정전』의 의미인 것이다. 따라서 ③의 훈석을 훈석의 근거라는 점에서 표시해 보면 첫 번째 훈석은 『정전』+『본의』로, 두 번째 훈석은 『본의』+『정전』의 형태로 정리되어져 양자 모두 불완전한 형태를 띠고 있는 것이다. 그리고 그러한 점에서 ③의 훈석과 관련해서는 마땅히 퇴계의 석의 부분이 있어야 할 것으로 판단되는데 현존하는 『주역석의』에는 석의가 빠져 있다. 성급히 단언할 수는 없으나 퇴계가 미처 석의를 붙이지 못했거나, 아니면 현존하는 판본이 임란(壬亂) 이후 원본이 소실되어 사우간(士友間)에 전승되던 판본에 약간의 교정을 거쳐 간행된 것10)임으로 인해 퇴계의 석의가 모두 반영되지 못한 탓이 아닌가 추측되어진다. 연구자의 관점에 따라 그 항목 수는 달라질 수 있겠으나 『정전』과 『본의』에 따라 훈석이 구별되어져야 할 경우로는 복괘(復卦) 상륙(上六) 효사(爻辭) 중 '이기국(以其國)'이라든가 익괘(益卦) 육사(六四) 효사(爻辭) 중 '이용위의천국(利用爲依遷國)', 곤괘(困卦) 구삼(九三) 효사(爻辭) 중 '위아심측(爲我心惻)' 등을 꼽을 수가 있겠다.

지금까지 『주역석의』에서 퇴계의 석의가 없는 훈석들의 성격을 살펴보았다. 이제 퇴계의 석의가 있는 훈석들의 경우를 검토해 보기로 하자.

---

10) 『四書釋義』, 8306면. "壬辰兵燹之慘, 手本亦失, 後學益爲之悵悵然. (…中略…) 於是求索士友間傳寫之本, 略加讎校而刊之. 始役於己酉之春, 三閱月而就緒."

① 晉如摧如　　晉호미 摧호미니
② 有孚惠心　　惠心을 孚로 둔논디라
　　　　　　　一云. 孚를 두미 惠홀心이라
③ 不耕穫　　　一. 耕티 아니ᄒ야 穫ᄒ며
　　　　　　　二. 耕ᄒ야 穫호려 ᄒᄂ주리 아니며
　　　　　　　三. 耕ᄒ야 穫호려티 아니며
　　不菑畬　　　同上

　위 글은 『주역석의』의 훈석 가운데 훈석이 하나에서 셋에 걸쳐 있으면서 퇴계의 석의가 부기된 예들인데, 각각의 경우를 검토해 봄으로써 퇴계의 석의가 지닌 특징을 살펴보기로 한다. 먼저 진괘(晉卦) 초륙(初六) 효사(爻辭) 중 진여최여(晉如摧如)를 훈석한 ①에 대해 퇴계가 붙인 석의의 경우이다.

　지금 살펴보건대, 이 구절은 토(吐)가 잘못되었고 따라서 훈석도 온당하지 않다. 『정전』에 이르기를, '나아감을 이루거나 나아감을 이루지 못하거나 오직 바름을 얻으면 吉하다'고 하였으니, 그것에 근거하면 마땅히 '진여최여(晉如摧如)애'라고 해야 하고 훈석은 '진(晉)커나 최(摧)커나 호매'라고 해야 옳을 것이다. 만일 『본의』를 따른다면 토와 훈석은 모두 마땅히 위와 같아야 할 것이다.[11]

　퇴계는 제자들에게 『본의』를 주로 하고 『정전』을 겸하는 독역방법(讀易方法)을 권면하면서도[12] 토나 훈석의 경우에 있어서는 일차적으로 『정전』을 기준으로 하는 태도를 견지하고 있었는데, 그것은 아마도 세조(世祖)에 의해 처음 『정전』으로 구결(口訣)이 정해지고[13] 그 이후 지속되어진 『정

---

11) 『周易釋義』, 8329면. "今按, 此句吐誤, 故釋之亦未穩. 傳云遂其進不遂其進, 唯得正則吉, 據此則當云晉如摧如애, 而釋云晉커나摧커나호매, 可也. 若從本義, 則吐與釋, 皆當如上."

12) 李滉, 『退溪集』 II 卷26 「答鄭子中」, 106면 下右(『한국문집총간』 30, 민족문화추진회, 1989). "讀易, 欲以本義爲先, 此亦滉從來所見如此. (…中略…) 主本義兼程傳, 以還潔淨精微之舊, 正有望於高明之今日也."

전』 존숭의 영향력 때문이었으리라고 짐작된다.『주역석의』에서 구별을 안한 경우는 그만두고라도 구별을 한 경우에는 반드시『정전』의 해석에 따른 훈석을 먼저 제시하고『본의』의 해석에 의한 훈석을 뒤에 제시한다거나, 위의 인용문처럼『본의』에 의한 훈석으로는 옳다고 하더라도『정전』을 기준으로 한 토와 훈석에 부합되지 않을 때, 모두 잘못되었거나 온당치 못하다고 평가하는 것은 바로 그러한『정전』위주의 영향력 때문이라고 할 수 있겠다. ①에 대한 석의처럼 퇴계의 석의에서 강한『정전』위주의 성격을 확인할 수 있는 것으로는 정괘(鼎卦) 구삼(九三) 효사(爻辭) 중 '휴회(虧悔)'에 대한 석의[14]도 꼽을 수가 있겠다.

②는 익괘(益卦) 구오(九五) 효사(爻辭) 중 '유부혜심(有孚惠心)'에 대한 당시의 훈석들인데 퇴계는 "의당운혜심(疑當云惠心)에 부(孚)를 둬 ᄒᆞᄂᆞᆫ디라(아마 마땅히 은혜를 베풀려는 마음에 至誠을 갖고 하는지라)"라고 간명하게 자신의 견해를 제시함으로써 두 훈석의 오류를 바로 잡고 있다. 퇴계의 석의가『정전』의 "구오(九五)의 덕(德)과 재주와 지위로서 마음속의 지성(至誠)이 남에게 은혜를 베풀고 이롭게 하려는 데 있다"[15]는 주석에 근거한 정해(正解)임은 재론할 필요가 없을 것이다.

③은 무망괘(无妄卦) 육이(六二) 효사(爻辭) 중 '불경확(不耕穫) 불치여(不菑畬)'에 대한 당시 3종류의 훈석을 제시한 것인데 퇴계는 '불경확(不耕穫)'의 훈석들만을 거론하고 그에 대한 석의를 하는 것만으로도 충분히 전체를 아우를 수 있다고 판단하여, '불치여(不菑畬)'는 따로 논의하지 않고 '동상(同上)'이라는 말로 대신하였다. 논의의 편의를 위해 ③에 대한 퇴계의 석의와『정전』의 주석을 먼저 제시하면 다음과 같다.

지금 살펴보건대, 이 효사와 상전(象傳)을 읽을 때에는 반드시 먼저『정전』의

---

13) 李忠九,「經書諺解研究」, 성균관대 박사논문, 1989, 14~15면.
14)『周易釋義』, 8338면.
15)『周易傳義大全』「益卦」, "傳 …… 以九五之德之才之位, 中心至誠在惠益於物. ……"

처음[初], 중간[中], 끝[末] 세 곳의 다른 점을 분별하고, 또 반드시 『본의』의 뜻을 분별하여 각각 귀결점이 있게 한 연후에 글을 따라 훈설(訓說)하면 거의 분명할 것이다.

지금 자세히 고찰해 보건대, '불경(不耕)ᄒ야 확(穫)하며'라는 토(吐)는 바로 『정전』의 '갈지 않고서 거둔다[不耕而穫]'는 설(說)이니, 마땅히 첫 번째 훈석을 따라야 할 것이다. 두 번째, 세 번째의 두 훈석은 말은 비록 다른 듯 하나 뜻은 기실 귀결처가 같은 것으로『정전』에서 상전(象傳)을 해석한 뜻이니, 그 뜻을 가지고 와 이 구절(즉 不耕穫－인용자)을 설명하는 것은 마땅하지 않은 것 같다. 『본의』를 따른다면 마땅히 '경(耕)ᄒ며 확(穫)디 아니ᄒ며'라고 하여야 한다.16)

㉠무릇 이치에 당연한 것은 망(妄)이 아니요, 사람이 작위적으로 하고자 하는 것이 바로 망(妄)이다. 그러므로 '경확(耕穫)'과 '치여(菑畬)'로 비유하였다. 육이(六二)는 중위(中位)에 있으며 정(正)을 얻었고, 또 오(五)의 중정(中正)함과 응(應)하며, 동체(動體)에 있으나 유순(柔順)하여 움직임이 중정함을 따름이 되니, 바로 무망(无妄)한 자이다. 그러므로 무망(无妄)의 뜻을 지극히 말하였다. 경(耕)은 농사의 시작이며 확(穫)은 끝을 이루는 것이다. 밭이 1년 된 것을 치(菑)라 하고, 밭이 3년 된 것을 여(畬)라 한다. '갈지 않고서 수확하며, 1년 된 밭을 만들지 않고서 3년 된 밭이 된다'는 것은 앞장서서 그 일을 만들지 않고 사리의 당연한 바를 따름을 말한 것이다. 앞장서서 일을 만든다면 이는 인심(人心)으로 작위한 것이니 바로 망(妄)이요, 일의 당연한 바를 따른다면 그것은 이치를 따라 사물에 응(應)하는 것으로 망(妄)이 아니니, 확(穫)과 여(畬)가 그것이다. ㉡밭을 갈면 반드시 수확이 있고, 1년 된 밭을 만들면 반드시 3년 된 밭이 있게 되니, 이는 사리(事理)가 본디 그러한 것이요, 마음과 뜻으로 조작한 바가 아니다. 이와 같이 하면 무망(无妄)이 되니, 망녕되지 않으면 가는 바가 이로워 해가 없는 것이다. ㉢혹자가 말하기를 "성인(聖人)이 제작(制作)하여 천하를 이롭게 하는 것은 다 단서를 만드는 것이니, 어찌 망(妄)이 아니겠는가?" 하기에 다음과 같이 대답하였다. "성인은 때에 따라 제작하여 풍기(風氣)의 마땅함에

---

16) 『周易釋義』, 8323면. "今按, 讀此爻象, 須先辨程傳初中末三處之異, 又須辨本義之旨, 各有歸宿, 然後隨文訓說, 庶可分明. 今詳, 不耕ᄒ야穫ᄒ며之吐, 是卽程傳不耕而穫之說, 當從第一釋也. 若第二第三兩釋, 辭雖若異, 意實同歸, 蓋程傳象解之意, 以此移說此句, 恐未當也. 從本義則當云耕ᄒ며穫디아니ᄒ며云云."

합하는 것이요, 일찍이 때에 앞서서 열어 놓지는 않았다. 만약 때를 기다리지 않았다면 한 성인(聖人)이 다 만들었을 것이니, 어찌 여러 성인(聖人)이 뒤이어 나오기를 기다렸겠는가. 때가 바로 일의 단서이니, 성인(聖人)은 때에 따라 하였던 것이다."17)

퇴계가 석의에서 초(初), 중(中), 말(末)이라고 한 부분을 두 번째 인용문 『정전』에서는 ㉠㉡㉢으로 표시하였다. ③에 대한 퇴계의 석의를 올바로 이해하기 위해서는 먼저, 퇴계가 지적한 것처럼, 『정전』의 ㉠㉡㉢에 대해 분별해서 파악해둘 필요가 있겠다. 우선 『정전』에 나타나 있는 육이(六二) 의 성격을 정리해 보자. 육이는 하괘(下卦)의 중정(中正)한 자리에 있고 위 로는 양강중정(陽剛中正)함으로 존위(尊位)에 있는 구오(九五)와 음양정응(陰 陽正應)의 관계에 있어 그의 행동이 모두 중정(中正)함에 부합되는 지극히 무망(无妄)한 자라고 규정되는데, 불경확(不耕穫)의 해석과 관련해서는 육이 가 신하(臣下)의 위치에 있다는 사실에 특히 주목할 필요가 있다. 구오를 성군(聖君), 육이를 현신(賢臣)으로 환치시켜 생각하는 것이 『정전』이 말하 는 경(耕)과 확(穫)의 비유를 적절하게 이해하는데 도움이 되겠기 때문이다. 그럴 경우 경(耕)은 중정무망(中正无妄)한 현인(賢人)이 성군(聖君)이 치경진례 (致敬盡禮)하여 자기를 구(求)하기를 기다리지 않고 자기 스스로 임금에게 나아가 등용시켜 달라고 요구하는 행위가 될 것이다. 인용문 중 ㉠에서 경 (耕)이 '농사의 시작'이며 '앞장서서 그 일을 만드는 것'이며 궁극적으로 인 심소작위(人心所作爲)의 망령된 것으로 묘사되어지는 것은 바로 그것이 구

---

17) 『周易傳義大全』「无妄卦」. "傳 凡理之所然者, 非妄也, 人所欲爲者, 乃妄也. 故以 耕穫菑畬譬之. 六二居中得正, 又應五之中正, 居動體而柔順, 爲動能順乎中正, 乃无 妄者也. 故極言无妄之義. 耕, 農之始, 穫, 其成終也. 田一歲曰菑, 三歲曰畬. 不耕而 穫, 不菑而畬, 謂不首造其事, 因其事理所當然也. 首造其事, 則是人心所作爲, 乃妄 也, 因事之當然, 則是順理應物, 非妄也, 穫與畬是也. 蓋耕則必有穫, 菑則必有畬, 是 事理之固然, 非心意之所造作也. 如是則爲无妄, 不妄則所往利而无害也. 或曰, 聖人 制作以利天下者, 皆造端也, 豈非妄乎. 曰, 聖人隨時制作, 合乎風氣之宜, 未嘗先時而 開之也. 若不待時, 則一聖人足以盡爲矣, 豈待累聖繼作也. 時乃事之端, 聖人隨時而 爲也."

오와의 관계에서 중정무망(中正无妄)함을 상실한, 따라서 현인의 행동이 아닌 것으로 비정(比定)되었기 때문이다. 이에 비해 ㉡에서는 군신관계를 맺는 '시초'단계가 아니라 이미 군신관계를 맺은 후 신하의 입장에서 국사를 처리해 가는 모습이다. 즉 국가의 주요사안을 시의에 맞게 입안(立案), 품의(稟議)하여 처리하는 중정무망한 신하의 행위로 비정(比定)할 수가 있는 것이다. 그리고 경(耕)의 ㉠에서의 의미에만 집착한 혹자가 성인(聖人)의 경우를 들어 성인의 작위(作爲)도 모두 망(妄)이 아닌가 질문하는데 그것은 성인이 인시제의(因時制宜)하였기 때문에 망(妄)이 아니라는 것이 ㉢의 내용이다. 즉 성인(聖人)도 때가 무르익기를 기다린 연후에 제작한 것이기 때문에 그 경(耕)이 불경(不耕)이라는 말이다. 이렇게 ㉠㉡㉢에서의 경(耕)의 의미를 규정하게 되면 확(穫)의 의미는 각각 성군(聖君)이 구(求)하기를 기다려 출사(出仕)함, 출사하여 성군(聖君)을 도와 공업(功業)을 이룸, 성인(聖人)이 때에 맞게 천하를 이롭게 함 등으로 상정되어질 수 있을 것이다.

그럼 이제 ③의 훈석들을 검토해 보자. 그러면 혹 효사의 『정전』에 나타난 경(耕)의 의미 변화 면모를 중시해 성급하게 세 가지 훈석이 다 타당하다고 생각될는지도 모르겠으나 그건 그렇지 않다. 출사(出仕)의 첫 걸음을 잘못한 자가 무망괘 육이처럼 중정무망한 현인일 수 없고 따라서 ㉡에서처럼 심의(心意)의 조작(造作)이 없이 사리(事理)의 당연(當然)함을 준행(遵行)할 수는 없겠기 때문이다. 뿐만 아니라 두 번째, 세 번째 훈석은 문법적으로도 순리롭지 못하여 '불경확(不耕穫)'의 타당한 훈석으로는 받아들이기 어려운 점이 있다. 그렇다면 그 두 훈석은 어디에 근거를 두고 성립한 것인가? 단적으로 말해 그것들은 효사의 『정전』이 아니라 다음과 같은 상전(象傳)『정전』에 그 훈석의 기반을 두고 있었다고 할 수 있다.

밭갈지 않고서 수확함과 1년된 밭을 만들지 않고서 3년된 밭이 됨은 일의 당연(當然)함을 따랐을 뿐이니, 이미 밭을 갈면 반드시 수확이 있고 이미 1년된 밭을 만들면 반드시 3년된 밭이 된다고 하더라도 수확이나 3년된 밭의 부유함을 기필하여 하는 것은 아니다. 처음 밭을 갈고 1년된 밭을 만들 적에 마음 가짐이 수확이나 3년된 밭을 구함에 있었다면 이는 부유하려해서이니, 마음에 그러한 욕심이 있었다면 망령된 것이다.[18]

무망괘 육이 효사 상전(象傳)의 '불경확(不耕穫) 미부야(未富也)'에 대한 위 『정전』에서 쉽게 확인할 수 있듯이 불경확(不耕穫)을 경이불확(耕而不穫) 혹은 경이불필확(耕而不必穫)의 뜻으로 훈석한 ③의 두 번째, 세 번째 경우는 모두 위 주석에 그 훈석의 근거를 두고 있는 것인데, 그렇다고 하더라도 그 훈석들이 온당하다고 간주되기에는 미흡한 점이 있다. 소상전(小象傳)이 개개 효사의 의미에 대해 짤막하게 부연 설명하는 성격이 강한 것처럼 위 주석 역시 효사『정전』의 의미를 보완하는 정도의 기능만을 지니고 있을 뿐 그것을 뛰어 넘어 다른 새로운 의미를 유추해 내기에는 무리라고 여겨지기 때문이다. 그리고 비록 문면(文面)에 명시(明示)되어 있진 않지만, 주자(朱子)가 이미 불경확에 대해 이천(伊川)이 '불경이확(不耕而穫), 경이불확(耕而不穫), 경이불필확(耕而不必穫)의 세 뜻을 말했으나『정전』에 따른다면 불경이확(不耕而穫)이 옳다'[19]고 한 점을 환기해 보면, 퇴계가 석의에서 첫 번째 훈석에 좌단(左袒)하고 두 번째 세 번째 훈석을 마땅하지 않다고 한 것 역시 그러한 이유에서라고 추측해 볼 수 있겠다. 끝으로『정전』과는 달리『본의』에서는 '육이가 유순중정(柔順中正)하여 때에 따라 이치에 순응할 뿐 사의(私意)로 기대하고 바라는 마음이 없어 앞에서 작위함도, 뒤에서 기대함도 없다'[20]고 보아 불경확을 밭을 갈지도 수확하지도 않다고 하였고, 석의에서

---

18) 『周易傳義大全』「无妄卦」. "傳 …… 不耕而穫, 不菑而畬, 因其事之當然, 旣耕則必有穫, 旣菑則必成畬, 非必以穫畬之富而爲也. 其始耕菑, 乃設心在於求穫畬, 是以其富也, 心有欲而爲者, 則妄也."

19) 黎靖德 編, 『朱子語類』, 中華書局, 1986, 1800~1801면. "不耕穫一句, 伊川作三意說, 不耕而穫, 耕而不穫, 耕而不必穫.", "不耕穫不菑畬, 如易傳所解, 則當言不耕而穫不菑而畬, 方可."

20) 『周易傳義大全』「无妄卦」. "本義 柔順中正, 因時順理而无私意期望之心, 故有不耕穫不菑畬之象, 言其无所爲於前, 无所冀於後也. 占者如是則利有所往矣."

는 '경(耕)ᄒᆞ며 확(穫)디 아니ᄒᆞ며'로 정확히 훈석하였음을 지적해둔다.

3. 상(象)으로 의리(義理)를 보익(補翼)한 지산(芝山) — 『역상설』

지산(芝山)의 『주역』관계 저술로는 『역전변해(易傳辨解)』, 『주역석해(周易釋解)』, 『역상설(易象說)』 등이 있는데, 이 중 『역전변해』와 『주역석해』는 분일(焚逸)되어져 그 상세한 내용을 알 수가 없다. 그러나 『주역석해』를 짓게 되었던 계기나 성격을 제시하고 있는 다음의 글을 통해 그 대략적인 내용을 추측해 볼 수가 있다.

> 선생이 비록 교정청(校正廳) 당상관(堂上官)의 소명(召命)에 나아가진 않았으나, 스스로 주역의 『정전』과 『본의』로써 단사(彖辭)와 상사(象辭)의 의미를 풀이한 것이 극도로 정밀하였고, 예전부터 전해 내려오던 언석(諺釋)을 경문(經文)과 비교해 보니 그 구두와 의미 파악에 오히려 차이가 있었다. 이에 마침내 이 『주역석해』를 지으니, 모두 5권이었다.[21]

위 글은 지산이 58세 때인 1602년 월천(月川) 조목(趙穆, 1524~1606)과 함께 경서 언해의 일로 교정청 당상관의 소명을 받았으나 병으로 부임하지 못하자 그것이 계기가 되어 『주역석해』를 짓게 되었음을 표명하고 있는 『연보(年譜)』의 주문(注文)이다. 이 주문을 통해 우리는 다음의 두 가지 사실을 확인, 추측할 수가 있다. 하나는 『주역석해』가 퇴계의 『주역석의』처

---

21) 曺好益, 『芝山集』 부록 卷1 「年譜」, 558면 下右(『한국문집총간』 55, 민족문화추진회, 1990). "先生雖未赴校正命, 自以易之傳與本義, 發揮象象, 俱極情密, 而舊傳諺釋, 較諸經文, 其句讀旨義, 猶有異同. 遂著是解, 凡五卷."(이하 문집은 『芝山集』 부록 卷1 「年譜」, 558면 下右의 형태로 제시하기로 한다)

럼, 언해와 관련되어 있으면서『정전』과『본의』의 동이점(同異点)을 염두에
둔 저술이라는 사실이며, 다른 하나는『역전변해』가 언해를 고려함이 없
이 주로『정전』과『본의』의 차이점을 중심으로 경문의 의미를 분별해 낸
저술이라는 추측이 그것이다. 특히 후자의 경우는『역전변해』라는 서명의
의미를 음미해보면 쉽게 간취되어질 수 있는 사실이기도 하다.『역전변해
(易傳辨解)』의 '전(傳)'은 십익(十翼)을 의미한다거나, '변해(辨解)'라는 말이
함축하고 있듯이,『정전(程傳)』만을 지칭하지 않고 일반적인 '주석(註釋)·
주해(註解)'의 의미로 쓰여졌다고 할 수가 있고, 지산에게 있어『주역』의
주석서 가운데 일차적으로 변해(辨解)의 필요성과 의의가 인정되어질 수
있는 것으로는 역시『정전』과『본의』이겠기 때문이다. 그런데 그 변해의
방법·수준이나 정밀함의 단계가 자신의 마음에 흡족치 못했거나, 아니면
혹 다른 이유로 인해 지산의 병이 위독해졌을 때(55세) 다른 잡고(雜稿)들과
함께 잘못 불태워졌던 것이다.22) 그러한 점에서 볼 때 위 주문(注文)은 일
실되어진『주역석해』뿐만 아니라『역전변해』의 대략적인 성격까지도 가늠
할 수 있게 해주는 내용을 담고 있다고 할 수 있겠다.

　『역상설』은『역전변해』나『주역석해』처럼 분일되어짐이 없이 현전하고
있다는 점에서 일단 지산의 역학사상을 가장 온전한 형태로 함유하고 있
는 것으로 보아도 좋으리라고 생각한다. 여기서 '일단'이라는 단서를 붙이
는 이유는『역상설』이 처음부터 체계적인 저술을 목적으로 하여 쓰여진
것이 아니라 지산이『주역』을 읽으며 괘(卦)·효사(爻辭)의 의심스러운 부
분을 판두(板頭)에 두주(頭注)의 형태로 해명해 둔 것을 후유(後儒)들이 옮겨
적음으로써 성립한 것이기 때문이다.23)『역상설』에서 다루고 있는 내용이
건괘(乾卦)부터 풍괘(豐卦)까지 55괘와「계사전(繫辭傳)」,「설괘전(說卦傳)」,「서

---

22)『芝山集』부록 卷1「年譜」, 557면 下左~558면 上右. "二月, 病劇, 盡焚平日雜稿.
(…中略…) 如易傳辨解儒釋辭等書, 皆不傳, 其他著述, 亦皆後儒撥拾煨燼."

23)『芝山集』부록 卷1「年譜」, 559면 上右. "讀周易, 推說象象疑義. 先生嘗著易傳辨
解, 而入於焚稿. 至是, 讀易推明疑義, 貼錄於逐條板頭, 後儒裒集騰出, 謂之易象推
說."

괘전(序卦傳)」, 「잡괘전(雜卦傳)」의 부분적인 항목에 그치고 있는 것은 바로 그러한 이유에서이다. 그러나 그럼에도 불구하고 『역상설』은 21세 때 퇴계에게서 『근사록(近思錄)』을 강독·질정받고[24] 31세 때 본격적으로 『주역』을 읽은[25]이래 꾸준히 지속되어진 지산의 『주역』연구[26]의 결과를 만년에 압축적으로 제시하고 있는 까닭에 그의 역학 사상을 규탐하는 데 있어서는 매우 중시되어져야 할 작품이라고 할 수 있겠다.

지산은 일찍이 "자신에게는 경전(經傳)을 좋아하는 성벽(性癖)이 있다"고 하면서도 "여러 경전(經傳)들에는 주자(朱子)의 『집주(集註)』, 『혹문(或問)』 및 장도(章圖) 등이 있어 의리가 정밀하고 훈석이 상세하여 다시 더 보탤 여지가 없으니 굳이 사설(辭說)을 덧붙여, 지붕 위에 침상을 더하듯, 쓸데없는 짓을 하였다는 비웃음을 남길 필요가 없다"[27]고 하여 경전에 대한 새로운 의리발명(義理發明)의 여지가 매우 적다는 인식을 지니고 있었다. 『역전변해』가 불태워졌던 것도 아마 이러한 경전 인식에 충실하고자 하였던 지산의 지적(知的) 결백성(潔白性)이 그 주된 동인이었을 것이다. 그리고 그러한 경전 인식의 연장선상에서 지산은 『주역』연구의 새로운 방법을 모색하게 되는데, 그것은 상(象)을 활용해 『주역』의 경·전문을 추연(推演)·해명(解明)하고 그를 통해 의리의 새로운 천발(闡發)과 보익(補翼)을 기도(企圖)하는 것이었다. 『역상설』은 그러한 지산의 새로운 방법론에 의해 도달한 성과들을 최종적으로 수렴·제시하고 있다. 그 특징적인 면모는 대체로 상을 통해 의리의 새로운 부면(部面)을 제기하거나 상에 의해 기왕의 의리적 해석을 보족하는 것, 그리고 전적으로 상의 조합을 통해 경·전문을 해석하

---

24) 『芝山集』 부록 卷1 「年譜」, 552면 下左. "同聚遠堂公, 進謁陶山. 按聚遠堂實錄, 講質朱子語類近思錄等書."
25) 『芝山集』 부록 卷1 「年譜」, 554면 下左. "讀周易."
26) 『芝山集』 부록 卷1 「年譜」, 556면 上右. "講啓蒙. 金公興字學撰著等篇."; 558면 下左. "李惟聖來學. 時李惟弘爲主倅. 與弟惟聖俱登門請業, 講受周易."
27) 『芝山集』 부록 卷2 「行狀」, 570면 下左. "嘗曰, 吾有經傳癖. 又曰, 經傳諸書, 有朱子集注, 又有或問及章圖, 義理之密, 訓釋之詳, 無復餘蘊, 不必贅爲辭說, 以貽架屋疊狀之譏耳."

는 세 가지 형태로 정리되어질 수 있겠으며,28) 이 중 세 번째 경우는 비록 명시적으로 나타나 있진 않다고 하더라도 그것 역시 의리적 해석의 바탕 위에서 그것을 보완하는 성격을 띠고 있음은 물론이다. 그러면 구체적으로 그러한 면모들을 검토해 보기로 하자.

먼저 상을 통해 의리의 새로운 측면을 제기한 대표적인 경우로는 건괘(乾卦)에 나오는 잠룡(潛龍)·견룡(見龍)·약룡(躍龍)·비룡(飛龍)·항룡(亢龍) 가운데 "항룡만은 성인(聖人)을 가리키는 것이 아닐 것이니 성인이라면 지나치게 높이 올라가는 것[亢]에는 이르지 않을 것이기 때문"29)이라고 한다거나, 박괘(剝卦) 괘사(卦辭)인 '갈 바를 둠이 이롭지 않다[不利有攸往]'에서 '왕(往)'의 주체를 음(陰)으로 간주한 점 등을 들 수 있겠다.『정전』이나『본의』에서는 박괘가 여러 음이 장성(長盛)하여 양(陽)을 소멸시키는 때인 점을 중시해 '왕(往)'의 주체를 양(陽)으로 간주하였는데,30) 이에 비해 지산은 복괘(復卦) 괘사(卦辭)의 '갈 바를 둠이 이롭다[利有攸往]'는 구절과 대비시켜 부양억음(扶陽抑陰)의 차원에서 복괘는 양의 자라남을 기뻐한 것이고 박괘의 괘사는 음의 자라남을 경계시킨 것으로 보았던 것이다.31) 이러한 지산의 견해는 박괘 상구(上九)의 효사 중 '소인은 오두막집까지도 헐리게 되리라[小人剝廬]'라는 구절과 연결시켜 음미해 보면 상당히 타당성 있는 의리적 해석이라고 할 수 있겠다. 그러나『역상설』전체를 두고 볼 때 이러한 경우는 매우 드물게 나타나고 있다.

상(象)을 통해 의리적 해석을 보족하는 것으로는 수괘(隨卦) 육이(六二) 효사 중 "소자(小子)에게 얽매이면[係小子]"의 '계(係)'를 간(艮)의 그침[止]이나

---

28) 그 외에도 자신이 텍스트로 삼은 판본의 誤字 校勘이나 난해한 글자 풀이,『本意』나 小註 등에 대한 간단한 논평들을 거론할 수 있겠다.

29)『易象說』「乾卦」(『韓國經學資料集成』88「易經」2, 성균관대 대동문화연구원, 1996), 773면. "上九曰, 亢龍有悔, 何謂也. (…中略…) 獨此爻非聖人, 聖人則不至於亢."

30)『周易傳義大全』「剝卦」, "剝者, 羣陰長盛, 消剝於陽之時. (…中略…) 陰盛長而陽消落."

31)『易象說』「剝卦」, 819면. "愚謂, 往指陰往, 於剝言不利, 戒之也, 於復言利, 喜之也. 此扶陽抑陰之義也."

손[手]의 상으로 보족하거나,[32] 예괘(豫卦) 육이(六二) 효사 중 "절개가 돌처럼 굳은지라[介于石]"의 '개(介)'가 자의상(字義上) '둘 사이에 끼어 있는 분한(分限)의 뜻'이 있고 육이가 '즐거움을 떠들어대는[鳴豫]' 초륙(初六)과 '위를 쳐다보며 기뻐하는[旴豫]' 육삼(六三) 사이에서 홀로 중위(中位)에 있으면서 바름을 지키니 '개우석(介于石)'의 상이 있다[33]고 해명하는, 비교적 간단한 형태의 것으로부터 괘덕(卦德)과 호체(互體)[34] 등을 사용하는 다면적인 형태의 경우 등을 지적할 수 있겠다. 아래의 점괘(漸卦) 초륙(初六) 효사 중 "기러기가 물가로 점점 다가감이니 小子는 위태롭게 여겨 말이 있을 것이다[鴻漸于干 小子厲 有言]"에 대한 지산의 주석은 후자의 대표적인 사례로 꼽을 수 있을 것이다.

내가 생각건대, 괘덕(卦德)으로 말하면 (漸卦는) 위가 공손함[巽]이고 아래가 그침[止]이 되는데 기러기가 날아 갈 적에 어른 기러기와 새끼 기러기가 서로 따르고, 무리지어 있으면서도 질서가 있어 어른 기러기는 반드시 새끼 기러기를 기다리니 위가 공손한 상(象)이 있는 것이요, 새끼 기러기는 반드시 어른 기러기의 뒤를 따르니 아래가 그쳐 있는 상이 있는 것이다. 호체(互體)로 말하면 감(坎)이 아래에 있는데 감(坎)은 물이 되고 리(離)가 위에 있는데 리(離)는 새가 되니 물새[水鳥]의 상이 있으므로, 괘덕(卦德)과 호체(互體)를 합하여 기러기의 상을 취한 것이다. '간(干)'은 물가인데 2효부터 4효까지의 호체가 감(坎)이니

---

32) 『易象說』「隨卦」, 805면. "係, 艮之象. 雙湖曰, 艮手象."

33) 『易象說』「豫卦」, 803면. "兩間, 謂之介, 介, 分限之意. 六二在初與三之間, 初鳴豫, 三旴豫, 二獨能居中守正, 有介于石之象."

34) 互體란 象數易學에서 象을 취하는 대표적인 방식가운데 하나로써 한 重卦를 '6획의 連續體'로 간주하여 여러 형태의 3획괘를 취하는 방식을 지칭한다. 가령 漸卦의 경우 2획에서 4획까지에서 坎(　)을 취하거나 3획에서 5획까지에서 離(　)를 취하는 것으로 전자를 下互體, 후자를 上互體라고 한다. 지산이 사용했던 호체의 종류에는 이외에도 3획괘를 180도 돌려서 다른 하나의 3획괘를 추출하는 反體, 3획괘의 음획·양획을 모두 반대획으로 만들어 얻어지는 伏體, 그리고 중간에 있는 多數의 음획이나 양획을 하나의 음획이나 양획으로 압축해서 象을 취하는 大體 등을 들 수 있는데, 이에 대한 보다 상세한 내용은 김인철, 『茶山의 周易解釋體系』, 경인문화사, 2003, 66~79면을 참조할 것. 다만 차이점을 지적한다면 용어상에 있어 지산의 反體가 다산의 경우에는 倒體로 명명되어져 있고, 복체에 있어 다산은 卦位에만 관련되어져 있음을 첨언해 둔다.

물가의 상이 있고 '소자(小子)'는 간(艮)이 소남(少男)이므로 소자(小子)의 상이 있는 것이다. '유언(有言)'은 『춘추좌씨전(春秋左氏傳)』에 간(艮)을 언(言)으로 삼았기[35] 때문인데, 혹자는 '간(艮)이 복체(伏體)인 '태(兌)의 구(口)'의 상이다' 하였다.[36]

점괘(漸卦) 제효사(諸爻辭)에서 '기러기'의 상(象)이 취해진 연유에 대해 『정전』이나 『본의』에서는 기러기가 오는 것이 일정한 때가 있고 점진적이며 무리에 질서가 있기 때문이라고 보았다.[37] 위의 인용문에서 쉽게 확인할 수 있듯이, 지산은 그러한 의리적 해석을 괘덕(卦德)으로 수렴하면서 거기에 호체(互體)의 상(象)을 결합하여 보다 포괄적으로 해명하고 있다. 뿐만 아니라 효사의 '간(干)', '소자(小子)', '유언(有言)' 등의 어휘들에 대해 팔괘(八卦)의 물상(物象)과 호체(互體)·복체(伏體)의 상, 그리고 『춘추좌씨전(春秋左氏傳)』의 용례를 활용하여 상수역학적(象數易學的)으로 그 근거를 제시함으로써 음약(陰弱)한 육(六)이 초위(初位)에 있고 정응(正應)이 없는 것에 의해 효사의 의미를 규정하는 의리적 해석을 보완하고 있다. 그런 점에서 위 점괘(漸卦) 초륙(初六)의 경우는 지산의 상을 통해 의리를 보족하는 해석방식의 한 전형을 보여주고 있다고 간주하여도 좋을 것이다.

지산의 『역상설』 속에는 앞의 두 가지 유형보다는 세 번째 유형, 즉 명시적으로 의리적 해석의 특징을 제기함이 없이 순전히 상수역학적인 해석의 성격이 두드러진 형태가 양적으로 가장 많은 부분을 차지하고 있다. 그러나 그렇다고 해서 그러한 해석이 의리적인 측면으로부터 완전히 자유로울 수 있는 것은 물론 아니다. 아무리 상수역학(象數易學)이 지니고 있는 다

---

35) 『春秋左氏傳』「昭公五年」‘叔孫豹之筮’條.

36) 『易象說』「漸卦」, 901~902면. "愚謂, 以卦德言, 則上巽下止, 鴻之行, 長幼相隨, 羣而有序, 長必俟幼, 有上巽之象, 幼必後長, 有下止之象. 以互體言, 則坎在下, 坎爲水, 離在上, 離爲鳥, 有水鳥之象, 合卦德互體, 取鴻象. 干, 水涯, 二至四互坎, 有水涯之象, 小子, 艮少男, 有小子之象. 有言, 左傳以艮爲言, 或曰, 艮伏兌口象."

37) 『周易傳義大全』「漸卦」. "漸諸爻皆取鴻象, 鴻之爲物, 至有時而羣有序, 不失其時序, 乃爲漸也. (…中略…) 鴻之行有序而進有漸."

양한 취상방식(取象方式)을 정치하게 운용해 상을 추출하였다고 하더라도,
그러한 상들의 결합을 통해 경·전문을 해석함에 있어서는 필연적으로 암
묵적(暗默的)으로 협흡(浹洽)되어졌던 의리적 해석에 의해 논리가 구성되어
질 것이기 때문이다. 이러한 점은『역상설』자체가『주역』을 읽으며 두주
(頭注)의 형태로 기록되어진 것을 기반으로 성립되었고, 지산이 새로운 의
리의 발명에 지극히 신중한 태도를 지녔던 사실을 환기해 보면 쉽게 납득
할 수 있으리라고 생각한다. 그러한 예로는 점괘(漸卦) 구삼(九三) 효사 중
"남편이 나아가면 돌아오지 못하고 부인이 잉태하더라도 기르지 못하여
흉(凶)하리니, 도적을 막는 것이 이롭다[夫征, 不復, 婦孕, 不育, 凶, 利禦寇]"에
대한 지산의 주석을 들 수 있겠다.

  내가 생각건대, 단사(彖辭)에서 '올바라서 이롭다[利貞]'고 한 것은 괘변(卦
變)[38]으로 말한 것이고, 효사(爻辭)에서 흉(凶)하다고 한 것은 괘체(卦體)로서
말한 것이다. 괘변(卦變)으로 말하면 (否卦의 하괘인—인용자, 이하 같음) 곤
(坤)의 삼(三)이 사(四)로 가서 있고 (否卦의 상괘인) 건(乾)의 사(四)가 삼(三)으
로 와서 있어 남녀(男女)가 각각 그 정(正)을 얻으나, 괘체(卦體)로 말하면 간
(艮)과 손(巽)은 짝[耦]이 아니며 삼(三)과 사(四)는 응(應)의 관계가 아니어서
부부(夫婦)가 부정(不正)한 상이 되기 때문이다.
  삼(三)은 본래 (否卦의 상괘인) 건(乾)의 사(四)이었으니 가면 건체(乾體)로 돌
아가는 것이고, 사(四)는 본래 (否卦의 하괘인) 곤(坤)의 삼(三)이었으니 오면 곤
체(坤體)로 돌아오는 것이다. '나아감[征]'은 삼(三)이 사(四)로 돌아가는 것을
가리키니 이미 제자리로 돌아갔으므로 돌아오지 못하는 상이 있는 것이요, 삼
(三)이 사(四)로 나아가면 한 양(陽)을 감싸서 (한 陽이) 가운데에 있게 되어 '잉

---

38) 卦變은 卦의 음획과 양획이 升降往來함으로써 나타나는 변화관계를 설명하는 이론
   으로서, 크게 重卦인 64괘의 차원에서 이루어지는 것과 單卦인 八卦의 차원에서 이루
   어지는 乾坤生六子說의 두 가지로 구별되는데,『본의』는 전자에,『정전』은 후자에 속
   하는 대표적인 경우이다. 지산은 괘·효사를 해석함에 있어 이러한 卦와 卦 상호간의
   변화 이론뿐만 아니라 한 괘 안에서 해당 효의 陰·陽을 바꾸어서 象을 취하는 爻變을
   간혹 사용하기도 하였다. 卦變과 爻變에 대해서는 김인철, 앞의 책, 52~65면과 80~97
   면에 상론되어져 있음.

태[孕]’의 상이 있고 삼(三)에서 물러나면 양(陽)을 잃으므로 ‘기르지 못하는[
不育]’ 상이 있는 것이다.

　‘어구(禦寇)’의 어(禦)는 간(艮)의 손[手]의 상이고 구(寇)는 호체(互體)인 감
(坎)의 상이다. 호체인 감(坎)이 하체(下體)인 간(艮)과 이어져 있으니 도적이 문
정(門庭)에 있는 상이 있고, 간(艮)의 손[手]이 안에 있어서 그것을 저지하니
‘도적을 막는[禦寇]’ 상이 있는 것이다.[39]

괘변(卦變)에 의하면 점괘(漸卦)는 부괘(否卦)로부터 유래되어진 것으로,
부괘(否卦)에서는 육삼(六三)과 구사(九四)가 획과 위(位)의 음양(陰陽)이 맞지
않는 부정(不正)이었던 것이 점괘(漸卦)로 변하여서는 구삼(九三)과 육사(六四)
라는 정(正)으로 바뀌게 되는데, 점괘(漸卦) 단사(彖辭)의 ‘이정(利貞)’은 그러
한 괘변(卦變)의 결과를 함축하고 있는 말이다. 그러나 괘변의 결과 비록
구삼과 육사가 효의 차원에서는 정(正)이 되었다고는 하지만 관점을 달리
하여 점괘(漸卦)라는 괘 전체의 입장에서 보면, 상괘가 손[巽], 하괘가 간
(艮)이 되어 상·하괘가 짝(耦)으로서는 서로 걸맞지 않게 되었다. 그러므로
그러한 불상칭(不相稱)의 양태(樣態)를 표출하기 위해 구삼 효사 가운데, 단
사의 ‘이정(利貞)’과 반대되는 의미를 띠고 있는, ‘흉(凶)’이 쓰여지게 되었
던 것이다. 위 인용문 중 단사의 ‘이정(利貞)’과 효사의 ‘흉(凶)’을 괘변과 괘
체(卦體)로써 설명한 지산의 견해는 바로 그러한 관점의 차이를 지적하고
있는 것이다.

　그리고 지산은 뒤이어 단지 괘체의 상위(相違)뿐만 아니라 구삼과 육사
가 응(應)이 아니므로 부정(不正)한 부부(夫婦)의 상이 있다고 하여 다시 괘
변과의 연계 속에서 ‘흉(凶)’의 원인을 지적하고 있는데, 그 이면의 논리는

---

[39] 『易學說』「漸卦」, 903~904면. “愚謂, 彖言利貞, 以卦變言, 爻言凶者, 以卦體言. 以
　　卦變言, 則坤之三往居於四, 乾之四來居於三, 男女各得其正, 以體言, 則艮巽非耦, 三
　　四非應, 爲夫婦不正之象. 三本乾之四, 往則復乾體, 四本坤之三, 來則復坤體. 征指三
　　之歸四, 旣還其居, 故有不復之象, 三進於四, 則包一陽在中, 有孕之象, 退於三, 則失
　　陽, 故有不育之象. 禦寇禦, 艮手象, 寇, 互坎象. 互坎連下體艮, 有寇在門庭之象, 艮
　　手在內而止之, 有禦寇之象.”

다음과 같이 정리해 볼 수가 있다. 즉 점괘(漸卦)의 구삼과 육사는 부괘(否卦)의 육삼(六三)과 구사(九四)가 승강왕래(升降往來)하는 과정을 통해 정(正)을 얻게 되었지만 이미 점괘(漸卦)로 변화된 단계에서 보니 그 '정(正)'이 완전한 정(正)이 아니어서 다시 또 자체내의 한계를 지니게 되었다. 다시 말해 구삼과 육사는 괘변에 의해 획과 위(位)의 음양(陰陽)이 일치하는 정(正)을 얻게 되었지만 동시에 똑 같은 이유로 양자는 과강조동(過剛躁動)하거나 음유유약(陰柔柔弱)하여 정(正)을 끝까지 견지하지 못하는 부정적인 성격까지 함께 지니게 되었던 것이다. 게다가 자신들과 응(應)의 위치에 있는 상구(上九)와 초륙(初六)이 모두 적응(敵應)의 관계에 있는지라, 구삼과 육사는 응(應)은 아니나 가까이 있다는 이유로 부정(不正)하게 서로 연결되어질 위험성이 농후한 사이가 되고 말았다. 그래서 효사에서는 그러한 부정한 결합의 위험성을 비유적으로 '부정불복(夫征不復) 부잉부육(婦孕不育)'이라고 표현하여 흉(凶)의 실질적인 이유로 지목하고, 구삼이 자신의 정(正)을 굳게 지키며 육사의 접근을 막는 것이 이롭다는 경계의 의미로 '이어구(利禦寇)'라는 말을 흉(凶)의 뒤에 위치시켰던 것이다. 그러므로 위 주석에서 지산이 구삼과 육사가 정응(正應)이 아닌 부정한 부부의 상이 있다고 하면서 그 구체적인 모습을 괘변과 호체의 상을 통해 드러내고, 점괘(漸卦)의 하체(下體)인 간(艮)과 하호괘(下互卦)인 감(坎)의 상을 논리적으로 조합하여 '어구(禦寇)'의 의미를 추출할 수 있었던 것은 바로 구삼이 갖는 이러한 정(正)·부정(不正)의 성격과 가능성을 깊이 고려한 뒤에 성립되어졌음을 쉽게 간취할 수가 있을 것이다. 이러한 점에서 볼 때 위의 점괘(漸卦) 구삼 효사에 대한 지산의 주석은 비록 표면적으로는 대부분 상수역학적인 괘변이나 호체 등의 취상방식(取象方式)을 통해 이루어진 것으로 보인다고 할지라도, 그 이면에는 엄연히 의리역학적(義理易學的)인 논리가 작용하고 있다고 할 수 있으며, 그러한 성격은 지산의 다른 괘에 대한 주석의 독해(讀解)에 있어서도 존중되어져야 할 특징이라고 할 수 있겠다.

이 외에 상을 통해 『주역』의 경·정문을 풀이하는 지산의 해역방식과 관련해 그가 경·전문에 등장하는 특정한 사물이 「설괘전(說卦傳)」에 제시되어진 팔괘(八卦)의 상(象)속에 속해 있지 않을 경우, 그 사물을 팔괘(八卦)에 배속함에 있어 어느 한 괘만을 고집하지 않고 여러 괘에 배속시킴으로써 상(象)을 취하는 데 있어 매우 유연하고 합리적인 태도로 임했다는 사실을 지적해 둘 필요가 있겠다. 그러한 예로는 이괘(履卦)의 단사(彖辭), 육삼(六三)·구사(九四) 효사(爻辭)와 이괘(頤卦) 육사(六四) 효사(爻辭) 등에 보이는 '호랑이[虎]'의 경우를 들 수 있는데, 지산은 이괘(履卦)에서는 호(虎)를 건(乾)이나 태(兌)의 상(象)으로 각각 달리 간주하였다. 특히 이괘(履卦)에서는 '호(虎)'를 건(乾)의 상으로 보느냐 태(兌)의 상으로 보느냐에 따라 괘·효사의 의미가 능동과 피동으로 달라지는 미묘한 차이를 나타내는데,[40] 지산은 각각의 경우에 따라 별도로 경문을 두 번 주해(註解)함으로써 그러한 섬세한 부분까지 놓치지 않고 있다. 이러한 사실은 지산이 괘·효사의 해석에 있어 매우 개방적이고 합리적인 자세로 상象들을 운용하였음을 보여주는 사례로서 특기(特記)할 만하다.

4. 맺는 말

　본고는 『주역』 해석과 관련해 퇴계의 『주역석의(周易釋義)』와 지산의 『역상설(易象說)』이 갖는 특징적인 면모를 구체적으로 검토해 보고, 그를 통해 퇴계학파의 역학사상적 특성의 일단(一端)을 구명하고자 하였다. 지금

---

40) 『易象說』 「履卦」, 786면. "虎, 取乾象. 巽在下, 有履尾象. 不咥, 取兌說象, 莊子曰虎媚養己者順, 是也. 人, 指巽體, 雙湖曰以二體言則二人, 六爻言則六人, 是也. ○虎, 取兌象. 初爲首, 三爲尾, 乾乘兌, 有履尾象. 不咥, 乾剛兌弱之象, 如馮婦之徒, 豈有見咥之理. 人, 指乾體. 或曰兌偶畫是口象, 有蹲虎之象, 乾在背而躡之, 有履尾象."

까지 논의해온 내용을 정리하면서 그것이 갖는 연구사적 의의를 간단히 논하는 것으로 부족하나마 결론을 대신하고자 한다.

퇴계의 『주역석의』가 갖는 일차적인 의의는 먼저 문헌학적인 측면에서 찾아질 수 있겠다. 즉 퇴계는 지금으로서는 거의 구해볼 수 없는 당대 학자들의 『주역』 경·전문에 대한 훈석을 다수 취집(聚輯)함으로써 당시의 대체적인 『주역』 연구의 방향과 수준을 가늠할 수 있게 해주고 있다는 점이다. 그것은 『주역전의대전(周易傳義大全)』을 기본 텍스트로 하여 경·전문을 역해(譯解)하는 작업으로 요약되어질 수 있겠다. 두 번째로는 퇴계가 그 속에 『정전』과 『본의』에 대한 엄밀한 해독을 바탕으로 한 적지 않은 분량의 석의(釋義)를 부기함으로써 『주역』을 학문적으로 정초(定礎)·토착화(土着化)시키는, 의미 있는 기여를 수행하였다는 점이다. 석의(釋義)의 근본 목적이 『정전』과 『본의』에 의거한 정확한 언해와 연관되어 있으며, 그 성과가 현재까지도 존중되어질 만하다는 점에서 그러하다.

지산의 『역상설』이 갖는 의의는 무엇보다도 그것이 순수한 학자적 자세를 견지한, 다시 말해 독실한 의리역학의 기반 위에서 상을 통해, 비록 전체는 아니라고 하더라도, 『주역』의 경·전문을 성공적으로 해석해 내었다는 점을 들 수 있겠다. 즉 상수론자(象數論者)들이 자칫 빠지기 쉬운 음양오행(陰陽五行)이나 재이(災異)와 같은 수술(數術)의 위험성이 전혀 없는, 조선의 역학사에 있어 흔치 않은 상(象) 위주의 경학적(經學的) 저술이라는 점이다. 자의가능성(恣意可能性)을 최대한 배제하면서 상을 통해 의리를 보익하였다는 점에서 지산의 해역방식(解易方式)은 퇴계학파 내의 역학사상의 긍정적인 발전으로 간주하기에 조금도 손색이 없는 것이었다고 할 수 있겠다.

서하(西河) 모기령(毛奇齡)의 생애와 학술활동

김언종

1. 모기령에게도 빛을

사회주의를 표방하면서도, 격변의 시대를 맞아 사회구성체의 기반부터 동요하고 있는 현 중국은 자신의 미래를 다방면으로 탐색하고 있는 것으로 본다. 널리 알려진 바이지만 여기에는 기존의 사회주의 체제(體制) 고수파(固守派), 서구의 제도를 위주로 한 새로운 사회체제의 구성을 주장하는 전반서화파(全盤西化派), 그리고 전통사회 구성의 골간이었던 유학이념의 정수를 추출하여 오늘날에 되살리자는 국고파(國故派)가 있다. 물론 과거의 5·4운동시기에 왕성한 활동이 있었던 전반서화파와 국고파가 현재 존재하지 않는다는 주장도 있다. 그러나 주지하다시피 지금은 잠복상태가 되어 있으나, 지난 89년의 6·4천안문사태를 전후하여, 과거의 전반서화파의 명맥을 이은 하양파(河殤派)의 활발한 활동이 있었고, 그 이후에 공자기금회, 중화공자학회, 국제유학연합회 등을 통한 '국고파'의 왕성한 활동이 있음은 주의하지 않을 수 없다. 전반서화파의 잠시 정지된 활동은 언제라도 다시 일어날 수 있을 것이며, '국고파'의 활동도 지금은 미약해 보일지 모르지만 엄청난 저력을 가지고 있는 사상조류임을 아무도 부인하지는 못할 것이다. 공산정권이 들어선 이래 오랫동안 버려져 있던 유학에 대한 연구는 재개되었고 그 연구방법 또한 한때의 맑시즘의 기계적 적용과 재단의 한계를 벗어나 여러 가지 각도에서 이루어지고 있는 것이 사실이다. 그리하여 유학의 역사에 있어 한때를 주름잡던 인물들이 깊은 잠에서 깨어나 소생하고 있다. 그러나 그 재생의 빛이 청대(淸代) 초엽에 한 시대를 주름잡았던 경학자 모기령(毛奇齡)에게는 아직 미치지 못하고 있다. 그러나 이것은 시간문제일 것으로 보인다. 그는 기존의 것을 파(破)하고 새로운 것을 입(立)하는 데 있어 일정한 역할을 수행한 역사적 인물이기 때문이다. 여기서 구태여 '지인론세(知人論世)'를 거론하지 않더라도, 모기령이 어떤 삶을 살았는지 비교적 상세히 알아보지 않을 수 없다. 왜냐하면 중국에서는 그의 몇 가지 인격적 결함과 학술적 오류 때문에 입에 올리기를 꺼리는 사람이 되어 있었고, 조선 후기 학술계에 적지 않은 영향을 끼쳤음[1]에도 불구하고 그다지 알려져 있지 않기 때문이다. 특히 조선학술계를 대표하는 몇 사람 가운데 하나인 다산 정약용에게 미친 영향은 누구보다도 큰 것이었기 때문이다.

---

1) 이에 대한 詳論은 심경호, 「조선후기의 경학연구법 분화와 모기령 비판」, 『동양학』 29집, 1999 참조.

2. 모기령 삶의 이모저모

　모기령(1623~1713)2)의 자(字)는 대가(大可)가 가장 널리 알려졌으나 초청 (初晴) 추청(秋晴)3) 만청(晚晴) 노청(老晴) 제우(齊于) 우일(于一) 춘장(春莊) 등 도 있다. 서하(西河) 지역의 군망(郡望)이었으므로 스스로 서하(西河)를 자호 로 쓰기도 했고 그가 죽은 뒤 제자들이 사시(私諡)로 서하선생(西河先生)이 라 부르게 되었다. 삼십여 년에 달하는 긴 망명생활을 할 때 모신(毛甡)으 로 변명(變名)하기도 하였고 왕언(王彦) 왕사방(王士方)4)으로 이름을 바꾸기 도 했다. 그는 절강성 소산(蕭山)에서 태어났다. 조상들은 원래 하남성 평구 (平丘)에서 세거(世居)하였으나 북송(北宋)이 망할 때 절강(浙江)으로 남하하 였다 한다. 그의 조상들은 송원(宋元)시기에 대대로 관직에 있었다 하며 그 는 아버지 모병경(毛秉鏡)과 장씨부인(張氏夫人)의 네 아들 가운데 막내로 태어났다. 맏이는 모만령(毛萬齡),5) 둘째가 모석령(毛錫齡), 셋째가 모혜령(毛 惠齡)으로 모석령은 모기령의 학문 전반에 깊은 영향을 끼쳤는데 특히 역 학(易學)에 있어 그러하였다.6) 어머니의 태몽에 어느 라마승이 찾아와 승려

---

2)『淸史稿』는 91세(1623~1713), 錢穆의『중국근삼백년학술사』와 楊家駱의『歷代人物 年里通譜』및『중국역대인명대사전』(상해고적출판사)은 94세(1623~1763)설을 주장하는 등 엇갈리고 있다. 그의 문인 蔣樞는『西河合集總目錄 後識』에서 "先生自康熙三十八 年以後越五年而東歸草堂, 又九年而卒"이라 하였다. 강희 38년은 1699년이고 越五年 은 1704년이며 卒年인 又九年은 1713년이므로『청사고』의 기록이 정확한 듯 하다.

3)『사고전서총목제요』는 初晴과 秋晴을 모기령의 號라고 하여 이를 따르는 후대의 기 록이 많으나 문집을 보면 이 두 가지 또한 字이다.

4) 士方은 王彦으로 변성명했을 때의 字이다.

5) 毛萬齡은 淸 順治 연간에 生員試에 합격하였고 仁和縣 敎諭를 지냈으며 문집으로 『彩衣堂集』이 있다.

6) 역학에 관한 모기령의 대표작은『중씨역』인데 스스로의 창의가 아니라 仲兄인 모석 령의 주역설을 윤색한 것임을 開卷 劈頭에서 밝히고 있다. 역학뿐 아니라 학문 전반에 걸쳐 모석령의 啓發이 많았음을 문집 여러 곳에서 기술하고 있다. 모석령은 저술에 관 심이 없었던 까닭으로 그의 이름으로 남긴 글이 전하지 않지만 모석령은 사실상 모기령 의 스승과도 같았던 존재라 할 수 있다.

의 신분증인 도첩(度牒)을 방에 걸어 주었는데 도첩의 네 주위에 다섯 마리 용이 서로 꼬리를 물고 화란(花闌)를 형성하고 있었다 한다. 그리하여 진(晉)나라 곽박(郭璞)의 「유선시(游仙詩)」에 보이는 '노인이 다섯 마리 용을 타고 가는데, 나이 이미 천살이나 어린아이 같네[奇齡邁五龍, 千歲方嬰孩]'구(句)를 취하여 기령(奇齡)이라 이름지었다 한다. 그런데 이 부분에 약간의 의심이 든다. 모기령은 젊었을 때 남명왕조(南明王朝)의 의거군(義擧軍)에 참가하여 활동하다가 항청전(抗淸戰)에서 실패한 후 삭발하고 중이 되어 절의 토굴 속에 숨어 지낸 적이 있고 청병(淸兵)에게 잡혔으나 머리를 깎은 덕분에 목숨을 구한 적이 있다. 정주리학(程朱理學)을 전면부정하고 양명학을 유학(儒學)의 본령(本領)으로 여기며 한대(漢代) 이상의 학술을 통한 공자학(孔子學)의 진면모(眞面貌) 회복을 자신의 직지(職志)로 삼은 그에게 이 사실은 두고두고 괴로운 일이 아닐 수 없었다. 그리하여 중이 되어 조정의 법령을 어긴 것과 부친의 장례에 참석치 못했음이 한스럽다는 유언을 남기기까지 하였던 것이다. 인격에 있어 많은 문제가 있는 그의 행검(行檢)에 비추어 보면 혹 한때 중이 된 것은 자신의 비겁함 때문이 아닌 운명적인 것으로 치부하려는 조작이 아닌가 하는 혐의를 씻을 수 없다.

천재가 숙성했던 그는 다섯 살 때 이미 배운 것을 외울 수 있었다 하며 『대학(大學)』을 외울 때 왜 후(后), 후(後), 후(厚) 세 글자가 형체가 다르면서 발음이 같은 지를 물었다 한다. 이것이 그가 후일 당대의 성운학자가 되는 발단이 되었을 것이다. 그가 경학(經學)에 뜻을 두게 된 것은 다음과 같은 사건이 그 계기가 되었다고 한다. 소년시절에 그는 혼인을 한 이웃사람이 고묘(告廟)도, 견구례(見舅禮)도 치르지 않은 채 곧장 신부를 침실로 데리고 가는 것을 보고 의문스럽게 생각하였고 중형(仲兄) 모석령을 통해 이것은 송대(宋代) 사람들의 고례(古禮)에 대한 오해에서 비롯된 것임을 듣고 며칠 동안 골똘히 생각한 뒤 제경(諸經)의 문제점을 변정(辨定)하는 것을 자신의 임무로 삼았다는 것이다. 이것이 사실이라면 모기령은 어렸을 때부터 경학(經學) 연구를 자신의 사명(使命)으로 삼았다는 것인데 후인들의 평가는 이와 다르다. 모기령의 인품을 비루하게 여긴 나머지 학문까지도 평가절하 하기에 서슴지 않았던 전조망(全祖望, 1705~1755)의 『소산모검토별전(蕭山毛檢討別傳)』,[7] 모기령의 제자인 성당(盛唐)의 『서하선생전(西河先生傳)』[8] 등의 자료를 살펴보면 모기령이 경학에 뜻을 두고 연구를 시작한 것은 중년 이후이며 그 이전에는 일개 문사(文士)로 명성(名聲)이 있었을 뿐이었다는 것이다. 그러므로 친구인 시윤장(施閏章, 1618~1683)이 모기령을 위해 쓴 글에서 40세 이전의 서술에서 경학(經學)에 관한 언급이 한 줄도 없었던 것이다. 하추도(河秋濤, 1824~1862)는 대략 다음과 같이 말한 바 있다. 모기령이 40세 이전에 염약거를 만나지 못하였을 때 대체로 시사(詩詞)를 짓거나 제예(制藝)를 쓰고 전기(傳奇) 평가를 일삼았다. 그의 전집 가운데 경학에 관한 자료가 많으나 이는 모두 뒷날 고향으로 돌아온 이후에 지은 것이다. 이외에도 여러 가지 정황으로 미루어 볼 때 어려서부터 경학에 뜻을 두었다는 말은 사실이 아닌 것으로 보인다.

모기령은 20세 이전에 향시(鄕試)에 뽑혀 항주부(杭州府)의 학궁(學宮)에서 공부를 하던 중에 명(明)나라의 망국(亡國)을 당한다. 시절이 어수선하자 그는 항주의 남산(南山)에 몸을 숨겼다가 족친(族親) 모유륜(毛有倫)이 지휘하는 반청군(反淸軍)인 서릉군(西陵軍)에 투신한다. 그는 모유륜이 장교급인 감군추관(監軍推官)에 자신을 임명하였으나 극력사양하고 서릉군(西陵軍)의 백성에 대한 횡포를 살피고 난 뒤 항청(抗淸)에 성공하지 못할 것이라는 판단을 내렸다고 스스로 말하고 있다. 그러나 이 또한 시세(時勢)가 변한 이후의 말 바꾸기인 것으로 보인다. 왜냐하면 모유륜이 방국안(方國安)과 마사영(馬士英)의 연합군인 방마군(方馬軍)의 합군(合軍) 제휴에 응해야 할지의 여부를 모기령과 상의하고 거절해야 한다는 모기령의 말을 따르고 있기 때문이다. 그는 모유륜의 중요한 막료였음에 틀림없다. 왕조(王朝)의 교체기에 처하여 순국(殉國)하지 못했던 사람의 처지에서는 이렇게 쓸 수밖에

---

7) 全祖望의 『鮚埼亭集外篇』 卷12 참조.
8) 『毛西河先生全集』(이하 『서하전집』이라 약칭한다) 卷首에 실려 있다.

없었을 것임은 짐작하기 어렵지 않다. 때문에 그는 "천명이유재(天命已有在)"라 하여 천명(天命)이 이미 청(淸)으로 기울었음을 알았다고 말했던 것이다. 젊은 시절 그는 오랫동안 망명생활(亡命生活)을 하게 되는데 분명히 밝혀 놓은 바는 없지만 방마군(方馬軍)이 모유륜군(毛有倫軍)의 지원을 받지 못해 주교(朱橋)에서 청군(淸軍)에게 대패한 바 있는데 이때 방마군에서, 대패의 원인이 모기령에게 있다고 여겨 그의 생명을 노렸기 때문인 것으로 보인다. 그런 와중에서 모기령은 자기를 잡으려던 남명(南明)의 영병(營兵)을 살해(殺害)하였다는 모함(?)까지 받게 되어 더욱 궁지에 몰리게 된다. 이때 대강(大江) 남북의 여러 곳을 전전하였으며, 숭산(崇山)에 가서는 도사의 토실(土室)에 숨어 지내기도 했다 한다. 이때 사용했던 가명 가운데 하나가 널리 알려진 모신(毛甡)이다. 그 의미는, 생(生)과 생(生)을 더한 글자이므로 여러 번 죽을 고비를 넘기고 살았다는 뜻이라 스스로 밝힌 바 있다. 어느 날 비몽사몽간에 계시를 받고 하릉대(賀凌臺)[9]의 제자라는 어느 중[高笠先生]을 만나 하릉대의 고본(古本) 『대학(大學)』에 관한 학설을 전해 듣고 깨우침이 있었다 한다. 그 깨우침이란 주돈이·정호·정이·주희의 학이 유가의 정통이 아니라는 것이다. 그가 규정한 정주학이란 다음과 같은 것이다. 음정(陰靜)을 위주로 하고, 무극(無極)이란 것을 명제로 하였으며, 효제(孝弟)가 인간 본연의 성(性)이 아니라 하고, 경적(經籍)을 궁구하면 상지(喪志)하게 된다고 하여 기절(氣節)을 숭상치 않고, 사공(事功)을 가벼이 여기며, 텅 비어 쓸데가 없는 것이다. 이것이 사실이라면 그의 끈질긴 반주자학적(反朱子學的) 태도[10]는 여기에서 시작된다. 그러나 이것은 표면적인 것일 뿐이며 그 근본원인은 그가 절동학파(浙東學派)[11]에 속했기 때문으로 보인

---

9) 賀欽(1437~1510). 명나라 요동 義州衛 사람으로 자는 克恭 호는 醫閭. 凌臺는 별호임. 陳獻章의 제자로 『醫閭集』이 있다.

10) 모기령은 주자를 가장 싫어 하였다. 전조망은 『鮚埼亭集外篇』의 「蕭山毛檢討別傳」에서 "其所最切齒者爲宋人, 宋人之中最切齒者爲朱子. 其實朱子亦未嘗無可議, 而西河則狂號怒罵, 惟恐不竭其力, 如市井無賴之叫囂者, 一時駭之"라고 하였다.

11) 淸代 절강성 동부지역의 紹興 餘姚 寧波 등지에서 홍성하였던 학파를 가리키며 멀리

다. 모기령 스스로는 분명히 밝혀 놓은 바 없지만 그가 고향 선배인 즙산(戢山) 유종주(劉宗周, 1578~1645)의 영향을 크게 받았음은 여러 문헌에서 증명되고 있다. 유종주는 명말의 양명학자로 진확(陳確, 1604~1677), 황종희(黃宗義, 1610~1695)의 스승임은 주지의 사실이다. 그러므로 모기령이 반주자학(反朱子學)의 맥락에 서 있었음은 자연스런 일이라 하겠다. 다만 모기령은 진확 등이 주자의 철학에 대해 철저한 비판을 가한 뒤에 그 여서(餘緒)를 이었기 때문에 더 이상 공격할 여지가 없었으므로 공격의 목표를 주자의 경학에 두었다는 차이점이 있을 뿐이다.12) 그가 사관(史館)에 있을 때도 『명사(明史)』에 「도학전(道學傳)」을 두려는 일부 여론에 대해 이를 반대하는 황종희의 논조에 동조, 극력 반대하여 취소시켰던 바 있다. 그는 또한 「변성학비도학문(辨聖學非道學文)」13)을 지어 양명학을 옹호하였으며 「왕문성전본(王文成傳本)」을 지어 『명사(明史)』「왕수인전(王守仁傳)」의 초고로 삼았다. 이처럼 그는 양명을 천양하기에 진력하였던 것이다. 그러므로 그의 극렬한 주자학 비판은 문호지견(門戶之見)에 근거한 것이라 해도 좋을 것이다.

황종희(黃宗義) 장이상(張履祥, 1611~1674) 진확(陳確, 1624~1677) 등이 죽은 후 절학(浙學)의 맹주역을 자임하였던 모기령이 황종희 등 선배들의 경세사상을 받양하지 못하고 경전의 훈고로 빠져들게 된 데에는 강희제 2년부터 시작된 청대 초엽의 문자옥(文字獄)의 영향도 있었을 것으로 보인다. 그것은 장정롱(莊廷鑨, ?~약 1655)의 『명사집략(明史輯略)』 사건인데 이때 여기에 연루되어 많은 지식인들이 희생을 당한 바 있다.14) 그 뒤로 경세사상을

로는 陸九淵 王守仁의 학문을, 가까이로는 명 말의 劉宗周의 학문을 위주로 하였다.
12) 모기령의 철학적 성취도 무시될 수 없다. 楊向奎는 『淸儒學案新編』1(齊魯書社, 1985)에서 모기령의 철학에 대해 구체적으로 논술하면서 철학적 성취가 經學的 성취보다 더 높다고 평가하였다. 뿐 아니라 그가 淸初 王學의 皎皎者인데 후세의 史家들이 모서하의 왕학에 있어서의 성취를 홀시하고 그의 경학과 고거학에 대해서만 논평한 것은 本末倒置라고 말하기까지 하였다.
13) 그는 주자학의 바탕이 道家學에 있음을 주자가 스스로 한 말에 의거하여 밝히고 이를 고수하였다.
14) 그는 朱國楨의 『明史稿』를 底本으로 하여 여러 문사들의 손을 빌어 명나라 말엽인

지닌 지식인들의 의식을 옥죄는 문자옥은 계속 일어났으며 경세사상을 고취하던 황종희·고염무 등의 영향력이 급속히 감소되어 갔음은 주지의 사실이다. 그리하여 이 대신 경세사상의 확립을 위한 보조품에 지나지 않던 성운(聲韻), 문자(文字), 훈고(訓詁)를 위주로 하는 고증학(考證學)이 성행하게 된 것이다. 이때 41세였던 모기령은 아직 문인(文人)의 기습(氣習)에서 벗어나지 못하던 시절이었고 그 뒤 경학(經學)에 뜻을 두고 저술을 시작할 때는 청조 통치자들의 술책이 상당한 효과를 거두어 이른바 '언론의 자유'는 이미 존재하지 않았던 것이다.

그 후 50여 세가 넘어 청(淸) 정부의 사면령이 있은 다음에야 망명생활(亡命生活)을 마치게 된다. 그는 57세 때인 강희(康熙) 17년에 박학홍유과(博學鴻儒科)15)라 이름한 제과(制科)에 응시하여 합격하였고 한림원검토(翰林院檢討)에 임명되었다. '모검토(毛檢討)'라는 널리 일려진 호칭은 이에 근거한다. 이때 그는 「변충신불도사문(辨忠臣不徒死文)」16)을 지어 늦은 나이의 변절을 변명하는 글을 짓기도 했고 오삼계(吳三桂)의 아들 오세번(吳世璠)이 죽고 삼번(三藩)이 평정되자 「평전송(平滇頌)」이란 낯간지러운 글을 지어 강희제에게 바치기도 했다. 관직에 있는 동안 그가 한 일은 사관에 들어가 『명사(明史)』 편찬에 참여한 것이었다. 그리고 그는 틈틈이 『고금통운(古今通韻)』 12권을 지었는데 그 동기는 성운학을 좋아하는 강희제의 호감을 사

天啓 崇禎시대 및 南明의 역사를 증보한 『명사집략』을 편찬하였다. 이것이 淸 조정의 비위를 건드려 一大 獄事가 일어났는데 이미 죽은 그는 剖棺碎骨을 당했고 執筆에 관계된 사람 70여 명이 사형을 당하였으며 부녀자들은 노비가 되었고 연좌된 집이 7백 戶에 이르렀다고 한다.

15) 『사고전서』 등 일부 기록에는 博學鴻詞科라 되어 있다.

16) 그는 忠臣不徒死의 例로 齊나라 晏嬰과 韓나라 張良이 나라와 임금이 어려울 때 죽지 않았음을 典據로 하여 그들이 충신이 아니어서 죽지 않았던 것이 아니라 강변하고 있다. "晏嬰不死君難, 家語稱晏嬰忠臣, 張良復讎不死, 人尙稱張留侯始終忠于韓者. …… 豈曰非忠然而有不死." 나아가 백이 숙제도 은나라의 신하로 상나라가 망할 때 殉死하지 않았으며 首陽山에서 굶어 죽은 것도 아니라고 주장하였다. "按夷齊避紂, 久已歸周. 幷非以商亡作殉死 …… 今所云國亡身死者大別 …… 且當時未必死, 論語祇稱餓首陽, 不稱餓死, 其曰死者, 郭象曰, 莊子之誤也."

기 위한 것이었다. 그는 이 책을 강희제에게 바쳐 황사성(皇史宬)에 비치되는 은총을 입게 된다.[17] 그 뒤에도 『성유악본해설(聖諭樂本解說)』 같은 악서(樂書)를 지어 남순(南巡) 중이던 강희제에게 바치는데 이 또한 황제의 호감을 얻기 위한 고심의 결과였음은 말할 것도 없다. 관직에 있은 지 7년만에 항주(杭州)로 가서 우거(寓居)하였고[18] 이때부터 각기병이 생겨 보행에 지장이 있었다 한다. 그의 방대한 경학 관계 저술은 대부분 항주에서 이루어 진 것이다. 몇 년 뒤에 민정시찰을 위한 강희제의 제3차 남순(南巡)이 있었을 때 걷지도 못하는 아픈 몸을 이끌고 황제를 알현하고자 하였으나 뜻을 이루지 못했고 강희제가 돌아오는 길에 겨우 알현할 수 있었다 한다. 그러나 이 행위는 후세인들이 그의 비루함을 논할 때의 한 화제가 되었다.

그의 사람 됨됨이의 비루함은 여러 곳에서 지적되고 있다. 우선 자신이 직접 쓴 「자위묘지명(自爲墓志銘)」[19]의 말미(末尾)에 진자룡(陳子龍), 하증(何曾), 서함(徐緘), 강황문(姜黃門), 이사(李師) 등의 자신에 대한 찬사를 지리하게 늘어놓고 있는 데서도 그 일단을 볼 수 있다. 그 가운데서도 이사(李師)는 모기령의 재학(才學)이 두보(杜甫) 한유(韓愈) 공영달(孔穎達) 육덕명(陸德明) 구양수(歐陽修) 소식(蘇軾) 유반(劉攽) 마단림(馬端臨) 등의 재능을 다 합하여 놓은 수준이라는 터무니없는 찬사를 늘어놓기도 하였다. 그뿐 아니라

---

17) 이 책은 모기령의 저작 가운데서 『古文尚書寃詞』와 함께 대표적인 失敗作의 하나이다. 『사고전서총목제요』는 이 책에 대해 다음과 같이 말하고 있다. "이 책은 고염무의 『音學五書』를 배척하기 위해 지은 것이다. …… 그 병통은 古音으로써 古音을 구하지 않고 今韻에 바탕하여 部를 나누고 고음을 구했던 데 있다. 또 고음 또한 시대에 따라 변한다는 것을 모르고 일률적으로 比合하였다. 그러므로 증거를 끌어들임이 넓을수록 예외가 더욱 나타나니 부득이 조례를 많이 설치하여 아우르지 않을 수 없었다. 그리하여 조례가 많을수록 모순이 더욱 심해서 마침내 말도 안 되는 소리로 해명하지 않을 수 없었고 叶韻의 설이 생기게 된 것이다[是書爲排斥顧炎武音學五書而作 …… 蓋其病在不以古音求古音, 而執今韻部分以求古音. 又不知古人之音亦隨世變, 而一槪比而合之. 故徵引愈博, 異同愈出, 不得不多設條例以解之. 迨至條例彌多, 矛盾彌甚, 遂不得不遁辭自解, 而叶之一說生矣]."

18) 고향인 蕭山으로 가고자 했으나 원한을 품고 있던 본처 陳氏 때문에 여의치 못했다고 한다.

19) 四庫全書本 『서하전집』 卷101 참조

자부심도 대단해서 역사상 대유(大儒)라고 칭할 사람은 위로는 공안국 유향 정현 왕숙 두예 가공언 공영달 칠인(七人)이 있고 그 후로는 장삼(張杉) 서사함(徐思咸) 채중광(蔡仲光) 서함(徐緘)과 자기의 형인 모만령 모석령 그리고 자신을 포함한 칠인(七人)이 있다고 하였다.20) 장삼(張杉) 이하 네 사람은 웬만한 인명사전에도 등재되어 있지 않은 사람들인데 공안국 등 대유(大儒)와 동열에 두었으니, 참으로 황당한 일이 아닐 수 없다. 그는 문학에 있어서도 자부심이 대단하였던 듯 하다. 당시 문연각대학사(文淵閣大學士)였던 이천복(李天馥)이 『서하합집령사(西河合集領詞)』에서 모기령의 시가 두보에 손색이 없고 문은 한유에 비해 못하지 않다21)고 말했던 데서 추지(推知)할 수 있다. 그의 인품을 이해하는데 도움이 되는 실례 몇 가지를 더 들어보기로 한다.

모기령이 망명생활을 할 때 그의 본처인 진씨(陳氏)는 3년 간이나 항주옥(獄)에 갇혀서 온갖 고생을 겪었다. 그의 아들도 이때 옥에서 굶고 병들어 죽었다 한다. 뒷날 청나라에 벼슬하여 출세하게 되자 축첩을 하고 본처를 돌보지 않았다. 본처의 성질 또한 대단하여 북경까지 찾아왔고 부부싸움이 잦아 방문객의 유무를 가리지 않고 대판 싸움을 벌이는데 서로 온갖 상소리를 다 써가며 싸웠다는 것이다. 그녀는 모기령의 제자들에게 도저히 입에 담을 수 없는 모기령의 추잡한 면모를 까발리기도 했다 한다. 모기령은 염약거를 경원시하여 염씨의 학설을 공격하기에 열심이었는데 그와 논쟁을 벌이다 이기지 못하자 주먹으로 때리려고 하기까지 했다 한다. 남과 이야기하다가 뜻이 맞지 않으면 욕을 하고 그래도 분이 풀리지 않으면 구타하는 일이 빈번하였다 한다. 한림원검토 시절 동료인 이천생(李天生)과 성운학에 대해 논쟁하다가 마침내 욕설까지 주고받게 되었고 이천생에게 두들겨 맞아 중상을 입은 적도 있는데 이천생이 권력자와 친하다는

<hr>

20) 전조망 『鮚埼亭集外篇』 卷12 「蕭山毛檢討別傳」 참조.
21) "以其詩比之少陵, 以其所爲文擬之吏部, 覺少陵與吏部, 無以過." 『서하전집』 卷首 참조.

것을 알고는 즉시 없던 일로 했다는 것이다. 특히 그의 인격의 단면을 적나라하게 드러내고 있는 것은 『사서개착(四書改錯)』 사건이라 할 수 있다. 그는 필생의 힘을 다하여 주자의 사서학을 공파(攻破)하고자 하였다. 『사서색인(四書索引)』 『논어계구편(論語稽求篇)』 『대학증문(大學證文)』 『대학지본도설(大學知本圖說)』 『중용설(中庸說)』 『사서잉언(四書賸言)』 『사서잉언보(四書賸言補)』 『성문석비록(聖門釋非錄)』 등이 모두 주자 사서학의 권위를 파괴하기 위하여 지어진 것이다. 그는 이 저작들의 요지를 모으고 정밀을 더하여 『사서개착(四書改錯)』을 완성한다. 이 책은 그가 주자의 실수라고 생각하는 부분을 인착(人錯) 천류착(天類錯) 지류착(地類錯) 등 32문(門)으로 나누어 공박(攻駁)한 것이 모두 447조 22권[22]에 이른다. 그는 다음과 같이 말했다.

주자의 사서집주는 어느 하나도 틀리지 않은 것이 없다. 그런데 날마다 사서와 사서집주를 읽고 그 주(註)의 뜻에 따라 팔고문을 지으면 어느 하나도 틀리지 않은 것이 없게 된다. 그 오류에는 인착 천류착 지류착 물류착 관사착 조묘착 읍리착 궁실착 기용착 의복착 음식착 정전착 학교착 교사착 체상착 상제착 예악착 형정착 전제착 고사착 기술착 장절착 구두착 인서착 거서착 개경착 개주착 첨보경문착 자조전례착 소고대고착 초변사례착 폄어성문착이 있다. 참으로 이른바 온 천하의 쇠붙이를 다 모으더라도 이 줄[錯] 하나를 주조하지 못할 것이다.[23]

사서집주는 주자가 수십 년의 적공(積功)을 모은, 필생 최득의(最得意)의 저술이다. 사서집주가 나온 이래 원나라 진천상(陳天祥)의 『사서변의(四書辨疑)』[24] 같은 비박성(批駁性)의 책이 없었던 것은 아니지만 모기령의 이 책

---

22) 제22권은 초간본이 출간된 후 당시의 학자인 李沛와 문인인 莫春園 姜兆雄 등의 질문에 대한 답을 정리한 것이다.

23) "四書無一不錯. (…中略…) 然且日讀四書, 日讀四書註, 而就其義以作八比, 又無一不錯. 人錯 天類錯 地類錯 物類錯 官師錯 朝廟錯 邑里錯 宮室錯 器用錯 衣服錯 飮食錯 井田錯 學校錯 郊社錯 禘嘗錯 喪祭錯 禮樂錯 刑政錯 典制錯 古事錯 記述錯 章節錯 句讀錯 引書錯 據書錯 改経錯 改註錯 添補經文錯 自造典禮錯 小詁大詁錯 抄變詞例錯 貶抑聖門錯. 眞所謂聚九州四海之鐵, 鑄不成此錯矣."

24) 『사서변의』에는 백 여 조목이 넘는 集注에 대한 辨疑가 있다. 『四庫全書 提要』는 그

처럼 취모멱자(吹毛覓疵)까지 하여 전면적으로 공박한 책은 없었다.[25] 이 책은 그의 나이 86세 때 지은 것이다. 그는 이 책을 강희제에 진상하여 당시에 논의되고 있던 주자의 문묘배향(文廟配享)을 저지하려 하였다. 사실 이 책이야말로 51종 236권에 달하는 모기령 경학저술의 압권이자 대표작이며 학술사에 있어서의 공헌 또한 무시할 수 없는 것이었다. 그러나 강희제가 주자의 문묘배향을 결정하자 화가 미칠 것을 두려워한 나머지 스스로 판각(版刻)을 없애 버렸다 한다. 그리하여 이 책은『서하전집(西河全集)』에 끼지 못하게 되었다.

그는 중국에서 가장 많은 저술을 한 사람 가운데 하나로 꼽힌다. 정확히 말하면 경집(經集)이 51종 236권, 문집(文集)이 66종 257권, 모두 117종 493권에 달하고 있다. 이 중 문집(文集)을 제외한 경집의 서목(書目)은 다음과 같다.

『사고전서』 소재 :『仲氏易』[26]『推易始末』『易小帖』『易韻』『古文尙書冤詞』『尙書廣聽錄』『毛詩寫官記』『詩札』『詩傳詩說駁義』『續詩傳鳥名卷』『北郊配位尊西問議』『辨定祭禮通俗譜』『春秋毛氏傳』『春秋屬事比事記』『論語稽求篇』『大學證文』『四書賸言』『四書賸言補』『聖諭樂本解』『竟山樂錄』『皇言定聲錄』『孝經問』『郊社禘祫問』『經問』『經問補』.

『황청경해』 소재 :『仲氏易』『白鷺洲主客說詩』『續詩傳鳥名卷』『大小宗通繹』『春秋毛氏傳』『春秋屬事比事記』『春秋占筮書』『春秋簡書刊誤』『論語稽求篇』『四書賸言』『四書賸言補』『孝經問』『郊社禘祫問』

학술적 가치를 인정하여 "이 책은 集注와 병존해도 안 될 것이 없다[是編固不防與集注竝存也]"라고 하였다.

25) 梁啓超는『중국근삼백년학술사』에서 "주자를 가장 지독하게 욕했다[罵朱子罵得最利害]"라고 했고, 范文瀾은『經學講演錄』에서 "주자를 욕하여 엉망진창이 되게 했다[把朱子罵得一塌糊塗]"고 했다.

26)『사고전서』에는 이밖에도 모기령이 건륭황제에게 진상한『古今通韻』이 수록되어 있는데『서하전집』에는 빠져있다. 사고전서는 이 외에도『西河文集』과『西河詞話』를 수록하였다.

　　　　『經問』
　『서하전집』 소재：『河圖洛書原舛篇』『太極圖說遺議』『舜典補亡』『國風省篇』
　　　　　『白鷺洲主客說詩』『婚禮辨正』『廟制折衷』『大小宗通繹』『辨正
　　　　　嘉靖大禮議』『喪禮吾說篇』『曾子問講錄』『春秋條貫篇』『春秋占
　　　　　筮書』『春秋簡書刊誤』『四書索解』『大學知本圖說』『中庸說』『聖
　　　　　門釋非錄』『逸講箋』『李氏學樂錄』[27]『周禮問』『大學問』『明堂
　　　　　問』『學校問』

　　그의 학문적 명망이 높았으므로 문하(門下)에 제자들이 적지 않았다. 특
히 서곡(恕谷) 이공(李塨, 1659~1733)이 그의 문하생이 된 것은 특기할 만하
다. 이공은 청초 실학(實學)의 대가인 습재(習齋) 안원(顏元, 1635~1704)의 수
제자로 스승이 죽은 후 모기령에게 다시 집지(執贄)하였다.[28] 이외에도 장
추(蔣樞) 육방열(陸邦烈) 성당(盛唐) 왕석(王錫) 장수(張燧) 주장(朱樟) 소정채(邵
廷采) 장대래(章大來) 장문풍(張文蘉) 등 백여 명에 이른다. 소생으로는 본처
에게서 얻은 아들은 요절하였고 67세에 후처에게서 얻은 아들 또한 4세에
요절하였다. 만년에 일찍 죽은 셋째형 모혜령(毛慧齡)의 아들 모원종(毛遠宗)
을 양자로 삼았다.

　　모기령은 심술이 부정한 사람으로 유명하였다. 이른바 승기자염지(勝己
者厭之)의 호승지심(好勝之心)으로 가득 찬 사람이라 할 수 있겠는데 그의
이러한 심성이 두드러지게 나타난 사례가 『고문상서원사(古文尚書寃詞)』의
저작이다. 모기령이 가장 시기 질투했던 동시대의 인물은 고염무(顧炎武,
1632~1682) 호위(胡渭, 1633~1714) 염약거(閻若璩, 1636~1704) 세 사람이었다. 그
중 염약거가 수십 년의 적공(積功) 끝에 『상서고문소증(尚書古文疏證)』을 발
표하여 고문상서에 관한 오랜 논쟁의 종지부를 찍고 성예(聲譽)가 폭등하

---

27) 이는 李塨의 저작이다. 이공이 모기령에게 배운 樂律에 관한 이론을 저술한 것이므
　　로 『서하전서』에 수록된 것으로 보인다.
28) 盛唐의 「西河先生傳」에 의하면 李塨은 모기령의 樂律에 대한 조예가 神解에 이르렀
　　다는 소문을 듣고 삼천리를 걸어와 수업을 한 지 사흘만에 五音 二變 四淸 七調 九聲
　　十二管 및 器色旋宮之法까지도 다 깨달았다고 한다.

자 이를 시기한 그는 두 달만에 『고문상서원사(古文尙書冤詞)』를 지어 염약
거의 주장이 잘못되었음을 증명하려 하였다. 이른바 염약거에 대한 도전
이라 하겠는데 결과는 주지하다시피 모기령의 참패였고, 이 황당한 저술
때문에 그는 천하의 웃음꺼리가 되었을 뿐 아니라 자신의 여타의 저술까
지 뭉뚱그려 평가 절하되는 결과를 초래하였던 것이다.

그의 부정한 심술과 학문에 대한 근엄하지 못한 자세는 사산(謝山) 전조
망(全祖望, 1705~1755)의 아버지 전서(全書)에 의해 적나라하게 지적된 바 있
다. 그 실례는 다음과 같다.

① 전고(典故)를 위조하여 독자를 속인 것. 그 실례는, 대학 중용이 당나
라 때 이미 논어 맹자와 함께 소경류(小經類)에 함께 나열되었다고 한 것(如
謂大學中庸在唐時, 已與論孟竝列於小經). ② 사승(師承)관계를 위조, 근거가 있
는 것처럼 하여 독자를 속인 것. 그 실례는,『경전석문(經典釋文)』의 구본(舊
本)에 있는 말이라 하여 인용한 부분을 송대에 간행한 구본『경전석문』과
대조해보니 그런 글이 없었으니 날조(如所引釋文舊本, 攷之宋刊釋文, 亦竝無
有, 蓋捏造也)라는 것. ③ 앞 시대 학자의 오류가 이미 바로 잡혀졌는데도
그 잘못된 학설을 따르면서 알지 못했던 것. 그 실례는, 한단순이 위 석경
을 썼다는 문제는 홍반주와 호매간이 이미 변파하였는데 그것도 모르고
진수의 위지에 원래 한단순이 경문을 썼다는 글이 있다고 조작한 것(如邯
鄲淳寫魏石經, 洪盤洲 胡梅磵已辨之, 而反造爲陳壽魏志, 原有邯鄲寫經之文). ④ 터
무니없는 억설을 한 것. 그 실례는, 후당 때 석경을 세운 적이 있다고 한
것(如謂後唐曾立石經之類). ⑤ 고증을 하지 않고 함부로 떠든 것. 그 실례는,
희평 석경에는 춘추좌씨전이 없는데 좌전이 있다고 한 것(如熹平石經春秋,
竝無左傳, 而以爲有左傳). ⑥ 앞 시대의 근거 있는 주장을 근거 없다고 함부
로 배척한 것. 그 실례는, 논어 백우유질장에 대한 주자의 집주는 진나라
난조의 논어박에서 나온 것인데 주자가 스스로 만든 것이라 한 것(如伯牛有
疾章, 集注出於晉欒肇論語駁, 以爲朱子自造). ⑦ 말 한마디 잘못한 것으로 그
인물의 평생을 부정한 것. 그 실례는, 문정공 호안국(胡安國)이 일찍이 진회

(秦檜)를 칭찬한 적이 있었다고 해서 마침내 그 부자가 모두 금(金)나라와의 화의(和議)에 부화했다고 하여, 적계 호헌(胡憲)·치당 호인(胡寅)·오봉 호굉(胡宏)의 큰 절개까지도 은연중에 비방 중상한 것(如胡文定公曾稱秦檜, 而遂謂其父子俱附和議, 則籍溪致堂五峯之大節, 俱遭含沙之射矣). ⑧ 경솔하게 인용하고도 잘못된 것임을 알지 못한 것. 그 실례는, 주공이 아침에 책 백편을 읽었다는 묵자의 한 구절을 근거로 상서(尙書)가 원래 백편이었다는 증거로 삼은 것인데 그의 말대로라면 주공이 후세의 글인 「경명」과 「보형」을 보았단 말이 되는 것(如周公朝讀書百篇, 以爲書百篇之證. 周公及見囧命甫刑耶). ⑨ 고서(古書)의 내용을 바꾸어 아전인수한 것. 그 실례는, 한서지리지에 의하면 회포현은 바로 지금의 태주 동쪽에 있는데 소산의 강구에 있다고 한 것(如漢地理志, 回浦縣乃今台州以東, 而謂在蕭山之江口)이다. 당세의 일류급 학자 전조망이 이러한 잘못된 예들을 휘집(彙輯)하여 책으로 엮은 것이 지금은 전하지 않는 『소산모씨규류(蕭山毛氏糾謬)』 10권이다.

모기령이 그 놀라운 재능을 통해 쌓은 학술 업적이 평가절하되는 데는 이보다 더 근본적인 원인이 있다. 동시대의 선배라고 할 수 있는 황종희(1610~1695), 고염무(1613~1682), 왕부지(1619~1692) 등이 초지일관으로 불사이군(不事一君)하면서 원대한 안목을 국계민생(國計民生)에 두었음에 비한다면 모기령의 이른바 학문을 위한 학문인 고증학은 너무나 초라한 것이었기 때문이다.

그러나 순수하게 경학사(經學史)의 시각에서 보면 그의 업적은 무시될 수 없는 면이 적지 않다. 그 대표적인 것을 들어보면, 다음과 같다. 『대학(大學)』에는 금문(今文) 고문(古文)의 차이가 없으며 경문(經文)에 있어서도 석경본(石經本)과 주소본(注疏本)의 차이가 없다고 하였다. 이른바 『하도(河圖)』 『낙서(洛書)』란 도서(道書)인 『무극존경(無極尊經)』과 장각(張角)의 『구궁(九宮)』에 근원을 둔 것으로 유가(儒家)의 것이 아니라고 하였다. 모기령의 이 주장은 이 분야의 최고(最高)의 저작으로 알려진 호위(胡渭, 1633~1714)의 『역도명변(易圖明辨)』보다 앞서는 것임은 앞에서 언급한 바 있다. 그는 명대(明代)에 나타나 진짜로 알려졌던 『자하시전(子夏詩傳)』과 『신배시설(申培詩說)』이 위서(僞書)임을 처음으로 증명하기도 하였다. 또 『주례(周禮)』가 주공이 지은 책은 아니지만 위서(僞書)라고는 할 수 없으며 전국시대에 지어진 책으로 보인다고 하여 그동안 굳어 있던 주공작설(周公作說)을 흔들어놓았다. 기타 경문 가운데 한 글자 한 구절의 뜻이 모기령에 의해 정확히 밝혀진 것은 이루 다 기록하기 어렵다. 이러한 것들은 모기령 경학의 수준을 알려주는 것으로서 그를 결코 용속한 학자로 볼 수 없게 하는 근거가 된다. 이러한 점이야말로 완원(阮元, 1764~1849)으로 하여금 모기령의 학술사적 공로가 한학(漢學)의 개창(開創)에 있음을 말한 다음과 같은 찬사를 늘어놓게 한 계기가 되었다.

지금 학자들이 갈수록 많아지고 천하에 책을 지어 제자를 가르치는 무리가 수십을 헤아리는데 그 중에는 모검토보다 학술이 정핵한 사람이 많을 것이다. 그러나 모검토에게 이러한 분위기를 개창한 공이 없다고 해서는 안 될 것이다. 모검토는 태극과 하도 낙서의 허실을 밝혀 낸 것이 胡渭보다 빨랐고 荀爽 虞翻 干寶 侯果 등의 漢易을 발명한 것도 惠棟보다 빨랐다. 시에서는 『申培詩說』이 위작임을 밝혔고 『춘추』에 있어서는 호안국의 『춘추전』이 편파적임을 지적하였으며 삼례와 사서에 대해서 변정한 것이 매우 많았다.29)

모기령은 『주역(周易)』에 대해 일가(一家)를 이루었음을 자부하였고 후세 학자들의 인가(認可)를 얻었다. 역학관련 저서로는 『중씨역(仲氏易)』·『추역시말(推易始末)』·『하도낙서원천편(河圖洛書原舛編)』·『태극도설유의(太極圖說遺義)』·『역운(易韻)』·『역소첩(易小帖)』·『춘추점서서(春秋占筮書)』 등이 있다. 청대 초기의 역학 연구가 가운데서 역학에 관해 이렇게 많은 저작을

---

29) 阮元은 「毛西河檢討全集後序」에서 모기령의 학술사적 공로는 漢學의 開創에 있음을 구체적으로 다음과 같이 말했다. "迄今學者, 日益昌明, 大江南北, 著書授徒之家數十, 視檢討而精核者固多, 謂非檢討開始之功則不可. 檢討追溯太極河洛, 在胡胐明之先, 發明荀虞干侯之易, 在惠定宇之先. 詩駁申氏之僞, 于春秋指胡氏之偏, 三禮四書, 所辨正尤博."

남긴 사람은 없다. 또한 그 내용에 있어서도 그는 주역의 원모를 회복하기에 노력한 청대 역학자들의 선구였으며 청대를 풍미한 한역(漢易) 연구의 개창자였던 것이다.30) 한역뿐 아니라 청초(淸初) 한학(漢學)의 개창자임에도 불구하고 강번(江藩)의 『국조한학사승기(國朝漢學師承記)』나 당감(唐鑒)의 『청학안소식(淸學案小識)』에 수록되지 못하였는데, 진덕술(陳德述)은 그 원인으로 두 가지를 들었다. 첫째, 그가 사법(師法) 가법(家法)에 얽매이지 않고 금문경학과 고문경학에 구애됨 없이 논지를 폈기 때문이라는 것이다. 사법(師法)을 중시하는 것은 한학가의 필수 요건이었기 때문이다. 둘째, 그가 비록 한학을 추숭(推崇)하였지만 한유(漢儒)의 경설(經說)을 고수(固守)하지는 않았기 때문이라는 것이다.31) 이는 오히려 이경증경(以經證經), 즉 객관 사실을 중시하고 문호지견(門戶之見)에 얽매이지 않았음을 증명해 주는 것이다.

3. 모기령에 대한 후대인의 평가

이상에서 대략 살펴본 대로 모기령은 청대 초기의 문단과 학술계에서 종횡무진으로 활약했던 박학자(樸學者)였다. 그는 그때까지 잔존해있던 정

---

30) 근간에 모기령의 역학이 다산의 역학에 일정한 영향을 끼쳤다고 주장하는 논문으로 김승동의 「모기령과 정약용의 역괘 해석에 관한 비교연구」, 『인문논총』 36집, 부산대, 1990. 신원봉의 「다산의 역학관 정립에 미친 청대 사상의 영향—모기령을 중심으로」, 『다산학』 3호, 다산학술문화재단, 2002가 있었고, 이에 대한 비판적 논문으로 方仁 『다산의 명청역학 비판』(『철학연구』 84집), 대동철학회, 2002; 김영우, 『정약용과 모기령의 역학사상 비교연구』(『동방학지』 127집), 연세대 국학연구원, 2004가 있었다. 주역 해석에 있어 사용한 방법에 있어 차이가 있음은 사실이나 다산의 역학이 분류상 漢學 에 속하므로 청초에 한학적 분위기를 개창한 모기령의 간접적인 영향까지도 부인할 수 없을 것으로 본다.

31) 陳德述, 「試論 毛奇齡的 經學思想」, 『사회과학연구』, 1987, 제4기 참조

주학(程朱學)의 기반을 여지없이 무너뜨리고 청대를 상징하는 고증학의 문호를 연 획시대적인 학자였다. 『사고전서총목제요』에서 후학들이 평가한 대로 후대의 유학자들로 하여금 근거 없는 공언으로 경서에 대해 입을 떼지 못하게 한 것이 그의 학술사적 중대한 공헌이 아닐 수 없다.[32] 그러나 학문의 수준과 함께 인격을 동시에 존중하는 전통적 시각에서 볼 때 그의 처세와 행실은 의심해 볼 부분이 적지 않은 것이 사실이었다. 모기령의 추한 면을 여지없이 폭로한 전조망이 『소산모검토별전(蕭山毛檢討別傳)』의 결론에서 한 다음과 같은 말은 가위 모기령에 대한 사평(史評)과도 같은 것이라 할 것이다.

> 그러나 모기령의 재주는 결코 보통 학자들이 넘볼 수 있는 것이 아니었다. 만약 그가 심기를 가라앉혀서 저술을 하였다면 유학의 발전에 도움이 되었을 것임을 의심할 바 없다. 그런데 교활하게 횡포를 자행하였으니 비록 經義를 밝혀낸 학설 가운데 채택할 것이 없지 않지만 잘못된 것이 더 많아서 성인의 가르침에 죄를 얻게 되었다. 애석하도다.[33]

전조망의 이러한 평가는 학문과 인격을 동일시하는 전통적 인물관에 근거하는 것으로 객관적인 시각을 벗어났음을 양계초가 언급한 바[34] 있다. 여기서 오직 그의 학문적 성취를 높이 본 후세의 평가를 들어보자 『청사고(淸史稿)』는 다음과 같이 말했다. "모기령은 여러 典籍을 깊고 넓게 알았으며 그가 자부한 바는 경학에 있었다[奇齡淹貫群書, 所自負者在經學]", "모기령은 하도 낙서를 변정하고 異學을 배격하였으며 經義에 더욱 공이 있었다[奇齡辨正圖書, 排擊異學, 尤有功于經義]." 서세창(徐世昌)은 『청유학안(淸

---

32) 『사고전서총목』의 「易小帖」 부분에 다음과 같은 평이 있다. "自明以來, 申明漢儒之學, 使儒者不敢以空言說經, 實奇齡開其先路."

33) "雖然西河之才, 要非流輩所易幾, 使其平心易記以立言, 其足以扶翼儒苑無疑也. 乃以狡獪行其暴橫, 雖未嘗無發明可采者, 而敗闕繁多, 得罪聖敎, 惜夫!" 『鮚埼亭集外篇』 卷12, 31면.

34) 양계초, 앞의 책, "性太狷急, 其評擊西河, 或不免過當."

儒學案)』의 「서하학안(西河學案)」에서 다음과 같이 말했다. "모서하의 경설을 완원(阮元)이 매우 칭송하면서 말하기를 학자들이 빨리 읽지 않으면 안 된다고 하였다. 명나라 이래 한유(漢儒)의 학을 펼치고 밝혀 사람들로 하여금 빈 입으로 경전(經典)에 대해 말할 수 없게 만든 것은 실로 서하로부터 비롯된 것이다[西河經說, 阮文達極稱之, 謂學者不可不亟讀. 蓋自明以來, 申明漢儒之學, 使人不敢以空言說經, 實自西河始]."35) 양계초는 『중국근삼백년학술사』에서 "청대 학술계의 최초의 혁명가는 모기령이다. 모기령은 계몽시기에 있어서 적진을 함락시키는 맹장역할을 하였다[若論淸學界之最初之革命者, 尚有毛奇齡其人. 毛氏在啓蒙期, 不失爲一個陷陣之猛將]"라고 말했다. 진정걸(陳廷杰)은 『경학개론』에서 "모기령의 학문은 고증을 숭상하고 교감을 중시하는 실학[尚考訂, 重校勘的實學]"이라고 하고 실학을 추숭하고 공소함을 배격한 면에 있어서 왕부지(王夫之) 고염무(顧炎武) 호위(胡渭) 염약거(閻若璩)와 동열에 두었다.36)

4. 보론─다산 정약용에 있어서의 모기령

영·정조 이후의 조선시대의 학자들에 있어서 모기령은 경이로운 존재였다. 감히 주자를 향해 도전하였기 때문이다. 영·정조 시대의 많은 문인 학자가 모기령에 대해 관심을 가졌지만 그 가운데서 모기령에 대해 가장 깊은 인식을 가졌던 사람은 다산 정약용(1762~1836)일 것으로 보인다.37) 다

---

35) 이 말은 『사고전서총목』의 「易小帖」 提要에 보인다.
36) 이상 陳德述의 「毛奇齡崇尚事功, 反對以空言說經的思想」, 『明淸實學簡史』, 사회과학문헌출판사, 1994 참조.
37) 정다산이 모기령의 학문을 알기 시작한 것은 30세 때가 아닌가 한다. 1791년인 이해 가을에 다산에게 내린 正祖의 詩經 條問 八百餘章 가운데는 수십 조에 이르는 모기령

산이 32세 때 지은 「고시십구수(古詩十九首)」의 제21수는 바로 모기령이 주
인공이다.

　　　천하에 터무니없는 남자라면은
　　　나는야 모기령을 보았고 말고
　　　자기 보루 드높이 쌓아 올리고
　　　주자님 마주 대해 활을 당기네.
　　　샅샅이 찾고 뒤져 흠 하나 잡아
　　　이리저리 뛰는 게 원숭이 같다.
　　　마음 고르고 말도 공손히 해야지
　　　자기는 경전 얘기하질 않았나.
　　　왕개미가 큰 나무 흔들어 본 들
　　　잎사귀 하나라도 떨어질쏘냐.38)

　여기서 다산은 모기령을 '날뛰는 원숭이' '제 능력 모르는 왕개미'에 비
유하고 있다. 모기령을 비난한 후학들이 많았지만 이렇게 심한 폄사(貶詞)
는 그 유례가 드물 것이다. 다산은 이 연작시의 제22수에서 17세기의 일본
을 풍미했던 고학파(古學派) 학자들에 대해서도 소감을 남기고 있다. 그는
이등인재(伊藤仁齋, 1627~1705), 적생조래(荻生徂徠, 1666~1728), 태재춘대(太宰
春臺, 1680~1747) 등이 주자학을 바로 이해하지 못하고 고학(古學)에 칭탁하
여 주자학을 배격하는 것에 대해 느낀 우환의식을 토로하고 있다.39) 여기

　詩說의 인용이 있고 이에 대해 다산이 條對한 바 있다. 이것이 『詩經講義』 12권이다.
　이에 대한 詳論은 千基哲, 「정조조 시경강의에서의 모기령설의 비판과 수용」, 부산대
　박사논문, 2004 참조
38) "天下妄男子, 我見毛奇齡. 突兀起壁壘, 關弓對考亭. 窮搜摘一疵, 踊躍如猴挺. 平
　心遜其詞, 獨不能談經. 蚍蜉撼大樹, 一葉何曾零."(『與猶堂全書』 1집 卷2).
39) 일본 땅에 명유들 많이 있지만 애석할 손 바른 학문 보지 못했네. 이등이 고학파라 칭
　하고부터 적씨가 사람 더욱 선동하였네. 그 파란이 신앙에 미쳐 사특한 말 경전을 어지
　럽혔네. 오곡은 애당초 맛도 못보고 돌피 씨만 이리저리 뿌려 놓았네. 위태하도다 정주
　학의 맥이여 조선 땅도 역시 그러하다네. 오호라 세상 이치 이런 꼴이라 한 밤중에 홀로
　잠 못 이루네[日本多名儒, 正學嗟未見. 伊藤稱好古, 荻氏益鼓煽. 流波及信陽, 詖淫亂

근래 수년 동안 한국 한문학 연구는 한시와 문학이론은 물론 생활사, 풍속사 등 다방면으로 그 영역을 확장해 왔다. 이 책에도 그 같은 학계의 최신 연구가 충실히 반영되어 있어 그 방향과 동향뿐만 아니라 연구의 수준을 감지하기에 충분하다. 이 책이 『한국한문학 연구의 새 지평』으로 명명된 소이가 여기에 있다 하겠다.

대산 이동환 선생께서 기념논총의 출간을 고사하셨음에도 불구하고 재작년에 선생의 정년을 기념하기 위하여 십여 명 문하생이 경주에서 두 차례의 모임을 가졌다. 당시에 '한국 한문학에서의 초월'의 문제를 주제로 하는 것이 어떠냐는 제안이 심도 있게 논의되었다. 그런데, 동아시아문학에 있어서 초월의 개념은 있는가, 있다면 어떻게 규정할 것인가, 한국한문학에서 도학(道學)이나 불교(佛敎)·도가(道家) 계열의 문학을 제외하고 접근이 가능한가, 조선 후기는 이른바 실학으로 대표되는 현실적 성향이 강한데 그 문학을 제대로 해명할 가능성이 있는가 등의 문제가 제기되었다. 그

평생을 두고 문이재도설(文以載道說)[41]에 충실했던 다산이 『서상기』, 『금병매』와 유사한 작품을 지은 모기령을 천박하게 보는 것은 나름대로의 이유가 있는 것이었다고 하겠다.

『주역』에 일가(一家)를 이루었던 다산은 모기령의 역학이론을 비판하여 「제모대가자모역괘도설(題毛大可子母易卦圖說)」을 지었다. 『좌전(左傳)』의 일부 괘(卦) 해석과 한(漢)·위(魏)시대의 역학자인 우번(虞翻, 170~239)의 역학에서 개괄정리한 추역(推易) 물상(物象) 호체(互體) 효변(爻變)의 법칙과 창안을 곁들인 십이벽괘설(十二辟卦說)을 운용하여 주역을 해석하는 입장을 취한 다산은 자기의 학설에 부합되지 않는 역대 모든 중요 역학자의 이론을 비판한 바 있는데 비슷한 구조이면서도 상이점이 많은 모기령의 역설(易說)을 비판하지 않을 수 없었다. 이 글은 아마도 다산이 『주역사전(周易四箋)』을 지어 자기류의 역학체계를 완성한 이후에 지은 것인 듯 하다. 이는 모기령이 추이(推移)의 의의와 효변(爻變)의 법칙을 모른다고 비난하고 있음에서 증명된다. 그러나 알고 보면 모기령이야말로 한역(漢易)을 통해 주역의 본 면목을 탐구하자는 다산주역의 선성(先聲)이었다. 왜냐하면 모기령은 청대 학자로서는 처음으로 한역(漢易)을 통해 송역(宋易)을 극복하려했던 사람이기 때문이다. 한역(漢易)의 집대성이라 해도 좋을 다산역학이 나올 수 있었던 것은 모기령이 애써 열어놓은 시대적 분위기와 무관하지 않다.

다산은 「제모기령상례오설편(題毛奇齡喪禮吾說篇)」을 지어 모기령의 삼례(三禮)에 대한 기본시각이 잘못되었음을 논박하였다. 다산은 『주례(周禮)』의 문자가 가장 고고한 것이므로 결코 춘추시대 이후에 쓴 것이 아니라고 하여 전국시대에 지어진 책이라 하였던 모기령의 주장을 반박하였다. 또 『예기(禮記)』는 공자 이후에 자유(子游) 자하(子夏)의 문인으로 공양고 곡량적 같은 무리가 각각 옛날에 들은 것을 기술한 것이지 결코 한나라 초기의 유학자로서는 지을 수 있는 것이 아니라 하여 한나라 초기의 작품이라 주

---

41) 여기서의 道는 반드시 도학가의 道에 한정된 것은 아니다.

리하여 '초월'의 개념을 중심에 두고 한국한문학을 탐색하려는 계획이 바뀌면서, 한국한문학 연구의 새로운 지평을 보여주는 방향으로 선회하게 되었다. 그렇게 하자면 문하생만으로는 다양한 접근과 영역을 충분히 보여주기에는 미흡하리라는 점에서 그리고 여러 후학들이 개인적으로 참여 가능성을 타진해왔다는 점에서, 대산 선생님과 깊은 인연을 지닌 후학들도 당연히 참여하여야 할 것이라는 결론에 도달하였다. 그 결과 작년 봄에 '대산이동환선생정년기념논총간행위원회'가 발족하면서 위원으로 이혜순(이화여대 국문학과), 임형택(성균관대 한문교육과), 김시업(성균관대 국문학과), 김상홍(단국대 한문교육과), 이광호(연세대 철학과), 안병학(고려대 한문학과)이 구성되었고 실무는 필자가 맡기로 하였다.

원래 본서는 작년 말에 나올 계획이었으나, 약간의 사정이 생겨 이제야 나오게 되었다. 대산 선생님의 학덕과 인격을 흠모하는 여러 후학·문하생들이 최선을 다한 논문을 보내주신 것에 대해 간행위원회를 대신하여 그분들께 깊은 감사를 드린다. 그리고 인문학 출판의 어려운 여건 속에서 기꺼이 출판을 맡아주신 소명출판 박성모 사장님의 후의와 훌륭한 편집에 애쓰신 여러분께 감사를 드린다. 또 신속하고 정확하게 교정보아준 박영민·유호진·홍성욱·윤채근·이상하·김영진·임준철·송혁기 등 여러 동학에게 고마운 마음을 전한다.

문하생 안병학 삼가 씀

에서 우리는 다산이 그때까지만 해도 주자학을 옹호하고 반주자적 분위기의 흥기를 걱정하고 있음을 알 수 있다. 그러나 다산의 저술기가 시작되는 사십 세 이후로는 논조를 크게 달리하고 있음을 우리는 익히 알고 있다.

다산은 모기령의 「만수전(曼殊傳)」을 읽고 다음과 같은 「발만수전(跋曼殊傳)」을 지은 바 있다.

> 모기령이 경(經)과 예(禮)를 담론하여 스스로 유자(儒者)라 자부하면서 「만수전(曼殊傳)」을 지었는데 풍정(風情)의 묘(妙)를 극도로 서술하고 섬농(孅濃)한 자태를 다 갖추어서 사람으로 하여금 넋을 잃고 간장을 녹게 하여 도저히 똑바로 볼 수가 없다. 또 「연상사(連廂詞)」를 지었는데 그 체재는 『서상기(西廂記)』를, 글은 『금병매(金瓶梅)』를 닮았다. 어떻게 유자(儒者)로서 이러한 것을 지을 수 있단 말인가? 망령되이 그가 주자를 공박하였으나 이는 왕개미가 큰 나무를 흔들려고 하는 꼴이 되고 말았다.[40)]

만수(曼殊)는 모기령이 청나라에 벼슬하여 북경에서 한림원(翰林院) 검토관(檢討官)으로 있을 때 첩(妾)으로 삼은 여자로 무척 영민한 여자였던 듯하나 24세의 나이로 일찍 죽고 말았다. 그녀에 대한 모기령의 애정은 대단한 것이어서 사람들이 그녀를 모기령의 조강지첩(糟糠之妾)이라 불러 주었다 한다. 모기령은 그녀가 죽은 후 「만수장명(曼殊葬銘)」, 「만수별지서준(曼殊別誌書蹲)」 두 편의 글을 지어 그녀의 삶을 기념하고 죽음을 애도하였다. 다산의 이른바 「만수전」은 「만수별지서준(曼殊別誌書蹲)」을 가리키는 것이겠다. 이른바 『연상사(連廂詞)』는 모기령이 세상의 풍속을 바로잡고 명교(名敎)에 도움이 되게 하기 위해 지었다는 「의연상사(擬連廂詞)」를 가리킨다.

經卷. 五穀未始嘗, 稗稊種已遍. 危哉洛閩脈, 鷄林亦一線. 世運噫如此, 中夜獨轉輾]). 小註에 이르기를 "伊藤氏名維楨, 荻氏未詳, 信陽太宰純, 著論語古訓外傳."(『與猶堂全書』 1집 卷2)

40) "毛奇齡談經說禮, 自命以儒者, 以作曼殊傳, 窮極風情之妙, 備盡孅濃之態, 消魂斷腸, 不敢正視. 又作連廂詞, 其體則西廂記也. 其文則金瓶梅者類耳. 安有儒者而爲此作者. 妄攻朱子, 不免爲蚍蜉之撼樹."(『與猶堂全書』 1집 卷14)

장한 모기령의 설을 반박하였다. 상고(尚古)와 위도(衛道)정신에 투철하여 『주례(周禮)』를 주공이 지은 것으로, 『예기(禮記)』를 선진시대의 저술로 본 다산다운 주장이라 하겠다. 그러나 이 두 가지 문제를 경학사(經學史)의 입장에서 살펴보면 다산이 오히려 유견(謬見)을 고집한 것이다.

　다산은 이처럼 모기령에 대해 매도일변도의 자세를 취했다. 그러나 다산 경학의 성립에 끼친 모기령의 영향은 가벼운 것이 아니었고 특히 다산 사서학에 있어서의 영향은 더욱 두드러졌다. 접근 방식과 결론에 있어서는 차이가 있기는 했지만 그들의 주자에 대한 태도는 주자가 극복의 대상이었다는 점에서 대동소이한 것이었다.42) 주자학의 제 분야에 있어 철학은 모기령과 다산에 의해 철저히 부정되었음은 주지의 사실이며43) 주자의 사서학은 모기령과 다산에 의해 크나큰 타격을 입었던 것이다. 다산과 모기령의 차이점이라면 주자학을 비판함에 있어서 모기령이 취한 태도가 매우 노골적, 직접적, 충동적이었다면 다산의 태도는 보다 부드럽고 함축적이었다는 것이다. 이것은 오직 두 사람이 처한 사회 환경이 달랐다는 데서 그 원인을 찾아야 할 것이다. 분명한 것은 모기령이라는 디딤돌이 없었더라면 다산이 주자학을 극복하고 이른바 수사학(洙泗學)의 원모를 회복하려는 원대한 포부의 실현이 더욱 어려웠을 것이라는 점이다. 그러니까 모기령은 다산이 주자학의 과구(科臼)를 건너 뛰어 수사학(洙泗學)에 이르는 디

---

42) 일례로 주자의 『논어집주』에 대해서만 해도 모기령은 『논어계구편』·『사서개착』 등을 통해서 수백 조목에 달하는 批駁性 논지를 펴고 있고 정약용도 『논어고금주의』에서 134조에 이르는 '質疑'를 통해 朱子 논어설을 비판하고 있다.

43) 모기령은 주자의 理를 배척하기에 무척 열심이었다. 『聖門釋非錄』에서 "나는 理가 무슨 물건인지 모르겠다. …… 백성들이 理로써 행동할 수 없을 뿐 아니라 실로 요순 시대나 하·은·주 삼대에 백성들에게 理를 행하게 했다는 것을 들어 본 적이 없다. 이는 매우 황당한 것이다[吾不知理是何物 …… 不特民不能以理行, 實未聞唐虞三代, 有使民行理者, 此大荒唐也]"라고 하였음에서 그 일단을 살필 수 있다. 다산의 경우 「自撰墓誌銘」에 보이는 다음과 같은 한 구절로 그가 理를 철저히 배격하였음을 알 수 있다. "恐懼戒愼, 昭事上帝, 則可以爲仁. 虛尊太極, 以理爲天, 則不可以爲仁., 歸事天而已." 이는 주자철학의 핵심 개념인 理와 太極을 단호히 否定한 것이다. 모기령은 또한 朱子의 理欲說, 知行說, 格致說을 힘써 부정하였다.

딤돌의 역할을 한 것이다. 그러므로 두 사람의 학문적 지향에 있어서 공통된 점이 실로 한두 가지가 아니다.[44) 이에 대한 구체적 연구는 차후의 과제로 미룬다.

44) 모기령이 일생을 통해 지키려 하였던 '聖學'과 정약용이 일생을 통해 회복하려 했던 '洙泗學'은 모두 주자 성리학을 배격 극복하는 바탕위에서 구축된 것으로 본질은 같은 것으로 보인다. 두 사람은 漢學을 바탕으로 하면서도 漢學이 가장 중시하는 '師法'에 얽매이지 않고 唯是是求의 자세를 견지하였음에서도 유사성을 보인다. 또한 空言을 배척하고 親民 安百姓 兼善天下 博施濟衆 등의 事功을 중시했던 데서도 공통점이 발견된다. 여기서의 事功은 實學의 다른 이름이다.